龚克昌教授2007年参加在河南洛阳举行的首届辞赋创作会

首届国际赋学术讨论会合影

1990年参加在济南举行的首届国际赋学研讨会部分学者
（从左到右为:龚克昌、高德耀[美]、霍松林、康达维[美]、
周勋初、周祖谟、曹道衡）

本书的发起者康达维教授（右1）和他的高足们
(从左到右为:苏瑞隆[新]、彭深川[美]、高德耀[美])

2002年洛阳辞赋会
（从左到右为：费振刚、何沛雄[香港]、龚克昌）

参加第五届国际赋学研讨会
（左1为白承锡[韩]，右1为苏瑞隆[新]）

龚克昌教授和参加本书评注的博士生们

龚克昌教授和他的部分博士生

龚克昌教授书法作品

江南好，风景旧曾谙。日出江花红胜火，春来江水绿如蓝。能不忆江南。

白居易忆江南

庚寅年 克昌书

龚克昌教授书法作品

国家社会科学基金项目
山东大学硕果基金项目
新加坡国立大学研究计划项目

两汉赋评注

龚克昌 苏瑞隆等 评注

山东大学出版社

图书在版编目(CIP)数据

两汉赋评注/龚克昌等评注. —济南:山东大学出版社,2011.4
ISBN 978-7-5607-3773-7

Ⅰ.①两…
Ⅱ.①龚…
Ⅲ.①汉赋—文学评论 ②汉赋—注释
Ⅳ.①I207.22

中国版本图书馆 CIP 数据核字(2011)第 042382 号

山东大学出版社出版发行
(山东省济南市山大南路 27 号　邮政编码:250100)
山 东 省 新 华 书 店 经 销
山东鸿杰印务集团有限公司印刷
720×1000 毫米　1/16　61.5 印张　1165 千字
2011 年 4 月第 1 版　2011 年 4 月第 1 次印刷
定价:186.00 元

序言

一

自上世纪80年代初以来,祖国大陆的赋学研究有如雨后春笋般蓬蓬勃勃地发展起来,并迅即与香港、台湾连成一片,先后在济南、香港、台湾、南京、漳州、成都、兰州、昆明召开了八次国际赋学研讨会;在长沙、成都召开了两次全国赋学研讨会。从事赋学研究的人员由原来的少数几个人发展到数百人,出版辞赋专著数百种,发表辞赋论文数千余篇,并培养了一大批辞赋硕士生和辞赋博士生。2002年以后,又先后在大连、成都、泉州举行全国赋学会的常务理事会,对今后赋学研究的前景作了令人鼓舞的安排。

通过五十多年的研究,我越发感到汉赋在中国文学史上的巨大价值和不可替代的地位。清人焦循在其《易余龠录》卷十五里说:"夫一代有一代之所胜……余尝欲自楚骚以下至明八股撰为一集,汉则专取其赋,魏、晋、六朝(按,当系南北朝之误)[①]至隋,则专录其五言诗,唐则专录其律诗,宋专录其词,元专录其曲,明专录其八股,一代还其一代之所胜。"近人王国维对此稍加删改,但汉赋的地位依然高居其中。他在《宋元戏曲考·序》里说:"凡一代有一代之文学,楚之骚,汉之赋,六朝之骈语,唐之诗,宋之词,元之曲,皆所谓一代之文学,而后世莫能继焉者也。"我以为,汉赋或许没有唐诗、宋词、明清小说那么辉煌,但她确是"一代之文学":她真实地表现了大汉帝国的气势,传达了大汉帝国的精神面貌;她是我国古代文学自觉时代的起点;她为我国古代文学的发展繁荣积累了经验,创造了丰富多彩的艺术表现手法。

二

汉赋是适应汉初新的时代形势发展起来的。汉赋在两汉的发展过程中形成了两个高峰,其一是在武帝(前140~前87年在位)、宣帝(前73~前48年在

① 本书所引古籍原文,除特别注明外,括号中说明文字皆为撰者所加。以下不再一一注明。

位)之世,其二是在灵帝(168～189 年在位)之时。武、宣的贡献尤大。班固在《两都赋序》里说:"或曰:赋者,古诗之流也。昔成康没而颂声寝,王泽竭而诗不作。大汉初定,日不暇给。至于武、宣之世,乃崇礼官,考文章,内设金马石渠之署,外兴乐府协律之事,以兴废继绝,润色鸿业。……故言语侍从之臣,若司马相如、虞丘寿王、东方朔、枚皋、王褒、刘向之属,朝夕论思,日月献纳;而公卿大臣,御史大夫倪宽、太常孔臧、太中大夫董仲舒、宗正刘德、太子太傅萧望之等,时时间作。……故孝成之世,论而录之,盖奏御者千有余篇,而后大汉之文章,炳焉与三代同风。"班固这段话,讲了赋的属性、赋的作用、赋的兴衰与时代的关系,但着重讲了赋的创作在汉代的盛况。西汉初期,由于社会不安定,经济也有待恢复与发展,人们尚无暇顾及艺文。到了武帝时,"汉兴七十余年之间,国家无事,非遇水旱之灾,民则人给家足,都鄙廪庾皆满,而府库余货财"(《史记·平准书》)。由于社会的安定、经济的繁荣、国家的强盛,汉赋的创作才因时趁势而迅速发展起来,当时不仅文人学士作赋,公卿大臣作赋,帝王亲自作赋,连地方官吏、行伍将领、年轻学子也作赋。如御史大夫(汉"三公"之一)倪宽有赋两篇,太常(汉"九卿"之一)孔臧有赋二十篇,淮南王刘安有赋八十三篇,阳丘侯刘郾有赋十九篇,汉武帝有赋二篇,河内太守徐明有赋三篇,左冯翊史路恭有赋八篇,骠骑将军朱宇有赋三篇,博士弟子杜参有赋二篇。真是上至帝王将相,下到一般生员学子,大家都竞相写赋;而且是"朝夕论思"、"时时间作",不停地谋篇,不断地写作,所以到西汉后期汉成帝时,仅"奏御"——献给皇帝之赋就"千有余首"。未"奏御"的有多少呢?成帝以后又写了多少?班固有的不了解,有的在他身后,但从扬雄——他是西汉后期重要人物——曾经那么醉心于作赋以讽谏,相信当时社会上写赋的热潮并未消退。

东汉的情况又是怎样呢?东汉前期为建都洛阳或长安,曾引起社会上的广泛关注,杜笃、傅毅、崔骃、班固等人都为此而写作京都赋来表示自己的态度。须知写作京都赋不是一件轻而易举的事,"张衡研《京》(指写《二京赋》)以十年,左思练《都》(指写《三都赋》)以一纪"(《文心雕龙·神思》)。写作京都赋是极其费时费力的,但杜笃们还是决意选择走这条路。由此可见赋体文学在当时人们心目中的重要地位之一斑。至于东汉后期的情况,我们只要看一下汉灵帝刘宏对辞赋的特殊看重就足以说明问题了。汉灵帝为培养辞赋书画人才,鼓励人们创作辞赋书画,特设鸿都门学,广招学徒,生员多至千人。学成后即派他们到各州郡当刺史、太守,或入为尚书、侍中、封侯赐爵,甚至"诏中尚方(属少府)为鸿都文学乐松、江览等三十二人图象立赞"。他的做法引起社会广泛反应,于是"诸生竞利,作者鼎沸",人们纷纷加入辞赋书画创作中去。虽有蔡邕这样的大学者、大赋家极力反对,但其势是不可遏止的。(以上参见《资治通鉴》卷五十七)所以钟嵘在《诗品序》里说:"自王(褒)、扬(雄)、枚(乘)、马(司马相如)之徒,词赋竞爽,而吟咏(指写诗)靡闻。从李都尉(陵)迄班婕妤(姬),将百年间,有妇人焉，一人而已。诗人之风，顿已缺丧。”东汉的情况亦复如是。在整个两汉四百余年间，写诗的人极少，作赋的人极多，两汉的文坛确为汉赋所垄断。这是文艺界的盛事，是发生于两汉崭新的社会政治生活中的新鲜事。从此，赋这种文体正式成立，我国古代的文学艺术之林也因而增添一种艳丽之花，这是很值得我们庆贺的。可见，王国维对汉赋的评价是基本正确的，我们应给予充分的肯定。

三

两汉是我国历史长河中的一个崭新的时代，是第一次出现真正统一、强大、文明、昌盛的时代。新时代诞生新文学，新文学又回过头来反映新时代。我们读汉赋，尤其是读其中那些有代表性的汉大赋，往往会感受到一股强大的力量在摇撼着我们的心灵，有一种欢快的上升的气氛在激励着我们的神经。这就是蕴涵在作品中的大汉帝国的统一、强大、文明和昌盛。这种情况在作品中是随处可见的。

说到大汉帝国创建的历程和大汉帝国的声威，赋家们多怀着一种未曾有过的喜悦、激动和自豪的心情来描述：“于是圣武（汉武帝）勃怒，爰整其旅。……遂躐乎王庭……夫天兵四临，幽都先加，回戈邪指，南越相夷，靡节西征，羌僰东驰。……自上仁所不化，茂德所不绥，莫不跷足抗首，请献厥珍。使海内澹然，永亡边城之灾，金革之患。”（扬雄《长杨赋》）

武帝凭借文景以来积累的雄厚财富和本人的雄才大略，开始对外用兵，开拓疆土。经过五十多年的征战，付出了“海内虚耗，人口减半”的代价和各民族人民的巨大牺牲，终于为我们今天这个疆域辽阔、多民族的伟大国家奠定了基础。汉武帝是我国历史上建有大功的一个皇帝。

西汉末年，王莽篡位。由于王莽的狂妄无端的举止，曾引起四周各族的骚动，边患又成为一个大问题。尤其是北匈奴，又成了汉家的劲敌。这种情况一直到东汉的明帝、和帝以后才有了根本的好转。公元89年（和帝永元元年），汉军分三路追击北匈奴，各路大军出塞三千余里，窦宪登燕然山（在今蒙古人民共和国境内）刻石颂汉功德而还。公元91年（永元三年），耿夔、任尚率汉军西出张掖郡，去国五千里，大破北匈奴于金微山（在我国新疆北部与蒙古、俄罗斯边界），这是自汉以来出师追击外敌最远的一次。这时班超经营西域也完全成功，西域五十余国全部内附，葱岭东西路通。对东北、西南、南方疆土的开拓，也有很大进展。各族人民和睦相处。这是中国继武宣以来又出现的一个盛世，班固在《东都赋》里以欢欣的心情高唱着：

于是……（天子）目中夏而布德，瞰四裔而抗棱，西荡河源，东澹海漘，北动幽崖，南燿朱垠。殊方别区，界绝而不邻。自孝武之所不征，孝宣之所未臣，莫不陆詟水慄，奔走而来宾。……是日也，天子受四海之图籍，膺万国之贡珍。内抚诸夏，外绥百蛮。

类似这种发自内心的高昂欢快的颂词，在其他赋家的作品中也屡有出现，这是以往任何时候都未曾有过的。我们知道，中国在夏、商、周三代以前，或则系国家机构尚处在逐渐形成的阶段，或则天子仅充当有名无实的象征的角色，即使是最强盛的时期，王朝的统治范围也仅限于中原狭小地区。孔子的大统一思想，实未真正出现过。而且边患接连不断，“靡室靡家，玁狁之故；不遑启居，玁狁之故”(《诗·小雅·采薇》)，这样的哀诉时续时断，连绵数千年。秦虽统一中国，但因时间太短，又多行暴戾，为人们所厌弃，而且实际统治区域也不能与汉相比。只有两汉，才真正一改中国历史上数千年来的积弱，旧貌换新颜，掀开了中国历史崭新的一页。面对这种崭新的局面，人们怎么能不大唱赞歌呢？这是时代的赞歌，是人们在崭新的生活环境中产生的崭新的思想感情的流露，是时代精神的大张扬。

这种激越的新时代自豪感甚至可以在作者描写都市、物产、建筑、杂技、音乐、狩猎等等各方面时感觉到。如班固写西都长安：“华实之毛，则九州之上腴焉；防御之阻，则天地之隩区焉。……封畿之内，厥土千里，逴跞诸夏，兼其所有。其阳则……郊野之富，号为近蜀。其阴……下有郑白之沃，衣食之源……西郊则有上囿禁苑……其中乃有九真之麟，大宛之马，黄支之犀，条支之鸟，逾昆仑，越巨海，殊方异类，至于三万里……”(《西都赋》)长安形势之优越险要，物产之富庶珍奇，贡物之名贵繁多，均居寰宇之冠，真是一个堂堂大国的理想的首都，谁能比得上它呢！

扬雄笔下的甘泉宫，也是令人叹为观止的。其通天台是：“直峣峣以造天兮，厥高庆而不可乎弥度。”其大厦是：“仰挢首以高视兮，目冥眴而亡见。正浏滥以弘惝兮，指东西之漫漫。”(《甘泉赋》)甘泉宫的楼台宫馆，是高看不到顶，大望不到边。一句话，就是任何建筑物也不能超越，唯有它最高，唯有它最大。《史记·高祖本纪》曾载，萧何营作未央宫，因过于奢侈而受到高祖的斥责，萧何回答说：“天子以四海为家，非壮丽无以重威，且无令后世有以加也。”这话庶几道出了汉人的心理特征，他们的所作所为，包括营建宫室在内，就是要做到“无令后世有以加也”，就是要做到空前绝后。萧何生活在汉初，实际上还很难做到这一点，只有武帝以后才可能做到。但萧何这种思想是有代表性的，是大汉帝国英雄人物思想的典型写照。

再看看司马相如《天子游猎赋》所写的那场惊天动地的歌舞演出：“(天子)于是乎游戏懈怠，置酒乎颢天之台，张乐乎胶葛之寓，撞千石之钟，立万石之虡，……千人倡，万人和，山陵为之震动，川谷为之荡波……”场面是何等广阔，人物是何等众多，声势是何等雄壮。小国寡民何敢望其项？清静寡欲何能步其尘？天子游猎的阵容呢？那是：“千乘雷起，万骑纷纭；元戎(兵车)竟野，戈铤彗云；羽旄扫霓，旌旗拂天。焱焱炎炎，扬光飞文；吐熘生风，欱野歕山。日月为之夺明，丘陵为之摇震。”（班固《东都赋》）千骑万乘，震声雷动，旌旗如林，日月无光，天子外出时的队伍是何等的壮盛，何等的威武！这不正是天朝大国的雄风吗？在枭雄割据、小国丛立、国力脆弱、民不聊生的混乱时代，是绝对写不出这样轰轰烈烈的场面的。

赋家们甚至在描写山形水势时，也表现出飞动的气势，呼唤着时代的心声。如司马相如笔下上林苑的河流：“荡荡乎八川分流，相背而异态，东西南北，驰骛往来。出乎椒丘之阙，行乎洲淤之浦，经乎桂林之中，过乎泱漭之壄。汩乎混流，顺阿而下，赴隘陿之口。触穹石，激堆埼；沸乎暴怒，汹涌彭湃……”（《上林赋》）整个画面是那么流畅、欢快、强劲、壮美，飞腾的气息跃然纸上。所以，人们都可以极明显地看到，汉赋尽管是那样的堆砌、重复、拙笨、呆板，但是江山的雄伟、城市的兴盛、商业的发达、物产的丰饶、宫殿的宏伟、服饰的奢侈、鸟兽的珍奇、人物的气派、狩猎的惊险、歌舞的欢快，在赋中无不刻意描写，着意夸扬。它们所力图展示的，不正是一个繁荣富强，充满活力、自信，对现实具有浓厚兴趣、关注和爱好的世界图景吗？它表明中华民族进入文明社会后，对世界的直接征服和胜利。所以汉代文艺尽管粗重笨拙，然而它却是如此之心胸开阔，气派雄沉，其根本道理就在这里。我们对汉赋应从这个角度去理解，才能正确估计它作为一代文学正宗的意义和价值之所在，才能纠正百年来对它的错误看法。赋家们着意描绘的汉代现实生活，并不是为描绘而描绘，也不是纯客观的描绘，所有这些描绘都浸透着作者的美学理想，表现着大汉帝国的时代精神。

四

在封建社会，即使上升时期、黄金时期，也无可避免地必然地存在着严重的黑暗面，文学艺术也有责任去暴露它。但汉赋在大力歌颂大汉帝国的同时，对社会黑暗面的暴露却大为逊色。这里有三个原因：一是汉代处于封建社会的上升时期，国家刚刚统一不久，阶级矛盾还没有充分暴露出来，人们还多为大汉帝国的雄伟阔大、欣欣向荣的气象所陶醉。二是与文学发展的突变阶段有关。这时的文学艺术正处在从儒家经典的附庸地位中解脱出来，而发展成为一个独立的学科的新阶段，因而要求充分发展自己的特点，也即要着重解决艺术形式问题，而对思想内容的要求则相对忽视。这一点后面还要讨论。三是与赋家的身份有关。大赋作家多是帝王的弄臣，生活在帝王的身边，他们所看到的更多的是帝王的奢华和威风，感受到更深的是大汉帝国的文明和强盛。他们很难接触到下层人民的生活。即使看到了一些世间的不平和苦难，他们也不敢轻易说出，更不敢直言正色地进行抨击。但作为一个赋家，尤其作为一个比较正直的有良心的赋家，他们也不能闭眼塞听一味地阿谀逢迎，回避问题，他们必将有所指陈。他们必将根据自己的身份地位，根据自己的所闻所见，进行力所能及的讽谏，因而，在大赋作家的作品中也就出现了多有微讽帝王的旨意。

首先是讽谏帝王过分的骄奢淫逸。骄奢淫逸几乎是帝王的通病。“贵为天子，富有天下”的身份地位使他们极易染上这种疾病。这种疾病又往往是他们的致命伤，历史上一些无道昏君如夏桀、殷纣、周厉王、周幽王等等的丧身失国，都与他们的骄奢淫逸有关。所以古代一些比较明智的帝王将相对此都很警惕，许多历史家、思想家对此也总是力加劝戒。如汉文帝刘恒，就是中国历史上以勤俭自持著名的皇帝。“孝文帝从代来，即位二十三年，宫室苑囿狗马服御无所增益。有不便，辄弛以利民。尝欲作露台，召匠计之，直百金。上曰：‘百金中民十家之产，吾奉先帝宫室，常恐羞之，何以台为？’上常衣绨衣。所幸慎夫人，令衣不得曳地，帏帐不得文绣，以示敦朴，为天下先。治霸陵，皆以瓦器，不得以金银铜锡为饰。不治坟，欲为省，毋烦民。”(《史记·孝文本纪》)对于这样一个至为重要、具有普遍意义的古老的历史主题，汉赋作家也时时注视着，并根据现实生活有针对性地进行再创作。

这一点我们在西汉前期大赋形成阶段的作品中已经可以看到了，只不过还没有像后来扬雄赋那样在序里公开提出就是了。其中涉及这个问题最著名的赋作有枚乘的《七发》和司马相如的《天子游猎赋》。在《七发》里，作者写了楚太子有病，症状是：“肤色靡曼，四支委随，筋骨挺解，血脉淫濯，手足堕窳。”病因一方面是物质生活过于侈靡，而另一方面又缺乏健康的精神食粮：“今夫贵人之子(当然也包括楚太子)，必宫居而闺处，内有保姆，外有傅父，欲交无所。饮食则温淳甘膬，腥醲肥厚。衣裳则杂遝曼暖，燂烁热暑。”怎么医治呢？吴客提出了六种治疗方法——听乐、甘食、乘骑、游览、田猎、观涛，但都未能奏效。最后吴客提出请博学而有理论、有才智的人，讲解“要言妙道”——“论天下之精微，理万物之是非”，楚太子听到了这样说，就好像听了圣人辩士的高论一样，“涊然汗出，霍然病已”，出了一身大汗，病忽然间就好了。

对于这篇赋(七体是赋的一种形式)的看法，历来分歧很大。刘勰说：“盖七窍所发，发乎嗜欲，始邪末正，所以戒膏粱之子也。”(《文心雕龙·杂文》)《文选》李善注则说：“乘事梁孝王，恐梁王反，故作《七发》以谏之。”我以为此赋的思想是很丰富的，是具有多层次的，其中当然也包括反对帝王的糜烂生活。因为赋说得非常清楚，楚太子患病，就是由于他沉湎于荒淫奢侈的生活当中。而一旦脱离了这种生活环境，听到“要言妙道”，病就好了。

司马相如的《天子游猎赋》反对帝王奢华的倾向性也是很明显的，赋先让子虚和乌有先生分别夸赞各自的主子——楚王和齐王——的苑囿之大，车骑之众，然后让亡是公出面，把子虚和乌有先生训斥一通：“且二君之论，不务明君臣之义，正诸侯之礼，徒事争于游戏之乐，苑囿之大，欲以奢侈相胜，荒淫相越，此不可以扬名发誉，而适足以贬君自损也。”这里反对荒淫奢侈的思想已很清楚了。随后亡是公虽也把天子上林苑的“巨丽”和天子校猎队伍的壮盛夸耀一通，但紧接着即让天子作自我检讨：“于是酒中乐酣，天子芒然而思，似若有亡，曰

‘嗟乎！此大奢侈。’……于是乎乃解酒罢猎……若夫终日驰骋，劳神苦形，罢车马之用，抏（音“玩”，损耗）士卒之精，费府库之财，而无德厚之恩。务在独乐，不顾众庶，忘国家之政，贪雉兔之获，则仁者不繇也。”天子自己都感到太奢侈。虽贵为天子，也不能滥耗民财民力，也不能只求自己玩得痛快，更何况诸侯呢？“齐楚之事，岂不哀哉！地方不过千里，而囿居九百，是草木不得垦辟，而民无所食也。夫以诸侯之细，而乐万乘之所侈，仆恐百姓被其尤也。”这里含有封建等级观念，以为有些天子可以享受的，而诸侯却不能，但反对过分奢侈的旨意却是很明显的。这也正如班固所说，“相如虽多虚辞滥说，然要其归，引之于节俭，此与《诗》之风谏何异？扬雄以为靡丽之赋，劝百而讽一，犹骋郑卫之声，曲终而奏雅，不已戏乎！”（《汉书·司马相如传赞》）司马相如的赋尽管写得十分华丽夸张，但它的目的是引导帝王注意节俭。可见，班固的看法是很深刻的。

扬雄的赋反对奢侈，提倡节俭更是无可怀疑的，因为他的赋的主旨有的在序文中就明明白白地写出来。如扬雄跟汉成帝去“羽猎”，心里马上波涛起伏，翻滚不已。他想：“昔在二帝、三王，宫馆台榭，沼池苑囿，林麓薮泽，财足以奉郊庙、御宾客、充庖厨而已，不夺百姓膏腴谷土桑柘之地，女有余布，男有余粟，国家殷富，上下交足。”尧舜等先帝时刻关心百姓的生产和生活，不因自己兴建宫室苑囿而加重百姓负担，侵占农民耕地。扬雄很赞赏这样的帝王。但历史上偏偏又有一些逞志纵欲的国君，如齐宣王，尤其是汉武帝，“武帝广开上林……周袤数百里。……游观侈靡，穷妙极丽。……然至羽猎……尚泰奢，丽夸诩”。扬雄恐怕汉成帝摈弃尧舜不学而效尤武帝，“故聊因《校猎赋》以风”。（以上见《羽猎赋序》）又如扬雄得知：“明年，上将大夸胡人以多禽兽，秋，命右扶风发民入南山……捕熊罴、豪猪、虎豹、狖玃、狐兔、麋鹿，载以槛车，输长杨射熊馆。以网为周阹，纵禽兽其中，令胡人手搏之，自取其获。上亲临观焉。是时，农民不得收敛。”扬雄从射熊馆回来，即“上《长杨赋》……以风”（《长杨赋序》）。在赋里，扬雄也确是这样写的。如在《羽猎赋》里，他让汉成帝“奢云梦，侈孟诸。非章华，是灵台。罕徂离宫而辍观游……未皇苑囿之丽，游猎之靡也”（《羽猎赋序》）。成帝幡然改悔，不再追求游猎地方的广大、从游队伍的壮盛。成帝实际上是不可能做到这一点的，这不过是扬雄的一厢情愿而已。但扬雄这样写，人们不正可以由此看出作者的用意和作品的倾向性吗！

张衡写《二京赋》的动机也表现得很清楚：“永元（汉和帝年号）中，（衡）举孝廉不行，连辟公府不就。时天下承平日久，自王侯以下莫不逾侈。衡乃拟班固《两都》，作《二京赋》，因以讽谏。”（《后汉书·张衡传》）这里只说“自王侯以下”而不涉及皇帝本人，是一种曲笔，其实最大的“逾侈”是皇帝本人，而赋也正是这样写的。

那么汉赋讽谏帝王的奢华侈靡是不是无病呻吟的呢？不是的，赋这样写是有鲜明的强烈的针对性的。我们在前面说过，汉初的几个皇帝，承秦之敝，尚知节俭。但自武帝以后，情形就不大一样了："至孝武皇帝，承文、景菲薄之余，恃邦国阜繁之资，土木之役，倍秦越旧。斤斧之声，畚锸之劳，岁月不息。盖骋其邪心以夸天下也。"(《三辅黄图序》) 我们翻开六朝人所编的《三辅黄图》，书中所载的三辅地区上下千余年间所建的宫室楼台亭阁，竟绝大部分出于汉武帝一人之手。"武帝建元三年开上林苑……周袤三百里，离宫七十所，皆容千乘万骑。""武帝求仙，起明光宫，发燕赵美女二千人充之，率取二十以下，十五以上；年满三十出嫁之……时有死出者随补之。"武帝的好大喜功，挥霍无度，加上他的连年征战，终于把国家搞得民穷财尽，疲惫不堪。

武帝以后的十几个汉王朝的皇帝又怎样呢？他们当然没有武帝那样有雄厚的财富供自己挥霍，也没有那样的胆量放手去花，但他们也绝不会像汉文帝那样约身束己。这从东汉中后期的政论家王符痛斥王公贵戚的浮侈和西汉后期的成帝以及东汉中期的章帝、中后期的安帝的诏书揭露公卿贵戚的奢华即可窥见一斑。王符说："今京师贵戚，衣服饮食车舆文饰庐舍，皆过王制，僭上甚矣！"(《潜夫论・浮侈》)成帝诏书说："方今世俗奢僭罔极，靡有厌足，公卿列侯亲属近臣……未闻修身遵礼同心忧国者也。或乃奢侈逸豫，务广地宅，治园地，多畜奴婢，被服绮縠，设钟鼓，备女乐，车服嫁娶葬埋过制。"(《汉书・成帝纪》)章帝诏书说："今贵戚近亲奢纵无度，嫁娶送终尤为僭侈。"(《后汉书・章帝纪》)王公贵近的奢华乃是最高统治者本人骄纵的结果，所以赋家们多抓住这个问题大做文章，是有其现实意义的。

汉赋作家所反映的另一个比较普遍的问题是统治阶级的压制人才，摧残人才。这是剥削阶级社会普遍存在的现象。剥削阶级狭隘的阶级利益和其短浅的眼光，决定了它们不可能充分发挥人才的作用。如果遇到所谓英明的君主，文人的境遇还会稍好一些；一旦遇到昏君当朝，奸邪弄权，情况就更加糟糕了。屈原的遭遇就说明了这一点。在昏聩的楚怀王、楚襄王的统治下，像屈原这样杰出的政治家，就只会落个被逐荒野与沉江自尽的下场。司马迁所说的："昔西伯拘羑里，演《周易》；孔子厄陈、蔡，作《春秋》；屈原放逐，著《离骚》；左丘失明，厥有《国语》；孙子膑脚，而论《兵法》；不韦迁蜀，世传《吕览》；韩非囚秦，《说难》、《孤愤》，《诗》三百篇，大抵贤圣发愤之所为作也。"(《史记・太史公自序》)也同属这个问题。这些古代卓越的政治家、思想家、军事家、历史家、文学家、教育家、哲学家，在生前都极不得意，都未曾为当时的统治者所重用，甚至还遭到残酷的迫害。

汉代的情况也不例外。如汉初的政治家、辞赋家贾谊，二十来岁就当了文帝的博士，而且"每诏令议下，诸老先生不能言，贾生尽为之对，人人各如其意所欲出。诸生于是乃以为能，不及也。孝文帝说之，超迁，一岁中至太中大夫"。"诸律令所更定，及列侯悉就国，其说皆自贾生发之，于是天子议以为贾生任公卿之位。"一个有作为的青年政治家眼看着就要高居要位，为世所用，但由于老臣们的坚决反对——“绛(绛侯周勃)、灌(灌婴)、东阳侯(张相如、御史大夫)、冯敬之属尽害之”(以上见《史记·屈原贾生列传》),汉文帝听信了谗言,即贬贾生为长沙王太傅。贾谊的政治生命被扼杀了。他的《吊屈原赋》痛斥了社会的贤愚不分,是非莫辨。从字面上看,是为屈原鸣不平,实是针对现实以发泄自己心中的积愤。伟大史学家司马迁为李陵降匈奴辩说了几句,即遭到汉武帝的猜忌,并受到腐刑。这件事使他进一步看清了最高统治者的阴私和狠毒。在《悲士不遇赋》里,他一开始就喊着:“悲夫,士生之不辰!”这句话包含了作者的无限感慨和愤怒,这对那个所谓“汉武盛世”,真是个莫大的讽刺。赵壹的《刺世疾邪赋》,对“佞谄日炽,刚克消亡。舐痔结驷,正色徒行。妪媀名势,抚拍豪强。偃蹇反俗,立致咎殃……邪夫显进,直士幽藏”,进行了猛烈的攻击。这种邪正不分、是非颠倒的现象,正是东汉后期外戚、宦官交替专权祸国的真实写照。作者愤慨地表示:“宁饥寒于尧舜之荒岁兮,不饱暖于当今之丰年。”事后证明,作者是忠实地实践自己的诺言的,“十辟公府,并不就”就是最好的说明。这是汉赋中思想性、战斗性最强的一篇小赋。

在文人学士中,赋家们还要受到另外一种不公平的待遇,即因写赋而受到轻视,被视为倡优一类人物,如枚皋曾言:“为赋乃俳,见视如倡,自悔类倡也。”(《汉书·枚皋传》)倡优自古以来就受到歧视、鄙视、轻视,在先秦许多典籍里倡优与奸臣就被视为同类。如《管子·立正九败解》说:“奸人在上,则壅遏贤者而不进也。然则国适有患,则倡优、侏儒起而议事矣!是驱国而捐之也。”作者就把倡优、侏儒与奸人放在一起,以为国家有忧患,就会出现倡优、侏儒参与国事,把国家推向灾难的深渊。所以,枚皋对自己的赋家身份感到后悔。

司马相如曾因《子虚赋》而受到汉武帝的垂爱,被召至武帝身边,他也曾为迎合武帝的口味而大写赋篇,《天子游猎赋》、《大人赋》等等都是在这种情况下写出来的。但他却始终不满自己的赋家身份,他写赋不过是想作为进身之阶罢了。可是汉武帝并不想改变他的身份。司马相如除了出使西南夷曾有过一段轰轰烈烈的活动外,其余时间多是在默默无闻、郁郁寡欢的情况下度过的。鲁迅先生在《从帮忙到扯淡》一文中,就曾经非常精辟地指出:“中国的开国的雄主,是把‘帮忙’和‘帮闲’分开来的,前者参与国家大事,作为重臣;后者却不过叫他献诗作赋,‘俳优蓄之’,只在弄臣之列。不满于后者的待遇的是司马相如,他常常称病,不到武帝面前去献殷勤,却暗暗的作了关于封禅的文章,藏在家里,以见他也有计画大典——帮忙的本领,可惜等到大家知道的时候,他已经‘寿终正寝’了。”司马相如可悲的结局,正说明赋家的可悲的地位。司马相如虽然没有借赋来抒写自己的失意,但他是用自己的行动来说明他的终身不得志的。明白了这一点,我们也就不难理解扬雄为什么一再宣称自己不愿再写赋。“或问:吾子少而好赋?曰:然。童子雕虫篆刻。俄而曰:壮夫不为也。”(《法言·吾子》)“雄以为赋者,将以风也……又颇似俳优淳于髡、优孟之徒,非法度所存……于是辍不复为。"(《汉书·扬雄传》)"是以扬子悔之",等等,这里有因赋欲讽反劝的原因在,但更重要的一个原因应当是他不满赋家的身份地位。因为如果是前一个原因,主动权掌握在作者自己手里,作者完全可以把赋的思想性、讽谏性大大提高一步,从而避开人们可能引起的误解。扬雄的作为实际上与司马相如一样,是用行动来说明他对赋家身份的不满,用自己的历史来说明自己的不得志。

五

下面我们要专门探讨一下汉赋的讽谏问题,也就是人们所痛斥的"劝百风一"、"劝而不止"、"没讽谏之义"问题。这个问题是存在的。所以最迟从西汉宣帝起——也就是汉大赋刚问世不久——它就因讽谏淡薄而受到批评。随后的扬雄对此就更加不满了:"(扬)雄以为赋者,将以风也,必推类而言,极丽靡之辞,闳侈巨衍,竞于使人不能加也,既乃归之于正,然览者已过矣。往时武帝好神仙,相如上《大人赋》欲以风,帝反缥缥有凌云之志。由是言之,赋劝而不止,明矣。……于是辍不复为。"(《汉书·扬雄传》)扬雄因赋篇讽谏气氛不强,起不到讽谏作用而表示决心不再写赋。《汉书·艺文志》也有类似的记载:"汉兴,枚乘、司马相如,下及扬子云,竞为侈丽闳衍之词,没其讽谕之义,是以扬子悔之。"扬雄因赋的讽谏特性丧失而对自己写赋的行为感到反悔。梁朝大文艺理论家刘勰也批评汉赋忽视讽谏。清人程廷祚(1691～1767)甚至把汉赋忽视讽谏视为其失败的关键。他说:"且骚之近于诗者,能具恻隐,含讽谕……至于赋家,则专于侈丽闳衍之词,不必裁以正道;有助于淫靡之思,无益于劝戒之旨,此其所短也。"(《青溪集·骚赋论下》)程氏以为赋之所以不如骚,就是因为它丧失了讽谏。

汉赋讽谏性不强这是事实。但如以为汉赋放弃讽谏,丧失讽谏,那也言过其实。我们前面所说的汉赋反对帝王的骄奢淫逸,就足以反驳这一点。

那么汉赋为什么会产生讽谏性不强或有点忽视讽谏的倾向性呢?我们以为有下列的几个原因:

首先,与赋家的身份有关。我们前面说过,赋家身份类似倡优,帝王这样看待他们,人们这样看待他们,他们自己也这样认为。这是由他们从事的职业所决定的。在当时,赋家就是供帝王消遣娱乐的工具。这一点可由倡优谏事方式的一致性——所谓欲讽反劝、欲抑反扬——也如扬雄所说的"推而隆之"——得到证明。如扬雄看到甘泉宫太华丽了,可是又不敢直接批评,怎么办呢?于是他"遂推而隆之,乃上比于帝室紫宫,若曰:'此非人力所能为,党鬼神可也。'"(《汉书·扬雄传上》)也即拿甘泉宫与天堂比,认为只有借鬼神的力量才能建造起来,以此感悟帝王。这里的"推而隆之",就是拼命地说吹捧赞扬的话,但骨子里却是在讽刺、反对。扬雄的《甘泉赋》正是按这种表达方式来写的。

倡优也正是运用这种表达方式来表达他们的爱憎。如楚庄王有匹爱马，宠得要命，后马肥死了，庄王就打算按大夫礼安葬，并威胁说，谁谏就杀谁。优孟听了这话，就“仰天大哭”。王问其故，他说：“……以大夫礼葬之，薄！请以人君礼葬之。”“诸侯闻之，皆知大王贱人而贵马也。”（《史记·滑稽列传》）楚王听出优孟的话意，随即纠正自己的错误。

汉赋作家的讽谏方式既与倡优的讽谏方式相类似，也即赋家只能把自己的思想——他们想谏止的事——埋在诙谐谈笑之中，埋在隐语之中，而不可能像骨鲠之臣那样对帝王的过失采取正言厉色的直谏。汉大赋讽谏气氛淡化的倾向是不可避免的，这是由赋家自己的身份所决定的。司马迁说过：“屈原既死之后，楚有宋玉、唐勒、景差之徒者，皆好辞而以赋见称，然皆祖屈原之从容辞令，终莫敢直谏。”（《史记·屈原贾生列传》）司马迁已看到了赋家作品思想性弱化的趋向。史学家的眼光的确是敏锐的。

其次，与文学艺术的特征和作用有关。大家都知道，文学艺术与哲学反映社会的方式是不同的。前者是用具体的形象来显示，后者则是通过抽象的概念来论证。这也就是如别林斯基所说的：“哲学家用三段论法，诗人则用形象和图画说话。”正是基于对文学艺术的特点、文学艺术的创作规律、文学艺术的发展史的深刻理解和掌握，所以恩格斯强调指出：“我认为倾向应当是不要特别地说出，而要让它自己从场面和情节中流露出来。”（《致明娜·考茨基信》）又说：“作者的观点愈隐蔽，对于艺术作品就愈好些。”（《给马尔加丽塔·哈纳斯的信》）拿恩格斯的这些话来衡量汉赋，我以为汉赋创作的基本倾向大体是符合这个要求的，它的观点的确是非常隐蔽的，它的倾向性的确是从整个描写、整个画面中流露出来的。当然，作为两千年前的赋家，他们不可能真正理解这一点，他们也不可能自觉地加以实行，在实行中也不可能很完美。但我们应当肯定，汉赋讽谏中的这种倾向性，应是文学艺术特征的一种流露。赋家们这样写，应该说，基本方向是正确的。

过去，我们对文学艺术的作用似乎理解得过于狭隘，我们十分强调文学艺术的战斗作用。其实正当的娱乐作用，乃是人类之所必需，是有益于社会、有益于人生的，人们在紧张的劳动、工作、战斗之余，是极希望通过文学艺术来驱散疲劳、恢复精力的。如果我们能承认这一点，我们对汉赋思想性不强，讽谏味道不浓，就不会感到过于不快。尤其是从百花齐放的角度出发，更应该给汉赋这种倾向性文学以一席之位。——其实不管你是否承认，几千年来就已有一部分赋在起着娱乐作用。如前面所说的，帝王把赋家当“言语侍从之臣”，当“弄臣”，就因为他们创作出专供帝王消遣娱乐的作品。至于《汉书·扬雄传》所说的：“往时武帝好神仙，相如上《大人赋》欲以风，帝反缥缥有凌云之志。”武帝不仅拿《大人赋》来消遣，而且想成仙，这个责任应当主要由武帝自己来负责。

最后我们要特别强调的是，汉赋不重视讽谏，陷入所谓“劝百风一”、“没讽谏之义”的境地，是与其重视发展文学艺术自身的特性、亦即发展文学艺术自身的艺术形式联系在一起的，这是一个了不起的新情况、新问题。它预示着文学艺术不甘心继续充当儒经的附庸，它要求充分发展自身的特点，使文学艺术自身成为一个独立的学科。换句话说，这是文学艺术觉醒的表现，是文学艺术自觉时代到来的象征，是值得我们大书特书的。

我们知道，在两汉，一方面是文学艺术还与史学、哲学、政论文混在一起，还没有成为一个独立的学科，这从《诗经》被认为是“经”书，与《书》、《礼》、《易》、《春秋》混在一起合称“五经”，即可见出；从汉人解经，把《诗经》视为代圣人立言即可见出；从《史记》、《汉书》未立《文苑传》，南朝宋人范晔写《后汉书》始立《文苑传》也可见出。另一方面，从汉武帝开始，“五经”的地位极高，成为朝廷大政的指南，成为人们一切行动的准则；写辞作赋也不例外，也当以“五经”为准绳，如扬雄说：“舍舟航而济乎渎者，末也；舍‘五经’而济乎道者，末也。”（《法言·吾子》）又说：“书不经，非书也；言不经，非言也；言书不经，多多赘矣！”（《法言·问神》）扬雄这里所说的“道”，当指人们所能达到的最高的思想境界，当然也就是儒家之道。扬雄以为，人们的思想修养，人们的言论行动，人们的著书立说——当然也包括写辞作赋，都应以儒经为依据，一旦脱离了儒经教训，就要走入歧途。而在扬雄看来，汉赋正是不经的东西。“诗人之赋丽以则，辞人之赋丽以淫。”（《法言·吾子》）“诗人之赋”，是指按《诗经》要求写的赋，很好，但很少；而“辞人”（也就是汉赋作者们）的赋，在扬雄的心目中，却是比比皆是的。所以他说：“赋可以讽乎？曰：讽乎！讽则已；不已，吾恐不免于劝也。”（同上）也因此，他对自己本来热衷于写赋深感后悔，才痛下决心“辍不复为”！

但也正由于汉赋背离了儒经的规矩，不按经典的要求进行创作，不是如孔子所说的“辞达而已矣”，而是写得非常华丽、美妙，“竞为侈丽闳衍之词”，也就如鲁迅一再称赞司马相如赋所说的富有文采等等，这才显示了汉赋已开始脱离了经典的轨迹，跳出了历史性散文、政论性散文和哲理性散文的畛域，显现出自己的艺术特点来；在尚未正式形成的文学艺术领域里率先举起义旗，宣告独立，从而为以后各种文学体裁的诞生发展扫清了道路；为文学艺术从儒经羁绊下解放出来，在意识形态里建立一门独立的学科奠定了基础。它的功德是无量的，在中国文学史上是具有划时代意义的。在这里，如果我们联系到鲁迅赞赏曹丕的“诗赋欲丽”和诗赋不必寓讽谏的主张，我们就会把问题看得更清楚。鲁迅敏锐地指出：“他（曹丕）说诗赋不必寓教训，反对当时那些寓训勉于诗赋的见解，用近代的文学眼光看来，曹丕的一个时代可说是‘文学的自觉时代’，或者近代所说是为艺术而艺术（Art for Art's Sake）的一派。”（《魏晋风度及文章与药及酒之关系》）这里，鲁迅把反对寓“教训”“训勉”——也即反对寓讽谏——与文学的“自觉时代”联系在一起，把“为艺术而艺术”与文学的“自觉时代”联系在一起，可以见出，在鲁迅的心目中，反对讽谏，“为艺术而艺术”，就是文学的“自觉时代”。鲁迅这里说的是曹丕时代，也是汉末建安中，而汉赋的鼎盛时期——西汉的中后期与东汉的前中期文学可能达不到这个水平。双方可能还有差距，如汉赋的作家不是反对讽谏，而只是不重视或忽视讽谏，弱化讽谏；汉赋的作家也不是“为艺术而艺术”，而只是追求华丽，讲究文采，所以还够不上曹魏时代文学的自觉水平。但汉赋作家与以曹丕为代表的建安作家的思想是相通的，他们都在讲究文学艺术的特点，为文学艺术摆脱经学的束缚，为文学的独立而贡献力量。尤其是，汉赋作家首先在自己的创作领域——赋作——里宣告独立，为曹魏时代整个文学的“自觉”独立奠定了坚实的基础。其功劳，其意义，不管多么高的评价都是不过分的。

和上一问题相联系的是，汉赋把文学艺术的特征推向一个崭新的阶段。首先，它把浪漫主义创作方法大大地向前推进了一步。对这个问题，自古至今几乎一直为人们所误解，其集中表现就是对“虚辞滥说”的批判。如班固说：“相如虽多虚辞滥说，然要其归，引之于节俭，此与《诗》之风谏何异？扬雄以为靡丽之赋，劝百而风一……曲终而奏雅，不已戏乎！”（《汉书·司马相如传赞》）在这里，可以看出，包括班固本人在内，对“虚辞滥说”都是持批评态度的。区别只在于：扬雄以为“虚辞滥说”使赋起不到良好的作用，班固则以为赋虽有过多的“虚辞滥说”，但其主旨还是引导人们注意节俭，与《诗经》的讽谏没有什么不同。扬雄对赋所作的这样的批评，我们在《汉书·扬雄传》里还可以找到印证：“（扬）雄以为赋者，将以风也，必推类而言，极丽靡之辞，闳侈巨衍，竞于使人不能加也。既乃归之于正，然览者已过矣。往时武帝好神仙，相如上《大人赋》欲以风，帝反缥缥有凌云之志。由是言之，赋劝而不止，明矣。”这里的“推类而言”至“竞于使人不能加也”四句，和所列举的司马相如的《大人赋》，说的就是赋的铺陈、华丽，尤其是赋的“虚辞滥说”问题。在扬雄看来，“虚辞滥说”的赋，不仅起不到劝善惩恶的作用，相反，还可能起到坏作用，《大人赋》即是其例。

东汉政论家王符（约 76～157）对此也极为反感。他说：“今赋颂之徒……竞陈诬罔无然之事，以索见怪于世，愚夫戆士，从而奇之，此悖孩童之思而长不诚之言也。”（《潜夫论·务本》）这里的“诬罔无然之事”，也就是“虚辞滥说”的意思。王符以为辞赋家通过这种不正当的手段来引起世人的注意，其后果是养成了年轻一代的不诚实。

但是，我们从上文扬雄批评司马相如的《大人赋》可以看出，扬雄所反对的“虚辞滥说”，实际上是一个浪漫主义创作方法的问题。因为司马相如的《大人赋》，极似屈原的《离骚》、《远游》，它描写“大人”不满“中州”地盘的狭小，便驾应龙，乘虚无，漫游天外。他还能驱使羡门、祝融等神仙为自己效劳。这不正是一篇具有浓厚的浪漫主义色彩的作品吗？

王充在批评司马相如的《大人赋》后接着批评扬雄说:"孝成帝好广宫室,扬子云上《甘泉颂》(即《甘泉赋》),妙称神怪,若曰此非人力所能为,鬼神力乃可成。皇帝不觉,为之不止。"(《论衡·谴告》)王充这里所批评的是,扬雄的《甘泉赋》极写甘泉宫殿的高耸广大,它高看不到顶,大望不到边,日月星辰从屋檐下经过,雷电在墙根处滚动,鬼神还没有爬到顶端,就纷纷跌落下来,简直可与神仙所居的"紫宫"相比,"此非人力之所为,党(倘)鬼神可也"。人力是建不起如此壮观的宫殿的,只有依靠鬼神的力量或许可以建成。这不正同样说明,《甘泉赋》通过极度的夸张来表现他的浪漫主义倾向吗?

在这里顺便说明一下:扬雄早期写赋是效法司马相如的,正如《汉书》本传所说的:"先是时,蜀有司马相如,作赋甚弘丽温雅,(扬)雄心壮之,每作赋,常拟以为式。"所以他受到王充的批评。后来,扬雄以为这样写的赋问题很多,起不到劝诫作用,因而"悔之","辍不复为",这个时候,他就回过头来批评他的老师——同乡老前辈——司马相如,所以才出现上文他既批评别人,而自己也挨批评的怪现象。

我们从刘勰《文心雕龙·夸饰》同样可以看出,汉赋的"虚辞滥说",实际上就是一个虚构夸张的问题——也即浪漫主义问题。《夸饰》篇说:"自宋玉、景差,夸饰始盛。相如凭风,诡滥愈甚。故上林之馆,奔星与宛虹入轩;从禽之盛,飞廉与鷦鹩俱获。及扬雄《甘泉》,酌其余波,语瓌奇则假珍于玉树,言峻极则颠坠于鬼神。至《东都》之比目,《西京》之海若,验理则理无可验……"刘勰这里所批评的无非是汉四大赋家赋作中出现了一些极度夸张的事例,或写了一些无法检验的神物。而所有这一切,我们都可以用"虚构夸张"四字来囊括,这不正是浪漫主义创作方法问题吗?但刘勰对此也是持批评态度的。联系到刘勰在《文心雕龙·辨骚》篇里对屈原《离骚》、《天问》的非难(所谓"诡异之辞"、"谲怪之谈"),我们对刘勰非议汉赋也就很好理解了。

那么为何两汉前后人们对虚构夸张的浪漫主义表现手法都要大加反对呢?关键就在于文学艺术在这个时候还没有成为一个独立的科学,还处在儒家经典附庸的地位。对一切艺术创作,人们都要用经书的标准去衡量。《诗经》里虽然有一些浪漫主义的作品,但人们都把它们解释为比兴。"比者,比方于物也。"(郑玄《周礼》"大师"条注)"兴,引譬连类。"(何晏《论语集解》引孔安国语)也即只认为是一般的表现方法问题,是史传等经书中也时有出现的,而不懂得是属于文艺作品的创作方法问题。刘勰《文心雕龙·比兴》说:《诗经》是采用"'金锡'(《卫风·淇奥》)以喻明德,'珪璋'(《大雅·卷阿》)以譬秀民,'螟蛉'(《小雅·小苑》)以类教诲,'蜩螗'(《大雅·荡》)以写号呼,'澣衣'(《邶风·柏舟》)以拟心忧,'席卷'(《邶风·柏舟》)以方志固,凡斯切象,皆比义也。至如'麻衣如雪'(《曹风·蜉蝣》),'两骖如舞'(《郑风·大叔于田》),若斯之类,皆'比'类也。楚襄信谗,而三闾忠烈,依诗制骚,讽兼比兴。炎汉虽盛,而辞人夸毗,诗刺道丧，故兴义销亡”。同样明白无误地表明，南朝文论家刘勰仍停留在寻章摘句上，认为诗中以某句喻某事的这类表现手法问题，这在经书中也是多有的，而看不到这是文艺作品的浪漫主义创作倾向。对伟大的浪漫主义诗人屈原的作品也作如此理解，更清楚无误地暴露其对文艺作品的不理解，当然是东汉的王充。他在《论衡》里驳斥日浴汤谷，出于扶桑：“日，火也；汤谷，水也。水火相贼，则十日浴于汤谷，当灭败焉。火燃木。扶桑，木也，十日处其上，宜燋枯焉。今浴汤谷而光不灭，登扶桑而枝不燋不枯……故知十日非真日也。”批驳日中有乌，月中有兔、蟾蜍：“夫日者，天火也……火中无生物，生物入火中，燋烂而死焉，乌安得立？夫月者，水也……兔与蟾蜍，久在水中，无不死者。”（以上见《说日》）在王充心目中，根本没有神话传说这种文艺样式的概念，也不允许有虚构夸张的文艺作品的存在。这也就难怪，到西晋，左思在写作《三都赋》时，要迫不及待地把汉四大赋家的虚构夸张狠批一通，并明确表示，他写《三都赋》是百分之百地根据实有其事来写的：“其山川城邑，则稽之地图；鸟兽草木，则验之方志；风谣歌舞，各附（依傍）其俗；魁梧长者，莫非其旧。”因为他认为：“美物者，贵依其本；赞事者，宜本其实。匪本匪实，览者奚信。”只有讲实有其事，人们才相信。最后他还拿两种非文艺作品的儒家经典来作证：“且夫任土作贡，《虞书》所著；辨物居方，《周易》所慎。”可见，在左思脑子里，的确没有文学艺术这一学科门类，的确不允许有虚构夸张的诗文存在。

本来，作为一个文明古国，我国在秦以前就有大量的诗文出现。但文艺理论的产生，总要比文艺创作晚得多。这也是很正常的，因为文艺理论是文艺创作经验的总结。

然而文学艺术之所以迟迟不能独立出来则又与儒家思想对它的束缚有关，如儒家的经典《尚书·毕命》，就有“辞尚体要，不惟好异”。孔子虽然说：“祭如在，祭神如神在。”（《论语·八佾》）但他基本上是不信鬼神的：“子疾病，子路请祷。子曰：‘有诸？’子路对曰：‘有之。《诔》曰：祷尔于上下神祇。’子曰：‘丘之祷久矣！’”（《论语·述而》）孔子以为自己的言行已合于神明，不必再祷了。这是委婉地劝阻子路为他祈祷。“子不语怪、力、乱、神”（《论语·述而》），孔子就是不讲怪异、勇力、叛乱、鬼神。不仅如此，孔子从文章的经世致用出发，还反对冥思幻想，反对过分的华饰，提出“辞达而已矣”，提出“思无邪”。以孔子为代表的儒家的这种思想对后代影响是很大的，它势必严重地影响文学创作中浪漫主义的发展。尤其是汉代独尊儒术，把儒家“五经”吹捧到无以复加的程度，人们的一切言行，包括各种著述在内，都要以“五经”为准绳。如扬雄后期写的《法言·寡见》就说：“惟‘五经’为辩：说天者莫辩乎《易》，说事者莫辩乎《书》，说体者莫辩乎《礼》，说志者莫辩乎《诗》，说理者莫辩乎《春秋》。”在作者的心目中，“五经”可以把所有的著述都包括进去，而所有的著述又都必须以“五经”为准绳。他绝不允许任何文体超出“五经”的范围。正如扬雄自己所表示的：“书不经，非书也；言不经，非言也；书言不经，多多赘矣！”（《法言·问神》）“书恶淫辞之淈法度也！”（《法言·吾子》）在这种思想的指导下，文学艺术又怎能得到发展呢？扬雄后期狠批辞赋，自己决心“辍不复为”，不就是很好的证明吗？

王充公开宣称，他写《论衡》的主要动机是为了反对“虚妄”：“是故《论衡》之造也，起众书并失实，虚妄之言胜真美……”（《对作》）他反对汉代谶纬之书的胡编瞎造，自然是好的，但问题是他把文学艺术的夸张虚构也看成“虚妄”而加以反对，他不仅反对一切神话传说作品，而且对当时已被视为经典的《诗经》、《易经》、《尚书》中的一些夸张笔触，也加以反对，如《诗·大雅·云汉》的“靡有孑遗”，《易·丰》的“阒其无人”，《尚书·西伯戡黎》的“今我民罔弗欲丧”中的“靡”、“无”、“罔”，他都认为说得言过其实。就这方面说，他的思想真是比儒经还要纯粹，还要保守得多。以这种思想律文，哪里有文学艺术存在的余地？

总而言之，汉赋中“虚辞滥说”之所以受到非议，与文学艺术未获独立地位，与儒家保守思想是紧紧联系在一起的。

七

汉赋在艺术上的另一个特色是其文辞上的华丽和铺陈。这一点也往往为人们——从两汉一直到今天——所訾议。如《史记·太史公自序》就批评司马相如赋“靡丽多夸”，《汉书·叙传》也批评相如赋“寓言淫丽”、“文艳用寡”。扬雄也批评汉赋“极丽靡之辞”。他们都认为汉赋写得过分华丽，以致淹没了其思想内容。刘勰在《文心雕龙·诠赋》篇里也基本上接受这些观点，说：“然逐末之俦，蔑弃其本，虽读千赋，愈惑体要，遂使繁华损枝，膏腴害骨，无贵风轨，莫益劝戒。”意思是汉赋作家舍本求末，也即写得太华丽了，而又不大注意内容，这就有如花开得太多，压断了树枝；身体太胖了，损害了骨骼。有人以为刘勰这里只是批评汉赋群体中的末流作家，不包括司马相如等十家“辞赋之英杰”，其实不然，因为刘勰紧接着就说：“此扬子所以追悔于‘雕虫’，贻诮于‘雾縠’者也。”扬雄的“追悔”是指他早期学习司马相如写赋，把赋写得“弘丽温雅”，“沈博绝丽”，这里已明显把司马相如也牵进去了。更有甚者，扬雄还直接讥刺司马相如的赋，讥刺他之前的赋家（见《汉书·扬雄传》），所以刘勰在这里既然同意扬雄所悔所诮，当然也就等于说他的批评是把司马相如等也包括进去的。这点从《文心雕龙·情采》篇还可得到印证。《情采》篇说：“昔诗人什篇，为情而造文；辞人赋颂，为文而造情。……故为情者要约而写真，为文者淫丽而烦滥。”刘勰对所有赋家的文采的确是不大满意的。清人魏谦升（生卒年不详）也完全沿袭刘勰的看法，他批评汉赋“妖歌曼舞，终嫌不肃；繁华损枝，贻诮雾縠”（《赋品·丽则》）。

但上述指责也是不足取的。这是因为，是他们都忽视了文学艺术的特征，基本上都是站在汉儒的立场，拿“五经”来作为衡量一切文字的标准，如扬雄在《法言·吾子》篇说：“女恶华丹之乱窈窕也，书恶淫辞之淈法度也。”扬雄这里所说的“书”，当然指包括辞赋在内的所有一切形诸文字的书籍；扬雄这里所说的“淫辞”主要是指辞赋，因为他说过“辞人之赋丽以淫”；扬雄这里所说的“法度”，其实也就是儒家“五经”的同义词，因为扬雄说过：“不合先王之法者，君子不法也……观书者譬诸观山及水，升东岳而知众山之逦迤也，况介丘乎？浮沧海而知江河之恶沱也，况枯泽乎？舍舟航而济乎渎者，末矣；舍‘五经’而济乎道者，末矣。”(《法言·吾子》)如果我们遵从类似扬雄等人的意见，接受他们对汉赋文采的批评，用儒经作为衡文的标准，那无异于同意他们取消文学艺术。

其实，文艺作品讲究文采，这本来就是不言而喻的道理，文艺作品正是凭借她的艺术文采等特点，才使她与史论等其他文体区别开来，这也正是她的力量能否充分发挥的关键所在。基于这种认识，曹魏杰出文论家曹丕第一次明确提出：“夫文本同而末异，盖奏议宜雅，书论宜理，铭诔尚实，诗赋欲丽。”(《典论·论文》)对各种不同文体提出不同要求，而对诗赋主张写得华丽。对曹丕这种观点，鲁迅是十分赞赏的，他充分肯定了曹丕在自己理论指导下进行的创作艺术实践。他说：“曹丕做的诗赋很好，因他以‘气’为主，故于华丽之外，加上壮大。”(《魏晋风度及文章与药及酒之关系》)鲁迅甚至直接称赞历来往往被指为“竞为侈丽闳衍之词”的代表赋家司马相如。他说：“司马相如在文学史上也还是很重要的作家。为什么呢？就因为他究竟有文采。”(《且介亭杂文二集·从帮忙到扯淡》)在《汉文学史纲要》里，他更称颂司马相如：“不师故辙，自抒妙才，广博闳丽，卓绝汉代。”在这里，如果联系到两汉文学艺术尚未从史论经典中独立出来，我们就会更加珍视汉赋注重文采的历史意义。汉赋注重文采意味着她对儒家经典的背叛，宣告了文学艺术自立门户的开始，预示着“文学自觉时代”的来临。

对汉赋的铺陈，人们也多有非议。的确，汉赋在铺陈手法上，存在着许多问题，如人们常指摘的，汉赋模山范水，字必鱼贯，铺陈堆砌，殆同书钞。但如以此来论定汉赋铺陈的功过，那就未免差之毫厘，失之千里了。汉赋的铺陈在中国文学发展史上的功绩是不可抹杀的。刘勰说：“赋者，铺也。铺采摛文，体物写志也。”(《文心雕龙·诠赋》)这也就是说，赋通过铺陈文采，来描绘事物，抒发情志。所谓“极声貌以穷文”——极力描绘客观事物的声音容貌，以穷尽辞藻运用的能事；所谓“品物毕图” ——把事物的情貌通通描绘出来；所谓“写物图貌，蔚似雕画”——描绘客观事物的声貌，就像雕刻绘画那样惟妙惟肖。汉赋铺陈文采，描绘客观世界，的确是先秦诗文所无法比拟的。究其原因，当有两点：

其一，历史的发展，社会的前进，给文学艺术提供了新的创作源泉，也提出了新的创作要求。说得更具体一点，就是要求有一种崭新的文体，能把眼前令人眼花缭乱的现实世界描绘出来。因而以铺陈无方、描绘精细见长的汉赋也就应运而生了。这正如刘熙载所说：“诗言持，赋言铺，持约而铺博也……赋起于情事杂沓，诗不能驭，故为赋以铺陈之。斯于千态万状，层见迭出者，吐无不畅，畅无或竭。”(《艺概·赋概》)

其二，文学艺术的进步。我们知道，先秦极强调“诗言志”(《尚书·尧典》)、“诗言是其志也”(《荀子·儒教》)、“诗以道志”(《庄子·天下》)。事实也确乎如此，先秦诗歌多是作者用以抒发自己的思想感情，对客观世界描绘得较少。这也大体上符合人们思维的规律和文学艺术发展的进程。如鲁迅所说的最早诗歌“杭育杭育派”，就纯属劳动者为减轻自己肩上的重压而发出的咏叹。《诗经》里的诗歌虽大大地前进了一步，但基本上还属短制的抒情诗，诗中很少有铺陈的笔墨。《楚辞》比起《诗经》又有所进步，不仅篇幅加长，而且更能够借周围事物来抒发作者自己的感情；但其还是很少对客观事物作直接的正面的描绘。只有汉赋，才把自己的注意力由诗人内心转向外界空间，使自己的视野无限地扩大，题材也无限地增多，内容无限地丰富。汉赋这种笔法，应该说是文学艺术表现力的跃进，是文学艺术进步的表现。其后，汉赋的铺陈笔法又为诗词所吸收，即所谓“以赋入诗”、“以赋入词”等等，这对诗词的发展无疑起到了良好的作用。

龚克昌

2011 年 3 月

底本说明

《文选》,北京:中华书局,2005。据清嘉庆十四年胡克家重刻宋淳熙本影印。

《艺文类聚》,上海:上海古籍出版社,1982。据中华书局排印宋绍兴本重印。

《古文苑》,《四部丛刊》本。

《江文通集》,《四部备要》据梁氏校刻本校刊。

《西京杂记校注》,(汉)刘歆撰,(晋)葛洪集,向新阳、刘克任校注。上海:上海古籍出版社,1991。

《初学记》,北京:中华书局,1985。据清古香阁本影印。

《楚辞补注》,《四部备要》据汲古阁宋刻洪本校刊。

《楚辞章句》,台北:新文丰出版公司,1984。

《孔丛子》,《四部丛刊》本,影印杭州叶氏藏明翻宋本。

《孔丛子》,《汉魏丛书》本,长春:吉林大学出版社,1992。据明万历新安程氏刊本影印。

《北堂书钞》,《四库全书》本。(唐)虞世南撰,(明)陈禹谟补注。

《北堂书钞》,台北:宏业书局,1974。据(隋)虞世南撰,(清)孔光陶校注。

《太平御览》,北京:中华书局,1962。据上海涵芬楼影印宋本重印。

《汉魏六朝百三名家集》,南京:江苏古籍出版社,2001。据清光绪五年彭懋谦信述堂刊本影印。

《韵补》,台北:新文丰出版公司,1984。据清道光二十八年刊本影印。

目　录

陆贾

陆贾(约前 240～前 170),生卒年不详。楚人。汉初政治家、思想家、辞赋家,有辩才。他随汉高祖刘邦定天下。高祖十一年(前 196),他受命出使南越,南越王尉佗无礼又无知,不把高祖及其使臣放在眼里,陆贾晓以利害:“(汉)使一偏将将十万众临越,则越杀王降汉,如反覆手耳。”(见《史记·郦生陆贾列传》,下同)尉佗才开始收敛,向汉称臣。汉高祖厌恶《诗》、《书》,以为自己是马上得天下,是打出来的。陆贾开导他:“居马上得之,宁可以马上治之乎?”他以历史为鉴,告诉高祖,治天下要“文武并用”。高祖让他总结自己之所以得天下和秦之所以失天下的经验教训,他写出《新语》十二篇。“每奏一篇,高帝未尝不称善,左右呼万岁。”高祖死后,吕后擅权,陆贾为陈平划策,铲除诸吕。文帝即位后,他以太中大夫身份再度出使南越。“令尉他(佗)去黄屋称制,令比诸侯。”归以寿终。《汉书·艺文志》称其有赋四篇,今已佚。《孟春赋》仅存篇目。《史记》卷九十七、《汉书》卷四十三有传。

孟春赋

【说明】

此赋仅存目。《文心雕龙·才略》称:“汉室陆贾,首发奇采,赋《孟春》而选典诰(或疑为‘进《新语》’之误)。”

贾谊

贾谊（前200～前168），雒阳（今河南洛阳东）人。汉初著名的政论家和赋家。十八岁时，即“以能诵诗属书闻于郡中”（《史记·屈原贾生列传》，下同）。年二十余，被汉文帝召为博士。由于他博学多才，“每诏令议下，诸老先生不能言，贾生尽为之对，人人各如其意所欲出”。因而一年中，被破格升为太中大夫。当时“诸律令所更定，及列侯悉就国，其说皆自贾生发之”。贾谊益得文帝的爱重，拟将之提拔到“公卿”之位置。但贾谊提升得太快了，并且此时贾谊欲大展其才，“悉更秦之法”，其改革也推行得太激烈，因此他的言行引起了周勃、灌婴等老臣的妒恨。他们一起指责贾谊“年少初学，专欲擅权，纷乱诸事”，文帝听信谗言，贬贾谊为长沙王太傅。后改迁为梁怀王太傅。贾谊的才能抱负得不到施展，郁郁寡欢，随后死去，年仅三十三岁。《史记》卷八十四、《汉书》卷四十八有传。明人辑有《贾长沙集》。

吊屈原赋

谊为长沙王太傅，既以谪去，意不自得。及渡湘水，为赋以吊屈原。屈原，楚贤臣也。被谗放逐，作《离骚》赋，其终篇曰："已矣哉！国无人兮，莫我知也。"遂自投汨罗而死。谊追伤之，因自喻。其辞曰：

恭承嘉惠兮[1]，俟罪长沙[2]。侧闻屈原兮[3]，自沉汨罗[4]。造托湘流兮[5]，敬吊先生。遭世罔极兮[6]，乃殒厥身[7]。呜呼哀哉！逢时不祥！鸾凤伏窜兮[8]，鸱枭翱翔[9]。阘茸尊显兮[10]，谗谀得志[11]；贤圣逆曳兮[12]，方正倒植[13]。世谓随夷为溷兮[14]，谓跖蹻为廉[15]；莫邪为钝兮[16]，铅刀为铦[17]。吁嗟默默[18]，生之无故兮[19]！斡弃周鼎[20]，宝康瓠兮[21]。腾驾罢牛[22]，骖蹇驴兮[23]。骥垂两耳，服盐车兮[24]。章甫荐履[25]，渐不可久兮[26]。嗟苦先生，独离此咎兮[27]。

讯曰[28]：已矣[29]！国其莫我知兮[30]，独壹郁其谁语[31]？凤漂漂其高逝兮[32]，固自引而远去[33]。袭九渊之神龙兮[34]，沕深潜以自珍[35]；偭蟂獭以隐处兮[36]，夫岂从虾与蛭螾[37]？所贵圣人之神德兮[38]，远浊世而自藏；使骐骥可得系而羁兮[39]，岂云异夫犬羊？般纷纷其离此尤兮[40]，亦夫子之故也[41]。历九州而相其君兮[42]，何必怀此都也[43]？凤凰翔于千仞兮[44]，览德辉而下之[45]。见细德之险征兮[46]，遥曾击而去之[47]。彼寻常之汙渎兮[48]，岂能容夫吞舟之巨鱼[49]？横江湖之鳣鲸兮[50]，固将制于蝼蚁[51]。

【说明】

此赋见《文选》卷六十，《艺文类聚》卷四十、《史记》卷八十四、《汉书》卷四十八亦收录。（本书体例皆以第一部文献为原本，校以其他文献。若有多条来源，则在该条之后加注）在《昭明文选》中作《吊屈原文》。《汉书·贾谊传》说:“谊既以適(谪)去,意不自得,及渡湘水,为赋以吊屈原。屈原,楚贤臣也,被谗放逐,作《离骚赋》……遂自投江而死,谊追伤之,因以自谕。”“自谕”云云,就是借描述屈原来表现作者自己,表面上是揭露屈原生活时代社会的黑暗,为屈原所遭受的不公正待遇鸣不平,实则是抒发个人的情怀,倾吐个人的心曲,为自己遭谗受谤、为自己的才能不能为世所用而悲伤、怨恨,而愤愤不平。赋中写了瑞鸟与恶禽、宝物与劣货、骐骥与驽马、圣贤方正君子与卑微贪残小人,指出其间的贵贱优劣、贤良不肖全遭颠倒黑白。作者尽情列举,反复吟咏,可见其感触之深、愤激之烈。此赋当作于汉文帝三年(前177),贾谊初谪长沙时。

【注释】

①承:接受。嘉惠:好的恩惠。实指被贬长沙。

②俟罪:待罪,表示对自己的任职惴惴不安,唯恐力薄才疏而渎职犯罪。这是客套话。长沙:汉初封吴芮为长沙王,其国在今湖南省东部。贾谊曾为长沙王太傅。太傅,官名,春秋时晋国置,为辅国君之官,后各朝代多沿置。西汉宫官有太子太傅,诸侯国也置太傅。无实权。

③侧闻:就是侧耳而闻,是谦虚之辞。《列子·天瑞》:“夫子尝语伯昏人,吾侧闻之。”

④汨罗:水名,湘江支流,在今湖南省东北部。

⑤造:到。托:寄托。

⑥遭世罔极:就是遭到是非不分的统治者。罔,无。极,准则。

⑦陨:通“殒”,就是死亡。厥:其,指屈原。

⑧伏窜:隐伏逃窜。

⑨鸱枭:即鸱鸮,猫头鹰一类的鸟,古代以为恶鸟,常用以比喻小人,与上句以鸾凤喻君子正相反。

⑩阘茸(tà róng 踏容):喻鄙陋无能的人。

⑪谗谀:指惯于诋毁和谄媚的人。

⑫逆曳:倒着拖拉。

⑬方正:指品性刚毅正直的人。

⑭随夷:卞随和伯夷。相传商汤曾想把天下让给卞随,随认为这是把他当贪婪之人,于是投水而死。相传伯夷与其弟叔齐互让君位而出奔,又反对周武王伐纣,不食周粟而死。溷(hùn 混):混浊。

⑮跖(zhí 直):传说是春秋时奴隶起义的领袖,被诬为“盗”。蹻(jué 决):庄蹻,战国时楚人,也被诬为“大盗”。

⑯莫邪(yé 爷)：古代名剑，相传是春秋时楚国名匠莫邪所铸，故名。

⑰铅刀：用铅铸的刀，刀刃柔软，不能割物。铦(xiān 先)：锋利。

⑱吁嗟：叹息声。默默：不得志、默默无闻的意思。

⑲生："先生"的简称，指屈原。无故：指屈原无端遭到横祸。故，原因。或以为通"辜"，亦通。

⑳斡(wò 握)弃：旋转抛弃。周鼎：周朝的传国宝鼎。

㉑宝：作动词用，以……为宝。康瓠：大葫芦。康，大。或以为通"漮"，空虚的意思，亦通。

㉒腾：乘。罢：通"疲"。

㉓骖(cān 参)：古代驾在车前两旁的马。蹇(jiǎn 减)：跛足。

㉔服：驾。盐车：拉盐的车。《战国策·楚策四》："服盐车而上太行。"

㉕章甫：殷代冠名。就是缁布冠，成人戴的礼幅。荐：垫。这句是说：用帽子垫鞋，喻是非贵贱颠倒。

㉖渐：逐渐，浸渍损蚀的意思。指以帽垫鞋，很快就要损坏。

㉗离：通"罹"，遭遇。咎：罪。

㉘讯：告。相当于《楚辞》中的乱辞，就是本文讲完又重宣其意。

㉙已矣：算了吧！

㉚国：国人，指统治者。其：助词。莫我知：即莫知我，不知我。

㉛壹郁：即抑郁。

㉜漂漂：同"飘飘"，高飞的样子。

㉝引：避开。

㉞袭：因袭，这里有仿效的意思。九渊：九重下的深渊，极言其深。

㉟沕(mì 密)：潜藏的样子。

㊱偭(miǎn 勉)：背。蟂(xiāo 枭)：鳄鱼一类的动物。蟂、獭：都是吃鱼的动物。

㊲蛭(zhì 至)：水蛭，俗称"蚂蟥"。螾：同"蚓"，即蚯蚓。

㊳神德：非常崇高的德行。

㊴系、羁：都是捆缚的意思。

㊵般：通"斑"，纷乱。尤：罪过。

㊶夫子：这是对屈原的尊称。这句是说：屈原吃了那么些苦头，是因为他自己不能像凤、龙那样或翱翔或深藏的缘故。

㊷九州：中国古分九州。相：辅助。

㊸此都：指楚国郢都。实指楚国。

㊹仞：古七尺或八尺为一仞。千仞：喻其高。

㊺德辉：品德的光辉。

㊻细德：鄙微的德行，指细人、小人。险征：危险的征候。

㊼遥：远。曾：高举的样子。击：搏击。这句是说：高飞远逝。

㊽寻：古八尺为寻。常：古十六尺为常。汙：通“污”，池塘。渎：小水沟。

㊾吞舟之巨鱼：形容鱼极大，可以吞船。

㊿鳣（zhān 沾）：即鲟鳣，江湖及近海中的一种无鳞大鱼。

51蝼蚁：蝼蛄和蚂蚁。喻细小的动物。

鹏鸟赋

谊为长沙王傅，三年，有鹏鸟飞入谊舍[1]，止于坐隅[2]。鹏似鸮，不祥鸟也。谊既以谪居长沙，长沙卑湿[3]，谊自伤悼，以为寿不得长，乃为赋以自广[4]。其辞曰：

单阏之岁兮[5]，四月孟夏，庚子日斜兮[6]，鹏集予舍。止于坐隅兮，貌甚闲暇。异物来萃兮[7]，私怪其故[8]。发书占之兮[9]，谶言其度[10]，曰："野鸟入室兮，主人将去。"请问于鹏兮："予去何之？吉乎告我，凶言其灾[11]。淹速之度兮[12]，语予其期。"鹏乃叹息，举首奋翼[13]，口不能言，请对以臆[14]：

"万物变化兮，固无休息。斡流而迁兮[15]，或推而还[16]。形气转续兮，变化而嬗[17]。沕穆无穷兮[18]，胡可胜言！祸兮福所倚，福兮祸所伏[19]。忧喜聚门兮[20]，吉凶同域[21]。彼吴强大兮，夫差以败；越栖会稽兮，勾践霸世[22]。斯游遂成兮，卒被五刑[23]；傅说胥靡兮，乃相武丁[24]。夫祸之与福兮，何异纠纆[25]。命不可说兮，孰知其极[26]！水激则旱兮[27]，矢激则远。万物回薄兮[28]，振荡相转[29]。云蒸雨降兮[30]，纠错相纷[31]；大钧播物兮[32]，坱圠无垠[33]。天不可预虑兮[34]，道不可预谋[35]。迟速有命兮，焉识其时[36]。

"且夫天地为炉兮，造化为工[37]；阴阳为炭兮，万物为铜。合散消息兮，安有常则[38]？千变万化兮，未始有极[39]。忽然为人兮，何足控抟[40]；化为异物兮，又何足患[41]！小智自私兮[42]，贱彼贵我；达人大观兮，物无不可[43]。贪夫殉财兮[44]，烈士殉名；夸者死权兮，品庶每生[45]。怵迫之徒兮，或趋西东[46]；大人不曲兮，意变齐同[47]。愚士系俗兮，窘若囚拘[48]；至人遗物兮[49]，独与道俱。众人惑惑兮，好恶积亿[50]；真人恬漠兮，独与道息[51]。释智遗形兮，超然自丧[52]；寥廓忽荒兮，与道翱翔[53]。乘流则逝兮，得坻则止[54]；纵躯委命兮，不私与己[55]。其生兮若浮，其死兮若休[56]。澹乎若深渊之静，泛乎若不系之舟[57]。不以生故自宝兮，养空而浮[58]。德人无累[59]，知命不忧。细故蒂芥兮，何足以疑！"

【说明】

此赋见《文选》卷十三、《史记》卷八十四、《汉书》卷四十八、《艺文类聚》卷九十二。

贾谊被放长沙，这对一个满腹经纶、一心用世的二十几岁青年来说，无疑是一个巨大的打击。他的心情肯定十分恶劣。这时，一只不祥之鸟又飞抵坐隅，这又是一个刺激。贾谊内心无法平静，他一定想得很多，但都无法自我解脱。他不能效仿屈原，让哀怨、悲愁、愤懑永远缠身，那是一条送命的途径，他不能走。他方富于年，来日方长。但仕进无门，出路何在？他只好写此赋来"自广"。"自广"云云，即寻求一种口实、一个道理，来排除自己的愁闷，解开自己的郁结。这是一种自我安慰、自我排解，实际上也是自我解嘲的手法。所以赋中所宣扬的道家那一套齐生死、等荣辱、顺天委命的虚无消极观点，不能看实，不可相信。贾谊随后被文帝召回京都，又"数上疏，陈政事，多所欲匡建"，亦即整天为汉王朝出谋划策，整天在那里"痛哭"、"流涕"、"长太息"，整天想建功立业，显名于世，即可证明。

贾谊这种作赋自我安慰、自我宽解、自我解嘲，实是自欺欺人的手法，常为后世不得志的文人所仿效，扬雄的《解嘲》、班固的《答宾戏》、张衡的《应间》，即属于这类作品。连伟大的史学家司马迁也受其影响，他"读《服（同"鹏"）鸟赋》，同死生，轻去就，又爽然自失矣"！

【注释】

①鹏：楚人称鸮为鹏，也是猫头鹰一类的鸟。

②隅：角落。

③卑湿：低洼潮湿。

④自广：自我宽慰。

⑤单阏（è厄）：太岁星在卯为单阏，这里是指汉文帝六年（前174），这一年岁在丁卯。

⑥庚子：指四月的庚子那一天。日斜：太阳西斜。

⑦异物：怪异之物，指鹏鸟。萃：停止。

⑧私：暗自。故：原因。

⑨发书：指打开占卜用的书。

⑩谶(chèn 趁):预言吉凶祸福的话。度:数,定数。

⑪灾:祸害。

⑫淹速:迟早。指命运的长短。淹,迟,滞留。

⑬奋翼:扑打翅膀。

⑭请对以臆:请以猜测之语作为回答。

⑮斡(wò 卧)流:运转。迁:变化。

⑯推:推移。还:回。这句指回旋往复。

⑰形气:指有形体和无形体的物质。转续:转化接替。而:通“如”。蟺:通“蝉”。这两句是说:形与气的转化交替如蝉之蜕皮一样。

⑱沕(wù 勿)穆:精微深远的样子。

⑲《老子》第五十八章:“祸兮福所依,福兮祸所伏。”倚:依托。伏:隐藏。

⑳聚门:聚集同一家门。

㉑同域:同在一个地方。域,境界,范围。

㉒吴:指春秋时吴国。夫差:春秋末吴国国君。越:指春秋时越国。栖:居住。会稽:会稽山,在今浙江省绍兴市。勾践:春秋末越国国君。这两句指春秋末年吴越两国的争战,以及其强弱兴衰变化。事见《国语·越语》及《史记》吴越史事。

㉓斯:即秦国丞相李斯。被:遭受。五刑:古代的五种刑罚,这里指李斯被腰斩。事见《史记·李斯列传》。

㉔傅说:殷代贤者。胥靡:古代称一种奴隶,因被缚强迫劳动,故名。汉代还用以称一种轻刑。胥,相互。靡,系缚。武丁:殷高宗的名。此两句事见《尚书·商书》。

㉕纠纆(mò 墨):指绳索相互纠缠在一起。纠,两股的绳。纆,三股的绳。

㉖说:解说。极:终极。

㉗激:冲激,压迫。旱:通“悍”,指水的汹涌,湍急。

㉘回薄:就是反复激荡。薄,逼。

㉙相转:相互转化。

㉚蒸:热气上升。

㉛纠错相纷:纠缠错综,纷纭复杂。

㉜大钧:指天,大自然。钧是古代制陶器的转轮,自然界的形成犹如钧制造陶器。播物:运转造物。

㉝坱圠(yǎng yà 养亚):茫无边际的样子。垠:边际。

㉞预虑:事前想到。

㉟预谋:事先计划到。

㊱迟速:即前文的“淹速”,指寿命的长短。时:期限。

㊲工:巧匠。

㊳合散：聚合消散。消息：生灭，盛衰。消，灭。息，生长。常则：一定的规律。

㊴未始：未尝。极：终极，终点。

㊵忽然：偶然。控：引持。抟（tuán 团）：捏搓。控抟，引申为爱惜生命。

㊶异物：指死。因为死人与活人不同，故云。与前文中“异物”意义不同。患：忧虑。

㊷小智：指目光短浅的人。

㊸达人：知命通达的人。大观：眼光远大。可：适宜。

㊹贪夫：贪图钱财的人。殉财：为财而死。

㊺夸者：追求权势虚伪的人。品庶：众庶，即众人。每：贪恋。

㊻怵迫：为利所诱迫。趋西东：东西奔跑。

㊼大人：指道德高尚的人。不曲：不肯弯曲。指不肯屈志从俗。意变齐同：就是事物的千变万化在大人看来都是一样。意，通“亿”。这是道家等生死、齐祸福的思想。

㊽愚士：即蠢人。系俗：被世俗所牵累。窘：困迫。

㊾至人：道德完善的人，亦即圣人。遗物：抛弃一切外物，也即清除一切杂念。

㊿惑惑：思想十分迷乱。积亿：堆积在心中。亿，通“臆”，心中。

(51)真人：道家所称的修真得道的人。恬漠：恬静，淡漠。指自己的内心不为外界事物所干扰。息：止，处。

(52)释：放弃。遗：丢掉，忘却。超然：超脱于物外的样子。自丧：忘却自身。

(53)寥廓：深广的样子。忽荒：恍惚，模糊貌。寥廓忽荒：指元气未分之貌。翱翔：形容真人自由自在、逍遥自得的样子。

(54)坻（chí 池）：水中的小洲。这两句是说：随流行止，一任自然。

(55)纵躯委命：放开自己的身躯，听从命运安排。不私与己：不把身躯视为私有之物。

(56)浮：寄托。休：休息。这两句出自《庄子·刻意》。

(57)澹：恬静。泛：浮动。

(58)故：缘故。自宝：自爱，自贵。养空而浮：养空性而心如浮舟。

(59)德人：行道而有得于心的人，也即有德的人、道德高尚的人。《庄子·天地》：“德人者，居无思，行无虑，不藏是非美恶。”累：牵连，挂念。

【辨析】

一般学者以为此赋应作于汉文帝六年（前 174）。因为赋首句即曰：“单阏之岁兮。”裴骃《史记集解》注引徐广曰：“岁在卯曰单阏，文帝六年岁在丁卯。”钱大昕《廿二史考异》卷五指出，因为岁星绕行太阳一周的时间本来应该是十二年,但实际上的时间不到十二年,因此以为此赋应作于公元前 173 年。西方学者 Dubbs 在其英译的《汉书》中也指出,凡是在汉朝历法改革之前(前 104)的日期,都要加上三个月。因此,赋中提到的四月,其实应为农历七月。他总结认为此赋的写作日期为农历七月七日,即公元前 173 年阳历 6 月 1 日。(详见 Dubbs, Homer H., trans. *History of the Former Han Dynasty*. Vol. 1. Baltimore: Waverly Press, 1938-1955. pp. 154-160)

旱云赋

惟昊天之大旱兮，失精和之正理[①]。遥望白云之蓬勃兮，滃澹澹而妄止[②]。运清浊之澒洞兮，正重沓而并起[③]。嵬隆崇以崔巍兮，时彷佛而有似[④]。屈卷轮而中天兮[⑤]，象虎惊与龙骇。相抟據而俱兴兮，妄倚俪而时有[⑥]。遂积聚而给沓兮，相纷薄而慷慨[⑦]。若飞翔之从横兮，杨波怒而澎濞[⑧]。正帷布而雷动兮，相击冲而碎破。或窈窕而四塞兮[⑨]，诚若雨而不坠。阴阳分而不相得兮，更惟贪邪而狼戾[⑩]。终风解而霰散兮，陵迟而堵溃[⑪]。或深潜而闭藏兮，争离而并逝[⑫]。廓荡荡其若涤兮，日炤炤而无秽[⑬]。隆盛暑而无聊兮，煎砂石而烂渭[⑭]。汤风至而含热兮，群生闷满而愁愦[⑮]。畎亩枯槁而失泽兮[⑯]，壤石相聚而为害。农夫垂拱而无聊兮，释其鉏耨而下泪[⑰]。忧疆畔之遇害兮，痛皇天之靡惠[⑱]。惜稚稼之旱夭兮，离天灾而不遂[⑲]。怀怨心而不能已兮，窃托咎于在位[⑳]。独不闻唐虞之积烈兮，与三代之风气[㉑]。时俗殊而不还兮，恐功久而坏败[㉒]。何操行之不得兮，政治失中而违节[㉓]。阴气辟而留滞兮，猒暴至而沉没[㉔]。嗟乎！惜旱大剧，何辜于天无恩泽[㉕]。忍兮啬夫[㉖]，何寡德矣！既已生之，不与福矣[㉗]！来何暴也！去何躁也[㉘]！孳孳望之，其可悼也[㉙]！憭兮慄兮，以郁怫兮[㉚]。念思白云，肠如结兮。终怨不雨[㉛]，甚不仁兮。布而不下，甚不信兮。白云何怨，奈何人兮[㉜]。

【说明】

此赋见《古文苑》卷三、《艺文类聚》卷一百，此外，还散见于《文选》和《北堂书钞》。

此赋作描写了干旱的肆虐、禾苗的枯焦和农民的愁苦。作者对农民的不幸表现了强烈的同情，并由此而盼天下雨，怨天不雨，更进而追究造成天旱的原因:“托咎于在位”,即旱灾是统治者造成的。可谓大胆直言,一针见血。

此赋的笔法亦极值得注意。赋描绘了白云的运动、积聚、飞腾、相搏,以及风吹云散、天空如洗、皓日当空、热浪腾起、河水断流、禾苗枯焦、农夫愁苦等景象,绘声绘色,细致生动。像《旱云赋》这样对客观事物进行细腻描绘的作品,在先秦是不多见的,这说明以抒情为主要特征的先秦诗作已开始转向以铺陈描写为特征的汉大赋。这是文学史上的一个进步。

据《史记》、《汉书》记载,文帝在位期间共发生三次大旱。此赋当为描写文帝前元九年(前171)那次大旱。那时贾谊历经封建统治集团的排挤迫害,又备尝四年以上的谪居生活,对封建王朝的黑暗已有一定的认识,但他雄心未泯,仍想竭力加以救治。赋中表现的正是这种思想。

【注释】

①昊天:指夏天。《尔雅·释天》:“夏为昊天。”精和:指阴阳协调,精纯和合。精,生成万物的阴阳之气。正理:正常的法则。

②蓬勃:盛貌。《艺文类聚》卷一百作“酆淳”,其意亦为丰盛纯厚。滃(wěng蓊):云气腾涌貌,青烟弥漫貌。《汉书·扬雄传上》:“郁萧条其幽蔼兮,滃泛沛以丰隆。”澹澹:荡漾貌。妄止:不停止。妄,无、不。云兴而不雨,所以云是妄兴空出。

③清浊:指云气浑浊纷乱。澒洞(hòng tóng 讧同):也作“洪洞”、“鸿洞”,绵延弥漫貌。重沓:重叠杂乱。

④嵬(wéi 惟):高峻貌。隆崇:既大又高的样子。崔巍:高峻的样子。似:通“以”,作“用”解,与上文“妄止”相对。

⑤屈:卷曲,形容后文“卷轮”。中天:天空之中。

⑥抟摅(tuán jù 团聚):结聚相依。摅,通“据”。妄:乱。倚俪:指云层相互依傍。

⑦给沓:《文选·谢朓〈敬亭山诗〉》李善注引作“合沓”,重叠的意思。纷薄:盛多而相迫。慷慨:指云气翻腾激荡。

⑧从横:即“纵横”,指云气恣肆飞奔。杨波:杨侯之波。杨侯:即阳侯,传说中的波涛之神。按,《古文苑》(《四库全书》本)卷三即作“阳波”。澎濞(bì 毕):波涛相互冲击的声音。

⑨窈窕:深远的样子。四塞:布满充塞。

⑩不相得:指阴阳不协调。狼戾:如狼性般的贪婪横暴。

⑪终：既。这句应读为：终－风解－而－霰散。陵迟：山陵隳毁。堵溃：土墙崩溃。这句写风停云散。

⑫争离、并逝：争相离散、消失。这句写黑云的散失。

⑬廓：空。荡荡：广大的样子，形容“廓”。涤：冲洗。炤炤：同“昭昭”，光明的样子。

⑭“隆盛暑”句：《文选·潘岳〈在怀县作二首〉》李善注引作“隆盛暑其无聊”。隆：盛。隆盛暑，即隆暑或盛暑。隆盛迭用，以加强语气。烂渭：渭水滚烫。

⑮汤风：热风。群生：众生，即百姓。闷满：烦忧。满（mèn 闷），通“懑”。愁愦：忧愁昏乱。

⑯畎（quǎn 犬）亩：田地。泽：雨露。

⑰垂拱：手下垂而拱。喻无事无为。钼：“锄”的异体字。耨（nòu）：小手锄。

⑱疆畔：田边，田地。靡惠：不施恩惠。

⑲离：通“罹”，遭受。不遂：不能顺利成长。

⑳托咎：归罪。在位：指统治者，当权派。

㉑唐虞：指唐尧、虞舜。三代：指夏、商、周三个朝代。

㉒不还：不再出现。功久而坏败：功业建立，长久之后，恐怕要崩坏。

㉓违节：背离法度。

㉔辟（bì 避）：聚。《史记·扁鹊仓公列传》：“则邪气辟矣。”司马贞《索隐》：“辟，犹聚也。”猒（yàn 雁）：通“餍”，足。猒暴：横暴，强暴。沉没：沉溺，喻百姓艰辛，民不聊生。

㉕剧：甚，极。何辜于天：即在哪里得罪于天。

㉖忍：残忍，狠心。啬夫：官名，周置，汉为卿官，职掌听讼、收税。

㉗与：给予。

㉘暴：凶猛。躁：急速。

㉙孳孳：同“孜孜”，勤勉的意思。这里指殷切地盼望云布雨施。悼：哀痛。

㉚憭、慄：凄凉，寒冷。郁怫：心情不畅的样子。

㉛终：竟。

㉜白云何怨，奈何人兮：《古文苑》章樵注：“天实为之，人其奈何？”

【辨析】

《古文苑》章樵注：“贾谊负超世之才，文帝将大用，乃为大臣绛、灌等所阻，卒弃不用，而世不被其泽，故托旱云以寓其意焉。”即贾谊把自己比作云，因客观环境的干扰，而无法成雨下降，以滋润万物。作为一种理解，也讲得通。

又，唐初欧阳询《艺文类聚》引此赋为东方朔所作。题为《旱颂》，录十句。此说可疑，因《古文苑》录有全赋，计七十余句。虽《古文苑》为宋人得于传为唐人之藏书者，来历不明，引人质疑，但唐初虞世南（558～638）编撰《北堂书钞》时，已引用《旱云赋》之句，指出作者为贾谊。虞世南与欧阳询（557～641）为同时代人。稍后几十年的大学者李善（？～689）为《文选》作注，频频引用《旱云赋》的文句，皆以此赋为贾谊所作。根据以上种种证据，宜断此赋为贾谊所作。

但是美国学者华盛顿大学康达维（David R. Knechtges）教授提出了另一种看法。他指出，《艺文类聚》卷一百有将本文题为东方朔（约前161～前86）的《旱颂》，如果将此文与《旱云赋》互相比较，则会发现两文内容极为相似。他认为《旱颂》和《旱云赋》同样都不可靠。因为：第一，班固的《汉书·东方朔传》没有列出这篇作品。第二，《旱云赋》所采用的韵是属于蜀地的，而贾谊是洛阳人。脂部和祭部的韵字通押的例子，只出现在来自蜀地作家的作品中，如司马相如和扬雄；或者出现在楚地赋家的作品中，如西汉刘向（前179～122）。唯一非楚、蜀的赋家中通押这两个韵部字的是来自鲁国的韦孟（？～约前152）。（参见周祖谟《汉魏晋南北朝韵部研究》，科学出版社1958年版，第168、171～172页）

惜誓

惜余年老而日衰兮，岁忽忽而不反[①]。登苍天而高举兮，历众山而日远。观江河之纡曲兮，离四海之霑濡[②]。攀北极而一息兮，吸沆瀣以充虚[③]。飞朱鸟使先驱兮，驾太一之象舆[④]。苍龙蚴虬于左骖兮，白虎骋而为右骓[⑤]。建日月以为盖兮，载玉女于后车[⑥]。驰骛于杳冥之中兮，休息虖昆仑之墟[⑦]。乐穷极而不厌兮，愿从容虖神明[⑧]。涉丹水而驼骋兮，右大夏之遗风[⑨]。黄鹄之一举兮，知山川之纡曲。再举兮，睹天地之圜方[⑩]。临中国之众人兮，托回飙乎尚羊[⑪]。乃至少原之墅兮，赤松、王乔皆在旁[⑫]。二子拥瑟而调均兮，余因称乎清商[⑬]。澹然而自乐兮，吸众气而翱翔。念我长生而久仙兮，不如反余之故乡[⑭]。黄鹄后时而寄处兮，鸱枭群而制之[⑮]。神龙失水而陆居兮，为蝼蚁之所裁[⑯]。夫黄鹄神龙犹如此兮，况贤者之逢乱世哉！寿冉冉而日衰兮，固儃回而不息[⑰]。俗流从而不止兮，众枉聚而矫直[⑱]。或偷合而苟进兮[⑲]，或隐居而深藏。苦称量之不审兮，同权槩而就衡[⑳]。或推迻而苟容兮，或直言之谔谔[㉑]。伤诚是之不察兮，并纫茅丝以为索[㉒]。方世俗之幽昏兮，眩白黑之美恶[㉓]。放山渊之龟玉兮，相与贵夫砾石[㉔]。梅伯数谏而至醢兮，来革顺志而用国[㉕]。悲仁人之尽节兮，反为小人之所贼[㉖]。比干忠谏而剖心兮，箕子被发而佯狂[㉗]。水背流而源竭兮，木去根而不长[㉘]。非重躯以虑难兮[㉙]，惜伤身之无功。已矣哉！独不见夫鸾凤之高翔兮，乃集大皇之墅[㉚]。循四极而回周兮[㉛]，见盛德而后下。彼圣人之神德兮，远浊世而自藏。使麒麟可得羁而系兮[㉜]，又何以异虖犬羊？

【说明】

此赋见《楚辞章句》卷十一。东汉王逸（114～120）解释《惜誓》说："惜者，哀也。誓者，信也，约也。言哀惜怀王与己信约而复背之……盖刺怀王有始而无终也。"(《楚辞章句》卷十一)作者对楚国最高统治者不分是非,不辨贤愚,进行了委婉的讥刺和愤恨的抨击:"方世俗之幽昏兮,眩白黑之美恶。放山渊之龟玉兮,相与贵夫砾石。梅伯数谏而至醢兮,来革顺志而用国。悲仁人之尽节兮,反为小人之所贼……"这实际上也是借屈原之遭遇来抨击时事,来发泄自己的忧愤。

【注释】

①忽忽:形容时间过得快。

②纡曲:弯曲。霑濡:沾湿。

③息:休息。沆瀣:北方夜半清和之气。充虚:即充饥。

④朱鸟:一种神鸟。太一:神名。战国宋玉《高唐赋》:"醮诸神,礼太一。"《史记·封禅书》:"天神贵者太一。"象舆:即象车。

⑤蚴虬(yǒu qiú 友求):屈曲行动的样子。骖(cān 参)、骓(fēi 非):驾车时位于两边的马。

⑥盖:指以日月之光作为车盖。玉女:神女。

⑦虖(hū 忽):通"乎"。驰骛:奔走。杳冥:指天空,高远之处。宋玉《对楚王问》:"凤凰上击九千里,绝云霓,负苍天,翱翔乎杳冥之上。"昆仑:山名。在西藏、新疆和青海之间。墟:大丘。

⑧从容:举止行动。虖:通"乎"。神明:神。

⑨丹水:传说中的水名。《山海经·南山经》:"丹穴之山,其上多金玉,丹水出焉,而南流注于渤海。"又,王逸注:"丹水,犹赤水也。"《淮南子·墬形训》以为赤水源出昆仑山。驼(chí 驰)骋:奔驰。王逸注:"驼,一作'驰'。"大夏:传说中的外国名。《史记·大宛列传》:"大夏在大宛西南二千余里妫水南。"

⑩圜(yuán 园):圆形,有时也指天体。

⑪中国:国中,指楚国。尚(cháng 常)羊:亦作"倘佯",逍遥自在地来回走动。回飙(biāo 标):旋风,暴风。

⑫少原之壄(yě 冶):传说中仙人所居的地方。壄,"野"之异体字。赤松:即赤松子。王乔:即王子乔。都是古代仙人。汉王充《论衡·无形篇》:"赤松、王乔,好道为仙,度世不死。"

⑬均:古代调节乐器的用具。清商:五音之一。《韩非子·十过》:"平公谓师旷曰:'此所谓何声也?'师旷曰:'此所谓清商也。'"王逸注以清商为歌曲。

⑭故乡:指楚国。

⑮后时:犹失时。寄处:寄居栖身。制:禁止。

⑯裁:裁制。

⑰冉冉:渐进的样子。儃(chán 缠)回:同"儃佪",徘徊。《楚辞·九章·惜诵》:"欲儃佪以干傺兮,恐重患而离尤。"

⑱枉：邪。矫：纠正。

⑲偷合：苟且迎合。苟进：苟欲进取。

⑳称：衡量轻重。量：计量多少的器具。这里用作动词。权：秤锤。槩：通“概”，古代量谷物时刮平斗斛的器具。衡：秤杆。此段言君主不称量士之贤愚，而同用之。

㉑推迻（yí 宜）：同“推移”，变化、移动或发展。苟容：苟且取悦于君。“或推”句指臣下承顺推移君主的错误，苟且而得到高位。谔谔：直言争辩貌。

㉒纫（rèn 认）：搓，捻。《楚辞·离骚》：“扈江离与辟芷兮，纫秋兰以为佩。”

㉓幽昏：昏暗不明。眩：迷惑。

㉔砾（lì 立）石：小石块。此句意谓：世人抛弃昆山之玉、大泽之龟，反而以小石为贵重。

㉕梅伯、来革：人名，据说都是暴君殷纣王的臣子。梅伯因忠谏被剁成肉酱，来革因佞谀位居通显。醢（hǎi 海）：肉酱。

㉖贼：杀害。

㉗比干、箕子：人名。据说都是纣王的忠臣。比干常冒死直谏，纣王怒而挖出他的心，说要验证圣人之心的七孔是怎么长的。箕子畏祸被发佯狂。

㉘此二句言水离其源泉则枯竭，木去根就无法生长。比喻人背弃仁义，违背忠信，亦将遇害。

㉙重躯：重视自己的身躯、性命。虑难：忧虑灾难。

㉚大皇之壄（yě 冶）：大荒之薮，或言大美之薮。皇，美。壄：“野”的异体字。

㉛四极：四方极远的地方。回周：回转。

㉜使：假如。此句言麒麟乃仁智之兽，常隐藏避害，有圣德明君乃肯出。若麒麟可以羁而畜之，则与犬羊无异，不足贵也。

【辨析】

王逸说：“《惜誓》者，不知谁所作也。或曰贾谊，疑不能明也。”（《楚辞章句》卷十一）正式提到了贾谊的名字。南宋洪兴祖（1070～1135）说：“（贾谊）《吊屈原赋》云：‘所贵圣人之神德兮，远浊世而自藏。使麒麟可系而羁兮，岂云异夫犬羊……’与此语意颇同。”（《楚辞补注》）所说“与此语意颇同”，是指《惜誓》也有类似语句。如，“彼圣人之神德兮，远浊世而自藏。使麒麟可得羁而系兮，又何以异乎犬羊？”洪氏的意思是《惜誓》与《吊屈原赋》有些语句相似，当同出一人之笔，也当为贾谊所作。明王夫之（1619～1692）说得更肯定：“今按贾谊渡湘水，为文吊屈原（指《吊屈原赋》），其词旨略与此（指《惜誓》）同。（贾）谊书若《陈政事疏》、《新书》，出入互见，而辞有详略。盖谊所著作，不嫌复出类如此，则其（指《惜誓》）为谊作审矣!”(《楚辞通释》)洪、王两人的看法是值得重视的,在没有找到确凿的反证之前,我们应将《惜誓》视为贾谊之作。

簴赋

牧太平以深志[①],象巨兽之屈奇[②]。妙彫文以刻镂[③],舒循尾之采垂[④]。举其锯牙,以左右相指[⑤],负大钟而欲飞[⑥]。(《艺文类聚》卷四十四)

妙彫文以刻镂兮,象巨兽之屈奇兮;戴高角之峨峨[⑦],负大钟而顾飞。美哉烂兮,亦天地之大式。(《初学记》卷十六、《古文苑》卷二十一)

樱孪拳以蟉虬[⑧],负大钟而欲飞。(《太平御览》卷五百八十二)

【说明】

簴是古代悬挂钟鼓磬的纵柱。此赋系残篇,《艺文类聚》、《初学记》、《古文苑》、《太平御览》、《汉魏六朝百三名家集·贾长沙集》皆有收录,内容稍有差异。现存辞句多有重复,可看出残篇拼凑之痕迹。此赋主要是赞美筍簴的华美屈奇。其弦外之音当为颂扬能负重、有志向的大人物。

【注释】

①牧:封建时代统治百姓叫"牧"。太平:喻盛世。深志:深远的心志。

②巨兽:大兽,指刻在纵柱上的鸟兽。屈奇:奇异。《周礼·春官·典庸器》:"帅其属,而设筍(同"栒")簴(jù 具)。"孙诒让《正义》:"筍簴之制:盖树二植木为柎,上刻鸟兽以为饰,是为簴;以横木为格,上刻龙蛇为饰,是为筍。筍之上,又有大版覆之,刻为锯齿,以白画之,是为业。"这是说明整个钟鼓架的结构,可参考。

③彫(diāo 凋):通"雕"。下同。此句写两柱上的雕刻。

④此句写鸟兽下垂的尾巴。

⑤此句写左右两纵柱的巨兽张牙相向。

⑥此句主要形容两柱上雕刻鸟兽的体态情状。

⑦高角:指两柱上巨兽的角。峨峨:高貌。形容兽角。

⑧蟉虬(liú qiú 流求):曲貌。这句是状巨兽张牙舞爪的形态。

枚　乘

枚乘(？～前140)，西汉早期著名辞赋家，淮阴(今江苏淮阴)人。文帝时为吴王濞郎中(管理车、骑、门户的小官)。吴王濞谋反，枚乘上书劝阻，吴王不纳，枚乘即离开吴王改投梁孝王刘武。景帝时，晁错提出削弱诸侯王势力，强化中央集权，吴、楚七国即以"诛晁错"为名举兵叛乱。枚乘又上书劝吴王罢兵，但吴王仍不纳，终于招致杀身之祸。七国乱平，枚乘因而知名，景帝召枚乘为弘农郡都尉。枚乘因惯为大诸侯国上宾，乐于与诸名士交游，不愿当郡吏，遂托病辞官，再奔梁孝王。当时，梁孝王门下聚集许多赋家，但枚乘最以辞赋著称。梁孝王死后，枚乘返回故乡淮阴家居。

汉武帝刘彻为太子时，即闻枚乘名，及即位，枚乘已年老，便用安车蒲轮征召枚乘，不幸死于道中。

据《汉书・艺文志》记载，枚乘有赋九篇，但现在保存在《西京杂记》、《文选》、《艺文类聚》、《古文苑》里的，却只有《七发》、《梁王菟园赋》、《忘忧馆柳赋》三篇，余皆散失，而且后两篇的真伪尚有待今后确定。《汉书》卷五十一有传。

七发

楚太子有疾，而吴客往问之[1]，曰："伏闻太子玉体不安[2]，亦少间乎[3]？"太子曰："惫，谨谢客[4]。"客因称曰[5]："今时天下安宁，四宇和平[6]。太子方富于年[7]，意者久耽安乐，日夜无极[8]。邪气袭逆，中若结轖[9]。纷屯澹淡[10]，嘘唏烦酲[11]。惕惕怵怵[12]，卧不得瞑。虚中重听[13]，恶闻人声。精神越渫[14]，百病咸生。聪明眩曜，悦怒不平[15]。久执不废，大命乃倾[16]。太子岂有是乎[17]？"太子曰："谨谢客。赖君之力，时时有之，然未至于是也。"

客曰："今夫贵人之子，必宫居而闺处，内有保母，外有傅父，欲交无所[18]。饮食则温淳甘膬，脭醲肥厚[19]。衣裳则杂遝曼暖，燂烁热暑[20]。虽有金石之坚，犹将销铄而挺解也[21]，况其在筋骨之间乎哉？故曰：纵耳目之欲，恣支体之安者，伤血脉之和[22]。且夫出舆入辇，命曰蹶痿之机[23]；洞房清宫，命曰寒热之媒[24]；皓齿娥眉，命曰伐性之斧[25]；甘脆肥脓，命曰腐肠之药。今太子肤色靡曼，四支委随[26]，筋骨挺解，血脉淫濯，手足堕窳[27]。越女侍前，齐姬奉后[28]，往来游燕，纵恣于曲房隐间之中[29]。此甘餐毒药，戏猛兽之爪牙也[30]。所从来者至深远，淹滞永久而不废[31]，虽令扁鹊治内，巫咸治外[32]，尚何及哉！今如太子之病者，独宜世之君子，博见强识，承间语事，变度易意[33]，常无离侧，以为羽翼。淹沉之乐，浩唐之心，遁佚之志[34]，其奚由至哉！"太子曰："诺。病已，请事此言[35]。"客曰："今太子之病，可无药石针刺灸疗而已[36]，可以要言妙道说而去也[37]。不欲闻之乎？"太子曰："仆愿闻之。"

客曰："龙门之桐[38]，高百尺而无枝。中郁结之轮菌[39]，根扶疏以分离[40]。上有千仞之峰，下临百丈之谿。湍流溯波，又澹淡之[41]。其根半死半生，冬则烈风漂霰飞雪之所激也[42]，夏则雷霆霹雳之所感也[43]。朝则鹂黄鳱鴠鸣焉[44]，暮则羁雌迷鸟宿焉[45]。独鹄晨号乎其上，鹍鸡哀鸣翔乎其下。于是背秋涉冬[46]，使琴挚斫斩以为琴[47]，野茧之丝以为弦，孤子之钩以为隐[48]，九寡之珥以为约[49]。使师堂操《畅》[50]，伯子牙为之歌[51]。歌曰：'麦秀蔪兮雉朝飞[52]，向虚壑兮背槁槐，依绝区兮临回溪[53]。'飞鸟闻之，翕翼而不能去[54]；野兽闻之，垂耳而不能行；蚑蟜蝼蚁闻之，拄喙而不能前[55]。此亦天下之至悲也，太子能强起听之乎"？太子曰："仆病，未能也。"

客曰："犓牛之腴，菜以笋蒲[56]。肥狗之和，冒以山肤[57]。楚苗之食，安胡之飰[58]，抟之不解，一啜而散[59]。于是使伊尹煎熬，易牙调和[60]。熊蹯之臑[61]，勺药之酱，薄耆之炙[62]，鲜鲤之脍[63]，秋黄之苏，白露之茹[64]。兰英之酒[65]，酌以涤口。山梁之餐[66]，豢豹之胎[67]。小飰大歠[68]，如汤沃雪。此亦天下之至美也[69]，太子能强起尝之乎？"太子曰："仆病，未能也。"

客曰："钟岱之牡[70]，齿至之车[71]，前似飞鸟，后类距虚[72]。穱麦服处[73]，躁中烦外[74]。羁坚辔，附易路[75]。于是伯乐相其前后，王良、造父为之御[76]，秦缺、楼季为之右[77]。此两人者，马佚能止之[78]，车覆能起之。于是使射千镒之重，争千里之逐[79]。此亦天下之至骏也，太子能强起乘之乎？"太子曰："仆病，未能也。"

客曰："既登景夷之台[80]，南望荆山[81]，北望汝海，左江右湖[82]，其乐无有。于是使博辩之士[83]，原本山川，极命草木[84]，比物属事，离辞连类[85]。浮游览观[86]，乃下置酒于虞怀之宫[87]。连廊四注，台城层构[88]，纷纭玄绿。辇道邪交[89]，黄池纡曲[90]。溷章白鹭，孔鸟鹖鹄[91]，鹓维䴔䴖[92]，翠鬣紫缨[93]。螭龙德牧，邕邕群鸣[94]。阳鱼腾跃[95]，奋翼振鳞。淑漻薵蓼，蔓草芳苓[96]。女桑河柳，素叶紫茎[97]。苗松豫章，条上造天[98]。梧桐并闾，极望成林[99]。众芳芬郁，乱于五风[100]。从容猗靡，消息阳阴[101]。列坐纵酒，荡乐娱心。景春佐酒[102]，杜连理音[103]。滋味杂陈，肴糅错该[104]。练色娱目，流声悦耳[105]。于是乃发《激楚》之结风，扬郑卫之皓乐[106]。使先施、徵舒、阳文、段干、吴娃、闾娵、傅予之徒，杂裾垂髾[107]，目窕心与，揄流波[108]，杂杜若，蒙清尘[109]，被兰泽[110]，嬿服而御[111]。此亦天下之靡丽皓侈广博之乐也[112]，太子能强起游乎？"太子曰："仆病，未能也。"

客曰："将为太子驯骐骥之马，驾飞軨之舆，乘牡骏之乘。右夏服之劲箭，左乌号之雕弓[113]。游涉乎云林，周驰乎兰泽，弭节乎江浔[114]。掩青蘋，游清风，陶阳气，荡春心，逐狡兽，集轻禽[115]。于是极犬马之才，困野兽之足，穷相御之智巧[116]。恐虎豹，慑鸷鸟。逐马鸣镳，鱼跨麋角[117]。履游麋兔，蹈践麖鹿[118]。汗流沫坠，冤伏陵窘，无创而死者，固足充后乘矣[119]。此校猎之至壮也，太子能强起游乎?”太子曰:“仆病，未能也。”然阳气见于眉宇之间，侵淫而上，几满大宅[120]。

客见太子有悦色，遂推而进之曰:“冥火薄天，兵车雷运[121]。旍旗偃蹇，羽毛肃纷[122]。驰骋角逐，慕味争先。徼墨广博，观望之有圻[123]。纯粹全牺[124]，献之公门。”太子曰:“善，愿复闻之。”客曰:“未既。于是榛林深泽，烟云闇莫[125]，兕虎并作[126]。毅武孔猛，袒裼身薄[127]。白刃硙硙[128]，矛戟交错。收获掌功[129]，赏赐金帛。掩蘋肆若[130]，为牧人席[131]。旨酒嘉肴，羞炰脍炙，以御宾客[132]。涌触并起，动心惊耳[133]。诚必不悔，决绝以诺[134]。贞信之色，形于金石[135]。高歌陈唱，万岁无斁[136]。此真太子之所喜也，能强起而游乎?”太子曰:“仆甚愿从，直恐为诸大夫累耳[137]。”然而有起色矣。

客曰:“将以八月之望，与诸侯远方交游兄弟，并往观涛乎广陵之曲江[138]。至则未见涛之形也，徒观水力之所到，则卹然足以骇矣[139]。观其所驾轶者，所擢拔者，所扬汩者，所温汾者，所涤汔者[140]，虽有心略辞给，固未能缕形其所由然也[141]。恍兮忽兮，聊兮慄兮，混汩汩兮[142]，忽兮慌兮，俶兮傥兮[143]，浩瀇瀁兮，慌旷旷兮[144]。秉意乎南山，通望乎东海。虹洞兮苍天，极虑乎崖涘[145]。流揽无穷，归神日母[146]。汩乘流而下降兮[147]，或不知其所止。或纷纭其流折兮，忽缪往而不来[148]。临朱汜而远逝兮[149]，中虚烦而益怠。莫离散而发曙兮，内存心而自持。于是澡概胸中，洒练五藏，澹澉手足，颒濯发齿[150]。揄弃恬怠，输写淟浊[151]。分决狐疑，发皇耳目[152]。当是之时，虽有淹病滞疾，犹将伸伛起躄，发瞽披聋而观望之也[153]。况直眇小烦懑[154]，酲醲病酒之徒哉！故曰发蒙解惑[155]，不足以言也。”太子曰:“善，然则涛何气哉[156]?”

客曰:“不记也[157]。然闻于师曰，似神而非者三:疾雷闻百里;江水逆流，海水上潮;山出内云[158]，日夜不止。衍溢漂疾[159]，波涌而涛起。其始起也，洪淋淋焉[160]，若白鹭之下翔。其少进也，浩浩溰溰[161]，如素车白马帷盖之张。其波涌而云乱，扰扰焉如三军之腾装[162]。其旁作而奔起也，飘飘焉如轻车之勒兵[163]。六驾蛟龙，附从太白[164]。纯驰浩蜺，前后骆驿[165]。颙颙卬卬，椐椐彊彊，莘莘将将[166]。壁垒重坚，沓杂似军行。訇隐匈磕，轧盘涌裔[167]，原不可当[168]。观其两傍，则滂渤怫郁，闇漠感突，上击下律[169]。有似勇壮之卒，突怒而无畏。蹈壁冲津，穷曲随隈，逾岸出追[170]。遇者死,当者坏[171]。初发乎或围之津涯,荄轸谷分[172]。回翔青篾,衔枚檀桓[173]。弭节伍子之山,通厉骨母之场[174]。凌赤岸,篲扶桑[175],横奔似雷行。诚奋厥武[176],如振如怒。沌沌浑浑,状如奔马。混混庉庉,声如雷鼓[177]。发怒庢沓,清升逾跇,侯波奋振[178],合战于藉藉之口[179]。鸟不及飞,鱼不及回,兽不及走。纷纷翼翼[180],波涌云乱。荡取南山,背击北岸。覆亏丘陵,平夷西畔[181]。险险戏戏,崩坏陂池[182],决胜乃罢。汩汩潺湲[183],披扬流洒[184]。横暴之极,鱼鳖失势,颠倒偃侧,沋沋湲湲,蒲伏连延[185]。神物怪疑,不可胜言,直使人踣焉[186],洄暗凄怆焉[187]。此天下怪异诡观也[188],太子能强起观之乎?"太子曰:"仆病,未能也。"

客曰:"将为太子奏方术之士有资略者[189],若庄周、魏牟、杨朱、墨翟、便蜎、詹何之伦[190]。使之论天下之释微[191],理万物之是非。孔、老览观[192],孟子持筹而筭之[193],万不失一。此亦天下要言妙道也,太子岂欲闻之乎?"于是太子据几而起,曰:"涣乎若一听圣人辩士之言[194]。"涊然汗出,霍然病已[195]。

【说明】

此赋见《文选》卷三十四。

《七发》是一篇名作,在赋史上、在文学史上都享有盛名。毛泽东主席很欣赏它。他说:"(此赋)是骚体流裔,又有所创发。'楚太子有疾,而吴客往问之。'一开头就痛哭上流统治阶级的腐化。'且夫出舆入辇,命曰蹶痿之机;洞房清官,命曰寒热之媒;皓齿蛾眉,命曰伐性之斧;甘脆肥脓,命曰腐肠之药。'这些话一万年还将是真理。"又,"客曰:'今太子之疾,可无药石针刺灸疗而已,可以要言妙道说而去也。不欲闻之乎?'指出了要言妙道,这是本文的主题思想。此文前段是序言,下分七段,说些不务正业而又新奇可喜之事,是作者主题的反面。文好,广陵观潮一段,达到了高峰。第九段结论,归到要言妙道,于是太子高兴起来,'涊然汗出,霍然病已'。……首尾两段是主题,必读。"(《毛泽东谈文说艺实录》,长江文艺出版社 1992 年版)这也就是说,此赋的主旨是说明享乐腐朽的生活方式是得病的根源,而听取"要言妙道",清除杂念,提高思想认识是治病的良方。

毛泽东这种观点带有普遍性,如刘勰在《文心雕龙·杂文》里就说:"及枚乘摛艳,首制《七发》……盖七窍所发,发乎嗜欲,始邪末正,所以戒膏粱之子也。”

从字面上来看，这个观点是符合实际的，是可以成立的。当然，此赋也不排除带有政治目的，即劝阻吴王濞谋反事，我们对此曾有过详细论证，可参见本篇辨析。

【注释】

①楚太子、吴客：都是作者假设的人名。即如稍后司马相如《天子游猎赋》（即《子虚赋》、《上林赋》）中的子虚、乌有先生、亡是公皆是。

②伏：俯伏，谦辞。

③少间：病稍好些。

④惫：疲乏。

⑤因称曰：于是乘机说。

⑥四宇：四方，亦即天下。

⑦方富于年：指年轻，来日方长。年轻人来日方多，故曰“富”。

⑧意者：表示揣度，大概，或许，恐怕。耽：沉溺。极：尽头。

⑨袭逆：侵犯。中：内心。轖（sè 色）：用皮革缠叠而成的车旁障蔽物。结轖：将轖连结起来，比喻气结不畅。

⑩纷屯：内心杂乱烦闷。澹淡：原指水波摇动，这里指内心摇动无主。

⑪嘘唏（xū xī 虚希）：叹息声。烦酲（chéng 呈）：心中烦闷。酲，酒醉后神志不清。

⑫惕惕、怵怵：都是惊慌害怕的样子。

⑬虚中：中气虚弱。重听：就是耳聋。

⑭越渫（xiè 谢）：发泄，离散，涣散。越，飘散，散失。

⑮聪：听觉。明：视觉。眩曜：惑乱的样子。悦怒不平：喜怒失常。

⑯久执不废：长久保持不改变。大命：天命，寿命。倾：倒，死亡。

⑰是：作代词用，指“客”所说的那些毛病。

⑱宫居而闺处：住在深宫内室之中。欲交无所：无处结交朋友。

⑲温淳：味道浓厚。甘臞（cuì 脆）：甘香可口。臞，同“脆”。脭（chéng 成）醲肥厚：脭肥醲厚。脭，肥肉。醲，浓厚的酒。

⑳杂遝：众多的样子。曼：轻柔。燂（xún 寻）烁热暑：指穿的都是珍贵的皮裘之类的衣料，容易发热，令人烦躁不适。燂，火热。

㉑挺解：松散。挺，解。

㉒纵、恣：放任。支：同“肢”。安：逸乐。和：调和。

㉓蹶：中医病名，脚上肌肉萎缩，神经麻痹而不能行走。痿（wěi 伟）：也是一种肌肉萎缩失去机能的病。机：事物变化之所由。

㉔洞房：深邃的房间。清宫：清静阴凉的宫室。寒热：或发冷或发热，指人

生病。媒:媒介。

㉕皓齿娥眉:洁白的牙齿和蚕蛾触须一样细长弯曲的眉毛。这里用以指代美女。娥,通“蛾”。伐性之斧:戕害生命的斧头。

㉖靡曼:肌肉细微纤弱。四支:即四肢。委随:萎弱。委,通“萎”。

㉗淫濯:胀大而又阻塞不通。堕窳(yǔ 羽):懒散无力。

㉘越女、齐姬:越国和齐国的女子。古代以为这些国家多美女。

㉙燕:同“宴”。曲房隐间:深邃隐蔽的房子。

㉚甘餐:甘心吃下。戏:玩弄。

㉛淹滞:停留,凝滞。废:停止,弃掉。

㉜扁鹊:战国时名医。巫咸:传说中法术高强的神巫。

㉝承间:乘机,伺机。变度易意:改变作风和心意。

㉞淹沉:沉溺。浩唐:即浩荡,就是恣意放纵的意思。遁佚:放纵,淫佚。

㉟请事此言:一定按照你的话去做。

㊱药石:治病用的药品和石针。针刺灸疗:古代按病者穴位,或用针刺,或用艾薰。

㊲可以:可用。要言:切要之言。妙道:精妙的道理。说:劝说,说服。去:除掉。

㊳龙门:山名,在今山西省河津县与陕西省韩城县之间。桐:木名,制琴的上等材料。

㊴郁结:积厚,凝结。轮菌:树干纹理盘曲的样子。

㊵扶疏:指树根向四处伸展。

㊶溯波:倒流的波涛。澹淡:波浪起伏摇动的样子。

㊷漂:通“飘”。霰:雪珠。激:冲击。

㊸感:触动。《艺文类聚》卷五十七作“撼”,摇动的意思。

㊹鹂黄:黄鹂,黄莺。鳱鴠(hàn dàn 汗旦):据说是一种似鸡的山鸟,冬无毛,昼夜常鸣。

㊺羁雌迷鸟:失去伴侣的雌鸟和迷途的归鸟。

㊻背秋涉冬:离开秋经过冬。指秋去冬来,年复一年。

㊼琴挚:春秋时鲁国的太师(主管音乐的官),因善弹琴,故称“琴挚”,也称“师挚”、“大师挚”。《艺文类聚》卷五十七作“班尔”。

㊽孤子:即孤儿。钩:衣带上的钩,装饰物。隐:琴上的装饰物。

㊾九寡:指春秋时鲁国的一位生有九个孩子的寡妇。珥:耳环。约:琴徽,也是琴上的装饰物。

㊿《文选》李善注曰:“师堂,乐师也。《韩诗外传》曰:孔子学鼓琴于师堂子京而不进,师堂子京曰:‘夫子可以进。’孔子曰:‘丘已得其曲,未得其数也。’《琴道》曰:尧畅达则兼善天下,无不通畅,故谓之畅。”师堂:可能指师襄,因古字

“堂”、“襄”通用。春秋时鲁国乐官,孔子曾向他学琴。《畅》:琴曲名,《初学记》卷十六《乐部下》:“《风俗通》曰:凡琴曲,和乐而作,命之曰畅(畅者,言其道之美畅,犹不敢自安);忧愁而作,命之曰操。”《艺文类聚》卷五十七作“张”。

�51伯子牙:即伯牙,春秋时的善鼓琴者。与钟子期友善,钟子期死,他痛世无知音,誓不再鼓琴。《艺文类聚》卷五十七作“伯牙”。

�52秀:庄稼抽穗开花。蘄(jiān 兼):麦芒渐长(zhǎng)貌。《艺文类聚》卷五十七作“蕲”。

�53虚壑:空谷。背:离去。绝区:指悬崖断壁之类的地方。回溪:曲折的溪流。《艺文类聚》卷五十七作“回池”。

�54翕翼:收敛翅膀。

�55蚑(qí 齐):一种长脚的蜘蛛。蟜(jiǎo 矫):一种小爬虫。蝼:蝼蛄。蚁:《艺文类聚》卷五十七作“蛾”。拄喙(huì 汇):将嘴支在地上。

�56犓(chú 雏)牛:小牛。腴:腹下的肥肉。蒲:香蒲,其茎鲜嫩可食。

�57和:调成羹汤。冒:覆盖。山肤:石耳、地衣类,附着于岩石上,可食。

�58楚苗:楚国苗山。食:指主食品稻米。安胡:一名“雕胡”,即菰米,也就是茭白结的实,像米,可食。飰(fàn 泛):通“饭”。

�59抟(tuán 团):把东西捏成团。解:散开。啜(chuò 辍):吸,饮。

�60伊尹:商汤的贤相,善烹术。易牙:春秋时人,以滋味说齐桓公,甚得亲幸。

�61熊蹯(fán 凡):熊掌。蹯,兽类的脚掌。臑(ér 而):煮熟。

�62勺(zhuó 茁)药:五味调料的合剂。《汉书·司马相如传上》:“勺药之和具,而后御之。”颜师古注曰:“勺药,药草名。其根主和五藏,又辟毒气,故合之于兰桂以助诸食,因呼五味之和为勺药耳。”薄耆:把兽类脊上的肉切成薄片。炙:烧烤。

�63脍(kuài 快):细切的鱼肉。

�64秋黄:秋天叶子发黄。苏:紫苏,调味菜。茹:菜的总称。

�65兰英之酒:用兰花泡渍的酒,味香浓。

�66山梁:代指野雉。语出《论语·乡党》:“山梁雌雉,时哉时哉!”

�67豢(huàn 焕)豹:人工饲养的豹。

�68小飰(fàn 泛)大歠(chuò 啜):少吃饭,多喝汤。飰,通“饭”。歠,饮,喝汤。

�69至美:最美好的。

�70钟、岱:都是春秋时赵国的地名,地处今陕西、山西一带,此地以产马著称。岱,应作“代”。牡:雄性的兽类,这里指雄马。

�71齿至之车:用适龄的马驾车。量马岁数叫“齿”。齿至,指马到了适宜拉车的年龄。

⑫飞鸟:应作“飞凫”,骏马名。距虚:古千里马名,《艺文类聚》卷五十七作“駏驴”。

⑬穱(zhuó 浊):早熟的麦。服处:服用,喂养。

⑭躁中烦外:马内心、外表都很烦躁,指马喂养得好,精力充沛,极想奔跑。

⑮羁坚辔:系上结实的粗绳。附:依附,这里作“沿着”讲。易路:平坦的道路。

⑯伯乐:春秋秦穆公时人,善相马。王良:春秋时晋国善驾车的人。造父:周穆王的驾车人。

⑰秦缺、楼季:都是古代传说中的勇士,善走。季,《艺文类聚》卷五十七作“秀”。

⑱佚:同“逸”,奔跑。

⑲射:比赛,打赌。镒:古重量单位,二十两为一镒。争:比赛。逐:追赶,赛跑。

⑳景夷:台名,春秋时楚国所造,在今湖北省监利县。

㉑荆山:山名,在今湖南省华容县境。一说在今湖北省南漳县。

㉒汝海:即汝水,在今河南省南部,东流入淮。江:指长江。湖:指洞庭湖。

㉓博辩之士:学问广博而且有辩才的人。

㉔原本山川:陈述山川的本原。极命草木:全能叫出草木的名称。

㉕比物属事,离辞连类:将各种事物分门别类排比,用文辞表达清楚。“比、属、离、连”都有连缀的意思,引申作归纳、排比讲。“物、事、辞、类”意义亦相近,指事物的名称和种类。

㉖浮游览观:周流观赏。

㉗虞怀:宫名。或以为“虞”通“娱”,“虞怀”即娱心。《艺文类聚》卷五十七作“娱怀”。

㉘连廊四注:宫里的回廊四面相通。注,连,通。台城:城上有台。层构:层层重叠起来。

㉙辇道:可以通车的大道。邪交:纵横交错。邪,通“斜”。

㉚黄池:积水池。黄,通“横”。

㉛溷章:鸟名。或以为一种水边的翠鸟。孔鸟:即孔雀,《艺文类聚》卷五十七作“鸳鸯”。鹍(kūn 昆):即鹍鸡,似鹤。

㉜鹓(yuān 渊)雏:鸾凤一类的鸟。䴔䴖(jiāo jīng 交京):小鸟,大如水鸭,高脚长喙,头上有红毛冠。

㉝鬣(liè 列):动物头顶上的毛。缨:动物颈上的毛。

㉞螭(chī 痴)龙:本为无角之龙,此处似指鸟名。德牧:鸟名,未详。或以为头上的花纹叫“德”,腹下的花纹叫“牧”。邕邕:群鸟和鸣的声音。

㉟阳鱼:鱼。古人以为鱼属阳,故称。

⑯淢漻(jì liáo 寂寥):清净的水。薵(chóu 筹)、蓼(liǎo 燎):都是水草名。芳苓:芳香的茶草。苓,古"莲"字。

⑰女桑:柔嫩的桑树。

⑱苗松:楚国苗山的松树,《艺文类聚》卷五十七作"松柏"。豫章:一种樟树,《艺文类聚》卷五十七作"豫樟"。造天:达到天上。形容树木之高。

⑲并闾:即棕榈,《艺文类聚》卷五十七作"栟榈"。极望:尽自己的眼力望去。

⑳五风:五音。

㉑猗靡:随风飘动的样子。消息:翻复。阳阴:指叶子的阴阳两面。这句是指风吹叶动,翻复不定。

㉒景春:战国时的纵横家,善辞令。

㉓杜连:古代善弹琴的人。理音:就是奏乐。

㉔错:错综。该:通"赅",齐备。

㉕练色:挑选美女。练,通"拣",选。流声:择取美妙的音乐。《诗·周南·关雎》:"参差荇菜,左右流之。"《尔雅·释音》:"流,求也。"《释诂》:"流,择也。"

㉖《激楚》:古代歌舞曲名。结风:急风。形容楚地歌曲激越急促。皓乐:善美的音乐,《艺文类聚》卷五十七作"皓齿"。

㉗先施:西施。徵舒:春秋时陈灵公的儿子,此指其母夏姬。阳文:楚国美女。段干:美女名,不详。吴娃:吴俗称美女为娃。闾娵(zōu 邹):战国时梁王魏婴的美人。傅予:美女名,不详。

㉘窕:通"挑",挑逗的意思。心与:内心相许。揄:舀取。《诗·大雅·生民》:"或舂或揄。"毛传:"揄,抒舀也。"陆德明《释文》:"揄……《说文》作'舀'。"这句是说舀水沐浴。或以为作"引"讲,似不妥。《艺文类聚》卷五十七作"榆"。

㉙蒙清尘:身上好像披上一层薄雾。这是美女们白皙的皮肤在灯光下引起的错觉。

⑩被兰泽:涂上兰草浸过的油脂。

⑪嬿(yàn 艳)服:美好的服饰。嬿,美好。

⑫皓侈:明盛。广博:盛大。

⑬飞軨(líng 灵):轻车。牡骏:雄性的骏马。夏服:夏后氏的箭袋。服,通"箙(fú 服)",盛箭的袋子。乌号:传说后世为黄帝使用的弓所起的名。这里泛指良弓。雕弓:雕有花纹的弓。

⑭游涉:就是漫步。云林:云梦泽的丛林。兰泽:长着兰草的沼泽。弭(mǐ 米)节:按马徐行。江浔(xún 寻):江边。

⑮掩:遮盖,遮压。青蘋(pín 频):水草名。游清风:在清风中漫步。陶:舒畅。荡:洗涤。集:指许多箭交射。

⑯极:穷尽。才:技能。相御:看马和驾车。

⑪⑦逐马：奔跑追逐的马。镳(biāo 标)：马嚼子，可系铃。鱼跨麋角：指像鱼那样跳跃，像麋鹿那样用角来触。这是形容追逐禽兽的情状。或以为跨过游鱼，按住鹿角。

⑪⑧履游、蹈践：都是践踏的意思。麖(jīng 京)：鹿类，其角弯长，有三叉。

⑪⑨冤伏：委屈地伏下。陵窘：形容野兽被威迫而窘急惊恐之情状。创：受伤。后乘：跟随的车子。

⑫⓪见：通"现"，表现。侵淫：通"浸淫"，逐渐扩展的意思。大宅：面部。因面部为眼、口、鼻所在，故称。

⑫①冥火：黑夜的火光。薄：迫近。雷运：如雷滚动一样发出震耳的声音。

⑫②旍(jīng 京)：古同"旌"。偃蹇(yǎn jiǎn 奄简)：高举的样子。羽毛：指旌旗上装饰的鸟羽兽毛。肃纷：整齐而色彩纷纭。

⑫③徼：通"邀"，拦截。墨：烧田。圻：通"垠"，边际。这两句是说：因烧田而拦击野兽，范围广阔，但凭着火光仍可看到边远的地方。

⑫④纯粹：指兽类毛色纯一。全牺：指全身完好的猎获物。

⑫⑤既：尽，完。榛：树木丛生的地方。闇(àn 暗)莫：昏暗的样子。闇，同"暗"。莫，通"漠"。

⑫⑥兕：古代犀牛一类的兽名。虎：《艺文类聚》卷五十七作"兽"。并作：一起出现，《艺文类聚》卷五十七作"并行"。

⑫⑦毅武：果断勇敢。孔猛：非常强悍。袒裼(tǎn xī 坦西)：脱衣露体。薄：迫近，《艺文类聚》卷五十七作"博"。

⑫⑧磑磑(ái ái 皑皑)：通"皑皑"，洁白光亮的样子。形容刀光闪闪。

⑫⑨掌功：记录成绩。

⑬⓪掩薠：压倒薠草。肆若：铺开香草杜若。

⑬①牧人：古掌六畜官。

⑬②旨酒：美酒。羞炰(páo 袍)：烧烹美味的食品。脍炙：细切的鱼片和烤肉。御：款待。

⑬③涌触：一作"涌觞"，杯中酒上涌，也是满杯的意思。动心惊耳：指宴席上宾客高谈阔论，言论动听。

⑬④诚：忠实。必：果断。决绝以诺：已答应的事就要坚决去做。以，通"已"。

⑬⑤贞信：坚定诚实。形：显露，表现。于：《艺文类聚》卷五十七作"以"。

⑬⑥陈唱：献唱。无斁(yì 绎)：不厌。

⑬⑦直：但。

⑬⑧广陵：古诸侯国名，治所在今江苏省扬州市。曲江：指今扬州市南的一段长江，以江流曲折而得名。

⑬⑨卹(xù 序)然：惊恐貌。

⑭⓪驾轶：指波涛凌驾飞越。擢拔：指浪头耸起拔出。扬汩(gǔ 古)：形容波

涛急激的样子。温汾：水流结聚和回旋的样子。涤汔（qì 气）：指波浪相互冲击和摩擦。

⑭心略：智谋。辞给：言辞辩捷。缕形：详尽细致地形容描述。

⑭怳、忽：模糊。忽，同"惚"。聊、慄：恐惧貌。汩汩：水急流貌。

⑭俶、傥（tì tǎng 替倘）：同"倜、傥"，形容波涛奔流不羁的样子。

⑭汇瀁（wǎng yǎng 网养）：同"汪洋"，水深广无涯。旷旷：广大。

⑭秉意：执意。这里有凌驾的意思。通望：远望。虹洞：同"澒洞"，绵延弥漫。极虑：穷极思虑。也即无法思虑、难于想象的意思。崖涘（sì 四）：水的边际。

⑭流揽：即"流览"，周流观览。日母：太阳。《春秋内事》曰："日者，阳德之母。"归神日母：把心神归宿到日出的地方。

⑭汩（yù 遇）：水流急速的样子。

⑭纷纭其流折：指波涛纷乱曲折地流着。缪（liǎo 瞭）往不来：指波涛纠缠在一起向前流去而不复返。缪，通"缭"。

⑭朱汜（sì 似）：南方的水边。

⑮澡概、洒练、澹澉（dàn gǎn 但敢）、颒（huì 会）濯：都有洗濯、涤荡的意思。此句言观涛后的自我感受。

⑮揄弃：抛掉。恬怠：安逸懒散。输写：倾倒。写，通"泻"。淟（tiǎn 忝）浊：污垢。

⑮发皇：使人耳聪目明。皇，明。

⑮淹病、滞疾：都是顽症、久病。伛（yǔ 羽）：驼背。伸伛：将曲背伸直。《艺文类聚》卷五十七作"伛申"。躄（bì 必）：双腿瘸子，《艺文类聚》卷五十七作"躄"。瞽（gǔ 古）：瞎子。

⑮直：仅仅，只是。眇小：同"渺小"。

⑮发蒙：启发蒙昧。

⑮气：气象，景象。

⑮不记：不见于典籍记载。

⑮山出内（nà 纳）云：山吞吐云气。内，通"纳"。

⑮衍溢：平满的样子。漂疾：急流的样子。

⑯《艺文类聚》卷五十七无"洪"字。淋淋：洪水倾泻的样子。

⑯少进：少顷，过一会儿。浩浩：水势盛大的样子。溰溰（ái 皑）：同"皑皑"，形容洁白。这里指白茫茫的大水。

⑯扰扰：纷乱的样子。腾装：整理行装。

⑯旁作：遍作，指涛头并起。飘飘：轻举。轻车：古代一种轻捷善驰的战车。勒兵：控制指挥军队。

⑯六驾蛟龙：即六条蛟龙（指马）驾车。附从太白：即跟随在河伯神的后面。

太白，即河伯，河神。

⑯纯驰浩蜺（ní 泥）：像一条白虹霓在奔跑。骆驿：即“络绎”，接连不断。

⑯颙颙（yóng 喁）卬卬（áng 昂）：波涛汹涌貌。椐椐（jū 居）彊彊（qiāng 枪）：波涛前后追逐貌。莘莘（shēn 深）将将：波涛相互激荡貌。莘莘，众多貌。将将，同“锵锵（qiāng 羌）”，象声词。

⑯訇（hōng 烘）隐匈礚（kē 科）：形容波涛碰击声大作。轧盘：广大无垠。轧，轧坱（yà yǎng 亚养），广大无边际。盘，盘礴（bó 薄），广大的样子。涌裔：波涛汹涌奔腾貌。

⑯原：本。

⑯滂渤、怫郁：都是形容波涛受阻击而汹涌不平的样子。闇漠：即“暗漠”，指波涛灰濛濛一片，看不清楚。感突：即“撼突”，摇撼冲击。律：当作“硉（lù 路）”，冲击。

⑰津：渡口。追：古借“堆”。

⑰坏：这里作“冲”讲。

⑰或围：津名。津涯：渡边。荄（gāi 该）轸谷分：波涛遇山陇即回转，遇川谷即分流。荄，同“陔”，山陇。轸，转。

⑰青篾、檀桓：地名，不详。

⑰伍子之山：即伍子山，因伍子胥而得名。通厉：远行。骨母：当作“胥母”，山名。胥，或作“骨”，误。

⑰赤岸：地名。或说在广陵东。篲（huì 彗）：扫帚，这里作动词用。扶桑：传说中日出的地方。

⑰奋：振作。厥：其。武：勇猛。

⑰沌沌浑浑：水势相随的样子。混混庉庉（tún 屯）：浪声。庉庉，即“沌沌”。

⑰座（zhì 至）沓：波涛受阻碍而沸涌。座，阻碍。沓，水沸出。清升：清波掀起。逾跇（yì 义）：超越。侯波：大波。侯，指传说中的阳侯，大波之神。

⑰藉藉：地名。这句是说：在藉藉这个出口处波涛相激，形成一团。

⑱翼翼：飞动的样子。这里指波涛受阻而飞腾。

⑱荡：冲激。背击：回头冲击。覆亏：倾倒毁坏。平夷：就是夷平、削平。

⑱险险戏戏：倾斜危险的样子。陂：池塘。

⑱沛汩（zhì yù 至遇）：水流激荡貌。

⑱披扬流洒：波浪飞扬，浪花飞溅的样子。

⑱偃侧：翻覆，倾倒。沈沈（yóu 尤）湲湲（yuán 援）：写鱼鳖颠倒的样子。蒲伏：即“匍匐”，伏在地上。

⑱踣（bó 搏）：跌倒。

⑱洄暗：昏聩不明的样子。指因惊骇而失智。

⑱诡观：奇异的景象。

⑱奏：进，推荐。方术：道术。

⑲庄周：即庄子。魏牟：即魏公子牟，战国时人。杨朱：又称杨子，战国时哲学家，魏人，就是孟子所指斥的“拔一毛而利天下，不为也”的那个人。墨翟：即墨子。便蜎：战国时哲学家，楚国人。詹何：战国时哲学家。

⑲释微：精微、微妙的道理，《艺文类聚》卷五十七作“精微”。

⑲孔、老览观：由孔子、老子审问鉴定。

⑲筹：古代算数用的筹码。此句意为：请孟子核算。

⑲涣乎：忽然开朗的样子，指疑惑糊涂的思想顿消，恍然大悟。

⑲涊(niǎn 捻)然：汗出貌。霍然：忽然，急速貌。

【辨析】

这篇赋的题旨多有不同看法。唐代李善注曰：“(枚)乘事梁孝王，恐孝王反，故作《七发》以谏之。”(《文选》五臣注本)即认为此赋是劝阻梁孝王谋反。清人朱绶则说：“《七发》之作，疑在吴濞时。扬州本楚境，故曰楚太子。若梁孝王，岂能观曲江哉？”(清梁章钜《文选旁证》引)认为此赋是谏吴王濞止叛。李、朱之意，以为赋中所发乃弦外之音，即借七事以影射政治，前六事为非分之举，最后要言妙道，才归于正。这种观点并不是空穴来风，因枚乘是一位极具政治眼光，极讲究仁德，讲究封建君权主义，反对诸侯王犯上作乱的政治家、赋家，这从他数次上书劝吴王濞止叛即可看出。所以，他殚精竭虑去构筑一篇洋洋数千言的巨赋，劝楚太子止淫，似当另有他意。

我们从枚乘《上书谏吴王》中也可隐约地得到印证。谏书为谏止吴王叛乱而作，但文中不提吴王叛乱事，见出他是颇善于运用旁敲侧击的手法来表达他的想法的。《七发》也可能运用这种手法。联系到吴王刘濞、梁孝王刘武政治、生活的背景，《七发》劝吴、梁王止乱是可能的，是有现实性的。

又，《七发》所列七事，或以为前六事为反面之事，最后要言妙道才归于正。也有人以为前六事并非都是反面之事，在描述过程中，楚太子眉额间渐渐露出喜色，病也有所减轻，即可证明。当然，此六事未能击中要言，所以病无法根除。

梁王菟园赋

修竹檀栾[①]，夹池水[②]，旋菟园，并驰道[③]，临广衍[④]，长冗坂。故径于昆仑[⑤]，貇观相物[⑥]，芴焉子有[⑦]，似乎西山[⑧]。西山隑隑[⑨]，恤焉嵬嵬[⑩]。巷路委移[⑪]，崟岩䯤㕙巍𩨀焉[⑫]。暴熛激[⑬]，扬尘埃，蛇龙奏林薄竹[⑭]。游风踊焉，秋风扬焉，满庶庶焉[⑮]，纷纷纭纭，腾踊云乱。枝叶翚散[⑯]，摩来幡幡焉[⑰]。溪谷沙石，涸波沸日，湲浸疾东[⑱]。流连焉辚辚，阴发绪菲菲[⑲]。訚訚讙扰[⑳]，昆鸡蝭蛙[㉑]，仓庚密切[㉒]，别鸟相离，哀鸣其中。

若乃附巢蹇鸷之傅于列树也[㉓]，欐欐若飞雪之重弗丽也[㉔]。西望西山，山鹊野鸠，白鹭鹘桐，鹯鹗鹞雕，翡翠鸲鹆，守狗戴胜[㉕]，巢枝穴藏[㉖]，被塘临谷，声音相闻。喙尾离属，翱翔群熙。交颈接翼，阘而未至[㉗]。徐飞獝狘[㉘]，往来霞水[㉙]。离散而没合[㉚]，疾疾纷纷，若尘埃之间白云也。予之幽冥，究之乎无端[㉛]。于是晚春早夏，邯郸襄国易阳之容丽人[㉜]，及其燕饰子，相予杂遝而往款焉[㉝]。车马接轸相属[㉞]，方轮错毂[㉟]。接服何骖[㊱]，披衔迹蹶[㊲]，自奋增绝。怵惕腾跃，水意而未发[㊳]。因更阴逐，心相秩奔[㊴]，隧林临河，怒气未竭[㊵]。羽盖繇起，被以红沫，濛濛若雨委雪[㊶]。高冠扁焉[㊷]，长剑闲焉，左挟弹焉，右执鞭焉。日移乐衰，游观西园之芝。芝成宫阙[㊸]，枝叶荣茂。选择纯熟，挈取含苴[㊹]。复取其次，顾赐从者。于是从容安步，斗鸡走兔，俛仰钓射，煎熬炮炙，极欢到暮。若乃夫郊采桑之妇人兮[㊺]，袿裼错纡，连袖方路，摩眺长髲，便娟数顾[㊻]，芳温往来接。接神连未结[㊼]，已诺不分。缥併进靖[㊽]，傧笑连便[㊾]，不可忍视也。于是妇人先称曰："春阳生兮萋萋[㊿]，不才子兮心哀[51]，见嘉客兮不能归。桑萎蚕饥，中人望奈何[52]？"

【说明】

此赋见《古文苑》卷三，《艺文类聚》卷六十五有简录，又见于《文心雕龙》和《文选》。

此篇运用赋家典型的笔法，夸示梁孝王菟园之广大，山水之壮观，动植物之繁多，仕女之艳丽，以及钓射淫乐生活之欢快。与《七发》虚构不同，赋中所述大都是有事实根据的。《西京杂记》卷二载："梁孝王好营宫室苑囿之乐，作曜华宫。筑兔园。园中有百灵山，山有肤寸石、落猿岩、栖龙岫。又有雁池，池间有鹤洲凫渚。其诸宫观相连，延亘数十里，奇果异树，瑰禽怪兽毕备。王日与宫人宾客弋钓其中。"《三辅黄图》卷三《曜华宫》也有同样记述。

《史记·梁孝王世家》还描述了梁孝王建造菟园的背景。梁孝王，文帝子，景帝兄弟，因抗击吴楚叛乱有功，又为窦太后所宠爱，故"赏赐不可胜道"。"于是孝王筑东苑（即"菟园"、"兔园"，后人又称"梁苑"、"梁园"，地在今河南商丘），方三百余里，广睢阳城七十里。大治宫室，为复道，自宫连属于平台（台名，在城东北，又名"修竹苑"）三十余里，得赐天子旌旗，出从千乘万骑。东西驰猎，拟于天子……招延四方豪杰，自山以东游说之士莫不毕至，齐人羊胜、公孙诡、邹阳之属……梁多作乐器弩弓矛数十万，而府库金钱且百巨万，珠玉宝器多于京师。"

《梁王菟园赋》这种铺陈夸示笔法，为后来的赋家所继承和发扬。

范文澜在《文心雕龙注·诠赋》中指出："《古文苑》载枚乘《菟园赋》错脱不可理。"这里参照黄叔琳《文心雕龙辑注》及章樵《古文苑》注。南朝梁江淹有《学梁王菟园赋》，可见当时还可见到枚乘赋的完篇。

【注释】

①檀栾：竹秀美的样子。《文选·左思〈吴都赋〉》吕向注："檀栾、婵娟，皆美貌。"

②夹池水：江淹《灵丘竹赋》："夹池水而檑击。"

③旋：回旋。驰道：指"自宫连属平台"的复道。

④广衍：博大无涯的意思。

⑤昆仑：山名。

⑥貇（kěn 肯）观：《古文苑》章樵注："犹博观。"

⑦芴（wù 勿）：即"物"之误。焉：系衍文。子有：即"滋有"，言物之多。子，通"滋"。

⑧西山：《古文苑》章樵注："依山置园，故指西山比昆仑。"

⑨隑隑（gāi 该）：高峻的样子。

⑩隗隗：即"巍巍"，高耸的样子。

⑪巷路（xiàng lù 巷路）：即"巷路"，山间的小路。崣移（wēi yí 委移）：即"逶迤"，形容道路弯曲。

⑫崟岩：即"岑岩"，山势险峻的样子。嵜炊：山势高峻的样子。巍蛛：山势险怪状。或以为系"巍巍"之误。

⑬暴熛：即暴风。熛，通"飚"。

⑭奏：奔走。林薄：草木丛生的地方。章樵注："怒风卒发，尘埃隐翳，有若龙蛇之奔走者，徐而察之，则林薄之竹也。"

⑮庶庶：《尔雅·释诂下》："庶，众也。"重言之曰"庶庶"。

⑯翚（huī 灰）：飞翔。这里形容林竹披拂。

⑰摩：疑当作"麾"。幡幡：犹"翩翩"，反复翻动的样子，形容林竹风中形态。或以为，"幡"同"番"，音"波"，"番番"，勇武的样子。

⑱涸：或作"洄"。沸：波涌。湲：水慢慢流。浸：淹没。疾东：指溪谷的水疾向东流。

⑲流连：盘桓。辚辚：车轮转动的声音。阴发绪：此三字似有误。

⑳谨扰：嘈杂的鸟声。

㉑昆鸡：即"鹍鸡"，似鹤，黄白色。蝭（tí 提）蛙：即"鹈鴂（tí jué 提决）"，就是子规，杜鹃鸟。

㉒仓庚、密切：都是鸟名。

㉓附巢、蹇鹭（jiǎn gǔ 减鼓）：据说都是鸥鹭一类的水鸟。

㉔榧榧：繁多的样子。飞雪：指鸟色白如飞雪。弗丽：不附着。指鸟不停在树上。

㉕山鹊、野鸠、白鹭：皆鸟名。鹘（gǔ 古）桐：范文澜《文心雕龙注》引黄侃校释本，以为"桐"为"鸼"之误。鹯鹗（zhān'è 詹饿）、鹞雕（yào diāo 耀刁）、翡翠：皆鸟名。鸲鹆（qú yù 渠浴）：俗称"八哥"。守狗：即天狗。黄侃以为"守"为"玄鸟"（xuán 玄）之误。戴胜：鸟名，状似雀，头有冠，五色如方胜。

㉖巢枝穴藏：或在树枝上筑巢，或在洞穴中做窝。

㉗离属：接连不断的样子。离，通"缅"。熙：通"嬉"，嬉戏。阘（tà 沓）：低飞之貌。

㉘翋㺚（lā tà 拉沓）：飞的样子。

㉙往来霞水：往来烟霞云水之间。

㉚没：消失。

㉛予：似有误。无端：没有尽头。

㉜邯郸：古县名，故地在今河北省邯郸市。褏：《艺文类聚》卷六十五作

"襄"。襄国:古县名,项羽改信都县置,以赵襄子谥为名,治所在今河北省邢台市西南。易阳:县名,汉置,在今河北省邯郸市附近。以上三县古多出美女。

㉝燕饰子:《古文苑》章樵注:"燕安而华饰,谓富贵子。"予:《艺文类聚》卷六十五作"与"。杂遝:同"杂沓",众多杂乱的样子。遝,《艺文类聚》卷六十五作"沓"。款:至。

㉞接轸:车后横木相连接。

㉟方轮错毂:即并车杂行。

㊱服:三马驾车,居中的马称"服",两旁的称"骖(cān 参)"。何骖:谓何人之骖。

㊲蹶(jué 决):跌倒。

㊳怵惕:恐惧警惕。水:疑有误。

㊴阴逐心相秩奔:此六字疑有误。

㊵隧:同"坠"。《古文苑》章樵注:"马蹶而奋,径林奔水,犹有怒气。"

㊶红沫:羽盖上的涂色。濛濛:雨雪迷濛的样子。

㊷扁:"翩"之省。

㊸芝成宫阙:《古文苑》章樵注:"东西苑相属,合为菟园,有芝层生叠出,如宫阙之状。"

㊹苴:读与"咀"同。

㊺此句《艺文类聚》卷六十五作"若夫采桑之妇人兮"。

㊻袿(guī 圭):妇女的上衣。裼(xī 锡):裘衣上的罩衣。䝱(yì 义):《古文苑》章樵注:"膏泽也。"一说为"貤(yì 义,物依次重叠貌)"之讹字。茷:黄侃以为"发"之误。《文选·谢灵运〈会吟行〉》李善注引作:"若扶桑之女,连袖方路,磨陀长髻,便娟数顾。"便娟:美貌。

㊼接:疑"精"之误。连:衍文。

㊽缥併:帛青白色。"併"读为"平",缥色,即青白色。进靖:当作"进请"。

㊾傧(bīn 宾)笑:即颦(pín 频)笑。

㊿萋萋:草木茂盛的样子。

51不才子:无才德之人。

52中人:指心上人。

【辨析】

南宋章樵注《古文苑》,认为此赋为枚乘子枚皋所作。他说:"(枚)乘二书谏吴王濞,通亮正直,非词人比。是时梁王宫室逾制,出入警跸,使乘果为此赋,必有以规警之。详观其词,始言苑囿之广,中言林木禽兽之富,继以士女游观之乐,而终之以郊上采桑之妇人。略无一语及王。气象萧索。盖王薨,乘死。后其子皋所为,随所睹而笔之。史言皋诙笑类俳倡,为赋疾而不工。后人传写误以为乘耳。”

此赋《文选·范晔〈宦者传论〉》李善注及谢灵运《会吟行》李善注都曾提到,明言为枚乘所作。在章樵之前,未有人怀疑过。从这篇赋的风格来看,它充满了古文奇字,也和《七发》一样。因而,在没有找到更多证据之前,此篇作者不能断为他人。

临霸池远诀赋

【说明】

此赋仅存篇目。《文选·谢朓〈休沐重还道中〉》李善注："《枚乘集》有《临霸池远诀赋》。"

笙赋

【说明】

此赋仅存篇目,见《文选·马融〈长笛赋序〉》。序称:"融既博览典雅,精核数术,又性好音,能鼓琴吹笛,而为督邮,无留事,独卧郿平阳邬中。有雒客舍逆旅,吹笛,为《气出》、《精列》相和。融去京师逾年,暂闻,甚悲而乐之。追慕王子渊、枚乘、刘伯康、傅武仲等箫、琴、笙颂,唯笛独无,故聊复备数,作《长笛赋》,其辞曰……"李善注曰:"王子渊作《洞箫赋》,枚乘未详所作,以序言之,当为《笙赋》。《文章志》曰:刘玄,字伯康,明帝时,官至中大夫,作《簧赋》。傅毅,字武仲,作《琴赋》。"此文献显示李善之说亦为揣测之词,并非确论。今聊备一格。

柳赋

梁孝王游于忘忧之馆[①]。集诸游士，各使为赋。枚乘为《柳赋》，其辞曰：

忘忧之馆，垂条之木[②]，枝逶迟而含紫，叶萋萋而吐绿[③]。出入风云，去来羽族[④]。既上下而好音[⑤]，亦黄衣而绛足[⑥]。蜩螗厉响，蜘蛛吐丝[⑦]。阶草漠漠，白日迟迟[⑧]。于嗟细柳，流乱轻丝[⑨]。君王渊穆其度，御群英而玩之[⑩]。小臣瞽聩，与此陈词[⑪]。于嗟乐兮！于是樽盈缥玉之酒[⑫]，爵献金浆之醪[⑬]。庶羞千族，盈满六庖[⑭]。弱丝清管[⑮]，与风霜而共雕[⑯]。铊锽啾唧，萧条寂寥[⑰]，俊乂英旄，列襟联袍[⑱]。小臣莫效于鸿毛[⑲]，空衔鲜而嗽醪[⑳]。虽复河清海竭，终无增景于边撩[㉑]。

【说明】

此赋见《西京杂记》卷四、《初学记》卷二十八、《古文苑》卷三。

梁孝王与诸游士门客聚会忘忧馆，他让大家作赋抒情。枚乘大概年纪最大，资历也最深（他当过吴国上宾），赋写得最好（所谓“梁客皆善属辞赋，乘尤高”），所以由他首唱。他的《柳赋》写了忘忧馆无限的风光和梁孝王门下济济的人才，写了梁国君臣之相得以及游园宴饮之乐。赋的终极理所当然地落实到了对梁孝王的颂扬。

【注释】

①梁孝王：即刘武，汉文帝子，与景帝同母，其母窦太后。公元前168年到公元前144年间为梁王。忘忧：馆名，梁孝王所筑，在菟园内。菟园在今河南省商丘市东。

②垂条之木：指柳树。柳枝下垂。故名。

③逶迟（wēi yí 威仪）：同“逶迤”，形容柳枝下垂的样子。萋萋：抱经堂本作

“萋微”。这两句是说：枝条弯曲含青，叶子茂盛带绿。

④羽族：指鸟类。这两句描写风、云、鸟雀在柳树中穿行飞舞。

⑤此句语出《诗·邶风·燕燕》：“燕燕于飞，上下其音。”

⑥黄衣：黄色羽毛。这里指黄鹂。绛足：深红色的鸟脚。

⑦蜩螗（tiáo táng 条唐）：即蝉。厉响：形容蝉叫声响亮凄厉。

⑧阶草漠漠：《初学记》卷二十八作“漠漠庭阶”。漠漠：原状云烟密布，这里形容阶草浓密。迟迟：形容风和日丽的景色。语出《诗·豳风·七月》：“春日迟迟，采蘩祁祁。”

⑨于嗟：叹词。于，同“吁”。这两句是说：弱柳像细丝一样在和风中飘来荡去。

⑩渊穆：渊博，深沉，静穆。度：风度。御群英：率领群贤。玩：欣赏。

⑪瞽聩（gǔ kuì 古愧）：眼瞎与耳聋。作者自谦之辞。与：参加。陈词：陈述自己的见解。

⑫樽（zūn 尊）：酒杯。盈：满。缥玉之酒：一种颜色淡黄的酒。

⑬爵：酒器。醪（láo 劳）：味道醇美的酒。

⑭庶羞：众多美食。庶，众多。羞，同“馐”，有滋味的食品，即美食。千族：千种，形容美食之多。六庖：指君王的厨房。

⑮这句描写纤细的丝竹声，清幽的管弦乐。

⑯雕：同“凋”，这里指声音停止。

⑰锵锽（qiāng huáng 枪惶）啾唧（jiū jī 纠机）：象声词，指声大、声小。萧条寂寥：形容万籁俱寂的情状。《古文苑》章樵注：“锵锽，大音；啾唧，小音，并寂然无闻。”

⑱俊乂（yì 义）：英才。英旄：才俊之士，亦作“英髦”。这里“俊乂英旄”指杰出卓越的人士。列襟联袂：指人们前拥后挤的热闹景象。这两句形容英才济济。

⑲鸿毛：鸿鸟之毛，喻极轻微。这句是说：我不能效尽微薄的力量。

⑳衔鲜：指吃着佳肴。嗽醪：指喝着美酒。

㉑增景：增添光彩。边撩：柳树末梢，喻微小。这句是说：仍无法为君王增添丝毫景色。这是谦虚之辞。

【辨析】

美国西雅图华盛顿大学康达维教授（David R. Knechtges）在其文章 *The Fu in the Xijingzaji*（中译：《〈西京杂记〉中的赋篇》，载香港《新亚学术集刊》1994 年第 13 期，第 433～452 页）中提出了以下的观点：

范文澜在其《文心雕龙注》卷二中指出，“樽盈缥玉之酒”一句中没有避西汉第二个皇帝惠帝刘盈（公元前 194～前 188 年在位）之讳。吴德明《汉代的一位宫廷辞赋家：司马相如》（详见 Yves Hervouet. *Un poéte de cour sous les Han*：*Sseu-ma Siang-jou*. Paris：Presses Universitatires de France，1964. p. 162)认为：从风格的角度来看，这篇赋显得过于简练，过于优美，不似西汉作品。且赋中亦不见枚乘作品中一贯的艰深语句。除了《西京杂记》外，最早征引这篇赋的是唐代类书《初学记》卷二十八。《艺文类聚》卷八十九中引用的《柳赋》，则没有一篇是魏文帝（曹丕，187～226）之前的作品。《艺文类聚》的编纂者精心列举了每一专题下最早的作品，枚乘名下的《柳赋》不见援引，可见他们认为这是伪作，或者没有见过这篇赋。而这部类书中子目杨柳下的赋多为魏晋时代的作品。

邹阳

邹阳（约前206～约前129），齐人，西汉文学家、政治家。曾与严忌、枚乘仕吴王刘濞。吴王因文帝皇太子误杀吴国太子，由是怨望朝廷，称疾不朝，阴谋叛乱。邹阳上谏书，吴王不听。他与严忌、枚乘去吴而客游于梁。后因羊胜等进谗被执，他在狱中上书，表达了"士无贤不肖，入朝见嫉"，"不容身于世，义不苟取比周于朝，以移主上之心"（《狱中上梁王书》）的思想，劝诫君王亲贤能、远小人，明辨是非。书奏梁王，梁王立出之，卒为梁孝王上客。太史公赞曰："邹阳辞虽不逊，然其比物连类，有足悲者，亦可谓抗直不挠矣。"清人管同还写过《哀邹阳赋》，对其"才高行琦，众流攸谤"，表示同情与不平；但哀其不离梁王左右，"就世主以求荣，吾窃以为君子不取也"。其文广征博引，排比铺张，颇有战国游士之风，故《汉书·艺文志》共录其文七篇，归入纵横家。《史记》卷八十三、《汉书》卷五十一有传。

酒赋

梁孝王游于忘忧之馆[①]。集诸游士，各使为赋。邹阳为《酒赋》，其词曰：

清者为酒，浊者为醴[②]。清者圣明，浊者顽騃[③]。皆麴湑丘之麦，酿野田之米[④]。仓风莫预，方金未启[⑤]。嗟同物而异味，叹殊才而共侍[⑥]。流光醳醳[⑦]，甘滋泥泥[⑧]。醪酿既成[⑨]，绿瓷既启[⑩]，且筐且漉[⑪]，载莤载齐[⑫]。庶民以为欢[⑬]，君子以为礼[⑭]。其品类，则沙洛渌酃[⑮]，乌程若下[⑯]。高公之清，关中白薄[⑰]，青渚萦停[⑱]。凝醳醇酎[⑲]，千日一醒[⑳]。哲王临国[㉑]，绰矣多暇[㉒]。召皤皤之臣，聚肃肃之宾[㉓]。安广坐，列雕屏[㉔]。绡绮为席[㉕]，犀璩为镇[㉖]。曳长裾[㉗]，飞广袖，奋长缨。英伟之士，莞尔而即之[㉘]。君王凭玉几，倚玉屏。举手一劳，四坐之士，皆若哺粱肉焉[㉙]。乃纵酒作倡，倾盌覆觞[㉚]。右曰宫申，旁亦徵扬[㉛]。乐只之深，不吴不狂[㉜]。于是锡名饵，祛夕醉，遣朝酲[㉝]。吾君寿亿万岁，常与日月争光[㉞]。

【说明】

此赋见《西京杂记》卷四，《初学记》卷十、卷二十六。

赋篇描绘了各种美酒，以及君王对群臣的赏赐。但最后归结到"乐只之深，不吴不狂"，"锡名饵，祛夕醉，遣朝酲"，落脚于"吾君寿亿万岁，常与日月争光"。这是借题发挥，处处表现作者所倡导的明君贤臣的儒家思想。赋的结尾向君王祝寿敬酒，是游士们于忘忧馆创作诸赋的特色。赋为咏物之篇，但同时借物向君主致意。以物拟人，是咏物赋的传统。

【注释】

①梁孝王：即刘武，汉文帝子，与汉景帝同母，其母窦太后。公元前 168 年到公元前 144 年间为梁王。

②清：指清酒，祭祀用的酒。《周礼·天官·酒正》："辨三酒之物，一曰事酒，二曰昔酒，三曰清酒。"醴(lǐ 礼)：带糟的甜酒。《诗·周颂·丰年》："为酒为醴，烝畀祖妣。"郑玄注："醴，稻米酒也。"《说文》曰："醴，酒一宿熟也。"

③顽：愚妄。《尚书·尧典》："父顽，母嚚。"孔传："心不则德义之经为顽。"騃(ái 挨)：愚呆。《汉书·息夫躬传》："左将军公孙禄、司隶鲍宣皆外有直项之名，内实騃不晓政事。"

④麴(qū 区)：酒母，酿酒或制酱用的发酵物，亦作"麯(曲)"。湑丘：小山丘。与下文"野田"对。此句抱经堂本作"皆湑麴丘之麦"。野田：荒野之田。

⑤仓风：即"苍风"，指春天。《尔雅·释天》："春为苍天。"莫预：即勿动。方：正当。金：指秋天。未启：不要启用。这句指酒要经年储存，所谓酒愈老愈好。

⑥殊：异，不同。《易传·系辞下》："天下同归而殊途。"才：通"材"，资质，品质。

⑦流光：闪动的光泽。醳醳(yì 绎)：喻酒的色泽。

⑧甘滋：即甘甜的滋味。泥泥(nì 昵)：形容味道甘美诱人。

⑨醪(láo 劳)酿：或作"醪醴"。醪，浊酒。《说文》："醪，汁滓酒也。"

⑩绿瓷：黄绿色的瓷器，此指酒具。

⑪且：发语词。筐：方形盛物的竹器，这里用如动词。漉：渗出，滤过。

⑫载：发语词。箇：同"篘(chōu 抽)"，用篾编成的漉酒具。在此应作动词，表示滤酒。另外，有的版本作"莤(sù 诉)"，义为滤酒去渣。齐：带糟的浊酒。《周礼·天官·酒正》有所谓"五齐"。《初学记》卷二十六作"载篘载济"。

⑬庶民：百姓，平民。欢：《初学记》卷二十六作"欣"。

⑭君子：对统治者和贵族男子的称呼。

⑮沙洛：酒名。《仪礼·大射》"两壶献酒"郑玄注："献，读为沙，沙酒，浊。"或以沙(河名，在今河南鹿邑)、洛(河名，在今河南洛阳)水酿成美酒，亦通。渌酃(líng 灵)：美酒名。渌、酃两水均在湖南省，取水以酿美酒。《初学记》卷二十六："《吴录》曰：'湘东有湖水，酒有名。'"《文选》卷三十五李善注引盛弘之《荆州记》曰："渌水出豫章康乐县，其间乌程乡，有酒官，取水为酒，酒极甘美，与湘东酃湖酒，年常献之，世称酃渌酒。"晋人张载还写过《酃酒赋》。

⑯乌程若下：抱经堂本作"程乡若下"。乌程：酒名。乌程本县名，故城即今浙江省吴兴县南二十五里之菰城。其地有乌、程二氏，皆擅酿酒。若下：酒名，以若溪水(在今浙江省长兴县境)酿酒，酒味酪美，俗称"若下酒"。《文选》卷三十五李善注引《吴地理志》曰："吴兴乌程县，酒有名。"

⑰高:《初学记》卷二十六作"齐"。关中:地名,相当于今陕西省。白:清酒。《礼记·内则》:"酒清白。"孔颖达疏:"白谓事酒、白酒,以二酒俱白,故以一白标之。"薄:指酒清淡。

⑱青渚萦停:形容美酒的颜色状态。停:《初学记》卷二十六作"醇"。

⑲凝:液体渐结成固体,此指酒浓厚。醳(yì 绎):酿造时间长的酒。醇:浓酒,厚酒。《汉书·曹参传》:"至者,参则饮以醇酒。"颜师古注:"醇酒不浇,谓厚酒也。"酎(zhòu 宙):再三酿过的酒。《说文》曰:"酎,三重之酒也。"《礼记·月令·孟夏之月》:"是月也,天子饮酎,用礼乐。"郑玄注:"酎之言醇也,谓重酿之酒也。"本句"凝"、"醇"都是修饰词。

⑳千日一醒:所谓千日酒,喝了千日才能醒过来。醒,酒解。《搜神记》载:"中山人狄希造千日酒。"

㉑哲王:贤明的君主。《诗·大雅·下武》:"下武维周,世有哲王。"临国:指治国理政。

㉒绰矣多暇:就是很空闲。

㉓皤皤(pó 婆):头发斑白的样子。《后汉书·樊准传》:"又多征名儒,以亢礼官……故朝多皤皤之良,华首之老。"肃肃:恭敬,严正。

㉔安:安置。广坐:众人聚会的场所。《战国策·赵策三》:"自是之后,众人广坐之中,未尝不言赵人之长者也。"列雕屏:安置有雕饰的屏风。

㉕绡(xiāo 消):生丝织成的薄纱,薄绢。绮(qǐ 起):素底织成花的丝织物。绡绮:《初学记》卷十作"锦绮"。

㉖犀璩(qú 渠):犀牛角和玉。璩,玉名。镇:压席之器。《楚辞·九歌·湘夫人》:"白玉兮为镇,疏石兰兮为芳。"

㉗曳:拖,牵引。裾:衣襟。

㉘英伟:英拔俊伟。莞(wǎn 晚)尔:微笑的样子。《论语·阳货》:"子之武城,闻弦歌之声,夫子莞尔而笑……"即:就座,靠近。此句后《初学记》卷十有"已上王之好士"。

㉙凭:靠。玉几:可供扶倚的玉饰小案,古代帝王的用具。《尚书·顾命》:"相被冕服,凭玉几。"倚:靠着。玉屏:制成玉饰的屏风。劳:慰问。粱:指好米。《汉书·霍去病传》:"弄粱肉。"颜师古注:"粱,米之善者。"

㉚倡:古称歌舞艺人。《史记·滑稽列传》:"优旃者,秦倡,侏儒也。"倾:倒出。盌(wǎn 碗):饮食器具的一种,也称"椀"、"碗"。觞:酒杯。《大戴礼记·曾子事父母》:"执觞觚杯豆而不醉,和歌而不哀。"

㉛宫:五音之一。《春秋繁露·循天之道》:"宫者,中央之音也。"申:通"伸",指歌声远播。徵(zhǐ 止):五音之一。《尔雅·释乐》:"徵调之迭。"郝懿行义疏:"其声抑扬迭续。"

㉜乐只:犹"乐哉"。《诗·小雅·南山有台》:"乐只君子,邦家之基。"只,语

助词。吴：大声地说话。《诗·周颂·丝衣》："不吴不敖。"毛传："吴，哗也。"《史记·孝武本纪》引《诗》作"不虞不骜"。狂：放荡。《论语·阳货》："古之狂也肆，今之狂也荡。"

㉝锡：与，赐给。《尚书·尧典》："师锡帝曰：有鳏在下。"孔传："锡，与也。"名饵：美食。饵，食也。这里指解酒的名贵食品。祛：除去。酲(chéng 程)：病酒。《诗·小雅·节南山》："忧心如酲，谁秉国成?"《急就篇三》："侍酒行觞宿昔酲。"

㉞争光：竞放光彩。《史记·屈原贾生列传》："推此志也，虽与日月争光可也。"

【辨析】

邹阳的《酒赋》，在赋中是最早以酒名篇的。随后继作的有扬雄、王粲、曹植等等。酒是古人祭祀宴飨欢庆消忧的物品，但酒也常与帝王的淫乱荒废、杀身亡国联系在一起，所以赋作中对酒总是褒贬参半，倡导饮酒有度。邹赋即以此为准绳。至于晋刘伶《酒德颂》、唐孟郊《酒德诗》，那是从另一角度着眼，是在借题发挥。

美国华盛顿大学康达维(David R. Knechtges)教授在其文章《〈西京杂记〉中的赋篇》中有如下的分析：

邹阳的《酒赋》铺叙了多种美酒及宴饮之乐。赋的开篇，作者将酒与道德联系在一起。将不同的酒与贤明程度相联系的写法在 3 世纪颇为常见。最早出现这样的表述是在公元 207 年，即曹操签署了他著名的禁酒令之后。得知有人仍在偷偷饮酒，曹操《戒酒》诗中写道："白酒为贤者，清酒为圣人。"另，《三国志》卷二十七记载尚书郎徐邈违背曹操的禁令喝酒，当赵达向他提及官方禁令时，徐邈道："(我乃)中圣人。"赵达告之于曹操，曹操大为恼怒。鲜于辅就进言道："平日醉客谓酒清者为圣人，浊者为贤人。"《酒赋》中将"贤"字换成"顽骙"显得幽默，更接近于充分发展后的饮酒者的俚语，这也证明此赋为六朝作品。

更明显的与时代不符的证据是赋中提及的几种酒名。至少有两种酒名不可能出现于西汉时期。其一为"渌酃"(亦作"醁酃")。"酃"是县名，在今湖南省中南部的衡阳附近。特别是 3 世纪下半叶以来，酃县因出产以酃湖水酿成的美酒而闻名。就像香槟酒和法国白兰地一样，"酃"最终演变成中国北部一切美酒的代名词。西晋诗人张载(约公元 290 年在世)指出当时酃酒是一种新发现，在他的《酃酒赋》中赞颂了酃酒的醇美："未闻珍酒，出于湘东，丕显于皇都，潜沦于吴邦。往逢天地之否运，今遭六合之开通，播殊美于圣代，宜至味而大同。""渌酃"明显是六朝词语，所有文献都说明西汉初没有这个词。它最早出现于左思(约 250～约 305)的

《吴都赋》中。

另一个与时代不符的词是“程乡”。程乡是湖南省东南部(?)的一个产酒之地。与“渌酃”一词一样,西汉文献也不见提及“程乡”。

除了写有六朝时的酒名之外,《酒赋》还运用了一个典故,只有六朝文献里才载有这个典故中离奇的传说。上面写酒的“千日一醒”一句暗指中山县刘玄石的故事:一天刘玄石到一个小酒馆喝了一杯“千日酒”,回到家时,他烂醉如泥。家人误以为他死了,便埋葬了他。三年后,酒馆老板想到刘玄石该从千日沉醉中醒来了,就前来看望他。刘家这才挖出棺材。棺盖一开,刘玄石就醒来了。六朝的两部文献《搜神记》和《博物志》中最早记载了这个故事。虽然这个故事是早于文献记载的民间传说,但我们没有任何证据可将之溯源至汉初。单独地看,我们不能因提及“千日酒”而否定《酒赋》是汉初作品,但综合另外几个与年代不符的证据看,我们只有推断:《酒赋》的写作年代不可能早于3世纪下半叶。

与此相关,根据《艺文类聚》卷七十二,曹植在自己写的《酒赋》中只提到了扬雄的《酒赋》,而不提邹阳的《酒赋》。根据辞赋历数前人作品的传统,可见曹植认为在他之前只有扬雄写过这种题材的赋。因此,综合各项证据,邹阳这篇赋应该是后人伪托之作。

几赋

韩安国作《几赋》[①],不成。邹阳代作。其辞曰:

高树凌云[②],蟠纡烦冤[③]。旁生附枝[④]。王尔公输之徒[⑤],荷斧斤[⑥],援葛藟[⑦],攀乔枝[⑧],上不测之绝顶[⑨],伐之以归。眇者督直[⑩],聋者磨砻[⑪]。齐贡金斧,楚入名工,乃成斯几。离奇仿佛[⑫],似龙盘马回[⑬],凤去鸾归。君王凭之,圣德日跻[⑭]。

【说明】

此赋见《西京杂记》卷四。

据序文可知,这是邹阳作客梁孝王府邸之时所作。据《西京杂记》记载,梁孝王游于忘忧之馆,集诸游士,各使为赋。邹阳作《酒赋》。韩安国作《几赋》,没有写成,邹阳代作。此赋似未得梁孝王的赏识,邹阳与韩安国被罚酒。《西京杂记》卷四载:"邹阳、安国罚酒三升,赐枚乘、路乔如绢,人五匹。"

此赋篇幅短小,文意浅显,似随口道来,艺术价值不高。"齐贡金斧,楚入名工",显示了大汉帝国的气魄。结尾带有奉承的口气。但《西京杂记》这组作品都是宴会之作,因此每一篇赋的结尾都对梁孝王殷殷致意,这是辞赋文学,也是席间宴上文学的传统,不能免俗。

【注释】

①韩安国:西汉梁国成安(今河南临汝)人,字长孺,事梁孝王为中大夫。吴楚反,安国捍吴兵于东界,名由此显。武帝时累迁御史大夫。后为卫尉,会匈奴大入,以安国为材官将军,屯渔阳,请罢军屯。因败于匈奴,召责让,徙屯右北平。安国被疏,意忽忽不乐,后呕血而死。《史记》、《汉书》有传。

②凌云:高入云霄。

③蟠：盘伏，屈曲。《庄子·刻意》："精神四达并流，无所不极，上际于天，下蟠于地。"纡："纡"的本字。屈曲，回旋。烦冤：婉转回旋貌。宋玉《风赋》："夫庶人之风，塕然起于穷巷之间，堀堁扬尘，勃郁烦冤，冲孔袭门。"

④附枝：随着树的枝条。

⑤王尔：古之巧匠。公输：名班，春秋鲁国巧人，亦称鲁班。《淮南子·本经训》："公输王尔，无所错其剞劂削锯。"徒：同类之人。

⑥荷：扛，用肩承物。斧斤：斧子一类工具。《孟子·告子上》："中山之木尝美矣，以其郊于大国也，斧斤伐之，可以为美乎？"

⑦援：攀援。《庄子·让王》："王子搜援绥登车。"葛、藟（lěi 磊）：皆为蔓生植物。藟，即藤。《诗·周南·樛木》："南有樛木，葛藟累之。"

⑧乔枝：高枝。《尚书·禹贡》："厥草惟夭，厥木惟乔。"

⑨不测：不可测度。《史记·秦始皇本纪》："据亿丈之城，临不测之溪以为固。"言其深不可测。绝顶：山的最高峰。

⑩眇者督直：瞎一只眼睛的人负责查看直线。督，察看。《汉书·王褒传》："使离类督绳。"颜师古注："督，察视也。"

⑪聋者磨砻：耳聋的负责琢磨。砻（lóng 龙），磨砺。《汉书·枚乘传》："磨砻底厉，不见其损。"颜师古注："砻，亦磨也。"

⑫离奇：奇妙。《汉书·邹阳传》："蟠木根柢，轮囷离奇。"颜师古注："轮囷离奇，委曲盘戾也。"后谓事之异常曰离奇。仿佛：约略可见的形迹。

⑬回：迂回。

⑭跻（jī 基）：登，升。《诗·商颂·长发》："汤降不迟，圣敬日跻。"孔颖达疏："汤之下士尊贤甚疾而不迟也，其圣明恭敬之德日升而不退也。"

【辨析】

金秬香《汉代词赋之发达》指出，这是一篇寓言赋，赋中邹阳将自己比作无用之材。而"旁枝"则象征梁王的近侍羊胜和公孙诡，他们的好恶左右了廷臣在宫廷中的地位。尽管那棵树曲折盘桓，但最终还是有人认识到了它的价值，将之砍下做成一张几。同样地，邹阳这个无名的文士最终得到了梁王的恩宠，并作了他可以凭靠的一张"几"。然而在获得这样的地位之前，邹阳却得对付"旁枝"羊胜和公孙诡的谗言。他们向梁王进言将邹阳关进监狱，邹阳上书之后才澄清了自己。在给梁王的信中，他将自己比作一棵盘桓曲折之树的树根，直到宫廷里有人称赞其美丽，用它造出贵重的器物，那棵树才不再被人视作无用之材。《几赋》当然可以理解为用树去比喻默默无闻的官员，不过，诚如康达维教授在他的《〈西京杂记〉中的赋篇》中所指出的，他怀疑本赋不是邹阳的作品。因为委实令人难以置信,邹阳会在羊胜和公孙诡同时出席的宴会中写出这样露骨地批评他们的赋。如果这是一篇借邹阳抒发自己政治讽喻之意的赋,那么当是晚于邹阳者所作。作者熟悉邹阳狱中写的那封信,赋中好像借用了其中的几句:"蟠木根柢,轮囷离奇,而为万乘器者,以左右先为之荣也。"(《史记》卷五十九,《汉书》卷五十一)

公孙乘

公孙乘，生平事迹不详，只知他与枚乘、路乔如、公孙诡、邹阳、羊胜诸文士等同为梁孝王门客，曾与梁孝王游于忘忧馆，并奉命写《月赋》。事见《西京杂记》卷四。

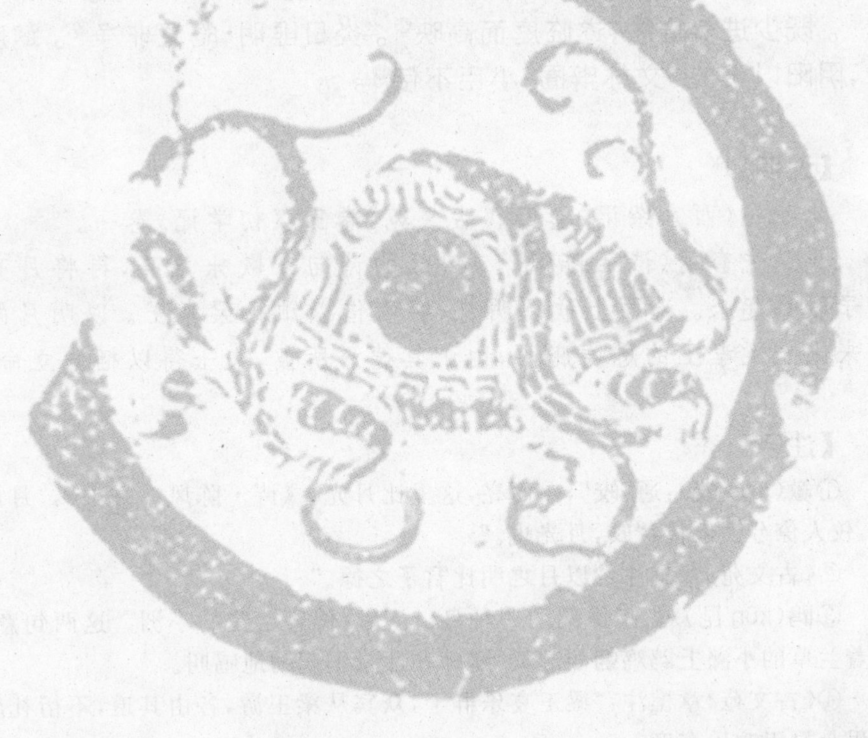

月赋

公孙乘为《月赋》，其辞曰：

月出皦兮①，君子之光②。鹍鸡舞于兰渚，蟋蟀鸣于西堂③。君有礼乐，我有衣裳④。猗嗟明月，当心而出⑤，隐员岩而似钩，蔽修堞而分镜⑥。既少进以增辉，遂临庭而高映⑦。炎日匪明，皓璧非净⑧。躔度运行，阴阳以正⑨。文林辩囿，小臣不佞⑩。

【说明】

此赋见《西京杂记》卷四、《古文苑》卷三、《初学记》卷一。

此赋先套用《诗·陈风·月出》的诗句来歌咏月亮，再将月亮和君子联系起来。表面上歌颂明月，实则借以颂扬梁孝王。以明月的映照来比喻梁孝王的恩德庇荫，由于其德泽所被，文士得以栖身立命。

【注释】

①皦(jiǎo 皎)：通“皎”，白而亮，这里比月光。《诗·陈风·月出》：“月出皎兮，佼人僚兮。”毛传：“皎，月光也。”

②《古文苑》章樵注：“以月之明比君子之德。”

③鹍(kūn 昆)鸡：指像鹤的一种鸟。兰渚：长着兰花的小洲。这两句意为：长着兰草的小洲上鹍鸡翩翩起舞，蟋蟀在厅堂里起劲地鸣叫。

④《古文苑》章樵注：“梁王宴乐群士，众宾从梁王游，各由其道，不衍礼度。”意思是君臣欢乐有度。

⑤猗、嗟(yī jiē 衣皆)：都是叹词。这里表赞美。当心：中央。

⑥隐：隐藏，遮挡。员岩：高耸入云的山岩。员，通“云”。《尚书·泰誓》：“若弗员来。”孔颖达疏：“员，即云也。”《诗·郑风·出其东门》：“聊乐我员。”陆德明《释文》：“员，本亦作云。”《初学记》卷一作“圆”。蔽：遮蔽。修：长。堞(dié 蝶)：城墙上齿状女墙。分镜：分裂的明镜。分，《初学记》卷一作“如”。《古文

苑》章樵注："譬君德壅蔽，则其明必亏。"这两句是说：因高高山岩的遮挡，月亮像一把钩，又因明月被城堞掩蔽，像被分裂的镜子。

⑦少进：稍微上升。遂：就。高映：高挂天空映照。这句是说：月亮只要稍微升起就为大地增添光辉，高悬天际把庭院照亮。

⑧炎日：抱经堂本作"火珠"。匪：通"非"。皓：洁白。这两句是说：太阳没有它明亮，玉璧也没有它明净。以上四句，《古文苑》章樵注："能进乎德，其明乃全。"

⑨躔（chán 缠）度：指日、月、星、辰按一定轨迹运行的线路。这两句是说：月亮沿着固定的轨道运行，阴阳因此得以调正。

⑩文林：文人如林。辩囿（yòu 又）：辩才之园林。囿，古代帝王畜养禽兽以供观赏的园林。不佞：不才，这是谦虚语。

【辨析】

《西京杂记》将《月赋》归为公孙乘所作，《初学记》卷一亦见存录，但归为枚乘所作。因为公孙乘的生平不可考，所以这算是两种不同意见，我们无法判断孰是孰非。尽管作品本身无法证明其并非西汉作品，但作者的归属不一，引人疑窦。此外，《艺文类聚》天部中的"月"也未收此赋，更令人怀疑其写作年代。

路乔如

路乔如（一作“加”，可能是字形相似而误），字里、生卒年均不详，约汉武帝建元初年前后在世，是梁孝王的门客。梁孝王曾游于忘忧馆，令诸游士作赋，枚乘、羊胜、公孙诡、公孙乘、邹阳等各有所作。路乔如作《鹤赋》，枚乘作《柳赋》，二人各得赐绢五匹。

鹤赋

白鸟朱冠，鼓翼池干[①]。举修距而跃跃[②]，奋皓翅之䎙䎙[③]。宛修颈而顾步[④]，啄沙碛而相讙[⑤]。岂忘赤霄之上[⑥]，忽池籞而盘桓[⑦]。饮清流而不举[⑧]，食稻粱而未安[⑨]。故知野禽野性[⑩]，未脱笼樊[⑪]。赖吾王之广爱[⑫]，虽禽鸟兮抱恩[⑬]。方腾骧而鸣舞[⑭]，凭朱槛而为欢[⑮]。

【说明】

此赋见《西京杂记》卷四、《古文苑》卷三。赋中的鹤指的应是丹顶鹤。丹顶鹤体长1.2米以上，高0.9～1米。嘴尖长而直，绿色。体羽主要为白色，头顶皮肤裸露，呈朱红色，即文中开头所谓“白鸟朱冠”。该鸟颈及腿均长，常涉浅水觅食鱼类。在我国有丹顶鹤、灰鹤、蓑羽鹤等不同种类。

本赋短小精悍。开头用“白鸟朱冠”写出丹顶鹤白身红顶的特点，接着用“修距”、“皓翅”、“修颈”勾画出其他特征，从而素描出丹顶鹤的形象。写外部特征时，则从动态描写，于是鹤的跳、飞、走、啄的动作状态跃然纸上。又通过不忘赤霄之上，“食稻粱而未安”等拟人手法，给鹤赋予了思想感情。总之，通过动静结合、外部特征和心理活动的结合，塑造了一个较完美的艺术形象。赋用梁王池塘里的鹤象征聚集其宫廷的文士，他们虽然不希望自己的自然本性受到拘限，但由于感念梁王的赏识，便舍弃了自由，留在宫廷。

本赋是对梁孝王的歌功颂德，其艺术特色就在于没有直接陈述梁孝王的功德，而是巧妙地通过塑造鹤的形象，进而归结到“赖吾王之广爱，虽禽鸟兮抱恩”，从而揭示了主题。因而感情色彩强烈，但却避免了直接奉承。可以想见，这种含而不露的写法，可以使梁孝王更容易接受，更为得意。无怪乎作者可得赐绢五匹！

此赋的社会意义在于显示了当时文人聚会作赋的风气，而从艺术性上来说，也是颇有欣赏价值和借鉴意义的。

【注释】

①鼓翼：扇动翅膀。池干：池边。干，岸。《诗·魏风·伐檀》："坎坎伐檀兮，寘之河之干兮。"

②距：雄鸡、雄雉等脚爪后面突出像脚趾的部分，此借代为腿。趯趯（tì替）：同"趯趯"，跳跃迅速貌。《诗·小雅·巧言》："躍躍毚兔，遇犬获之。"朱熹《集传》："趯趯，跳疾貌。"

③㞡㞡（zhǎn 展）：飞行貌。以上两句是说：丹顶鹤在池边时而抬起长腿跳跃，时而奋起翅膀飞动。

④宛：屈曲。顾步：盘旋而行。顾，回旋。步，徐行。《文选·沈约〈钟山诗应西阳王教〉》："淹留访五药，顾步伫三芝。"李善注："《苍颉篇》曰：'顾，旋也。'王逸《楚辞》注曰：'步，徐行也。'"

⑤碛（qì 气）：浅水中的沙石。讙（xuān 喧）：通"喧"，喧哗，指马叫。《古文苑》卷三作"懽"。以上两句是说：仙鹤有时弯着脖颈盘旋徐行，有时啄食着池中的沙石，相互鸣叫。

⑥赤霄：有红色云霞的天空。此泛指高空。

⑦池籞（yù 御）：宫中池苑，四周用竹篱围隔，以禁行人往来。盘桓：徘徊。以上两句是说：它并没有忘记在高空中飞行，因而在池苑里徘徊不去。

⑧不举：不愿高飞远走。

⑨粱：《全汉文》作"粮"。未安：不安心，不忍心。以上两句是说：仙鹤饮清流之水不愿远走高飞，吃着稻粱而感到于心不安。又，《古文苑》章樵注："鹤在池籞间，志常欲高飞远举，不甘稻粱之食，犹贤士不食禄养委身。"可参考。

⑩野性：粗野的性情，放纵而不驯服的性格。这里指在大自然中生成的习性。

⑪笼、樊：都是关鸟兽的笼子。以上两句是说：所以知道，即使野禽野性，也未能逃离樊笼。按：这是对梁孝王的歌功颂德，是说在他的统治范围内，不仅人民称臣，野禽也驯服。

⑫吾王：《全汉文》作"君王"。广爱：广施仁爱。

⑬抱恩：怀念恩惠。以上两句是说：凭我王广施仁爱，即使禽鸟也感恩戴德。

⑭方：正。腾骧（xiāng 襄）：飞跃。骧，本为马首昂举，引申为上举。

⑮朱槛（jiàn 见）：朱红色的笼子。槛，关动物的大笼。以上两句是说：仙鹤正上举，一边鸣叫，一边飞舞，忽而又凭依笼子而欢乐。

【辨析】

这篇赋属于《西京杂记》所载忘忧馆时豪七赋之一，因此可能也是一篇伪作。其风格比汉赋简易，类似六朝时期的赋风。法国学者吴德明的《汉代的一位宫廷辞赋家：司马相如》（详见 Yves Hervouet. *Un Poéte de cour sous les Han*：*Sseu-ma Siang-jou*. Paris：Presses Universitatires de France，1972）一书指出，宫廷生活限制自由的想法，与六朝思想更为接近。这篇赋可能模仿了后汉祢衡的《鹦鹉赋》，赋中用羁鸟比喻热爱自由而感到宫廷生活太过压抑的文士。

公孙诡

公孙诡，西汉齐（在今山东东部）人，生卒年不详。梁孝王招揽四方文士豪杰，公孙诡与羊胜、邹阳即投奔梁孝王门下。“公孙诡多奇邪计，初见王，赐千金，官至中尉，梁号之曰公孙将军。”景帝前元七年（前150）栗太子被废，梁孝王谋继为太子，因袁盎及议臣的反对而未果。梁孝王即与公孙诡、羊胜等谋议，派人刺杀袁盎及议臣十几人。景帝疑为梁所为，追捕公孙诡、羊胜等，梁孝王只好令公孙诡、羊胜等自杀。事见《史记·梁孝王世家》及《汉书·文三王传》。

文鹿赋

麀鹿濯濯[1],来我槐庭[2]。食我槐叶,怀我德声[3]。质如缃缛[4],文如素綦[5]。呦呦相召,《小雅》之诗[6]。叹丘山之比岁,逢梁王于一时[7]。

【说明】

此赋见《西京杂记》卷四。

赋中所写的文鹿,指身上长有花纹的鹿,如梅花鹿,实指作者自己,广而言之,也可以说包括游梁的诸文士、谋士。作者笔下的鹿"质如缃缛,文如素綦",可谓文质彬彬,看出作者颇为自负。最后四句写他们之间相处的欢快,以及对主人——梁孝王的知遇之恩的感戴。赋写得简洁、明快,颇有感染力。

【注释】

①麀(yōu 幽)鹿:母鹿。濯濯(zhuó 擢):形容娱游貌。见《诗·大雅·灵台》"麀鹿濯濯"孔传。

②槐庭:长有槐树的庭院。

③食:吃。怀:怀念,想念。德声:美好的名声。这两句是说:吃着院中的槐叶,想着我的好处。

④缃(xiāng 箱):浅黄色。缛(rù 辱):通"褥"。这句是说:文鹿的体态犹如淡黄色的褥子。

⑤素:本色。綦(qí 其):通"棋"。这句是说:文鹿身上的条纹就像棋盘那样纵横有序。

⑥呦呦(yōu 悠):鹿鸣声。相召:相互呼唤。《小雅》之诗:指《诗·小雅·鹿鸣》:"呦呦鹿鸣,食野之苹。我有嘉宾,鼓瑟吹笙。"作者借用此诗比喻与诸文士游梁的欢快情景。

⑦丘山：指荒野，此指未出仕前的生活。比岁：连年累岁。逢：遇到。指投到梁孝王门下。

羊胜

羊胜（约前150年在世），西汉齐（今山东东部）人，简况见上一篇中公孙诡小传。

屏风赋

屏风鞈匝，蔽我君王[①]。重葩累绣，沓璧连璋[②]。饰以文锦，映以流黄[③]。画以古列，颙颙昂昂[④]。藩后宜之，寿考无疆[⑤]。

【说明】

此赋见《西京杂记》卷四、《初学记》卷二十五。

屏风，堂上用以挡风或为屏障的用具。赋作描写君王屏风的华美、实用。其实也可理解为赞美梁孝王门下的文士和谋士，他们都是人间一流人物，是梁孝王的好谋士、好卫士。

【注释】

①鞈(gé 格)匝：环绕的样子。这两句意为：屏风围绕、遮挡着君王。

②葩(pā 趴)：花。璧、璋：指玉。重、累、沓、连：都是指繁多。这两句是说：屏风的上面绣着很多奇异花卉，并嵌着很多玉饰。

③映：衬托。流黄：指褐黄色。这两句是说：用有花纹的绸缎装饰，质地是黄褐色。

④列：通“烈”，烈士。古列：即古代烈士。《汉书·季布栾布田叔传赞》：“虽古烈士，何以加哉。”颙(yóng 喁)：庄重、恭敬的样子。昂昂：神气的样子。这两句是说：屏风上还绣着古代贤人、豪士的图像，他们都表现出庄重高昂的样子。

⑤藩后：藩王，也即诸侯王，这里指梁孝王。宜：适合。寿考：高寿。考，年老。

刘安

刘安(前179～前122),汉武帝叔父。袭父爵封为淮南王。安能文,喜养士,好神仙之术。曾奉命作《离骚传》,对《离骚》作出极高的评价。由其门客集体编著的《淮南子》,是一部以道家思想为主,杂有儒、法、阴阳等家思想的著作。刘安后因谋反事泄,畏罪自杀。《汉书·艺文志》:"淮南王赋八十二首。"现仅存《屏风赋》及《薰笼赋》篇目。传见《史记》卷一百一十八,《汉书》卷四十四。

屏风赋

维兹屏风，出自幽谷[①]。根深枝茂，号为乔木。孤生陋弱，畏金强族[②]。移根易土，委伏沟渎[③]。飘飖殆危，靡安措足[④]。思在蓬蒿，林有朴樕[⑤]。然常无缘，悲愁酸毒[⑥]。天启我心，遭遇征禄[⑦]。中郎缮理，收拾捐朴[⑧]。大匠攻之，刻彫削斲[⑨]。表虽裂剥，心质贞悫[⑩]。等化器类，庇荫尊屋。列在左右，近君头足[⑪]。赖蒙成济，其恩弘笃[⑫]。何恩施遇，分好沾渥[⑬]。不逢仁人，永为枯木[⑭]。

【说明】

此赋见《古文苑》卷三、《艺文类聚》卷六十九、《初学记》卷二十五、《太平御览》卷七百零一。

赋借乔木之口，道出自己初见弃而后被中郎发现，并经大匠的砍削雕刻而终成屏风，以发挥自己庇荫君王的作用。假如这是刘安写的，应是借着门下客的口吻来写这篇赋。赋中的“乔木”，当不是刘安自己，而是门下客自己表示自己的才能。刘安并不安分，他不甘心久居诸侯国之位。在这里，刘安似在招募宾客。他向众文士豪杰指出，只有投靠到他的门下，才能发挥各人的专长，才有光明的前途。

【注释】

①维：语助词。兹：这个。幽谷：深谷。

②孤生：即孤性，指生性孤僻。生，《初学记》卷二十五、《艺文类聚》卷六十九作“性”。金：指斧、刀之类砍伐树木用的器械。《古文苑》章樵注：“木孤生之时，其姿陋弱，以能避斧斤之害，故至高大。”可参考。

③移根：离开根部。沟渎（dú 读）：沟渠，水道。这句指乔木被砍伐后遗弃沟壑。

④殆危:《初学记》卷二十五、《艺文类聚》卷六十九作“危殆”,意为害怕成为枯木。靡安措足:即无处落脚,也即无处安身。靡,不。安措,安置。《孝经·丧亲章》:“卜其宅兆,而安措之。”邢昺疏:“卜选宅兆之地而安置之。”

⑤蓬蒿:野草。朴樕(sù 素):木名,亦作“樕朴”。《诗·召南·野有死麕》:“林有朴樕。”毛传:“朴樕,小木也。”

⑥酸毒:甚苦,痛苦。这两句是说:自己被委弃沟壑,悲愁痛苦。

⑦遭遇:遇到。征禄:《初学记》卷二十五、《艺文类聚》卷六十九作“微禄”,即薄禄,这里是谦虚,喻自己有小才。

⑧中郎:官名。缮理:整治,修理。捐:丢掉。收拾捐朴,是说中郎将丢弃的木材收拾待用。《古文苑》章樵注:“朴,与樸同,木质也,弃捐沟壑,人所不顾。中郎,淮南之臣,乃收录之,以成器用。”

⑨彫:同“雕”。斲:通“斫(zhuó 酌)”,用刀砍。这两句是说:高明的木匠对其砍、削、雕、刻,仔细加工。

⑩表:指树皮。悫:诚实,忠厚。这两句是说:树皮虽剥裂难看,但树心却完好无损。《古文苑》章樵注:“犹用人当略其外貌,取其中心。”

⑪等比器类:也即等同一般器具。等化,似为“等比”之误。等比,同等,齐列。尊:敬辞。这四句意为:等到制作成为屏风,可以蔽遮贵宅,摆列在君王左右。

⑫赖蒙:承蒙。成济:成全,成就。弘笃(dǔ 睹):宏大,深厚。这两句意为:承蒙君王重用,恩德无量。

⑬分好:情义,友谊。沾渥(wò 握):蒙受。

⑭这两句是说:如果没有遇见仁人志士,我将永远是水沟里的枯木。

【辨析】

本篇赋中的用词呈现了与刘安所处时代相忤的现象。如,“无缘”是佛教术语,竟出现在佛教尚未传来中土的西汉文人笔下,不可思议。另外,“等”字在赋为“等待”之义,也是后世口语中才有的意义,不太可能出现在西汉。因此,本篇赋极为可能是后人伪托的。

薰笼赋

【说明】

此赋仅存篇目。《太平御览》卷七百一十一："刘向《别录》曰：'淮南王有《薰笼赋》。'"《北堂书钞》卷一百三十五"薰笼"条："淮南有赋。"

淮南小山

王逸《楚辞章句·招隐士序》说，淮南小山是淮南王刘安门下文士的集体称号。或说是刘安门客中的一位。《招隐士》，传为淮南小山所作。《文选》则题为刘安所作。具体情况不详。淮南小山的作品，《全汉文》也只收此一篇。王夫之谓此篇“音节局度，浏亮昂激，绍《楚辞》之余韵，非他辞赋可比”（《楚辞通释》）。

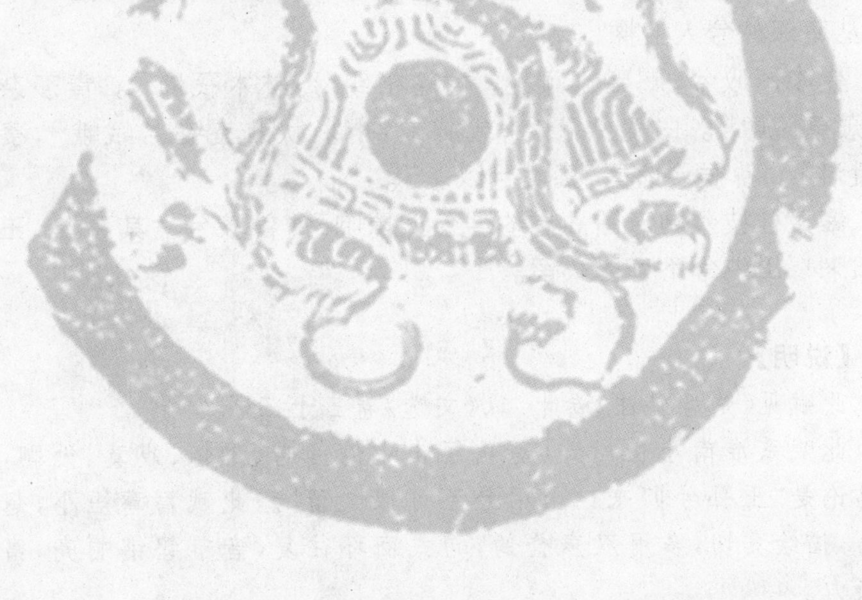

招隐士

桂树丛生兮山之幽①，偃蹇连蜷兮枝相缭②。山气巃嵸兮石嵯峨③，谿谷崭岩兮水曾波④。猨狖群啸兮虎豹嗥⑤，攀援桂枝兮聊淹留⑥。

王孙游兮不归⑦，春草生兮萋萋⑧。岁暮兮不自聊⑨，蟪蛄鸣兮啾啾⑩。

坱兮轧⑪，山曲岪⑫，心淹留兮恫慌忽⑬。罔兮沕，憭兮栗⑭，虎豹穴，丛薄深林兮人上慄⑮。

嵚岑碕礒兮，硱磳磈硊⑯。树轮相纠兮，林木茷骫⑰。青莎杂树兮，薠草靃靡⑱。白鹿麏麚兮，或腾或倚⑲。状儿崟崟兮峨峨⑳，凄凄兮漇漇㉑。猕猴兮熊罴，慕类兮以悲㉒。

攀援桂枝兮聊淹留。虎豹斗兮熊罴咆，禽兽骇兮亡其曹㉓。王孙兮归来！山中兮不可以久留。

【说明】

此赋见《楚辞补注》卷十二、《文选》卷三十三。

此赋系淮南小山所作，写出了山中的幽暗、恐怖、寂寞、无聊，因而结论是“王孙兮归来！山中兮不可以久留”。此赋篇章短小，想象丰富，描绘真切，多用双声叠韵，句式回环往复，音节铿锵响亮，富有感染力。

【注释】

①桂树：一种珍木，叶常绿，香气浓烈，可制香料，入药。这里指文中王孙。幽：僻静，指深山幽谷。喻远离朝廷。

②偃蹇（yǎn jiǎn 眼简）连蜷：指桂树长得弯弯曲曲，十分好看。缭：纠缠。

③宠嵸(lóng zōng 龙宗):原指山势高峻,这里形容云气上蒸。嵯峨:形容山石高危。

④崭(chán 禅)岩:即"巉岩",险峻貌。曾波:即"层波",层层波涛。

⑤猨(yuán 援)、狖(yòu 又):都是猴科动物。啸:拉长声鸣叫。嗥:吼叫。

⑥淹留:周旋留连。指野兽在桂树上栖息。

⑦王孙:古时对达官贵人子弟的通称。

⑧萋萋:青草茂密的样子。

⑨不自聊:不自聊赖,指心中空虚烦闷,无可依傍。

⑩蟪蛄(huì gū 惠姑):蝉的一种。啾啾(jiū 纠):细杂的叫声,形容蟪蛄的叫声。

⑪坱、轧(yǎng yà 养亚):山气郁蒸的样子。

⑫岪(fú 弗):形容山势曲折。

⑬淹留:久留。恫(dòng 冻):恐惧。慌忽:即"恍惚",心思迷乱。

⑭罔、沕(mì 密):罔然疑惑貌。憭、栗:凄怆悲伤貌。

⑮丛薄:草木杂生之处。慄:害怕,战栗。

⑯嵚(qīn 侵)岑:山高峻貌。碕礒(qí yǐ 奇倚):山石不平貌。磳磳(jūn zēng 君增):石头高危貌。磈硊(kuǐ wěi 傀伟):石头堆砌高低不平貌。

⑰树轮:指树干。纠:缠绕。林木:指树枝。茷骫(fá wěi 伐萎):形容树木枝叶繁茂,枝条弯曲。

⑱莎(suō 缩):一种多年生草本植物,块茎称"香附子"。树:立。薠(fán 烦):植物名,似莎草。《文选·司马相如〈子虚赋〉》:"薛莎青薠。"李善注引张揖曰:"青薠,似莎而大,生江湖,雁所食。"靃(suǐ 髓)靡:草木柔弱,随风披靡貌。

⑲麏麚(jūn jiā 军加):亦作"麕麚",泛指鹿类。腾:跳跃。倚:斜靠着,指众鹿相互依靠。

⑳崟崟(yín 银)、峨峨:都是山峰高耸的样子,形容鹿角高貌。

㉑凄凄、漇漇(xǐ 洗):形容鹿毛湿润貌。

㉒慕类兮以悲:指离群者因思慕同类而悲伤。或理解为设想之辞,王孙慕兽类欢聚而悲伤。

㉓亡其曹:即离开同类。曹,类。

【辨析】

王逸在《楚辞章句·招隐士序》里说,此赋所指的隐士是屈原。我们以为是不对的,因为屈原并非隐士。他周游各地,后又回到故乡,也根本用不着"招"。尤其是淮南小山早已知道屈原沉身汨罗,为国捐躯,再也"招"不回来了。至多只能"招"其魂,不能"招"其人——隐士。所以,这篇赋不可能是"招"屈原的。

那么“招”的对象是谁？《乐府诗集》卷五十四《晋拂舞歌·淮南王篇》引崔豹《古今注》说：“《淮南王》，淮南小山之所作也。淮南王服食求仙，遍礼方士，遂与八公相携俱去，莫知所往。小山之徒，思恋不已，乃作《淮南王曲》焉。”这个注给我们一个很好的启示：小山之徒既可因思念淮南王仙游不归而写《淮南王曲》，为什么不可以为同一理由而写《招隐士》？

我们知道，淮南王刘安于元狩元年(前122)因谋反事泄畏罪“自刭”。但《神仙传·刘安》却说：“汉史秘之(指成仙)，不言安得神仙之道，恐后世人主当废万机而竞求于安道，乃言安得罪自杀，非得仙也。”这真够挖空心思为刘安畏罪自杀回护！我们想，同一道理，小山之徒为什么不可以把刘安明明是畏罪自杀而说成是入山修道，因而写《招隐士》来招回他，以掩盖其丑行？

近人金秬香说：“小山《招隐》，何为而作也？详其词意，当是武帝猜忌骨肉，适淮南王安入朝，小山之徒，知谗衅已深，祸变将及，乃作此以劝王亟谋返国之作。”(《汉代辞赋之发达》)可作为一说。

我们甚至有一奇想：刘安现存一赋——《屏风赋》，见《艺文类聚》、《初学记》、《太平御览》、《古文苑》等，此赋当非伪作。宋人章樵在《古文苑》题注中说：“因木有自然奇怪之形，连合为屏风，譬世有遗弃之材，遭时见用。”指出赋作者以乔木制成屏风，为世所用，喻世间人才得到提拔，得以效力。我们以为这个理解是符合此赋题旨的，这篇赋可视为刘安招致天下谋士的广告。我们知道，刘安从二十多岁起就开始参与谋夺帝位，前后长达三十多年之久，最后也是以“为畔逆事”，自刭而死。为了夺取帝位，他广罗人才，招致天下俊伟之士数千人，其中著名的有所谓“八公”。我们能否这样设想：《招隐士》是淮南小山为刘安写作的一篇招致天下人才的广告？我们认为这个设想并不是无中生有。

孔臧

孔臧，鲁国（今山东曲阜）人，孔子十一代孙，孔安国从兄。史书无传，具体生卒年无考。据《史记·高祖功臣侯者年表》载（《汉书·高惠高后父功臣表》、《汉书·百官公卿表下》略同），孔臧父孔藂，于秦胡亥元年（前 209）随刘邦于砀起事，以左司马入汉，以左将军身份围项羽于垓下，因战功卓著，封蓼（今河南固始）侯。文帝九年（前 171），孔臧袭父爵。武帝元朔三年（前 126），坐为太常。南陵桥坏，衣冠军不得度，国除。前后侯封四十五年。一说孔臧是自求为太常的。《史记·高祖功臣侯者年表》司马贞《索隐》引孔藂曰："臧历位九卿，为御史大夫，辞曰：'臣经学，乞为太常典礼，臣家业与安国，纲纪古训。'武帝难违其意，遂拜太常典礼，赐如三公。臧子琳，琳子璜，失侯爵。"《文选·班固〈两都赋序〉》李善注引《孔臧集》曰："臧，仲尼之后，少以才博知名，稍迁御史大夫，辞曰……"可见孔臧活动年代在文、景、武三朝间。他是一位博学多才的经学家、文学家。《汉书·艺文志》载，孔臧有文十篇，赋二十篇，《隋书·经籍志四》著录有集二卷，均已佚。《孔丛子·连丛子上》录其《谏格虎赋》等六篇。《全汉文》又加收录。

谏格虎赋

帝使亡诸大夫问乎下国[①]。下国之君,方帅将士于中原[②],车骑駢阗,被行冈峦[③],手格猛虎,生缚貙犴[④]。昧爽而出[⑤],见星而还。国政不恤[⑥],惟此为欢。乃夸于大夫曰:"下国鄙固,不知帝者之事。敢问天子之格虎,岂有异术哉[⑦]?"大夫未之应。因又言曰:"下国褊陋[⑧],莫以虞心,故乃辟四封以为薮[⑨],围境内以为林。禽鸟育之,驿驿淫淫[⑩]。昼则鸣嚾,夜则嗥吟。飞禽起而日翳[⑪],兽动而雷音[⑫]。犯之者其罪死,惊之者其刑深。虞候苑令,是掌厥禁[⑬]。于是分幕将士,营遮榛丛,戴星入野[⑭],列火求踪[⑮]。见虞自来,乃往寻从[⑯]。张罝网,罗刃锋[⑰],驱槛车[⑱],听鼓钟。猛虎颠遽[⑲],奔走西东。怖骇内怀,迷冒怔忪[⑳]。耳目丧精,值网而冲[㉑]。扃然自缚以丝组[㉒],斩其爪牙,支轮登较,高载归家[㉓]。孟贲被发嗔目,蹂猾纷华[㉔]。都邑百姓,莫不于迈[㉕],陈列路隅[㉖],咸称万岁。斯亦畋猎之至乐也[㉗]。"大夫曰:"顺君之心乐矣。然非乐之至也。乐至者,与百姓同之之谓也[㉘]。夫兕虎之生,与天地偕[㉙]。山林泽薮,又其宅也[㉚]。被有德之君[㉛],则不为害。今君荒于游猎,莫恤国政[㉜],驱民入山林,格虎于其廷[㉝],妨害农业,残夭民命[㉞]。国政其必乱,民命其必散[㉟]。国乱民散,君谁与处?以此为至乐,所未闻也。"于是下国之君乃顿首曰:"臣实不敏,习之日久矣,幸今承诲,请遂改之[㊱]。"

【说明】

此赋见《孔丛子》卷七《连丛子上》(《四部丛刊》本)。

赋作描述天子的代表——亡诸大夫到下国(诸侯国)去巡视,下国君向他夸耀自己格虎狩猎的欢乐。亡诸大夫听后,对下国君进行了批评,指出他的举止是祸国殃民的。下国君接受教训,表示要改正错误。此赋指出，作为一国之君，应当勤理国政，仁人爱民，与民同乐。这是当时新兴的汉儒的教义。

【注释】

①亡诸大夫：元代陈仁子《文选补遗》卷三："言本无此大夫，假有之以为辞，犹凭虚公子、安处先生之类。"问：考察，过问。下国：诸侯国。

②帅：通"率"，带领。中原：原野之中。

③骈阗：布集，连属，形容多。也作"骈田"、"骈填"。被行冈峦：遍布山岭。冈，山脊，山岭。

④格：击杀，搏杀。缚：束，捆绑。貙犴（chū àn 初岸）：即貙和犴，两种猛兽名。《尔雅·释兽》："貙，似狸。"郭璞注："今貙虎也，大如狗，文如狸。"犴，古时称生于北地的野狗。

⑤昧爽：指拂晓，天未全明之时。昧，昏暗。爽，明。《尚书·太甲上》："先王昧爽丕显，坐以待旦。"

⑥国政：国家的政事。恤：也作"卹（xù 絮）"，忧虑，顾惜。《诗·小雅·小弁》："我躬不阅，遑恤我后。"

⑦鄙固：鄙陋。异术：奇妙的方法。

⑧褊（biǎn 匾）：狭小，狭窄。《左传·昭公元年》："以敝邑褊小，不足以容从者，请墠听命！"

⑨辟：开。《易传·系辞上》："辟户谓之乾。"四封：四方的土地。封，指帝王分给诸侯的土地。薮（sǒu 叟）：大泽。

⑩驿驿：连续不断。淫淫：行进的样子。

⑪翳（yì 意）：遮蔽。

⑫雷：《子汇》本、《指海》本作"审"，联系上下文来看，"雷音"无误。

⑬虞候：官名。掌管山泽之官。《左传·昭公十二年》："薮之薪蒸，虞候守之。"孔颖达疏："水希曰薮，则薮是少水之泽。立官使之候望，故以虞候为名也。"苑令：古代掌管畜养禽兽的园林之官。厥：其，那。禁：圈养禽兽之牢圈。

⑭营：围绕。《汉书·李寻传》："日且入，为妻妾役使所营。"颜师古注："营，谓绕也。"遮：阻拦，遏止。《吕氏春秋·应问》："子不遮乎亲，臣不遮乎君。"高诱注："遮，后遏也。"榛丛：丛木。《广雅·释木》："木丛生曰榛。"戴星：顶着星宿，喻早出或晚归。野：郊原，田野。《诗·邶风·燕燕》："之子于归，远送于野。"毛传："郊外曰野。"这里指打猎的场所。

⑮列：通"烈"，烧。《孟子·滕文公上》："舜使益掌火，益烈山泽而焚之。"求：寻找。踪：踪迹。《史记·萧相国世家》："高帝曰：夫猎……而发踪指示兽处者人也。"

⑯虞：虞人，见上注。寻从：追寻服从。从，跟随，追随。

⑰张:设网捕捉。《公羊传·隐公五年》:"百金之鱼,公张之。"罝(jū 居):捕兽的网。罗:分布,排列。

⑱槛车:囚禁犯人或装载猛兽的有栅栏的车。

⑲颠:倒,仆。遽:畏惧。

⑳怖(bù 布)骇内怀:即内怀怖骇。怖:惶恐,惊惧。骇:惊骇,惊忧。迷冒:即"迷瞀",迷惑眩乱。怔忪(zhēng zhōng 征钟):惶恐,惊惧。

㉑值网:触网。值,相遇。

㉒扃(jiǒng 窘阳平)然:被束缚貌。"扃",《子汇》本、《指海》本、《汉魏丛书》本作"局"。局然,屈身的样子。缚:捆绑。"缚"字下《子汇》本、《指海》本有"或只或双。车徒抃赞,咸称曰工"。车徒:兵车及步卒。抃(biàn 卞):鼓掌,指赞叹。工:精妙,精巧。这里指打猎的技巧高明。丝组:丝绳,绳子。

㉓支轮登较,高载归家:这句是指获猎的野兽很多。较(jué 觉):车厢两旁的横木,亦指车厢。

㉔孟贲:古代勇士名,据说能生拔牛角,水行不避蛟龙,陆行不避兕虎。被(pī 披)发:散发。嗔目:张目。《子汇》本、《指海》本作"瞋"。蹂(róu 柔,或 rǒu 柔上声)猾:《子汇》本、《指海》本作"躁猾",暴躁狡猾,与上下文意不合。蹂,践踏。《汉书·扬雄传下》:"蹂尸舆厮,系累老弱。"颜师古注:"言已死则蹂践其尸,破伤者则舆之而行也。"猾,扰乱,侵犯。纷华:纷乱貌。

㉕迈:远行。"都"前《子汇》本有"故"字。

㉖隅:角落。

㉗至乐:极乐。

㉘顺:任情,放纵。此句《子汇》本、《指海》本作"然则乐之至也者,与百姓同之谓也"。

㉙兕:犀牛一类的动物。偕:一起。

㉚宅:住处。

㉛被:遇到。

㉜恤:顾惜,顾念。

㉝廷:通"庭",本指院子,此处指禽兽生活的地方。

㉞残夭:残害致死。

㉟散:闲散。

㊱顿首:古代礼节,头叩地而拜。敏:聪慧。习:相习。

【辨析】

这篇赋的结构与司马相如的《子虚》、《上林》两赋(即《天子游猎赋》)如出一辙,都是安排诸侯王(或其代表)与天子的代表对话,而且都是先让诸侯王(或其代表)尽情地夸耀自家主子的淫乐,随后是天子的代表对诸侯王(包括其代表)的教训,最后是诸侯王(或其代表)的悔过。而且批判的武器都是儒家的教义。

在这里,就出现一个问题,即谁先创作了这种崭新的赋篇形式,是司马相如呢?还是孔臧?

我们从班固的《两都赋序》得知,司马相如和孔臧都是武帝朝廷上的著名赋家,他们或则“朝夕论思,日月献纳”,或则“时时间作”。但他们谁年纪大,写作谁先行一步呢?我们推论,司马相如约生于公元前172年(或说公元前179年,似难成立)。而孔臧的生年似要早得多,他在公元前171年即袭父爵封侯,那时,他可能已一二十岁了,也就是说,他比司马相如要大一二十岁。这一点,我们从孔臧父孔聚的行状即可得到证实。孔聚在公元前209年就随刘邦起事,那时就算他二十岁吧,那么孔聚当生于公元前229年左右,到他死后儿子孔臧袭他的爵位,算来已近六十岁了。如果孔聚二十岁生孔臧,那么孔臧到司马相如出生时,已近四十岁了;如果孔聚三十岁生孔臧,则孔臧大司马相如近三十岁;如果孔聚四十岁生孔臧,则孔臧大司马相如近二十岁。孔聚大概活到五十多岁就死了,所以他不大可能年近五十才生孔臧。孔臧既比司马相如大一二十岁,他的写作活动就有可能比司马相如早得多。再说孔臧早已封侯,且“少而才博,知名”,这个“少”、“博”总得有所表现,这个“知名”总得有个来由。《汉书·艺文志》说他有儒家作品十篇,赋作品二十篇,可能就是其“少博”、“知名”的表现吧。如果把《谏格虎赋》的写作时间定于公元前140年前后,孔臧这时也已四五十岁了,孔臧写此赋再难往后推移。如果这个推论成立,那么《谏格虎赋》的写作比司马相如的《子虚》、《上林》两赋也要早三五年。所以,我们可以得出结论:孔臧写作在前,司马相如写作在后;孔臧是初创,司马相如是有所依傍;所以孔臧赋较简短粗糙,司马相如赋则铺张扬厉,精致细腻。由此可见,孔臧在赋史上的功绩也是不可抹杀的。

杨柳赋

嗟兹杨柳[①]，先生后伤。蔚茂炎夏[②]，多阴可凉[③]。伐之原野，树之中塘[④]。溉浸以时[⑤]，日引月长[⑥]。巨本洪枝[⑦]，条修远杨[⑧]。夭绕连枝[⑨]，猗那其旁[⑩]。或拳句以逮下土[⑪]，或擢迹而接穹苍[⑫]。绿叶累叠[⑬]，郁茂翳沈[⑭]，蒙笼交错[⑮]，应风悲吟。鸣鹄集聚[⑯]，百变其音。尔乃观其四布[⑰]，运其所临[⑱]。南垂大阳[⑲]，北被宏阴[⑳]，西奄梓园[㉑]，东覆果林。规方冒乎半顷[㉒]，清室莫与比深[㉓]。于是朋友同好[㉔]，几筵列行。论道饮燕[㉕]，流川浮觞[㉖]。殽核纷杂[㉗]，赋诗断章[㉘]。各陈厥志[㉙]，考以先王[㉚]。赏恭罚慢，事有纪纲[㉛]。洗觯酌樽[㉜]，兕觥并扬[㉝]。饮不至醉，乐不及荒。威仪抑抑[㉞]，动合典章。退坐分别，其乐难忘。惟万物之自然，固神妙之不如。意此杨树，依我以生。未经一纪[㉟]，我赖以宁。暑不御箑[㊱]，凄而凉清。内荫我宗[㊲]，外及有生[㊳]，物有可贵，云何不铭[㊴]？乃作斯赋，以叙厥情。

【说明】

此赋见《孔丛子》卷七《连丛子上》(《四部丛刊》本)。

本赋中的杨柳，在作者精心的培植下，长成了“巨本洪枝，条修远杨”的大树。它为人们提供了歇凉游憩的场所。于是作者与朋友列几筵于树下，“论道饮燕，流川浮觞”，赋诗饮酒，“赏恭罚慢”，处处体现着儒家的伦理原则：“饮不至醉，乐不及荒。威仪抑抑，动合典章。退坐分别，其乐难忘。”最后，作者礼赞杨柳“内荫我宗，外及有生”的功绩，抒发了对杨柳的喜爱之情。这篇咏物小赋，将描写、叙事、抒情、说理巧妙地融为一炉，读来饶有情致。此赋当为孔臧晚年作品。

【注释】

①嗟:感叹词。兹:这。

②蔚:草木茂盛的样子。炎夏:炎热的夏天。

③多阴可凉:树阴很多,适合乘凉。可:适宜。

④中塘:即“中唐”,中庭。塘,通“唐”。《诗·陈风·防有鹊巢》:“中唐有甓。”

⑤溉浸以时:按时灌溉。

⑥日引月长:一天天一月月地长高。引,伸长。

⑦巨本洪枝:巨大的树干和枝条。洪,大。

⑧条修:枝条修长。远杨:伸向远方。杨,当作“扬”。《诗·豳风·七月》:“以伐远扬。”

⑨夭绕:屈曲盘绕的样子。

⑩猗那:同“婀娜”,袅娜多姿的样子。

⑪拳句:局促不得伸展。句,《子汇》本、《指海》本、《汉魏丛书》本作“局”。逮:及,达到。

⑫擢(zhuó 濯)迹:举起。擢,拔,耸起。穹苍:天空。

⑬累叠:重重叠叠。

⑭郁茂翳(yì 义)沈:繁密茂盛,遮天垂地。翳,障蔽。

⑮蒙笼:同“蒙茏”,茂密四布的样子。

⑯鹄(hú 湖):天鹅。

⑰尔乃:于是。

⑱运:转动,转向。

⑲大阳:太阳。大,同“太”。

⑳被:遮盖。宏阴:大面积的阴暗。宏,《子汇》本作“玄”,《指海》本作“元”。

㉑奄:同“掩”,掩盖。梓(zǐ 子):一种树木,常种于墙下。

㉒规方:规划,分划。《周礼·考工记·舆人》:“圆者中规,方者中矩。”冒:覆盖。顷:面积单位,一百亩为一顷。

㉓清室:清凉的处所。

㉔同好:爱好相同的人。

㉕饮燕:宴饮。燕,同“宴”。

㉖流川浮觞(shāng 商):在流水上浮动酒杯,大家列坐两旁,取杯饮酒。觞,酒杯。

㉗殽:同“肴”,指菜肴。核:指果品。《诗·小雅·宾之初筵》:“肴核维旅。”

㉘赋诗断章:或赋诗或吟咏诗中某些篇章,借以表达自己的感情,所谓“赋诗言志”。这是古代朋友欢聚常有的做法。

㉙厥:其,他的。志:指思想感情。

㉚考：校订，核实。

㉛纪纲：法度。

㉜觯（zhì 至）：古代酒器，圆腹侈口，圈足。樽：木制酒杯。

㉝兕觥（sì gōng 四工）：用犀牛角做的酒杯。兕，雌性的犀牛。觥，古代饮酒及盛酒器，腹椭圆，圈足，有吐水口，有把手。

㉞威仪：仪表行为。抑抑：谨慎而严肃的样子。《诗·小雅·宾之初筵》："其未醉止，威仪抑抑。"

㉟经：《子汇》本、《指海》本作"宁"。纪：纪年单位，十二年为一纪。

㊱御：用。箑（shà 霎）：扇子。

㊲荫：荫蔽。宗：同祖称宗。《子汇》本、《指海》本作"宇"。

㊳有生：有生命者，这里指众生。《列子·杨朱》："有生之最灵者，人也。"

㊴云何不铭：为何不加以铭载。云，发语词。

鸮赋

季夏庚子[1],思道静居。爰有飞鸮[2],集我屋隅[3]。异物之来[4],吉凶之符[5]。观之欢然,览考经书[6]。在德为祥[7],弃常为妖[8]。寻气而应,天道不渝[9]。昔在贾生,有识之士,忌兹服鸟,卒用丧己[10]。咨我令考[11],信道秉真[12]。变怪生家,谓之天神[13]。修德灭邪,化及其邻[14]。祸福无门,唯人所求。听天任命[15],慎厥所修[16]。愐迟养志[17],老氏之畴[18]。禄爵之来[19],秖增我忧[20]。时去不索,时来不逆。庶几中庸[21],仁义之宅。何思何虑,自令勤剧[22]。

【说明】

此赋见《孔丛子》卷七《连丛子》上、《艺文类聚》卷九十二、《太平御览》卷九百二十七。

《诗·豳风》有《鸱鸮》之诗,这是文学史上最早描写鸱鸮(猫头鹰)的作品。鸮(xiāo 消):今称"猫头鹰"。一种凶鸟,善捕田鼠,古人以为是不祥之鸟。汉初贾谊作《鹏鸟赋》,也以鸱鸮(即鹏鸟)为不祥之鸟。孔臧《鸮赋》则一反前人之意,他对于鸱鸮的降临持"观之欢然"的态度,并且"览考经书"以断吉凶,提出了修德、修身、天命、中庸、仁义等看法,显然是儒家的思想观念。其中虽有排斥爵禄、浅薄名利的老庄话语,但已不是赋作的主调了。

【注释】

①季夏:夏季的后一个月,即农历六月。庚子:指六月庚子日。

②爰:于是。

③集:鸟儿停息。隅(yú 鱼):角落。

④异物:怪物,这里指鸮。

⑤符:符号,象征。

⑥经书:这里指孔子订定的"六经",汉武帝宗奉的"五经"。

⑦在德为祥:符合儒家的伦理道德就是吉祥。祥,《指海》本作“常”。

⑧弃常:抛弃常道。

⑨渝:改变。

⑩贾生:指西汉杰出的政治家、文学家贾谊。贾谊谪居长沙时,有鹦入室,“止于坐隅,楚人命鸮曰鹏”,贾生“自以为寿不得长,伤悼之,乃作赋(指《鹏鸟赋》)以自广”。赋中充满了齐生死、等祸福的老庄思想。识:《指海》本作“志”。服鸟:即鹏鸟。服,《子汇》本、《指海》本作“鹏”。

⑪咨(zī 兹):赞叹词。令考:先父。孔臧父孔聚,是汉高祖的功臣,封蓼侯。

⑫信道秉真:即“秉信道真”。道真,即道的真义,道德的真义。《汉书·刘歆传》:“党同门,妒道真。”

⑬变怪:灾变怪异。《汉书·张敞传》:“月朓日蚀,昼冥宵光,地大震裂,火生地中,天文失度,袄祥变怪,不可胜记。”天神:指天上诸神,如日月、星辰、风雨、生命等神。或者泛指神仙。

⑭化:教化。

⑮听天任命:听任天命。任,任凭。

⑯厥:其,他的。所修:所修炼的品德。

⑰ 恓(qī 妻)迟:同“栖迟”,游息。恓,通“栖”,《艺文类聚》作“栖”。

⑱老氏:老子,即老聃,春秋末楚国苦县人,曾为周藏书室史官,相传著《老子》(又名《道德经》)五千余言。老子是道家学说的创始人。畴:同“俦”,同类。

⑲禄爵:官爵,禄位。

⑳秖(zhī 知):通“祗”,只,恰好。《指海》本作“祇”,适,仅仅。

㉑庶几:差不多。中庸:不偏叫“中”,不变叫“庸”。儒家以“中庸”谓最高的道德标准。

㉒ 自令勤剧:就是自讨苦头。令,使得。勤剧,勤劳,劳苦。

【辨析】

自汉武帝独尊儒术之后(实际上,武帝是儒法并用),所有赋家作品的儒家思想倾向便日趋明显,但老庄思想也并未销声匿迹。在很多赋作中,儒、道两家思想往往并存,即使像司马相如、扬雄、班固、张衡这样的大作家也不例外。如张衡的《东京赋》,后半部就高唱:“是以……为无为,事无事,永有民,以孔安。遵节俭,尚素朴,思仲尼之克己,履老氏之常足。将使心不乱其所在,目不见其可欲(《老子》第三章:‘不见可欲,使民心不乱。’)。贱犀象,简珠玉,藏金于山,抵璧于谷……”这是很典型的老庄思想。儒道可以互补,往往是统治阶级所必需,文人们也可加以利用。在这里,尤其值得指出的是,汉赋中涌动着的一股强烈的文学自觉、文学觉醒的洪流,已不是儒、道两家所能包容的。

蓼虫赋

季夏既望[①],暑徃凉还[②]。逍遥讽诵[③],遂历东园[④]。周旋览观[⑤],憩乎南藩[⑥]。睹兹茂蓼[⑦],结葩吐荣[⑧]。猗那随风[⑨],绿叶紫茎。爰有蠕虫[⑩],厥状似螟[⑪]。群聚其间,食之以生。于是悟物托事[⑫],推况乎人[⑬]!幼长斯蓼[⑭],莫或知辛[⑮]。膏粱之子[⑯],岂曰不人?惟非德义[⑰],不以为家。安逸无心,如禽兽何[⑱]!逸必致骄[⑲],骄必致亡。匪唯辛苦[⑳],乃丁大殃[㉑]。

【说明】

此赋见《孔丛子》卷七《连丛子上》、《艺文类聚》卷八十二、《太平御览》卷九百四十八。

这篇咏物小赋借物喻人,以寄生在蓼草上的贪婪的蠕虫来比喻不知辛苦、安逸无心的膏粱之子,说明了"逸必致骄,骄必致亡。匪唯辛苦,乃丁大殃"的道理,旨在告诫人们要勤劳修德,自食其力,而不能贪婪骄堕,坐待祸殃。赋以四言为主,篇幅短小,语言流畅,说理明白,通俗易懂,与堆砌辞藻的散体大赋风格迥异。

【注释】

①蓼(liǎo 潦)虫:寄生在蓼草中的昆虫。蓼,一种草本植物,叶味辛香,花淡红色或白色,可作调味品,也可入药。《楚辞·七谏·怨世》:"蓼虫不知徙乎葵菜。"言蓼虫贪吃辛烈苦恶的蓼草,安于现状,而不知迁徙到甘美的葵菜上去生存,终究会落到困苦癯瘦的境地。《蓼虫赋》主旨与此句同。季夏:夏季的最后一个月,即农历六月。既望:农历的十六日。

②暑徃凉还:暑天过去,凉爽的日子又到来。徃,同"往"。

③讽(fěng 风$_{上声}$)诵:背诵。

④遂:于是。历:尽,通,即逛遍。

⑤周旋:来回,旋转。

⑥憩(qì 弃)乎南藩(fān 翻):在南边歇息。憩,休息。乎,相当于"于",在。

⑦睹兹茂蓼:看到这茂盛的蓼草。

⑧结葩(pā 趴):结出花朵。吐荣:开花。

⑨猗那(ē'nuó 婀娜):同"婀娜",摇曳多姿的样子。

⑩蠕(rú 如)虫:爬动的虫子,这里指蓼虫。蠕,虫子爬动的样子。

⑪螟(míng 冥):一种食禾害虫。

⑫托:寄托。

⑬况:比拟,比较。

⑭斯:语气助词。此,是。

⑮莫或:没有人。辛:辣。

⑯膏粱:精美的食物,比喻富贵人家。膏,油脂,肉之肥者。粱,小米,食之精者。子:《子汇》本、《指海》本作"云"。

⑰惟非德义:只因为不讲道德和仁义。《子汇》本、《指海》本作"惟非德非义"。

⑱如禽兽何:与禽兽相比又怎么样?意即没有区别。

⑲逸必致骄:安逸必定导致骄纵。

⑳匪唯辛苦:非但辛苦。匪,同"非",不。

㉑丁:当,遭逢。殃:祸。

司马相如

司马相如(前172～前118),蜀郡成都人。他是我国最著名的赋家,汉赋的奠基者。相如小名犬子,少有大志,喜读书击剑,慕赵国蔺相如之为人,改名相如。相如大约二十岁时,离开成都到京都长安做官。景帝让他充任武骑常侍,但相如不喜欢任武职。公元前150年,景帝胞弟梁孝王刘武来朝,随同人员有著名赋家枚乘、邹阳、庄忌等等,相如很喜欢他们,即托疾辞去武骑常侍一职,到梁孝王门下去做游士。他的名作《子虚赋》就是在那里写出来的。公元前144年,梁孝王疾逝,梁国被瓜分,相如只好回成都老家。稍后,在临邛县令的谋划下,才女卓文君私奔相如。相如、文君相携回成都暂避。不久,为生活所迫,二人回临邛开设酒店。文君当垆卖酒,相如市中涤器。随后,得到卓文君父卓王孙的赏赐,相如与文君回成都买田置宅,度过五六年的富裕悠游生活。

大约在公元前135年,汉武帝读到《子虚赋》十分感叹,得知为相如所作,即召相如进京。相如废寝忘食,又写出冠绝一代的《天子游猎赋》(《子虚赋》和《上林赋》的合称)。随后又写名作《大人赋》,并出使巴蜀,作《喻巴蜀檄》。

公元前129年,相如以中郎将身份,出使西南夷,作《难蜀父老文》,这是相如仕途的高峰时期。翌年,相如因受金被免官,闲居长安。公元前127年,相如复被召为郎。翌年,改拜孝文园令,即充当汉文帝陵墓的守护人。相如的政治生涯从此结束。公元前120年,武帝立乐府,相如参与诗赋作歌。公元前119年,相如辞官,回茂陵养病。公元前118年,相如死于糖尿病,遗书《封禅文》。在最后的十年里,相如一直是在郁郁不得志中度过的。传见《史记》卷一百一十七,《汉书》卷五十七下。

天子游猎赋(《子虚赋》、《上林赋》)

楚使子虚使于齐[①],齐王悉发车骑,与使者出田[②]。田罢,子虚过奼乌有先生[③],亡是公存焉[④]。坐定,乌有先生问曰:"今日田乐乎?"子虚曰:"乐。""获多乎?"曰:"少。""然则何乐?"曰:"仆乐王之欲夸仆以车骑之众,而仆对以云梦之事也[⑤]。"曰:"可得闻乎?"

子虚曰:"可。王驾车千乘,选徒万骑[⑥],田于海滨。列卒满泽,罘罔弥山[⑦]。掩菟辚鹿[⑧],射麋格麟[⑨]。骛于盐浦,割鲜染轮[⑩]。射中获多,矜而自功[⑪]。顾谓仆曰:'楚亦有平原广泽、游猎之地,饶乐若此者乎[⑫]?楚王之猎,孰与寡人[⑬]?'仆下车对曰:'臣,楚国之鄙人也[⑭],幸得宿卫,十有余年[⑮],时从出游[⑯],游于后园,览于有无,然犹未能遍睹也[⑰],又乌足以言其外泽乎[⑱]!'齐王曰:'虽然,略以子之所闻见言之[⑲]。'

"仆对曰:'唯唯[⑳]。臣闻楚有七泽[㉑],尝见其一,未睹其余也。臣之所见,盖特其小小者耳[㉒],名曰云梦。云梦者,方九百里,其中有山焉。其山则盘纡岪郁,隆崇律崒;岑崟参差,日月蔽亏[㉓]。交错纠纷,上干青云[㉔];罢池陂陁,下属江河[㉕]。其土则丹青赭垩,雌黄白坿,锡碧金银[㉖],众色炫耀,照烂龙鳞[㉗]。其石则赤玉玫瑰,琳珉昆吾[㉘],瑊玏玄厉,碝石武夫[㉙]。其东则有蕙圃,衡兰芷若,穹穷昌蒲,江离蘪芜,诸柘巴且[㉚]。其南则有平原广泽,登降陁靡,案衍坛曼,缘以大江,限以巫山[㉛]。其高燥则生葴析苞荔,薛莎青薠[㉜]。其埤湿则生藏莨蒹葭,东蘠彫胡,莲藕觚卢,奄闾轩于[㉝]。众物居之,不可胜图[㉞]。其西则有涌泉清池,激水推移,外发夫容蔆华,内隐钜石白沙[㉟]。其中则有神龟蛟鼍,毒冒鳖鼋[㊱]。其北则有阴林巨树,楩柟豫章,桂椒木兰,檗离朱杨,樝梨梬栗[㊲],橘柚芬芳。其上则有宛雏孔鸾,腾远射干[㊳]。其下则有白虎玄豹,蟃蜒貙豻[㊴]。

"'于是乎乃使剸诸之伦[40]，手格此兽[41]。楚王乃驾驯駮之驷[42]，乘雕玉之舆[43]，靡鱼须之桡旃，曳明月之珠旗，建干将之雄戟[44]，左乌号之雕弓[45]，右夏服之劲箭[46]。阳子骖乘[47]，孅阿为御[48]。案节未舒，即陵狡兽[49]。蹴蛩蛩[50]，辚距虚[51]。轶野马[52]，穗騊駼[53]，乘遗风，射游骐[54]。倏胂倩浰[55]，雷动焱至[56]，星流电击。弓不虚发，中必决眦[57]。洞胸达掖，绝乎心系[58]。获若雨兽[59]，掩草蔽地。于是楚王乃弭节徘徊[60]，翱翔容与[61]。览乎阴林，观壮士之暴怒，与猛兽之恐惧。徼𠞰受诎[62]，殚睹众物之变态[63]。

"'于是郑女曼姬[64]，被阿锡[65]，揄纻缟[66]，杂纤罗[67]，垂雾縠[68]。襞积褰绉[69]，郁桡溪谷[70]。衯衯裶裶，扬袘戌削[71]，蜚襳垂髾[72]。扶舆猗靡[73]，翕呷萃蔡[74]。下靡兰蕙[75]，上拂羽盖。错翡翠之葳蕤[76]，缪绕玉绥[77]。眇眇忽忽，若神之髣髴[78]。

"'于是乃群相与獠于蕙圃[79]，媻姗勃窣[80]，上金堤，掩翡翠，射鵕鸃[81]。微矰出，纤缴施[82]。弋白鹄，连驾鹅[83]。双鸧下，玄鹤加[84]。怠而后游于清池，浮文鹢[85]，扬旌枻[86]。张翠帷，建羽盖。罔毒冒[87]，钓紫贝。摐金鼓[88]，吹鸣籁[89]。榜人歌，声流喝[90]。水虫骇，波鸿沸。涌泉起，奔扬会[91]。礧石相击，琅琅礚礚[92]。若雷霆之声，闻乎数百里之外。

"'将息獠者，击灵鼓，起烽燧。车案行，骑就队[93]。纚乎淫淫，般乎裔裔[94]。于是楚王乃登阳云之台，泊乎无为，澹乎自持[95]。勺药之和具，而后御之[96]。不若大王终日驰骋，曾不下舆[97]。脟割轮焠[98]，自以为娱。臣窃观之，齐殆不如[99]。'于是王无以应仆也。"

乌有先生曰："是何言之过也[100]！足下不远千里，来况齐国[101]，王悉境内之士，备车骑之众，与使者出田，乃欲戮力致获[102]，以娱左右也，何名为夸哉！问楚地之有无者，愿闻大国之风烈，先生之余论也[103]。今足下不称楚王之德厚，而盛推云梦以为骄，奢言淫乐而显侈靡[104]，窃为足下不取也。必若所言[105]，固非楚国之美也。有而言之，是章君之恶也；无而言之，是害足下之信也[106]。章君恶，伤私义[107]，二者无一可，而先生行之，必且轻于齐而累于楚矣[108]。且齐东陼钜海，南有琅邪[109]。观乎成山，射乎之罘[110]。浮勃澥，游孟诸[111]。邪与肃慎为邻，右以汤谷为界[112]。秋田乎青丘[113]，仿偟乎海外。吞若云梦者八九，其于胸中曾不蒂芥[114]。若乃俶傥瑰玮[115]，异方殊类，珍怪鸟兽，万端鳞崪[116]，充仞其中者[117]，不可胜记。禹不能名[118]，禼不能计。然在诸侯之位，不敢言游戏之乐，苑囿之大；先生又见客[119]，是以王辞不复[120]，何为无以应哉！"

亡是公听然而笑曰[121]："楚则失矣，而齐亦未为得也[122]。夫使诸侯纳贡者，非为财币，所以述职也[123]；封疆画界者，非为守御，所以禁淫也[124]。今齐列为东蕃，而外私肃慎[125]，捐国隃限[126]，越海而田，其于义固未可也。且二君之论，不务明君臣之义，正诸侯之礼[127]，徒事争于游戏之乐[128]，苑囿之大，欲以奢侈相胜，荒淫相越[129]，此不可以扬名发誉[130]，而适足以㝵君自损也[131]。

"且夫齐楚之事，又乌足道乎[132]！君未睹夫巨丽也[133]，独不闻天子之上林乎[134]？左苍梧，右西极[135]，丹水更其南，紫渊径其北[136]。终始霸产[137]，出入泾渭[138]。酆、镐、潦、潏[139]，纡余委蛇，经营乎其内[140]。荡荡兮八川分流，相背而异态[141]。东西南北，驰骛往来[142]。出乎椒丘之阙[143]，行乎州淤之浦[144]，径乎桂林之中[145]，过乎泱莽之壄[146]。汩乎混流[147]，顺阿而下[148]，赴隘陕之口[149]。触穹石，激堆埼[150]，沸乎暴怒，汹涌彭湃。滭弗宓汩[151]，偪侧泌㵒[152]。横流逆折，转腾潎洌[153]。滂濞沆溉[154]，穹隆云桡[155]，宛潬胶盭[156]。逾波趋浥[157]，涖涖下濑[158]。批岩冲拥[159]，奔扬滞沛[160]。临坻注壑[161]，瀺灂霣坠[162]。沈沈隐隐[163]，砰磅訇礚[164]，潏潏淈淈[165]，湁潗鼎沸[166]。驰波跳沫，汩急漂疾[167]，悠远长怀[168]。寂漻无声[169]，肆乎永归[170]。然后灏溔潢漾[171]，安翔徐洄[172]。翯乎滈滈[173]，东注大湖[174]，衍溢陂池[175]。于是蛟龙赤螭[176]，䱭䲛渐离[177]。鰅鳙鰬鮀[178]，禺禺魼鳎[179]。揵鳍掉尾[180]，振鳞奋翼，潜处乎深岩。鱼鳖讙声，万物众夥[181]。明月珠子，的皪江靡[182]，蜀石黄碝[183]，水玉磊砢[184]。磷磷烂烂[185]，采色澔汗[186]，藂积乎其中[187]。鸿鹔鹄鸨，驾鹅属玉[188]。交精旋目[189]，烦鹜庸渠[190]。箴疵䴔卢[191]，群浮乎其上。泛淫泛滥，随风澹淡[192]。与波摇荡，奄薄水渚[193]。唼喋菁藻[194]，咀嚼菱藕。

"于是乎崇山矗矗[195]，巃嵸崔巍[196]，深林巨木，崭岩参差[197]。九嵕巀嶭[198]，南山峨峨[199]。岩陁甗锜[200]，摧崣崛崎[201]。振溪通谷，蹇产沟渎[202]。谽呀豁閜[203]，阜陵别隖[204]。崴磈嵔瘣[205]，丘虚堀礨[206]。隐辚郁壘[207]，登降施靡[208]，陂池貏豸[209]。允溶淫鬻[210]，散涣夷陆[211]。亭皋千里，靡不被筑[212]。掩以绿蕙[213]，被以江离[214]。糅以蘼芜[215]，杂以留夷[216]。布结缕[217]，攒戾莎[218]，揭车衡兰[219]，槀本射干[220]。茈姜蘘荷[221]，葴持若荪[222]。鲜支黄砾[223]，蒋芧青薠[224]。布濩闳泽[225]，延曼太原[226]。离靡广衍[227]，应风披靡[228]。吐芳扬烈[229]，郁郁菲菲[230]。众香发越[231]，肸蚃布写[232]，晻薆咇茀[233]。

"于是乎周览泛观，缜纷轧芴[234]，芒芒恍忽[235]。视之无端，察之无涯[236]。日出东沼，入虖西陂[237]。其南则隆冬生长，涌水跃波。其兽则庸旄貘犛[238]，沈牛麈麋[239]，赤首圜题[240]，穷奇象犀[241]。其北则盛夏含冻裂地，涉冰揭河[242]。其兽则麒麟角端，騊駼橐驼[243]，蛩蛩驒騱[244]，駃騠驴骡[245]。

"于是乎离宫别馆，弥山跨谷[246]。高廊四注[247]，重坐曲阁[248]。华榱璧珰[249]，辇道纚属[250]。步櫩周流[251]，长途中宿。夷嵕筑堂[252]，絫台增成[253]，岩突洞房[254]。頫杳眇而无见[255]，仰𠬞橑而扪天[256]。奔星更于闺闼[257]，宛虹拖于楯轩[258]。青龙蚴蟉于东箱[259]，象舆婉僤于西清[260]。灵圄燕于闲馆[261]，偓佺之伦暴于南荣[262]。醴泉涌于清室[263]，通川过于中庭。磐石裖崖[264]，嵚岩倚倾[265]，嵯峨嶕嶪[266]，刻削峥嵘[267]。玫瑰碧琳[268]，珊瑚丛生[269]。珉玉旁唐[270]，玢豳文磷[271]。赤瑕驳荦[272]，杂臿其间。晁采琬琰[273]，和氏出焉[274]。

"于是乎卢橘夏孰[275]，黄甘橙楱[276]。枇杷橪柿[277]，亭柰厚朴[278]。樗枣杨梅[279]，樱桃蒲陶[280]。隐夫薁棣[281]，荅遝离支[282]。罗乎后宫，列乎北园。𫎬丘陵[283]，下平原。扬翠叶，扤紫茎[284]。发红华，垂朱荣[285]。煌煌扈扈[286]，照曜钜野。沙棠栎槠[287]，华枫枰栌[288]。留落胥邪[289]，仁频并闾[290]。欃檀木兰[291]，豫章女贞[292]。长千仞，大连抱[293]。夸条直畅[294]，实叶葰楙[295]。攒立丛倚[296]，连卷欐佹[297]。崔错癹骫[298]，坑衡閜砢[299]。垂条扶疏[300]，落英幡纚[301]。纷溶萷蔘[302]，猗旎从风[303]。藰莅芔歙[304]，盖象金石之声，管龠之音[305]。柴池茈虒[306]，旋还乎后宫[307]。杂袭絫辑[308]，被山缘谷，循阪下隰，视之无端，究之亡穷。

"于是乎玄猨素雌[309]，蜼玃飞蠝[310]。蛭蜩玃蝚[311]，獑胡豰蛫[312]，栖息乎其间。长啸哀鸣，翩幡互经[313]，夭蟜枝格[314]，偃蹇杪颠[315]。逾绝梁，腾殊榛[316]，捷垂条[317]，掉希间[318]，牢落陆离，烂漫远迁[319]。

"若此者数百千处。娱游往来，宫宿馆舍。庖厨不徙，后宫不移，百官备具。

"于是乎背秋涉冬[320]，天子校猎[321]。乘镂象[322]，六玉虬[323]。拖蜺旌[324]，靡云旗[325]。前皮轩[326]，后道游[327]。孙叔奉辔，卫公参乘[328]。扈从横行[329]，出乎四校之中[330]。鼓严簿[331]，纵猎者，江、河为阹[332]，泰山为橹[333]。车骑雷起，殷天动地[334]。先后陆离，离散别追[335]。淫淫裔裔[336]，缘陵流泽，云布雨施。生貔豹[337]，搏豺狼。手熊罴，足壄羊[338]。蒙鹖苏，绔白虎[339]。被斑文[340]，跨壄马。凌三嵕之危[341]，下碛历之坻[342]。径峻赴险，越壑厉水[343]。推蜚廉[344]，弄解廌[345]。格虾蛤[346]，铤猛氏[347]。罥要褭[348]，射封豕[349]。

箭不苟害，解脰陷脑[350]。弓不虚发，应声而倒。

"于是乘舆弭节徘徊[351]，翱翔往来。睨部曲之进退[352]，览将帅之变态。然后侵淫促节[353]，倏夐远去[354]。流离轻禽[355]，蹴履狡兽。轊白鹿，捷狡菟。轶赤电，遗光耀[356]。追怪物，出宇宙[357]。弯蕃弱[358]，满白羽[359]。射游枭[360]，栎蜚遽[361]。择肉而后发[362]，先中而命处。弦矢分，蓺殪仆[363]。

"然后扬节而上浮[364]，陵惊风，历骇猋，乘虚亡[365]，与神俱。躏玄鹤，乱昆鸡[366]。遒孔鸾，促鵕䴊[367]。拂翳鸟，捎凤凰[368]。捷鹓雏，揜焦明[369]。

"道尽途殚，回车而还。消摇乎襄羊[370]，降集乎北纮[371]。率乎直指[372]，揜乎反乡[373]。蹶石关，历封峦，过鳷鹊，望露寒[374]。下堂梨，息宜春[375]，西驰宣曲[376]，濯鹢牛首[377]。登龙台，掩细柳[378]。观士大夫之勤略，钧猎者之所得获[379]。徒车之所閵轹[380]，步骑之所蹂若[381]，人之所蹈藉[382]。与其穷极倦谻[383]，惊惮詟伏。不被创刃而死者，它它藉藉[384]。填坑满谷，掩平弥泽[385]。

"于是乎游戏懈怠，置酒乎颢天之台[386]，张乐乎胶葛之寓[387]。撞千石之钟[388]，立万石之虡[389]。建翠华之旗[390]，树灵鼍之鼓[391]，奏陶唐氏之舞[392]，听葛天氏之歌[393]。千人倡，万人和。山陵为之震动，川谷为之荡波[394]。巴、俞、宋、蔡[395]，淮南《干遮》[396]，文成颠歌[397]，族居递奏[398]，金鼓迭起[399]。铿锵闛鞈[400]，洞心骇耳[401]。荆、吴、郑、卫之声[402]，《韶》、《濩》、《武》、《象》之乐[403]，阴淫案衍之音[404]，鄢郢缤纷[405]，《激楚》结风[406]。俳优侏儒，狄鞮之倡[407]，所以娱耳目乐心意者。丽靡烂漫于前[408]，靡曼美色于后[409]。

"若夫青琴、宓妃之徒[410]，绝殊离俗[411]，妖冶闲都[412]。靓庄刻饰[413]，便嬛繛约[414]。柔桡嫚嫚[415]，妩媚孅弱[416]。曳独茧之褕袣[417]，眇阎易以恤削[418]。便姗嫳屑[419]，与世殊服。芬芳沤郁[420]，酷烈淑郁[421]。皓齿粲烂[422]，宜笑的皪[423]。长眉连娟[424]，微睇绵藐[425]。色授魂予[426]，心愉于侧[427]。

"于是酒中乐酣[428]，天子芒然而思[429]，似若有亡[430]，曰：'嗟乎，此大奢侈[431]！朕以览听余闲，无事弃日[432]，顺天道以杀伐[433]，时休息于此，恐后世靡丽，遂往而不返[434]，非所以为继嗣创业垂统也[435]。'于是乎乃解酒罢猎[436]，而命有司曰[437]：'地可垦辟，悉为农郊，以赡氓隶[438]。隤墙填堑，使山泽之民得至焉[439]。实陂池而勿禁，虚宫馆而勿仞[440]。发仓廪以救贫穷[441]，补不足，恤鳏寡，存孤独[442]。出德号[443]，省刑罚[444]，改制度[445]，易服色[446]，革正朔[447]，与天下更始[448]。'

"于是历吉日以斋戒[449]，袭朝服[450]，乘法驾[451]，建华旗[452]，鸣玉鸾，游于六艺之囿[453]，驰骛乎仁义之涂，览观《春秋》之林。射《狸首》[454]，兼《驺虞》[455]，弋玄鹤，舞干戚[456]，戴云罕[457]，揜群雅[458]，悲《伐檀》[459]，乐乐胥[460]，修容乎《礼》园[461]，翱翔乎《书》圃[462]，述《易》道[463]，放怪兽[464]，登明堂，坐清庙[465]，恣群臣[466]，奏得失。四海之内，靡不受获。于斯之时，天下大说，乡风而听[467]，随流而化[468]。芔然兴道而迁义[469]，刑错而不用[470]。德隆于三皇[471]，功羡于五帝[472]。若此，故猎乃可喜也。

"若夫终日暴露驰骋，劳神苦形，罢车马之用[473]，抏士卒之精[474]，费府库之财，而无德厚之恩，务在独乐，不顾众庶，忘国家之政，贪雉菟之获，则仁者不繇也[475]。从此观之，齐楚之事，岂不哀哉！地方不过千里，而囿居九百，是草木不得垦辟，而民无所食也。夫以诸侯之细[476]，而乐万乘之所侈，仆恐百姓被其尤也[477]。"

于是二子愀然改容[478]，超若自失[479]，逡巡避席[480]，曰："鄙人固陋，不知忌讳，乃今日见教，谨受命矣。"

【说明】

此赋见《史记》卷一百一十七，《汉书》卷五十七上，《文选》卷七、卷八。

《天子游猎赋》是司马相如现存最著名的赋篇，也是中国文学史上最著名的赋篇。它以夸张的笔触，细致地描绘齐王、楚王和天子的游猎生活以及政治活动，对比他们之间的高低优劣，寓褒贬毁誉于其中，从而达到了作者所希望的批判诸侯王，削弱诸侯王的势力，抬高天子的地位，巩固中央王朝统治的目的。西汉前期，诸侯王势力十分强大，诸侯王与中央王朝力量对比有所谓"一胫之大几如要（腰），一指之大几如股（大腿）"的说法，以致酿成吴楚七国叛乱。乱平，诸侯王力量受到严重打击，但其建制仍然存在，故汉武帝于公元前127年实行推恩法，即令诸侯王分城邑给自己的子弟，这实际上是贾谊提出的"众建诸侯而少其力"的翻版。《天子游猎赋》作于推恩法实行前七八年，其意义自见，说明司马相如还是很有政治眼光的。

赋最后描写天子于"酒中乐酣"后忽然醒悟："嗟乎，此大奢侈！""于是乎乃解酒罢猎，而命有司曰：'地（指上林苑）可垦辟，悉为农郊，以赡氓隶。隤墙填堑，使山泽之民得至焉……'"天子不再寻欢作乐、胡作非为了，他转而关心黎民农桑。天子还要"恣群臣，奏得失"，正正经经料理国事，做个万民拥戴的天子。这个安排也似非无的放矢。

时汉武帝已初露淫风,故赋提出这个劝诫,不失为一针砭。

赋最后的这段话,被人们指为"曲终奏雅"、"光荣的尾巴",因而历遭"劝百讽一"、"劝而不止"之讥。但它却也成为后代赋家效法的对象。其功其过,有待进一步讨论。

相如《天子游猎赋》表现手法上的虚构夸张,对客观事物的精细描绘,以及以人物问答组织成篇,以"若乃"、"于是"联结成文,首尾用散,篇中入韵,句式长短不一(多运用三、四、六言句),选韵变化无定,语言比较华丽雕琢,等等,也几乎成为时人写作大赋的法式。它堪称为一篇具有经典意义的篇章。

【注释】

①使:派遣。子虚:虚构的人物。汉赋通常通过虚构几个人物进行对话,在对话中展开作者的创作意图。子,古代对男子的美称。虚,空。使:出使。

②田:通"畋",打猎。

③过:拜访,探望。姹(chà诧):夸耀。乌有先生:亦为虚构的人物,意即没有这个先生。

④亡是公:亦为虚构的人物,意无这个人。公,是对男子的敬称。存焉:在此,指在现场。

⑤云梦:即云梦泽。据《汉书·地理志》记载,云梦泽在南郡华容县(今湖南潜江西南),范围并不大。但今人考证,古籍中的云梦,一般都泛指春秋战国楚王的游猎区,包括江汉平原在内的大片地区。

⑥选徒:选拔士卒。

⑦罘(fú浮):捕野兽的网。弥山:布满山野。

⑧掩:捕捉。菟(tù兔):通"兔",《史记》、《文选》均作"兔"。辚(lín临):车轮辗压。

⑨格麟:捉住麟的脚。

⑩骛:纵马驰骋。盐浦:海边盐滩地。割鲜:宰割新杀死的鸟兽的肉。染轮:血染车轮,喻射死之多。

⑪射中:射中目标。矜:夸耀。自功:自己的功绩。

⑫饶乐:富有乐趣。

⑬孰与:犹言"何如"。意思是不若、还不如。常用于反诘语气,并含有比较意味。

⑭鄙人:自谦之词,指自己见识浅陋狭隘。

⑮宿卫:在宫中值夜警卫。

⑯时:时常,经常。

⑰有无：有或无。指有的景物看过，有的景物没有看过。也即说看得很粗略。或以为览于有无，即无所不览。犹未能遍睹：指即便看得很粗略，后园尚且不能走一遍。

⑱乌：何。外泽：后文所谓“云梦”等七泽。

⑲略：大略，简要。

⑳唯唯：应诺之词。

㉑七泽：七个湖泽，当指楚国长江中下游两岸的大小湖泽。这是赋中经常采用的夸张的笔法。

㉒特：只，但。小小：最小，很小。

㉓盘纡：山势盘旋纡曲的样子。岪(fú 弗)郁：山势盘曲重叠的样子。隆崇：山势高耸的样子。律崒(zú 卒)：山峰高危的样子。岑崟(yín 银)：山峰高峻的样子。参差：指山高低错落。日月蔽亏：指日月为山峰所阻，或全隐，或半缺。

㉔交错纠纷：指山岭高低交错相互纠缠在一起。这是远望的感觉。干：干犯，接触到。

㉕罢池、陂陁：都是山势倾斜的意思。属：连接。

㉖丹：朱砂。青：青色土，可作颜料。赭垩(zhě'è 者饿)：赤土和白土。雌黄：又名石黄，一种矿物，可作颜料。白坿(fú 伏)：石灰。碧：一种青白色的玉石。

㉗照烂龙鳞：指多种颜色相互照耀，灿烂如龙鳞闪光。

㉘赤玉：一种赤色美玉。玫瑰：美玉名。据说“珠之尤精者曰玫瑰”。琳：青碧色的美玉。珉(mín 民)：一种似玉的石。昆吾：山名。这里指它所产的石，可冶炼成铁，用以铸造良剑。

㉙瑊玏(jiān lè 坚勒)：一种次于玉的美石。玄厉：黑色的石，可做磨刀石。碝(ruǎn 软)石：白色带赤的仅次于玉的美石。武夫：也作“碔砆(wǔ fū 武夫)”，赤色白纹的美石。

㉚蕙圃：种植香草的园圃。衡：杜衡。兰：兰草。芷：白芷。若：杜若。以上四种都是香草名。穹(qiōng 芎，又音 qióng 穷)穷：香草名，产于四川的为“川芎”。“穹”或作“芎”，“穷”或作“藭”。昌蒲、江离(蓠)、蘪芜：都是香草名，或以为穹、芎、藭三者为一物，苗为江蓠，根为穹穷，叶为蘪芜。诸柘：即甘蔗。柘，通“蔗”。巴且：即芭蕉。

㉛登降：指地势高低。陁(yǐ 以)靡：形容山势倾斜，绵延不断。案衍：地势低洼的样子。坛曼：地势平广的样子。缘以大江：以大江(长江)为边缘。限以巫山：以巫山为界限。

㉜葴(zhēn 箴)：植物名，即马蓝。一说酸浆草。菥(sī 斯)：蓂草，似燕麦。苞：草名，可织席、履。荔：草名，似蒲而小，根可做刷子。薜：草名，即赖蒿。莎：即莎草，香附子，可作药。青薠：似莎而大。

㉝埤(bì 毕)湿:指低洼潮湿的地方。埤,通"卑"。藏莨(láng 郎):即狼尾草。蒹、葭:都是芦苇一类的植物。东蘠(qiáng 墙):草名,苗如蓬,子似葵,可食。彫胡:即菰米,茎即茭白。觚卢:即"葫芦"。奄闾:一种艾蒿类的草,可治病。轩于:即莸草,茎似蕙而臭。

㉞不可胜图:不可一一描绘出来。"图"或作"计"讲,亦通。

㉟发:生长,开放。夫容:即"芙蓉",荷花。蔆(líng 凌)华:菱花。矩,同"巨"。

㊱神龟:龟中之最神明者。据《尔雅·释龟》说,龟分十种,其一曰"神龟"。蛟:龙属,似蛇。鼍(tuó 驼):又称"猪婆龙",即扬子鳄。毒冒:即"瑇瑁",一种似龟的爬行动物,甲壳有花纹,可作装饰品。鼋(yuán 元):大鳖。

㊲阴林:大树林。以树大且多常交阴,故名。或以为指山北的森林。楩(pián 骈):木名,即黄楩木。柟(nán 南):即楠木。豫章:即樟木。桂:桂木,产于江南,可入药。椒:指木本椒树。檗(bò 簸):俗称"黄柏",树皮可入药。离:山梨。朱杨:即柽柳。河柳,生水旁。相樝(zhā 渣):即"相楂",山楂。梬(yǐng 影)栗:即梬枣。结实似柿而小,干后紫黑,大小如葡萄。

㊳宛雏(yuān chú 渊除):即"鹓雏",凤凰一类的鸟。腾远:说法不一。或以为即"腾猿",善跳跃腾挪。"远"、"猿",音近而误。射(yè 夜)干:似狐,能爬树。

㊴玄豹:黑色豹。蟃蜒:一种大兽名,似狸而大。貙豻(chū'àn 出岸):一种大兽名,狸。或以为貙、豻为两种动物。似狸而大为貙,豻为胡地野犬。

㊵刓诸:即"专诸",春秋时吴国的勇士,曾为吴公子光(即后来的吴王阖闾)刺杀吴王僚。

㊶手格:空手搏斗。

㊷驯駮(bó 驳):驯养的駮。駮,传说中的猛兽,能食虎豹,故虎豹等惧怕此兽。或以为駮是一种毛色不纯的马。驷:四匹马驾车。

㊸雕玉之舆:用雕刻的美玉装饰的车子。

㊹靡:同"麾",挥动。桡旃(náo zhān 挠毡):曲柄的旗帜。或以为是轻柔飘荡的旗帜。《文选》张铣注:"桡,弱也。"曳:摇动。这句是说:摇动着用明月珠装饰的旗。建:举起。干(gān 甘)将:原是古代著名的铸剑人,后用以指名剑。雄戟:三刃剑。这句是说,举起名剑利戟。

㊺乌号:相传为黄帝的弓号,后代指良弓。雕弓:雕有花纹的弓。

㊻夏服:夏后氏(一说"夏羿")的盛箭器。后代指著名箭袋。劲箭:强劲锋利的箭。

㊼阳子:即伯乐。姓孙名阳,春秋时善相马御车的人。或说仙人陵阳子。骖乘:陪乘。坐右边,以防车子翻覆。

㊽孅(xiān 先)阿:古代善于御马的人。或说为月神的御者。

㊾案节:有节奏地按辔徐行。案,通"按"。舒:展开。陵:踏。狡兽:狡捷的

野兽。

㊿蹴：踩上。蛩蛩（qióng 穷）：一种类似马的善于奔跑的野兽。

(51)辚：车轮压。距虚：兽名。似骡而小，亦善奔跑。

(52)轶：突击。或以为作"超过"讲。

(53)轊（wèi 畏）：碾压。騊駼（táo tú 陶途）：北方的一种良马，又称"野马"。

(54)遗风：千里马名，因其奔跑速度超过风，故名。游骐：四处游荡的马。骐，青黑色，有如棋盘格子纹的马。

(55)倏胂（shū shèn 书慎）：奔逐急速的样子。倩浰（gàn lì 欠利）：急速的样子。

(56)猋（biāo 标）：通"飚"，疾风。

(57)决眦（zì 字）：射裂眼眶。这样可以保持兽皮的完整，这要有极高明的射术才能做到。

(58)洞：贯穿。掖：通"腋"。绝：断。心系：连着心脏的血管。这种射法可以一箭把禽兽射死，据说肉最好吃。

(59)雨兽：指射获野禽如下雨。一喻其速，二喻其多。

(60)弭（mǐ 米）节：即按节。弭，止，按下。

(61)翱翔：原指鸟回旋飞翔，这里用以形容悠闲自得地遨游。容与：从容不迫的样子。

(62)徼：拦截，遮拦。𠢕（jù 具）：通"欲"、"𠢕"，疲极。诎：通"屈"，力尽的意思。

(63)殚：尽。变态：多种姿态。指猛兽受追击的多种恐惧姿态。

(64)郑女：古以为郑国多出美女。曼姬：美女。曼，指皮肤细腻润滑。

(65)被：通"披"。阿：古代一种轻细的丝织品名。锡：细布。

(66)揄：曳引。纻（zhù 住）：苎麻织的布。缟（gǎo 搞）：未经染色的绢。

(67)杂：错杂。纤罗：轻细的罗绮。

(68)雾縠（hú 胡）：轻薄如雾的丝织品。

(69)襞（bì 毕）积：形容衣裙上的折叠。褰（qiān 迁）绉：指衣裙上折叠的绉纹。褰，缩。绉，蹙。

(70)郁桡（náo 挠）溪谷：指衣服折纹深曲犹如溪曲。郁桡，深曲，纡曲。

(71)衯衯（fēn 分）、裶裶（fēi 非）：都是衣长的样子。扬：举起。袘（yì 义）：衣裙的边缘。戌削：形容衣裙裁制可体的样子。

(72)蜚襳（xiān 仙）：飘动的衣带。蜚，同"飞"。襳，古代妇女上衣装饰性的长带。髾（shāo 捎）：古代妇女上衣如燕尾的饰物。

(73)扶舆：形容衣裙因转动而掀起的样子。猗靡：姣美的样子。

(74)翕呷、萃蔡：都是形容走路时衣服摩擦发出的声音。

(75)靡：通"摩"。

(76)错：错杂。翡翠：鸟名。葳蕤（wēi ruí 威瑞阳平）：形容羽毛鲜丽盛多的样子。

⑦缪(liáo 缭)绕:缠绕。玉绥:以玉饰绥。《汉书》颜师古注引张揖曰:“楚王车之绥以玉饰之也。”绥,挽以登车的绳索。颜师古注引郭璞曰:“绥,登车所执也。”

⑱眇眇、忽忽:都是隐约恍惚的样子。若神之髣髴(fǎng fú 仿佛):即仿佛若神仙。

⑲相与:指壮士与郑女曼姬等等。獠:夜间打猎。

⑳媻(pán 盘)姗、勃窣(bó sū 博苏):《汉书》颜师古注曰:“行于丛薄之间也。”媻姗,同“蹒跚”。

㉑金堤:喻堤坝坚固如金。掩:用网捕鸟禽。鵔鸃(jùn yí 俊宜):即锦鸡。

㉒矰(zēng 增):一种系绳的短箭。纤:细。缴(zhuó 浊):系在箭上的生丝绳。

㉓弋:用系绳的箭射飞禽。连:一种捕鸟方法。驾鹅:即野鹅。

㉔鸧(cāng 仓):鸟名,似雁而黑。玄鹤:黑鹤,据说鹤寿满二百六十岁则色纯黑。

㉕文鹢(yì 益):指船头画有鹢鸟的舱。

㉖栧(yì 意):即棹,船桨。

㉗罔:通“网”。

㉘摐(chuāng 窗):敲打。

㉙籁:排箫。

㉚榜人:船夫。流喝:音声悠扬、悲咽。

㉛鸿:大。这句指波涛汹涌。奔扬:波涛。会:汇合。一说逆流。

㉜礧(léi 雷)石:众石。琅琅(láng 狼)礚礚(kē 棵):众石相击的声音。

㉝灵鼓:六面鼓。案行:归依行列。就队:归回原队。

㉞纚(xǐ 喜):接连不断的样子。淫淫:接连不断慢慢行进的样子。般:通“班”,依次排列的样子。裔裔:排列行进的样子。

㉟阳云:台名,一作“阳台”。虚构的台名。或说在云梦泽中,或说在巫山下。泊:安静无为的样子。自持:持守宁静的心性。

㊱勺药:调和。或以为药名,用以调和五味而成食品,具有和五脏辟毒气的作用。具:备办。御:进食。

㊲曾:简直,竟然。

㊳脟(luán 峦):通“脔”,切成块的肉。轮焠(cuì 淬):即上文的“染轮”。焠,浸染。一说“焠”作“烧烤”讲。

㊴殆:大概,恐怕。

⑩⓪过:过分。

⑩①况:通“贶”,赠赐。这里指赐教。

⑩②戮力：勉力，合力。致获：取得收获。指猎取禽兽。

⑩③风烈：指崇高的风尚和光辉的业绩。余论：多余的言论。意思是，对方博学，议论极多，只需从对方全部议论中分出一些最零星的、次要的议论。这是客气话。或以为即“宏论”，识见广博之论。或以为即前人传留下来的言论。

⑩④奢言：奢谈侈论。显：显示，夸耀，暴露。

⑩⑤若：如。

⑩⑥章：通“彰”，彰明，暴露。害：损害。信：信誉。

⑩⑦私义：个人的信义。

⑩⑧累：牵累，伤害。

⑩⑨陼（zhǔ 主）：通“渚”，水边。琅邪：即“琅琊”，山名，在今山东省胶南县南，三面临海，公元前 219 年，秦始皇东游至此，逗留三月作琅琊台，立石颂秦德。

⑪⓪成山：在今山东半岛最东部，三面临海。秦始皇曾东游至此。之罘：即“芝罘”，在今山东省福山县北，三面临海。

⑪①勃澥（xiè 泄）：即渤海。孟诸：古大泽名，在今河南省商丘市虞城县北三十公里，西汉尚未全部淤塞，至东汉时已基本消失。

⑪②邪：即“斜”。肃慎：古国名，故地在今东北。右：似为“左”之误。汤谷：即“旸谷”，传说中日出的地方。

⑪③青丘：海外国名。指今辽东、朝鲜一带。

⑪④蒂芥：即芥蒂，细小的梗塞物。

⑪⑤若乃：至于。俶傥：同“倜傥”，卓越，不平凡。瑰玮：奇伟，卓异。

⑪⑥鳞崒（cuì 粹）：如鱼鳞之聚集。崒，同“萃”，荟萃，聚集。

⑪⑦仞（rèn 刃）：满。

⑪⑧禹：即夏禹。传说他曾任尧司空，能辨九州名山，别草木。禼（xiè 谢）：即契，传说他曾任尧司徒，掌管土地、人口等事。

⑪⑨见客：指子虚在齐国受到宾客之礼。见，接受。

⑫⓪王辞不复：指齐王回避（也出于礼让）而不驳斥子虚的言论。或以为“辞”作“言辞”讲，即齐王不以言辞回答。

⑫①听（yǐn 引）：张口笑貌。

⑫②失：失对。即回答得不对。得：得理，说到正道。

⑫③纳贡：古诸侯对天子的进贡。述职：陈述职守。

⑫④禁淫：禁止过分的追求。

⑫⑤蕃：藩国。古分封及臣服的各国为藩国。私：私通。

⑫⑥捐国隃（yù 逾）限：离开本国，逾越国界。捐，抛弃。限，界限，指国界。

⑫⑦务：追求，致力。明：显明。正：端正。

⑫⑧徒：仅，只。

⑫⑨胜、越：都是超过的意思。

⑬扬名发誉:即发扬名誉,扩大提高自己的声誉。

⑬卑(biǎn贬)君自损:指贬低齐楚国君,损害子虚、乌有先生自己的声誉。

⑬且夫:况且。夫,语气词。乌:何。道:称说。

⑬巨丽:巨大壮丽,指下文上林苑的辽阔壮丽。

⑬上林:苑名。秦人的旧苑,武帝建元三年(前138)扩建。傍终南山而西,经渭水而东,周围三百里,离宫七十所,容千骑万乘。苑中养百兽,名果异卉三千余种植其中。这是皇帝寻欢作乐的地方。

⑬苍梧、西极:上林苑东西两个象征性地名。或以为系地理上的地名。苍梧在今广西,西极在今陕西旬邑。赋以夸张笔法表现之。

⑬丹水:水名。发源于今陕西东南,东流入河南。更:经过。紫渊:即紫泉,水名,在上林苑北。径:通"经"。

⑬终始霸产:指灞、浐二水自始至终都在上林苑内。"霸产"即"灞浐",灞水在陕西省中部北流入渭。浐水源于今蓝田县,亦北流入渭。

⑬出入泾渭:指泾、渭二水从外流入上林苑内,又从上林苑内流出去。泾水源于今宁夏六盘山,渭水源于今甘肃省渭源县鸟鼠山。

⑬酆(fēng丰)、镐(hào号)、潦(lǎo老)、潏(jué觉):都是水名。酆水、潦水源于终南山,北流入渭。潏水源于秦岭,北流入渭。镐水源于今西安西南,纳镐水,北流入渭。

⑭纡余:水流曲折的样子。委蛇(yí宜):即"逶迤",绵延曲折的样子。经营乎其内:指酆、镐等四水在上林苑内周流往来。

⑭荡荡:广大的样子。分流:分别流动。相背而异态:指八川流向不同,形态各异。

⑭驰骛:奔跑,形容水势湍急。

⑭椒丘:生长椒树的小山区。或以为即陡峭的山丘。阙:这里指两山对峙如阙。

⑭州淤:水中的淤地。

⑭桂林:生长桂树的林子。

⑭泱莽:广阔辽远的样子。壄(yě冶):"野"字之异体。

⑭汩(yù玉):水流迅速的样子。混流:水势盛大的样子。混,丰流。

⑭阿:弯曲的地方。

⑭隘陕:即"狭隘",两山相对、河道狭窄的地段。陕,原作"峡"。

⑮穹石:大石。堆埼(qí奇):泥沙堆积的曲岸。

⑮滭(bì毕)弗:泉水涌出的样子。宓汩:水流迅疾的样子。

⑮偪(bī逼)侧:水流迫蹙的样子。泌瀄:水流相冲击的样子。

⑮转腾:水流翻滚。潎(piē撇)洌:翻滚的波涛相互碰击的样子。

⑮滂濞(pì僻):波涛相击的声音。沆溉:犹"忼慨",形容波涛汹涌不平。

⑮穹隆：隆起的样子。云桡：如云低垂弯曲。

⑯宛潬（shàn 善）：水流蜿蜒曲折的样子。胶盭（lì 历）：水流纠缠的样子。盭，古“戾”字。

⑰逾波：后波超越前波。浥（yà 亚）：低洼的地方。

⑱涖涖（lì 立）：水流的声音。濑：浅滩。

⑲拥：通“壅”，堤岸。

⑳滞沛：水流受阻后沛然直泻的样子。或以为水花溅洒的样子。

⑯坻（chí 持）：水中小洲。

⑯瀺灂（chán zhuó）：小水声。霣（yǔn 允）坠：陨落，坠落。

⑯沈沈：水深的样子。隐隐：水流盛大的样子。

⑯砰磅：同“乒乓”，水流激荡的声音。訇礚（hōng kē 轰科）：水流巨响。

⑯潏潏（jué 觉）、淈淈（gǔ 鼓）：都是水涌出的样子。

⑯湁潗（chì jí 赤集）：水流汹涌翻滚的样子。

⑯汩急（xì 细）：水急流的样子。急，一作“濦”。漂疾：水流急速。

⑯长怀：指八川从远处流来。怀，来。

⑯寂漻（liáo 聊）：同“寂寥”，形容水流平静无声。

⑰肆：放松。永归：长往。

⑰灏溔（hào yǎo 浩杳）：水流浩瀚无边的样子。灏，同“浩”。溔，疑为“洋”。潢漾：水深广的样子。

⑰安翔徐洄：指水缓慢纡回流动的样子。

⑰翯（hè 贺）：洁白而有光亮。滈滈（hào 浩）：同“浩浩”，水势浩大而闪闪发光的样子。

⑰注：灌入。大湖：太湖。

⑰衍溢：水过多，涨满，溢水。陂池：湖边池塘。

⑰蛟龙：龙的一种。螭：无角的龙。

⑰䱭䲛（gèng méng 更盟）：鱼名。一名黄鱼，大数斤，骨软可食，即鲟鱼。渐离：鱼名，或以为介虫类动物。

⑰鰅（yú 鱼）：鱼名，皮有纹。鳙：即黑鲢。鰬（qián 虔）：似鳝，即鳗鱼。魠（tuō 托）：鱼名，一名黄颊鱼，颊黄口大，能食小鱼。

⑰禺禺：鱼名，据说皮有毛，黄底黑纹。鱋（qū 区）：即比目鱼。鳎（tǎ 塔）：鲵鱼，俗称“娃娃鱼”。

⑱揵（qián 钱）：举起。掉：摇摆。

⑱讙（huān 欢）声：喧闹之声。夥（huǒ 火）：盛多。

⑱明月珠子：即明月珠。东方朔《神异经·西北方经》：“西北荒中有二金阙，上有明月珠，径三丈，光照千里。”或以为明月、珠子是两种珍珠。的皪（dìlì 地立）：明亮、鲜明的样子。江靡：江边。靡，通“湄”。

⑱蜀石：一种次于玉的美石。黄碝(ruǎn 软)：次于玉的黄色美石。

⑱水玉：即水晶石。磊砢：这里指玉石累积的样子。

⑱磷磷：同“粼粼”，玉石在水中闪闪发光的样子。

⑱澔(hào 浩)汗：同“皓旰”，光彩繁盛的样子。

⑱藂：通“丛”。

⑱鹔(sù 肃)：鹔鷞，雁的一种，长颈绿身，毛羽可制裘。鸨：鸟名，似雁而大，无后趾，虎文。属玉：鸟名，似鸭而大，长颈赤目，紫绀色，善斗。

⑱交精：鸟名，似水鸭而脚高，长喙，红毛冠，色翠绿。旋目：鸟名，大于鹭而短尾，目旁长毛而旋，色白。

⑲烦鹜：一种水鸭。庸渠：似鸡的一种水鸭。

⑲箴疵：一种水鸟，似翠鸟而苍黑色。䴔(jiāo 交)卢：或以为系两种水鸟名。

⑲泛淫：泛游不定的样子。氾滥：犹浮沉。澹淡：水波摇动的样子。

⑲奄薄水渚：即覆集水渚之上。或解作停集。奄，又作“掩”。

⑲唼喋(shà zhá 霎闸)：水鸟吃东西的声音。菁藻：两种水草名。

⑲矗矗：高峻的样子。

⑲茏嵸(lóng zōng 龙宗)、崔巍：都是山势高峻的样子。

⑲嶄岩：山势险峻的样子。参差：山峰高低不齐的样子。

⑲九嵕(zōng 宗)：山名，即九嵕山，在陕西省咸阳市西北的醴泉县境。巀嶭(jié niè 截聂)：山高峻的样子。

⑲南山：即终南山。峨峨：山高峻的样子。

⑳岩陁(tuó 驮)：山势险峻倾斜的样子。或以“岩”解山势险峻，“陁”释山势倾斜。甗(yǎn 演)：古炊器，形似甑(zèng 憎)，上大下小，此处用以形容山势险峻。锜(qí 奇)：三足釜。这里指山石嵌穴，状如锜釜。

⑳摧崣(zuǐ wěi 嘴委)：即“崔巍”，山势高峻的样子。崛崎：形容山势陡峭。

⑳振：收敛。通谷：指溪水流通于山谷之间。蹇产：曲折的样子。

⑳谽(hán)呀：通“谽谺”，谷口张开的样子。豁閜(xiā 虾)：谷中大空的样子。

⑳阜：土山。陵：大的土山。隝(dǎo 导)：即岛。这句是说：这些大小土丘在水中，各别为岛。

⑳崴磈(wěi wěi 伟委)嵔廆(wěi huì 委惠)：都是形容山势险峻。

⑳虚(qū 区)：大丘。堀礨(kū lěi 窟磊)：山势起伏不平的样子。

⑳隐辚：即“殷辚”，盛多的样子。郁㠥：即“郁律”，深峻的样子。合起来意思是说：深峻的地区不止一处。

⑳登降施靡：指地势高低不平而带倾斜。施，同“猗”。

⑳陂(bēi 碑)池：倾斜的样子。貏豸(bǐ zhì 笔至)：此借虫兽形容山势高低起伏、绵延不断。豸是一种无足的虫，身长，行进时穹隆其脊。

⑩允溶：郭璞解为“游衍”，“衍”是溢的意思，“游衍”为水流四溢。淫鬻（yù玉）：郭璞理解为“激淖”，“淖”是浊之意，“激淖”为水流浑浊。

⑪散涣：宽广的样子。夷陆：广平的陆地。或以为指水散漫于广野。

⑫亭皋：低平的泽边地。靡不被筑：没有不经过人工建造（指夯平土地）的。

⑬揜（yǎn 演）：通“掩”，覆盖。绿蕙：绿色的蕙草。蕙是兰属香草。

⑭被：覆盖。江离：生在水边的一种香草。

⑮糅：参杂，混杂。蘼芜：香草名。

⑯留夷：香草名。

⑰布：分布，布满。结缕：草名，形似茅，多年生。蔓生如缕相结，故名。

⑱攒：积聚。戾：草名，即狼尾草。莎：莎草，即香附子。或以为戾莎即黄绿色莎草。

⑲揭车（jū 居）：香草名，高数尺，黄叶白花。衡：即杜衡，香草名。兰：兰草，香草名。

⑳槀（gǎo 搞）本：香草名。茎叶有细毛，夏开花，根可入药。射（yè 夜）干：香草名，根可入药。

㉑茈（zǐ 子）姜：紫色的嫩姜。姜初生时是紫色，故名。茈，同“紫”。蘘（ráng 让阳平）荷：草名，如芙蓉，多年生。嫩芽可食，根可入药。

㉒葴（zhēn 针）持：酸浆草。一说即《子虚赋》里的“葴析”（见注㉜）。

㉓鲜支：香草名。或以为即“燕支”、“焉支”，似蓟，花如蒲公英，可以染红。黄砾（lì 利）：香草名。砾，当为“栎”的借字，可以染黄，故名。或以为木本。

㉔蒋：即菰蒲草，茎为茭白，实为菰米。苧：草名，即三棱，叶似莎，草极长，茎三棱如刺，可以辫成索。青薠（fán 烦）：草名，似莎而大。

㉕布濩（hù 户）：散布，遍布。闳（hóng 弘）泽：大泽。

㉖延曼：即曼延。曼，通“蔓”。太原：广大的平原。太，通“大”。

㉗离靡：相连不断的样子。广衍：广布。

㉘应风披靡：随风前俯后仰。

㉙扬烈：指花草散布浓烈的香气。

㉚郁郁菲菲：形容香气浓烈满布。

㉛发越：香气四射远播。

㉜肸蚃（xī xiǎng 西响）：散布。肸蚃是一种知声的虫，闻声而云集，这里用以喻香气弥漫。布写：流布四泻。写，通“泻”。

㉝晻薆（yǎn'ài 眼暧）：同“晻蔼”，形容香气很盛。咇茀（bì bó 必搏）：也是香气盛多的意思。

㉞缤纷：指上林苑景物繁多。轧芴（hū 忽）：恍然不可分辨的样子。

㉟芒芒：同“茫茫”，广大深远的样子。恍忽：即“恍忽”，隐约不清的样子。

㊱端：开头，顶端。涯：边际。

㉗沼：水池。虖：同"乎"。陂(bēi 碑)：池塘。

㉘庸：通"獛(yōng 雍)"，即犎(fēng 封)牛，一种项背隆起的野牛。旄(máo 毛)：牦牛。貘(mò 莫)：兽名，似熊食竹。或以为系大熊猫。犛(lí 梨)：即牦牛的一种，或以为指黑色毛长的那一种。

㉙沈牛：即水牛，因能沉入水中，故名。麈(zhǔ 主)：兽名，似鹿而大，其尾辟尘。以尾毛制成拂子，用以拂尘，即所谓麈尾。麋：即麋鹿。

㉚赤首、圜题：都是鸟名。

㉛穷奇：兽名，传说其状如牛，音如嗥狗，食人。

㉜含冻：犹凝冻。揭河：提衣渡河。

㉝角端：兽名，状如猪，角可制弓。橐驼：即骆驼。

㉞蛩蛩(qióng 穷)：兽名，似马而色青，善于奔跑。驒騱(tuó xí 驼奚)：野马类，似马而小。

㉟駃騠(jué tí 决提)：良马名。或以为公马母驴所生，俗称"驴骡"。

㊱弥：充满，遍布。

㊲高廊：行廊。廊是殿下的外层。四注：四面相连接。注，连属。

㊳重坐：指有多层楼阁。曲阁：行曲相连的阁道。

㊴华榱(cuī 崔)：雕绘花纹的屋椽。璧珰：以玉饰屋椽头。

㊵辇道：可乘辇的宫中通道。纚属(xǐzhǔ 洗主)：接连不断。

㊶步櫩(yán 阎)：即屋檐下的走廊。櫩，古"檐"字。周流：普通流转。

㊷夷：削平。嵕(zōng 宗)：数峰并峙的山。

㊸絫(lěi 垒)台增成：筑起重重楼阁台榭。絫，古"累"字，堆积，重叠。成，重，层。

㊹岩突洞房：岩底下建起幽深的房室。或以为石岩自底为室潜通台上。洞，通。

㊺頫：古"俯"字。杳眇：深远的样子。

㊻扌：古"攀"字。橑(lǎo 老)：屋椽。扪(mén 门)：摸。

㊼奔星：流星。更：经。闺闼：宫中小门。

㊽宛虹：弯曲的彩虹。拖：通"拖"，这里是越过的意思。楯(shǔn 吮)：阑干。轩：有窗户的长廊。

㊾蚴蟉(yǒu liú 有流)：蜿蜒弯曲而行的样子。

㊿象舆：象车。或说是瑞应车。婉僤(shàn 善)：盘曲而行的样子。西清：指西厢清静去处。

261灵圄(yǔ 雨)：众仙的称号。或以为仙人名。燕：安闲，休息。闲馆：闲居独处的宫馆。

262偓佺(wò quán 握全)：仙人名。暴(pù 瀑)：通"曝"，即晒太阳。南荣：南檐下。荣，屋檐两端上翘的部分，所谓屋翼。

㉖③醴泉：甘泉。清室：清静的房室。

㉖④磐石：大石。裖(zhěn 枕)崖：指用大石整治池崖。裖，整顿，整治。

㉖⑤嵚(qīn 侵)岩倚倾：指渠岸倾斜不整齐的样子。

㉖⑥嵯峨：石高大的样子。嶕㠓(jié yè 杰业)：石高的样子。

㉖⑦刻削：指渠岸石头如用刀斧削过。

㉖⑧玫瑰：火齐珠。碧琳：青色玉石。或以为系两种玉。

㉖⑨珊瑚：由珊瑚虫分泌的石灰质骨骼聚结而成的东西，状如树枝，有红、白等色，鲜艳美观，可作装饰品。

㉗⓪珉(mín 民)：类玉的美石。旁唐：广大的样子。

㉗①玢豳(bīn bīn 宾彬)：玉的花纹鲜明的样子。文磷：玉的纹理如鱼鳞有序排列。

㉗②赤瑕：即赤色的玉。驳荦：指玉文彩错杂灿烂。

㉗③晁采：美玉名。每日有白虹之气，光彩上出，故名。琬琰(wǎn yǎn 宛掩)：美玉名。

㉗④和氏：即和氏璧，宝玉的代称。出焉：出现在这里。或说上面的美玉珍奇都出产于上林苑中。

㉗⑤卢橘：橘的一种。卢，黑色，这是未熟时的颜色，熟时转金黄。夏孰：指卢橘至离支等水果夏季即成熟。孰，通“熟”。

㉗⑥黄甘：橘的一种，熟时色黄，故名。甘，通“柑”。橙：即橙子。楱(còu 凑)：橘的一种。

㉗⑦橪(rǎn 染)：酸小枣。

㉗⑧亭：即楟，山梨。柰(nài 奈)：果树名。厚朴：树名，以其树皮厚而得名，花皮可入药。

㉗⑨梬(yǐng 影)枣：枝叶皮核都似柿，秋晚而红，干后紫黑，大小如葡萄，今称“软枣”。

㉘⓪蒲陶：即葡萄。

㉘①隐夫：草木名，一说是常棣。薁(yù 遇)棣：即郁李，落叶小灌木，果实小，球形，可食，种子称“郁李仁”，可入药。薁，通“郁”。

㉘②荅遝(dá tà 答踏)：果名，实似李。离支：即荔枝。

㉘③貤(yì 异)：通“迤”，延展。

㉘④扤(wù 务)：摇动。

㉘⑤荣：花。草本的花叫“华(花)”，木本的花叫“荣”。

㉘⑥煌煌：形容光彩鲜明。扈扈：鲜明的样子。

㉘⑦沙棠：木名，状似棠，黄花，其果实味如李而无核，可食。木材可造船。晋郭璞《沙棠》诗：“安得沙棠，制为龙舟。”栎(lì 利)：木名，果实叫“橡子”，树皮可作染料，叶子喂柞蚕，木材坚韧，可制家具，俗称“柞树”。槠(zhū 诸)：木名，木材

坚硬，可造船。

㉘⑧华：木名，即桦树。枰（píng 平）：木名，即平仲木。一名银杏树，俗称白果。这是我国特产。栌：木名，即黄栌，木黄，可入药。

㉘⑨留：通"榴"，即石榴。落：即椤，叶似榆，皮坚韧，可做带。或以为"留落"为一物。胥邪：即椰子。邪，同"椰"。

㉙⓪仁频：即槟榔树。并闾：即棕榈树。

㉙①欃（chán 缠）檀：檀树，木质坚硬，是做家具的上等材料。

㉙②豫章：樟树。女贞：常绿灌木或乔木，以其凌冬青翠，有贞守之操，故名。初夏开花，白色。为常见的庭园或绿篱树种。耐修剪，常误称"冬青"。果实女贞子，椭圆形，可药用。

㉙③仞：古以八尺为一仞。连抱：几个人才能抱过。

㉙④夸："荂（fū 夫）"的省文。荂，草木开的花。这句是说：枝条挺直而花朵舒展畅开。

㉙⑤葰楙（jùn mào 俊茂）：茂盛的样子。葰，通"峻"，大。楙，古"茂"字。

㉙⑥攒（cuán 窜）立：指树木聚集在一起。丛倚：指树木丛集相依。

㉙⑦连卷：指树枝卷曲。欐（lì 丽）：同"丽"，依附。佹（guǐ 诡）：乖戾。

㉙⑧崔错：形容枝条交错。癹骫（bá wěi 拔委）：形容枝条盘屈纠结。骫，古"委"字。

㉙⑨坑衡：即"抗衡"，犹对抗。閜砢（kě luǒ 可裸）：指枝条相互依傍扶持。

㉚⓪扶疏：枝条四布的样子。

㉚①落英：落花。英，花。幡纚（fān shǎi 翻筛上声）：指落花纷飞的样子。幡，同"翻"，即飞。

㉚②纷溶：繁盛的样子。萷蔘（xiāo shēn 消伸）：高而长的样子。

㉚③猗狔（nǐ 你）：形容枝条随风婀娜多姿。

㉚④菈（liú 刘）莅、卉歙（huì xī 汇吸）：都是风吹草动发出的声音。卉，古"卉"字。

㉚⑤金石：指钟磬乐器。管龠（yuè 月）：指箫管之类的乐器。

㉚⑥柴池：参差不齐的样子。茈虒（cǐ zhì 此志）：形容树木高矮参差不齐。

㉚⑦旋还：环绕。

㉚⑧杂袭：一作"杂遝"，也即杂沓，相杂而累积的意思。絫辑：即累集。辑，同"集"。连同下句"被山缘谷"四句，都是描绘树木繁积茂密，而且漫山遍野，如一片林海。

㉚⑨玄猨：黑色猿。素雌：指白色的雌猿。

㉛⓪蜼（wèi 卫）：一种长尾猴。玃（jué 攫）：大母猴。飞蠝（lěi 垒）：即鼯鼠，能在林中飞翔。

㉛①蛭：飞蛭，一种能飞的四翼动物。蜩（tiáo 条）：据说是种大如驴，状如猴，

善缘木的异兽。玃猱(jué náo 攫挠):即玃猱,猕猴类动物。

⑫獑(chán 婵)胡:兽名,似猿。胡,又作“猢”。豰(hù 户):兽名,状似羊,犬首而马尾。蛫(guǐ 诡):异兽名,状如羊,白身赤首。

⑬翩幡:即“翩翻”,形容猿猴腾挪跳跃轻巧如鸟之翻飞。互经:相互穿梭。

⑭夭蟜(jiǎo 矫):屈伸自如而有气势的样子。枝格:枝条。

⑮偃蹇:屈伸宛转自如的样子。杪(miǎo 秒)颠:树梢。

⑯绝梁:高桥。殊榛:指丛林中特高的榛树。榛,灌木或小乔木,果实即榛子。

⑰捷:通“接”,连续。垂条:垂下的枝条。

⑱掉:一作“踔”,腾跃,跳跃。希间:指树枝稀疏的空间。希,通“稀”。

⑲牢落:犹“寥落”,稀疏零落的样子。陆离:参差不齐的样子。烂漫:散乱的样子。以上两句是形容猿猴飘忽不定、聚散无常的情态。

⑳背秋涉冬:即秋去冬来。

㉑校猎:用木栏遮阻,猎取禽兽。

㉒镂象:以镂刻的象牙为装饰的车子。

㉓六玉虬:用六条蛟龙拉车。虬,传说中无角的龙。

㉔拖:曳。蜺旌:画有虹蜺的旗。或以为旗上缀以五彩毛羽,犹如虹蜺之气。

㉕靡:摇曳。云旗:画有龙虎图案的大旗。

㉖皮轩:以虎皮为饰的车子,取其威武,为天子前驱。

㉗后:指皮轩车之后。道游:道车和游车。据说道车五乘,游车九乘,在天子的乘舆之前。

㉘孙叔、卫公:泛指古代善驾车的人。或以为有实指,但落实颇多分歧。

㉙扈从:随从。

㉚四校:指屯骑、步兵、射声、虎贲四校尉所率之部曲。或以为指栅栏的四周。

㉛鼓严簿:击鼓于严整的卤簿之中。簿,卤簿,天子出行的仪仗队。

㉜阹(qū 区):利用天然地形围猎野兽。即围猎之圈。

㉝橹:望楼。以泰山为瞭望台,是极言畋猎的范围之广。

㉞殷:震动。

㉟陆离:分散的样子。别追:分头追捕。

㊱淫淫裔裔:行进的样子。

㊲生:生擒活捉。貔(pí 皮):一种似虎的猛兽。

㊳手、足:作动词用,指赤手空拳地与猛兽搏击。壄(yě 野):“野”的异体字。

㊴蒙:覆戴。鹖(hé 曷)苏:指用鹖鸟尾装饰的帽子。苏,尾巴。绔白虎:穿绣有白虎花纹的裤子。绔,同“袴”,裤子。

㉞被:披。斑文:虎豹皮上的花纹。指以虎豹皮为衣。

㉞凌:登,升。嵕(zōng宗):数峰并峙的山。

㉞碛历:山坡高低不平的样子。坻:同"阺",山的倾斜面。

㉞厉:涉水。

㉞蜚廉:据说是身似鹿,头如雀,有角而蛇尾,文如豹纹的一种动物。

㉞解廌(xiè zhì 卸至):异兽名,据说似鹿而独角。

㉞虾蛤(gé格):兽名。

㉞铤(chán缠):短矛,引申为用矛刺杀。猛氏:兽名,状似熊而小。

㉞羂(juàn倦):用绳索捕捉野兽。要褭(niǎo鸟):神马名,据说日行千里。

㉞封豕:大猪。

㉟脰(dòu豆):颈,脖子。

㉟乘舆:旧指帝王所用的车舆。这里借指天子。

㉟睨:斜着眼睛看。部曲:汉代军队的编制,有部,有曲。这里泛指参与打猎的部伍。

㉟浸淫:渐进的意思。促节:加快速度。

㉟倏敻(shū xiòng书兄去声):忽然远去的样子。

㉟流离:离散。轻禽:飞禽。

㉟轶赤电、遗光耀:超过赤色闪电,遗其光耀于车后。

㉟宇宙:天地。《淮南子·原道训》高诱注:"四方上下曰宇,古往今来曰宙,以喻天地。"这句是极度夸张的说法。

㉟弯:张弓的样子。蕃弱:古代良弓。

㉟满:拉满弓。白羽:用白羽装饰的箭。这里指利箭。

㊱游枭:四处游荡的枭羊。《山海经·海内南经》:"枭阳(即羊)国……其为人人面长唇,黑色有毛,反踵……"见出枭羊即狒狒、猩猩之属。

㊱栎(lì利):即椎,敲击。蜚遽:神兽名,鹿头而龙身。

㊱择肉而后发:选择肉肥的禽兽而后发射。或说选择可射之处。先中而命处:射中预先指明要射的地方。

㊱弦矢分:指箭离弦,即箭射出。蓺:射中的目标,箭靶。这里指野兽。殪(yì意):一发而死。仆:倒毙。

㊱上浮:上游于天。指天子乘舆风驰电掣,犹如升天。

㊱陵:通"凌",升,凌驾。惊风:猛烈、强劲的风。历:经。骇猋(biāo标):狂风。乘:登,升。虚亡:虚空的境界,即天空。

㊱蔺,通"躏"(lìn吝),蹂躏,践踏。玄鹤:黑鹤。乱:扰乱。昆鸡:即"鹍鸡",似鹤,黄白色。

㊱遒、促:都有迫近、追捕的意思。孔鸾:孔雀和鸾鸟。鵔鸃(jùn yí俊仪):就是锦鸡,似山鸡而小冠,背毛黄,腹下赤,项绿色,尾毛赤红,光彩鲜明。

㊳68拂、捎：都是掠击的意思。翳鸟：凤属。《山海经·海内经》说，这种鸟“飞蔽一乡”，所以“名曰翳鸟”。

㊳69捷：疾取。鹓雏（yuān chú 冤除）：凤凰一类的鸟。掩（yǎn 演）：捕取。焦明：也是凤凰一类的鸟。

㊳70消摇：同“逍遥”，悠游自得的样子。襄羊：同“徜徉”，自由自在地来往。

㊳71降集：自天下降而停止。北纮（hóng 洪）：指上林苑的北边。纮，犹“维”，指天地的边界。

㊳72率乎直指：快速向前，笔直走去。

㊳73掩（yǎn 演）：通“奄”，忽然。反乡：即“返向”，按来时的方向回去。

㊳74蹶（jué 厥）：踩踏。石关、封峦、雉（zhī 支）鹊、露寒：都是观名，武帝所建。故址在今陕西省淳化县甘泉山上。

㊳75棠梨、宜春：都是宫名。棠梨宫故址在今陕西省淳化县。宜春宫故址在今陕西省长安县。

㊳76宣曲：宫名，在昆明池（故址在今西安西南半门镇）西。

㊳77濯：通“棹”，船桨。鹢（yì 益）：古于船头画鹢鸟，故其以鹢喻船。牛首：地名，在上林苑西。

㊳78龙台：观名。据《三辅黄图》卷五，龙台观在鄠水西北，靠近渭水。当即在今陕西省户县境内。掩：通“奄”，止、息的意思。细柳：观名，汉上林苑内，在今西安市西南昆明池南。

㊳79勤略：勤劳与谋略。略，或作“略取”解。钧：平分。

㊳80徒：步卒。车：车骑。阄（lìn 吝）轹：辗压。

㊳81步骑：步卒骑兵。蹂若：践踏。

㊳82蹈藉：践踏。

㊳83瓻（jù 剧）：极度疲劳。

㊳84它它：犹“藉藉”，纵横交错的样子。

㊳85掩：遮盖。平：广大的原野。弥：满。泽：大沼泽。

㊳86颢天之台：指台之高直指天空。颢天，即“昊天”，这里指天空。

㊳87张乐：陈设音乐。胶葛：犹“廖廓”。寓（yǔ 雨）：“宇”之古字。

㊳88千石之钟：一千石重的大钟。古一百二十斤为一石。

㊳89虡（jù 具）：悬挂钟、磬的木架，其两侧的柱叫虡。

㊳90建：举。翠华：以翠鸟毛为旗饰。

㊳91灵鼍（tuó 驼）：即扬子鳄。其皮可制鼓。

㊳92陶唐氏：传说中的远古部落名，居于平阳（今山西临汾西南），尧曾为其领袖。舞，指《咸池》。

㊳93葛天氏：传说中的远古部落名。据《吕氏春秋·古乐》：“葛天氏之乐，三人操牛尾，投足以歌八阕。”

㊴荡波：激起波涛。

㊵巴：古族名，国名，分布在今川东、鄂西一带。武王克殷，封为子国，称巴子国。俞：通"渝"，古水名，指今川东的南江及其下游渠江一带。古代有𤞑族聚居于水滨，善歌舞。这里的巴渝，指汉初制作的巴渝舞。宋、蔡：都是古国名。宋国都城在今河南省商丘市。蔡国都城在今河南省上蔡县西南。这里的宋、蔡指两国音乐。

㊶淮南：国名，汉高帝四年设置，都城在今安徽省寿县。这里指其国音乐。《干遮》：曲名。

㊷文成：县名，汉置，在今河北省卢龙县境。这里指其地音乐。颠：古国名，其地在今云南省境内。

㊸族居：指众乐同时并举。族，众。居，通"举"。递奏：交替演奏。

㊹金鼓：钟鼓。

㊺铿锵：即"铿锵"，钟声。闛鞈（tāng tà 汤踏）：鼓声。

㊻洞：穿透。指心里受到震动。骇：震惊。

㊼荆、吴：楚国和吴国。

㊽《韶》：传说中舜的乐曲。《濩（hù 户）》：相传是商汤的乐曲。《武》：周武王的乐曲。《象》：周公的乐曲。

㊾阴淫案衍之音：淫靡放纵的音乐。

㊿鄢：古国名，其地在今河南省鄢陵县西北。郢：春秋战国时期楚国都城。

㊿《激楚》：楚国乐曲名，其音调激越昂扬。结风：乐曲的余声。其余音哀切动人。

㊿狄鞮（dī 堤）：古地名。倡：倡优。

㊿丽靡烂漫：形容音乐美妙动听。这是以舞姿状音乐。

㊿靡曼：肌肤柔软细腻。

㊿青琴：古女神名。宓妃：传说为伏羲氏之女，溺于洛水，为洛水神。

㊿绝殊：特出。离俗：超世。

㊿妖冶：艳丽。闲：通"娴"，文雅的样子。都（dū 督）：美丽。

㊿靓（jìng 静）庄：指用粉黛化妆。庄，或作"妆"。刻饰：指鬓发梳理得如刻画一样。

㊿便嬛（pián xuān 骈宣）：轻盈美丽的样子。䋰（chuò 绰）约：体态柔美的样子。

㊿柔桡（náo 挠）：指身体柔弱苗条。嫚嫚（yuān 鸳）：柔美的样子。也作"嫚嫚"、"嬛嬛"。

㊿妩媚：姿态美丽动人。孅（xiān 先）弱：细弱。

㊿曳：拖。独茧：一茧吐出的丝。形容丝质纯一。褕（yú 榆）：罩在外面的直襟单衣。袣（yì 异）：袖子。

⑱眇：微细的样子。此处作副词，修饰后文。阎易：衣长大的样子。恤削：即成削，形容衣服边缘整齐如刻削一样。

⑲便(pián 骈)姗：犹蹁跹，舞貌。嫳(piè 撇去声)屑：衣服飘舞的样子。

⑳沤郁：香气浓烈。

㉑酷烈：指香气极盛。淑郁：气味清香浓厚。

㉒皓齿：洁白的牙齿。粲烂：形容牙齿光洁鲜明。

㉓宜笑：露齿而笑，此指笑得很美。的皪(lì 隶)：鲜明。

㉔连娟：眉毛弯曲细长。

㉕微睇：流盼如秋波一转。绵藐：远视的样子。

㉖色授魂予：即所谓"彼色来授，我魂往与接"。

㉗心愉：内心欢快，主语指美女。于侧：在天子左右。

㉘酒中：饮酒至中半。乐酣：音乐正奏得酣畅。

㉙芒然：即"茫然"，恍恍惚惚的样子。

㉚亡(wú 无)：丧失。

㉛大：通"太"。

㉜弃日：荒废时日。

㉝杀伐：指打猎。古人认为秋冬是打猎季节，所谓秋狝冬狩，所以说这时打猎是顺天道。

㉞往而不返：指沿着奢靡道路一直滑下去。

㉟继嗣：传宗接代。垂统：把功业传统留示后代子孙。

㊱解酒：撤除酒宴。

㊲有司：古代官吏设官分职，各有所司(主)，故称官吏为"有司"。

㊳氓隶：平民百姓。陨(tuí 颓)：坠落。堑(qiàn 欠)：通"堑"，濠沟。

㊴实陂池：即池塘里养满鱼虾。勿禁：指不禁止百姓捕捞。

㊵仞：充满。此句指废置宫室，不让居住。指天子不再游幸。

㊶发：打开。

㊷存：慰问。

㊸出德号：发布德政号令。

㊹省刑罚：减轻刑罚。

㊺制度：在一定历史条件下形成的法令、礼俗等规范。

㊻易服色：指车马服色各随其宜。

㊼革：改变。正朔：指历法。正，指每年第一个月。朔，指每月第一天。

㊽更始：重新开始。

㊾历：选择。斋戒：古人于祭祀之前，沐浴更衣，不饮酒，不吃荤，以示诚敬。

㊿袭：穿。朝服：君臣朝会所穿的礼服。

451法驾：天子的车驾。法驾六马，京兆尹牵引，侍中参乘，奉车郎御，属车三十六乘。

㊺华旗：有文彩的旌旗。

453六艺：即《诗》、《书》、《易》、《礼》、《乐》、《春秋》，也即儒家所称的"六经"。

454射《狸首》：即奏《狸首》以射。《狸首》是古佚诗，诸侯行射时奏此乐章。

455《驺虞》：《诗·召南》中的篇名。天子行射时奏此乐章。

456玄鹤：黑鹤。舜有《和伯之乐》，奏时舞玄鹤。干：盾。戚：斧。相传舜舞干戚，有苗氏乃服。这两句表面写弋射佚乐，实是效法先帝的礼乐。

457戴云罕（hǎn 罕）：车载捕鸟的大网。戴，《文选》作"载"。罕，同"罕"，捕鸟用的长柄小网。

458揜（yǎn 演）：收罗。群雅：众文雅之士。这句是说：天子要罗致天下贤人。或以为"群雅"指《诗》中的《大雅》、《小雅》，亦通。

459《伐檀》：《诗·魏风》中的篇名。《文选》刘良注："《伐檀》刺贤人不遇，故悲之。"这是当时人对《伐檀》不正确的理解。

460乐胥：《诗·小雅·桑扈》："君子乐胥，受天之祜。"胥，有才智之称。这里是说天子以得贤士为乐，所以"乐乐胥"。

461修容：修饰威仪于《礼》。

462翱翔：徘徊遨游。《书》圃：以《尚书》为园圃。

463述《易》道：阐述《易经》中所包含的精微之理。

464放怪兽：指放出苑囿中的珍奇异兽，也即终止淫奢的畋猎，而游猎于六艺之中，专心治理国家。

465明堂：天子接见诸侯之处。清庙：即太庙。蔡邕《明堂月令论》："取其正室之貌，则曰太庙……取其向明，则曰明堂。"所以明堂、清庙、太庙实为一处。

466恣：任凭。

467"乡风"句：天下人居于下风，听从天子的意旨。乡，通"向"，朝着，面向。

468"随流"句：天下人随着流俗而受到教化。

469芔（huì 惠）然：勃然，兴起的样子。芔，"卉"的古体。兴道：振兴道义。迁义：徙就于义，即归顺于道义。

470错：通"措"，搁置起来。

471隆：盛，高。三皇：一般指夏禹、商汤、周文王。

472羡：超出。五帝：黄帝、颛顼、帝喾、唐尧、虞舜。还有多种说法。

473罢：通"疲"，指耗尽。

474抏（wán 玩）：损耗。

475繇：通"由"，从。

476细：指诸侯地位卑微。

477被其尤：犹遭其祸害。尤，过错。

478愀（qiǎo 巧）然：变色的样子。改容：变了脸色。

⑲超：惆怅，若有所失的样子。

⑳逡（qūn 群阴平）巡：退却。避席：离开宴席。

【辨析】

《天子游猎赋》在《文选》中被分为两篇，即《子虚赋》和《上林赋》。这个分法是违反史实的，也是不科学的。《史记·司马相如列传》清清楚楚地记载着，相如游梁时，"著《子虚》之赋"，到汉武帝朝廷后，再"请为《天子游猎赋》"。而且本传在"请为《天子游猎赋》"后，紧接着概括说："相如以子虚者，虚言也，为楚称；乌有先生者，乌有此事也，为齐难；亡是公者，无是人也，明天子之义。"这些话正好概括了《史记》所收的《天子游猎赋》的全部内容。可见《子虚赋》与《天子游猎赋》是司马相如在不同时间、不同地点写作的两篇赋。

本传在概括介绍《天子游猎赋》的三部分内容后，即刊出全部原文。原文正是《文选》中的《子虚赋》和《上林赋》。可见，萧统将《天子游猎赋》分割成《子虚赋》和《上林赋》两篇。

《史记》的作者司马迁与司马相如基本上是同时代人，他说的话当然要比后司马相如六百年的萧统来得可靠。

从文学创作的一般规律、赋的通篇结构以及时代背景各方面看，如果说汉武帝所见到的《子虚赋》，就是《文选》中的《子虚赋》（也即《天子游猎赋》的前半部），也是讲不通的。我们以为，武帝所见到的《子虚赋》当另有一篇。

在这里，顺便谈谈司马相如的生年。现在学术界一般认为相如生于公元前179年，个别学者以为相如生年不可考。笔者孤陋寡闻，不知前者所说何自。但笔者认为，相如不可能生于公元前179年，因为相如如果生于此年，到公元前144年梁孝王卒，相如西归老家成都，起码已有三十六七岁，而这时迷上他、委身于他的才女卓文君才十七岁，相如比文君大二十岁，大一倍以上，这是极不符合传统中的才子佳人的形象的。

《史记》相如本传说："相如之临邛，从车骑，雍容闲雅甚都。及饮卓氏，弄琴，文君窃从户窥之，心悦而好之，恐不得当也。"相如如此风神潇洒，如此神采飞扬，令文君倾倒，这不当出现在一个三十六七岁以上的人的身上。

《史记》本传还说，相如"以赀为郎，事孝景帝，为武骑常侍，非其好也。会景帝不好辞赋，是时梁孝王来朝"。这段话也提供了一些重要的根据。"以赀为郎"，即家境殷富，可以自备车骑赴京为官。古代男子二十而冠,即可出仕,相如为郎,也当是二十岁左右。相如是一个功名心极强的人,家境又好,他是没有理由延迟岁月出仕的。

我们从上面《史记》相如本传引文还可以看出,相如到景帝朝为郎与梁孝王来朝时间距离很近,梁孝王来朝在公元前150年。如果相如生于公元前179年,到这时已近三十岁了,相如何以会如此在家浪费自己的年华?合理的解释应是,相如应生于公元前172年前后,到为郎时刚好二十出头。

哀二世赋

登陂阤之长阪兮[①]，坌入曾宫之嵯峨[②]。临曲江之隑州兮[③]，望南山之参差[④]。岩岩深山之谾谾兮[⑤]，通谷𧮪兮谽谺[⑥]。汩淢噏习以永逝兮[⑦]，注平皋之广衍[⑧]。观众树之塕薆兮[⑨]，览竹林之榛榛[⑩]。东驰土山兮[⑪]，北揭石濑[⑫]。弭节容与兮[⑬]，历吊二世[⑭]。持身不谨兮[⑮]，亡国失埶[⑯]。信谗不寤兮[⑰]，宗庙灭绝[⑱]。呜乎哀哉！操行之不得兮[⑲]。坟墓芜秽而不修兮[⑳]，魂亡归而不食[㉑]。夐邈绝而不齐兮[㉒]，弥久远而愈佅[㉓]。精罔阆而飞扬兮[㉔]，拾九天而永逝[㉕]。呜呼哀哉！

【说明】

此赋见《史记》卷一百一十七、《汉书》卷五十七下、《艺文类聚》卷四十。

司马相如曾陪汉武帝去长杨宫(今陕西周至东南)游猎，因见汉武帝“好自击熊彘，驰逐野兽”(《史记·司马相如列传》，下同)，以为“非天子之所宜近”，于是上《谏猎疏》以讽谏。还过宜春宫，见二世陵，触景生情，追思往事，作《哀二世赋》。《哀二世赋》与《谏猎疏》显然是用不同的体裁和素材，从不同的角度，提醒汉武帝以国事为重，避免重蹈秦二世覆灭的后辙。

【注释】

①陂阤(pō tuó 坡驼)：倾斜不平貌，亦作“陂陁”、“陂陀”等。长阪(bǎn 板)：长坡。阪，坡。

②坌(bèn 笨)：并，一起。曾宫：指多层次的宫殿。曾，通“层”，重叠。嵯峨：高貌。以上两句是说：登上倾斜不平的长坡，又进而进入高大的多层宫殿。

③曲江：地名，亦名“曲江池”，在陕西省西安市东南十里，秦为宜春苑，汉为乐游原。有河水，水流曲折，故名。今已堙为陆地。秦二世葬于苑中。隑(qí 其)州：曲岸之州。隑，曲折的岸头。

④南山：即终南山，在今西安市南。以上两句是说：（进入高大的宫殿）下临曲江池曲折的堤岸，远望终南山参差不齐的山峰。

⑤岩岩：高峻貌。谾谾（hōng 轰）：山谷长大深通貌。

⑥䜥："豁"的本字，前后相通的山谷。谽谺（hān xiā 酣虾）：谷中空阔深邃貌，亦作"谺谺"、"谺呀"、"谽谽"。以上两句是说：山峰高峻，峡谷深长。

⑦汩淢（yù 玉）：水急流貌。噏（xī 西）：通"靸（sǎ 洒）"，《汉书》颜师古注："靸然，轻举意也。"习：和舒貌。

⑧平皋：水边平地。广衍：宽阔绵延，一望无际。以上两句是说：水流急速，轻快地奔涌，注入广阔无边的水边平地，一去不回。

⑨塕薆（wěng'ài 蓊爱）：荫蔽貌。《汉书》作"蓊薆"。

⑩榛榛（zhēn 真）：草木丛杂貌。

⑪土山：指二世陵墓东边的小土山。

⑫揭（qì 气）：掀起衣服涉水。石濑（lài 赖）：水激石间而成的旋涡急流。濑，从沙石上流过的急水。

⑬弭（mǐ 米）节：按节，策马缓行。弭，止，此指控制。节，同"策"，马鞭。或说节度。容与：迟缓不前貌。

⑭历吊：徘徊而凭吊之。以上写曲江池的地理环境，面对遗迹，引起对秦二世的凭吊。

⑮持身：立身。

⑯失埶（shì 式）：失掉权力。埶，通"势"，权力。

⑰信谗：听信谗言。二世胡亥登位后，听信赵高谗言，残杀太子扶苏及大将蒙恬，后又杀丞相李斯。不寤：不醒悟。寤，通"悟"。

⑱宗庙灭绝：秦二世的昏庸及倒行逆施引起农民起义，后来赵高又使阎乐逼二世自杀，立公子婴为秦王，项羽入关又杀公子婴及诸公子宗族，于是秦朝灭亡。

⑲操行之不得：等于说没有操行。得，通"德"。

⑳修：修整。

㉑亡：无。以上两句是说：二世的坟墓不加修整而芜秽不堪，其灵魂就无法归来就食。

㉒敻（xiòng 雄去声）、邈：皆远义。敻邈绝：绝远。不齐（zhāi 斋）：即"不斋"，不斋戒，不祭祀。齐，通"斋"。

㉓佅：通"昧"，昏暗。《礼记·明堂位》："昧东夷之乐也。"《文选·班固〈两都赋〉》李善注引《孝经·钩命诀》："东夷之乐曰昧。"

㉔精：指灵魂。罔阆（wǎng liǎng 网两）：无所依据貌。阆，通"魉"。

㉕拾（shè 涉）：通"涉"，此指飞升。九天：《史记》张守节《正义》引《太玄经》："九天谓一为中天，二为羡天，三为从天，四为更天，五为晬天，六为廓天，七为减天，八为沈天，九为成天。"此泛指天空。以上分析二世灭亡的原因，指出其可悲下场。

大人赋

相如拜为孝文园令[1]，上既美子虚之事，相如见上好仙[2]。因曰："上林之事未足美也，尚有靡者。臣尝为《大人赋》，未就，请具而奏之。"相如以为列仙之儒居山泽间[3]，形容甚臞[4]，此非帝王之仙意也，乃遂奏《大人赋》。其辞曰：

世有大人兮[5]，在乎中州[6]。宅弥万里兮，曾不足以少留[7]。悲世俗之迫隘兮，朅轻举而远游[8]。乘绛幡之素蜺兮，载云气而上浮[9]。建格泽之修竿兮，总光燿之采旄[10]。垂旬始以为幓兮，曳彗星而为髾[11]。掉指桥以偃蹇兮，又猗抳以招摇[12]。揽欃抢以为旌兮，靡屈虹而为绸[13]。红杳眇以玄湣兮，猋风涌而云浮[14]。驾应龙象舆之蠖略委丽兮[15]，骖赤螭青虬之蚴蟉宛蜒[16]。低卬夭蟜，裾以骄骜兮[17]；诎折隆穷，蠼以连卷[18]。沛艾赳螑，仡以佁儗兮[19]；放散畔岸，骧以孱颜[20]。跮踱輵螛，容以骫丽兮[21]，蜩蟉偃寋，怵㚟以梁倚[22]。纠蓼叫奡，踏以艐路兮[23]；蔑蒙踊跃，腾而狂趭[24]。莅飒卉歙，猋至电过兮[25]；焕然雾除，霍然云消[26]。

邪绝少阳而登太阴兮，与真人乎相求[27]。互折窈窕以右转兮，横厉飞泉以正东[28]。悉征灵圉而选之兮，部署众神于摇光[29]。使五帝先导兮，反大壹而从陵阳[30]。左玄冥而右黔雷兮，前长离而后矞皇[31]。厮征伯侨而役羡门兮，诏岐伯使尚方[32]。祝融警而跸御兮，清气氛而后行[33]。屯余车而万乘兮，綷云盖而树华旗[34]。使句芒其将行兮，吾欲往乎南娭[35]。

历唐尧于崇山兮，过虞舜于九疑[36]。纷湛湛其差错兮，杂遝胶輵以方驰[37]。骚扰冲苁，其相纷挐兮[38]，滂濞泱轧，丽以林离[39]。攒罗列聚，丛以茏茸兮[40]，衍曼流烂，痑以陆离[41]。径入雷室之砰磷郁律兮，洞出鬼谷之堀礨崴魁[42]。遍览八纮而观四海兮，朅度九江越五河[43]。经营炎火而浮弱水兮，杭绝浮渚涉流沙[44]。奄息葱极，氾滥水娭兮，使灵娲鼓琴而舞冯夷[45]。时若暧暧将混浊兮，召屏翳，诛风伯，刑雨师[46]。西望昆仑之轧沕荒忽兮，直径驰乎三危[47]。排阊阖而入帝宫兮，载玉女而与之归[48]。登阆风而遥集兮，亢鸟腾而壹止[49]。低徊阴山翔以纡曲兮，吾乃今日睹西王母[50]。暠然白首戴胜而穴处兮，亦幸有三足乌为之使[51]。必长生若此而不死兮，虽济万世不足以喜[52]。

回车朅来兮，绝道不周，会食幽都[53]。呼吸沆瀣兮餐朝霞，咀噍芝英兮叽琼华[54]。僸祲寻而高纵兮，纷鸿溶而上厉[55]。贯列缺之倒景兮，涉丰隆之滂濞[56]。骋游道而修降兮，骛遗雾而远逝[57]。迫区中之隘陕兮，舒节出乎北垠[58]。遗屯骑于玄阙兮，轶先驱于寒门[59]。下峥嵘而无地兮，上嵺廓而无天[60]。视眩泯而亡见兮，听敞怳而亡闻[61]。乘虚亡而上遐兮，超无友而独存[62]。

【说明】

此赋见《汉书》卷五十七下、《史记》卷一百一十七、《艺文类聚》卷七十八。

据《史记·司马相如列传》记载："相如拜为孝文园令。天子既美《子虚》之事。相如见上好仙道，因曰：'上林之事未足美也，尚有靡者。臣尝为《大人赋》，未就，请具而奏之。'相如以为列仙之传，居山泽间，形容甚臞，此非帝王之仙意也，乃遂就《大人赋》。"可以很清楚地看出，相如写《大人赋》是为迎合武帝的胃口，投武帝之所好。相如知道，传说中的神仙，居深山荒野，生活艰难，肌肤消瘦，武帝不会喜欢这样的神仙，更不敢做这样的神仙。他要把神仙生活写得很美好，令人钦羡，也即要把《大人赋》写得比《天子游猎赋》还要靡丽。《大人赋》写的基调也的确是如此。请看赋中"大人"这个特号的神仙，他嫌弃尘俗生活单调、狭陋，决定浮游仙乡天国。他驾应龙、象舆，骑赤螭、青虬，以格泽星为旗杆，以欃枪彗星为旗帜，令五帝先导，责诸神跟从，遍游天上地下四面八方，多么威风！多么尊贵！难怪汉武帝读了这篇赋，竟飘飘然欲仙了。所以扬雄说："往时武帝好神仙，相如上《大人赋》欲以风，帝反缥缥有凌云之志。"（《汉书·扬雄传》）

当然，同《天子游猎赋》一样，相如违忤当时儒家诗教，不重讽谏。但对武帝好仙，相如肯定是不会赞同的，尤其是在相如写作《大人赋》时期，以齐为中心的成千上万的方士，用各种手段欺骗汉武帝，怂恿他求仙果、不死药，简直把汉武帝搞得神魂颠倒。相如对此更不可能漠然置之。所以赋中对神仙也多有不敬之辞："吾乃今日睹西王母，暠然白首戴胜而穴处兮，亦幸有三足乌为之使。必长生若此而不死兮，虽济万世不足以喜。"这实际上是与相如写作此赋的初衷颇不相合的。赋的最后一段，"大人"来到"下峥嵘而无地兮，上嵺廓而无天。视眩泯而亡见兮，听敞怳而亡闻"，更剥夺了他的一切欢乐，把他推向孤独虚无的深渊，尤非"大人"之所希冀。这是对"大人"的警告，也是对"大人"的箴戒。总之，此赋的讽谏意向还是存在的。

【注释】

①这是司马相如晚年任孝文园令时所作。孝文园令是管理汉文帝陵园的闲散职务。他虽居闲职，但仍关心朝廷大事。他见汉武帝"好仙道"，于是作《大人赋》以讽谏。

②孝文：指汉文帝刘恒。孝，谥号，西汉从惠帝起谥号一律加一"孝"字。园：陵园，帝王或诸侯的墓地。令：即陵园令。陵园令，《汉书·百官志》云："陵园令，六百石，掌按行扫除。"

②上：指汉武帝。

③儒：柔也，术士之称呼，凡有道术皆为儒。

④臞(qú 瞿)：消瘦。

⑤大人：指汉武帝。《易·乾》："九二，飞龙在天，利见大人。"大人即指人君。

⑥中州：即中国、中原。此指国境内部的地区，以别于边境地区。

⑦宅：居住的地方。此指天子的统治范围。弥：满。这两句是说：虽有江山万里，但不值得稍加停留。

⑧迫隘：狭隘，喻世事之艰难险阻。《史记》司马贞《索隐》引如淳曰："武帝云'诚得如黄帝，去妻子如脱屣'，是悲世俗之迫隘也。"朅(qiè 怯)：离去。轻举：轻身高举，即飞升。远游：指远离尘世。

⑨绛幡：赤色的长方而下垂的旗子，亦为旌旗的总称。蜺：同"霓"，雌虹。霓，《说文》："屈虹，青赤色或白色，阴气也。"素蜺：即白霓。这一句，《汉书》颜师古注引张揖曰："赤气为幡，缀以白气也。"载：乘坐。这两句是说：用赤色云气作为旗幡，又点缀上白色云气，乘坐云气飘浮于高空。

⑩建：竖立，此指高举。格泽(hè duó 鹤铎，又音 gé zhái 革宅，《汉语大词典》注为 hè zé 鹤泽)：星云名。《史记·天官书》："格泽星者，如炎火之状。黄白，起地而上。下大，上兑。其见也，不种而获，不有土功，必有大害。"《史记》司马贞《索隐》："一音鹤铎，又音格宅。"清梁绍壬《两般秋雨盦随笔·寻常音误》：

"格泽,星名。妖气自地属天也。音霍铎,误作本音。"又《汉书》颜师古注引张揖说:"格泽之气如炎火状,黄白色,起地上至天,下大上锐。"按张揖所说,格泽之气实际上是一种星云,与《史记·天官书》所言状貌一致,实为一物。总:系(xì 细),连缀,联属。光燿(yào 耀):闪烁着光辉的云气。燿,"耀"的异体字。采旄:用五彩羽毛装饰竿首的旗帜。这两句是说:以格泽星云作长竿,系上闪烁着光辉的云气作为彩旗。

⑪旬始:星名。《史记·天官书》:"旬始,出于北斗旁,状如雄鸡。"幓(shān 山):旌旗的旒,飘带。曳:拉。《史记》作"拕",义同"曳"。彗星:又名"扫帚星"。髾(shāo 梢):旌旗上下垂的羽毛。按旧注为燕尾,即形似燕尾的旗帜。这两句是说:以旬始星作为旌旗下垂的旒,拉过彗星作为旌旗下垂的羽毛。

⑫掉:摆动。指桥、偃蹇:《汉书》颜师古注引张揖:"指桥,随风指靡也。偃蹇(塞),高貌。"猗抳:犹言婀娜。招(sháo 韶)摇:跳踃(张揖注),即跳动,此指旌旗抖动。这两句是说:旌旗及饰物随风摇摆,委曲婉转,飘荡抖动,婀娜多姿。

⑬揽:持。搀抢(chān chēng 搀撑):亦作"欃(chán)枪",二星名,即天欃和天枪。《史记》张守节《正义》引《天官书》说:"天欃长四丈,末锐。天枪长数丈,两头锐。其形类彗也。"又《汉书》颜师古注引张揖说:"彗星为搀抢。"因上文已有"曳彗星而为髾",故欃枪不应再指彗星,只是类似彗星的星云。旌:长幅垂挂的旗,旁附有长条的缎带为饰。靡:曳也。屈虹:虹是弯曲的,故曰"屈虹"。旧注以为断虹。绸(chóu 愁,或 tāo 涛):缠裹,套。这两句是说:以欃、枪二星为旌,曳着屈虹作为缠裹旗杆的套。

⑭杳眇:深远貌。玄湣(mǐn 泯):因色彩混合而显暗冥。《史记》作"眩湣"。《汉书》颜师古注引晋灼说:"言自绛幡以下,众气色盛,光彩相燿,幽蔼炫乱也。"这两句是说:红光照射深远,又与众气色彩混合,而显得暗冥,在这轻举之时,感到飚风奔涌,云雾飘浮。

⑮应龙:一种有翼的龙,传说曾助禹治水,以尾画地,导流入海。象舆:传说中一种象征瑞祥的山林精灵。蠖(huò 获)略:龙行貌。委丽:亦作"逶丽",曲折盘旋。这句是说:用应龙、象舆驾车,曲折盘旋而游。

⑯骖:两旁陪驾的马,此作动词,以……为陪驾。螭(chī 吃):若龙而黄。虬(qiú 求):一种无角的龙。蚴蟉:又写作"蚴虯(yǒu liú 有留,又读 yǒu qiú 有求)"。宛蜒:形容龙屈曲行动貌。这句是说:用赤色的螭和青色的虬作陪驾,屈曲而行。

⑰低卬:同"低昂",起伏,升降。夭蟜:同"夭矫",伸屈自如貌。裾(jū 居):张揖曰:"直项也。"形容龙伸直脖子。《史记》作"据",通"倨"。骄骜:恣纵奔驰。这两句是说:驾车的应龙等起伏屈伸,直起项颈,恣纵奔腾。

⑱诎(qū 祛)折:即"曲折"。隆穷:举鬐(qí 其),此指龙之脊背隆起。蹷(jué 厥):《汉书》颜师古注引张揖曰:"跳也。"《史记》作"蠼"。连卷(quán 全):形容

龙爪蜷曲。这两句是说:有时龙身屈曲,脊背隆起,有时腾空跳跃,龙爪蜷曲。

⑲沛艾:马疾行时昂首摇头貌。赳螑(xiù 秀):伸颈低头行走貌。仡(yì 义):昂首。佁儗(yǐ yì 以意):停滞不前貌。这两句是说:龙等忽而摇动着身子昂首奔驰,忽而伸颈高低起伏缓缓而行,忽而抬起头来止步不前。

⑳放散:尽情奔驰不受约束。畔岸:放纵任性。骧(xiāng 襄):上举。孱颜:即"巉岩",高峻貌。此指龙身升腾高举。一说不齐貌。这两句是说:龙等忽而向前纵情奔驰,忽而向上高高腾起。

㉑跮踱(zhì duó 至夺):走路时忽进忽退。輵螛(è hé 遏曷):《汉书》颜师古注引张揖曰:"摇目吐舌也。"螛,《史记》作"辖"。容:指龙体之姿态。一说急步奔驰。骩(wěi 委)丽:曲折盘旋貌,旧注以为左右相随。骩,同"委"。这两句是说:应龙等忽进忽退,摇目吐舌,曲折盘旋。

㉒蜩蟉(tiáo liào 条料):龙首摇动貌。怵臭(chuò 绰):惊奔。梁倚:如屋梁一般相互依附、依靠。这两句是说:龙首摇动,委曲奔走,互相倚依。

㉓纠蓼(liǎo 潦):互相牵引。叫奡(ào 傲):相呼。踏:下。《史记》作"蹋"。膢(jiè 界):到达。这两句是说:应龙等互相牵引,互相呼叫,由上而下落于地上,改行陆路。

㉔蔑(miè 蔑)蒙:即"蠛蠓",一种小虫。龙行空际,如小虫飞舞。《汉书》颜师古注引张揖说:"蔑蒙,飞扬也。"腾:奔腾。狂趭(jiào 叫):狂奔。趭,奔跑。这两句是说:应龙等落地后,忽而疾速跳跃,又忽而狂奔起来。

㉕莅(lì 利)飒:竞相飞驰。《汉书》颜师古注引张揖说:"飞相及也。"芔歙(huì xī 荟西):追逐。《汉书》颜师古注引张揖说:"走相追也。"焱(yàn 艳)至:如火焰之来临。这两句是说:它们竞相飞驰追逐,疾如火光至,瞬息即逝。

㉖焕然:光亮貌。霍然:突然。这两句是说:车驾疾驰而过,如云消雾散,豁然开朗。这段先写"大人""远游"的原因,次写"远游"的仪仗,又重点写应龙等行走奔驰的千姿百态,表现了"轻举""远游"的盛况。

㉗邪绝:斜渡。绝,渡。少阳:指东极。东方极远的地方,故曰"绝"。太阴:指北极。北极地高,故曰"登"。真人:得道成仙的人。《庄子·大宗师》说真人"登高不慄,入水不濡,入火不热","其寝不梦,其觉无忧,其食不甘,其息深深","不知说(悦)生,不知恶死;其出不䜣,其入不距(矩);翛然而往,翛然而来而已矣"。相求:指向真人求取成仙之道。这两句是说:由东极斜渡北极,结交真人,向他求取成仙之道。

㉘互折:形容道路交错曲折。窈窕:云气深邃貌。横厉:横渡。厉,渡。飞泉:谷名,即飞谷,在昆仑山西南。这两句是说:经过交错曲折深邃的道路再向右转,横渡飞谷,然后向东行进。

㉙悉:全。征:召。灵圉:众神。选:选派。部署:安排。署,《史记》作"乘"。摇光:北斗七星第七星,在斗柄末端,也作"瑶光"。按张揖说,摇光为"北斗杓头

第一星”，当从斗柄末数起。这两句是说：把众神全部召集起来加以挑选，在摇光对众神进行部署。

㉚五帝：指五天帝。天上五方，各有一帝：东方青帝，南方赤帝，中央黄帝，西方白帝，北方黑帝。又《汉书》颜师古注引应劭说：“五帝，五‘畤’，太昊之属也。”按“畤”，神灵所居之处。应劭所说“五帝”指五方神：东方为太昊，南方为炎帝，西方为少昊，北方为颛顼，中央为黄帝。他说略。大壹：即“太一”，天帝的别名。亦作“泰一”。陵阳：古仙人，陵阳子明。《史记》张守节《正义》引《列仙传》：“子明于沛铚县旋溪钓得白龙，放之，后白龙来迎子明去，止陵阳山上百余年，遂得仙也。”反、从：皆为使动用法。这两句是说：令太一回到自己所居住的中宫，让仙人陵阳子明做“大人”的侍从。

㉛玄冥：水神，或说雨神。《左传·昭公十八年》：“禳火于玄冥。”杜预注：“玄冥，水神。”又《风俗通》卷八“雨师”：“郑大夫子产禳于玄冥，雨师也。”黔雷：天上神名，《史记》作“含雷”，亦作“黔嬴”。长离、矞（yù 玉）皇：《汉书》颜师古注引服虔说：“皆神名也。”长离：一说灵鸟名，即凤。《史记》作“陆离”、“潏湟”。

㉜厮、役：皆役使。征伯侨：即仙人王子侨。《汉书》颜师古注：“征伯侨者，仙人，姓征，名伯侨，非王子侨也。《郊祀志》‘征’字作‘正’，其音同耳。或说云‘征’谓役使之，非也。”羡门：碣石山上仙人羡门高。按，碣石山在今河北省昌黎县北，一说指河北省乐亭县西南的碣石山，北魏时沦入水中，今已不在。诏：《史记》作“属”，嘱托。岐伯：黄帝太医。尚：掌管，主持，特指管理帝王的事。方：方药。尚方，即主管方药。

㉝祝融：火神名。《史记》张守节《正义》云：“祝融，南方炎帝之佐也。兽身人面，乘两龙，应火正也。”按，火正谓火官，掌祭火星，行火政。警：警戒。《史记》作“惊”。跸（bì 毕）：清道。皇帝出入经过的地方严加戒备，断绝行人叫“警跸”。御：此指祭神以防止雾气（不祥的灾异之气）为害。气氛：《史记》作“雾气”，指恶气。这两句是说：用祝融作警跸，清路开道，并通过祭祀排除恶气，然后通行。

㉞屯：聚集。余：“大人”自称。万乘：万辆。这是天子所有的车子。綷云盖：以五彩云为车盖。綷（cuì 翠），五彩杂合。华旗：以五彩羽装饰之旗，此仍指以五彩云装饰之旗。

㉟句芒（gōu máng 沟忙）：神名。《史记》张守节《正义》云：“句芒，东方青帝之佐也。鸟身人面，乘两龙。”将行：领行，带路。娭（xī 西）：同“嬉”，《史记》作“嬉”，游戏，玩乐。这一段写“大人”游历天庭，会见真人，重点写派遣众神的威风。

㊱崇山：山名，即狄山。《山海经·海外南经》：“狄山，帝尧葬于阳，帝喾葬于阴。”按，狄山在今河南省清丰县，汉置顿丘县，唐改清丰县。九疑：即九嶷山，又名苍梧山，在今湖南省宁远县南，相传为舜陵墓所在。世称九峰相似，望而疑

之，谓之“九疑”。这两句是说：大人一行经过尧舜的陵墓所在地崇山和九嶷山。

㊲湛湛（zhàn 战）：重厚貌，此指车辆众多拥挤。差错：交相错杂。杂遝（tà）：亦作“杂沓”，众多杂乱貌。胶輵（gé 革）：亦作“胶葛”，交错纠缠貌。方驰：并驾齐驱。方，并列，并排。这两句是说：众多的车辆杂乱无章，互相交错，乱纷纷地一齐向前驰骋。

㊳骚扰：扰乱，指车辆互相干扰。冲苁（sǒng 耸）：相互碰击。纷挐（rú 如）：混乱貌。这两句是说：众多的车辆互相干扰碰击，显得十分混乱。

㊴滂濞（pāng pì 旁阴平 譬）：众盛貌。泱轧（yǎng yà 养亚）：同“坱圠”，弥漫而无边际。丽：并驾。林离：同“淋漓”，水流不绝貌。此指车辆络绎不绝。这两句是说：车辆之多，显得无边无际，齐头并进，络绎不绝。

㊵攒（cuán 窜阳平）：聚集。《史记》作“鑽”。攒罗、列聚、丛、茏茸：皆聚集貌。

㊶衍曼：连绵貌。流烂：布散（颜师古注）。痑（shǐ 史）：众多貌。陆离：参差不齐。以上四句是说：众多的车辆时而聚集起来，时而分散开来，放纵奔驰，连绵不绝，参差不齐。

㊷雷室：即雷渊或雷泽，神话传说中雷神所居住的水名。《山海经·海内东经》：“雷泽有雷神，龙身而人头。”砰磷郁律：雷声，旧注深峻貌。洞出：像穿过洞穴一样走出。鬼谷：《汉书》颜师古注引张揖说：“鬼谷在昆仑北直北辰（北极星）下，众鬼之所聚也。”堀礨（kū lěi 哭垒）崴（wēi 威）魁：高低不平貌。《史记》作“堀礨嵔磈（huí 回）”，义同。这两句是说：车辆的行列径直进入雷神所居之处，那里正发出轰隆隆的雷声，又穿过高低不平的鬼谷，那是鬼聚居之处。

㊸八纮（hóng 洪）：古人认为天圆地方，天地交接处有八根纲维联系着，称为“八纮”。此指八方极远之处。四海：《史记》作“四荒”，指四面荒远之处。朅（qiè 怯）：作语助词，犹“聿”，起顺承上下文的作用，此处可译为“接着”或“又”。度：同“渡”，《史记》作“渡”。九江：泛指众多的江河。五河：古代术士所称仙境里五种不同颜色的河流，《汉书》颜师古注引《仙经》说有紫、碧、绛、青、黄五色河流。

㊹经营：回旋往来，此指经过。炎火：神话传说中的火山。《山海经·大荒西经》：昆仑之邱“其外有炎火之山，投物辄然（燃）”。弱水：水名，在甘肃省境内，源出祁连山，注入居延海，其东有巴丹吉林沙漠，联系下文的“涉流沙”，即指此。又《山海经·大荒西经》：昆仑之邱，“其下有弱水之渊环之”，传说因其水弱不胜鸿毛，故称“弱水”。因《山海经》中的弱水、炎火都在昆仑山处，故弱水也可指此。但未必确指。杭：船。绝：渡。浮渚：流沙中的沙丘。流沙：古指我国西北的沙漠，因可随风流动转移，沙流如水，故称“流沙”。按，《史记》“浮渚”下有“而”字。这两句是说：远游中的“大人”一行，经过了西北的炎火山，渡过弱水，又乘舟渡过流沙及流沙中的沙洲。按，船在沙漠中渡过，同上文车马在空中奔驰一样，盖系夸张的手法。

㊺奄息：停息。葱极：即葱岭山，在新疆疏勒、塔什库尔干、塔吉克（原名蒲

梨)等县西边,为亚洲山脊,中国诸山脉之发源处,横亘数百里,平均高度为500米,古代总称“葱岭”,土名随地而异。《西河旧事》说:“其山高大,上悉生葱,故名。”葱,《史记》作“总”。氾滥:随波摇荡。水娭(xī 西):水上的娱乐活动。娭,《史记》作“嬉”。灵娲(wā 洼):古代神话中造人、补天、止水的女神,即女娲。冯(píng 凭)夷:即河伯,黄河水神,又名“冰夷”、“无夷”、“冯迟”。传说为华阴潼乡人,因渡河淹死,被天帝封为水神。又《庄子·大宗师》说:“冯夷得之,以游大川。”陆德明《经典释文·庄子音义》引《清泠传》云:“(冯夷)华阴潼乡堤首人也,服八石得水仙,是为河伯。”这三句是说:他们在葱岭山上停息,游戏于山涧积水之上,让女娲为之鼓琴,使冯夷为之起舞。

㊻暧暧(ài 爱):昏暗貌。《史记》作“薆薆(ài 爱)”,义同。屏翳(yì 意):《史记》张守节《正义》引应劭云:“屏翳,天神使也。”引韦昭云:“雷师也。”按,联系上下文,已有风神雨师,则此处解为雷师为宜。风伯:风神,字飞廉,亦作“蜚廉”。雨师:司雨之神。“召”、“诛”、“刑”互文。以上三句是说:这时天空好像要变得昏暗起来,于是召来雷神、风神、雨神加以责问惩罚。

㊼昆仑:山名,西起帕米尔高原东部,横贯新疆、西藏间,东延入青海境内,东西长约2500公里。高峰有慕士塔格山(7456米)、公格尔山(7719米)。古之所谓昆仑专指中昆仑,在唐古拉山脉之北。《山海经·海内西经》说:“海内昆仑之虚,在西北,帝之下都。昆仑之虚,方八百里,高万仞,上有木禾,长五寻,大五围。面有九井,以玉为槛。面有九门,门有开明兽守之。”轧沕(wù 勿):荒忽,不分明之貌。荒忽:《史记》作“洸忽”。三危:山名,在今甘肃省敦煌市东南。《尚书·尧典》:“窜三苗于三危。”即指此。因其三峰耸峙,其势欲坠,故名。

㊽排:推开。阊阖(chāng hé 昌盍):传说中的天门。玉女:传说中的仙女。

㊾阆(làng 浪)风:山名,相传为仙人所居,在昆仑之巅。遥集:在遥远处停下。集,停留。按《史记》“登”作“舒”,“遥”作“摇”。亢鸟腾:高高飞起,如鸟腾空。亢鸟,高鸟,名词作状语。壹止:稍稍停止一下。这两句是说:他们登上阆风山,远远停下,就像鸟腾空而起又稍稍停下一样。

㊿阴山:《汉书》颜师古注引张揖说:“阴山在大昆仑西二千七百里。”按,文中阴山当指此。西王母:古代传说中的女神。《山海经·西山经》说:“西王母其状如人,豹尾虎齿而善啸,蓬发。”

(51)暠:“皓”的异体字,白貌。《史记》作“皬”。胜:妇人首饰。上句说,西王母是白头发,戴着首饰,居住在洞穴里。三足乌:《汉书》颜师古注引张揖说:“三足乌,三足青鸟也,主为西王母取食,在昆仑墟之北。”按《山海经·海内北经》说:“西王母梯几而戴胜杖,其南有三青鸟,为西王母取食,在昆仑虚北。”使:凭。

(52)“必长生”二句:如果像西王母那样,穴居野处,即使能度过万世,长生不死,也不值得高兴。《汉书》颜师古注:“昔之谈者咸以西王母为仙灵之最,故相如言大人之仙,娱游之盛,顾视王母,鄙而陋之,不足羡慕也。”颜师古的意思,是相如故意贬低西王母，以为这种神仙不值得羡慕。这一段写“大人”一行远游仙境的盛况、经过，且写大人对仙人有刑罚之威、支配之权，最后隐约可见作者对长生不死、飞升入天的讽谏之意。

(53)来：语气词。绝：越过。不周：不周山，神话传说中的山名。《山海经·大荒西经》：“西北海之外，大荒之隅，有山而不合，名曰不周。”又《淮南子·天文训》：“昔者共工与颛顼争为帝，怒而触不周之山，天柱折，地维绝。”颜师古《汉书》注引张揖曰：“不周山在昆仑东南二千三百里。”会食：相聚而食，即会餐。幽都：《尚书·禹贡》：“申命和叔，宅朔方，曰幽都。”按，朔方，北方之地，太阳行至此处，转入地中，万象幽暗，故曰“幽都”。这三句是说：回车离去吧，越过不周山，在幽都会餐。

(54)沆瀣（hàng xiè 杭去声 谢）：夜间的水气。咀噍（jǔ jiào 举叫）：义同“咀嚼”。噍，咬、嚼。《史记》作“噍咀”。芝英：灵芝的花。叽（jī 机）：稍稍吃一点。琼华：琼树的花。琼树，古代传说中的树。《汉书》颜师古注引张揖曰：“琼树生昆仑西流沙滨，大三百围，高万仞。华，蘂也。食之长生。”按，蘂，“蕊”的异体字。

(55)僸（jìn 进）：仰。此指向上。《史记》作“㱈（jìn 近）”，义同“僸”。祲（jīn 斤）寻：亦作“侵寻”、“祲浔”、“浸浔”，义同“浸淫”，逐渐的意思。鸿溶：竦踊，向上腾跃。《史记》作“鸿涌”，义同。厉：高飞，疾飞。这两句是说：他们离开地面引身高举，纷纷腾跃高飞天际。

(56)列缺：闪电。倒景：倒影。景，同“影”。人在天上，向下看日月，日月由下向上照，影在上面，因与地上相反，故曰倒影。涉：渡水，此指在雨中行走。丰隆：云神。滂濞（pì 辟）：大雨貌。《史记》作“滂沛”，亦作“雱霈”，义同“滂濞”。这两句是说：在高空穿过闪电的倒影，冒着云神所降下的滂沱大雨。

(57)游：游车。道：导车。道，同“导”。皆皇帝出游时前导的车。修降：从高空中下降。修，长。此指从高空到地面距离之长。这句是说：周览天上之后，又乘车从高空中沿着长长的道路向下驰骋。骛遗雾：因疾驰而把云雾远远抛在后面。骛，急跑，作使动用法，指因相对运动使雾向后跑。遗雾，遗留在后的雾。

(58)迫：逼近。区中：世间，人间。隘陕：狭隘。陕，“狭”的本字。舒节：即纵辔奔跑。舒，放松，放纵。节，马鞭。《天子游猎赋》：“案节未舒，而凌狡兽。”乃相反行为。北垠：北方的边境。垠，边界。这两句是说：从高空下降迫近狭隘的世间，又纵马奔出北部边境。

(59)屯骑：指驻扎下来的众多的车马。玄阙：北极之山（张揖注）。轶：通“逸”，奔逸。寒门：北极之门。这两句是说：把众多的车骑留在北极之山，让前导奔驰到北极之门。

(60)峥嵘：深邃貌。嵺（liáo 廖）廓：空阔。下、上：可理解为动词，因达到绝对自由的境地，故可纵游上下四方。这两句意思是：出地之下，出天之上，下则深邃无底，上则空阔无边。

㉑眩泯：眼神飘浮不定貌。《史记》作“眩眠”。亡（wú 芜）：同“无”。敞怳（chǎng huǎng 厂恍）：模糊不清。《史记》作“倘恍”，亦作“敞悦”。这两句是说：眼看，则飘浮不定，看不到什么；耳听，则模糊不清，听不到什么。

㉒上遐：升入太空。遐，远去。《史记》作“假”，至。超无友：意为块然独处，绝不结交朋友。“友”，一作“有”，似是。意为“大人”进入无闻无见的空虚之境，超越尘世而块然独处。这段写“会食”及升天入地的情景，并已达到无地、无天、无见、无闻的境界，隐合作者对超然物外、块然独存的讽谏之意。

【辨析】

《大人赋》很明显受到《楚辞·远游》的影响。赋的内容、情节、结构与《远游》很相似，有的辞句甚至雷同，如“悲世俗之迫隘兮”两句，“屯余车其万乘兮”两句，“下峥嵘而无地兮”以下四句，两赋基本相同。

但郭沫若先生认为：“……只是《远游》整抄《离骚》和司马相如《大人赋》的地方太多，而结构与《大人赋》亦同，我疑心就是《大人赋》的初稿。《史记·相如列传》说：‘臣尝为《大人赋》，未就，请具而奏之。’据此看来，分明是有未就的稿本与具奏的定本两种。因为稿本未脱《楚辞》的窠臼，不好拿去见皇帝，所以他以‘未就’目之，待到具奏本，他只把稿本的精粹语保存了下来，而用自己既成的风格来完全改作了一遍。稿本被后人寻得，因首韵有‘远游’两字，遂摘以为篇名，又因多整袭《离骚》的地方，遂被收入《楚辞》而误认为屈原所作。”（郭沫若：《屈原研究·屈原身世及其作品》，新文艺出版社 1952 年版）

郭老这个评论很明显是源于陆侃如先生的观点。陆先生说：“1.《远游》有模仿司马相如《大人赋》的嫌疑，不但在结构方面完全相同，词句上也有整段抄的……我们知道司马相如是个天才的辞赋家，自以为《大人赋》胜于《子虚》、《上林》，且要献给爱读辞赋而又长于辞赋的武帝，决不会抄前人之作。故我们认为《远游》在《大人赋》之后，而以《大人赋》为范本。2. 这篇所举人名为屈平时所无。例如，韩众（一作“终”）是秦始皇时的方士，于三十二年（前 215 年——原文注）同侯公、石生一起求仙人不死之药。3. 这篇所表现的思想与屈平异。从《离骚》等篇看来，他是入世的，《远游》却是出世的。”（陆侃如、冯沅君：《中国诗史》第三章《屈平》，山东大学出版社 2009 年版，第 82～83 页）

陆、郭先生认为《远游》非屈原之作，有一定道理。但认为《远游》抄袭《大人赋》（或《大人赋》之初稿），则当属臆测了。因为至今无任何根据可以确认《远游》为司马相如所作，或作于司马相如之后。

再则，关于抄袭问题，我们同汉人的看法肯定不同。扬雄在当时也算是一个风流人物，但他写赋公开模仿相如赋：“先是时，蜀有司马相如，作赋甚弘丽温雅，雄心壮之，每作赋，常拟之以为式。”以后的班固、张衡也都是学界的一流人物，但他们作赋，也都是不忌讳公开抄袭他人之作。可以这样说，一部《楚辞章句》，就是一部抄袭文章，除屈原等少数人的作品外，其他人的文章都是公开地抄袭屈原的文章，只是抄袭的手法、程度不同罢了。

长门赋

孝武皇帝陈皇后①,时得幸②,颇妒③。别在长门宫④,愁闷悲思⑤。闻蜀郡成都司马相如天下工为文⑥,奉黄金百斤⑦,为相如文君取酒⑧,因于解悲愁之辞⑨。而相如为文以悟主上⑩,陈皇后复得亲幸⑪。其辞曰:

夫何一佳人兮⑫,步逍遥以自虞⑬。魂逾佚而不反兮⑭,形枯槁而独居⑮。言我朝往而暮来兮⑯,饮食乐而忘人⑰。心慊移而不省故兮⑱,交得意而相亲⑲。伊予志之慢愚兮⑳,怀贞悫之欢心㉑。愿赐问而自进兮㉒,得尚君之玉音㉓。奉虚言而望诚兮㉔,期城南之离宫㉕。修薄具而自设兮㉖,君曾不肯乎幸临㉗。

廓独潜而专精兮㉘,天漂漂而疾风㉙。登兰台而遥望兮㉚,神恍恍而外淫㉛。浮云郁而四塞兮㉜,天窈窈而昼阴㉝。雷殷殷而响起兮㉞,声象君之车音㉟。飘风回而起闺兮㊱,举帷幄之襜襜㊲。桂树交而相纷兮㊳,芳酷烈之訚訚㊴。孔雀集而相存兮㊵,玄猨啸而长吟㊶。翡翠胁翼而来萃兮㊷,鸾凤翔而北南㊸。

心凭噫而不舒兮㊹,邪气壮而攻中㊺。下兰台而周览兮㊻,步从容于深宫㊼。正殿块以造天兮㊽,郁并起而穹崇㊾。间徙倚于东厢兮㊿,观夫靡靡而无穷[51]。挤玉户以撼金铺兮[52],声噌吰而似钟音[53]。刻木兰以为榱兮[54],饰文杏以为梁[55]。罗丰茸之游树兮[56],离楼梧而相撑[57]。施瑰木之欂栌兮[58],委参差以槺梁[59]。时仿佛以物类兮[60],象积石之将将[61]。五色炫以相曜兮[62],烂耀耀而成光[63]。致错石之瓴甓兮[64],象瑇瑁之文章[65]。张罗绮之幔帷兮[66],垂楚组之连纲[67]。

抚柱楣以从容兮[68],览曲台之央央[69]。白鹤嗷以哀号兮[70],孤雌跱于枯杨[71]。日黄昏而望绝兮[72],怅独托于空堂[73]。悬明月以自照兮[74],徂清夜于洞房[75]。援雅琴以变调兮[76],奏愁思之不可长[77]。案流徵以却转兮[78],声幼眇而复扬[79]。贯历览其中操兮[80],意慷慨而自卬[81]。左右悲而垂泪兮[82],涕流离而从横[83]。舒息悒而增欷兮[84],蹝履起而彷徨[85]。揄长袂以自翳兮[86],数昔日之諐殃[87]。无面目之可显兮,遂颓思而就床[88]。

抟芬若以为枕兮[89],席荃兰而茝香[90]若。忽寝寐而梦想兮[91],魄若君之在旁[92]。惕寤觉而无见兮[93],魂迋迋若有亡[94]。众鸡鸣而愁予兮[95],起视月之精光[96]。观众星之行列兮,毕昴出于东方[97]。望中庭之蔼蔼兮[98],若季秋之降霜[99]。夜曼曼其若岁兮[100],怀郁郁其不可再更[101]。澹偃蹇而待曙兮[102],荒亭亭而复明[103]。妾人窃自悲兮[104],究年岁而不敢忘[105]。

【说明】

此赋见《文选》卷十六、《艺文类聚》卷三十。

汉武帝元光五年(前130)七月,陈皇后被废,幽禁于长门宫。陈皇后闻知司马相如擅写文章,又深得武帝赏识,就派人送去黄金百斤,请他写一篇文章,一则为了解除自己悲愁之苦,二则幻想打动武帝,使他们的感情重归于好。于是司马相如就写下了这篇流传千古的《长门赋》。但因序说陈皇后"复得亲幸",而历史上无此事,因而人们多以为此赋是后人伪托的。但也有人以为序是后人追加的,错在序,与赋无关,赋还是相如创作的。

台湾简宗梧教授则从用韵角度说明这是司马相如的作品。《长门赋》中出现了"侵"部和"冬部"、"谈"部和"真"部同押的现象,这是典型蜀地赋家的用韵特征。因此《长门赋》应为司马相如所作。(见其《〈长门赋〉真伪辨》,载《学术季刊》第6卷2期,1957年12月)

【注释】

①孝武皇帝:即汉武帝刘彻,谥号孝武。陈皇后:武帝姑母长公主刘嫖之女,名阿娇。武帝因姑母的帮助,得立为太子,武帝即位,立阿娇为皇后。

②得幸:得宠。

③颇妒:嫉妒心很强。阿娇立为皇后,擅宠骄贵,但十余年无子。武帝又宠幸妃子卫子夫,陈皇后十分嫉妒,几次寻死,后用楚服等巫女为她祈祷,并用巫术诅咒卫子夫。事发,楚服被斩首示众,废阿娇皇后之位,使谪居长门宫,即下句所说"别在长门宫"。

④别在:另外住在。长门宫:汉代长安别宫之一,在长安城南。

⑤悲思：悲痛而思虑。

⑥工：擅长。为文：写文章。当时相如已作过后来为汉武帝所激赏的《子虚赋》等。

⑦黄金：实际指黄铜。

⑧文君：司马相如之妻卓文君。取酒：买酒的钱。实际上是陈皇后花钱向相如买文章。

⑨因：于是。于：为，写。此句主语是相如，意思是相如就写了一篇给她解除悲愁的文章。

⑩悟主上：使皇上醒悟，回心转意。

⑪复得亲幸：重新得到宠爱。按《史记·外戚世家》司马贞索隐："作颂（指《长门赋》）信有之也，复亲幸之恐非实也。"何焯说："此假托之辞，诸史传无复得亲幸事。"

⑫夫何：发语词，带有嗟叹的意味。佳人：指陈皇后。

⑬步：徐行。逍遥：此有徘徊无定之义。虞：测度，思虑。即测度自己被废而幽居长门宫之事。又，清人胡绍煐《文选笺证》卷十八："按'虞'与'娱'同也，谓聊自娱乐耳。"可备一说。

⑭逾：超越，此指魂离体。佚：散失。"魂逾佚"，形容陈皇后失魂落魄的样子。反：同"返"。

⑮形：形体容貌。枯槁：憔悴。

⑯这句是说，武帝对陈皇后曾有"朝往暮来"的许诺。我：代武帝。

⑰这句说，有了饮食之乐就把人遗忘了。人：指陈皇后。

⑱慊（qiàn 欠）移：指绝情变心。慊，不满，遗憾。《文选》李善注引郑玄《周礼》注曰："慊，绝也。"省：顾念。故：旧有的，原来的，指陈皇后。

⑲得意：指如意之人。这两句是说：武帝已断情绝义不再来看望故旧，而与新结交的心上人相亲相爱。

⑳伊：发语词。予：陈皇后自指。慢愚：迟钝愚笨。

㉑贞：忠贞。悫（què 却）：谨慎。欢心：此指爱情。这两句是说：我性情愚笨，对爱情忠贞不贰，谨慎从事。

㉒愿赐问：希望予以过问。赐，有求于人的敬辞。自进：陈述自己的心情。

㉓尚：敬受。君：指汉武帝。玉音：对别人言辞的敬称，又特指帝王的话。这两句是说：希望君王赐问，得以表达自己的忠心，不过尚需恭候君王的佳音。

㉔虚言：假话。望诚：希望是真诚的。

㉕离宫：指长门宫。这两句是说：我把一句空话奉为真情实意，就期待在城南的长门宫相会。

㉖修：整治，备办。薄具：菲薄的饭食。具，饮食，酒肴。

㉗幸临：特指君王驾临。这两句是说：饭食虽然菲薄，不过是我亲手准备，

君王竟不肯驾临。以上是写佳人失宠后的痛苦,怨恨君王失信于己并结交新欢,而自己却忠贞不贰痴心盼君。

㉘廓:空寂。独潜:孤独地潜居。专精:专一精诚。

㉙漂漂:亦作"飘飘",风迅疾貌。

㉚兰台:台名。

㉛怳怳(huǎng 恍):神思不定貌。外淫:外游。指精神离开肢体。

㉜四塞:四方密布。

㉝窈窈(yǎo 咬):幽暗阴晦貌。阴:阴暗。

㉞殷殷:震动声。此形容雷声。

㉟象:相似,好像。

㊱飘风:旋风。闺:闺房。

㊲举:吹起。帷幄:宫室的帷幕。襜襜(chān 搀):摇动貌。

㊳相纷:互相交错。

㊴訚(yín 银):香气盛貌。

㊵集:群鸟栖止在树上。相存:互相存问,即相互照顾。

㊶玄猨(yuán 猿):黑猿。

㊷胁翼:收拢翅膀。胁,敛。萃(cuì 翠):聚集。

㊸鸾凤:鸾鸟和凤凰。鸾,古代传说凤凰一类的神鸟。这一段写佳人登兰台盼君幸临的急切心情,通过景物描写和比喻表达对君王的思念和失宠的痛苦。

㊹凭噫(yì 意):愤懑抑郁。

㊺邪气:中医名词,引起疾病的外感因素,如风、寒、暑、湿、燥、火六淫及疫疠之气,此泛指忧恨之气。攻中:侵入心中。

㊻周览:四处看,实际是漫不经心地彷徨四顾。

㊼步从容:步履舒缓,此指迈着沉重的步子。

㊽块:特立貌。造天:直至天上,形容宫殿之高。

㊾郁:繁盛貌,指正殿以外的宫殿之多。并起:指多座宫殿耸立。穹、崇:皆高貌。

㊿间:少顷。徙倚:徘徊。

51靡靡:富丽貌。按,此处以无穷无尽的富丽堂皇的建筑反衬佳人凄凉的心境。

52挤:推。玉户:指殿门。撼金铺:指摇动门环打击金属底座。撼,摇动。金铺,铜制的铺首(衔门环的底座),作虎、螭、龟、蛇等形。

53噌吰(chēng hóng 撑洪):钟声。按,这两句以撼金钟声音之洪大反衬环境的寂静。

54木兰:落叶小乔木或灌木,早春落叶开花,花大,微香,果实似玉兰,干燥的花蕾可入药。榱(cuī 崔):屋椽,安在梁上支架屋面和瓦片的木条。

55文杏:即杏树,其木质坚硬细密有纹彩。凡文理致密有纹彩者皆可曰文。

56罗:排列。丰茸:茂密貌。游树:指建筑上的浮柱。

57离楼:众木攒聚貌。梧:斜柱。此指以斜柱交叉支撑。这两句是说:浮柱密密排列,斜柱互相交叉支撑。

58施:设,置。瑰木:奇异珍贵的木料。欂栌(bó lú 薄卢):柱上承托栋梁的短木,即斗拱。

59委:堆积。㝩(kāng 康)梁:屋宇空阔貌。王念孙《读书杂志》:"㝩梁者,中空之貌,言众欂栌罗列参差而中空也。"这两句是说:以珍奇的木料做斗拱,斗拱参差,屋宇空阔。

60时:是。仿佛:好像,见不真切。以物类:以他物相比拟。类,比拟。

61积石:即积石山,亦名阿尼马卿山,在青海省东南部,延伸至甘肃省南部边境,为昆仑山脉中支,黄河绕流东南侧。古人以为是黄河的发源地。将将(qiāng 枪):高大雄壮貌。这两句是说:上述建筑时时觉得似乎可用他物比拟,它们正如积石山那样高大雄壮。

62五色:青、赤、黄、白、黑。此泛指各种颜色。炫:光耀,明亮。曜:通"耀",照耀。

63烂:明,有光彩。耀耀:光明貌。

64致:精密,细密。错石:错杂各种石块。瓴甓(líng pì 灵僻):铺地的砖。

65瑇瑁(dài mào 代冒):即"玳瑁",海中动物,形似龟,长约 0.6 米,大者可达 1.6 米。背面角质板光滑,有褐色和淡黄色相间的花纹,可作装饰品。文章:花纹。这两句是说:精密地拼合各种石块而成文彩,铺成地面,其文彩图案好像瑇瑁背上的美丽花纹。

66张:挂。幔帷:帐幕。

67楚组:楚地出产的丝带,因其闻名,故称。组,用丝织成的有文彩的丝带。连纲:连结幔帷上所有的总带。纲,总的绶带。这一段写佳人下兰台入深宫所见眼前富丽堂皇的建筑、装饰,进一步反衬其孤寂悲伤的心情。

68柱:梁柱。楣:房屋的横梁。柱楣:偏义复词,强调柱。

69曲台:曲台殿,在未央宫东。央央:宽广貌。

70噭(jiào 叫):呼号声,指鸟悲鸣。

71孤雌:失偶的雌鸟,暗喻佳人。跱(zhì 至):通"峙",耸立,这里是停落的意思。

72日:指日日。望绝:望不见。

73怅:怅惘。托:托身。

74明月:珠名,即明月珠。自照:独自照耀。

75徂(cú 殂):消逝。洞房:深邃的内室。这里是说在洞房中度过清夜。

⑯援：拿过来。雅琴：琴。雅是敬辞。变调：即古代音乐中的变调。古以中正和平之音为正调，如过于激烈哀怒或靡靡则为变调。这里指过于哀伤。

⑰不可长（zhǎng 掌）：不能再增加。指陈皇后的愁思已达极点。

⑱案：通“按”，弹奏。流徵（zhǐ 止）：流变的徵音。却转：回转。却，退回。

⑲幼（yào 耀）眇：微妙曲折，悲凉凄婉。《汉书·中山靖王胜传》：“今臣心结日久，每闻幼眇之声，不知涕泣之横集也。”说明幼眇之声悲哀。复扬：又转为高亢。这句意思是：原先弹变调，其音悲哀凄婉。又转弹流徵（徵调式），琴声又变得高亢起来。

⑳贯：贯穿。历览：依曲次第观察、体会。中操：内心的情操。此指通过曲调表现出来的内心感情。

㉑意：指琴曲表现出来的情绪。慷慨：感慨，悲叹。卬：通“昂”，激励。

㉒左右：身边的人。

㉓涕：泪。流离：犹“淋离”，流泪貌。从横：通“纵横”，泪水交流貌。

㉔舒：伸，舒展。此指吁气叹息。息：叹息。悒（yì 邑）：忧郁。欷（xī 希）：抽咽声。

㉕蹝（xǐ 徙）履：拖着鞋。这两句是说：吁气叹息以排解忧郁，反增加了抽咽之声，只好拖着鞋子起而徘徊。

㉖揄（yú 俞）：挥。袂（mèi 妹）：袖。翳（yì 义）：遮蔽。

㉗数（shǔ 暑）：列举罪状。此指自我反省。諐（qiān 千）：“愆”的异体字，过失，罪咎。殃：祸害。此指自己惹下的祸。

㉘颓思：颓唐的思虑。《文选》李善注：“《广雅》曰：‘颓，坏也。’言坏其思虑而就床。”

㉙抟（tuán 团）：结聚。芬若：香草名。

㉚荃、兰、茝（zhǐ 止，又音 chǎi 柴上声）：皆香草名。这两句是说：佳人铺设香草为枕席，希君幸临。

㉛寝寐：入睡。

㉜魄若：精神感觉好像。魄，梦魂。

㉝惕：警。寤觉：醒来。

㉞迋迋（guàng 逛）：惶惧貌。若有亡：若有所失。亡，丢失。

㉟愁予：使我愁。

㊱精光：明净的月光。精，净。

㊲毕、昴（mǎo 卯）：二十八宿（xiù 秀）中的两星宿名。毕宿，叉状，以形似田猎所用毕网而得名。昴宿，肉眼可看到七星或八星聚在一起。昴、毕二宿在阴历五月展出于东方，故这句的意思是天将晓。

㊳中庭：庭中。蔼蔼：暗淡貌。

㊴季秋：指夏历九月，古人把每个季度都分为孟、仲、季三个阶段，一阶段一

个月，如秋季分为孟秋、仲秋、季秋。这句是说：虽时值盛夏，却有如季秋降霜一样阴冷。按上文说“毕昴出于东方”，是在夏历五月，此时正为夏季。

⑩曼曼：同“漫漫”，漫长。若岁：像一年。

⑩郁郁：郁闷。不可再更：不能再忍受。更，经历。

⑩澹（dàn 旦）：摇晃，动摇。指内心不平静。偃蹇（yǎn jiǎn 衍简）：伫立貌。

⑩荒：欲明貌。亭亭：远貌。此指远处东方天空将亮。

⑩妾人：古时妇女自称的谦辞。窃：暗中。

⑩究年岁：指终生。究，穷尽，终极。不敢忘：不敢忘怀君主。这一段写佳人以香草为枕席盼君幸临及梦中思君度夜如年的悲凉心情。

美人赋

司马相如美丽闲都[1]，游于梁王[2]。梁王悦之。邹阳谮之于王曰[3]："相如美则美矣，然服色容冶[4]，妖丽不忠[5]，将欲媚辞取悦[6]，游王后宫，王不察之乎？"王问相如曰："子好色乎？"相如曰："臣不好色也。"王曰："子不好色，何若孔、墨乎[7]？"相如曰："古之避色[8]，孔、墨之徒，闻齐馈女而遐逝[9]，望朝歌而回车[10]。譬于防火水中，避溺山隅[11]。此乃未见其可欲[12]，何以明不好色乎？若臣者，少长西土[13]，鳏处独居[14]，室宇辽廓[15]，莫与为娱[16]。臣之东邻，有一女子，云发丰艳[17]，蛾眉皓齿[18]，颜盛色茂[19]，景曜光起[20]。恒翘翘而西顾[21]，欲留臣而共止[22]。登垣而望臣[23]，三年有兹矣[24]，臣弃而不许[25]。窃慕大王之高义[26]，命驾东来[27]。途出郑、卫[28]，道由桑中[29]。朝发溱、洧[30]，暮宿上宫[31]。上宫闲馆[32]，寂寞云虚[33]。门阁昼掩[34]，暧若神居[35]。臣排其户而造其堂[36]，芳香芬烈[37]，黼帐高张[38]。有女独处，婉然在床[39]，奇葩逸丽[40]，淑质艳光[41]，睹臣迁延[42]，微笑而言曰：'上客何国之公子[43]？所从来无乃远乎[44]？'遂设旨酒[45]，进鸣琴[46]。臣遂抚弦，为《幽兰》、《白雪》之曲[47]。女乃歌曰：'独处室兮廓无依[48]，思佳人兮情伤悲。有美人兮来何迟[49]？日既暮兮华色衰[50]，敢托身兮长自私[51]。'玉钗挂臣冠[52]，罗袖拂臣衣。时日西夕，玄阴晦冥[53]，流风惨冽[54]，素雪飘零[55]。闲房寂谧[56]，不闻人声。于是寝具既设，服玩珍奇[57]，金鉔熏香，黼帐低垂[58]，裀褥重陈[59]，角枕横施[60]。女乃弛其上服[61]，表其亵衣[62]，皓体呈露，弱骨丰肌，时来亲臣[63]，柔滑如脂。臣乃气服于内[64]，心正于怀，信誓旦旦[65]，秉志不回[66]，翻然高举[67]，与彼长辞。"

【说明】

此赋见《古文苑》卷三、《艺文类聚》卷十八、《初学记》卷十九、《北堂书钞》卷一百零六、《太平御览》卷三百八十一。

景帝初年，司马相如为武骑常侍，但他对此职并不感兴趣，景帝又不好辞赋，因而相如的特长难以发挥。恰在这时，梁孝王来长安，并带来了邹阳、枚乘、庄忌等一批文士，司马相如得以跟他们交往，感到十分欣喜，于是辞去了武骑常侍的职务，去做梁孝王的门客。《美人赋》就是以梁为背景写成的。

【注释】

①闲都：文雅美好。闲，又作"娴"，文雅。都，优美，漂亮。

②梁王：即梁孝王刘武，汉文帝第二子，先立为代王，徙淮阳，又徙梁（治所在今河南商丘），善招延四方豪杰文学之士。按，此句"王"为衍文。

③邹阳：西汉文学家，齐人。初从吴王刘濞，有《上吴王书》，劝濞勿起兵叛汉，濞不听。后为梁孝王客，被谗下狱，有《狱中上梁王书》，申诉冤屈。释放后，为梁王上客。谮（zèn 怎去声）：进谗言。

④容冶：容饰妖艳。冶，妖艳。

⑤妖丽：艳丽。

⑥媚辞：谄媚的言辞。取悦：讨好。

⑦何若：何如，比……怎么样。这句是说：跟孔子、墨子相比怎么样？

⑧避色：避开美色。

⑨馈女：赠送女子。遐逝：远走。据《史记·孔子世家》，孔子任大司寇，诛少正卯，为政三月，路不拾遗。齐人担心鲁国吞并齐国，黎钼献计，选齐国美女八十赠鲁君。鲁君因此怠于政事，孔子于是离开鲁国。事又见《韩非子·内储说下》、《论语·微子》。按，本赋此处用典与《史记》等的含义不尽相符，基本属于文学作品的虚构。

⑩朝歌：殷之故都，在今河南省淇县东北。此句用典见《淮南子·说山训》："墨子非乐，不入朝歌之邑……所以养志者也。"《史记·邹阳列传》："故县名胜母，而曾子不入，邑号朝歌而墨子回车。"《汉书·邹阳传》同。又孙诒让《墨子传略》："（墨子）作为《非乐》，命之曰《节用》，生不歌，死无服。"墨子以为朝歌就是早晨唱歌，所以望朝歌而回车。按，此处用典可理解为：唱歌则有歌女，为了"避色"，故"望朝歌而回车"。

⑪隅：角落。

⑫可欲：可以引起欲望的事物。《老子》第三章："不见可欲，使心不乱。"

⑬西土：指司马相如的故乡蜀郡成都。因在长安之西，故称。

⑭鳏（guān 官）处：无妻室。鳏，本指老而无妻，此指无妻。

⑮辽廓：广阔，此指空虚。

⑯莫:无。这句是说:没有人跟我娱乐。

⑰云发:形容头发浓密如云。丰艳:指头发丰茂艳丽。

⑱蛾眉:指眉如蚕蛾的触须,长而且曲。皓齿:指洁白整齐精细的牙齿。这些都是美女的标志。

⑲颜:脸色。这句是说:东邻之女正值青春年华。

⑳景曜:光彩貌。这句是说:女子光彩照人。

㉑恒:常常。翘翘:高貌,此指登高。顾:看,望。这句是说:老是站得高高地向西张望。

㉒止:居住。

㉓垣:墙。

㉔兹:现在。这句是说:到现在有三年了。

㉕弃:放弃这个机会。不许:不答应。以上先写司马相如辩解不好色的缘起,接着通过对梁王的回答,说明自己胜过孔墨,并用东邻之女"望臣三年","臣弃而不许"为例,说明自己不好色。

㉖窃:私下,表示个人意见的谦辞。高义:人品崇高,行为合乎道德仁义。

㉗东来:指离开长安到梁。因梁国在长安之东,故云。

㉘郑:古国名,都新郑,属今河南省。卫:古国名,先后建都于今河南省淇县等地。郑、卫是由长安到梁国必经之地。古以为郑、卫多美女,民风淫放,而相如不为所动。

㉙由:经过。桑中:桑林之中。一说卫国地名,在今河南省淇县。《诗·鄘风》有篇名《桑中》,描写一美女在桑林中等候情人,"期我乎桑中,要我乎上宫,送我乎淇之上矣"。旧时因指男女幽期为"桑中之约"。故《毛诗序》曰:"桑中,刺奔也。"

㉚溱、洧(zhēn wěi 真伪):二水名。洧水源出河南省登封县乐阳城山,东流经密县会溱水,东流为双洎河。溱水发源于河南密县圣水峪,东南会洧水为双洎河,东流入贾鲁河,一名潧水。溱洧又为《诗·郑风》篇名,描写"士与女"在溱洧河岸聚会,选择情侣,互赠香草的情况。《毛诗序》:"溱洧,刺乱也。"这是西汉毛亨、毛苌的看法。

㉛上宫:城角楼,一说河南地名。《诗·鄘风·桑中》:"期我乎桑中,要我乎上宫。"因上宫幽静,所以便成了男女幽会之处。按,以上"郑卫"、"桑中"、"溱洧"、"上宫",语义双关,一方面是作者赴梁必经之地,另一方面这几处都与女子有关,暗含虽经美女出入之处,而不为所动,以明不好色。

㉜闲馆:幽静的馆舍。

㉝云虚:高大空虚。云,比喻高。此句《文选·陆倕〈石阙铭〉》李善注引作"寂寥至虚"。

㉞阁(gé 阁):闺中小门,侧门。此泛指门。

㉟暧：隐约不明。神居：神仙所居。

㊱排：推。造：到。这句是说：推开门进入正堂。

㊲芳香芬烈：香气浓郁。

㊳黼(fǔ 甫)帐：绣有斧形花纹的帷帐。黼，古代礼服上绣有白与黑相间的斧形花纹。高张：高高挂起。张，开。

㊴婉然：姣好貌。

㊵葩(pā 啪)：华美。此比喻女子貌美。逸丽：非常美丽。逸，通"轶"，超越。

㊶淑质：美善的资质。艳光：艳丽的光彩。

㊷迁延：犹言徜徉。此有迟疑之义，欲进又止，望而却步。

㊸上客：贵客。

㊹所从：由来之所。无乃：恐怕。这句是说：所来之地到这里很远吧？

㊺旨酒：美酒。旨，味美。

㊻进：送上。鸣琴：即琴。

㊼《幽兰》、《白雪》：皆古琴曲名。《乐府诗集》卷五十七齐徐孝嗣《白雪歌》题解："《琴集》曰：'《白雪》，师旷所作，商调曲也。'"取凛然清洁、雪竹琳琅之音。一说，《白雪》为齐国刘谓子所作。

㊽廓无依：孤独而无所倚托。廓，空寂，孤独。

㊾美人：指司马相加。来何迟：为什么来得这样迟。

㊿华色：比喻女子青春时的容貌颜色。

51敢：自言冒昧之词。托：托身，寄身。自私：自己一人占有。这句是说：冒昧地请求托身于您，长久地同您在一起。

52玉钗：玉制的首饰。

53玄、阴、晦、冥：这里都有夜幕降临，天色昏暗的意思。

54流风：疾风，长风。惨冽：极言寒冷。

55零：落。

56闲房：幽静的房间。谧(mì 密)：安静。

57服玩：服用玩赏的物品。

58金鉔(zā 匝)：熏香之器，用金属制成的球形香炉，能四面旋转。按，此二句《文选·江淹〈别赋〉》"共金炉之夕香"李善注引作"金炉熏香，黼帐周垂"。低垂：《文选·傅毅〈舞赋〉》"黼帐祛而结组"李善注亦作"周垂"。

59裀(yīn 因)：垫子、褥子之类。重陈：重叠铺设。

60角枕：用兽角装饰的枕头。施：放。

61弛：松开，此指脱下。上服：指外衣，与下句"亵衣"相对。

62表：呈露，显露。亵(xiè 泄)衣：贴身内衣。这句是说：贴身内衣显露在外面。

63时：时时，多次。

⑭这句是说：保持冷静，决不心血来潮。气服，或作“脉定”。

⑮信誓：真诚的誓言，此指发誓不为美色所诱惑。旦旦：诚实的样子。

⑯秉志：坚持某方面的志向。此指下定决心。不回：不邪曲。

⑰翻然：回飞貌，形容转复明快。此有果断的意思。高举：远走高飞。以上部分写赴梁途中经过上宫闲馆的情景，先写美女的卧室环境，然后详写美女态度之殷勤，容貌之美丽，动作之亲近，最后用“翻然高举，与彼长辞”，表示自己不好色。

棃赋

喇嗽其浆[①]。

【说明】

此赋仅存残句，录自《文选·左思〈魏都赋〉》刘逵注。棃："梨"的异体字。

【注释】

①喇(shuā 刷)：吃东西时发出的小声。嗽(sòu 擞)：吮吸。浆：汁液。

鱼葅赋

【说明】

此赋仅存篇目，见《北堂书钞》卷一百四十六“葅”条注曰：“司马相如有《鱼葅赋》。”鱼葅，似指用腌菜来烹调鱼的方法。《汉语大词典》认为这是“鱼醢（hǎi海）”，即将鱼剁成肉酱的一种做法。唐代段成式《酉阳杂俎·酒食》：“木耳鲙、汉瓜菹切用骨刀，豆牙菹、肺饼法、覆肝法、起起肝如起鱼菹。”葅（zū租），同“菹”，腌菜或肉酱。

梓桐山赋

【说明】

此赋仅存篇目。《玉篇·石部》"硝"字条注:"司马相如《梓桐山赋》云:'礲硝。'"梓桐山,又名"梓橦山",距般阳古城淄川十余华里,是鲁中名山。明嘉靖二十五年《淄川县志》载:"鬼谷子于梓橦山授业于苏秦。"

此说恐非是,因为司马相如是蜀郡成都人。他曾投靠梁孝王门下,梁孝王封地在今河南商丘一带,他未必东游至鲁中淄川。此"梓桐"恐为"梓潼"之误。蜀有梓桐县、梓桐郡,都是司马相如自蜀入关中帝都长安的必经之地。

盛览

盛览，生平事迹不详。牂牁（郡名，西汉治所在且兰，即今贵州贵阳附近）人。字长通。其名不见正史，若有其人，当与司马相如同时。清代赵翼《陔馀丛考》卷四十一载："又《汉书》，司马相如入蜀，西南士人盛览从学，归以授乡人，滇之文教始开。"此说与相传蜀郡守文翁派相如入中原学"五经"，学成归蜀后传授经学，从而提高蜀郡经学水平一样，不可信。因为以相如的经历，不可能空出较长时间进行此项活动。

列锦赋

【说明】

此赋仅存篇目，见《西京杂记》卷二。《西京杂记》卷二载："司马相如为《上林》、《子虚》赋，意思萧散，不复与外事相关，控引天地，错综古今，忽然如睡，焕然而兴，几百日而后成。其友人盛览，字长通，牂牁名士，尝问以作赋。相如曰：'合綦组以成文，列锦绣而为质，一经一纬，一宫一商，此赋之迹也。赋家之心，苞括宇宙，总览人物，斯乃得之于内，不可得而传。'览乃作《合组歌》、《列锦赋》而退，终身不复敢言作赋之心矣。"

庆虬之

庆虬之，长安（今陕西西安）人。生平不详，不见于任何正史记载。若有其人，则与司马相如同时。

清思赋

【说明】

此赋仅存篇目。《西京杂记》卷三载："长安有庆虬之，亦善为赋。尝为《清思赋》，时人不之贵也，乃托以相如所作，遂大见重于世。"三国魏阮籍（210～263）亦尝作《清思赋》。

董仲舒

董仲舒(前 179～前 104),西汉哲学家、今文经学大师,广川(今河北枣强,一说景县)人。少时发愤攻读,三年不窥园。专治《春秋》。为人廉直,主张“正其谊不谋其利,明其道不计其功”。“进退容止,非礼不行,学士皆师尊之”。景帝时,曾任博士,武帝时任江都王相和胶西王相。晚年“去位归居,终不问家产业,以修学著书为事”。武帝即位后,举贤良文学之士,他对策建议“罢黜百家,独尊儒术”,主张“诸不在六艺之科、孔子之术者,皆绝其道,勿使并进”。他的对策为武帝所采纳,为此后两千余年间儒学取得封建社会的正统地位。他以儒家学说为主,又吸收了法家和其他各家思想,建立了以“天人感应”为中心的神学唯心主义体系。政治上主张大一统,以“德化为本”;反对“富者田连阡陌,贫者亡(无)立锥之地”;主张“限民名(占)田”,反对兼并;主张轻徭薄赋,以宽民力。(以上引文见《汉书·董仲舒传》)

《汉书·艺文志》说他有儒家著作一百二十三篇,《公羊董仲舒治狱》十六篇。今存有《春秋繁露》、《董胶西集》。传在《史记》卷一百二十一、《汉书》卷五十六。

士不遇赋

嗟乎嗟乎！遐哉邈矣[1]。时来曷迟[2]？去之速矣。屈意从人[3]，非吾徒矣[4]。正身俟时[5]，将就木矣[6]。悠悠偕时[7]，岂能觉矣[8]？心之忧欤，不期禄矣[9]。皇皇匪宁[10]，秖增辱矣[11]。努力触藩，徒摧角矣[12]。不出户庭，庶无过矣[13]。

重曰：生不丁三代之盛隆兮[14]，而丁三季之末俗[15]。以辨诈而期通兮[16]，贞士耿介而自束[17]。虽日三省于吾身兮[18]，繇怀进退之惟谷[19]。彼寔繁之有徒兮[20]，指其白而为黑[21]。目信嫮而言眇兮[22]，口信辨而言讷[23]。鬼神不能正人事之变戾兮[24]，圣贤亦不能开愚夫之违惑[25]。出门则不可以偕往兮[26]，藏器又蚩其不容[27]。退洗心而内讼兮[28]，亦未知其所从也[29]。观上古之清浊兮[30]，廉士亦茕茕而靡归[31]。殷汤有卞随与务光兮[32]，周武有伯夷与叔齐[33]。卞随、务光遁迹于深渊兮，伯夷、叔齐登山而采薇[34]。使彼圣人其繇周遑兮[35]，矧举世而同迷[36]。若伍员与屈原兮[37]，固亦无所复顾[38]。亦不能同彼数子兮[39]，将远游而终慕[40]。于吾侪之云远兮[41]，疑荒涂而难践[42]。惮君子之于行兮，诚三日而不饭[43]。

嗟天下之偕违兮[44]，怅无与之偕返[45]。孰若返身于素业兮[46]，莫随世而轮转[47]。虽矫情而获百利兮[48]，复不如正心而归一善[49]。纷既迫而后动兮[50]，岂云禀性之惟褊[51]？昭同人而大有兮[52]，明谦光而务展[53]。遵幽昧于默足兮[54]，岂舒采而蕲显[55]？苟肝胆之可同兮[56]，奚须发之足辨也[57]？

【说明】

此赋见《古文苑》卷三、《艺文类聚》卷三十。

董仲舒有治国平天下的志向。《汉书》本传说："推明孔氏，抑黜百家，立学校之官，州郡举茂才孝廉，皆自仲舒发之。"刘向称他有"王佐之材，虽伊、吕亡以加，管、晏之属，伯者之佐，殆不及也"（《汉书·董仲舒传》）。但汉武帝只用其谋而不让他临政。这就是董仲舒写作此赋的背景。

【注释】

①遐、邈：都是久远之意。

②时：此指时机。曷：同"何"，多么。开头四句是说：时间茫远漫长，时机为何来得迟迟，而离去又那么匆匆！

③屈意：委曲意志。

④吾徒：我这一类的人。徒，同类的人。《艺文类聚》卷三作"族"。

⑤正身：修身。俟时：等待时机。《荀子·法行》："君子正身以俟，欲来者不拒，欲去者不止。"

⑥就木：入棺，此指老死。以上两句是说：修身等待时机，但年已老矣，时不我与。

⑦悠悠：忧思貌。偕时：与时俱去，此指虚度光阴。偕，俱，向。

⑧觉：醒悟，觉悟。或以为作先知者讲。

⑨期：期待，希望。禄：俸禄。

⑩皇皇：同"惶惶"，心不安貌。《艺文类聚》作"遑遑"。匪：通"非"。宁：安静。

⑪秖（zhī 支）：同"秪"。用作助词，只，但。《艺文类聚》作"祗（zhī 支）"，义同。以上两句是说：心里惶惶不安，只能增加耻辱。

⑫努：出力，用力。触藩：以角触撞藩篱。《周易·大壮》九三爻辞："羝羊触藩，羸其角。"羸（léi 雷），通"累"，束缚缠绕。意思是，公羊用角触篱笆，被绳索缠住了角。藩，篱笆。徒：白白。摧：摧折，毁坏。这两句是说：用尽力量冲撞藩篱，只能白白毁掉两角。

⑬户庭：内院。庶：大概，或许。《易·节》初九爻辞："不出户庭，无咎。"咎：灾祸。这两句是说：不出庭院，大概不会有什么过失吧。联系上文，意思是，既然冲不破藩篱的束缚，只好老老实实待在院内。实际上是愤激的话。以上一段感叹士人生不逢时，表达了等待将老死家中，冲击将自讨苦吃的矛盾心情。

⑭重曰：指再进一步说。吴景旭《历代诗话·三百篇·乱曰》："洪兴祖云：'《离骚》有乱有重。乱者总理一赋之终；重者情志未申，更作赋也。'"《古文苑》章樵注："前意未畅，重述而铺衍之，故曰重。"丁：当，逢。三代：指夏、商、周三个朝代。

⑮三季：指夏、商、周三个朝代的末期。末俗：乱世败坏的习俗。

⑯辨诈：巧言欺诈。辨，通"辩"。《艺文类聚》作"辩"。期通：期望通达。通，处境顺利，做官显达。此几句或断为："……而丁三季之末，俗以辨诈而期

通兮。”

⑰贞士：坚贞之士。贞，坚定，有操守。耿介：正直。自束：自己约束自己。

⑱日：每天。省：自我校查，反省。三：多次，或解为三次。《论语·学而》：“曾子曰：‘吾日三省吾身。’”

⑲繇：通“犹”，还。进退之惟谷：进退两难。《诗·大雅·桑柔》：“人亦有言，进退维谷。”惟，犹“是”。谷：毛传：“谷，穷也。”指困境。以上两句是说：尽管做到每天多次反省自己，心里还是感到进退两难。

⑳寔繁之有徒：实在有不少这样的人。出自《尚书·仲虺之诰》：“简贤附势，寔繁有徒。”寔，“实”的异体字。繁，多。徒，徒党，同一类的人。

㉑此句《艺文类聚》“其”作“贞”，“而”作“以”，“黑”作“墨”。以上两句是说：实在有这么一伙人，他们往往要颠倒黑白，混淆是非。

㉒信：确实。嫮（hù户）：同“嫭”，美好。眇：瞎。

㉓辨：通“辩”，有口才。讷（nè呐）：出言迟钝。以上两句是说：明明人家眼睛健全美好，那些人却说人家眼瞎；明明人家有口才，却说人家口拙。

㉔人事：人为之事。变：改变。戾：违反。

㉕愚夫：指那些思想糊涂、不辨是非的人。违：邪恶，错失。惑：困惑，迷乱。以上两句是说：人为地颠倒是非曲直，违反情理，鬼神也无法改正过来；愚夫陷于错失困惑之中，圣贤也不能使他们大彻大悟。

㉖以：《艺文类聚》作“与”。偕：共同。这句是说：出门与人同行，本是正常的事，但也要遭到那帮人的责难。《易传·同人》象辞曰：“出门同人，又谁咎也。”

㉗藏器：比喻怀藏才学。器，用具，引申为才能。《易传·系辞下》：“君子藏器于身，待时而动。”蚩：与“嗤”同。

㉘洗心：悔过自新。《易传·系辞上》：“圣人以此洗心，退藏于密，吉凶与民同患。”内讼：内心自责。讼，责备。《论语·公冶长》：“吾未见能见其过而内自讼者也。”

㉙以上两句是说：尽管事后反省责备自己，也还是不知道该何去何从。重申前意，进退维谷。

㉚上古：泛指古代。清浊：犹言治乱。

㉛廉士：有操守、不苟取的人。茕茕（qióng穷）：孤独无依貌。靡归：无处归宿，指怀才不遇。以上两句是说：纵观上古之世，不管政治清明或是黑暗，廉士仍旧孤独无依，怀才不遇。

㉜殷汤：即商汤，商朝的建立者，原为商族领袖，任用伊尹执政，积聚力量，经十一次出征，成为当时的强国。后一举灭夏，建立商朝。卞随：夏时高士。相传汤将伐梁，与卞商量，卞拒不答，后欲让天下给卞，卞辞而不就，投稠水而死（见《庄子·让王》、《吕氏春秋·离俗》、《荀子·成相》）。稠水，《吕氏春秋》作“颍

水”。务光：古代隐士，好琴。相传汤放桀后，要把天下让给他，他不接受，负石投泸水而死（见《庄子·让王》）。按，“务光”，《庄子》古本多作“瞀光”。

㉝周武：周武王，西周王朝的建立者。姬姓，名发，继承其父文王遗志，联合庸、蜀、羌、微、卢、彭、濮等族率军东进，攻入朝歌（今河南淇县），遂灭商，建立西周王朝，建都于镐（今陕西西安沣河以东）。伯夷、叔齐：殷时孤竹国君的两个儿子，相传其父遗命立次子叔齐为继承人。孤竹死后，叔齐不愿登位，伯夷也不接受，先后逃到周国。周武王伐纣时，伯夷、叔齐叩马而谏。殷亡，两人耻食周粟，隐居首阳山，采薇而食，后饿死于首阳山。事见《吕氏春秋·季冬纪·诚廉》、《史记·伯夷列传》。

㉞遁迹：潜踪隐迹，指投水而死。遁，逃。薇：《史记·伯夷列传》张守节《正义》：“薇，山菜，茎叶皆似小豆，蔓生。其味亦如小豆藿，可作羹，亦可生食也。”以上四句是说：商汤、周武王时期都是大治之世，而卞随、务光、伯夷、叔齐这些廉士犹有不遇之恨。

㉟繇：通“犹”，尚。周違：彷徨，犹疑不定。

㊱矧（shěn 审）：况且，何况。迷：迷惑。以上两句是说：上古政治清明，尚使圣贤感到疑惧惶惑，何况举世同迷的时代，士人的处境更是可想而知了。

㊲伍员（？～前 484）：春秋时吴国大夫，名员，字子胥。楚大夫伍奢次子。伍奢被杀，他经历宋、郑等国入吴。后帮助阖闾刺杀吴王僚，夺取王位，整军经武，国势日盛。不久攻破楚国，以功封于申。吴王夫差时，劝拒越国求和而被疏。后被赐死。伍员临死时要舍人悬其头于吴东门，“以观越寇之人灭吴”。后越果灭吴。（见《史记·伍子胥列传》）屈原（约前 340～约前 278）：战国时楚国政治家、诗人。出身楚国贵族。初辅佐怀王，做过左徒、三闾大夫。主张彰明法度，举贤授能，东联齐国，西抗强秦。因遭贵族子兰（楚怀王幼弟）、郑袖（楚怀王宠姬）谗害去职。顷襄王时被放逐。后因楚国政治腐败，国都郢为秦兵攻破，遂投汨罗江而死。

㊳固：本来。无所复顾：没有什么好再顾念的。因为国君昏庸，致使国家无可救药，伍员、屈原感到绝望，也就无所顾念而死。

㊴数子：指以上廉士。子，古代男子的美称。

㊵终慕：内心总是羡慕。以上两句是说：今不能同以上廉士一样杀身，或将去国远游，内心总是羡慕他们。

㊶侪（chái 柴）：辈，类。云远：遥远。

㊷疑：怀疑，担心。荒涂：荒僻的道路。涂，通“途”。以上两句是说：对我辈来说，古人已离我们很遥远了，古人之路已变得荒芜，因而担心此路难再通行。意思是说：因时代不同，不能再走古人之路。

㊸惮：怕。诫：慎，小心。《易·明夷》初九爻辞：“君子于行，三日不食。”这两句说，又害怕君子远行，一连几天吃不上饭。按，联系上文，意思是：古人远游

之路难通；即使可行，又担心远游途中几天吃不上饭。

㊹偕违：共同陷于邪恶之中。

㊺怅：怅惘，失意。偕返：一起返回正道。以上两句是说：天下人都陷于邪恶之中，竟无人同我一起返回正道，实在令人怅惘。

㊻孰若：何如，哪里比得上。素业：本业。

㊼轮转：旋转。

㊽矫情：掩饰真情。

㊾复：还。正心：使心归向正道。《礼记·大学》："欲修其身者，先正其心。"一善：一种善行，一种美德。《礼记·中庸》："子曰：'回之为人，择乎中庸，得一善，则拳拳服膺而弗失之矣。'"《古文苑》章樵注："仲舒有言，仁人者，正其谊不谋其利，明其道不计其功，盖平日持论坚实若此。"

㊿纷：众多貌。迫而后动：有所逼而后有所行动。《庄子·刻意》："感而后应，迫而后动，不得已而后起。"

51禀性：天赋的资质。褊（biǎn 匾）：狭隘，此指心地狭窄。以上两句是说：那众多的耿介之士都是迫不得已才采取那样的远游、杀身的行为，怎能说是天生的心地狭窄？

52昭：显著，此为使动用法，使……显扬。同人、大有：皆为六十四卦之一。《易传·序卦》："物不可以终否，故受之以《同人》。与人同者，物必归焉，故受之以《大有》。"意即事物不可能永远不顺利，所以接着是象征与人和谐的《同人》卦。能够与人和谐，就会有收获，所以接着是象征大获所有的《大有》卦。同人：与人和谐，和同于人。大有：所有者大，所有者多。

53明：与上句"昭"同义。谦光：即谦尊而光。《易传·谦》彖辞曰："谦，尊而光。"孔颖达疏："尊者有谦而光明盛大。"一说"尊"通"撙"，退让。意即谦让而显示其光明美德。务：致力，求。展：伸张。以上两句是说：要使与人和谐之风显著并兴盛起来，使谦退之风显著并发扬光大。

54遵：遵照。幽昧：昏暗。默：沉默，不说话。《礼记·中庸》："国有道其言足以兴，国无道其默足以容。"按"容"，容身。

55舒采：展现文采。此处喻表现才华。蕲（qí 齐）显：求得显现。此喻求得通达。以上两句是说：遵照在昏暗中沉默的原则就已足够，哪里想施展才华以求得显达？

56苟：假如。可同：可视为同物。

57奚：何，哪里。足辨：值得辨别。足，值得。以上两句是说：假如肝胆可视为一体，那么胡须、头发哪里还值得辨别呢？意思是：肝胆是人体重要器官，须发则为身上外在附加物，不重要。意即上古廉士表现不一，但内里是相同的。所以《古文苑》章樵说："索于形骸之内，不求于形骸之外。"以上一段，感叹天下邪恶，提出返身素业、正心归善、谦退沉默的原则，表示了绝不随世轮转是、是非不分的决心。

刘 胜

刘胜(? ～前 113),汉景帝之子,武帝异母兄。景帝前元三年(前 154)立为中山王。武帝即位之初,朝臣欲削弱诸侯,屡言诸侯之恶。建元三年(前 138),刘胜等朝见武帝,备言骨肉亲情及诸侯蒙受恶名之冤。武帝因此"厚诸侯之礼,省有司所奏诸侯事,加亲亲之恩焉"。但后来还是用主父偃谋,实行"推恩法","令诸侯以私恩自裂地分其子弟",诸侯之势日见削弱。

刘胜为人"乐酒好内,有子百二十余人",是个耽于酒色,奢淫无度,不问政事,只图眼前享乐的诸侯王。

刘胜存文一篇曰《闻乐对》(载《汉书》卷五十三),存赋一篇曰《文木赋》。传在《汉书》卷五十三,《史记》卷五十九。

文木赋

鲁恭王得文木一枚[①],伐以为器,意甚玩之[②]。中山王为赋曰:

“丽木离披[③],生彼高崖。拂天河而布叶[④],横日路而擢枝[⑤]。幼雏羸鷇[⑥],单雄寡雌[⑦],纷纭翔集,嘈嗷鸣啼[⑧]。载重雪而梢劲风[⑨],将等岁于二仪[⑩]。巧匠不识,王子见知[⑪]。乃命班尔[⑫],载斧伐斯[⑬]。隐若天崩,豁如地裂[⑭]。华叶分披[⑮],条枝摧折。既剥既刊[⑯],见其文章[⑰]。或如龙盘虎踞[⑱],复以鸾集凤翔[⑲]。青纲紫绶[⑳],环璧珪璋[㉑]。重山累嶂[㉒],连波叠浪。奔电屯云,薄雾浓雰[㉓]。麚宗骥旅[㉔],鸡族雉群[㉕]。蠋绣鸯锦[㉖],莲薄芰文[㉗]。色比金而有裕,质参玉而无分[㉘]。裁为用器[㉙],曲直舒卷[㉚],修竹映池[㉛],高松植巘[㉜]。制为乐器,婉转蟠纡[㉝]。凤将九子[㉞],龙导五驹[㉟]。制为屏风,郁岪穹隆[㊱]。制为杖几,极丽穷美[㊲]。制为枕案,文章璀璨[㊳],彪炳涣汗[㊴]。制为盘盂[㊵],采玩踟蹰[㊶]。猗欤君子[㊷],其乐只且[㊸]。”

恭王大悦,顾盼而笑,赐骏马二匹。

【说明】

此赋见《西京杂记》卷六、《古文苑》卷三。

本篇录自晋葛洪《西京杂记》。赋前有序云:“鲁恭王得文木一枚,伐以为器,意甚玩之。中山王为赋曰。”赋后又云:“恭王大悦,顾盼而笑,赐骏马二匹。”《古文苑》将两段合并置于赋前。鲁恭王刘馀与中山靖王刘胜是异母兄弟。史载鲁恭王“好治宫室苑囿狗马,季年好音,不喜辞辩。为人吃”(《史记·五宗世家》),与中山王同为声色犬马、骄奢淫逸之辈。《西京杂记》所载伐木为器、作赋赐马之事,符合二人的性格及趣味。从这个角度来看,《文木赋》似非伪托。但是《西京杂记》本身有许多伪造的赋,如本书前列的梁孝王诸文士在忘忧之馆所作的赋篇，因此本篇仍有可疑。

文木，木名。木质细密，有纹理，色黑如水牛角，产于越南。晋代崔豹《古今注》："木出交州林邑，色黑而有文，亦谓之文木。"西晋嵇含《南方草木状》："文木树高七八尺，其色正黑，如水牛角，作马鞭，日南有之。"该赋先以夸张的笔墨摹状文木挺立时的伟岸雄姿，又以细腻的笔触刻画文木"既剥既刊"后所呈现的烂漫"文章"，再以排比的手法罗列所制器具的精致可人，字里行间充溢着对文木的喜爱和赞美。尤其是对"文章"的描绘，驱遣龙虎鸾凤，绱绥珪璋，山嶂水波，风云雾电，鹿蹼鸡雉，乃至鸳鸯莲藻，真是精雕细刻，惟妙惟肖，比喻恰切，启人遐思。该赋篇幅短小，精致可喜，但见不到任何或儒或道的思想印痕，也很像是胸无大志、逍遥玩物者之所为。

【注释】

①鲁恭王：汉景帝刘启第五子刘馀(卒于前127年)，封于鲁(今山东曲阜)，谥号恭。为人口吃难言，不喜辞辩，好治宫室苑囿狗马。

②玩：赏玩。

③丽木：华美的树木。离披：散乱的样子。

④天河：银河。

⑤日路：太阳经过的道路。擢(zhuó 浊)：拔，植物滋长。

⑥雏：指幼鸟。羸(léi 雷)：瘦弱。㲉(kòu 叩)：待母哺食的幼鸟。

⑦单雄寡雌：孤单的雄鸟或雌鸟。

⑧嘈嗷(áo 熬)：鸟鸣声。

⑨梢：用作动词，以树梢抵挡。

⑩二仪：即两仪，也即天与地。《易传·系辞上》："易有太极，是生两仪。"这句是形容文本树龄与天地同寿。

⑪王子：这里指鲁恭王刘馀。

⑫班尔：鲁班与王尔，都是古代巧匠。鲁班是春秋时鲁国的巧匠，又名鲁般，公输班。《淮南子·本经训》："公输王尔，无所错其剞劂削锯，然犹未能澹人主之欲也。"

⑬载斧伐斯：用斧头来砍伐。斯，劈，削。《诗·陈风·墓门》："墓门有棘，斧以斯之。"

⑭隐、豁：都是砍倒文木的声音。

⑮华叶：花叶。分披：分离。

⑯既：语辞，犹"乃"。剥：去皮。刊：砍削。

⑰见：同"现"，呈现。文章：错杂的色彩或花纹。

⑱龙盘虎踞：形容文木的纹路曲曲折折，很像是龙虎盘踞的样子。

⑲鸾(luán 栾)、凤:都是古代传说中的神鸟。

⑳緺(guā 瓜):紫青色的绶。绶(shòu 受):用以拴系玉饰和印章的丝质带子。

㉑环璧珪璋:四种玉器。环为圆圈形;璧为平圆形,内有孔,边宽为内孔直径的两倍;珪上尖下方;璋为半珪之形。珪,同"圭"。

㉒重山累嶂(zhàng 帐):重重叠叠的山峰。嶂,险峻高耸如屏障的山峰。

㉓雰(fēn 分):"氛"的异体字,雾气。

㉔麚(jiā 加)宗骥旅:成群的鹿和马。麚,同"豭",牡鹿。骥,骏马。

㉕雉(zhì 至):野鸡。

㉖蠋(zhú 竹)绣鸯锦:绣有蛾蝶鸳鸯的锦缎。蠋,蛾蝶类的幼虫。

㉗芰(jì 季):菱角。自"龙盘虎踞"至此都是形容文木奇异的纹理。

㉘参:错杂。

㉙裁:剪裁。指加工制造。

㉚舒卷:舒展,卷曲。

㉛修竹映池:修长的竹子倒映在池中。

㉜巘(yǎn 演):高峰。

㉝婉转:委婉曲折。蟠纡(pán yū 盘淤):曲折缠绕的样子。

㉞将:带领。

㉟驹:马驹。

㊱郁茀(fú 弗):山势高峻的样子。穹隆:屈曲的样子。

㊲极丽穷美:美丽到了极点。

㊳璀璨:(玉、石等)色彩鲜明的样子。

㊴彪炳:文彩焕发的样子。涣汗:光彩四射的样子。

㊵盂(yú 于):盛液体的器皿。

㊶采玩:光彩夺目的样子。踟蹰:自得的样子。《诗·邶风·静女》:"搔首踟蹰。"《文选·张衡〈思玄赋〉》李善注引《韩诗》作"踌躇"。

㊷猗欤(yī yú 衣余):同"猗与",赞叹词。《诗·周颂·潜》:"猗与漆沮,潜有多鱼。"

㊸只且(jū 居):赞叹词。

【辨析】

用一篇文字来描写一草一木,并非自刘胜始,屈原有《橘颂》,枚乘有《柳赋》,《七发》中还写过梧桐,等等。但屈、枚的辞赋主要表现描写对象的精神面貌和外部环境,像刘胜这样对文木的纹理作如此生动、细致、形象的刻画,在此前的文学中是难得一见的。出现在《文木赋》中的这种笔墨,与刘胜的生活环境有关,与赋体文学的特征有关,与文学发展的进程也不无关系。其后,文学中精描细刻的笔墨渐多,花草树木也渐渐成为辞赋的描写对象。

刘　彻

刘彻(前156～前87),即我国历史上著名的帝王汉武帝(前141～前87年在位)。十六岁即位,在位五十四年。在位期间,采取了一系列政治、经济措施,加强中央集权,发展生产,繁荣经济,国力大盛。他开发西南夷,击败匈奴,通西域诸国,扩展了疆域,促进了国内各民族间及中外经济文化的交流和发展。他接受董仲舒的建议,“罢黜百家,独尊儒术”。他还是我国历史上第一个重视文学艺术,也懂得文学艺术的皇帝。他建立国家国书馆,收集整理图书;建立学校,重视文士;大力地扩充乐府机构,采集民歌,鼓励文人创作;招揽文士,鼓励写赋。不仅如此,他自己也是一个杰出的辞赋家。现存辞赋作品有《李夫人赋》、《秋风辞》、《瓠子歌》、《白麟歌》、《天马歌》、《宝鼎歌》、《恩奉东子侯歌》、《芝房歌》、《西极天马歌》、《朱雁歌》。传在《史记》卷十二、《汉书》卷六。

李夫人歌

美连娟以修嫮兮[1]，命樔绝而不长[2]。饰新宫以延贮兮[3]，泯不归乎故乡[4]。惨郁郁其芜秽兮[5]，隐处幽而怀伤[6]。释舆马于山椒兮[7]，奄修夜之不阳[8]。秋气憯以凄泪兮[9]，桂枝落而销亡[10]。神茕茕以遥思兮[11]，精浮游而出畺[12]。托沉阴以圹久兮[13]，惜蕃华之未央[14]。念穷极之不还兮[15]，惟幼眇之相羊[16]。函菱荴以俟风兮[17]，芳杂袭以弥章[18]。的容与以猗靡兮[19]，缥飘姚虖愈庄[20]。燕淫衍而抚楹兮[21]，连流视而娥扬[22]。既激感而心逐兮[23]，包红颜而弗明[24]。驩接狎以离别兮，宵寤梦之芒芒[25]。忽迁化而不反兮[26]，魄放逸以飞扬[27]。何灵魂之纷纷兮[28]，哀裴回以踌躇[29]。势路日以远兮[30]，遂荒忽而辞去[31]。超兮西征，屑兮不见[32]。寖淫敞克[33]，寂兮无音。思若流波[34]，怛兮在心[35]。

乱曰[36]：佳侠函光，陨朱荣兮[37]。嫉妒阘茸，将安程兮[38]！方时隆盛，年夭伤兮[39]。弟子增欷，洿沫怅兮[40]。悲愁於邑，喧不可止兮[41]。向不虚应，亦云已兮[42]。嫶妍太息，叹稚子兮[43]。悯慄不言，倚所恃兮[44]。仁者不誓，岂约亲兮[45]？既往不来，申以信兮[46]。去彼昭昭，就冥冥兮。既下新宫，不复故庭兮[47]。呜呼哀哉，想魂灵兮[48]！

【说明】

此赋见《汉书》卷九十七上、《艺文类聚》卷三十四。

李夫人原是汉武帝的近幸李延年的妹妹。有一次，延年起舞作歌："北方有佳人，绝世而独立。一顾倾人城，再顾倾人国。宁不知倾城与倾国，佳人难再得。"武帝听后叹曰："善！世岂有此人乎？"平阳公主乃进言，李延年的妹妹就是这样的佳人。武帝召见，果真"妙丽善舞"，从此得幸。后李夫人病重，武帝再三求见，李夫人以被蒙面，终不应见。夫人姊妹深责之。夫人辩曰："我以容貌之好，得以微贱爱幸于上。夫以色事人,色衰而爱弛,爱弛而恩绝”,帝如“今见我容貌毁坏,颜色非故,必畏恶吐弃我”。李夫人死后,武帝思念不已,方士少翁,夜张灯烛,设帷帐,让武帝居他帐遥望。武帝遥见有好女如李夫人,但不得靠近。武帝愈益相思悲感,因而就写了一首诗:“是邪,非邪,立而望之,偏何姗姗其来迟!”令乐府弦歌,继而又写作此赋。

作为一代雄主的汉武帝,对李夫人的爱,至精至诚,所以赋写得感情真挚,动人心弦。

【注释】

①连娟:细长屈曲的样子。修:长。此指身高。嫮(hù 户):同“嫭”,美丽姣好的意思。

②檄(jiǎo 矫):断绝。此处指李夫人死亡。

③饰:装饰,修建。延贮:久久地站立等待。

④泯:灭,指灵魂消亡。

⑤惨:色彩暗淡,昏暗不明的样子。郁郁:忧伤苦闷。芜秽:荒废,充满秽气。这句是写李夫人居住的地方昏暗幽闷,充满芜秽之气。

⑥此句写李夫人居住在昏暗的地方而心怀忧伤。幽:昏暗。

⑦释:放。山椒:山顶。《文选·谢庄〈月赋〉》“菊散芳于山椒”李善注:“山椒,山顶也。”此句意为:放置车马于山陵之上。这是想象自己去寻找李夫人的芳踪。

⑧奄:通“淹”,停滞。阳:日出。这句是描写自己的心理,因见不到李夫人,作者好像感觉到夜色停滞,长夜难明。或以为此两句主语是李夫人。

⑨秋气:秋的肃杀之气。后亦谓人兴意低沉为有秋气。憯(cǎn 惨):一作“潜”,惨痛。凄泪:寒凉。《汉书》颜师古注:“凄泪,寒凉之意也。”王先谦《补注》:“凄泪,与凄厉义同。”此句意为:秋气潜浸,意兴低沉,凄凉惨痛。

⑩桂枝:香木名,用以比喻李夫人。落:原意是树叶脱落,此处指李夫人香消玉殒。销:通“消”。此句意为:李夫人如桂花般美丽芳香,却不幸早亡。

⑪茕茕(qióng 穷):孤零零的样子。这里写自己在李夫人死后的孤独寂寞以及对她的遥远的怀念。

⑫精:精神。浮游:漫无目的地游荡。畺:通“疆”,边界。这句意思是说:自己精神脱离肉体,去寻找李夫人。或以为上两句主语是李夫人。

⑬托:依附,依托。沉阴:指在地下,阴间。圹(kuàng 矿)久:永远。圹,同“旷”。这句意思是说:李夫人将灵魂永远地托附于阴间。

⑭蕃华:盛开之花,比喻青春。汉班婕伃《自悼赋》:“历年岁而悼惧兮,闵蕃华之不滋。”未央:未尽。这句是叹惜李夫人风华正茂而早卒。

⑮穷极：终极，尽头。此句是说：自己极其思念李夫人，思绪至无穷之外而仍不知返回。

⑯惟：思念。幼眇（yào miǎo 耀秒）：幽微，微妙。相（xiāng 香）羊：即“徜徉”，漫游，徘徊。此句意为：思念风姿绰约的李夫人，而使自己的精神漫无边际地游荡。

⑰函：包容。荾（suī 虽）：花穗。扶（fū 夫）：散发。

⑱杂袭：重积，错杂。弥：更，甚。章：通“彰”，鲜明。这两句意思是：李夫人身上具有花穗所散发的香味，微风吹来，芳香更加浓馥。

⑲的（dì 地）：鲜明。容与：从容不迫的样子。猗靡：婉约柔顺。

⑳缥：轻举的样子，即“缥缥”。飘姚：即“飘摇”。庄：端庄严肃。这两句意思是：李夫人颜色自然盛美，虽在风中飘摇起伏，而愈益端庄严肃。

㉑燕：欢乐。淫衍：指极度的欢乐。抚楹：摩挲厅堂前的柱子。

㉒连：留连。流视：浏览。娥扬：扬其蛾眉。这两句是追述平生与李夫人在一起时的欢乐。

㉓激感：激动，感慨。

㉔包：隐藏。此句意为：心中受到激发感动而欲去追寻李夫人，可是李夫人藏其容颜于坟墓之中而不可见。

㉕驩：同“欢”。接狎：亲密。寤梦：半睡半醒，似梦非梦，恍惚如有所见。芒芒：渺茫。以上两句主语是汉武帝。

㉖迁化：迁移变化，指逝世。

㉗魄：阴神，魂魄。放逸：放任自由。

㉘纷纷：杂乱，指思绪纷繁。

㉙裴回：同“徘徊”，往返回旋。此句意为：心中悲伤而徘徊不前。以上两句写李夫人。

㉚势路：指李夫人的去向。

㉛荒忽：隐约不分明的样子。辞：离开。这两句意思是：李夫人美丽的身影愈去愈远，渐渐地模糊了。

㉜屑：疾。此指李夫人去得疾速，突然之间就不见了。

㉝寖淫：同“浸淫”，逐渐。敞克（huǎng 幌）：模糊，不真切。克，古“恍”字。

㉞流波：流水。这句意思是：周围寂静无声，思念如流水般绵绵不绝。

㉟怛（dá 达）：悲伤。

㊱乱：辞赋篇末总括全篇要旨的话。《汉书》颜师古注：“乱，理也，总理赋中之意。”

㊲佳侠：犹佳丽，美人。这句意思是：李夫人光彩照人，却不幸早亡。

㊳阘茸（tà róng 踏容）：愚钝，无能，卑贱。程：标准。此句意为：那些卑贱嫉妒之人，怎么能和李夫人相提并论呢？

㊴方：正当。隆盛：丰富。此句意为：李夫人年岁正丰，却不幸早亡。

㊵弟：指李夫人兄弟。子：指昌邑王。欷（xī 希）：抽泣呜咽的声音。洿沫（wū mò 乌莫）：泪流满面。

㊶邑：通"悒"，忧愁不乐。喧：哀哭不止。

㊷此句意为：自己发出声音，而李夫人不知晓。

㊸嫶（qiáo 桥）妍：忧伤瘦损。稚子：幼儿。

㊹惏慄（liú lì 刘栗）：悲伤。

㊺此句意为：仁者行恩尚不认为是恩施，岂有对亲人而反以言相约的呢？

㊻申：重申。此句意为：死者已一去不复返，重念酷痛，重以此心为约，不敢有所忘记。

㊼昭昭：明亮。就：趋向。冥冥：指阴间。复：返。这句意思是：李夫人离开了阳间，归向阴间，就到一个新的居处而不再返回以前的宫廷了。

㊽魂灵：即灵魂。

秋风辞

上行幸河东，祠后土[①]，顾视帝京，欣然中流，与群臣饮燕，上欢甚，乃自作《秋风辞》曰：

秋风起兮白云飞，草木黄落兮雁南归[②]。兰有秀兮菊有芳[③]，携佳人兮不能忘[④]。泛楼船兮济汾河[⑤]，横中流兮扬素波[⑥]，箫鼓鸣兮发棹歌[⑦]。欢乐极兮哀情多[⑧]，少壮几时兮奈老何[⑨]！

【说明】

此赋见《文选》卷四十五。

据《汉武故事》载，武帝临幸河东，祠后土，顾视帝京，欣然中流，与群臣饮宴，欢甚，乃作此辞。武帝幸河东，祠后土于汾阴共六次。《资治通鉴·武帝纪》载五次，其中元封四年（前107）、六年（前105），太初二年（前103），天汉元年（前100）四次在春三月举行，另一次在元鼎四年（前l13）冬十一月进行，都与《秋风辞》所写秋景明显不合。《汉书·郊祀志》载元狩二年幸汾阴，未具时间，因此作辞的时间可能就在这一年。察辞中所写，这次祭祀比较隆重，武帝即位二十年来首次目睹饱尝其气氛，颇有感触，所以作辞记事。这时他未醉神仙，比较清醒人在宇宙大千世界中的生老规律，但壮岁思老，故哀叹少壮无多。

这首辞的主旨在于抒发作者感物悲秋、乐极伤老的思想情绪。辞的前三句描绘秋景，感物悲秋，有“楚辞”逸致，定全篇伤怀之调。第四句转笔触景生情，怀念佳人。六、七、八三句描写中流泛舟的热闹场面，楼船半渡，中流扬波，船上奏出美妙的音乐，舟中唱起欢快的棹歌，活现了一幅帝王游乐图。第九句写物盛而衰，乐极生悲。最后一句点出辞旨，人生短促，盛年难再，盛叹老之将至。全篇始以衰景，结以哀情，中间衬以乐景，情景交融比照，井然有序，浑然一体。辞的基调开阔、雄壮、慷慨、悲凉，语言清丽，语气缓急有度，韵味深浓。这首辞被古人誉为“绝妙好辞”，唐李贺、宋苏轼都称武帝为“秋风客”，可见其在文学史上的重要地位及影响。

【注释】

①后土：对大地的尊称。《左传·僖公十五年》：“君履后土而戴皇天。”

②黄落：凋落。

③兰：兰花，香草。秀：禾类植物开花抽穗。芳：香。兰秀、菊芳互文见义。

④佳人：美人，品德高尚的人，这里指群臣。武帝好像眷恋良臣、爱惜人才，其实他重用酷吏，多有误杀。

⑤泛：飘浮，泛舟。楼船：多层的大船。济：渡。汾河：黄河支流，又称汾水。源自山西宁武管涔山，南流入黄河。

⑥中流：河中。素波：白色的水波。

⑦鸣：指箫鼓发音。棹（zhào 照）歌：鼓棹而歌，行船时水手所唱的歌。

⑧极：尽。此句言乐极必哀。

⑨此句感叹时光短暂，老之将至。

枚皋

枚皋，字少孺，西汉辞赋家。公元前153年在世。枚乘在梁国时，娶皋母为妾。枚乘东归之时，皋母不肯跟随，枚乘一怒之下，分其子数千钱，将其留下与母亲一起生活。皋年十七，上书梁共王，受诏为郎官。过了三年，枚皋与王出使到某地，与侍从发生冲突，被进谗言而遇罪，家室财物被抄。皋逃到长安，正好碰上大赦，于是在北阙上书皇帝，自陈枚乘之子。武帝大喜，召入见待诏，皋于是在宫中写赋。武帝下诏让他在平乐馆作赋，赋成，得到武帝的赞赏。任命他为郎官，出使匈奴。皋不通经术，诙笑类俳倡，为赋颂好嫚戏，却因此得到皇帝的宠幸，他的地位类似东方朔、郭舍人等，而不像严助等能得高官要职。枚皋曾跟随武帝到甘泉宫、膚县、河东郡、泰山等地，武帝每有感慨，就命枚皋作赋。他撰文神速，受诏既成。但是行文诙谐戏笑，班固称他“凡可读者百二十篇，其尤嫚戏不可读者尚数十篇”。但是这些赋都已经散佚了，在汉赋史上留下了一片令人遗憾的空白。传见《汉书》卷五十一。

平乐馆赋

【说明】

此赋仅存篇目。《汉书·枚皋传》称，武帝得枚皋大喜，“召入见待诏，皋因赋殿中，诏使赋《平乐馆》，善之”。此赋得汉武帝称赞。大概写得“曲随其事”，故“皆得其意”，属枚赋中“可读者”之例。平乐馆，又称平乐观，是汉代长安未央宫前的楼观名，亦是观看广场演出之所。清顾祖禹《读史方舆纪要》引《括地志》曰：“观在未央宫，阔十五里。唐李善注《西京赋》曰：‘平乐馆，大作乐处也。’”

皇太子生赋

【说明】

存目。《汉书·枚皋传》载:“武帝春秋二十九乃得皇子,群臣喜,故皋与东方朔作《皇太子生赋》及《立皇子禖祝》,受诏所为,皆不从故事,重皇子也。”

东方朔

东方朔(约前161～前89),字曼倩,平原郡厌次(治所在今山东陵县神头镇)人,是汉武帝时代的重要赋家。东方朔自幼失父母,由兄嫂抚养成人,二十二岁开始步入官场。他学问广博,德才兼备。《汉书·艺文志》把他列入杂家,其实他的主导思想是儒家,同时杂有法家。汉武帝很喜欢东方朔,但东方朔却做不了大官,他以太中大夫闲职了却一生。东方朔最著名的作品是《答客难》。《汉书·艺文志》说他有作品二十篇。《汉书·东方朔传》列举的作品有《答客难》、《非有先生论》、《封泰山》等十七篇(《七言》上下、《八言》上下算四篇)。《史记·滑稽列传》还提到他有《据地歌》、《临终谏天子诗》。以上是可靠的。另外,《楚辞》收《七谏》,《初学记》收《与公孙弘书》,《艺文类聚》收《诫子诗》、《旱颂》(与贾谊《旱云赋》内容同)。这几篇文章真伪难辨,但伪托的可能性更大些。现存有《东方大中集》(见《汉魏六朝百三家名集》)。传在《史记》卷一百二十六、《汉书》卷六十五。

答客难

客难东方朔曰："苏秦、张仪一当万乘之主，而都卿相之位，泽及后世[①]。今子大夫修先王之术，慕圣人之义，讽诵《诗》、《书》、百家之言，不可胜数，著于竹帛，唇腐齿落，服膺而不释[②]，好学乐道之效[③]，明白甚矣。自以智能海内无双，则可谓博闻辩智矣[④]。然悉力尽忠以事圣帝，旷日持久，官不过侍郎[⑤]，位不过执戟，意者尚有遗行邪[⑥]？同胞之徒无所容居，其故何也[⑦]？"

东方先生喟然长息，仰而应之曰[⑧]："是固非子之所能备也[⑨]。彼一时也，此一时也，岂可同哉？夫苏秦、张仪之时，周室大坏，诸侯不朝，力政争权，相禽以兵，并为十二国，未有雌雄，得士者强，失士者亡，故谈说行焉[⑩]。身处尊位，珍宝充内，外有廪仓[⑪]，泽及后世，子孙长享。今则不然。圣帝流德，天下震慑，诸侯宾服，连四海之外以为带，安于覆盂[⑫]，动犹运之掌，贤不肖何以异哉[⑬]？遵天之道，顺地之理，物无不得其所。故绥之则安，动之则苦，尊之则为将，卑之则为虏；抗之则在青云之上，抑之则在深泉之下；用之则为虎，不用则为鼠[⑭]；虽欲尽节效情，安知前后[⑮]？夫天地之大，士民之众，竭精谈说，并进辐凑者不可胜数，悉力慕之，困于衣食，或失门户[⑯]。使苏秦、张仪与仆并生于今之世，曾不得掌故[⑰]，安敢望常侍郎乎[⑱]！故曰时异事异[⑲]。

"虽然，安可以不务修身乎哉[⑳]！《诗》云：'鼓钟于宫，声闻于外。''鹤鸣于九皋，声闻于天。'苟能修身，何患不荣[㉑]！太公体行仁义，七十有二，乃设用于文武，得信厥说，封于齐，七百岁而不绝[㉒]。此士所以日夜孳孳，敏行而不敢怠也。辟若鹏鸰，飞且鸣矣[㉓]。传曰：'天不为人之恶寒而辍其冬，地不为人之恶险而辍其广，君子不为小人之匈匈而易其行[㉔]。''天有常度，地有常形，君子有常行[㉕]；君子道其常，小人计其功。'[26]《诗》云:'礼义之不愆,何恤人之言?'故曰:'水至清则无鱼,人至察则无徒。冕而前旒,所以蔽明;黈纩充耳,所以塞聪。'明有所不见,聪有所不闻,举大德,赦小过,无求备于一人之义也[27]。枉而直之,使自得之;优而柔之,使自求之;揆而度之,使自索之[28]。盖圣人教化如此,欲自得之;自得之,则敏且广矣[29]。

"今世之处士,魁然无徒,廓然独居[30],上观许由,下察接舆[31],计同范蠡,忠合子胥,天下和平,与义相扶,寡耦少徒,固其宜也,子何疑于我哉[32]?若夫燕之用乐毅,秦之任李斯,郦食其之下齐,说行如流,曲从如环,所欲必得,功若丘山,海内定,国家安,是遇其时也,子又何怪之邪[33]!语曰'以筦窥天,以蠡测海,以莛撞钟',岂能通其条贯,考其文理,发其音声哉[34]!繇是观之,譬犹鼱鼩之袭狗,孤豚之咋虎,至则靡耳,何功之有[35]?今以下愚而非处士,虽欲勿困,固不得已。此适足以明其不知权变而终或于大道也[36]。"

【说明】

此赋见《汉书》卷六十五、《文选》卷四十五、《艺文类聚》卷二十五。

《答客难》是东方朔晚年的作品。《汉书·东方朔传》曰:"久之,朔上书陈农战强国之计,因自讼独不得大官,欲求试用。其言专商鞅、韩非之语也。指意放荡,颇复诙谐,辞数万言,终不见用。朔因著论,设客难己,用位卑以自慰谕。"这段话说明了《答客难》的创作目的和主题思想。

《答客难》从字面上讲,就是回答别人的责问,其实是东方朔借答客之机抒发其政治失意、怀才不遇的感慨与牢骚。虽尽是牢骚之辞,然而在客观上却深刻地反映了战国纵横之士与中央集权专制制度下的文士处境的差异,揭露了封建专制制度下的文士不得不听从皇帝任意摆布的悲哀命运,有较强的现实性。"在青云之上"与"在深泉之下","绥之则安,动之则苦","为虎"与"为鼠"等对比用语生动,比喻形象贴切,论理清晰,语言也浅白易懂,刘勰赞其为"疏而有辨"。

《答客难》是一篇有独创风格的赋作。它仿效宋玉在《对楚王问》中首创的对问体,也设为主客问答,这对当时及后人都产生了很大的影响。明张溥《东方大中集题辞》中就说,由于他"始设客难","学者争效慕之,假主客遣抑郁者篇章叠见"。东方朔《答客难》之后,又有扬雄《解嘲》、班固《答宾戏》、崔骃《达旨》、张衡《应间》、蔡邕《释诲》、郭璞《客傲》、夏侯湛《抵疑》、韩愈《进学解》、柳宗元《起废答》，皆为仿效之作，可见《答客难》对后世的影响是巨大的。

【注释】

①苏秦：河南洛阳人，战国时的纵横家，他曾游说齐、楚、燕、赵、韩、魏六国联合抗秦，佩六国相印，为纵约长。张仪：战国时魏国贵族后代，他以连横游说六国，联合事秦，被秦惠王任为秦相。当：《文选》李周翰注："当，遇也。"万乘之主：战国时，大国兵车万乘，故万乘之主即泛指大国的君主。都：居。泽：福泽，恩惠。

②子：古时对男子的尊称，这里指东方朔。大夫：东方朔在建元三年曾当过大中大夫，这时任中郎。大夫是对他表示客气的尊称。修：研究，学习。讽诵：背诵朗读。《诗》、《书》、百家之言：泛指各种书籍，各派学说。《诗》即《诗经》，《书》即《尚书》。著：写文章，写书。竹帛：竹简和白绢。脣腐齿落：此处形容东方朔读书之多，态度之刻苦认真，以至于嘴唇腐烂、牙齿脱落。脣，"唇"的异体字。服膺：即谨记在心，衷心信服之义。释：放弃。

③此句《文选》五臣注本"之"下有"无"字。《文选》李周翰注："言张仪、苏秦一遇而为卿相，而朔好学乐道，位且卑微，是好学之无效，明白甚矣。"

④辩智：指精明而又善于辩论。

⑤此句《文选》"官不过侍郎"句前有"积数十年"四字。悉力：全力。事：奉事，为……服务。旷日持久：空废时日，拖延很久。旷，荒废。侍郎：汉代郎官之一种。东汉设侍郎三十六人，属宫廷的侍卫官，职位较低，秩比四百石。

⑥执戟：持戟警卫门户的郎级官员。戟，古代一种兵器。意者：想来大概是……《庄子·天运》："意者其运转而不能止邪。"遗行：犹失德。谓品德有缺陷。遗，缺失。

⑦同胞之徒：指东方朔的兄弟。容居：容身，安身。这句的意思是：东方朔俸禄微薄，他的兄弟也无处容身，这是什么缘故呢？

⑧喟(kuì 溃)然：长叹的样子。仰：昂起头来，表示理直气壮。应：回答。

⑨固：本来。子：指"客"。备：尽。此处为完全知晓之意。

⑩周室：周王室。坏：衰败。朝：朝拜，拜见。力政争权：以武力征伐，争夺权力。力政，即"力征"。相禽以兵：用武力相互征服。禽，同"擒"。兵，此指武力。并：兼并。十二国：指鲁、卫、齐、宋、楚、郑、燕、赵、韩、魏、秦、中山。未有雌雄：指十二国未分出胜负。士：指贤士。指善于治国用兵者。谈：彼此对话，讲论。说(shuì 税)：用话劝说别人使听从自己的意见。"谈说"即讲论游说。行：兴起。

⑪廪仓：《文选》李善注："蔡邕《月令章句》曰：'谷藏曰仓，米藏曰廪。'"

⑫圣帝流德：圣明的皇帝威德流布天下。震慑：震惊，害怕。宾服：顺服。宾，服从，归顺。带：衣带。覆盂(yú 于)：即倒扣着的盂。《文选》李善注引《韩诗

外传》曰:“君子之居也,晏如覆杅。”盂,同“杅”,是一种口大底小的盛饭器皿。此句意思是:将天下像系衣带一般牢固地连结在一起,王朝像覆盂一样,十分稳固。

⑬ 动犹运之掌:意为采取任何行动办任何事,如同在掌上运转。喻其易为。按,《文选》此句作“天下平均,合为一家,动发举事,犹运之掌”。贤不肖何以异哉:因为事易为,故不需要什么本事,谁都能办到,所以贤与不肖就难以区别,也无需区别。这句是慨叹无用武之地。

⑭绥(suí 随):安,安抚。动:变动,指“不得其所”,故要遭殃。卑:贬谪。虏:奴隶,仆役。《韩非子·说难》:“百里奚为虏。”抗:举起。抑:贬抑,压制。

⑮效:送,献出。安知前后:不知前进或后退。《文选》吕延济注:“谓无所用其才也。”

⑯竭精:竭尽精力。辐凑:像车轮辐条向中心点聚集。悉力:竭尽全力。募:追求。之:指天子及其恩德。困于衣食,或失门户:连吃饭穿衣都没有着落,有的甚至遭受灭门之祸。这两句写的是“悉力募之”的结果。或:有的。失门户:《文选》李善注:“言上书忤旨,或被诛戮。”

⑰仆:东方朔对自己的谦称。掌故:官名。汉文学官之一种,比文学掌故略高。《文选》李善注:“应劭《汉书》注曰:‘掌故,百石吏,主故事者。’”《文选》吕向注:“掌故,卑吏也。”

⑱望:企望。

⑲《文选》此句前有“传曰:‘天下无害,虽有圣人,无所施才;上下和同,虽有贤者,无所立功。’”

⑳虽然:转折语气,即使这样。务:致力,从事。修身:提高自身修养。

㉑鼓:敲打。九皋:曲折深远的沼泽。《诗·小雅·鹤鸣》:“鹤鸣于九皋,声闻于天。”苟能:倘若能,假如能。患:担忧,忧虑。荣:荣耀,显贵。

㉒太公:指姜太公吕望。传说他七十余岁钓于渭,才被周文王发现并加重用。后佐周武王灭纣,封于齐,为齐国之始祖。体行:亲身推行。设用:重用。厥:其。说:指吕望佐文武的主张。

㉓孳孳(zī 兹):勤勉,努力不懈的样子。敏:努力,奋勉。怠:懈怠。辟若:譬如,好像。䳭鸰(jí líng 脊伶):一种鸟。䳭,同“鹡”。《文选》吕向注:“鹡鸰鸟,飞则必鸣,行则摇尾,不能自舍,亦如人孳孳修身而不懈怠也。”

㉔为:因为。恶:厌恶。辍:停止。匈匈:形容争辩喧闹的声音或纷乱的样子。易:改变。

㉕常:永久,固定不变。度:道,规律。

㉖“君子道其常”二句:《文选》刘良注:“道,行也。言君子行善乃是其常,而小人则自矜夸争计其功也。”自“天不为人之恶寒”至此,均出自《荀子·天论》篇。

㉗至清:即清到极点。至察:过于明察,也即过于苛求。徒:追随拥护者。冕:古代大夫以上品级的礼冠。前旒(liú 硫):冕前沿的垂珠。故下句说它用以"蔽明"。明:视觉。黈纩(tǒu kuàng 投上声 旷):黄色的绵丸。《文选》李善注:"薛综《东京赋》注曰:'黈纩,以黄绵为丸,悬冠两边当耳,不欲闻不急之言也。'"充耳:即塞耳,遮挡两耳。塞聪:阻塞听觉。举:列举。赦:免除,原谅。

㉘枉:弯曲,不正直。直:这里用作动词,使之直。优而柔之:即宽和温厚。揆(kuí 葵):揣测,估量。索:求。《文选》李善注:"皆《大戴礼记》孔子之辞也,《家语》亦同。王肃曰:'虽当直枉,从容使自得也;优宽和柔之,使自求其宜也;揆度其法以开视之,使自索得也。'"

㉙敏:迅速,敏捷。指才思。广:博大。

㉚处士:隐居的人。魁然:独立貌。按,"魁然无徒"前,《文选》有"时虽不用"四字。廓然:空寂的样子。

㉛许由、接舆:皆古代的隐者。许由,尧时的处士,尧以天下让许由,许由不受。接舆,春秋时楚国人,姓陆名通,字接舆,佯狂不仕。《论语·微子》载:"楚狂接舆歌而过孔子曰:'凤兮凤兮,何德之衰也?往者不可谏,来者犹可追。已而已而,今之从政者殆而!'孔子下,欲与之言,趋而避之,不得与之言。"

㉜计:计谋,谋略。范蠡(lí 梨):春秋时越国的大夫。颇有谋略,曾辅佐越王勾践复国灭吴称霸。子胥:春秋时吴国的贤臣,姓伍名员,字子胥,曾佐吴王夫差破楚败越,后因忠心,数谏于王而不听,被夫差赐死。耦:通"偶",成对。这几句的意思是:国家昏乱,忠臣才会受重用,而现在天下太平,百姓与义相扶,所以贤人无用于时,也缺乏志同道合的同伴,这是本来就应该有的样子,客人何必对我(东方朔)有所怀疑而设难于我呢?

㉝若夫:至于,用于句首,表示另提一事。乐毅:战国时名将,曾为魏昭王使燕,燕以礼相待,遂留燕,为燕昭王师,率燕、赵、韩、魏、楚五国联军伐齐,下齐七十余城,被封为昌国君。李斯:楚国上蔡人,西仕于秦。佐秦始皇灭六国,统一天下,被封为丞相。郦食其(lì yì jī 利义基):西汉陈留高阳人,著名说客。楚汉相争时,曾为刘邦说齐,下齐七十余城。说行如流:指乐毅等人游说行事十分顺利。曲从如环:《文选》吕向注:"谓诸侯从其言如环之绕指也。"喻十分随心。功若丘山:功绩如山。喻功之高。子:指客。

㉞语曰:古语说。筦:古"管"字,竹管。蠡:用瓠做的瓢。莛(tǐng 挺):小木枝。条贯:条理,脉络。考:考察。文理:犹"纹理",纹路,脉络。以上数句是东方朔自傲之辞,指责客人度量狭小,没有见识。《文选》张铣注:"朔自言所答客之辞不可通发心意也。"

㉟鼱鼩(jīng qú 精渠):即地鼠。《汉书》颜师古注引如淳注曰:"鼱鼩,小鼠也。"又名奚鼠,是食虫类动物,体小,形似小鼠。豚(tún 屯):小猪。咋(zé 泽):咬住。靡:通"糜",碎灭。又《文选》刘良以"靡耳"为一词,注曰:"靡耳,畏服貌,

谓以耳向后也。言今所答客言,不能感发其意,亦犹鼠之袭狗,豚之齿虎,但畏服而已矣,所强言者,盖无功也。”似强为之辞。

㊱下愚:指极端愚蠢的人,此处指客人。处士:东方朔自称。困:窘迫,指无言以对。权变:随机应变。或:通“惑”。这几句的意思是:今日客人以下愚之言以难我,虽然想不陷于困窘,但这本来也是不可能的事,这适足以证明客人不懂权变,对大道理迷惑不解。这是东方朔滑稽夸大的说法,一面贬低客人,一面抬高自己。

【辨析】

《答客难》是由东方朔创作的一种崭新文体。作者总是先让他人来责备自己不能为世所用,当不了大官,实是借他人之口来诉说自己的失意。随后由作者作答,答辞全是替作者辩解,但这个辩解是说反话,只是反话正说而已(如本篇东方朔说自己生于盛世,世界太平,用不着人们去治理,所以无需人才,自己当然不被起用),最后作者又往往走自我道德完善之路,加强自我修养,这其实也正是无可奈何的出路。

这种文体往往为后代失意的文人所沿用,成为其揭露封建统治者摧残人才的武器,同时也作为自我慰藉的工具。然而后世文人鲜能有如东方朔的傲气,文中一再贬低客人,抬高自己。这种笔法,后世文人几乎没有一个能够模仿的。

皇太子生赋

【说明】

此赋仅存篇目。《汉书》卷五十一载："武帝春秋二十九乃得皇子，群臣喜，故皋与东方朔作《皇太子生赋》及《立皇子禖祝》，受诏所为，皆不从故事，重皇子也。"

司马迁

司马迁(前 145～前 86?),字子长,左冯翊夏阳(今陕西韩城)人,我国历史上伟大的历史学家、文学家。司马迁从小随其父司马谈到长安学习,十岁即能诵读古文。二十岁开始漫游,后又两次随汉武帝巡祭名山大川,其足迹遍及大半个中国。武帝元封三年(前 108),他接替父职任太史令。天汉二年(前 99),他为李陵降匈奴辩解,触及汉武帝隐私,被捕下狱,惨遭腐刑。出狱后任中书令,发愤著书,续写《太史公书》(即后所称《史记》),前后历十八个春秋,终于告成。这是一部划时代的历史巨著、传记文学巨著,被鲁迅誉为“史家之绝唱,无韵之《离骚》”。“百代以下,史官不能易其法,学者不能全其书。”(郑樵《通志序》)两千多年来,在我国历史上产生了巨大的影响。传在《史记》卷一百三十、《汉书》卷六十二。

悲士不遇赋

悲夫！士生之不辰，愧顾影而独存[①]。恒克己而复礼，惧志行而无闻[②]。谅才韪而世戾，将逮死而长勤[③]。虽有行而不彰，徒有能而不陈[④]。何穷达之易惑，信美恶之难分[⑤]。时悠悠而荡荡，将遂屈而不伸[⑥]。使公于公者，彼我同兮。私于私者，自相悲兮[⑦]。天道微哉！吁嗟阔兮。人理显然，相倾夺兮[⑧]。好生恶死，才之鄙也。好贵夷贱，哲之乱也[⑨]。炤炤洞达，胸中豁也。昏昏罔觉，内生毒也[⑩]。我之心矣，哲已能忖。我之言矣，哲已能选[⑪]。没世无闻，古人惟耻。朝闻夕死，孰云其否[⑫]？逆顺还周，乍没乍起[⑬]。无造福先，无触祸始[⑭]。委之自然，终归一矣[⑮]。

理不可据，智不可恃。

【说明】

此赋见《艺文类聚》卷三十，后二句见《文选·江淹〈诣建平王上书〉》李善注。

此赋堪称凝结血泪之作，悲愤沉痛至极。赋开头惊喊："悲夫！士生之不辰！"司马迁生在汉武盛世，竟喊出生不逢时，这对汉初现实是多大的讽刺！"愧顾影而独存"，这句很明显写他惨遭腐刑之后，隐忍苟活，幽粪土之中而不辞。为了完成那部"通古今之变，成一家之言"的巨著，他别无选择。他要把自己的悲愤统统倾泻到《史记》中去。包括《三百篇》在内的在他之前的伟大著作，不都是发愤之作吗？在这里他同时找到了苟活的依据。赋随后写到"理不可据，智不可恃"，天道幽微，美恶难分，这是对现实生活的正面批判。作者最后声言"无造福先，无触祸始"，一切听从天命安排，其实这不正是"愧顾形而独存"的另一说法吗？

这篇赋的形式使用了《诗》的四言体，基本上属诗人之赋，与辞人之赋之驰骋辞藻有别。

【注释】

①生之不辰：犹言生不逢时。《诗·大雅·桑柔》："我生不辰，逢天僤怒。"辰，时刻，时运。愧：愧恨。顾影：自顾其影。

②恒：经常，总是。克己而复礼：约束自己使之合乎礼教规范。《论语·颜渊》："颜渊问仁。子曰：'克己复礼为仁。一日克己复礼，天下归仁焉。'"志行：志向行为。此二句意为：经常地约束自己以符合礼的要求，唯恐自己的志向和行为默默无闻。

③谅：信。才：才能。韪（wěi 委）：善。《文选·张衡〈东京赋〉》："京室密情，罔有不韪。"李善注："韪，善也。"戾：乖违。"才韪而世戾"，谓才能虽高而时世多非。逮：至。勤：忧虑。《楚辞·远游》："惟天地之无穷兮，哀人生之长勤。"

④行：行为，造诣。彰：显扬。能：才能。陈：施展。《论语·季氏》："陈力就列，不能者止。"

⑤穷：穷困，指逆境。达：显达，指顺境。惑：迷惑。信：确实。

⑥悠悠而荡荡：飘忽不定貌。指时间很快流逝。

⑦"使公于公"四句谓：如能秉公对待一切，则彼我均可等同；若人都私于一己，结果必各"自相悲"。

⑧天道：犹天命。微：幽深。吁嗟：叹词。阔：邈远。"吁嗟阔兮"化用《诗·邶风·击鼓》诗句，言天道幽远。"天道微哉"四句说明人理显明，互相倾夺，而所谓天道却是幽远难知。面对不公之现实，作者心情十分沉重。

⑨"好生恶死"四句：说明好生恶死，为才士所鄙弃；好贵夷贱，为哲人所反对。这里"才"、"哲"互文。

⑩炤炤（zhāo 昭）：明亮透彻的样子，形容洞达。洞达：通达坦荡。豁：开阔，形容通晓领悟。昏昏：迷乱的样子，形容罔觉。罔觉：无知，不悟。内：内心，与上文"胸中"同义。毒：邪恶。《尚书·盘庚》："惟汝自生毒，乃败祸奸宄，以自灾于厥身。"

⑪哲：才智卓越的人。忖：揣度，理解。《诗·小雅·巧言》："他人有心，予忖度之。"选：选择。

⑫没世：犹终身。无闻：不闻于道。《论语·卫灵公》："子曰：'君子疾没世而名不称焉。'"闻，指闻道。《论语·里仁》："子曰：'朝闻道，夕死可矣。'"否（pǐ 痞）：《周易》卦名。"否"即闭塞不通，也即不吉利的意思。

⑬逆顺：背逆和顺遂。还周：循环往复，变化不定。乍：忽然，言"逆顺"无定，忽起忽灭。

⑭"无造福先"二句是说：不要跑到福前，也不要触及祸边，要随顺自然。这

是道家的思想。

⑮委:托付。自然:指宇宙万物。《老子》第二十五章:“道法自然。”一:道家的概念。“一”是从“道”派生出来的。《老子》第四十二章:“道生一,一生二,二生三,三生万物。”

王褒

王褒（？～前 61），字子渊，蜀郡资中（今四川资阳）人，生年不可考，卒于汉宣帝神爵元年（前 61）。宣帝征召天下奇才，益州刺史王襄推荐他。入都后，作《圣主得贤颂》，待诏金马门。帝所到之处，辄令作赋。后被擢为谏大夫。皇太子有疾，命褒侍候，褒即诵奇文及所自作赋为太子取乐。太子及后宫才人都很喜欢他的《甘泉宫颂》及《洞箫赋》。后奉命持节往益州祭祀金马、碧鸡之神，死于道中。

《汉书·艺文志》说王褒有赋十六篇，现存有《圣主得贤臣颂》（见《汉书》本传）、《洞箫赋》（见《文选》）、《九怀》（见《楚辞》）及残篇《甘泉宫颂》（见《艺文类聚》）、《碧鸡颂》（见《后汉书·南蛮西南夷传》李贤注）等等，明人张溥编有《王谏议集》。传在《汉书》卷六十四。

洞箫赋

原夫箫干之所生兮[①],于江南之丘墟[②]。洞条畅而罕节兮,标敷纷以扶疏[③]。徒观其旁山侧兮[④],则岖嵚岿崎,倚巇迤巇[⑤],诚可悲乎其不安也。弥望傥莽[⑥],联延旷荡[⑦],又足乐乎其敞闲也[⑧]。托身躯于后土兮,经万载而不迁[⑨]。吸至精之滋熙兮[⑩],禀苍色之润坚[⑪]。感阴阳之变化兮,附性命乎皇天[⑫]。翔风萧萧而迳其末兮[⑬],回江流川而溉其山[⑭]。扬素波而挥连珠兮[⑮],声礚礚而澍渊[⑯]。朝露清泠而陨其侧兮[⑰],玉液浸润而承其根[⑱]。孤雌寡鹤,娱优乎其下兮[⑲],春禽群嬉,翱翔乎其颠[⑳]。秋蜩不食,抱朴而长吟兮[㉑]。玄猨悲啸,搜索乎其间[㉒]。处幽隐而奥屏兮[㉓],密漠泊以獭猭[㉔]。惟详察其素体兮,宜清静而弗喧[㉕]。幸得谥为洞箫兮,蒙圣主之渥恩[㉖]。可谓惠而不费兮[㉗],因天性之自然[㉘]。

于是般匠施巧[㉙],夔妃准法[㉚]。带以象牙,掍其会合[㉛]。锼镂离洒,绛唇错杂[㉜]。邻菌缭纠,罗鳞捷猎[㉝]。胶致理比,挹抐擨㩮[㉞]。于是乃使夫性昧之宕冥[㉟],生不睹天地之体势,闇于白黑之貌形[㊱]。愤伊郁而酷䎿[㊲],愍眸子之丧精。寡所舒其思虑兮,专发愤乎音声[㊳]。故吻吮值夫宫商兮,龢纷离其匹溢[㊴]。形旖旎以顺吹兮[㊵],瞋䪼䪻以纡郁[㊶]。气旁迕以飞射兮[㊷],驰散涣以逫律[㊸]。趣从容其勿述兮[㊹],骛合遝以诡谲[㊺]。或浑沌而潺湲兮[㊻],猎若枚折[㊼]。或漫衍而骆驿兮[㊽],沛焉竞溢[㊾]。惏慄密率[㊿],掩以绝灭[51]。霵晔踕,跳然复出[52]。

若乃徐听其曲度兮,廉察其赋歌[53]。啾咇㗘而将吟兮[54],行锴铌以龢啰[55]。风鸿洞而不绝兮[56],优娆娆以婆娑[57]。翩绵连以牢落兮[58],漂乍弃而为他[59]。要复遮其蹊径兮,与讴谣乎相龢[60]。故听其巨音,则周流泛滥,并包吐含,若慈父之畜子也[61]。其妙声,则清静厌瘱,顺序卑迖,若孝子之事父也[62]。科条譬类[63],诚应义理,澎濞慷慨,一何壮士。

优柔温润，又似君子[64]。故其武声则若雷霆輘輷[65]，佚豫以沸㥜[66]。其仁声则若𩗗风纷披，容与而施惠[67]。或杂遝以聚敛兮，或拔摋以奋弃[68]。悲怆怳以恻惐兮[69]，时恬淡以绥肆[70]。被淋洒其靡靡兮[71]，时横溃以阳遂[72]。哀悁悁之可怀兮，良醰醰而有味[73]。

故贪饕者听之而廉隅兮[74]，狼戾者闻之而不怼[75]。刚毅强虣反仁恩兮，啴唌逸豫戒其失[76]。钟期、牙、旷怅然而愕兮[77]，杞梁之妻不能为其气[78]。师襄、严春不敢窜其巧兮[79]，浸淫叔子远其类[80]。嚚、顽、朱、均惕复惠兮[81]，桀、跖、鬻、博儡以顿悴[82]。吹参差而入道德兮，故永御而可贵[83]。

时奏狡弄，则彷徨翱翔[84]，或留而不行，或行而不留。愺恅澜漫，亡耦失畴[85]。薄索合沓，罔象相求[86]。故知音者，乐而悲之，不知音者，怪而伟之[87]。故闻其悲声，则莫不怆然累欷，撆涕抆泪[88]。其奏欢娱，则莫不惮漫衍凯[89]，阿那腲腇者已[90]。是以蟋蟀蚸蠖，蚑行喘息[91]；蝼蚁蝘蜓，蝇蝇翊翊[92]；迁延徙迤，鱼瞰鸡睨[93]。垂喙蜿转，瞪瞢忘食[94]。况感阴阳之和，而化风俗之伦哉[95]！

乱曰：状若捷武，超腾逾曳，迅漂巧兮[96]。又似流波，泡溲泛捷，趋巇道兮[97]。哮呷呟唤，跻躏连绝，淈殄沌兮[98]。搅搜㶁捎，逍遥踊跃，若坏颓兮[99]。优游流离，踌躇稽诣，亦足耽兮[100]。颓唐遂往，长辞远逝，漂不还兮[101]。赖蒙圣化，从容中道，乐不淫兮[102]。条畅洞达，中节操兮[103]。终诗卒曲，尚余音兮。吟气遗响，联绵漂撇，生微风兮。连延骆驿，变无穷兮[104]。

【说明】

此赋见《文选》卷十七、《艺文类聚》卷四十四。

《洞箫赋》是赋史上的名篇，它第一次用整篇赋作来描绘一种乐器。赋从制箫的原材料及其产地、周围环境写起，进而写箫由著名的工匠制作、装饰、调试，随后由高手演奏，奏出动心骇耳的乐曲，最后写箫声产生的效果。由于作者基本上是站在儒家的立场上来作赋，以慈父、孝子、壮士、君子面目出现，所以最后自然产生移风易俗的作用，令贪婪的人变廉洁，让凶狠的人变仁善。赋写得极细腻铺陈，达到了绘形绘声的地步。

但我们应当指出，《洞箫赋》的构思可能是仿效《七发》写琴一节，此节已具备了《洞箫赋》的雏形。《洞箫赋》出现，颂扬乐器的赋作也相继登场，以至于《文选》的编者专门为之设置栏目。

【注释】

①此句《文选》李善注："《汉书音义》：如淳曰：'洞者，通也。箫之无底者，故曰洞箫。'《释名》：'箫，肃也，言其声肃肃然清也。大者二十三管，长三尺四寸；小者十六管。一名籁。'" 原：《广雅》："原，本也。" 箫干：指做箫的竹子。干，树干。

②江南之丘墟：《文选》李善注引《丹阳记》曰："江宁县慈母山临江生箫管竹。王褒赋曰，于江南之丘墟，即此处也。"丘墟：废墟，荒地。

③洞：通。条畅：指竹身条直通畅。罕：稀少。标：指竹的顶端。《文选》李善注曰："标，竹之末也。" 敷纷：枝叶茂盛貌。扶疎：枝叶四布貌。疎，同"疏"。

④旁(bàng 磅)：通"傍"，靠近。

⑤岖嵚（qīn 钦）、岿崎、倚巇(xī 西)：皆状山势险峻之貌。迤孊(yǐ mǐ 以米)：斜相连接的样子。

⑥弥望：满眼。《汉书・元后传》："连属弥望。" 傥莽：广大无边貌。

⑦旷荡：宽广貌。

⑧敞闲：开阔，幽闲。《文选》李善注："敞，大貌，言竹生敞闲之处，又足乐也。"

⑨后土：指大地。不迁：不变。

⑩至精：天地的精气。滋熙：润泽貌。

⑪禀：接受。润坚：润湿而坚贞。

⑫感：感应，感受。附：寄托。性命：指竹的性命。

⑬翔风：祥瑞之风。萧萧：指风声。迳：通"径"，经过，掠过。

⑭回江：谓江回曲也。溉：灌溉。此句意为：江之流注灌溉其山也。

⑮扬素波：激起白色浪花。汉武帝《秋风辞》曰："横中流兮扬素波。"挥：通"湔"，飞洒。李善引杜预《左传》注曰："挥，湔也。湔，音赞。"连珠：喻水花。

⑯磕磕(kē 苛)：水石相击声。澍(zhù 住)：通"注"，灌注。

⑰清泠：清凉。陨：降落。

⑱玉液：指泉水。浸润：滋润，沾濡。《文选・左思〈魏都赋〉》李善注引作"浸潭"。承：承奉。

⑲娱优：指娱乐游戏。

⑳嬉：戏乐。其颠：指竹端。

㉑蜩：蝉。抱朴：抱住树木。《文选》李善注引《苍颉篇》："朴，木皮也。"

㉒玄猨：黑猿。搜索：指来来往往。

㉓奥庰(bìng 并)：幽深隐僻。《广雅》曰："奥，藏也。"《说文解字》曰："屏，蔽也，庰与屏同。"

㉔漠泊:《文选》李善注:“竹密貌。”指竹子茂密的样子。獑猭(chēn chuān 琛川):形容竹子连续延绵貌。

㉕素体:本体,指竹子的本性。喧:吵闹。

㉖谥(shì 势):称,号。渥(wò 卧):优厚。

㉗惠而不费:《论语·尧曰》:“因民之所利而利之,斯不亦惠而不费乎?”指君子给人民以好处而自己却无所耗费。

㉘因天性之自然:意为依竹子的自然天性以制箫。《文选》李善注:“《家语》:‘孔子曰:器用陶匏,以象天地之性也。’”

㉙般:指春秋时鲁国人公输般,也即鲁班。匠:指匠石。《文选》李善注:“司马彪曰:‘匠石,字伯。’”两人都是古代著名的木匠。

㉚夔(kuí 奎):《文选》李善注引《尚书·舜典》:“帝曰:‘夔,命汝典乐,教胄子。’”他是舜时乐师。妃:李善曰“未详”。一作“襄”,即师襄,春秋时鲁国乐师。准法:意为依据箫的特性制定箫的法则。准,依据,根据。

㉛带:装饰。掍(kǔn 捆,又读 gǔn 滚):混同。《文选》李善注:“《方言》曰:‘掍,同也。’言以象牙饰其会合之际,言巧密也。”此句意为:将象牙装饰在合会的地方。

㉜锼(sōu 搜)镂离洒:雕刻了很多花纹。镂,《尔雅》曰:“镂,锼也。”离洒,刻镂貌。绛脣:指涂有赤色的箫管的吹口。脣,“唇”的异体字。错杂:多彩缤纷貌。

㉝邻菌、缭纠:竹纹缭绕貌。罗鳞:形容排箫如鱼鳞布列。捷猎:参差不齐貌。

㉞胶致理比:《文选》李善注:“言细密也。”指箫管编连得细密牢固合适。挹抐擫㩶(yì' nì yè' niè 邑昵夜聂):指抑按、压捻,合乎宫商。《文选》李善注:“言中制也。”

㉟性昧之宕冥:《文选》李善注:“性昧,宕冥,谓天性暗昧过于幽冥也。”这里指天生的盲人。昧,冥暗。宕,大,过。

㊱睹:看。体势:形状。闇于白黑之貌形:《文选》李善注引《淮南子》曰:“今夫盲者,目不能别昼夜,分白,然而搏琴抚弦,参弹复徽,攫援摽拂,手若蔑蒙,不失一弦。”闇:“暗”的异体字,昏暗。

㊲愤:《文选》李善注引郑玄《礼记注》曰:“愤,怒气充实也。”伊郁:心意郁结不通。酷:很。𢙐(nǜ 女去声):忧愁的样子。

㊳“愍眸子”以下三句:《文选》张铣注曰:“瞳子之无精光,而舒展其思虑,乃专心音声,乃至妙理也。”即是说:既然看不到世上的事物,思虑不多,就会专心于吹奏,使技臻精妙。愍,惜。眸子,眼睛。丧精,失明。

㊴吻:口。吮:吸,指嘴吹箫的动作。宫商:古代的乐调。古代的五声乐调为:宫、商、角、徵、羽。《文选》李善注:“言口吻所吮,皆遇宫商。”纷离、匹溢:形

容声音纷繁四散。

㊵旖旎(yǐ' nǐ 以你):温存柔和貌。顺吹:指吹箫时体态柔顺。这句是形容吹箫人柔美的体态。

㊶瞋:怒视。唅㖔(hán hú 含胡):《说文》:"颐(即"唅"),颐也。"《释名》:"㖔,咽下垂也。"这句是说:鼓腮作气,像嗔怒之貌。纡郁:郁结。

㊷旁迕(wǔ 午):《文选》李善注:"言气竞旁出,递相逆迕也。"指吹箫气流纷繁交错。飞射:气出很急的样子。

㊸散涣:指声音散布。逫(zhú 竹)律:缓缓出气貌。

㊹趣(qū 区):同"趋",行走。勿述:指音声流畅,没有阻碍。《文选》李善注:"无所逆误之貌。"

㊺骛(wù 务):急,速。合遝(tà 踏):形容声音纷繁盛多。诡谲(jué 绝):形容声音奇异。

㊻浑沌:形容声音浑厚。潺湲(chán yuán 缠元):水徐缓流动貌,此处指声音如流水。

㊼猎:象声词,状声音清脆。枚折:树枝折断。

㊽漫衍:水流漫溢貌。骆驿:同"络绎",形容绵延不断。

㊾沛:盛多貌。

㊿林慄(lín lì 林栗):形容声音凄苦,带寒意。《文选》李善注:"寒貌,恐惧也。"密率:《文选》李善注:"安静也。"

51掩:《文选》李善注:"止息貌。"

52嚱霵晔踕(xī jí yè jié 西集夜捷):形容声音繁多而急速。

53曲度:乐曲的节度。廉察:考察,视察。

54 啾:众声。咇啼(bì jié 必节):开始发出声音。

55行:且,将。锴铇(chěn rén 碜仁):声音舒缓貌。龢(hé 合)啰:形容众声迭荡,互相混杂。

56鸿(hòng 讧)洞:连续不断貌。

57娆娆(ráo 饶):柔美貌。婆娑:盘旋貌。以上二句《文选》李周翰注:"风吹其声,相连不绝而优游柔雅分散也。"或以为"风"作状词,即如风之相连。

58翩绵:形容声音飞扬,绵连不断。牢落:形容声音渐渐稀疏零落。

59漂:《说文》:"浮也。"乍:忽然。他:指别的曲调新声。《文选》李善注:"言声漂结而去,弃其旧调,而更为奇声。"

60要复:犹待机,等待时宜。遮:拦截。蹊径:道路。讴谣:指讴歌者唱的歌曲。相龢:即"相和",指箫声与歌声相应和。《文选》李善注:"讴谣已发,箫声于其蹊径要复而遮之,与之相和也。"

61巨音:大音。周流泛滥:形容声音四处飘荡。吐含:吞吐。畜:养。《文选》李善注:"《韩诗》曰:'夫为人父者,必怀慈仁之爱,以畜养其子也。'"

(62)妙声：美妙之声。厌瘱（yān yì 烟义）：安静深远貌。《文选》李善注："厌，安静貌。曹大家《列女传》注曰：'瘱，深邃也。'" 顺序卑达（tì 替）：温顺恭谦之意。《文选》李善注："《字林》曰：'达，滑也。'"

(63)科条：法令条规。譬类：犹譬喻。

(64)澎濞（pēng pì 砰僻）：波浪相激之声。慷慨：《文选》李善注："言声之慷慨如壮士。"一何：何其。优柔：指声音温柔和平。温润：温和柔顺。

(65)輘輷（léng hōng 棱轰）：声音很大。

(66)佚（yì 义）豫：声音急速。沸愲（wèi 渭）：不安貌。

(67)飘风：南风。纷披：和缓貌。容与：宽裕貌。施惠：《文选》李善注："飘风长物，故曰施惠。"

(68)杂遝（tà 踏）：众多貌。拔摋（sà 飒）：分散。奋弃：谓奋迅如消散。

(69)怆恍（chuàng huǎng 创幌）：失意貌。恻惐（yù 遇）：悲伤，伤痛。

(70)恬淡：清静安闲貌。《广雅》曰："恬，静也。"《说文》曰："淡，安也。" 绥肆：迟缓。

(71)被：及，延及。淋洒：形容声音连绵不断。靡：声音柔细美好。

(72)横溃：水流横溢溃决。阳遂：指声音清畅通达。

(73)悁悁（yuān 渊）：忧烦貌。醰醰（tán 谭）：深厚有味。《文选》刘良注曰："哀声则若烦悒在怀，醇浓而有味也。"

(74)饕（tāo 涛）：贪婪。廉隅：廉洁，有节操。

(75)狼戾：如狼一样残暴。怼（duì 对）：怨恨。

(76)虣（bào 暴）：通"暴"，强暴。啴唌（chǎn yán 铲盐）逸豫：形容舒缓的声音。

(77)钟期：钟子期，春秋时楚人。牙：伯牙，春秋时人。《吕氏春秋·本味》、《淮南子·修务训》载："伯牙鼓琴，钟子期听之，方鼓琴而志在太山，钟子期曰：'善哉乎鼓琴，巍巍乎若太山。'少选之间，而志在流水，钟子期又曰：'善哉乎鼓琴，汤汤乎若流水。' 钟子期死，伯牙破琴绝弦，终身不复鼓琴，以为世无足复为鼓琴者。"旷：师旷，春秋时晋国乐师，善于辨音。《孟子·离娄上》："师旷之聪，不以六律，不能正五音。"另可参见《左传》、《国语》、《庄子》等书。愕：惊。指惊叹箫声之妙。

(78)杞梁之妻：《列女传·齐杞梁妻》曰："齐杞梁殖之妻也。庄公袭莒，殖战而死。庄公归，遇其妻，使使者吊之于路。杞梁妻曰：'今殖有罪，君何辱命焉？若令殖免于罪，则贱妾有先人之弊庐在，下妾不得与郊吊。'于是庄公乃还车，诣其室，成礼然后去。杞梁之妻无子，内外皆无五属之亲。既无所归，乃枕其夫之尸于城下而哭。内诚动人，道路过者，莫不为之挥涕，十日而城为之崩。"不能为其气：指杞梁妻听到箫声，也会停止恸哭。

(79)师襄：春秋时卫乐师。《史记·孔子世家》："孔子学鼓琴于师襄。" 严春：

古之善弹琴者，本名庄春，汉人避明帝刘庄讳而改。《文选》李善注：“《七略》，有庄春言琴。”审：措量，行使。

⑧⓪浸淫叔子：淫，同“淫”。《文选》李善注：“浸淫，犹渐冉，相亲附之意也。毛苌《诗传》曰：‘昔颜叔子独处于室，邻之嫠妇又独处室，夜暴风雨至，屋坏，妇人趋而至，叔子纳之，而使执烛，放于平旦，蒸尽摍（suō 缩，抽引意）屋而继之，自为避嫌不审矣。’”又，《文选》张铣注：“叔子，古之知音人，闻洞箫之妙声亦去而远之，莫能比类于古者也。”

⑧①嚚（yín 银）、顽：愚昧、顽钝。这里借指舜的父母。《尚书·尧典》：“父嚚母顽。”朱、均：指尧的儿子丹朱和舜的儿子商均。据《史记·五帝本纪》记载，尧子丹朱不肖，舜子商均亦不肖。惕：惊醒。复惠：恢复仁善。

⑧②桀：夏桀，夏代最后一个暴君。跖：被称为盗跖。春秋末人。鬻：夏育。博：申博。两人都是古代勇士。陆机《夏育赞》：“夏育之猛，千载所希；申博角勇，临颔奋椎。”儡（léi 雷）：瘦弱。顿悴（cuì 翠）：劳悴。指听到箫声他们再不凶悍好杀了。

⑧③参差：这里指排箫，因长短不齐，故云。永御：长久服用。

⑧④狡弄：急调之曲。狡，勇。弄，曲。

⑧⑤愺恅（cǎo lǎo 草老）：寂静，幽静。与“嘈嘐”同。澜漫：分散貌。亡耦失畴：即忘失同类伴侣。

⑧⑥薄索：迫近求索。薄，迫。索，求。合沓：指声音重叠。罔象：虚无。这句是指靠近谛听，且觉得箫声虚无缥缈。

⑧⑦怪而伟之：即惊奇而赞美之。

⑧⑧欷（xī 希）：不断地抽泣。撆（piē 撇）：挥去。抆（wěn 吻）：揩，擦。

⑧⑨惮漫衍凯：高兴貌。

⑨⓪阿那（ē'nuó 婀娜）腲腇（wěi něi 伟馁）：舒缓貌。阿那，同“婀娜”。

⑨①蚸蠖（chǐ huò 尺获）：又作“蚇蠖”、“尺蠖”，一种善伸屈的虫。蚑（qí 奇）行：虫行貌。

⑨②蝘蜓（yǎn yán 衍研）：守宫，俗称壁虎、蜥蜴。蝇蝇翊翊：行进貌。

⑨③迁延徙迤：皆后退、退却之意。鱼瞰鸡睨：像鱼和鸡那样看。鱼目不瞑，鸡好斜视，故以此为喻。这句是形容鱼、鸡听了箫声后着迷的样子。

⑨④喙：鸟嘴。蜿（wān 弯）转：即婉转，盘曲转动貌。瞪瞢（méng 萌）：指瞪目茫然。瞪，直视，睁。瞢，目不明貌。《文选》李善注：“视不审谛也。”

⑨⑤“况感阴阳”句意为：人禀天地阴阳之和，受到伦理道德之教化，更易受到箫声的感染。

⑨⑥乱：诗赋结尾。这里是对洞箫的总评。捷武：敏捷勇武。逾曳：超越。“逾”、“曳”义同。漂巧：疾速灵巧。

⑨⑦泡溲（sōu 搜）：水盛多貌。泛捷（jié 捷）：《集韵》：“声微小貌。”巇（xī 西）

道：险道。

⑱哮呷（xiā 虾）、呟（juǎn 卷）唤：皆形容声音很大。跻（jī 机）蹎（zhì 质）连绝：或升或降，时连时断。淈（gǔ 古）：搅混。殄（tiǎn 忝）沌：混杂不分。

⑲搅搜、漻（xiào 孝）捎：皆形容水声之词。漻，同“梟（xiào 笑）”。逍遥踊跃：指水滚滚而流。若坏颓：《文选》李善注：“言如物崩坏颓毁也。”

⑩优游流离：来回徘徊。稽诣：《文选》李善注：“言声稽留如有所诣也。”诣，到。耽：乐。

⑩颓唐：陨坠貌。形容箫声衰微。

⑩圣化：指神圣的帝王通过洞箫进行教化。中道：合乎人伦道义。《文选》李善注：“中于道德，虽乐不荒。”

⑩“条畅”二句：指箫声有条贯，通畅洞达，而中于节操。

⑩漂撇：指余音相击。自“终诗卒曲”以下，皆写洞箫演奏的遗响。

【辨析】

《汉书》王褒本传载，汉宣帝令王褒随他出游及打猎，所到之处，辄使作赋。朝臣们多以为宣帝此举无关紧要而又过分靡费。宣帝反驳道：“辞赋大者与古诗同义，小者辩丽可喜，辟如女工有绮縠，音乐有郑卫，今世俗犹皆以此虞（娱）说（悦）耳目。辞赋比之，尚有仁义风谕，鸟兽草木多闻之观，贤于倡优博弈远矣。”宣帝这个反驳是惊世骇俗的。其观点主要又是针对王褒而发的，说明王褒的赋作具备如下特点：它既有与《诗》等所谓经书板着面目教训人的一面，又有自己独特的令人耳目娱悦的另一面。这也就突破了汉儒所强调的诗赋教化作用的一面，它还可以有娱乐消遣的另一面。正因为如此，皇太子有疾，宣帝即命王褒给太子朗读奇文及所自作辞赋，让太子心情愉快，精神焕发，驱除病魔。这是文艺观念上的大飞跃，文学艺术的作用扩大了。文学艺术开始从经学的束缚下挣脱出来。

与此相联系的是，一向被孔子视为淫乱的郑卫之声，在这里被纠正过来了。宣帝以帝王之尊作出这个判决，为郑卫之声平了反，而王褒则是以创作实践为宣帝的判决、平反提供了事实依据，这是又一次文艺审美观上的大解放，为以后文学艺术百花齐放、繁荣发展准备了条件。

甘泉赋

甘泉山[1],天下显敞之名处也[2]。前接大荆,后临北极[3]。左抚仁乡,右望素域。其宫室也,仍巀嶭而为观,攘抗岸以为阶[4]。壅波澜而鳞坻,驰道列以曲远[5]。览除阁之丽靡,觉堂殿之巍巍[6]。径落莫以差错,编玳瑁之文榱[7]。镂螭龙以造牖,采云气以为楣[8]。神星罗于题鄂,虹蜺往往而绕榱[9]。缦倏忽其无垠,意能了之者谁[10]?窃想圣主之优游,时娱神而款纵[11]。坐凤皇之堂,听和鸾之弄[12]。临麒麟之域,验符瑞之贡[13]。咏中和之歌,读太平之颂[14]。(《艺文类聚》卷六十二)

十分未升其一[15],增惶惧而目眩[16]。若播岸而临坑[17],登木末以窥泉[18]。(《文选·左思〈魏都赋〉》李善注)

却而望之[19],郁乎似积云[20]。就而察之[21],雰乎若太山[22]。(《文选·何晏〈景福殿赋〉》李善注)

耀照形之玉璧。(《文选·张协〈七命八首〉》李善注)

【说明】

本赋在《文选》李善注中,皆作《甘泉赋》,而《艺文类聚》则作《甘泉宫颂》,更可见古人赋、颂同体的传统。《汉书·王褒传》载,王褒以善作辞赋而被汉宣帝擢为谏大夫。“其后太子体不安,苦忽忽善忘,不乐。诏使褒等皆之太子宫虞侍太子,朝夕诵读奇文及所自造作。疾平复,乃归。太子喜褒所为《甘泉》及《洞箫颂》,令后宫贵人左右皆诵读之。”可见《甘泉》及《洞箫》二赋确实能娱人耳目,消闷解酲,对太子的疾病起到了有效的辅助治疗作用。可惜二赋仅存《洞箫》,《甘泉赋》只有残句。寥寥数句,亦可窥见《甘泉赋》善用比喻、巧于对仗、夸张渲染、声情并茂的特色。它与扬雄《甘泉赋》一样,都意在夸饰甘泉宫殿的巍峨绚烂。

【注释】

①甘泉山：在今陕西省淳化县西北，甘泉宫即建此。

②显敞：豁亮宽敞。

③大荆：不详。北极：即北极星，亦称“北辰”。

④仍：接续，连续。巀嶭（jié niè 截聂）：山名。一名“嵯峨山”，又名“慈峨山”。在今陕西省泾阳、三原、淳化三县交界处。传说黄帝曾铸鼎于此。观（guàn 灌）：古代宫门外的双阙。攘：开拓疆土。抗岸：同“阬岸”，犹“坑堑”，沟壑。阶：台阶。

⑤壅：阻塞。鳞坻（chí 池）：如鱼鳞的水中小洲或高地。驰道：古代君王专用的行驶车马的道路。

⑥除：宫殿的台阶。《汉书·王莽传下》：“君臣扶掖莽，自前殿南下椒除。”颜师古注：“除，殿陛之道也。”丽靡：华丽。《史记·司马相如列传》：“所以娱耳目而乐心意者，丽靡烂漫于前，靡曼美色于后。”巍巍：崇高伟大。

⑦径：即，就。落莫：文彩相连貌。《急就篇》卷二：“豹首落莫兔双鹤。”差错：交错，纷杂，此指宫中的装饰。玳瑁：龟鳖目海龟科爬行动物，古名瑇瑁，文甲，形似龟，甲壳黄褐色，有黑斑和光泽，可做装饰品。甲片可入药。分布于大西洋、太平洋和印度洋。文棍（pí 皮）：雕刻花纹的屋檐前版。

⑧“采云气以为楣”一句亦见于《文选·张衡〈西京赋〉》李善注。螭龙：传说中无角的龙。《荀子·赋篇》：“螭龙为蝘蜓，鸱枭为凤皇。”牖（yǒu 有）：窗户。楣：门楣，门框上边的横木。此处形容甘泉宫之高，以云气为其门楣。

⑨题鄂：同“题额”，题写门楣或匾额。虹蜺：即蝃蝀，为雨后或日出、日没之际天空中所现的彩虹。榱（cuī 崔）：屋椽。

⑩缦（màn 曼）：同“漫”，广远貌。倏忽：顷刻，指极短的时间。无垠：无边际。意能了之者谁：有谁能够明了。

⑪圣主：皇帝。优游：悠闲自得。娱神：娱乐神明，汉代在甘泉宫祭祀天地泰一等神。款纵：舒缓而无所拘束。

⑫凤皇之堂：以凤凰装饰的厅堂。和鸾：古代车上的铃铛。挂在车前横木上称“和”，挂在轭首或车架上称“鸾”。弄：拨弄、吹奏乐器。

⑬麒麟之域：有麒麟瑞兽出现的地方。符瑞：吉祥的征兆。此句说明甘泉宫是帝王接受祥瑞之贡的地方。

⑭中和：中庸之道的主要内涵。此句表明甘泉宫的音乐符合中庸之道。太平之颂：太平时期的颂歌，表示政治清明，天下无事。

⑮十分未升其一：即尚未攀登甘泉宫的十分之一。

⑯增：更加。惶惧：惊惶恐惧。目眩：眼花。

⑰播岸：形容登上甘泉宫，如登上摇晃的高岸。播，摇动。临：面对。这句

形容其险峻。

⑱木末：树梢。《楚辞·九歌·湘君》："搴芙蓉兮木末。"窥（kuī 盔）：观看。这句主要形容甘泉宫高危。

⑲却：后退。

⑳郁乎：云气浓盛的样子。这是形容甘泉宫殿一大片，都高入云端。

㉑就：接近，靠近。察：观察，仔细看。

㉒雿（duì 对）：黑貌。太山：大山。

刘 向

刘向(前77～前6),原名更生,字子政,汉高祖弟楚元王刘友的四世孙。二十岁为谏大夫,与王褒、张子侨等蒙宣帝召对,献赋颂凡数十篇。曾献淮南王《枕中鸿宝苑秘书》,言黄金可成,因秘方不验而下狱,罪当死。其兄以入国户半赎之,宣帝亦爱其才,乃免。后拜为郎中、给事黄门,迁散骑、谏大夫、给事中。元帝时擢为散骑宗正给事中,因与萧望之等弹劾宦官弘恭、石显及外戚许、史而两度下狱,几死。无官十余年。成帝时,石显等被诛,复受擢用,更名刘向。初拜为中郎,使领护三辅都水,后迁光禄大夫。刘向屡次上书,抨击外戚专权及朝政昏暗,言极痛切,成帝感其言而不用其计。成帝欲迁其为九卿,终因得不到外戚的支持而作罢。年七十二而卒。其子刘伋、刘赐、刘歆皆好学,歆最知名。

刘向是中国历史上著名的文献学家,为整理和保存古代典籍作出了巨大贡献。其所撰《别录》,是我国最早的目录学专著,今已残。编有《列女传》、《说苑》、《新序》、《五经通义》等。《汉书·艺文志》著录其赋三十三篇,惜多散佚。今仅存《九叹》、《请雨华山赋》。《雅琴赋》、《围棋赋》只存片语,《芳松枕赋》等六篇仅见篇目。明张溥辑有《刘子政集》。传附《汉书·楚元王传》。

请雨华山赋

崆岏巍崝嵔山清忽幽味往曲勃林岑茉崔竭离安连迎嵲通谷曼服㦬奄草均阿阪殷纷声沸路辽远调修崒嶒寒服屿冥冥兰蔓散峡崝崝㑋溱溱路黍稷云冘忽传天下为深壑旅请今深渥水谷密请宜令所出百鐕鐕清池涌泉淡州鸣鸯翔嚛嚛殊佋诊赏悬若神悲哀但往不可语人鹿麏麏麐㑋他他野牛胜握触熊蚕蚕律怒佛持林旅象犀庸游山陵天阴且雨負日聆棠柘梓桐摎梢母猴猿木戏手相持睠阳趡梦若风时惮鸳飘阳鸾孔翠文章明竪𥈢苑仓游山旁惃獭狐狢临水凝浑兮不触果必莛方格可为惃陵鲤难神龟春夏出游冬自根圣人亲之诚虞哉虢拖何不可胜亦路临何为华山。

【说明】

此赋录自《古文苑》卷三十一。题注云:"此文阙讹难读,姑存其旧,以俟识者。"残文共235字,多为无法贯通的字词,可见错讹之甚。估计原文篇幅当为残文之数倍。从残文亦可推知原文的大致内容:由于久旱不雨,天子及有关官员前往华山祭神求雨,刘向亦在随从之列。赋篇以大量的笔墨描绘沿途的高山深谷、花草树木,以突出旱情的严重。尤以"崆岏"、"崝嵔"、"崒"、"嶒"、"冘"等词语状华山山势的巍峨险峻,层叠变化。后写抵达华山祭坛,陈列祭品,叩告天神,烟气缭绕,钟磬声声。于是天神感动,风云突变,"天阴且雨"。赋中写了山中各种动物如鹿、野牛、熊、象、犀、猿猴、獭、狐、貂等的欢腾踊跃,也写到水上鸳鸯、水中鲤鱼的追逐嬉戏。最后是赞颂天子的盛德。

雅琴赋

观听之所至，乃知其美也[①]。(《文选·左思〈蜀都赋〉》李善注)

潜坐蓬庐之中，岩石之下[②]。(《文选·张衡〈归田赋〉》李善注，《文选·傅咸〈赠何劭王济诗〉》李善注)

游予心以广观，且德乐之愔愔[③]。(《文选·嵇康〈琴赋〉》李善注)

末世锁才兮智孔寡[④]。(《文选·谢灵运〈七里濑〉》李善注)

穷音之至入于神。(《文选·古诗十九首》李善注)

弹少宫之际天，授中徵以及泉[⑤]。(《文选·张协〈七命〉》李善注)

葳蕤心而自愬兮，伏雅操之循则[⑥]。(《初学记》卷十六《乐部下》)

【说明】

本篇仅存残句。除最后一句录自《初学记》外，其他几句均辑自《文选》李善注。可见此赋在初唐犹存，当佚于盛唐以后。此赋似在描绘雅琴所奏出的动听的音乐。

【注释】

①听之所至：即最动听的声音。

②潜：暗暗地。蓬庐：草房。

③愔愔(yīn 音)：和悦貌。

④锁才：据胡克家《文选考异》，当作“琐才”，小才，指委琐无能之辈。锁，通“琐”。孔寡：很少。

⑤少宫：乐调名。《太平御览》卷八十四引晋皇甫谧《帝王世纪》：“神农氏始作五弦之琴，以具宫、商、角、徵、羽之音。历九代，至文王复增其二弦，曰少宫、少商。”际：到，接近。中徵(zhǐ 止)：乐调名。

⑥葳蕤(wēi ruí 威瑞阳平)：形容心乱。自愬(sù 素)：自我倾诉。愬，同“诉”。伏：承受，接受。雅操：雅正的音乐。《初学记》卷十六引《风俗通》曰：“凡琴曲，和乐而作，命之曰畅；忧愁而作，命之曰操。”循则：依法。

芳松枕赋

【说明】

此赋已佚，仅存篇目。《太平御览》卷七百零七引刘向《别录》曰："向有《芳松枕赋》。"《白氏六帖》卷四作《芳松枕》。

麒麟角杖赋

【说明】

此赋已佚，仅存篇目。《北堂书钞》卷一百三十三引刘向《别录》曰："有《麒麟角杖赋》。"《太平御览》卷七百一十引刘向《别传》曰："有《骐骥角杖》。"

合赋

【说明】

此赋已佚，仅存篇目。《太平御览》卷七百一十七引刘向《别录》曰："向有《合赋》。"合，同"盒"。

行过江上弋雁赋
行弋赋
弋雌得雄赋

【说明】

此三赋已佚，仅存篇目。《太平御览》卷八百三十二引刘向《别录》曰："有《行过江上弋雁赋》、《行弋赋》、《弋雌得雄赋》。"从题目看，三赋皆铺叙行弋之事。弋，用带绳子的箭射猎。

围棋赋

略观围棋，法于用兵。怯者无功，贪者先亡。

【说明】

此赋仅存残句，见《文选·韦曜〈博弈论〉》李善注。

此四句又见《艺文类聚》卷七十四和《古文苑》卷五所录马融《围棋赋》。前者录三十六句，后者录九十二句，似为全文。据此判断，可能是李善引用错误。详见本书马融《围棋赋》辨析。

扬雄

扬雄（前53～前18），字子云，蜀郡成都人。他是继司马相如之后在蜀郡出现的又一个大赋家。据《汉书·艺文志》载，扬雄有赋十二篇，现散见于《汉书》本传、《文选》、《古文苑》等书中。现存有《甘泉赋》、《河东赋》、《校猎赋》（《文选》作《羽猎赋》）、《长杨赋》、《太玄赋》、《逐贫赋》、《蜀都赋》（此赋有争议）、《酒赋》、《覈灵赋》（残）等九篇，另有《解嘲》、《解难》、《反离骚》、《广骚》、《畔牢骚》（后两篇仅存篇目）等，虽不立赋名，但实属辞赋一类作品。

扬雄少好学，博览群书，口吃，不善言谈，为人清静无为，不汲汲于富贵，不戚戚于贫贱，“家产不过十金，乏无儋石之储，晏如也”。但他爱好辞赋，很崇拜相如赋的宏伟华丽、温润典雅，每作赋，常拟之以为式。扬雄四十岁后，赴京求官，成帝任他为黄门郎，与王莽、刘歆并列。哀帝时，又与董贤同官。王莽等人后来都位居三公，权倾人主，但扬雄仍任旧职，晚岁才以年高望重而转为大夫。扬雄好古乐道，常想以文章留名后世，故效《易经》作《太玄》，效《论语》作《法言》。桓谭给予扬雄极高的评价：“扬子之书，文义至深，而论不诡于圣人，若使遭遇时君，更闻贤知，为所称善，则必度越诸子矣！”（《汉书·扬雄传下》）

扬雄的赋可分为前、后两个时期，即成帝以前时期与哀帝以后时期。在前期，他为成帝作赋，热情甚高，常以赋为武器，讽谏成帝，希望成帝成为一个圣明的君主，使国家富强，让人民安乐，写出了《甘泉赋》等著名的四大赋。哀帝以后，扬雄经历了王莽篡权、刘汉王朝倾覆的巨变，他对封建王朝腐朽黑暗的认识加深了，他再也提不起精神去颂扬它，这时他为我们留下一些比较深入地揭露封建王朝黑暗的赋篇，主要作品有《解嘲》、《逐贫赋》等等。这些赋的风格与前期已迥然不同。传在《汉书》卷八十七。

蜀都赋

蜀都之地，古曰梁州①，禹治其江，渟皋弥望②。郁乎青葱，沃野千里③。上稽乾度，则井络储精；下按地纪，则巛宫奠位④。东有巴賨，绵亘百濮⑤，铜梁金堂，火井龙湫⑥。其中则有玉石嶜岑，丹青玲珑⑦，邛节桃枝，石鳍水螭⑧。南则有犍牂潜夷，昆明蛾眉，绝限岷嵣，堪岩亶翔⑨。灵山揭其右，离碓被其东⑩。于近则有瑕英菌芝，玉石江珠；远则有银铅锡碧，马犀象僰⑪。西有盐泉铁冶，橘林铜陵，邛连庐池，澹漫波沦。其旁则有期牛兕旄，金马碧鸡⑫。北则有岷山，外羌白马；兽则麢羊野麋，罴犛貘貙，麤麢鹿麝，户豹能黄，獑胡虽玃，猨蠝玃猱，犹觳毕方⑬。

尔乃苍山隐天，岎崟回丛，增嶃重崒，岵石巉崔⑭，捘嶷崥嵬，霜雪终夏⑮，叩岩岭嶙。崇隆临柴⑯，诸徼崼峴，五矾参差⑰，湔山岩岩，观上岑嵓，龙昜累峗，灌𥻘交倚⑱。嶊崒崛崎，集崄胁施⑲，形精出偈，堪嵦隐倚⑳。彭门嶋峴，㟍嵃嵑岢㉑；方彼碑池，岪岰嵑嶰。砾乎岳岳，北属昆仑泰极㉒；涌泉醴，凝水流津，漉集成川㉓。

于是乎则左沈犁，右羌庭；漆水浡其匈，都江漂其泾㉔。乃溢乎通沟，洪涛溶沈，千溪万谷，合流逆折，泌㳘乎争降㉕，湖潧排碣，反波逆濞，磙石洌巇㉖，纷㳥周溥，旋溺冤，绥颓㴭㉗，博岸敌呷，䃎濑磴岩。㙥汾汾，忽溶阓沛，逾窘出限㉘，连混陁隧，铚钉钟，涌声讙，薄泙龙㉙，历丰隆，潜延延，雷抶电击，鸿康濭，远远乎长喻㉚。驰山下卒㉛，湍降疾流；分川并注㉜，合乎江州㉝。

于木则楩栎豫章树榜，檰槵椑柙，青稚雕梓，枌梧橿枥，槲楢木稷㉞，枒信楫丛，俊干凑集；枇椿柍榻，㭒沈樘椅㉟，从风推参，循崖撮捼㊱，泾淫溶，缤纷幼靡㊲。泛闳野望，芒芒菲菲㊳。其竹则钟龙笨篁，野篥纷邑[39]，宗生族攒，俊茂丰美[40]；洪溶忿苇，纷扬搔合[41]，柯与风披；夹江缘山，寻卒而起，结根才业，填衍迥野。若此者方乎数十百里[42]。于汜则汪汪漾漾，积土崇隄[43]，其浅湿则生苍葭蒋蒲，藿芧青蘋，草叶莲藕，茱华菱根[44]；其中则有翡翠鸳鸯[45]，袅鸬鹚鹭，鸐鸨鹔鷞[46]；其深则有猵獭沈鲜，水豹蛟蛇[47]，鼋蟺鳖龟，众鳞鳎鱅。

尔乃其都门二九，四百余闾。两江珥其市，九桥带其流[48]。武儋镇都，刻削成蔹[49]。王基既夷，蜀侯尚丛。并石石屏，岍岑倚从[50]。秦汉之徙，元以山东[51]。是以陨山厥饶，水贡其获。苴竹浮流，龟碛[52]。竹石蝎相救[53]，鱼酌不收[54]，鶬鯸鸲鷐，风胎雨彀[55]，众物骇目，单不知所御[56]。尔乃其裸，罗诸圃畋，缘畛黄甘，诸柘柿桃，杏李枇杷，杜樼栗榛，棠黎离支，杂以梃橙，被以樱梅，树以木兰[57]。扶林禽，爚般关[58]，旁支何若，英络其间[59]。春机杨柳，袅弱蝉杪[60]，扶施连卷。貆豯蝳蝛[61]，子鴂呼焉[62]。

尔乃五谷冯戎，瓜瓠饶多，卉以部麻[63]，往往姜栀，附子巨蒜，木艾椒蓠[64]。蔼酱酴清，众献储斯[65]。盛冬育笋，旧菜增伽[66]。百华投春，隆隐分芳[67]。蔓茗荧郁[68]，翠紫青黄，丽靡螭烛。若挥锦布绣[69]，望芒芒兮无幅[70]。

尔乃其人，自造奇锦，紌緥緟缬，縿缘卢中[71]，发文扬采，转代无穷[72]。其布则细都弱折，绵茧成衽[73]，阿丽纤靡，避晏与阴[74]。蜘蛛作丝，不可见风[75]。筩中黄润，一端数金。雕镂钔器，百伎千工[76]。东西鳞集，南北并凑。驰逐相逢，周流往来[77]。方辕齐毂，隐轸幽辒，埃勃尘拂[78]。万端异类，崇戎総浓般旋。阓齐噆楚，而喉不感概[79]。万物更凑，四时迭代。彼不折货，我罔之械[80]。财用饶赡，蓄积备具[81]。

若夫慈孙孝子，宗厥祖祢，鬼神祭祀，练时选日，沥豫齐戒[82]。龙明衣，表玄谷[83]，俪吉日，异清浊，合疏明，绥离旅[84]。乃使有伊之徒，调夫五味。甘甜之和，勺药之羹，江东鲐鲍，陇西牛羊，籴米肥賭[85]，麞麀不行，鸿獥獞乳，独竹孤鸧，炮鸮被纰之胎，山麇隋脑，水游之腴，蜂豚应雁，被鸮晨凫，戮鹅初乳[86]，山鹤既交，春羔秋鷤，脍鲅龟肴[87]，杭田孺鹜，形不及劳[88]。五肉七菜，朦猒腥臊[89]，可以练神养血腫者，莫不毕陈[90]。

尔乃其俗，迎春送腊。百金之家，千金之公[91]，乾池泄澳，观鱼于江[92]。若其吉日嘉会，期于送春之阴，迎夏之阳[93]。侯、罗、司马，郭、范、畾、杨[94]，置酒乎荣川之闲宅，设坐乎华都之高堂[95]。延帷扬幕，接帐连冈[96]。众器雕琢,藻刻将星[97]。朱缘之画,邠盼丽光[98];龙虵蜿蜷错其中,禽兽奇伟髦山林[99]。昔天地降生杜鄘密促之君,则荆上亡尸之相。厥女作歌,是以其声呼吟靖领,激呦喝啾[100],户音六成,行夏低徊,胥徒入冥,及庙噜吟,诸连单情;舞曲转节,蹐驭应声[101]。其佚则接芬错芳,襜祐纤延[102];蹦《凄秋》,发《阳春》,罗儒吟,吴公连,眺朱颜,离绛唇[103]。眇眇之态,吡嗷出焉[104]。

若其游怠渔弋郤公之徒,相与如平阳,頮巨沼,罗车百乘,期会投宿[105]。观者方隄,行船竞逐[106],偃衍檝曳,绋索恍惚[107],罗畏弥澥,蔓蔓沕沕[108]。龙睢睇兮罧布列,枚孤施兮纤繁出[109]。惊雌落兮高雄蹶,翔鹍挂兮奔萦毕[110]。俎飞脍沈,单然后别[111]。(以上出自《古文苑》卷四)

蚌含珠而擘裂[112]。(《文选·张平子〈南都赋〉》)

百华投春,隆隐芬芳。(《北堂书钞》卷一百五十四)

【说明】

此赋见《古文苑》卷四,又略见《艺文类聚》卷六十一,又散见于《文选》李善注,《北堂书钞》卷一百四十二、卷一百五十四。

《蜀都赋》作于何时,史无明文,但扬雄《答刘歆书》曾提到:"雄少不师章句,亦于《五经》之训所不解……雄始能草文,先作《县邸铭》,《王佴铭》、《阶闼铭》及《成都城四隅铭》,蜀人有杨庄者,为郎,诵之于成帝,成帝好之,以为似相如,雄遂以此得外见。"《文选·甘泉赋》李周翰注也说:"扬雄家贫好学,每制作,慕相如之文,尝作《绵竹颂》,成帝时,夜郎杨庄诵此文,帝曰:'此似相如之文。'庄曰:'非也,此邑人扬子云。'帝即召见,拜为黄门侍郎。"可见,扬雄在离开蜀郡成都之前,慕乡人司马相如辞采,写了一些颂扬家乡的作品,《蜀都赋》也当作于此时。《蜀都赋》与扬雄于元延元年(前12)到京师为郎后大写讽谏赋的倾向大不相同,此赋纯属歌颂之赋。

《蜀都赋》曾因不见《汉书》扬雄本传等早期典籍而受到怀疑,但因提不出更多证据,故著作权仍应划归扬雄。

【注释】

①蜀都:扬雄《蜀王纪》:"秦惠王灭蜀,使张若与张仪筑成都城。"蜀都,即汉之蜀郡,因成都为三蜀之都会,故称蜀都。其辖区包括今四川省成都市及内江地区大部分县境。梁州:《尚书·禹贡》:"华阳黑水惟梁州。"武帝元封五年(前

106)，改梁州为益州，蜀郡隶属之。梁州为古九州之一，东至华阳，南至长江，北至雍州。

②禹治其江：禹疏导江水以除水害，自岷山始。渟(tíng 停)：水储积不流。《史记・李斯列传》："禹凿龙门……决渟水致之海。"皋：岸，水边之地。弥望：满眼，遍地。

③郁：草色茂盛。青葱：葱绿色。《淮南子・俶真训》："根茎枝叶，青葱苓龙。"沃野千里：形容成都平原土地肥沃辽阔。《汉书・张良传》形容关中"沃野千里"。后来诸葛亮对刘备也说道："益州险阻，沃野千里，天府之土。"

④稽：考核。乾度：就是乾文，也即天象。井：星名。络：井星的网状的样子。精：精华。《河图・括地象》曰："岷山之地，上为井络，帝以会昌，神以建福，言东井主蜀，分野岷山，上应天象，其精储为井星之维络。"地纪：地理，指地理的度数。巛："坤"的古字。所谓云汉自坤抵艮为地纪。《易说卦注》："坤，西南方之卦也。"又曰："天地定位，蜀居地之西南，故于九宫为坤宫。"奠：定。

⑤巴：古族名，国名，分布在今川东鄂西一带。武王克殷，封为子国，称巴子国，至秦始称巴郡。賨(cóng 从)：古代的一种少数民族，其中心地区在今四川省渠县一带。晋常璩《华阳国志・巴志》："阆中有渝水，賨民多居水左右，天性劲勇。"绵亘：连绵不断。濮(pú 仆)：我国古代西南地区的少数民族名。殷周时分布于江汉以南，春秋以后散布于今湖南省西北部澧沅流域。《尚书》中称为"濮人"。"百"言其部族散居，无君长。《左传・文公十六年》："百濮离居，将各走其邑。"

⑥铜梁：山名，在四川省合川县南，山有石梁横亘，色如铜，因名。金堂：山名，在四川省金堂县东南，县以山名，亦曰金台山。金堂山在新都县，水通巴汉。火井：可燃的天然气井。《文选・左思〈蜀都赋〉》刘逵注："蜀都有火井，在临邛县西南，火井，盐井也(古多用以煮盐，故称"盐井")。欲其出火，先以家火投之，须臾许，隆隆如雷声，焰出通天，光辉十里，以简盛之，接其光而无炭也。"张华《博物志》："临邛火井，昔时人以竹木投取火。"龙湫(qiū 秋)：即龙潭。湫，深潭。

⑦嶜岑(jīn cén 金涔)：高峻貌。形容所产玉石堆积如山。丹青：丹砂和青雘，两种可制颜料的矿石。玲珑：指矿石清亮透明。《古文苑》章樵注："玲珑，层出之状。"

⑧邛节：邛地所产之竹，中实而高节。桃枝：八角之竹，可以织席作杖。传说汉武帝因邛杖而伐西南夷。石鳢(méng 萌)：鱼名。水螭(chī 痴)：传说中无角的水龙。《古文苑》章樵注："水螭，水中怪兽。蜀守李冰尝沉石犀以御水怪。"

⑨犍(qián 前)：即犍为郡，汉武帝时置。牂：当作"牂(zāng 臧)"，即牂牁，武帝元鼎六年置，辖境包括今贵州大部、云南东部、广西北部一带。潜夷：潜水上之夷人。《尚书・禹贡》："沱、潜既道，蔡、蒙旅平，和夷厎(zhǐ 止)绩。"昆明：

汉为建伶、谷昌两县地。或以为族名,似非。蛾眉:山名,在今四川省蛾眉县西南。两山相对,状如蛾眉,故名。绝限:指山势高峻险要,成为区域界限。崀嵣(láng dàng 郎荡):山名。《古文苑》章樵注:"崀嵣山俗讹为螳螂山,在朱提县西南。"在今云南省会泽县境。堪岩:山形窈深貌。亶(dǎn 胆)翔:山势飞舞的样子。

⑩灵山:章樵注:"灵关山在成都西南汉寿界。"揭:显现。离碓:即"离堆",山名,相传秦蜀守李冰凿离堆以避沫水之害。其址在今四川省灌县西一里处,或曰"灌山口"。被:附着。

⑪瑕:赤玉。英:通"瑛",似玉的美石。菌芝:石芝,一种钟乳石。江珠:光珠,一名琥珀。碧:一种青美的玉石。《华阳国志·蜀志》:"蜀之为国……其宝则有璧玉、金、银、珠、碧、铜、铁、铅、锡……犀、象……之饶。"

⑫盐泉:盐井。铁冶:即炼铁。橘林:橘树之林。铜陵:产铜之山。邙:彦循注:"邙"即"邛"字。形近而误。邛:邛水,在今四川省境内。庐池:即泸水。澹漫:指水波时而平静,时而起伏的样子。期牛:一名夔牛,《山海经·中山经·中次九山》:"又东北三百里,曰岷山……其兽多犀象,多夔牛。"郭璞注:"今蜀山中有大牛,重数千斤,名曰夔牛。"兕(sì 四):一种似水牛的动物,角在额上,古人用以作酒杯,谓之"兕觥"。金马:毛色如金的马。《华阳国志·南中志》:"蜻蛉县……山有碧鸡金马,光影倏忽,民多见之,有山神。"碧鸡:神名。《汉书·郊祀志下》:"宣帝即位……或言益州有金马碧鸡之神。"颜师古注:"金形似马,碧形似鸡。"《汉书·王褒传》:"方士言益州有金马碧鸡之宝,可祭祀致也,宣帝使褒往招焉。"

⑬岷山:在四川省松潘县北,绵延川甘两省边境,为岷江、嘉陵江发源地。羌:古代西部的少数民族之一。麙(yán 严):细角羚羊,比山羊大。麋(mí 迷):即麋鹿。罴:兽名,俗称"人熊"。犛(máo 毛):即牦牛,黑色,长毛,耐寒,现分布在青海、西藏高原地区。《山海经·中山经·中次八山》:"东北百里,曰荆山……其中多犛牛,多虎豹。"貘(mò 莫):一种野兽。《尔雅·释兽》:"貘,白豹。"郭璞注:"似熊,小头庳脚,黑白驳,能舔食铜铁及竹骨。骨节强直,中实少髓,皮辟湿。"《说文》:"似熊而黄黑色,出蜀中。"貒(tuān 湍):《本草纲目·兽部二》:"即今之猪獾也……状似小猪,豘形,体肥而行迟。"麢麌(yù yú 遇余):似鹿而大于鹿的一种兽。麝(shè 射):似鹿而小,无角,灰褐色,腹部有香腺。户豹:同"扈豹",有文采的豹。能黄:即黄能。传说中一种似熊的野兽。《左传·昭公七年》载,鲧死,"化为黄能"。獑胡:也作"獑猢(chán hú 蝉胡)",一种似猿的野兽,黑毛,腰围白色,前肢白而尤长。虽:当作"蜼(wèi 伟)",似猕猴而大,黄黑色,卬鼻而长尾的猿猴。玃(jué 决):大母猴。猨:即"猿",似猴的一种兽。蝠(lěi 儡):鼺鼠。兔状而鼠尾,能飞。猱(náo 挠):似猿,善攀援。犹:似猴而短足的一种猿类动物。觳(hù 护):传说中犬首而马尾的一种兽,食猕猴。毕方:传说中的一

种异鸟。《山海经·西山经》:“(章莪之山)有鸟焉,其状如鹤,一足,赤文青质而白喙,名曰毕方,其鸣自叫也,见则其邑有讹火。”

⑭隐:遮藏。指山极高。岎崟(fén yín 坟银):山势险峻的样子。增(céng 层):通“层”,重叠。崭(zhǎn 斩):也作“崭”,险峻的山峰。重:重叠。崒(zú 卒):危高也。岵(gān 甘):山名。嶻(cáng 藏)崔:高大貌,指山石高耸。

⑮投琎(tóu bèng 投蹦):高峻的样子。投,山势险峻的样子。嶵嵬(zuì wéi 罪围):高峻貌。

⑯叩:击,敲打。岩:山崖。岭嶙:击打岩石的声音。章樵注:“重阴涸寒,冰雪长夏不融,叩其岩崔,其声岭嶙然。”临柴(zì 自):积聚。

⑰徼(jiào 叫):边界,此指边防要塞。诸徼:明边塞非一。嵽嵲(dié niè 迭聂):参差不齐的样子。五矶(wù 勿):五重险峰。

⑱湔(jiān 尖)山:湔水的发源地,一名玉垒山,山出璧玉,在成都西北。岩岩:高峻的样子。观上:山名。岑嵓(cén yán 涔岩):山势险峻的样子。龙易(yáng 阳):山名。累峗(wěi 伟):累积高峻。《字汇·山部》:“峗,高也。”漼(cuǐ 璀):水深的样子,这里指谷深。粲:形容山势优美。交倚:形容众山相互依傍。

⑲崔崪(cuī zú 崔卒):即“崔崒”,形容山势高峻曲险。崛崎(jué qí 掘奇):形容山势陡峭,峭拔。集:聚集。崄(xiǎn 险):险要,险阻。胁施(yì 义):从山的里边向四周蔓延。

⑳形:山的形状地势。精:指山的精灵。出:超出。偈(jié 竭):勇武高大。指山势、山精端庄威严。堪:《古文苑》章樵注:“即嵁字,与嵌同,山深貌。”嶒(chēng 称):众山奇特之形。隐倚:指山互相倚靠的样子。

㉑彭门:山名,在四川省彭县西北,两山相对立如阙,号曰彭门。今名天彭山。嶋崵(dǎo yáng 岛阳):众山森列,争高竞峻的样子。嶋,同“岛”。岍嵃(xíng yǎn 形眼):山高峻之貌。嵑岢(jié kě 洁渴):山高峻貌。

㉒方:旁,并列。碑(pō 坡)池:倾斜而下。峨岈(yà jiā 亚加):山峰林立的样子。辐嶰(gé xiè 格谢):互争高峻的样子。砾(lì 立):山中小石。岳岳:高峻耸立。属:连接。昆仑泰极:昆仑山,在西藏、新疆之间。《古文苑》章樵注曰:“自岷山而北,联属昆仑山。昆仑在西域羌中,其山最高,众山视之为极尊,故称泰极,黄河之源出于此。”

㉓醴(lǐ 礼):泉水。凝:形成。津:河。漉(lù 鹿):渗出。《古文苑》章樵注:“(黄河)东注蒲昌海,凝注为大泽,广袤三百里,其水亭居冬夏不增减,潜行地下,南出于积石,为中国河。漉谓渗漉,流行;集谓合众流也。”

㉔沈犁:即筰(zuó 昨)都,汉武帝元鼎六年以筰都地置沈黎郡,见《汉书·武帝纪》。治所在今四川省汉源县。漆水:《古文苑》章樵注:“‘漆’,恐当作‘沫’,音昧。《说文》曰:沫水出蜀西塞外,东南入江。”章说极是。沫水隋唐以后改名大渡河。浡(bó 脖):波浪兴起。匈:同“胸”。指沫水“涌其前也”。都江:《古文

苑》章樵注："本沱水，东流过成都，谓之都江。"漂：浮流。泾：似当作"胫"，与上文"胸"对。

㉕溢：指水满外流。通沟：通畅的河。洪涛：大涛。溶洗：指水波荡漾。湲：水流貌。逆折：碰到山石而返回。泌㳽(bì jié 必节)：水波冲激的样子。争降：争相下泻。

㉖澮：似当为"浍"，小沟。排碣：冲击山石。濞(pì 僻)：水暴至之音。磙：与"砾"同。借为"轹"。洌：借为"裂"。巘(yǎn 眼)：山峰。

㉗纷䓯(rú 如)：犹"纷拏"，错杂貌。周溥(pǔ 普)：分布很广。旋溺冤：被水卷入而死者烦冤。绥颓惭：迟缓颓唐者生惭。绥，迟也。《古文苑》章樵注："水触石抵山，则波涛洄洑，舟行人旋溺而死者冤，绥颓而生者惭。"

㉘博岸：即冲击江岸。呷(xiā 虾)：借为"岬"，两山之间。敌岬：即激流与山岬相抵触。䘹(zuì 罪)：疑当作"踤"，触也。濑(lài 赖)：水击石间而形成的湍急之水。磴(dēng 登)岩：指江水抽岸。磴，踏也。橕(chēng 称)：柱也。指水石相激而涌起的水柱。汾汾：指水柱很多。忽：指水柱迸落迅速突然。溶：水盛也。闛沛(táng pèi 堂佩)：水声很大。逾窘出限：指大水超出束缚它的河床界限。

㉙陁(zhì 至)：倒塌，崩溃。隧(suì 岁)：道路，这句指河水泛滥，河岸道路都被淹没，大水连成一片。铚(zhì 至)钉钟：河水冲击岸石的声音。涌声讙(huān 欢)：河水发出喜悦的声音。《文选·司马相如〈上林赋〉》："鱼鳖声讙。"吕向注："谓鱼鳖戏跃声也。"讙，同"懽"，欢。薄：鄙薄。泙(pēng 烹)龙：水声。

㉚历：超过。丰隆：传说中的云神。"历丰隆"是指比丰隆声还大。潜：水伏流。这里指无声无息地流动。延延：水长流的样子。抶(chì 赤)：打击。鸿康濭：河水冲击声。远远乎长喻：指声音迅速传到远处。喻，指声音导向远方。

㉛驰山下卒：如士卒从山上飞驰而下。

㉜湍：急流。降：下落。疾流：急速的流水。并：齐。注：流入。

㉝合：汇合。江州：《古文苑》章樵注："县名，在巴郡，众水至此而汇合。"江州本巴国都。战国置县。战国秦至南朝皆为巴郡治所，地望在今重庆市嘉陵江北岸。

㉞楩(pián 骈)：木名，即黄楩木。栎(lì 历)：木名，果实叫橡子、橡斗。叶可饲柞蚕，皮可作染料。豫章：樟木一类的树木。榜：疑借为"枋"，檀木。櫼(zhān 沾)：木名。櫖(lǜ 虑)：山櫐(lěi 磊)，似葛(多年生蔓草)而粗大。椫(shàn 善)：又名白理木，木质坚硬，白色，可制梳、杓等。柙(jiǎ 甲)：一种树木。青稚："稚"字有误，当为一种良木香木，如青挂等等。雕梓(zǐ 子)：可用作雕刻的梓木。梓，木名，质轻而易刻，古人常用来制作琴瑟及建筑。枌(fén 坟)：白榆木。《诗·陈风·东门之枌》："东门之枌，宛丘之栩。"孔颖达疏引孙炎："榆白者名枌。"梧：梧桐。橿(jiāng 江)：质地坚韧的一种树木，古人常用以作车轮外周。枥(lì 历)：木名。㯕(sī 斯)：木枝向下的树。楢(yóu 尤)：一种树木。《山海经·中山经》：

“（岷山）其木多楢杻。楢，刚木也，中车材。”木稷：一种树木，似松柏而有刺。

㉟枒（yē 耶）：与“梛”、“椰”同，即椰树。信（shēn 伸）：通“伸”，舒展，指木枝向周围伸张。楫（jí 集）：林末也。丛：汇集。俊：大。干：树身。凑：聚集。柌（cí 词）：一种楠木。檕（jī 鸡）：榆树的一种。柍（yǎng 养）楬：疑为“柍梅”之误。为木之中材用也。柍、楬都非木名，或疑即“嵖嶫”，原状山之高，这里借以形容柌、檕之高大。㐌（yà 亚）沈：形容树丛茂密幽深。樘椅：形容树木相互支撑。樘，通“撑”。椅，通“倚”。

㊱推参：指随风推挤而参差交错。循：顺着。崖：山崖之际。撮：聚集。挼（ruó 若阳平）：相互碰击，摩挲。

㊲泾淫：指树木飘动如行进的样子。溶：树林一望无际的样子。缤纷：杂乱的样子。幼靡：《古文苑》章樵注：“幼读作窈，窈靡，深密也。”

㊳泛：广大，博大。闳：高大。野望：在野外瞻望。这句意思是：四望原野，只觉宇宙博大高远。芒芒：同“茫茫”，广大的样子。《诗·商颂·长发》：“洪水芒芒，禹敷下土方，外大国是疆。”菲菲（fēi 非）：指宇宙中万物很盛的样子。

㊴钟龙：也作“籦笼”、“籦龙”，竹子的一种。晋戴凯之《竹谱》曰：“籦笼，竹名，伶伦吹以为律。”筿（niè 聂）：一种竹子。箽（jǐn 紧）：竹名，皮白如霜，大者可为篙。篠（xiǎo 小）：小竹子，出产于鲁部山，可作笙。晋戴凯之《竹谱》：“海中之山曰岛山，有此篠。大者如筋，内实外坚，拔之不曲。生即危埇，海又多风，枝叶稀小，状若枯筋。”纷：杂乱的样子。鬯（chàng 唱）：通“畅”，畅茂。

㊵宗生：同类繁生。族攒：同类的竹木聚集在一起。俊茂：美好，优秀。丰美：丰满美丽。

㊶洪溶：广大宽阔。忿苇：《尔雅·释诂》：“茂盛也。”极言竹之富。搔合：即“骚屑”，风声。

㊷与风披：意思是随风牵引而时分时合。夹江：在江的左右相持。缘山：沿山。寻：大竹名。《山海经·大荒北经》：“有岳之山，寻竹生鸟。”郭璞注：“寻，大竹名。”卒：通“猝”，突然。结根：指根相互盘结，聚合在一起。才：《说文》：“草木之初也。”业：《广韵》：“业，大也。”这句指竹由小到大。填衍：丰饶，充实。迥野：遥远的原野。数十百里：《古文苑》章樵注：“方数十里以至百里，盖盛言竹之富。”

㊸汜（sì 四）：《古文苑》章樵注：“浅水荡也。”即不流通的小水洼。汪汪：指水深广的样子。漾漾：水流动荡的样子。积土：土堆。积，累，堆积。崇隄（dī 堤）：拦水的大坝。隄，同“堤”。

㊹苍葭（jiā 加）：青色的芦苇。蒋（jiāng 将）：植物名，俗称“茭白”。蒲（pú 匍）：香蒲或菖蒲一类的草。藿（huò 霍）：一种香草，藿香。苎（zhù 住）：草名，即荆三棱。青蘋：水萍。《古文苑》章樵注：“《尔雅》曰：‘萍其大者曰蘋。’郭璞曰：‘水萍也。’”草叶：水藻，可供祭祀用。莲藕：莲子及根茎。茱华：《古文苑》章樵

注:“芙蕖也。”即荷花的别名。菱根:菱角的根茎,可能代指藕。

㊺翡翠:鸟名,其羽艳丽,可作装饰品。鸳鸯:鸟名,比鸭子小。雄为鸳,羽色绚丽;雌为鸯,背苍褐色。

㊻鸬(lú 卢):鸟名,即鸬鹚,俗称“水老鸦”,似鸦而大,毛黑色,善捕食水类,常栖息水边。鹢(yì 益):水鸟名,似鹭而大,苍白色,善飞。鹭(lù 路):水鸟名,高脚长脖,嘴强劲有力。鹍(kūn 昆),同“鹍”,鹍鸡,鸟名。鹔鹴(sù shuāng 肃双):水鸟名,雁属,长颈,羽毛可制裘。

㊼猵獭(biān tǎ 边塔):獭属,能入水食鱼。鳝(shàn 善):《古文苑》章樵注:“音善。《说文》:‘皮可为鼓。’”则此鳝当为鼍。《集韵》:“鼍,《说文》:‘水虫,似蜥易,长大。’或作鳝。”《文选·李斯〈上秦始皇书〉》:“树灵鳝之鼓。”水豹:《古文苑》章樵注:“水豹,水兽,状似豹。”蛟:古代传说中一种能吞人的动物,似蛇,四脚小,头细,颈有白瘿,大者十数围。

㊽都门二九:《古文苑》章樵注:“汉武帝元鼎二年,立成都十八门。”闾:坊巷门也。珥(ěr 耳):环绕。《古文苑》章樵注:“《史记·河渠书》:‘蜀守冰凿离碓,辟沫水之害,穿二江成都之中,此渠皆可行舟。’二江指郫江、检江。珥,言江水旁贯其市。”九桥:《华阳国志》云为李冰所建。带:言九桥横跨四海。

㊾武儋:疑为“武担”,山名,在今四川省成都市西北。镇:安定。都:城市,指蜀都。《华阳国志·蜀志》:“此都有一丈夫化为女子,美而艳……蜀王纳为妃,不习水土……无几,物故。蜀王哀念之,乃遣五丁之武都担土为妃作冢……今成都北角武担是也。”刻削:指山形险峻,如刀刻斧削一般。蔹(liǎn 敛):草名。《诗·唐风·葛生》:“葛生蒙楚,蔹蔓于野。”孔颖达疏:“蔹似栝楼。”栝楼是一种多年生草本植物,茎上有卷须,以攀缘他物。

㊿“王基”二句:《古文苑》章樵注:“秦惠王讨灭蜀,封公子通为蜀侯,赋言蜀都之王基既平,蜀侯通始寿,可配蚕丛之王。尚,记也。”并石:即所谓垒石为室。
厞:古“犀”字,与“栖”同,居住。岓(qí 其):山傍石的样子。岑(cén 涔):小而高的山。倚从:相互倚靠,连续不断。

(51)秦汉之徙:钱照祚校:“此指秦汉徙山东民以实蜀地。”元:当作“充”,发配。山东:即关东,指崤山或华山以东。

(52)是以:因此。隤(tuí 颓)山:倾山,满山。厥:其。饶:富饶的物产。水:江河湖泊。获:收获。苴(jū 居):有子的麻。浮流:随水流浮动。龟碛(qì 气):形容浮流而下货物之多,有如到处堆积的沙碛。《艺文类聚》卷六十一作“龟鳖碛石”。碛,浅水中的石头。

(53)“竹石”句:《古文苑》章樵注:“上文已有竹,不应再举,竹石疑是合为若字。杜若,香草;蝎,螫虫。二者药材柔猛之性相济。举细微以见万物富美。”

(54)“鱼酌”句:《古文苑》章樵注:“鱼酌,皆取也。收……掩藏也……言山川所产,惟人所取,未尝有靳。”

⑤⑤鵌(tú 途)：通“鵌”，与兽同穴的鸟类。鯸(hóu 侯)：鸟名，似雕。鸲(qú 渠)：鸲鹆，即八哥鸟。鷬(huáng 皇)：同“凰”，凤类。风胎雨鷇(kòu 扣)：指鸟因风雨而孵化。鷇，待出壳的鸟。《古文苑》章樵注：“《庄子》：‘白鶂相视而风化。’注：不待合而生子。”见《庄子·天运》。

⑤⑥骇：惊。单：同“殚”，尽。御：进奉。

⑤⑦裸：《古文苑》章樵注：“亦作蓏(luǒ 裸)。在木曰果，在地曰蓏。”罗：罗列，遍布。匡(kuāng 匡)：园圃四周的栅栏。缘：围绕。畛(zhěn 诊)：田间的道路或界限。黄甘：柑橘类的果品。枇杷(pí pá 皮爬)：常绿树，果可食，叶似琵琶，可入药。产于我国南方各省。杜：树木名，即杜梨。樼(zhēn 真)：同“榛”。榇(nài 奈)：果树名。也称“花红”、“沙果”。棠黎：一种似梨而小的初春开白花的树木，果实如楝子，可食。离支：即荔枝。杂：错杂。榹橙：果木名，即柚类果木。被：覆。樱：樱桃。梅：果木名。早春开花，花后生叶，果实味酸，立夏后熟，生者叫青梅，熟者叫黄梅。树：种植。木兰：大树，叶似长生果，果实如小柿子，味甘美。

⑤⑧扶：《古文苑》章樵注：“扶谓骈生，其实相扶。”林禽：果木名，也称花红、沙果等。或云此果味道甘美，能招致众鸟，故有林禽、来禽之名。爚(yuè 月)：光彩照人的样子。般关：梨的一种。《古文苑》章樵注：“般关，美梨也。”

⑤⑨旁支：形容果木树枝繁多。支，同“枝”。何若：即“阿若”，婀娜，喻树枝繁多飘拂的样子。英：花，花片。络：缠绕。

⑥⓪机：木名，似榆，可烧成灰以粪田，出蜀中。袅(niǎo 鸟)：通“嫋”，柔弱摇曳的样子。蝉杪：《古文苑》章樵注：“相率引也。”

⑥①扶施：即扶疏，纠缠散布的样子。连卷：弯曲相连的样子。蚷蟝(jù xī 巨溪)：蟪蛄，蝉的一种。螗蛦(táng yí 唐夷)：蝉类的动物。

⑥②子鴂(guī 圭)：即“子规”，杜鹃。

⑥③冯戎：富饶，盛多。瓠(hù 户)：蔬菜植物，即葫芦。饶：丰富。卉：草的总名，这里意为种植。

⑥④姜：草本植物，根茎辛辣，可作调味品。栀(zhī 之)：常绿灌木，仲春开花，夏秋结实，可入药，也可作染料。附子：植物名，株高三四尺，茎四棱，叶如艾，花碧紫色，根似鸟头，附头而生者为附子，可入药。木艾：艾草，一种香草。朱骏声《说文通训定声》：“五行不言草，草亦木也。”又见《礼记·祭统》郑玄注。

⑥⑤蒟酱：枸椹酱。酴(tú 涂)清：酒名，即酴醿酒。献：奉献。储斯：犹“储胥”，储蓄也。或以为借为“藷蕲”，薯芋芥菜。

⑥⑥盛冬：隆冬。育：生长。笋：竹笋。增伽：指茄子尚多。伽，作“茄”。

⑥⑦华：花。投：至也。隆隐：丰厚深重。

⑥⑧蔓：蔓生植物的枝茎。茗：茶芽，一说是晚采的茶叶。荧郁：茂盛。

⑥⑨丽靡：华美，华丽。螭烛：传布光彩。挥：舞动。绣：丝织品。这里写草木繁盛，如舒布锦绣。

(70)芒芒:广大辽远。幅:边际。

(71)絿(qiú 求):蜀地所产的丝织品。《古文苑》章樵注:“蜀锦名件不一,此其尤奇者。”缳(xuǎn 选):蜀锦名。《古文苑》章樵注:“缳,索丝织也。”緋(fěi 斐):蜀锦名。缬(xū 须):蜀地织锦名。縿(cǎn 惨):《古文苑》章樵注:“縿,绛色。”缘:沿着。卢:黑色。《古文苑》章樵注:“绛色缘其外,黑色居中,相合为文。”

(72)文:文采,花纹。这句意谓:发扬文采,故转于世间而无有穷尽。

(73)细都:即细絺(chī 吃),细葛布。弱折:《古文苑》章樵注:“布名。”茧:《古文苑》章樵注:“茧布,江南人谓之生布。”袩:衣襟或衣袖,代指衣服。

(74)阿丽:柔美华丽。阿,通“婀”。纤靡:纤细美丽。晏:晴朗无云。

(75)“蜘蛛”句:极言丝织品的质地精细。

(76)筩(tǒng 桶)中、黄润:细布之名。端:古布帛长度名。布以六丈为一端。帛以四丈为匹,六丈为端。雕镂:雕刻花纹。釦(kòu 扣)器:以金银饰边的器具。百伎千工:极言工技之精巧。伎,同“技”。

(77)鳞集:如鱼鳞般聚在一起。并:一起。凑:聚合。这句极言物产丰富,来往客商众多。

(78)方:开船,引申为并。辕:车前的横木。齐:与……整齐。毂:车轮中间车轴贯入处的圆木。隐轸:言车轮滚动,声音巨大。隐,隐隐,象声词。轸,轸轸,盛大。幽輵:象声词。《汉书·扬雄传》:“皇车幽輵,光纯天地。”颜师古注:“幽輵,车声也。”埃勃尘拂:尘埃兴起,沸沸扬扬。

(79)万端异类:指种类繁多。崇:指商贩聚集。戎:指商贩来往的区域广大。総:指客商聚合。浓:指商贩密集。般(pán 盘)旋:回旋。阓(huì 溃):都市的外门。嗜:聚语貌。喉:发音器官,这里指言语。感概:即“感慨”,意为小节,小气。《古文苑》章樵注:“蜀物丰羡,负贩者多齐楚之人,遝至都市,喧哗而争售之。”

(80)更凑:变换聚合。四时:四季。迭代:更替。折货:折价而售之货,意谓损失。折,亏损。我罔之械:即我不禁之。罔,不。械,禁。

(81)饶:富足。赡:充足,丰富。备具:即具备。

(82)宗:祭祖庙,奠祭。厥:助词,无义。祖:祖先。祢(nǐ 你):父死后在宗庙中立牌位曰祢。《周礼·春官·甸祝》:“舍奠于祖庙,祢亦如之。”郑玄注:“郑司农云:祢,父庙。”《公羊传·隐公元年》何休注:“生称文,死称考,入庙称祢。”练时选日:选择合适的日子。练,通“拣”,选择。沥豫:事先准备酒。沥,清酒。豫,准备。齐(zhāi 斋)戒:古人在祭祀前休浴更衣,不饮酒,吃素食,以示虔诚。齐,通“斋”。

(83)龙:假借作“袭”,穿衣。明衣:洁净之衣。斋戒时,浴后所服之内衣,以布为之。《论语·乡党》:“齐,必有明衣,布。”表:外衣。玄谷:疑为“玄縠”之误。周人祭祀穿黑衣。《礼记·王制》:“周人冕而祭,玄衣以养老。”

(84)俪:偶,配。异:分开。清:清酒。浊:浊酒。合:会。疏明:即亲疏明辨。

《古文苑》章樵注:“犹言会亲疏。”绥:安抚。离:位次之别。旅:《古文苑》章樵注:“众宾酬主人曰旅。”

⑧⑤伊:伊尹,传说伊尹曾负鼎俎诣商汤。调:佐调。勺药:五味调和。司马相如《子虚赋》:“勺药之和具而后御之。”韦昭注:“勺药,和齐酸咸美味也。”羹:和味的汤。鲐(tái 台):海鱼名。鲍(bào 抱):鱼名。籴(dí 敌)米:《古文苑》章樵注:“言养之以米,所以涤其秽。”籴,通“涤”,养牲之宫。肥:养于涤也。

⑧⑥麈(zhuī 追):一岁的鹿。《广韵·脂韵》:“麈,鹿一岁。”又《玉篇·鹿部》:“麈,鹿二岁。”麈(sì 四):二岁的鹿。不行:《古文苑》章樵注:“弋猎所供,无行贩者。”鸿:大。貘(shuǎng 爽):兽名。《古文苑》章樵注:“貘,兽大者。”獞(dǎn 胆):兽名。《字汇·大部》:“獞,兽初生者。”乳:韧生。竹:通“屑”,即属玉,鸟名。鸧(cāng 仓):鸟名。章樵注:“属玉、鸧,皆水鸟名,不牝牡,则味全。”炮(páo 袍):烧烤。鸮(xiāo 消):猫头鹰。被(pī 批):同“披”,剖开。纰(pí 皮):通“豼”,豹属。胎:孕于母体内的幼体。山麇(jūn 菌):山獐。隋:通“髓”。这句意谓:山兽以髓脑为珍贵。水游:水族。腴:腹下的肥肉。水族以腹下之肉为甘美。蜂:通“封”,大。豚(tún 屯):小猪。应雁:应候之雁。随季节变换而迁移的大雁。指南归大雁。被鷃(yàn 晏):即斥鷃,小雀。晨凫:晨飞之凫。凫,野鸭。戮:通“鹨”,亦作“雉”,即野鹅。鹝(yì 义):又作“鶂”,通“鹢”,水鸟。初乳:刚出生。

⑧⑦山鹤既交:交配后的山鹤。春羔:春天的小羊。秋鼩(liú 留):秋天的鼩类。《玉篇·鼠部》:“鼩,似鼠而大。”《古文苑》章樵注:“物以时而美者,鼩。”脍(kuài 快):切细切薄成脍。鲹(suō 梭):石头鱼之别名。龟肴:将龟蒸熟,使其解体。肴,熟肉连骨。

⑧⑧杭(jīng 精):同“粳”,一种不黏的稻。孺:初生的,通“乳”。鷩(bì 敝):有文彩的赤雉。羽毛可为帽饰。《山海经·西山经》:“鸟多赤鷩。”郭璞注:“赤鷩,山鸡之属。胸腹洞赤,冠金,皆黄头绿尾,中有赤毛,彩鲜明。”形:体形。这句意思是:乳鷩食于杭田,未能飞,故不劳而肥。

⑧⑨ 五肉:指牛、羊、鸡、犬、猪肉。七菜:指葱、韭之类。幪:遮掩,去除。猒:同“厌”,抑制。这句意谓:用葱韭之类去调和五肉,以去除腥臊之气。

⑨⓪毕:都,全部。陈:罗列。

⑨①这句意谓:中等人家、尊贵之人莫不出游。

⑨②澳(yù 遇):池塘,水塘。

⑨③嘉:美。期:会合。

⑨④这是汉代蜀郡的七个望族。

⑨⑤置:设置。荣:美色。坐:通“座”。华都:华美之都,即蜀都。

⑨⑥延:扩展。这句意思是:帷幕施于堂室,帐设于空旷之地。

⑨⑦器:器具。雕琢:指玉、石器。藻:彩绘。刻:雕刻,指木器。将星:光彩照

耀的样子。星,一作“皇”。

⑱朱:红色。邠盼(bīn fēn 缤纷):即“缤纷”。丽光:华丽有光彩。

⑲虵:“蛇”的俗字,一说是龙蜷缩的样子。髦:《古文苑》章樵注:“犹毛也。谓四散山林之间。”

⑩⓪杜鄺(hù 户):《古文苑》章樵注:“《蜀王本纪》曰:朱提有男子杜宇,从天而降,自称望帝,蜀人尊为主。杜鄺即杜宇,望帝姓名也。鄺,音户。”密促之君:指王君在位短促。《古文苑》章樵注:“按《蜀纪》,上古时,蜀之君长治国久长,后皆仙去。自望帝以来,传授始密。”亡尸之相:《古文苑》章樵注:“(《蜀王本纪》)又云,望帝治汶山,下邑曰埤,荆人鳖灵死,其尸亡,随江逆流而上,至埤而生,望帝以为相,委国授之。”(引者按:以上引文与《蜀王本纪》稍异) 厥女作歌:《古文苑》章樵注:“《成都古今记》:‘蜀王尚纳五丁之妹为妃,不习水土,欲出。王固留之,为作《东平之歌》。无几,物故。王悲悼不已,乃作《臾斜之歌》、《就归之曲》而哀之。”靖领:犹悲惨。《骈雅·释训上》:“靖领,悲懵也。”激:《古文苑》章樵注:“激,读作‘嗷’。”号呼声。呦(yōu 悠):呜咽的声音。噎(yē 夜):悲咽的声音。啾(jiū 究):口中发出的吟声。

⑩①户:通“濩”,商汤的音乐。六成:六变。乐曲一阕为一成。行夏:音乐名。低徊:舒缓徐行。这句是说:歌曲合于商周之乐。胥徒:民之给徭役者,犹今日之卫士。入冥:指歌声妙入幽冥。及庙:指士女出游去拜诣望帝及鳖灵庙。望帝和鳖灵在成都都有庙堂。噆:咬唇而出声。诸连:指后世之曲系依昔日之歌写成,相连不断。单情:尽情。单,同“殚”。踃(xiāo 消):跳跃。驳(sà 飒):疾速。这句是说:舞蹈的疾迟都与歌声相应。

⑩② 佚:通“佾”,行列。接、错:均是错杂的意思。襜(chān 搀):衣袖。袩(diān 颠):即“裧”,衣衽。纤延:指衣服飘荡的样子。

⑩③蹋(tǎn 坦):以足踏地而歌。《凄秋》、《阳春》:皆歌曲名。罗儒吟:《古文苑》章樵注:“崔豹《古今注》曰:‘《陌上桑》,秦氏女罗敷曲也。罗敷采桑,赵王见而说之,欲载以归。罗敷不从,作是曲以明意。’儒,读作孺。”吴公:《古文苑》章樵注:“汉代刘向《别录》:‘汉兴以来,善雅歌者,鲁人虞公。发声清哀,盖动梁尘。虞、吴,汉人多通用。’”连:随唱。眺:仰起。朱颜:红颜。离:张开。绛唇:红唇。

⑩④眇眇(miǎo 秒):好貌,形容仪态美好。吡噉(bì dàn 毕旦):指歌声之妙。

⑩⑤怠:通“怡”,和乐。渔:钓鱼。弋:狩猎。郤公:蜀郡的豪富。相与:一起。如:往,到。平阳:平旷的原野。頮:“颣”字之误。巨沼:大泽,“沼”或作“野”。期:期望。会:会合。投宿:指倦游后找地方托身。

⑩⑥方:并也。“方隄”即站满堤坝。竞逐:奔走。《古文苑》章樵注:“遨游既倦,日将暮矣,期于托宿,车马同回,舟楫奔走,观者并隄,人物并杂。”

⑩⑦偃衍:繁杂纷乱。檄曳:纷沓的样子。绋索:纷繁沓杂的样子。恍惚:不

分明。

⑱罗罠:也是纷沓的样子。弥:满。澥(xiè 泄):大海。蔓蔓:绵绵不绝的样子。沕沕(wù 勿):深藏也。

⑲茏:捕鱼的竹器。睢(suī 虽):大视也。矆(huò 货):惊奇地看。罧(shèn 慎):在水中积柴以聚鱼。枚:聚鱼的树枝。孤:即"罛",船上的渔网。施:用。纤繁:射鸟时系在箭上的生丝绳。

⑳惊雌:受惊的雌鸟。高雄:高飞的雄鸟。蹶:晕倒。翔鹍(kūn 昆):飞翔的鹍鸟。挂:指猎获鸟类。奔䌙毕:指禽兽均落入网中。毕,田猎用的长柄网。这里作动词。

⑪俎(zǔ 阻):切菜用的砧板。这里用如动词,在板上切。飞:飞禽。脍:切成薄片。沈:通"沉",指鱼类。这里是互文,即旋取禽鱼以供俎脍。单:通"殚",尽。这句意思是:至日落时飞禽游鱼不可复取才作罢。

⑫擘(bò 檗)裂:分裂,裂开。擘,剖开,分开。

甘泉赋

孝成帝时,客有荐雄文似相如者[①],上方郊祠甘泉泰畤、汾阴后土,以求继嗣[②],召雄待诏承明之庭[③]。正月,从上甘泉。还,奏《甘泉赋》以风[④],其辞曰:

惟汉十世,将郊上玄,定泰畤[⑤],雍神休,尊明号[⑥],同符三皇,录功五帝,邺胤锡羡,拓迹开统[⑦]。于是乃命群僚,历吉日,协灵辰[⑧],星陈而天行[⑨]。诏招摇与泰阴兮,伏钩陈使当兵[⑩];属堪舆以壁垒兮,梢夔魖而抶獝狂[⑪]。八神奔而警跸兮,振殷辚而军装[⑫]。蚩尤之伦带干将而秉玉戚兮,飞蒙茸而走陆梁[⑬]。齐总总撙撙,其相胶葛兮,猋骇云讯,奋以方攘[⑭];骈罗列布,鳞以杂沓兮,柴虒参差,鱼颉而鸟昕[⑮];翕赫曶霍,雾集蒙合兮,半散照烂,粲以成章[⑯]。

于是乘舆乃登夫凤皇兮翳华芝[⑰],驷苍螭兮六素虬[⑱]。蠖略蕤绥,漓乎幓缅[⑲]。帅尔阴闭,霅然阳开[⑳]。腾清霄而轶浮景兮,夫何旟旐郅偈之旖柅也[㉑]!流星旄以电烛兮,咸翠盖而鸾旗[㉒]。敦万骑于中营兮,方玉车之千乘[㉓]。声骈隐以陆离兮,轻先疾雷而驭遗风[㉔]。陵高衍之嵱嵷兮,超纡谲之清澄[㉕]。登椽栾而羾天门兮,驰阊阖而入凌兢[㉖]。

是时未臻夫甘泉也,乃望通天之绎绎[㉗]。下阴潜以惨廪兮,上洪纷而相错[㉘];直峣峣以造天兮,厥高庆而不可虖疆度[㉙]。平原唐其坛曼兮,列新雉于林薄[㉚];攒并闾与茇葀兮,纷被丽其亡鄂[㉛]。崇丘陵之駊騀兮,深沟嵚岩而为谷[㉜];迣迣离宫般以相烛兮,封峦石关施靡虖延属[㉝]。

于是大夏云谲波诡,摧嶉而成观[㉞],仰挢首以高视兮,目冥眴而亡见[㉟]。正浏滥以弘惝兮,指东西之漫漫[㊱];徒回回以徨徨兮,魂固眇眇而昏乱[㊲]。据軨轩而周流兮,忽軮轧而亡垠[㊳]。翠玉树之青葱兮,壁马犀之瞵㻞[㊴]。金人仡仡其承钟虡兮,嵌岩岩其龙鳞[㊵],扬光曜之燎烛兮,乘景炎之炘炘[㊶],配帝居之县圃兮,象泰一之威神[㊷]。洪台掘其独出兮，撽北极之嶟嶟[43]，列宿乃施于上荣兮，日月才经于柍桭[44]。雷郁律而岩突兮，电倏忽于墙藩[45]，鬼魅不能自还兮，半长途而下颠[46]，历倒景而绝飞梁兮，浮蔑蠓而撇天[47]。

左欃枪右玄冥兮，前熛阙后应门[48]；阴西海与幽都兮，涌醴汩以生川[49]。蛟龙连蜷于东厓兮，白虎敦圉虖昆仑[50]。览樛流于高光兮，溶方皇于西清[51]。前殿崔巍兮，和氏珑玲[52]，炕浮柱之飞榱兮，神莫莫而扶倾[53]，闶阆阆其寥廓兮，似紫宫之峥嵘[54]。骈交错而曼衍兮，崚嶒隗虖其相婴[55]。乘云阁而上下兮，纷蒙笼以掍成[56]。曳红采之流离兮，飏翠气之宛延[57]。袭琁室与倾宫兮，若登高妙远，肃虖临渊[58]。

回猋肆其砀骇兮，翍桂椒，郁移杨[59]。香芬茀以穷隆兮，击薄栌而将荣[60]。芗呹肸以掍根兮，声骍隐而历钟[61]。排玉户而飏金铺兮，发兰惠与穹穷[62]。帷弸彋其拂汨兮，稍暗暗而靓深[63]。阴阳清浊穆羽相和兮，若夔、牙之调琴[64]。般、倕弃其剞劂兮，王尔投其钩绳[65]。虽方征侨与偓佺兮，犹仿佛其若梦[66]。

于是事变物化，目骇耳回[67]，盖天子穆然，珍台闲馆[68]，琁题玉英、蜵蜎蠖濩之中[69]，惟夫所以澄心清魂，储精垂思[70]，感动天地，逆釐三神者[71]。乃搜逑索耦，皋、伊之徒，冠伦魁能[72]，函甘棠之惠，挟东征之意[73]，相与齐虖阳灵之宫[74]。靡薜荔而为席兮，折琼枝以为芳[75]。噏清云之流瑕兮，饮若木之露英[76]。集虖礼神之囿，登乎颂祇之堂[77]。建光耀之长旓兮，昭华覆之威威[78]，攀琁玑而下视兮，行游目虖三危[79]，陈众车于东阬兮，肆玉轪而下驰[80]；漂龙渊而还九垠兮，窥地底而上回[81]。风傱傱而扶辖兮，鸾凤纷其御蕤[82]，梁弱水之濎濙兮，蹑不周之逶蛇[83]，想西王母欣然而上寿兮，屏玉女而却虙妃[84]。玉女无所眺其清卢兮，虙妃曾不得施其蛾眉[85]，方擥道德之精刚兮，侔神明与之为资[86]。

于是钦柴宗祈，燎熏皇天，招繇泰一[87]。举洪颐，树灵旗[88]，樵蒸焜上，配藜四施[89]，东烛仓海，西耀流沙[90]，北熿幽都，南炀丹厓[91]。玄瓒觩䚥，秬鬯泔淡[92]，肸向丰融，懿懿芬芬[93]。炎感黄龙兮，熛讹硕麟[94]，选巫咸兮叫帝阍，开天庭兮延群神[95]。傧暗蔼兮降清坛，瑞穰穰兮委如山[96]。

于是事毕功弘，回车而归，度三峦兮偈棠棃[97]。天阃决兮地垠开，八荒协兮万国谐[98]。登长平兮雷鼓磕，天声起兮勇士厉[99]，云飞扬兮雨滂沛，于胥德兮丽万世[100]。

乱曰:崇崇圜丘,隆隐天兮[101],登降峛崺,单埢垣兮[102]。增宫嵾差,骈嵯峨兮[103],岭嶒嶙峋,洞亡厓兮[104],上天之縡,杳旭卉兮[105],圣皇穆穆,信厥对兮[106]。徕祗郊禋,神所依兮[107],俳佪招摇,灵迟迟兮[108]。辉光眩耀,隆厥福兮[109],子子孙孙,长亡极兮[110]。

【说明】

此赋见《汉书》卷八十七上、《文选》卷七、《艺文类聚》卷三十九。

此赋作于汉成帝元延二年(前11)。《汉书·扬雄传上》说:"甘泉本因秦离宫,既奢泰,而武帝复增通天、高光、迎风。宫外近则洪厓、旁皇、储胥、弩陆,远则石关、封峦、枝鹊、露寒、棠梨、师得,游观屈奇瑰玮,非木摩而不雕,墙涂而不画……且为其已久矣,非成帝所造,欲谏则非时,欲默则不能已,故遂推而隆之,乃上比于帝室紫宫,若曰此非人力之所为,党鬼神可也。又是时赵昭仪方大幸,每上甘泉,常法从,在属车间豹尾中。故雄聊盛言车骑之众,参丽之驾,非所以感动天地,逆釐三神,又言'屏玉女,却虙妃',此微戒齐肃之事。"可以看得很清楚,此赋表面上是批判暴秦和汉武,实是要求成帝立即停止自己的"奢泰",提醒他不要为女色所迷惑。

在表现手法上,赋采用了"推而隆之"的手法,即竭力夸饰描绘的对象,使阅者感到自己追求之有过,从而猛醒过来,改弦易辙。这手法极似先秦前汉的滑稽家,如优孟陈楚庄王葬马事,它是从《七发》、《天子游猎赋》那里学来而加以着意运用的。

【注释】

①客:指杨庄。扬雄《答刘歆书》:"(扬雄)先作《县邸铭》、《王佴颂》、《阶闼铭》及《成都城四隅铭》,蜀人有杨庄者,为郎,诵之于成帝,成帝好之,以为似相如,雄遂以此得外见。"或以为客指王音、王根、王商。姑录以备考。

②上:即汉成帝。方:正当。郊祠:古代于郊外祭祀天地神灵的活动。甘泉:即甘泉宫,在今陕西省淳化县西北甘泉山上。秦始皇二十七年(前220)建甘泉前殿,后汉武帝于建元年间增建通天、高光、迎风等宫馆。泰畤(zhì 至):古代君王祭祀天神的地方。据《史记·孝武本纪》记载,元鼎五年(前112),汉武帝立泰畤坛。《汉书·郊祀志下》:"往者,孝武皇帝居甘泉宫,即于云阳立泰畤,祭于宫南。"汾阴:县名,汉置,治所在今山西省万荣县宝鼎,因在汾水之南,故名。武帝时于此得宝鼎。后土:古时称地神或土神为后土,此处指地神祠。继嗣(sì 四):子孙后代。

③待诏：等候天子的命令。承明之庭：即承明殿，在未央宫中。

④正月：指汉成帝元延二年（前 11）一月。风：通“讽”，讽喻。

⑤汉十世：指汉成帝。汉从高祖建国，经惠帝、吕后、文帝、景帝、武帝、昭帝、宣帝、元帝至成帝，共十代帝王。郊：祭名，即祭天地。上玄：天。定：武帝祭泰畤，宣帝罢，成帝复祭，故曰定。

⑥雍神休：祈求神灵保佑并给以美好的福祥。雍，护佑。或作“拥”。休，美善，喜庆。尊明号：指尊为天子之名号。明号，天子之名号。

⑦同符三皇：使君王受命于天的符证合于三皇。符，合。三皇，古代传说中的部落首领，一般指伏羲氏、神农氏和黄帝。录功五帝：总领五帝的功业。录，总领。五帝，指黄帝、颛顼、帝喾、唐尧、虞舜。邮（xù 絮）：同“恤”，忧念。胤（yìn 印）：后代。锡：与，赐给。羡：丰饶。拓：扩展。迹：业绩，事迹。统：世代相继的系统。以上两句是说：成帝忧念自己没有子嗣，因而来祭祀天地神明，祈求神灵多赐福祥，以拓展汉家的功业。

⑧命：告诉，命令。僚：官吏。历：选择。灵辰：良辰。灵，善，美好。此句意为：成帝命令百宫选择一个吉利的日子，使其合乎善时。

⑨星陈：众星陈列。天行：天体运行。一说，即天子的出行。全句意为：天子出行时，百官陪伴跟从，犹如众星在天空中罗列，犹如天体之运行。喻声势浩大。

⑩招摇：星名。在北斗的杓端。《礼记·曲礼上》：“招摇在上。”孔颖达疏：“招摇，北斗第七星也。”即北斗的第七星摇光。泰：《文选》卷七作“太”。太阴：太岁的别名。伏：通“服”，降服，使屈服。钩陈：星名，在紫微垣内，与北极星最近，天文学家常以它为准来测量北极，故亦称“极星”。当：担当。此句意为：天子下诏命令招摇与太阴作为旌旗的装饰，让钩陈星作自己的军卒。

⑪属（zhǔ 主）：通“嘱”，委托，托付。堪舆：有两种说法，《汉书》颜师古注引张晏认为是天地的总名，引孟康认为是制造图宅之书的神仙。两说皆可。壁垒：军队作战时用以进攻或防守的围墙工事。梢（shāo 烧）：通“箾”，打击。夔（kuí 奎）：山林中的精怪。《文选》李善注引孟康曰：“木石之怪曰夔，如龙，有角，人面。”魖（xū 虚）：古代传说中使人消耗钱财的鬼。抶（chì 斥）：鞭打。獝（xù 序）狂：恶鬼的名字。此句意为：把军营委托给天地之神，使他们打击精灵鬼怪。

⑫八神：八方之神。奔：急急忙忙地走动。警跸（bì 毕）：古代帝王出入称“警跸”。左右侍卫叫“警”，止人清道叫“跸”，以戒止行人走动，维护皇帝安全。振：奋起。殷辚：繁盛的样子。军装：穿着军服。此句意为：四面八方的神灵都穿着军服前后奔走，护卫着皇帝的安全，气势非常盛大。

⑬蚩（chī 吃）尤：古代传说中的九黎族部落首领。伦：同辈，同类。干将（gān jiāng 甘江）：古代的宝剑名。据《吴越春秋·阖闾内传四》记载，春秋时吴人干将与莫邪为吴王铸成两把锋利无比的宝剑，一名干将，一名莫邪。秉（bǐng 柄）：执，操持。玉戚（qī 期）：以玉装饰的斧子。戚，古代兵器名，形状似大斧。

一说，是长柄的斧。蒙茸、陆梁：都是狂奔乱走的样子。此句意为：使蚩尤之类的武士拿着锋利的宝剑和玉斧，奔驰于皇帝的左右。

⑭总总、撙撙(zǔn 尊)：都是聚集、聚合的样子。胶葛：杂乱、不整齐的样子。猋(biāo 标)：通“飙”，旋风，暴风。骇：起，产生。讯：快，迅速。奋：猛然用力，言其速也。方攘(rǎng 嚷)：分散奔离的样子。此句意为：武士们前后奔跑，时分时合，行动迅速敏捷，如乌云奔涌，如暴风陡生。

⑮骈(pián 便)罗：骈比，罗列。布：陈列。杂沓：众多纷杂的样子。此句意为：他们的排列分布如鱼鳞一样，纷纷杂杂。柴虒(cī zhì 疵至)：参差不齐的样子。又作“柴池”、“傑池”。颉(xié 协)：上下游动不定的样子。旿(háng 杭)：“颃”的假借字。指鸟上下飞动的样子。此句意为：众神并列前后，其行迅疾，如鱼跃鸟翔。

⑯翕赫：隆盛的样子。曶(hū 忽)霍：一开一合，迅疾的样子。雾：地气。蒙：天气。半(pàn 判)散：分散，公布。照烂：光辉灿烂。粲：鲜明。章：文章，文采。以上四句意思是：天子出行祭祀时人多兵盛，行动迅疾，如云集雾合，分布罗列，光辉灿烂，富有文采。

⑰乘(shèng 胜)舆：皇帝、诸侯乘坐的车子。这里指代天子。凤皇：用凤凰装饰起来的车子。翳(yì 义)：遮蔽。华芝：华美的车盖。

⑱驷(sì 四)：古代一辆车套四匹马称驷。苍：青黑色。螭(chī 吃)：传说中无角的龙。素虬(qiú 求)：白色无角的龙。《文选》吕向注曰：“凡称龙者，皆马也。言龙者，美之也。”

⑲蠖(huò 货)略：行走进退，有节度，如避行一般。蠖，也叫尺蠖，虫体细长，行走时身体一屈一伸，如用尺量物。蕤(ruí 瑞阳平)绥：装饰物下垂的样子。此句写龙行走的样子。漓(lí 离)乎幓缅(shēn lí 深离)：毛羽下垂的样子。此句写龙翰下垂之貌，也可以认为是写车饰。

⑳帅：聚集在一起。或以为“帅”同“率”，“率尔”犹“倏尔”。霅(shà 煞)然：分散的样子。或以为同“飒然”。“倏尔”、“飒然”，都是迅疾之貌。此句意为：天子的队伍，有时聚集在一起，就像阴云布满天空；有时分散开来，就像阳光冲破云层。

㉑腾：上升。霄：云。《汉书》颜师古注曰：“霄，日旁气也。”轶(yì 义)：越过，超过。浮景：流动的云光。也指日光。旟(yú 余)：绘有鸟隼图象的旗帜。《汉书》颜师古注曰：“画鸟隼曰旟。”旐(zhào 兆)：上面画有龟蛇的旗子。郅偈(zhì jié 至杰)：高高耸立的样子。《汉书》颜师古注：“郅偈，竿杠之状也。”旖柅(yǐ nǐ 以你)：轻盈柔顺的样子。这里是写轻风吹动旗子的形态。此二句意为：天子的车子升入云霄，越过流动的云光，绘有鸟隼和龟蛇的旗帜，高高地矗立在车上，随风摆动，轻柔多姿。

㉒“流星旄(máo 毛)”句：《文选》张铣注：“旄，以旄牛尾为之，饰以星文，其

光如电，悬于竿上，以指麾也。”咸：都，皆。翠盖：用翠羽装饰的车盖。鸾（luán 峦）旗：天子车上的旗帜，红色，编以羽毛，上面绘有鸾鸟。天子出行时，陈于道而先行。

㉓敦（tún 屯）：通“屯”，布陈，屯聚。万骑（jì 寄）：千军万马，形容人马众多。骑，一人一马为骑。中营：营中。方：并也。玉车：用玉石装饰起来的车子。乘：车。

㉔骈（pēng 砰）隐：形容车骑声音盛大。陆离：错综杂乱，参差不齐的样子。驳（sà 萨）：马行迅疾。遗风：速度很快的风，疾风。此句意为：车马奔驰，声势浩大，其轻快迅捷如疾雷遗风。

㉕陵：超越。衍：无边无际。嵱嵷（yǒng sǒng 勇耸）：山峰众多的样子。纡谲（yū jué 淤决）：曲折多变。

㉖椽栾（chuán luán 船峦）：山名，在甘泉宫南。𤞑（gòng 贡）：到。阊阖（chāng hé 昌盍）：天门。凌兢：令人寒冷战栗的地方。一说即“凌境”，凌空的境界。此句意为：天子的车马驰过了曲折的道路，登上了甘泉南山，好像到达了天门，进入了令人寒冷战栗之处。

㉗臻（zhēn 真）：通“臻”，至，到达。通天：即通天台，在甘泉宫中。《汉书·武帝纪》及《三辅黄图》均有记载。绎绎（yì 义）：高大的样子。

㉘阴潜：阴暗的样子。惨廪（lǐn 凛）：寒凉的意思。洪：大。纷：杂乱。错：相互交错。此句意为：通天台下阴冷寒凉，暗淡不明；通天台上高大广阔，色彩缤纷。

㉙嶢嶢（yáo 尧）：高。造：到达，至。厥：其，指代通天台。庆：发语词，通“羌”。疆：终，极尽。度（duó 铎）：测量，计算。这句意思是：通天台高而达天，不可到达它的顶点而测量它。

㉚唐：王念孙《读书杂志》曰：“唐者，广大之貌。”坛（dàn 淡）曼：平坦，宽广。新雉（zhì 至）：同“辛夷”。一说是香木名，一说是香草名。薄：草木丛生的地方。

㉛攒（cuán 窜阳平）：聚集在一起。并闾（bīng lǘ 兵驴）：即棕榈。《文选》张铣释为“瑞草”。茇苦（bá kuò 拔阔）：草名，即薄荷。《文选》张铣释为“瑞草”。被（pī 披）丽：分散，到处分布的样子。亡（wú 无）鄂（è 饿）：无边无际。鄂，边际。此句意为：瑞草并闾及茇葀，四散分行，无边无涯。

㉜崇：高。驋骀（pǒ ě 颇饿上声）：高大的样子。此二句意为：山阜很高，沟谷深险。

㉝迋迋：同“往往”，处处，到处都有。离宫：古代帝王在正式的宫殿之外另建宫室，以便随时游乐居住，谓之“离宫”，言与正式宫殿分离。般：与“班”同，分布。烛：照。封峦、石关：都是观名。《三辅黄图》卷五记载，甘泉有石关观、封峦观。施（yì 义）靡：连绵不断的样子。此句意为：到处都是离宫别馆，相互映照，封峦、石关等宫观连绵不绝。

㉞夏:《文选》卷七作"厦"。云谲波诡:这里用来比喻房屋构造精巧,怪异多变。摧嶉(zuǐ cuī 嘴崔):即崔巍,高大宏伟的样子。

㉟挢(jiǎo 绞):举起,仰起。冥眴(miàn xuàn 面眩):同"瞑眴",目光昏乱的样子。此句意为:仰起头来向高处望,令人头昏目眩,什么也看不到。

㊱浏滥:即浏览。弘:大。惝(chǎng 厂):通"敞",宽广,广阔。漫漫:长远无际的样子。此句意为:正面看,高楼广大宽阔,东西望则无边无涯。

㊲回回:旋转。徨徨:心神不安的样子。眇眇(miǎo 秒):遥远,深远。此句意为:大厦高耸壮观,视之,则感到天旋地转,心驰神摇,魂惊魄骇。

㊳据:依,凭。軨(líng 零)轩:有窗格的小房间或长廊。軨,同"棂"。周流:周转流观。泱轧(yǎng yà 养亚):广大弥漫的样子。垠(yín 银):边际,界限。这句意思是说:凭依着长廊上的栏杆向四周眺望,忽然感到天地广阔,无边无垠。

㊴翠:青绿色的玉石。玉树:用玉石制作而成的树。《汉书》颜师古注:"玉树者,武帝所作,集众宝为之,用供神也,非谓自然生之。而左思不晓其意,以为非本土所出,盖失之矣。"青葱:葱绿色,玉树的颜色。壁马犀:两种释法。《汉书》颜师古曰:"马犀者,马脑及犀角也。以此二种饰殿之壁。"壁,或作"璧",即以璧玉雕刻马与犀。璘瑸(lín bīn 磷宾):文采缤纷,犹言色彩斑斓。

㊵金人:铜铸的人像。霍去病讨匈奴休屠王,获其祭天金人。武帝以为神仙,列于甘泉宫。仡仡(yì 义):勇敢强壮的样子。虡(jù 具):用以悬挂编钟的木架。嵌:开张的样子。岩岩:高大威武的样子。龙鳞:似龙之鳞。

㊶燎(liáo 辽):火炬,大烛。景:日光。炎(yàn 焰):火光。炘炘(xīn 欣):火焰炽盛的样子。此句意为:宫观装饰华美,高扬其光辉,如火炬照耀;太阳光芒下垂,灿烂夺目。

㊷配:匹对,媲美。帝居:天帝居住的地方。悬圃:传说中神仙居住的地方。泰一:天神之尊贵者。

㊸洪台:高大的台子。掘(jué 决):通"崛",特起,突出。摰(zhì 至):至,到。北极:北极星。嶟嶟(zūn 尊):耸立,高台竦峭的样子。此句意为:大台特然突出,高至北极,耸峭峻秀。

㊹列宿(xiù 秀):列星。施(yì 义):蔓延,延续。在此句中可训为"经历"。荣:屋翼、屋檐两端上翘的部分,今通称"飞檐"。柍(yāng 央):中间,中央。桭(chén 辰):屋宇檐端。此句意为:宫观很高,众星日月都从它的屋檐间经过。

㊺郁律:细小的雷声。岩突:山之深处,这里指宫观的深邃幽静处。倏(shū 书)忽:疾速,形容时间极短。藩(fān 番):篱笆。

㊻魅(mèi 昧):鬼怪。颠:从高处陨坠。此句意为:楼台屋宇的高峻,即使是神仙鬼怪也不能爬上顶端,爬到中途就要颠坠下来。

㊼历:经过。倒景(dào yǐng 到影):即"倒影"。这是描写宫观之高,过于日月,日月从下往上照,故成倒影。绝:跨过,超越。飞梁:凌空而修建的桥梁。

浮：超过。蔑蠓：同"蠛蠓（miè měng 灭猛）"，一种虫子，体小细蚋，群飞如烟雾。又，《文选》吕向注："蠛蠓，游气也。"此句意为：楼台甚高，日月反射出倒影，越过飞梁，超出天空中的游气而拂于天。

㊽欃枪（chán qiāng）：彗星的别名。玄冥：北方水神名。一谓雨师。熛（biāo 标）阙：赤红色的宫阙。应（yìng 映）门：宫中正门，在熛阙之内。

㊾阴：通"荫"，遮蔽，遮盖。西海：西方极远的地方，泛指四方。幽都：北方极远的地方。醴（lǐ 里）：醴泉，甘美的泉水。汩（yù 遇）：迅疾的样子。生：形成。这句意思是说：宫殿很高，遮蔽了西海和幽都，醴泉涌出，水流很急，汇集成河。

㊿蛟龙：即蛟，其体形与传说中的龙相似，故名。连蜷（quán 拳）：屈曲的样子。厓（yá 涯）：水边或山边。敦圉（yǔ 雨）：盛怒的样子。昆仑：山名，古代传说为神仙居住的地方。这两句用天帝居处昆仑山，左青龙，右白虎，象征甘泉宫楼台的威严。

�51览：看。樛（jiū 纠）流：缭绕、曲折的样子。高光：即高光宫。溶：安闲自得。方（páng 旁）皇：同"仿偟"、"彷徨"，徘徊。西清：西厢清静的地方。此句意为：在高光宫环顾周览四方，在清静的西厢堂悠闲自得地徘徊。

�52前殿：即正殿。《文选》李善注："前殿，正殿也，诸宫皆有之。"《史记·高祖本纪》曰："未央宫，立东阙、北阙前殿。"崔巍：高峻的样子。和氏：和氏璧。后泛指宝石。珑玲：宝玉碰撞发出的声响。这里形容宝石的颜色光亮鲜明。此句意为：正殿高大雄伟，梁壁上装饰着宝玉，色彩明亮可见。

�53炕（kàng 抗）：通"抗"，举起。浮柱：梁上的短柱。因其高，如浮在空中一般，故称"浮柱"。飞榱（cuī 崔）：椽子，因其凌空而架，有飞动之势，故称"飞榱"。莫莫：晦蔽在暗中。此句意为：甘泉宫屋宇高峻险要，其形危竦，所以不倾，是因为有神在暗处扶持。

�54闶（kàng 抗）：门高的样子。阆阆（làng 浪）：高朗貌。寥廓：空旷，辽远，广阔。紫宫：天帝居住的地方。帝王的宫殿有时也称"紫宫"。峥嵘：深邃的样子。此句意为：殿宇高大空旷，就像天神居住的紫宫那样深邃虚静。

�55骈：并列。交错：檐栋相连的样子。曼衍：连绵不绝。嶞（tuǒ 妥）：《文选》李善注引《埤苍》："嶞，山长貌。"崣隗（zuì wěi 醉委）：犹"崔巍"，高峻的样子。婴：环绕。这两句是说：檐栋分布连绵不断，楼台宫观与高峻的山峰相互环绕。

�56乘：登。云阁：阁名。《三辅黄图》卷一："二世所造，起云阁欲与南山齐。"蒙笼：分辨不清的样子。掍（hùn 混）成：天然而形成。掍，同"混"。《汉书》颜师古注："掍成，言其有若自然也。"这句是说：台阁高连云霄，上下蒙笼，与山浑然一体，如同自然生成。

�57曳：施，摇荡。流离：同"陆离"，光彩不定的样子。飏（yáng 杨）：飞扬。冤延：同"蜿蜒"。此句意为：宫观甚高，好像光怪陆离、色彩缤纷的云光霞气都在它的身边蜿蜒摇曳和飞扬。

⑸袭：因袭，继承。琁（xuán 旋）室：用琁玉修饰而成的宫室。相传是夏桀建造的。琁，美玉。倾宫：高大巍峨的宫殿。因其高耸，就好像要倾倒一样，所以叫倾宫。相传是商纣王所建。妙远：向远处仔细看。妙，《文选》卷七作“眇”。肃：严肃，谨慎。这句委婉地表达了作者的讽谏之意。所以应劭曰：“登高远望，当以亡国为戒，若临深渊也。”《晏子春秋·内篇谏下》曰：“夏之衰也，其王桀作为琁室。殷之衰也，其王纣作为倾宫。”

⑸回猋（biāo 标）：回旋的狂风。肆：疾速，放肆。砀（dàng 荡）骇：振荡。砀，与“荡”通。骇，动，起。被：散乱。桂椒：都是香木名。郁：茂密，草木丛生之处。栘（yí 移）杨：木名。《汉书》颜师古注：“栘，唐棣也。杨，杨树也。”这句意思是：旋风疾速而过，吹动众树，桂椒披散，栘杨郁聚。

⑹芬茀（bó 帛）：芬香馥郁，香气浓盛。穹隆：盛大的样子。击：拍击，拂击。薄栌（lú 卢）：柱上的方木，即斗拱。将：送，及。荣：屋檐两端上翘的部分，即飞檐。此二句意为：香气浓郁，遍布梁柱和屋檐。

⑹芗（xiǎng 响）：通“响”，风吹动树的声音。呹肸（chì xì 翅戏）：疾散貌。一说，振动貌。掍（hùn 混）：振。根：犹株。骈隐：形容声音气势浩大。历：经过。《汉书》颜师古注曰：“又言风之动树，声响振起众根合，骈隐而盛，历入殿上之钟也。”

⑹排：开。玉户：用玉装饰的门户。飏：飞扬。金铺：门上用以起衔接作用的金屑环钮。穹穷：香草名。《汉书》颜师古注曰：“言风之所至，又排门扬铺，击动镂钮，回旋入宫，发奋众芳。”

⑹帷：帷帐。翸翃（péng hóng 朋洪）：风吹动帐帷的声音。拂汩（yù 遇）：风吹动帷帐的样子。稍：少顷，一会儿。暗暗：幽隐深空的样子。靓（jìng 竞）：通“静”，安详，安静。此二句意为：风吹动帷帐发出声音，帷帐飘拂，过了一会儿，又复归平静，显得幽隐深空。

⑹阴阳清浊：指风声的特色，即高低、轻重、缓急等。《文选》李善注引《庄子》：“黄帝曰：‘一清一浊，阴阳调和。’”穆羽相和：有两种解释。穆，变音。羽，正音。变声与正声相应，故曰“穆羽相和”。琴有和穆二音，而风声似之，故曰“穆羽相和”。夔（kuí 奎）：传说是舜时的乐官，精通音乐。牙：伯牙，春秋时人，传说以精通鼓琴技艺而著名。

⑹般：指公输班，又称鲁班。春秋时鲁国人，古代著名的工匠。倕（chuí 垂）：人名，古代的能工巧匠。一说是尧时人，一说是黄帝时的巧人。《庄子·胠箧》、《吕氏春秋·离谓》及《尚书·尧典》都曾提及他。传说他最早建造耒耜、钟、铫、规矩、准绳。剞（jī 畸）：雕刻用的曲刀。劂（jué 厥）：刻镂用的曲凿。王尔：古时巧匠，见《淮南子·本经训》。钩绳：工匠工曲直的工具。此句意为：甘泉宫的建筑极尽精巧，即使是公输班和工倕这样的能工巧匠，也只能放弃手中的工具，自愧弗如。

㊱方：并，一起。征侨：仙人名，姓征，名伯侨。一说即仙人王子侨。偓佺（wò quán 卧全）：仙人名。此句意为：甘泉宫极高，即使是仙人伯侨与偓佺在其上行走，也会因不识其形貌，而产生如在梦中的感觉。

㊲骇：惊骇，诧异。回：回皇，惊疑不定。此句意为：楼台宫观的建筑千变万化，使人耳目惊骇。

㊳穆然：犹"默然"，静思默想的样子。闲：安闲舒适。这句意思是说：天子在珍台闲馆之中静思默想祭祀的事情。

㊴琁（xuán 旋）题：用玉装饰的椽头。题，榱，椽的头端。玉英：玉的色彩。《孝经・援神契》曰："玉英，玉有英华之色。"蜵蜎（yuān yuān 渊冤）蠖濩（huò huò 货获）：都是形容皇宫建筑物上雕刻的形状。一说是屋宇的深广（颜师古及张铣注）。

㊵惟：思考，谋划。夫：那，指祭祀的事情。澄心清魂：使心神清静。储精垂思：储蓄精神，等待赐予的恩惠。储，积蓄。垂，留下。

㊶逆：迎接。釐（xī 西）：通"禧"，福。三神：天神、地神、人神。这句意思是：用祭祀之事感动天地，到三神那儿迎福。

㊷搜：寻求，选择。逑（qiú 求）：匹配。索：寻找。耦：配偶。皋（gāo 高）：即皋陶。传说是舜的良臣，掌管刑狱。伊：即伊尹。商汤的贤臣，曾佐汤讨伐夏桀。冠伦魁能：才能在同辈中居第一。"冠"、"魁"，都是"首"、"第一"的意思。伦，同类。

㊸函：包含，容纳。甘棠：《诗・召南》中的篇名。传说周武王时，召伯巡行至南国，曾在甘棠树下休息，后人思念他的恩德，作《甘棠》诗来纪念他。后用作称颂官吏政绩之辞。惠：贤惠。挟（xié 携）：拥有。东征：指周公东征管叔、蔡叔、武庚，平定天下。意：意图，愿望。

㊹相与：共同，一起。齐（zhāi 摘）：通"斋"，斋戒。一说，"齐"意为同，同集于此。两说皆通。阳灵之宫：祭天的地方。阳灵，本指天神，这里是一宫名。

㊺靡：压倒铺平。薜荔（bì lì 辟立）：香草名。琼枝：玉树的枝杈。

㊻噏（xī 西）：同"吸"。流瑕：即"流霞"，天空中飘动的红色云彩。若木：神话中的树名，太阳落在它生长的地方。露英：花叶之上的露珠。此句意为：斋戒时，呼吸天空中流动的霞气，啜饮神木上的露珠。意谓居处饮食很芬芳清洁。

㊼礼神：祭神。礼，祭神以求福。颂祇（qí 奇）：作歌颂扬地神。祇，地神。圜、堂：都是祭神的地方。此句意为：聚集在祭神的地方，作颂来颂扬天地神明。

㊽旓（shāo 捎）：旌旗上的飘带。昭：光明。华覆：华盖，指车子。威威：形容车子羽饰的鲜明艳丽。

㊾琁（xuán 旋）玑：北斗七星。游目：向四面八方眺望。三危：山名，在敦煌东南。此处似应指神话中的仙山。

㊿东阬（gāng 刚）：东冈。阬，通"冈"，丘陵。肆：纵。玉轪（dài 带）：用玉装

饰的车轴头，其形状外方内圆。

㉛漂：浮。龙渊：古人所说的藏龙的地方，实指深潭。还（xuán 玄）：旋转，环绕。九垠（yín 银）：九重。此句意为：飘浮于龙渊之中，绕九重之下，窥地底后而返。

㉜倯倯（sǒng 耸）：风疾行的样子。扶辖（xiá 霞）：即扶毂，推动车子前进。辖，古代车子上的部件，用它插入轴端的孔内，起固定车轮与车轴的位置的作用。鸾凤：古代传说中的两种瑞鸟。蕤（ruì 瑞）：古代车子上下垂的装饰物。

㉝梁：桥梁。这里用作动词，架设桥梁，引申为渡过。弱水：传说中的水名，在昆仑山下。今甘肃河西走廊也有弱水。濎濙（tìng yíng 厅去声营）：细水流动的样子。蹑：履，攀登。不周：即不周山，神话传说中的山名。逶蛇（yí 宜）：长而曲折的样子。

㉞西王母：神话传说中的女神，参见《山海经》等书。屏、却：都是屏退、排除的意思。玉女：神女，也指美女。虙（fú 伏）妃：传说中的洛水神女名。这两句意思是：到极西西王母居住的地方以后，想到西王母的高寿，于是悟出爱好美色会败坏德行，故将玉女和虙妃等神女摒弃。

㉟眺：向远处望。清卢：清亮的瞳眸。蛾眉：女子细长而美丽的眉毛，因其弯曲细长如蚕蛾的触须，故称“蛾眉”。此句意为：玉女、虙妃等被摒弃后，其美目蛾眉无法施展其魅力。

㊱方：应当。擥（lǎn 览）：摄取，酌取。精刚：精微刚毅。侔（móu 谋）：通“牟”，效法。此句意为：谋取道德精微的义理，效法神明，为自己所用。

㊲钦：恭敬，钦敬。祡：即祡祭，古代祭祀之一，即烧祡祭天。祡，通“柴”。宗：尊崇。祈：祈求。燎（liào 料）：古祭名，焚柴祭祀上天。招繇、泰一：都是天神名。

㊳洪颐（yí 宜）：旗帜的名称。

㊴樵蒸：木柴。樵，粗大的木柴。蒸，细小的木柴。焜（kūn 昆）：明亮。配藜：犹“披离”，火光四散的样子。此句意为：祭祀的木柴熊熊燃烧，火光明亮，照耀四方。

㊵仓海：东海的别称。流沙：西部极远的沙漠地区。

㊶炉（huàng 晃）：明亮，照明。炀（yàng 样）：烘烤。丹厓（yá 崖）：丹水边上。丹水，河名。《汉书·地理志》、《汉书·律历志》及《水经注》说法不同。

㊷玄瓒（zàn 赞）：用黑色玉石装饰起来的酒器。瓒，古代祭祀用的礼器，用以灌酒，像勺子，有鼻口，酒可以从中口流出，用玉作柄。觩觹（qiú liú 球流）：弯曲的样子。秬鬯（jù chàng 巨畅）：祭祀时灌地所用的酒，用郁金香和黍酿制而成，黄色而味带芳香。秬，黍。鬯，郁金香。泔（gān 甘）淡：满的意思。

㊸肸（xī 西）向：散布，弥漫。丰融：丰富繁盛的样子。懿（yì 义）：美好。此句意为：秬鬯酒味醇美，芳香弥漫。

⑭炎：通“焰”，火光。熛（biāo 标）：火焰。讹：动摇，移动。硕：大。麟：古代传说中的吉祥动物。

⑮巫咸：古代传说中神巫的名字。帝阍（hūn 昏）：天门。天庭：神话中尊贵之神泰一居住的地方。延：延请。

⑯傧（bìn 鬓）：引导，迎接宾客。这里是指随神而来的傧相，即赞礼者。暗蔼：神很多的样子。清坛：清洁的祭坛。瑞：吉祥。穰穰（rǎng 嚷）：很多。委：堆积。此句意为：神灵众多，纷纷降临在高洁的神坛上，降下的祥瑞，堆积如山。

⑰度：过。三峦：观名，即封峦观，在甘泉宫中。偈（qì 气）：通“憩”，休息。棠梨：即棠梨宫，在甘泉宫中。此句意为：祭祀完毕以后，功绩很大，于是回车而归，度过三峦观，在棠梨宫休息。

⑱天阃（kǔn 捆）：天门。阃，门槛。决：开。八荒：四面八方的荒远之地。协：和睦。谐：调和，和合。这句意思是说：天地之门开通，流出德泽，致使四面八方的国家无不和合。

⑲长平：即长平坂，在泾水上。磕（kē 科）：鼓的声音。天声：天雷之声。这里指鼓声。厉：勇猛，毫不畏惧。

⑳滂沛（pāng pèi 乓沛）：大雨的样子。于：发语词。胥：互相，都。丽：华美。此句意为：天赐的恩泽很多，像云行雨施，君臣都有圣德，相辅相成，故其华丽长至于万代。

㉑乱：指古代乐曲的最后一章。辞赋篇末总括全篇要旨的话也叫“乱”。崇崇：高大的样子。圜（yuán 园）丘：祭天的大坛。隆：高。隐：遮蔽。此句意为：祭坛甚高，遮住了青天。

㉒峛崺（lǐ yǐ 里椅）：曲折绵延的样子。单（chán 缠）：广阔，很大的样子。埢垣（quán yuán 泉源）：弯弯曲曲的围墙。《汉书》颜师古注：“埢垣，圜貌。”

㉓增宫：指宫殿重重叠叠。嵾差：高低不齐。嵯峨（cuó é 痤俄）：高峻的样子。

㉔岭嶒（yíng 营）：形容宫观深邃峭拔。嶙峋：形容突兀而起的样子。洞：深。

㉕纻（zài 再）：事情。杳：高远。旭卉（huì 惠）：明暗。

㉖穆穆：形容圣皇的仪表威严盛美。信：确实。对：匹。此句意为：天子威容盛美，可与天相匹配。

㉗徕：同“来”。郊禋（yīn 因）：到郊外燃烟祭祀天神。这句意思是：恭恭敬敬地到郊外祭祀，神灵就会来依附。

㉘遅迡（qī chí 期迟）：又作“迟迟”，游息。此句意为：神灵徘徊游息而不立即离开。迡，同“遲”。

㉙辉光：神的光辉。眩耀：同“炫耀”，光彩耀眼。隆：大。厥：其。

㉚亡（wú 无）极：没有穷尽。

【辨析】

对于《甘泉赋》的写作时间，《文选》李善注引《七略》曰："《甘泉赋》，永始三年正月，待诏臣雄上。"这个说法是不对的。因为永始三年（前14），汉成帝无幸甘泉之事。而且据《汉书·扬雄传》载，《甘泉赋》与《河东赋》、《校猎赋》是同一年写的。（《汉书·扬雄传上》："正月从上甘泉，还，奏《甘泉赋》以风……其三月，上乃帅群臣横大河，凑汾阴……雄以为临川羡鱼，不如归而结网，还，上《河东赋》以劝……其十二月羽猎，雄从……故聊因《校猎赋》以风。"）查《汉书·成帝纪》，只有元延二年（前11）扬雄才有可能同时写作如上三大赋。（"（元延）二年正月，行幸甘泉，郊泰畤。三月，行幸河东，祠后土……冬，行幸长杨宫，从胡客大校猎。"）

又按《汉书·扬雄传赞》载："雄年四十余，自蜀来至游京师，大司马、车骑将军王音奇其文雅，召以为门下史，荐雄待诏，岁余，奏《羽猎赋》。"扬雄系"天凤五年卒"，"年七十一"（《汉书》本传），说明扬雄生于汉宣帝甘露元年，即公元前53年，往后推四十余年，再等待岁余上赋，正是元延二年（前11）左右。如果《甘泉赋》作于永始三年（前14），则扬雄游京都只三十七岁，与《传赞》记载明显不合。

河东赋

其三月,将祭后土,上乃帅群臣横大河,凑汾阴[①]。既祭,行游介山,回安邑[②],顾龙门,览盐池[③],登历观[④],陟西岳以望八荒,迹殷周之虚,眇然以思唐虞之风[⑤]。雄以为临川羡鱼,不如归而结网[⑥],还,上《河东赋》以劝。其辞曰:

伊年暮春,将瘗后土[⑦],礼灵祇,谒汾阴于东郊[⑧],因兹以勒崇垂鸿,发祥隤祉,钦若神明者,盛哉铄乎,越不可载已[⑨]!于是命群臣,齐法服,整灵舆,乃抚翠凤之驾,六先景之乘[⑩],掉奔星之流旃,彏天狼之威弧[⑪]。张耀日之玄旄,扬左纛,被云梢[⑫],奋电鞭,骖雷辎[⑬],鸣洪钟,建五旗[⑭],羲和司日,颜伦奉舆[⑮],风发飙拂,神腾鬼趡[⑯];千乘霆乱,万骑屈桥[⑰],嘻嘻旭旭,天地稠嶅[⑱],簸丘跳峦,涌渭跃泾[⑲]。秦神下詟,跖魂负沴[⑳];河灵矍踢,爪华蹈衰[㉑]。遂臻阴宫,穆穆肃肃,蹲蹲如也[㉒]。

灵祇既乡,五位时叙[㉓],絪缊玄黄,将绍厥后[㉔]。于是灵舆安步,周流容与[㉕],以览虖介山,嗟文公而愍推兮,勤大禹于龙门[㉖],洒沈菑于豁渎兮,播九河于东濒[㉗]。登历观而遥望兮,聊浮游以经营[㉘]。乐往昔之遗风兮,喜虞氏之所耕[㉙]。瞰帝唐之嵩高兮,脈隆周之大宁[㉚]。汩低回而不能去兮,行睨陔下与彭城[㉛]。涉南巢之坎坷兮,易豳岐之夷平[㉜]。乘翠龙而超河兮,陟西岳之峣崝[㉝]。云霏霏而来迎兮,泽渗漓而下降[㉞]。郁萧条其幽蔼兮,滃泛沛以丰隆[㉟]。叱风伯于南北兮,呵雨师于西东[㊱],参天地而独立兮,廓荡荡其亡双[㊲]。遵逝虖归来[㊳],以函夏之大汉兮,彼曾何足与比功[㊴]?建乾坤之贞兆兮,将悉总之以群龙[㊵]。丽钩芒与骖蓐收兮,服玄冥及祝融[㊶]。敦众神使式道兮,奋《六经》以摅颂[㊷]。隃於穆之缉熙兮,过《清庙》之雝雝[㊸];轶五帝之遐迹兮,蹑三皇之高踪[㊹]。既发轫于平盈兮,谁谓路远而不能从[㊺]?

【说明】

此赋载于《汉书》卷八十七上、《艺文类聚》卷三十九。

这篇赋描写汉成帝祭后土后登上西岳华山，泛览三代遗迹：殷都河内(河内，指今河南安阳)，周在岐丰(岐在今陕西岐县，丰在今西安)，尧都平阳(在今山西省临汾市，传尧都此)，舜都蒲阪(在今山西省永济县，传舜都此)。(《汉书·扬雄传上》颜师古注)因而浮想联翩，对先圣无限仰慕，所谓"追观先代遗迹，思欲齐其德号"(《汉书·扬雄传上》颜师古注)。扬雄见成帝这种情绪，立即抓紧时机，因势利导，鼓励他脚踏实地，将思想化为行动，所谓"临川羡鱼，不如归而结网"。回京后立即写此赋以"劝"。劝者，勉励也，奖励也。即鼓励成帝效法前代圣贤。这也正是扬雄讽谏的另一种方式。赋中所述："轶五帝之遐迹兮，蹑三皇之高踪。既发轫于平盈兮，谁谓路远而不能从?"即合此意。

【注释】

①三月：指元延二年(前11)三月。后土：土地神。横：横渡。大河：指黄河。凑：奔赴。汾阴：地名，在汾水之南，即今山西省万荣县。汉武帝曾于此得鼎。

②介山：古名"绵土"，又叫"绵山"，因春秋晋人介之推隐居在此地，故名"介山"。在今山西省介休县东南。回：绕过。安邑：县名，相传是夏禹的都城。

③龙门：山名，在陕西省韩城县与山西省河津县间。盐池：在山西省运城县境，以出产池盐而名。

④历观：在历山之上的宫观，在今山西省永济县。

⑤陟(zhì至)：升。西岳：华山。迹：追踪遗迹。虚：处所，地方。眇然：思绪高远。

⑥此句意谓：成帝追寻历览先代的遗风，想要齐其德号，故扬雄以为，思唐虞之风，不如行唐虞之政。

⑦伊年：指成帝元延二年(前11)。伊，这。暮春：春末，农历三月。瘗(yì义)：埋葬。祭名，把祭品埋在地下以祭地神。

⑧礼：敬神，祭祀求福佑。灵祇(qí旗)：神明。东郊：京都以东，皆在汾阴。

⑨勒：雕刻，这里是留与青史的意思。崇：高大的名声。垂：留传。鸿：通"洪"，大。隤(tuí颓)：降下。祉(zhǐ止)：福。钦：敬，恭敬。若：顺从。铄：辉煌，美丽。越：发语辞。

⑩齐：使……整齐。法服：礼法规定的标准服装，这里指祭神所穿的服装。整：整备。灵舆：天子所乘的车马。抚：据。翠凤之驾：上面刻有凤的图形并以翠

羽装饰的车子，为天子所用。先景(yǐng影)：在影之先，形容六马所驾之车行走迅疾。

⑪掉：摇动。奔星：流星，形容旌旗飘动如流星闪光。流旃(zhān毡)：飘扬的旗子。旃，赤色曲柄的旗子。彏(jué决)：急张弓。天狼：星名，属大犬座。威弧：星名，在天狼星东南。

⑫玄旄：用旄牛尾装饰的黑旗。纛(dào到)：帝王车子上的饰物。用旄牛尾或雉尾做成。梢：同"旓"，旌旗的旒，也即旌旗下边悬垂的装饰物。云梢，以云为旗，喻旗之高。

⑬奋：震动。电鞭：似闪电之鞭。骖(cān参)：驾驭。雷辎(zī兹)：辎车行走，震声如雷。辎，有帷盖可载重的车子。

⑭洪钟：大钟。《尚书·大传》曰："天子左右五钟。天子将出，则撞黄钟之钟，右五钟皆应；入则撞蕤宾之钟，左五钟皆应。"五旗：帝王的车驾建立五色的旗子，以木牛承其下，取其负重致远。

⑮羲和：神话传说中为太阳驾车的人。司：掌管。颜伦：古代善于驾车的人。奉：侍奉，伺候。

⑯趡(cuǐ璀)：奔跑。这句形容车行迅疾。

⑰霆乱：车骑很多，如疾雷之盛而乱动。屈(jué倔)桥：即"崛娇"，形容马健壮敏捷。

⑱嘻嘻：欢笑的样子。旭旭：得意洋洋的样子。稠敖(tiào ào眺傲)：动摇的样子。

⑲此句意为：车骑的雄伟，声音的盛大，使得丘峦颠簸跳动，泾渭奔涌翻腾。

⑳秦神：《汉书》颜师古注引苏林曰："秦文公时，庭中有怪化为牛，走到南山梓树丛中，伐梓树，后化入丰水。文公恶之，故作其象以厌焉。今之茸头是也，故曰秦神。"詟(zhé哲)：同"慴"，恐惧。跖(zhí直)：蹈，践踏。沴(lì厉)：阻挡水流的高地。

㉑河灵：即巨灵，河神。矍踢：惊惧，惊动。爪：古"掌"字。华：华山。衰：衰山。这句意思是说：因为车骑很多，羽旄繁盛，声势浩大，所以秦神、河灵莫不惊恐而自放。

㉒臻：到达。阴宫：汾阴之宫。穆穆肃肃：庄严静穆。蹲蹲(cún存)：行进有节的样子。

㉓乡：通"享"。五位：东、西、南、北、中五方之神。时：是。叙：通"序"，指各就其位。

㉔细缊(yīn yùn因酝)：古代所说的天地之间阴阳二气相互作用的状态。玄黄：黑色和黄色，指天地。将：壮大。绍：继。《汉书》颜师古注："言天地之气大兴发于祭祀之后。"

㉕灵舆：天子的车。周流：转动。容与：安闲自得的样子。

㉖介山:在山西省介休县东南,相传春秋时晋人介之推隐居此处。愍(mǐn闵):哀怜。推:介之推。传说他曾随晋公子重耳流亡,回国后没有受到封赏,与母亲隐居绵土山。文公为逼他出来,放火烧山,但他至死未出。勤:勤劳。龙门:龙门山,传说大禹曾凿之以通河水。

㉗洒:疏导。沈菑:洪水。沈,通“沉”。菑,古“灾”字。豁渎:疏通江河。播:分布,分散。九河:古代黄河自孟津以北,分为九道,故名。黄河古道的确切地址已不可考。《汉书·地理志》载有九河的名称。东濒:东海边上。

㉘历观:汉楼观名,建在历山下,故名。历山,在今山西省永济县东南雷首山中,传说舜曾耕于此。见《水经注》卷四。经营:来来往往。

㉙虞氏:舜之先封于虞,此指舜。舜曾躬耕于历山,所以称“虞氏之所耕”。

㉚帝唐:即唐尧。嵩高:传说尧曾遨游于阳城,故登嵩高山来观看他的遗迹。眽(mò默):看。隆:尊贵崇高。宁:安宁。此颂扬周文王、周武王功绩。

㉛汩(yù玉):往。低回:徘徊。行:且,将要。睨(nì昵):斜着眼看。陔下:项羽被打败的地方。彭城:项羽称王时的都城。

㉜涉:同“秽”。南巢:古地名,成汤流放夏桀的地方,在今安徽省巢县西南。豳(bīn宾):古都邑名,在今陕西省旬邑县西南。岐:岐山,在今陕西省岐山县东北,相传周古公亶父在岐山下建邑。

㉝翠龙:传说中穆天子所乘的马。西岳:即华山。峣嶸(yáo zhēng尧征):山高峻的样子。嶸,同“峥”。

㉞霏霏:云纷起的样子。泽:雨露。渗漓:流动的样子。

㉟郁:云雨茂盛。萧条:云雨凋零的样子。幽蔼:云气深暗。滃(wěng蓊):云气涌起的样子。泛沛:云雨盛涌的样子。丰隆:古代神话中的雷神,后因代指雷。

㊱风伯:兴风之神。雨师:行雨之神。

㊲参:三。《汉书》颜师古注:“天地曰二仪,王者大位,与之合德,故曰参天地。参之言三也。”廓:广。荡荡:空旷广大的样子。

㊳遵:循原路。

㊴函:包容。夏:古代汉族人的自称。彼:指尧、舜、殷、周。

㊵贞兆:正兆,吉兆。总:统领。

㊶丽:并驾。钩芒:木神名。《汉书》颜师古注为“东方神”。骖:三匹马拉一辆车,这里用作动词。蓐收:西方之神,主管秋天。服:役使。玄冥:北方之神,司水。祝融:颛顼氏的后代,死后为火神。

㊷敦:督促,劝勉。式:标准,法则。这里用作动词,使……符合道的法则。《六经》:指《易》、《诗》、《书》、《春秋》、《礼》、《乐》。摅(shū疏):散布,抒发。颂:《诗》中的《颂》诗。

㊸踰:超过。於(wū乌)穆:赞叹之辞。缉熙:光明。《诗·周颂·敬之》:

"学有缉熙于光明。"《清庙》:《诗・周颂》中的篇名。诗中有"於穆清庙,肃雍相和"。雝:同"雍",和谐。这两句是说:汉德通过周代。

㊹轶(yì 义):超过。遐迹:遥远的事迹。蹑(niè 聂):追随。

㊺平盈:平坦的地方。喻和平时世。

河水赋

登历观而遥望兮，聊浮游于河之岩。

【说明】

此两句见《水经注·瓠子河》注。又见《汉书·扬雄传》所载《河东赋》，而文字略有变化。《河东赋》曰："登历观而遥望兮，聊浮游以经营。"两赋似当为一篇。

羽猎赋

其十二月羽猎[①]，雄从。以为昔在二帝、三王[②]，宫馆台榭、沼池苑囿、林麓薮泽，财足以奉郊庙、御宾客、充庖厨而已[③]，不夺百姓膏腴谷土桑柘之地[④]。女有余布，男有余粟，国家殷富，上下交足[⑤]。故甘露零其庭，醴泉流其唐[⑥]，凤皇巢其树，黄龙游其沼，麒麟臻其囿，神爵栖其林[⑦]。昔者禹任益虞而上下和，屮木茂[⑧]；成汤好田而天下用足[⑨]；文王囿百里，民以为尚小；齐宣王囿四十里，民以为大：裕民之与夺民也[⑩]。武帝广开上林，南至宜春、鼎胡、御宿、昆吾[⑪]，旁南山而西，至长杨、五柞[⑫]。北绕黄山，濒渭而东，周袤数百里[⑬]。穿昆明池，象滇河，营建章、凤阙、神明、驳娑，渐台、泰液象海水周流方丈、瀛洲、蓬莱[⑭]，游观侈靡，穷妙极丽。虽颇割其三垂，以赡齐民[⑮]，然至羽猎，田车戎马，器械储偫[⑯]，禁御所营，尚泰奢丽夸诩[⑰]，非尧、舜、成汤、文王三驱之意也[⑱]。又恐后世复修前好，不折中以泉台[⑲]，故聊因《校猎赋》以风[⑳]。其辞曰：

或称戏农，岂或帝王之弥文哉[㉑]？论者云否，各亦并时而得宜，奚必同条而共贯[㉒]？则泰山之封，乌得七十而有二仪[㉓]？是以创业垂统者，俱不见其爽；遐迩五三，孰知其是非[㉔]？遂作颂曰：丽哉神圣，处于玄宫，富既与地虖侔訾，贵正与天虖比崇[㉕]。齐桓曾不足使扶毂，楚严未足以为骖乘；陿三王之阨薜，峤高举而大兴[㉖]，历五帝之寥廓，涉三皇之登闳[㉗]；建道德以为师，友仁义与为朋。

于是玄冬季月，天地隆烈[㉘]，万物权舆于内，徂落于外[㉙]，帝将惟田于灵之囿[㉚]，开北垠，受不周之制[㉛]，以终始颛顼、玄冥之统[㉜]。乃诏虞人典泽，东延昆邻，西驰闛阖[㉝]，储积共偫[㉞]，戍卒夹道，斩丛棘，夷野草[㉟]，御自汧渭，经营酆镐[㊱]，章皇周流，出入日月，天与地沓[㊲]。尔乃虎路三嵕以为司马[㊳]，围经百里而为殿门。外则正南极海，邪界虞渊[39]，鸿濛沆茫，碣以崇山[40]。营合围会，然后先置乎白杨之南，昆明灵沼之东[41]。贲育之伦，蒙盾负羽，杖镆邪而罗者以万计[42]，其余荷垂天之毕，张竟野之罘，靡日月之朱竿，曳彗星之飞旗[43]。青云为纷，红蜺为缳，属之虖昆仑之虚[44]，涣若天星之罗，浩如涛水之波[45]，淫淫与与，前后要遮[46]。欃枪为闉，明月为候[47]，荧惑司命，天弧发射[48]，鲜扁陆离，骈衍佖路[49]。徽车轻武，鸿絧緁猎[50]，殷殷轸轸，被陵缘阪，穷冥极远者，相与迾虖高原之上[51]；羽骑营营，昈分殊事[52]。缤纷往来，轠轳不绝，若光若灭者，布虖青林之下[53]。

于是天子乃以阳，晁始出乎玄宫[54]，撞鸿钟，建九旒[55]，六白虎，载灵舆[56]，蚩尤并毂，蒙公先驱[57]。立历天之旂，曳捎星之旃[58]，辟历列缺，吐火施鞭[59]，萃傱允溶，淋离廓落，戏八镇而开关[60]；飞廉、云师，吸嚊潚率，鳞罗布列，攒以龙翰[61]，秋秋跄跄，入西园，切神光[62]。望平乐，径竹林，蹂惠圃，践兰唐[63]。举烽烈火，辔者施披[64]，方驰千驷，校骑万师[65]。虓虎之陈，从横胶輵[66]，猋泣雷厉，骈駍駖磕[67]，汹汹旭旭，天动地岋。羡漫半散，萧条数千万里外[68]。

若夫壮士忼慨，殊乡别趣[69]，东西南北，骋耆奔欲[70]。拕苍豨，跋犀犛，蹶浮麋[71]，斮巨狿，搏玄蝯[72]，腾空虚，歫连卷[73]，踔夭蟜，娭涧门[74]，莫莫纷纷，山谷为之风猋，林丛为之生尘[75]。及至获夷之徒，蹶松柏，掌蒺藜[76]；猎蒙茏，辚轻飞[77]；履般首，带修蛇[78]；钩赤豹，摼象犀[79]。跇峦阬，超唐陂[80]。车骑云会，登降闇蔼[81]，泰华为旒，熊耳为缀[82]，木仆山还，漫若天外[83]，储与虖大溥，聊浪虖宇内[84]。

于是天清日晏[85]，逢蒙列眥，羿氏控弦[86]。皇车幽輵，光纯天地[87]，望舒弥辔，翼乎徐至于上兰[88]。移围徙陈，浸淫蹵部[89]，曲队坚重，各按行伍[90]，壁垒天旋，神抶电击[91]，逢之则碎，近之则破，鸟不及飞，兽不得过，军惊师骇，刮野扫地[92]。及至罕车飞扬，武骑聿皇[93]，蹈飞豹，绢嘄阳[94]。追天宝，出一方[95]；应駍声，击流光[96]，壄尽山穷，囊括其雌雄[97]，沇沇容容，遥噱虖纮中[98]。三军芒然，穷冘阏与[99]。亶观夫票禽之绁隃，犀兕之抵触[100]，熊罴之挐攫，虎豹之凌遽[101]，徒角抢题注，蹙竦詟怖[102]，魂亡魄失，触辐关脰[103]。妄发期中，进退履获[104]，创淫轮夷，丘累陵聚[105]。

于是禽殚中衰，相与集于靖冥之馆，以临珍池[106]。灌以岐梁，溢以江河[107]。东瞰目尽，西畅亡厓[108]，随珠和氏，焯烁其陂[109]。玉石嶜崟，眩耀青荧[110]，汉女水潜，怪物暗冥，不可殚形[111]。玄鸾孔雀，翡翠垂荣[112]，王雎关关，鸿雁嘤嘤，群娭虖其中，噍噍昆鸣[113]。凫鹥振鹭，上下砰磕[114]，声若雷霆。乃使文身之技，水格鳞虫[115]，凌坚冰，犯严渊[116]，探岩排碕，薄索蛟螭[117]，蹈猵獭，据鼋鼍[118]，抾灵蠵[119]。入洞穴，出苍梧[120]，乘钜鳞，骑京鱼[121]，浮彭蠡，目有虞[122]，方椎夜光之流离，剖明月之珠胎[123]，鞭洛水之宓妃[124]，饷屈原与彭胥[125]。

于兹虖鸿生钜儒，俄轩冕，杂衣裳[126]，修唐典，匡《雅》《颂》[127]，揖让于前，昭光振耀，蠁曶如神[128]，仁声惠于北狄，武义动于南邻[129]。是以旃裘之王，胡貉之长[130]，移珍来享，抗手称臣[131]。前入围口，后陈卢山[132]。群公常伯、杨朱、墨翟之徒，喟然称曰[133]："崇哉乎德！虽有唐虞、大夏、成周之隆，何以侈兹[134]！太古之覲东岳，禅梁基，舍此世也，其谁与哉[135]！"

上犹谦让而未俞也[136]，方将上猎三灵之流，下决醴泉之滋[137]，发黄龙之穴，窥凤皇之巢，临麒麟之囿，幸神雀之林[138]；奢云梦，侈孟渚[139]，非章华，是灵台[140]，罕徂离宫而辍观游[141]，土事不饰，木功不雕[142]，承民乎农桑，劝之以弗迨，侪男女使莫违[143]。恐贫穷者不遍被洋溢之饶，开禁苑，散公储，创道德之囿，弘仁惠之虞[144]，驰弋乎神明之囿，览观乎群臣之有亡[145]。放雉兔，收罝罘，麋鹿刍荛，与百姓共之[146]，盖所以臻兹也[147]。于是醇洪鬯之德，丰茂世之规[148]，加劳三皇，勖勤五帝[149]，不亦至乎！乃祗庄雍穆之徒[150]，立君臣之节，崇贤圣之业，未皇苑囿之丽，游猎之靡也[151]。因回轸还衡[152]，背阿房，反未央[153]。

【说明】

此赋见《汉书》卷八十七上、《文选》卷八、《艺文类聚》卷六十六。

这是一篇充满政治激情的赋。元延二年(前 11)十二月，扬雄随汉成帝外出打猎，看到成帝的奢丽，内心非常感慨，他引古证今，对成帝进行委婉劝诫："(雄)以为昔在二帝、三王，宫馆台榭、沼池苑囿、林麓薮泽，财(才)足以奉郊庙、御宾客、充庖厨而已，不夺百姓膏腴谷土桑柘之地……"尧、舜、禹、汤、文王等先帝开辟苑囿，进行渔猎，只不过为提供祭品、招待宾客而已，绝不影响农民的生产、生活，所以农民的生活很富足。扬雄认为这是仁人爱民的帝王。但历史上也有一些纵情逞欲的帝王，如汉武帝。"武帝广开上林……周袤数百里……穿昆明池，象滇河，营建章、凤阙……游观侈靡，穷妙极丽……然至羽猎……尚泰奢丽夸诩。"扬雄恐成帝"复修前好,不折中以泉台",也即担心成帝效尤武帝,不以《公羊传·文公十六年》的泉台之讥——"鲁庄公筑台,非礼也。至文公而毁之。《公羊》讥云:先祖为之而毁之,勿居而已。"(《文选》李善注引服虔曰)——为正,为准则,所以写此赋进行讽谏。因为是有意进行讽谏,所以赋写得讽谏意味甚浓。赋在描写成帝进行一场十分紧张、残酷的田猎之后,迅即改弦易辙,去奢从俭,仁人爱民:"奢云梦,侈孟诸,非章华,是灵台,罕徂离宫而辍观游,土事不饰,木功不雕,承民乎农桑,劝之以弗迨,侪男女使莫违。恐贫穷者不遍被洋溢之饶,开禁苑,散公储,创道德之囿,弘仁惠之虞……未皇苑囿之丽,游猎之靡也。因回轸还衡,背阿房,反未央。"成了一个圣明的君主。

此赋笔触极为逼真传神,如"野尽山穷,囊括其雌雄"一段,描绘出经过一场紧张的追捕野兽之后,人兽都已筋疲力尽的景象。野兽有的被罩入网中,在里面张口吐舌,喘息不止;有的被追逼得四处乱窜,或相互碰击,或头触车辐,或角抢大地,或走投无路地浑身哆嗦。猎手们也疲乏至极而失神地站在一边呆看。我们读了这段文字,就如置身于一场人困兽乏的田猎残局之中。又如"王雎关关"一段,作者专从声音上发笔,好像把我们带进一个鸟类欢歌的世界。

此赋用词丰富而且极富变化,如"若夫壮士忼慨,殊乡别趣,东西南北,骋耆奔欲。拕苍豨,跋犀犛,蹶浮麋,斮巨狿,搏玄蝯……山谷为之风猋,林丛为之生尘。及至获夷之徒,蹶松柏,掌蒺藜;猎蒙茏,辚轻飞;履般首,带修蛇;钩赤豹,摼象犀。跇峦阬,超唐陂……",作者好像有用不尽的动词(或名词作动词用),而且词语并不生涩怪僻。

总而言之,《羽猎赋》不管从思想内容还是艺术形式上,在汉大赋中都堪称佳作。

【注释】

①十二月:指汉成帝元延二年(前11)十二月。羽猎:君王打猎,士卒负羽箭随行。羽,箭翎。

②二帝:指尧、舜。三王:指夏禹、商汤、周文王。

③榭(xiè谢):台上的高屋。麓:山脚。薮:水浅草盛的大泽。奉:进献,进贡。御:侍奉。充:供给。《公羊传·桓公四年》:"三曰充君之庖。"

④膏腴:肥沃。柘:木名,叶可养蚕,木质坚韧密致,可做弓,木汁赤黄色。

⑤殷:富足。

⑥甘露:甜美的雨露。零:落。醴泉:甘美的泉水。唐:庙中之路。

⑦凤皇、黄龙、麒麟、神爵:都是祥瑞的神物。臻:到,聚。

⑧益:伯益,禹的虞官。虞:掌管山林沼泽的官员。上:指山。下:指平地。和:茂盛和谐。中:古"草"字。

⑨田:同"畋",狩猎。

⑩裕:使富饶。

⑪宜春:宫名,在渭南杜县东,故址在今陕西省西安市东南。鼎胡:宫名,《三辅黄图》以为在蓝田。御宿:汉宫苑名,在今陕西省西安市南。《三辅黄图》卷四:"御宿苑在长安城南御宿川中,汉武帝为离宫别馆,禁人不得入,往来游观,止宿其中,故曰御宿。"昆吾:山名,山上有亭。

⑫旁(bàng 磅):通"傍",依,沿着。南山:终南山。长杨:长杨宫,秦汉宫名,因宫中有垂杨数亩,故名。故址在今陕西省周至县东南。五柞(zuò 坐):汉代离宫,故址在今陕西省周至县东南,因宫中有五柞树,故名。

⑬黄山:宫名,汉惠帝所建,在陕西省兴平县西南。《三辅黄图》卷三:"武帝微行,西至黄山宫。"渭:渭河。袤:广阔,长远。

⑭昆明池:湖泽名,武帝于元狩二年(前 121)建于长安近郊,池周围四十里,广二百三十二顷,水东出为昆明渠。象:拟。滇河:湖名,在云南省昆明市西南。此指汉武帝在长安近郊模拟而建的湖池。营:治,修建。建章:汉宫名,汉武帝太初元年(前 104)建,位于未央宫西。故址在今陕西省西安市西。凤阙:汉代宫阙名,在建章宫东,高二十余丈,上有铜凤凰,故名。神明:台名,在建章宫内,台上有铜仙人及承露盘。馺娑(sà suǒ 萨索):汉宫名,在建章宫中。渐台:台名,武帝所建,在未央宫泰液池中,高十余丈,因台址在水中,故名。渐,浸,言浸在水中。泰液:池名。武帝元封六年(前 105)建,在建章宫北。泰液者,言其津润所及广也。周流:环绕而流。方丈、瀛洲、蓬莱:都是神话中的海上仙山名,有仙人居之。此处指泰液池中的模拟性建筑。

⑮三垂:指东、西、南三方。垂,通"陲",边境。赡:供养。齐民:平民。齐,等也,无有贵贱。

⑯偫(zhì 至):储备。

⑰营:造作。泰:过分。夸诩:炫耀,指过分奢靡。

⑱三驱:古代狩猎的等级,一为笾豆,二为宾客,三为充君之庖。

⑲《汉书》颜师古注引服虔曰:"鲁庄公筑泉台,非礼也,至文公毁之,《公羊》讥云:'先祖为之而毁之,勿居而已。'今扬雄以宫观之盛,非成帝所造,勿修而已,当以泉台折中也。"折中:正也。

⑳风:通"讽",劝谏。

㉑或:不定代词,有人。假设之辞。戏:通"羲",即伏羲,古代传说中的部落首领,姓风。相传他画八卦,并教民结网捕鱼。农:即神农,古代传说中的帝王

名，相传他教百姓使用耒耜以兴农业，品尝百草作为药物治病。岂或：表疑问。弥文：更加文饰。《文选》李善注曰："假为或人之意，言古之朴素而合礼者，咸称羲农，是则岂或谓后代帝王弥加文饰而不合礼哉？"或解释为：有人称道羲农，是由于不理解帝王弥文的真义吧？

㉒论者：答对之人，即扬雄自指。否：不然，不是这样。各：《文选》五臣本无"各"。并时：随时而变化。宜：合适，合于时。奚：何。贯：条理。《文选》李善注曰："言帝王文质各并随时而得宜，何必同条而共贯乎？言必不然也。"

㉓乌：何。此句意为：封禅亦各有异处，后代帝王虽文饰质朴，礼仪各殊，然道德是一致的。

㉔垂统：把基业传给子孙后代，多指皇位的继承。爽：差错。遐迩：远近。五三：指五帝三王。此句意为：创业垂统者各随时而立制，文质繁简不同，都不见其过失，所以远近推于五帝三王，谁知其是非？

㉕丽哉：感叹成帝之事壮丽。神圣：指成帝。玄宫：古以五色配五方，东青、西白、南赤、北黑、中黄，所以玄宫指北面的宫殿。侔訾（móu zī 谋兹）：程度相当。侔，相等。訾，通"资"，即资财。比：相类。这句意思是：没有什么能够比天更神妙，没有什么能够比地更富庶，没有什么能够比帝王更崇高，而成帝之事壮丽繁盛，故其德可与天地相匹配。

㉖齐桓：即齐桓公，春秋五霸之一。任管仲为相，使齐成为强国。扶毂（gǔ 古）：扶着车子，犹随车侍卫。楚严：楚庄王，春秋五霸之一。骖乘：古代乘车时坐在车子右边的陪乘。陿（xiá 狭）：《文选》作"狭"，狭小。阸薜（è bì 厄币）：狭窄。阸，通"隘"。薜，《文选》作"僻"，偏僻。峤（jiǎo 绞）：尖而陡峭的高山。《尔雅・释山》："山小而高，岑；锐而高，峤。"此处意为向上高举。

㉗历：超过。寥廓：宽阔高远的样子。涉：《文选》五臣本作"陟"，登上，达到。登闳（hóng 宏）：高远的样子。

㉘玄冬：冬天。《汉书》颜师古注曰："北方色黑，故曰玄冬。"季月：春夏秋冬四季的最后一月，这里指农历十二月。隆烈：指阴气很盛。

㉙权舆：开始。徂（cú 殂）落：死亡，消亡。徂，通"殂"。此句意为：草木在内部孕育萌芽，在外部枝叶凋零死亡。

㉚帝：指成帝。惟：思虑，谋划。田：田猎。灵之囿：有灵德之囿。《诗・大雅・灵台》："王在灵囿。"

㉛垠：涯，边际。《文选》吕延济注曰："冬尚北，故曰开北垠。"不周：风名。《文选》吕延济曰："不周，西北方之风。其风杀物，故王者取之以为制法也。"

㉜颛顼、玄冥：皆北方之神，主杀戮。统：纲纪，法则。

㉝虞人：古代掌管山林川泽苑囿的官员。典：举管，管理。延：及。昆邻：昆明池边。驰：往。阊阖（chāng hé 昌盍）：天门名。阊，与"閶"同。《洛阳宫舍记》："洛阳有閶阖门。"

㉞共：通“供”，供给。偫（zhì 至）：储备。

㉟夷：平。

㊱御：禁止。汧（qiān 迁）：渭河支流，今名千河，源于甘肃六盘山南麓，东南经陕西省陇县千阳入渭河。渭：渭河，黄河支流，源自甘肃省渭源县，东南经清水流入陕西省，东至潼关入黄河。经营：规划谋虑。酆（fēng 丰）、镐（hào 号）：即酆京和镐京，都是西周国都，在今陕西省西安市西南。

㊲章皇：犹彷徨也。周流：周匝流行，周游各地。出入日月：言苑囿广大，日月好像是从中出入的一样。杳：《文选》作“沓”，合的意思。《楚辞·屈原〈天问〉》：“天何所沓？”此处意为：狩猎范围很广，远远望去，就如天地会合一般。

㊳乃：《文选》作“迺”。虎路（luò 落）：即“虎落”，用以遮护城堡或营寨的竹篱笆。三嵕（zōng 宗）：山名。郭璞《三仓注》：“三嵕山在闻喜。”嵕，数峰相连的山。司马：即司马门，王宫之外门。《史记·项羽本纪》裴骃《集解》：“凡言司马门者，宫垣之内，兵卫所在，四面皆有司马主武事，总言之，外门为司马门也。”

㊴极：至。邪：通“斜”。界：以……为界限。虞渊：神话传说中太阳落入的地方。此句意为：狩猎的范围广大，向南望，目极于南海，斜与虞渊为界。

㊵鸿濛（méng 蒙）、沆（hàng 杭去声）茫：都是广大的样子。《文选》李善注：“韦昭曰：‘鸿蒙沆茫，水草广大貌也。’”碣：通“揭”，标出的意思。《汉书》颜师古注：“碣，山特立貌。”或释“碣”为“表”。《文选》吕向注：“碣，表也。言以崇冈为表碣也。”

㊶营：围绕。合：会合。先置乎：指先放置供具于前。白杨：宫观名。灵沼：池名，即灵沼池。言“灵”是赞美之。《三秦记》曰：“昆明池中有灵沼神池。”

㊷贲（bēn 奔）：孟贲，古代勇士，齐人，为秦武王所招罗，能生拔牛角。育：夏育，周时卫国猛士，传说能生拔牛尾。伦：类。蒙盾：以盾遮挡。杖：通“仗”，拿着。镆邪（mò yé 莫爷）：宝剑名。

㊸荷：背负。垂天之毕：形容毕很大，就像天的四边垂下一样。毕，古代用以捕捉野兽的长柄网。竟野之罘（fú 弗）：形容网很大，能盖满原野。竟，满。罘，网。靡：按。日月：绣有日月图案的旗子。朱竿：朱红色的旗杆。曳：拖引。彗星：古人认为彗星是天地之旗。飞旗：飘扬的旌旗。或说旗飘如彗星闪现。

㊹纷、缳（huán 环）：均是旗子上的带子。纷，飘带。缳，结带。红蜺（ní 尼）：即“虹蜺”。古人认为虹有雌雄，色彩鲜盛者为雄，曰虹；颜色暗淡者为雌，叫蜺。此二句意为画云虹于旗上。属：相连。昆仑：昆仑山，古人认为是黄河的发源地，其址在新疆和西藏之间。虚：《文选》六臣本作“墟”，大丘。

㊺涣：显明，指光亮。罗：列，布列。浩：浩渺，广大。

㊻淫淫与与：来往行走的样子。要（yāo 腰）遮：拦截。

㊼欃（chán 婵）枪：彗星的别名。《尔雅·释天》：“彗星为欃枪。”闉（yīn 因）：城门外的女垣，这里作狩猎的障蔽物解。候：古代观察瞭望敌情的人。

㊽荧惑：火星的别名，因时隐时现，使人迷惑，故名。古人认为它掌握人的命运。司命：主天子之号命。天弧：星名，主弓矢。

㊾鲜扁：战斗时军队陈列的样子。也有人认为是鲜明斑斓的样子。陆离：参差错综，指军队陈列的样子。骈衍：相连的样子。佖（bì 必）：满。

㊿徽车：有标志的车。武：强健。鸿絧（dòng 洞）：车马直驰的样子。也有人认为是相连的样子。绁（qiè 妾）猎：前后依次相连。

51殷殷轸轸（zhěn 诊）：指车声盛大的样子。被：布满，覆盖。缘：沿着。阪（bǎn 板）：山坡。冥：幽深高远。

52羽骑：骑兵背着插羽的箭。《文选》李善注引韦昭曰："骑负羽也。"营营：来来往往的样子。昈（hù 户）：鲜明。《说文》："昈，明也。"分：职分。此句意为：羽骑分列来往，职责分明，各负其责。

53缤纷：众多且来往很快。辐轳（léilú 雷卢）：连续不断。《汉书》颜师古注引孟康曰："辐轳，连属貌也。"颜师古自注为"环转"，义同。这句《文选》张铣释为："言仪仗之盛，其色若光，其疾若灭也。烟色，青林映之，故云青林。"

54阳晁：清朗的早晨。《文选》李善注曰："阳朝，阳明之朝。"一说是早朝。《文选》吕延济曰："阳朝，早朝也。"

55鸿钟：大钟。九旒（liú 流）：旗名。《礼记·乐记》："龙旗之旒，天子之旌也。"

56六白虎：指驾驭的六匹白马。灵舆：天子之车。

57蚩尤：古代九黎族部落的首领。并：同"傍"。毂（gǔ 古）：指车。蒙公先驱：使蒙公为先驱。蒙公，即蒙恬，秦始皇的大将，曾率兵北筑长城。又，《文选》李善注引如淳注曰："蒙公，髦头也。"髦头，帝王仪仗中披发的前驱骑士。

58历：经。捎：拂。旃（zhān 沾）：赤色弯柄的旗帜。此句意为：旌旗之高，能拂天上之星。

59辟历：急击之雷。烈缺：闪电。火：指闪电光。《文选》李善注："言威德之盛，役使百神，故霹雳烈缺，吐火施鞭，而为卫也。"又，《汉书》颜师古注："言猎火之耀，及驰骑奋鞭，如电吐光，及象其疾。"

60萃傱（cuì sǒng 翠耸）：群走貌。一说为"聚集"之义。允溶：很多的样子。廓落：空旷，辽远。戏：通"麾"，指挥。八镇：四方及四隅。《汉书》颜师古注引应劭曰："四方四隅为八镇。"《汉书》颜师古注引如淳曰："不言九者，一镇在中，天子居之故也。"此句言军旅之盛，可以指挥八方而使之开关。

61飞廉：风神。云师：云神。吸：内息。噏（pì 僻）：喘息声。《汉书》颜师古注曰："吸噏，开张也。"潚（sù 肃）率：吸噏貌。此指风神、云师呼吸的样子。鳞罗：指士卒像鱼鳞一样罗列。攒以龙翰：指士卒像龙毛一样聚集。翰，毛之长大者。

62秋秋：飞舞的样子。《荀子·解蔽》："《诗》曰：'凤凰秋秋，其翼若干。'"杨倧注："秋秋，犹跄跄，谓舞也。"《文选》作"啾啾"，众声也。跄跄（qiāng 枪）：行走时飞跃奔腾的祥子。《汉书》颜师古注："秋秋跄跄，腾骧之貌。"西园：上林苑的别名。《文选·张衡〈东京赋〉》李善注引薛综注："西园，上林苑也。"切：近。神光：宫名。

(63)平乐：馆名，在上林苑中。径：经历。惠圃：惠草之园圃。兰唐：生有兰草之塘池。唐，通"塘"。

(64)辔（pèi 配）：驾车的人。《文选》李善注："辔者，执辔之人也。"施：施展。披：《文选》作"技"，技能。

(65)方：一并。校骑：《汉书》颜师古注曰："校骑，骑而为部校者也。"《文选》吕向注曰："校骑，校捷之骑。"《文选》作"狡骑"。万师：形容军队之多。

(66)虓（xiāo 消）虎：勇健咆哮之虎。《诗·大雅·常武》："进厥虎臣，阚如虓虎。"陈：《文选》五臣本作"阵"。胶辖（gé 葛）：错杂的样子。

(67)猋（biāo 标）：暴风，狂风。泣：风声。厉：猛烈，指雷之威。骈駍（pīn pēng 拼砰）：众多响声混杂在一起。骈，《文选》五臣本作"缤"。軨磕（líng kē 零科）：车骑喧闹的声音。

(68)汹汹（xiōng 凶）旭旭：形容声音喧闹猛烈。《文选》李善注："汹汹旭旭，鼓动之声也。"岋（è 饿）：摇动。羡漫：散漫。这句《文选》刘良释为："言鼓动之声，震摇天地。士卒连接分散，萧条然。列于数千里之外，言远也。"

(69)忼（kāng 康）慨：意气风发。殊：不同。乡：《文选》五臣本作"向"，方向。趣：趋。全句意为：壮士们意气风发，各自朝不同的方向奔去。

(70)耆（qí 其）：《文选》六臣本作"嗜"，爱好。此句意为：壮士们各随他们自己的嗜好欲望而奔驰。

(71)拕：同"拖"。苍豨（xī 希）：黑色的野猪。跋：踩踏。《文选》李善注曰："韦昭曰：'跋，踏也。'"犀：犀牛。犛（máo 毛）：长髦牛。《山海经·中山经》："荆山……多犛牛。"郭璞注："犛，牛属，黑色，出西南徼外也。"蹶：用脚踢踏。浮麋：浮游的麋鹿。

(72)斮（zhuó 浊）：斩，砍。巨狿（yán 延）：巨大的狻狿。《广雅》曰："狿，麈也，怒走者为狿。"玄蝯（yuán 元）：黑色之猿。蝯，"猿"的本字。

(73)腾空虚：即腾空搏击野兽。歫：通"拒"、"距"，跳过。连卷（quán 拳）：弯曲的样子，指木枝弯曲貌。

(74)踔（chuō 戳）：奔腾跳跃。《三苍诂训》曰："踔，逾也。"夭蟜（jiǎo 绞）：当为猛士恣意跳跃，屈伸自如的样子。娭（xī 西）：同"嬉"，嬉戏，游戏。涧门：《文选》作"涧间"，林丛之间。

(75)莫莫：尘土飞扬的样子。纷纷：尘埃四起杂乱貌。《文选》李善注："莫莫纷纷，风尘之貌也。"《文选》吕延济注："言风尘昏昧于山谷丛林之间。"

(76)获夷之徒：能捕获夷狄的人。一说是古代壮士名，能用脚摧折松柏，用手掌击打蒺藜而不受伤害。掌：用手掌击打。蒺藜：植物名，生于沙地，蔓生，果实表面凸起如针尖。

⑰蒙茏：草木茂密繁盛的地方。辚(lìn 吝)：用车轮碾压。轻飞：轻捷的兽和善飞的禽鸟。

⑱履：践踏。般(bān 班)首：虎一类的猛兽。《汉书》颜师古注引如淳曰："般首，虎之类也。"带：佩带在身上。修蛇：长蛇。

⑲钩：拖曳。掔(qiān 千)：古"牵"字。

⑳跇(yì 义)：渡过，逾越。峦：山小而尖锐叫峦。阬(gāng 冈)：丘陵，土冈。超：越过。唐：通"塘"，池塘。陂(bēi 碑)：池泽边上挡水的岸堤。

㉑云会：像云一样聚集。阇蔼(àn'ǎi 暗矮)：众盛貌。

㉒泰华：泰山和华山的合称。旒(liú 流)：古代的旗帜下面悬着的装饰物。熊耳：山名，在湖南省。一说在河南省。缀：旗子的装饰。

㉓仆：倒下。山还(xuán 玄)：山体旋转。漫：遍及。天外：天边之外，指极远的地方。

㉔储与：漂泊流浪无定。《淮南子·本经训》："阴阳储与，呼吸浸潭。"高诱注："储与，犹尚羊(即"倘佯")，无所主之貌也。"溥(pǔ 普)：《文选》六臣本作"浦"，水边。聊浪：游荡。

㉕晏：天空晴朗无云。

㉖逢(páng 庞)蒙：古代善射者，曾学射于后羿，尽羿之道，后嫉羿超过自己，于是杀羿。列：通"裂"。眥(zì 字)：也作"眦"，眼眶。羿氏：古代善射者。控弦：拉弓。《说文》曰："匈奴名引弓曰控弦。"

㉗皇车：天子之车。幽轕(gé 革)：车辆行动的声音。纯：边缘。《汉书》颜师古注引李奇曰："纯，缘也。"这里指光围绕在天地的边缘。

㉘望舒：神话传说中月亮的御者。弥辔(pèi 配)：即停车。弥，通"弭"，止，停息。辔，缰绳。翼：人很多的样子。徐：慢慢地。上兰：观名，在上林苑中。

㉙陈：《文选》作"阵"，指围猎的阵势。浸(qīn 侵)淫：逐渐地依次接近。蹵(cù 促)部：使军队靠近。蹵，古字通"促"，接近。部，军队，军之部伍。

㉚曲(qū 屈)：古代军队的编制。《后汉书·百官志一》："部下有曲，曲有军候一人，比六百石。"队：古代军队的编制单位。《淮南子·道应训》："知伯围襄子于晋阳，襄子疏队而击之。"高诱注："队，军二百人为一队。"坚重：坚固而繁密。各按行伍：各自依据行伍的次序。按，依据，依照。行伍，古代军队的编制单位，五人为伍，五伍为行。

㉛壁垒：星名，军队用以进攻或防守的工具仿此而设。天旋：天之旋转。神抶(chì 炽)电击：如鬼神雷电所击。抶，鞭打。

㉜惊：动。骇：起。这句描写狩猎的威势之盛，士卒齐起而杀，禽兽皆尽，如刮野扫地一般。

⑨罕(hǎn 喊)车：戴罕网的车。聿皇：轻疾的样子。

⑨绢：《文选》作"罥"，系住，结住。嘄(xiāo 萧)阳：即狒狒。人形，人面，黑色，体有毛，若反踵，唇蔽其目，见人而笑。《淮南子·氾论训》高诱注曰："嘄阳，山精也。"

⑨天宝：传说中的神名，即秦穆公所获之陈宝，鸡头而人身。

⑨駍(pēng 砰)声：駍然有声。流光：闪烁的光芒。《汉书》颜师古注引如淳注曰："陈宝神来下时，駍然有声，又有光精也。"《文选》张铣注曰："其神来，声如电，亮光如流星。"

⑨囊括：包罗，包括。《文选》张铣注曰："其神有雌雄，并而执之，故云'囊括其雌雄'。"《汉书》颜师古注曰："雄在陈仓，雌在南阳也。故云'野尽山穷'也。"

⑨沈沈容容：都是形容野兽很多的样子。沈沈，《文选》作"沇沇(wěi 伟)"。噱(jué 决)：口内之上下，这里是指张口喘息。纮(hóng 宏)：捕捉禽兽的网。此句意为：野兽狂奔乱突，疲倦至极，都遥遥地张噱吐舌在网中喘息。

⑨芒然：形容军队盛多。冘(yín 银)：《文选》六臣本作"冗"，行进的样子。阏(è 遏)：遏止。与：通"豫"，犹豫徘徊。这句是写三军威盛，穷追猛打其奔跑者，阻遏其犹豫徘徊者。

⑩亶(dàn 旦)：通"但"。票(piāo 飘)禽：飞行迅疾的鸟。绁(yì 义)：通"跇"，度过，超越。踰(yú 俞)：通"逾"，超过。兕(sì 四)：一种形体似牛的野兽。抵触：犀犛一类的动物以角与敌搏斗。

⑩挐(ná 拿)攫：张牙舞爪相搏斗的样子。挐，牵引。攫，斗。凌：战栗之状。遽：惊惶之状。

⑩徒：但。角抢：以角抢地。抢，通"枪"，刺。题注：以额头注地。题，额头。注，撞击。蹙(cù 促)：急迫，慌张。竦：惊惧。詟(zhé 哲)：恐惧，惊慌。

⑩辐(fú 福)：辐条，用以连接轮及轴心。关：折断。脰(dòu 豆)：颈项，脖子。

⑩妄发：无目的地射箭。期：必定。这句意思是：妄发而必定射中。进退履获：进退之间都有履获。

⑩创淫：指禽兽被刀剑所创伤者。轮夷：指禽兽被车轮轧伤者。丘累陵聚：言所获甚多，积累聚集起来如丘陵一般。

⑩殚(dān 单)：尽。中衰：指无禽兽可打。靖冥之馆：幽深闲静之馆。珍池：指琳池。《汉书》颜师古注引服虔注："珍池，山下之流也。"

⑩岐：岐山，在陕西省岐山县东北，山形如柱，又称"天柱山"。梁：梁山，在陕西省韩城县境。此句意为：以珍池水灌岐梁之地。溢以江河：指池水溢入江河。江河，指岐梁山下的江河。

⑩瞰(kàn 看)：遥望，远视。目尽：尽目而望。畅：通达，平畅。亡厓(yá 涯)：无边无际。

⑩⑨随珠:传说中的宝珠,明月珠。相传随侯曾助蛇治伤,蛇从江中衔珠以报答。和氏:和氏璧,相传是春秋时楚国和氏(卞和)所得的宝玉。焯(zhuō 卓)烁:光彩照耀。陂:水边。《文选》六臣本作"波"。

⑩玉石:石之似玉者。也有人认为是石和玉。磳崟(jīn yín 斤银):高锐奇特。青荧:泛指青光和白光。《汉书》颜师古注曰:"青荧,言其色青而有光荧也。"

⑪汉女:汉水神。刘向《列仙传》说,郑交甫到汉皋台下,逢二女在玩赏两珠,大如荆鸡子。郑交甫向其索取,二女解与之。交甫受而去,回头视女不见,珠亦失。水潜:潜入水中。暗冥:潜隐而不可见。不可殚形:不能够描述其形状。

⑫玄鸾:黑色凤凰一类的神鸟。翡翠:鸟名,雄赤曰翡,雌青曰翠,羽彩色。可作装饰品。垂荣:散发光彩。荣,形容鸟羽有光彩。

⑬王雎:鸟名,雎鸠,雕类,喜在江渚山边捕食鱼类。关关:鸟儿的和鸣声。《诗·周南·关雎》:"关关雎鸠,在河之洲。"嘤嘤(yīng 婴):鸟鸣声。《诗·小雅·伐木》:"伐木丁丁,鸟鸣嘤嘤。"娭(xī 西):《文选》作"娱",嬉戏。嗺嗺(jiū 纠):鸟鸣声。昆:共同,一起。

⑭凫(fú 伏):野鸭子。鷖(yī 衣):鸥,水鸟名。振:展翅而飞。鹭(lù 路):水鸟,脚高颈长,喙强健有力,常栖息水边。上下:鸟儿飞翔,或上或下。砰磕(kē 科):声音宏大。指鸟振翅之声。

⑮文身:《礼记·王制》孔颖达疏说,古代越地风俗,在身上刺图案或花纹,以丹青涅之,以避蛟龙之害。技:《文选》六臣本作"伎",技能。水格鳞虫:在水中与鱼和爬虫类的动物格斗。

⑯凌:超越。犯:冲击。严渊:不可侵犯的深谷。

⑰探:寻取。岩:水中岩石。排:疏通,疏导。碕(qí 奇):曲岸。薄:迫切。索:寻求。蛟螭(jiāo chī 交吃):古代传说中的两种动物。

⑱蹈:脚踏。獱(bīn 宾):小獭。獭(tǎ 塔):水獭。据:抓取,捕捉。鼋(yuán 元):背青黑色,头有疙瘩的大鳖。鼍(tuó 驮):扬子鳄。

⑲抾(qū 区):抓取,执取。灵蠵(xī 西):神奇的龟。蠵,龟的一种。《汉书》颜师古注引应劭曰:"蠵,大龟也。雄曰毒冒,雌曰觜蠵。"

⑳洞穴:深穴,通穴。《汉书》颜师古注引晋灼,则认为是禹穴。《山海经》郭璞注则认为:"吴县南太湖中有包山,山下有洞庭道也。"苍梧:地名,在今广西,相传舜葬于此。

㉑钜:通"巨",大。鳞:鳞类动物的总称。京鱼:即鲸鱼。京,大。

㉒浮:游。彭蠡:湖泽名,即今江西鄱阳湖。目:视,望。有虞:即舜。舜葬于九疑山,故"浮彭蠡",近于九疑,乃可目视于有虞。

㉓方:且,将要。椎:击打。夜光:玉名。流离:即"琉璃",本指天然宝石。

剖:裂。明月:即明月珠。胎:明月珠在蛤中为蛤所怀,故谓之胎。

⑫④鞭:鞭打。宓(fú 伏)妃:伏羲氏女,溺死洛水,遂为洛水之神。

⑫⑤饷:供给食物。彭:彭咸,相传是殷商贤大夫。王逸说他谏君不从,自投水而死,是依屈原《离骚》"愿依彭咸之遗则"而附会。胥:即伍子胥,名员,春秋时楚人。因其父兄被楚平王所杀而奔吴,借吴复仇。后因谏夫差而不从,被迫自杀。《越绝书》曰:"子胥死,王使捐于大江口,乃发愤驰腾,气若奔马,乃归神大海,盖子胥水仙也。"

⑫⑥鸿生、钜儒:都是大儒,有德之人。鸿、钜,大。俄:高昂。轩:有障蔽的车。冕:古代帝王、侯、卿大夫所戴的礼帽。《管子·法法》曰:"是故先王制轩冕,所以著贵贱,不求其美。"杂衣裳:指衣服色彩不同。

⑫⑦唐典:尧典,记载尧时法则、典章制度的典籍。匡:正。《雅》《颂》:《诗》中《雅》、《颂》的合称,后世用以称美政理之道的盛世之乐。《礼记·乐记》:"故听其雅颂之声,志意得广焉。"

⑫⑧揖让:指作揖谦让的礼节。昭:明亮的。振:起。蚃曶(xiǎng hū 响忽):迅速,疾速。

⑫⑨仁声:仁义贤惠的声音。惠:施以恩惠。北狄:我国古代对北方少数民族的总称。武义:《文选》作"武谊",指武事。动:震动。南邻:南方的邻邑。《汉书》颜师古注曰:"南方有金邻之国,故称南邻。"

⑬⓪旃(zhān 毡)裘:毡制的衣服。这里指穿着此衣的北方少数民族。胡:我国古代对北方及西域的少数民族的称呼。貉(mò 莫):即"貊",我国古代泛指北方的各民族。

⑬①移:以物于人。享:奉献。《尔雅》:"享,献也。"郭璞注:"献食物曰享。"抗:举。

⑬②围口:围猎的营门。卢山:单于南庭山。这句意思是说:所献很多,前来入营门,后面犹陈列于南庭山。

⑬③常伯:周代官名,秦汉时称侍中,从诸伯中选拔。《尚书·立政》:"王左右常伯、常任。"应劭《汉官仪》曰:"侍中,周成王常伯任侍中,殿下称制,出即陪乘。"杨朱:战国时魏人,前于孟子,后于墨子,其主张重在爱己,不为外物所累,拔一毛以利天下而不为。墨翟:春秋战国之际的思想家,墨家学派的创始人。他主张兼爱、非攻、尚贤、尚同,提倡节俭,反对儒家的繁礼厚葬。喟:喟叹,叹息。

⑬④崇:盛大。德:美德。唐:唐尧。虞:舜。大夏:大禹。成:周成王。周:周公。隆:丰盛。侈:奢,大。兹:这,这个。

⑬⑤太古:上古,远古。觐(jìn 进):朝见。东岳:泰山。禅(shàn 善):祭祀。梁基:梁父山下。梁父是泰山脚下的一座小山,在山东省新泰市西。《大戴礼记·保传》:"封泰山而禅梁基。"封泰山是祭天,禅梁基是祭山川土地。谁与:与

谁在一起。

⑬上：天子，指成帝。俞：然，认为是。

⑬方：正当。三灵：日月星垂象之应，代表天地人。流：福祥的和液下流。醴泉：甘香醇美的泉水。《礼记·礼运》："故天降膏露，地出醴泉。"滋：滋涌润泽。

⑬凤皇：即"凤凰"，传说中的祥鸟。麒麟：传说中的一种仁兽。

⑬奢、侈：以……为奢侈。云梦：楚国薮泽名。孟渚：宋国泽名，在今河南省商丘市东北。

⑭非：认为……不正确。章华：楚国台名。是：认为……正确。灵台：周文王所建的台。

⑭罕：稀，少。徂：往，到。离宫：古代帝王在正殿外所建的宫舍。辍：停止。观游：游观之事。

⑭土事：指建造宫宇之事。木功：指制作木器之事。

⑭承：通"拯"，上举。这句是说：鼓励农民努力农桑。迨(dài 代)：《文选》卷八作"怠"，懈怠。侪(chái 柴)：相为配偶。莫违：按时节为婚，勿违于期。

⑭被：承受。洋溢：广泛播及。饶：富足。创：《文选》五臣本作"制"，创制，建立。这句是说：建立道德之苑囿。弘：弘扬，广大。虞：古代掌山泽的官，此代指山泽。

⑭这句是说：在神明的苑囿中奔驰，取其圣德；观览群臣之有无而施加恩泽。

⑭雉：鸟名，其羽美丽，可作装饰品。刍荛(náo 挠)：割草打柴。《诗·大雅·板》毛传："刍荛，薪采者。"这里代指柴草。共：共有，共享。

⑭臻兹：至于此。

⑭醇：使……精纯不杂。洪：大。鬯：通"畅"。丰：广大，扩大。茂世：盛世。规：法。

⑭加劳三皇：劳苦过于三皇。勖(xù 绪)勤五帝：勤勉过于五帝。勖，勉。

⑮祗(zhī 支)：恭敬。庄：庄重，严肃。雍穆：和善，和睦。

⑮皇：暇，空闲。靡：奢侈。

⑮轸(zhěn 诊)：车后横木。衡：车前的横木。这里代指车。

⑮背：转身离开。阿房：秦代宫殿名，惠文王造而未完，始皇广其宫规，恢三百余里，后为项羽所焚。故址在今陕西省西安市西。未央：汉宫名，为汉朝君臣朝会之地。反未央：即回朝廷勤政。反，通"返"。

长杨赋

明年[①]，上将大夸胡人以多禽兽[②]。秋，命右扶风发民入南山[③]，西自褒斜，东至弘农，南敺汉中[④]，张罗罔罝罘，捕熊罴、豪猪、虎豹、狖玃、狐菟、麋鹿，载以槛车，输长杨射熊馆[⑤]。以罔为周阹，纵禽兽其中，令胡人手搏之，自取其获，上亲临观焉[⑥]。是时，农民不得收敛[⑦]。雄从至射熊馆，还，上《长杨赋》，聊因笔墨之成文章，故藉翰林以为主人，子墨为客卿以风[⑧]。其辞曰：

子墨客卿问于翰林主人曰："盖闻圣主之养民也[⑨]，仁沾而恩洽，动不为身[⑩]。今年猎长杨，先命右扶风，左太华而右褒斜，椓嶻嶭而为弋，纡南山以为罝[⑪]，罗千乘于林莽，列万骑于山隅[⑫]，帅军踤阹，锡戎获胡[⑬]。搤熊罴，拕豪猪，木雍枪累，以为储胥，此天下之穷览极观也[⑭]。虽然，亦颇扰于农民[⑮]。三旬有余，其廑至矣，而功不图[⑯]，恐不识者，外之则以为娱乐之游，内之则不以为乾豆之事[⑰]，岂为民乎哉！且人君以玄默为神，澹泊为德[⑱]，今乐远出以露威灵，数摇动以罢车甲[⑲]，本非人主之急务也，蒙窃或焉[⑳]。"

翰林主人曰："吁，谓之兹邪[㉑]！若客，所谓知其一未睹其二，见其外不识其内者也[㉒]。仆尝倦谈，不能一二其详[㉓]，请略举凡，而客自览其切焉[㉔]！"客曰："唯，唯。"

主人曰："昔有强秦，封豕其士，窫窳其民[㉕]，凿齿之徒相与摩牙而争之[㉖]，豪俊麋沸云扰，群黎为之不康[㉗]，于是上帝眷顾高祖[㉘]，高祖奉命，顺斗极，运天关，横钜海，票昆仑[㉙]，提剑而叱之，所麾城摲邑，下将降旗，一日之战，不可殚记[㉚]。当此之勤，头蓬不暇疏，饥不及餐[㉛]，鞮鍪生虮虱，介胄被沾汗，以为万姓请命乎皇天[㉜]。乃展民之所诎，振民之所乏[㉝]，规亿载，恢帝业，七年之间而天下密如也[㉞]。

"逮至圣文，随风乘流，方垂意于至宁[㉟]，躬服节俭，绨衣不敝，革鞜不穿，大夏不居，木器无文[36]。于是后宫贱瑇瑁而疏珠玑[37]，却翡翠之饰，除雕琢之巧[38]，恶丽靡而不近，斥芬芳而不御[39]，抑止丝竹晏衍之乐，憎闻郑卫幼眇之声[40]，是以玉衡正而太阶平也[41]。

“其后熏鬻作虐，东夷横畔，羌戎睚眦，闽越相乱[42]，遐萌为之不安，中国蒙被其难[43]。于是圣武勃怒，爰整其旅[44]，乃命票、卫，汾沄沸渭，云合电发，猋腾波流，机骇蠭轶[45]，疾如奔星，击如震霆[46]，砰轒辒，破穹庐，脑沙幕，髓余吾[47]，遂猎乎王廷。敺橐它，烧熐蠡，分梨单于，磔裂属国[48]，夷阬谷，拔卤莽，刊山石[49]，蹂尸舆厮，系累老弱，兖铤瘢耆、金镞淫夷者数十万人[50]。皆稽颡树颔，扶服蛾伏[51]，二十余年矣，尚不敢惕息[52]。夫天兵四临，幽都先加[53]，回戈邪指，南越相夷[54]，靡节西征，羌僰东驰[55]。是以遐方疏俗，殊邻绝党之域[56]，自上仁所不化，茂德所不绥[57]，莫不跷足抗首，请献厥珍[58]，使海内澹然，永亡边城之灾，金革之患[59]。

“今朝廷纯仁，遵道显义，并包书林，圣风云靡[60]；英华沉浮，洋溢八区[61]，普天所覆，莫不沾濡[62]；士有不谈王道者，则樵夫笑之[63]。故意者以为事罔隆而不杀，物靡盛而不亏[64]，故平不肆险，安不忘危[65]。乃时以有年出兵，整舆竦戎[66]，振师五莋，习马长杨[67]，简力狡兽，校武票禽[68]，乃萃然登南山，瞰乌弋[69]，西厌月䴑，东震日域[70]。又恐后世迷于一时之事，常以此取国家之大务，淫荒田猎，陵夷而不御也[71]，是以车不安轫，日未靡旃，从者彷佛，骫属而还[72]；亦所以奉太宗之烈，遵文武之度[73]，复三王之田，反五帝之虞[74]；使农不辍耰，工不下机，婚姻以时，男女莫违[75]；出恺弟，行简易，矜劬劳，休力役[76]；见百年，存孤弱，帅与之同苦乐[77]。然后陈钟鼓之乐，鸣鞀磬之和，建碣磍之虡[78]，拮隔鸣球，掉八列之舞[79]；酌允铄，肴乐胥，听庙中之雍雍，受神人之福祜[80]；歌投《颂》，吹合《雅》[81]。其勤若此，故真神之所劳也[82]。方将俟元符，以禅梁甫之基，增泰山之高[83]，延光于将来，比荣乎往号[84]，岂徒欲淫览浮观，驰骋秔稻之地，周流梨栗之林[85]，蹂践刍荛，夸诩众庶，盛狖玃之收，多麋鹿之获哉[86]！且盲不见咫尺，而离娄烛千里之隅[87]；客徒爱胡人之获我禽兽，曾不知我亦已获其王侯[88]。”

言未卒，墨客降席，再拜稽首曰[89]：“大哉体乎！允非小人之所能及也，乃今日发矇，廓然已昭矣[90]！”

【说明】

此赋见《汉书》卷八十七下、《文选》卷九。

扬雄写作《长杨赋》的动机是很明确的。《汉书·扬雄传下》记载，元延二年（前11），汉成帝为了向胡人夸耀皇家花园豢养的野兽之多，即命令农民入终南山捕捉野兽，放入长杨宫的射熊馆，然后让胡人进入馆中猎捕搏杀野兽。成帝亲临观看取乐。成帝此举严重地影响了农民的生产——"是时农民不得收敛"。扬雄跟着成帝从射熊馆回来后，即向成帝献《长杨赋》"以风"。

在赋中，扬雄借子墨客卿之口说："今年猎长杨……此天下之穷览极观也。虽然，亦颇扰于农民。三旬有余，其廑（勤）至矣，而功不图……岂为民乎哉！"翰林主人则对成帝的行为千方百计进行辩解："意者以为事罔隆而不杀，物靡盛而不亏，故平不肆险，安不忘危。乃时以有年出兵，整舆竦戎，振师五莋，习马长杨，简力狡兽，校武票禽，乃萃然登南山，瞰乌弋，西厌月𧊒，东震日域。……客徒爱胡人之获我禽兽，曾不知我亦已获其王侯。"这实际上是美化成帝，为成帝的"淫览浮观"进行曲解。但曲解的目的不是让成帝的错误继续下去，而是要成帝按曲解的理想去做。这个曲解的内容，实际上是作者一厢情愿的理想。这也正是作为语言侍从身份的赋家所创造的一种委婉高妙的讽谏模式，同时也展现了高度的修辞技巧。

【注释】

①明年：即汉成帝元延二年，公元前11年。

②上：指汉成帝。夸：炫耀。胡人：我国古代对北方及西域各族的称呼。

③右扶风：汉郡名，与京兆、左冯翊同为三辅，故地在今陕西省西安市西。发：派遣。南山：终南山，在今陕西省西安市南。

④褒斜：也称"褒斜道"、"褒斜谷"。其地在今陕西省西南部，旧时为川陕交通要道。南口称"褒谷"，在今勉县褒城镇北十里；北口称"斜谷"，在今眉县西南三十里。《梁州记》曰："万石城泝汉上七里有褒谷，南口曰褒，北门曰斜，长四百七十里。"弘农：汉郡名，故址在今河南、陕西一带。敺：通"驱"。《文选》五臣本作"驱"。汉中：郡县名，故址在今陕西省南郑县。

⑤张：设。罝罘（jūfú 居伏）：捕兽用的网。罴：一种野兽，俗称"人熊"。豪猪：啮齿类哺乳动物，毛如尖刺，长者尺许，可竖起御敌，又称箭猪。狖（yòu 又）：长尾狼。玃（jué 决）：大猴，长臂善捕。麋（mí 迷）：鹿类动物。载：装载。槛车：装载犯人或猛兽的有栅栏的车。输：转送。长杨：宫名，在今陕西省周至县

东南，因宫有长杨树而得名。《三辅黄图》卷一《宫》："长杨宫，在今盩厔县东南三十里，本秦旧宫，至汉修饰之，以备行幸。宫中有垂杨数亩，因为宫名。"射熊馆：汉代别馆，在长杨宫内，是帝王游猎之处。

⑥周：圈围。阹(qū 区)：围猎野兽的圈。纵：放。搏：击。

⑦是时：这时。收敛：收藏，指秋季农民收获农作物。

⑧从：服从。聊：姑且。因：依据。藉(jiè 借)：假设之辞，假借。翰林：文翰之林，形容文翰之多，犹如树林。风：通"讽"，规劝。

⑨养民：教养百姓。

⑩沾：润泽，滋润。洽：沾润。动不为身：一举一动不为自己，言忧虑百姓。身，自身。

⑪太华：即西岳华山，在今陕西省渭南县东南。椓(zhuó 琢)：敲击。巀嶭(jié niè 杰聂)：山名，又称"嵯峨山"，在今陕西泾阳、三原、淳化三县交界处。弋：木桩子。纡：弯曲。这句极言狩猎范围之广。

⑫罗：列。乘：车。莽：草木丛生之地。骑(jì)：骑兵。隅：角落。

⑬帅：同"率"，带领。踤(zú 卒)：踢。阹(qū 区)：围猎禽兽的圈，也指狩猎。锡：通"赐"，赐给。戎、胡：我国古代泛指北方及西域的少数民族。

⑭搤：同"扼"，捉住。拕：拉、拽。木雍枪累：编织联结竹木作为栅栏。苏林曰："木拥栅其外，又以竹枪累为外储也。"雍，聚集。累，堆积。储胥：栅栏或篱笆之类。

⑮虽然：即使这样。

⑯廑：古"勤"字，勤劳。至：极。功：劳绩。图：谋划，谋取。

⑰乾(gān 干)豆：古代祭祀时把干肉放在祭器中祭祀天地和祖先。乾，干肉。豆，祭器。

⑱玄默：幽玄沉默。澹泊：安详宁静。

⑲乐：以……为乐。露：暴露。威灵：声威。数(shuò 朔)：多次，屡次。罢：通"疲"。车甲：战车和盔甲，借指士兵。

⑳蒙：受蒙蔽。窃：私下。或：通"惑"，迷惑。

㉑吁：感叹词，表疑怪。谓：说。兹：此。

㉒睹：看见。这句谓客不能详知此事。

㉓尝：曾经。倦：疲倦。详：详细的情况。

㉔略：简要地。举：举例。凡：大概。览：观。切：要领。

㉕封豕(shǐ 史)：大猪。常用以比喻贪暴者，这里指强秦。封，大。豕，猪。窫窳(yà yǔ 亚雨)：一种食人的野兽，后用以比喻暴虐残害。

㉖凿齿：古代传说中的野人，齿长五尺，食人。摩牙：磨牙使之锋利。摩，通"磨"。

㉗麋沸：如麋之沸。喻局势动荡不安。云扰：纷乱如云。群黎：百姓。康：

安宁。

㉘眷顾:垂爱关注。高祖:指刘邦。

㉙顺:顺应。斗极:北斗星与北极星。运:运转。天关:一名“北辰”,即北极星。横:渡。钜海:《文选》卷九作“巨海”。票:通“漂”,摇荡。昆仑:山名,在西藏与新疆之间。

㉚叱:大声呼喝。麾:同“挥”,招手。擲(shàn 善):攻取,芟除。下:使之下。殚:尽。

㉛勤:劳苦。蓬:乱纷如蓬。暇:空闲。疏:同“梳”,梳理。

㉜鞮鍪(dī móu 堤谋):头盔。鞮,皮革。鍪,锅边下翻的锅。介胄:披盔带甲。

㉝展:伸展,放开。振:同“赈”,救济。乏:缺乏。

㉞规:谋划。恢:广大。此句意为:谋划长久之道以恢宏帝业。密如:安静的样子。

㉟逮:及。圣:贤明的。文:汉文帝。随风乘流:顺从高祖之遗风。流,流响,传布。方:正。垂意:留心。宁:安宁。

㊱躬:亲自。服:实行。绨(tí 啼):质地粗厚、平滑而有光泽的丝织品。不敝:不以为敝,不穿破而已。敝,破。鞜(tà 沓):皮鞋。文:花纹。

㊲贱:轻视。瑇瑁(dài mào 代冒):形状似龟,产生于热带海中的爬行动物,甲壳可作装饰品。疏:远离。玑:不圆的或小的珠子。

㊳却:除去。翡翠:美石,也称硬玉,可作首饰之类。琢:治玉,磨玉。

㊴恶:讨厌。丽靡:华美,华奢。近:亲近。斥:废弃,排斥。芬芳:香气。御:进用。

㊵抑:遏止。丝竹:弦乐器和竹管乐器。晏衍:安逸闲雅之乐。憎:厌恶。闻:听。幼眇(yào miào 要妙):微妙,精妙。古人多认为郑卫之乐系邪淫之乐。

㊶玉衡:北斗第五星。太阶:三阶星名。亦有人认为太阶即天之阶。

㊷其后:指汉武帝时期。熏鬻:匈奴的本名。作虐:指匈奴侵害汉朝边境。东夷:古代汉族对东方诸族的称呼。横畔:纵横叛乱。畔,同“叛”。武帝建元四年(前 137),尉佗孙胡为南越王,闽越王郢兴兵攻伐南越边邑。羌:我国古代西部的少数民族。戎:古代泛指我国西部的少数民族。睚眦(yá zì 崖自):怒目而视的样子。

㊸遐萌(xiá méng 霞萌):远方的民众。遐,远。萌,通“氓”,百姓。蒙被:遭受。

㊹圣武:贤明的汉武帝。勃怒:勃然而怒。爰:于是。整:整饬。旅:军队。

㊺票:骠骑将军,这里指霍去病。卫:大将军卫青。汾沄:盛大的样子。沸渭:震动奋发的样子。云合电发:如云合拢,如雷电霆击,形容迅疾。猋:疾风,旋风。腾:升举。机骇:如机之骇,言弩发箭如惊骇而出,喻急速。机:弩机,弓上

发箭的装置。蠭(fēng 蜂)轶:如蜂聚群而过,亦喻急速。蠭,“蜂”的异体字。轶,经过。

㊻疾:快速。奔星:流星。震:雷击。霆:疾雷之声。

㊼砰:撞击之声。轒辒(fén wēn 芬温):攻城车,亦言匈奴的战车。穹庐:匈奴人居住的毡帐。脑沙幕:破其头颅,使脑浆涂沙漠。幕:五臣本《文选》作“漠”。髓余(xú 徐)吾:折其骨,使其骨髓流入余吾之水。余吾,古代水名,为汉时南北交通之要道。

㊽猎:狩猎,一曰践踏。王廷:匈奴王的朝廷。橐它:即骆驼。爓(mì 密)蠡:干酪,造酷母的原料。“烧爓蠡”即破坏匈奴人养生的器具。分梨:分割。单(chán 婵)于:匈奴王号。磔(zhé 哲)裂:分裂。磔,破。

㊾夷:平。卤莽:草莽之地,荒草丛。卤:碱地。刊:削平。

㊿蹂:践踏。舆厮:对厮役之徒,用车轮碾压。厮,厮役,厮徒,古时称干粗活的奴隶。累:系。兖(yǎn 掩):括,箭的末梢,代指箭。鋋(chán 蝉):铁把的小矛。瘢耆(bān qí 班其):马背上的疮瘢。镞(zú 卒):箭头。淫:过分。夷:伤。

(51) 稽颡(qǐ sǎng 起嗓):叩头至地。颡,额头。树:竖立,向上。颔(hàn 汉):下巴。扶(pú 仆)服:匍匐。蛾(yǐ 蚁)伏:如蚁之蛰伏。

(52)愓息:因恐惧而不敢喘息。

(53)天兵:汉兵,言兵威之盛如天。幽都:北方匈奴所居之处。

(54)戈:兵器,此指军队。南越:今广东、广西一带。夷:平。

(55)靡(mó 摩)节:按节,持节,靡,按,持。节,符信。征:讨伐。羌:我国古代西部的少数民族。僰(bó 博):我国古代西南一带的少数民族。东驰:向东奔驰投入汉朝。

(56)遐:远。疏俗:远方的风俗。疏,远。殊邻:与汉地不同的邻邑。绝:远。党:古代的地方基层单位。域:区域。

(57)上仁:圣上的仁义之德。化:教化。茂德:优美繁盛之德。绥:安。

(58)跷(qiāo 敲):举。抗:举起。厥:他们的。珍:宝物。

(59)澹然:安宁的样子。金革:兵器与铠甲,借指战争。

(60)纯仁:清纯仁义。包:包括。书林:书学之林。喻读书者极多。圣风:圣人之风。云靡:如云一般分散。

(61)英华:原指草木之美,此喻帝王品德。沉浮:指帝德很多,且轻重适中。洋溢:盈满,充满。八区:八方之区。

(62)普:遍。沾濡:浸润,多指恩泽所及。

(63)王道:先王所行之正道,即儒家的仁义之道。樵夫:打柴的人。

(64)意者:表示测度,大概,或许,恐怕。罔、靡:无。隆:繁盛。杀:衰败。亏:减损。

(65)平:和平。肆:放弃。险:危险之心,指谨慎。

⑯时:有时,不常。整:整备。舆:车,指战车。竦:通"怂",怂恿,劝说,勉励。戎:军队。

⑰振:整备。师:师旅。五柞(zuò 作):五柞宫,在今陕西省周至县。

⑱简:检验。狡:健兽。校:考校。票:疾,轻捷。

⑲萃:集合。瞰:俯视。乌弋:西域国名,在长安以西。《汉书·西域传》有载。

⑳厌:服,使臣服。月𩈉(kū 枯):即"月窟",月入之处。震:震惧。日域:日出之处。

㉑陵夷:衰落。御:禁止。

㉒安:息。轫:支架车子的木头。靡旃:移动旌旗的影子。彷佛:同"仿佛",仿佛之间,形容时间短暂。骫(wěi 委)属:弯曲相连。骫,通"委"。

㉓奉:承奉。太宗:指汉高祖刘邦。烈:功业。文武:汉文帝和汉武帝。度:规矩,法度。

㉔复:反归。虞:掌管山泽的官。这句是指:让山川林泽复归之,使得其所。

㉕辍:停止。耰(yōu 优):古代用以碎土平田的农具。工:女工。以:按照。时:时节。

㉖出:出门在外。恺弟:和乐简易。行:旅行。矜:怜悯。劬(qú 渠)劳:辛勤,劳苦。休:停止。力役:苦力徭役。

㉗见(xiàn 现):使显现。百年:长寿之人。存:恤,慰问。

㉘陈:摆列。鞀(táo 桃):同"鼗",古代有柄的小鼓。磬(qìng 庆):古代以金、石等为材料制成的形状如矩的乐器。和:乐器。建:树立。碣磍(yà xiá 亚辖)之虡(jù 具):上刻猛兽形状的木架。碣磍,猛兽发威的样子。虡,悬挂编钟或编磬的木架。

㉙拮(jiá 颊)隔:李善注《文选》作"戛击",抚弄,击打。"隔"之古文作"击"。球:一种乐器。掉:动。八列:八行。

㉚酌:以……为酒。允:诚信。铄:美好。肴:以……为酒菜。乐:礼乐。胥:语助词,无义。雍雍:和谐的样子。祜(hù 护):福,恩泽。

㉛投:相投。合:相合。

㉜勤:勤苦。真:确实。劳:犒劳。

㉝方:正要。俟:等待。元符:大瑞之符。元,大。符,符瑞,祥瑞的征兆。禅:古代帝王巡视,封泰山而祭天地。梁甫:泰山脚下的一座小山,在今山东省新泰市西。基:底。

㉞延:推延。光:光辉。荣:荣华。往号:往昔之号。

㉟岂:难道。徒:只是。淫:过分地。浮:过分。秔(jīng 京):即"粳",稻类植物。周流:周转流行各地。

㊱蹂践:践踏。刍荛(chú ráo 除饶):割草打柴的人。这里指草地。诩:自

夸。众庶:众多,指百姓。盛:以……为多。收:收获。

⑰咫:古代八寸为咫。离娄:人名,古之明目者。烛:照耀。隅:角落。

⑱曾:殊。获其王侯:使其王侯入朝,故谓之“获其王侯”。

⑲卒:最终。降:离。

⑳体:法则,治国的大体。发:除去。矇:愚昧无知。廓然:广大的样子。昭:明。

太玄赋

观大《易》之损益兮，览老氏之倚伏[①]。省忧喜之共门兮，察吉凶之同域[②]。皦皦著乎日月兮，何俗圣之暗烛[③]。岂愒宠以冒灾兮，将噬脐之不及[④]！若飘风不终朝兮，骤雨不终日[⑤]。雷隐隐而辄息兮，火犹炽而速灭[⑥]。自夫物有盛衰兮，况人事之所极[⑦]。奚婪焚于富贵兮，迄丧躬而危族[⑧]！丰盈祸所栖兮，名誉怨所集[⑨]。熏以芳而致烧兮，膏含肥而见焫[⑩]。翠羽媺而殃身兮，蚌含珠而擘裂[⑪]。圣作典以济时兮，驱蒸民而入甲[⑫]。张仁义以为纲兮，怀忠贞以矫俗[⑬]。指尊选以诱世兮，疾身殁而名灭[⑭]。岂若师由聃兮，执玄静于中谷[⑮]。纳偓禄于江淮兮，揖松乔于华岳[⑯]。升昆仑以散发兮，踞弱水以濯足[⑰]。朝发轫于流沙兮，夕翱翔乎碣石[⑱]。忽万里而一顿兮，过列仙以托宿[⑲]。役青要与承弋兮，舞冯夷以作乐[⑳]。听素女之清声兮，观宓妃之妙曲[㉑]。茹芝英以御饿兮，饮玉醴以解渴[㉒]。排阊阖以窥天庭兮，骑骍騩以踟蹰[㉓]。载羡门与偭游兮，永览周乎八极[㉔]。

乱曰：甘饵含毒，难数尝兮[㉕]。麟而可羁，近犬羊兮[㉖]。鸾凤高翔，戾青云兮[㉗]。不挂网罗，固足珍兮[㉘]。斯错位极，离大戮兮[㉙]。屈子慕清，葬鱼腹兮[㉚]。伯姬曜名，焚厥身兮[㉛]。孤竹二子，饿首山兮[㉜]。断迹属娄，何足称兮[㉝]。辟斯数子，智若渊兮[㉞]。我异于此，执太玄兮[㉟]。荡然肆志，不拘挛兮[㊱]。

【说明】

此赋见《古文苑》卷四，又见于《文选·嵇康〈琴赋〉》李善注、《文选·陆机〈日出东南隅行〉》李善注。

《汉书·扬雄传》载，哀帝时，"丁、傅、董贤用事，诸附离之者，或起家至二千石，时雄方草《大玄(经)》，有以自守，泊如也"。他的《太玄赋》也当作于此时(陆侃如先生《中古文学系年》系于建平三年——公元前4年,扬雄五十岁)。这时,他以为写赋的作用不大,是"劝而不止",是"童子雕虫篆刻","壮夫不为",于是转而仿《易经》作《太玄经》,仿《论语》作《法言》。由于政治上的不得意,他很容易地接受了《易经》中某些消极思想的影响。宋人章樵在《古文苑·太玄赋》题注里说:"子云以为《经》莫深于《易》,故作《太玄》以拟之,言其理微妙于幽玄也。此赋推太玄之理,以葆性命之贞(真)。"说得甚是。此赋有保真的一面,但其消极思想也是极为明显的。

【注释】

①大《易》:即《周易》。损益:《易经》有《损》、《益》二卦。《说卦》云:"损益,盛衰之理也。"老氏:即老子。倚伏:《老子》第五十八章:"福兮祸所倚,祸兮福所伏。"

②省:省察。共门、同域:均是共处一块的意思。贾谊《鹏鸟赋》:"忧喜聚门兮,吉凶同域。"

③皦皦(jiǎo 皎):清晰。著:明显。乎:于,比。何:为何,为什么。俗:世俗之人。圣:圣明之人。暗:幽昧,不明白。烛:明白。这句意谓:世俗之人不明此理,唯圣贤才明白。

④岂:难道。愒(kài 忾):《尔雅·释言》:"贪也。"《左传·昭公元年》:"翫岁而愒日。"杜预注:"翫、愒,皆贪也。"冒:犯。噬(shì 是):咬。脐(qí 其):肚脐。不及:来不及。噬脐不及,喻后悔莫及。

⑤飘风:暴风,急风。终:竟,满。骤雨:暴雨。这句出自《老子》第二十三章,其云:"飘风不终朝,骤雨不终日。"

⑥隐隐:雷声盛大。辄:即,就。息:停止。犹:尚且。一说读"酋",作"聚"讲。炽:炽盛。速:快。

⑦人事:世俗之事。极:顶点。这里是指到顶点则会衰落。

⑧奚:为何。迄:至。躬:自身。危族:使宗族危。

⑨丰盈:丰满。栖:居留。集:聚集。

⑩薰:香草名。《左传·僖公四年》:"一薰一莸,十年尚犹有臭。"杜预注:"薰,香草。"芳:芳香。致:招致。膏:油脂。肥:丰满多油的肉。焫(ruò 弱):销毁,烧。

⑪翠:翠鸟。媺:古"美"字。殃身:害及自己。蚌:软体动物,壳内能产珍珠。擘(bò 簸):剖开。

⑫圣:圣人。典:准则。济:救助。蒸民:百姓。入甲:就是陷入诸法令制度之中,也即犯法。《古文苑》章樵注:"入甲,谓纳诸法令之中。"甲,即甲令、法令。

⑬张:设。怀:抱。矫:纠正。

⑭尊选:授人以尊贵的官职。诱世:诱导世人。疾:痛恨。殁:消亡。这句意谓:拿高官厚禄诱人,让人追求功名,以死后名灭为恨。

⑮师:效仿。由:许由,上古隐士。相传尧以天下相让,许由辞,遁耕于箕山脚下。后又召为九州长,许由不愿听,洗耳于颍河边。聃:老子。执:持,抱。玄静:深沉无为。中谷:即谷中。《诗·周南·葛覃》:“施于中谷。”毛传:“中谷,谷中也。”这里是与山陵相对而言的。与其前句“荣”、“辱”相对而言同。宋章樵注为:“老氏贵玄静以自处,虚下为谷。其书所谓‘谷神不死,为天下谷’是也。”

⑯纳:拜请。偓(yàn 艳)、禄:二神仙名。江淮:偓、禄得道的地方。揖:作揖,揖拜。松、乔:二神仙名,即赤松子和王子乔。赤松子,神农时的雨师,能入火不烧,常入昆仑山西王母的石室中,随风雨而上下。王子乔,《列仙传》曰:“王子乔者,太子晋也。道人浮丘公接以上嵩高山。”华(huà 化):华山,在陕西省华阴县南。岳:高山。赤松子和王子乔常来往于华山。

⑰升:登。昆仑:山名,相传为神仙所居。散发:头发不束整,指回复原始状态生活。踞(jù 巨):坐在。弱水:古人称水浅不能浮舟的河为弱水,古籍记载的弱水甚多。这里是传说中的河流名。濯(zhuó 浊)足:洗足。

⑱朝:早晨。发:启动。轫:刹车的木头。故车启动曰发轫。流沙:沙漠。沙漠随风而动,故称流沙。这里指甘肃敦煌以西的极远之地。翱翔:上下飞舞。碣石:古山名,在河北省昌黎县西北,东临渤海。

⑲顿:停。这里指飞翔之速,万里而一停。过:拜访。列仙:众仙。托:托身,寄身。宿:止宿。

⑳役:使。青要:神话中的山名,见《山海经·中山经》。《古文苑》章樵注:“青要、承弋,所谓玉女也,充吾役使。”冯(píng 平)夷:河神名。“舞冯夷”即是使冯夷跳舞。

㉑素女:仙女。《史记·封禅书》:“太帝使素女鼓五十弦瑟。”清声:清脆悦耳之音。宓妃:亦作“伏妃”,传说中的洛水女神名。

㉒茹:吃。御:抵挡。醴:美酒。

㉓排:排开。阊阖:天门。窥:视。骍(xīng 星):红色马。骢(guī 归):骏马,浅黑色的马。踟蹰:即踌躇,徘徊不前。

㉔载:使之乘。羡门:传说中的古代仙人,居住在碣石山上。俪:偕,一起。周:遍。八极:八方。

㉕乱:辞赋篇末总括全篇要旨的话。甘饵:甜美的食物。数:多次。尝:品尝。

㉖麟:麒麟,传说中的神兽。羁:系。近:似。

㉗鸾凤:传说中的神鸟,为众禽之首。戾:到,至。青云:苍天。

㉘挂:触犯。固:本来。珍:珍贵。

㉙斯：李斯，位至秦相。错：晁错，汉景帝时的御史大夫，位至三公。位极：位至极高。离：通“罹”，遭遇。大戮：大刑。

㉚屈子：屈原。慕清：羡慕清正。屈原在《渔父》中曾说：“举世皆浊我独清。”葬鱼腹：葬身于鱼腹之中。指屈原自沉汨罗江而死。

㉛伯姬：宋伯姬。春秋时人，鲁女，嫁宋共公。传说她遇灾以后，因守妇礼等待傅姆到来，卒为大火烧死。详见《左传·襄公二十年》。曜名：显名。

㉜孤竹二子：商代孤竹君的两个儿子，即伯夷、叔齐，传说他们阻止武王灭殷，不食周粟，饿死首阳山。

㉝属娄：剑名，亦作“属卢”。称：赞美。这句是说：伍子胥忠于吴王夫差，却被夫差赐属娄剑自杀。事见《左传·哀公十一年》及《史记》的《吴太伯世家》和《越王勾践世家》。

㉞辟：通“譬”，例如。斯：这。数子：这几个人。智若渊：智如渊深。

㉟执：待，守。

㊱荡然：坦荡的样子。肆：放任。拘：拘泥。挛（luán 栾）：束缚。

逐贫赋

扬子遁世，离俗独处，左邻崇山，右接旷野[①]。邻垣乞儿，终贫且窭[②]，礼薄义弊，相与群聚，惆怅失志，呼贫与语："汝在六极，投弃荒遐[③]，好为庸卒，刑戮是加[④]。匪惟幼稚，嬉戏土砂[⑤]；居非近邻，接屋连家；恩轻毛羽，义薄轻罗[⑥]；进不由德，退不受呵，久为滞客，其意谓何[⑦]？人皆文绣，余褐不完；人皆稻粱，我独藜飧[⑧]。贫无宝玩，何以接欢？宗室之燕，为乐不槃[⑨]。徒行负赁，出处易衣[⑩]。身服百役，手足胼胝[⑪]。或耘或耔，露体沾肌[⑫]。朋友道绝，进官凌迟[⑬]。厥咎安在？职汝为之[⑭]。舍汝远窜，昆仑之颠[⑮]；尔复我随，翰飞戾天[⑯]。舍尔登山，岩穴隐藏；尔复我随，陟彼高冈[⑰]。舍尔入海，泛彼柏舟；尔复我随，载沉载浮。我行尔动，我静尔休。岂无他人？从我何求？今汝去矣，勿复久留[⑱]。"

贫曰："唯唯。主人见逐，多言益嗤[⑲]。心有所怀，愿得尽辞。昔我乃祖，宣其明德[⑳]，克佐帝尧，誓为典则[㉑]，土阶茅茨，匪雕匪饰[㉒]。爰及季世，纵其昏惑，饕餮之群，贪富苟得[㉓]。鄙我先人，乃傲乃骄[㉔]，瑶台琼榭，室屋崇高，流酒为池，积肉为峭[㉕]。是用鹄逝，不践其朝[㉖]。三省吾身，谓予无諐[㉗]。处君之家，福禄如山。忘我大德，思我小怨[㉘]。堪寒能暑，少而习焉[㉙]。寒暑不忒，等寿神仙[㉚]。桀跖不顾，贪类不干[㉛]。人皆重蔽，子独露居[㉜]。人皆怵惕，子独无虞[㉝]。"言辞既罄，色厉目张。摄齐而兴，降阶下堂[㉞]。"誓将去汝，适彼首阳。孤竹二子，与我连行[㉟]。"

余乃避席，辞谢不直："请不贰过，闻义则服[㊱]。长与汝居，终无厌极。贫逐不去，与我游息[㊲]。"

【说明】

此赋见《古文苑》卷四、《艺文类聚》卷三十五、《初学记》卷十八、《太平御览》卷四百八十五。

此赋作于扬雄晚年(陆侃如先生系于王莽始建国四年——即公元12年)。《汉书》本传说他那时“三世不徙官”,“家产不过十金,乏无儋石之储”,“雄以病免,复召为大夫。家素贫,嗜酒,人希至其门”。《逐贫赋》所描述的正是这样的情形。不仅扬雄个人如此,当时广大劳苦人民也处在水火之中。王莽篡位后,下令变法,他的理由是:“汉氏减轻田租,三十而税一……实什税五也。父子夫妇终年耕耘,所得不足以自存,故富者犬马余菽粟,骄而为邪;贫者不厌糟糠……”(《汉书·王莽传中》)所以南宋章樵在《古文苑·逐贫赋》题注里说“此赋以文为戏耳”,是不正确的。此赋是在轻松的戏谑中隐含作者的血泪。

【注释】

①扬子:扬雄自称。遁世:离世隐居。离俗:离开世俗。崇山:高山。旷野:空旷辽远的原野。

②垣:矮墙。窭(jù巨):贫且简陋。《诗·邶风·北门》:“终窭且贫,莫知我艰。”

③薄:微薄。弊:凋敝,衰败。惆怅:失望的样子。六极:六种凶恶的事。《尚书·洪范》:“一曰凶短折,二曰疾,三曰忧,四曰贫,五曰恶,六曰弱。”投弃:抛弃。荒遐:荒远之地。

④好:适合。庸卒:受人雇佣的人。戮:杀。是:宾语前置的标志。加:加身。

⑤匪:非,不是。惟:只是。嬉戏:游戏。

⑥轻:比……轻。薄:比……薄。罗:丝织品。

⑦进、退:指来与去。由:因为。呵:斥责。滞客:久留之人。这句是说:贫不因德而来,不受呵而去,而始终在自己身边滞留。

⑧文绣:有花纹的丝织衣。褐(hè贺):粗布短袄。完:完整。稻粱:谷类中的优良品种。飡(cān参):同“餐”,吃。藜:初生可食的草类。

⑨宝玩:珍宝玩物。接欢:接友,交欢。宗室:宗庙。燕:通“宴”,宴饮。槃(pán盘):快乐。《诗·卫风·考槃》:“考槃在涧,硕人在宽。”毛传:“槃,乐也。”

⑩徒行:步行。负赁:为他人背负庸作。出处(chǔ楚):进退。《易传·系辞上》:“君子之道,或出或处。”易衣:变换衣服。

⑪服:承担。役:劳役。胼胝(pián zhī骈支):手掌及脚底因长期劳作而产生的老茧。

⑫耘：除草。耔：培土。

⑬道绝：不来往。凌迟：衰微，下降。指不得升迁。

⑭厥：其。咎：错失。安：哪里。职：主，执掌。这句意思是：自己的贫困是你（指贫）所造成的。汝：你。

⑮窜：逃避。

⑯翰：高飞。戾：到达。《诗·小雅·采菽》："优哉游哉，亦是戾矣。"毛传："戾，至也。"

⑰陟：登上。《诗·周南·卷耳》有"陟彼高冈，我马玄黄"二句。

⑱柏舟：柏木之舟。此句语出《诗·邶风·柏舟》。载：则，语气词。《诗·卫风·载驰》："载驰载驱，归唁卫侯。"静：止。休：停。从：跟随。

⑲唯唯：应诺之词。言：说。益：更加。嗤：讥笑。益嗤：更加被人讥笑。

⑳怀：感想。尽辞：说完。乃祖：先祖。宣：显示。明德：贤明之德行。

㉑克：能够。佐：辅助。典则：法则。

㉒阶：台阶。茅茨：茅草屋顶。匪：不。

㉓爰：句首语气词。季世：《艺文类聚》作"季世"，《古文苑》作"世季"，末世。纵：放纵。昏惑：昏聩迷惑。饕餮（tāo tiè 涛帖）：贪婪凶残的恶兽。引申为贫贱之辈。苟：苛且。

㉔鄙：轻视。乃：又。骄：骄横。

㉕瑶台琼树：美玉砌成的华丽之台榭。峭：峭山。

㉖是用：因此。鹄逝：如鹄远飞。鹄，天鹅。践朝：临朝。

㉗三：虚数，多次。省：反省。身：自身。《论语·学而》：曾子曰："吾日三省吾身。"予：我。諐（qiān 迁）："愆"的异体字，罪过。

㉘处：居在。思：想，计较。怨：嫌隙。

㉙堪、能：能够忍受。能，读"耐"。少：年少时。习：习惯。

㉚寒暑：冷热之气。忒：差，变动。等寿：寿命相同。

㉛桀：夏桀。跖：先秦传说中的起义军领袖。顾：顾念。干：犯。这句意谓：桀、跖等贫贱之辈对贫不顾念，不干犯。

㉜重蔽：隐蔽得很深，指住深宅大屋。露居：处在露天。

㉝怵惕：惊惧战栗的样子。无虞：没有忧虑。

㉞罄（qìng 庆）：器中空，引申为用尽。色：脸色。厉：严厉。张：睁开。摄齐：古时穿长袍，升堂时提起衣服以防跌倒，表示恭谨有礼。齐：衣下之缝。兴：起。降阶：走下台阶。

㉟誓：发语词。去：离开。适：到。首阳：首阳山，在今山西省永济县南。孤竹二子：商代孤竹君的两个儿子，即伯夷、叔齐。连行（háng 杭）：同时。

㊱避席：退席。辞谢：以言辞拜谢。不直：理屈。贰过：不犯同样的错误。《论语·雍也》："哀公问：'弟子孰为好学？'孔子对曰：'有颜回者好学，不迁怒，

不贰过。不幸短命死矣。今也则亡，未闻好学者也。'" 闻义则服：听到你讲的道理就信服。

㊲厌极：极其厌恶。游息：在一起游玩和休息。

解嘲

哀帝时，丁、傅、董贤用事，诸附离之者，或起家至二千石[1]。时雄方草《太玄》，有以自守，泊如也[2]。或嘲雄以《玄》尚白，而雄解之，号曰《解嘲》[3]。其辞曰：

客嘲扬子曰："吾闻上世之士，人纲人纪[4]，不生则已，生则上尊人君，下荣父母[5]，析人之圭，儋人之爵[6]，怀人之符，分人之禄，纡青拕紫，朱丹其毂[7]。今子幸得遭明盛之世，处不讳之朝，与群贤同行[8]，历金门，上玉堂，有日矣[9]，曾不能画一奇，出一策，上说人主，下谈公卿[10]，目如耀星，舌如电光，一从一衡，论者莫当[11]。顾而作《太玄》五千文，支叶扶疏，独说十余万言[12]，深者入黄泉，高者出苍天，大者含元气，纤者入无伦[13]。然而位不过侍郎，擢才给事黄门[14]。意者玄得毋尚白乎，何为官之拓落也[15]？"

扬子笑而应之曰："客徒欲朱丹吾毂，不知一跌将赤吾之族也[16]！往者周罔解结，群鹿争逸[17]，离为十二，合为六七[18]，四分五剖，并为战国[19]。士亡常君，国亡定臣；得士者富，失士者贫；矫翼厉翮，恣意所存[20]。故士或自盛以橐，或凿坏以遁[21]。是故邹衍以颉亢而取世资[22]，孟轲虽连蹇，犹为万乘师[23]。

"今大汉左东海，右渠搜，前番禺，后陶途[24]；东南一尉，西北一候[25]。徽以纠墨，制以质铁[26]；散以《礼》、《乐》，风以《诗》、《书》[27]；旷以岁月，结以倚庐[28]。天下之士，雷动云合，鱼鳞杂袭，咸营于八区[29]。家家自以为稷、契，人人自以为咎繇[30]。戴縰垂缨而谈者，皆拟于阿衡[31]。五尺童子，羞比晏婴与夷吾[32]。当涂者入青云，失路者委沟渠[33]；旦握权则为卿相，夕失势则为匹夫。譬若江湖之雀，勃解之鸟，乘雁集不为之多，双凫飞不为之少[34]。昔三仁去而殷虚[35]，二老归而周炽[36]；子胥死而吴亡，种、蠡存而粤伯[37]；五羖入而秦喜[38]，乐毅出而燕惧[39]；范睢以折摺而危穰侯[40]，蔡泽虽噤吟而笑唐举[41]。故当其有事也，非萧、曹、子房、平、勃、樊、霍，则不能安[42]；当其亡事也，章句之徒相与坐而守之，亦亡所患[43]。故世乱则圣哲驰骛而不足，世治则庸夫高枕而有余[44]。

“夫上世之士，或解缚而相[45]，或释褐而傅[46]；或倚夷门而笑[47]，或横江潭而渔[48]；或七十说而不遇[49]，或立谈间而封侯[50]；或枉千乘于陋巷[51]，或拥帚彗而先驱[52]。是以士颇得信其舌而奋其笔[53]，窒隙蹈瑕而无所诎也[54]。当今县令不请士，郡守不迎师，群卿不揖客，将相不俛眉[55]。言奇者见疑，行殊者得辟[56]。是以欲谈者宛舌而固声，欲行者拟足而投迹[57]。乡使上世之士处乎今，策非甲科，行非孝廉，举非方正，独可抗疏[58]，时道是非，高得待诏，下触闻罢，又安得青紫[59]？

“且吾闻之，炎炎者灭，隆隆者绝，观雷观火，为盈为实，天收其声，地藏其热[60]。高明之家，鬼瞰其室[61]，攫挐者亡，默默者存；位极者宗危，自守者身全[62]。是以知玄知默，守道之极[63]；爰清爰静，游神之廷[64]；惟寂惟寞，守德之宅[65]。世异事变，人道不殊，彼我易时，未知何如[66]。今子乃以鸱枭而笑凤皇，执蝘蜓而嘲龟龙，不亦病乎[67]！子徒笑我《玄》之尚白，吾亦笑子之病甚，不遭臾跗、扁鹊，悲夫[68]！”

客曰：“然则靡《玄》无所成名乎？范、蔡以下何必《玄》哉？”

扬子曰：“范睢，魏之亡命也，折胁拉髂，免于徽索[69]，翕肩蹈背，扶服入橐[70]。激卬万乘之主，界泾阳、抵穰侯而代之，当也[71]。蔡泽，山东之匹夫也，顉颐折頞，涕涶流沫[72]，西揖强秦之相，搤其咽，炕其气，附其背而夺其位[73]，时也[74]。天下已定，金革已平，都于雒阳，娄敬委辂脱挽，掉三寸之舌，建不拔之策[75]，举中国徙之长安，适也[76]。五帝垂典，三王传礼，百世不易，叔孙通起于枹鼓之间，解甲投戈，遂作君臣之仪，得也[77]。《甫刑》靡敝，秦法酷烈，圣汉权制，而萧何造律，宜也[78]。故有造萧何律于唐虞之世，则悖矣[79]；有作叔孙通仪于夏殷之时，则惑矣；有建娄敬之策于成周之世，则缪矣；有谈范、蔡之说于金、张、许、史之间，则狂矣[80]。夫萧规曹随，留侯画策，陈平出奇，功若泰山，响若阺隤[81]，唯其人之赡知哉？亦会其时之可为也[82]。故为可为于可为之时，则从；为不可为于不可为之时，则凶[83]。夫蔺先生收功于章台，四皓采荣于南山，公孙创业于金马，票骑发迹于祁连[84]，司马长卿窃訾于卓氏，东方朔割炙于细君[85]。仆诚不能与此数公者并，故默然独守吾《太玄》[86]。”

【说明】

此赋见《汉书》卷八十七下、《文选》卷四十五、《艺文类聚》卷二十五。

这篇赋的写作背景是这样的："哀帝时，丁、傅、董贤用事，诸附离之者，或起家至二千石。时雄方草《太玄》，有以自守，泊如也。或嘲雄以'玄'尚白，而雄解之，号曰《解嘲》。"(《汉书·扬雄传下》)从这个写作本事看，扬雄对他人的飞黄腾达，对自己"三世不徙官"，"家产不过十金，乏无儋石之储"，似不介意，甘愿"默默守吾《大玄》"。其实扬雄内心里极不平静，是愤愤不平的。文中，他借用"客""嘲"他久处朝廷，"曾不能画一奇，出一策，上说人主，下谈公卿"，"位不过侍郎"之后，即狠狠地骂开了："今大汉……当涂者入青云，失路者委沟渠；旦握权则为卿相，夕失势则为匹夫。……当今县令不请士，郡守不迎师，群卿不揖客，将相不俛(俯)眉。言奇者见疑，行殊者得辟。是以欲谈者宛舌而固声，欲行者拟足而投迹。乡(向)使上世之士处乎今，策非甲科，行非孝廉，举非方正，独可抗疏，时道是非，高得待诏，下触闻罢，又安得青紫？"这简直是一个是非不分、贤愚倒置、邪夫显进、直士幽藏的社会，哪有仁人志士用武之地！

扬雄这个揭露，从《汉书·扬雄传下》介绍本文的写作背景时已有所交代，但如果我们再看看《汉书·王贡两龚鲍传》对这一问题的痛斥，就会更清楚地看出扬雄的揭露具有何等强烈的针对性和现实意义！鲍宣在看到"丁、傅子弟并进，董贤贵幸"时，曾给哀帝上书："窃见孝成皇帝时，外戚持权，人人牵引所私，以充塞朝廷，妨贤人路，浊乱天下……今奈何反复剧于前乎？朝臣已有大儒骨鲠白首耆艾魁垒之士。……孰外戚小童及幸臣董贤等，在公门省户下，陛下欲与此共承天地安海内甚难。今世俗谓不智者为能，谓智考为不能……清寄为奸，群小日进，国家空虚，用度不足。民流亡，去城廓。盗贼并起，吏为残贼，岁增于前……"扬雄的《解嘲》，与鲍宣这位骨鲠之士的上书，不正是交相辉映，同为不朽之作吗！

此文用赋体对话形式构筑成篇，答才是赋的主体，他侃侃而谈，有如江河直泻，不可遏止，颇具先秦纵横家雄辩之风。

《解嘲》语言犀利，平易流畅，与扬雄前期赋作语言大体相同。这与赋的辩论体式也不无关系。

此文深受东方朔《答客难》之影响，以后多有模拟之作。《文选》把它单独列为一种文体。

【注释】

①丁：丁明，哀帝之舅，代傅喜为大司马。傅：傅喜，哀帝祖母傅太后之从弟。曾为大司马，后为丁明所代。董贤：字圣卿，云阳人，曾为太子舍人。哀帝立，随太子官为郎。用事：指辅政。附离：攀附。离，著。

②方：正在。泊如：安静的样子。

③或：有人。以《玄》尚白：作《太玄》而未成，其色犹白。玄，黑色。又《文选》李周翰注："玄，道也。白，喻人俗也。化俗归道，亦如染素于黑，黑成，则道行也。言尚白，讥其道未行也。"

④纲、纪：法度，准则。

⑤已：止也。尊：尊崇，推重。《文选》张铣注："尽忠为尊人君也。"荣：使……荣耀。张铣曰："扬名为荣父母也。"

⑥析：分。圭：《文选》卷四十五作"珪"，二字通。这是古代帝王或诸侯所持的长形玉版，上头圆或尖形，下方，用以作为凭信。儋(dān 担)：荷，背负。《文选》张铣注："言当分人君之珪，以为上列之诸侯，荷人君之重爵。"

⑦怀：怀藏。符：古代朝廷用以传达命令、调兵遣将的凭证，用竹木或金玉制成，上写文字，分为两半，朝廷和在外将领各执一半，用时相合为凭。纡：系，佩带。青：青绶，青色的丝带，用以系帷幔或印环。古代常用不同颜色的丝带来标志官吏的身份和等级。拕：《文选》卷四十五作"拖"，曳也。紫：紫绶。青与紫，皆贵者服饰。《文选》李善注引《东观汉记》曰："印绶，汉制公侯紫绶，九卿青绶。"朱丹：用朱红色装饰。毂：泛指车。《汉书·景帝纪》："令长吏二千石车朱两轓。"

⑧遭：遇，逢。不讳之朝：指朝政清简，人们无所禁忌。《文选》吕延济注："天子多忌讳而人弥穷贫，忌讳法令烦也。不讳，谓法令不烦苛也。"同行：同列。

⑨历：过。金门：金马门，在未央宫内，古征才召士，暂居此处，待天子任用。玉堂：《三辅黄图》卷二："建章宫南有玉堂……玉堂内十二门，阶阶皆玉为之。"有日：言久矣。

⑩曾：竟。画：谋划。奇：指特异出众的计谋。策：策略，谋略。说：劝说，说动。谈：辩论。

⑪耀星：闪耀的星星。舌如电光：指言辞辩论迅速，就像闪电之光一样。一纵一横：言辞纵横而生，无拘无束。论者莫当：诸所谈论者都不能抵挡。

⑫《太玄》：指《太玄经》。按，《文选》卷四十五"顾"字后有"默"。支：《文选》卷四十五作"枝"。扶疏：繁茂披纷，枝叶四布。这是以树喻文，言文辞如枝叶四布。意思是：扬雄不能以辩说求高位，反顾其静默作《太玄》。

⑬此句说明《太玄经》的言辞有深高大小的区别。黄泉：指地下深处。元

气：天地未分之前的混一之气。《文选》李善注引《春秋命历序》曰："元气正则天地八卦孳。"纤：小。无伦：《文选》作"无间"，言极其微小。

⑭侍郎：秦汉时郎中的属官，本为宫廷近侍，秩比四百石。擢：选拔。才：仅仅，不过。给事：供职。黄门：官署名。《汉书·霍光传》颜师古注："黄门之署，职任亲近，以供天子，百物在焉，故亦有画工。"

⑮意者：表示测度。大概，或许，恐怕。拓（tuò 唾）落：不得意。《文选》李善注："拓落，犹辽落不谐偶也。"

⑯跌：差失，过错。《广雅》："跌，差也。"赤：红色，血的颜色。被诛杀时必流血，故用"赤"代杀。《广雅》："赤，谓诛灭也。"

⑰往：李善注《文选》作"昔"。罔："網（网）"的本字。指法律政教。解结：败坏。群鹿：指诸侯。逸：奔走。指诸侯国不复用天子约束。

⑱此句意为，周末诸侯离乱反叛，分为鲁、卫、齐、楚、宋、郑、燕、秦、韩、赵、魏、中山十二国。后合并为齐、楚、燕、韩、赵、魏、秦七国，因秦强大，东制诸侯，故别言之，曰"合为六七"。

⑲此句直接说其四分五裂。《汉书·邹阳传》："济北，四分五裂之国也。"《文选》张铣注："天下丧乱，诸侯各保山河，故四渎五岳各为分剖，并为战争之国也。"剖：分，判。

⑳矫：举，高举。厉：振，振奋。翮：羽茎，代指鸟翅膀。这句意思是：君臣数易不定，得贤士则国富民强，社稷安宁；失贤士则国弱民穷，社稷危殆。士人们择君而仕犹如鸟儿举翼振翮，恣意高飞，意所存慕者乃下事之。

㉑自盛（chéng 成）以橐（tuó 驼）：是指范雎由魏入秦被秦使者装在布袋中的事。盛，装入。橐，布袋。凿坏（péi 培）以遁：用颜阖的典故。颜阖，战国鲁人。鲁君闻其贤，欲以为相，遣使持币，颜凿坏后墙而逃。坏，屋后墙。参见《淮南子·齐俗训》。

㉒邹衍：战国齐临淄人，阴阳家，著书所言皆天事，所以齐人称之为"谈天衍"。曾游历各国，燕昭王师事之。仕于齐，位至卿。颉亢（xié háng 谐杭）：同"颉颃"，变幻莫测的奇怪之辞。取世资：为世所取资以为师。

㉓孟轲：战国时邹人，著名思想家，儒家学派的重要人物。连蹇（jiǎn 简）：艰难，遭遇坎坷。《文选》刘良注："连蹇，谓往来皆难也。言孟轲游齐，齐不能用。适梁，梁亦不用。然而虽往来屯难不见任用，终亦为周威王师也。"万乘（shèng 剩）：拥有万辆兵车的君主。

㉔东海：泛指东部大海。渠搜：古代戎国名，在葱岭以西，大宛以北。前：指南方。番（pān 潘）禺：秦置番禺县，境内有番山、禺山，因以为名。秦汉时属南海郡，在今广州一带。后：指北方。陶途：古代北方国名，在渔阳之北。《尔雅》作"騊駼"，马名，出自其国，故以马为名。古坐北朝南，故左东右西前南后北。

㉕东南一尉：指会稽东部都尉。尉，官名。西北一候：敦煌五门关候。《文

选》李善注引如淳曰:"《地理志》曰:'龙勒玉门阳关有候也。'"候,用以观察敌情或伺候远国来朝宾客的官员。

㉖徽:系,束缚。纠:绞合的绳子,三合之绳。墨:同"纆",绳两股。制:制裁,惩罚。质铁(fū 夫):古代行刑的工具。质(同"锧")是腰斩时用的砧板,铁是铡刀。

㉗散:传播显示给人看。风:教化,感化。

㉘结以倚庐:即以丧服之礼凝聚束缚其心。倚庐,古时为父母守丧时所住的房子,以示尽孝之意。《墨子·节葬下》:"处倚庐,寝苫枕块。"《礼记·丧服大记》:"父母之丧,居倚庐,不涂。"孔颖达疏:"居倚庐者,谓于中门之外,东墙下,倚木为庐,故云居倚庐。不涂者,但以草夹障,不以泥涂之也。"汉律承继之,规定不为亲行三年服不得选举。

㉙雷动云合:如雷振响,如云汇集。鱼鳞杂袭:如鱼鳞排列般众多纷杂。袭,重迭。营:谋划。区:方。

㉚稷:古代农官,即后稷,周的祖先,传说他的母亲曾欲弃之,故名弃。后为舜农官,封地邰,别姓姬。《书·舜典》:"汝后稷播时百谷。"契(xiè 谢):传说中商代始祖帝喾的儿子,其母简狄吞玄鸟卵而生契。舜时佐禹治水有功,任为司徒。赐姓子氏,封于商。咎繇(gāo yáo 高摇):即皋陶。传说是舜时掌刑狱的官。这句意思是:人人都自以为自己的才能可以和古代的贤人相比。

㉛纚(xǐ 喜):古代束发的缁帛。缨:结冠的带子。拟:比。阿衡:官名,即伊尹,商汤的臣子,名挚,是汤妻陪嫁之奴,后佐汤伐夏桀,被尊为阿衡(宰相)。

㉜五尺童子:小孩子。晏婴:春秋时齐国夷维人。继其父职为齐卿,后为相于景公,提倡节俭,名显诸侯。夷吾:管仲之名,春秋齐国颍上人。初事公子纠,及小白立,为桓公,公子纠被杀,管仲被囚。后为相,主张通货积财,富国强兵,使齐桓公成为霸主,九合诸侯,一匡天下。此句意为:小儿也羞比霸世之臣,谓已已得帝王之道。

㉝当涂:指专权的人。委:被遗弃。

㉞势:权力,权势。匹夫:普通百姓。勃解:即渤海。乘:四只雁。又,《广雅》:"乘,壹,式也。"《方言》:"二飞鸟曰只,雁曰乘。"后人改"只凫"为"双凫",配以母雁,似误。《文选》吕延济释曰:"以喻群臣,言朝之有臣,如江湖大海之中四雁双凫之集不为多,飞去不为之少,言国家虽贤臣多集不觉其多,去亦不觉其少。"

㉟三仁:比干、箕子、微子。传说殷纣淫乱,比干犯颜强谏而触怒纣王,被剖心而死。箕子因谏纣王而不从,乃披发佯狂为奴。微子数谏纣王而不从,遂去国。孔子称其三人为"三仁"。去:离开。虚:空。《文选》卷四十五"虚"作"墟",意思是三仁去国而殷亡,宗庙成丘墟。

㊱二老:一为太公,即姜尚,一为伯夷。《文选》李善注引《孟子》曰:"伯夷,

避纣居北海之滨,闻文王作兴,曰:'盖归乎来,吾闻西伯善养老者。'"后人把他们作为道德高洁的代表。但李周翰说:"太公归文王而周业盛,是为一老,不闻其二老焉。李善引伯夷与太公为二老,甚误矣。且伯夷去绝周粟,死于首阳,奈何得去归周也?扬雄言二老,亦用事误也。"录以备考。炽:昌盛,兴盛。

㊲子胥:姓伍名员,春秋楚人,因父兄被害而奔吴,与孙武共佐吴王阖闾伐楚,遂复仇。后夫差败越,越请和,子胥谏而不从,被迫自杀。子胥死后,吴多次伐齐,国内空虚,越王勾践杀吴太子,最终灭吴。种:越大夫文种。蠡:范蠡,春秋楚宛人,字少伯,仕越为大夫,佐勾践励精图治,终于灭吴。粤伯:《文选》卷四十五作"越霸"。

㊳五羖(gǔ 古):用百里奚的典故。百里奚,春秋时秦穆公贤相。原来是虞大夫,晋献公灭虞,虏获奚,以为穆公夫人陪嫁之臣。百里奚耻之,逃至宛,为楚人所获。穆公闻其贤,欲以重金赎之,恐楚不与,乃用五羊皮赎。楚人许与穆公。穆公与言国事,甚悦,委以国政,称"五羖大夫",后佐穆公成霸业。

㊴乐毅:燕昭王上将,领燕、赵、楚、韩、魏五国兵伐齐,下七十余城。燕惠王继位,齐行反间计,惠王使齐劫代之,毅畏诛,遂奔赵。燕惠王惧乐毅为赵所用,封其子为昌国君。

㊵范雎:战国魏人,事魏中大夫须贾,须贾疑其通齐,魏相魏齐笞击之,折胁摺齿,置厕中;后被救出入秦,终代穰侯魏冉为秦相。摺(lā 拉):古"拉"字。穰(ráng 瓤)侯:即魏冉,秦昭王母宣太后异父弟,为相,封穰侯。范雎入秦,说昭王亲政,昭王遂以范为相而免穰侯。

㊶蔡泽:战国时燕人,曾游说列国,因范雎而见昭王,为客卿。范辞退后,泽为相。噤吟:下巴上曲的样子。唐举:战国梁人,善相术,《荀子·非相》:"今之世,梁有唐举,相人之形状颜色,而知其吉凶妖祥,世俗称之。"《史记·范雎蔡泽列传》载:"唐举孰视而笑曰:'先生曷鼻,巨肩,魋颜,蹙齃,膝挛。吾闻圣人不相(相貌不奇),殆先生乎?'蔡泽知唐举戏之,乃曰:'富贵吾所自有,吾所不知者寿也,愿闻之。'"

㊷有事:指国家处于动乱之时。萧:萧何。沛人,佐刘邦建汉朝,论功第一。汉之律令典籍,多其制定,世称"萧何造律"。《史记》和《汉书》均有传。曹:曹参。沛人,佐刘邦建汉灭羽,封平阳侯。惠帝时,继萧何为相,循萧律,世称"萧规曹随"。其主张无为而治。《史记》、《汉书》有传。子房:张良的字。其家五世相韩,秦灭韩后,良结纳刺客椎击始皇于博浪沙,未遂而潜至下邳。后刘邦起兵,良为谋士,因功封为留侯。平:陈平。汉阳武人,家贫好学,有谋略。初从项羽,后归刘邦,积功至护军中尉,封曲逆侯。惠帝时为左丞相,吕后迁之为右丞相。后与周勃合力灭吕,迎立文帝。《史记》、《汉书》有传。勃:周勃。沛人,从刘邦,功至将军,封绛侯。惠帝六年(前 189)为太尉。吕后死,勃与陈平诛诸吕,立文帝。樊:樊哙。沛人,少以屠狗为业,后佐刘邦,在鸿门斥项羽,救刘邦脱险,以

军功封舞阳侯。霍：霍光，汉河东平阳人。武帝时为奉车都尉。昭帝即位，光以大司马大将军辅政，封博陆侯。昭帝崩，立刘贺，后废而立宣帝。霍光辅政二十余年，权倾天下。宣帝即位后，以谋反罪名灭其族。安：安定国家、社稷。

㊸亡(wú 无)事：无事。亡，同"无"。章句之徒：指治经书的文人儒士。亡所患：没有什么可担心的。

㊹驰骛：奔走。圣哲不能以独力振济天下，故云驰骛而不足。治：指天下太平。此句意为：天下太平，即使是庸夫治政，也高枕而闲，故曰有余。

㊺解缚而相：用管仲之典故。管仲初事齐襄公长子纠，鲍叔牙事公子小白，小白即位为齐桓公，公子纠被杀，管仲被囚。鲍叔牙知其有奇才，荐与桓公，为桓公相。

㊻释褐(hè 贺)而傅：这里用的是傅说(yuè 悦)的典故。傅说原为"被褐带索"、从事版筑的奴隶，后被武丁举以为三公。也有人认为是甯戚与齐桓公的典故。甯戚，卫人，短褐见齐桓公，放任用为大夫。褐，平民穿的粗布衣服。

㊼倚夷门而笑：用无忌与侯嬴的典故。《史记·魏公子列传》记载，秦围赵国邯郸，赵求救于魏。公子无忌率百余人往救赵，向侯嬴告别。侯嬴无送别之语，无忌心中不悦，遂返。侯嬴倚夷门而笑，向其道出了救赵的良策。

㊽或横江潭而渔：用屈原的典故。屈原被楚襄王放逐，在江边遇到渔夫。渔：捕鱼。

㊾或七十说(shuì 税)：孔子周游列国，说七十余君而无一知遇。说，游说。

㊿或立谈间：指战国时虞卿。《史记·平原君虞卿列传》："虞卿者，游说之士也。蹑跻檐簦说赵孝成王。一见，赐黄金百镒，白璧一双；再见，为赵上卿，故号为虞卿。"

51"或枉"句：《吕氏春秋·慎大览》载："齐桓公见小臣稷，一日三至，弗得见。从者曰：'万乘之王见布衣之士，一日三至而不得见，亦可以止矣。'桓公曰：'不然。士骜禄爵者，固轻其主；其主骜霸王者，亦轻其士。纵夫子骜爵禄，吾庸敢骜霸王乎?'"此处系泛指君王礼待布衣。枉：屈。

52"或拥帚彗"句：指燕昭王为邹衍执帚清道，列弟子座而受其业。事见《史记·孟子荀卿列传》。彗：同"篲"，笤帚。此句在这里指君王为贤人先驱。

53信(shēn 申)：同"伸"，驰骋。舌：代指言辞。笔：用笔写作。

54窒：堵塞。隙：空隙，指政治上的欠缺。蹈：践踏。瑕：过失，错误。诎：通"屈"，屈服。《文选》吕向释此句曰："言塞补人君之过，君虽蹈履其过，终无见屈，谓贤士用忠故也。"

55"当今"句：指当政者因天下太平而轻视文士贤人。俛(fǔ 府)眉：低眉，谦恭的样子。俛，同"俯"。

56奇：指语言与众不同。见疑：被怀疑而招致厌恶。殊：指行为不一般。辟：罪。

⑰宛舌:《文选》卷四十五作“卷舌”,指不言语。固声:《文选》卷四十五作“同声”,指别人说过以后而仿效之,附和之。拟足而投迹:拟足不前,待别人先行而后随行。

⑱乡(xiàng 象):通“向”,假使。策:汉代由天子主持的考试,要求被策试者就政治、经济等时务作答。甲科:汉代考试科目名,岁课甲科为郎中。孝廉:汉代选举官吏的两种科目名,汉武帝元光元年(前 134)初令郡国举孝(孝子)和廉(清正廉洁之人)各一,后合称“孝廉”。方正:汉代选举科目,举贤良方正,或为公卿大夫。抗疏:上书论道是非。

⑲待诏:等待天子之命。下触闻罢:言非甲科、孝廉、方正之人,如上疏论道是非,则是以下触上,闻必见罢而不任用。

⑳炎炎:强烈的火光。用以形容国家的强盛和显赫的权势。炎炎者灭:指火光盛而致熄。隆隆:雷声之盛,形容权势。绝:灭,盛极必衰。为盈为实:指雷声盛而为雨,即满盈;火光盛而熄为灰炭,为实。也即声失火灭,由盛而衰。

㉑瞰(kàn 看):窥望。《文选》刘良释此句曰:“是知高明富贵之家,鬼神窥望其室,将害其满盈之志矣。故知天道恶盈,鬼神害盈。”

㉒攫挐(ná 拿):争夺、执持权力。宗:宗族。《文选》卷四十五“宗”作“高”。自守:自持节操。

㉓玄:神妙的道理。《老子》第一章:“玄之又玄,众妙之门。”默:清静无为。《文选》李善注引《淮南子》曰:“天道玄默,无穷无则。”

㉔爰:句首语助词。《马王堆汉墓帛书·老子乙篇》曰:“知清静,可以为天下正。”廷:《文选》卷四十五作“庭”。“廷”与下文的“宅”均为精神道德之所居处。

㉕寂、寞:无所欲求。《文选》卷四十五“莫”作“漠”。《庄子·刻意》:“夫恬淡寂寞,虚无无为,此天地之本,而道德之质也。”

㉖《文选》吕向注:“言古人世异事变,人道大体不殊,若使古人易居今世,我又易处昔时,亦未知胜否何如。”

㉗鸱(chī 吃)猛禽。枭:传说其食母。古人以为恶鸟,多用以喻奸邪恶人。蝘蜓(yǎn tíng 眼廷):蜥蜴之类的动物,又称壁虎。此句意为:以蝘蜓比作龙,有随意混杂,贬低一方之意。病:毛病,不合适。

㉘《玄》之尚白:作《玄》不成,其色犹白。遭:逢,遇。臾跗:《文选》卷四十五作“俞跗”,传说是黄帝时的良医,治病不用汤药,只给病人割肌解肌,洗涤内脏。事见《史记·扁鹊仓公列传》。扁鹊:战国时的名医,齐国人,他吸取前人的经验,创造切脉术,精通内科、妇科、小儿科等。《史记》有传。

㉙髂(qià 恰):腰部下面腹部两侧之骨。徽索:指刑具绳索之类。

㉚翕肩:缩肩,指因畏惧而身体发抖。蹈背:背被践踏。扶服:一说同“匍匐”,另说被人扶持。橐:无底的袋子。这句是说:范雎初入秦时,路遇穰侯,遂藏

于王稽车中,恐穰侯知之,乃发抖。按,《史记》未载其入橐事。

㉛激卬(áng 昂):用言辞激怒。卬,同"昂"。万乘之主:指秦昭王。界:《文选》卷四十五作"介",离间(其兄弟,使疏)。泾阳:泾阳君,秦昭王同母弟。抵(zhǐ 指):攻击,侧击。当:正当其理,正当机会。

㉜顉(qīn 侵)颐:指下颌敛曲,向前引。折頞(è 遏):鼻梁塌陷。

㉝炕:《文选》卷四十五作"亢",通"抗",堵绝。附:《文选》卷四十五作"拊"(fǔ 府),击拍。《史记·范雎蔡泽列传》载,蔡泽听说应侯(范雎)因攻赵失败而内伤,乃西入秦。应侯使人召蔡,蔡入则揖应侯。应侯延蔡入,坐谈数日,遂对秦昭王说:"客有从山东来者,曰蔡泽,其人辩士。"昭王与语,甚悦。应侯请归相印,遂拜蔡泽为相。

㉞时:时机,机会。

㉟金革:兵甲,指战争。都:建都。娄敬:齐人。委、脱:皆卸去之意。辂(lù 路):车前的横木,以木挡胸以挽车。挽(wǎn 晚):拉车绳。掉:摇动。不拔之策:计策稳妥,不可动摇。据《汉书》记载,娄敬去陇西服役,路过洛阳,遂拜见刘邦,言都洛阳之便,不如入关据秦之固。刘邦从其谋,后封关内侯,号建信君。

㊱徙:指迁都。适:适时,适合政治情形。

㊲叔孙通:鲁薛邑人,原为秦博士,秦末大乱,归项羽,后投刘邦。汉朝建立后,与儒生共立朝仪,明尊卑次第,汉礼仪由此而兴。后拜太子太傅。枹(fú 俘)鼓之间:指军队行伍之中。枹,同"桴",鼓槌。投:弃。仪:礼节。得:得其时宜。

㊳甫刑:据《文选》卷四十五,当为"吕刑"。这是司寇吕侯奉周穆王之命制作的刑法,后泛指周代刑法。靡敝:败坏。权制:衡量制定法律。宜:合其时宜。

㊴悖:乖谬,谬误。

㊵成周之世:指周成王之时。周公辅政,建城洛邑,号曰成周。缪(miù 谬):通"谬",错,误。《文选》卷四十五作"乖"。金:金日磾(mì dī 密堤)。张:张安世。武帝临终托他们与大将军霍光同辅国政,共佐幼主。许:许广汉,宣帝许皇后之父。史:史恭及长子史高。史恭为宣帝祖母史氏之兄。史高官至大司马、车骑将军。狂:荒唐,狂乱。

㊶奇:奇计。响若阺隤(dǐ tuí 抵颓):其声音就像山崖之石坠落下来一样。喻以上几人声誉高远。

㊷赡:《文选》卷四十五作"瞻",富足。这句意思是说:那些人虽富有才智,但也恰是遇到了有所作为的时机。

㊸从:顺利。《文选》刘良注:"事本可为而为于明主之时,则君臣不相违疑,言必从,计必用也。可为谓适时也。"凶:不顺利,危险。

㊹蔺先生:《文选》卷四十五无"先"。战国时,秦王欲以地换赵国的和氏璧,但无诚意。蔺相如用计完璧归赵。收功:获得成功。章台:秦王接见蔺相如的一个宫殿,在今陕西省西安市境。四皓:秦汉之际,东园公、绮里季、夏黄公、角(lù

鹿)里先生四人隐居商山,时称“商山四皓”。事见《史记·留侯世家》。荣:草木之英。南山:今河南商山。公孙:公孙弘。武帝时,以贤良文学第一,被拜为博士,待诏金马门,后为丞相。票骑:《文选》卷四十五作“骠骑”,指霍去病,西汉名将,官至骠骑将军。曾领兵击匈奴,至祁连山。

㉟“司马”句:卓文君新寡,慕司马相如,遂夜私奔。其父卓王孙怒,不与钱财。后相如开酒店,让文君当垆,卓王孙耻之,遂分文君以钱财及童仆。“东方”句:据《汉书·东方朔传》记载,皇帝赐从官以肉,太官丞日晏不来,东方朔遂拔剑割肉而去。太官奏与汉武帝,武帝曰:“先生起,自责也。”东方朔曰:“受赐不待诏,何无礼也;拔剑割肉,一何壮也;割之不多,又何廉也;归遗细君,又何仁也!”武帝大笑曰:“使先生自责,乃反自誉。”复赐酒一石,肉百斤。细君:古代女子称谓。颜师古注:“细君,朔妻之名。一说,细,小也。朔辄自比于诸侯,谓其妻曰小君。”后为妻妇的代称。

㊱并:相提并论。

解难

客有难《玄》大深，众人之不好也，雄解之，号曰《解难》。其辞曰：

客难扬子曰："凡著书者，为众人之所好也①，美味期乎合口，工声调于比耳②。今吾子乃抗辞幽说，闳意眇指③，独驰骋于有亡之际，而陶冶大炉，旁薄群生④，历览者兹年矣，而殊不寤⑤。亶费精神于此，而烦学者于彼⑥，譬画者画于无形，弦者放于无声，殆不可乎⑦？"

扬子曰："俞⑧。若夫闳言崇议，幽微之涂⑨，盖难与览者同也。昔人有观象于天，视度于地，察法于人者，天丽且弥，地普而深⑩。昔人之辞，乃玉乃金，彼岂好为艰难哉！势不得已也⑪。独不见翠虬绛螭之将登乎天，必耸身于仓梧之渊⑫；不阶浮云，翼疾风，虚举而上升，则不能撠胶葛，腾九闳⑬；日月之经不千里，则不能烛六合，耀八纮⑭；泰山之高不嶕峣，则不能浡滃云而散歊烝⑮。是以宓牺氏之作《易》也，绵络天地，经以八卦⑯。文王附六爻，孔子错其象而彖其辞，然后发天地之臧，定万物之基⑰。《典》、《谟》之篇，《雅》、《颂》之声，不温纯深润，则不足以扬鸿烈而章缉熙⑱。盖胥靡为宰，寂寞为尸⑲；大味必淡，大音必希⑳；大语叫叫，大道低回㉑。是以声之眇者不可同于众人之耳，形之美者不可棍于世俗之目，辞之衍者不可齐于庸人之听㉒。今夫弦者，高张急徽，追趋逐耆，则坐者不期而附矣㉓。试为之施《咸池》，揄《六茎》，发《箫韶》，咏《九成》，则莫有和也㉔。是故钟期死，伯牙绝弦破琴而不肯与众鼓㉕；獶人亡，则匠石辍斤而不敢妄斲㉖，师旷之调钟，竢知音者之在后也；孔子作《春秋》，几君子之前睹也㉗。老聃有遗言，贵知我者希。此非其操与㉘。"

【说明】

此赋见《汉书》卷八十七下。

《汉书·扬雄传下》载:“《玄》文多,观之者难知,学之者难成。客有难《玄》大深,众人之不好也,雄解之,号曰《解难》。”这就是本文写作的背景。文中,扬雄罗列了一大串圣人著作,最后指出,他们的作品也都是异乎寻常,十分艰涩。所谓“大味必淡,大音必希;大语叫叫,大道低回。是以声之眇者不可同于众人之耳,形之美者不可棍(混)于世俗之目,辞之衍者不可齐于庸人之听”。王充《论衡·自纪篇》也有类似说法,所谓“经艺之文,贤圣之言,鸿重优雅,难卒晓睹,世读之者,训古乃下。盖贤圣之材鸿,故其文语与俗不通。玉隐石间,珠匿鱼腹,非玉工珠师,莫能采得。宝物以隐闭不见,实语亦宜深沉难测”。可见,贤圣之书难读,这是当时世俗的看法。在这里,扬雄之所以引经据典,无非想说明,他所写作的《太玄》,也属于圣贤之类的作品。(他以《太玄》仿《论语》,即有此意)

《解难》作于建平三年(前4),扬雄已五十岁,也即扬雄已步入晚年,但他官职仍得不到升迁,也不为世所重,所以他自比圣贤,既表现了他自负的一面,同时也流露出他的牢骚情绪。至于扬雄故意把文章写得很难懂,这也正是当时一般辞赋家、学者的通病。对此,王充在《论衡》中也曾指出辞赋和其他文类不同之处,所谓“深覆典雅,指意难睹,唯赋颂耳”(《论衡·自纪篇》)。

【注释】

①好(hào号):喜欢,喜爱。

②工声:美妙的声音。比:和,合乎。

③抗辞:高言。幽说:深奥的学问。闳(hóng宏)意眇(miǎo秒)指:宏大微妙的意旨。眇,通“妙”。指,意旨,思想。

④有亡(wú无):古代哲学范畴,“有”指事物的存在,有“有形、有名、实有”等义;“无”指事物的不存在,有“无形、无名、虚无”等义。《老子》第四十章提出,“天下万物生于有,有生于无”。陶冶大妒:指天之造化人类。旁薄:广被,散布。

⑤兹年:言其久。兹,借为“滋”,更加。殊:特别。不寤:不觉悟,不晓其意。

⑥亶(dàn旦):通“但”,只不过。学者:学习的人。

⑦弦者:弹拨弦乐器的人。放(fǎng仿)于无声:依据无声而弹乐。放,依据。殆:大概。《汉书》颜师古注为“近”。

⑧俞:是,然而。应答之辞。《尚书·尧典》:“帝曰:‘俞,予闻,如何?’”

⑨闳(hóng弘)言崇议:高大深邃的言辞议论。幽微之涂:幽深微妙的道理。微,深奥,精妙。

⑩象:法式。度:规则。法:法度。丽:著,附着。《易·离》:“日月丽乎天,百谷草木丽乎土。”这里指日月星辰附着在天上。弥:广大遥远。普:广大。《墨子·尚贤中》:“圣人之德,若天之高,若地之普。”深:深邃。

⑪玉、金:喻高贵美妙。势:情势。

⑫翠虬(qiú求):传说中青绿色的无角龙。螭(chī吃):传说中的无角龙。耸身:将身立起。仓梧:地名,即苍梧,相传舜葬于苍梧之野,地在今湖南省宁远县境。

⑬阶:凭借。浮云:空中飘浮的白云。翼:以为羽翼。疾风:迅风。虚举:凭虚而飞起。撠(jǐ济):触及。胶葛:轻清上浮的云气。《汉书》颜师古注:“胶葛,上清之气也。”腾:升起。九闳(hóng弘):九天之门,极言其高。此喻不借助艰难的文字,不能说明高深的道理。

⑭烛:照耀。六合:天地及四方合称六合。八纮(hóng弘):八极,八方的纲维,大地的极限。纮,维。

⑮嶕峣(jiāo yáo焦尧):山势高峻的样子。浡滃(bó wěng勃蓊):空中云气四起的样子。浡,兴起。滃,云气起也。歊烝(xiāo zhēng消蒸):上升的热气。

⑯宓牺氏:亦作“伏羲氏”。绵络:包罗,连接。经以八卦:以八卦为经。经,与“纬”相对。八卦,《周易》中的八种符号,各表示不同的方向。

⑰附:增加。六爻(yáo肴):《周易》中六种组成卦的符号。错:变更,更迭。象:卦爻的外形。彖(tuàn团去声):《周易》中总括一卦的话。《易·履》“彖曰”王弼注:“凡彖者,言乎一卦之所以为主也。”《易·乾》孔颖达疏:“彖,断也,断定一卦之义,所以名为彖也。”发:阐明。臧:同“藏”,内部奥秘。定:奠定。基:根基,根本。

⑱《典》、《谟(mó磨)》:指记载《尧典》、《舜典》、《大禹谟》、《咎繇谟》等书籍。泛指古代圣贤的训诫之辞。鸿烈:大功业。缉熙:渐至于光明。后以“缉熙”代指光明。《诗·大雅·文王》:“穆穆文王,于缉熙敬止。”

⑲胥靡:空无所有。《荀子·氏效》王先谦《集解》引王引之曰:“胥靡者,空无所有之谓。”宰:万物的主宰。《庄子·齐物论》:“若有真宰,而特不得其朕。”尸:主。

⑳大音:高雅的音乐。希:通“稀”,指不繁杂,声很细。

㉑叫叫:远声。低回:纡回曲折。

㉒眇:通“妙”,精妙。同、棍、齐:混同,齐一。棍,通“混”。衍:含义丰富,广大。《汉书》颜师古注曰:“衍,旁广也。”

㉓弦者:弹拨乐器的人。高张:声音高而大。徽:琴徽,系弦的绳子。《汉书》颜师古注曰:“徽,琴徽也,所以表发抚抑之处。”追趋逐耆:追逐他人的趋向和爱好而弹奏曲目。耆,通“嗜”,爱好。坐者:坐在别处听的人。期:相约。附:

附和,顺从。

㉔施:给……演奏。《咸池》:古乐舞名,相传是黄帝所作,尧增修沿用。《周礼·春官·大司乐》:"舞《咸池》以祭地示。" 揄:引,用手弹奏。《六茎》:古乐名,相传为颛顼所作。《汉书·礼乐志》:"昔黄帝作《咸池》,颛顼作《六茎》,帝喾作《五英》。"发:发起,指演奏。《箫韶》:相传是舜时音乐名。《尚书·益稷》:"《箫》、《韶》九成,凤皇来仪。"咏:吟唱。九成:多次演奏的音乐。和:应和,唱和。

㉕钟期:钟子期,春秋楚人,精于音律。伯牙:春秋时人,精于琴艺。传说伯牙鼓琴,志在高山流水,钟子期听而知之。子期死后,伯牙谓无知音,就绝弦破琴,终生不再鼓琴。

㉖獿(náo 挠)人:古代传说中善于涂抹墙壁的人。《汉书》服虔注:"獿,古之善涂塈者也。施广领大袖以仰涂,而领袖不污。有小飞泥误著其鼻,因令匠石挥斤而斲。知匠石之善斲,故敢使之也。"匠石:名字叫石的匠人。《庄子·徐无鬼》:"郢人垩漫其鼻端,若蝇翼,使匠石斲之,匠石运斤成风,听而斲之,尽垩而鼻不伤,郢人立不失容。"辍:放弃。斤:斧头。斲(zhuó 浊):"斫"的异体字,砍,削。

㉗师旷:春秋时晋国乐师,字子野,天生目盲,善辨声乐。《汉书》颜师古注引应劭曰:"晋平公钟,工者以为调矣。师旷曰:'臣窃听之,知其不调也。'至于师涓,而果知钟之不调。是师旷欲善调之钟,为后世之有知音。"竢(sì 四):"俟"的异体字,等待。几:通"冀",希望。

㉘老聃:老子,姓李,名耳。希:稀少,通"稀"。《老子》第十七章:"知我者希,则我者贵。"其:扬雄自指。操:情操。

反离骚

先是时，蜀有司马相如，作赋甚弘丽温雅，雄心壮之[①]，每作赋，常拟之以为式[②]。又怪屈原文过相如，至不容[③]，作《离骚》，自投江而死，悲其文，读之未尝不流涕也[④]。以为君子得时则大行，不得时则龙蛇[⑤]，遇不遇，命也，何必湛身哉[⑥]！乃作书，往往摭《离骚》文而反之，自岷山投诸江流以吊屈原[⑦]，名曰《反离骚》；又旁《离骚》作重一篇，名曰《广骚》[⑧]；又旁《惜诵》以下至《怀沙》一卷，名曰《畔牢愁》。《畔牢愁》、《广骚》文多不载，独载《反离骚》，其辞曰：

有周氏之蝉嫣兮，或鼻祖于汾隅[⑨]。灵宗初谍伯侨兮，流于末之扬侯[⑩]。淑周楚之丰烈兮，超既离虖皇波[⑪]，因江潭而淮记兮，钦吊楚之湘累[⑫]。

惟天轨之不辟兮，何纯絜而离纷[⑬]！纷累以其淟涊兮，暗累以其缤纷[⑭]。

汉十世之阳朔兮，招摇纪于周正[⑮]。正皇天之清则兮，度后土之方贞[⑯]。图累承彼洪族兮，又览累之昌辞[⑰]。带钩矩而佩衡兮，履欃枪以为綦[⑱]。素初贮厥丽服兮，何文肆而质𩋤[⑲]！资娵娃之珍髢兮，鬻九戎而索赖[⑳]。

凤皇翔于蓬陼兮，岂驾鹅之能捷[㉑]？骋骅骝以曲艐兮，驴骡连蹇而齐足[㉒]。枳棘之榛榛兮，蝯貁拟而不敢下[㉓]。灵修既信椒、兰之唼佞兮，吾累忽焉而不蚤睹[㉔]？

衿芰茄之绿衣兮，被夫容之朱裳[㉕]。芳酷烈而莫闻兮，固不如襞而幽之离房[㉖]。闺中容竞淖约兮，相态以丽佳[㉗]，知众嫭之嫉妒兮，何必飏累之蛾眉[㉘]？

懿神龙之渊潜兮，竢庆云而将举。亡春风之被离兮，孰焉知龙之所处[㉙]？愍吾累之众芬兮，飏㸌㸌之芳苓[㉚]。遭季夏之凝霜兮，庆夭悴而丧荣[31]。

横江湘以南漄兮，云走乎彼苍吾[32]。驰江潭之泛溢兮，将折衷虖重华[33]。舒中情之烦或兮，恐重华之不纍与[34]。陵阳侯之素波兮，岂吾纍之独见许[35]？

精琼靡与秋菊兮，将以延夫天年。临汨罗而自陨兮，恐日薄于西山[36]。解扶桑之总辔兮，纵令之遂奔驰[37]。鸾皇腾而不属兮，岂独飞廉与云师[38]！

卷薜芷与若蕙兮，临湘渊而投之[39]。棍申椒与菌桂兮，赴江湖而沤之[40]。费椒稰以要神兮，又勤索彼琼茅[41]。违灵氛而不从兮，反湛身于江皋[42]！

纍既犭几夫傅说兮，奚不信而遂行[43]？徒恐鷤鴂之将鸣兮，顾先百草为不芳[44]。

初纍弃彼虙妃兮，更思瑶台之逸女[45]。抨雄鸩以作媒兮，何百离而曾不壹耦[46]！乘云蜺之旖柅兮，望昆仑以樛流[47]。览四荒而顾怀兮，奚必云女彼高丘[48]？

既亡鸾车之幽蔼兮，焉驾八龙之委蛇[49]？临江濒而掩涕兮，何有《九招》与《九歌》[50]？夫圣哲之不遭兮，固时命之所有。虽增欷以於邑兮，吾恐灵修之不纍改[51]。昔仲尼之去鲁兮，婓婓迟迟而周迈[52]，终回复于旧都兮，何必湘渊与涛濑[53]！溷渔父之餔歠兮，絜沐浴之振衣[54]，弃由、聃之所珍兮，蹠彭咸之所遗[55]！

【说明】

此赋见《汉书》卷八十七上、《艺文类聚》卷五十六，《文选·陆机〈吊魏武帝文〉》李善注引此题作“释愁”。

此赋名曰《反离骚》，即所谓“摭《离骚》之”。但赋中反对的重点是屈原的投江自尽。扬雄以为：“君子得时则大行，不得时则龙蛇，遇不遇，命也，何必湛身哉！”当然，赋中也批评屈原的某些行为，如“既信椒、兰之唼佞兮，吾纍忽焉而不蚤睹”——楚王既相信子椒、子兰的谗言，你为什么粗心未能及早看清？“知众嫭之嫉妒兮，何必飏纍之蛾眉”——知道大家嫉妒你的美貌，你为什么要露出真面目？“纍既犭几夫傅说兮，奚不信而遂行”——你既攀引傅说，为何不信会被重用而投江自杀？

但我们从赋中也可以很清楚地看出，扬雄并不是否定屈原，相反，他对屈原的人品、才能极为推崇，他把屈原比之为“凤皇”、“骅骝”、“神龙”，用“芳酷烈”、“飏燺燺之芳苓”来状屈原的品德。

对屈原的投江自杀，以身殉国，扬雄看来的确不很理解，但赋中一再称屈原之死为纍——“诸不以罪死曰纍”，这实际上也流露出对屈原遭遇的同情和不平，对迫使屈原自杀的现实政治的揭露和控诉。

扬雄这篇赋一再受到批评。说轻了，认为扬雄欠缺屈原的思想境界，不理解屈原的为人；说重了，认为“此文乃《离骚》之馋贼”、“屈原之罪人”。扬雄的言行的确有诸多缺憾，但后一种指责似未免太过。这些说法都源于对扬雄辞赋缺乏深入的了解。

【注释】

①弘丽：宏伟华丽。温雅：温润典雅。壮：推崇，赞许。

②拟：仿效，模拟。式：榜样，法则。

③容：为人所容纳。

④涕：眼泪。

⑤大行：大行其道，即从容施展自己的抱负。龙蛇：像龙蛇隐蛰一样藏身。《易传·系辞下》：“龙蛇之蛰，以存身也。”

⑥遇：际遇。湛(chén 臣)：指投水而死。

⑦摭(zhí 直)：拾取。岷山：在四川省松潘县北，绵延四川、甘肃两省边境。

⑧旁：读为“傍”，依据。

⑨蝉嫣(chán yān 婵焉)：连绵不绝。《汉书》应劭注：“蝉嫣，连也，言与周氏亲连也。”鼻祖：始祖，初祖。《汉书》颜师古注：“雄自言系出周氏而食采于扬，故云始祖于汾隅也。”汾：汾河，又称“汾水”，黄河支流。源出山西省宁武县管涔山，南流至曲沃县西折，在河津县入黄河。隅：边侧之地。

⑩灵宗：威灵神圣的宗族。谍：通“牒”，谱牒。《汉书》应劭注：“谍，谱也，言从伯侨以来可得而叙也。”伯侨：扬雄始祖的名。流：传递。扬侯：扬雄的祖先食采于晋之扬，号曰扬侯。详见高步瀛《文选李注义疏》。

⑪淑：美好。丰烈：美好的业绩。《汉书》应劭注：“淑，善也。言去汾隅从巫山得用楚之美烈也。”超：速也。离：经历。皇波：大水。皇，大。《汉书》颜师古注：“言其先祖所居经河及江也。河江，四渎之水，故云大波也。”虖：同“乎”。

⑫江：岷江。潭：水边。湹(wǎng 网)：同“往”。邓展曰：“湹，往也。”记：记录，写下。《汉书》颜师古注：“记，书记也，谓吊文也。”钦：敬，钦佩。吊：对有事或受到灾祸的人表示哀悼、慰问。湘纍(léi 雷)：指屈原。纍，无罪而被迫致死。《汉书》李奇注：“诸不以罪死曰纍，荀息、仇牧皆是也。屈原赴湘死，故曰湘纍也。”

⑬天轨:天道,天路。《汉书》颜师古注:“天轨,犹言天路。”辟(pì 僻):打开。絜(jié 节):同“洁”。离(lí 梨):遭到,遇到。纷:难。《汉书》颜师古注:“言天路不开,故使纯善贞洁之人遭此难也。《易》曰:‘天地闭,贤人隐。’”

⑭纷:乱。淟涊(tiǎn niǎn 忝辇):污浊。《汉书》应劭注:“淟涊,秽浊也。”缤纷:杂乱,交杂。指对屈原谗诟交加。

⑮十世:由汉高祖到成帝,共历十帝。阳朔:此指汉成帝年号,公元前24年至公元前21年。招摇:星名,在北斗杓端。周正(zhēng 征):周朝以夏历十一月为正月。

⑯正:值。皇天:天,此指成帝朝。清则:清明的法则。清,清廉,公正。则,法则。后土:古时称地神或土神为后土。方贞:即方正。《汉书》颜师古注:“此乃雄自论己心所履行取法天地耳。自‘图累’以下方论屈原云也。”

⑰图:图谱。《汉书》颜师古注:“图,按其本系之图书也。”承:接续,继承。洪:大。览:观看。《汉书》颜师古注:“览,省视也。”昌辞:美丽的文辞,指《离骚》。《汉书》颜师古注:“昌,美也。”

⑱钩:圆规。矩:画直角或方形用的曲尺。衡:天秤。欃(chán 馋)枪:彗星的别名。又,邓展曰:“欃枪,妖星也。”綦(qí 其):履迹,脚印。《汉书》晋灼注:“此反屈原虽佩带方正之行,而蹈恶人迹,以致放退也。”

⑲素初:经常。贮:储存,收藏。丽服:华丽的衣服。《汉书》颜师古注:“丽服谓‘扈江离与辟芷,纫秋兰以为佩’之类是也。”肆:纵恣,放肆。《汉书》如淳注:“文肆者,《楚辞·远游》乘龙之言也。”韰(xiè 谢):狭也。《汉书》如淳曰:“质韰者,恨世不用己而自沉也。”

⑳资:凭借,依托。娵、娃:皆古之美人。《汉书》孟康注:“娵,闾娵也。娃,吴娃也。”《荀子·赋篇》:“闾娵子奢,莫之媒也。”杨倞注:“闾娵,古之美女……”《汉书音义》:“韦昭曰:‘闾娵,梁王魏婴之美女。’”吴娃,吴地美女。汉枚乘《七发》:“使先施……吴娃、闾娵……嬿服而御。”髢(dí 敌):同“鬄”,假发。鬻(yù 玉):卖。九戎:指九州以外的民族。赖:赢,利。《国语·齐语》:“相语以利,相示以赖。”韦昭注:“赖,赢也。”《汉书》颜师古注:“赖,利也。”这句颜师古释为:“言屈原以高行仕楚,亦犹资美女之髢卖于九戎而求其利,必不得也。”

㉑蓬陼(zhǔ 主):《汉书》应劭注:“蓬陼,蓬莱之陼也,在海中。”蓬莱,山名,古代方士传说为仙人所居。驾(jiā 家),鸟名,野鹅。捷:及,比得上。指凤凰不如野鹅敏捷。

㉒骅骝(huá liú 华留):赤色骏马,亦名枣骝。《荀子·性恶》:“骅骝……此皆古之良马也。”艱:“艰”的古字。连蹇:艰难。《易·蹇》:“往蹇来连。”王弼注:“往来皆难故曰往蹇来连。”后谓遭遇坎坷曰“连蹇”。齐足:速度相同。齐,相等,等同。此句颜师古释为:“言使骏马驰骛于屈曲艰阻之中,则与驴骡齐足也。”

㉓枳、棘：都是一种带刺的植物。榛榛：草木丛生的样子。蝯："猿"的本字。《尔雅·释兽》："猱蝯善援。"《汉书》颜师古注："蝯，善攀援。"狖（yòu 又）：也作"貁"，兽名，长尾狖。《汉书》颜师古注："狖似猴，昂鼻而长尾。"拟：《汉书》颜师古注："拟，疑也。"

㉔灵修：喻君王。《楚辞·离骚》："夫唯灵修之故也。"王逸注："灵，谓神也。修，远也。能神明远见者，君德也，故以喻君。"此指楚王。椒：子椒。兰：子兰。唼佞（qiè nìng 妾泞）：谗言。蚤：古"早"字。这句是说：楚王既信令尹子兰和司马子椒，屈原为什么没有及早预见到呢？

㉕衿（jīn 今）：古代衣服的交领。芰（jì 技）：菱角。两角者菱，四角者为芰。茄（jiā 加）：荷茎。《尔雅·释草》："荷，芙渠，其茎茄。"被：通"披"，穿着。夫（fú 芙）容：荷花的别名。也作"芙蓉"。

㉖襞（bì 必）：折叠衣服。《汉书》颜师古注："襞，叠衣也。"幽：隐蔽，隐藏。离房：别房，另设的房子。

㉗淖（chuò 绰）约：同"绰约"，容态善美。《庄子·逍遥游》："绰约若处子。"《汉书》颜师古注："淖约，善容止也。"应劭注："众士竞善，犹女竞容也。"颜师古注："相态以丽佳，言竞为佳丽之态以相倾也。"

㉘嫭（hù 户）：同"嫮"。《汉书》颜师古注："嫭，美貌也。"飏：扬举，显扬。蛾眉：女子的秀眉。引申为美女的代称。此句批评屈原自扬蛾眉，招引嫉妒。

㉙懿：美，美德。神龙：古以龙为神物，称龙为神龙。竢（sì 四）：同"俟"，等待。庆云：五色云。也作"景云"、"卿云"。古以为祥瑞之气。《汉书·礼乐志》载《郊祀歌》："甘露降，庆云集。"又《汉书·天文志》："若烟非烟，若云非云，郁郁纷纷，萧索轮囷，是谓庆云，喜气也。"举：起来，飞起。亡：同"无"。春风：春风温和，比喻温和可亲的气象或境界。被离：分散的样子。《汉书》晋灼释曰："龙竢风云而后升，士须明君而后进。国无道则愚，谁知其所邪？"《汉书》颜师古注："龙以潜居待云为美，以讥屈原不能隐德，自取祸也。"

㉚愍（mǐn 闵）：哀怜。芬：香气。比喻美好的德行或声誉。此指屈原众多的美德。熚熚：即"烨烨"。《汉书》颜师古注："熚熚，光盛貌。"苓：香草名。

㉛季夏：夏季的第三个月，即农历六月。庆：通"羌"，发语辞。张晏曰："庆，辞也。"夭：少壮而死。悴：劳累。或作"瘁"。

㉜走：即"跑"，急趋。《汉书》颜师古注："走，趣也。"苍吾：即苍梧，山名，又名九疑。相传舜葬于苍梧之野，地在今湖南省宁远县境。

㉝折衷：即"折中"，取其中正的意思。重华：虞舜名。《汉书》应劭注："舜葬苍梧，在江湘之南，屈原欲启质圣人，陈己情要也。"

㉞舒：伸展。此意为申述，陈述。烦：苦闷。或：通"惑"，迷惑。《汉书》张晏注："舜圣，卒避父害以全身，资于事父以事君，恐不与屈原为党与。"

㉟陵：升，登上。《汉书》应劭注："陵，乘也。阳侯，古之诸侯，有罪自投江，其

神为大波，称为波神。言屈原袭阳侯之罪，而欲折中求舜，未必独见然许之也。”

㊱精：“粗”之反义，精细。琼：美玉。靡：粉末。天年：自然的寿数。汨罗：水名，在湖南省东北部。上游汨水，流经湘阴县分为二支，南流者曰汨水，一经古罗城曰罗水，至屈潭两水复合，故曰汨罗。战国楚屈原忧愤国事，怀石自沉于此。陨（yǔn 允）：通“殒”，死。薄：靠近。此句颜师古释为：“此又讥屈原，云琼靡秋菊，将以延年，崦嵫忽迫，喜于未暮，何乃自投汨罗，言行相反？”

㊲扶桑：神木名，传说日出其下。《淮南子·天文训》：“日出于阳谷，浴于咸池；拂于扶桑，是谓晨明。”总：系，结。辔（pèi 配）：马缰。《汉书》晋灼释曰：“《离骚》云‘总余辔于扶桑，聊消摇以相羊’。屈原言结我车辔于扶桑，以留日之入，人年不得老。日以喻君，而反离朝自沉，解辔纵君，使遂奔驰也。”

㊳鸾皇：鸾与凤凰，皆凤属。腾：上升。属（zhǔ 主）：跟随，跟得上。飞廉：风神。《楚辞·离骚》：“前望舒使先驱兮，后飞廉使奔属。”王逸注：“飞廉，风伯也。”云师：云神。《楚辞·离骚》：“吾令丰隆乘云兮。”王逸注：“丰隆，云师，一曰雷师。”《汉书》晋灼释曰：“已纵其辔使之奔驰，鸾皇迅飞亦无所及，非独飞廉、云师，言庄严未具，使君不适道也。”

㊴薜（bì 避）：植物名。芷（zhǐ 止）：香草名，一年生草本植物，又名白芷。若：香草名，即杜若。蕙：香草名，俗称“佩兰”。

㊵棍（hùn 混）：捆束。《汉书》颜师古注：“棍，大束也。”申椒：香木名。菌桂：木名，岸桂的一种，又名肉桂、月桂。沤（òu 怄）：浸泡。《汉书》颜师古注：“沤，渍也。今沤麻也。”此句颜师古释曰：“《离骚》云‘贯薜荔之落蕊’、‘杂杜衡与芳芷’、‘又树蕙之百亩’、‘杂申椒与菌桂’，皆以自喻德行芬芳也。今何必自投江湘而丧此芳乎？”

㊶费：用。椒糈（xū 须）：祭神用的以椒香拌精米制成的食物。《楚辞·离骚》：“巫咸将夕降兮，怀椒糈而要之。”《汉书》孟康释曰：“椒糈，以椒香米馓也。”糈，精米。要：通“邀”。勤：企望。《诗·召南·江有汜·序》：“勤而不怨。”孔颖达疏：“勤者，必企望之。”索：索取，讨取。《汉书》颜师古注曰：“索，求也。”琼茅：灵草，古时用以占卜。《楚辞·离骚》：“索琼茅以筳篿兮，命灵氛为余占之。”《汉书》颜师古注：“琼茅，灵草也。”

㊷灵氛：古代明占吉凶之人。湛（chén 沉）：通“沉”，沉没。江皋（gāo 高）：江边。皋，岸，水旁地。《楚辞·离骚》：“步余马于兰皋兮。”王逸注：“泽曲曰皋。”《汉书》颜师古注此句曰：“既不从灵氛之占，何为费椒糈而勤琼茅也。”

㊸犿：晋灼曰：“犿，慕也。”傅说（yuè 月）：殷相，相传他曾筑于傅岩之野，武丁访得，举以为相，出现殷中兴的局面。因得说于傅岩，故命为傅姓，号傅说。此句颜师古注曰：“犿，古‘攀’字。既攀援傅说，何不信其所行，自见用而遂去？”

㊹鹈鴂（tí guì 题贵）：杜鹃鸟，一名子规，常以立夏鸣，鸣则众芳皆歇。芳：草香。《楚辞·离骚》：“恐鹈鴂之先鸣兮，使夫百草为之不芳。”《汉书》颜师古释

“徒恐”二句为：“雄言终以自沉，何惜芳草而忧鹈鴂也？”

㊺虙妃：即宓妃，古代神女名。瑶台：美玉砌成之台。极言其华丽。逸女：美女。《楚辞·离骚》：“望瑶台之偃蹇兮，见有娀之佚女。”《汉书》颜师古释“初累弃彼”二句为：“此又讥其执心不定也。”

㊻抨(bēng崩)：遣派，支使。鸩(zhèn阵)：有毒的鸟。雄曰“运日”，雌曰“阴谐”。传说羽有剧毒，饮之立死。或以为“鸩”当作“鸠”。耦：同“偶”，和合。《汉书》颜师古释此句为：“《离骚》云‘吾令鸩为媒兮，鸩告余以不好，雄鸠之鸣逝兮，余犹恶其佻巧’，故云百离不一耦也。”

㊼云蜺：指云和虹。旖柅(yǐ nǐ倚你)：轻盈柔顺的样子。《汉书》颜师古注：“旖柅，云貌也。”昆仑：山名，在西藏、新疆之间。樛(jiū纠)流：缭绕。《汉书》颜师古注：“樛流，犹周流也。”

㊽览：观看。四荒：四方荒远的地方。此句苏林释为：“《离骚》云‘登阆风而绁马，忽反顾以流涕，哀高丘之无女’，女以喻士，高丘谓楚也。”《汉书》颜师古注：“阆风在昆仑山上，故云望昆仑也。女，仕也，何必要仕于楚也。”

㊾鸾车：人君所乘之车。四马四镳八銮，行则铃声如鸾鸣，故曰鸾车。幽蔼：犹“晻蔼”，荫蔽、阴暗的样子。委蛇(wēi yí威仪)：雍容自得的样子。《汉书》颜师古注：“言既无鸾车，则不得云驾八龙也。”

㊿濒：水边。九招：也作“九韶”，传为虞舜乐名。九歌：相传为禹时的乐歌。《楚辞·离骚》：“奏《九歌》而舞韶兮，聊假日以媮乐。”王逸注：“九歌，九德之歌，禹乐也。”《汉书》颜师古注释“临江濒”二句曰：“此又讥其哀乐不相副也。”

(51)圣哲：超凡的道德才智。《楚辞·离骚》：“夫维圣哲以茂行兮，苟得用此下土。”洪兴祖《补注》：“睿作圣，明作哲，圣哲之人，以有甚盛之行，故能使下土为我用。”也指圣哲的人。增：《汉书》颜师古注：“增，重也。”欷(xī希)：抽咽声。於(wū乌)邑：忧悒郁结，哽咽。《楚辞·九章·悲回风》：“气於邑而不可止。”《汉书》颜师古注：“於邑，短气也。”此句颜师古解释为：“雄言自古圣哲，皆有不遇，屈原虽自叹於邑，而楚王终不改寤也。”

(52)斐斐(fēi非)：往来貌。《楚辞·九叹·惜誓》：“怀芬香而挟蕙兮，佩江蓠之斐斐。”迟迟：徐行。

(53)涛濑：水波激溅。涛，大波。濑(lài赖)：急流，湍急之水。水击石间为濑。《楚辞·九歌·湘君》：“石濑兮浅浅。”王逸注：“濑，湍也。”此句颜师古释曰：“言孔子去其本邦，迟迟系恋，意在旧都，裴回反覆。屈原何独不怀鄢郢而赴江湘也？”

(54)溷(hùn混)：混乱。餔(bū晡)：食，吃。歠(chuò辍)：通“啜”，饮，喝。此句颜师古注曰：“《渔父》云‘何不餔其糟而歠其醨’，屈原以为溷浊，不肯从之，乃云：‘新沐者必弹冠，新浴者必振衣’也。”

(55)由：许由。上古高士，隐于箕山。相传尧让以天下，不受，遁耕于箕山之下。尧又召为九州长，由不欲闻之，洗耳于颍水滨。聃：人名，老子。春秋战国时楚国苦县人。曾为周藏书室史官。相传著《老子》五千言。蹠（zhí 直）：践，踩。《楚辞·九章·哀郢》："心婵媛而伤怀兮，眇不知其所蹠。"彭咸：传说为殷大夫。《楚辞·离骚》："虽不周于今之人兮，愿依彭咸之遗则。"《楚辞》中屡言彭咸，《离骚》外又见《抽思》、《思美人》、《悲回风》等，事实无可考。《离骚》王逸注说谏君不听自投水而死，因屈赋而附会，不足信。《汉书》颜师古注："由，许由也，聃，老聃也。二人守道，不为时俗所污，然保己全身，无残辱之丑。彭咸，殷之介士也，不得其志，投江而死。此又非屈原不慕由、聃高踪，而遵彭咸遗迹。蹠，蹈也。"

广　骚
畔牢愁

【说明】

此赋仅存篇目，见《汉书》卷八十七上。

《汉书·扬雄传上》称："先是时，蜀有司马相如，作赋甚弘丽温雅，雄心壮之，每作赋，常拟之以为式。又怪屈原文过相如，至不容，作《离骚》，自投江而死，悲其文，读之未尝不流涕也。以为君子得时则大行，不得时则龙蛇，遇不遇，命也，何必湛身哉！乃作书，往往摭《离骚》文而反之，自岷山投诸江流以吊屈原，名曰《反离骚》。又旁《离骚》作重一篇，名曰《广骚》。又旁《惜诵》以下至《怀沙》一卷，名曰《畔牢愁》。"《汉书》李奇注曰："畔，离也。牢，聊也。与君相离，愁而无聊也。"

酒赋

子犹瓶矣[①]。观瓶之居[②]，居井之眉[③]，处高临深，动常近危。酒醪不入口[④]，臧水满怀[⑤]。不得左右，牵于纆徽[⑥]。一旦叀碍[⑦]，为瓽所轠[⑧]；身提黄泉，骨肉为泥[⑨]。自用如此，不如鸱夷[⑩]。鸱夷滑稽[⑪]，腹如大壶，尽日盛酒，人复借酤[⑫]。常为国器[⑬]，托于属车[⑭]，出入两宫[⑮]，经营公家[⑯]。繇是言之，酒何过乎[⑰]！

【说明】

此赋见《汉书》卷九十二，《北堂书钞》卷一百四十八，《艺文类聚》卷七十二，《初学记》卷二十六，《太平御览》卷七百五十八、卷七百六十一。

《酒赋》亦称《酒箴》，出自《汉书·陈遵传》，据说是讽谏汉成帝的。从表面上看来，扬雄是说水瓶质朴有用而身处险境，酒壶终日昏沉却恬然自乐。实际上，扬雄是以水瓶比喻那些纯洁高尚的正人君子，并为他们打抱不平；以酒壶比喻那些贪荣好利的小人，讽刺他们为个人私利而卑躬屈膝，趋炎附势。此赋很明显是有感而发的。

【注释】

①子：古代对男子的敬称。瓶：古代汲水的容器。

②居：处于，此指停留的地方。

③眉：边侧。

④酒醪(láo 劳)：一种汁渣混合的酒。

⑤臧：通“藏”，收藏，盛。

⑥纆(mò 墨)徽：井绳。这句意思是：水瓶被绳索所系，不得自由。

⑦叀(zhuān 专)碍：井绳被井壁所挂。叀，悬挂。碍，被阻住。

⑧瓽(dàng 荡)：用砖砌成的井壁。轠(léi 雷)：碰撞打击。参阅《汉书·陈

遵传》注。

⑨提：掷击，抛掷。黄泉：指葬身之处。

⑩鸱夷（chīyí 吃宜）：盛酒的皮袋子。

⑪滑稽（gǔ jī 鼓基）：古代的注酒工具，圆形，能转动注酒。比喻圆滑自如。

⑫酤（gū 姑）：买酒。

⑬国器：国家的宝器。

⑭托：托附。属车：皇帝出巡时侍从的车子。

⑮两宫：指皇帝和太后的宫，此处是指有权势的门庭。

⑯经营：指到公家奔走，谋求营生。

⑰繇（yóu 犹）：通“由”，从，自。过：错误。

覈灵赋

自今推古，至于元气始化[①]，古不览今，名号迭毁[②]。请以《诗》、《春秋》言之[③]。（《太平御览》卷一）

太易之始，太初之先[④]，冯冯沉沉[⑤]，奋搏无端[⑥]。（《太平御览》卷一）

太易之始，河序龙马[⑦]，雒贡龟书[⑧]。（《文选·陆倕〈石阙铭〉》李善注引）

世有黄公者[⑨]，起于苍州，精神养性，与道浮游。（《文选·谢朓〈之宣城出新林浦向版桥〉》李善注引）

二子规游矩步[⑩]。（《文选·陆机〈乐府十七首·长安有邪狭行〉》李善注引）

文王之始起[⑪]，浸仁渐义[⑫]，会贤儧智[⑬]。（《文选·江淹〈诣建平王上书〉》李善注引）

枝附叶从，表立景随[⑭]。（《文选·陈琳〈檄吴将校部曲文〉》、《文选·蔡邕〈郭林泉碑文〉》李善注引）

【说明】

此赋散见《文选》李善注和《太平御览》卷一。

此赋已残。第一、二、四句引文题作《檄灵赋》。覈（hé 合）：查验，核实。灵：神灵，灵气。从残文来看，《覈灵赋》不是铺陈大赋，它谈古论今，从容不迫，引经据典，娓娓而叙，旨在说明一些从政做人的道理。该赋以儒家思想为主，但也杂有道家意识，应是扬雄晚年思想成熟时的作品。赋中的"元气始化"、"太易之始"诸语，可看出当时人们对宇宙形成的认识。

【注释】

①推:推及,推究。元气:指天地未分之前混一之气。元,始。化:分化。

②名号:美名。迭毁:交替毁弃。

③《诗》、《春秋》:《诗经》和《春秋》,皆在儒家"六经"之列。《孟子·离娄下》:"王者之迹熄而《诗》亡,《诗》亡然后《春秋》作。"古人以为"六经"都是历史兴亡的记录。

④太易:犹太极,未见气之时。太初:气之始也。《列子·天瑞》:"有太易,有太初,有太始,有太素。太易者,未见气也;太初者,气之始也;太始者,形之始也;太素者,质之始也。"

⑤冯冯(píng 凭)沉沉:充满的样子。

⑥奋搏无端:运动没有边际。

⑦河序龙马:相传伏羲见龙马负图于河,据其文字以画八卦,称"河图"。

⑧雒(luò 落)贡龟书:相传禹治水,洛水出神龟,背负文,禹因而第之,以成九畴。雒,同"洛"。

⑨黄公:似指"东海黄公"。此人有道术,能制龙御虎,立兴云雾,坐成山河。后年老气衰,饮酒过度,遂为虎所食。见张衡《西京赋》所记之角骶戏,又见《西京杂记》卷三。

⑩规游矩步:出游举步都受规矩的限制。

⑪文王:周文王,姓姬名昌,周武王之父。本为商纣王时的诸侯,实行仁政,得到众诸侯拥护,为武王灭商奠定了基础。

⑫浸仁渐义:浸渐仁义。渐,浸润。

⑬会贤儹(zǎn 暂上声)智:会儹贤智,招集贤智之才。儹,通"攒",积聚。

⑭枝:《文选》卷五十八引作"支"。表:外衣,引申为外部形象。景:同"影"。

刘 歆

刘歆(约前53～23),西汉后期著名的经学家、目录学家、辞赋家。他是刘氏王朝的宗亲。少以通《诗》、《书》,能属文见诏。成帝时为黄门郎,受诏与父刘向领校秘书。哀帝时,为侍中、太中大夫,迁骑都尉、奉车都尉、光禄大夫。他建议立《左氏春秋》、《毛诗》、《古文尚书》、《周礼》为学官,遭到今文博士反对。他致书太常博士,言辞激切,引起诸儒怨恨。儒者出身的大司空师丹亦大怒。刘歆由是忤执政大臣,为众儒所谤,求出为河内太守。因宗室不宜典三河,遂出为五原、涿郡太守。王莽执政时,以歆为右曹太中大夫,迁中垒校尉、羲和(王莽时主管全国财税的官吏)、京兆尹,封红休侯。王莽篡位,歆为国师,晋封嘉新公。地皇四年(23),谋诛王莽,事泄自杀。刘歆继承父业,撰《七略》,这是我国第一部图书分类目录。《隋书·经籍志四》著录有集五卷,已散佚。明人张溥辑有《刘子骏集》,收赋、书等共十三篇。传附《汉书·楚元王传》。

遂初赋

昔遂初之显禄兮[①],遭阊阖之开通[②]。蹠三台而上征兮[③],入北辰之紫宫[④]。备列宿于钩陈兮[⑤],拥大常之枢极[⑥]。总六龙于驷房兮[⑦],奉华盖于帝侧[⑧]。惟太阶之侈阔兮[⑨],机衡为之难运[⑩]。惧魁杓之前后兮[⑪],遂隆集于河滨[⑫]。遭阳侯之丰沛兮[⑬],乘素波以聊戾[⑭]。得玄武之嘉兆兮,守五原之烽燧[⑮]。

二乘驾而既俟,仆夫期而在涂[⑯]。驰太行之严防兮,入天井之乔关[⑰]。历冈岑以升降兮,马龙腾以超摅[⑱]。舞双驷以优游兮,济黎侯之旧居[⑲]。心涤荡以慕远兮,回高都而北征[⑳]。剧强秦之暴虐兮,吊赵括于长平[㉑]。好周文之嘉德兮,躬尊贤而下士[㉒]。骛四马而观风兮[㉓],庆辛甲于长子[㉔]。哀衰周之失权兮,数辱而莫扶[㉕]。执孙蒯于屯留兮[㉖],救王师于余吾[㉗]。过下虒而叹息兮,悲平公之作台[㉘]。背宗周而不恤兮,苟偷乐而惰怠[㉙]。枝叶落而不省兮,公族阒其无人[㉚]。日不悛而俞甚兮,政委弃于家门[㉛]。载约屦而正朝服兮,降皮弁以为履[㉜]。宝砾石于庙堂兮,面隋和而不眡[㉝]。始建衰而造乱兮,公室由此遂卑[㉞]。怜后君之寄寓兮,唁靖公于铜鞮[㉟]。越侯田而长驱兮,释叔向之飞患[㊱]。悦善人之有救兮,劳祁奚于太原[㊲]。何叔子之好直兮,为群邪之所恶[㊳]。赖祁子之一言兮,几不免乎徂落[㊴]。覆美不必为偶兮,时有差而不相及[㊵]。虽韫宝而求贾兮,嗟千载其焉合[㊶]。昔仲尼之淑圣兮,竟隘穷乎陈蔡[㊷]。彼屈原之贞专兮,卒放沉于湘渊[㊸]。何方直之难容兮,柳下黜而三辱[㊹]。蘧瑗抑而再犇兮,岂材知之不足[㊺]?扬蛾眉而见妬兮,固丑女之情也[㊻]。曲木恶直绳兮,亦小人之诚也[㊼]。以夫子之博观兮,何此道之必然[㊽]。空下时而矔世兮,自命己之取患[㊾]。悲积习之生常兮,固明智之所别[㊿]。叔群既在皁隶兮,六卿兴而为桀[51]。荀寅肆而颛恣兮,吉射叛而擅兵[52]。憎人臣之若兹兮,责赵鞅于晋阳[53]。轶中国之都邑兮,登句注以陵厉[54]。历雁门而入云中兮,超绝辙而远逝[55]。济临沃而遥思兮,垂意乎边都[56]。

野萧条以寥廓兮,陵谷错以盘纡[57]。飘寂寥以荒昒兮,沙埃起而杳冥[58]。回风育其飘忽兮,回飐飐之泠泠[59]。薄涸冻之凝滞兮,茀谿谷之清凉[60]。漂积雪之皑皑兮,涉凝露之隆霜[61]。扬雹霰之复陆兮,慨原泉之凌阴[62]。激流澌之漻泪兮,窥九渊之潜淋[63]。飒凄怆以惨怛兮,慽风漻以冽寒[64]。兽望浪以穴窜兮,鸟胁翼之浚浚[65]。山萧瑟以鹍鸣兮,树木坏而哇吟[66]。地坼裂而愤忽急兮,石捌破之岿岿[67]。天烈烈以厉高兮,廖琫窗以枭窂[68]。雁邕邕以迟迟兮,野观鸣而嘈嘈[69]。望亭隧之嶻嶻兮,飞旗帜之翩翩[70]。迥百里之无家兮,路修远之绵绵[71]。于是勒障塞而固守兮,奋武灵之精诚[72]。摅赵奢之策虑兮,威谋完乎金城[73]。外折冲以无虞兮,内抚民以永宁[74]。既邕容以自得兮,唯惕惧于竿寒[75]。攸潜温之玄室兮,涤浊秽于太清[76]。反情素于寂寞兮,居华体之冥冥[77]。玩琴书以条畅兮,考性命之变态[78]。运四时而览阴阳兮,总万物之珍怪[79]。虽穷天地之极变兮,曾何足乎留意[80]!长恬澹以欢娱兮,固贤圣之所喜[81]。

乱曰[82]:处幽潜德,含圣神兮[83]。抱奇内光,自得真兮[84]。宠幸浮寄,奇无常兮[85]。寄之去留,亦何伤兮[86]。大人之度,品物齐兮[87]。舍位之过,忽若遗兮[88]。求位得位,固其常兮[89]。守信保己,比老彭兮[90]。

【说明】

此赋见《古文苑》卷五、《艺文类聚》卷二十七。

此赋写作者北上赴任时途中的见闻。作者这次外放,是因议论朝政得罪大臣而引起的,他的内心殊为不平。赋中写道:“昔仲尼之淑圣兮,竟隘穷乎陈蔡。彼屈原之贞专兮,卒放沉于湘渊。……扬蛾眉而见妒兮,固丑女之情也。曲木恶直绳兮,亦小人之诚也。”很明显,这是借古讽今,指斥时政,所以后人为此赋作序时说:“《遂初赋》者,刘歆所作也。歆少通诗书,能属文,成帝召为黄门侍郎、中垒校尉、侍中、奉车都尉、光禄大夫。歆好《左氏春秋》,欲立于学官,时诸儒不听。歆乃移书太常博士,责让深切,为朝廷大臣非嫉,求出补吏,为河内太守。又以宗室不宜典三河,徙五原太守。是时朝政已多失矣,歆以论议见排摈,志意不得。之官,经历故晋之域,感今思古,遂作斯赋,以叹往事而寄己意。”(《古文苑》卷五)赋最后以为人生如寄,荣辱无常，“守信保己，比老彭”，显得消极无奈。当然这是愤激之辞。

【注释】

①昔：从前。遂初：以往，早先。显禄：显贵的官职。

②遭：遇，恰逢。阊阖(chāng hé 昌盍)：天门。《楚辞·离骚》：“吾令帝阍开关兮，倚阊阖而望予。”此处指宫门。开通：通达无阻。

③蹠(zhí 直)：同“跖”，脚掌。此处用作动词，踩，登。三台：原系星名，在北斗星的斗杓之下，分三行，依次相错，每行二星，共六星，状如台阶，故称三台。这里用以喻三公。三公法三台。西汉以丞相、太尉、御史大大为三公，西汉末丞相改称大司徒，太尉改称大司马，御史大夫改称大司空。刘歆曾与其父刘向领校皇家图书秘籍，而秘籍为大司空属官所掌管，因此刘钦说自己登三台。上征：喻拔擢。征，行。

④北辰：北极星，借指皇帝。紫宫：紫微星，借指西汉未央宫正殿(朝堂所在处)。此句意为：自己被提拔为侍中、太中大夫，直接侍奉皇帝，掌议论应对，很庆幸。

⑤列宿：众星宿，此借喻为皇帝的后妃太子等。钩陈：星名，借指汉朝禁卫军。

⑥拥：拥戴。大常：旗名，上面绘有日月，天子所用，此处用以代天子。枢极：最高、最重要的地位。

⑦“总六龙”句：意思是自己为天子车驾作前驱。总：聚合，把几匹马的辔绳合起来攥在手里牵着。六龙：驾驶天子之车的六匹马。马高八尺曰“龙”。驷房：房星名。《国语·周语下》：“昔武王伐殷，岁在鹑火，月在天驷。”韦昭注：“天驷，房星也。”故又称“驷房”。又用以喻神马。此处似指御马厩。

⑧奉：侍奉。华盖：星名。《楚辞·王褒〈九怀〉》：“登华盖兮乘阳，聊逍遥兮播光。”王逸注：“华盖七星，其柢九星，合十六星。如盖状，在紫微宫中，临勾陈上，以荫帝座。”此处代乘舆。

⑨惟：语气词。太阶：即三台，指三公。侈阔：此处是骄纵乖戾之意。古代星相家认为，“三台色齐，君臣和；不齐，为乖戾”。此句意为：汉哀帝时期，三公外戚擅权，君臣失和，政见歧出。

⑩机：同“玑”，北斗的第三星，今称“天机”。衡：玉衡，北斗第五星。此处以机衡代北斗。古人认为北斗星运于中央，临制四方，它象征天子的喉舌、政令。此句意为：三公骄横，哀帝的意旨难以贯彻施行。

⑪魁：魁星，星名，北斗七星中第一至第四颗为魁。杓(biāo 标)：星名，北斗七星中第五至第七星称杓，又称“斗柄”、“杓星”。此处也是以魁柄代北斗。前后：指前后变化。

⑫遂：就，于是。隆：盛，多。集：本义为群鸟栖止树上，此处为止。河滨：黄

河岸边，此指西汉河南郡洛阳。《古文苑》章樵注：“以在帝旁为惧，求出补河内太守。”

⑬阳侯：传说中的波神。《楚辞·哀郢》：“凌阳侯之氾滥兮，忽翱翔之焉薄。”相传他本为阳陵国君，被水淹死，其神能成大波。丰沛：丰盛貌，指河水汹涌澎湃。

⑭素波：白色的水波。以：连词，而。聊戾：指船在水中动荡不前。《古文苑》章樵注说是“人言沸腾，为己阻蔽”。

⑮玄武：北方七宿的总称，作者在此以玄武代北方。嘉兆：好的兆头，即喜讯。五原：秦九原郡，汉武帝改置五原郡，在今山西省北部与内蒙古相交的地区。烽隧（suì 岁）：即烽火。古代边防报警的两种信号，白天放烟叫“烽”，夜间举火叫“燧”。这句指作者徙五原太守事。

⑯乘（shèng 胜）：车辆。春秋时甲车一乘，配甲士三人，步卒七十二人。太守有副车，故曰“二乘”。既：已经。俟（sì 寺）：等待。仆夫：车夫。期：期待。涂：同“途”，道路。

⑰太行：太行山。严防：险要的关隘。防，即关。天井：天井关，在太行山主峰附近。乔：高。天井关属高都县（汉置），在今山西省晋城县东北。

⑱历：经过。冈：山脊。岸：小而高的山。龙腾：马奔跑的样子。摅（shū 抒）：舒展，活泼。

⑲舞：使……飞驰。双驷：即上文所提到的“二乘”。一乘四马为驷。优游：悠闲貌。《诗·郑风·大叔于田》：“执辔如组，两骖如舞。”济：到达。黎：殷代诸侯国，后被周文王所灭。其旧址在汉代为上党郡壶关县黎亭，位于今山西省长治县西南。

⑳涤荡：洗荡，清除。《文选·成公绥〈啸赋〉》：“心涤荡而无累，志离俗而飘然。”远：指古代的圣贤。此处指睹物思人而发心中所思。回：绕过。高都：即注⑰的高都县。

㉑剧：极，甚。此处为意动用法，认为……太过分。强秦：战国七雄中以秦国的实力最强，故称之为强秦。吊：凭吊。赵括：战国时赵国人，名将赵奢之子。善于纸上谈兵。赵孝成王四年（前 260），他取代廉颇来守护长平（今山西高平），抵抗秦国军队的进攻。因其自以为是，实际都不会用兵而致失败，他被射死，全军四十万人被坑杀。

㉒好（hào 耗）：喜爱，亲善。周文：即周文王，姓姬名昌，周武王之父。殷时诸侯，居于岐山之下，受到诸侯的拥护。曾被纣囚于羑里。后获释，为西方诸侯之长，称西伯。后迁都于丰。其子武王姬发起兵伐纣，灭殷，建立周王朝。嘉德：美德。躬：亲自。下士：义同“尊贤”，谦恭地对待贤士。

㉓观风：观察风气，此处指瞻仰先贤们的风采。

㉔庆：庆幸。辛甲：商纣臣，屡谏纣王而不听，去而至周，做了周文王的太

史。庆辛甲:为辛甲这样的贤人能知遇于周文王而感到庆幸。长子:辛甲的封地,春秋时晋国都邑,汉置县,为上党郡治。郡治在今山西省长子县。刘向《别录》:“辛甲故殷之臣,事纣,盖七十五谏而不听,去至周,召公与语,贤之,告文王,文王亲自迎之,以为公卿,封长子。”

㉕衰周:指日益衰落的东周。失权:失去权势。数(shuò 硕):多次。辱:使处于困境险地而遭受侮辱。莫:没有(诸侯国)。扶:支持,帮助。

㉖执:捕获。孙蒯(kuài 快):春秋末卫国大夫,公元前555年,他出使晋国时被捕。因他曾带兵攻曹国,曹国便向当时的盟国晋告状,所以晋国以此为报复。屯留:汉置县,属上党郡,在今山西省屯留县南。

㉗王师:周王朝的军队。余吾:晋邑,在屯留西北。

㉘下虒(tí 提):地名,汉代为下虒聚,又有上虒亭,同属于上党郡铜鞮(dī 堤)县,在今山西省沁县。平公:晋平公,姓姬名彪,晋悼公之子,于公元前557~前532年在位。他淫逸纵欲,大兴土木,耗竭民力,使得晋国从此衰败。作台:建造宫室台榭等。台,高而平的建筑物,一般供望远或游观之用。

㉙背:违反,背离。宗周:东周时,周王室名义上仍是最高统治者,故称宗周。恤:忧虑。苟:苟且。偷乐:贪图安逸享受。惰怠:心志懈怠。

㉚枝叶:枝和叶,此处喻公族。落:此处指公族失去往日的权势,降为平民。省(xǐng 醒):明白。阒(qù 去):空寂貌。《易·丰卦》:“窥其户,阒其无人。”

㉛日:天天。悛(quān 全阴平):悔改。政:政事,政权。委弃:衰颓。家门:自己的家。

㉜载:戴。《释名·释姿容》:“载,戴也。戴之于头也。”约:《古文苑》章樵注,当作“絇(xún 旬)”,鞋头的装饰。屦(jù 具):鞋子。汉以后称“履”。朝服:君臣朝会时所穿的礼服。弁(biàn 变):贵族男子戴的一种帽子。此两句喻晋平公在用人方面的昏庸,好坏倒置。《古文苑》章樵注:“权臣上僭,君柄下移,如冠履易位,载加诸首也。”

㉝宝:意动用法,以……为宝。砾石:碎石。庙堂:宗庙和朝堂。面:同“偭(miǎn 免)”,背而不顾。隋和:隋侯珠与和氏璧。《史记·李斯列传》:“今陛下致昆山之玉,有随、和之宝。”此与“砾石”分别喻贤才与小人。眡(shì 视):同“眂”,视,看。《广雅·释诂》:“眂,视也。”

㉞建衰而造乱:即制造衰乱。“建”与“造”同义,“衰”与“乱”同义。遂:于是,就。卑:衰微。

㉟《四部备要》本无“于”字,今据宋本《古文苑》校正。后君:晋平公的玄孙出公。靖公:《史记》作“静公”,幽公的曾孙,名俱酒,在位仅两年,晋被韩、赵、魏灭而三分其地时,靖公被封于端氏(县),后又被迁往屯留,降为平民。铜鞮(dī 堤):地名,在今山西省沁县。《古文苑》章樵注:“叹宗周衰微,晋平不能嗣伯业,以尊周室,卒致晋公室卑为公卿所灭,其伤汉之心切矣。”

㊱越：越过。侯田：当作“侯甲”。郦道元《水经注·汾水》：“侯甲水发源祁县，胡甲山有长坂，谓之胡家岭。”释：免除。叔向：羊舌肸（xī 西），字叔向，晋平公太傅，春秋时的贤人。飞患：意外灾祸。此句指晋大夫祁奚免除叔向所遭横祸一事。

㊲悦：高兴，喜悦。善人：指叔向。劳（láo 牢）：慰劳。祁奚，祁人，晋大夫，因正直而著称。太原：汉郡，今山西省太原市一带。祁属太原郡。

㊳何：为什么。叔子：指叔向。好（hào 耗）：爱好。直：指正直的品德。为：被。群邪：指范宣子等人。恶（wù 悟）：憎恨。

㊴赖：仗，幸亏。祁子：指祁奚。徂（cú 殂）落：同“殂落”，死亡。

㊵雙（shuāng 双）：同“双”。美：善人，指祁奚。偶：遇合。

㊶虽：即使。韫（yùn 运）：蕴藏。焉：哪里，怎么。

㊷昔：从前。仲尼：即孔子，名丘，字仲尼。淑：美好，善良。隘穷：处于困窘之中。陈、蔡：春秋时二国名，陈在今河南省淮阳市一带，蔡在今河南省上蔡县西南。此句是指孔子绝粮于陈蔡之事。

㊸彼：那。屈原：战国时楚国人，伟大的爱国者和文学家。贞专：坚贞忠诚。卒：最后。放：流放。沉于湘渊：指屈原自沉汨罗之事。渊，深水。

㊹方直：指方正之士。柳下：柳下惠，即展禽，春秋时鲁国大夫。鲁僖公时人，又字季。因食邑柳下，谥惠，故称柳下惠。他任士师时，三次被黜。黜（chù 触）：罢免。

㊺蘧瑗（qú yuàn 渠愿）：春秋时卫国贤大夫。卫大夫史鳝知其贤，多次向卫灵公推荐，都不用。再犇（bēn 锛）：指蘧瑗曾经两次因为国内战乱而离开卫国，详见《左传》。犇，同“奔”。材知：即才智。知，通“智”。

㊻扬：舒展。蛾眉：喻女子长而美的眉毛。见：被。妒（dù 度）：“妒”的异体字，嫉妒。固：本来。

㊼恶（wù 悟）：憎恶，不喜欢。绳：木工直曲直的工具，即墨线。诚：真诚，诚心。

㊽以：凭。夫（fú 俘）子：那些人，指上列的叔向、仲尼、屈原等。博观：博闻多识。何：为什么。此道：指上文叔向等人的遭遇。

㊾空：徒然，谓无实效。下时：低下眼看当时的社会现实，指鄙视当时污浊的社会。矔（guàn 贯）世：瞪视。《方言》：“梁益之间瞋目曰矔，转目顾视亦曰矔。”此指对社会现实怒目而视，心憎恶之。命：使。取患：遭受灾祸。

㊿积习：长期形成的旧习惯。生：本性，天性。《商君书·算地》：“非生之常也。”朱师辙注：“俞樾曰：‘生、性古通用。’”常：法典，伦常，法则。明智：指明智之士。别：识别，辨别。《古文苑》章樵注：“言积习所生，自微至著，人以为常。易生忽心，惟明智见微别于未然。因过晋阳，再申前意，以见六卿专政之渐。”

(51)叔群：晋国当初的受封者叔虞，系周成王之弟，名虞，字叔，故称晋国始封君以下的历代子孙(即公族)为叔群。皁(zào 燥):同“皂”,奴隶。六卿:晋国的韩氏、赵氏、魏氏、范氏、智氏、中行氏六家贵族,他们在晋昭公时强盛起来。事见《左传·昭公三年》。桀:同“杰”,突出、杰出的人。

(52)荀寅:即上文所提的六卿之一的中行文子。肆:显明,此处是贬义,形容荀寅势力强大,独霸一时。颛(zhuān 专)恣:专权放纵。颛,同“专”。吉射:即六卿之一的范氏。叛:焕盛貌,光耀明亮的样子,此处也是贬义,用法同“肆”。擅兵:独断兵权。

(53)憎:痛恨。若兹:像这样,如此。指上文的以下犯上的恶行。责:指责,痛斥。赵鞅:谥简子,晋国正卿(即执法大臣),掌权近六十年。晋阳:晋国故都,赵鞅入晋阳后叛乱,知伯用晋水淹晋阳(汉太原郡治,在今山西太原)。

(54)轶(yì 义):越过。中国:指中原,此指晋阳以南。句(gōu 沟)注:山名,也作“勾注”。即雁门山,是古代的九个要塞之一,在今山西省代县西北。《淮南子·地形训》:“句注在雁门。”陵厉:同“凌厉”,意气风发,心情激荡。

(55)历:经过。雁门:汉代郡名,在今山西省北部。云中:汉代郡名,在今山西省西北部及内蒙古南部一带。超:越过。绝辙:没有车辆通过的地方。绝,杜绝,无。远逝:远行。

(56)济:到达。临沃:汉代五原郡县名。遥思:遐想。垂意:关注,密切。边都:边城,此处指五原郡。

(57)野:旷野。萧条:凋零而寂寥。寥廓:旷远,广阔。陵谷:丘陵山谷。错:交错,相杂。盘纡(yū 迂):盘旋曲折。

(58)飘:旋风。寂寥:静寂空虚。荒昒(hū 忽):隐约不分明貌。沙埃:尘埃。杳(yǎo 咬)冥:幽暗。

(59)回风:旋风。育:犹言“育育”,活泼自如貌。回:旋转,此处指风的回旋。飐飐(zhǎn 展):摇曳貌,此指风吹动物体的样子。泠泠(líng 玲):风声。

(60)薄:迫,逼近。涸(hé 合)冻:指流水和地面冻结。“涸”字本义是水干,此处指水冻。茀(fú 弗):同“拂”,吹拂。豁谷:山谷。

(61)漂:通“飘”,吹。皑皑:白貌。涉:踩。隆霜:厚厚的霜。

(62)扬:飞扬。雹霰(xiàn 县):冰雹和小冰粒。复陆:覆盖着原野。复,同“覆”。陆,此处指原野。慨:感叹。原泉:即源泉,有本源的泉水。凌阴:藏冰之处,冰窖。

(63)激:此处指流水相撞击。流澌(sī 思):江河解冻时流动的冰块。澌,同“凘”。漻泪(liáolì 聊立):水疾流貌。窥:看。九渊:水的最深处。潜淋:指渊水。

(64)飒(sà 萨):风声。凄怆:悲伤。惨怛(dá 达):忧伤,悲痛。慽(qī 戚)风:哀风。漻(liáo 辽):指风呼啸,流动。《吕氏春秋·仲夏纪》:“通大川,决壅塞,凿龙门,降通漻水以导河。”高诱注:“漻,流。”冽寒:严寒。

⑥⑤望浪:仓皇失措貌。穴窜:向穴内跑。胁翼:收敛翅膀。胁,通“翕”。浚浚(cún 存):低伏。《古文苑·遂初赋》章樵注:“浚与踆同,伏也,音逡。”

⑥⑥萧瑟:萧条荒凉。以:而。鹍(kūn 昆):鹍鸡,似鹤,黄白色。树木坏:指一些大树因年岁久远而树干中空。哇吟:指风吹动树时发出的声音。

⑥⑦坼(chè 彻):裂开。嵓嵓:同“岩岩”,高大,高耸。《诗·鲁颂·閟宫》:“泰山岩岩,鲁邦所瞻。”孔颖达疏:“言泰山之高岩岩然,鲁之邦境所至也。”《文选·张衡〈思玄赋〉》:“冠咢咢其映盖兮,珮綝纚以辉煌。”李周翰注:“咢咢,高貌。”

⑥⑧烈烈:指天高远威武的样子。厉高:高远的样子。廖㙩:空旷貌。枭牢:空虚。“牢”,《汉魏六朝百三名家集》作“牢”。

⑥⑨邕邕(yōng 雍):雁叫声。迟迟:飞行缓慢貌。观:或作“鹳(guàn 灌)”,鸟名,形似鹊,短尾。嘈嘈(cáo 曹):叫声杂乱。

⑦⑩亭:《汉书·百官公卿表上》:“大率十里一亭。”此处指用于瞭望的建筑物。隧:同“燧”,即烽火台。皦皦(jiǎo 皎):明亮貌。翩翩(piān 篇):指旗帜飘动的样子。

⑦①迥(jiǒng 窘):远。修:远。绵绵:指路途长远的样子。自“野萧条以廖廓”至此,皆细写五原景象。

⑦②勒:本义指马络头,此指部署障碍物。障塞:用以防御敌人的屏障。奋:振发。武灵:赵武灵王(? ～前 295),名雍,战国时著名的诸侯,他奋发图强,进行军事改革,提倡胡服骑射,破林胡、楼烦等部落,拓地至雁门、云中一带。事见《战国策·赵策二》。

⑦③摅(shū 书):实施。赵奢:战国时赵国名将,富有谋略。威谋:威势和计谋。完:使……完好无损。金城:坚固的城池。

⑦④外:对外,指防御外敌入侵。折冲:挫败、消灭外敌。虞:忧虑。内:对内,指在国内。抚:安抚。宁:安宁。

⑦⑤邕容:从容不迫。惕:惊惧,担心。笁(dǔ 堵)寒:严寒。笁,同“竺”。

⑦⑥玄室:深屋。涤:洗涤。太清:天空。古人认为天系清而轻的气所构成,故称为太清。

⑦⑦反:同“返”,回归。情素:本心。寂寞:《庄子·天道》:“夫虚静恬淡,寂寞无为者,万物之本也。”居:止息,停留。华体:浮华的躯体。冥冥:虚无缥缈的世界。

⑦⑧条畅:舒畅。考:推究。变态:道家认为清静无为是人的本性,是常态;争斗进取,勾心斗角违反本性,谓之变态。

⑦⑨运、览:均有掌管、驾驭之义。览,同“揽”。总:统领,统管。珍怪:指珍贵或怪异的事物。

⑧⑩穷:穷尽。天地之极变:指四时阴阳万物的一切变化。何足:哪里值得。

⑧①恬澹(tián dàn 田旦):淡泊。贤圣:指老子、庄子。

㉜乱：辞赋篇末总结全文常用的形式。

㉝ 此句意为：身处于幽深的境界，把德性潜藏起来，包含着圣人、神人的精神。

㉞此句意为：把自己的奇才抱入怀中(指不显扬)，把自己的光彩收敛起来，那就得到真道了。内(nà 钠)：同“纳”。

㉟此句意为：世上的尊贵、荣耀、耻辱变化无常。宠：尊贵。幸：被爱。浮寄：像浮萍一样漂泊不定。

㊱此句意为：既然生命是一次寄泊的旅行，那么离开或存留在某个地方又有何妨呢？

㊲大人：德行高尚的人。度：胸杯。品物：众物。齐：动词，同样看待。

㊳此句意为：使我失掉原先官位的过失，忽然就像遗忘了似的再也不想了。《古文苑》章樵注：“此言在人者爵禄之位。”

㊴此句意为：我请求调到京城之外任职，于是就到了河内、五原郡，来到边塞，本来也符合事情的常理。《古文苑》章樵注：“此言在己者当处之位。”

㊵此句意为：守着真诚，保着自我，那就能像老彭一样长寿了。老彭：人名，即彭祖。《论语·述而》：“子曰：‘述而不作，信而好古，窃比于我老彭。’”何晏注：“老彭，殷贤大夫。”郑玄、王弼认为“老”为老子，“彭”为彭祖，认为“老彭”为二人。《汉书·古今人表》：“老彭，商初人。”

【辨析】

此赋《历代赋汇》编入“言志”类，自然是不错的；但如果我们把它移入“行旅”类，似乎更合适。因为赋篇就是作者写自己由京师出为五原太守时旅途的见闻和由此而触发的感想。赋的开始即写道：“二乘驾而既俟，仆夫期而在涂。驰太行之严防兮，入天井之乔关。……心涤荡以慕远兮，回高都而北征。剧强秦之暴虐兮，吊赵括于长平……”因此，我们可以把它视为行旅赋的首唱。屈原的《离骚》、司马相如的《大人赋》写的是神游，此赋则写人游。随后班彪的《北征赋》、班昭的《东征赋》、蔡邕的《述行赋》等等，就是在它的影响下发展起来的。此后，行旅赋就成为辞赋中的一大门类。

甘泉宫赋

轶陵阴之地室[①]，过阳谷之秋城[②]。迥天门而凤举[③]，蹑黄帝之明庭[④]。冠高山而为居[⑤]，乘昆仑而为宫[⑥]。按轩辕之旧处，居北辰之闳中[⑦]。背共工之幽都[⑧]，向炎帝之祝融[⑨]。封峦为之东序，缘石阙之天梯[⑩]。桂木杂而成行，芳盻蠁之依依[⑪]。翡翠孔雀，飞而翱翔[⑫]，凤皇止而集栖[⑬]。甘醴涌于中庭兮，激清流之沵沵[⑭]。黄龙游而蜿蟺兮，神龟沉于玉泥[⑮]。离宫特观，接比相连[⑯]。云起波骇，星布弥山[⑰]。高峦峻阻，临眺旷衍[⑱]。深林蒲苇，涌水清泉[⑲]。芙蓉菡萏，菱荇蘋蘩[⑳]。豫章杂木，楩松柞棫[㉑]。女贞乌勃，桃李枣檍[㉒]。

章黼黻之文帷[㉒]。

云阙蔚之岩岩[㉔]，众星接之皑皑[㉕]。

择吉日之令辰[㉖]。

【说明】

此赋不全，载于《艺文类聚》卷六十二、《初学记》卷二十四、《古文苑》卷二十一，最后四句见于《文选·班固〈西都赋〉》李善注、《文选·鲍照〈代君子有所思〉》李善注、《文选·任昉〈到大司马记室笺〉》李善注。

《古文苑》章樵在刘歆《甘泉宫赋》题下注："甘泉宫，一曰云阳宫，秦始皇二十七年(前220)作甘泉前殿，在云阳县甘泉山(今陕西淳化西北甘泉山)。汉武帝增广之。建通天、高光、迎风诸殿。周十九里。乃黄帝以来圜丘祭天处。故武帝以后皆于此祀天。成帝时，扬雄从祠甘泉，还奏赋以讽。此赋(指刘歆赋)不及祠祝，后有缺文也。"成帝祠甘泉在元延二年(前11)春，扬雄赋作于此年，刘歆赋也当为同时之作。此赋写了甘泉宫的高大以及宫中的景物，与扬雄的《甘泉赋》相类。

【注释】

①轶：本义是超车，此泛指超越。《庄子·徐无鬼》："若是者超轶绝尘，不知其所。"《汉书·扬雄传上》载《河东赋》："轶五帝之遐迹兮，蹑三皇之高踪。"陵阴：藏冰之室，这里指寒冷的地方。《诗·豳风·七月》："三之日纳于凌阴。"陵，或作"凌"。地室：即地窨。

②阳谷：日出之所。《楚辞·天问》："出自汤谷。"洪兴祖《补注》："'汤'通作'阳'。"秋城：《古文苑》作"增城"。增城：重城。《楚辞·天问》："增城九重。"以上两句极言甘泉宫跨度之大。或以陵阴、阳谷为实指，恐非。见下文可知。

③此句意为：望见远远的天门而催凤举翅。迴：远。天门：天上的门。凤：传说中的神鸟。

④蹑(niè 聂)：登上。黄帝：传说中的黄帝，系少典之子，姓公孙，居轩辕之丘，故号轩辕氏。又居姬水，因改姓姬。国有熊，故亦称有熊氏。败炎帝于阪，又与蚩尤战于涿鹿之野，斩杀之。诸侯尊为天子，以代神农氏。因有土德之瑞，故号黄帝。明庭：同"明廷"。《汉书·郊祀志上》："其后黄帝接万灵明庭，明庭者，甘泉也。""明庭"系古帝朝见神灵之所。

⑤冠：名词动用，以……为冠。指居高山之上。

⑥乘：登。昆仑：山名。古人有关昆仑的神话传说，散见于《山海经》、《淮南子》诸书。传说西王母居此山。为宫：指在昆仑山上建造宫室，即在高山上建宫殿。甘泉宫就是建筑在甘泉山上。

⑦按：考察，巡视。轩辕：轩辕氏，即黄帝。北辰：又叫北极，即北极星。《论语·为政》："为政以德，譬如北辰，居其所而众星共(拱)之。" 闳(hóng 弘)：天门。《汉书·扬雄传下》："腾九闳。"颜师古注："九闳，九天之门。"《古文苑》章樵注："《黄图》：咸阳宫殿象天极帝居，故此宫在北辰环城之内。"

⑧背：背负。共工：相传为尧的大臣，和驩兜、三苗、鲧并称为"四凶"，被尧流放于幽州。见《尚书·舜典》。幽都：幽州，古十二州之一。传说舜分冀州东北为幽州。

⑨向：面向。炎帝：传说中的古帝，姜姓。因以火德王，故称炎帝。相传以火名官，作耒耜，教人耕种，故又号神农氏。后五行说起，又成为司夏之神，配于南方。《礼记·月令》："仲夏之月……其日丙丁，其帝炎帝，其神祝融。"《汉书·魏相传》："南方之神炎帝，乘《离》执衡司夏。"祝融：高辛氏火正。《管子·五行》："昔者黄帝……得祝融而辩于南方。"《左传·昭公二十九年》："木正曰句芒，火正曰祝融。"相传祝融死后为火神。《吕氏春秋·孟夏纪》："其帝炎帝，其神祝融。"高诱注："祝融，颛顼氏后，老童之子吴回也，为高莘氏火正，死为火官

之神。”这两句说明甘泉宫坐北向南。

⑩封峦:观名,在甘泉宫东。东序:东面。缘:沿着,顺着。石阙:观名,在甘泉宫东北。天梯:原谓登天之梯,这里用以比喻高险的山路。李白《蜀道难》:“地崩山摧壮士死,然后天梯石栈相钩连。”《古文苑》章樵注:“封峦、石阙,皆观名,在甘泉苑垣内。”《三辅黄图》卷五:“石阙观、封峦观。”《云阳宫记》云:“宫东北有石门山,冈峦纠纷,干霄秀出,有石岩容数百人,上起甘泉观。”

⑪桂木:桂树。杂:交错。芳:花草。盻蠁:当作“肸蚃(xī xiǎng 西响)”,指花木芳香如声之四布。《汉书·司马相如传上》:“众香发越,肸蚃布写。”

⑫翡翠:鸟名,也叫翠鸟。羽有蓝、绿、赤、棕等色,可为饰品,雄赤曰“翡”,雌青曰“翠”。翱翔:展开翅膀来回地飞。

⑬凤皇:传说中的神鸟,雄曰“凤”,雌曰“皇”。“皇”也作“凰”。止:停下。集栖:群鸟栖息在树上。

⑭甘醴(lǐ 礼):甘甜的美酒。醴,甜酒,美酒。中庭:庭院之中。激:急湍。沵沵(nǐ 你):水多流急的样子。

⑮黄龙、神龟,皆为神物。龟寿五千年为神龟。蜿蟺(wān shàn 弯善):屈曲盘旋貌。玉泥:淤泥的美称。

⑯离宫:古代帝王于正式宫殿之外别筑宫室,以便随时游处,故名。言与正式宫殿分离。特:特立突出的。观:宗庙和宫廷门外两旁的高大建筑物。比:并列,挨着。

⑰骇:惊骇。布:分布,铺开。弥山:满山。

⑱峻阻:峻峭险要。临眺:登临远眺。旷衍:辽阔无边。

⑲深林:幽深的树林。蒲苇:蒲草及芦苇。

⑳芙蓉:荷花的别名,又叫“芙蕖”。《尔雅·释草》:“荷,芙蕖。……其花菡萏,其实莲,其根藕,其中的。”邢昺疏:“皆分别莲茎叶花实之名,芙蕖,其总名也。”菡萏:荷花的别名。《诗·陈风·泽陂》:“彼泽之陂,有蒲菡萏。”菱:《说文解字》作“蔆”。一名“芰”,俗云“菱角”。一年生水生草本植物,果实有硬壳,四角或两角。荇(xìng 杏):即荇菜,又名“接余”。水生植物,嫩时用供食用,多长于湖塘中。《诗·周南·关雎》:“参差荇菜,左右流之。”毛传:“荇,接余也。”孔颖达疏:“接余,白茎,叶紫赤色,正圆,径寸余,浮在水上,根在水底,与水深浅等,大如钗股,上青下白。鬻其白茎,以苦酒浸之,肥美,可案酒是也。”蘋(pín 频):大萍,生长在水中,叶纹成十字形,古人食之。《诗·召南·采蘋》:“于以采蘋,南涧之滨。”蘩(fán 繁):即白蒿,可生食或蒸食。采蘩用作祭品。《诗·召南·采蘩》:“于以采蘩,于沼于沚。”

㉑豫章:樟树。楩(pián 骈):《艺文类聚》另本作“梗”,黄梗树。松:松树。柞(zuò 坐):一种常绿灌木,也叫“柞栎”。棫(yù 玉):一种树。《诗·大雅·棫朴》:“芃芃棫朴,薪之槱之。”毛传:“棫,白桵也。”陆玑《毛诗草木鸟兽虫鱼疏》:

"柞棫,《三苍》说,棫即柞也。"

㉒女贞:树名,常绿灌木,又叫冬青。《本草纲目》以此木凌冬青翠,有贞守之操,故以贞女状之。乌勃:果木名。唐释慧琳《一切经音义》卷五十三《起世因本经》—《乌勃林》:"即嗢勃林也。木果也,似木苽而大,甚香。"宋晏殊《中园赋》:"乌勃旁挺。"檍(yì 意):木名,又名土橿。可作弓材。"檍",《说文解字》作"杻"。

㉓黼黻(fǔ fú 甫服):原指礼服上所绣的华美花纹,这里指帷帐上的花纹。

㉔云阙:高入云端的宫阙。岩岩:高貌。

㉕皑皑:明亮貌,形容群星璀璨。

㉖令辰:吉时。令,美好。

灯赋

惟兹苍鹤，修丽以奇[①]。身体剹削，头颈委蛇[②]。负斯明烛，躬含冰池[③]。明无不见，照察纤微[④]。以夜继昼，烈者所依[⑤]。

【说明】

此赋见《艺文类聚》卷八十。

此赋赋灯，在中国文学史上还是首次。虽题为赋，然全用四言句式，隔句押韵，一韵到底，颇类乎《诗》。从内容看，明于赋灯，实则言人题志。颂灯之"修丽"、"委蛇"、"以夜继昼"地烈照履职，喻己忠君守职之志；颂灯之"明无不见，照察纤微"，喻人君应当明察秋毫，不枉屈人事。据此，此赋可能作于刘歆谏立《左氏春秋》失败后被贬出外地做官时。

此赋似为残篇，马积高先生《赋史》以为非残，为全篇。

【注释】

①惟：句首语气词。兹：代词，这，这个。苍鹤：青色的鹤。苍：草色，引申为青黑色。青深而苍浅，但古籍中往往互用。修丽：修长漂亮。修，长，高。《诗·小雅·六月》："四牡修广，其大有颙。"以：相当于"而"，表并列。奇：奇特。

②剹（shān 山）削：形容苍鹤挺立如削。委蛇（wēi yí 威仪）：屈曲貌。

③负：依靠，依仗。斯：此，这。躬：身体。冰池：冰融之池。唐韦应物《除日》诗："冰池始泮绿，梅楥还飘素。"

④纤微：细小的东西。

⑤以夜继昼：即夜以继日。昼，白天。烈者：刚强正直的人。

冯 商

冯商，字子高，长安（今陕西西安）人，一说阳陵（今陕西咸阳东）人，成帝时以能属书待诏金马门。治《易》，事五鹿充宗，后事刘向，能属文，受诏续《太史公书》七篇。《汉书·艺文志》载："待诏冯商赋九篇。"

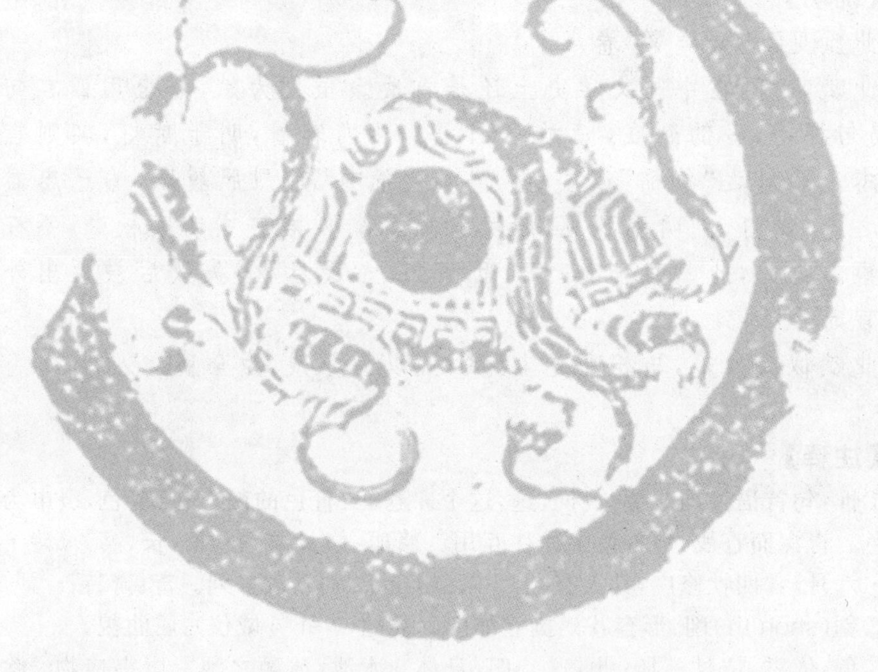

灯赋

【说明】

此赋仅存篇目,《艺文类聚》卷八十载刘向《别传》曰:“待诏冯商作《灯赋》。”

班婕妤

班婕妤，西汉后期女文学家、辞赋家。名不详，生卒年亦不详，楼烦（今山西朔县）人，班固祖姑。少有才学，成帝初即位，被选入后宫。始为少使，俄而大幸，立为婕妤（也作"倢伃"）。鸿嘉（前 20～前 17）中，赵飞燕得宠，谮许皇后及班婕妤。许皇后坐废，成帝善其对而免。班婕妤恐久见危，自请居长信宫侍奉太后。成帝崩，充奉陵园，薨，葬于园中。《隋书·经籍志》著录集一卷，已佚。今仅存《自悼赋》、《捣素赋》、《怨歌行》三篇，大抵皆言宫中郁闷。《诗品》称其"词旨清捷，怨深文绮"。传在《汉书·外戚传下》。

捣素赋

测平分以知岁[1]，酌玉衡之初临[2]。见禽华以麃色[3]，听霜鹤之传音[4]。伫风轩而结睇[5]，对愁云之浮沉。虽松梧之贞脆[6]，岂荣彫其异心[7]？若乃广储悬月[8]，晖水流清，桂露朝满，凉衿夕轻[9]。燕姜含兰而未吐[10]，赵女抽簧而绝声[11]。改容饰而相命，卷霜帛而下庭[12]。曳罗裙之绮靡，振珠佩之精明[13]。若乃盼睐生姿，动容多制，弱态含羞，妖风靡丽[14]。皎若明魄之升崖，焕若荷华之昭晰[15]。调铅无以玉其貌，凝朱不能异其脣[16]。胜云霞之迩日，似桃李之向春[17]。红黛相媚，绮组流光[18]，笑笑移妍，步步生芳[19]。两靥如点，双眉如张[20]，颓肌柔液，音性闲良[21]。于是投香杵，扣玟砧，择鸾声，争凤音[22]。梧因虚而调远[23]，柱由贞而响沉[24]。散繁轻而浮捷，节疏亮而清深[25]。含笙揔筑，比玉兼金。不埙不篪，匪瑟匪琴[26]。或旅环而纾郁，或相参而不杂，或将往而中还，或已离而复合[27]。翔鸿为之徘徊，落英为之飒沓[28]。调非常律，声无定本[29]。任落手之参差，从风飚之远近[30]。或连跃而更投，或暂舒而长卷[31]。清寡鸾之命群，哀离鹤之归晚[32]。苟是时也，钟期改听，伯牙弛琴[33]。桑间绝响，濮上传音[34]。萧史编管以拟吹[35]，周王调笙以象吟[36]。若乃窈窕姝妙之年，幽闲贞专之性[37]。符皎日之心[38]，甘首疾之病[39]。歌《采绿》之章[40]，发《东山》之咏[41]。望明月而抚心，对秋风而掩镜[42]。阅绞练之初成，择玄黄之妙匹[43]。准华裁于昔时，疑形异于今日[44]。想娇奢之或至，许椒兰之多术[45]。薰陋制之无韵，虑蛾眉之为愧[46]。怀百忧之盈抱，空千里兮饮泪[47]。侈长袖于妍袂，缀半月于兰襟[48]。表纤手于微缝，庶见迹而知心[49]。计修路之遐敻，怨芳菲之易泄[50]。书既封而重题，笥已缄而更结[51]。惭行客而无言，还空房而掩咽[52]。

【说明】

此赋见《古文苑》卷三,《艺文类聚》卷八十五(题为《自伤赋》)有删节。

此赋先写捣素女的美丽动人,所谓"调铅无以玉其貌,凝朱不能异其脣。胜云霞之迩日,似桃李之向春"。次写捣素声的美妙动听,甚至于"钟期改听,伯牙弛琴"。再次写其"幽静贞专",但捣素女自以为未能恪尽其职。所以《古文苑》章樵题注说:"成帝耽于酒色,政事废弛,婕妤贞静而失职,故托捣素以见意。"庶几可信。

【注释】

①测:测量。平分:指阴阳平分。岁:时序。

②酌:斟酌,经过衡量决定取舍。玉衡:北斗的第五星。北斗由斗身(天枢、天璇、天玑、天权)和斗柄(玉衡、开阳、摇光)组成,属大熊星座。古人常用北斗辨方向,定季节。将天璇、天枢连成直线并延长五倍,可找到北极星,而北极星是北方的标志。北斗星在不同季节和夜晚不同时间,出现于天空的不同方位,看起来它好像围绕北极星转动,故古人据初昏斗柄所指方向来定季节:斗柄指东(正东,属卯,夏历二月),天下皆春;《鹖冠子·环流》载:"斗柄南指(正南,属午,夏历五月),天下皆夏;斗柄西指(正西,属酉,夏历八月),天下皆秋;斗柄北指(正北,属子,夏历十一月),天下皆冬。"这里举玉衡以代北斗,斗柄指西,时在秋季。这两句的意思是:斟酌斗柄的方位测量阴阳平分的变化而知晓时序的变化。

③禽华:菊花。季秋时节,鸿雁飞来,菊含英华。麃(piǎo 缥):鸟毛变色。泛指变色。麃,一作"丽"。

④听:一作"忽"。霜鹤:霜降时节的鹤。霜降时节,鹤声远远传来,令游子伤怀。

⑤伫:久立。风轩:风中的栏杆。结睇(dì 地):旋目顾盼。睇,斜视。

⑥虽:即使。松梧:松树和梧桐树,是坚贞有节操的象征。《论语·子罕》:"子曰:'岁寒然后知松柏之后凋也。'"贞脆:指松的坚贞和桐的易折。

⑦岂:副词,难道。荣彫:草木的茂盛和衰落。其:同"而",表转折。异心:不同的心志。《古文苑》章樵注:"秋月景色凄清,物性虽不同,其感时则一也。"

⑧若乃:连词,赋中常用,用于句子开头,有承上转下的作用。广储:宽广的庭院台阶。储:通"除",庭除。悬月:高悬的月亮。

⑨此三句意为:月光如流水一般泻洒着它的清辉,早晨到处洒满了桂宫之露,傍晚薄薄的衣襟更加轻凉。晖:光辉,指月亮散发的清辉。桂露:桂宫之露。

神话传说月中有桂树，因以桂宫代称月，又叫“桂魄”、“桂窟”。凉衿（jīn 今）：薄衣襟。

⑩燕姜：即燕姬与齐姜，都是古代美女的代称。

⑪赵女：赵地的美女。抽：拔出，抽出。簧：乐器中有弹性的薄片，用以振动发声。绝声：断了乐音。

⑫改容饰：改变容貌装饰，意即打扮。相命：相互呼唤。霜帛：像霜一样的丝帛。下庭：走下庭堂。

⑬曳：拉，拖。罗：稀疏而轻软的丝织品。绮靡：华丽，浮艳。振：抖动。珠佩：玉制的装饰品。佩，系在衣带上的装饰品。精明：光明，指珠佩振动时发出的闪烁的光。

⑭盼睐（lài 赖）：眼睛左顾右盼。盼，眼睛黑白分明。睐，向旁边看。动容：行动的仪容。制：通“致”，意态。弱态：忸怩自羞之态。妖风：艳美的风姿。妖，艳丽，美好。靡丽：奢华。

⑮皎：洁白明亮。明魄：月亮。升崖：升上山崖。焕：鲜明，光亮。荷华：荷花，学名芙蕖。昭晰（xī 析）：明亮白皙。晰，一作“衣”。

⑯调：调配。铅：铅粉，用于涂面的化妆品。无以：没有办法用来。玉：使动词，使面如玉。其：代词，指代像燕姜、赵女一样美丽的捣素女子。凝朱：凝聚的红色唇膏。异：不同，这里用如使动。脣：通“唇”。

⑰胜：超过。迩日：近日。似：好像。向春：迎春。

⑱黛：青黑色颜料，古代女子用以画眉。相媚：相互映衬，美好可爱。绮：有花纹的丝织品。组：丝带。流光：闪光。

⑲移：传递。妍：美丽的神态。芳：芳香。

⑳靥（yè 夜）：酒窝儿。点：画，装饰。张：张弓。

㉑颓肌：柔顺细嫩的肌肤。《礼记·檀弓上》：“颓乎其顺。”郑玄注：“颓，顺也。”《北史·庾信传》：“容止颓然，有过人者。”柔液：犹柔润。音性：即声音的特点。闲良：闲静善良。自“燕姜”以下到此，描写捣女容貌的艳丽。

㉒杵（chǔ 楚）：捣素用的棒槌。玟砧（mín zhēn 民真）：精贵的捣衣石。玟，似玉的美石。砧，捣衣石。择：选择。鸾（luán 峦）：古代传说中的一种神鸟。《山海经·西山经》：“女床之山……有鸟焉，其状如翟（dí 敌）而五彩以文，名曰鸾鸟。”争：争鸣。凤：古代传说中的鸟王；一说雄为“凤”，雌为“凰”。“鸾声”、“凤音”，此皆指捣衣声而言，以衬女子之美。

㉓虚：指梧桐纹理松软。调远：韵调高远。

㉔柱：指砧杵。贞：坚，硬。响沉：声音深沉。“梧因”、“柱由”两句皆一石二鸟，言梧柱实即言人。

㉕散：琴曲名。繁轻：繁密轻细，指曲调浮捷、轻快。指声音。捷，一作“楗”。节：音声节奏。疏亮：清亮。清深：清眇深远。

㉖笙：管乐器名，大者十九簧，小者十三簧。《诗·小雅·鹿鸣》："我有嘉宾，鼓瑟吹笙。"摠：通"总"。概括，包括。筑：古击弦乐器，形状似筝，有十三弦。这句是指捣声包括笙、筑等音响的特色，下句"比"、"兼"同此句法。比：比拟，相类。玉：指玉音。金：指钲铙之属、钟镈之属乐器发出的声音。埙（xūn 熏）：古代用陶土烧制的一种乐器。篪（chí 迟）：古管乐器。以竹为之，长一尺四寸，围三寸，一孔上出一寸三分，名翘，横吹之。小者长一尺二寸，八孔。《诗·小雅·何人斯》："伯氏吹埙，仲氏吹篪。"匪：通"非"。瑟：一种弦乐器，有二十五根弦。琴：弦乐器。古作五弦，周作七弦，凡十三弦。这四句皆描写捣素之音。

㉗旅环：重复循环。纾（shū 书）郁：解除抑郁。相参：音声相互参差，谓抑扬顿挫，高低不齐。中还：中途返回。

㉘翔鸿：飞翔的大雁。徘徊：来回盘旋，指听到美妙声音不愿离去。落英：落花。飒（sà 萨）沓：群飞貌。这两句写捣素之音的美妙效果。

㉙常律：用律管定出的音，有十二律。《汉书·律历志》："律十有二，阳为六律，阴为六吕。"定本：固定的本音。《古文苑》章樵注："杵音自然，非若琴瑟笙笛之有定也。"

㉚任：任凭。落手：弹奏拨手。参差：指弹奏出的音声高低不齐。从：顺从。风飚：暴风。飚，通"飙（biāo 标）"。远近：高音传远，低音传近。这句回应了上句的"非常律"、"无定本"。

㉛更投：指急弦弹奏。更，连续。投，投掷，指弹奏。舒：舒缓，迟缓。长卷：弯曲回环。

㉜清：安静，清静。这里用作意动，以……为凄清。寡鸾：孤鸾。命群：呼唤。《广雅·释诂》："命，呼也。"哀：悲伤，意动。离鹤：离群之鹤。这两句是说：捣素音声低昂分合，个中音调可比孤鸾别鹤之清哀。

㉝苟：诚然。《论语·里仁》："苟志于仁矣，无恶也。"何晏《集解》："苟，诚也。"是时：这时。钟期：钟子期，春秋楚人，精于音律。音乐家伯牙鼓琴，志在高山流水，子期听而知之。子期死，伯牙谓世无知音，乃绝弦破琴，终身不复鼓琴。见《淮南子·修务训》。伯牙：春秋楚国音乐家，事见钟期注。改听：指不听伯牙进琴。弛：废置。

㉞桑间、濮上：春秋时卫国境内的二地。濮：濮水。桑间：濮水上的一个桑林之中。这里的音乐是以男女欢爱之音为主调的，古人以为是亡国之音。《礼记·乐记》："桑间濮上之音，亡国之音也。"郑玄注："濮水之上，地有桑间者，亡国之音，于此之水出也。昔殷纣使师延作靡靡之乐，已而自沉于濮水。"《汉书·地理志下》："卫地有桑间濮上之阻，男女亦亟聚会，声色生焉，故俗称郑卫之音。"传：或作"停"。此二句谓桑间濮上之音断绝。

㉟萧史：传说为春秋时人，善吹箫，作凤鸣。秦穆公以女弄玉妻之，为作凤台以居。一夕吹箫引凤，与弄玉共升天仙去。秦人作凤女祠于雍宫内。见《列

仙传》。编管：制箫。拟吹：模拟捣素声而吹奏。

㊱周王：指周灵王太子王子晋。《古文苑》章樵注言萧史作凤鸣，王子晋吹笙和之，与鸣銮而游。编管、调笙：指对管、笙的调试。“拟吹”、“象吟”的对象是捣素声。自“投香杵”至此，描写捣女捣声的美妙。

㊲窈窕：苗条漂亮。姝（shū 淑）妙：美妙。姝，美好。幽闲：安闲，静闲。贞专：坚贞专一，有操守。性：品性。

㊳符皎日之心：符合皎日为誓的妇心。这句化用《诗・王风・大车》中“谓予不信，有如皎日”的诗句。诗中离妇对丈夫发誓说：“穀（活着）则异室，死则同穴。”然后指日为证，以见其心。

㊴甘首疾之病：甘愿忍受头痛之苦。这句化用《诗・卫风・伯兮》中“愿言思伯，甘心首疾”的诗句。诗写妇人怀念征夫，盼望其归来就像旱祈甘霖，结果天气总是“杲杲日出”，于是她说非常思念他，就是想得头痛也心甘情愿。

㊵《采绿》：《诗・小雅》中的一首诗。诗写采绿妇人怀念远出的丈夫，并设想他回来要打猎钓鱼时替他整理工具，陪他钓鱼，反映了她对丈夫真挚的爱。班婕妤在赋里把《大车》、《伯兮》、《采绿》等几首诗均视为情诗，可谓妇心独见。

㊶《东山》：《诗・豳风》中的一首诗。诗写一士兵出征三年后返家途中及到家后的景况与心情。

㊷抚心：即摩心。掩镜：遮盖住镜子。《古文苑》章樵注：“妇人夫不车，则不容饰。”

㊸阅：察看，检阅。绞练：丝织品上织绣的花纹。练，白色的丝绢。《古文苑》章樵注：“阅素练之质，择颜色所宜而染之。”玄黄：彩色的丝帛。

㊹准：以……为准，为动用法。华：通“花”。裁：剪裁。昔时：过去，从前。疑：怀疑，疑惑。《古文苑》章樵注：“欲准昔日所裁以制衣裳，则疑其形体有肥瘠，言久别也。”

㊺娇奢：即骄奢，骄横奢侈。娇，通“骄”。之：主谓之间，助词。或：或许，也许。至：到来。许：赞许。椒兰：指两种香草。或以为“兰”指楚怀王少弟司马子兰，“椒”指楚大夫子椒，以影射成帝奢侈信谗宠佞，可备一说。

㊻薰：用香料薰，使染上香味。陋制：班婕妤谦称自己的赋文。蛾眉：蚕蛾的触须，弯曲而细长，如人的眉毛，故以喻女子长而美的眉毛。愧：惭愧，羞愧。《古文苑》章樵注：“思其或至于骄侈，以椒兰芬香之物多术以薰之，犹恐其无韵态侍侧之蛾眉，或以为愧。”

㊼怀：心里包藏。百忧：许多忧愁。盈：充满。

㊽侈：奢侈，这里指使长袖奢美。妍袂（yán mèi 言昧）：美丽的袖子。缀：装饰，点缀。半月：指半月形图案。

㊾表：外，用为动词，露出。纤手：女子柔美的手。庶：副词，表可能或希望。《古文苑》章樵注：“缀半月望其圆也，以此表其亲手所制，庶君子见而知心。”

㊿计:想到,考虑到。修路:长路,远路。《楚辞·离骚》:"路漫漫其修远兮,吾将上下而求索。"迥敻(xiòng 诇):远方。芳菲:形容花芳香。易泄:容易散发。

51书:书信。既:已经。重题:再次题写。笥(sì 四):盛衣物的竹器。缄(jiān 兼):封口,封闭。更结:重做新衣。更,另外。结,打结。

52惭:羞愧。还:返回。掩咽:掩面呜咽。咽,声塞。《古文苑》章樵注:"欲寄行客以达此心,复以为嫌而不敢,可谓发乎情,止乎礼义矣。"

【辨析】

从《汉书·外戚传下》和《自悼赋》、《捣素赋》看,班婕妤是一个遵守古礼、知进退、有思想的古代才女。《周礼·天官·九嫔》对妇德、妇言、妇容、妇功都提出要求,但不够严厉。作者在《捣素赋》中,描写了捣素女容貌的美丽动人,捣素声的悦耳动听,写出了一个活生生的有血有肉的妇女形象。这与班婕妤后代孙女班昭写的《七诫》所谓"妇容,不必颜色动人","妇功,不必技巧过人",是绝不相同的。在班昭的心目中,妇女已成为封建礼教的化身。此赋与司马相如的《长门赋》对后代宫怨诗赋都产生了很大的影响。

美国学者康达维教授指出,这篇赋展现出第三人称的叙述,而非班婕妤自己的心声。《古文苑》章樵注指出此赋以"袂"作"夫"、以"袖"作"就"一语双关,这是典型六朝诗歌的用语。此外以"寒砧捣衣"为主题也是六朝诗中常见的。班婕妤的《自悼赋》收在《汉书》之中,不可能是伪造的。假如我们比较两篇赋的风格,就可以发现《捣素赋》更接近六朝的骈赋,与《自悼赋》的古体格格不入。说明它很可能是六朝人伪造的赋篇,并非出自汉人手笔。

自悼赋

赵氏姊弟骄妒，倢伃恐久见危，求共养太后长信宫，上许焉。倢伃退处东宫，作赋自伤悼，其辞曰：

承祖考之遗德兮[①]，何性命之淑灵[②]！登薄躯于宫阙兮，充下陈于后庭[③]。蒙圣皇之渥惠兮，当日月之盛明[④]。扬光烈之翕赫兮，奉隆宠于增成[⑤]。既过幸于非位兮，窃庶几乎嘉时[⑥]。每寤寐而絫息兮，申佩离以自思[⑦]。陈女图以镜监兮，顾女史而问诗[⑧]。悲晨妇之作戒兮[⑨]，哀褒、阎之为邮[⑩]。美皇、英之女虞兮[⑪]，荣任、姒之母周[⑫]。虽愚陋其靡及兮，敢舍心而忘兹[⑬]？历年岁而悼惧兮，闵蕃华之不滋[⑭]。痛阳禄与柘馆兮，仍襁褓而离灾[⑮]。岂妾人之殃咎兮[⑯]？将天命之不可求[⑰]。

白日忽已移光兮，遂晻莫而昧幽[⑱]。犹被覆载之厚德兮，不废捐于罪邮[⑲]。奉共养于东宫兮，托长信之末流[⑳]。共洒埽于帷幄兮，永终死以为期[㉑]。愿归骨于山足兮，依松柏之余休[㉒]。

重曰[㉓]：潜玄宫兮幽以清，应门闭兮禁闼扃[㉔]。华殿尘兮玉阶落，中庭萋兮绿草生[㉕]。广室阴兮帷幄暗，房栊虚兮风泠泠[㉖]。感帷裳兮发红罗，纷綷縩兮纨素声[㉗]。神眇眇兮密靓处，君不御兮谁为荣[㉘]？俯视兮丹墀，思君兮履綦[㉙]。仰视兮云屋，双涕兮横流[㉚]。顾左右兮和颜，酌羽觞兮销忧[㉛]。惟人生兮一世，忽一过兮若浮[㉜]。已独享兮高明，处生民兮极休[㉝]。勉虞精兮极乐，与福禄兮无期[㉞]。《绿衣》兮《白华》，自古兮有之[㉟]。

【说明】

此赋见《汉书·外戚传下》，《艺文类聚》卷三十作《自伤赋》。

此赋作于班婕妤（《汉书》作"倢伃"）退处东宫后。成帝鸿嘉三年（前 18），赵飞燕谮告许皇后和班婕妤挟媚道，祝诅后宫，詈及主上，许皇后因此坐废，拷问班婕妤，对曰："妾闻：'死生有命，富贵在天。'修正尚未蒙福，为邪欲以何望？使鬼神有知，不受不臣之愬。如其无知，愬之何益？故不为也。"成帝善其对，又怜悯她，赐黄金百斤。婕妤以赵氏姊弟骄妒，恐久而见危，求供养太后于长信宫。退处后作赋自我伤悼，是为《自悼赋》。

【注释】

①承：继承，蒙受。祖考：祖先。生曰父，死曰考。遗德：积留下的惠德。兮：语气词，多用于诗赋中，相当于现代汉语的"啊"。

②何：通"荷"，肩负，背扛。淑灵：惠福。淑，美好。灵，福灵。

③登：登上。薄躯：微薄的身躯。宫阙：帝王的宫殿，这里指成帝之宫阙。充：填充。下陈：后列，引申为凡后列侍女之称。《战国策·齐策四》："狗马实外厩，美人充下陈。"后庭：后宫。

④蒙：蒙受。圣皇：指汉成帝刘骜。渥（wò 沃）惠：优厚的恩惠。渥，厚。当：处在……时候。日月盛明：喻国家昌盛，天子圣明。

⑤扬：发扬。光烈：大业。《尚书·洛诰》："越乃光烈考武王。"翕（xī 西）赫：隆盛。奉：恭敬地接受。隆宠：厚宠。增成：汉宫名。班固《西都赋》："后宫则有掖庭椒房后妃之室，合欢、增成、安处、常宁……鸳鸾、飞翔之列。"《汉书·外戚传下》："孝成帝班倢伃，帝初即位，选入后宫。始为少使，俄而大幸，为倢伃，居增成舍。"

⑥既：已经。过幸：过于受宠幸。《汉书·外戚传下》言班婕妤初入宫为少使，俄而大幸，为婕妤。据《汉书·外戚传上》载"少使视四百石，比公乘"，而"倢伃视上卿，比列侯"，仅次于昭仪。颜师古注云："倢言接幸于上也；伃，美称也。"非位：不是适当的位子。窃：私自，私下。庶几：差不多。嘉时：最美的时刻。

⑦每：每每。寤（wù 悟）：醒着。寐（mèi 昧）：睡着。絫（lěi 磊）息：长叹。絫，古"累"字。申：告诫。佩离：带有玉佩的上衣带。离，通"缡"，上衣带。自思：自我反思。《汉书》颜师古注："女子适人，父亲结其离而戒之，故云自思也。"

⑧陈：陈列。女图：古贤女的画像。镜监：镜子。监，又写作"鑑"、"鉴"，镜子。顾：拜访。女史：宫中女官名。《周礼》中天官、春官所属皆有女史。属天官的掌王后礼仪，佐内治，为内官；属春官的，掌文书，为府史之属。问诗：请教有关《诗》的问题。《论语·泰伯》："子曰：兴于诗，立于礼，成于乐。"《论语·季氏》："不学诗，无以言。"《论语·阳货》："子曰：诗可以兴，可以观，可以群，可以怨。迩之事父，远之事君，多识于鸟兽草木之名。"

⑨悲：悲伤，意动用法。晨妇：义同"晨牝"，司晨之妇，比喻干预朝政的后妃。典出《尚书·牧誓》，周武王引用古人之言说："牝（雌）鸡无晨。牝鸡之晨，惟家之索。"蔡沈注："索，萧索也。牝鸡而晨，则阴阳反常，是为妖孽，而家道索矣。""牝鸡

之晨”,喻妇人司事。古代男尊女卑,认为女人是祸水,故以妇人主事为凶,这是对妇女人权的践踏,不可取。戒:同“诫”,告诫,劝诫,指古人及周武王的训诫。

⑩哀:哀伤,意动用法。褒、阎:指周幽王的美艳之妃褒姒(bāo sì 包似)。褒,今作“褒”。褒国(今陕西勉县东)人,姒姓。周幽王三年(前 779),褒国献之于周,为幽王所宠,继而被立为后,其子伯服(一作“伯盘”)被立为太子。申侯联合曾、犬戎攻杀幽王,褒姒被俘。《汉书·谷永传》:“若褒姒用国,宗周以丧;阎妻骄扇,日以不臧。”颜师古注引《鲁诗·小雅·十月之交》:“阎妻扇方处。”《毛诗》作“艳妻方扇处”。可知“阎”、“艳”通。邮:通“尤”,过错,罪过。

⑪美:形容词用如动词,以……为美。皇、英:指尧的两个女儿娥皇与女英。《史记·五帝本纪》:“尧妻之(舜)二女,观其德于二女。”司马贞《索隐》:“娥皇无子,女英生商均。舜升天子,娥皇为后,女英为妃。”女:以女嫁人,这里是出嫁、嫁给之意。虞:即虞舜,古帝名。姚姓,名重华。相传其父顽母嚚,弟象傲。由四岳举于尧,尧命摄政二十年,除四凶,举八元八恺,天下大治。受禅继尧位,都蒲阪,在位四十八年,南巡,崩于苍梧之野。

⑫荣:意动用法,以……为荣。任、姒:周文王的母亲太任和周武王的母亲太姒。《诗·大雅·思齐》:“思齐大任,文王之母。”大任,即太任,季历之妃。太姒,又作“大姒”,有莘氏之女,周文王妻。《诗·大雅·大明》:“缵女维莘,长子维行,笃生武王。”又《思齐》:“大姒嗣徽音,则百斯男。”

⑬虽:虽然。愚陋:愚昧孤陋,班倢伃自谦之辞。靡及:不及,赶不上。敢:岂敢。舍心:息心。忘兹:忘记这些古代女贤。兹:这些人,代指皇英任姒之流。

⑭历:经历。悼惧:哀伤恐惧。闵:忧愁,哀怜。蕃(fán 繁)华:茂盛的花。滋:益,更加。此句言时逝难留,盛花色衰,可惧可怜。

⑮痛:哀痛,伤痛,意动用法。阳禄与柘(zhè 这)馆:皆汉代上林苑中馆名,后来泛指后宫。仍:重复,屡次。襁褓(qiáng bǎo 强保):婴儿的被子。此谓怀抱赤子忠诚之心。离:通“罹”,遭遇。

⑯妾人:古代女子自称的谦辞。殃(yāng 央):祸害,灾。咎:罪责。

⑰将:顺从。天命:天神的意旨。求:强求。

⑱忽:倏忽。移光:改变光色,言时间变化。遂:于是,就。晻莫(yǎn mù 掩目):暗淡黄昏。晻,日无光。莫,“暮”的古字,月落的时候。昧幽:昏暗不明。

⑲被:蒙受。覆载:天覆地载,谓庇护包容。指成帝悯赐并推其供奉长信宫事。废捐:抛弃,放弃。罪邮:罪过,过错。邮,通“尤”,过错。

⑳奉:敬辞。共:通“供”。东宫:太后所居之宫。汉制,太后居长乐宫,在未央宫东,故古称太后为“东宫”。托:托身。长信:汉宫名。《三辅黄图》卷三:“长信宫,汉太后长居之。……后宫在西,秋之象也,秋主信,故宫殿皆以长信、长秋为名。”末流:末列。《汉书》颜师古注:“末流,谓恩顾之末也。一曰流谓等列也。”

㉑共:通“恭”,恭敬。埽:通“扫”,扫地,扫除。帷幄:围在四周的帐幕,此指

太后的帐幕。永:永远。

㉒愿:希望。归骨:安葬尸骸。山足:山脚。余休:余荫。余,末余,剩余。休,荫,指松柏之荫。

㉓重(chóng 虫):即重辞。《汉书》颜师古注:"重者,情忘未申,更作赋也,音直用反。"

㉔潜:隐处。玄宫:位于北面的宫殿。幽以清:深暗而且凄凉。应门:王宫的正门。禁闼(tà 踏):禁门。闼,门。扃(jiōng 炯阴平):上闩,关门。

㉕华殿:华美的宫殿。尘:意为落满灰尘。玉阶:玉石台阶。菭(tái 台):同"苔",青苔,水气所生。这里谓长满青苔。中庭:宫院之中。萋(qī 妻):草盛貌。

㉖广室:宽广的宫室。阴:阴暗,没有阳光。栊(lóng 龙):窗户。虚:窗槛疏虚。泠泠(líng 零):清凉的样子。

㉗感:通"撼",(风)吹动。帷裳:帐幕和上衣。红罗:红色的丝绢。綷縩(cuì cài 粹菜):衣服的摩擦声。纨(wán 丸)素:白色的细绢。

㉘神:眼神。眇眇(miǎo):远视貌。《楚辞·九歌·湘夫人》:"帝子降兮北渚,目眇眇兮愁予。"密靓:寂静,安静。靓,通"静"。君:君主,指汉成帝。御:御驾亲临,意即临幸。荣:草木开花,这里指装饰打扮。古语云:女为悦己者容。

㉙此二句说俯视殿下之地,则想念君王所履行之迹。俯视:低头向下看。丹墀(chí 迟):红色的台阶。墀,宫殿前台阶上的空地,泛指台阶。履綦(qí 其):鞋和鞋带。

㉚仰视:抬头向远上方看。云屋:言向上所见乌黑色的云团。《汉书》颜师古注:"云屋,言其黕霨(dǎn duì 胆对)状若云也。"双涕:两行眼泪。横流:形容涕泪交流。

㉛顾:回头看。和颜:面色和蔼。酌:斟酒。羽觞:酒器。作雀鸟状,左右形如两翼。一说插鸟羽于觞,促人速饮。销忧:解忧。销,通"消",消解,消除。

㉜惟:语气助词。浮:漂,飘浮。古人认为人生短促空虚,故把人生称为"浮生",带有消极感伤意味。贾谊《鹏鸟赋》:"其生兮若浮,其死兮若休。"

㉝享:当,处在……地方。高明:高亢而爽亮之处,指优越的地位。处:处在……的时候。生民:谓教化万民。极休:极其美好。休,美善。

㉞勉:尽力,努力。虞精:使精神畅快。虞,通"娱",欢乐,愉快。与:给予,授予。福禄:福气。无期:无穷无尽。

㉟"《绿衣》"二句是说二诗所言之事,自古已有之。《绿衣》:《诗·邶风》中的一首诗。本为丈夫悼念亡妻之作,然《毛诗序》以为"卫庄姜伤己,妾上僭,夫人失位,而作是诗也"。班婕妤师其意,颜师古注从之,合婕妤之意。《白华》:《诗·小雅》中的一首诗。《毛诗序》以为"幽王娶申女以为后,又得褒姒,而黜申后。申人为之作是诗也"。班婕妤从之,颜师古注师之,为是。宋儒朱熹、今人高亨皆以为申后所作。

无名氏

生卒年不详。

神乌赋(傅)

惟此三月,春气始阳。众鸟皆昌,执虫坊皇[①]。蠉蜚之类[②],乌冣可贵[③]。其姓好仁[④],反餔于亲[⑤]。行义淑茂[⑥],颇得人道。

今岁不翔[⑦],一乌被央[⑧]。何命不寿,狗丽此𦋹[⑨]?欲勋南山,畏惧猴猨[⑩]。去色就安[⑪],自诧府官[⑫]。高树纶棍[⑬],支格相连[⑭]。府君之德,洋洫不测[⑮]。仁恩孔隆[⑯],泽及昆虫。莫敢抠去[⑰],因巢而处。为狸狌得[⑱],围树以棘。

道作宫持[⑲],雄行求材[⑳],雌往索菆[㉑]。材见盗取,未得远去,道与相遇。见我不利[㉒],忽然如故[㉓]。□□发忿[㉔],追而呼之:“咄!盗还来!吾自取材,于颇深莱[㉕]。止行胑腊[㉖],毛羽随落[㉗]。子不作身[㉘],但行盗人。唯就宫持[㉙],岂不怠哉[㉚]!”盗鸟不服,反怒作色[㉛]:“□□泊涌,家姓自□[㉜]。今子相意,甚泰不事[㉝]。”亡乌曰[㉞]:“吾闻君子,不行贪鄙。天地刚纪[㉟],各有分理。今子自己[㊱],尚可为士,夫惑知反[㊲],失路不远。晦过迁臧[㊳],至今不晚。”盗鸟啧然怒曰[㊴]:“甚哉,子之不仁!吾闻君子,不意不信[㊵]。今了□□□[㊶],毋□得辱[㊷]?”亡乌沸然而大怒[㊸],张曰阳麋[㊹],挟翼申颈[㊺],襄而大……[㊻]乃详车薄[㊼]:“女不亟走,尚敢鼓口[㊽]!”遂相拂伤,亡乌被创。

随起击耳[㊾],闻不能起[㊿]。贼□捕取[51],系之于柱。□得免厺[52],至其故处。绝系有余[53],纨树欋棟[54]。自解不能,卒上傅之。不□他拱,缚之愈固。其雄惕而惊[55],扶翼申颈,卬天而鸣[56]:“仓=天=[57],亲颇不仁[58]!方生产之时[59],何与其汜[60]?”顾谓其雌曰:“命也夫!吉凶浮泭[61]?,顮与女俱[62]!”雌曰:“佐=子=[63]!”涕泣侯下[64]:“何□亙家[65]?□□□巳[66]。□子□□[67],我□不□。死生有期[68],各不同时,今虽随我,将何益哉!见危授命[69],妾志所待[70]。以死伤生,圣人禁之[71]。疾行去矣,更索贤妇。毋听后母,愁若孤子[72]。《诗》云=:‘云云青绳,止于杅。几自君子，毋信儳言[73]。惧惶向论[74]，不得极言。'遂缚两翼，投其汙则[75]。支体折伤[76]，卒以死亡。其雄大哀[77]，𨇤躅非回[78]。尚羊其旁[79]，涕泣从横。长炊泰息[80]，忧𢗅嗥呼[81]，毋所告愬[82]。盗反得完，亡乌被患。遂弃故处[83]，高翔而去。"

传曰：众乌丽于罗罔[84]，凤皇孤而高羊[85]，鱼鳖得于芘笱[86]，交龙执而深臧[87]，良马仆于衡下[88]，勒靳为之余行[89]。鸟兽且相忧，何兄人乎[90]！哀哉！穷通其菑[91]。诚写悬以意傅之[92]。曾子曰："鸟之将死，其唯哀。"[93]此之谓也。

【说明】

此赋见载裘锡圭《〈神乌赋〉初探》，《文物》1997 年第 1 期。

《神乌赋》本作《神乌傅》（"傅"通"赋"），于 1993 年 3 月出土于江苏省连云港市东海县尹湾村六号汉墓中。据《发掘简报》（《文物》1996 年第 8 期）载，该墓群的墓主为师饶，曾做过东海郡功曹史，于汉成帝元延三年（前 10）下葬。因此，《神乌赋》至迟是西汉末的作品。该赋录自裘锡圭《〈神乌赋〉初探》（《文物》1997 年第 1 期），校以滕昭宗《尹湾汉墓简牍释文选》（《文物》1996 年第 8 期）和万光治《尹湾汉简〈神乌赋〉研究》（《四川师范大学学报》1997 年第 3 期）。它是今存汉赋中唯一保持原始形态的作品，为便于研究，通假字、异体字、误字皆一仍其旧，未作更改。

《神乌赋》讲述了这样一个故事：阳春三月，雌、雄二乌筑巢而被盗乌偷窃，雌乌与盗乌搏斗受伤，又遭拘捕。雌乌逃脱不能，其雄欲与同死；雌乌不允，且嘱其另索贤女，善待幼子，尔后敛翅投地而死。雄乌大哀，求告无门，高翔而去。要之，《神乌赋》讲述的是一个恃强凌弱的悲剧，赞美的是夫妻生死与共的爱情。此赋产生于西汉末政治黑暗、社会动荡之时，折射出邪恶势力横行、吏治腐败、下层民众备受苦难的社会现实。结尾（"伤曰"）言凤凰高翔，蛟龙深藏，似有远世避害之意，但与开头神乌隐居南山之忧对读，则无疑隐含着一种进退两难、无所适从的悲哀，流露出十分复杂的心情。

在现存汉赋中，《神乌赋》系兼有寓言性质的叙事赋。其情节的发展、跌宕、结局，角色的行为、声口、神情，语言的个性化与细节描写的生动性，都已达到十分成熟的地步。如此佳构之出现，当有一个发展过程，也不应绝无仅有，惜汉赋散佚十之有九，难以详考。《神乌赋》有大量的通假字、异体字及误字存在，体现了俗文学的特征。俗赋多以四言体为主要风格，而赋中浑然天成地使用《周易》、《诗》、《论语》、《庄子》、《荀子》等书的典故，正是文人赋俗不伤雅的长处。俗赋肇始于荀卿《成相篇》及《赋篇》，然简括粗略；后世之赋，只有扬雄的《逐贫赋》、曹植的《鹞雀赋》、敦煌唐人的《燕子赋》与之差可比拟。上下纵观，由周至唐的俗赋发展之迹依稀可辨。总之，《神乌赋》的出土，既展示了汉赋文学题材、手法、风格的多样性，也填补了俗赋史上的空缺，其意义不可低估。

【注释】

①执(zhé 折)虫：蛰虫，伏藏在土中过冬的昆虫。执，通"蛰"。坊皇(páng huáng 旁皇)：通"彷徨"，徘徊。曹植《感婚赋》："阳气动兮淑清，百卉郁兮含英。春风起兮萧条，蛰虫出兮悲鸣。"

②蠉蜚(xuān fēi 宣非)：指虫鸟之类的飞行动物。蠉、蜚，都是飞行的样子。《淮南子·原道训》："跂行喙息，蠉飞蝡动，待而后生，莫之知德。"

③乌：乌鸦。取：同"最"。《春秋元命苞》："火流为乌。乌，孝鸟。何知孝鸟？阳精。阳天之意，乌在日中，从天，以昭孝也。"《说文》亦称乌为"孝鸟"，《异苑》、《北齐书·萧放传》称为"慈鸟"，成公绥《乌赋序》称为"祥禽"，并赞其"反哺识养"，堪称吉鸟。此赋之乌仁义兼备，通乎人道，故标题冠以"律"字。

④姓：通"性"，本性。

⑤反铺：反哺，乌雏长成，衔食哺母鸟。白居易《和大嘴乌》诗，歌颂小嘴的慈乌："得食将哺母"，"慈乌求母食"。

⑥淑茂：善美。《汉书·刘向传》诏："资质淑茂，道术通明。"颜师古注："淑，善也。茂，美也。"

⑦翔：通"祥"。

⑧被央：被殃。遭受祸殃。央，通"殃"。

⑨狗丽(lí 离)此蓉：乃遭受如此凶咎。狗，通"苟"。丽，通"罹"，遭遇。蓉，通"咎"。

⑩勋：可能通"循"。猨：同"猿"。

⑪色："危"之误。

⑫诧："托"之误。府官：指官舍。此句谓托身于官舍。

⑬纶棍：读为"轮囷"，高大貌。《礼记·檀弓下》："美哉轮焉。"郑玄注："轮，轮囷，言高大。"

⑭支格：枝条。庾信《小园赋》："草树混淆，枝格相交。"

⑮洋泏不测：或认为"洋溢不测"，汪洋满溢，深广莫测。

⑯仁恩孔隆:仁慈与恩惠十分盛大。孔,甚。隆,盛大。

⑰莫敢抠去:不敢离开。抠,举也。

⑱狌:同"狌(shēng 牲)"、"鼪",俗称"黄鼠狼"。《庄子·逍遥游》:"子独不见狸狌乎?"又《秋水》:"骐骥骅骝,一日而驰千里,捕鼠不如狸狌。"此句意为:畏惧貍和黄鼠狼将其捕取。为,通"畏"。狸,通"貍",兽名,似狐而小,身肥短。

⑲道:此字有误。宫:房室,此指鸟巢。《尔雅·释宫》:"宫谓之室,室谓之宫。"持:"榯"之误,读为"埘",鸟巢。《诗·王风·君子于役》:"鸡栖于埘。"

⑳雄行求材:雄鸟外出寻找筑巢材料。

㉑菆(zōu 邹):麻秸。

㉒不利:不和。"利"或有误。《广雅·释诂》:"利,和也。"

㉓如故:如同故人,此谓盗鸟佯作故友亲切搭讪,以图蒙混逃脱。

㉔□□:依文意当为"雌鸟"。

㉕颇:通"彼"。莱:杂草。

㉖肑(guāng 光):通"光"。腊:晒干。或以为"止(趾)行(胻)肑腊",谓脚趾和小腿皴裂,与"毛羽随落"对文。

㉗随:同"堕"。

㉘子不作身:犹言"子不身作",指责盗鸟不亲身劳作。

㉙唯就宫持:这样来建造窝巢。唯,语气词,或疑为"虽"字。持,"埘"之误。

㉚怠:通"殆",危险。

㉛作色:变脸发怒。

㉜家姓自□:疑为"豪姓自托",谓托身于豪门。

㉝相意:称意。甚泰不事:十分安泰,不行筑巢之事。

㉞亡乌:"亡",汉简中作"亡",当为"乜"之误。乜,通"雌"。"亡乌"乃"雌乌"之误,下同。

㉟刚纪:纲纪,法纪。刚,通"纲"。

㊱自己:自已,自己停止。己,"已"之误。

㊲反:同"返"。

㊳晦过迁臧:悔过迁臧,谓后悔以往过失,改行善事。《易·益卦》:"君子以见善则迁,有过则改。"晦,通"悔"。臧,善。

㊴喷然:同"溃然",愤怒貌。《诗·邶风·谷风》:"有洸有溃。"毛传:"溃溃,怒也。……《韩诗》云:溃溃,不善貌。"

㊵不意:谓不猜度他人。《论语·子罕》:"子绝四:毋意,毋必,毋固,毋我。"不信:不任意。《荀子·哀公》:"故明主任计不信怒。"

㊶今了□□□:此衍一字。疑为指责之语。

㊷毋□得辱:疑为"毋宁得辱",谓宁可受辱,自讨受辱。

㊸沸然:愤怒的样子。沸,通"怫(fèi 费)"。

㊹张曰阳麋：睁大眼睛，扬起眉毛。曰，应为“目”字之误。阳麋，通“扬眉”。《荀子·非相》：“伊尹之状，面无须麋。”

㊺挟翼申颈：收起翅膀，伸长脖颈。

㊻襄（xiāng 厢）：上升，此谓往高处飞。《尚书·尧典》：“荡荡怀山襄陵。”以下字迹模糊难辨，且有断简。

㊼详：通“翔”，飞翔。薄：草木茂密之处。

㊽女不亟（jí 疾）走：你还不快点逃跑。女，同“汝”，你。亟，赶快，急速。

㊾随起击耳：疑为随即听到诃斥声。

㊿闻不能起：听到诃斥，都不敢妄动。

(51)贼□捕取：贼曹将神乌与盗鸟都捉住。贼，贼曹，郡之佐吏，主捕贼断狱。

(52)□得免左：疑为“仅得免雄”，只有雄乌幸免。

(53)绝系有余：啄解绳索。疑谓尚未完全解开绳索就惊惧而飞。

(54)纨树：缠绕在树上。纨，疑“绕”之误。檌棟：疑“惧悚”之误。

(55)惕：通“睇”，斜着眼看。

(56)印天而鸣：仰天而鸣。或以为“印”通“仰”，仰视之义。

(57)仓＝天＝：苍天苍天。仓，同“苍”。

(58)亲颇不仁：视彼不仁，看你（指苍天）多不仁慈。亲，疑为“视”之误。颇，通“彼”。

(59)方生产之时：正当生儿育女的时候。阴春三月，禽鸟以时交配繁衍，故云。

(60)何与其汜：疑为“何与其灾”，为何有此灾祸。

(61)吉凶浮泭（fú 浮）：吉凶变化莫测。

(62)顮：同“愿”。顮与女俱：愿与你同生共死。

(63)佐＝子＝：佐子佐子，是疾呼之语。

(64)侯：语词。

(65)亙：同“亘（gèn 艮）”，全，整个。

(66)□□□巳：与上句联系起来，疑为“愿汝欲俱”，谓我怎不留恋咱们全家，愿与你生死一处。

(67)□子□□：疑为“曰为君故”，意为：因为你的缘故。

(68)死生有期：人的生死自有期限。《论语·颜渊》记子夏语：“死生有命，富贵在天。”

(69)见危授命：遇到危险时便肯付出生命。《论语·宪问》记孔子语：“见利思义，见危授命。”

(70)待：疑为“持”之误字。

(71)“以死”两句：《孝经·丧亲章》：“三日而食，教民无以死伤生，毁不灭性，此圣人之政也。”

(72)愁若孤子：忧虑你和孩子。若，你，指雄乌。孤子，指雌乌的遗孤。

⑬“青绳，止于杆。几自君子，毋信傀(同“谗”)言”：苍蝇停在篱笆上。和易近人的君子，不要听信谗言。《诗·小雅·青蝇》：“营营青蝇，止于樊。岂弟君子，无信谗言。”以下有“止于棘”、“止于榛”，而无“止于杆”者。疑“杆”为“樊”之误。几自：读为“岂弟”，和气貌。今按：所引《诗》诗句与今传《毛诗》有异，或为误记，或原有所本。

⑭惧惶向论：惊恐失措，忘记前日论说。

⑮投其汙则：投撞到篱笆旁。汙，疑亦为“樊”之误。则，通“侧”。一说通“厕”。

⑯支体折伤：身体损折受伤。支，通“肢”。

⑰其雄大哀：雄鸟十分悲哀。

⑱踱：可能为“踯”之误。踯躅(zhí zhú 直竹)：驻足不前。非回：徘徊，来回行走。

⑲尚(cháng 常)羊：徜徉，义同“踯躅”、“徘徊”。

⑳长炊泰息：长声叹息。炊，通“叹”。泰息：叹息。

㉑悬：同“悗(mán 蛮)”，迷惑，烦闷。嘑(hū 乎)呼：号呼。嘑，通“呼”。

㉒毋(wù 勿)所告愬(sù 诉)：无处倾诉悲冤。愬，通“诉”。

㉓遂弃故处：于是抛弃旧居。

㉔众乌丽(lí 离)于罗罔(同“网”)：众乌在罗网中蒙难。乌，“鸟”之误。丽，通“罹”，遭难。

㉕皇：通“凰”。高羊：高飞。羊，通“翔”。

㉖茈(bì 毕)、笱(gǒu 苟)：都是捕鱼虾的用具。茈，同“筚(pí 皮)”。

㉗交(蛟)龙执(蛰)而深臧(藏)：蛟龙在深处伏藏。

㉘衡：车接头上的横木。

㉙勒靳(jìn 晋)为之余(徐)行：受约束控制的良马缓慢前行。勒，带嚼子的笼头。靳，套住马脚的革套，此指辕马。勒靳：可能为“骐骥”之误写。

㉚兄：同“况”。

㉛菑(lài 赖)：通“赉”。

㉜以意傅之：用自己的想法来铺写它。傅，通“赋”，铺写，歌颂。

㉝鸟之将死，其唯哀：鸟在将死之时，其鸣声充满哀悯。《论语·泰伯》记曾子语：“鸟之将死，其鸣也哀；人之将死，其言也善。”唯，同“鸣”。

刘 玄

刘玄，字伯康，汉明帝时官至中大夫。

簧赋

【说明】

此赋仅存篇目。《文选·马融〈长笛赋序〉》李善注引《文章志》称:“刘玄,字伯康,明帝时官至中大夫,作《簧赋》。”簧:指乐器里用竹箬或铜片制成的薄片。《诗·小雅·鹿鸣》:“吹笙鼓簧,承筐是将。”孔颖达疏:“吹笙之时,鼓其笙中之簧以乐之。”《楚辞·九叹》:“愿假簧以舒忧兮,志纡郁其难释。”

桓 谭

桓谭(约前 29～45),字君山,汉沛国相(今宿县西北)人。因谭父成帝时为太乐令,谭以父官至郎中,性好音乐,善鼓琴。遍习五经,不为章句。精通天文,主张浑天说。因大司空宋弘荐拜议给事中。光武信谶纬,谭极言其非,帝怒,出为六安郡丞。于赴任途中病卒。著《新论》二十九篇。《后汉书》卷二十八上有传。

仙赋

余少时为中郎[①]，从孝成帝出祠甘泉、河东[②]，见郊先置华阴集灵宫[③]。宫在华山下[④]，武帝所造[⑤]，欲以怀集仙者王乔、赤松子，故名殿为存仙[⑥]。端门南向山，署曰望仙门[⑦]。窃有乐高妙之志[⑧]，即书壁为小赋，以颂美曰[⑨]：

夫王乔赤松[⑩]，呼则出故，翕则纳新[⑪]；夭矫经引，积气关元[⑫]；精神周洽，鬲塞流通[⑬]；乘凌虚无，洞达幽明[⑭]。诸物皆见，玉女在旁[⑮]。仙道既成，神灵攸迎[⑯]。乃骖驾青龙，赤腾为历[⑰]。躇玄厉之擢嶵[⑱]，有似乎鸾凤之翔飞，集于胶葛之宇，泰山之台[⑲]。吸玉液，食华芝[⑳]，漱玉浆，饮金醪[㉑]，出宇宙，与云浮[㉒]，洒轻雾，济倾崖[㉓]。观仓川而升天门[㉔]，驰白鹿而从麒麟[㉕]。周览八极，还崤华坛[㉖]。氾氾乎滥滥，随天转琁[㉗]。容容无为，寿极乾坤[㉘]。

【说明】

此赋见《艺文类聚》卷七十八、《北堂书钞》卷一百六十、《初学记》卷五。

此赋作于桓谭青年时代，即他为郎随从汉成帝出祠甘泉河东时。从内容看，赋旨在颂美神仙，与其后来疾称图谶的思想有着极大的差距，这大概反映了他少年为赋的模拟心理和追颂事功的时代心态。

【注释】

①余：我。少时：少年时，年轻时。为：做。中郎：官名，秦置，汉沿用。担任宫中护卫、侍从，秩比六百石。属郎中令。

②从：侍从。孝成帝：即汉成帝。祠：春祭。《诗·小雅·天保》："禴祠烝尝。"毛传："春曰祠，夏曰禴，秋曰尝，冬曰烝。"甘泉：指甘泉宫。秦汉所置。秦

始皇二十七年(前220)作甘泉前殿,汉武帝建元(前140～前135)中增广之,建通天、高光、迎风诸殿。甘泉宫,一名"云阳宫",在陕西省淳化县西北甘泉山。河东:黄河以东,指山西省境内黄河以东地区。秦汉置河东郡,治所在安邑(今山西夏县)。

③见郊:即"郊见"之倒文,谓天子郊外祭神。先置:首先安设。华阴:今陕西省华阴县。集灵宫:汉宫名,地处华阴县华山脚下,汉武帝时建造。意欲聚集诸位神仙。

④华山:五岳之一,世称"西岳"。在陕西省华阴县南。因其西有少华山,故又名"太华山"。有莲花(西峰)、落雁(南峰)、朝阳(东峰)、玉女(中峰)、五云(北峰)等峰。一说以山顶有池,池生千叶莲花而名。

⑤武帝:汉武帝,名彻,字通。《汉书·武帝纪》颜师古注引应劭曰:"《礼·谥法》:'威强叡德曰武。'"造:建造。

⑥欲:想要。以:用来。怀集:招集。王乔:即王子乔,传说中古仙人。《文选·古诗十九首》其十六:"仙人王子乔,难可与等期。"李善注:"《列仙传》曰:'王子乔者,太子晋也,道人浮丘公接以上嵩高山。'"赤松子:传说中的仙人。一说神农时为雨师,服水玉以教神农,能入火不烧。至昆仑山,常入西王母石室,随风雨上下。故:所以。名:命名。

⑦端门:宫殿南面正门。向山:面对着山。署:署名,题字。

⑧窃有:私下怀有。乐:以……为乐,意动用法。高妙之志:高雅美妙的情志。

⑨即:副词,即刻,马上。书壁:在墙壁上题写。为小赋:指作了《仙赋》这篇小赋。以颂美:即以之颂美。颂美,歌颂赞美。

⑩夫:语气词,放在句首,表示将要发表议论或叙述事件。王乔赤松:即王子乔和赤松子二仙人,见注⑥。

⑪出故、纳新:《淮南子·齐俗训》:"今夫王乔、赤诵子,吹呕呼吸,吐故纳新;遗形去智,抱素反真;以游玄眇,上通云天。"呼:呼气。故:体内的陈旧气体。翕(吸):"歙"的古字,通"噏"、"吸",吸气,与"呼"相对。新:新鲜之气。

⑫夭矫:屈伸自如。经引:去来。积气:积聚的大气,指天。《列子·天瑞》:"天,积气耳,亡(无)处亡气,若屈伸呼吸。"关元:人体经穴名。《素问·气穴论》:"下纪者,关元也。"王冰注:"关元者,少阳募也,在齐(脐)下同身寸之三寸,足三阴任脉之会。"《黄庭内景玉经·上有》:"上有魂灵下关元。"梁丘子注:"关元,脐也。"

⑬精神:谓天地万物之精气。《礼记·聘义》:"精神见于山川。"郑玄注:"精神亦谓精气也。"周洽:周全融洽。鬲(gé隔)塞流通:使阻塞胸膈的淤气顺流通畅。鬲,同"膈",人与动物胸腔与腹腔之间的肌肉结构。

⑭乘凌:凌驾。虚无:指天空,虚空之境。《汉书·司马相如传》载其《大人

赋》:“乘虚亡(无)而上遐兮,超无友而独存。”洞达:通达。幽明:指有形或无形的物象。《易传·系辞上》:“仰以观于天文,俯以察于地理,是故知幽明之故。”

⑮诸物:各种物象。见(xiàn 献):“现”的古字,出现。玉女:神女。贾谊《惜誓》:“建日月以为盖兮,载玉女于后车。”

⑯既成:已经修成。神灵:神仙。攸:用在主语和动词之间,相当于“就”。《诗·小雅·斯干》:“风雨攸除。”迎:欢迎,迎接。

⑰乃:于是。骖(cān 参):指同驾一车的三匹马或驾车时位于两旁的马。青龙:传说中祥瑞的动物。赤腾:形容如闪电疾驰。历:行。《广雅·释诂一》:“历,行也。”

⑱躇(chú 除):踌躇,从容自得的样子。玄厉:黑色的磨刀石,这里喻山崖。厉,通“砺”,磨刀石。司马相如《子虚赋》:“瑊玏玄厉。”郭璞注:“玄厉,黑石可磨也。”擢崒(zhuó zuì 浊罪):高高耸立貌。擢,耸起。崒,也作“崪”,高峻貌。

⑲鸾凤:鸾鸟和凤鸟,皆神鸟。集:群鸟停在树上。《诗·周南·葛覃》:“黄鸟于飞,集于灌木。”胶葛:深远广大貌。《文选·司马相如〈上林赋〉》:“张乐乎胶葛之宇。”泰山:高山。泰,通“大”。

⑳ 吸:吸饮。玉液:道家以为饮玉液可以长生。《楚辞·九思·疾世》:“吮玉液兮止渴。”王逸注:“玉液,琼蕊之精华。”食:服食。华芝:芝草的一种。李商隐《东还》诗:“自有仙才自不知,十年长梦采华芝。”

㉑漱(shù 束):含水洗口。玉浆:仙人的饮料。曹操《气出倡》:“仙人玉女,下来翱游,骖驾六龙,饮玉浆,河水尽,不东流。”金醪(láo 劳):珍贵的酒。醪,汁滓混合的酒。

㉒出:出没。宇宙:天地。《庄子 ·应帝王》:“余立于宇宙之中……日出而作,日入而息,逍遥于天地之间而心意自得。”与云浮:和白云一起飘浮。

㉓洒轻雾:抛洒下轻轻的雾幔。济:停止,站住。《淮南子·天文训》:“大风济。”高诱注:“济,止也。”倾崖:高耸欲倾的山崖。倾,形容其高耸如欲倾坠。

㉔仓川:苍茫的山川。仓,通“苍”。川:山川,举“川”代之。天门:天上的门。《楚辞·九歌·大司命》:“广开兮天门,纷吾乘兮玄云。”也指帝宫之门。

㉕驰白鹿:骑乘奔驰的白鹿。白鹿,白色的鹿。古代迷信常以白鹿为祥瑞神兽。从:跟从。麒麟:传说中一种吉祥的兽,常在国家太平清明时出现。传说孔子修《春秋》,因见西狩获麟非其时,绝笔而止。麒麟和凤、龟、龙合称“四灵”(见《礼记·礼运》)。

㉖周览:详细观看。八极:八方极远的地方。《荀子·解蔽》:“明参日月,大满八极,夫是之谓大人。”义同“八遐”。八方,即八维,指东、南、西、北四方和东南、西南、东北、西北四隅。还:返回。崦:即崦嵫(yānzī 淹兹),山名,在甘肃天水西。为古代神话中日入之处。《山海经·西山经》:“(鸟鼠同穴之山)西南三百六十里曰崦嵫之山。”郭璞注:“日没所入山也。”

㉗汜汜(fàn 泛):漂泊不定的样子。滥滥:水满溢状。随:顺随。天:天极星。琁(xuán 旋):同"璇",美玉名,这里指琁玑,即北斗斗魁的第四星。此以北斗随天极旋转喻听天命而顺事。

㉘容容:纷乱貌。无为:顺应自然,不求作为。此句言生活纷乱是自然的秩序,应效法自然,不妄行人事。《老子》第二章:"是以圣人处无为之事,行不言之教。""为无为,则无不治。"寿极乾坤:谓可与天地同寿。乾坤,天地。《易传·说卦》:"乾,天也,故称乎父;坤,地也,故称乎母。"杜甫《登岳阳楼》诗:"吴楚东南坼,乾坤日夜浮。"

【辨析】

桓谭生卒年,学术界多有分歧。或说他生于成帝阳朔二年(前23),卒于光武中元元年(56);或说生于成帝河平元年(前28),卒于光武中元元年,卒时"七十余"当为"八十余"之误;有几种重要辞书则说他生于阳朔二年,卒于光武建武二十六年(50)。以上说法我们都以为欠妥。我们从如下六条史料即可见出一斑:

一、《后汉书·桓谭传》称:"(桓谭)父成帝时为太乐令,谭以父任为郎。"

二、《仙赋序》:"余少时为中郎,从孝成帝出祠甘泉、河东。"

三、《新论·道赋》:"余少时为奉车郎,孝成帝出祠甘泉、河东……"

四、《新论·离事》:"余年十七为奉车郎,卫殿中小苑、西门。"

五、《新论·离事》:"余在孝成时为乐府令,凡所典领倡优、伎乐,盖有千人之多也。"

六、《后汉书·桓谭传》:"其后有诏会议灵台所处,帝(指光武)谓谭曰:'吾欲谶决之,何如?'谭默然良久,曰:'臣不读谶。'帝问其故,谭复极言谶之非经。帝大怒曰:'桓谭非圣无法,将下斩之。'谭叩头流血,良久乃得解。出为六安郡丞,意忽忽不乐,道疾足,时年七十余。"

从上"五"可知,桓谭当过汉成帝的乐府令。但乐府这个机构在汉成帝绥和二年(前7)就被撤销,说明桓谭任职只能在此之前。他在职几年,史无明文,但总当在一二年以上的时间吧。

在任乐府令之前,桓谭还当过成帝的中郎(或郎中等等,都是秩比六百石的内廷小官)。他任中郎几年,我们仍不得而知,但我们从"二"、"三"、"四"中作者一再声称"余少时为中郎"、"余少时为奉车郎"、"余年十七为奉车郎"中,而即乐府令任上,就没有这些说明年轻的前置词,不难窥见,他当中郎的时间不会太短。况乐府令是主管上千人的要职,从中郎升迁到此职,没有二三年以上的时间也很难实现吧!

由此可见，桓谭为中郎和乐府令的年限总共当在三五年以上，而桓谭为郎时是十七岁，成帝是在绥和二年(前7)逝世的，以上三个数字加起来，桓谭的生年就应在公元前29年至公元前27年之间了。

又，我们从《汉书·成帝纪》得知，成帝行幸甘泉、河东共四次，即永始四年(前13)、元延二年(前11)、元延四年(前9)以及绥和二年(前7)，都在春季进行。据前情况推断，桓谭只可能随同成帝前两次行幸中的一次。如果他生于公元前29年，成帝永始四年行幸，他正好十七岁。他尚有五年时间在成帝朝供职。如果他生于公元前27年，成帝元延二年行幸，他也正好十七岁，但在成帝朝供职的时间就只有三年了。如果他生于公元前25年，成帝元延四年行幸，他也已十七岁了，但他在成帝朝供职的时间就只剩一年。他在成帝朝任两种职务，一年时间显然是不够的，况乐府令这样显要的官职，也不似十八岁的青年所能担当，所以可以排除他随同成帝这次行幸。至于随从绥和二年的行幸，那就更不可能了。

关于桓谭的卒年，我们也只能加以推测，即由他的生年后延七十余年，约在光武帝建武二十一年(45)。

由于桓谭的死与光武帝筹建灵台有关(见上“六”)，因而学术界多把他的卒年定在光武中元元年(56)。“是岁，初起明堂、灵台、辟雍，及北郊兆域(墓地边界，这里指设坛)，宣布图谶于天下。”这种联系是不正确的，因为从“会议灵台所处”——即商议灵台地址，到灵台建成，肯定要有一段时间，况中元元年完成的工程，不仅有灵台，还有明堂、辟雍、北郊祠坛等等一系列建筑物，而且都是工程浩大而要求又极高，在当时的条件下，没有几年的时间是难以完成的。我们知道，光武帝的登基就与图谶迷信联系在一起，在社会稍为安定之后，他随时都可能提出建造一批为自己歌功颂德的建筑物。所以，“会议灵台所处”时间尽可提前。

崔篆

崔篆，生卒年不详，涿郡安平（今河北安平）人。王莽时为郡文学，以明经征诣公车。太保甄丰举之为步兵校尉，不就而去。后因母师氏及兄发均为王莽所宠幸，恐因己牵连母兄，只得就任建新（西汉时为千乘郡）大尹（郡守）。任官后称病不理事，后采纳属吏建议，强起巡视各县，释放无辜囚犯两千余人，即称病去职。光武建武初，朝廷多人推荐他，幽州刺史又举之为“贤良”。篆自以宗门受莽伪宠，惭愧汉朝，遂辞归不仕。客居荥阳，闭门著书，作《周易林》六十四篇。临终作《慰志赋》以自悼。传附《后汉书·崔骃传》。

慰志赋

嘉昔人之遘辰兮[①]，美伊、傅之遻时[②]。应规矩之淑质兮[③]，过班、倕而裁之[④]。协准矱之贞度兮，同断金之玄策[⑤]。何天衢于盛世兮，超千载而垂绩[⑥]。岂修德之极致兮，将天祚之攸适[⑦]？

愍余生之不造兮，丁汉氏之中微[⑧]。氛霓郁以横厉兮[⑨]，羲和忽以潜晖[⑩]。六柄制于家门兮，王纲漼以陵迟[⑪]。黎、共奋以跋扈兮[⑫]，羿、浞狂以恣睢[⑬]。睹嫚臧而乘衅兮，窃神器之万机[⑭]。思辅弼以媮存兮，亦号咷以詶咨[⑮]。嗟三事之我负兮，乃迫余以天威[⑯]。岂无熊僚之微介兮？悼我生之歼夷[⑰]。庶明哲之末风兮，惧《大雅》之所讥[⑱]。遂翕翼以委命兮，受符守乎艮维[⑲]。恨遭闭而不隐兮，违石门之高踪[⑳]。扬蛾眉于复关兮，犯孔戒之冶容[㉑]。懿氓蚩之悟悔兮[㉒]，慕白驹之所从[㉓]。乃称疾而屡复兮，历三祀而见许[㉔]。悠轻举以远遁兮，托峻峗以幽处[㉕]。竫潜思于至赜兮，骋六经之奥府[㉖]。皇再命而绍恤兮，乃云眷乎建武[㉗]。运欃枪以电埽兮，清六合之土宇[㉘]。圣德滂以横被兮，黎庶恺以鼓舞[㉙]。辟四门以博延兮，彼幽牧之我举[㉚]。分画定而计决兮，岂云贲乎鄙耇[㉛]？遂悬车以縶马兮，绝时俗之进取[㉜]。叹暮春之成服兮，阖衡门以埽轨[㉝]。聊优游以永日兮，守性命以尽齿[㉞]。贵启体之归全兮，庶不忝乎先子[㉟]。

【说明】

此赋见《后汉书·崔骃传附崔篆》。本传曰："建武初，朝廷多荐言之者，幽州刺史又举篆贤良。篆自以宗门受莽伪宠，惭愧汉朝，遂辞归不仕。客居荥阳，闭门潜思，著《周易林》六十四篇，用决吉凶，多所占验，临终作赋以自悼，名曰《慰志》。"赋中作者抒发了自己出仕王莽新朝的复杂、无奈的心情：一方面，他是一位有才德的文人（所谓

“举纂贤良”),按他的本意,他不可能屈身事莽;另一方面,母、兄都是新朝的显贵,为母、兄安全计,他又只好违心地接受建新大尹的要职。但他即任后,又三年“称疾不视事”,后又不顾一切地大赦囚犯两千人,看出他的内心是很痛苦的。他不失为封建社会一个有正义感的文人。这篇赋可以说准确地道出了他的心声。

【注释】

①嘉:美,善。这里用如动词,意动用法。昔人:古人。遘(gòu 够):遇。辰:时,时运。

②美:用为动词,意动用法,以……为美。伊:即伊尹,商汤臣,字挚。本是汤妻陪嫁的奴隶,后佐汤伐夏桀,被尊为阿衡(宰相)。傅:即傅说(yuè 悦),殷相。传说曾筑于傅岩之野,为高宗武丁访得,举以为相,出现了殷中兴的局面。因得说于傅岩,故以傅为姓,号为傅说。遌(è 萼):也作“遻”,遇也。

③应:符合。规矩:画圆和方形的工具,规以画圆,矩以成方,这里引申为法度。淑质:美善的姿质。

④班、倕:指鲁班和倕二人,皆古时的能工巧匠。鲁班,即公输班,春秋时期鲁国人。倕,舜时为共工之官。一说,黄帝时巧人名。这里以二人喻汤及高宗。裁:仲裁,裁断。之:指伊尹、傅说之类的古贤人。

⑤协:符合。准矱(yuē 约):犹矩矱,即法度。准,绳。矱,尺。贞度:正平的法度。同:相同。断金:指同心协力,坚固不移。《易传·系辞上》:“二人同心,其利断金。”孔颖达疏:“金是坚刚之物,能断而截之,盛言利之甚也。”玄策:妙策。

⑥何天衢:《易·大畜》:“上九,何天之衢,亨。”何,同“负荷”之“荷”。高亨《周易古经今注》以为“衢”与“休”古字相通。因此,“何天衢”意为“受天之庇荫”。超:超越。垂绩:留传下业绩。

⑦修德:修养德行。极致:最高的造诣。天祚(zuò 昨):天降之福。攸适:所归。适,归。

⑧愍:哀悯。余:我。不造:不幸。生之不造:意即生不逢时。《诗·周颂·闵予小子》:“闵予小子,遭家不造。”丁:当,遇到,碰上。汉氏之中微:指汉代中衰。此指西汉末年,王莽摄政篡位。

⑨氛霓:灾戾之气。氛,恶气,妖气。霓,日傍之气。郁:郁结。横厉:气盛凌天,喻王莽篡权。

⑩羲和:神话中驾日车的神。一说,神话中太阳之母。《山海经·大荒南经》:“东南海之外,甘水之间,有羲和之国,有女子名曰羲和,方日浴于甘渊。羲和者,帝俊之妻,生十日。”郭璞注:“羲和盖天地始生,主日月者也。”这里“羲和”指日。潜晖:隐藏了光辉。这两句以邪气盛而日光微喻王莽篡汉。

⑪“六柄”二句：言王莽操六柄、摧王纲。六柄：谓生、杀、贫、贱、富、贵。见《国语·齐语》韦昭注。家门：卿大夫之家。这里指刘姓大权旁落，王莽当政。王纲：指朝廷纲纪。漼（cuǐ 璀）：摧毁。陵迟：衰落。

⑫黎：指九黎，少昊时诸侯。《史记·历书》：“少皞之衰也，九黎乱德。”共：即共工，古代传说之神。《淮南子·天文训》：“昔者共工与颛顼争为帝，怒而触不周之山，天柱断，地维绝。天倾西北，故日月星辰移焉；地不满东南，故水潦尘埃归焉。”奋：奋作，奋起。跋扈：蛮横霸道。此句以黎、共跋扈喻王莽篡位专横。

⑬羿（yì 异）：即后羿，上古夷族的首领，善射。相传夏太康沉湎于游乐，羿奋而摧之，自立为君，号有穷氏。后来为其臣寒浞所杀。参见《尚书·五子之歌》、《左传·襄公四年》、《离骚》、《史记·吴世家》。浞（zhuó 浊）：即寒浞，传说为夏代有穷国君后羿的宠臣，初辅寒国君伯明氏。后羿篡帝位，任之为相。浞又杀羿自立。后来夏遗臣靡扶帝相子少康灭浞复国。见《左传·襄公四年》。恣睢：恣肆无忌。此句再以羿、浞狂恣喻王莽为政之专横肆虐。

⑭睹：见。嫚（màn 慢）臧：《易》有“嫚臧诲盗”之语，指财物保管不慎，引起他人盗窃之心。后来作为名词，泛指财物。嫚，通“慢”。臧，通“藏”。乘：趁着。衅：间隙，破绽。窃：偷盗。神器：帝王之位。万机：指帝王日常的纷繁政务。也作“万几”。《尚书·皋陶谟》：“兢兢业业，一日二日万几。”孔传：“几，微也，言当戒惧万事之微。”

⑮思：想。辅弼：谓王莽辅政。媮（tōu）存：苟且生存。媮，通“偷”，苟且。号咷（táo 逃）：大声哭。《汉书·王莽传中》：“莽乃策命孺子……为安定公……莽亲执孺子手，流涕歔欷。”“号咷”即指此。詶（chóu 愁）咨：即“酬咨”，回答咨询。詶，“酬”的异体字。

⑯嗟：叹息。三事：指三公，辅助国君掌握军政大权的最高官员。西汉以大司马、大司徒、大司空为三公。我负：即“负我”，宾语前置。负，指太保甄丰举事。迫：威胁，威迫。余：我。天威：帝王的严威。指帝王的命令不敢违背。

⑰岂无：难道没有。熊僚：即熊宜僚，春秋时楚国勇士，善弄丸。《左传·哀公十六年》载，楚惠王时，白公胜谋攻，命熊宜僚相助，熊宜僚不为所动。微介：贫贱而耿介。悼：伤悼。我生：谓其母师氏。歼夷：及祸，连累。歼，灭也；夷，伤也。言其母已老，恐受到连累。

⑱庶：表示愿望。明哲：犹言明智，谓洞明事理。末风：流风，遗绪。惧《大雅》之所讥：指的是明哲仲山甫之事。《诗·大雅·烝民》中吉甫赞扬仲山甫辅佐周宣王的忠直和明哲：“肃肃王命，仲山甫将之。邦国若否，仲山甫明之。既明且哲，以保其身。夙夜匪解，以事一人。”此句意谓：作者不识事理，出事王莽，恐会为《大雅·烝民》作者吉甫之流的明哲所讥笑。

⑲翕（xī 西）翼：敛翅。翕，收缩，敛息。委命：委之于天命。受符：受命。守：郡守。此用为动词，做郡守。艮维：东北方向，此指篆为千乘太守。艮，八卦方

位中属东北。维，隅。

⑳恨：悔恨，遗憾。遭闭：遭遇天地闭塞，此指王莽篡位当政。《易传·文言》释坤卦六四云："天地闭而贤人隐。"作者未隐，故言其恨。"违石门"句：指石门守城者疵孔之语。《论语·宪问》："子路宿于石门。晨门曰：'奚自？'子路曰：'自孔氏。'曰：'是知其不可而为之者与？'"违：违背。石门：春秋齐地，在山东省平阴县北。高踪：高尚之迹。

㉑这两句是说：自己的行为像美女扬蛾眉而望复关一样，有违孔门"冶容诲淫"的训诫。蛾眉：本为蚕蛾的触须，弯曲而细长，如人之眉毛，故以喻女子长而美的眉毛。《诗·卫风·硕人》："螓首蛾眉，巧笑倩兮，美目盼兮。"也喻姿色美好。《楚辞·离骚》："众女嫉余之蛾眉兮，谣诼谓余以善淫。"复关：《诗·卫风·氓》："乘彼垝垣，以望复关。不见复关，泣涕涟涟。既见复关，载笑载言。"解释有多种：《毛传》以为指地方，是"君子所近之处"；高亨《诗经今注》以为指"回来的车子"或"是那个男子(指弃妇的丈夫)的名"。此处作者理解为地名，从《毛传》。孔戒：指孔门冶容淫乱的训诫。《易传·系辞上》："冶容诲淫。"郑玄注："谓饰其容而见于外曰冶。"《毛诗序》："《氓》，刺时也。淫风大行，男女无别，遂相奔诱。华落色衰，复相弃背，或乃困而自悔，表其妃耦。故序其事以风焉，美反正，刺淫泆也。"冶容：艳丽的姿容。

㉒懿：美好，此处用如动词，意动用法。氓蚩：指《诗·卫风·氓》里"抱布贸丝"的小伙子。《氓》："氓之蚩蚩，抱布贸丝。"蚩蚩：憨笑貌。女主人公与这个小伙子相识、相恋、成婚，但随后发现男人变心："女也不爽，士贰其行；士也罔极，二三其德。"最后下决心与其男人一刀两断。作者对此女表示赞赏。

㉓慕：羡慕。白驹：白马。《诗·小雅·白驹》："皎皎白驹，食我场苗。"毛传："宣王之末，不能用贤，贤者有乘白驹而去者。"作者慕白驹随贤者而去。

㉔称疾：称病。屡复：多次告白。"历三祀"句：《后汉书·崔篆传》载："后以篆为建新大尹，篆不得已，乃叹曰：'吾生无妄之世，值浇、羿之君，上有老母，下有兄弟，安得独洁己而危所生哉？'乃遂单车到官，称疾不视事，三年不行县。门下掾倪敞谏，篆乃强起班春。所至之县，狱犴填满。……遂平理，所出二千余人。掾吏叩头谏曰：'朝廷初政，州牧峻刻。宥过申枉，诚仁者之心；然独为君子，将有悔乎！'篆曰：'邾文公不以一人易其身，君子谓之知命。如杀一大尹赎二千人，盖所愿也。'遂称疾去。"三祀：三年。商代称年为"祀"。

㉕悠：随风飞起貌，修饰"轻举"。轻举：轻身飞起。以上形容隐遁的快意。远遁：远隐。遁，隐去。托：托体。峻嵬：高山。幽处：隐居。

㉖竫(jìng 静)：安静。潜思：沉默思考 。至赜(zé 责)：极深。骋：驰骋。六经：指儒家的六部经典，即《诗》、《书》、《礼》、《易》、《乐》、《春秋》，其中《乐》今佚亡。奥府：高深的府库，喻含蕴玄奥。

㉗"皇再命"二句：言皇天忧恤眷顾汉家，再命光武帝刘秀继承大统。皇：即

天。再命：第二次降天命。再，两次，第二次。绍：继续，接续。恤（xù 序）：体恤，忧怜。眷：眷顾。建武：汉光武帝刘秀始建元之年号，公元25～55年。

㉘欃（chán 婵）枪：彗星的别名。《尔雅·释天》："彗星为欃枪。"彗星之名欃枪，本取除旧布新之义。以：相当于"之"。电埽（sǎo 扫）：彗星俗称"扫帚星"，以尾长如彗，故名。电者，言其光如电之明之速。埽，同"扫"。清：清除。六合：指天地四方。土宇：尘埃。言光武除旧布新。

㉙圣德：圣上的恩德。圣，封建时代臣对君的尊称，此指光武帝刘秀。滂（pāng 乓）：大水涌流貌。横被：即光被。《汉书·王褒传》："横被无穷。"王先谦《补注》："此用《尚书》'光被四表'语。"横，充溢。黎庶：黎民百姓。恺（kǎi 楷）：欢乐，和乐。

㉚这两句是说：光武敞开四方之门，广揽贤才。指幽州刺史举荐了作者。辟：打开。四门：四方之门。博延：广博地延揽（贤才）。彼：代词，那。幽牧：幽州刺史。我举：即"举我"，宾语前置。

㉛分画：部署，调配。《三国志·魏书·武帝纪》："兵多而分画不明，将骄而政令不一。"计决：计划决定。贲：彩饰，装饰。乎：相当于介词"于"。鄙耇（gǒu 狗）：庸俗的老者。鄙，庸俗，浅陋。耇，老寿。

㉜遂：于是。悬车：停车。古人年七十辞官家居，废车不用，故称"悬车"。这里指隐居不仕，即下句所谓"绝时俗之进取"。絷（zhí 直）马：拴马。絷，用绳索拴着马足。绝：断绝。时俗：即世俗。

㉝叹：赞叹。暮春之成服：典出《论语·先进》，曾皙言其志云："莫（即"暮"）春者，春服既成，冠者五六人，童子六七人，浴乎沂，风乎舞雩，咏而归。"孔子听后，喟然叹曰："吾与点（点为曾皙之名）也。"阖（hé 合）：关闭。衡门：横木为门，喻简陋的房屋。衡，通"横"。埽轨：扫除车迹，以示不与人交通。

㉞聊：姑且。优游：悠闲自得。永日：终日，整日。尽齿：意谓尽其年寿。《国语·晋语一》："非礼不终年，非义不尽齿。"韦昭注："齿，年寿也。"

㉟贵：意动用法，以……为贵。启体：启视遗体，即全归无毁伤而死。指善终。《论语·泰伯》："曾子有疾，召门人弟子曰：'启予足，启予手。'"曾子以为受身体于父母，不敢毁伤，故令子弟开衾检视，以明无毁伤。后以"启手足"作为善终的代称。庶：表愿望或可能。忝（tiǎn 腆）：辱。先子：先人。

班　彪

班彪(3～54),字叔皮,扶风安陵(今陕西咸阳东)人。新、汉之际,天下大乱,他迁居天水依附隗嚣。著《王命论》,欲讽嚣复兴汉朝,嚣不从。后往河西依窦融,为融从事。建武十二年(36),窦融归朝,光武举彪为茂才,授徐令,以病免。后再为司徒王(sù肃)况府属官,终望都长。著《史记后传》数十篇。其赋今存《北征赋》、《览海赋》、《冀州赋》、《悼骚赋》。除《北征赋》外,后二篇为残文,《览海赋》亦为残篇,此为中国文学史上第一篇写海之作。《后汉书》卷四十上、卷四十下有传。

览海赋

余有事于淮浦[①]，览沧海之茫茫[②]。悟仲尼之乘桴[③]，聊从容而遂行。驰鸿濑以缥骛，翼飞风而回翔[④]。顾百川之分流，焕烂漫以成章[⑤]。风波薄其裔裔，邈浩浩以汤汤[⑥]。指日月以为表，索方瀛与壶梁[⑦]。曜金璆以为阙，次玉石而为堂[⑧]。蓂芝列于阶路，涌醴渐于中唐[⑨]。朱紫彩烂，明珠夜光[⑩]。松乔坐于东序，王母处于西箱[⑪]。命韩众与岐伯，讲神篇而校灵章[⑫]。愿结旅而自托，因离世而高游[⑬]。骋飞龙之骖驾，历八极而回周[⑭]。遂竦节而响应，忽轻举以神浮[⑮]。遵霓雾之掩荡，登云涂以凌厉[⑯]。乘虚风而体景，超太清以增逝[⑰]。麾天阍以启路，辟阊阖而望余[⑱]。通王谒于紫宫，拜太一而受符[⑲]。

【说明】

此赋见《艺文类聚》卷八，为残篇。当写于光武帝建武十二年(36)班彪为徐令之后。赋为览海有感而作，这是中国文学史上第一篇写海之作。

【注释】

①余：我。于：到，去。淮浦：县名，西汉置，故城在今江苏省淮阴市东北的涟水县西，古淮水经其南径入海。

②沧海：大海。海水青色，一望无垠，故名。茫茫：旷远貌。

③悟：明白，理解。仲尼：孔子的字。孔子(前551～前479)，名丘，后人又称"孔父"、"尼父"。春秋鲁国陬邑(今山东曲阜)人，是中国古代伟大的思想家、教育家，儒家学派的创始人。乘桴(fú浮)：乘竹木小筏。典出《论语·公冶长》，孔子说："道不行，乘桴浮于海。"后因以"乘桴"表示避世。聊：姑且。从容：安逸

舒缓，不慌不忙。

④驰：驰游。鸿濑：洪大的急湍。缥（piǎo 漂上声）鹜（wù 务）：淡青色的鸭子，这里是形容海水。翼飞风：即以飞风为翼，比喻海浪飞腾有如驾风。回翔：来往飞翔。回，回旋，曲折。

⑤顾：顾盼。百川：众多的河流。焕：光亮，鲜明。烂漫：色彩鲜丽。章：花纹，有花纹的丝织品，这里是喻指百川。

⑥风波：风浪。薄：迫近。裔裔：即“裔裔（yì 亿）”，飞流貌。《汉书·礼乐志》：“灵之来，神哉沛！先以雨，般裔裔。”颜师古注：“裔裔，飞流之貌。”邈（miǎo 渺）：渺远。浩浩：水盛大貌。汤汤（shāng 商）：大水流急貌。

⑦表：表识，标记。索：求寻。方瀛：方壶和瀛洲，古代传说中海上两座仙山。《列子·汤问》：“渤海之东，不知几亿万里，有大壑焉。……其中有五山焉：一曰岱舆，二曰负峤，三曰方壶，四曰瀛洲，五曰蓬莱。”壶梁：仙人所住之山。《史记·孝武本纪》：“作建章宫，度为千门万户……其北治大池渐台，高二十余丈，名曰太液池，中有蓬莱、方丈、瀛洲、壶梁……象海中神山……”

⑧曜（yào 耀）：光芒耀眼，这里形容金璆。璆（qíu 球）：同“球”，美玉。闕：应为“阙”。阙：宫殿。道家有“金阙”之称，谓天上有黄金阙、白玉京，为仙人或天帝居处。后亦指皇帝宫阙。次：排比，编列。玉石：未经雕琢的玉。堂：阶上室外称堂。《论语·先进》：“由也，升堂矣，未入室也。”皇侃疏：“窗户之外曰堂，窗户之内曰室。”

⑨蓂（míng 名）芝：蓂荚和灵芝草。蓂，即蓂荚，古代传说中的瑞草，一名历荚。《汉书·王莽传上》：“甘露降，神芝生，蓂荚、朱草、嘉禾，休征同时并致。”按，相传尧时有草夹阶而生，随月而死。每月朔日生一荚，至月半则生十五荚。至十六日后，日落一荚，至月晦而尽，若月小则余一荚，厌而不落，以此占日月之数。芝：菌类植物之一种，古人亦以为瑞草，一岁三花，又称“芝盖”。列：排列，此意为生长。涌醴（lǐ 里）：往上冒的甘甜的泉水。醴，甘美的泉水。渐：慢慢流入。《尚书·禹贡》：“东渐于海。”中唐：大门至厅堂的路。《诗·陈风·防有鹊巢》：“中唐有甓。”

⑩朱紫：红色和紫色。彩烂：色彩绚丽。

⑪松乔：赤松子和王子乔，皆古仙人。东序：堂屋的东面墙。王母：即西王母，神话中的女神。《穆天子传》卷三：“吉日甲子，天子宾于西王母，乃执白圭玄璧以见西王母。”后世多以西王母为美貌女神。西箱：西面的厅室。箱，通“厢”，指正厅两旁的房室。

⑫韩众：仙人。《列仙传》：“韩众，齐人，为王采药，王不肯服，众自服之，遂得仙。”《神仙传》、《洞冥记》亦有载。岐伯：上古名医。相传为黄帝臣，黄帝曾与之论医。今所传《内经》，是战国秦汉时医家伪托岐伯与黄帝论医之语。后合称“岐黄”、“岐轩”。岐伯，或作“歧伯”。神篇、灵章：即神灵篇章，指讲究神仙灵异

之书。

⑬结旅：结庐寄居。因：趁机。离世：远离尘嚣。高游：高蹈远游。

⑭骖驾：（以飞龙为）骖驾驶的车。骖：驾车时位于两旁的马。八极：八方极远的地方。回周：回旋。

⑮竦节：肃然举鞭。轻举：飞升。清人葆光子《物妖志·禽类·鸟》："夫神仙轻举……"神浮：神游。

⑯遵：循，沿着。霓（ní 泥）雾：霓虹和云雾。霓，副虹，雨后天空中与虹同时出现的彩色圆弧。掩荡：摸索荡进。涂：道路。凌厉：勇往直前，气势猛烈。与上句"掩荡"对举。

⑰虚风：所谓冬至日，自南吹来的疾风。体景：欣赏风景。超：超越。太清：太空。古人认为天是由清而轻的气所构成，故称为太清。《楚辞·九叹·远游》："譬若王侨之乘云兮，载赤霄而凌太清。"逝：去，离开，这里引申为飞跑。

⑱麾（huī 挥）：指挥，命令。天阍（hūn 昏）：神话中天帝的守门者。《楚辞·远游》："命天阍其开关兮，排阊阖而望予。"洪兴祖《补注》："告帝卫臣启禁门也。"《楚辞·离骚》亦云："吾令帝阍开关兮，倚阊阖而望予。"启路：开路。辟：打开，开。阊阖（chāng hé 昌和）：神话传说中的天门。

⑲通：交通。王谒：帝王的谒者，掌国君之传达。紫宫：天帝的居室，也指帝王宫禁。古人以为天上有紫微宫，是上帝之所居。王者之宫，宜象而为之。拜：祭拜。太一：神名，天上最尊贵的神。《史记·天官书》："中宫天极星，其一明者，太一常居也。"又名"泰一"。受符：接受天的符命。《后汉书·班彪传》言彪著有《王命论》，以为"汉德承尧，有灵命之符"。

游居赋

夫何事于冀州[①],聊托公以游居[②]。历九土而观风[③],亦惭人之所虞[④]。遂发轸于京洛[⑤],临孟津而北厉[⑥]。想尚甫之威虞[⑦],号苍兕而明誓[⑧]。既中流而叹息,美周武之知性。谋人神以动作,享乌鱼之瑞命[⑨]。瞻淇澳之园林,善绿竹之猗猗[⑩]。望常山之峩峩,登北岳而高游[⑪]。嘉孝武之乾乾,亲饰躬于伯姬[⑫]。建封禅于岱宗[⑬],瘞玄玉于此丘[⑭]。遍五岳与四渎[⑮],观沧海以周流[⑯]。鄙臣恨不及事[⑰],陪后乘之下僚[⑱],今匹马之独征,岂斯乐之足娱。且休精于敝邑,聊卒岁以须臾[⑲]。(《艺文类聚》卷二十八、卷六,《初学记》卷八,《韵补》卷一"游"字条)

漱余马乎洹泉,嗟西伯于牖城[⑳]。(《后汉书·郡国志一》刘昭注)

感凫藻以进乐兮[㉑]。(《文选·颜延之〈秋胡诗〉》李善注)

过荡阴而吊晋鄙[㉒],责公子之不臣[㉓]。(《水经注·荡水》)

遵大路以北逝兮,历赵衰之采邑[㉔]。丑柏人之恶名兮,圣高帝之不宿[㉕]。(《韵补》卷五"宿"字条)

【说明】

此赋作于窦融拜冀州牧后,约在光武帝建武十三年(37)。张溥《汉魏六朝百三名家集》题为班固所作,不知何据,似误。北魏郦道元《水经注·荡水》称此赋为《游居赋》,录两句。《艺文类聚》卷二十八《游览》亦称此赋为《游居赋》,录二十八句。又同书卷六《州部》作《冀州赋》,录十句。《初学记·河东道》亦作《冀州赋》,亦录十句。《文选·颜延之〈秋胡诗〉》李善注引亦作《冀州赋》,录两句。《韵补》卷五"宿"字注亦作《冀州赋》,录四句。同书卷一"游"字注作《闲居赋》,录四句。综上所述,似作《游居赋》为优。作《冀州赋》似系从第一句“夫何事于冀州”引出。班彪是一位正统派文人,此赋也表现出这一倾向。

【注释】

①冀州:古九州之一,指今陕西省和山西省间黄河以东,河南省和山西省间黄河以北,山东省西北和河北省东南部地区。

②公:指窦融。窦融,字周公,平陇、蜀有功,诣京师,就诸侯位。“数月,拜冀州牧;十余日,又迁大司空”。赏赐恩宠,倾动京师。班彪极得窦融敬重,接以师友之道,故心情极佳。

③土:《艺文类聚》卷六引作“州”。九土:即九州。《国语·鲁语上》:“能平九土。”宋玉《登徒子好色赋》:“周览九土。”

④虞:通“娱”,快乐。

⑤轸(zhěn 诊):古时车后横木,常用为车的代称。京洛:京都洛阳。班固《东都赋》:“不知京洛之有制。”

⑥孟津:古黄河渡口名。在今河南省孟津县境。厉:提衣涉水过河,这里指渡黄河。

⑦尚甫:即吕尚。甫,通“父”,古代对男子的美称。威虞:指吕尚之权威影响。《史记·齐太公世家》:“周西伯昌(即周文王)之脱羑里归……周西伯致平,及断虞芮之讼……代崇、密须、犬夷,大作丰邑,天下三分,其二归周者,太公之谋计居多。”虞,古国名,故地在今山西省平陆县。

⑧号苍兕而明誓:事见《史记·齐太公世家》。周文王死后,周武王想东征,以观察诸侯是否听令。吕尚“左杖黄钺,右把白旄以誓:‘苍兕苍兕,总尔众庶,与尔舟楫,后至者斩!’遂至盟(通“孟”)津,诸侯不期而会者八百。……师还,与太公作此《太誓》。”苍兕:马融说是“主舟楫官名”,王充说是水兽。

⑨“既中流”以下四句:事见《史记·周本纪》:“武王(兴师伐纣)渡河,中流,白鱼跃入王舟中,武王俯取以祭。既渡,有火自上复于下,至于王屋(王所居屋),流为乌,其色赤,其声魄云。……诸侯皆曰:‘纣可伐矣!’武王曰:‘女未知天命,未可也。’乃还师归。”

⑩“瞻淇澳”二句:语出《诗·卫风·淇奥》:“瞻彼淇奥,绿竹猗猗。”淇奥:淇水的弯曲处。澳,亦作“奥”。

⑪常山:即恒山,在山西省北部,也即下句所说的北岳。峩峩:高峻貌。高游:高处游观。含有超越之意。

⑫孝武:指汉武帝。乾乾:自强不息。伯姬:春秋鲁宣公之女,宋共公夫人。鲁襄公三十年,宋宫失火,伯姬守义不避火而被焚死。

⑬禅:《艺文类聚》卷六、《初学记》卷八皆作“坛”。“建坛”较为正确。岱宗:

即泰山。泰山古为诸山所宗,故曰岱宗。

⑭瘗(yì 义):埋葬。玄玉:黑色的玉。《汉书·武帝纪》:“(天汉三年)三月,行幸泰山,修封,祀明堂,因受计。还幸北地,祠常山,瘗玄玉。”古祭山埋玉,祭河沉璧。

⑮五岳:即中岳嵩山、东岳泰山、西岳华山、南岳衡山、北岳恒山。四渎:指长江、黄河、淮河、济水。

⑯沧海:大海,海水苍色,故名。周流:即周游。

⑰鄙臣:班彪自谓。

⑱下僚:职位低微的官吏。

⑲休精:休养精力,即养精。敝邑:谦辞,称自己的国家,此指冀州。卒岁:一直到年尾。须臾:优游自得。

⑳洹泉:即洹水,在今河南省北部。《左传·成公十七年》:“声伯梦涉洹。”即此水。西伯:西方诸侯之长,这里指周文王。牖(yǒu 有)城:指牖里,也即羑里,在河南省北部,洹水南面。即纣拘周文王之处。

㉑“凫藻”句:《文选》吕延济注:“秋胡望其妻而前,如凫鸟得水草欢跃而进。”藻:水草。

㉒荡阴:战国时魏邑,魏将晋鄙救赵止于此,在今河南省汤阴县境。晋鄙:魏国名将。

㉓公子:指魏信陵君无忌。不臣:不守臣节。指信陵君矫旨杀晋鄙夺虎符。

㉔遵:循,沿着。逝:往,去。赵衰(? ～前 622):即赵成子,春秋时晋国卿。采邑:古代卿大夫的封地。此指原县,在今河南省济源县北。

㉕“丑柏人”二句:事见《史记·张耳陈余列传》:“汉八年,上(指汉高祖)从东桓(秦县名,治所在今河北石家庄东)还。过赵,贯高(赵王张敖相)等乃壁人柏人,要之置厕(即在複壁里藏人,企图谋杀高祖)。上过欲宿,心动,问曰:‘县名为何?’曰:‘柏人。’柏人者,迫于人也! 不宿而去。”“柏人”与“迫人”音近,被认为“恶名”,故汉高祖不在此寄宿。柏人:在今河北省唐山市西。

北征赋

余遭世之颠覆兮[1]，罹填塞之阨灾[2]。旧室灭以丘墟兮，曾不得乎少留[3]。遂奋袂以北征兮，超绝迹而远游[4]。朝发轫于长都兮，夕宿瓠谷之玄宫[5]。历云门而反顾，望通天之崇崇[6]。乘陵岗以登降，息郇邠之邑乡[7]。慕公刘之遗德，及《行苇》之不伤[8]。彼何生之优渥？我独罹此百殃[9]。故时会之变化兮，非天命之靡常[10]。登赤须之长坂，入义渠之旧城[11]。忿戎王之淫狡，秽宣后之失贞[12]。嘉秦昭之讨贼，赫斯怒以北征[13]。

纷吾去此旧都兮，骓迟迟以历兹[14]。遂舒节以远逝兮，指安定以为期[15]。涉长路之绵绵兮，远纡回以樛流[16]。过泥阳而太息兮，悲祖庙之不修[17]。释余马于彭阳兮，且弭节而自思[18]。日晻晻其将暮兮，睹牛羊之下来[19]。寤怨旷之伤情兮，哀诗人之叹时[20]。越安定以容与兮，遵长城之漫漫[21]。剧蒙公之疲民兮，为强秦乎筑怨[22]。舍高亥之切忧兮，事蛮狄之辽患[23]。不耀德以绥远，顾厚固而缮藩[24]。首身分而不寤兮，犹数功而辞諐[25]。何夫子之妄说兮，孰云地脉而生残[26]？登鄣隧而遥望兮，聊须臾以婆娑[27]。闵獯鬻之猾夏兮，吊尉卬于朝那[28]。从圣文之克让兮，不劳师而币加[29]。惠父兄于南越兮，黜帝号于尉他[30]。降几杖于藩国兮，折吴濞之逆邪[31]。惟太宗之荡荡兮，岂曩秦之所图[32]？隮高平而周览，望山谷之嵯峨[33]。野萧条以莽荡，迥千里而无家[34]。风飙发以漂遥兮，谷水灌以扬波[35]。飞云雾之杳杳，涉积雪之皑皑[36]。雁邕邕以群翔兮，鹍鸡鸣以哜哜[37]。游子悲其故乡，心怆悢以伤怀[38]。抚长剑而慨息，泣涟落而沾衣[39]。揽余涕以於邑兮，哀生民之多故[40]。夫何阴曀之不阳兮，嗟久失其平度[41]。谅时运之所为兮，永伊郁其谁愬[42]？

乱曰：夫子固穷，游艺文兮[43]。乐以忘忧，惟圣贤兮[44]。达人从事，有仪则兮[45]。行止屈申，与时息兮[46]。君子履信，无不居兮。虽之蛮貊，何忧惧兮[47]？

【说明】

此赋见《文选》卷九、《艺文类聚》卷二十七。赋约作于刘玄更始三年(25)岁尾。是年十二月，赤眉军杀更始，三辅大乱。时隗嚣在天水称西州上将军。窦融据河西称上将军。卢芳据三水(今甘肃固原北)称上将军、西平王，为匈奴立为汉帝。绿林军旧将王匡、胡殷、成丹投降刘秀军。时彪二十余岁，为了避难，他决定去凉州依隗嚣。在从长安到安定(在今宁夏南部、甘肃东部，西汉治所在高平)的途中，他写了这篇赋。

【注释】

①余：我。遭：逢，遇。世：世道，时代。颠覆：反倒，倾败。这里指王莽篡位。

②罹(lí 离)：遭遇。填塞：填满充塞，喻王道不通。阨(è 厄)灾：灾难。阨，穷困，灾难。

③旧室：故居旧屋。丘墟：废墟，荒地。谓旧室变成了废墟。曾(céng 层)：副词，用以加强语气，可译为"连……都"或"竟"。少留：稍稍停留。《文选》吕延济注云："天下既乱，旧屋之室，毁灭为丘墟，不可留也。"

④遂：于是，就。奋袂(mèi 妹)：挥动衣袖。形容奋激的神态。北征：向北远行。从长安到安定方向向北，故名。超：越过。绝迹：无人迹处，指故里。

⑤此二句仿屈原《离骚》"朝发轫于苍梧兮，夕余至乎县圃"句法。朝：早晨。发轫(rèn 任)：启行。轫，阻碍车轮不让其转动的木头，即刹车木。行车必先去轫，故称发轫。后以喻事物的开端。长都：都城长安(在今陕西省西安市西北)。夕：傍晚。瓠(hù 户)谷：《文选》张铣注："瓠谷，谷名。玄宫，谓甘泉宫也，夕宿于其下。"《文选》李善注引郭璞曰："今扶风池阳县瓠中是也。"

⑥"历云门"二句：《文选》李周翰注："云门，云阳县门也。历此门反顾，见通天台在甘泉宫中高出也。崇，高也。"

⑦乘：登，升。《文选》李善注引《广雅》："乘，陵也。"陵岗：山岗。陵，土山。登降：上升或下降。息：休息，停止。郇(xún 寻)：《文选》李善注："《汉书》：右扶风栒县有豳乡。《诗》，豳国，公刘所治邑也。'栒'与'郇'同，'豳'与'邠'同。"邠(bīn 彬)：古国名，故地在今陕西省彬县，本作"豳"。周先人公刘所建。唐开元十三年(725)以"豳"字类"幽"改为"邠"。邑乡：城外。

⑧慕:仰慕。公刘:古代周部族的祖先。相传为后稷的曾孙。《诗·大雅》有《公刘》篇。《毛诗序》:"公刘居于邰而遭夏人乱,迫逐公刘,公刘乃……迁其民邑于豳焉。"公刘为人忠厚,其诗首句为"笃公刘"。《行苇》:《诗·大雅》中的一首诗,本是描写贵族的兄弟宴会、校射、祭神、祈福等内容,《毛诗序》曲解为:"《行苇》,忠厚也。周家忠厚,仁及草木,故能内睦九族,外尊事黄耇,养老乞言,以成其福禄焉。"班叔皮从《毛诗》,以为此颂公刘后人能承继其遗德。不伤:即不伤行苇,不伤害道路旁的芦苇,喻公刘之忠厚大德,所谓德及草木。

⑨彼:代词,指公刘时人。优渥(wò 握):优厚。渥,厚。罹(lí 梨):遭遇。百殃:多灾。《文选》吕向注:"言公刘之时,草木不伤,人乐何厚,我今日何故,独罹此祸乱也?"

⑩故:本来。时会:时运。非:并非。天命:上天的旨意。靡常:无常。靡,无。《文选》李善注:"言此乃时君不能修德致之,故使倾覆,非天命无常也。"

⑪赤须:地名,赤须坡在北地郡。《水经注》云:"赤须水出赤须谷,西南流注罗水。"义渠:县名,北地郡之治,在今甘肃东部镇原、宁县、庆阳三县的中心点。

⑫忿:怨恨。戎王:我国古代对西部少数民族首领的称呼。淫狡:过分凶暴。秽(huì 会):淫乱,这里用为意动。宣后:宣太后(?~前265),秦昭王之母。芈(mǐ 米)姓,称为"芈八子",楚国贵族出身。秦昭王十九岁(前288)即位,她掌握政权,号宣太后,任用其异父弟魏冉为相,封为穰侯,又封弟芈戎为华阳君,两子为泾阳君和高陵君,合称"四贵"。秦昭王四十一年(前266),任范雎为相,驱逐魏冉等人,她遭废黜,次年忧死。贞:正。

⑬嘉:善,美好。用为意动。秦昭:即秦昭王(?~前251),武王子,孝王父,在位五十六年。讨贼:谓讨伐宣太后及其同党。赫:发怒貌。斯怒:这种怒。《文选》李善注:"《史记·秦本纪》曰:'昭襄王母,楚人,姓芈氏,号宣太后。'"李善注又引《史记·匈奴列传》曰:"秦昭王时,义渠戎王与宣太后乱,有二子,宣太后诈而杀义渠戎王于甘泉,遂起兵伐灭义渠,而得其地。"《文选》刘良注:"宣太后与戎王通,昭王杀之,起兵伐灭其国。言忿其淫乱,嘉其北伐也。"

⑭纷:杂乱,指心情。吾:我。去:离开。旧都:指都城长安。因更始帝已灭,汉室无人,故称旧都。《文选》李善注以为指北地郡义渠,似非。騑(fēi 飞):辕两边的马。迟迟:徐行貌。《诗·邶风·谷风》:"行道迟迟,中心有违。"历兹:经过这些地方,指上文所提到的戎王之邑。

⑮舒节:舒展马鞭,意谓驰车。节,马鞭。远逝:远离。安定:汉郡名。汉元鼎三年(前118)置,治所在高平(今宁夏固原),东汉迁临泾(今甘肃泾川),辖今甘肃东部平凉地区的一部分和宁夏南部固原等地。期:约定,预期的目的地。

⑯涉:跋涉,跨越。绵绵:连绵不断貌。纡回:屈曲,回旋。樛(jiū 究)流:曲折貌。

⑰泥阳:县名,汉置,属北地郡,以在泥水之阳而得名。汉初郦(yí 姨)商破

苏驵军于此。东汉末寄治冯翊，城废。故地在今甘肃省宁县东南。太息：出声长叹。《楚辞·离骚》："长太息以掩涕兮，哀民生之多艰。"悲：悲伤，哀伤。祖庙：祖宗之庙。修：修建，治理。《文选》李善注："《汉书》曰：'班壹，始秦之末，避地于楼烦，故泥阳有班氏之庙也。'"

⑱释：放下，松开。彭阳：地名，汉置，属安定郡。晋废。故地在今甘肃省镇原县东。且：暂且。弭（mǐ 米）节：停车。弭，止。节，马鞭。自思：自我反省思考。

⑲晻晻（yǎn 眼）：日无光貌。暮：日落的时候。睹：观察，看见。牛羊下来：《诗·王风·君子于役》："日之夕矣，牛羊下来。君子于役，如之何勿思？"这里借《诗》叹行役之苦，以刺时事。

⑳寤：通"悟"，理解，明白。怨旷：怨恨长久的别离。哀：哀伤。诗人：指《诗》的作者们。叹时：感叹时运不济，生不逢时。《文选》张铣注："言思君子为怨旷，嗟行役为叹时，皆诗人之情也。"

㉑安定：地名，见注⑮。容与：迟疑不定貌。遵：循，沿着。长城：指秦国所筑的一段长城。漫漫：长远无际貌。这里指空间，扬雄《甘泉赋》："浏滥以弘惝兮，指东西之漫漫。"还可指时间，《太平御览》卷八百九十八引《史记》："生不逢尧与舜禅，长夜漫漫何时旦？"

㉒剧：极，甚，用作意动。蒙公：指蒙恬（？～前220）。秦始皇时，官内史。统一六国后，率兵三十万，北筑长城，西起自临洮，东至于辽东。后为赵高矫诏所害。疲民：使百姓疲惫。这里指筑长城事而言。为：替，给。筑怨：构筑民怨。《文选》吕向注："蒙恬为秦将，筑长城于此，民疲而怨，故云筑怨，言我思此人亦太甚也。"

㉓舍：放弃。高：指赵高（？～前207）。秦时宦官。始皇崩于沙丘，赵高与丞相李斯矫诏赐长子扶苏死，立胡亥为二世皇帝。旋杀李斯，自为丞相，独揽大权。后又杀二世，立子婴。子婴立，乃诛赵高。亥：指胡亥。始皇崩，赵高、李斯矫诏立他为二世皇帝。胡亥昏庸无道，信谗，为赵高所制。在位三年，为赵高所杀。切忧：急迫之忧，近忧。这里指内忧。事：从事。蛮：我国古代对南方少数民族的蔑称。狄：我国古代对北方少数民族的蔑称。蛮狄合称，这里偏于狄，即北方少数民族。辽患：遥远的忧患。这里指外患。

㉔耀：照耀，显示。绥远：安抚远方之人。远，指边远的少数民族。顾：副词，反而，却。厚固：厚厚地加固。缮（shàn 善）藩：修治长城。缮，修缮，修补，整治。藩，篱笆，这里指长城。《文选》李善注："言不光耀道德以绥远方，反为厚固缮藩而已。"

㉕首身分：头和躯干分离，指蒙恬被赐死。不寤：即不悟，没有醒悟。寤，通"悟"。数功：计算功劳。辞諐（qiān 迁）：推辞过错。諐，即"愆"，过错。

㉖夫子：指蒙恬。妄说：无根据的荒诞之说。此据蒙恬临死太息徐言而发。

《史记·蒙恬列传》载，二世遣使者之阳周，使者谓蒙恬曰："臣受诏行法于将军，不敢以将军言闻于上也。"蒙恬喟然太息曰："我何罪于天，无过而死乎?"良久，徐曰："恬罪固当死矣。起临洮，属之辽东，城堑万余里，此其中不能无绝地脉哉！此乃恬之罪也。"乃吞药自杀。孰云：谁说，哪一个说。地脉而生残：言因绝地脉而产生杀身之祸，本蒙恬临终之语。"孰云"整句乃沿用司马迁之意，本蒙恬语而反其意。《史记·蒙恬列传》太史公曰："吾适北边，自直道归，行观蒙恬所为秦筑长城亭障，堑山堙谷，通直道，固轻百姓力矣。夫秦之初灭诸侯，天下之心未定，痍伤者未瘳，而恬为名将，不以此时强谏，振百姓之急，养老存孤，务修众庶之和，而阿意兴功，此其兄弟遇诛，不亦宜乎！何乃罪地脉哉！"赋借用太史公语。

㉗鄣隧：即"障隧"，指古代的烽火台。鄣，同"障"。聊：姑且。须臾：片刻。婆娑：盘桓容与貌。

㉘闵：担心，忧患。獯鬻(xūn yù 熏玉)：我国古代对北方少数民族的称呼。夏曰獯鬻，周曰猃狁，汉曰匈奴。此用夏称。猾(huá 华)夏：扰乱中原。猾，扰乱。夏，古称中原为夏。吊：悼念死者。尉卬：指汉文帝时的北地都尉孙卬(一说段卬)。文帝十四年(前 166)冬，匈奴攻朝那塞，杀之。事见《史记·孝文本纪》。朝(zhū 诸)那：古县名，西汉置，治所在今宁夏固原东南。北魏末废。汉文帝十四年，匈奴十四万骑攻朝那，即此。

㉙"从圣文"以下八句，赞美汉文帝。从：效法。圣文：指汉文帝刘恒(前 202 年～前 157)。汉高祖刘邦之子。高祖平代地，立以为代王。吕后死，诸吕平，被迎立为帝。在位凡二十三年，提倡农耕，免农田租税十二年。主张清静无为，与民休息。政治稳定，国力蒸蒸日上。与其子景帝在历史上并称"文景之治"。克让：能仁让。克，能；让，仁让。劳师：使军队疲劳，意谓兴兵打仗。劳，疲劳，劳累，这里用作使动。币加：即加之以币，指赏赐南越王等。

㉚此二句言赵佗黜帝号事。《汉书·西南夷传》载，高帝已定天下，遣陆贾立赵佗为南粤王。吕后当权，佗乃自号为南武帝，"乘黄屋左纛，称制，与中国侔(等)"。文帝初立，"乃为佗亲冢在真定，置守邑，岁时奉祀。召其从昆弟，尊官厚赐宠之"。并修书陈让："王之号为帝，两帝并立。亡一乘之使以通其道，是争也。争而不让，仁者不为也。愿与王分弃前患，终今以来，通使如故。"陆贾至，南粤王恐，顿首谢罪曰："愿奉明诏，长为藩臣，奉贡职。"于是下令国中："汉皇帝贤天子，自今以来，去帝制黄屋左纛。"惠：施恩惠，用如动词。父兄：指赵佗的父兄。南越：又作"南粤"，今两广一带。秦始皇三十三年(前 214)置桂林、南海、象郡。秦末赵佗自立为南越武王。汉元鼎六年(前 111)置南海、苍梧、郁桂、合浦、交趾、九真、日南、珠厓、儋耳郡。今以广东为粤，浙江为越。这里"南越"指南越王赵佗。黜(chù 触)：去掉。尉他：即赵佗(? ～前 137)，秦真定人。二世时为南海龙川令。南海尉任嚣死，佗行其尉事。秦灭，自立为南越武王。汉高帝时

封南越王。吕后时称帝。文帝时感德去帝号称臣。《文选》吕延济注:"圣文,文帝也。行克让之大德,不劳师徒,但以币帛加于天下,而民自服。"

㉛这二句言文帝与刘濞事。《汉书·荆燕吴传》载:吴王刘濞因皇太子与其子争博而掷死其子,埋葬又失所,故怀怨在心,失于藩臣之礼,称病不朝,以使代之,并密谋反。文帝闻之,未加追究,反而"皆赦吴,使使者归之,而赐吴王几杖,老不朝"。"吴得释,其谋亦益解"。降:降赐,赏赐。藩国:此指吴国。折:冲折。吴濞:吴王刘濞,汉高帝兄仲之子。荆王刘贾死,无后,立濞于沛,为吴王。景帝三年(前154),与楚、赵、胶东、胶西、菑川、济南诸王,以"清君侧"杀晁错为名,举兵反叛,史称"七国之乱"。后败,逃到东越,被杀。逆邪:指叛逆邪恶的行为。

㉜惟:句首语助词。太宗:指汉文帝刘恒。裴骃《史记集解》引应劭曰:"始取天下者为祖,高帝称高祖是也。始治天下者为宗,文帝称太宗是也。"荡荡:广大、广远貌。喻孝文之大德。《尚书·洪范》:"无偏无党,王道荡荡。"《论语·泰伯》:"巍巍乎!唯王为大,唯尧则之。荡荡乎!民无能名焉。"曩(nǎng 囊上声):以前,过去。图:图谋,谋取。《文选》吕向注:"言圣文加币以怀人,强秦修边以御远。帝德荡荡,然不与同其谋也。"

㉝跻(jī 跻):登上。高平:县名,见⑮注。或以高原名。周览:向四周看。嵯峨(cuō é 搓娥):山势高峻貌。

㉞野:原野,旷野。萧条:荒凉貌。莽荡:苍莽摇荡。迥:深远。

㉟飙(biāo 标):即飙风,暴风。漂遥:风驰貌,或作"飘飖"。灌:或作"漼"。《文选》刘良注:"飘飖,风驰貌。漼,水流貌。"扬波:翻起波浪。

㊱杳杳(yǎo 窈):深远幽暗貌。还用于时间。《楚辞·九叹·远逝》:"日杳杳以西颓兮,路长远而窘迫。"皑皑(ái 爱阳平):洁白貌。

㊲邕邕(yōng 拥):鸟和鸣声。邕,同"雍"。鹍(kūn 昆)鸡:鸟名,也作"昆鸡",似鹤,黄白色。《楚辞·九辩》:"雁廱廱而南游兮,鹍鸡啁哳而悲鸣。"喈喈(jiē 皆):众鸟鸣声。

㊳游子:离乡远游的人。悲其故乡:悲伤地想念他(指游子)的故乡。怆悢(chuàngliàng 创亮):悲伤惆怅。《文选》李周翰注:"游子,彪自谓也。"

㊴慨息:感慨叹息。涟(lián 连)落:垂泪貌。沾:浸湿。

㊵揽涕:挥泪。於邑:同"邑邑"、"於悒",愁闷不平貌。哀:悲伤。生民:百姓。故:事故,灾难。

㊶阴曀(yì 义):幽暗。嗟:叹息。平度:正常的准则。《文选》吕向注:"言阴曀不见阳景,喻天下昏乱,无明君之道,使失和平之法度。"

㊷谅:诚然,确实。永:长久。伊郁:即抑郁,愤懑,忧闷。谁愬(sù 诉):向谁诉说。愬,同"诉"。《诗·邶风·柏舟》:"薄言往愬,逢彼之怒。"

㊸乱:终篇,即结语。《楚辞·离骚》王逸注曰:"乱,理也(反训)。所以发理词指,总撮其要也。"夫子:指孔子。固穷:甘处穷困,不失气节。《论语·卫灵

公》："（孔子）在陈绝粮，从者病，莫能兴。子路愠见，曰：'君子亦有穷乎？'子曰：'君子固穷，小人穷斯滥矣。'"游艺：《论语·述而》："子曰：'志于道，据于德，依于仁，游于艺。'"艺，指礼、乐、射、御、书、数。言置身于六艺的活动。文：文献典章。

㊹这两句用孔子与颜回典故。《论语·雍也》："子曰：'贤哉，回也！一箪食，一瓢饮，在陋巷，人不堪其忧，回也不改其乐。贤哉，回也！'"《论语·述而》："叶公问孔子于子路，子路不对。子曰：'女奚不曰：其为人也，发愤忘食，乐以忘忧，不知老之将至云尔。'"惟：只有。圣贤：指孔子和颜回等具有极高智慧和道德的人。

㊺达人：通达知命的人。《列子·杨朱》："端木叔达人也，德过其祖矣。"贾谊《鹏鸟赋》："达人大观兮，物无不可。"仪则：法度，准则。

㊻申："伸"的古字，舒展，伸直，与"屈"相对而言。息：消息，指消长变化。《易·丰卦》彖辞："日中则昃，月盈则食，天地盈虚，与时消息，而况于人乎？"这两句的意思是，行为举止的进退都与人事、自然的兴衰变化相互消长。时：不仅指时代，也指天时。《文选》刘良注："言达人所从之事，皆有仪则，以能与时消息也。"

㊼履信：守信。无不居：无处不可居处。虽：即使。之：动词，到。蛮貊（mò陌）：我国古代统治者对东北少数民族的蔑称。貊，又写作"貉"。何：什么。忧惧：担心害怕。

【辨析】

《文选·班彪〈北征赋〉》李善题注："《汉书》（指《汉书·叙传》）曰：'……彪年二十，遭王莽败。刘圣公（指更始帝）立未定。乃去京师，往天水郡，归隗嚣。'"好像班彪离京往天水在他二十岁时，有的注本也正是这样理解，这是不对的。李善的意思是说，彪年二十，遭王莽败，刘圣公立未定。至于"去京师"云云，那是在此之后的事。《汉书·叙传》也正是如此叙述的。

那么，班彪北征时年龄究竟多大呢？《后汉书·班彪传》说："彪性沉重好古，年二十余，更始败，三辅大乱，时隗嚣拥众天水，彪乃避难从之。"这里是说"二十余"，而没有说出具体岁数。"更始败，三辅大乱"发生在光武帝建武元年（也即更始三年，公元25年）。《资治通鉴·光武帝纪》载，建武元年，"九月，赤眉入长安，更始单骑走"。本纪随后还具体提到班彪正是此时北征归嚣的。"（建武）十二月……三辅苦赤眉暴虐，皆怜更始……隗嚣归天水，复招其众……三辅士大夫避乱者多归嚣，嚣倾身引接，为布衣交，以平陵范逡为师友……安陵班彪之属为宾客。"可见班彪征行依嚣是在建武元年十二月。《后汉书·隗嚣公孙述传》也有类似记载。又，我们从《后汉书·班彪传》可知，班彪卒于"建武三十年，年五十二"，可见他生于西汉平帝元始二年，即公元 2 年。由元始二年至建武元年(即更始三年，公元 25 年)，整整二十三年。可见，班彪写《北征赋》时，正好二十三周岁，这是他的青年之作。

此赋结尾是"跻高平而周览"，可见此赋写于安定郡高平县。作者就北征沿途见闻，触景生情，发而为赋。赋中多有议论，坦露作者的政治理想。但因班彪是一个"行不逾方，言不失正，仕不急进，贞不违人，敷文华以纬国典，守贱薄而无闷容"的典型儒家正统人物，所以，赋中无非重复儒家的政治理想，缺少惊人之论。不过，他这篇《北征赋》是第一篇真正意义上的行旅赋。《历代赋汇》也将之列入"行旅"类的第一篇。这对扩展赋的描写范围，丰富赋的写作品类，不能说没有意义。但从赋史来说，现存最早的纪行赋应是刘歆的《遂初赋》。

冯衍

冯衍(约 1～76),字敬通,京兆杜陵(今陕西西安)人。祖野王,汉元帝时为大鸿胪。冯衍幼有奇才,九岁能诵《诗》,二十而博通群书。新莽更始将军廉丹镇压赤眉,丹辟衍为椽,俱至定陶。衍劝廉丹叛莽,拥兵以待时变,丹不听,与赤眉战死。衍乃亡命河东。刘玄更始二年,鲍永以尚书仆射行大将军事,衍为之出谋划策,永乃以衍为立汉将军。及刘玄败亡,光武帝怨其未及时归降,不予重用。后因与外戚后卫尉阴兴、新阳侯阴就交结,由是为诸王所聘请。刘秀惩西京外戚宾客,衍由此得罪。诏赦不问,由司隶从事罢归故郡,闭门自保,不敢复与亲故通。建武末,上疏自陈,因前过不用,潦倒而死。《后汉书》本传说他著有赋、诔、铭、疏、书、论等五十篇。明张溥辑《冯曲阳集》收有赋、疏、书、论等十七篇。《全汉文》收赋、疏等二十七篇(包括残篇)。传在《后汉书》卷二十八上。

显志赋并自论

冯子以为夫人之德[①],不碌碌如玉,落落如石[②]。风兴云蒸,一龙一蛇,与道翱翔,与时变化,夫岂守一节哉[③]? 用之则行,舍之则臧,进退无主,屈申无常[④]。故曰:"有法无法,因时为业;有度无度,与物趣舍[⑤]。"常务道德之实,而不求当世之名,阔略杪小之礼,荡佚人间之事[⑥]。正身直行,恬然肆志[⑦]。顾尝好俶傥之策,时莫能听用其谋,喟然长叹,自伤不遭[⑧]。久栖迟于小官,不得舒其所怀[⑨]。抑心折节,意凄情悲[⑩]。夫伐冰之家,不利鸡豚之息[⑪];委积之臣,不操市井之利[⑫]。况历位食禄二十余年,而财产益狭,居处益贫[⑬]。惟夫君子之仕,行其道也[⑭]。虑时务者不能兴其德,为身求者不能成其功[⑮]。去而归家,复羁旅于州郡,身愈据职,家弥穷困[⑯],卒离饥寒之灾,有丧元子之祸[⑰]。

先将军葬渭陵,哀帝之崩也,营之以为园[⑱]。于是以新丰之东,鸿门之上,寿安之中[⑲],地埶高敞,四通广大[⑳],南望郦山,北属泾渭[㉑],东瞰河华,龙门之阳,三晋之路[㉒],西顾酆鄗,周秦之丘,宫观之墟[㉓],通视千里,览见旧都,遂定茔焉。退而幽居[㉔]。盖忠臣过故墟而歔欷,孝子入旧室而哀叹[㉕]。每念祖考,著盛德于前,垂鸿烈于后[㉖],遭时之祸,坟墓芜秽,春秋蒸尝,昭穆无列[㉗]。年衰岁暮,悼无成功,将西田牧肥饶之野,殖生产,修孝道,营宗庙,广祭祀[㉘]。然后阖门讲习道德,观览乎孔老之论,庶几乎松乔之福[㉙]。上陇阪,陟高冈,游精宇宙,流目八纮[㉚]。历观九州山川之体,追览上古得失之风。愍道陵迟,伤德分崩[㉛]。夫睹其终必原其始,故存其人而咏其道[㉜]。疆理九野,经营五山,眇然有思陵云之意[㉝]。乃作赋自厉,命其篇曰《显志》[㉞]。显志者,言光明风化之情,昭章玄妙之思也[㉟]。其辞曰:

开岁发春兮,百卉含英[㊱]。甲子之朝兮,汩吾西征[㊲]。发轫新丰兮，裴回镐京[38]。陵飞廉而太息兮，登平阳而怀伤[39]。悲时俗之险陒兮，哀好恶之无常[40]。弃衡石而意量兮，随风波而飞扬[41]。纷纶流于权利兮，亲雷同而妒异[42]；独耿介而慕古兮，岂时人之所憙[43]？沮先圣之成论兮，藐名贤之高风[44]；忽道德之珍丽兮，务富贵之乐耽[45]。遵大路而裴回兮，履孔德之窈冥[46]；固众夫之所眩兮，孰能观于无形[47]？行劲直以离尤兮，羌前人之所有[48]；内自省而不惭兮，遂定志而弗改[49]。欣吾党之唐虞兮，愍吾生之愁勤[50]；聊发愤而扬情兮，将以荡夫忧心[51]。往者不可攀援兮，来者不可与期[52]；病没世之不称兮，愿横逝而无由[53]。

陟雍畤而消摇兮，超略阳而不反[54]。念人生之不再兮，悲六亲之日远[55]。陟九嵕而临嶻嶭兮，听泾渭之波声[56]。顾鸿门而歔欷兮，哀吾孤之早零[57]。何天命之不纯兮，信吾罪之所生[58]？伤诚善之无辜兮，赍此恨而入冥[59]。嗟我思之不远兮，岂败事之可悔[60]？虽九死而不眠兮，恐余殃之有再[61]。泪汍澜而雨集兮，气滂浡而云披[62]；心怫郁而纡结兮，意沉抑而内悲[63]。

瞰太行之嵳峩兮，观壶口之峥嵘[64]；悼丘墓之芜秽兮，恨昭穆之不荣[65]。岁忽忽而日迈兮，寿冉冉其不与[66]；耻功业之无成兮，赴原野而穷处[67]。昔伊尹之干汤兮，七十说而乃信[68]；皋陶钓于雷泽兮，赖虞舜而后亲[69]。无二士之遭遇兮，抱忠贞而莫达[70]；率妻子而耕耘兮，委厥美而不伐[71]。韩卢抑而不纵兮，骐骥绊而不试[72]；独慷慨而远览兮，非庸庸之所识[73]。卑卫赐之阜货兮，高颜回之所慕[74]；重祖考之洪烈兮，故收功于此路[75]。循四时之代谢兮，分五土之刑德[76]；相林麓之所产兮，尝水泉之所殖[77]。修神农之本业兮，采轩辕之奇策[78]；追周弃之遗教兮，轶范蠡之绝迹[79]。陟陇山以逾望兮，眇然览于八荒[80]；风波飘其并兴兮，情惆怅而增伤[81]。览河华之泱漭兮，望秦晋之故国[82]。愤冯亭之不遂兮，愠去疾之遭惑[83]。

流山岳而周览兮，徇碣石与洞庭[84]；浮江河而入海兮，泝淮济而上征[85]。瞻燕齐之旧居兮，历宋楚之名都[86]；哀群后之不祀兮，痛列国之为墟[87]。驰中夏而升降兮，路纡轸而多艰[88]；讲圣哲之通论兮，心愊忆而纷纭[89]。惟天路之同轨兮，或帝王之异政[90]；尧舜焕其荡荡兮，禹承平而革命[91]。并日夜而幽思兮，终悇憛而洞疑[92]；高阳藐其超远兮，世孰可与论兹[93]？讯夏启于甘泽兮，伤帝典之始倾[94]；颂成康之载德兮，咏《南风》之歌声[95]。思唐虞之晏晏兮，揖稷契与为朋[96]；苗裔纷其条畅兮，至汤武而勃兴[97]。昔三后之纯粹兮，每季世而穷祸[98]；吊夏桀于南巢兮，哭殷纣于牧野[99]。诏伊尹于亳郊兮，享吕望于酆洲[100]；功与日月齐光兮，名与三王争流[101]。

杨朱号乎衢路兮，墨子泣乎白丝[102]；知渐染之易性兮，怨造作之弗思[103]。美《关雎》之识微兮，愍王道之将崩[104]；拔周唐之盛德兮，捃桓文之谲功[105]。忿战国之遘祸兮，憎权臣之擅强[106]；黜楚子于南郢兮，执赵武于湨梁[107]。善忠信之救时兮，恶诈谋之妄作[108]；聘申叔于陈蔡兮，禽荀息于虞虢[109]。诛犁钼之介圣兮，讨臧仓之愬知[110]；嫫子反于彭城兮，爵管仲于夷仪[111]。疾兵革之寖滋兮，苦攻伐之萌生[112]；沉孙武于五湖兮，斩白起于长平[113]。恶丛巧之乱世兮，毒从横之败俗[114]；流苏秦于洹水兮，幽张仪于鬼谷[115]。澄德化之陵迟兮，烈刑罚之峭峻[116]；燔商鞅之法术兮，烧韩非之说论[117]。诮始皇之跋扈兮，投李斯于四裔[118]。灭先王之法则兮，祸寖淫而弘大[119]。援前圣以制中兮，矫二主之骄奢[120]；馌女齐于绛台兮，飨椒举于章华[121]。摛道德之光耀兮，匡衰世之眇风[122]；褒宋襄于泓谷兮，表季札于延陵[123]。摭仁智之英华兮，激乱国之末流[124]；观郑侨于溱洧兮，访晏婴于营丘[125]。日曀曀其将暮兮，独於邑而烦惑[126]；夫何九州之博大兮，迷不知路之南北[127]。驷素虬而驰骋兮，乘翠云而相佯[128]；就伯夷而折中兮，得务光而愈明[129]。欵子高于中野兮，遇伯成而定虑[130]；钦真人之德美兮，淹踌躇而弗去[131]。意斟愖而不澹兮，俟回风而容与[132]；求善卷之所存兮，遇许由于负黍[133]。轫吾车于箕阳兮，秣吾马于颍浒[134]；闻至言而晓领兮，还吾反乎故宇[135]。

览天地之幽奥兮，统万物之维纲[136]；究阴阳之变化兮，昭五德之精光[137]。跃青龙于沧海兮，豢白虎于金山[138]；凿岩石而为室兮，托高阳以养仙[139]。神雀翔于鸿崖兮，玄武潜于婴冥[140]；伏朱楼而四望兮，采三秀之华英[141]。纂前修之夸节兮，曜往昔之光勋[142]；披绮季之丽服兮，扬屈原之灵芬[143]。高吾冠之岌岌兮，长吾佩之洋洋[144]；饮六醴之清液兮，食五芝之茂英[145]。

揵六枳而为篱兮，筑蕙若而为室[146]；播兰芷于中廷兮，列杜衡于外术[147]。攒射干杂蘼芜兮，搆木兰与新夷[148]；光扈扈而炀燿兮，纷郁郁而畅美[149]；华芳晔其发越兮，时恍忽而莫贵[150]；非惜身之埳轲兮，怜众美之憔悴[151]。游精神于大宅兮,抗玄妙之常操[152];处清静以养志兮,实吾心之所乐[153]。山峨峨而造天兮,林冥冥而畅茂[154];鸾回翔索其群兮,鹿哀鸣而求其友[155]。诵古今以散思兮,览圣贤以自镇[156]。嘉孔丘之知命兮,大老聃之贵玄[157];德与道其孰宝兮?名与身其孰亲[158]?陂山谷而闲处兮,守寂寞而存神[159]。夫庄周之钓鱼兮,辞卿相之显位[160];於陵子之灌园兮,似至人之髣髴[161]。盖隐约而得道兮,羌穷悟而入术[162];离尘垢之窈冥兮,配乔、松之妙节[163]。惟吾志之所庶兮,固与俗其不同[164]。既俶傥而高引兮,愿观其从容[165]。

【说明】

此赋见《后汉书·冯衍传下》、《艺文类聚》卷二十六、《初学记》卷六。其中,《初学记》题为《明志赋》。

《后汉书·冯衍传下》说:"建武末,上疏自陈……书奏,犹以前过不用。衍不得志,退而作赋。"所作赋即《显志赋》。文学史家多把此赋创作时间系于建武三十一年(55),时冯衍已步入晚年。作者称作此赋为"自厉",实是抒发其离骚牢落之情。全赋二千三百来字,包括四个部分:第一部分是自论,说明自己的写作缘起及全赋题旨:"与道翱翔,与时变化","用之则行,舍之则藏"。似乎消极叹息,实乃儒道互藏。第二部分抒写其游览长安附近的所见所感,本为称名横逝,为君奔波,不幸"风波飘其并兴兮,情惆怅而增伤",只落得"愤冯亭之不遂兮,愠去疾之遭惑"。第三部分写他周览四方的所见所感,并借历史传说来抒发自己的政见和忠不见用的不平之情。第四部分与序照应,回头再写家居生活和高冠长佩,"既俶傥而高引兮,愿观其从容"的志愿。通观全赋并察冯衍遭遇,此赋发政见事小,抒写半生不受重用、空怀抱负的牢骚之情事大,大概也算是光武中兴历史上的反面点缀吧,可视为盛世之哀音。

赋文从体式架构到词句,都有明显仿《离骚》痕迹,作者在抒写欲超脱而又不能忘怀世务的矛盾感情方面,颇能曲尽其妙,真切动人。

【注释】

①冯子:冯衍自称。以为:认为。夫:句中语助词。德:道德,品行。

②碌碌(lù 路):玉貌,这里意为高贵。落落:多貌,这里意为卑贱。"不碌碌如玉,落落如石"句直用《老子》第三十九章"不欲碌碌如玉,落落如石"语。《后汉书·冯衍传下》李贤注:"言可贵可贱,皆非道真。玉貌碌碌,为人所贵;石形落落,为人所贱。贱既失矣,贵亦未得。言当处才不才之间。"

③风兴云蒸:即"风起云蒸",喻发展迅猛。《史记·太史公自序》:"诸侯作难,风起云蒸。"今作"风起云涌"。这里言相机变化,与时消息。道:此指圣人无为之道。翱翔:展开翅膀来回地飞。岂:难道,怎么。守:墨守。节:时节,带有比喻性质。"风兴"至"岂守"一段,承《管子·枢言》、《庄子·山木》及东方朔《诫子书》所谓圣人之道,一龙一蛇,形见神藏,与物变化,随时之宜,无有常处语意。

④用:任用。之:代词。则:就。行:出来做。舍:不用。臧:隐藏。无主:不受主宰。屈申:屈曲与伸展,这里指随时进退。无常:不固定。

⑤故曰:所以(司马谈)说。下面四句是司马谈之语,见于《史记·太史公自序》所载司马谈《论六家要指》一文。原文为:"有法无法,因时为业;有度无度,因物与合。"《后汉书·冯衍传下》李贤注云:"言法度是非,皆随时俗。物所趋则向之,所舍则违之,所谓随时之义也。"法:法度。因时:根据时机。为业:建立功业。趣舍:即取舍。趣,同"取"。

⑥务:致力,从事。当世之名:在世的浮名。阔略:不讲究,不拘泥。阔,宽。略,简。杪(miǎo 秒)小:细小。荡佚:放纵,不受约束。《后汉书·冯衍传下》李贤注:"放荡纵逸,不拘恒俗也。"

⑦正身:即正直不阿。直行:行正道,即按道义去做。恬然:心安神适的样子。肆志:随心,快意。

⑧顾:犹及也。尝好:曾经爱好。俶傥(tì tǎng 替倘):卓越,不拘于俗。时:时人。莫:不。其:代词,自指。喟(kuì 愧)然:叹息的样子。遭:逢,遇。

⑨久:长久。栖(qī 妻)迟:淹留,游息,偃息。不得:没有能够,无法。舒:伸展,这里引申为施展。怀:胸怀,抱负。

⑩抑心:抑制自己的心情。折节:强自克制,改变平素志行。凄:悲伤。

⑪此二句言高官厚禄的贵族家庭,不应当再贪求鸡猪这样的小利。夫:句首语助词。伐冰:凿冰。《礼记·大学》:"伐冰之家,不畜牛羊。"郑玄注:"卿大夫以上,丧祭用冰。"孔颖达疏:"从固阴之处,伐击其冰,以供丧祭,故云伐冰也。"古代只有卿大夫贵族得赐冰,故以"伐冰之家"称贵族豪门。《韩诗外传》卷四:"故驷马之家,不恃鸡豚之息;伐冰之家,不图牛羊之入。"利:以……为利,意动用法。豚(tún 屯):小猪。息:利息。

⑫委积:谓畜厚,厚禄。《韩诗外传》卷四:"委积之臣,不贪市井之利。"操:持。市井:商贾的代称。

⑬况:况且。历位:在位。食禄:吃俸禄。益狭:更少。

⑭惟:句首语助词。夫:代词,那。君子:有修养、有道德的人。仕:做官。

⑮虑时务者:从事政务的人。虑,考虑,忧患。时务,谓当世的要事。兴:使……兴隆,使动用法。其:他的或自己的。为身求者:为修身着想的人。成:使……有所成,使动用法。此二句是说:德行与功业二者犹鱼与熊掌,不可兼得。

⑯去:指离开官位。复:再,又。羇旅:同"羁旅",寄居作客。愈:越,更加。据职:占据要职。弥(mí 迷):越,更加。

⑰卒:终于。离:通"罹",遭遇。元子:本指天子或诸侯的嫡长子,后泛指长子,这里特指冯衍的长子。

⑱先将军:冯衍的曾祖父冯奉世,为右将军,封关内侯,故言"先将军"。渭陵:汉元帝陵,在今西安市城北五十六里。哀帝:指汉哀帝刘欣,元寿二年(前 1)崩。崩:指古代帝王或王后死。营:营建,建造。园:即义陵,在今西安市城北四十里。奉世墓入义陵茔中,所以冯衍不得入葬而别求。

⑲以:在。新丰:县名,故址在今陕西省临潼县东北。本秦骊邑,汉高祖七年(前 200),因太上皇思乡,遂按丰县街里格式改筑骊邑,并迁来丰民,故称"新丰",唐废。鸿门:古地名,在今陕西省临潼县东,也称"鸿门阪"。寿安:汉县名,故址在今河南省宜阳县东南。

⑳高敞:高而宽阔。四通:四方畅通无阻。

㉑郦山:在今陕西省临潼县东南,古代戎骊居之,故名。郦,同"骊"。属:通"瞩",瞩望。泾渭:泾水和渭水。

㉒瞰(kàn 看):远望。河:黄河。华:华山,也称西岳,在今陕西省华阴县南。龙门:龙门山,在陕西省韩城县境内。阳:山南水北曰阳,此指龙门山的南面。三晋:指韩、赵、魏三个诸侯国。

㉓顾:看。酆:古地名,在今陕西省户县东。本商崇侯虎邑,文王灭崇作酆邑。武王封其弟为酆侯。鄗:周武王之都。又作"镐"。在今陕西省西安市西南。周秦之丘:秦封地本在陇西秦县,周平王东迁以后,秦始有岐周之地,故总言周秦之丘。丘,废墟。宫观:供帝王游息的宫馆。

㉔通视:纵观。旧都:指长安。遂:于是,就。定茔:确定坟墓之址。焉:相当于"于之"。《后汉书·冯衍传下》李贤注:"衍墓在今新丰县南四里。"退:退处。幽居:隐居。

㉕盖:句首语气词。忠臣过故墟而歔欷:说的是箕子朝周事。《史记·宋微子世家》载:"其后箕子朝周,过故殷墟,感宫室毁坏,生禾黍,箕子伤之,欲哭则不可,欲泣为其近妇人,乃作《麦秀》之诗,以歌咏之。其诗曰:'麦秀渐渐兮,禾黍油油。彼狡童兮,不与我好兮!'所谓狡童者,纣也。殷民闻之,皆为流涕。"故墟:旧墟。歔欷(xū xī 须西):哀叹抽泣声。孝子入旧室而哀叹:《礼记·檀弓上》言:"反哭升堂,反诸其所作也(亲所行礼之处)。主妇入于室,反诸其所养也

(亲所馈养之处)。反哭之吊也,哀之至也。反而亡焉,失之矣,于是为甚。"旧室:指父母生前的居室。哀叹:悲哀叹息。

㉖每:每当,每每。念:怀念,想念。祖考:祖先。生曰父,死曰考。著:显露。前:生前。垂:流传。鸿烈:大功业。后:死后。

㉗芜秽:荒废,指无人整治而杂草丛生。春秋:指代年。蒸尝:本指秋冬二祭,这里泛指祭祀。昭穆:古代宗法制度,宗庙或墓地的辈次排列,以始祖居中。二世、四世、六世,位于始祖左方,称昭;三世、五世、七世,位于右方,称穆。用来分别宗族内部的长幼、亲疏和远近。后泛指家族的辈分。《后汉书·冯衍传下》李贤注:"父为昭,子为穆。昭南面,穆北面也。"无列:没有辈次排列,意为乱了辈序。

㉘年衰岁暮:年龄衰老到了暮年。悼:悲伤。将西:将要西归。田牧:谓耕种。田,通"佃",耕种。牧,放牧。肥饶之野:肥沃富饶的原野。殖:种植。营:建造。广:扩大。

㉙然后:这样之后。阖(hé 合)门:关门。观览:观看翻阅。乎:相当于介词"于"。孔老:指孔子和老子。孔子,名丘,字仲尼,儒家始祖,强调积极入世,知其不可为而为之;老子,道家学派创始人,主张清静无为,以柔为上。庶几:表希望或可能。松乔:赤松子与王子乔,皆传说中古仙人。《列仙传》说赤松子,神农时雨师,服水玉,能入火不烧。常止西王母石室中,能随风上下。王子乔,即周灵王太子晋。好吹笙,作凤鸣,游伊、洛之间,道人浮丘公携以上嵩山,遂仙去。福:福气。

㉚上陇阪(bǎn 板):登上山坡。阪,山坡,高坡。高冈:高高的山脊。游精:游神,游心。宇宙:天地。《淮南子·齐俗训》:"往古来今谓之宙,四方上下谓之宇。"流目:流览顾盼。八纮(hóng 红):八方极远之地,犹言八极。《淮南子·地形训》:"九州之外,乃有八殥。……八殥之外,乃有八纮。"高诱注:"纮,维也。维落天地而为之表,故曰纮也。"

㉛九州:指古代中国设置的九个州,冀、豫、兖、扬、雍、徐、梁、青、荆(见《尚书·禹贡》),这里泛指中国。体:风貌。上古:远古,指有文字以前的时代。风:风俗。愍(mǐn 悯):忧患,悯伤。陵迟:衰落。分崩:涣散瓦解。民有异心曰分,欲去曰崩。

㉜必:必可,必定。原:推究根源。故:所以,因此。存:思念,怀念。其人:上古贤圣。咏:赞颂。道:道德。

㉝疆理:划分,治理。《左传·成公二年》:"先王疆理天下,物土之宜,而布其列。"杜预注:"疆,界也。理,正也。"九野:九州之野。经营:周旋往来。五山:指五岳,即东岳泰山,西岳华山,中岳嵩山,北岳恒山,南岳衡山。眇(miǎo 秒)然:高远貌。思:想。陵云:超越云霄。喻志趣超越世俗。

㉞乃：于是，就。自厉：自我勉励。命：命名，取名。篇：古代文章写在竹简上，把首尾完整的诗或文用绳子或皮条编在一起叫篇。后泛指有首有尾的文章。

㉟光明：光大，显扬。这里是使动用法。风化：风俗教化。昭章：亦作"昭彰"，即昭著，显著，使动用法。玄妙：幽深微妙。

㊱"其辞曰"以下为赋的正文。开岁：指岁首。发春：春天万物发生。百卉：谓众多花草。卉，花草的总称。含英：含苞待吐的花。

㊲甲子：初春时甲子之日。朝：早晨。汩（yù 玉）：水流迅疾貌，引申为迅疾。吾：我。西征：西行。

㊳发轫（rèn 认）：启行。轫，刹车木，行车时必先去轫，故称。新丰：见注⑲。裵（péi 陪）回：彷徨，徘徊不进貌。镐京：周武王之都，在今陕西省西安市西南。

㊴陵：登，升。飞廉：观名，汉武帝元封二年（前 109）立于长安，上有铜飞廉，因以名焉。太息：叹息。平阳：秦邑，在今陕西省岐山县西南。或指宫名，《三辅黄图·秦宫》："平阳封宫，武公元年，伐彭戏氏，至于华山下，居于平阳封宫。"

㊵悲：悲伤。险阸：即险恶。阸，同"厄"。好恶（wù 务）：喜欢的和不喜欢的。无常：不固定。

㊶此二句是说：时人抛弃客观的衡量标准而以主观臆测，毫无法度，随风使舵，没有志操。衡：秤，秤杆。石（dàn 但）：量词。这里当指容量，作名词用。意：通"臆"，主观想象或猜测。风波：风浪。飞扬：飘舞。《后汉书·冯衍传下》李贤注："随风波而飞扬，言无志操也。"

㊷纷纶（lún 伦）：众多，忙乱。亲：亲近。雷同：同类的人。妒异：嫉妒异己。这二句是说：时俗之人皆流于权利之争，亲近意见相同的人，而排斥、嫉妒与自己相异之人。

㊸耿介：正直，守志不趋时。慕古：追慕古道。时人：时俗之人。

㊹沮：败坏。先圣：古代的圣贤。成论：定论。藐（miǎo 秒）：同"邈"，邈远，陵越。名贤：著名的圣贤。高风：高尚的风范。

㊺忽：不注意，轻视。珍丽：美丽珍贵。务：致力。耽：沉溺，爱好而沉浸其中。

㊻遵：循着，沿着。大路：大道。裵回：徘徊，见注㊳。履：践踏。孔德：大德。《老子》第二十一章："孔德之容，唯道是从。"河上公注："孔，大也。有大德之人，无所不容，能受垢独处谦卑也。"《后汉书·冯衍传下》李贤注以为"孔"为"空"。窈冥：深远，奥妙。《老子》第二十一章："孔德之容……窈兮冥兮。"

㊼固：本来。众夫：众人。眩：眼花，看不清。这里引申为迷惑，谓众人眩于名利。无形：谓没有触目可见的形体，指孔德而言。《老子》第四十一章："大器晚成，大音希声，大象无形。"

㊽行：行为。劲直：刚正不屈。离尤：遭罪，遇祸。离，通"罹"，遭遇。尤，

过，指责。羌：句首语助词。前人：古人，指屈原、贾谊之流。

㊾内：内心。自省：自我反省。惭：惭愧。遂：于是。定志：守定志向。

㊿欣：喜悦，快乐。党：辈。愍：哀怜，怜悯。愁勤：忧苦勤劳。

51聊：姑且。扬情：发扬（传播）古人风情。将：副词，将要。荡：涤除，洗掉。夫：代词，那。

52往者：指唐虞等古贤。攀援：原为攀附而登，这里作挽留讲。来者：指未来的贤哲。期：预约之期。

53病：担心，忧虑。没世：死。不称：不被称誉（颂）。此句化用孔子语，《论语·卫灵公》曰："君子疾没世而名不称焉。"愿：希望。横逝：放纵离去。无由：没有理由。

54陟（zhì 至）：登上。雍畤：古时祭天帝五神的祭坛，位于雍地者，名雍畤。《汉书·郊祀志上》："或曰：'自古以雍州积高，神明之隩，故立畤郊上帝，诸神祠皆云集。'"雍，汉县名，属右扶风，故城唐时在岐州雍南县。畤（zhì 至），古时祭天帝五神之处。《说文》："天地、五帝所基址祭地。"秦祠雍四畤：密畤、上畤、下畤、畦畤，汉代加一"北畤"。见《史记·封禅书》。消摇：观望。超：过。略阳：县名，今属陕西省。汉为沮县地，属天水郡。反："返"的古字。

55念：想，惦念。再：第二次。六亲：指夫妇、父子、兄弟。

56九嵕（zōng 宗）：山名，在今陕西省醴泉县东北。张衡《西京赋》有"九嵕甘泉"之语。巀嶭（zhànniè 战聂）：山名。一名嵯峨山，又名慈峨山。传说黄帝曾铸鼎于此，在今陕西省泾阳、三原、淳化三县交界处。巀：也作"嶻（jīe 皆）"、"巀（zá 杂）"。泾渭：泾河和渭河。

57顾：回头看。鸿门：即鸿门阪，在今陕西省临潼县东。歔欷：哀叹抽息声。吾孤：指冯衍的元子。早零：早死。零，落。

58何：为什么。纯：善好，美。信：果真。

59伤：伤悼。诚善：长子早丧，冯衍又未行邪僻，故云诚善。无辜：无罪 。赍（jī 机）：亦作"賫"、"赍"，抱着，带着。入冥：死。冥，人死后所进入的世界。此言死有余恨。

60嗟：叹息。思之不远：意谓思虑不深远。败事：已败之事。悔：后悔。

61虽：即使。九死：多次死亡。九，非确数。此句仿用屈原《离骚》："虽九死其犹未悔。"不眠：不瞑目。余殃：即余祸，未完的灾祸。

62汍（wán 丸）澜：同"汍滥"，泉水，比喻用法。汍，水泉从旁流出。雨集：雨水汇集，亦为比喻。滂浡（pángbó 旁勃）：水涌流貌。云披：如云之散开。或谓即"云帔"。

63佛（fú 弗）郁：心情不舒畅。纡（yū 淤）结：抑郁，郁结。沉抑：沉滞压抑。内悲：内心悲伤。

64瞰：远望。太行：山名，绵延于晋、冀、豫三省界的大山脉。嵯峩（cuó é

措阳平娥）：亦作“嵯峨”，山势高峻。壶口：二山名，一在今山西省吉县东，一在今山西省长治市西，此指后者。峥嵘：山势高峻貌。

㉟丘墓：坟墓，这里指冯氏宗族之墓。冯衍远祖冯亭，为韩国上党守，以上党降赵，赵封亭三万户，号华阳君，死因葬上党，墓在上党西。冯衍在关中，遥相望之，即序所谓“通视千里，览见旧都”。芜秽：荒废。昭穆不荣：指冯氏宗族衰微。昭穆，泛指宗族关系。荣，繁茂。

㊱岁：年，时光。忽忽：倏忽，形容时间过得很快。《楚辞·离骚》：“日忽忽其将暮。”迈：时光消逝。寿：寿命。冉冉：渐渐的样子。《楚辞·离骚》：“老冉冉其将至兮，恐修名之不立。”与：等待。

㊲耻：耻辱，意动用法。赴：奔赴，投入。原野：平原旷野。穷处：穷居。

㊳昔：从前。伊尹：商汤臣，名挚。干：求谒。《史记·殷本纪》：“伊尹名阿衡，欲奸（通“干”）汤无由，乃为有莘氏媵臣，负鼎俎，以滋味说汤，致于王道。”说：劝说，劝谏。信：相信，信任。

㊴皋陶（gāo yáo）：世称“咎繇”，偃姓。传说为舜之臣，掌刑狱之事。钓于雷泽：这里误作舜事。《史记·五帝本纪》：“舜耕历山，渔雷泽。”雷泽：古泽名，即雷夏。在今山东省菏泽市西北，已淤。赖：依赖，依靠。虞舜：即舜，虞为其国号。

㊵二士：指伊尹、皋陶。忠贞：忠诚坚贞之志。莫达：无法得志。

㊶率：带领，携带。妻子：妻子儿女。耕耘：泛指农业生产，这里指退隐耕种。委：聚积。厥：相当于“其”。美：美德。伐：自我夸耀。

㊷韩卢：战国时韩国良犬名。《战国策·秦策三》：“以秦卒之勇，车骑之多，以当诸侯，譬若驰韩卢而逐蹇兔也。”高诱注：“俊犬名。”张华《博物志》：“韩国有黑犬名卢。”又称韩子卢。《战国策·齐策三》：“韩子卢者，天下之疾犬也。”抑：压抑，抑制。纵：放纵，放。骐骥（qí jì 其冀）：骏马。绊：约束，牵制。试：用，任用。

㊸慷慨：意气风发，情绪激昂。远览：向远处望。庸庸：平庸，这里指平庸之辈。识：懂得，理解。《后汉书·冯衍传下》李贤注：“衍喻己有高才而不申，所以独慷慨远览，非庸庸之徒所能识也。”

㊹卑：卑贱，意动用法。卫赐：孔子的弟子子贡，名赐。《左传·哀公十一年》：“卫赐进曰。”孔颖达疏：“子贡卫人，故称卫赐。”阜货：积聚财物。高：意动用法，以……为高。颜回（前 521～前 490）：孔子弟子，春秋鲁人，字子渊。好学，安贫乐道。一箪食，一瓢饮，在陋巷，人不堪其忧，而回不改其乐。不迁怒，不贰过，在孔门中以德行著称。慕：追求，追慕。

㊺重：敬重。祖考：祖先。洪烈：盛大的功业。故：所以。收功：收聚功业。此：指耕耘隐处。

㊻循：顺着。四时：指春夏秋冬四季。代谢：更替变化。分：分别。五土：指

山林、川渎(川泽)、丘陵、坟衍(水边平地)、原隰(低洼地)等五种土地。刑德:《后汉书·冯衍传下》李贤注曰:"《家语》曰:地东西为纬,南北为经。山为积德,川为积刑。"

⑦相:审察,仔细看。林麓:即山林之地。尝:品尝。殖:种植。此二句谓:审察山林观其宜于生产何种果物,品尝水泉看它能种植哪样作物。

⑱修:操持。神农:传说中古人名。相传他始教民为耒、耜以兴农业。后来人们以之为主稼穑的大神。采:摘取,采取。轩辕:即黄帝,号轩辕。《大戴礼记》:"黄帝时播百谷草木,节用水火财物,人得其利。"奇策:奇妙的策略。

⑲追:追慕,追从。周弃:帝喾之子,儿时其游戏好种麻菽,及成人,遂好耕农,相地之宜,人皆法则之。帝尧闻之,举以为农师,天下得其利。遗教:遗留下来的教诲。轶:超越。范蠡:南阳人,事越王勾践,苦身戮力,灭吴报耻。既而以为大名之下,难以久居,乃与其私属乘舟浮海而行,变姓名,适齐为鸱夷子皮,之陶为朱公,终身不返,是为绝迹。绝迹:不见踪迹,谓隐遁。

⑳陇山:六盘山南段的别称,在今陕西陇县至甘肃平凉一带。逾望:遥望。朱骏声《说文通训定声》:"逾,假借为遥 。"《广雅·释诂》:"逾,远也。"眇然:高远貌。八荒:八方极远的地方。

㉑并兴:并列兴起。并,并列,一同。惆怅:伤感、失意的样子。

㉒河华:黄河、华山。泱漭(yǎng mǎng 养莽):广大貌。秦晋:秦国、晋国。

㉓愤:激愤,愤慨,为动用法。冯亭:冯衍曾祖,以上党降赵,秦破赵于长平而亭死,故言不遂。遂:通,达,此引申为顺利。愠:怒怨。去疾:指冯去疾,为秦丞相,胡亥元年,用赵高计,始皇大臣咸被诛戮,无遗脱。遭惑:遭受谮惑之灾。去疾与亭皆冯衍先人,故远怀怨愤,为之不平。

㉔流:周流,周行各地。山岳:高大的山。周览:周行观看。徇(xùn 殉):巡行。碣石:古山名,在今河北省昌黎县西北。因远望其山,穹窿似冢,山顶有巨石特出,其形如柱,故名。洞庭:即洞庭湖,在今湖南省北部,长江南岸。湘、资、沅、澧四水均汇流于此,在岳阳城陵矶入长江。

㉕以上四句亦见于《初学记》卷六,题为《明志赋》。江:长江。河:黄河。泝(sù 诉):同"溯",逆水流而上。淮济:淮水和济水。《尔雅·释水》:"江、河、淮、济为四渎。"淮水,今称淮河,源出河南省桐柏山,东经皖、苏,入洪泽湖,宋以前下游经淮阴涟山入海。济水,源于河南省济源县王屋山。其故道本经过黄河而南,东流至山东,与黄河并行入海。上征:向上行。《后汉书·冯衍传下》李贤注:"衍既不同流俗,情多愤怨,故假言涉历江山,周流河海。"

㉖瞻:瞻仰。燕:指燕国,姬姓,周召公奭之后,战国时称王,为战国七雄之一。都于蓟,故址在今北京市西南。齐:指齐国,姜姓,太公望之后,战国七雄之一。都于营丘,在今山东省淄博市临淄区。宋:指宋国,子姓,微仲之后,春秋五霸之一。都睢阳,故城在今河南省商丘市南。楚:即楚国,芈(mǐ 米)姓。熊绎受

封于周成王，立国于荆山一带，都丹阳，在今湖北省秭归县东，周人称为荆蛮。后建都于郢，故址在今湖北省江陵市西北。春秋战国时，国势强盛，后为秦灭。

(87)群后：指各诸侯国君主。不祀：不为人奉祀，喻亡国。痛：为动用法，为……哀痛。列国：古称各诸侯国为列国。为墟：变成废墟。

(88)中夏：即中国。《后汉书·班固传》载其《东都赋》："目中夏而布德，瞰四夷而抗棱。"古时，我国华夏诸族建国于黄河流域一带，以为居天下之中，故称中国，而把周围我国其他地区称四方。升降：上升下降。纡轸（zhěn 诊）：盘曲。

(89)圣哲：具有超凡道德才能的人。通论：通达的议论。愊（bì 必）忆：愤懑郁结。纷纭：杂乱貌。

(90)惟：思也。天路：上天之路。同轨：路线相同。或：也许，或许。帝王：《白虎通》："德合天者称帝，仁义合者称王。"异政：政教参差各异。

(91)"尧舜"句浓缩了孔子赞赏尧舜恩德与伟绩之语。《论语·泰伯》："子曰：'大哉尧之为君！巍巍乎！唯天为大，唯尧则之。荡荡乎！民无能名焉。巍巍乎其有成功也！焕乎其有文章！'"焕：鲜明，光亮。李贤注："有文章貌。"荡荡：广大无边，此指政德教化广博宽远。"禹承平"句：舜禅位于禹，所以说为承平。禹承尧舜之后而改其禅让制度，传位于子启，所以说是承平而革命。

(92)并：合并，一起。幽思：深思。悇憛（tú tán 途潭）：忧苦悲伤的样子。洞疑：惶恐。洞，通"恫"。

(93)高阳：帝颛顼之号。《史记·五帝本纪》说他"静渊以有谋，疏通而知事"。藐（miǎo 秒）：陵越。超远：遥远貌。孰：谁，哪一个。兹：代词，这。

(94)讯：问。夏启：禹之子，姒姓。相传禹提名伯益做继承人。禹死后，伯益推让，退隐箕山，启遂继王位。一说启杀伯益自立。他开创了中国历史上第一个奴隶制政权——夏，故称夏启。甘泽：《尚书·甘誓》："启与有扈战于甘之野。"孔安国注："有扈与夏同姓，恃亲而不恭，故启征之于甘野。"故址在陕西省鄠县（今户县）北。伤：为……伤心，为动用法。帝典：《尚书》中《尧典》、《舜典》的别称。《礼记·大学》："帝典曰：'克明峻德。'"《后汉书·章帝纪》建初元年正月丙寅诏："'五教在宽'，帝典所美。"倾：倾覆，倾斜。《后汉书·冯衍传下》李贤注："启既德薄，同姓相攻，故伤帝典之倾也。"

(95)成康：指周成王姬诵和其子周康王姬钊。《史记·周本纪》称："成康之际，天下安宁，刑错四十余年不用。"《汉书·景帝纪赞》："周云成康，汉言文景，美矣！"载德：积德。咏：歌咏。《南风》：指《周南》、《召南》，为《诗·国风》开首的两地诗歌。汉人解诗，以为歌文王之德，冯衍从之。歌声：这里指唱二南所发出的歌声。《诗》本来是与歌乐合体的，据说《诗》三百篇，孔子皆能弦歌之。

(96)思：思念，怀念。唐虞：指古帝唐尧和虞舜，皆以居地国名之。晏晏：温和，和悦貌。形容天下太平和乐。相传舜弹五弦之琴歌《南风》之诗，而天下治。揖：古代的拱手礼，这里作礼遇讲。稷：即后稷，名弃，帝喾子，传说母姜嫄履大人迹而生。帝尧时为农师。封于邰，号后稷，别姓姬氏。其十六代孙为周武王姬发，灭殷纣而建周。契：帝喾子，传说母简狄吞玄鸟之卵而生。为舜司徒。封于商，赐姓子氏。其十四世孙号汤，灭夏桀而王天下。朋：同党，朋友。

⑰苗裔：后代，指稷、契的后代。纷：众多的样子。条畅：滋长茂盛。汤：商汤。武：周武王姬发。勃兴：勃然兴起，蓬勃发展。

⑱三后：指夏、商、周三代的开国之君。纯粹：纯一不杂，精美无瑕。季世：末世。穷祸：困厄而有灾祸。

⑲吊：悼念死者。夏桀：夏代的最后一个国君，是历史上暴君之一。南巢：古地名，即今安徽省巢县西南。《尚书·仲虺之诰》："成汤放桀于南巢。"殷纣：即殷纣王，殷商的末代国君，历史上有名的暴君之一。牧野：古地名，在今河南省淇县南。《尚书·牧誓》："武王戎车三百两，虎贲三百人，与受战于牧野。"周武王在牧野与纣王决战，卒灭商。

⑩诏：召见。伊尹：名挚，商汤臣。亳：殷汤都城，在今河南省商丘市北。享：宴享。吕望：太公望，姓姜，名尚，周太师，佐周灭商。酆洲：酆地之洲。酆，周文王所都，故城在今陕西省户县东。洲，水中可居之地曰洲。

⑩功：功业，功勋。名：名声，名誉。此二句是说：伊尹、吕望之流功勋卓著，可以与日月的光辉等比；美名高扬，可以同夏、商、周开国之君并水争流。

⑩杨朱：战国时魏国人，字子居，又称扬子、阳生、阳子。重爱己，不以物累，不拔一毛以利天下。著作不传。号乎衢（qú 渠）路：在四通八达的岔路大声哭泣。《荀子·王霸》："杨朱哭衢途曰：'此夫过举跬步而跌千里者夫！'哀哭之。"说在十字路口错走半步，到觉悟后已差之千里，故为此而哭。后引作典故：杨朱泣歧。号，大声哭。衢，四通八达的岔路。墨子：名翟（前 478？～前 392），春秋战国之际思想家，墨家学派创始人。鲁国人，一说宋国人，做过宋大夫，死于楚。主张兼爱、非攻，尚俭、尚同、非乐，反对厚葬，积极进行政治活动。泣乎白丝：谓墨子见染白丝而哭泣。《墨子·所染》："子墨子言，见染丝者而叹曰：'染于苍则苍，染于黄则黄。所入者变，其色亦变。五入必，而已则为五色矣。故染不可不慎也，非独染丝然也，固亦有染。'"

⑩渐染：久积成习。易性：改变本性。怨：埋怨。造作：谓造作者，亦可解为造作之时。弗思：没有慎重思考得失。

⑩美：意动用法，以……为美。《关雎》：《诗·国风》之始。识微：识察细微动向。《后汉书·冯衍传下》李贤注："薛夫子《韩诗章句》曰：'诗人言雎鸠贞洁，以声相求，必于河之洲，蔽隐无人之处。故人君动静，退朝入于私宫，妃后御见，去留有度。今人君内倾于色，大人见其萌，故咏《关雎》，说淑女，正容仪也。'"冯衍袭而从之。

⑩拔：拔取。周唐：周文王和唐尧。捃（jùn 俊）：拾取，采集。桓文：齐桓公和晋文公。齐桓公，即公子小白，用管仲，一匡天下，九合诸侯，春秋五霸之一。

晋文公，即公子重耳，谲而不正，春秋五霸之一。谲(jué 觉)功：以欺诈手段所得霸功。

⑩⑥战国：古史以周室衰微，七国交争为战国，年限以周烈王二十三年(前403)至秦始皇二十六年(前221)，现多以公元前475年至前221年为战国。遘(gòu 够)祸：制造祸乱。遘，通"构"。擅强：专政强横。

⑩⑦黜(chù 触)：废，贬退。楚子：即楚王。此为用孔子诛心笔法：吴楚僭号私自称王，孔子修《春秋》，以为蛮夷大者不过子，所以皆黜为子。南郢：楚都，因在楚国南境，故称南郢，在今湖北省江陵县西北。执：捉拿，拘捕。赵武：晋卿赵文子，赵盾之子。其时晋为诸侯盟主，文子身为正卿，却做不臣之事。湨(jú 菊)梁：湨水的大堤。湨水，在今河南省西北部，源出济源县西，东入黄河。《春秋经·襄公十六年》："公会晋侯、宋公、卫侯……于湨梁。"即此。

⑩⑧善：以……为善，意动用法。忠信：忠诚信义。救时：匡救时弊。恶：以……为恶(不好，讨厌)，意动。诈谋：欺诈阴谋。妄作：胡作非为。

⑩⑨聘：探求，询问。申叔：楚大夫申叔时。据《左传·宣公十年》、《左传·宣公十一年》载：陈灵公不君，侮辱夏姬之子征舒，征舒很痛恨他，从马棚里用箭杀陈灵公。楚庄王为此兴兵伐陈，杀夏征舒，灭陈，把它变成楚国的一个县。申叔时谏庄王曰："夏征舒弑其君，其罪大矣；讨而戮之，君之义也。……诸侯之从也，曰讨有罪也。今县陈，贪其富也。以讨召诸侯而以贪终之，无乃不可乎？"楚庄王于是复封陈。陈蔡：陈国与蔡国。《后汉书·冯衍传下》李贤等注："时惟在陈，而兼言蔡者，盖以陈蔡相近，因连言之也。"禽："擒"的古字。荀息：晋大夫。《左传·僖公二年》："晋荀息请以屈产之乘与垂棘之璧，假道于虞以伐虢。公曰：'是吾宝也。'对曰：'若得道于虞，犹外府也。'……乃使荀息假道于虞。虞公许之，且请先伐虢。宫之奇谏而不听。里克荀息帅师会虞，师灭虢，还而灭虞。"虞：国名，姬姓，周古公亶父(太王)之子虞仲的后代。春秋时晋灭之。地在今山西省平陆县。虢：北虢，在今山西省平陆县，春秋时为晋假道于虞而灭。

⑪⓪诛：杀死。犁钼(chú 锄)：齐大夫。《后汉书·冯衍传下》李贤注引《韩非子·内储说下》曰："仲尼为政于鲁，道不拾遗，齐景公患之。犁钼曰：'去仲尼犹吹毛耳。君何不遗鲁公以女乐，以骄其意。鲁君乐之，必怠于政，仲尼必谏，谏而不听，必轻绝鲁。'景公曰：'善。'乃令犁钼以女乐遗鲁，哀公乐之，果怠于政，仲尼谏不听，遂去之。"介圣，离间孔子。介，间隔，隔开，引申为离间。圣，圣人，此指孔子。臧(zāng 脏)仓：鲁平公嬖人。鲁平公将出见孟子，臧仓沮谮，平公不出。孟子以为自己不遇鲁平公，是天命，臧氏无能左右平公。事见《孟子·梁惠王下》。愬(sù 诉)：诽谤，谮谗。知："智"的古字，智者，此指孟子。

⑪①[illegible]：通"馔"。《后汉书集解》引钱大昕曰："[illegible]当为馔……言欲饮食之也。"又：黄侃《读〈汉书〉、〈后汉书〉札记》："[illegible]盖姗之别体，读为姗谤之姗。"《东观记》作"讥"。子反于彭城：此句言子反事有误。子反与彭城无涉。考子反为楚大

夫，楚庄王、楚共王时任司马。察其事，要者有二：一是鲁宣公十五年（前 594），庄王命他围宋，“五月不解，宋城中急，无食，华元乃夜私见楚将子反，子反告庄王。……以信故，遂罢兵去”（见《史记·宋微子世家》）；一是楚共王十六年（前 575），晋楚战于鄢陵（今河南鄢陵西北），自晨至暮，未分胜负，准备明日再战。夜间，子反嗜酒而醉，共王不得已撤走，遂杀子反（一说自杀。参见《左传·成公十六年》及《韩非子·十过》）。而楚共王拔宋彭城，发生于宋平公三年，即鲁成公十八年（前 573），时子反已死两年矣，何得参与此战乎？彭城：春秋宋邑，故址在今江苏省铜山县。爵管仲于夷仪：《国语·齐语》载：翟人灭邢，管仲辅齐桓公筑夷仪以封邢，邢迁如归，于是天下诸侯皆知桓公之不为己动也，是故天下归之。桓公能成其霸业，所赖管仲是也。爵，动词，封爵。管仲，春秋时颍上人，名夷吾，字仲。初事公子纠，后相齐桓公，佐之九合诸侯，一匡天下，使桓公成为五霸之一。夷仪，春秋邢邑，故址在今河北省邢台市西。

⑫疾：厌恶，憎恨。兵革：代战争。寖（jìn 进）：“浸”的本字，逐渐滋染。攻伐：亦指战争。萌生：开始发生。

⑬沉：没入水中。孙武：春秋齐人，名武，也称孙武子。以兵法见于吴王阖庐，用为将，西破强秦，北威齐晋。善用兵，今存有《兵法》十三篇。五湖：即太湖。《职方氏·德疏》、《国语》韦昭注、《水经注·沔水》等皆如是观。一说指太湖及附近四湖为五湖。李贤注引虞翻以为指滆湖、洮湖、太湖、射湖、贵湖。白起：战国时秦将，郿人。善用兵，昭王用之，战胜攻取，凡七十余城，封武安君。长平之战，坑杀赵降卒四十余万。后称兵被免，被迫自杀。长平：战国赵邑。故址在今山西省高平县西北。其地有省冤谷，即白起坑赵卒处。

⑭恶：憎恨。丛巧：谓伪诈小术。乱世：败坏世风。毒：痛恨，憎恨。从横：合纵连横的缩语，其说“皆尚诬诈，不遵道德”，故说“败俗”。

⑮流：流放。苏秦：战国时东周洛阳人，合纵代表之一。初说秦惠王吞并天下，不用。后说燕、赵、韩、魏、齐、楚六国，合纵抗秦，佩六国相印，为纵约之长。至纵约为张仪破，遂至齐为客卿，与齐大夫争宠，被刺死。洹水：即今安阳河，源于林县，经安阳至内黄，入卫河。战国时苏秦说赵肃侯，合韩、魏、齐、楚、燕、赵之力以抗秦，使六国将相会于洹水之上而定盟。幽：幽禁。张仪：战国时魏人，纵横家。相传与苏秦同师事鬼谷子，张仪相秦惠文君，助他称王。后以连横之策说六国，使六国背纵约而事秦。秦武王立，六国闻仪不为重用，皆复合纵抗秦。仪去秦之魏，为相一年而卒。鬼谷：战国楚人鬼谷子，因隐于鬼谷，故名。其人长于养性持身和纵横捭阖之术。《史记·苏秦列传》：“东事师于齐，而习之于鬼谷先生。”司马贞《索隐》：“鬼谷，地名也。扶风池阳、颍川阳成并有鬼谷墟。”

⑯澄：澄清。德化：以德感化人。陵迟：衰落。烈：严厉，严酷。刑罚：古时刑和罚有区别，刑指肉刑、死刑，罚指以金钱赎罪。后泛指对犯罪实行惩罚的强

制方法。峭峻：严刻。

⑰燔（fán 烦）：焚烧。商鞅（约前 390～前 338）：战国卫人，姓公孙，名鞅，因封于商，也叫商鞅、商君。好刑名之学。相秦十八年，辅佐秦孝公变法，使民什伍相司；犯禁相连坐；不告奸者腰斩，告奸者与斩敌同赏，匿奸者与降敌同罪；人有二男以上不分异者倍其罚。行之四年，秦人富强。孝公死，遭公子虔等诬陷，车裂而死。韩非（前 280？～前 233）：战国韩诸公子。与李斯同师事荀卿。建议韩王变法，不用。后使秦，李斯忌其才，令入狱自杀。非好刑名法术之学，口吃不能言，著书十余万言，皆尚法术，反对礼治。说论：指《孤愤》、《说难》等学术论著。

⑱诮（qiào 俏）：责备，讥讽。始皇（前 381～前 338）：秦始皇，姓嬴，名政，中国历史上第一位统一多民族封建集权国家的皇帝。跋扈：骄横，强暴。投：投掷，抛弃。李斯（？～前 208）：战国末楚国上蔡人。师于荀卿。入秦为吕不韦舍人，后为客卿。谏逐客而复得官。秦统一后，为丞相。定郡县制，下禁书令，统一文字。始皇崩，与赵高谋立胡亥。后为高诬反，腰斩咸阳市中。四裔：四方边远的地方。

⑲灭先王之法则：指李斯为秦相，上书曰："今诸生不师今而学古，惑乱黔首，臣请非秦记皆烧之，天下敢有臧《诗》、《书》、百家语者皆烧之。令下三十日不烧，黥为城旦。"制曰："可。"（见《史记·李斯列传》）灭，毁灭。寖淫：逐渐增加，无节制。弘大：扩大。

⑳援：援引，引证。前圣：古代圣贤。制中：适中，恰当处理。矫：矫正。二主：指晋、楚二国之君。骄奢：骄横奢侈。

㉑馌（yè 叶）：送饭到田里吃。这里指馈食。女齐：晋大夫司马侯，善谏，曾和叔向一起规谏晋平公作绛台。绛（jiàng 绛）：晋国都，原名新田，晋景公迁都于此，改名新绛，也称绛。在今山西省曲沃县西南。平公时筑绛台，即《国语·晋语》所谓："晋平公为九层之台。"飨（xiǎng 响）：用酒食招待。椒举：楚大夫伍举。正直好谏，曾谏止楚灵王为章华台。《国语·楚语上》："灵王为章华之台，与椒举升。王曰：'台美乎？'对曰：'臣闻国君服宠以为美，安人以为乐，不闻其以土木之崇为美。先君庄王为匏居之台，高不过望国氛，大不过容宴豆，用不烦官府，人不废时务。今君为此台，国人疲焉，财用尽焉，臣不知其美。'"章华：即章华台，楚国离宫。春秋时楚灵王造。在今湖北省监利县西北。

㉒摛（chī 吃）：传播。匡：匡正。眇（miǎo 秒）风：衰敝之风气。

㉓褒：颂扬，褒扬。宋襄：即宋襄公，春秋五霸之一。泓谷：指泓水河谷。泓水，在今河南省柘城县西北。周襄王十四年（前 638），宋襄公与楚军战于此。《公羊传·僖公二十二年》："宋公与楚人期战于泓之阳，楚人济泓而来。有司曰：'请迨其未毕济而击之。'宋公曰：'不可，吾闻之也：君子不厄人于险。吾虽丧国之余，寡人不忍行也。'既济，未毕陈，有司复曰：'请迨其未毕陈而击之。'宋

公曰：'不可，吾闻之也：君子不鼓不成列。'已陈，然后襄公鼓之，宋师大败。故君子大其不鼓不成列，临大事而不忘大礼。有君而无臣，以为虽文王之战，亦不过此也。"今天看来宋襄公之举愚之又愚，然《公羊传》赞之，冯氏因循。表：旌表，表彰。季札：吴王寿梦少子，封于延陵。兄弟四人，札最少而贤。寿梦崩，诸兄皆欲立札，札弃其室而耕，舍王位。延陵：季札封邑，地在今江苏省武进县。

⑫摭(zhí 直)：拾取，摘取。英华：指花木之美，引申为德化。激：水的冲击。乱国：动乱不安的国家。末流：犹末俗，指颓风败俗。

⑫郑侨(？～前 522)：春秋郑国人，名侨，字子产，又叫公孙侨。时晋楚争霸，郑弱小，子产周旋其间，卑抗得宜。子产死，孔子称之为"古之遗爱"。溱洧(zhēn wěi 真伟)：溱水和洧水，皆郑国境内河流。访：拜访。晏婴(？～前 500)：春秋齐夷维人，字平仲。继其父弱(桓子)为齐卿，后相景公，以节俭力行，名显诸侯。营丘：齐地。周封太公于营丘，至齐献公徙临淄。汉为临淄营陵，皆属营丘地。古临淄，在今山东省淄博市临淄区西北。

⑫曀曀(yì 义)：阴晦的样子。於(wū 乌)邑：同"於悒"，忧悒郁结，哽咽。烦惑：烦乱迷惑。

⑫夫：句首发语词。何：为什么。九州：指《禹贡》所言中国九州。

⑫驷(sì 四)：四匹马同驾一车叫驷，这里作动词用。素虯(qiú 求)：白龙马。虯，古代传说中的一种龙。《尔雅》："马高八尺为龙。"驰骋：奔走，奔竞。相佯：亦作"相羊"，徜徉，逍遥。

⑫就：接近，靠近。伯夷：孤竹君之子，周武王时义士，不食周粟，隐于首阳山。折中：取正，用为判断事物的准则。务光：古代隐士，相传汤伐桀，因光而谋，光曰："非吾事也。"至殷武丁时，欲以为相，不从，遂投于梁山。愈明：更加清楚。《后汉书·冯衍传下》李贤注："衍退不仕，与务光辞相侔，事相得，故曰愈明。"

⑬欵：同"款"，真诚。子高：即伯成子高，唐尧、虞舜时为诸侯，至禹为天子，乃去而自耕。以为尧治天下，大公无私，不赏而人劝，不罚而人畏，禹治四海，赏而不劝，罚而不威，道德较尧舜大衰，这是德衰刑作的开始。故去而不留。中野：荒野之中。伯成：即伯成子高。定虑：思虑不旁骛，指下定决心。

⑬钦：敬重，恭敬。真人：道家称存养本性而得道的人为真人，此指子高。淹：迟缓，停留。踌躇：徘徊，犹豫。

⑬斟愖(chén 沉)：迟疑。澹(dàn 淡)：安定，安静。俟(sì)：等待。回风：旋风。容与：从容。

⑬求：寻找。善卷：传说中的上古隐者。《庄子·让王》："舜以天子让善卷。善卷曰：'余立于宇宙之中，冬日衣皮毛，夏日衣葛絺……日出而作，日入而息，逍遥于天地之间，而心意自得。吾何以天下为哉？'遂入深山，莫知所终。"许由：上古高士，隐于箕山。相传尧让以天下，不受，遁耕于箕山之下，尧又召为九州

长，由不欲闻之，洗耳于颍水滨。事见《庄子·逍遥游》、皇甫谧《高士传》。负黍：地名，在今河南省登封县西南。许由墓在其南。

⑬④轫（rèn 认）：刹车木，这里作停留解。箕阳：箕山南面。秣：喂养。颍浒：颍水岸边。浒，水边，岸边。《吕氏春秋·求人》说，尧想让位许由，许由"遂之箕山之下，颍水之阳，耕而食，终身无经天下之色"。后遂以"箕山之志"谓隐居不仕。

⑬⑤至言：至理之言。晓领：明白领悟。还（xuán 旋）：旋转。反："返"的古字。故宇：旧居。

⑬⑥幽奥：幽深奥妙。统：总括，综合。维纲：总纲，也指法度。

⑬⑦究：研究，探求。阴阳：古以阴阳解释万物化生，凡天地、日月、昼夜、男女以至腑脏、气血皆分属阴阳。昭：明显，显著，这里用作动词。五德：五行之德。施之于物，则为水、火、木、金、土，相生相克。施之于人，则为儒家的修身五德——仁、义、礼、知、信，或兵家的为将五德——智、信、仁、勇、严。精光：光辉。

⑬⑧青龙：传说中的一种祥瑞动物。然这里的行文安排又与星宿及方位有关。"青龙"与下文的"白虎"、"神雀"、"玄武"，皆与星宿相关。《礼记·曲礼上》："行，前朱雀而后玄武，左青龙而右白虎。"孔颖达疏："前南后北，左东右西。"按色彩，则东方青色，属木；南方朱色，属火；西方白色，属金；北方黑色，属水；中央黄色，属土。沧海：大海。这里可解为东海。豢（huàn 换）：喂养，饲养。白虎：西方星兽。金山：或指阿尔泰山，或泛指西方之山。

⑬⑨凿：用凿子凿。托：依靠，托身。高阳：高而向阳之处。

⑭⓪神雀：即朱雀，凤鸟，南方星兽。鸿崖：仙人名，也作"洪崖"，这里指仙人洪崖所在之乡。玄武：北方星兽，是龟蛇合体的兽。婴冥：指晦昧的幽都。

⑭①伏：依偎。朱楼：仙人爱居之处。三秀：芝草。华英：美丽的花。

⑭②纂：通"缵"，继承。前修：前贤。夸节：大节。曜（yào 耀）：照耀，光耀。往昔之光勋：指冯衍先人中像去疾、子明之类的光辉业绩。

⑭③披：穿，服。绮季：即绮里季，汉初隐士，"商山四皓"之一。四皓，即东园公、夏黄公、角里先生和绮里季。四人须眉皆白，故称"四皓"。汉高祖召不应。后高祖欲废太子，吕后用留侯计，迎四皓，使辅太子。俟太子羽翼成，遂去。《楚汉春秋》："四人冠韦冠，佩银环，衣服甚鲜。"丽服：指绮里季所服的华丽服装。扬：广扬，发扬。屈原：名平，字灵均，楚大夫。为人正直不阿，两度遭逐，有《离骚》等诗作数十篇。事见《史记·屈原贾生列传》。灵芬：神异的芳香，喻人的美德。

⑭④"高吾冠"句：用《楚辞·离骚》"高余冠之岌岌兮"句。吾：我。冠：帽子。岌岌（jí 集）：很高的样子。佩：系在衣带上的装饰品。洋洋：美丽，漂亮。

⑭⑤饮：喝。六醴：即六气，天地四时之气。清液：清醇的液体。五芝：五种芝草，即龙仙芝、参成芝、燕胎芝、夜光芝、玉芝。《后汉书·冯衍传下》李贤注引

《茅君内传》:"句曲山上有神芝五种:一曰龙仙芝,似交龙之相负,服之为太极仙卿。第二名参成芝,赤色有光,其枝叶如金石之音,折而续之即复如故,服之为太极大夫。第三名燕胎芝,其色紫,形如葵,叶上有燕象,光明洞澈,服一株拜为太清龙虎仙君。第四名夜光芝,其色青,其实正白如李,夜视其实如月,光照洞一室,服一株为太清仙官。第五名玉芝,剖食拜三官正真御史。"茂英:盛开的花。

⑭⑥揵(qián 前):竖立。枳(zhī 枝):木名。木如橘而小,高五七尺,叶多刺。春生白花,至秋成实。果小味酸,芳而不可食,可入药,可以为篱。《周礼·考工记》序:"橘逾淮而北为枳。"篱(lí 离):篱笆。蕙(huì 慧)若:蕙草与杜若,皆香草名。

⑭⑦播:撒种,播种。兰芷(zhǐ 止):泽兰和白芷,皆花草名。中廷:庭院之中。列:排列,这里有种植意。杜衡:香草名,也作"杜蘅",似葵而香,根入药。外术:庭外的路边。

⑭⑧攒(cuán):聚集。射(yè 叶)干:草名,可入药。茎长四寸,生于高山上;一说多生于山崖间,茎虽细小,亦类木。蘼(mí 迷)芜:香草名,似蛇状而香。搆:同"构",架起。木兰:木名,状如楠树,质似柏而微疏,香味似桂,皮薄。新夷:即辛夷,香草名,其花甚香。

⑭⑨扈扈:光明貌。煬燿(yìyào 义耀):辉映。燿,同"耀"。郁郁:香气散发。畅:通畅,欢畅。

⑮⓪华:同"花"。芳晔(yè 叶):芬芳鲜艳。发越:散发。时:不时地。恍忽:轻忽。莫贵:莫知所贵。

⑮①惜身:怜惜自身。埳轲(kǎnkē 坎科):同"坎坷",本指道路不平,车行不便,引申为遭遇多有挫折。众美:众多花木。憔悴(qiáo cuì 瞧翠):形容人面黄瘦,实指才士郁郁不得志。

⑮②游:放纵。精神:指人的精气,元神。大宅:指天地。抗:举。玄妙:幽深微妙。《老子》第一章:"玄之又玄,众妙之门。"《淮南子·览冥训》:"夫物类之相应,玄妙深微。知不能论,辩不能解。"常操:平常的节操。

⑮③处:居处。清静:指清淡平静之境。养志:修养心志。实:副词,确实,的确。乐:喜欢,快意。

⑮④峨峨:山高峻貌。造天:连天。冥冥:晦暗深远。畅茂:繁茂昌盛。

⑮⑤鸾(luán 峦):传说中的一种神鸟。其状如翟(一种野鸡)而五彩文。回翔:盘旋地飞。索:寻求。群:聚在一起的同类。友:朋友,同伙。《诗·小雅·鹿鸣》:"呦呦鹿鸣。"《诗·小雅·伐木》:"嘤其鸣矣,求其友声。"

⑮⑥诵:述说。散思:扩散愁思。览:览观。圣贤:古代仁慈智慧的人。自镇:自重。古代圣贤,多固穷守道,故览观之可以自重。

⑮⑦嘉:赞美。孔丘:即孔子,名丘,字仲尼,儒家始祖。知命:认识天命,得知

天命。《论语·为政》:“子曰:‘……五十而知天命。’”大:以……为大,意动用法。老聃:即老子,姓李,名耳,字聃,道家始祖。有《道德经》五千言传世。贵玄:以玄为贵。玄是道家与道同一层面的一个深奥玄妙的概念。《老子》第一章:“玄之又玄,众妙之门。”

⑱“德与道”两句袭用《老子》语。《老子》第五十一章:“万物莫不遵道而贵德。”《老子》第六十二章:“道者万物之奥也,善人之所宝。”又说:“名与身孰亲?”德与道是《老子》中的两个概念,道为体,德为用,浑言为一,析言有异。宝:宝贵,珍贵。名:名誉。身:身体,性命。亲:亲近。

⑲陂(bēi 碑):靠近。闲处:清闲独处。寂寞:空廓,寂静。《老子》贵“虚无”,认为道体为“无”。《老子》第一章:“无名,天地之始……故常无欲,以观其妙。”存神:保存心神。

⑳庄周钓鱼:《庄子·秋水》载:“庄子钓于濮水,楚王使大夫二人往先焉,曰:‘愿以境内累矣。’庄子持竿不顾,曰:‘吾闻楚有神龟,死已三千岁矣。王巾笥而藏之庙堂之上。此龟者,宁其死为留骨而贵乎?宁其生而曳尾于涂中乎?’二大夫曰:‘宁生而曳尾涂中。’庄子曰:‘往矣,吾将曳尾于涂中。’”庄周(前369～前286),战国宋蒙人。曾为漆园吏。著书十余万言,往往出以寓言,主张齐生死,一万物,清静无为,保真全命,独尊老而斥儒墨,淡薄鄙视功名利禄。辞:推辞,谢绝。卿相:卿和相皆古代高级官吏,此以喻指地位极高。显位:显贵的官位。

(161)於陵子灌园:事见刘向《列女传》。传载:“於陵子终贤,楚王欲以为相,使使者往迎之。子终出谢使者,遂与妻俱逃而为人灌园。”於陵子:即於陵子终,战国齐人,姓陈,名仲子,因居于於陵,故号於陵子。《战国策·齐策四》作“於陵子仲”。《汉书·古今人物表》作“於陵中子”。刘向《列女传》称为楚人。似:类似,像。至人:道德修养达到最高境界的人。《庄子·逍遥游》:“至人无己,神人无功,圣人无名。”庄子理想中的三种人物中,至人最高。髣髴:即“仿佛”,似乎,好像。

(162)盖:大概。隐约:隐居守约。羌:句首语气词。穷悟:穷棲悟理。入术:谓得为至人之术。

(163)离:离开。尘垢:尘土和污垢,此指尘世。窈冥:幽暗貌。配:匹配。乔、松:王子乔和赤松子,皆传说中的古仙人。妙节:美好的节操。

(164)惟:句首语助词。庶:庶几守道,表希望或可能。固:本来。俗:世俗,指世俗之人的志节。

(165)既:已往。俶傥(tì tǎng 替躺):卓越,不拘于俗。高引:超俗隐遁。从容:安逸舒缓,不慌不忙。《后汉书·冯衍传下》李贤注:“衍虽摈斥当年,身穷志沮,而令问期于不朽,声芳悬诸日月,故曰愿观其从容。”

杨节赋序

冯子耕于郦山之阿①,渭水之阴②,废吊问之礼③,绝游宦之路④,眇然有超物之心⑤,无偶俗之志⑥。

【说明】

此赋见《初学记》卷六,《文选·潘岳〈西征赋〉》李善注仅存佚句。

杨节,当作"扬节",指冯衍挥鞭赶牛马耕田。此赋当作于冯衍交结外戚阴兴、阴就事发,"衍由此得罪,尝自诣狱,有诏赦不问,西归故郡(京兆杜陵,今陕西西安东南)"之后。陆侃如先生《中古文学系年》系于建武二十八年(52),时衍六七十岁。

【注释】

①冯子耕于郦山之阿:冯衍《与妇弟任武达书》:"衍以室家纷然之故,捐弃衣冠,侧身山野,绝交游之路,杜仕宦之门,阖门不出,心专耕耘,以求衣食,何敢有功名之路哉。"郦,《初学记》卷六作"骊"。骊山:在今陕西省西安市东,临潼县境。阿,山之弯曲处。

②渭水:水名,黄河最大支流。源出甘肃省渭源县,流经陕西省中部,至华阴入黄。

③吊问:吊祭死者,慰问生者。

④游宦:在外做官。

⑤ 眇然:高远貌。超物:超然物外。

⑥偶俗:迎合世俗。

杜笃

杜笃(？～78)，字季雅，京兆杜陵(今陕西西安东南)人。少笃学，不修小节。光武帝建武二十年(44)，因得罪美阳令，被捕送京师。适值光武功臣吴汉死，杜笃于狱中作诔，文辞壮美，为光武帝所赏识，赐帛免刑。因献《论都赋》。后仕郡为文学掾。以目疾，二十余年不至洛阳。章帝建初三年(78)，车骑将军马防击西羌，请为从事中郎，战死于射姑山。今存作品有《论都赋》、《祓禊赋》、《书枙赋》、《首阳山赋》、《大司马吴汉诔》等十余篇。除《论都赋》之外，大都为残篇。《后汉书·文苑传上》有传。

论都赋并奏及序

臣闻知而复知,是为重知[①]。臣所欲言,陛下已知[②],故略其梗概,不敢具陈[③]。昔般庚去奢,行俭于亳[④]。成周之隆,乃即中洛[⑤]。遭时制都,不常厥邑[⑥]。贤圣之虑,盖有优劣;霸王之姿,明知相绝[⑦]。守国之埶,同归异术[⑧]:或弃去阻阸,务处平易[⑨];或据山带河,并吞六国[⑩];或富贵思归,不顾见袭[⑪];或掩空击虚,自蜀汉出;即日车驾,策由一卒[⑫];或知而不从,久都墝埆[⑬]。臣不敢有所据。窃见司马相如、扬子云作辞赋以讽主上,臣诚慕之[⑭],伏作书一篇,名曰《论都》,谨并封奏如左[⑮]。

皇帝以建武十八年二月甲辰,升舆洛邑,巡于西岳[⑯]。推天时,顺斗极,排阊阖,入函谷[⑰],观阸于崤、黾,图险于陇、蜀[⑱]。其三月丁酉,行至长安[⑲]。经营宫室,伤愍旧京[⑳],即诏京兆,乃命扶风,斋肃致敬,告覲园陵[㉑]。凄然有怀祖之思,喟乎以思诸夏之隆[㉒]。遂天旋云游,造舟于渭,北斻泾流[㉓],千乘方毂,万骑骈罗,衍陈于岐、梁,东横乎大河[㉔]。瘗后土,礼邠郊[㉕]。其岁四月,反于洛都[㉖]。明年,有诏复函谷关,作大驾宫、六王邸,高车厩于长安[㉗],修理东都城门,桥泾、渭[㉘]。往往缮离观,东临霸、浐,西望昆明[㉙],北登长平,规龙首,抚未央,覛平乐,仪建章[㉚]。

是时山东翕然狐疑,意圣朝之西都,惧关门之反拒也[㉛]。客有为笃言:"彼埳井之潢汙,固不容夫吞舟[㉜];且洛邑之渟瀯,曷足以居乎万乘哉[㉝]?咸阳守国利器,不可久虚,以示奸萌[㉞]。"笃未甚然其言也,故因为述大汉之崇,世据靡州之利,而今国家未暇之故,以喻客意[㉟]。曰:

昔在强秦,爰初开畔,霸自岐、靡[㊱],国富人衍,卒以并兼,桀虐作乱[37]。天命有圣，托之大汉[38]。大汉开基，高祖有勋，斩白蛇，屯黑云[39]，聚五星于东井，提干将而呵暴秦[40]。蹈沧海，跨昆仑，奋彗光，埽项军[41]，遂济人难，荡涤于泗、沂[42]。刘敬建策，初都长安[43]。太宗承流，守之以文[44]。躬履节俭，侧身行仁，食不二味，衣无异采，赈人以农桑，率下以约己[45]，曼丽之容不悦于目，郑卫之声不过于耳，佞邪之臣不列于朝，巧伪之物不鬻于市[46]，故能理升平而刑几措。富衍于孝景，功传于后嗣[47]。

是时孝武因其余财府帑之蓄，始有钩深图远之意[48]，探冒顿之罪，校平城之雠[49]。遂命票骑，勤任卫青，勇惟鹰扬，军如流星[50]，深之匈奴，割裂王庭，席卷漠北，叩勒祁连，横分单于，屠裂百蛮[51]。烧罽帐，系阏氏，燔康居，灰珍奇[52]，椎鸣镝，钉鹿蠡，驰阬岸，获昆弥[53]，虏傲侲，驱骡驴，驭宛马，鞭駃騠[54]。拓地万里，威震八荒[55]。肇置四郡，据守敦煌[56]。并域属国，一郡领方。立侯隅北，建护西羌[57]。捶驱氐、僰，寥狼邛、莋[58]。东攡乌桓，蹂辚涉貊[59]。南羁钩町，水剑强越[60]。残夷文身，海波沫血。郡县日南，漂槩朱崖[61]。部尉东南，兼有黄支[62]。连缓耳，琐雕题，摧天督，牵象犀[63]，椎蜯蛤，碎瑠璃，甲瑇瑁，戕觜觿[64]。于是同穴裘褐之域，共川鼻饮之国，莫不袒跣稽颡，失气虏伏[65]。非夫大汉之盛，世藉廱土之饶，得御外理内之术，孰能致功若斯[66]！故创业于高祖，嗣传于孝惠，德隆于太宗[67]，财衍于孝景，威盛于圣武，政行于宣、元[68]，侈极于成、哀，祚缺于孝平[69]。传世十一，历载三百，德衰而复盈，道微而复章[70]，皆莫能迁于廱州，而背于咸阳[71]。宫室寝庙，山陵相望，高显弘丽，可思可荣[72]，羲、农已来，无兹著明[73]。

夫廱州本帝皇所以育业，霸王所以衍功，战士角难之场也[74]。《禹贡》所载，厥田惟上[75]。沃野千里，原隰弥望。保殖五谷，桑麻条畅[76]。滨据南山，带以泾、渭，号曰陆海，蠢生万类[77]。楩柟檀柘，蔬果成实[78]。畎渎润淤，水泉灌溉，渐泽成川，粳稻陶遂[79]。厥土之膏，亩价一金。田田相如，鐇钁株林[80]。火耕流种，功浅得深[81]。既有蓄积，阸塞四临：西被陇、蜀，南通汉中，北据谷口，东阻嵚岩[82]。关函守峣，山东道穷[83]；置列汧、陇，廱偃西戎[84]；拒守褒斜，岭南不通；杜口绝津，朔方无从[85]。鸿、渭之流，径入于河；大船万艘，转漕相过[86]；东综沧海，西纲流沙；朔南暨声，诸夏是和[87]。城池百尺，阸塞要害。关梁之险，多所衿带[88]。

一卒举礧，千夫沉滞；一人奋戟，三军沮败[89]。地埶便利，介胄剽悍，可与守近，利以攻远[90]。士卒易保，人不肉袒[91]。肇十有二，是为赡腴[92]。用霸则兼并，先据则功殊，修文则财衍，行武则士要[93]；为政则化上，篡逆则难诛；进攻则百克，退守则有余[94]：斯固帝王之渊囿，而守国之利器也[95]。

逮及亡新，时汉之衰，偷忍渊囿[96]，篡器慢违，徒以埶便，莫能卒危[97]。假之十八，诛自京师[98]。天畀更始，不能引维，慢藏招寇，复致赤眉[99]。海内云扰，诸夏灭微；群龙并战，未知是非[100]。于是圣帝，赫然申威。荷天人之符，兼不世之姿[101]。受命于皇上，获助于灵祇[102]。立号高邑，搴旗四麾[103]。首策之臣，运筹出奇；虓怒之旅，如虎如螭[104]。师之攸向，无不靡披[105]。盖夫燔鱼剸蛇，莫之方斯[106]。大呼山东，响动流沙[107]。要龙渊，首镆铘，命腾太白，亲发狼、弧[108]。南禽公孙，北背强胡，西平陇、冀，东据洛都[109]。乃廓平帝宇，济蒸人于涂炭，成兆庶之亹亹，遂兴复乎大汉[110]。

今天下新定，矢石之勤始瘳，而主上方以边垂为忧，忿葭萌之不柔，未遑于论都而遗思雝州也[111]。方躬劳圣思，以率海内，厉抚名将，略地疆外，信威于征伐，展武于荒裔[112]。若夫文身鼻饮缓耳之主，椎结左衽鐻锅之君[113]，东南殊俗不羁之国，西北绝域难制之邻，靡不重译纳贡，请为藩臣[114]。上犹谦让而不伐勤。意以为获无用之虏，不如安有益之民[115]；略荒裔之地，不如保殖五谷之渊；远救于已亡，不若近而存存也[116]。今国家躬修道德，吐惠含仁，湛恩沾洽，时风显宣[117]。徒垂意于持平守实，务在爱育元元，苟有便于王政者，圣主纳焉[118]。何则？物罔挹而不损，道无隆而不移，阳盛则运，阴满则亏[119]，故存不忘亡，安不讳危，虽有仁义，犹设城池也[120]。

客以利器不可久虚，而国家亦不忘乎西都，何必去洛邑之渟瀯与[121]？

【说明】

此赋见《后汉书·文苑传上·杜笃》、《艺文类聚》卷六十一。《后汉书》杜笃本传称："笃以关中表里山河，先帝旧京，不宜改营洛邑，乃上奏《论都赋》。"可见杜笃此赋是为劝光武帝迁都长安而作。又，我们从杜笃本传得知，此赋写于杜笃在狱中为光武帝的大功臣吴汉作诔，受到光武帝称许而被从狱中放出之后。吴汉死于光武帝建武二十年(44)，故此赋也当作于是年，这时杜笃只有二十几岁。此赋思想内容缺少新意，但文字简洁明快，许多辞句几近成语。

【注释】

①臣：古代官吏、百姓对君主的自称。知：知道。复知：再使知道。是：代词，这。为：叫做。

②欲言：想要说的话。陛(bì 必)下：臣对君的敬称。已：已经。

③故：所以。略：大致，大概。梗概：大略，大概。具陈：详细陈述。

④昔：从前。般庚：即盘庚，殷商君主，汤九世孙，祖丁之子，继兄阳甲之位。时王室衰乱，盘庚率众自奄(今山东曲阜)凡五迁而至于亳殷。商复兴，史称殷商。去奢：去掉奢侈。亳(bó 博)：即亳殷，地在今河南省安阳市西北。《书·盘庚上》："盘庚五迁，将治亳殷。"郑玄注："治于亳之殷地，商家自徙此，而改号曰殷亳。"《帝王世纪》："盘庚以耿在河北，迫近山川，自祖辛以来，奢淫不绝，盘庚乃南度河，徙都于亳。"

⑤成周：周公经营洛邑为东都，又卜瀍水东为下都，称"成周"。《书·洛诰》："召公既相宅，周公往营成周。"用以迁殷之顽民。周敬王避王子朝之乱，正式迁都成周。战国时改称洛阳。故址在今河南省洛阳市东郊白马寺之东。隆：兴盛。即：往就。中洛：中都洛阳。

⑥遭时：逢(遇)时。制都：定都。不常：不固定。厥：相当于代词"其"。邑：国都。《书·盘庚》："不常厥邑，于今五邦。"

⑦贤：有道德、有才能的人。圣：具有较高智慧和道德的人。盖：句首语气词。霸王：以霸道治天下和以王道治天下的人。姿：资质，才能。明知：聪明智慧。知，"智"的古字。相绝：相互悬殊极大。绝，非常，极。

⑧守国：执掌国政，治理国家。埶：样式，办法。同归异术：同样结果，但方法(手段或道路)各不相同。以下列举了五种情况(实为五个事例)。

⑨此句言周武王和周公定都事。《淮南子·氾论训》："武王克殷，欲筑宫于五行之山。周公曰：'不可。夫五行之山，固塞险阻之地。使我德能覆之，则天下纳其贡职者固(必然)矣；使我有暴乱之行，则天下之伐我难也。'"高诱注："周公言我有暴乱之行，则天下当来伐我，无为于五行之山，使天下来伐我者难也。方其依恃德不恃险也。"弃去：放弃离开。阻阸：险要的地方。务：追求。平易：开阔平坦的地势。

⑩此句言秦。《史记·秦本纪》引贾谊《过秦论》："秦地被山带河以为固，四塞之国也。自穆公以来，至于秦王，二十余君，常为诸侯雄，岂世世贤哉？其势居然也。"据：靠着。山：指殽山。带：以……为带，意动用法。河：黄河。六国：指战国七雄中除秦外的其他六国，即齐、楚、燕、韩、赵、魏。

⑪此句言项羽事。项羽自立为西楚霸王后,韩生劝他都于关中,他说:“富贵不归故乡,如衣锦夜行。”终归都彭城。而刘邦自蜀汉出兵袭击之。见《汉书》。顾:顾及,关心。见袭:被偷袭。

⑫此四句言刘邦事。《汉书·高帝纪下》载戍卒娄敬劝高祖都关中,高祖立刻接受,即日车驾而至长安。掩空击虚:乘其不备而袭取之。蜀汉:指蜀郡和汉中一带。即日:当天。策:计谋。由:出自。一卒:指戍卒娄敬。

⑬此言刘秀事。光武帝刘秀明知洛阳地薄,四面受敌,仍欲定都在那里。垰埆(qiāo què 敲确):土地贫瘠。

⑭窃:谦辞,私下,私自。司马相如(前 172～前 117),西汉辞赋家。字长卿,蜀郡成都人。侍景帝、武帝朝。代表赋作有《天子游猎赋》。其赋多写帝王苑囿之盛,田猎之乐,极尽铺张能事,篇末寄寓讽谏。扬子云:即扬雄(前 53～18),西汉文学家、哲学家、语言学家。字子云,蜀郡成都人。早年喜赋,赋作模仿司马相如,代表作有《长杨赋》、《甘泉赋》、《羽猎赋》、《河东赋》等四大赋。讽:用含蓄的话语暗示或劝告。主上:指天子(皇帝)。诚:确实,的确。慕之:敬慕他们。之,代词,他们,指司马相如和扬雄。

⑮伏:下对上(多用于对皇帝)陈述自己的想法时用的敬辞。作书:指写赋。谨:谨慎,小心。封奏:封牍奏进。奏,向君王进言或上书。左:古书竖行从右向左,故云左。

⑯皇帝:指光武帝刘秀。以:在。建武:东汉光武帝刘秀年号,公元 25～56 年。建武十八年:即公元 42 年。甲辰:《光武纪》作“甲寅”,等于往后推迟十天。查建武十八年二月无甲辰或甲寅日。升舆:登车。洛邑:即洛阳。巡:巡视。西岳:华山,在陕西省华阴县南。由莲花(西峰)、落雁(南峰)、朝阳(东峰)、玉女(中峰)、五云(北峰)等山峰组成。

⑰推:推移。天时:自然运行的时序。顺:顺着,循着。斗极:北斗星和北极星。此句言顺着斗建和北极星的运转而行。排:推开。阊阖(chāng hé 昌合):天门。函谷:汉关,在今河南省新安县东北。汉武帝元鼎三年(前 114)置,东移秦函谷(在今河南省灵宝县南,乃秦东关。东自崤山,西至潼津,深险如函,通名函谷)三百里。

⑱阸(è 厄):阻塞,险要的地势。崤(xiáo 消阳平):即崤山,在河南省洛宁县北。西北接陕县界,东接渑池县界。山分东、西二崤:东崤长坂峻阜,车不得并行。相传周文王曾避风雨于此。西崤多石板,险绝不异东崤,相传为夏帝桀之祖皋墓所在。黾(miǎn 免):黾阸,古隘道,即河南省信阳市西南平靖关。其地有大小石门,凿山通道,地势险阸。图:图谋,规度。陇:陇山。六盘山南段的别称。在今陕西省陇县至甘肃省平凉市一带。山势险峻,为陕甘要隘。蜀:蜀地险峻,古有“蜀道难”之称。

⑲其:指代光武帝建武十八年,即公元 42 年。三月丁酉:即三月初八。长

安：本秦离宫，汉高帝七年(前 200)始都于此，惠帝三年(前 192)更筑长安城，城南为南斗形，城北为北斗形，故又称“斗城”。

⑳经营：经度营造，即建造。伤愍(mǐn 悯)：惋惜。旧京：长安，在今西安市西北。

㉑即：立刻，马上。诏(zhào 照)：皇上下命令。京兆：即京兆尹。汉代京畿的行政区域称京兆，其长官称京兆尹，统辖今陕西省西安市以东至华县之地。乃：于是。扶风：郡名，汉置右扶风，故址在今陕西省凤翔县等地。这里指扶风郡守。斋肃致敬：恭慎严肃以致敬诚。斋，古时祭祀前整洁身心，以示虔敬。告覲(jìn 进)园陵：告祭先王。覲，指古代诸侯秋天朝会帝王。后引申为朝见帝王，这里指祭祀先王。园陵，帝王的坟墓。

㉒凄然：悲伤的样子。怀祖：怀念祖先。喟(kuì 愧)：叹息。思：怀念。诸夏：指中原诸国，这里指周时分封的中原各诸侯国。

㉓遂：于是。天旋：比喻皇帝出游。造舟：连舟。造，并列。《诗·大雅·大明》：“造舟为梁。”朱熹《集传》：“造，作；梁，桥。作船于水，比之而加版于其上，以通行者，即今之浮桥也。”一说造读为“聚”，造舟即聚合其舟。周文王成婚时，曾并船为桥，聘于渭水。渭：渭河。黄河主要支流之一。源于甘肃省渭源县西北鸟鼠山，横贯陕西中部，东流至潼关，入黄河。斻(háng 杭)：以舟渡水。泾流：即泾水。泾水源于甘肃，入陕西与渭水汇合。

㉔“千乘”二句：是说上千辆车并毂，成万骑并行。方、骈：都是并列的意思。衍陈：布开。岐：岐山。梁：梁山。横：横渡。大河：指黄河。

㉕瘗(yì 义)：埋祭品。祭地叫“瘗埋”。后土：古时称地神或土神为“后土”。此指后土祠。礼：举行祭祀。邠(bīn 彬)郊：甘泉祭天之所。邠，古国名，故址在今陕西省彬县。本作“豳”，周先人公刘所建。唐开元十三年(725)以“豳”字类“幽”，改为“邠”。

㉖其岁：指建武十八年(42)。反：“返”的古字，返回。洛都：洛阳。

㉗明年：第二年，指建武十九年(43)。有：助辞。诏：诏书，这里用如动词，下诏。复：修复。大驾宫：天子行幸之宫。邸(dǐ 底)：古时候王府第或诸侯来朝的住所。厩(jiù 就)：马圈。

㉘东都城门：指长安城东面北头的第一门。桥：架桥，用如动词。泾渭：泾水和渭水。

㉙往往：处处。缮：修补，整治。离观：即离宫。霸：即灞水，在今陕西省西安市。浐(chǎn 产)：古代关中八川之一，源出陕西省蓝田县西南秦岭山中，北流至西安市，东入灞水。昆明：即昆明池。汉武帝欲通身毒，为越嶲昆明所阻。元狩三年(前 120)乃象昆明滇池，于长安近郊穿地作昆明池，以习水战，池四十顷，周围 332 里，池水东出为昆明渠。

㉚长平：坂名，在长安池阳宫南。规：规划。龙首：即龙首山。在陕西省西

安市北。萧何于其上营未央宫。山长 60 里,头入渭水,尾达樊川,头高二十丈,尾渐下,高五六丈。据传说,昔有黑龙自南山出,饮渭水,其行道成山,故名。抚:巡抚。未央:即未央宫。西汉宫殿。故址在今陕西省西安市西北长安故城内西南角。高祖七年(前 200)萧何主持营建。倚龙首山建前殿,立东阙、北阙、武库、太仓等,周围 28 里。莽时改为寿成室,末年毁于兵火。东汉修葺。覛(mì觅):巡视。平乐:即平乐观,汉代宫观。高祖时始建,武帝时增修,在上林苑中未央宫北。周围 15 里。仪:仪式、礼节,这里用为动词。建章:即建章宫,汉宫名。汉武帝太初元年(前 104)建,位于未央宫西。故址在今陕西省西安市西。

㉛是时:这时。山东:崤山以东。翕然:趋舍一致的样子。狐疑:俗传狐性多疑,因以指多疑无决断。意:臆度。西都:在西方建都,即西都长安。关门:指在西都置关,以拒山东。即把山东拒之于西都之外。

㉜客:赋中设为问答的虚构人物。笃:杜笃。彼:代词,那,那些。埳(kǎn坎):洞穴,坑。潢汙(huáng wū 黄污):停积不流的积水。固:本来。容:容纳。吞舟:即吞舟之鱼,鱼可吞舟,极言其大。贾谊《吊屈原赋》:“彼寻常之汙渎,岂容吞舟之鱼。”

㉝且:况且。渟濙(tíng yíng 亭营):水小貌。渟,水停不流。曷:怎么。万乘:指皇帝。万乘之君,大国的天子。

㉞咸阳:战国时秦孝公建都于此,故址在今陕西省咸阳市东北。利器:锐利的武器,喻位置优越。虚:通“墟”,废弃。示:给……看。奸萌:为非作歹的人。《老子》第三十六章:“国之利器,不可以示人。”

㉟甚然:很以为是。甚,很,极。然:意动用法,认为……是对的。其:指客。故:所以,因此。因:于是,就。为:动词,给。崇:盛德。廱州:即“雍州”,古九州之一,今陕西、甘肃、青海额济纳之地。暇:空闲。故:缘故。喻:明白,了解,使动用法。

㊱爰:句首语气词。开畔:开辟疆界。畔,田界,这里指疆界。霸:称霸,动词。岐:岐山。廱:雍州。

㊲衍:盛多。卒:终于。以:因为。并兼:即兼并,吞并。桀虐作乱:像夏桀一样暴虐无道引起叛乱。

㊳有:名词词头。圣:封建时代美化皇帝的说法。大汉:盛大的汉帝国。

㊴开基:建国。高祖:指汉高祖刘邦。勋:功劳。“斩白蛇”两句:《汉书·高帝纪》言,高祖斩白蛇,有一老妪哭曰:“吾子,白帝子也,化为蛇,当道,今者赤帝子斩之。”又吕后曰:“季所居上常有云气。”屯:积聚。

㊵“聚五星”二句源于《汉书·高帝纪》。言高祖初至霸上,五星聚东井。高祖自言:“吾提三尺剑取天下。”五星:即五曜、五纬,指水、火、木、金、土五大行星。东井:即井宿,二十八宿之一。属朱雀七宿。在参宿东,故名。干将:古剑名。相传春秋时吴人干将与妻莫邪善铸剑。铸有二剑,锋利无比,一名干将,一

名莫邪，献给吴王阖闾。事见《吴越春秋·阖闾内传》。呵：呵斥。

㊶蹈：踏。沧海：大海。跨：跨越。昆仑：昆仑山，传说为西王母所居之山，具体地址学术界说法不一。彗光：彗星之光。古人以为彗星是除旧布新的象征。项军：项羽的军队。

㊷济：救济。难：灾难。荡涤：扫除净尽。泗、沂：泗水和沂水，二水近于项羽的都城彭城。

㊸刘敬：即娄敬，刘邦军中卒戍，建议刘邦都关中，为刘邦所采纳，即日车驾而至长安。建策：提出策略。

㊹太宗：指汉文帝刘恒。承流：指继承高祖的恩德。流：潮流，风气。守：谨慎持守。文：文德。

㊺躬：亲自。履：履行，实行。异采：不同的色彩和花纹。赈人：使百姓富裕。农桑：农业生产。率：标准，规格，为使动用法。约己：约束自己。这几句说，汉文帝躬行节俭，约束自己，为百姓作表率。《汉书·文帝纪赞》称："孝文帝即位二十三年，宫室苑囿车骑服御无所增益……身衣弋绨，所幸慎夫人，衣不曳地，帷帐无文绣，以示敦朴，为天下先。"

㊻曼丽：美丽，漂亮。郑卫之声：郑国和卫国的音乐。郑卫多桑间濮上的男女欢乐之音，古人以为是亡国之音，故多斥之。佞邪：巧言谗谄的奸邪之人。鬻：卖，出售。市：集市。

㊼故：所以。理升平：即治平，升平。刑几措：刑罚差不多无所措置。几，近。措，搁置。《汉书·文帝纪赞》：孝文帝时，"专务以德化民……兴于礼义，断狱数百，几致刑措"。衍：扩展，延续。孝景：汉景帝刘启。传：留传。后嗣：后代子孙。

㊽孝武：汉武帝刘彻。因：凭借，依靠。其：指汉文帝、汉景帝。帑（tǎng 躺）：指国家库藏的金帛。蓄：积蓄。钩深图远：钩取深奥，图谋远方。这里指汉武帝的扩边政策。《易传·系辞上》："钩深致远。"

㊾探：探究，这里是报的意思。冒顿（？～前 174），秦末汉初匈奴单于。公元前 209 年，杀其父头曼自立，东灭东胡，西破月氏，进占今河套，威胁新建立的汉政权，迫使汉采取和亲政策。校（jiào 叫）：计较而报复。《论语·泰伯》："犯而不校。"何晏《集解》："校，报也。"平城：汉县，属雁门郡。汉高祖七年（前 200），出击韩王信至平城，为匈奴包围，史称"平城之围"。雠：仇恨。

㊿票骑：指骠骑将军霍去病。勤任：即勤思，勤苦思索。班固《典引》："宜勤任旅力，以充厥道。"蔡邕注："任，思也。"卫青（？～前 106）：西汉河东平阳（今山西临汾）人，字仲卿，武帝卫皇后弟，大将霍去病之舅初为平阳公主家奴，后官至大将军。自元朔二年（前 127）至元狩四年（前 119），前后七次出击匈奴，屡立战功，封长平侯。鹰扬：鹰之奋扬，喻威武或大展雄才。《诗·大雅·大明》："维师尚父，时维鹰扬。"流星：比喻迅速。扬雄《长杨赋》有"疾如流星"语。

(51)深：深入。之：到。匈奴：我国古代北方少数民族之一，也称“胡”。先后叫“鬼方”、“混夷”、“猃狁”、“山戎”。秦时称“匈奴”。散居大漠南北，过游牧生活，善骑射。王庭：朝廷。也指古时北方各族君长设幕立朝的地方。这里指后者。席卷：有如席之卷起，谓全部占有。漠北：古称蒙古高原大沙漠以北地区为漠北。叩勒：停马。叩，击，敲。勒，衔勒。祁连：指北祁连山。即今新疆之天山，横亘新疆中部，自葱岭分支，蜿蜒而东，随地易名，绵延数千里。《汉书·霍去病传》颜师古注：“祁连山即天山，匈奴呼天为祁连。”分：分割。单于：匈奴人对其首领的称呼。屠裂：屠杀分割。百蛮：古人对四方夷狄的总称。

(52)罽(jì 记)：一种毛织品，毛布。系：拘囚。阏氏(yān zhī 烟支)：匈奴王后的称号。燔(fán 烦)：焚烧。康居：古西域国名。东临乌孙、大宛，南接大月氏、安息。灰：使……变成灰，使动用法。

(53)椎：用槌打。鸣镝(dí 迪)：响箭。《史记·匈奴列传》：“冒顿乃作为鸣镝，习勒其骑射。”裴骃《集解》引韦昭曰：“矢镝飞则鸣。”镝，箭头。钉：用钉子钉，用作动词。鹿蠡：《史记·匈奴列传》作“谷蠡”。匈奴有左右鹿蠡王。阬(kēng 坑)：山谷。获：俘虏。昆弥：汉乌孙王的名号，亦作“昆莫”。

(54)虏：俘虏。僦(sù 诉)侲：汉西域国名。扬雄《方言》：“侲，养马人也。”《后汉书·文苑传上》李贤注：“《字书》侲音真。《字书》无‘僦’字，诸家并音数侲为粟椟，西域国名也。传读如此，不知所出。今有肃特国，恐是也。”驭：驾驶。宛：大宛，古西域三十六城国之一。北通康居，西南邻大月氏。盛产名马。鞭：鞭策。駃騠(jué tí 决提)：一种骏马，“生七日而超其母也”。

(55)拓：开拓，扩大。八荒：八方极远的地方。八方，即四维(东西南北)四隅(东北、东南、西北、西南)。

(56)肇(zhào 照)：开始。置：设置。四郡：指酒泉、武威、张掖、敦煌四郡。敦煌：汉武帝元鼎六年(前111)分酒泉置敦煌郡。

(57)“并域”二句：指合并西域以属敦煌郡，以一郡部领西方。候：指敦煌、玉门关候。隅北：西北边陲。建护西羌：设置羌校尉，以主西羌。

(58)捶(chuí 垂)：用棍打，击。氐：古族名，又称“西戎”。僰(bó 博)：我国古代西南地区少数民族。张守节《史记正义》：“今益州南戎州北临大江，古僰国。”寥狼：打击，骚扰。卭(qióng 穷)：汉代西南一少数民族的国名。筰(zuó 昨)：西南夷国号。

(59)攠(mí 迷)：灭。乌桓：我国古民族名，东胡别支。秦末避徙至乌桓山以自保，遂称之。蹂蹸：即“蹂躏”，践踏，摧残。涉貊(huì mò 祸陌)：我国古代北方少数民族。依水而居，故名。涉水，在今辽宁凤城以东。

(60)羁：拘束，束缚。钩町：我国古代西南地区的一少数民族。地望在今云南省通海县一带。汉有钩町侯毋波，因立功为钩町王。水剑强越：谓楼船将军杨仆等下水诛南越。越，古时江浙粤闽之地越族所居，谓之首越，有东越、南越之分，此谓南越。

(61)残夷：残酷的少数民族。这里指越族。文身：在身上刺花纹。文，“纹”的古字。越人披发纹身。沫血：水沫如血。郡县日南：在日南等地设置郡县。汉武帝元鼎六年（前111），平南越，设置南海、苍梧、郁林、合浦、交趾、九真、日南、珠崖、儋耳九郡。漂槩：接近。朱崖：即珠崖郡。“朱”、“珠”古字通。

(62)部尉东南：扬雄《解嘲》：“东南一尉。”孟康注：“会稽东部都尉也。”黄支：古国名。《汉书·平帝纪》：“（元始）二年春，黄支国献犀牛。”颜师古注引应劭曰：“黄支在日南之南，去京师三万里。”《文选·班固〈西都赋〉》：“其中乃有……黄支之犀，条枝之鸟。”

(63)连：连接。缓耳：耳下垂，即儋（dān 单）耳。汉武帝元鼎六年（前111）置郡，在今海南省儋县。其俗雕刻颊皮，上连耳郭，故以为郡名。琐：连琐。雕：刻画。题：额。摧：摧折。天督：即天竺国，古印度。象犀：大象和犀牛。

(64)椎：用槌打。蜯蛤（bàng gé 棒隔）：蛤类动物。蜯，同“蚌”。蛤，一种有介壳的软体动物，产于江河湖海。瑠璃：即玻璃。甲：取其甲，用如动词。瑇瑁（dài mào 代冒）：也作“玳瑁”，动物名，似龟，背面呈褐色和淡黄色相间的花纹，四肢具鳍足状。甲可作装饰品，也可入药。瑇，亦作“蝳”。戕（qiāng 枪）：残杀，杀害。觜觿（zī xī 兹希）：大龟，亦瑇之属。

(65)同穴：同穴而居。指挹（yì 义）娄族。挹娄，我国古代东北地区少数民族，周至西汉称“肃慎”，东汉称“挹娄”。西南连扶徐，南接通北、沃沮，东滨大海。在今黑龙江、乌苏里江流域。裘褐：即穿裘褐之族，指北狄。共川鼻饮之国：指骆越。骆越，古部族，百越之一。《汉书·贾捐之传》：“骆越之俗，父子同川而浴，相习以鼻饮。”袒（tǎn 坦）：脱去上衣，露出身体的一部分。跣（xiǎn 显）：赤脚。稽颡（sǎng 嗓）：以额至地磕头。失气：垂头丧气。虏伏：言其恐惧如奴虏之伏。

(66)世藉：世世代代凭借。廱土：雍州土地。饶：富饶，肥沃。御：驾驭，控制。外：指四夷，即周边的少数民族。理内：治理国内百姓。术：方法。致功：取得功勋。若斯：若此，像这样。

(67)高祖：汉高帝刘邦，汉开国之君，故言创业于高祖。孝惠：汉惠帝。隆：兴盛。太宗：汉文帝刘恒。

(68)孝景：汉景帝刘启。圣武：汉武帝刘彻。宣、元：汉宣帝刘询和汉元帝刘奭。

(69)侈极：奢侈的顶点。成、哀：汉成帝刘骜和汉哀帝刘欣。祚：帝王国统。孝平：汉平帝刘衎。

(70)传世十一：从汉高祖刘邦到汉平帝刘衎，西汉帝位凡传十一代。三百：西汉实历二百一十四年，此举整数而言之。“德衰”、“道微”二句：指吕氏乱而文帝立，昌邑废而宣帝中兴。德衰：道德衰微，同“道微”。复盈：再满。章：同“彰”，明显。

(71)迁:指迁出。而:转折连词。背:违背。这句指建都不能离开雍州、咸阳。

(72)寝:古代宗庙后面停放牌位和先人遗物处。这里指帝寝。庙:庙堂,古帝王祭祀议事的地方。

(73)羲:伏羲,古代传说中的部落酋长。相传他始画八卦,教民捕鱼、畜牧,以充仓厨。农:神农,传说中古帝。相传他始教民为耒耜以兴农业,尝百草为医药以治疾病。兹:这样。著明:显明。

(74)帝皇:以王道得天下的国君。这里泛指帝王。育业:养育帝王基业。周始祖后稷,封邰,公刘居豳,大王居岐,文王居丰,武王居镐,并在关中,故曰"育业"。霸王:以霸道取天下者,如秦都关中。衍功:延续功业。角难:与敌争斗而死难。

(75)《禹贡》:《尚书》中的一篇文章,是主要讨论叙述我国地理情况的。载:记载。厥:相当于代词"其"。惟:句中语助词。上:上等。《尚书·禹贡》说"厥(雍州)田上上"。

(76)沃野:肥沃的原野。原:原野,宽广平坦之地。隰:低湿之地。弥望:满眼。保殖:养育,种植。五谷:五种谷物。一说指麻、菽、麦、稷、黍;一说指黍、稷、菽、麦、稻。条畅:滋长茂盛。

(77)滨:接近,靠近。南山:终南山,属秦岭山脉,在今陕西省西安市南。带:以……为带,意动用法。泾、渭:泾水和渭水。陆海:指陆地高平,物产丰富,有如海洋之无所不出。《汉书·东方朔传》载东方朔曰:"汉都泾渭之南,此谓天下陆海之地。"蠢生:指万物萌动而生。万类:万物。

(78)楩(pián 骈):黄鞭木。枏(nán 南):同"楠",楠木。檀:檀木。柘(zhé 哲):柘木,一种常绿灌木。蔬:凡草菜可食者通称为蔬。

(79)畎渎(quǎndú 犬读):田间水沟。淤(yū 迂):水中泥草。渐(jiān 煎):慢慢流入。泽:聚水的洼地。川:平地,这里指水田。粳(jīng 京):稻类,同"秔"、"稉"。陶遂:茂盛生长。

(80)膏:肥沃。亩价一金:《汉书·东方朔传》载朔云:"丰镐之间,号为土膏,其价亩一金。"一金,一斤金。田田:每块田地。田,周百亩为一田。相如:土地沃美相类。鐇(fán 烦):铲,作动词用。䦆(jué 觉):大锄,作动词用。株林:株蘖。这句指铲除杂木。

(81)火耕流种:用火烧林木,引水灌溉播种。功浅得深:谓费功少,收获大。

(82)既:已经。阸塞:险要之塞。被:犹"披"也。陇、蜀:指今甘肃东部、四川北部险要地势。详见注⑱。汉中:秦惠王后十三年置汉中郡,汉仍之。辖今陕西省南部、湖北省西北部的部分地区。谷口:地名,即寒门,故址在今陕西省礼泉县东北。当泾水出山之处,故谓谷口。嵚(qīn 钦)岩:险峻的山岩。这里指山,在河南省洛宁县北,西接陕县界,东接渑池县界。

⑧③函：函谷关。崤（yáo 肴）：崤山之关。在陕西省蓝田县东南。因关临崤山而得名。山东：崤山以东。道穷：道路阻塞不通。

⑧④汧（qiān 千）：即岍山，在今陕西省陇县西南，即古之吴山。又作“汧山”。陇：陇山。在今陕西省陇县至甘肃省平凉县一带，山势险峻，为要塞。靡偃：阻塞。西戎：我国古时西北少数民族的总称。

⑧⑤褒斜：即褒斜道，因褒水、斜水而得名，在今陕西省褒城县北，是古秦岭南北的要道。岭南：五岭以南的地区。杜口：杜塞谷口。绝津：断绝黄河渡口。朔（shuò 硕）方：古地名，在今陕西省北部和内蒙古一带。

⑧⑥鸿：鸿沟，古运河名。故道大部分循今河南省贾鲁河东，由荥阳北引黄河水，曲折东流至开封北，折南至淮阳入颍水，连接苏皖江北各河，对促进全国政治、经济、文化交流，起巨大作用。刘项汉楚之争，即以此为界。渭：渭河，东流至潼关入黄河。径：径直，直往。河：黄河。漕（cáo 曹）：通过水道运送粮食。

⑧⑦综：综理，总揽。纲：纲理，统治。流沙：沙漠。沙常因风流动转移，故称。朔南暨声：北方和南方都得到声教。此句本《尚书·禹贡》“朔南暨声教”。暨（jì 继）：及，到。诸夏：周代分封的诸侯国，指中原各国。和：和睦。

⑧⑧城池：城墙和护城河。关梁：水陆要会之处。梁：津梁。衿（jīn 今）带：衣襟和衣带，喻形势回互环绕的险要之地。

⑧⑨卒：步兵。举礌（léi 雷）：从城上向下推石打击敌人。礌，石头。沉滞：积滞不通畅，意即过不去，所谓“一夫当关，万夫莫开”是也。奋戟：挥动长戟。戟，古代一种兵器，合戈矛为一体，可以直刺和横击。三军：古或指上、中、下三军，或指步、车、骑三军。这里是军队的统称，比喻人多。古时一军一万二千五百人。沮败：被阻止而失败，受挫折，挫败。

⑨⓪埶：即“势”字。介胄：披甲戴盔。借代为士卒。剽（piāo 飘）悍：轻捷骁勇。“地埶便利”以下四句：《后汉书·文苑列传上》李贤注：“所据险要，故可守近；士卒勇疾，故可攻远也。”

⑨①“士卒易保”两句：《后汉书·文苑传上》李贤注：“言关中士卒易于保守不降下也。”据《左传》载，鲁宣公十二年（前 597），郑又从晋，楚庄王攻郑，围之三月而克，郑伯肉袒牵羊以迎。

⑨②肇：开始。十有二：指十二个州，即雍、梁、荆、豫、徐、扬、青、兖、冀、幽、并、营。有，通“又”。是：此，这，代指雍州。赡（shàn 善）腴：丰足肥美。

⑨③用：介词，相当于“以”。霸：缔造霸业。用为动词。兼并：吞并。此指秦并六国。先据：首先占据。此指刘邦先入关中。功殊：特别的功业，指帝业。修文：修习文德。此指汉文帝。行武：用武。此指汉武帝。士要（yāo 妖）：奋励邀功。要，通“邀”。

⑨④为政：治国。化上：随上，即顺从教化。《吕氏春秋·大乐》：“皆化其上。”高诱注：“化，犹随也。”篡逆：进行篡逆叛乱。此指王莽。难诛：难以诛灭。《后

汉书·文苑传上》李贤注:"地险固,故难诛也。"百克:百战百胜。克,战胜。

⑮斯:此,这。固:本来。渊囿(yòu 又):人和物聚集的地方,此指造就帝王之所。利器:锐利的武器,意即是守国的一个好地方。

⑯逮及:等到。新:朝代名。汉王莽封新都侯,后废汉自立,建号曰新,居摄十八年。时:当时,时值。偷忍:盗窃。渊囿:犹"渊薮",即深奥隐秘、事物荟萃之所,这里指秦中。

⑰篡器:篡夺国家政权。篡,古代称臣夺取君位。器:利器,指帝位,国家政权。慢违:怠慢违逆。徒以:只是因为。埶:地理形势。卒(cù 促):通"猝",突然。这里有迅速中止(结束)义。危:危害。

⑱假:借。之:指王莽。十八:指王莽居摄十八年。诛:杀。指公宾就斩杀王莽。京师:京都长安。

⑲畀(bì 必):给予。更始:新莽末刘玄(淮阳王)的年号,公元 23～25 年。引维:引持纲维。维,纲维,指国家的法度。慢藏招寇:因保管疏忽而招致盗窃。《易传·系辞上》:"慢藏诲盗,冶容诲淫。"寇,指赤眉军。复致:又招致。赤眉:西汉末年的农民起义军。为区别敌我,眉均染成赤色,故名"赤眉"。于更始三年(25)十二月,杀死更始。

⑳海内:古人以为我国四面环海,故称国境以内为海内。犹言天下。云扰:像云一样骚乱。群龙并战:各地豪杰如群龙无首,并起混战。是非:对错。《后汉书·文苑传上》李贤注:"谓更始败后,刘永、张步等重起,未知受命者为谁也。"

㉑圣帝:指光武帝刘秀。赫然:显赫盛大。申威:展示威势。申,通"伸"。荷:承当,承担。天人之符:指强华自关中所持的《赤伏符》。《后汉书·光武帝纪上》有《赤伏符》曰:"刘秀发兵捕不道,四夷云集龙斗野,四七之际火为主。"不世之姿:世上无人能比的帝王风姿。

㉒皇上:谓上天。灵祇:指呼沱河冰及白衣老父等。《后汉书·光武帝纪上》载刘秀饶阳逃险。"至呼沱河,无船,适遇冰合,得过。未毕数车而陷。进至下博城西,遑惑不知所之。有白衣老父在道旁,指曰:'努力!信都郡为长安守,去此八十里。'光武即驰赴之,信都太守任光开门出迎。"

㉓立号:公元 25 年六月己未,刘秀设坛即位,立号为建武。高邑:即鄗(hào 浩),春秋晋邑,战国入赵,汉为侯国。光武帝在此即位,因避讳,改名高邑。故址在今河北省柏乡县北。搴(qiān 千)旗:拔取旗帜。麾(huī 灰):指挥作战用的旗子,这里用为动词。

㉔"首策"二句:《汉书·高帝纪下》载高祖曰:"运筹帷幄之中,决胜千里之外,吾不如子房。""出奇"是说陈平从高祖定天下,凡六出奇计。以此比光武帝之时的邓禹、冯异、吴汉、耿弇等。虓(xiāo 消)怒之旅:像猛虎发怒一样威猛的军队。虓,猛虎怒吼。旅,军队。如虎如螭(chī 吃):《史记·周本纪》载武王誓

众曰："如虎如罴，如豺如螭。"螭，传说中兽形的山神。

⑩⑤攸：放在动词前，组成名词性词组，相当于"所"。靡披：即"披靡"，古双声字，喻敌军惊慌溃败，如随风倒伏。

⑩⑥盖：句首发语词。燔（fán 烦）鱼：炙烤鱼。《尚书·泰誓》云："太子发升舟，中流，白鱼入于王舟，王跪取出，以燎。"郑玄注："燔鱼以祭，变礼也。"燔，烧，烤。钊（tuán 团）蛇：斩蛇。此指汉高祖刘邦斩白蛇起义。莫：没有谁。方斯：效法此。方，比拟，相比。

⑩⑦大呼山东：在崤山以东大声呼喊。此指汉高祖刘邦在沛起事。响动流沙：响声使西方的沙漠都流动起来。喻响应范围大，人数多。

⑩⑧要：通"邀"。龙渊：宝剑名。相传春秋时，楚王使风子胡因，吴王请欧冶子、干将二人作铁剑，二人凿茨山，泄其溪，取铁英，作铁剑三枚：一曰龙渊，二曰泰阿，三曰工布。谓龙渊剑观其状如登高山，临深渊，故名。首：《后汉书·文苑传上》李贤注："谓建之于首也。"也即以为首。镆铘：宝剑名，春秋时吴王阖闾命干将铸剑，既成，雄为干将，雌名镆铘。腾：驰骋。太白：星名，即金星，一名启明星。《史记·天官书》："察日行以处位太白。"司马贞《索隐》："太白晨出东方，曰启明。"传说太白星主杀伐，为天之将军。狼、弧：《后汉书·文苑传上》李贤注："并星名也。《史记》曰：'天苑东有大星曰天狼，下有四星曰弧。'宋均注《演孔图》曰：'狼为野将，用兵象也。'《合诚图》曰：'弧主司兵，兵弩象。'"此盖指建武八年（32），光武帝救略阳，至高平第一城（今宁夏固原）。

⑩⑨禽：通"擒"，擒杀。公孙：指公孙述。建武元年（25）四月，公孙述称帝，号成家，年号龙兴。建武四年（28），述聚兵汉中，遣将屯陈仓，欲争关中，为冯异所败。建武六年（30），述据图谶，谓己当代汉，光武寄书给他，谓述误解图谶。建武九年（33），述遣田戎等东下据荆门。建武十二年（36）十一月，述与延岑出兵攻汉，述受伤死。背：却退，离开。胡：我国古代对西北少数民族的统称。秦汉时多指匈奴。平：平定。陇、冀：陇西和冀州。指平隗嚣和参狼等羌。建武十二年，窦融入朝，被任为冀州牧。

⑪⓪乃：于是。廓平帝宇：廓清平定天下。济蒸人：救济众百姓。涂炭：喻灾难困苦。成：实现，完成。兆庶：天下百姓。亹亹（wěi 伟）：勤勉奋进貌。兴复：复兴。

⑪①矢石之勤：战争的创伤。矢石，箭和石，古人打仗常用射矢抛石击敌，比喻打仗，战争。勤：辛苦。始瘳（chōu 抽）：刚刚恢复。瘳，病愈。谓刚刚缓解。主上：指光武帝。方：正。边垂：边疆。垂，通"陲"。忿：忿怒，忿恨，意动用法。葭萌：即"遐萌"，远民，远人。萌，通"民"。柔：和顺，安静。《尚书·舜典》："柔远能尔。"遑（huáng 黄）：闲暇，空闲。遗思：停下来思考。

⑪②方：正。躬劳圣思：劳驾光武帝亲自思考。率：为……作表率。海内：天下。厉抚：激励安抚。略地疆外：攻占、夺取敌方土地。信：通"伸"，伸展。荒

裔:边远地区。

⑬若夫:至于。文身:画纹于身,古南蛮之俗。鼻饮:以鼻饮水。《汉书·贾捐之传》:“骆越之人……相习以鼻饮。”骆越,古族名,古越人的一支,分布在今广西、广东和越南一带。缓耳:指儋耳,古南方国名,在今海南省儋县。其俗镂其耳匡。椎结:即椎髻,一撮之髻,形状如椎,此指西戎。刘向《说苑·善说》:“西戎左衽而椎结。”左衽(rèn 任):我国古代少数民族服装,前襟向左。《尚书·毕命》:“四夷左衽。”《论语·宪问》:“微管仲,吾其被发左衽矣。”镰锅(qú yù 渠玉):穿耳物,此指好穿耳垂金饰的少数民族。镰,金银饰器的一种。

⑭殊俗:不同风俗。不羁:不受拘束。绝域:极远的地方。难制:难以制服。靡:无,没有。重(chóng 冲阳平)译:辗转翻译。纳贡:诸侯或藩属向天子贡献方物。藩臣:守护天子之臣,即诸侯国。

⑮谦让:谦虚谨慎貌。伐勤:自矜勤苦有功。意以为:心里认为。无用:没有多大用处。安:使……安定,使动用法。有益:有益处。

⑯略:夺取。荒裔:极远的地方。保殖:养育种植。渊:物聚集之处。已亡:已经灭亡的。近:救近的。存存:使现在存在的再持续存在下去。前一个“存”是动词,后一个“存”是名词。《易传·系辞上》:“成性存存,道义之门。”

⑰惠:恩惠。仁:仁爱亲善。湛(zhàn 战)恩:深恩。沾洽:雨泽霑足,引申为普施恩泽。时风:应时的风。喻良好的教化。显宣:显扬畅达。

⑱徒:只是。垂意:注意,关怀。多用于上对下。持平:保持公平,不偏不倚。守实:遵守实际情况。爱育:爱护。元元:平民。苟:如果。王政:王道政治,以“仁义”治天下,与“霸道”相对。圣主:指光武帝。纳:采纳,接受。焉:相当于“于之”。

⑲罔(wǎng 网):无,没有。“挹而不损”四句:这是古人关于天地万物盈虚消长、阴阳互转的思想。《易·丰卦》彖辞:“日中则昃,月盈则食,天地盈虚,与时消息,而况于人乎?况于鬼神乎?”《易传·系辞上》:“一阴一阳谓之道。”《易·损卦》彖辞:“损益盈虚,与时偕行。”挹(yì 义):舀,把液体盛出来。损:减少。隆:隆盛。移:改变。

⑳故:所以。存不忘亡:存在的时候不要忘记灭亡。《易传·系辞下》:“子曰:‘君子安而不忘危,存而不忘亡,治而不忘乱。’”讳:避忌。虽:即使。

㉑而:然而。西都:指长安。去:前往,到……去。渟濙(tíng yíng 亭营):水小貌。

【辨析】

这篇赋力主重建西汉旧都长安,而反对建都洛阳。杜笃的理由也无非如西汉初年娄敬劝说刘邦建都关中长安那一套,即:关中沃土千里,物产十分富足;关中四面都有重关,地理条件优越,易守难攻,等等。这一套理由，在西汉初年，天下未定，诸侯王常怀异志，甚至于举兵叛乱，可能是有些道理的。但这些理由在光武帝夺取政权二十年后，内乱外患基本平定，就不一定完全适用了。尤其是赋中所宣称的“意以为获无用之虏，不如安有益之民；略荒裔之地，不如保殖五谷之渊；远救于已亡，不若近而存存”，则更是保守的、无所作为的思想。稍后的班固，在《东都赋》里，曾借东都主人之口，驳斥西都宾说：“子徒习函谷之可关，而不知王者之无外。”张衡在《东京赋》里，也借安处先生之口，驳斥凭虚公子：“天子有道，守在海外；守位以仁，不恃隘害；苟民志之不谅，何云岩险与襟带；秦负阻于二关，卒开项而受沛；彼（指长安）偏据而规小，岂如宅中而图大（指洛阳）。”可以说正击中杜笃观点的要害。至于东汉建都洛阳后，前几代帝王所创造的光辉业绩，则更是对杜笃论调的有力批驳。

首阳山赋

嗟首阳之孤岭[①],形势窟其槃曲[②]。面河源而抗岩,陇塠隈而相属[③]。长松落落,卉木蒙蒙[④]。青罗落漠而上覆,穴溜滴沥而下通[⑤]。高岫带乎岩侧,洞房隐于云中[⑥]。忽吾睹兮二老,时采薇以从容[⑦]。于是乎乃讯其所求,问其所修[⑧],州域乡党,亲戚疋俦,何务何乐,而并兹游矣[⑨]?其二老乃答余曰:吾殷之遗民也[⑩]。厥胤孤竹,作蕃北湄[⑪]。少名叔齐,长曰伯夷[⑫]。闻西伯昌之善彀(明本作"教"),育年艾于胡耇[⑬]。遂相携而随之,冀寄命乎余寿[⑭]。而天命之不常,伊事变而无方[⑮]。昌伏事而毕命,子忽遘其不祥[⑯]。乃兴师于牧野,遂干戈以伐商[⑰]。乃弃之而来游,擔(明本作"誓")不步于其乡[⑱]。余閇口而不食,并卒命于山傍[⑲]。(《艺文类聚》卷七)

九折萎崔而多艰[⑳]。(《文选·孙绰〈游天台山赋〉》李善注)

【说明】

此赋见《艺文类聚》卷七、《文选·孙绰〈游天台山赋〉》李善注、《古文苑》卷五,已不全。

此赋为问答体,旨在颂扬伯夷、叔齐之节义。作者写此赋或有所托。

【注释】

①嗟:叹息。首阳:即首阳山。其位置有五种说法,既有说在河北、辽宁,也有说在河南、山西、甘肃。

②形势:地理形势。窟:洞穴。槃(pán 盘)曲:环绕曲折。

③面:面对。河源:黄河的源头。看出作者心目中的首阳当指甘肃陇西。抗岩:高险貌。抗,通"亢",高亢。陇塠(duī 堆):山名。隈(wēi 威):山或水转

弯的地方。相属：相连接。

④落落：高超不凡貌。卉：草的总称。蒙蒙：繁盛貌。

⑤青罗：青青的萝藤。罗，即“萝”，女萝，地衣类植物。《诗·小雅·颊弁》：“茑与女萝，施与松柏。”落漠：即“络幕”，施张之貌。穴：洞穴。溜：小股流水，指洞穴中流出的水。滴沥：水下滴。

⑥高岫（xiù 秀）：高高的峰峦。带：像衣带一样，作状语。岩侧：岩穴旁边。隐：隐藏。

⑦忽：忽然。吾：我，作者自指，亦虚构。睹：看到。二老：两个老者。指伯夷、叔齐。时：副词，不时地。采薇：摘取薇菜。从容：安逸舒缓，不慌不忙。

⑧乃：于是，就。讯：询问。其：他们，指二老。修：修习。

⑨州域：州郡所在的区域。乡党：乡里，家乡。疋俦（pǐ chóu 痞愁）：同类，相类。何务何乐：从事什么，有什么快乐。并：一起。兹游：游此，游览此地。

⑩答：回答。余：我。吾：我们。殷：商朝。遗民：改朝换代后不服新朝的人。《古文苑》卷五“民”下有“者”字。

⑪厥（jué 决）：相当于“其”，指我们。胤（yìn 印）：后代。孤竹：孤竹君。作蕃（fān 番）：即耕种。蕃，茂盛。《荀子·天论》：“繁启蕃于春夏，畜积收藏于秋冬。”北湄：渭水北岸。湄，水边。

⑫少：年龄小的。叔齐：孤竹君之子，伯夷之弟。长：年长的。伯夷：孤竹君之子，叔齐之兄。

⑬闻：听说。西伯昌：周文王姬昌。周武王之父。殷时诸侯，居于岐山之下，受诸侯拥戴，曾被殷纣囚于羑里。后获释，为西方诸侯之长，称西伯。迁都于丰。《史记·伯夷列传》：“伯夷、叔齐闻西伯昌善养老，盍往归焉。”“闻西伯昌”四句缘此而来。救：同“救”。《古文苑》卷五作“政”。育：抚养。年艾（ài 爱）：年老，年纪大。胡耇（gǒu 狗）：老人。一说九十岁的老人。胡，《古文苑》卷五作“黄”。

⑭遂：于是。相携：携手。冀：希望。寄命：使生命有所寄托。余寿：剩余的寿命，残年。

⑮天命：上天的旨意。不常：即无常，不固定，无常心。伊：句首语气词。事变：世事变化。无方：无常。《史记·伯夷列传》载，伯夷、叔齐往周，“及至，西伯昌卒，武王载木主，号为文王，东伐纣。伯夷、叔齐叩马而谏曰：‘父死不葬，爰及干戈，可谓孝乎？以臣弑君，可谓仁乎？’左右欲兵之。太公曰：‘此义人也。’扶而去之。武王已平殷乱，天下宗周，而伯夷、叔齐耻之，义不食周粟，隐于首阳山，采薇而食之”。自此以下几句皆缘此而来。

⑯昌：周文王姬昌。伏事：即服事。伏，通“服”。毕命：尽命，即终身。子：指周武王姬发，周文王之子。遘：通“构”，制造，《古文苑》卷五作“觏”。不祥：不吉利。指兴兵伐纣。

⑰乃:竟。兴师:起兵。牧野:地名。在今河南省淇县南。《尚书·牧誓》:"武王戎车三百两,虎贲三百人,与受战于牧野。"遂:于是。干戈:动干戈,名词用为动词。伐商:讨伐商纣。

⑱弃:放弃。之:指周武王。擔:发誓。步:行走。其乡:指周武王统治的地盘。

⑲"余閇口"二句:《史记·伯夷列传》:"(伯夷、叔齐)及饿且死,作歌,其辞曰:'登彼西山兮,采其薇矣。以暴易暴兮,不知其非矣。神农、虞、夏忽焉没兮,我安适归矣?于嗟徂兮,命之衰矣!'遂饿死于首阳山。"余:我们。閇口:闭口。閇,通"闲"。扬雄《太玄·闲》:"闲其藏。"范望注:"闲,闭也。"卒命:死命。于:《古文苑》卷五作"乎"。傍:通"旁",旁边。

⑳九折:喻山岭弯曲之多。崣嶵(wěi zuì 委罪):山高峻貌。

【辨析】

伯夷、叔齐不食周粟,饿死首阳山,在古代一直受到歌颂,称他们为义士、善人。孔子称赞他们,无数的名人名著赞赏他们,甚至连伟大的史学家司马迁也特地为之立传,为之愤愤不平:"积仁洁行如此,而饿死……余甚惑焉,倘所谓天道,是邪非邪?"(《史记·伯夷列传》)但上述观点和态度很明显是不正确的。殷纣王荒淫无道,国政败坏,民不聊生,周武王会合众诸侯征讨他,是完全正确、正义的。伯夷、叔齐反对武王无非是:"父死不葬,爰及干戈,可谓孝乎?以臣弑君,可谓仁乎?"完全是一派不顾国家人民存亡死活的腐朽的忠孝观。毛泽东在《别了,司徒雷登》一文中说:"唐朝的韩愈写过《伯夷颂》,颂的是一个对自己国家的人民不负责、开小差逃跑,又反对武王领导的当时的人民解放战争、颇有些'民主个人主义'思想的伯夷,那是颂错了。"

祓禊赋

王侯公主[①]，暨乎富商[②]。用事伊雒，帷幔玄黄[③]。于是旨酒嘉肴，方丈盈前，浮枣绛水，酹酒酦川[④]。若乃窈窕淑女，美媵艳姝，戴翡翠，珥明珠，曳离袿，立水涯[⑤]。微风掩壒，纤縠低徊，兰苏肸蚃，感动情魂[⑥]。若乃隐逸未用，鸿生俊儒，冠高冕，曳长裾[⑦]，坐沙渚，谈诗书，咏伊吕，歌唐虞[⑧]。（《艺文类聚》卷四）

巫咸之伦，康大求福[⑨]。浮枣绛水，酹酒酦川，沿以素波，鱼踊躍渊[⑩]。（《北堂书钞》卷一百五十五）

怀季女使不殆[⑪]。（《文选·曹植〈洛神赋〉》李善注）

巫咸之徒，秉火祈福。（《后汉书·礼仪志上》刘昭注补）

巫咸之伦，秉火祈福。浮枣绛水，衍散昌砾[⑫]。（《玉烛宝典》卷三）

【说明】

此赋为残篇，见《艺文类聚》卷四、《北堂书钞》卷一百五十五、《文选·曹植〈洛神赋〉》李善注、《后汉书·礼仪志上》刘昭注补及《玉烛宝典》卷三。其中，《北堂书钞》作《上巳赋》。

这是一篇写古代民俗祓禊场面的赋。古代民俗，每年春、秋二季在水边举行祭祀以除妖灾去污垢。春在三月上巳，秋在所谓"素秋二七，天汉指隅"，即八月十四日。以三月上旬巳日到水滨洗濯最为通常。汉以前必取巳日，但不必三月三日。《后汉书·礼仪志上》："是月（三月）上巳，官民皆絜于东流水上，曰洗濯祓除，去宿垢疢，为大絜。"自三国魏后但用三月三日，不定为巳日。北周庾信《三月三日华林园马射赋》："虽行祓禊之饮，即用春蒐之仪。"但民间有些地方，一直沿用巳日。

【注释】

①王：君主的称号。春秋时周天子称王，周衰，诸侯大者亦于本邦内自称王。至战国，列国君主皆称王。汉以后，王为皇族或功臣的最高封号。侯：先秦时为五等爵位的第二等。《礼记·王制》："王者之制禄爵，公、侯、伯、子、男凡五等。"秦汉后是仅次于王的爵位。王侯：谓高门权贵。公主：诸侯、皇帝的女儿。

②暨：和，以及。富商：富有的商贾。

③用事：行事，这里指行祭祀之事。伊雒：伊水和洛水。伊河：出河南省卢氏县东南，东北流经嵩县、伊川、洛阳，至偃师，入洛河。雒河：即洛河，出陕西省洛南县西北，东入河南省，经卢氏、洛宁、宜阳、洛阳，至偃师纳伊河后，称"伊洛河"。雒，三国魏时改为"洛"。帷幔（wéi màn 为曼）：帐幕。玄黄：彩色的丝帛。指帐幕是用彩色的丝帛织成的。

④旨酒嘉肴（yáo 遥）：美酒好菜。旨，味美。嘉，美好的，好的。肴，做熟的鱼肉等。方丈：一丈见方。《孟子·尽心下》："食前方丈。"形容肴馔丰盛。盈：充满。浮枣：指用枣泡酒。绛水：浅红色的酒。酹：把酒洒在地上表示祭奠。醲（nóng 浓）：味厚的酒，这里活用作动词。

⑤若乃：至于。窈窕（yǎo tiǎo 舀挑）淑女：漂亮而贤淑的女子。《诗·周南·关雎》："窈窕淑女，君子好逑。"窈窕，容貌娇好的样子。淑，品德善良。美媵：美丽的姬妾。艳姝（shū 淑）：艳丽的女子。姝，美女。翡翠：美石，也称硬玉。以碧绿而透明者最为珍贵。可作手钏首饰、指环等首饰。珥（ěr 耳）：用珠玉做的耳饰。这里作动词用。曳（yè 叶）：拉，牵引。离：通"缡"，上衣带。袿（guī 归）：衣袖。水涯：水边。

⑥微风掩壒（ài 爱）：指微风从地上吹过。壒，尘土。纤縠：当作"纤縠"，一种很细的丝织品。兰苏：兰花和紫苏，两种植物。盻蚃（xì xiǎng 细响）：当为"肸蚃"之误，多指声响、气体的传播，这里指香气四播。司马相如《天子游猎赋》："众香发越，肸蚃布写。"感动：触动人的情感。

⑦未用：未为世用。此指隐逸而不用世的隐士。鸿生：大儒。扬雄《校猎赋》："于兹虖鸿生钜儒，俄轩冕，杂衣裳。"杜笃或仿此。俊：杰出的。冠：戴帽子，动词。高冕（miǎn 免）：高高的帽子。冕，大夫以上贵族戴的帽子。长裾（jū 拘）：长长的衣袍。裾，衣服的前后部分。

⑧沙渚（zhǔ 煮）：小沙洲。渚，水中的小块陆地。咏：赞美。伊吕：伊尹和吕尚。伊尹，商汤之臣，佐汤伐桀，尊为阿衡。汤崩，其孙太甲无道，被放之于桐宫。三年，太甲悔过，复归于亳。年百岁卒。吕尚，即姜尚，人称姜太公、姜子牙、太公望。姜姓，吕封，名尚，字子牙。相传钓于渭滨，周文王出猎相遇，与语大悦，同载而归，说："吾太公望子久矣！"因号太公望，立为师。武王即位，尊为师尚父。佐武王灭殷。周既建，封于齐，为齐始祖。歌：歌颂。唐虞：古史言陶唐氏尧与有虞氏舜，皆以揖让有天下，以唐虞时为太平盛世。唐尧，帝喾子，姓

伊祁,也作伊耆,名放勋,初封于陶,又封于唐,故号陶唐氏。虞舜,姚姓,名重华,因号有虞氏,故称虞舜。

⑨巫咸:相传为尧医,能祝延人之福,愈人之病。"巫咸之伦,康大求福",《后汉书·礼仪志上》作"巫咸之徒,秉火求福"。

⑩浮枣绛水:枣子将水染成红色。酹(lèi 擂)酒:以酒浇地,表示祭奠。古代宴会往往行此仪式。隋杜台卿《玉烛宝典·正月孟春》:"元日至月晦为酺食,度水。士女悉湔裳,酹酒于水湄,以为度厄。"素波:白色的波浪。

⑪此句意为:思念少女使我吃不下饭。

⑫散:"散"之异体字。昌:姣好貌。砾(lì 力):小石,碎石。战国楚宋玉《高唐赋》:"砾磥磥而相摩兮,巆震天之磕磕。"

书扈赋

惟书扈而丽容[①],象君子之淑德[②]。载方矩而履规,加文藻之修饰[③]。能屈伸以和礼,体清净而坐立[④]。承尊者之至意,惟高下而消息[⑤]。虽转旋而屈桡,时倾斜而反侧[⑥]。抱六艺而卷舒,敷五经之典式[⑦]。

【说明】

此赋见《艺文类聚》卷五十五、《太平御览》卷六百零六。

这是一篇最早歌颂书籍装饰的赋。这类赋的出现,当与儒学的兴起,人们对图书的看重有关。《历代赋汇》把它归入《文学类》。

【注释】

①惟:句首语气词。书扈(hù 户):承书夹,书的套壳。而:连词,用于主谓之间,《太平御览》卷六百零六作"之"。丽容:漂亮的容貌。

②象:好像,类似。君子:道德高尚的人。淑(shū 叔)德:美德。淑,好,善良。

③载:装载,承载。方:仿效。矩:画直角或方形的工具。履规:执守准则。履,实践,执行。规:画圆形的工具。这句是说:书夹形体完全符合规矩。加:加上,放上。文藻:词采,文采。修饰:整理修改。

④屈伸:屈曲与伸展,这里指为人处世的行为。以:相当于"而"。和礼:和谐有礼节。体:也是指书夹。清净:心地洁净,不受外物干扰。坐立:坐着和站着。古人强调行为有礼,坐立有相。

⑤承:继承,接受。尊者:长辈,此指前贤。至意:深厚之意。高下:崇高和卑下。消息:或高或低,互为更替。

⑥虽:即使。转旋:即转圜,转动圆体的器物,喻便易迅速。"旋"、"圜",古音通。屈桡(náo 挠):即"屈挠",屈曲周旋。时:有时。倾斜:歪邪不整齐。斜,

《太平御览》卷六百零六作“邪”。反侧：反复无常。《诗·小雅·何人斯》：“作此好歌，以极反侧。”《楚辞·天问》：“天命反侧，何罚何佑？”

⑦抱：怀抱，拥有。六艺：这里指儒家所说的礼、乐、射、御、书、数六种技艺而言，是“六经”的基础。卷舒：收卷伸展。敷（fū夫）：布、施。五经：指儒家的五部经典，即《易》、《书》、《诗》、《礼》、《春秋》。汉武帝建元五年（前136）置五经博士，始有“五经”之称。五经中的《礼》，汉时指《仪礼》，后世指《礼记》。典式：范例，模范。以上主语都是书搋。

众瑞赋

夫千金之裘，非一狐之白①；雅颂之声，非一家之作也②。（《北堂书钞》卷一百二十九）

猛将与虏交锋③。（《文选·潘岳〈关中诗〉》李善注）

千里遥思，展转反侧④。（《文选·谢惠连〈雪赋〉》李善注）

【说明】

这是给各种瑞兆写的一篇赋，可惜至今已支离破碎，残不成读。《北堂书钞》卷一百二十九、《文选·潘岳〈关中诗〉》李善注及《文选·谢惠连〈雪赋〉》李善注均存佚句。其中，《文选》引作《众瑞颂》。

【注释】

①"夫千金"二句：言千金贵的裘衣，不是一只狐狸的狐白所能制成的。夫（fú浮）：语气词，用于句首，表示将要发议论。千金：价值千斤金。秦以一镒（二十两）金为一金，汉以一斤为一金。这里表示贵重。裘（qiú求）：皮衣。《诗·小雅·人士》："彼都人士，狐裘黄黄。"非：不是。一狐之白：一只狐狸腋下的白毛。狐白，指精美的狐裘。《礼记·玉藻》："士不衣狐白。"王维《寓言》诗之一："须识苦寒门，莫矜狐白温。"

②雅颂：《诗》中《雅》、《颂》的合称。属于诗六艺之二艺。《诗大序》谓诗有六艺："一曰风，二曰赋，三曰比，四曰兴，五曰雅，六曰颂。"《诗》中《雅》分《大雅》、《小雅》。《大雅》凡三十一篇，《小雅》凡七十四篇。二《雅》系西周时代的作品，但也有幽王死后，岐东（包括镐京）归秦所有以前的作品。《颂》分《周颂》、《鲁颂》和《商颂》。《周颂》三十一篇，是西周时代王朝的作品；《鲁颂》四篇，是春秋中期作品；《商颂》五篇，为周代宋国作品，皆作于春秋之前。《雅》、《颂》作者与其时间一样，时间不同，不可能为一家所作。一家：谓一人。作：创作。

③猛将：勇猛的大将。虏：对敌人的蔑称。交锋：锋刃相接，意即交战。

④遥思:遥遥相思。展转反侧:也作“辗转反侧”,形容卧不安席。《诗·周南·关雎》:“悠哉悠哉,辗转反侧。”展转,转移不定。《楚辞·九叹·惜贤》:“忧心展转,愁怫郁兮。”《文选·曹丕〈杂诗〉》:“展转不能寐,披衣起彷徨。”

梁竦

梁竦(？～83)，字叔敬，安定郡(今甘肃平凉地区的一部分)乌氏人。东汉名臣梁统之子。少习《孟氏易》，弱冠能教授。明帝永平四年(61)冬，坐兄松事，与弟恭俱徙九真。历江、湖、沅、湘，作《悼骚赋》。后诏还本郡，闭门自养，览经著述。其性好施，不事产业，不乐本土，自负其才，郁郁不得意。有三男二女，章帝纳其二女，皆为贵人。小贵人生和帝，窦皇后以为子，而竦家私相庆。后诸窦闻之，恐梁氏得志，终为己害，章帝建初八年(83)，谮杀二贵人，诬陷竦等以恶逆。竦死于狱中。传附《后汉书·梁统传》。

悼骚赋

彼仲尼之佐鲁兮[①]，先严断而后弘衍[②]。虽离谗以呜邑兮[③]，卒暴诛于两观[④]。殷伊尹之协德兮，暨太甲而俱宁[⑤]。岂齐量其几微兮，徒信己以荣名[⑥]？虽吞刀以奉命兮，抉目眦于门闾[⑦]。吴荒萌其已殖兮，可信颜于王庐[⑧]？图往镜来兮，关北在篇[⑨]。君名既泯没兮，后辟亦然[⑩]。屈平濯德兮，絜显芬香[⑪]。句践罪种兮，越嗣不长[⑫]。重耳忽推兮，六卿卒强[⑬]。赵殒鸣犊兮，秦人入疆[⑭]。乐毅奔赵兮，燕亦是丧[⑮]。武安赐命兮，昭以不王[⑯]。蒙宗不幸兮，长平颠荒[⑰]。范父乞身兮，楚项不昌[⑱]。何尔生不先后兮，推洪勋以遐迈[⑲]。服荔裳如朱绂兮，骋鸾路于奔濑[⑳]。历苍梧之崇丘兮，宗虞氏之俊乂[㉑]。临众渎之神林兮，东敕职于蓬碣[㉒]。祖圣道而垂典兮，褒忠孝以为珍[㉓]。既匡救而不得兮，必殒命而后仁[㉔]。惟贾傅其违指兮，何杨生之欺真[㉕]？彼皇麟之高举兮，熙太清之悠悠[㉖]。临岷川以怆恨兮，指丹海以为期[㉗]。

【说明】

此赋见《后汉书·梁竦传》注引《东观记》。

此赋作于汉明帝(刘庄)永平五年(62)。《后汉书》本传载，明帝永平四年冬，竦兄松因"县飞书诽谤，下狱死，国除"。竦"坐兄松事，与弟恭俱徙九真。既徂南土，历江、湖，济沅、湘，感悼子胥、屈原以非辜沈身，乃作《悼骚赋》，系玄石而沉之"。李贤为《后汉书》作注时，将其全文抄录存乎至今。赋明悼屈原、子胥等，实为自悼，借古悼今，借人伤己。

【注释】

①彼:指示代词,指仲尼。仲尼:孔子的字,名丘,古人称字表尊敬。佐:辅助。鲁:鲁国,春秋时诸侯国。姬姓,周武王弟周公旦的封国。战国时,为楚所灭。仲尼佐鲁:指孔子五十一岁至五十五岁间任中都宰、司空、司寇之职。

②严断:严厉断处,不予宽宥。《左传·昭公六年》:"严断刑罚,以威其淫。"弘衍:宽大。

③虽:虽然。离谗:遭受谗言。离,通"罹",遭受。呜邑(yì 义):即呜咽,悲哀气塞。邑,气不顺畅。

④"卒暴诛"句:似指孔子杀少正卯事。少正卯(? ～前 496),春秋时鲁大夫。王充《论衡·讲瑞篇》说卯与孔子同在鲁讲学,孔子的学生因不识"圣",曾多次被吸引过去,致使孔子之门"三盈三虚"。《荀子·宥坐》言孔子为鲁摄相,朝七日而以"五恶"(心达而险,行辟而坚,言伪而辩,记丑而博,顺非而泽)的乱政之罪名杀少正卯。梁竦盖本之。唐宋以至明清学者多疑之,至清阎若璩、崔述、梁玉绳、江永等费尽考证,论其非史。上四句言孔子之事。

⑤这二句说伊尹佐商事。殷:殷商。伊尹:商汤臣,名挚,乃汤妻陪嫁之奴隶。后佐汤伐夏桀,被尊为阿衡。汤崩后,其孙太甲破坏商汤法度,伊尹把他放逐到桐宫反省。三年后迎立复佐之,治绩颇佳,国泰民安。协德:协和之德。暨(jì 计):至,到。俱宁:都很安宁,指国家太平。

⑥岂:怎么。齐量:犹"等同"。几微:细微,指区别微小。徒:仅,只。信己:谓信己于人,让人相信自己。荣名:使名声显扬。荣,荣耀,用如动词,使动用法。

⑦此二句事见《史记·伍子胥列传》,吴王夫差赐属镂之剑让子胥自杀,子胥仰天长叹自语后告其舍人曰:"必树吾墓上以梓,令可以为器;而抉吾眼县(悬)吴东门之上,以观越寇之人灭吴也。"虽:当作"胥",即伍子胥。王先谦《后汉书集解》引惠栋曰:"'虽'当作'胥',谓伍员也。"吞刀:谓自杀。奉命:接受君命,此指子胥接受吴王夫差的自杀之赐命。抉:挖出,挑出。目眦(zì 自):眼睛。眦,眼角。门闾(lǘ 驴):里巷的大门,此指吴东门。

⑧吴:吴国,春秋时诸侯国。周初泰伯居吴(今江苏无锡梅里),至十九世孙寿梦始兴称王,据有淮泗以南至浙江太湖以东地区。传至夫差,为越所灭。荒萌:丛生的杂草。萌,草木发芽。殖:繁殖,生长。可:岂可。信颜:相信口头表说。王庐:吴王阖庐(? ～496),又叫阖闾,春秋末年吴国国君。名光,吴王诸樊之子(一说夷末之子)。公元前 514～前 496 年在位。他用专诸刺杀吴王僚自立。为政之初,起用伍子胥、孙武等贤才,灭徐破楚,颇有威势。后受越美人计,幸佞远忠,不听子胥之谏,终于在槜李(今浙江嘉兴西南)被越王勾践打败,重伤而死。

⑨图往镜来:义仿《史记·伍子胥列传》太史公曰:"向令伍子胥从奢俱死,

何异蝼蚁？弃小义，雪大耻，名垂于后世。悲夫！方子胥窘于江上，道乞食，志岂尝须臾忘郢邪？故隐忍就功名，非烈丈夫孰能致此哉？”图：图谋，谋取。往：过去。镜：照，借鉴。来：未来，将来。关北在篇：是说伍子胥过昭关之事记载在史册上。《史记·伍子胥列传》：“伍胥惧，乃与胜俱奔吴。到昭关，昭关欲执之。伍胥遂与胜独身步走，几不得脱。追者在后，至江，江上有一渔父乘船，知伍胥之急，乃渡伍胥。伍胥既渡，解其剑曰：‘此剑直百金，以与父。’父曰：‘楚国之法，得伍胥者赐粟五万石，爵执珪，岂徒百金剑邪！’不受。”关：指昭关（今安徽含山北），春秋时吴楚之界。两山对峙，因以为关，为两国往来要冲。篇：指《史记》此记。上八句皆道伍子胥事。

⑩君：君主，国君，这里指楚平王。泯没：泯灭，消失。后辟（bì 必）：后来的君主，包括楚怀王、顷襄王在内。亦然：也是这样。然，这样，指身死名泯没。

⑪屈平：屈原（前 340～前 278），名平，字灵均，又名正则。战国时楚人。楚怀王时任左徒、三闾大夫。后遭谗放逐，作《离骚》。顷襄王时，再遭谗，谪于江南，见楚国政局难挽，遂于五月五日投汨罗江而死。濯（zhuó 浊）德：炼德。濯，洗。絜（jié 节）：通“洁”，清洁，形容修整得一尘不染。

⑫此二句事见《史记·越王勾践世家》。勾践用大夫文种和范蠡灭吴称霸之后，范蠡隐遁，自齐遗种书信，劝之以鸟尽弓藏、兔死狗烹之语。种见书，称病不朝，“人或谗种且作乱，越王乃赐种剑，曰：‘子教寡人伐吴七术，寡人用其三而败吴，其四在子，子为我从先王试之。’”种遂自杀。结果，勾践之后，传六世至王无疆为楚所灭。勾践：即越王勾践（？～前 465），春秋末年越国国君。越王允常之子。公元前 497～前 465 在位。曾为吴大败，屈辱求和，入臣于吴。回国后，卧薪尝胆，刻苦图强，任用范蠡、文种等人整顿国政，十年生聚，十年教训，终于转弱为强，灭掉了吴国。继而在徐州（今山东滕州南）大会诸侯，成为霸主。种：即越王勾践之臣大夫文种，事见上。嗣：这里指君位传承。

⑬此二句是说，晋公子重耳即位为国君后，忽视了介之推的功劳，晋国六卿最终变得强大起来。重耳：春秋晋文公名，献公诡诸之子，母为翟之狐氏女。自少好士。献公十三年，以骊姬谮故，出走蒲城。献公二十三年，奔狄，开始了在外长达十九年的流浪生活，历游狄、卫、齐、曹、宋、郑、楚、秦诸国。六十二岁回国得立为君。修政为民，惠泽百姓，遂霸诸侯。推：即介之推，也称介子推、介子绥，春秋晋国人。据《左传·僖公二十四年》和《史记·晋世家》载，晋文公流亡回国，赏赐流亡时从属，未及介之推，推亦不言禄，与其母偕隐绵山。文公为逼他出山受禄，放火烧山。他坚持不出，焚死。六卿：指春秋时晋国的范、中行、知、赵、韩、魏六大家族。因其世代为晋卿，故称“六卿”。后来范、中行、知三家败亡，韩、赵、魏三家分晋而为诸侯，史称“三家分晋”。《史记·太史公自序》：“六卿专权，晋国以耗。”卒强：终于强大。

⑭赵：指赵简子，名鞅，晋六卿之一。殒（yǔn 允）：杀死。鸣犊：春秋晋贤大

夫窦犨(chōu 抽),字鸣犊,与舜华同事赵简子,后为所杀。《史记·孔子世家》有载。入疆:入侵边境。

⑮乐毅:战国燕将,魏乐羊之后。好研习兵书。自魏使燕,燕昭王任以为上将,联赵楚韩魏,总领五国兵伐齐,攻占七十余城,以功封于昌国,号昌国君。燕惠王即位,齐行反间计,惠王使骑劫乐毅。毅惧诛,出奔赵。齐因兴兵,大破燕军,尽复失地。见《史记·乐毅列传》。奔:逃去。赵:赵国,战国七雄之一。燕:燕国,亦战国七雄之一。是:相当于"是以",因此。

⑯武安:指武安君白起,战国时秦将,郿人。善用兵,昭王用之,攻取凡七十余城,封武安君。长平之战,坑杀赵降卒四十万。后与应侯范雎有隙,称病不起,免为士卒,迁阴密,被迫自杀。赐命:指秦昭王赐白起引剑自裁之命。《史记·白起列传》载,武安君称病不起,被免为士伍,不得留咸阳城中,"武安君既行,出咸阳西门十里,至杜邮。秦昭王与应侯群臣议曰:'白起之迁,其意尚怏怏不服,有余言。'秦王乃使使者赐之剑,自裁。武安君引剑将自刭,曰:'我何罪于天而至此哉?'良久,曰:'我固当死。长平之战,赵卒降者数十万人,我诈而尽坑之,是足以死。'遂自杀。"昭:指秦昭王。以:因而。王:用为动词,指称王于诸侯。

⑰此二句紧承上二句,皆言白起。蒙宗不幸:使祖宗蒙受不幸之耻。此指白起而言。颠荒:一片荒芜。颠,仆倒。这句是说:经过一场大战,长平这里一片荒芜,人烟全无。

⑱范父:指亚父范增(前277～前204),秦末居鄛人。年七十,辅项羽霸诸侯,羽尊为亚父,封历阳侯。增屡劝羽杀刘邦,羽不听。后刘邦用陈平计离间项羽,羽疑增与汉私通,渐夺之权。范增大怒,曰:"天下事大定矣,君王自为之,愿赐骸骨归卒伍。"(《史记·项羽本纪》)羽许之,增愤然而去,途中疽发背而死。乞身:请求退职。楚项:楚霸王项羽(前232～前202),名籍,秦末下相人。力能扛鼎,才气过人。从叔父梁起事吴中。梁败死,籍领其军。与秦兵九战皆捷。秦亡,自立为西楚霸王,与刘邦争夺天下。刘邦用陈平计间之,范增乞骸骨,羽无军师。垓下之困,于四面楚歌中突围,至乌江自刎。昌:兴盛。

⑲何:为什么。尔:你,代指屈原。生不先后:谓在屈原时代之前或之后。整句意思是说:屈原生不逢时。洪勋:大的功业。遐迈:远行。

⑳服:穿。荔(lì 力)裳:荔草做的上衣。荔,香草。朱绂(fú 浮):红色的朝服。骋:驰骋。鸾路:即鸾辂,天子之车。路,通"辂"。《礼记·月令》载孟春之月,"天子居青阳左个,乘鸾辂,驾仓龙"。奔濑(lài 赖):奔流很急的水。

㉑历:经过。苍梧:山名,又名九疑,相传舜葬于苍梧之野。崇丘:高高的山丘。宗:尊奉。虞氏:指虞舜,即舜。俊乂(yì 义):贤德之人。

㉒渎:河流,大川。勑(chì 斥):同"敕",皇命或诏书。职:任职,指坐兕松事,至东南就职。蓬:蓬莱,传说为东海中的仙山。碣(jié 杰):碣石,古山名。

在河北省昌黎县西北。《尚书·禹贡》:“夹右碣石,入于海。”因远望其山,穹窿似冢,山顶有巨石特出,其形如柱,故名。

㉓祖:效法。圣道:圣人之道,此指立言垂典之道。《左传·襄公二十四年》载,鲁穆叔(叔孙豹)对范宣子说:“豹闻之,大上有立德,其次有立功,其次有立言,虽久不废,此之谓不朽。”垂典:留传下文献典籍。褒:表扬,赞扬。忠:臣对君之道。孝:子对父母之道。珍:珍宝。

㉔既:既然。匡救:扶救补正。必:一定,必然。殒命:死命。仁:成就仁。此二句言屈原匡救无门,怀沙成仁。

㉕惟:只有。贾傅:指贾谊(前 201～前 169),汉洛阳人。以年少能通诸家书,文帝召为博士,迁大中大夫。为大臣所忌,出为长沙王太傅,迁梁王太傅而卒,年三十三岁,世称贾太傅,又称贾生。违指:违背屈原《离骚》之旨。指,通“旨”。《史记·屈原贾生列传》载,贾谊既辞往行,闻长沙卑湿,自以寿不得长,又以适去,意不自得。及渡湘水,为赋以吊屈原。《吊屈原赋》虽“敬吊先生”,“独离此忧”,但与屈原宁折不屈的思想情操有很大不同。其讯辞曰:“已矣,国其莫我知兮,独壹郁兮其谁语?凤漂漂其高逝兮,夫固自引而远去。袭九渊之神龙兮,沕深潜以自珍。……所贵圣人之神德兮,远浊世而自藏。……般纷纷其离此尤兮,亦夫子之故也!历九州而相君兮,何必怀此都也?……”何:为何,为什么。杨生:指汉代的扬雄(前 53～18),一作杨雄。字子云,蜀郡成都(今属四川)人。西汉文学家、哲学家、语言学家 。成帝时为给事黄门郎。新莽时,校书天禄阁,官为大夫。为人口吃,不能剧谈,以文章名世。早年为赋,仿司马相如等,晚年鄙薄之,以为“童子雕虫篆刻,壮夫不为”。转研哲学,作《法言》、《太玄》。又善语言文字,作《方言》、《训纂篇》。欺真:欺诚,言扬雄不理解屈原的忠诚之心。《汉书·扬雄传》曰:“(雄)尝好辞赋。……又怪屈原文过相如,至不容,作《离骚》,自投江而死。悲其文,读之未尝不流涕也。以为君子得时则大行,不得时则龙蛇。遇不遇命也,何必湛身哉?乃作书,往往摭《离骚》文而反之。自岷山投诸江流,以吊屈原,名曰《反离骚》。又旁《离骚》作重一篇,名曰《广骚》。又旁《惜诵》以下至《怀沙》一卷,名曰《畔牢愁》。”

㉖皇麟:凰鸟和麒麟,皆传说中的神物。皇,“凰”的名字,雌凤曰凰。高举:高飞。熙:光明。太清:天空。古人认为天是由清而轻的气体构成的,故曰太清。悠悠:遥远,无穷尽。

㉗岷川:盖为扬雄投文吊屈原处之㟭山川流。怆恨:悲伤。丹海:神话中的海名。旧题晋王嘉《拾遗记·虞舜》:“有鸟如雀,丹州而来。吐五色之气……常游丹海之际,时来苍梧之野。”

傅毅

傅毅(? ～约 89),字武仲,扶风茂陵(今陕西兴平)人。少博学,明帝永平中,于平陵习章句,作《迪志诗》以明志。因明帝缺乏求贤诚意,贤人多隐居不仕,毅即作《七激》以讽。章帝广召文学之士,以毅为兰台令史,拜郎中,与班固等共校典籍。毅以为明帝功德最盛,而又未立庙颂,即依《诗·周颂·清庙》作《显宗颂》十篇奏上,于是文名显于朝。后出任车骑将军窦宪的主记室、司马等职。卒时年约五十。著有诗、赋、诔、颂、祝文、七激、连珠凡二十八篇。传在《后汉书·文苑传上》。

洛都赋

惟汉元之运会，世祖受命而弭乱[①]。体神武之圣姿，握天人之契赞[②]。挥电旗于四野，拂宇宙之残难[③]。受皇号于高邑，修兹都之城馆。寻往代之规兆[④]，仍险塞之自然[⑤]。被昆仑之洪流，据伊洛之双川[⑥]。挟成皋之岜阻，扶二崤之崇山[⑦]。砥柱回波缀于后，三涂太室结于前。镇以嵩高乔岳，峻极于天。分画经纬，开正途轨，序立庙祧，面朝后市[⑧]。叹息起氛雾，奋袂生风雨[⑨]。览正殿之体制，承日月之皓精[⑩]。骋流星于突陋，追归雁于轩軨[⑪]。带螭龙之疏镂[⑫]，垂菡萏之敷荣。顾濯龙之台观[⑬]，望永安之园薮。渟清沼以泛舟[⑭]，浮翠虬与玄武[⑮]。桑宫茧馆，区制有矩。后帅九嫔[⑯]，躬勑工女[⑰]。近则明堂辟雍灵台之列[⑱]，宗祀扬化[⑲]，云物是察。其后则有长岗芒阜，属以首山[⑳]，通谷岅岈[㉑]，石濑寒泉[㉒]。于是乘舆鸣和，按节发轫[㉓]。列翠盖，方龙辀[㉔]。备五路之时副[㉕]，槛三辰之旗斿[㉖]。傅说作仆[㉗]，羲和奉时[㉘]。千乘雷骇，万骑星铺。络驿相属[㉙]，挥沫扬镳[㉚]。群仙列于中庭，发鱼龙之巨伟，羡门拊鼓，偓佺操麾[㉛]。讲武农隙，校猎因田。搜幽林以集禽，激通川以御兽。跨乘黄[㉜]，射游麋[㉝]。弦不虚控，目不徒睎[㉞]。解腋分心，应箭殪夷[㉟]。然后弭节容与渌水之滨，垂芳饵于清流，出旋濑之潜鳞。(《艺文类聚》卷六十一，补以《初学记》卷二十四)

属蒲且以矰红，命詹何使沉纶。维高冥之独鹄，连轩翥之双鹍[㊱]。(《韵补》卷一"昆"字条，后二句亦见于《文选·陆机〈乐府十七首·齐讴行〉》李善注)

昆山美玉，涛海明珠。金银璆琳，翠鹭貂旌[㊲]。(《韵补》卷一"旌"字条)

岳渎为之簸荡，苍穹为之动运。武臣将校，按部勤屯[㊳]。(《韵补》

卷一“屯”字条）

通谷岈岏，石濑寒泉。砥碬所出，爰有碝磻[39]。（《韵补》卷二“磻”字条）

革服朔，正官寮，辨方位，摹八区[40]。（《康熙字典》“寮”字条引书证）

【说明】

光武帝刘秀夺取政权后，建都何处，成为人们谈论的话题。杜笃写《论都赋》，力主迁回旧都长安。他的观点很明显受西汉初年娄敬劝刘邦建都长安的影响。但傅毅和班固一样，却主张建新都于洛阳。西汉建都长安，东汉建都洛阳，都曾出现过辉煌的盛况，最后也都衰败下来。可见建都何处，并不像论者所说的那么重要，关键是最高统治者是否英明有为。

【注释】

①汉元：汉初。运会：时运际会。世祖：指汉光武帝刘秀。弭：使……停止。弭乱：指光武帝平定西汉末年各地军阀割据，重新统一中国。

②体：包含，体现。《易·乾》：“君子体仁足以长人。”契赞：契符赞语。

③拂：掸，除去。这里犹言救治世难若拂去尘埃一样容易。

④兹都：指洛都。往：《初学记》卷二十四作“历”。规兆：规则的区域。兆，通“垗（zhào 照）”，畔也。

⑤仍：依照，凭借。

⑥被：《初学记》卷二十四引作“决”。伊洛：伊水和洛水。

⑦成皋：汉置县名，地在今河南省荥阳市北，西去洛阳百余里，系在伊、洛入河处。嵓（yán 岩）：古同“岩”。二崤：崤山在今河南省洛宁县北，西北接陕县界，东接渑池县界，山分东西二崤，山势险绝。

⑧砥柱：山名，称“三门山”，在河南省三门峡市，原系黄河中的石岛，现已炸毁。三涂：山名，在今河南省嵩县境，伊水北岸。太室：山名，即嵩山。嵩高：也即嵩山。分画：区分，划分。亦作“分划”。序立：按品阶等级建立。庙祧（tiāo 挑）：泛指祖庙。

⑨“叹息”二句：极言人之多。

⑩皓精：明亮的光芒。

⑪轩軨（líng 玲）：即“軨轩”，有窗格的小室或长廊。扬雄《甘泉赋》：“据軨轩而周流兮，忽軮轧而无垠。”

⑫螭龙:传说中无角的龙。《楚辞·九章·涉江》:“驾青虬兮骖白螭,吾与重华游兮瑶之圃。”

⑬菡萏(hàn dàn 旱旦):荷花的别称。《诗·陈风·泽陂》:“彼泽之陂,有蒲菡萏。”敷荣:开放的花朵。顾:看望。濯龙:园名,在洛阳城中。《后汉书·皇后纪上·明德马皇后》:“明德皇后置织室,蚕于濯龙中,数往观以为娱乐。”

⑭渟(tíng 亭):水静而平的样子。

⑮玄武:这里指龟。

⑯后:皇后。九嫔:宫中分为九个等级的女官。《礼记·昏义》:“古者,天子后立六宫,三夫人,九嫔。”

⑰工女:宫中从事杂役的女工。

⑱明堂:古代帝王宣明政教举行大典的地方。辟雍:古代帝王为贵族子弟所设的大学。灵台:望气之台,《诗·大雅》有《灵台》篇。古天子有灵台,用以观天象,察妖祥。

⑲宗祀扬化:进行庙祭,宣扬教化。宗祀:庙祭。《孝经·圣治》:“昔者周公郊祀后稷以配天,宗祀文王于明堂,以配上帝。”

⑳属(zhǔ 主):连接。首山:指首阳山,在今河南省偃师县西北。

㉑岋岢(è kě 饿可):同“岌嵑”,高峻貌。疑“岌嵑”即“岌嶱(jí kè 急克)”,一音之转。《文选·马融〈长笛赋〉》:“雷叩锻之岌嶱兮。”李善注:“言音如雷之叩锻,岌嶱为声也。”岋,摇动貌。《文选·扬雄〈羽猎赋〉》:“汹汹旭旭,天动地岋。”李善注引韦昭曰:“岋,动貌。”岢,高峻貌。

㉒石濑(lài 赖):湍急之水激于石间为濑。《楚辞·九歌·湘君》:“石濑兮浅浅,飞龙兮翩翩。”王逸《补注》:“濑,湍也。”

㉓轫:刹住车轮的木头,拔下,则车启行,故曰发轫。《楚辞·离骚》:“朝发轫于苍梧兮,夕余至乎县圃。”

㉔方:并。《仪礼·乡射礼》:“不方足。”郑玄注:“方犹并也。”辀(zhōu 舟):小车居中的弯曲车杠。

㉕五路:古代帝王使用的五种车。路,通“辂”,车名。《周礼·春官·巾车》:“王之五路。”指玉路、金路、象路、革路、木路。又,王后的五路为重翟、厌翟、安车、翟车、辇车。

㉖三辰:日、月、星的通称。《左传·桓公二年》:“三辰旂旗,昭其明也。”杜预注:“三辰,日、月、星也。”旗斿(yóu 游):泛指各种旗帜。

㉗傅说(yuè 月):殷武丁时的相,傅说曾筑于傅岩之野,后为武丁访得,以为相,使殷出现中兴的局面。事见《史记·殷本纪》。

㉘羲和:神话中太阳的御者。《楚辞·离骚》:“吾令羲和弭节兮,望崦嵫而勿迫。”

㉙属(zhǔ 主):连接。

㉚镳(biāo 标):马嚼子。

㉛羡门:传说中的古仙人。宋玉《高唐赋》:“有方之士,羡门高溪。”拊(fǔ 府):击打。偓佺(wò quán 卧全):仙人名。司马相如《上林赋》:“偓佺之伦,暴于南荣。”麾:作指挥用的旌旗之属。

㉜乘黄:传说中的神马名。《管子·小匡》:“河出图,洛出书,地出乘黄。”

㉝麋(mí 迷):麋鹿,俗称“四不像”。《楚辞·九歌·湘夫人》:“麋何食兮庭中,蛟何为兮水裔?”

㉞睎(xī 西):望。《淮南子·氾论训》:“夫绳之为度也,可卷而深也,引而伸之,可直而睎。”

㉟殪(yì 义):一箭射死为殪。夷:创伤。这句是说:随着箭声,飞禽或死或伤。极言箭法之准。

㊱属(zhǔ 主):命令。蒲且:人名,相传是古代善于射鸟的人。矰(zēng 增)红:疑为“矰缴”之误,猎取飞鸟的射具,缴为系在短箭上的丝绳。詹何:古之善钓者。《列子》曰:“詹何以独茧为纶,芒针为钩,引盈车之鱼于百仞之渊。”沉纶:投下钓鱼的丝线。维:联结,指一箭双雕。轩翥(zhǔ 主):飞举。《楚辞·远游》:“雌蜺便蜎以增挠兮,鸾鸟轩翥而翔飞。”鹍(kūn 昆):鹍鸡,似鹤,黄白色。

㊲昆山:昆仑山的省称。《史记·李斯列传》:“今陛下致昆山之玉,有随和之宝。”汉桓宽《盐铁论·力耕》:“美玉珊瑚出于昆山,珠玑犀象出于桂林。”璆(qiú 求)琳:泛指美玉。氅(chǎng 敞):同“氅”,鹙(qiū 秋)鸟的羽毛。《玉篇·毛部》:“氅,鹙毛。”貂旄:用貂尾装饰的旗子。

㊳岳渎:山岳河流。簸荡:振动。苍穹:苍天。屯:戍守,驻扎。

㊴通谷:往来无阻的山谷。岈岬:见注㉑。砥(dǐ 底):磨刀石。《尚书·禹贡》:“砺砥砮丹。”孔传:“砥细于砺,皆磨石也。”碫:应作“碫(duàn 段)”,锻物时用的垫子。爰(yuán 圆):于是。碝(ruǎn 软):次于玉的美石。《史记·司马相如列传》:“蜀石黄碝,水玉磊砢。”瑉(mín 民):同“珉”,似玉的美石。

㊵革:改变。服:朝服。朔:帝王颁布的历法。《穀梁传·庄公十八年》:“天子朝日,诸侯朝朔。”官寮:即官僚。指官员。八区:八方,扬雄《解嘲》:“天下之士,雷动云合,鱼鳞杂袭,咸营于八区。”

舞赋并序

楚襄王既游云梦[1]，使宋玉赋高唐之事[2]。将置酒宴饮，谓宋玉曰："寡人欲觞群臣[3]，何以娱之？"玉曰："臣闻歌以咏言，舞以尽意，是以论其诗不如听其声，听其声不如察其形。《激楚》、《结风》、《阳阿》之舞[4]，材人之穷观，天下之至妙。噫！可以进乎？"王曰："如其《郑》何[5]？"玉曰："小大殊用，《郑》、《雅》异宜[6]。弛张之度，圣哲所施。是以《乐》记干戚之容[7]，《雅》美蹲蹲之舞[8]，《礼》设三爵之制，《颂》有醉归之歌[9]。夫《咸池》、《六英》[10]，所以陈清庙，协神人也；郑卫之乐，所以娱密坐，接欢欣也[11]。余日怡荡，非以风民也，其何害哉[12]？"王曰："试为寡人赋之。"玉曰："唯。唯。"

"夫何皎皎之闲夜兮，明月烂以施光。朱火晔其延起兮[13]，耀华屋而熺洞房[14]。黼帐祛而结组兮[15]，铺首炳以焜煌[16]。陈茵席而设坐兮，溢金罍而列玉觞[17]。腾觚爵之斟酌兮[18]，漫既醉其乐康[19]。严颜和而怡怿兮，幽情形而外扬[20]。文人不能怀其藻兮，武毅不能隐其刚[21]。简惰跳踃，般纷挐兮[22]。淵塞沉荡[23]，改恒常兮。于是郑女出进，二八徐侍。姣服极丽，姁媮致态[24]。貌嫽妙以妖蛊兮[25]，红颜晔其扬华。眉连娟以增绕兮[26]，目流睇而横波。珠翠的皪而炤燿兮[27]，华袿飞髾而杂纤罗[28]。顾形影，自整装；顺微风，挥若芳[29]。动朱唇，纡清阳；亢音高歌，为乐方[30]。

"歌曰：摅予意以弘观兮，绎精灵之所束。弛紧急之弦张兮[31]，慢末事之䚕曲[32]。舒恢炱之广度兮[33]，阔细体之苛缛[34]。嘉《关雎》之不淫兮，哀《蟋蟀》之局促[35]。启泰真之否隔兮，超遗物而度俗[36]。扬《激徵》，骋《清角》，赞舞操，奏均曲[37]。形态和，神意协，从容得，志不劫[38]。

"于是蹑节鼓陈，舒意自广。游心无垠，远思长想[39]。其始兴也，若俯若仰，若来若往。雍容惆怅，不可为象[40]。其少进也，若翔若行，若竦若倾。兀动赴度，指顾应声[41]。罗衣从风，长袖交横。骆驿飞散，飒擖合并[42]。䴊鷅燕居，拉揩鹄惊[43]。绰约闲靡，机迅体轻[44]。姿绝伦之妙态[45]，怀悫素之絜清[46]。修仪操以显志兮，独驰思乎杳冥。在山峨峨，在水汤汤[47]。与志迁化，容不虚生[48]。明诗表指，喟息激昂[49]。气若浮云，志若秋霜。观者增叹，诸工莫当[50]。

"于是合场递进，按次而俟[51]。埒材角妙，夸容乃理[52]。轶态横出，瑰姿谲起。眄般鼓则腾清眸[53]，吐哇咬则发皓齿[54]。摘齐行列，经营切儗[55]。仿佛神动，回翔竦峙。击不致筴，蹈不顿趾。翼尔悠往，阇复辍已[56]。及至回身还入，迫于急节，浮腾累跪，跗蹋摩跌[57]。纡形赴远，漼似摧折[58]。纤縠蛾飞，纷猋若绝[59]。超逾鸟集，纵弛殟殁[60]。蝼蛇姌嫋，云转飘曶[61]。体如游龙，袖如素蜺。黎收而拜[62]，曲度究毕[63]。迁延微笑[64]，退复次列。观者称丽，莫不怡悦。

"于是欢洽宴夜，命遣诸客。扰躟就驾[65]，仆夫正策。车骑并狎[66]，龙烒逼迫[67]。良骏逸足，跄捍凌越[68]。龙骧横举，扬镳飞沫。马材不同，各相倾夺[69]。或有逾埃赴辙[70]，霆骇电灭。蹠地远群，阇跳独绝[71]。或有宛足郁怒，般桓不发[72]。后往先至，遂为逐末[73]。或有矜容爱仪，洋洋习习。迟速承意，控御缓急[74]。车音若雷，骛骤相及[75]。骆漠而归，云散城邑[76]。天王燕胥[77]，乐而不泆。娱神遗老[78]，永年之术。优哉游哉，聊以永日[79]。"

【说明】

此赋见《文选》卷十七、《艺文类聚》卷四十三、《初学记》卷十五、《古文苑》卷二。其中，《古文苑》以为宋玉作。

这是中国赋史上现在可见的最早以舞名篇的赋作。作品描写细腻、生动、形象："其始兴也，若俯若仰，若来若往。雍容惆怅，不可为象。其少进也，若翔若行，若竦若倾。兀动赴度，指顾应声。罗衣从风，长袖交横。骆驿飞散，飒擖合并。"类似的描写，我们在宋玉的《神女赋》中也可以看到。但宋玉赋多以为是后人伪托的。曹植的《洛神赋》也有类似的笔墨，植生于傅毅后，他的赋无疑受到傅赋的影响。

我们从赋中还可以看到一种倾向：统治阶级在进行"陈清庙，协神人"，即祭祀祖宗天地等政治活动时，总是采用《雅》、《颂》那一套歌舞，但到了“娱密坐，接欢欣”，即涉及自己的日常生活享受时，就追求郑卫之歌舞了。在傅毅之前的帝王统统是如此，这既暴露了统治阶级的虚伪面孔，暴露了他们的险恶用心（愚弄民众），但同时也表明了郑卫歌舞的生命力。

【注释】

①云梦：楚大泽名。关于云梦的位置，历来说法不一：一说本二泽，云在江北，梦在江南；一说云梦实为一泽，可单言云或梦。综合古籍记载，云梦泽大致包括今湖南省益阳县、湘阴县以北，湖北省江陵市、安陆县以南，武汉市以西的广大地区。

②赋高唐之事：指宋玉曾作《神女赋》，言楚襄王与高唐神女恋爱之事。《文选·宋玉〈高唐赋〉》李周翰注：“此假设楚襄王宋玉之事，以为赋瑞也。”

③觞：酒器，这里作饮酒讲。欲觞群臣：即请群臣饮酒。

④《激楚》、《结风》、《阳阿》：古歌舞名。司马相如《上林赋》：“鄢、郢缤纷，《激楚》、《结风》。”《文选》李善注引《淮南子》曰：“歌《采荑》，发《阳阿》。”

⑤“如其《郑》何”意思是：郑卫之音是亡国之音，如果歌舞像郑、卫之音一样，怎么办？这句话表达了楚襄王的顾虑。

⑥小大殊用，《郑》《雅》异宜：《小雅》、《大雅》各有不同的用处，郑音、雅乐则各不相宜。

⑦弛张之度，圣哲所施：《文选》李周翰注：“弛，废。张，用。度，法也。谓雅郑之乐，废用之法，圣人所施也。”干戚：盾和斧。

⑧蹲蹲：翩然起舞的样子。《诗·小雅·伐木》：“蹲蹲舞我。”

⑨《礼》设三爵之制，《颂》有醉归之歌：《礼记》中有君子饮酒不过三杯的制度。《鲁颂》中有描写大醉以后回家的诗歌。《礼记·玉藻》：“君子饮酒也……礼已三爵而油油以退。”《诗·鲁颂·有駜（bì 必）》：“振振鹭，鹭于下。鼓咽咽，醉言舞。于胥乐兮！”

⑩《咸池》：古乐曲名，相传为尧乐，一说为黄帝之乐。《六英》：古乐名，相传为帝喾或颛顼之乐曲。

⑪清庙：帝王祀先王之庙。密坐：靠近而坐。一说为环坐。接：引。

⑫余日：闲暇之日。怡荡：怡悦放荡。风：教化。

⑬施：散布。朱火：指烛。

⑭熺（xī 西）：通“熹”，照耀，辉映。

⑮黼（fǔ 俯）帐：绣有花纹的帐幔。祛（qū 区）：掀起。

⑯铺首：门上用以衔环的底盘，作兽形，或饰以金银。焜（kūn 昆）煌：明亮。

⑰茵（yīn 因）：蓐席。罍（léi 雷）：古代酒器，形似壶。

⑱腾觚（gū 姑）爵：迅速行酒。觚、爵：皆古代酒器，觚比爵大。《礼记·礼

器》郑玄注："凡觞，一升曰爵，二升曰觚。"斟酌：指按各人不同的酒量行酒。

⑲漫：多，无拘无束。

⑳严颜：严整之貌。怡怿（yì 义）：欢快喜悦。幽情形而外扬：即幽深之情皆露于外。指酒醉之态。

㉑"文人"二句：是形容酒醉后的忘形。

㉒简惰：疏简怠惰。跳踃（xiāo 消）：跳跃。《埤苍》："踃，跳也。"纷挐：牵持杂乱。"简惰"二句，也是指酒后不能自主的动作。

㉓渊塞：深沉而实在。《诗·邶风·燕燕》："其心渊塞。"毛苌曰："塞，实也。渊，深也。"

㉔姁媮（xū yú 须于）：和悦的样子。《文选》张铣注："郑国出女乐也；二八谓十六人也，徐谓缓步，谓侍君王之侧也。"

㉕嫽（liáo 聊）妙：美好。妖蛊（gǔ 古）：使……迷醉。

㉖连娟：细貌。绕：弯曲。

㉗珠翠：珍珠和翡翠。的皪（lì 隶）：珠光闪烁的样子。炤燿：同"照耀"。

㉘华袿（guī 圭）飞髾（shāo 稍）：华丽的衣裳上飞扬着燕尾形的假饰。袿，妇女的上衣。刘熙《释名》："妇人上服谓之袿。"髾，燕尾形的衣上假饰。司马相如《上林赋》："蜚纤垂髾。"司马彪注："髾，燕尾也，衣上假饰。"

㉙若芳：杜若的芳香。杜若是一种供佩戴用的香草。

㉚纡清阳：舒展眉宇。清阳，眉目之间。"亢音"句：亢，一作"抗"。《文选》吕向注："抗，举也；方，犹常也。言举音高歌，为乐之常道也。"

㉛"摅予意"二句：《文选》李善注："摅，散也；弘，大也。言精灵有所窘束，今将舒绎也。"弛紧急之弦张：放松绷紧的琴弦。弛，放松。

㉜慢末事之骫（wěi 伟）曲：（暂时）松懈郑、卫等地婉靡的歌舞。骫，同"委"。骫曲，即委曲，曲意求全。《文选》李善注："言郑卫之末事，而委曲顺君之好，无益，故废而慢之。"末事：指婉靡的郑、卫歌舞。

㉝恢炱（tái 台）：亦作"恢台"，广大的样子。《楚辞·九辩》："收恢台之孟夏兮。"

㉞阔细体之苛缛：使琐屑繁杂的细枝末节更加恢阔。细体，琐屑的细节。苛缛，繁琐之貌。《文选》李善注："言度之恢炱者，更令舒缓；体之烦数者，使之疏阔。"

㉟嘉《关雎》之不淫兮，哀《蟋蟀》之局促：赞美《关雎》乐而不淫，哀叹《蟋蟀》见识短小。《毛诗序》："是以《关雎》乐得淑女，以配君子，忧在进贤，不淫其色。"《诗·唐风·蟋蟀序》："《蟋蟀》，刺晋僖公也，俭不中礼。"《文选》吕延济注："《关雎》之乐，后妃之德，乐而不淫也，故嘉之。《蟋蟀》，《诗》篇名，刺俭不中礼，故哀其局促。"

㊱"启泰真"二句是说：舞蹈可以使人打通与宇宙元气的悬隔，忘却自我，超

出世外。《文选》李善注:“太真,太极真气也。否隔,不通也。”

㊲“扬《激徵》”二句:《文选》李善注:“《激徵》、《清角》,皆雅曲名。《琴操》曰:‘伯牙鼓琴,作《激徵》之音。’《韩子》:师旷曰:‘《清徵》之声,不如从《清角》。’”舞操:指舞之节操。均:雅曲名。

㊳劫:急迫。

㊴蹑节鼓陈:随着鼓点的节奏起舞。垠:际。

㊵“其始兴也”句:《文选》李周翰注:“俯仰、来往、雍容,皆舞迁转不定也。”不可为象:难以用形象描述舞姿。

㊶兀动赴度,指顾应声:兀然而动,以赴节度;手指目顾,皆应声曲。

㊷骆驿:相连貌。飒擖:盘旋貌。合并:指与曲度相合。

㊸鶣鷅(piān piāo 翩飘):轻貌。拉揩:飞貌。

㊹绰约闲靡,机迅体轻:指舞态时而娴缓柔靡,时而轻快迅疾。绰约,美好。机迅体轻,指舞者的动作像弩机发箭一样迅速轻捷。

㊺“姿绝伦”二句:《文选》李周翰注:“皆舞者姿貌也。绝伦妙态,谓美色也。怀贞素,含洁情,修整仪容,端理节操,以明其志,乃驰思于其杳冥寂寞之外,以为妙舞也。”

㊻悫(què 确)素:忠贞质朴。

㊼峨峨:高峻的样子。汤汤(shāng 商):水流湍急的样子。此句化用伯牙鼓琴,钟子期知音的故事。见《吕氏春秋·本味》、《列子·汤问》。

㊽容不虚生:指舞蹈的动作不是凭空发出的,而是有所寄托的。

㊾明诗表指:歌中有诗,舞人把诗旨表达得恰如其分。《文选》李善注:“歌中有诗,舞人表而明之,指而合节。”喟息:叹息。喟,同“喟”。

㊿工:指乐师。《文选》吕延济注:“观之者以为诸工妓盖不可当也。”

51 于是合场递进,按次而俟:接着众舞女接连向前,按照次序排列等待。

52 埒(liè 猎)材角妙,夸容乃理:相互比较舞技的精妙,美丽的姿容庄严齐整。角,比试。

53 眄(miàn 面):斜视。般鼓:一种似盘的鼓,声铿锵。

54 哇咬:指民歌民乐。《文选》李周翰注:“盘鼓谓声急而将终曲者。眄,看也;腾,举也;眸,眼中瞳子也;哇咬,谣艳声也;皓,白也。”

55 摘齐行列,经营切儗(nǐ 拟):一个挨一个排列整齐,往来起舞,模拟得惟妙惟肖。摘,相摩切。经营,往来的样子。切儗,切合所比拟的内容或对象。

56 不顿:不闻顿足之声。趾:足。翼尔悠往,闇复辍已:翩然远去,又突然停止。翼,轻貌。悠,远去。闇,同“奄”。扬雄《方言》:“奄,遽也。”

57 浮腾:轻举,跳跃。累跪:反复跪、起。跗蹋(fū tà 夫踏):谓足蹋地。摩跌:以足摩地而扬跌。跌,足蹠。以上皆舞貌。

58 纡形赴远:纡曲其形,以踊其身。漼(cuǐ 璀):折貌。

(59)纤縠(hú 胡)蛾飞:纤薄的罗纱像蛾一样飘来飞去。縠,绉纱。纷猋(biāo 标):飞扬貌。

(60)逾(yù 玉):同"逾"。纵弛:放慢旋律。殟殁(wēn mò 温末):舒缓貌。

(61)逶蛇(wēi yí 微夷):同"委蛇",回旋曲折。姌嫋:长行之貌。飘曶:即"飘忽",轻疾貌。

(62)黎收而拜:慢慢敛容谢幕。黎,与"邌"同,徐也。

(63)曲度究毕:乐曲全部停了下来。《文选》李善注:"言舞将罢,徐收敛容态而拜,曲度于是究毕。"

(64)迁延:后退。

(65)扰躟(ráng 攘)就驾:纷纷攘攘上车。扰躟,争貌。躟,《文选》五臣本作"攘"。

(66)狎(xiá 狭):《文选》李善注:"谓多而相排也。"

(67)宠丛(lóng cóng 龙从):聚集貌。

(68)良骏逸足,跄捍凌越:骏马跑得轻疾,相互之间,你追我赶。逸,疾。跄捍,马疾驰貌。凌越,急如飞貌。

(69)倾夺:相互竞驰。

(70)逾埃赴辙:逾越于尘埃之前,以追随前车之辙。

(71)蹠地远群,闇跳独绝:(有的马)蹄子一着地,就超过了其他众马,速度之快,无与伦比。蹠,踏。闇跳,行疾貌。

(72)般桓:即"盘桓",逗留。般,《文选》五臣本作"盘"。

(73)后往先至,遂为逐末:后发先至,超过了一个又一个。

(74)或有矜容爱仪,洋洋习习:有的马表现矜持,爱好仪容,一派庄敬从容的样子。洋洋,庄敬貌。习习,和调貌。迟速承意:即迟速任意。

(75)骛骤:奔驰。相及:相连。

(76)骆漠:骆驿纷漠。喻奔驰之貌。云散城邑:指回到城里。

(77)燕胥:犹"燕乐"。胥,通"豫"。《诗·大雅·韩奕》:"笾豆有且,侯氏燕胥。"

(78)娱神遗老:精神欢愉而忘老。

(79)优哉游哉,聊以永日:优游从容,以度时光。《左传·襄公二十一年》:"优哉游哉,聊以卒岁。"

琴赋

历嵩岑而将降[①]，睹鸿梧于幽阻[②]。高百仞而不枉[③]，对修条以持处[④]。蹈通涯而将图[⑤]，游兹梧之所宜。盖雅琴之丽朴[⑥]，乃升伐其孙枝[⑦]。命离娄使布绳[⑧]，施公输之剞劂[⑨]。遂彫琢而成器[⑩]，揆神农之初制[⑪]。尽声变之奥妙[⑫]，抒心志之郁滞[⑬]。(《艺文类聚》卷四十四)

绝激哇之淫[⑭]。(《文选·张衡〈东京赋〉》李善注)

时促均而增徽[⑮]，接角徵而控商[⑯]。(《文选·嵇康〈琴赋〉》李善注)

明仁义以厉己，故永御而密亲[⑰]。(《文选·嵇康〈琴赋〉》李善注)

【说明】

此赋系残篇，见《艺文类聚》卷四十四、《初学记》卷十六、《文选·张衡〈东京赋〉》李善注、《文选·嵇康〈琴赋〉》李善注。其中，《文选·嵇康〈琴赋〉》引作《雅琴赋》。此赋系现在能见到的最早以琴名篇的作品，或以为蔡邕所作，似误，蔡氏另有《琴赋》。赋描写了伐梧枝制作雅琴的过程，颇多情趣。

【注释】

①嵩岑：高峻的山。降：自上而下。

②鸿梧：巨大的梧桐树。鸿，大。幽阻：深幽险阻之处。

③仞：古代八尺曰仞。枉：弯曲。

④修：长。以：《初学记》卷十六作"而"。持：《初学记》卷十六作"特"。

⑤通涯：通达山崖的水边。图：指将砍伐梧桐。将图：《初学记》卷十六作

"远游"。

⑥游:《初学记》卷十六作"图"。盖:《初学记》卷十六作"唯"。雅:《初学记》卷十六作"信"。朴:大木材。《楚辞·九章·怀沙》:"材朴委积兮,莫知余之所有。"这里是说,(大梧桐)是制作琴的好木材。

⑦孙枝:树的嫩枝。嵇康《琴赋》:"乃斲孙枝,准量所任;至人摅思,制为雅琴。"

⑧离娄:人名,古之善视者。布绳:指木工画线。

⑨公输:人名 ,古之巧匠。《孟子·离娄下》:"离娄之明,公输子之巧,不以规矩不能成方圆。" 剞劂(jī jué 机决):刻刀。汉严忌《哀时命》:"握剞劂而不用兮。"《楚辞补注》:"剞劂,刻镂刀也。"

⑩彫(diāo 雕)琢:本指雕刻玉石,这里指制琴。彫,《初学记》卷十六作"雕"。

⑪揆:估量,这里指仿效。神农:传说中农医发明者,他用木头制作农具,教人耕种。

⑫声变:指琴声的变化。

⑬郁滞:郁积阻滞。《淮南子·俶真训》:"血脉无郁滞。"

⑭激哇:指淫乱之声。

⑮均:古弦乐器的调律器,长七尺,系以丝,以节音乐。徽:琴徽,系琴之绳。

⑯角、徵、商:都是古五音中之名。

⑰御:进用。

扇赋

背和暖于青春[①]，践朱夏之赫戏[②]。摇轻箑以致凉[③]，爰自导以暨卑。纤竹廓素[④]，或规或矩[⑤]。

【说明】

此赋见《北堂书钞》卷一百三十四，系残篇。《历代赋汇》卷八十七"器用"条收录有关扇的赋共二十一篇，作者的生活年代均在傅毅之后，可见傅之《扇赋》当是最早的以扇名篇之作。傅毅还有《扇铭》，也是歌颂扇子的功用，亦见于《北堂书钞》卷一百三十四。

【注释】

①背：离开。青春：春季。春天草木繁茂，其色青绿，故云。《楚辞·大招》："青春受谢，白日昭只。"洪兴祖《补注》："青，东方春位，其色青。"

②朱夏：夏季。《尔雅·释天》："夏为朱明。"曹植《槐赋》："在季春以初茂，践朱夏而乃繁。"赫戏：光明炎盛貌，这里指炎热。《楚辞·离骚》："陟升皇之赫戏兮，忽临睨夫旧乡。"

③箑(shà 煞)：扇。扬雄《方言》："扇自关而东谓之箑。"《淮南子·精神训》："知冬日之箑，夏日之裘，无用于已，则万物变为尘埃矣。"致：招，纳。

④纤竹：指细竹片。廓：张布。素：白绢之类。

⑤或规或矩：有的方，有的圆。

反都赋

因龙门以畅化[①],开伊阙以达聪[②]。

【说明】

本篇录自《水经注·伊水》,仅存两句。但从赋颂扬龙门、伊阙看,此赋当与《洛都赋》主旨相同,都是主张仍在洛阳建都,而反对当时有人要求迁回西汉旧都长安。

【注释】

①因:依。龙门:在河南省洛阳市南郊,因伊河东面龙门山和西面香山夹峙如门,故名。又因两山夹峙伊水如阙,故又名"伊阙"。《水经注·伊水》:"伊水又北入伊阙,昔大禹疏以通水,两山相对,望之若阙。伊水历其间北流,故谓之伊阙矣。"畅化:通达教化。

②达聪:畅达上聪。

神雀赋

【说明】

本篇仅存题目，见《隋书·经籍志四》："《神雀赋》一卷，后汉傅毅撰。"

七激

徒华公子，托病幽处，游心于玄妙，清思乎黄老[①]。于是玄通子闻而往属曰[②]："仆闻君子当世而光迹，因时以舒志，必将铭勒功勋，悬著隆高。今公子削迹藏体，当年陆沉[③]，变度易趣，违拂雅心。挟六经之指，守偏塞之术，意亦有所蔽与，何图身之谬也。仆将为公子论天下之至妙，列耳目之通好，原情心之性理，综道德之弥奥，岂欲闻之乎?"公子曰："仆虽不敏[④]，固愿闻之。"

玄通子曰："洪梧幽生，生于遐荒[⑤]。阳春后荣，涉秋先彫[⑥]。晨飚飞砾，孙禽相求[⑦]。积雪涐涐，中夏不流[⑧]。于是乃使夫游宦失势，穷摈之士[⑨]，泳溺水[⑩]，越炎火，穷林薄[⑪]，历隐深。三秋乃获[⑫]，断之高岑[⑬]，梓匠摹度[⑭]，拟以斧斤[⑮]。然后背洞壑，临绝溪，听迅波，望曾崖。大师奏操[⑯]，荣期清歌[⑰]。歌曰：'陟景山兮采芳苓[⑱]。'哀不惨伤，乐不流声[⑲]。弹羽跃水，叩角奋荣[⑳]，沉微玄穆，感物悟灵。此亦天下之妙音也，子能强起而听之乎?"

玄通子曰："单极滋味，嘉旨之膳[㉑]，刍豢常珍[㉒]，庶羞异馔，凫鸿之羹，粉粱之饭[㉓]，涔养之鱼[㉔]，脍其鲤鲂[㉕]，分毫之割，纤如发芒，散如绝谷，积如委红[㉖]。芳甘百品，并仰累重，殊芳异味，厥和不同[㉗]。既食日晏[㉘]，乃进夫雍州之梨，出于丽阴，下生芷隰，上托桂林[㉙]。甘露润其叶，醴泉渐其根[㉚]。脆不抗齿，在口流液。握之摧沮[㉛]，批之离坼[㉜]。可以解烦，悁悦心意[㉝]，子能起而食之乎?"

玄通子曰："骥騄之乘[㉞]，龙骧超摅，腾虚鸟踊[㉟]，莫能执御。于是乃使王良理辔[㊱]，操以术教，践路促节，机登飚驱[㊲]。前不可先，后不可追。逾埃绝影，倏忽若飞。日不转曜，穷远旋归[㊳]。此盖天下之骏马，子能强起而乘之乎?"

玄通子曰："三时既逝[39]，季冬暮岁，玄冥终统，庶卉零悴[40]。王在灵囿，讲戎简旅[41]。于是驷骥騄，乘轻轩，麾旄旗，鸣八鸾[42]。陈众车于广隰，散列骑乎平原。属罘网以弥野，连罻罗以营山[43]。部曲周匝，风动云旋[44]。合团促阵[45]，禽兽骇殚。仆不暇起，穷不及旋，击不待刃，骨解肉离，摧牙碎首，分其文皮，流血丹野，羽毛翳日[46]。于是下兰皋，临流泉，观通谷，望景山，酌旨酒，割芳鲜[47]。此天下之至娱也，子能强起而观之乎？"

玄通子曰："当馆侈饰，洞房华屋，楹桷雕藻，文以朱绿[48]。曾台百仞[49]，临望博见，俯视云雾，骋目穷观。园薮平夷，沼池漫衍。禽兽群交，芳草华蔓[50]。于是宾友所欢，近览从容，詹公沉饵[51]，蒲且飞红[52]。纶不虚出[53]，矢不徒降，投钩必获，控弦加双[54]。俯尽深潜，仰殚轻翼[55]。日移怠倦，然后讌息[56]。列觞酌醴，妖靡侍侧[57]。被华文，曳绫縠，弭随珠，珮琚玉[58]。红颜呈素，蛾眉不画，唇不施朱，发不加泽。升龙舟，浮华池。纡帷翳而永望，镜形影于玄流。偏滔滔以南北，似汉女之神游。笑比目之双跃，乐偏禽之匹嬉[59]。此亦天下之欢也，子能强起而与之游乎？"

玄通子曰："汉之盛世，存乎永平，太和协畅，万机穆清[60]。于是群俊学士，云集辟雍[61]。含咏圣术，文质发曚[62]。达牺农之妙旨[63]，照虞夏之典坟[64]。遵孔氏之宪则，投颜闵之高迹[65]。推义穷类，靡不博观。光润嘉美，世宗其言。"公子瞿然而兴曰[66]："至乎，主得圣道，天基允臧[67]。明哲用思，君子所常。自知沉溺，久蔽不悟，请诵斯语，仰子法度。"（《艺文类聚》卷五十七，《北堂书钞》卷八十三、一百四十二、一百四十四）

仰归云，朔游风。（《文选·张衡〈思玄赋〉》李善注，《文选·潘岳〈怀旧赋〉》李善注，《文选·潘尼〈迎大驾诗〉》李善注）

无物可乐，顾望怀愁。（《文选·曹植〈洛神赋〉》李善注）

暗君逐臣，顽父放子。（《文选·陆机〈君子行〉》李善注）

排挫礼学，讥谴世伪。（《文选·张华〈鹪鹩赋〉》李善注）

【说明】

《七激》是一篇模仿之作，全文结构仿效枚乘之《七发》。《七发》以七事激发楚太子。《七激》也以七事激发徒华公子。（此篇有缺漏，只列了妙言、美食、骏骑、校猎、嬉游、要言妙道六事)但此赋的思想倾向却与《七发》不同。《七发》的要言妙道颇杂,包括了老庄、杨朱、墨翟、孔孟等等,其中有的观点是相反的,如墨子的兼爱与杨子的利已,老庄的出世与孔孟的入世等等。而《七激》的指导思想却只有一个,都可归入儒家者流。这种差异可能与时代有关。枚乘生活于西汉前期,儒术尚未获得独尊的地位,诸子百家都有自己活动的余地;而傅毅生活在东汉前期,儒家思想早已一统天下了,况傅毅又是一个笃信儒术的人,这从他的行状中都可以看得很清楚。

【注释】

①徒华公子:赋中虚构人物。玄妙:指道家的道。因道家的道深奥难懂,故曰。《老子》第一章:"玄之又玄,众妙之门。"黄老:黄帝和老子,道家奉以为始祖。

②玄通子:赋中虚构的人物。属:劝。《后汉书·蔡邕传》:"酒酣知起舞,属邕。"李贤注:"属,犹劝也。"

③陆沉:陆地无水而沉,喻隐居。《庄子·则阳》:"方且与世违,而心不屑与之俱,是陆沈者也。"郭象注:"人中隐者,譬无水而沈也。"

④敏:聪明。

⑤洪梧:大梧树。遐荒:边远的地方。

⑥阳春:温暖的春天。《楚辞·九辩》:"无衣裘以御冬兮,恐溘死而不得见乎阳春。"荣:草木发芽。彫:同"凋",萎谢。

⑦孙禽:逃亡离散之飞禽。孙,通"逊"。

⑧涐涐(é 娥):雪多貌。涐,或作"溨"。中夏不流:指夏天寒冷,积雪不化。

⑨穷摈:被摈弃而穷苦。

⑩溺水:即弱水。《说文》作"溺水"。传说此水的浮力极小,不能浮鸿毛。

⑪林薄:草木丛杂的地方。《楚辞·九章·涉江》:"露申辛夷,死林薄兮。"

⑫三秋:指秋季。

⑬高岑:高峻貌,这里指高山峻岭。

⑭梓匠:木工。《墨子·节用》:"凡天下群百工……陶冶梓匠,使各从事其所能。"

⑮拟:比划。这句指用刀斧等工具制琴。

⑯大师:太师,古代乐官之长。《周礼·春官·大师》:"大师掌六律六同,以合阴阳之声。"

⑰荣期:"荣启期"之省称,春秋时隐士,常鼓琴而歌。

⑱景山:此处泛指高山。苓:香草名。扬雄《反离骚》:"飏烨烨之芳苓。"

⑲“哀不惨伤，乐不流声”二句：即所谓乐而不淫，哀而不伤。

⑳弹羽跃水，叩角奋荣：羽、角都是五音之一。弹起琴来，令鱼儿跃出水面，令人感到振奋。这里极言乐声之绝妙。

㉑单极：极尽。单，同“殚”。嘉旨之膳：美好的食品。

㉒刍豢：幼猪。

㉓凫：野鸭。鸿：雁属中类似天鹅的大型种类在旧时的泛称。《北堂书钞》陈俞本作“鸧”，为是。《北堂书钞》注：“本钞羹篇引‘鸿’作‘鸧’。严辑《傅毅集》以‘鸿’为大写，以‘鸧’为夹注。”鸧：鸧鸹，青灰色，大如鹤。《楚辞·招魂》：“鹄酸臇凫，煎鸿鸧些。”洪兴祖《补注》：“鸧，音仓，麋鸹也。”北魏贾思勰《齐民要术·脯腊》：“五味脯法：腊月初作，用鹅、雁、鸡、鸭、鸧、鴇、凫、雉、兔、鸽、鹑、生鱼，皆得作。”粉粱之饭：盖指谷物细末制成的食品。以上二句据《北堂书钞》卷一百四十四补。

㉔涔（cén 岑）养之鱼：池塘养的鱼。涔，鱼池。《文选·马融〈长笛赋〉》：“于是山水猥至，渟涔障溃。”李善注引薛汉《韩诗章句》：“涔，渔池也。音岑。”

㉕脍：细切鱼肉。鲤鲂：鲤鱼和鳊鱼。

㉖绝谷：绝粒，即断绝进食。委红：落花。委，同“萎”。

㉗此四句《北堂书钞》卷一百四十二作：“芳甘百品，并仰累重，异珍殊味，厥和不同。”殊味：即“异珍”。

㉘晏：晚。

㉙雍州：古九州之一。《尚书·禹贡》：“黑水西河惟雍州。”地在今陕西、甘肃及青海额齐纳等地，东汉后逐渐缩小并东移。丽阴：清新阴凉。桂林：桂树之林。

㉚渐：浸润。

㉛摧沮：破碎。

㉜批：用刀切。离坼：分开。坼，分离，裂开。《淮南子·本经训》：“天旱地坼。”

㉝悁（yuān 渊）悦心意：使心情喜悦。悁悦，此处为偏义复词，喜悦。悁，忿怒。

㉞骥騄（jì lù 际录）：良马。即赤骥、騄耳，皆周穆王八骏之一。王充《论衡·逢遇篇》：“夫能御骥騄者，必王良也。”

㉟龙骧超摅，腾虚鸟踊：像龙一样奔跑，像鸟一样腾空跳跃。超摅：《文选·颜延之〈赭白马赋〉》李善注引刘歆《遂初赋》：“马龙腾以超摅。”吕延济注：“超摅，驱骛行走貌。”

㊱王良：春秋时晋之善御马者。

㊲机登飚驱：如在弩机上待发的箭，如疾风般迅飞。飚，疾风。

㊳旋：迅速转来。

㊴三时：这里指春、夏、秋三季。

㊵玄冥：暗昧。《庄子·秋水》："始于玄冥，反于大通。"季冬暮岁，天气多阴暗，故称。庶卉：众草。零：凋落。

㊶灵囿：神圣的苑囿。《诗·大雅·灵台》："王在灵囿。"讲戎简旅：讲习武艺，检阅军队。这里指畋猎。讲，习。《国语·周语上》："三时务农而一时讲武。"简，检阅，查检。《左传·桓公六年》："秋大阅，简车马。"

㊷驷：作动词用，用四匹马拉车。骥：千里马。騄：也是名马。鸾：结在马衔上的铃铛叫鸾，通"銮"。八鸾：一马二铃，四马八铃，故称。《诗·大雅·烝民》："四牡鼓鼓，八鸾锵锵。"

㊸属(zhǔ 主)：连接起来。罘(fú 浮)网：捕兽的网。《晏子春秋》："齐有北郭骚者，结罘网，捆薄苇，织履以养其母犹不足。"罻罗：捕鸟的网。《楚辞·九章·惜诵》："矰弋机而在上兮，罻罗张而在下。"这两句犹言满山遍野都布好了捕捉禽兽的罗网。

㊹部曲周匝：部队围了一圈。部曲，古时军队的编制单位。《汉书·李广传》："及出击胡，而广行无部曲行陈。"周匝，环绕一周。

㊺合团：即包围起来。团，圆。促阵：缩小包围圈。

㊻仆：通"踣"，跌倒。丹：使……丹，染红。翳：遮蔽。

㊼兰皋：有兰草的水边高地。《楚辞·离骚》："步余马于兰皋兮，驰椒丘且焉止息。"通谷：深谷。

㊽当：通"常"、"堂"。《战国策·赵策一》："祭祀时享非当于鬼神。"《史记·赵世家》"当"作"常"。《管子·小称》："堂巫。"《吕氏春秋·知接》作"常之巫"。楹：厅堂的前柱。《左传·庄公二十三年》："秋，丹桓宫楹。"桷(jué 决)：方形的椽子。《诗·鲁颂·閟宫》："路寝孔硕，松桷有舄。"这里谓厅堂的前柱、方形的椽子上都雕画有美丽的图案。文以朱绿：装饰以大红大绿。文，装饰。

㊾曾台：即层台。曾，通"层"。

㊿夷：平。群交：指禽兽混杂在一起。交，交错。

(51)詹公：即詹何，古之善钓者，见《淮南子》之《原道训》、《览冥训》。

(52)蒲且：古楚国之善射者。《淮南子·览冥训》："故蒲且子之连鸟于百仞之上，而詹何之骛鱼于大渊之中，此皆得清静之道，太浩之和也。"

(53)纶：钓丝。嵇康《赠秀才入军》："流磻平皋，垂纶长川。"

(54)控弦加双：犹言一箭双雕。

(55)俯尽深潜：指下钓，则深水中的鱼被钓尽。殚：尽。轻翼：这里指飞禽。

(56)日移：日影移动，指游猎已经过了一定时间。这里指午后。讌息：休息。讌，通"宴"。《易·随》之《象》曰："君子以向晦入宴息。"

(57)妖靡：这里指妖冶的美女。

(58)随珠：传说中的宝珠。《淮南子·说山训》："故和氏之璧，随侯之珠，出于山渊之精。”

(59)“红颜”以下五句：系形容侍侧美女的自然之美，不施粉黛，不加膏脂。玄流：清水。偏禽：失偶之禽。

(60)永平：东汉明帝年号（58～75）。傅毅以为明帝功德最盛，故作《显宗颂》十篇。太和：古代指阴阳会和、冲和的元气。《易·乾》：“保合大和，乃利贞。”

(61)辟雍：周王朝为贵族子弟所设的大学，取四周有水，形如璧环为名。《礼记·王制》：“大学在郊，天子曰辟雍，诸侯曰頖（泮）宫。”

(62)发曚：启发蒙昧。《北堂书钞》卷八十三作“发蒙”。《易·蒙》：“初六，发蒙，利用刑人。”孔颖达疏：“以能发去其蒙也。”

(63)牺农：伏羲和神农。

(64)虞夏：指虞舜时代和夏朝。典坟：“三坟五典”的简称，后转为古书的通称。

(65)孔氏：孔子。颜闵：孔子弟子颜渊、闵损（子骞），贫而不仕，在孔门皆以德行著。王符《潜夫论·交际》：“使处子虽苞颜闵之贤，苟被褐而造门，人犹以为辱。”

(66)瞿然：睁大眼睛惊视貌。《庄子·徐无鬼》：“子綦瞿然喜曰：‘奚若？’”

(67)天基：这里指帝业的根基。

刘广世

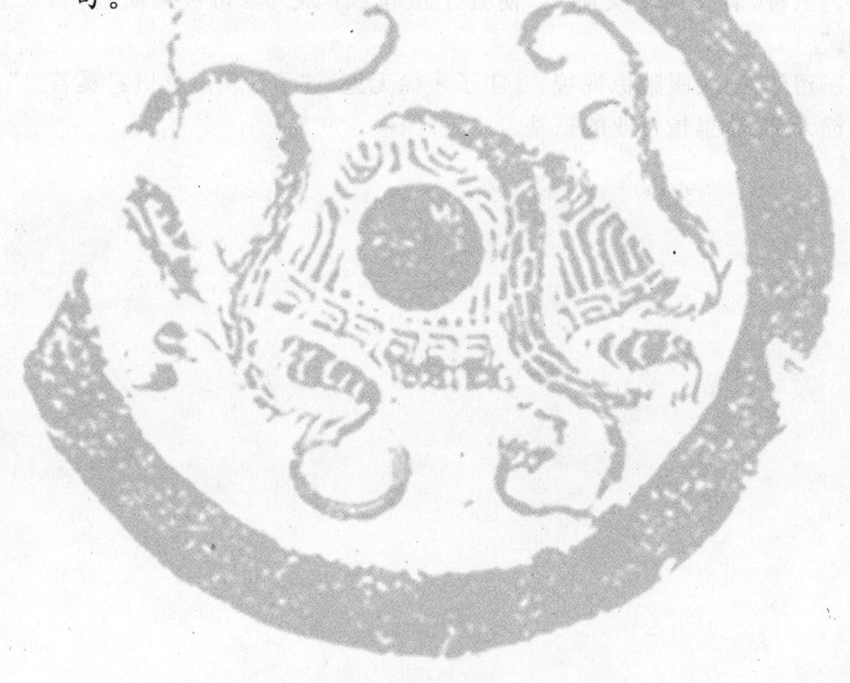

刘广世，生平事迹不详。西晋傅玄《七谟序》把他排列在傅毅之后、崔骃之前，故知他当生活在东汉前期明帝、章帝期间。其作品现仅存《七兴》一小段和《季南碑》一句。

七兴

子康子有疾，王先生往焉[①]。曰“骏壮之马，慉不征路[②]。其荷衡也，曜似惊禽[③]。其即行也，翚若游鹰[④]。飙骇风逝，电发波腾[⑤]。影不及形，尘不暇兴[⑥]。”

【说明】

此赋见《艺文类聚》卷五十七、《文选·张协〈七命〉》李善注，系残篇。

傅玄《七谟序》曰：“昔枚乘作《七发》，而属文之士若傅毅、刘广世、崔骃、李尤、桓麟、崔琦、刘梁、桓彬之徒，承其流而作者纷焉，《七激》、《七兴》、《七依》、《七款》、《七说》、《七蠲》、《七举》、《七设》之篇。于是通儒马季长、张平子亦引起流而广之。马作《七厉》，张作《七辨》，或以恢大道而导幽滞；或以黜瑰奓而托讽咏。扬辉播烈，垂于后世者，凡十有余篇。”

可见《七兴》属《文选》所单列的“七”体作品，应有七大段。这里仅存“骏壮”一段中数句。根据七体的传统，这篇赋的内容应该是“王先生”以七件事来说服病中的“子康子”。今只存一段描绘骏马的文字。

【注释】

①子：古代对男子的美称。康子：假设人物，如子虚、乌有先生之类。王先生：也是假设人物。

②骏壮：高大强壮之马 。壮，《文选·张协〈七命〉》李善注引作“驵”。慉(chù 触)：郁结，忧郁。征：远行。

③荷衡：拉车。衡是车辕头上的横木，这里代指车。曜：光耀。惊禽：受惊

的飞禽。这句指骏马驾上辕，即跃跃欲奔，光彩闪耀。

④游鹰：飞鹰。

⑤飙：暴风。电：雷电。

⑥不及：追不上。影不及形：影子追不上形体，状骏马奔跑之速。兴：起。尘不暇兴：灰尘还来不及飞起，骏马早已跑过。张协《七命》："景不及形，尘不暇飞。"

崔骃

崔骃(? ～92),字亭伯,涿郡安平(今河北安平)人,赋家崔篆之孙,崔瑗之父。骃年十三,通《诗》、《易》、《春秋》,博学多才,善属文。少游太学,与班固、傅毅齐名。常以典籍为业,未暇仕进,时人讥之,崔骃即仿扬雄《解嘲》,作《达旨》以答。元和(84～87)中,章帝修古礼,巡狩四方,崔骃上《四巡颂》,盛称汉德,极得章帝赞赏。章帝问侍中窦宪:"卿宁知崔骃乎?"窦宪回答说:"班固数为臣说之,然未见也。"章帝说:"公爱班固而忽崔骃,此叶公之好龙也。"由此得到窦宪的倚重。窦宪以重戚骄横于世,崔骃累加劝诫。宪不能忍,出骃为长岑(地处今韩国西南部)长。崔骃不得意,"遂不之官而归"。和帝永元四年(92)卒于家。所著诗、赋、铭、颂、书、记、表、《七依》、《婚礼结言》、《达旨》、《酒警》共二十一篇。传在《后汉书》卷五十二。

反都赋并序

汉历中绝，京师为墟[①]。光武受命，始迁洛都[②]，客有陈西土之富，云洛邑褊小[③]。故略陈祸败之机，不在险也[④]。

建武龙兴，奋旅西驱。虏赤眉，讨高胡，斩铜马，破骨都[⑤]，收翡翠之驾，据天下之图[⑥]。上圣受命，将昭其烈[⑦]。潜龙初九，真人乃发[⑧]。上贯紫宫，徘徊天阙[⑨]。握狼狐，蹈参伐[⑩]。陶以乾坤，始分日月[⑪]。观三代之余烈，察殷夏之遗风[⑫]，背崤函之固，即周洛之中[⑬]。兴四郊，建三雍[⑭]。禅梁父，封岱宗[⑮]。(《艺文类聚》卷六十一)

开酆镐之富，散紫苑之饶，践宜春之囿，转胡亥之丘[⑯]。(《韵补》卷二“饶”字条)

大汉之初，雍土是居。哀平之世，鸲鹆来巢[⑰]。(《韵补》卷一“巢”字条)

干弱枝强，末大本消，祸起萧墙，不在须臾[⑱]。(《韵补》卷一“消”字条)

勒威赫斯，果秉其钺；如川之流，动不可遏[⑲]。(《韵补》卷五“遏”字条)

【说明】

此赋见《艺文类聚》卷六十一，《韵补》卷一“巢”、“消”字条，卷二“饶”字条，卷五“遏”字条，系残篇。所谓“反都”，即返回旧都，也即回到长安旧都以建新都。赋序说：“客有陈西土(指旧都长安)之富，云洛邑(洛阳)褊小。”所以要由洛阳迁回长安。但看起来作者不同意“客”的简单肤浅理由，他想要“略陈祸败之机，不在险也”。因赋残缺，不知作者具体如何描述。

【注释】

①汉历中绝：指西汉王朝覆灭。京师为墟：指西京长安遭更始军和赤眉军相继破坏，两百年的文物几乎全部被毁。墟，废墟。

②光武：东汉光武帝刘秀，东汉王朝的建立者，于建武元年(25)称帝，定都洛阳。

③客：虚构人物。西土之富：指西都长安周围富足。洛邑：洛阳。褊小：狭小。《左传·隐公四年》："卫国褊小。"

④祸败：灾祸与失败。《国语·晋语八》："民志不厌，祸败无已。"机：事物变化之所由。

⑤建武：刘秀建立东汉王朝的年号，从公元25年至57年。龙兴：喻帝业的建立。古代常用龙作为皇帝的象征。奋旅西驱：指公元25年，刘秀派大将军邓禹渡河入关中，击败更始军十万人。公元26年，大将冯异代邓禹领兵击赤眉。公元27年，冯异大败赤眉军。赤眉军东走宜阳，刘秀亲领大军邀击，赤眉军十余万全部投降。高胡、铜马：当时农民起义军。《后汉书·光武帝纪上》："又别号诸贼铜马，大彤、高湖(即高胡)、重连、铁胫、大抢、尤来、上江、青犊、五校、檀乡、五幡、五楼、富平、获索等，各领部曲，众合数百万人，所在寇掠。"李贤注："诸贼或以山川土地为名，或以军容强盛为号。"骨都：骨都侯，汉时匈奴官名，是单于的辅政近臣。《史记·匈奴列传》："左右骨都侯。"裴骃《集解》："骨都，异姓大臣。"这里借指匈奴。高适《送浑将军出塞》："每逐嫖姚破骨都。"

⑥翡翠之驾：用翡翠羽毛装饰的马车。据天下之图：因关中地势险要，物产丰富，古以为据关中，即可占有天下。如贾谊《过秦论上》："秦孝公据殽函之固，拥雍州之地，君臣固守，以窥周室；有席卷天下，包举宇内，囊括四海之意，并吞八荒之心。"

⑦上圣：至圣，德智超群的人。这里指光武帝。受命：受天之命。昭：昭明，显扬。烈：功绩，功业。

⑧《易·乾》："初九，潜龙勿用。"此爻说龙在水中，养精蓄锐，暂时还不能发挥作用，但它含有龙潜在的、不可预测的、难以限量的力量，所以接着说："真人乃发。"真人：成仙的人。《淮南子·本经训》："莫死莫生，莫虚莫盈，是谓真人。"这里指光武帝。

⑨贯：通。紫宫：紫微宫，紫微垣，星官名。这里暗指帝王宫殿。天阙：星名，这里指帝都。

⑩狼、狐：皆星名，主弓矢之事。参、伐：亦皆星名，主斩伐之事。这句指光武帝登位主政，掌生杀大权。《史记·秦始皇本纪》："盖得圣人之威，河神授图，据狼、狐，蹈参、伐。佐政(指秦始皇嬴政)驱除，距之称始皇。"张守节《正义》："狼、狐主弓矢星。《天官书》云，参、伐主斩艾事。"

⑪陶：陶冶、化育。乾、坤：《周易》中的两个卦名，指阴阳两种势力。乾象

天，坤象地，引申为天地、日月、帝后、男女、父母、天下、江山等等代称。班固《东都赋》："且夫建武（光武帝年号）之元，天地革命，四海之内，更造夫妇，肇有父子，君臣初建，人伦寔始……分州土，立市朝，作舟车，造器械……"即其意。

⑫三代：指夏、商、周。余烈：遗留下来的功业。殷夏：商、夏，也即夏、商二个朝代。

⑬背：背靠。崤：崤山，主峰在河南省灵宝县东南。函：函谷关，关名，战国时秦置，在今河南省西部灵宝东北，西汉元鼎三年（前114）移至今河南省新安县东。周洛：指东周首都洛阳。

⑭四郊：都城四周的地区。三雍：亦称三雍宫，汉时对辟雍、明堂、灵台的总称。《后汉书·光武帝纪下》："中元元年……是岁，初起明堂、灵台、辟雍。"

⑮禅梁父，封岱宗：《资治通鉴》卷四十四载，光武帝建武三十年（54），"春二月，丁巳朔车驾东巡。群臣上言：'即位三十年，宜封禅泰山。'诏曰：'即位三十年，百姓怨气满腹。吾谁欺，欺天乎！'"群臣不敢复言。即位三十二年（56），"上（指光武帝）读《河图会昌符》，曰：'赤刘之九，会命岱宗。'上感此文……"便同意封禅。"二月己卯，幸鲁，进幸泰山。"开始封禅活动。

⑯酆（fēng 丰）、镐（hào 浩）：西周都城遗址，在今西安市西郊。宜春：秦之离宫，在今西安市南。胡亥：即秦始皇少子秦二世，后为赵高所迫自杀。

⑰雍：古九州之一，这里指关中长安（今陕西西安）一带。哀平：即西汉后期哀帝（前6～1）和平帝（1～5）。鸲鹆（qú yù 渠玉）：俗称"八哥"，能模仿人言。《春秋·昭公二十五年》："有鹳鹆来巢。"这句指王莽篡权。

⑱干弱枝强，末大本消：指西汉前期王朝中央势力衰微，而地方诸侯王势力强大。干、本，指王朝中央势力。枝、末，指地方诸侯王势力。萧墙：门屏，语见《论语·季氏》。须臾：片刻。

⑲此四句形容光武帝打败王莽新朝，恢复刘汉王朝的强盛气势。钺（yuè 越）：古代兵器。遏：抑止。

【辨析】

本篇描述了光武帝举行封禅和建造三雍的事，而我们从注文⑮可知，光武帝举行封禅是在建武三十二年（56），建三雍是中元元年（56），由此不难推断，本赋当作于中元元年以后的近期内，约中元二年（57）。在此之前，杜笃曾创作《论都赋》："……笃以关中表里山河，先帝旧京，不宜经营洛邑，乃上奏《论都赋》。"看来他是反对在洛邑建都的。随后傅毅也作《反都赋》，与本赋同题，也是反对建都洛邑，要求返回旧都长安。但傅毅写作此赋当晚于崔骃。《后汉书·文苑传上》称："傅毅，字武仲，扶风茂陵人也。少博学，永平中，于平陵习章句，因作《迪志诗》……毅以显宗（东汉明帝）求贤不笃，士多隐处，故作《七激》以为讽。建初中，肃宗（章帝)博召文学之士,以毅为兰台令史,拜郎中。"可看出傅毅开始创作是在"永平中"以后的事,永平共十八年,傅毅作赋可算作永平九年,也就是公元 66 年,班固写《两都赋》也大体在这个时候。《后汉书·班固传上》称:"固……自为郎后,遂见亲近。时京师修起宫室,濬缮城隍,而关中耆老犹望朝廷西顾。固感前世相如、寿王、东方之徒,造构文辞,终以讽劝,乃上《两都赋》,盛称洛邑制度之美,以折西宾淫侈之论。"他的观点与上述三家相反。他称赞洛阳制度,反对迁都长安。班固为郎在永平七年(64),《两都赋》也应于此后开始动手写作。张衡的《二京赋》写了十年,班固的《两都赋》是同题之作,而且是首创京都大赋,没有几年也难以完成,可以推断,他的《两都赋》与傅毅的《反都赋》,当为同时之作。此后还有张衡的《二京赋》、左思的《三都赋》、徐幹的《齐都赋》、刘桢的《鲁都赋》等等,都市赋成为赋作中的一大题材。

赋家们为什么热衷于写作都市赋呢?原因如下:第一,都市——尤其是国都,地位特别重要,文人们自然特加垂顾,通过写赋来表达个人的政治思想。正如刘勰《文心雕龙·诠赋》所说的:"夫京殿、苑猎、述行、序志,并体国经野,义尚光大。"这些题材不似"草区禽族,庶品杂类",乃"小制之区畛"。第二,通过写作都市赋,来展现作者个人的才学。都市涉及面太宽广,一般人驾驭不了,不能、不敢问津,非有大手笔不可。所以当陆机听说左思要写作《三都赋》时,即"拊掌而笑,与弟云书曰:'此间有伧父(犹鄙夫,粗野的人),欲作《三都赋》,须其成,当以覆酒瓮耳。'"《文心雕龙·神思》:"张衡研《京》以十年,左思练《都》以一纪。"都市赋艺术水平较低,但史料价值却很高,我们从中可窥见当时的历史面貌,可以洞察当时文人的内心秘密,值得注意。

大将军临洛观赋

滨曲洛而立观，营高壤而作庐[①]。处崇显以闲敞，超绝邻而特居[②]。列阿阁以环匝，表高台而起楼[③]。步辇道以周流，临轩槛以观鱼[④]。于是迎夏之首，末春之垂[⑤]，桃枝夭夭，杨柳猗猗[⑥]。既乃日垂西阳，中曜内光[⑦]。弛衔纵策，逸如奔飚[⑧]。(《艺文类聚》卷六十三)

迎夏之首，来春之垂，阳炎炎而日进，阴冉冉而日衰[⑨]。(《北堂书钞》卷一百五十四)

迎夏之首，桃之夭夭，杨柳猗猗。(《太平御览》卷二十)

【说明】

此赋见《艺文类聚》卷六十三、《北堂书钞》卷一百五十四、《太平御览》卷二十。其中，《艺文类聚》作《大将军临洛观赋》；《太平御览》作《临洛观春赋》，存三句；《北堂书钞》作《洛观赋》，存四句。赋文有缺漏。但从现存片段中，仍可窥见洛观位置的优越、建筑的宏伟和周围景色的美妙。

【注释】

①曲洛：洛水曲处。立观：建立楼观。高壤：高地。庐：房舍。

②崇显：崇高显要。闲敞：阔大空旷。绝邻：没有邻居。特居：独居。特，独也。《广雅·释诂》："特，独也。"

③阿阁：四面有曲檐的楼阁。《文选·古诗十九首·西北有高楼》："阿阁三重阶。"李善注："阁有四阿，谓之阿阁。"金鹗《求古录礼说》卷三说："屋之四隅曲而翻起为阿，檐宇屈曲谓之阿阁。"环匝：环绕。起楼：兴建高楼。以上六句描述在洛滨建观。

④辇道：阁道。楼阁间的空中通道。《汉书·司马相如传上》："辇道缅属。"颜师古注："辇道，谓阁道可以乘辇而行也。"周流：即周游。轩槛：栏板。

⑤夏之首：即夏首，夏初。末春之垂：即暮春之后。

⑥桃枝夭夭：形容春天桃树繁茂翠绿。枝，《太平御览》卷二十作“之”。《诗·周南·桃夭》：“桃之夭夭，灼灼其华。”杨柳猗猗：形容柳枝随风摆动。猗猗，《太平御览》卷二十作“依依”。《诗·小雅·采薇》：“昔我往矣，杨柳依依；今我来思，雨雪霏霏。”

⑦垂：将近。西阳：夕阳。中曜：即“中耀”，指心宿三星当中一星。《后汉书·襄楷传》：“闰月庚辰，太白入房犯心小星，震动中耀。”曜，通“耀”。《庄子·知北游》：“光曜不得问。”内光：收纳光芒。

⑧弛衔：放松马嚼子。衔，横在马口中的铁，用以勒马。纵策：放开马鞭，即挥鞭。逸：奔跑。

⑨炎炎：指阳光炽热貌。冉冉：指阳光阴暗无力貌。

【辨析】

此赋《艺文类聚》作《大将军临洛观赋》，《太平御览》作《临洛观春赋》，当以前题近是。两题中一个“临”字，似道出了游览者的身份以及作者对游览者的恭维。窦宪于永元元年（89）九月由车骑将军升任大将军，永元二年（90）秋七月出屯凉州。此赋当作于永元二年秋窦宪出屯凉州之前。

大将军西征赋

主簿骃言[①]:“愚闻昔在上世,义兵所克[②],工歌其诗,具陈其颂,书之庸器[③],列在明堂,所以显武功也[④]。”

于是袭孟秋而西征,跨雍梁而远踪[⑤]。陟陇阻之峻城,升天梯以高翔[⑥]。旗旐翼如游风,羽毛纷其覆云[⑦]。金光皓以夺日,武鼓铿而雷震[⑦]。

【说明】

此赋见《艺文类聚》卷五十九,系残篇。此赋歌颂窦宪率军赴凉州任所(治所在陇县,即今甘肃省张家川自治县,辖今甘肃、宁夏、青海等广大地区),重点描绘旅途之险阻和军旅之强盛。《后汉书·和帝纪》载:“(永元)二年……秋七月乙卯,大将军窦宪出屯凉州。”可见此赋作于永元二年(90)秋。

【注释】

①主簿:崔骃于章帝章和二年(88)任车骑将军窦宪的主簿。

②上世:先代。《史记·太史公自序》:“余先周室之太史也。自上世尝显功名于虞夏,典天官书。后世中衰,绝于予乎?”义兵:指正义之师。克:战胜,攻克。

③工:古诗指乐官。《尚书·益稷》:“工以纳言,时而飏之。”孔安国传:“工,乐官。”具:《汉魏六朝百三名家集·崔亭伯集》作“贤”。贤:有德行、有才的人。颂:文体之一。庸器:古代铭记功勋的铜器。《周礼·春官·序官》:“典庸器。”郑玄注引郑司农曰:“庸器,有功者铸器铭其功。”

④列:陈列。明堂:天子宣明政教举行大典的地方。

⑤袭:习,沿用,习惯。孟秋:秋季的第一个月,即农历七月。西征:当指和帝永元二年(90)窦宪出屯凉州。《后汉书·和帝纪》载,永元元年(89),“九月庚

申（七日），以车骑将军窦宪为大将军”。又《后汉书・和帝纪》：“永元二年秋七月乙卯（七日），大将军出屯凉州。”雍：雍州，古九州之一。《尔雅・释地》：“河西曰雍州。”《周礼・职方》：“正西曰雍州。”梁：梁州，古九州之一。《尚书・禹贡》：“华阳黑水唯梁州。”指秦岭以南四川等地。

⑥陇阻：泛指甘肃省东部一带的高山峻岭，如所谓陇首、陇阪等。天梯：古人想象中的登天阶梯。高翔：高飞，指军旅的神速行进。

⑦旗旐（zhào 兆）：旌旗。旐，古代旗的一种，上画龟蛇。《诗・小雅・采芑》：“其车三千，旂（旗）旐央央。”翼：迅疾貌。《楚辞・九章・悲回风》：“漂翻翻其上下兮，翼遥遥其左右。”洪兴祖《补注》：“翼，疾趋貌。”游风：流动的疾风。羽毛：羽旗。《左传・襄公十四年》：“范宣子假羽毛于齐而弗归。”杜预注：“析羽为旌。王者游车之所建。”李白《大猎赋》：“羽毛扬兮九天锋，猎火燃兮千山红。”这里指高举旌旗之多，覆盖云霓。

⑧金光：指军队武器在日光照耀下反射出来的光芒。皓：白貌。夺日：指日光为武器光芒所掩盖。铿（kēng 坑）：象声词，这里指鼓声。

【辨析】

崔骃早年“常以典籍为业，未遑仕进之事”。但他并非真正淡泊名利，只是学古人怀宝以待，用之则行，舍之则藏，所以他也主动写了许多颂扬统治者的作品，并因此而得益。他的《四巡颂》，既颂明帝，更颂章帝，所以章帝见后“常嗟叹之”，并对侍中窦宪说：“卿宁知崔骃乎?”窦宪说他只听说未见面，章帝即批评他为“叶公好龙”。窦宪自然连忙迎崔骃，延崔骃为“上客”。崔骃对窦宪“擅权骄恣”虽不满意，并时时规劝，但他对窦宪的赏识之恩还是很感激的，所以在《大将军临洛观赋》及本赋中，对窦宪的颂扬也很自然。

武都赋

超天关兮横汉津[①]，竭西玉兮徂北根[②]，陵句注兮厉楼烦[③]，济云中兮息九元[④]。

【说明】

此赋见《北堂书钞》卷一百一十四。

此赋当为描写作者赴武都时所想到的，所以笔墨极其夸张。武都是当时郡县名。郡治所在武都县，即今甘肃省西和县西南。武都郡辖相当于今甘肃省西南部和陕西省西部及与其相邻的部分地区。武都当时是窦宪统辖的凉州的一小部分地区。此赋当作于永元二年(90)。

【注释】

①天关：犹天门。汉津：银河。

②竭：穷尽。西玉：疑"西王"之误，西王即"西王"母的简称。徂：往，到。北根：疑"北垠"之误。北垠：犹"北涯"，北境边陲。"竭西玉兮徂北根"，《北堂书钞》陈、俞本作"宁西土兮徂北征"。

③句注：山名，在今山西省代县北，古为九塞之一。《吕氏春秋·有始》："何谓九塞？大汾……句注、居庸。"厉：飞驰。楼烦：古县名，治所在今山西省宁武县附近。

④云中：古郡名，治所在云中县(今内蒙古托克托东北)。息：休息。九元：即九玄、九天，天的最高处。

武赋

假皇天兮简帝心①。

【说明】

此赋见《文选·颜延之〈赭白马赋〉》李善注、《文选·王俭〈褚渊碑文〉》李善注。今存佚句。

【注释】

①假：借。兮：《文选·王俭〈褚渊碑文〉》李善注作"乎"。简帝心：迎合皇帝的心。

达旨

或说己曰:"《易》称'备物致用'①,'可观而有所合'②,故能扶阳以出,顺阴而入。春发其华,秋收其实,有始有极,爰登其质③。今子韫椟《六经》④,服膺道术,历世而游,高谈有日,俯钩深于重渊,仰探远乎九乾⑤,穷至赜于幽微,测潜隐之无源⑥。然下不步卿相之廷,上不登王公之门,进不党以赞已,退不黩于庸人⑦。独师友道德,合符曩真⑧,抱景特立,与士不群⑨。盖高树靡阴,独木不林,随时之宜,道贵从凡⑩。于时太上运天德以君世,宪王僚而布官⑪;临雍泮以恢儒,疏轩冕以崇贤⑫;率惇德以厉忠孝,扬茂化以砥仁义⑬;选利器于良材,求镆铘于明智⑭。不以此时攀台阶,窥紫闼,据高轩,望朱阙⑮。夫欲千里而咫尺未发⑯,蒙窃惑焉。故英人乘斯时也⑰,犹逸禽之赴深林,虻蚋之趣大沛⑱。胡为嘿嘿而久沉滞也⑲?"

荅曰⑳:"有是言乎?子苟欲勉我以世路,不知其跌而失吾之度也。古者阴阳始分,天地初制㉑,皇纲云绪,帝纪乃设,传序历数,三代兴灭㉒。昔大庭尚矣,赫胥罔识㉓,淳樸散离,人物错乖。高辛攸降㉔,厥趣各违。道无常稽,与时张弛㉕。失仁为非,得义为是。君子通变,各审所履。故士或掩目而渊潜㉖,或盥耳而山栖㉗;或草耕而仅饱㉘,或木茹而长饥㉙,或重聘而不来㉚,或屡黜而不去㉛;或冒询以干进㉜,或望色而斯举㉝;或以役夫发梦于王公㉞,或以渔父见兆于元龟㉟。若夫纷綝塞路㊱,凶虐播流,人有昏垫之厄㊲,主有畴咨之忧㊳,条垂藟蔓,上下相求。于是乎贤人授手,援世之灾,跋涉赴俗,急斯时也。昔尧含感而皋陶谟㊴,高祖叹而子房虑㊵,祸不散而曹、绛奋㊶,结不解而陈平权㊷。及其策合道从,克乱弭冲㊸,乃将镂玄珪㊹,册显功,铭昆吾之冶㊺,勒景、襄之钟㊻。与其有事,则褰裳濡足㊼,冠挂不顾㊽。人溺不拯，则非仁也。当其无事，则躐缨整襟[49]，规矩其步。德让不修，则非忠也。是以险则救俗，平则守礼，举以公心，不私其体。

“今圣上之育斯人也，朴以皇质，雕以唐文[50]。六合怡怡[51]，比屋为仁[52]。壹天下之众异，齐品类之万殊[53]。参差同量，坏冶一陶[54]。群生得理，庶绩其凝[55]。家家有以乐和，人人有以自优。威械臧而俎豆布[56]，六典陈而九刑厝[57]。济兹兆庶[58]，出于平易之路。虽有力牧之略，尚父之厉[59]，伊、皋不论，奚事范、蔡[60]？夫广厦成而茂木畅，远求存而良马絷[61]，阴事终而水宿臧[62]，场功毕而大火入[63]。方斯之际，处士山积，学者川流，衣裳被宇，冠盖云浮[64]。譬犹衡阳之林、岱阴之麓[65]，伐寻抱不为之稀[66]，蓺拱把不为之数[67]。悠悠罔极，亦各有得[68]。彼采其华，我收其实。舍之则臧，己所学也[69]。故进动以道，则不辞执珪而秉柱国[70]；复静以理，则甘糟糠而安藜藿[71]。夫君子非不欲仕也，耻夸毗以求举[72]；非不欲室也，恶登墙而搂处[73]。叫呼炫鬻[74]，县旌自表，非随和之宝也[75]。暴智燿世，因以干禄，非仲尼之道也[76]。游不伦党，苟以徇己，汗血竞时，利合而友[77]。子笑我之沉滞，吾亦病子屑屑而不已也[78]。先人有则而我弗亏，行有枉径而我弗随[79]。臧否在予，唯世所议。固将因天质之自然，诵上哲之高训；咏太平之清风，行天下之至顺。惧吾躬之秽德，勤百亩之不耘[80]。絷余马以安行，俟性命之所存。昔孔子起威于夹谷[81]，晏婴发勇于崔杼[82]；曹刿举节于柯盟[83]，卞严克捷于强御[84]；范蠡错埶于会稽[85]，五员树功于柏举[86]，鲁连辩言以退燕[87]，包胥单辞而存楚[88]；唐且华颠以悟秦[89]，甘罗童牙而报赵[90]；原衰见廉于壶飧[91]，宣孟收德于束脯[92]；吴札结信于丘木[93]，展季效贞于门女[94]；颜回明仁于度毂[95]，程婴显义于赵武[96]。仆诚不能编德于数者[97]，窃慕古人之所序。”

【说明】

此赋见《后汉书·崔骃传》、《艺文类聚》卷二十五。

《后汉书·崔骃传》注引《华峤书》：“骃讥扬雄，以为范、蔡、邹衍之徒，乘衅相倾，诳曜（欺骗迷惑）诸侯者也，而云‘彼我异时’。又曰，窃赀卓氏，割炙细君，斯盖士之赘行，而云‘不能与此数公者同’。以为失类而改之也。”这就是说，崔骃对扬雄在《解嘲》中表现出来的观点有不同看法。如范雎、蔡泽等人使用权术以谋取相位，他就很不以为然。再如司马相如以窃妻、卖酒羞辱卓王孙,从而获得卓氏大量钱财;东方朔不等分肉人到来,私自割肉偿妻等等,他也深以为非。而扬雄都加以肯定。《华峤书》这个评论基本符合实际。如崔赋中一再强调:"险则救俗,平则守礼,举以公心,不私其体。""进动以道,则不辞执珪而秉柱国;复静以理,则甘糟糠而安藜藿。""子笑我之沉滞,吾亦病子屑屑而不已也。"可见,崔骃此赋虽效扬雄《解嘲》,但他比扬雄还要循规蹈矩,还要平和得多,还要自甘寂寞。这就是此赋的基本倾向。

【注释】

①备物致用:准备众多物品为百姓所用。语出《易传·系辞上》。

②可观而有所合:功业可观就能使上下德性有所融合。语出《易·序卦》。

③登:成熟。

④韫椟《六经》:把《六经》藏在匣匮之中,意谓经纶满腹却不被人所知。韫,匣。椟,匮。《论语·子罕》:"有美玉于斯,韫椟而藏诸。"

⑤俯钩深于重渊,仰探远乎九乾:此句由《易传·系辞上》"探赜索隐,钩深致远"化用而来,犹言钩深探远,上知天文,下晓地理之意。九乾:九重天,相传天有九重。《楚辞·天问》:"圜则九重,孰营度之?"

⑥穷至赜(zé 责):深究至极幽深奥妙。之:至。

⑦党:作动词用,即结党。黩(dú 读):蒙辱,玷污。

⑧师友道德:以道德为师友。曩真:古代的真人。

⑨景:同"影"。特立:指其行为超绝挺立,与众不同。不群:不合群。指上文所说,不结党。

⑩靡:无。道贵从凡:做人之道,以随合世俗为贵。贵,以……为贵。凡,世俗,平常。这句话也正如《易·随》彖辞所云"随时之义大矣哉"以及《老子》第五十六章所说的"和其光而同其尘"。

⑪太上:这里指明帝。《后汉书·崔骃传》李贤注:"太上,明帝也。"天德:上天化育万物之德。以君世:以君王身份临世。宪王僚而布官:取法三王而建官。宪,取法。《后汉书·崔骃传》李贤注:"言法三王而建官也。"

⑫雍:即辟雍,周王朝开始为贵族子弟所设的大学。取四周有水,形如璧环为名。班固《白虎通义》:"辟者,璧也。象璧圆又以法尺,于雍水侧,象教化流行也。"泮:古代诸侯子弟学宫。《后汉书·崔骃传》李贤注:"天子辟雍,诸侯頖宫。璧雍者,环之以水,圆而如璧也。頖,半也。诸侯半天子之宫,皆所以立学垂教也。"恢:弘扬。崇:尊崇。

⑬率惇德以厉忠孝,扬茂化以砥仁义:遵循淳厚的德教,弘扬广大的教化来

砥砺忠孝仁义。率,同“循”。

⑭镆铘:宝剑名。《淮南子·说山训》:“所以贵镆铘者,以其应物而断割也。”《后汉书·崔骃传》李贤注引《说苑》曰:“所以尚干将、莫邪者,贵其立断。”

⑮攀台阶,窥紫闼,据高轩,望朱阙:此处皆言攀附权要。

⑯咫:古代八寸为咫。

⑰英人:人中俊杰。《淮南子·修务训》:“智过万人者谓之英,千人者谓之俊。”

⑱蚋(ruì 瑞):小虫,蚊之类。《说文·虫部》:“秦晋谓之蚋,楚谓之蚊。”沛:这里指水草相半的泽。赵岐《孟子章句·滕文公下》引刘熙曰:“沛,水草相半。”

⑲嘿嘿(mò 默):同“默默”,沉默。《汉书·匡衡传》:“衡嘿嘿不自安。”

⑳荅:同“答”。

㉑世路:处世的经历,处世之道。制:造,形成。

㉒传序:这里指历史典籍。三代:指夏、商、周三代。

㉓大庭、赫胥:皆古帝王号。尚:远。罔:无。这里犹言大庭、赫胥年代悠远,无以征信。

㉔高辛:帝喾之号。《史记·五帝本纪》载其为黄帝之曾孙,尧之父。

㉕与时张弛:随具体情况而变化。

㉖或掩目而渊潜:指无泽死事。《庄子·让王》载,北人无泽与舜为友,舜以天下让之,无泽乃自投清冷之渊,终身不返。

㉗或盥(guàn 贯)耳而山栖:指许由洗耳事。许由隐于沛泽之中,尧闻其贤,请让天下,由以为污,临池洗耳。见《庄子·让王》及《高士传》。

㉘或草耕而仅饱:指伯成子高草耕事。伯成子高,唐虞时为诸侯。至禹,去而耕。禹往见之,则耕于野。

㉙或木茹而长饥:指鲍焦食木实事。鲍焦,古之廉士。《后汉书·崔骃传》李贤注引《说苑》:“鲍焦衣木皮,食木实。”后子贡讥之,抱木而死。见《韩诗外传》、《庄子·盗跖》、《风俗通义·愆礼》。

㉚或重聘而不来:指楚狂接舆重聘不仕事。楚狂接舆,耕而食。楚王闻其贤,使人重金聘之,曰:“愿烦先生理江南。”接舆笑而不应,使者去而远徙,莫知所之。见《韩诗外传》。

㉛或屡黜而不去:指柳下惠三黜不去事。《论语·微子》:“柳下惠为士师,三黜。人曰:‘可以去矣。’曰:‘直道而事人,何往而不三黜。’”

㉜或冒诟(gòu 够)以干进:指伊尹以庖厨侍奉商汤事。事见《史记·殷本纪》。诟,屈辱 。

㉝或望色而斯举:有的人看别人的脸色行事。色,脸色。举,动。《论语·乡党》:“色斯举矣,翔而后集。”

㉞或以役夫发梦于王公:指殷高宗梦得傅说事。傅说,原以罪人身份在傅

岩筑道，后高宗武丁梦得说，使百官画出梦中的图像到处寻找，找到后，让他为殷相，总领百官。见《尚书·说命上》。王公，《后汉书·崔骃传》李贤注："总而言也。"《尔雅》："皇、王、后、辟、公、侯，君也。"

㉟或以渔父见兆于元龟：指吕尚身为渔父而遇文王事。《史记·齐太公世家》："(太公)以钓干周西伯。西伯将出猎，卜之，曰：'所获非龙非螭，非虎非罴，所获霸王之辅。'于是西伯猎，果遇太公渭之阳，与语大悦。"元，大。以上运用多个历史典故，申明"君子通变，各审所履"的道理。

㊱纷浓(nóng 农)：繁多的样子。

㊲昏垫：指困于水灾。《尚书·益稷》："洪水滔天，浩浩怀山襄陵，下人昏垫。"郑玄注："昏，没也；垫，陷也。禹言洪水之时，民有没陷之灾。"厄：困苦，灾难。

㊳畴咨：访问，访求。《尚书·尧典》："帝曰：'畴咨若时登庸。'"

㊴慼(qī 期)：忧愁。皋陶(gāo yáo 高摇)：传说舜时的大臣，掌管刑法狱讼。谟：谋划。《后汉书·崔骃传》李贤注："尧遭洪水，咨嗟忧愁，访下人有能理者，皋陶、大禹陈其谋。"事见《尚书》之《尧典》、《大禹谟》、《皋陶谟》等篇章。

㊵子房：指张良，字子房。《后汉书·崔骃传》李贤注："高祖为项羽所败，下马踞鞍而问子房曰：'吾欲捐关以东，谁可与共功者?'子房曰：'九江王布、彭越、韩信。即欲捐之此三人，楚可破也。'"事见《史记·留侯世家》。

㊶曹、绛：指曹参和绛侯周勃。二人皆从高祖征战，以定天下。

㊷权：谋划。这句指刘邦在白登被匈奴围七日，用陈平计得出。

㊸弭：消除。冲：古战车。

㊹珪：古代为帝王或诸侯所执的长形玉版，上圆或尖，下方。镂玄珪：用以记功。《诗含神雾》："刻之玉版，藏之金匮。"

㊺昆吾：山名。《山海经·中山经》："又西二百里曰昆吾之山，其上多赤铜。"蔡邕《铭论》："吕尚作周太师，其功铭于昆吾之鼎。"冶：铸也，指炼出的铜。

㊻景、襄：钟名。景钟，春秋时晋景公所铸之钟。《国语·晋语七》："魏颗以其身退秦师于辅氏……其勋铭于景钟。"这两句是说：建立像吕尚、魏颗一样不朽的功勋，铭刻于钟上。襄钟是连类而及。

㊼褰(qiān 千)裳：撩起衣裳，指用手提衣涉水。《诗·郑风·褰裳》："子惠思我，褰裳涉溱。"

㊽挂：悬挂。《淮南子·原道训》："禹之趋时也，履遗而弗取，冠挂而弗顾。"

㊾躐(liè 列)：通"擸"，持，拿。《广雅》："擸，持也。"言持缨整襟，修其容止。

㊿雕以唐文：犹言以唐尧时的准则治国。《论语·泰伯》：孔子曰："大哉尧之为君也……焕乎其有文章。"

(51)六合：犹言宇内，指天地和东西南北。怡怡：和悦貌。《论语·子路》："兄弟怡怡。"

㉒比：紧靠，密列。

㉓壹：使……统一。齐：使……等同。

㉔坏：土器之未烧者。

㉕庶绩其凝：各种事业都成功。《后汉书·崔骃传》李贤注："凝，成也。"

㉖械：泛言各种兵器之类的东西。臧：同"藏"。俎（zǔ 祖）豆：泛言各种礼器。俎，盛肉的几。豆，盛干肉一类的器皿。

㉗六典：《周礼·太宰》："太宰之职，掌建邦之六典，以佐王治邦国：一曰理典……二曰教典……三曰礼典…… 四曰政典……五曰刑典……六曰事典……"九刑：古代以墨、劓、刖、宫、大辟为五刑，加流、赎、鞭、扑为四刑，共九刑。《左传·昭公六年》："周有乱政而作九刑。"这时泛指各种刑罚。厝：通"措"，放置。

㉘兆庶：指百姓。

㉙力牧：传说中的黄帝臣。尚父：吕尚。厉：威严。

㉚伊、皋：伊尹、皋陶。范、蔡：范雎、蔡泽。范雎，一作"范睢"，战国魏人，字叔，初事魏中大夫须贾，后入秦，封为应侯。因秦王信用渐衰，从蔡泽言，谢病归相印。蔡泽，战国时燕人。曾游说列国。入秦，拜秦相。不久辞相佐，封为纲成君。事见《史记·范睢蔡泽列传》。

㉛"广厦成"二句：《后汉书·崔骃传》李贤注："广厦既成，不求材，故林木条畅也。远求谓远方珍异之物也。存犹止息也。言所求之物既止，不资良马之力也。"

㉜阴事：阴气用事。《后汉书·崔骃传》李贤注："立冬之后，盛德在水，阴气用事，故曰阴事。水宿谓北方七宿，斗、牛、女、虚、危、室、壁也。"

㉝场功：收获农作物的劳动。《国语·周语中》："野有庾积，场功未毕。"大火：星名，心宿中央的红色大星，即营惑星。《尔雅》："心为大火。"《诗·豳风·七月》："七月流火。"

㉞"处士山积"四句：喻人才济济。

㉟衡：指衡山。岱：指泰山。麓：林之大者。

㊱寻：古代八尺为寻。

㊲拱把：两手合围与一手满握。

㊳"悠悠"二句：《后汉书·崔骃传》李贤注："悠悠，众多也。罔极，犹无穷也。亦各有得，言皆自以为得也。"

㊴彼：指众人。舍之则臧：《论语·述而》："用之则行，舍之则藏。"

㊵执珪：先秦楚国爵位名，珪以区分爵位等级，后泛指封爵。柱国：官名。《后汉书·崔骃传》李贤传注引《汉书音义》："古爵名也。"又曰："柱国，楚官，犹秦之相国也。"

㊶藜藿（lí huò 梨获）：藜与藿，贫者所食野菜。《韩非子·五蠹》："粝粢之食，藜藿之羹。"

⑫夸毗:谄媚,卑屈。《诗·大雅·板》:"天之方悚,无为夸毗。"

⑬室:成家。登墙而搂处:语出《孟子·告子下》:"逾东家墙而搂其处子,则得妻;不搂则不得妻。则将搂之乎?"

⑭炫鬻:夸耀卖弄。

⑮随和:指随侯珠及和氏璧。《史记·李斯列传》:"今陛下致昆山之玉,有随、和之宝。"

⑯因:一作"回"。回:邪,邪僻。干:求职。仲尼:孔丘,字仲尼。

⑰伦:同类。徇:营求。汗血:指流汗流血,付出极大劳动。《后汉书·崔骃传》李贤注:"汗血,谓劳力也。"竞时:趋时。利合而友:即不以道义,而以利结友。

⑱屑屑:琐屑,猥琐。

⑲亏:缺失。枉:弯曲。径:道路。

⑳臧否(zāng pǐ 脏痞):褒贬。臧,褒扬。否,贬抑。秽德:秽恶的行径。

㉑孔子起威于夹谷:鲁定公十年夏,齐、鲁会于夹谷,孔子摄相事,以理使齐屈,归所侵鲁之地。事见《史记·孔子世家》。

㉒晏婴发勇于崔杼:齐大夫崔杼弑齐庄公,乃劫诸大夫盟。有敢不盟者,戟钩其颈,剑承其心。杀七人。而后晏子奉血仰天而饮,曰:"劫吾以刃而失其意,非勇也。留吾以利而背其君,非义也。……剑刀钩之,直兵推之,婴不革矣。"崔杼遂释之。事见《晏子春秋》。

㉓曹刿举节于柯盟:曹刿,即曹沫。曹沫以勇事鲁庄公。鲁、齐盟于柯,曹沫执匕首劫齐桓公,使还所侵鲁地。事见《史记·鲁周公世家》。

㉔卞严克捷于强御:卞严养母,战而三北,世人非辱之。及母死三年,齐与鲁战,卞严三获甲首。曰:"夫三北,以养母也。今志节小具,而责塞矣。吾闻之,节士不以辱生。"遂反敌,杀十人而死。事见《新序》。

㉕范蠡错執于会稽:吴王夫差败越于夫椒,越王以五千人保会稽。吴师围之。范蠡谓越王曰:"卑辞厚礼以遗之。"越王忍辱负重,后复国。事见《史记·越王勾践世家》。

㉖五员树功于柏举:五员,即伍子胥。伍子胥父亲伍奢为楚平王所杀,子胥奔吴,吴王阖闾为兴师伐楚,战于柏举,楚师大败。事见《穀梁传·定公四年》。

㉗鲁连辩言以退燕:燕将攻下齐聊城,齐田单复攻之不下。鲁仲连乃为书遗燕将,燕将见书,泣三日,乃自杀。遂平聊城。事见《左传·定公四年》。

㉘包胥单辞而存楚:楚昭王为吴所败,奔随,申包胥如秦乞师,曰:"吴为封豕、长蛇,以荐食上国。……寡君失守社稷,越在草莽,使下臣告急。"立依于庭墙而哭,日夜不绝声,勺饮不入口,七日,秦师乃出,军败吴而复楚国。

㉙唐且(雎)华颠以悟秦:齐、楚伐魏,魏使人如秦乞师,不至。魏人唐雎,年九十余,见秦王,曰:"夫魏,万乘之国也。称东藩者,以秦之强也。今齐、楚之兵

已在魏郊矣，大王之救不至，魏急，且割地而约从。是王亡一万乘之魏，而强二敌之齐、楚。”秦王悟，遽发兵救魏。见《后汉书·崔骃传》李贤注。华颠，犹白首。《尔雅》：“颠，顶也。”

⑳甘罗童牙而报赵：甘罗，下蔡人，甘茂之孙。年十二，事秦相吕不韦。秦使张唐往相燕，欲与燕共伐赵。而之燕必经赵，张唐有畏色。甘罗曰：“借臣车五乘，请为张唐先报赵。”始皇使甘罗于赵，赵襄王郊迎。事见《史记·樗里子甘茂列传》。童牙，指幼小年龄。

㉑原衰见廉于壶飧：赵衰曾为原大夫，故称原衰。晋侯问寺人勃鞮，谁可为原地长官。勃鞮说：“昔赵衰以壶飧从径（从小路走），馁而不食。”所以晋侯以赵衰为原大夫。事见《左传·僖公二十五年》。

㉒宣孟收德于束脯：昔赵宣孟将之绛，途中遇一饿人，食而哺之。宣孟又与脯三朐，弗敢食，曰：“臣有老母，将以遗之。”宣孟曰：“斯食之，吾更与女。”乃复与脯二束与百钱。事见《吕氏春秋·慎大览》。

㉓吴札结信于丘木：《史记·吴太伯世家》曰：“（吴）季札之初使，北过徐君。徐君好季札剑，口弗敢言。季札心知之，为使上国，未献。还至徐，徐君已死，于是乃解其宝剑，系之徐君冢树而去。”

㉔展季效贞于门女：展季，又名展禽，柳下惠是其私谥。据《韩诗外传》载，鲁国有一男子独处，夜间暴风雨至，一妇人趋而托之。男子闭户不纳，曰：“吾闻男子不六十不闲居。”妇人曰：“子何不学柳下惠然？妪不逮门之女，国人不称其乱焉。”

㉕颜回：孔子弟子，在孔门中以德行著称。

㉖程婴显义于赵武：指程婴、公孙杵臼托孤、救孤事。晋景公三年，大夫屠岸贾诛赵朔，灭其族。程婴与公孙杵臼议，程婴匿下赵朔遗孤，公孙杵臼死。居十五年，赵朔遗孤赵武复立为卿。

㉗编：列。

七依

客曰:乃导玄山之粱[1],不周之稻[2]。砻以绨绤[3],砥以柔韦[4]。洞庭之鲋[5],灌水之鳐[6]。滋以阳扑之薑[7],蔌以寿木之华[8],鹾以大夏之㙗[9],酢以越裳之梅[10]。反宇垂阿[11],洞门金铺[12]。丹柱雕楹[13],飞阁层楼。于是置酒乎宴游之堂,张乐乎长娱之台。酒酣乐中,美人进以承宴[14]。调欢欣以解容,回顾百万,一笑千金[15]。振飞縠以长舞袖[16],袅细腰以务抑扬[17]。纷屑屑以暧暧[18],昭灼烁而复明[19]。当此之时,孔子倾于阿谷[20],柳下忽而更婚[21],老聃遗其虚静[22],扬雄失其太玄[23]。此天下之逸豫,宴乐之至盘也[24],公子岂能兴乎?

客曰:彭蠡之鸟,万万而群[25]。荆山之兽,亿亿而屯[26]。云合风散,隐隐震震。乃命长狄使驱兽[27],夷羿作虞人[28]。腾句喙以追飞[29],骋韩卢以逐奔[30]。弓弹交错,把弧控弦。弯繁弱[31],鼓千钧。死兽藉藉[32],聚如山。选取上鲜,献之庖人[33]。(《艺文类聚》卷五十七)

乃有上邑俊儒[34],俨然而造[35]。(《北堂书钞》卷九十六)

纮以山柘之丝[36],饰以和氏之璧。(《北堂书钞》卷一百零九)

万凿百陶[37],精细如蚁[38]。

丹山凤卵[39],粤泽龙胎[40]。

驾夫遗风之乘,游骐之骓,适靡四海,摭珍□□[41]。炊以□棫之薪。

木酪昌菹,醪酒苏浆[42],成汤不及见[43],桓公所未尝[44]。(《北堂书钞》卷一百四十二)

□中鼋□,膳史信羹[45]。甘酸得适,齐和有方。(《北堂书钞》卷一百四十四)

伯以三危之露[46]。(《北堂书钞》卷一百五十二)

夏屋蘧蘧[47]。(《文选·王延寿〈鲁灵光殿赋〉》李善注)

服飞兔之中乘[48],骋华騠之骖轮[49]。蹠虚腾云[50],乘风度津[51]。(《文选·颜延之〈赭白马赋〉》李善注)

皦皦练丝退浊污[52]。(《文选·郭泰机〈答傅咸〉》李善注,题为"崔骃七言")

霈若膏雨之润良苗[53]。(《文选·王粲〈从军诗〉》李善注)

升龙于天者,云也。(《文选·曹植〈七启〉》李善注)

雍人调膳[54],展选百味。(《文选·曹植〈求自试表〉》李善注)

紫唇素齿,雪白玉晖。(《太平御览》卷三百六十八)

丹柱雕墙,[illegible]光盛起[55]。(《文选·王延寿〈鲁灵光殿赋〉》李善注)

【说明】

傅玄《七谟序》说:"若《七激》、《七依》之卓烁一技,《七辩》之缠绵精巧,《七启》之奔逸壮丽……亦近代之所希也。"对《七发》以后的仿作,包括《七依》,持肯定的态度。但挚虞却持相反见解。他在《文章流别论》中,在对《七发》作了肯定的评价后,笔锋一转,说:"其流遂广,其义遂变,率有辞人淫丽之尤矣。崔骃既作《七依》,而假非有先生之言曰。呜呼!扬雄有言,童子雕虫篆刻,俄而曰,壮夫不为也。孔子疾小言破道,斯文之族,岂不谓义不足而辩有余者乎?赋者将以讽,吾恐不免于劝也。"(从"呜呼"到此,包括郭绍虞《中国历代文论选》在内的所有古代文论汇编之书,均认为这段话系崔骃所发的议论,不确。这段当为挚虞引用扬雄的话来表达他对《七发》以后诸多仿作的批判)挚虞对崔骃《七依》的批评,不甚准确。总的来看,挚虞的文艺观是比较保守的。在他身上,残存着汉儒文艺批评保守的一面。

【注释】

①玄山:山名。未详所指。梁:当为"粱",品质特别好的谷子。

②不周:神话传说中的山名。共工触不周山。事见《淮南子·天文训》。

③砻(lóng 龙):用来磨谷去壳的工具。这里是说用砻磨。絺绤(chī xī 吃西):细葛布和粗葛布。《诗·周南·葛覃》:"为絺为绤,服之无斁。"

④砥:磨石。这里是说用磨石磨。柔韦:软牛皮。

⑤鲋(fù 付):鱼名。《庄子·外物》:"周顾视车辙中,有鲋鱼焉。"

⑥灌水:大河名,今江苏省涟水县与灌云县分界处。鳐(yáo 摇):即文鳐鱼。

⑦阳扑:当为"阳朴"。薑:今写作"姜"。《吕氏春秋·孝行》:"和之美者,阳朴之薑,招摇之桂。"高诱注:"阳朴,地名,在蜀郡;招摇,山名,在桂阳。"

⑧蔌(sù 素):菜蔬的总称。《北堂书钞》卷一百四十二作"藉"。寿木:传说中的仙木。《吕氏春秋·本味》:"菜之美者,昆仑之苹,寿木之华。"高诱注:"寿木,昆仑山上木也。华,实也,食其实者不死,故曰寿木。"

⑨鹾(cuó 搓阳平):《礼记·曲礼下》郑玄注:"大鹹曰鹾。"大夏:古国名。《史记·大宛列传》:"大夏在大宛西南二十余里妫水南。"壃(jiāng 姜):《北堂书钞》卷一百四十二作"鱷"。

⑩酢(cù 促):"醋"之本字。越裳:古南海国名。

⑪反宇:指反向上仰的屋宇。班固《西都赋》:"上反宇以盖戴,激日景而纳光。"阿(ē 婀):屋角处翘起的檐。《庄子·外物》:"宋元君……梦人被发窥阿门。"

⑫洞门:指重重相对的门。谓壮丽的宫殿或深邃的宅第。《汉书·董贤传》:"重殿洞门。"颜师古注:"洞门,谓门门相当也。"金铺:门上兽面形铜制环钮,用以衔环。司马相如《长门赋》:"挤玉户以撼金铺兮,声噌吰而似钟音。"

⑬此句《文选·王延寿〈鲁灵光殿赋〉》李善注作"丹柱雕墙,烻光盛起"。

⑭酒酣乐中:司马相如《上林赋》作"酒中乐酣",意同。郭璞注:"中,半也。"承:佐。

⑮回顾百万,一笑千金:回顾当百万,一笑值千金,极言美女之魅力。

⑯縠(hú 胡):有皱的细纱。"振飞縠"以下四句,《初学记》卷十五作"表飞縠之长袖,舞细腰以抑扬;纷屑屑以暧暧,昭灼烁而复明"。后两句,《艺文类聚》本未收。《北堂书钞》卷一百零七作"表飞縠之长袖,裙细腰以抑扬"。

⑰袅:摇曳,摆动。抑扬:高低起伏。

⑱屑屑:这里指舞姿迅疾的样子。暧暧:昏暗不明貌。《楚辞·离骚》:"时暧暧其将罢兮,结幽兰而延伫。"

⑲昭:明亮的样子。灼烁:光亮闪烁的样子。

⑳孔子倾于阿谷:孔子迷恋于大山谷之间。这里是说:孔子本以入仕干世为务,舞姿之美,使他弃彼取此,飘飘然不能自已。

㉑柳下忽而更婚:柳下惠糊里糊涂再婚另娶。柳下惠,古贤人,传说其行为端正,美女坐怀不乱。

㉒老聃遗其虚静:老子抛弃了秉守虚静之说。老聃,春秋时人,道家学派的创始人。

㉓扬雄失其太玄:扬雄抛弃了太玄之思。扬雄,汉代著名思想家、文学家、

语言学家，著有《太玄》、《法言》、《方言》等。他的《解嘲》最后一句是“故默默独守吾太玄”。以上几句极言伎女舞姿之美，使人难以自持。

㉔逸豫：犹安乐。至盘：即至乐。盘，欢乐。

㉕彭蠡：湖名，在江西省。万万：极言其多，与后文“亿亿”同。

㉖荆山：山名，在湖北省。屯：聚集。

㉗长狄：春秋时狄族之一支，形体高大。

㉘夷羿：即后羿，相传为夏代部落首领，善射。虞人：古代掌管山泽、苑囿、田猎的官。

㉙句喙：盖指鹰、雕之类的猛禽，喙曲而利。

㉚韩卢：古韩国之良犬名。《战国策·秦策三》：“以秦卒之勇，车骑之多，以当诸侯，譬若驰韩卢而逐蹇兔也。”

㉛繁弱：大弓名。《左传·定公四年》：“夏后代之璜，封父之繁弱。”

㉜藉藉：交横杂乱貌。司马相如《上林赋》：“它它藉藉，填阬满谷。”

㉝庖（páo 袍）人：古代掌膳食之官。《周礼·天官·庖人》：“庖人，掌共六畜、六兽、六禽，辨其名物。”

㉞上邑：上等之邑，谓富庶之邑。

㉟俨然：庄重恭敬的样子。造：到。

㊱柘（zhè 这）：树名，桑属。

㊲凿（zuò 坐）：通“糳”，舂成精米。《左传·桓公二年》：“粢食不凿，昭其俭也。”杜预注：“黍稷曰粢。不精凿。”陆德明《释文》：“凿，子洛反，精米也。《字林》作‘毇，子沃反’，云‘粝米一斛舂为八斗’。”陶：用水冲洗，汰除杂质。

㊳精细如虮：谓米舂得非常精细。

㊴丹山：山名，在今湖北省巴东县西。

㊵粤泽：当为粤地大泽名。

㊶摝：摇动，振动。

㊷木酪：煮木实所成之酪。《汉书·食货志上》：“又分遣大夫谒者教民煮木为酪。酪不可食，重为烦扰。”昌菹：即用菖蒲切成四寸做汤。鬯酒苏浆：又香又甜的酒水。

㊸成汤：商汤。

㊹桓公：齐桓公。

㊺膳史：掌管膳食的官。史，同“吏”。

㊻伯：文章出众或擅长一艺的人。但此处义不详，恐有误。三危：神话中的仙山名。《山海经·西山经》：“又西二百二十里曰三危之山，三青鸟居之。”今甘肃省敦煌市东三十里有三危山。

㊼夏：同“厦”。籧籧（qú 渠）：广大深邃的样子。

㊽飞兔：骏马名。《吕氏春秋·离俗》：“飞兔、要褭，古之骏马也。”高诱注：

"日行万里，驰若兔之飞，因以为名也。"

㊾华骎(tí 提)：亦骏马名。

㊿蹠(zhí 值)：践，踩。《楚辞·九章·哀郢》："心婵媛而伤怀兮，眇不知其所蹠。"

51津：渡口。

52练丝：柔软洁白的熟绢。《淮南子·说林训》："墨子见练丝而泣之，为其可以黄，可以黑。"

53霈(pèi 沛)：雨盛貌。

54雍人：古代宫中掌烹调之官。《仪礼·少牢·馈食礼》："雍人概鼎匕俎于雍爨。"

55爓(yàn 艳)：光炽盛貌。

王充

王充(约27～97),字仲任,生于东汉光武帝建武(25～56)初年,卒于和帝永元(89～105)中。会稽上虞(今浙江上虞)人。少孤,称孝乡里。后到京师,受业太学,师事班彪。家贫无书,常游洛阳市肆,阅读所卖图书,见辄能诵,遂博通百家之言。王充在仕途上很不得意,只做过几任小官,后即归乡里教授。王充的代表作是《论衡》,计八十五篇。此书是为"疾虚妄"而作的,他针对当时文化舆论界的虚伪浮夸之风,尤其是风行一时的谶纬之书的胡编乱造,愚弄民众,进行了尖锐的批判,这当然是有意义的。但我们从书中也不难看出,他是不分文、史、哲等不同文体,对一切"虚妄"都要加以反对的,所以,他在《对作》、《谈天》等篇中,对神话传说以及辞赋的"虚妄"——实是文学作品的虚构夸张也大加抨击,也就不足为怪了。这是时代的局限,同时也是他个人思想的局限。传在《后汉书》卷四十九及《论衡·自纪篇》。

果赋

冬实之杏，春熟之甘[①]。

【说明】

此赋见《太平御览》卷九百六十八，系残篇。

杏本应是初夏成熟的水果；甘，即“柑”，本应是初冬成熟的水果。但赋中的杏、甘却异时而熟，可见其品实特异，因而王充加以歌颂。

【注释】

①甘：即“柑”，柑橘之类水果，生长在我国长江以南广大地区。春末夏初开花，秋后结实。

袁安

袁安(？～92)，字邵公，汝南(郡名，治所在今河南上蔡)汝阳(县名，治所在今河南商水西北)人。微时客洛阳，值大雪。洛阳令身出案行，见人家皆除雪出，有乞食者。至袁安门，令人除雪入户，见安僵卧。问何不出求食。安曰："大雪人皆饿，不宜干人。"令以为贤，举为孝廉。永平十三年(70)，以楚王英谋叛事，连系数千人。三府举安能理剧，拜楚郡太守。安到郡不入府，先往案狱，但无明验者，条上出之。帝感悟，得出者四百余家。岁余，征为河南尹。在职十年，京师肃然。建初八年(83)，迁太仆。元和三年(86)，为司空。章和元年(87)，为司徒。永元四年(92)卒。传在《后汉书》卷四十五。

夜酣赋

拊燕竽[①],调齐笙[②],引宫徵[③],唱清平[④]。

【说明】

此赋见《初学记》卷十五,系残篇。

从现存四句看,此赋当为描写夜晚寻欢作乐的场景。

【注释】

①拊(fǔ 府):拍。燕:古国名,地处今河北省北部、辽宁省西部一带。竽:古乐器名,状像笙而较大,管数亦较多。1972 年长沙马王堆一号汉墓出土的竽,共二十四管,分前后两排。《周礼·春官·笙师》贾公彦疏:"竽长四尺二寸。"

②齐:古国名,地处今山东省北部。笙:类竽,故笙竽常连用,都是古老的乐器。现笙经改造,有二十四簧笙,二十六簧键钮笙等。

③宫、徵(zhǐ 指):都是古代五音之一。

④唱清平:即歌颂太平盛世。

班固

班固（32～92），字孟坚，扶风安陵（今陕西咸阳）人，著名历史学家、辞赋家。班固九岁能属文，诵诗赋。及长，博览群书，穷究九流百家之言。所学无常师，不为章句，举大义而已。父班彪曾依《史记》作后传数十篇。父死后，班固继承父志，续修后传，欲竟其业，但不幸被人告发私改国史，下狱。弟班超上书申辩，乃得释。召为兰台令史，后迁为郎，典校秘书。永平中奉诏续修国史，前后经过二十多年的努力，至建初中终于修成，这就是我国历史上著名的断代史《汉书》。此书有班固父妹等人参与，但主要作者却是班固。永元元年（89），班固随大将军窦宪出征匈奴，任中护军，参与军事。汉军大胜，登燕然山，班固即写了那篇史学家乐道的“振大汉之天声”的《封燕然山铭》，刻石立于燕然山上。

班固是一位正统文人，待人行事循规蹈矩，但“固不教学诸子，诸子多不遵法度，吏人苦之。初洛阳令种兢尝行，固奴干其车骑，吏推呼之，奴醉骂，兢大怒，畏宪（窦宪，当时是班固的保护人）不敢发，心衔之。及窦氏宾客皆逮考，兢因而捕系固，遂死狱中”（《后汉书·班固传》）。《后汉书》本传说：“固所著《典引》、《宾戏》、《应讥》、诗、赋、铭、诔、颂、书、文、记、论、议、六言，在者凡四十一篇。”现存有明人编的《班兰台集》，收作品五十来篇。清人严可均在其所辑《全后汉文》里，收有其作品三十几篇（包括残篇）。班固的诗质木无文。赋以《两都赋》最负盛名。传附《后汉书·班彪传》，又见《汉书·叙传》。

两都赋并序

或曰:“赋者,古诗之流也①。”昔成康没而颂声寝,王泽竭而诗不作②。大汉初定,日不暇给③。至于武、宣之世,乃崇礼官,考文章④。内设金马、石渠之署,外兴乐府、协律之事,以兴废继绝,润色鸿业⑤。是以众庶悦豫,福应尤盛⑥。白麟、赤雁、芝房、宝鼎之歌,荐于郊庙;神雀、五凤、甘露、黄龙之瑞,以为年纪⑦。故言语侍从之臣,若司马相如、虞丘寿王、东方朔、枚皋、王褒、刘向之属,朝夕论思,日月献纳;而公卿大臣,御史大夫倪宽、太常孔臧、太中大夫董仲舒、宗正刘德、太子太傅萧望之等,时时间作⑧。

或以抒下情而通讽谕,或以宣上德而尽忠孝⑨。雍容揄扬,著于后嗣,抑亦雅、颂之亚也⑩。故孝成之世,论而录之,盖奏御者千有余篇⑪。而后大汉之文章,炳焉与三代同风⑫。且夫道有夷隆,学有麤密⑬。因时而建德者,不以远近易则⑭。故皋陶歌虞,奚斯颂鲁,同见采于孔氏,列于《诗》、《书》,其义一也⑮。稽之上古则如彼,考之汉室又如此⑯。斯事虽细,然先臣之旧式,国家之遗美,不可阙也⑰。

臣窃见海内清平,朝廷无事,京师修宫室,浚城隍,起苑囿,以备制度⑱。西土耆老,咸怀怨思,冀上之睠顾,而盛称长安旧制,有陋雒邑之议⑲。故臣作《两都赋》,以极众人之所眩曜,折以今之法度⑳。其词曰:

西都赋

有西都宾问于东都主人曰[21]："盖闻皇汉之初经营也，尝有意乎都河洛矣[22]。辍而弗康，寔用西迁，作我上都[23]。主人闻其故而睹其制乎[24]？"主人曰："未也。愿宾摅怀旧之蓄念，发思古之幽情，博我以皇道，弘我以汉京[25]。"宾曰："唯唯。"

"汉之西都，在于雍州，寔曰长安[26]。左据函谷、二崤之阻，表以太华、终南之山[27]；右界褒斜、陇首之险，带以洪河、泾、渭之川[28]。众流之隈，汧涌其西[29]。华实之毛，则九州之上腴焉[30]；防御之阻，则天地之隩区焉[31]。是故横被六合，三成帝畿[32]。周以龙兴，秦以虎视[33]。及至大汉受命而都之也，仰悟东井之精，俯协河图之灵，奉春建策，留侯演成，天人合应，以发皇明，乃眷西顾，寔惟作京[34]。于是睎秦岭，睋北阜，挟沣、灞，据龙首[35]。图皇基于亿载，度宏规而大起[36]。肇自高而终平，世增饰以崇丽[37]。历十二之延祚，故穷泰而极侈[38]。建金城而万雉，呀周池而成渊[39]。披三条之广路，立十二之通门[40]。内则街衢洞达，闾阎且千[41]。九市开场，货别隧分[42]。人不得顾，车不得旋。阗城溢郭，旁流百廛[43]。红尘四合，烟云相连[44]。于是既庶且富，娱乐无疆[45]。都人士女，殊异乎五方[46]。游士拟于公侯，列肆侈于姬姜[47]。乡曲豪举，游侠之雄，节慕原尝，名亚春陵，连交合众，骋骛乎其中[48]。

"若乃观其四郊，浮游近县，则南望杜、霸，北眺五陵[49]。名都对郭，邑居相承。英俊之域，绂冕所兴，冠盖如云，七相五公[50]。与乎州郡之豪杰，五都之货殖。三选七迁，充奉陵邑，盖以强干弱枝，隆上都而观万国也[51]。封畿之内，厥土千里，逴跞诸夏，兼其所有[52]。其阳则崇山隐天，幽林穹谷，陆海珍藏，蓝田美玉[53]。商洛缘其隈，鄠杜滨其足[54]。源泉灌注，陂池交属[55]。竹林果园，芳草甘木。郊野之富，号为近蜀[56]。其阴则冠以九嵕，陪以甘泉。乃有灵宫起乎其中，秦汉之所极观，渊云之所颂叹，于是乎存焉[57]。下有郑白之沃，衣食之源，提封五万，疆埸绮分[58]。沟塍刻镂，原隰龙鳞[59]。决渠降雨，荷插成云[60]。五谷垂颖，桑麻铺棻[61]。东郊则有通沟大漕，溃渭洞河，泛舟山东，控引淮、湖，与海通波[62]。西郊则有上囿禁苑，林麓薮泽[63]。陂池连乎蜀、汉，缭以周墙，四百余里[64]。离宫别馆，三十六所。神池灵沼，往往而在[65]。其中乃有九真之麟，大宛之马，黄支之犀，条支之鸟[66]。逾崐岭，越巨海，殊方异类，至于三万里[67]。

“其宫室也，体象乎天地，经纬乎阴阳。据坤灵之正位，仿太紫之圆方[68]。树中天之华阙，丰冠山之朱堂[69]。因瓌材而究奇，抗应龙之虹梁[70]。列棼橑以布翼，荷栋桴而高骧[71]。雕玉瑱以居楹，裁金璧以饰珰[72]。发五色之渥采，光焔朗以景彰[73]。于是左墄右平，重轩三阶[74]；闺房周通，门闼洞开[75]。列钟虡于中庭，立金人于端闱[76]。仍增崖而衡阈，临峻路而启扉[77]。徇以离宫别寝，承以崇台闲馆。焕若列宿，紫宫是环[78]。清凉、宣、温，神仙、长年，金华、玉堂，白虎、麒麟，区宇若兹，不可殚论[79]。增盘崔嵬，登降炤烂[80]；殊形诡制，每各异观[81]。乘茵步辇，惟所息宴[82]。后宫则有掖庭、椒房，后妃之室；合欢、增城，安处、常宁，茝若、椒风，披香、发越，兰林、蕙草，鸳鸾、飞翔之列[83]。昭阳特盛，隆乎孝成；屋不呈材，墙不露形。裛以藻绣，络以纶连[84]。随侯明月，错落其间；金釭衔璧，是为列钱[85]。翡翠火齐，流耀含英；悬黎垂棘，夜光在焉[86]。于是玄墀釦砌，玉阶彤庭[87]。碝磩彩致，琳珉青荧[88]。珊瑚碧树，周阿而生[89]。红罗飒纚，绮组缤纷。精曜华烛，俯仰如神[90]。后宫之号，十有四位。窈窕繁华，更盛迭贵[91]。处乎斯列者，盖以百数。左右庭中，朝堂百寮之位。萧、曹、魏、邴，谋谟乎其上[92]。佐命则垂统，辅翼则成化；流大汉之恺悌，荡亡秦之毒螫[93]。故令斯人扬乐和之声，作画一之歌[94]。功德著乎祖宗，膏泽洽乎黎庶[95]。又有天禄、石渠，典籍之府，命夫惇诲故老，名儒师傅，讲论乎六艺，稽合乎同异[96]。又有承明、金马，著作之庭，大雅宏达，于兹为群。元元本本，殚见洽闻[97]。启发篇章，校理秘文[98]。周以钩陈之位，卫以严更之署。总礼官之甲科，群百郡之廉孝[99]。虎贲赘衣，阉尹阍寺。陛戟百重，各有典司[100]。周庐千列，徼道绮错[101]。辇路经营，修除飞阁[102]。自未央而连桂宫，北弥明光而亘长乐[103]。凌隥道而超西墉，掍建章而连外属[104]。设璧门之凤阙，上觚棱而栖金爵[105]。内则别风之嶕峣，眇丽巧而耸擢[106]；张千门而立万户，顺阴阳以开阖[107]。

"尔乃正殿崔嵬，层构厥高，临乎未央[108]。经骀荡而出馺娑，洞枍诣以与天梁。上反宇以盖戴，激日景而纳光[109]。神明郁其特起，遂偃蹇而上跻。轶云雨于太半，虹霓回带于棼楣[110]。虽轻迅与僄狡，犹愕眙而不能阶[111]。攀井幹而未半，目眴转而意迷[112]。舍棂槛而却倚，若颠坠而复稽。魂怳怳以失度，巡回涂而下低[113]。既惩惧于登望，降周流以彷徨。步甬道以萦纡，又杳窱而不见阳[114]。排飞闼而上出，若游目于天表，似无依而洋洋[115]。前唐中而后太液，览沧海之汤汤。扬波涛于碣石，激神岳之嶈嶈。滥瀛洲与方壶，蓬莱起乎中央[116]。于是灵草冬荣，神木丛生，岩峻崷崒，金石峥嵘[117]。抗仙掌以承露，擢双立之金茎[118]。轶埃堨之混浊，鲜颢气之清英[119]。骋文成之丕诞，驰五利之所刑。庶松乔之群类，时游从乎斯庭。实列仙之攸馆，非吾人之所宁[120]。

"尔乃盛娱游之壮观，奋泰武乎上囿。因兹以威戎夸狄，耀威灵而讲武事[121]。命荆州使起鸟，诏梁野而驱兽[122]。毛群内阗，飞羽上覆，接翼侧足，集禁林而屯聚[123]。水衡虞人，修其营表。种别群分，部曲有署[124]。罘网连纮，笼山络野。列卒周匝，星罗云布[125]。于是乘銮舆，备法驾，帅群臣，披飞廉，入苑门[126]。遂绕酆镐，历上兰[127]。六师发逐，百兽骇殚。震震爚爚，雷奔电激。草木涂地，山渊反覆。蹂躏其十二三，乃拗怒而少息[128]。尔乃期门佽飞，列刃钻鍭，要趹追踪[129]。鸟惊触丝，兽骇值锋。机不虚掎，弦不再控。矢不单杀，中必叠双[130]。飑飑纷纷，矰缴相缠[131]。风毛雨血，洒野蔽天。平原赤，勇士厉。猨狖失木，豺狼慑窜[132]。尔乃移师趋险，并蹈潜秽，穷虎奔突，狂兕触蹶[133]。许少施巧，秦成力折[134]。掎僄狡，扼猛噬。脱角挫脰，徒搏独杀[135]。挟师豹，拖熊螭，曳犀犛，顿象罴。超洞壑，越峻崖[136]。蹶崭岩，钜石隤。松柏仆，丛林摧，草木无余，禽兽殄夷[137]。

"于是天子乃登属玉之馆，历长杨之榭。览山川之体势，观三军之杀获[138]。原野萧条，目极四裔，禽相镇压，兽相枕藉[139]。然后收禽会众，论功赐胙。陈轻骑以行炰，腾酒车以斟酌。割鲜野食，举烽命釂[140]。飨赐毕，劳逸齐。大路鸣銮，容与徘徊[141]。集乎豫章之宇，临乎昆明之池。左牵牛而右织女，似云汉之无涯[142]。茂树荫蔚，芳草被隄。兰茝发色，晔晔猗猗[143]。若摛锦布绣，烛燿乎其陂[144]。鸟则玄鹤白鹭，黄鹄䴔鹳;鸧鸹鸨鶂,凫鹥鸿雁。朝发河海,夕宿江汉;沉浮往来,云集雾散[145]。于是后宫乘𫐄辂,登龙舟。张凤盖,建华旗[146]。袪黼帷,镜清流。靡微风,澹淡浮[147]。棹女讴,鼓吹震,声激越,謍厉天。鸟群翔,鱼窥渊[148]。招白鹇,下双鹄。揄文竿,出比目[149]。抚鸿罿,御缯缴,方舟并骛,俛仰极乐[150]。遂乃风举云摇,浮游溥览。前乘秦岭,后越九嵕。东薄河华,西涉岐雍。宫馆所历,百有余区。行所朝夕,储不改供[151]。礼上下而接山川,究休祐之所用。采游童之讙谣,第从臣之嘉颂[152]。于斯之时,都都相望,邑邑相属。国藉十世之基,家承百年之业。士食旧德之名氏,农服先畴之畎亩,商循族世之所鬻,工用高曾之规矩。粲乎隐隐,各得其所[153]。

"若臣者,徒观迹于旧墟,闻之乎故老,十分而未得其一端,故不能遍举也[154]。"

东都赋

东都主人喟然而叹曰:"痛乎,风俗之移人也!子实秦人,矜夸馆室,保界河山,信识昭襄而知始皇矣[155]。乌睹大汉之云为乎?夫大汉之开元也,奋布衣以登皇位,由数朞而创万代,盖六籍所不能谈,前圣靡得言焉[156]。当此之时,功有横而当天,讨有逆而顺民[157]。故娄敬度势而献其说,萧公权宜而拓其制[158]。时岂泰而安之哉?计不得以已也。吾子曾不是睹,顾曜后嗣之末造,不亦暗乎[159]!今将语子以建武之治,永平之事,监于太清,以变子之惑志[160]。

"往者王莽作逆,汉祚中缺。天人致诛,六合相灭[161]。于时之乱,生人几亡,鬼神泯绝[162]。壑无完柩,郛罔遗室。原野厌人之肉,川谷流人之血[163]。秦项之灾,犹不克半,书契以来,未之或纪[164]。故下人号而上诉,上帝怀而降监,乃致命乎圣皇[165]。于是圣皇乃握乾符,阐坤珍,披皇图,稽帝文[166]。赫然发愤,应若兴云。霆击昆阳,凭怒雷震[167]。遂超大河,跨北岳。立号高邑,建都河洛[168]。绍百王之荒屯,因造化之荡涤。体元立制,继天而作[169]。系唐统,接汉绪。茂育群生,恢复疆宇。勋兼乎在昔,事勤乎三五[170]。岂特方轨并迹,纷纶后辟,治近古之所务,蹈一圣之险易云尔哉[171]?且夫建武之元,天地革命,四海之内,更造夫妇,肇有父子,君臣初建,人伦寔始,斯乃伏羲氏之所以基皇德也[172]。分州土，立市朝，作舟舆，造器械，斯乃轩辕氏之所以开帝功也[173]。龚行天罚，应天顺人，斯乃汤武之所以昭王业也[174]。迁都改邑，有殷宗中兴之则焉[175]。即土之中，有周成隆平之制焉[176]。不阶尺土一人之柄，同符乎高祖[177]。克己复礼，以奉终始，允恭乎孝文[178]，宪章稽古，封岱勒成，仪炳乎世宗[179]。案《六经》而校德，眇古昔而论功，仁圣之事既该，而帝王之道备矣[180]。

"至乎永平之际，重熙而累洽[181]。盛三雍之上仪，修衮龙之法服[182]。铺鸿藻，信景铄，扬世庙，正雅乐。人神之和允洽，群臣之序既肃[183]。乃动大辂，遵皇衢，省方巡狩，躬览万国之有无，考声教之所被，散皇明以烛幽[184]。然后增周旧，修洛邑，扇巍巍，显翼翼。光汉京于诸夏，总八方而为之极[185]。于是皇城之内，宫室光明，阙庭神丽，奢不可逾，俭不能侈[186]。外则因原野以作苑，填流泉而为沼。发蘋藻以潜鱼，丰圃草以毓兽[187]。制同乎梁邹，谊合乎灵囿[188]。若乃顺时节而蒐狩，简车徒以讲武，则必临之以《王制》，考之以《风》《雅》[189]。历《驺虞》，览《驷驖》，嘉《车攻》，采《吉日》。礼官整仪，乘舆乃出[190]。于是发鲸鱼，铿华钟。登玉辂，乘时龙[191]。凤盖棽丽，和銮玲珑。天官景从，寝威盛容[192]。山灵护野，属御方神。雨师泛洒，风伯清尘[193]。千乘雷起，万骑纷纭。元戎竟野，戈鋋彗云。羽旄扫霓，旌旗拂天[194]。焱焱炎炎，扬光飞文。吐焰生风。欱野喷山。日月为之夺明，丘陵为之摇震[195]。遂集乎中囿，陈师按屯。骈部曲，列校队，勒三军，誓将帅[196]。然后举烽伐鼓，申令三驱。輶车霆激，骁骑电骛[197]。由基发射，范氏施御，弦不睼禽，辔不诡遇。飞者未及翔，走者未及去[198]。指顾倏忽，获车已实。乐不及盘，杀不尽物[199]。马踠余足，士怒未泄。先驱复路，属车案节[200]。于是荐三牺，效五牲，礼神祇，怀百灵[201]。觐明堂，临辟雍，扬缉熙，宣皇风，登灵台，考休征[202]。俯仰乎乾坤，参象乎圣躬。目中夏而布德，瞰四裔而抗棱[203]。西荡河源，东澹海漘，北动幽崖，南燿朱垠[204]。殊方别区，界绝而不邻。自孝武之所不征，孝宣之所未臣，莫不陆讋水慄，奔走而来宾[205]。遂绥哀牢，开永昌[206]。春王三朝，会同汉京[207]。是日也，天子受四海之图籍，膺万国之贡珍。内抚诸夏，外绥百蛮[208]。尔乃盛礼兴乐，供帐置乎云龙之庭[209]。陈百寮而赞群后，究皇仪而展帝容[210]。于是庭实千品，旨酒万钟[211]。列金罍，班玉觞，嘉珍御，太牢飨[212]。尔乃食举《雍》彻，太师奏乐[213]，陈金石，布丝竹，钟鼓铿锵，管弦烨煜[214]。抗五声，极六律，歌九功，舞八佾。《韶》《武》备，泰古毕[215]。四夷间奏，德广所及。僸侏兜离，罔不具集[216]。万乐备，百礼暨，皇欢浃，群臣醉。降烟煴，调元气。然后撞钟告罢，百寮遂退[217]。

“于是圣上睹万方之欢娱，又沐浴于膏泽，惧其侈心之将萌，而怠于东作也[218]。乃申旧章，下明诏，命有司，班宪度，昭节俭，示太素[219]。去后宫之丽饰，损乘舆之服御。抑工商之淫业，兴农桑之盛务。遂令海内弃末而反本，背伪而归真[220]。女修织纴，男务耕耘；器用陶匏，服尚素玄[221]。耻纤靡而不服，贱奇丽而弗珍[222]。捐金于山，沉珠于渊。于是百姓涤瑕荡秽，而镜至清，形神寂漠，耳目弗营，嗜欲之源灭，廉耻之心生。莫不优游而自得，玉润而金声[223]。是以四海之内，学校如林，庠序盈门[224]。献酬交错，俎豆莘莘[225]，下舞上歌，蹈德咏仁。登降饫宴之礼既毕，因相与嗟叹玄德，谠言弘说，咸含和而吐气，颂曰：‘盛哉乎斯世[226]！’

“今论者但知诵虞夏之《书》，咏殷周之《诗》，讲羲文之《易》，论孔氏之《春秋》，罕能精古今之清浊，究汉德之所由[227]。唯子颇识旧典，又徒驰骋乎末流，温故知新已难，而知德者鲜矣[228]。且夫僻界西戎，险阻四塞，修其防御，孰与处乎土中，平夷洞达，万方辐凑[229]？秦岭九嵕，泾渭之川，曷若四渎五岳，带河泝洛，图书之渊[230]？建章甘泉，馆御列仙，孰与灵台明堂，统和天人[231]？太液昆明，鸟兽之囿，曷若辟雍海流，道德之富[232]？游侠逾侈，犯义侵礼，孰与同履法度，翼翼济济也[233]？子徒习秦阿房之造天，而不知京洛之有制也；识函谷之可关，而不知王者之无外也[234]。”

主人之辞未终，西都宾矍然失容，逡巡降阶，惵然意下，捧手欲辞。主人曰：“复位。今将授子以五篇之诗[235]。”宾既卒业，乃称曰：“美哉乎斯诗！义正乎扬雄，事实乎相如。匪唯主人之好学，盖乃遭遇乎斯时也。小子狂简，不知所裁，既闻正道，请终身而诵之[236]。”

其诗曰：

《明堂诗》：於昭明堂，明堂孔阳；圣皇宗祀，穆穆煌煌[237]。上帝宴飨，五位时序；谁其配之，世祖光武[238]。普天率土，各以其职；猗欤缉熙，允怀多福[239]。

《辟雍诗》：乃流辟雍，辟雍汤汤；圣皇莅止，造舟为梁[240]。皤皤国老，乃父乃兄；抑抑威仪，孝友光明[241]。於赫太上，示我汉行；洪化惟神，永观厥成[242]。

《灵台诗》：乃经灵台，灵台既崇；帝勤时登，爰考休征[243]。三光宣精，五行布序；习习祥风，祁祁甘雨[244]。百谷蓁蓁，庶草蕃庑；屡惟丰年，於皇乐胥[245]。

《宝鼎诗》：岳修贡兮川效珍，吐金景兮歊浮云[246]。宝鼎见兮色纷缊，焕其炳兮被龙文[247]。登祖庙兮享圣神，昭灵德兮弥亿年[248]。

《白雉诗》：启灵篇兮披瑞图，获白雉兮效素乌。嘉祥阜兮集皇都[249]。发皓羽兮奋翘英，容絜朗兮于纯精[250]。彰皇德兮侔周成，永延长兮膺天庆[251]。

【说明】

此赋见《文选》卷一、《后汉书》卷四十、《艺文类聚》卷六十一。

《两都赋》虽分为两篇，实则一篇。关于《两都赋》的写作缘起和主旨，作者在序中已作了明确的交代："臣窃见海内清平，朝廷无事，京师修宫室，浚城隍，起苑囿，以备制度。西土耆老，咸怀怨思，冀上之睠顾，而盛称长安旧制，有陋雒邑之议。故臣作《两都赋》，以极众人之所眩曜，折以今之法度。"《后汉书》本传据此，进一步作了更为明确的说明："（固）自为郎后，遂见亲近。时京师修起宫室，浚缮城隍，而关中耆老犹望朝廷西顾。固感前世相如、寿王、东方之徒，造构文辞，终以讽劝，乃上《两都赋》，盛称洛邑制度之美，以折西宾淫侈之论。"

《西都赋》是《两都赋》的上篇。

在《西都赋》中，作者让西都宾盛称长安旧制，历叙西都位置之险要、宫室之华美、娱游之壮观，充分暴露了西都天子奢淫逾制、纵情肆欲的行径，为东都主人的反驳树立了极好的靶子。

在《东都赋》中，作者通过东都主人之口，历述"建武之理，永平之事"，以驳西都宾的淫侈之论。在具体的描述中，作者处处围绕"法度"二字铺排开来，先叙光武中兴汉室，更始万象；次叙永平时代礼乐昌隆，四方欢娱；再叙圣皇去侈重教，万民安康，从而有力地反驳了西都宾提出的非建都长安则汉世"弗康"的论调。

与上篇不同，下篇中东都主人居高临下，语言典雅古朴，结尾戛然而止，这都是不同于上篇的艺术特色。

总之，《两都赋》尽管在笔法、取意上有模仿司马相如《天子游猎赋》的痕迹，但主题鲜明集中，结构前呼后应，语言整齐富赡，以上特点使它成为中国辞赋史上不可多得的名篇，并由此开创了“京都大赋”一体。张衡的《二京赋》、左思的《三都赋》，都明显地接受了它的沾溉濡染。

【注释】

①《文选》李善注：“《毛诗序》曰：诗有六义焉，二曰赋。故赋为古诗之流也。”

②成康：指周成王和周康王。成王，姬姓，名诵，武王之子。康王，名钊，成王之子。成康巩固了西周的统治，刑错而不用，史称“成康之治”。郑玄《诗谱序》：“成王、周公致太平，制礼作乐而有颂声兴焉。”《公羊传·宣公十五年》何休注：“颂声者，太平歌颂之声。”寝：《文选》李周翰注：“寝，息也。”泽：恩德。作：《文选》李善注：“作，兴也。”

③日不暇给：《汉书·礼乐志》：“汉兴，拨乱反正，日不暇给。”颜师古注：“给，足也。言事务殷多，日日修造，尚不能足，故无暇也。”《文选》李周翰注：“日不暇给，言不暇崇文化。”

④武：指汉武帝刘彻。宣：指汉宣帝刘询。礼官：掌礼仪典籍之官。考文章：《文选》吕延济注：“武帝宣帝始立礼官，考校文章。”

⑤金马：即“金马门”，此为官署代称。汉武帝曾命人以黄铜仿大宛良马铸像，立于鲁班门外，故改称该门为“金马门”。事见《三辅黄图》、《后汉书·马援传》。《史记·滑稽列传》：“金马门者，宦者署门也。”石渠：即石渠阁。西汉初年建于未央宫北，以藏入关所得秦之典籍。后又在此藏秘书。见《后汉书·班彪传附班固》(以下简称《班固传》)李贤注。乐府：官署名。《汉书·礼乐志》：“至武帝定郊祭礼……乃立乐府，采诗夜诵，有赵、代、秦、楚之讴。以李延年为协律都尉，多举司马相如等数十人造为诗赋，略论律吕，以合八音之调，作十九章之歌。”

⑥福应：福征的应验。《文选》吕向注：“言福祥征应甚盛。”

⑦白麟、赤雁、芝房、宝鼎：原为汉武帝时所获的几种祥瑞物，因此而作歌，故而成歌名。《汉书·武帝纪》：“元狩元年冬十月，(武帝)行幸雍，祠五畤。获白麟，作《白麟之歌》。”又，“(太始三年二月)行幸东海，获赤雁，作《朱雁之歌》”。又，“(元封二年)六月，诏曰：‘甘泉宫内中产芝，九茎连叶……’作《芝房之歌》”。又，“(元鼎四年)六月，得宝鼎后土祠旁。秋，马生渥洼水中，作《宝鼎》、《天马》之歌”。歌词见《汉书·礼乐志》。荐：《文选》刘良注：“荐，进也。所获祥瑞，并令乐府作歌以进郊庙。”神雀、五凤、甘露、黄龙：原为汉宣帝所获之所谓祥瑞，因以为年号。《汉书·宣帝纪》“神爵元年”，惠栋《后汉书集注》引应劭：“前年神爵集于长乐宫，故改年。”又，“五凤元年”，惠栋《后汉书集注》引应劭：“先者凤皇五至，因以改元云。”又，“甘露二年”，诏曰：“乃者凤皇甘露降集，黄龙登兴，醴泉滂

流，枯槁荣茂，神光并见，咸受祯祥。”又，“黄龙元年”，惠栋《后汉书集注》引应劭：“先是黄龙见新丰，因以冠元焉。”按：“神爵”即神雀。爵，“雀”之古今字。

⑧司马相如：字长卿，蜀郡成都人，我国古代最著名的赋家，详见本书作者介绍。虞丘寿王：西汉赵人，字子赣。从董仲舒受《春秋》。武帝时拜东郡都尉，后征入为光禄大夫。《汉书·吾丘寿王传》“虞丘”作“吾丘”。“虞”、“吾”古通用。东方朔：字曼倩，平原厌次（今山东陵县神头镇）人，武帝时著名的辞赋家、滑稽家，详见本书作者介绍。枚皋：西汉淮阴人，字少儒，枚乘之子。武帝时为郎。善辞赋，才思敏捷。王褒：字子渊，蜀郡资中（今四川资阳）人，宣帝时为陈大夫，以辞赋著称，详见本书作者介绍。刘向：字子政，沛（今江苏沛县）人，西汉著名的经学家、目录学家，今存辞赋有《七叹》。倪宽：字通，汉千乘（今山东高青）人。治《尚书》，为孔安国弟子。元鼎四年任左内史，后任御史大夫。《汉书》之《兒宽传》、《公卿表》、《艺文志》“倪”作“兒”，《儒林传》作“倪”。孔臧：西汉鲁（今山东曲阜）人，孔安国从兄，嗣父爵，武帝时任太常。元朔三年，因事免官。董仲舒：西汉广川（今河北枣强）人。少治《春秋公羊传》。景帝时为博士。武帝时为江都相，后为太中大夫。推崇儒术，对后来形成以儒家为正统的局面起过重要作用。刘德：西汉沛（今江苏沛县）人，字路叔，汉楚元王刘交之孙，宗正辟疆之子，刘向之父。修黄老术，有智略。昭帝时为宗正。迁太中大夫，曾参与立宣帝。萧望之：西汉东海兰陵（今山东苍山）人，字长倩。宣帝时历任左冯翊、大鸿胪、太子太傅等官。甘露三年主持石渠阁会议，评议儒生对五经同异的意见。间作：乘空暇写作辞赋。据《汉书·艺文志》“诗赋家”载：司马相如有赋二十九篇，吾丘寿王十五篇，枚皋一百二十篇，王褒十六篇，刘向三十三篇，兒宽二篇，孔臧二十篇，刘德九篇，萧望之四篇。又“儒家”载：董仲舒二十三篇，寿王六篇，兒宽九篇，孔臧十篇。

⑨抒：《文选》六臣本“抒”作“杼”。“抒”、“杼”古可通用。《文选》张铣注：“舒散情性成其文章，通讽谏之道，宣君上之德，尽忠孝之心。”

⑩雍容：容仪温文。揄扬：挥扬，扬起。《说文》：“揄，引也。”《尚书·泰誓》孔传：“扬，举也。”后嗣：后世。抑亦：转折连词。王引之《经传释词》：“抑亦，亦词之转也。”《文选》吕向注：“雍，和；容，缓；揄，引；扬，举；亚，次；嗣，代也。言讽谕之事，著于后代，亦为雅颂之次也。”

⑪孝成：指汉成帝。《汉书·艺文志》：“至成帝时，以书颇散亡，使谒者陈农求遗书于天下。诏光禄大夫刘向校经传诸子诗赋，步兵校尉任宏校兵书，太史令尹咸校数术，侍医李柱国校方技。每一书已，向辄条其篇目，撮其指意，录而奏之。”据《汉书·艺文志》统计，赋家凡一千余篇。

⑫炳：显明，昭著。《说文》：“炳，明也。”三代：指夏、商、周。《荀子·王制》：“道不过三代。”杨倞注：“论王道不过夏、殷、周之事。”

⑬夷：平坦，平易。《说文》：“夷，平也。”隆：高隆，兴盛。《史记·礼书》：“贵

本之谓文，亲用之谓理，两者合而成文，以归太一，是谓大隆。"司马贞《索隐》："隆者，盛也，高也。"麤："粗"的异体字，粗疏，不精密。《礼记·儒行》："麤身而翘之。"郑玄注："麤，犹疏也。"《文选》吕延济注："言代有平盛，学者随时精麤，不可齐也。"

⑭远近：指时间远近。《国语·齐语一》："杂处则其言哤，其事易。"韦昭注："易，变也。"《文选》吕延济注："言因时立德，不以古今易其法则。"

⑮皋陶：传说中虞舜之臣，掌刑狱。歌虞：据传皋陶、禹、夔等曾在舜面前讨论治国之策，各抒已见。皋陶歌曰："元首明哉，股肱良哉，庶事康哉。"事见《尚书·皋陶谟》。奚斯：春秋鲁公子，名鱼，字奚斯。颂鲁：《诗·鲁颂·閟宫》："新庙奕奕，奚斯所作。"《文选》李善注引《韩诗》薛汉注："言其新庙奕奕然盛。是诗，公子奚斯所作也。"毛传则云："有大夫公子奚斯者，作是庙也。"盖韩为作诗，毛为作庙，说可并存。然班固此言"颂鲁"，似以"作诗"说为是。《文选》李周翰注："皋陶，舜臣也；奚斯，鲁公子。咸作歌颂，以美国风。及孔子修《诗》、《书》，并采而列之。"

⑯稽：《文选》张铣注："稽，考也。"如彼：如皋陶、奚斯等之事。如此：如上文"言语侍从之臣"、"公卿大臣"等之事。

⑰斯事：指对君王、国家的颂扬之事。阙：短缺。《国语·鲁语下》："若盟而弃鲁侯，信仰阙矣。"韦昭注："阙，缺也。"《吕氏春秋·君守》："故博闻之人，强识之士阙矣。"高诱注："阙，短。"《文选》吕延济注："班固自言作赋之事虽微，然先臣皋陶旧法，国家歌颂遗美，不可阙之。"

⑱京师：指洛阳。浚：加深水道。《春秋·庄公九年》："冬，浚洙。"《公羊传》："洙者何？水也。浚之者何？深之也。"隍：护城河。《说文》："隍，城池也。有水曰池，无水曰隍。"苑、囿：均畜养草木禽兽的园地。两者之分别有多种说法。《左传·昭公九年》陆德明《释文》："囿，苑也。"《说文》："囿，苑有垣也。"《淮南子·本经训》高诱注："有墙曰苑，无墙曰囿。"《吕氏春秋·重己》高诱注："大曰苑，小曰囿。"《文选》吕向注："树菓曰苑，畜兽曰囿。"按，"苑囿"浑言，实无严格区别，诸说可参考。备制度：使法度、礼俗完备健全。

⑲西土：指长安。耆老：《国语·吴语》韦昭注："六十曰耆，七十曰老。"睠（juàn 倦）顾：怀念，反顾。《文选》吕向注："西土，长安也。长安人怨天子之居洛，咸怀怨思，冀天子西顾。"又吕延济注："长安人欲天子住，故盛称西京之美，言洛邑之陋。"

⑳极：极言，尽力夸张。眩曜：夸耀。《文选》刘良注："言先作《西都赋》极陈奢丽，后作《东都赋》盛称法度以折之。"折：挫败，使屈服。《战国策·西周策》："与之高都，则周必折而入于韩。"高诱注："折，屈也。"《后汉书·班固传》："时京师修起宫室，濬缮城隍。而关中耆老，犹望朝廷西顾。固感前世相如、寿王、东方之徒，造构文辞，终以讽劝，乃上《两都赋》，盛称洛邑制度之美，以折西宾淫侈

之论。”

(以下为《西都赋》部分注)

㉑西都宾、东都主人:作者虚构的两个人物。西都指长安,东都指洛阳。《文选》吕延济:“假为宾主以相问答。汉都洛阳,故东称主,西称宾。”

㉒皇汉:对汉王朝的尊称。《后汉书·班固传》李贤注:“皇,大也。”《白虎通义·号篇》:“皇,君也,美也,大也,天人之总,美之大称也。”经营:规划创业。《文选》张铣注:“经营,犹构立也。”《后汉书·班固传》李贤注:“高祖五年,刘敬说上都关中,上疑之。左右大臣皆山东人,多劝都洛阳,此为有意都河洛矣。”河洛:即洛阳。

㉓“辍而弗康”以下三句:《后汉书·班固传》李贤注:“张良曰:‘洛阳其中小不过数百里,四面受敌,非用武之国。关中金城千里,天府之国也。’于是上即日西都关中,此为缀而弗康也。”辍:止也。《文选》张铣注:“康,安也。言天子止于河洛,以为不安,是以西迁上都。”寔用:是以。《说文》:“寔,是也。”王引之《经传释词》:“用,词之‘以’也。”上都:指长安。

㉔故:故实,旧事。制:体制。《文选》吕向注:“问主人闻迁都之故,见长安之制乎?”

㉕摅(shū 书):抒发。《广雅·释诂四》:“摅,舒也。”蓄念:久积之念头。博:使开阔广博。《论语·子罕》:“博我以文。”何晏《集解》引孔安国曰:“言夫子既以文章开博我。”皇道:《文选》李周翰注:“皇道,皇天之道。”弘:扩大。汉京:指西京。《文选》李周翰注:“汉京,长安也。”

㉖雍州:东汉雍州在今陕西、甘肃、宁夏、青海一带。《汉书·地理志》:“秦地于《禹贡》时跨雍、梁二州……汉兴,立都长安。”长安:汉故都,在今西安市西北,西汉高帝七年定都于此。

㉗函谷:关名,在今河南省灵宝县。战国秦置。函谷关城,路在谷中,深险如函,故以为名。东自崤山,西至潼津,通名函谷,号曰“天险”。二崤(yáo 摇):即崤山,一作“殽山”,在今河南省洛宁县北。分东崤、西崤,故称“二崤”。自东崤至西崤二十五里,东崤长坂数里,峻阜绝涧,车不得方轨;西崤全是石坂二十里,险绝不异东崤。表:标志。太华:即西岳华山,在今陕西省渭南县。因西有少华山,故又称“太华”。《山海经·西山经》:“太华之山,削成而四方,其高五千仞,其广十里。”终南:秦岭山峰之一。在今陕西省西安市南。《诗·秦风》有《终南》篇,其“终南”即此。

㉘褒斜(yé 爷):古通道,在陕西省西南部。《文选》李善注引《梁州记》:“万石城,泝汉上七里,有褒谷。南口曰褒,北口曰斜。长四百七十里。”顾祖禹《读史方舆纪要》:“陕西汉中府褒斜道,今之北栈。南口曰褒,在褒城县北十里。北口曰斜,在凤翔府郿县西南三十里。总计川陕相通之道,谷长四百七十里。自凤县至褒城皆大山,缘坡岭行。有缺处,以木续之,成道如桥然,所谓栈道也。”

高步瀛《文选李注义疏》:"据此则褒斜乃关中西南阻隘,故赋以为右界之险也。"陇首:即陇山,在今陕西省陇县至甘肃省平凉县一带。《读史方舆纪要》:"陕西陇坻,即陇山,亦曰陇坂,亦曰陇首,在凤翔府陇州西北六十里,巩昌府秦州清水县东五十里。山高而长,北连沙漠,南带汧渭。关中四塞,此为西南之险。"洪河:大河。泾、渭:二水名。泾水源自宁夏,经甘肃入陕西,与渭水汇合。渭水源出今甘肃省渭源县西北鸟鼠山,经清水县入陕西,经潼关入黄河。

㉙隈(wēi 微):水流曲处。《说文》:"隈,水曲隩也。"汧:水名,渭水支流。源出今甘肃省六盘山南麓,流经陕西省陇县入渭水。

㉚"华实"句:此谓长安四周水土肥沃。《文选》张铣注:"华实,果木之实。毛,谓草木蕃滋,如毛之生于皮也。腴,肥沃田,居九州之上,言第一。"

㉛隩(ào 奥)区:深险之区。隩,借为"奥"。《后汉书·班固传》正作"奥",李贤注:"奥,深也。言秦地险固,为天下深奥之区域。"

㉜横被:即"广被"。横、桄、光、广,古通。详见王引之《经义述闻·尚书上》"光被四表"条。六合:《吕氏春秋·审分》:"神通乎六合。"高诱注:"六合,四方上下也。"三成帝畿:指周、秦、汉三代都曾都于古雍州一带。《周礼·地官·大司徒》:"制其畿方千里而封树之。"孔颖达疏:"制其畿方千里者,王畿千里,以象日月之大,中置国城,面各五百里。"《文选》吕延济注:"三成,周、秦、汉天子居之。千里曰畿。"

㉝周、秦、龙兴、虎视:互文见义。《后汉书·班固传》李贤注:"龙兴虎视,喻盛强也。"

㉞受命:谓受天命。《文选》吕延济注:"受命,天命也。"东井:星名。《后汉书·班固传》李贤注:"高祖至霸上,五星聚于东井……东井,秦之分野,明汉当代秦都关中。"精:指五星。协:符合。河图:即《易传·系辞上》所谓"河出图"。是帝王受命于天的祥瑞。"奉春"两句:《汉书·高帝纪》载:"初高祖欲都洛阳,戍卒娄敬求见,说上曰:'陛下取天下与周异,而都雒阳,不便。不如入关,据秦之固。'上以问张良。良因劝上。是日车驾西都长安。拜娄敬为奉春君,赐姓刘氏。"又《汉书·张陈王周传》:"汉六年,封功臣……乃封(张)良为留侯。"演:推演,演绎。《文选》李善注引《苍颉篇》:"演,引也。""天人"句:《后汉书·班固传》李贤注:"天,谓五星聚东井也。人,谓娄敬等进说也。皇明,谓高祖也。"乃眷西顾:语出《诗·大雅·皇矣》:"乃眷西顾,此维与宅。"《后汉书·班固传》李贤注:"西顾,谓入关也。"《文选》吕延济注:"高祖眷下民西顾,是以作京师。"

㉟睎(xī 西):《说文》:"睎,望也。"秦岭:即终南山,又称"南山"、"太一山"。眡(é 俄):《后汉书·班固传》李贤注:"眡,视也。"北阜:《后汉书·班固传》李贤注:"北阜即今三源县北有高阜,东西横亘者是也。"沣、灞:均水名。沣水,一作"丰水"、"酆水",源于秦岭山中,分流注入渭水。今故道已亡。灞水,本作"霸水",今称"灞河",渭水支流,源于陕西省蓝田县。龙首:山名,又称"龙首原",在

陕西省长安县北。《艺文类聚》卷九十六《辛氏三秦记》:“龙首山长六十里,头入渭水,尾达樊川,头高二十丈,尾渐下,高五六丈。云昔有黑龙自南山出,饮渭水,其行道成山,因以为名。”

㊱亿:此言多。《文选》李善注引《尚书·五子之歌》孔传:“十万曰亿。”今以万万为亿。度(duó 夺):图谋。李善注谓或作“庆”,语词。“宏规”与“大起”,相对为文。言肇造都邑,先宏规之而后大起之也。

㊲肇(zhào 照):《后汉书·班固传》李贤注:“肇,始也。始自高祖,终于平帝。”

㊳祚(zuò 作):指帝位。《文选》李善注引《国语》贾逵注:“祚,位也。”“历十二”句:《文选》张铣注:“始自高祖,终于平帝,为十二世,世增修饰,故至穷极奢侈。”

㊴金城:《后汉书·班固传》李贤注:“金城言坚固也。”万雉:《左传·隐公元年》:“都城过百雉,国之害也。”杜预注:“方丈曰堵,三堵曰雉。一雉之墙,长三丈,高一丈。”呀(xiā 虾):《文选》李善注引《字林》:“呀,大空也。”池:护城河。《说文》:“隍,城池也。有水曰池。”

㊵披:《文选》张铣注:“披,开也。”三条之广路:指通向国都城门的大路。《周礼·冬官·考工记》:“匠人营国,方九里,旁三门。”《后汉书·班固传》李贤注:“每门有大路,故曰三条。”高步瀛《文选李注义疏》:“《三辅决录》曰:长安城面三门,四面十二门,皆通达九逵,以相经纬。衢路平正,可并列车轨。”

㊶衢(qú 渠):四通八达的大道。《尔雅·释宫》:“四达谓之衢。”郭璞注:“交通四出。”洞达:通达。闾阎:《后汉书·班固传》李贤注引《字林》曰:“闾,里门也。阎,里中门也。”且千:《文选》吕延济注:“且千,言多也。”

㊷九市:《文选》李善注引《汉宫阙疏》曰:“长安立九市,其六市在道西,三市在道东。”隧:市场中通道。《文选》李善注:“薛综《西京赋注》曰:‘隧,列肆道也。’”

㊸阗(tián 甜):《文选》李善注:“郑玄《礼记注》曰:‘填,满也。’填与阗同。”廛(chán 蝉):市民住宅区。

㊹四合:四面合拢。《文选》刘良注:“言人众尘合,火烟与云相连。”

㊺既庶且富:语出《论语·子路》:“子适卫,冉有仆。子曰:‘庶矣哉。’冉有曰:‘既庶矣,又何加焉?’曰:‘富之。’”何晏《集解》:“庶,众也。”

㊻都人士女:语出《诗·小雅·都人士》:“彼都人士,狐裘黄黄。”“彼君子女,绸直如发。”郑玄笺:“城郭之域曰都”;“彼君子女者,谓都人之家女也”。殊异乎五方:《文选》张铣注:“言此都士女,丽美过于五方。”五方:《后汉书·班固传》李贤注:“五方谓四方及中央也。”即东、西、南、北、中。

㊼肆:店铺。《文选》李善注及《后汉书·班固传》李贤注并引《周礼》郑玄注:“肆,市中陈物处也。”姬姜:古贵妇人之美称。相传黄帝姓姬,炎帝姓姜。周

姬姓，齐姜姓。《左传·成公九年》："诗曰……虽有姬姜，无弃蕉萃。"杜预注："逸诗也。姬姜，大国之女。"《文选》吕向注："市中妇人服饰奢侈，过于姬姜。"

㊽乡曲：乡下。豪举：《后汉书·班固传》作"豪俊"。指才智过人的人。节：气节。慕：羡慕。名亚：名仅次于。《后汉书·班固传》李贤注："豪俊游侠，谓朱家、郭解、原涉之类也。原、文尝谓平原君赵胜、孟尝君田文也。春、陵谓春申君黄歇、信陵君无忌也。并招致宾客，名高天下也。"按，朱家，秦末汉初鲁人，好结交豪士，以任侠闻名。郭解，朱家之后的大游侠。原涉，西汉侠士，"性格似郭解"。此三人均见《史记》及《汉书》之《游侠传》。平原君、孟尝君、春申君、信陵君，皆见《史记》本传。骋骛：犹驰骋。《说文》："骛，乱驰也。"

㊾郊：《周礼·秋官·士师》："正岁，帅其属，而宪禁令于国及郊野。"郑玄注："去国百里为郊。"浮游：漫游。杜、霸、五陵：据《汉书》各本纪载，汉宣帝葬杜陵，文帝葬霸陵，高帝葬长陵，惠帝葬安陵，景帝葬阳陵，武帝葬茂陵，昭帝葬平陵。《后汉书·班固传》李贤注："浮游谓周流也。杜、霸谓杜陵、霸陵，在城南，故南望也。五陵谓长陵、安陵、阳陵、茂陵、平陵，在渭北，故北眺也。"

㊿名都对郭：指京都周围郡县与长安城郭相对。邑居相承：指郡县中甲第彼此相连。英俊：才德超群者。绂冕（fú miǎn 服免）：祭服，礼服，同"黻冕"。《左传·宣公十六年》："以黻冕命士会将中军。"杜预注："黻冕，命卿之服。"《后汉书·班固传》李贤注："其所徙者皆豪右、富赀，吏二千石，故多英俊冠盖之人。如云，言多也……七相，谓丞相车千秋，长陵人；黄霸、王商，并杜陵人；韦贤、平当、魏相、王嘉，并平陵人也。五公谓田蚡为太尉，长陵人；张安世为大司马，朱博为司空，并杜陵人；平晏为司徒，韦赏为大司马，并平陵人也。"《文选》吕向所注"七相"与李贤同，"五公"为张汤、萧望之、冯奉世、史丹、张安世。《文选》李善注"五公"与吕向同者四，无张安世，有杜周。而"七相"则仅有韦贤、车千秋、黄霸、平当、魏相五人。

51豪杰：才智超群者。五都：五大都市。《汉书·食货志下》："（王莽）于长安及五都立五均官，更名长安东西市令，及洛阳、邯郸、临淄、宛、成都市长皆为五均司市师。"货殖：经商获利。《论语·先进》："赐不受命，而货殖焉。"何晏《集解》："赐不受教命，唯财货是殖。"三选七迁：《后汉书·班固传》李贤注："三选，选三等之人，谓徙吏二千石及高赀富人及豪杰并兼之家于诸陵。盖以强干弱枝，非独为奉山园也。见前书（指《汉书》）。自元帝以后不迁，故唯七焉。"强干弱枝：增强树干，削弱树枝。《文选》张铣注："强干，强帝室；弱枝，弱诸侯。"隆：隆重，推崇。上都：指长安。观：示人。《周礼·冬官·桌氏》："嘉量既成，以观四国。"郑玄注："以观示四方使放象之。"

52封畿（jī 基）：指京城管辖范围。逴跞（chuò luò 绰落）：《文选》李善注："犹超绝也。"诸夏：指封畿以外的各诸侯国。

53穹（qióng 穷）谷：《文选》李善注引《韩诗》薛汉注："穹谷，深谷也。"陆海：

《汉书·东方朔传》:“汉兴,去三河之地,止霸浐以西,都泾渭以南。此所谓天下陆海之地。”颜师古注:“高平曰陆。关中地高,故称耳。海者,万物所出。言关中山川物产饶富,是以谓之陆海也。”蓝田:县名,在今陕西省。产美玉。境内有蓝田山,亦出美玉,故又名“玉山”。

(54)商、洛、鄠(hù 户)、杜:指商、上雒、鄠、杜阳四县。据《汉书·地理志下》载,汉代商县、上雒县属弘农郡,鄠县、杜阳县属扶风郡。缘:环绕。隈(wēi 微):河流弯曲处。滨:靠近。

(55)陂(bēi 卑)、池:《尚书·泰誓上》:“台榭陂池。”孔安国传:“泽障曰陂,停水曰池。”交属(zhǔ 主):交错相连。

(56)近蜀:《文选》李善注:“言秦境富饶,与蜀相类,故号近蜀焉。”

(57)九嵕(zōng 宗)、甘泉:均山名。灵宫:指甘泉山上的甘泉宫。渊:即王褒,字子渊。云:即扬雄,字子云。《后汉书·班固传》李贤注:“阴谓北也。九嵕山尤高峻,故称冠云。甘泉山在云阳北,秦始皇于上置林光宫,汉又起甘泉宫、益寿、延寿馆、通天台,故云‘秦、汉之所极观’。王褒字子渊,作《甘泉颂》,扬子云作《甘泉赋》,故云‘渊云颂叹’。”

(58)郑白之沃:即郑渠、白渠灌溉形成的沃野。《史记·河渠书》:“韩闻秦之好兴事,欲罢之,毋令东伐,乃使水工郑国间说秦,令凿泾水自中山西邸瓠口为渠,并北山东注洛三百余里……于是关中为沃野,无凶年,秦以富强,卒并诸侯,因命曰郑国渠。”《后汉书·班固传》李善注:“武帝时,赵中大夫白公奏穿渠引泾水,首起谷口,尾入栎阳,溉田四千余顷,因名白渠。时人歌之曰:‘田于何所?池阳谷口。郑国在前,白渠起后。举臿为云,决渠为雨。泾水一石,其泥数斗。且溉且粪,长我禾黍。衣食京师,亿万之口。’”提封:总共。王念孙《广雅疏证·释训》:“提封即都凡之转。‘提封万井’,犹言‘通共其万井耳’。”疆埸(yì 亦):田界。《诗·小雅·信南山》:“我疆我理。”毛传:“疆,画经界也。”又曰:“疆埸翼翼。”毛传:“埸,畔也。”绮分:指田界纵横交错如罗绮一般纷繁。分,一作“纷”。《文选》吕延济:“绮纷,刻镂,龙鳞,皆地之畦疆相交错成文章。”

(59)沟:田间水道。《周礼·冬官·匠人》:“九夫为井,井间广四尺,深四尺,谓之沟。”塍(chéng 成):田埂。《说文》:“塍,稻中畦也。”原隰(xí 习):广平的原野和低洼的湿地。《尔雅·释地》:“广平曰原”,“下溼(湿)曰隰”。陆德明《经典释文》:“溼,俗作濕(湿)。”刻镂、龙鳞:指一块田地刻削得如龙鳞一般。《后汉书·班固传》李贤注:“刻镂谓交错如镂也……言如龙鳞之五色也。”

(60)“决渠”句:《文选》张铣注:“渠以灌苗,故比雨;插可致水,故比云。插,锹也。”插:通“锸”。

(61)五谷:五种谷物。一说指稻、菽、麦、稷、黍。见《周礼·夏官·职方氏》“其谷宜五种”郑玄注等。另一说有麻无稻,见《周礼·天官·疾医》“以五味五谷五药养其病”郑玄注等。又一说指麦、稻、麻、菽、禾,见《初学记·宝器部》引

《范子计然》。后五谷成为粮食作物的通称，并不一定限于五种。垂颖：垂下的禾穗。《诗·大雅·生民》："实坚实好，实颖实栗。"孔颖达疏："颖是禾穗之挺……言其穗重而颖重也。"铺棻：散布纷繁。形容桑麻生长繁茂。陆德明《经典释文》："铺……陈也。"《文选》李善注："'棻'与'纷'古字通。"是"棻"为"纷"之借字。

㉒通沟大漕，溃渭洞河：指畅通的沟渠，巨大的漕运航道，与渭水黄河相通。《史记·河渠书》："(武帝元光中年)郑当时为大农，言曰：'异时关东漕粟从渭中上，度六月而罢，而漕水道九百余里，时有难处。引渭穿渠起长安，并南山下，至河三百余里，径，易漕，度可令三月罢；而渠下民田万余顷，又可得以溉田：此损漕省卒，而盛肥关中之地，得谷。'天子以为然，令齐人水工徐伯表，悉发卒数万人穿漕渠，三岁而通。"漕：水运粮、物。《文选》李周翰注："溃、洞皆通也。漕，水运也。言东郊有沟，通于河渭。泛舟可以通山东之运，亦与淮、湖、海通波澜。"控引：控制。淮：淮水。湖：洪泽湖等。《史记·河渠书》："自是之后，荥阳下引河东为鸿沟，以通宋、郑、陈、蔡、曹、卫，与济、汝、淮、泗会。"

㉓上囿禁苑：指帝王的苑囿。这里指上林苑。《文选》李善注："上囿、禁苑，即林苑也。"麓(lù 鹿)：山脚。薮(sǒu 叟)：《周礼·天官·大宰》："四曰薮牧。"郑玄注："泽无水曰薮。"

㉔陂池(pō tuó 坡驼)：同"陂陀"，倾斜不平的样子。《文选》刘良注："陂池，旁颓貌。蜀、汉，秦川二郡名。言林苑旁颓连此二郡。"缭：绕。《文选》李善注："缭，犹绕也。《三辅故事》曰：'上林连绵四百余里。'"

㉕"离宫"四句：《后汉书·班固传》李贤注引《三辅黄图》："上林有建章、承光等一十一宫，平乐、茧观等二十五馆，凡三十六所。"《文选》吕延济注："离宫别馆，谓天子行处别署所至之处。皆有池沼，故言往往。称神、灵，美之。"《文选》李善注及《后汉书·班固传》李贤注均引《三秦记》："昆明池中有神池，通白鹿原。"《诗·大雅·灵台》："王在灵沼，于牣鱼跃。"毛传："沼，池也。灵沼，言灵道行于沼也。"

㉖九真：汉郡名，其地在今越南境内。麟：谓九真所献之奇兽。《汉书·宣帝纪》："九真献奇兽。"颜师古注引晋灼曰："驹形，麟色，牛角，仁而爱人。"大宛：古西域国名，其地在前苏联境内。《史记·大宛列传》："大宛在匈奴西南，在汉正西，去汉可万里……多善马，马汗血。"《汉书·武帝纪》、《李广利传》、《西域传》均载，武帝太初四年(前 101)，贰师将军李广利斩大宛王首，获汗血马。黄支：古国名，其地在今印度境内，一说在今印度尼西亚境内。《汉书·平帝纪》及《王莽传》均载黄支国曾向汉王朝贡生犀牛。条支：古西域地名。《汉书》及《后汉书》之《西域传》均载条支临西海，当在今伊拉克境内，汉时属安息。《魏书·西域传》称波斯为"古条支国"。《后汉书·西域传》载条支出大鸟，其卵如瓮。《汉书·西域传上》："武帝始遣使至安息……(安息王)因发使随汉使者来观汉

地，以大鸟卵及犂靬眩人献于汉，天子大说。”

㉗崐崘：山名，一作“崑崙”、“昆仑”，在今新疆、西藏之间，西接帕米尔高原，东入青海省境内。山势层叠高峻，古时多有关于此山的神话传说，见《山海经》、《淮南子》等。《文选》李善注引《河图括地象》：“崑崙在西北，其高万一千里。”《文选》吕向注：“逾，越，过也。三万里，言所从来远也。”巨海：大海。或以为指今波斯湾、红海、阿拉伯海等等，其说不一。

㊳体象：取法，仿效。《文选》李善注引刘向《七略》：“王者师天地，体天而行。是以明堂之制，内有太室，象紫微宫；南出明堂，象太微。”坤灵：地神。《易传·坤·文言》：“（坤）地道也。”太紫：太微、紫宫两星垣。传统天文学中的三垣为太微垣、紫微垣、天市垣。其中，紫微垣亦称“紫宫”。《后汉书·霍胥传》：“呼嗟紫宫之门。”李贤注：“天有紫微宫，是上帝之所居也，王者之宫，象而为之。”圆方：天地。《后汉书·班固传》李贤注：“圆象天，方象地。”

㊴中天：天中。《文选》李周翰注：“中天，言高及天半。”华阙：华丽的门观。《说文》：“阙，门观也。”丰：扩大。朱堂：红色宫殿，指未央宫。《后汉书·班固传》李贤注：“丰，大也。冠山，谓在山之上也。”《文选》李周翰注：“丰，广也。冠山，言未央殿在龙首山上，如羡戴大冠。”

㊵瓌（guī 归）：珍奇，字亦作“瑰”。《文选》李善注引《埤苍》：“瓌玮，珍琦也。”《后汉书·班固传》李贤注引《埤苍》“瓌”作“瑰”，“琦”作“奇”。究奇：穷究奇巧。抗：举起。《文选》李善注：“应龙虹梁，梁形似龙而曲如虹也。”《广雅·释鱼》：“有翼曰应龙。”《文选》吕延济注：“瓌，美；究，尽；抗，举也。因美材，尽奇巧，举应龙之象梁曲如虹，故言虹梁。”

㊶列：布列，排开。棼（fén 坟）：楼上的梁。橑（liáo 辽）：椽。《说文》：“棼，复屋栋也；橑，椽也。”《文选》李善注引《说文》：“翼，屋荣也。”按，今本《说文》“翼”下无“屋荣”之训。荣，房至之飞檐。《仪礼·士冠礼》：“夙兴，设洗直于东荣。”郑玄注：“荣，屋翼也。”“屋荣”、“屋翼”可互训。栋：正梁。桴（fú 浮）：前梁。

㊷雕：治玉。《尔雅·释器》：“玉谓之雕，金谓之镂，木谓之刻。”瑱（tián 填）：柱下之石础。《广雅·释宫》：“磌，硕也。”王念孙疏证：“瑱与磌通。”《淮南子·说林训》：“山云蒸，柱础润。”高诱注：“础柱下石，硕也。”居楹：顶着楹柱。《说文》：“楹，柱也。”“裁金璧”句：裁制金璧以装饰椽头。珰（dāng 当）：屋椽头。《史记·司马相如列传》载《子虚赋》：“华榱璧珰，辇道缅属。”司马贞《索隐》：“韦昭曰：裁玉为璧，以当榱头。”

㊸渥采：光润的色彩。《后汉书·班固传》李贤注：“渥，光润也。”朗：明亮。《诗·大雅·既醉》：“高朗令终。”郑玄笺：“朗，明也。”景彰：影像鲜明。《文选》刘良注：“景，影；彰，明也。”按，“景”、“影”，古今字。

㊹城（cè 册）：台阶。字亦作“碱”。《三辅黄图·汉宫》：“青琐丹墀，左城右平。”挚虞《决疑要注》：“城者，为阶级也。”重轩：重叠的楼板。三阶：三层台阶。

《文选》吕延济注:“三阶,言南面之阶有三。”“三”当是约数。

⑮闺房:内室。《尔雅·释宫》:“宫中之门谓之闱,其小者谓之闺。”周通:四处通达。《汉书·高后纪》:“高后女主制政,不出房闼。”颜师古注:“闼(tà踏),宫中小门。”洞开:穿通。

⑯虡(jù巨):悬钟磬之木架,横木曰“簨”,直木曰“虡”。金人:指用铜铸的人。《史记·秦始皇本纪》:“(始皇)收天下兵,聚之咸阳,销以为钟鐻,金人十二,重各千石,置廷宫中。”司马贞《索隐》引《三辅旧事》:“铜人十二,各重三十四万斤,汉代在长乐宫门前。”端闱:《后汉书·班固传》李贤注:“端闱,宫正门也。”

⑰仍:《尔雅·释诂》:“仍,因也。”增崖:即“层崖”,高峻的山崖。《广雅·释诂》:“增,重也。”王念孙疏证:“增、曾、层并通。”衡阈:门限。《后汉书·班固传》李贤注:“衡,横也;阈,门限。”《文选》张铣注:“言端门因龙首增崖以为限。峻路,大路也。”扉:门扇。

⑱“徇以”四句:《后汉书·班固传》李贤注:“徇,犹绕也。崇,高也……焕,明也。言周回宫馆,明若列星之环绕紫宫也。”《文选》吕向注:“寝,寝室;崇台,高台;闲馆,闲居之馆。”列宿:众星。

⑲清凉……麒麟:均殿名。据《三辅黄图》载,未央宫有清凉殿、宣室殿、中温室殿、金华殿、太玉堂殿、中白虎殿、麒麟殿,长乐宫有神仙殿。又引《汉宫阁记》:“未央宫有长年殿。”区宇:指天下名胜。邦内为区,四方上下为宇。若兹:若此,像这样。殚:《后汉书·班固传》李贤注:“殚,尽也。”

⑳增盘:形容宫殿楼阁重层盘曲。《后汉书·班固传》李贤注:“增,重也;盘,屈也;……诡,异也。”崔嵬:高耸貌。《楚辞·九章·涉江》:“冠切云之崔嵬。”王逸注:“崔嵬,高貌也。”登降炤烂:形容宫殿楼阁上下辉映。《广雅·释诂》:“炤,明也。”《文选》李善注:“烂,亦明也。”

㉑诡制:形体怪异。《文选》吕延济注:“诡制,言形制谲诡,异于常见。”

㉒茵:车垫,指代舆车。《说文》:“茵,车重席也。”或以为一种四人抬的轿。辇:人拉的车。汉后为人君之乘。步辇:即乘辇。《文选》李善注引应劭《汉官仪》:“皇后、婕妤乘辇,余皆以茵,四人舆以行。”惟所息宴:随处可以休息。《文选》刘良注:“所至之处,皆可宴息。”《广雅·释诂》:“宴,息,安也。”

㉓掖庭、椒房:均宫室名。《文选》李善注引《汉官仪》:“婕妤以下,皆居掖庭。”又引《三辅黄图》:“长乐宫有椒房殿。”《后汉书·班固传》李贤注引《三辅黄图》同。然今本《三辅黄图》卷三载椒房殿在未央宫。《玉海》卷一百五十六“宫室”所引与今本同。未详孰是。合欢、增城、安处、常宁、茝若、椒风、披香、发越、兰林、蕙草、鸳鸾、飞翔:均殿名,详见《三辅黄图》。

㉔昭阳:殿名。《后汉书·班固传》李贤注:“昭阳殿,成帝赵昭仪所居也。”《汉书·外戚传下·孝成赵皇后》:“皇后既立,后宠少衰,而弟绝幸,为昭仪,居昭阳舍。”特盛:特别盛饰。孝成:汉成帝刘骜,元帝子。《文选》吕向注:“昭阳,

殿名,成帝作也。特,独也。呈,亦露也。裛(yì 亦),缠。络,绕也。言皆以藻绣、编绶缠绕,不露其土木。"藻绣:有文彩的刺绣物。《文选·曹植〈七启〉》:"华藻繁缛。"李善注:"藻,文采也。"纶连:青丝带结成的网络。《文选》李善注引《说文》:"纶,纠青丝绶也。"

(85)随侯明月:随侯珠。《淮南子·览冥训》:"譬如隋侯之珠,和氏之璧,得之者富,失之者贫。"高诱注:"隋侯,汉东之国姬姓诸侯也。隋侯见大蛇伤断,以药傅之。后蛇于江中衔大珠以报之。因曰隋侯之珠,盖明月珠也。"釭(gāng 刚):车毂中孔。此为宫室壁带上之环状饰物,以形似釭,故称。《汉书·外戚传下·孝成赵皇后》:"壁带往往为黄金釭,函蓝田璧,明珠、翠羽饰之。"颜师古注:"壁带,壁之横木露出如带者也。于壁带之中,往往以金为釭,若车釭之形也。"列钱:《文选》李善注:"列钱,言金釭衔璧,行列似钱也。"全句意为壁带上的金釭含璧,似钱排列。

(86)翡翠:宝石名。火齐:珠名。《文选》李善注引《韵集》:"玫瑰,火齐珠也。"《后汉书·班固传》李贤注引作:"火齐,珠也。"流耀:光彩流动。含英:含有光泽。《文选》吕向注:"英,明也。言流光含明也。"悬黎、垂棘:美玉名。《战国策·秦策三》:"臣闻周有砥厄,宋有结绿,梁有悬黎,楚有和璞。此四宝者,工之所失也,而为天下名器。"《史记·范雎蔡泽列传》作"县藜",裴骃《集解》:"县藜,一曰美玉。"《左传·僖公二年》:"晋荀息请以屈产之乘与垂棘之璧,假道于虞以伐虢。"杜预注:"垂棘出美玉,故以为名。"夜光:宝珠名。

(87)玄:黑色。墀(chí 迟):《后汉书·班固传》李贤注:"墀,殿上地也。"《文选》张铣注:"玄墀,以漆饰墀。墀,阶也。"钔(kòu 扣)砌:铜饰门限。《说文》:"钔,金饰器口。"玉阶:以玉饰台阶。彤庭:以朱漆涂庭。《汉书·外戚传下·孝成赵皇后》:"居昭阳舍,其中庭彤朱,而殿上髹(xiū 休)漆。切皆铜沓黄金涂,白玉阶。"颜师古注:"切,门限也。""阶,所由升殿阶也。"

(88)碝(ruǎn 软)、碱(qí 奇)、琳、珉(mín 民):《说文》:"碝,石次玉者。""琳,美玉也。""珉,石之美者。"《文选》李善注:"碱,碝类也。"彩致:光彩细密。青荧:玉石发出的青光。《后汉书·班固传》李贤注:"彩致,其文理密也。青荧,其光色也。"

(89)"珊瑚"二句:《后汉书·班固传》李贤注:"《汉武故事》曰:'武帝起神堂,植玉树,葺珊瑚为枝,以碧玉为叶。'……谓以珠玉假为树而植之于殿曲。"按,珊瑚为海中一种腔肠动物之骨骼,形似树枝。《史记·司马相如列传》载《上林赋》:"珊瑚丛生。"张守节《正义》:"郭(璞)云:'珊瑚生水底石边,大者树高三尺余,枝格交错,无有叶。'"

(90)飒纚(xǐ 洗):长袖舞动的样子。《文选》李善注引薛综《西京赋注》:"飒纚,长袖貌也。"绮:织纹起花的丝织品。《说文》:"绮,文缯也。"组:丝带。《尚书·禹贡》:"厥篚玄纁玑组。"孔安国传:"组,绶类。"精曜华烛:《后汉书·班固传》李贤注:"烛,照也。言精彩华饰照耀也。"俯仰如神:言宫中美女姿态非同凡人。

㉑后宫之号,十有四位:《汉书·外戚传序》:"汉兴,因秦之称号……(帝)適(嫡)称皇后,妾皆称夫人。又有美人、良人、八子、长使、少使之号焉。至武帝制倢伃、娙娥、傛华、充依,各有爵位,而元帝加昭仪之号,凡十四等云。"《文选》李善注:"昭仪位视丞相,婕妤视上卿,姮嫦视中二千石,傛华视真二千石,美人视二千石,八子视千石,充依视千石,七子视八百石,良人视七百石,长使视六百石,少使视四百石,五官视三百石,顺常视二百石,无涓、共和、娱灵、保林、良使、夜者皆视百石。"号:爵号。位:等次。窈窕:心地、容貌美好。《诗·周南·关雎》:"窈窕淑女,君子好逑。"扬雄《方言》:"秦晋之间,美心为窈,美状为窕。"繁华:华丽。更、迭:更替。

㉒百寮(liáo 僚):百官。萧、曹、魏、邴(bǐng 丙):指萧何、曹参、魏相、邴吉,汉代四位丞相。邴,《汉书·宣帝纪》作"邴",本传作"丙"。《汉书·魏相丙吉传赞》:"近观汉相,高祖开基,萧曹为冠,孝宣中兴,丙魏有声。"谋谟:划策。《尚书·大禹谟》:"禹谟曰。"孔安国传:"谟,谋也。"

㉓佐命、辅翼:谓辅佐天子。垂统:传下帝业。《后汉书·班固传》李贤注:"统,业也。"成化:成就教化。化,德化。流:传布。恺悌:和乐平易。《左传·僖公十二年》:"恺悌君子,神所劳矣。"杜预注:"恺,乐也;悌,易也。"荡:扫除。亡秦之毒螫(zhē 遮):语出王褒《四子讲德论》:秦"违三王,背五帝,灭诗书,坏礼义,信任群小,憎恶仁智……处位而任政者,皆短于仁义,长于酷虐……吹毛求疵,并施螫毒"。《说文》:"螫,虫行毒也。"

㉔斯人:指上文萧何等。乐和:音乐和谐。《吕氏春秋·孟夏纪·音初》:"故君子反道以修德,正德以出乐,和乐以成顺,乐和而民乡方矣。"画一之歌:《汉书·曹参传》:"参为相国三年,薨,谥号懿侯。百姓歌之曰:'萧何为法,较若画一;曹参代之,守而勿失。载其清靖,人以宁一。'"画一:一致,一律。

㉕著:显露,表现。《后汉书·班固传》李贤注:"祖宗,谓高祖、中宗也。"洽:沾润。《尚书·大禹谟》:"好生之德,洽于民心。"孔颖达疏:"洽谓沾渍优渥。洽于民心,言润泽多也。"黎庶:黎民百姓。

㉖天禄、石渠:汉代两处藏书阁。《后汉书·班固传》李贤注:"《三辅故事》曰:'天禄、石渠并阁名,在未央宫北,以阁秘书。'谆诲,谓殷勤教告也。……《六艺》谓《诗》、《书》、《礼》、《乐》、《易》、《春秋》也。稽,考也。"《文选》张铣注:"故老,名儒,师傅,并先生称也。稽,考也,考校典籍之同异。"故老:老臣。

㉗承明:庐名。《汉书·严助传》:"君厌承明之庐。"颜师古注引张晏曰:"承明庐在石渠阁外。直宿所止曰庐。"金马:《后汉书·班固传》李贤注:"金马,署名也。门有铜马,故名金马门,待诏者皆居之。"著作:著述,写作。大雅宏达:指博学之雅士。《文选》李善注:"大雅,谓有大雅之才者。《诗》有《大雅》,故以立

称焉。”于兹为群：在此集结、等待。元元本本：深得典籍根本。殚见洽闻：见闻精深广博。《文选》张铣注：“殚，尽也；洽，遍也。”

⑱启发篇章：阐述典籍主旨。校理秘文：校刊整理秘文。《文选》吕延济注：“启，开也。校理幽秘之文也。”秘：一作“祕”。《后汉书·班固传》李贤注：“祕文，祕书也。”

⑲周：环绕。钩陈：星名。卫：护卫。总：集合。群：聚集。《后汉书·班固传》李贤注：“周，环也。《前书（即《汉书》）音义》曰：‘钩陈，紫宫外星也，宫卫之位亦象之。’严更之署，行夜之司也。礼官，奉常也，有博士掌试策，考其优劣，为甲乙之科。……言百郡，举全数。”廉孝：汉举官吏之科目，指廉洁之士和孝子。《汉书·武帝纪》：“元光元年冬十一月，初令郡国举孝廉各一人。”颜师古注：“孝谓善事父母者，廉谓清洁有廉隅者。”

⑳虎贲（bēn 奔）：皇帝的卫士。赘（zhuì 缀）衣：掌皇宫服御。典：主管执掌。《后汉书·班固传》李贤注：“虎贲，宿卫之臣。赘衣，主衣之官。……阉尹，阍寺，并宦官，《周礼》有阉人、寺人。陛戟，执戟于陛也。百重，言多也。”《文选》张铣注：“阉、寺，皆刑余人，掌宫禁门户。……司，主也，言各有所主。”

㉑庐：护卫官员值班的住处，见上文“承明金马”句注引《汉书》颜师古注。千列：千行。徼道：巡逻的道路。《后汉书·班固传》李贤注：“庐谓宿卫之庐，周于宫也。千列，言多也。……徼道，徼巡之道。绮错，交错也。”

㉒辇路：楼阁间以木架空的通道。《文选》李善注：“辇路，辇道也。《上林赋》曰：‘辇道𦅙属。’如淳曰：‘辇道，阁道也。’”经营：周旋往来。《文选·司马相如〈上林赋〉》：“酆、镐、潦、潏，纡余委蛇，经营乎其内。”李善注引郭璞曰：“经营其内，周旋苑中也。”修除：《后汉书·班固传》作“修涂”。修：长。涂：阁道。《史记·司马相如列传》载《上林赋》：“辇道𦅙属，步櫩周流，长途中宿。”裴骃《集解》引郭璞曰：“途，楼阁间陛道。”飞阁：架空建筑的阁道。

㉓未央、桂宫：《后汉书·班固传》李贤注：“未央宫在西，长乐宫在东，桂宫、明光宫在北，言飞阁相连也。”弥：《诗·大雅·生民》：“诞弥厥月。”毛亨传：“弥，终。”亘：拱贯，连接。

㉔凌：逾越。隥（dèng 邓）：《文选》李善注引薛综《西京赋注》：“隥，阁道也。”墉：墙。《广雅·释宫》：“墉：墙，垣也。”掍（hùn 混）：混同，连接。建章：宫名。《汉书·武帝纪》：“太初元年……二月，起建章宫。”颜师古注：“在未央宫西，今长安故城西俗所呼贞女楼者，即建章宫之阙也。”《文选》张铣注：“阁道出城，通达建章宫，宫与外相属。”

㉕璧门：建章宫的南门，以玉饰门，故名。凤阙：阙名。《汉书·郊祀志下》：“（武帝）于是作建章宫，度为千门万户……其东则凤阙，高二十余丈。”觚（gū 孤）棱：殿堂屋角的瓦脊上的角棱。因呈方角棱瓣形，故名。金爵：即金雀。《文选》李善注：“《三辅故事》曰：‘建章宫阙上有铜凤皇。’然金爵则铜凤也。”

⑩别风：阙名。《文选》李善注引《三辅故事》："建章宫东有折风阙。"又引《关中记》："折风，一名别风。"嶕峣（jiāo yáo 焦尧）：高耸的样子。眇：高远貌。《文选·陆机〈文赋〉》："志眇眇而临云。"李善注："眇眇，高远貌。"丽巧：壮丽巧妙。耸擢：耸起。《文选》吕向注："言高耸而擢出。"

⑩"千门万户"句：《文选》刘良注："阖，闭也。言宫殿千门万户皆夕闭朝开。夕为阴，朝为阳。"

⑩"尔乃"三句：《后汉书·班固传》李贤注："正殿，即前殿也。层，重也。临乎未央，言高之极也。"《文选》李善注："崔嵬，高貌也。"层构：层层构筑。厥：乃。未央：宫名。

⑩"经骀（dài 代）荡"四句：《后汉书·班固传》李贤注："《关中记》：'建章宫有骀荡、驭（sà 飒）娑、柂（yì 意）诣殿。'天梁亦宫名也。……盖戴，覆也。反宇，谓飞檐上反也。"《文选》李善注："激日景而纳光，言宫殿光辉外激于日，日景下照，而反纳其光也。"形容宫殿的光辉超过日光。

⑩神明：台名。《汉书·郊祀志下》："（武帝）立神明台，井幹楼，高五十丈，辇道相属焉。"颜师古注："《汉宫阁疏》云：'神明台高五十丈，上有九室，恒置九天道士百人。'然则神明、井幹俱高五十丈也。"郁：高出的样子。偃蹇而上跻：《后汉书·班固传》李贤注："跻，升也。偃蹇，高貌也。轶，过也。《前书（谓《汉书》）音义》曰：'凡数三分有二为太半。'"回带：环绕。霓、棼（fén 坟）：《说文》："霓，屈虹，青赤或白色"；"棼，复屋栋也"。段氏"霓"下注云："《释天》曰：'蝃蝀，虹也。'……郭云：'双出，色鲜盛者为雄，曰虹；暗者为雌，曰霓。'"楣：《尔雅·释宫》："楣谓之梁。"郭璞注："门户上横梁。"《文选》张铣注："特，独也。……言此台高而上升，二分过云雨之上。虹霓回带于棼楣，言萦曲若佩带于椽槛。"

⑪轻迅：行动轻快敏捷。僄（piào 票）狡：轻捷勇猛。扬雄《方言》："僄，轻也。"愕眙（chì 赤）：惊视的样子。《文选》李善注："郑玄《礼记注》曰：'狡，疾也。'……《字书》曰：'愕，惊也。'……《字林》曰：'眙，惊貌。'"按：李贤引《礼记》郑玄注及《字书》、《字林》与李善同。然今《礼记》无此注，未详何故。《文选》张铣注："言虽捷疾之人，亦惊惧不能升。"

⑫井幹（hán 寒）：台名。眴（xuàn 炫）：眼昏。《说文》："旬，目摇也。……眴，旬或从目旬。"意迷：神志迷乱。

⑬棂（líng 灵）：栏杆或窗上的格子。《说文》："棂，楯间子也"；"稽，留止也"。却倚：退靠。悦悦（huǎng 恍）：心神不定的样子。失度：失态。巡：寻找。回涂：回去的路。下低：向下走。《文选》李周翰注："舍栏倚立，若已坠矣，而复留止。魂神失度，下就低处。"

⑭惩惧：恐惧。《广雅·释言》："惩，恐也。"降：往下走。周流：四处徘徊。《文选·扬雄〈甘泉赋〉》："据軨轩而周流兮。"李善注："周流，流行周遍也。"甬道：复道。楼阁之间的通道。《淮南子·本经训》："甬道相连。"高诱注："甬道，

飞阁复道也。”萦纡：回旋曲折。《说文》：“萦，收卷也”；“纡，诎也”。段玉裁注：“诎者，诘诎也。今人用屈，曲字，古人用诘诎，或单用诎字。”杳窱（yǎo tiǎo 咬窕）：《说文》：“窱，杳窱也。”《广雅·释诂》：“幽、暗、窈、窱，深也。”王念孙《广雅疏证》：“窈、窅、杳并通。”阳：《后汉书·班固传》李贤注：“阳，明也。既创前之登望，乃下巡于复道，宫宇深邃，又不见明者。”

⑮排：《广雅·释诂》：“排，推也。”飞闼（tà 踏）：高楼上的门。因临空，故曰。《后汉书·班固传》李贤注：“飞闼，阁上门也。”天表：天外。洋洋：广大无边的样子。《楚辞·九章·哀郢》：“焉洋洋而为客。”王逸注：“洋洋，无所归貌也。”《文选》刘良注：“言自阁道排门出望，若目见天外，洋洋然不知所归。”

⑯唐中：地名。《史记·封禅书》：“于是作建章宫……其西则唐中，数十里虎圈。其北治大池，渐台高二十余丈，命曰太液池，中有蓬莱、方丈、瀛洲、壶梁，象海中神山龟鱼之属。”沧海：大海。形容太液池广大如海。汤汤（shāng 商）：形容水大浪高。碣石：山名，在河北省昌黎县。《尚书·禹贡》：“夹右碣石，入于河。”这里是借喻。碣石是秦皇汉武到过的著名地方，这里指在太液池上筑山以为名。神岳：形容碣石。嵱嵱：《文选》吕延济注：“嵱嵱，水激山之声。又于池为三山，象瀛洲、方壶、蓬莱。蓬莱在二山之中央。”《列子·汤问》：“八纮九野之水，天汉之流，莫不注之，而无增无减焉。其中有五山焉：一曰岱舆，二曰员峤，三曰方壶，四曰瀛洲，五曰蓬莱。”滥：泛滥。这里指激荡、浸漫。

⑰灵草冬荣，神木丛生：《文选》李善注：“神木，灵草，谓不死药也。”冬荣：冬天开花。岩：险要，险峻。《左传·隐公元年》：“公曰：制，岩邑也。”杜预注：“岩，险。”崷崒（qiú zú 求卒）：高峻貌。《广韵·尤部》：“崷，崷崒，山峻貌。”《后汉书·班固传》李贤注：“峥嵘，高峻也。”

⑱抗：上举。《文选》张铣注：“抗，举也。”承露：武帝于神明台上作承露盘，立铜仙人舒掌承接甘露，以为饮之可延年。《汉书·郊祀志上》：“（武帝）又作柏梁、铜柱、承露仙人掌之属矣。”颜师古注：“《三辅故事》云：‘建章宫承露盘高二十丈，大七围，以铜为之，上有仙人掌承露，和玉屑饮之。’”擢：拔起。《文选》李善注：“《方言》曰：‘擢，抽也。’……金茎，铜柱也。”按，《方言》：“擢，拔也。”

⑲堨（ài 爱）：尘埃。《淮南子·兵略训》：“曳梢肆柴，扬尘起堨。”高诱注：“堨，埃。”清英：精华，指甘露。《文选》张铣注：“轶，过也；鲜，洁也；颢，白也。言过埃尘之上以承洁白清英之露。”

⑳骋：驰骋，施展。文成、五利：武帝时的两个方士。《史记·封禅书》：“齐人少翁以方见上……乃拜少翁为文成将军。……文成言：‘上即欲与神通，宫室被服非象神，神物不至。’乃作画云气车，乃各以胜日驾车辟恶鬼。又作甘泉宫，中为台室，画天地泰一诸鬼神，而置祭具以致天神。居岁余，其方益衰，神不至……于是诛文成将军，隐之。”又，“栾大，胶东宫人……因乐成侯求见言方……大言曰：‘……臣之师曰：黄金可成，而河决可塞，不死之药可得，仙人可致也。’

……乃拜大为五利将军。”丕诞：大骗术。丕，大。刑：法，法术。庶：庶几，几乎。松、乔：传说中的两个仙人。“松”即赤松子，传说中的仙人。《搜神记》卷一：“赤松子者，神农时雨师也。服冰玉散，以教神农。能入火不烧。”乔：《文选》李善注引《列仙传》：“王子乔者，周灵王太子晋也。道人浮丘公接上嵩高山。”按，“乔”即王子乔，又称王乔。高步瀛《文选李注义疏》：“杨慎《丹铅总录》、胡应麟《丹铅新录》皆辨王子乔、王乔作一人。”一说王子乔、王乔非一人。《史记·封禅书》：“而宋毋忌、正伯侨、充尚、羡门高最后皆燕人。”司马贞《索隐》：“顾氏案：裴秀《冀州记》云：‘缑山仙人庙者，昔有王乔，犍为武阳人，为柏人令，于此得仙，非王子乔也。’”《说文》：“趫……读若王子跻。”段玉裁注：“王子趫，盖即王子乔，周灵王太子晋也。又有王乔者，蜀武阳人也。……凡辞赋言‘乔、松’者，皆谓王乔，非王子乔。”神仙之说，本出古人附会，故王乔、王子乔是否为一仙，亦传说纷纭，未详孰是。固赋此“乔”究竟指谁，亦有待考证，段氏之说未见根据。攸：所。馆：居住。《尔雅·释言》：“攸，所也。”《文选》张铣注：“诞，犹术也。言驰骋二人之大术法，广为宫观，庶使赤松子、王乔游焉。此实列仙所馆之处，非我常人之所安。”

⑫盛：使动用法，使……隆盛。奋：奋力发挥。泰武：大武。《后汉书·班固传》李贤注：“谓大陈武事也。”《礼记·月令》：“孟冬之月……天子乃命将帅讲武，习射御，角力。”上：上等。囿：苑囿。上囿：这里指上林苑。因兹：借此。威：示威，威慑。戎、狄：皆异族。《礼记·王制》：“西方曰戎……北方曰狄。”《文选》吕延济注：“言其娱乐，以壮观望也。囿，育兽处。言讲武于此，以威戎狄。”

⑫荆州：古九州之一。汉荆州辖地约今湖北、湖南两省。起鸟：使鸟起飞，以便捕捉。梁野：梁州之野。梁州也是古九州之一。《尚书·禹贡》：“华阳黑水惟梁州。”《后汉书·班固传》李贤注：“荆州，江湘之地，其俗习于捕鸟，故使起之。梁野，巴汉之人，其俗习于逐兽，故使其人驱之。”

⑫阗(tián填)：充满。内阗：指充满禁苑。上覆：指覆盖禁苑上空。接翼侧足：指鸟羽相碰，兽脚相挤。《文选》吕向注：“毛群，兽类；飞羽，鸟类；接翼侧足，言多也；禁林，苑也；屯，聚也。”

⑫水衡：官名。《汉书·百官公卿表上》：“水衡都尉，武帝元鼎二年初置，掌上林苑。”颜师古注：“应劭曰：‘古山林之官曰衡。掌诸池苑，故称水衡。’”虞人：官名。《礼记·檀弓下》：“虞人致百祀之木。”郑玄注：“虞人，掌山泽之官。”《孟子·滕文公下》：“招虞人以旌。”赵岐注：“虞人，守苑囿之吏也。”营表：芟除草莱，树立标志，令狩猎士卒得以驱驰。《周礼·夏官·大司马》：“虞人莱所田之野为表。”郑玄注：“郑司农云：虞人莱所田之野，芟除其草莱，令车得驱驰也……芟除可陈之处后表之……表，所以识正行列也。”种别群分：指车骑步卒区别清清楚楚，各值所司。部曲有署：《文选》张铣注：“言部曲各有所主。”部曲：本古军队编制单位。《汉书·李广传》：“及出击胡，广行无部曲行陈。”《续汉书·百官

志一》云:“其领军皆有部曲。大将军营五部,部校尉一人……部下有曲,曲有军候一人。”此部曲指参加狩猎的队伍。有署:职责清楚。

⑫罘(fú 伏):捕禽兽的网。《集韵》作“罦”。《礼记·月令》:“田猎置罘。”郑玄注:“兽罟曰罝罘。”《说文》:“罦,兔罟也。”“罝,兔网也。”纮(hóng 宏):网索。《文选》李善注:“纮,罘之网也。”笼山络野:笼罩连接山野。《广雅·释诂》:“绕,络,缠也。”周匝:围绕。

⑬銮舆:天子的车驾,这里代天子。《后汉书·班固传》李贤注引蔡邕《独断》:“天子至尊,不敢渫渎言之,故托于乘舆。天子车驾有大驾、法驾、小驾。大驾则公卿奉引,备千乘万骑。法驾,公卿不在卤薄中,唯执金吾奉引,侍中骖乘。”披:拨开。飞廉:馆名。《汉书·武帝纪》:“(元封二年)作甘泉通天台、长安飞廉馆。”颜师古注:“应劭曰:飞廉,神禽能致风气者也。”《三辅黄图》:“飞廉观在上林,武帝元封二年作。飞廉,神禽能致风气者。武帝命以铜铸置观上,因以为名。”《文选》吕延济注:“言帅百官自飞廉馆而入苑。”

⑭酆镐(fēng hào 丰耗):《后汉书·班固传》李贤注:“酆,文王所都,在鄠县东。镐,武王所都,在上林苑中。”上兰:《汉书·元后传》:“校猎上兰。”颜师古注:“上兰,观名也,在上林中。”

⑮六师:即“六军”,周制天子可有六军。《周礼·夏官·司马》:“凡制军,乃有二千五百人为军,王六军。”《尚书·周官》:“司马掌邦政,统六师,平邦国。”此处“六师”指田猎队伍。殚:通“惮”。《后汉书·班固传》李贤注:“骇殚,言惊惧也。”震震:车轮滚动之声。爚爚(yuè 跃):光亮耀目。形容刀光剑影。涂地:指草木被压踩侧伏地上。反覆:形容山动地摇。蹂躏:践踏。拗怒:抑制忿怒。言且抑六师之怒而少停也。

⑯期门:官名,掌兵器护卫。佽(cì 次)飞:官名,主管弋射。《汉书·百官公卿表上》:“期门掌执兵送从,武帝建元三年初置……平帝元始元年更名虎贲郎。”又《东方朔传》:“建元三年,微行始出……八九月中,与侍中、掌侍、武骑及待诏陇西、北地良家子弟能骑射者期诸殿门,故有‘期门’之号自此始。”又《百官公卿表上》:“少府……属官有……左弋……武帝太初元年更名……左弋为佽飞。……佽飞,掌弋射。”列刃鑽鍭(hóu 喉):一起举刀拉弓。即亮出兵器,做好迎击禽兽准备。鑽:通“攒”。《史记·司马相如列传》载《大人赋》:“鑽罗列聚。”《汉书》作“攒”。《文选》李善注引《苍颉篇》:“攒,聚也。”鍭:《尔雅·释器》:“金镞翦羽谓之鍭。”要(yāo 腰):通“邀”,迎着,拦阻。趹(jué 决):奔跑。《广雅·释诂》:“赽,疾也。”王氏疏证:“‘趹’与‘赽’同义。”高步瀛《文选李注义疏》:“要趹,言禽兽疾奔者,则要取之也。”

⑰丝:指网。值锋:碰到刀刃上。机:弩机。《鬼谷子·飞箝》:“为之枢机。”陶弘景注:“机,所以主弩之放发。”掎(yǐ 已):发射。《说文》:“掎,偏引也”;“控,引也……匈奴名引弓曰控弦”。中必叠双:指一箭双雕。

⑬飑飑(biāo 标)纷纷:《文选》李善注:"飑飑纷纷,众多之貌也。"此处是形容箭镞纷飞。矰(zēng 增):系生丝的箭。缴(zhuó 浊):射鸟时系在箭上的生丝绳。《淮南子·说山训》:"好弋者先具缴与矰。"高诱注:"缴,大纶;矰,短矢,缴所以系者。"

⑬风毛雨血:毛如风,血如雨。赤:《文选》吕向注:"平原赤,言血染。"亦作"空净无物"讲,与下文"草木无余,禽兽殄夷"及"原野萧条"等句相呼应。猨狖(yuán yòu 袁诱):泛指猿猴。猨,同"猿"。狖,猿的一种。失木:从树上掉下来,形容恐惧之甚。豺(chái 柴):兽名。《说文》:"豺,狼属,狗声。"慑窜:畏惧而逃亡。《后汉书·班固传》李贤注:"慑,惧也";"窜,走也"。

⑬趋险:奔赴险要之所。潜秽:幽深多草之处。《后汉书·班固传》李贤注:"潜,深也。秽,谓榛芜之林,虎兕之所居也。"穷虎:走投无路之虎。奔突:乱撞。兕:兽名,犀牛之一种。《尔雅·释兽》:"兕,似牛。"郭璞注:"一角,青色,重千斤。"狂:惊惧,狂乱。蹶(jué 决):倒,颠仆。触蹶:因惊恐碰击而跌倒。

⑬许少、秦成:皆古代勇士。这里是借用。形容当时斗兽猛士。《文选》李周翰注:"许少,古捷人;秦成,壮士也。"施巧:施展技巧。力折:以武力制服。

⑬掎(yǐ 已):拖住。《汉书·叙传上》:"刘季逐而掎之。"颜师古注:"掎,偏持其足也。"扼:掐住。指对吃人的野兽要掐住其脖子。《后汉书·班固传》李贤注:"僄狡,兽之轻捷者……噬,啮也。挫,折也。脰(dòu 豆),颈也。徒,空也。谓空手捕杀之也。"猛噬:指凶猛噬人之兽。独杀:独自与兽拚杀。《文选》李周翰注:"或脱其角,或折其颈而杀之。"

⑬师:通"狮"。螭(lí 离):《说文》"离"下云:"欧阳乔说:离,猛兽也。"按,李善引"离"作"螭",是"离"、"螭"古通。犀:犀牛。犛(máo 毛):长髦牛。《说文》:"犛,西南夷长髦牛也。"《山海经·中山经》:"荆山……其中多犛牛。"郭璞注:"旄牛属,黑色,出西南徼外也。"罴(pí 皮):兽名。《诗·大雅·韩奕》:"赤豹黄。"孔颖达疏:"罴,有黄罴,有赤罴,大于熊。"《尔雅·释兽》:"罴,如熊,黄白文。"郭璞注:"似熊而长头高脚,猛憨多力,能拔树木,关西呼曰貑熊。"超:跨过。洞壑:深沟。

⑬蹶巉(chán 缠)岩:踏过高峻的山岩。蹶,踏。巉,通"崭"。《楚辞·招隐士》:"谿谷崭岩兮水曾波。"王逸注:"崭岩,险峻貌。"钜:大,通"巨"。隤(tuí 颓):崩落。《广雅·释诂》:"碎、崩、隤,坏也。"殄(tiǎn 舔):灭绝。夷:杀尽。《文选》李周翰注:"洞壑,深壑;峻,高也。言越深壑高崖。……仆,倒。言蹶巉岩令大石下落,击其松柏,草木摧倒无余也。殄,尽也;夷,杀也。谓尽杀禽兽。"

⑬属玉之馆:观名。属玉是水鸟。长杨之榭:长杨宫里的台榭。《三辅黄图》:"长杨宫,在今盩厔县东南三十里。……宫中有垂杨数亩,因为宫名。"榭:《尔雅·释宫》:"阇谓之台,有木者谓之榭。"邢昺疏:"积土四方而高者名台……于此台上有木起屋者名榭。"体势:气势。

⑬⑨萧条：寂寥，深静。《楚辞·远游》："山萧条而无兽兮。"王逸注："溪谷寂寥而少禽也。"极：穷尽。四裔：四方远处。《左传·文公十八年》："投诸四裔。"杜预注："裔，远也。"《文选》张铣注："尽望四裔，无草木，但有禽兽相枕而死。"

⑭⓪胙（zuò 作）：祭肉。《后汉书·班固传》李贤注："胙，余肉也。"炰（páo 刨）：带毛烧烤。《汉书·杨恽传》载《报孙会宗书》："烹羊炰羔。"颜师古注："炰，毛炙肉也。"腾：奔驰。酒车：载酒的车。割鲜：切割鲜肉。《汉书·陆贾传》："数击鲜，毋久溷女为也。"颜师古注："鲜谓新杀之肉也。"釂（jué 爵）：把酒器中的酒喝干。《礼记·曲礼上》："长者举未釂，少者不敢饮。"郑玄注："尽爵曰釂。"《文选》张铣注："烽，燧火也。言举火以促饮。"

⑭①飨（xiǎng 响）赐：赏赐。《文选》吕延济注："飨赐，谓士卒也。劳者厚之，逸者薄之，故言齐。"大路：君王车驾，亦作"大辂"。銮：通"鸾"，车铃。《周礼·夏官·大驭》："凡驭路仪，以鸾和为节。"郑玄注："鸾在衡，和在轼，皆以金为铃。"容与：从容舒缓貌。《史记·司马相如列传上》载《子虚赋》："于是楚王乃弭节徘徊，翱翔容与。"司马贞《索隐》引郭璞注："容与，言自得。"

⑭②集：聚集。豫章：观名。《三辅黄图》卷五："豫章观，武帝造，在昆明池中，亦曰昆明观。又一说曰：上林苑中有昆明池馆，盖武帝所置。"昆明池：池名。《汉书·武帝纪》："（元狩三年）发谪吏穿昆明池。"颜师古注："臣瓒曰：……昆明池……在长安西南，周回四十里。"牵牛、织女：昆明池中两座石像。《文选》李善注引《汉宫阙疏》："昆明池有二石人，牵牛织女像。"云汉：天河。《诗·大雅·棫朴》："倬彼云汉。"毛亨传："云汉，天河也。"涯：水边。

⑭③荫蔚：草木茂盛。《文选》李善注引《苍颉篇》："蔚，草木盛貌。"隄（dī 低）：堤坝。《说文》："隄，唐也。"段玉裁注："唐、塘，正俗字。"茝（zhǐ 止）：香草名，又名白芷、芷。《楚辞·离骚》："岂惟纫夫蕙茝。"王逸注："茝，白芷也。"又《离骚》："扈江离与辟芷兮。"王逸注："芷幽而香。"晔晔（yè 业）：茂盛貌。《说文》："皣，草木白华也。"段玉裁注于"皣"下注引《文选·班固〈西都赋〉》"晔晔"作"皣皣"，并依李善注改《说文》"白华也"为"白华貌"。按，依段氏《西都赋》当为"皣"字。然今各本皆作"晔"，《蜀都赋》亦有"晔晔猗猗"语。可见《西都赋》"晔"字不误。《文选·宋王〈神女赋序〉》："美貌横生，晔兮如华。"李善注："晔，盛貌。"《汉书·叙传下》："世宗晔晔。"颜师古注："晔晔，盛貌也。"《后汉书·班固传》李贤注亦云："晔晔猗猗，美茂之貌。"皆其证。猗猗（yī 衣）：美盛的样子。《诗·卫风·淇奥》："绿竹猗猗。"毛亨传："猗猗，美盛貌。"

⑭④摛（chī 吃）、布：舒张展开。《说文》："摛，舒也。"陂：《广雅·释地》："陂，池也。"《文选》吕向注："如舒布锦绣，烛耀于塘陂。陂即昆明池。"

⑭⑤玄鹤：黑鹤。《汉书·司马相如传上》载《子虚赋》："双鸧下，玄鹤加。"颜师古注："玄鹤，黑鹤也。"白鹭：水鸟名，又名鹭、白鸟、舂鉏。羽毛洁白，脚高颈长而喙强，栖息水边。《尔雅·释鸟》："鹭，舂鉏。"郭璞注："白鹭也。"邢昺疏：

"《诗·陈风·宛丘》'值其鹭羽',陆玑疏云:'鹭,水鸟也,好而洁白,故谓之白鸟。齐鲁之间谓之舂鉏,辽东、乐浪、吴扬人皆谓之白鹭,青脚,高尺七八寸,尾如鹰尾,喙长三寸,头上有毛十数枚,长尺余,毵毵然与众毛异好,欲取鱼时则弭之。今吴人亦养焉。"黄鹄(hú 胡):即天鹅。《说文》:"鹄,鸿鹄也。"段玉裁注据《文选·班固〈西都赋〉》李善注引《说文》改"鸿"为"黄",并云:"凡经史言鸿鹄者,皆谓黄鹄。"鵁(jiāo 交):鸟名。《尔雅·释鸟》:"鳽,头鵁。"郭璞注:"似凫,脚近尾,略不能行,江东谓之鱼鵁。"鹳(guàn 贯):一种水鸟。《诗·豳风·东山》:"鹳鸣于垤。"郑玄笺:"鹳,水鸟也。将阴雨则鸣。"鸧鸹(cāng guā 仓瓜):鸟名,大如鹤。《尔雅·释鸟》:"鸧,麋鸹。"郭璞注:"今呼鸧鸹。"鸨(bǎo 保):鸟名。《汉书·司马相如传上》载《上林赋》:"鸿鹔鹄鸨。"颜师古注:"郭璞曰:'……鸨似雁而无后指'……师古曰:'……鸨即今俗呼为独豹者也。豹者,鸨声之讹耳。'"鶂(yī 衣):水鸟,又作"鹢"。《穀梁传·僖公十六年》:"六鶂退飞过宋都。"《春秋》作"鹢"。裴骃《史记集解》引《汉书音义》:"鹢,水鸟也。"凫(fú 浮):鸟名,即野鸭。鹥(yī 衣):鸥的别名。《诗·大雅·凫鹥》:"凫鹥在泾。"毛传:"凫,水鸟也;鹥,凫属。"鸿雁:《诗·小雅·鸿雁》:"鸿雁于飞。"毛传:"大曰鸿,小曰雁。"云集雾散:《文选》李周翰注:"云集雾散,众多往来貌。"

⑭⑥栈辂(zhàn lù 站路):卧车。《文选》李善注引《埤苍》:"栈,卧车也。"龙舟:《文选》吕向注:"龙舟,画龙于舟。"凤盖:帝王仪仗用之凤凰伞。《文选》李善引桓谭《新论》:"乘车,王爪、华芝及凤凰三盖之属。"建:树立。华旗:华丽的旗帜。

⑭⑦祛(qū 区):除去。《文选》李善注引高诱《淮南子注》:"祛,举也。"黼(fǔ 府)帷:黑白相间的帷帐。《周礼·考工记·画缋》:"白与黑谓之黼。"《文选》吕向注:"镜,照也;靡,随也。……澹淡,浮貌。"

⑭⑧棹(zhào 赵)女:船女。棹,摇船的用具。讴:《说文》:"讴,齐歌也。"鼓吹:古代一种器乐合奏,汉代多用于军中。激越:指歌声高昂。《尔雅·释言》:"越,扬也。"謍(yíng 营):大声。《文选》李善注引《声类》:"謍,音大也。"《后汉书·班固传》李贤注:"謍,声也。"厉:《文选》李善注:"《韩诗》曰:'翰飞厉天。'薛君曰:'厉,附也。'"按,今本《毛诗·小雅·小宛》"厉"作"戾"。毛传:"戾,至也。""厉"、"戾"音义相近。翔:《说文》:"翔,回飞也。"窥:《广雅·释诂》:"窥,视也。"

⑭⑨白鹇(xián 闲):弓弩名,一说鸟名。《后汉书·班固传》李贤注:"招,犹举也。弩有黄间之名,此言白间,盖弓弩之属。本或作'白鹇,谓鸟也。"《太平御览》卷三百四十七引《风俗通》:"白鹇,古弓名。"《尔雅·释诂》:"下,落也。"《说文》:"揄,引也。"文竿:有花纹的钓鱼竿。《文选》李善注:"文竿,以翠羽为文饰也。"比目:鱼名。《尔雅·释地》:"东方有比目鱼焉,不比不行。其名谓之鲽。"郭璞注:"状似牛脾,鳞细,紫黑色,一眼,两片相合乃得行。今水中所在有之,江东又呼为王余鱼。"

⑮抚:持,按。《广雅·释诂》:"抚,持也。"鸿罿(chōng 冲):大网。御:执持,掌握。缯缴(zēng zhuó 曾酌):猎取飞鸟的射具。缯,同"矰",一种系有丝绳的短箭。缴,系在箭上的丝绳。方舟:并船。《诗·大雅·大明》:"造舟为梁。"毛传:"天子造舟,诸侯维舟,大夫方舟,士特舟。"孔颖达疏引李巡曰:"并两船曰方舟。"并骛:一同前进。《说文》:"骛,乱驰也。"俛仰:即"俯仰",指任意,无所拘束。

⑮风举云摇:形容天子出游队伍的行进如风云之飘动。《文选》李周翰注:"言如风云之摇举也。溥览,遍览也。岐,岐山;雍,雍县。言此中宫馆百有余所。朝夕行止,不改易其储蓄供具也。"乘:登,升。秦岭:这里指终南山。九嵕(zōng 宗):山名,在陕西省醴泉县,有九峰,故云。薄:《后汉书·班固传》李贤注:"薄,迫也。"河华:《文选》李善注:"河,黄河也;华,华山也。"岐雍:即岐山、雍水。岐山,在今陕西省岐山县。雍水,源出陕西省凤翔县,东汇沣水,经武功,入渭水。行所:即行在。朝夕:朝夕之间,喻其短促,也即时时改变所在。蔡邕《独断上》:"天子所在曰行在所。"储:储备物资。不改供:不改变供应。此意为应有尽有,满足供应。

⑮礼:敬神,祭祀。接:祭祀。《后汉书·班固传》李贤注:"接,亦祭也。"此句《文选》张铣注:"上下,谓天地也。究,尽也。休,美也。祐,福也。言礼天地山川之神,以尽美福之用。"游童:戏游的童稚。讙(huān 欢)谣:欢乐的歌谣。讙,通"欢"。第:等第,次第,即分等级。从臣:侍从之臣。嘉颂:赞美的颂辞。

⑮都、邑:泛指城市。大曰"都",小曰"邑"。属(zhǔ 主):连接。《后汉书·班固传》李贤注:"十代,百年,并举全数也。"按,"十代",当为"十世",盖李贤为避李世民讳改。基:根基,基业。家:指世家。士:指做官的人。名氏:名位姓氏。服:从事。先畴:祖先。高曾:祖先。粲乎:美盛貌。隐隐:盛貌。《文选》吕延济注:"言此时都邑繁多,以相连属也。国,诸侯国也。言藉十世余址也。大夫称家,亦承百年职业。士但食先人旧德族荫而已。农谓农人。先畴,先人畎亩。修,理也。鬻,卖也。言商人理代族所卖之物。工巧人亦用曾祖高祖之法则。粲乎隐隐,明盛貌。得其所,言不失业。"

⑮臣:《文选》李周翰注:"男子之贱称,古人谦退,皆称之。此宾之自谓也。"旧墟:指长安。又吕延济注:"徒,但也。旧墟,故居也。"遍举:全面说明。

(以下为《东都赋》部分注)

⑮喟(kuì 愧)然:叹息的样子。痛乎:伤痛之辞。移人:改变人。矜夸:矜持夸耀。《礼记·表记》:"不矜而庄。"郑玄注:"矜,谓自尊大也。"保界河山:借仗河山形势。王念孙《读书杂志》:"赋言保界河山,非谓保河山以为界也。今案'界'读为'介'。保、介,皆恃也。言恃河山以为固也。僖二十三年《左传》:'保君父之命而享其生禄。'《吕氏春秋·诚廉篇》:'阻兵而保威。'高、杜注并曰:'保,恃也。'襄二十四年《左传》:'以陈国之介恃大国,而陵虐于敝邑。'介,亦恃

也。《史记·十二诸侯年表》:‘晋阻三河,齐负东海,楚阻江淮。’阻、负、介,皆恃也。……《汉书·五行志》:‘虢介夏阳之阸,怙虞国之助。’介、怙,皆恃也。……《南粤传》:‘欲介使者权。’师古曰:‘介,恃也。’是保、介皆恃也。作‘界’者,假借字耳。”按,王说是。信识:的确了解。昭襄:秦昭襄王,武王异母弟。始皇:秦始皇,庄襄王之子。昭、襄、始皇分别见《史记·秦本纪》及《秦始皇本纪》。

⑯乌:何,哪里。云为:作为,言论和行事。开元:创始。奋:奋起。布衣:平民服饰,这里指平民百姓。数朞(jī 机):数年。朞,年。《尚书·尧典》:“朞,三百有六旬有六日,以闰月定四时成岁。”《文选》李善注:“高祖五年诛项羽,故曰数朞也。”万代、六籍:《后汉书·班固传》李贤注:“万代,盛言之也。六籍,《六经》也。”《文选》吕延济注:“元,始也;奋,起也;布衣,庶人之服;皇,大也……靡,无也。言数年间建万代之业,虽《六经》前圣,无能纪述。”

⑰功:当作“攻”。有:语词。《文选》张铣注:“横、逆,不顺也。言当时功讨虽横逆,而顺天人也。”高步瀛《文选李注义疏》:“当天,即应天。《吕览·无义篇》高诱注曰:‘当,应也。’又《贵信篇》注曰:‘当,犹应也。’”顺民:顺乎民心。指高祖入关,秦民争献牛酒。

⑱娄敬:汉代齐人,说服高祖都长安有功,赐刘姓。度势:审度形势。萧公:即萧何。拓:开拓。制:指建未央宫以显示刘汉气派。《汉书·高帝纪下》:“萧何治未央宫……上见其壮丽,甚怒,谓何曰:‘天下匈匈,劳苦数岁,成败未可知,是何治宫室过度也?’何曰:‘天下方未定,故可因以就宫室。且夫天子以四海为家,非令壮丽亡以重威,且亡令后世有以加也!’上说。”

⑲时岂泰而安:当时难道是太平安定。《文选》张铣注:“萧何权立宫殿以重威,时岂太平而安之?”或解为:时,通“是”;泰,奢侈;安,逸乐。似非是。吾子:对对方的一种尊敬的称呼。曾:竟。不是睹:不这样看。顾:反。曜:炫耀。末造:指西汉成帝等淫靡帝王。或解为末世建造,似不确。《后汉书·班固传》李贤注:“顾,反也。燿,眩燿也。言吾子曾不睹度执权宜之由,而反眩燿后嗣子孙末代之造,非其盛称武帝、成帝神仙、昭阳之事也。”

⑳建武:东汉光武帝刘秀年号,公元25～56年。永平:东汉明帝刘庄年号,公元58～75年。监:视,观。太清:天道。《淮南子·本经训》:“太清之始也,和顺以寂漠。”高诱注:“清,静也;太清,无为之始。”惑志:惑乱的意念。《文选》李周翰注:“将述二帝之理,示无为之化,以变宾惑乱之志。”

㉑王莽作逆:汉平帝死,王莽立孺子婴为帝,自称摄皇帝,三年即真,改国号曰新。详见《汉书·王莽传上》。祚:国统,皇位。《文选》李善注引贾逵《国语》注:“祚,位也。”中缺:指刘汉王朝中断。致诛:行诛。《后汉书·班固传》李贤注:“天人谓天意人事共相诛也。”《广雅·释诂》:“诛,责也。”六合:指上下四方。相灭:共灭。

㉒几:《左传·襄公十一年》:“不从晋,国几亡。”杜预注:“几,近也。”鬼神泯

绝:《左传·桓公六年》:“夫民,神之主也。”杜预注:“言鬼神之情依民而行。”《后汉书·班固传》李贤注:“生人既亡,故鬼神亦绝也。”

⑯③柩(jiù旧):已装尸体的棺材。《礼记·曲礼下》:“在床曰尸,在棺曰柩。”因人民大量死亡,暴尸荒野,无棺收敛,故曰“鏨无完柩”。郛(fú俘):外城。《左传·隐公五年》:“伐宋,入其郛。”杜预注:“郛,郭也。”因房屋遭兵燹焚烧,故曰“郛罔遗室”。厌:积满,充塞。《文选》李周翰注:“完,全;郛,郭;罔,无也。无全柩者,皆遇害死也。无遗室,谓被焚烧崩摧也。厌,犹积也。言人肉积原野,人血流川谷。”

⑯④秦项之灾:秦,指秦在统一过程中及秦始皇兼得天下后的肆意杀戮,详见《史记·秦本纪》及《秦始皇本纪》。项,指项羽在与秦争战中所造成的死亡和破坏,详见《史记·项羽本纪》、《汉书·项籍传》。克:《尔雅·释言》:“克,能也。”书契:文字。陆德明《经典释文》:“书者,文字。契者,剖木而书其侧。”未之或纪:没有记载过,旷古未有。

⑯⑤下人:下民,普通老百姓。号:呼号。上诉:向上诉告。《后汉书·班固传》李贤注:“上帝,天也。圣皇,光武也。怀,犹愍念也。降,下也。鉴,视也。言上天愍念下人之上愬,故下视四海可以为君者,而致命于光武也。”致命:下达命令。圣皇:指光武帝。按,“监”通“鉴”,视。《诗·商颂·殷武》:“天命降监,下民有严。”郑玄笺:“降,下也……天命乃下视下民。”

⑯⑥乾符:上天的符瑞。坤珍:地上的符瑞。皇图、帝文:指一些附会经义的谶纬之书。《文选》吕延济注:“握,持也……阐,开也……稽,考也。”《后汉书·班固传》李贤注:“乾符坤珍,谓天地符瑞也。皇图帝文,谓图纬之文也。”

⑯⑦赫然发愤:勃然发怒。应:响应。兴云:如滚滚兴起的黑云。昆阳:古县名,在今河南省叶县。新莽地皇四年(23),刘秀于此歼灭王莽主力,决定了王莽新朝的灭亡。凭怒:盛怒。凭,盛,大。

⑯⑧跨:据。北岳:恒山。高邑:县名,治所在今河北省柏乡县。公元25年,刘秀在县南千秋亭五城陌即帝位,建立东汉政权,改名高邑。河洛:黄河、洛水,此指洛阳。东汉都此。

⑯⑨此句《后汉书·班固传》李贤注:“绍,继也。屯,难也。”《文选》吕向注:“言百王屯难之后而光武继之。荡涤,犹除也。言造化始除其恶法也。”造化:天地自然之创造化育。《淮南子·原道训》:“乘云陵霄,与造化者俱。”高诱注:“造化,天地。”体元:谓置善德于身。也即所谓为人君者,正心而正朝廷,正百官,正万民,正四方。立制:创立制度。继天:承受天命。作:起。

⑰⓪系:继承。唐统:唐尧的传统。《文选·张衡〈东京赋〉》:“虽系以隤墙填堑。”李善注:“系,继也。”汉绪:大汉的功业。绪,业绩。《汉书·高帝纪》赞曰:“刘向……是以颂高祖云:汉帝本系,出自唐帝。”《后汉书·班固传》李贤注:“言光武能继唐尧之统业也。”《文选》刘良注:“言光武继唐尧之统,接前汉之绪。茂

育,犹滋养也。恢,大也。言滋养群生,大复前后之疆宇。勋,功也。在昔,谓先人也。三五,三皇五帝也。"按,三皇五帝,历来所指不一。李善引《春秋元命苞》,以伏羲、女娲、神农为三皇。《白虎通义·号》则以伏羲、神农、燧人为三皇,又引《礼》曰伏羲、神农、祝融为三皇。伪《尚书序》、皇甫谧《帝王世纪》等又以伏羲、神农、黄帝为三皇,等等。可见三皇之说自很早时就已纷纭而不可考。五帝之说亦然。《史记·五帝本纪》依《世本·五帝谱》、《大戴礼记·五帝德》等,谓黄帝、颛顼、帝喾、尧、舜为五帝。伪《尚书序》、皇甫谧《帝王世纪》等以少昊、颛顼(高阳)、高辛、唐尧、虞舜为五帝。《易传·系辞下》则谓五帝为伏羲(太皞)、神农(炎帝)、黄帝、尧、舜,等等。

⑰岂特:难道仅仅。方轨并迹:即并驾齐驱,"方轨"、"并迹"同义。纷纶:多貌,乱貌。纷纶后辟:指与众多帝王一样。《后汉书·班固传》李贤注:"轨,辙也。纷纶,犹杂蹂也。《尔雅·释诂》曰:'后、辟,君也。'险易,犹理乱也。言光武功德勤劳,兼于前代百王,非直一圣帝也。"《文选》刘良注:"方轨并迹,犹齐驾也。纷纶,众也。后、辟皆君也。险易,喻理乱也。言光武胜三皇武帝之功,岂与众君齐迹,而取近古一圣治乱之法?"云尔:语助词。《孟子·公孙丑下》:"是何足与言仁义也云尔。"赵岐注:"云尔,绝语之辞也。"

⑰建武:东汉光武帝年号,公元25～56年。革命:施变革以应天命。《易传·革》彖辞:"天地革而四时成,汤武革命,顺乎天而应乎人。"更造:再立。肇:开始。寔始:是始。寔,同"实",是,此。基:开始。《文选》张铣注:"革,改;肇,始也。"《尔雅·释地》:"九夷、八狄、七戎、六蛮,谓之四海。"《白虎通义·号》:"古之时,未有三纲六纪,民人但知其母,不知其父,能覆前而不能覆后。于是伏羲因夫妇,正五行,始定人道。画八卦以治下,下伏而化之。"《后汉书·班固传》李贤注:"基,始也。……言光武更造夫妇如伏羲时也。"《文选》张铣注:"言建武元年,天地改命,夫妇、父子、君臣,人伦之徒皆以更始,亦犹伏羲画八卦之后以成父子君臣之道。"

⑰分:划分。立:创建。器械:用具。《汉书·地理志上》:"昔在黄帝,作舟车以济不通……方制万里,画野分州。"《易传·系辞下》:"神农氏作……日中为市,致天下之民,聚天下之货,交易而退,各得其所。……黄帝、尧、舜氏作……刳木为舟,剡木为楫。"《礼记·大传》:"圣人南面而治天下……立权度量,考文章,改正朔,易服色,殊徽号,异器械,别衣服。"郑玄注:"器械,礼乐之器及兵甲也。"轩辕:即黄帝。《史记·五帝本纪》:"黄帝者,少典之子,姓公孙,名曰轩辕。"《后汉书·班固传》李贤注:"言光武利人如轩辕也。"

⑰龚:通"恭"。《文选》李善注:"《尚书》:武王曰:'今予惟龚行天之罚。'"今《尚书·牧誓》"予"下有"发"字,"龚"作"恭"。汤:成汤,伐夏桀而立商,见《史记·殷本纪》。武:周武王,灭商纣而立周,见《史记·周本纪》。《后汉书·班固传》李贤注:"言光武征伐如汤、武者也。"

⑰殷宗:《文选》李善注、《后汉书·班固传》李贤注均以为指盘庚。《尚书·盘庚上》:"盘庚迁于殷。"《史记·殷本纪》:"帝阳甲之时,殷衰。自中丁以来,废適(嫡)而更立诸弟子,弟子或争相代立,比九世乱,于是诸侯莫朝。帝阳甲崩,弟盘庚立。是为帝盘庚。帝盘庚之时,殷已都河北,盘庚渡河南,复居成汤之故居。……治亳,行汤之政,然后百姓由宁,殷道复兴。"考《史记·殷本纪》,太甲称太宗,大戊称中宗,武丁称高宗,盘庚则未见称宗。故《文选》李善注质疑云:"谓盘庚为宗,班之误欤?"高步瀛《文选李注义疏》:"朱珔曰:但凡神庙曰宗庙。《诗·思齐》:'惠于宗公。'《毛传》:'宗公,宗神也。'《说文》言《周礼》有郊宗石室。古无庙号,称宗不称宗之异文或亦可通言之欤?"

⑰即:《文选》吕向注:"即,就也。"土之中:即大地之中,中原,这里指洛阳。《尚书·召诰》:"成王在丰,欲宅洛邑,使召公先相宅……王来绍上帝,自服于土中。"孔安国传:"言王今来居洛邑,继天为治,躬自服行教化于地势正中。"隆平:昌盛太平。《礼记·檀弓上》:"道隆则从而隆。"陆德明《经典释文》:"隆,力中反,盛也。"

⑰阶:依靠,凭借。同符:即符合,相合。同符乎高祖:是说光武帝与汉高祖一样,天下是靠自己打出来的。《文选》吕向注:"阶,因也。光武不因尺土之封,不执一人之柄,升天子之位,与高祖同。"按,刘秀少长民间,九岁而孤,勤于农事,养于叔父良。起兵初骑牛,杀新野尉始得马。详见《后汉书·光武帝纪上》。

⑰克己复礼:克制自己的私欲以恢复西周礼法。《论语·颜渊》:"颜渊问仁。子曰:'克己复礼为仁。'"何晏《集解》引马融曰:"克己,约身。"又引孔安国曰:"复,反也。身能反礼则为仁矣。"终始:指自始至终,也即人的一生。《荀子·礼论》:"事生,饰始也。送死,饰终也。"允:信,的确。恭:恭谨,恭敬。孝文:汉文帝刘恒,刘邦子,史称为君俭约仁德,事见《汉书·文帝纪》。《文选》张铣注:"允,信也。言节己复礼,奉承终始,行恭信之道与文帝同。"

⑰宪章:效法前代的典章制度。稽古:考察古代的礼法。封岱:即到泰山封禅。勒成:即刻石记功。仪:礼仪。炳:辉耀,彪炳。世宗:指汉武帝。《文选》吕向注:"宪,法也。言法其旧章,考其古事,封岱山也。勒成,谓功成而勒石也。"《汉书·武帝纪》:"元封元年……夏四月癸卯,上还,登封泰山。"又《宣帝纪》:"(本始二年)六月庚午,尊孝武庙为世宗庙。"《后汉书·班固传》李贤注:"言(光武)法乎考古而封太山,勒石以记成功也。炳,明也。其礼仪明乎武帝也。"

⑱案:根据,遵照。校德:考校德行。眇:视,察看。古昔:远古。论功:评论功业。仁圣:仁爱圣明。该:详备。备:完备。《文选》李周翰注:"言按《六经》校古人之德,今光武过远之。言仁圣之德、帝王之道咸备于光武。"

⑱永平:刘秀之子汉明帝刘庄年号。重熙:再次光明。累洽:相继和谐。谓太平相承。《文选》张铣注:"熙,光明也;洽,合也。言光武既明而明帝继之,故曰重熙累洽也。"

⑱三雍:即明堂、辟雍、灵台。汉光武帝建武中元元年(56)所建。《后汉书·儒林传》:"中元元年,初建三雍。"《后汉书·陈忠传》:"三雍之序,备于显宗(明帝庙号)。"三雍是古帝王举行朝会、祭祀、庆典之处。雍:和协,意指天地、君臣、人民皆和协。修:整治。衮龙:饰有龙纹的礼服。法服:按礼法规定的服饰。《后汉书·明帝纪》:"(永平)二年春正月辛未,宗祀光武皇帝于明堂,帝及公卿列侯始服冠冕、衣裳、玉佩、絇屦以行事。礼毕,登灵台。……三月,临辟雍,初行大射礼。"《周礼·春官·司服》:"王之吉服……享先王则衮冕。"郑玄注:"衮,卷龙衣也。"《礼记·玉藻》:"龙卷以祭。"郑玄注:"龙卷,画龙于衣,字或作'衮'。"

⑱铺:铺陈。鸿藻:宏大的文章。信:申。景铄:大美。景,大。《后汉书·班固传》李贤注:"鸿,大也。藻,文藻也。谓明堂礼毕,登灵台之后,布诏于天下曰:'建明堂,立辟雍,起灵台,恢弘大道,被之八极。'此为布鸿藻也。信,读曰'申'。景,大也。铄,美也。扬代庙,谓上尊号光武庙曰代祖。"按,《后汉书·班固传》李贤注中"代庙"、"代祖"当为"世庙"、"世祖",李贤避唐太宗李世民讳改。扬:传扬。雅乐:当依胡克家说为"予乐"。《后汉书·明帝纪》:"(永平三年)秋八月戊辰,改大乐为大予乐。"李贤注:"《尚书·璇机钤》曰:'有帝汉出,德洽作乐名予',故据《璇机钤》改之。《汉官仪》曰:'大予乐令一人,秩六百石。'"《后汉书·班固传》李贤注:"正予乐,谓依谶文改大乐为大予乐也。"《文选》张铣注:"言明帝修礼崇乐,神人允洽,群臣有序,以相敬肃。"

⑱大辂(lù路):天子之车。遵:循,沿。皇衢:驰道。省方:天子巡行四方以视察民情。省,视、察。躬览:亲身考察。有无:指风俗善恶种种。《文选》李周翰注:"大辂,天子法驾,言动法驾,遵天子之衢。衢,道也。省方,观四方也。巡狩,循行守牧之人,谓察四方之士,观诸侯之政。穷,尽也。览尽万国土物之所有无。被,及也。烛,照也。考声教所及,幽远之处,则以皇明照之。"

⑱增周旧:增修周之旧都。扇:显扬,传播。巍巍:高大的样子。翼翼:庄严雄伟的样子。《后汉书·班固传》李贤注:"周成王都洛邑,汉又增而修之,故曰增焉。"《后汉书·明帝纪》:"(永平三年)起北宫及诸宫府。"《论语·泰伯》:"子曰:'巍巍乎舜禹之有天下也。'"何晏《集解》:"巍巍,高大之称。"《诗·商颂·殷武》:"商邑翼翼,四方之极。"郑玄笺:"极,中也。商邑之礼俗翼翼然可则效,乃四方之中正也。"《广雅·释训》:"翼翼,盛也。"诸夏:指所在的诸侯国。总:统领。八方:即四方(东南西北)四隅(东南、西南、东北、西北)。极:准则。

⑱皇城:指洛邑。阙庭:楼台中庭。神丽:神妙妍丽。"奢不"二句:奢丽但不超越法度,节俭但又不过分。侈:过分。又,《文选》吕延济注:"此城内宫室阙庭,光色美丽,正合礼度,奢者居之不可逾,俭者见之不以为侈。"

⑱填:当为"顺"。《文选》李善注:"顺流泉而为沼,不更穿之也。"蘋、藻:两种水草名。陆德明《经典释文》:"藻,音早,水菜也。……蓱,本又作萍,薄经反,一本作苹,音平。《尔雅·释草》云:'萍,蓱,其大者蘋。'郭璞注:'今水中浮蓱。'

陆玑云:'藻,水草也,生水底,有二种。其一种叶如鸡苏,茎大如箸,长四五尺。其一种茎大如钗,股叶如蓬蒿,谓之聚藻。然则藻聚生,故谓之聚藻也。'"发、丰:都有使动意思,即使其生长、繁茂。毓:同"育"。

⑱梁邹:天子田猎之所。《后汉书·班固传》李贤注:"古有梁邹者,天子之田地。"灵囿:帝王养禽兽的地方。《诗·大雅·灵台》:"王在灵囿。"毛传:"囿,所以域养禽兽也。天子百里,诸侯四十里。灵囿,言灵道行于囿也。"

⑲顺:顺应。蒐(sōu 搜)狩:都是田猎名称。蒐,即搜索不孕之兽。狩,即围守野兽。《尔雅·释天》:"春猎为蒐,夏猎为田,秋猎为狝,冬猎为狩。"《左传·隐公五年》:"臧僖伯谏曰:'……故春蒐、夏田、秋狝、冬狩,皆于农隙以讲事也。'"简:查检,检阅。《春秋·桓公六年》:"秋八月壬午,大阅。"《公羊传·桓公六年》:"大阅者何?简车徒也。"何休注:"大简阅兵车,使可任用而习之。"《穀梁传·桓公六年》:"大阅者何?阅兵车也。"车徒:车马士卒。讲武:讲习武事。临:依照。王制:指《礼记·王制》篇。《礼记·王制》:"天子诸侯无事,则岁三田。……无事不田曰不敬,田不以礼曰暴天物。"考:考核。《风》:《国风》,指《诗》之《召南·驺虞》、《秦风·驷驖》等篇。《雅》:《小雅》,指《诗》之《车攻》、《吉日》等篇。详见下文。

⑳历:选择。《驺虞》:《诗·召南》篇名。《毛诗》该篇序:"人伦既正,朝廷既治,天下纯被文王之化,则庶类蕃殖,蒐田以时,仁如驺虞,则王道成也。"该诗"于嗟乎驺虞"句毛传曰:"驺虞,义兽也,白虎黑文,不食生物,有至信之德。"览:视。《驷驖》:《毛诗·秦风》有《驷驖》篇,序云:"《驷驖》,美襄公也,始命有田狩之事,园囿之乐焉。"陆德明《经典释文》:"驖,驖马也。"阮元《校勘记》:"小字本相合本同唐石经初刻鐡,后改驖。"《说文》:"驖,马赤黑色。从马戴声。《诗》曰:四驖孔阜。"段玉裁注:"《秦风·驷驖》孔阜传曰:'驖,骊也。'骊者,深黑色。"嘉:美。《车攻》:《毛诗·小雅》篇名,其序云:"宣王能内修政事,外攘夷狄,复文武之境土;修车马,备器械,复会诸侯于东都,因田猎而选车徒焉。"采:选取。《吉日》:《毛诗·小雅》篇名,其序云:"美宣王田也。能慎微接下,无不自尽,以奉其上焉。"孔颖达疏:"美宣王田猎也。以宣王能慎于微事,又以恩意接及群下。王之田猎能如是,则群下无不自尽诚心以奉事其君上焉。"礼官:掌礼之官。整仪:整饰仪仗。乘舆:指天子。

㉑鲸鱼:撞钟之杵。铿(kēng 坑):撞击。《文选》李善注:"薛综《西京赋注》曰:海中有大鱼曰鲸,海边又有兽名蒲牢。蒲牢素畏鲸。鲸鱼击蒲牢,辄大鸣。凡钟欲令声大者,故作蒲牢于上,所以撞之者为鲸鱼。钟有篆刻之文,故曰华也。"《周礼·春官·乐师》:"环拜以钟鼓为节。"郑玄注:"《尚书传》曰:天子将出,撞黄钟之钟,右五钟皆应;入则撞蕤宾之钟,左五钟皆应。"玉辂:天子车驾。时龙:骏马名。《后汉书·班固传》李贤注:"《尔雅》曰:'马高八尺以上曰龙。'《月令》:'春驾苍龙。'各随四季之色,故曰时也。"

⑫琴(chēn 嗔)丽:绵密披覆貌。《说文》:"琴,木枝条琴俪貌。"段玉裁注:"人部俪下云:琴,俪也。琴俪者,枝条茂密之貌,借为上覆之貌。"和銮:天子的车铃。玲珑:铃声。天官:指百官。《文选》李善注及《后汉书·班固传》李贤注并引蔡邕《独断》:"百官小吏曰天官。"《史记·天官书》司马贞《索隐》:"星座有尊卑,若人之官曹列位,故曰天官。"景从:相随如影。《文选》李周翰注:"景,影也,言如影随。"寝威:收敛兵威。《文选》李善注:"寝威,寝其威武也。"这里,"寝"为止息义。《文选》五臣本、《后汉书》等"寝"均作"祲"。《文选》李周翰注:"祲,盛也,谓盛其威容。"《后汉书·班固传》李贤注:"祲亦盛也。"此说与李善说可并存。盛容:隆盛礼容。

⑬山灵护野:山神保卫于野。属御方神:四方之神驾车随行。《文选》李善注:"山灵,山神也。属御,属车之御也。方神,四方之神也。"《后汉书·班固传》李贤注:"属,连也,音烛。方,四方也。"雨师:雨神。泛洒:遍洒。"泛"亦有"洒"义。风伯:风神。清尘:除尘。《淮南子·原道训》:"令雨师洒道,使风伯扫尘。"高诱注:"雨师,毕星也。《诗》云:'月丽于毕,俾滂沱矣。'风伯,箕星。风丽于箕,风扬沙。"按,毕星,二十八宿之毕宿,古人以之为司雨之神。箕,南箕四星,像簸扬之器,故名"风伯"。蔡邕《独断上》:"风伯神,箕星也。其象在天,能兴风。雨师神,毕星也。其象在天,能兴雨。"《说文》:"泛,洒也。"

⑭千乘、万骑:形容车马众多。雷起:形容车声滚动。纷纭:形容事物众多。元戎:大战事。竟:遍。《后汉书·班固传》李贤注:"蔡邕《独断》曰:'天子大驾,备千乘万骑。'元戎,戎车也。"《诗·小雅·六月》:"元戎十乘。"毛传:"元,大也。夏后氏曰钩车,先正也。殷曰寅车,先疾也。周曰元戎,先良也。"《说文》:"铤,小矛也。"《文选》吕延济注:"竟,满也。……彗,扫也。"羽旄:雉之羽与旄牛之尾。皆文舞时所执。《礼记·乐记》:"比音而乐之,及干戚羽旄,谓之乐。"郑玄注:"翟羽也。旄,旄牛尾也,文舞所执。"

⑮焱焱炎炎:《说文》:"焱,火华也","炎,火光上也"。《后汉书·班固传》李贤注:"焱焱、炎炎,并戈矛车马之光也。"《文选》吕延济注:"焱焱炎炎,旌旗貌。飞扬光彩,成其文章。"按,《说文》所释盖本义。李贤、吕延济之说各有所执。此"焱焱炎炎"当并言戈矛车马及羽旄旌旗,以状天子出猎队伍之威武雄壮。吐焰(yàn 焰)生风:形容闪光的兵器,飘荡的旌旗,吐出火焰,刮起飙风。欱(hē 喝)野:吸山野之气。喷山:吐山野之气。《说文》:"欱,歠也";"喷,吹气也"。《文选》吕延济注:"欱喷犹吹吸也。言车骑仪饰之盛可以吹吸山野之气,蔽夺日月之明。摇震,皆动也。"

⑯中囿:《后汉书·班固传》李贤注:"中囿,囿中也。"屯:按兵。《史记·傅勒蒯成列传》:"一月,徙为代相国,将屯。"裴骃《集解》:"律谓勒兵而守曰屯。"骈:并列。《文选》李善注:"骈,犹并也。"部曲:古代军队的编制,大将军有五部,部下有曲。《汉书·卫青传》、《史记·卫将军骠骑列传》并诏曰:"常护军傅校获

王。”颜师古《汉书集注》:“校者,营垒之称。故谓军之一部为一校。”司马贞《史记索隐》引顾秘监曰:“五百人谓之校。”队:军队编制,人数说法不一。《淮南子·道应训》:“知伯围襄子于晋阳,襄子疏队而击之。”高诱注:“队,军二百人为一队。”《左传·襄公十年》:“左执之,右拔戟,以成一队。”杜预注:“百人为队。”勒:统率。三军:步、车、骑为三军。或说中、上、下三军。誓:告诫。

⑲⁷举烽:举起烽火。这里指传递命令、信息。烽,亦作“熢”、“逢”。《史记·魏公子列传》:“公子与魏王博,而北境传举烽,言‘赵寇至,且入界’。”裴骃《集解》引文颖曰:“作高木橹,橹上作桔槔,桔槔头兜零,以薪置其中,谓之烽。常低之,有寇即火然举之以相告。”《说文》段玉裁注:“逢,逢燧,候表也,边有警则举火。”《左传·文公十年》:“(华御事)乃逆楚子,劳且听命,遂道以田孟诸……命夙驾载燧。”杜预注:“燧,取火者。”按,燧为取火之具,载燧而田,可知田猎亦用熢火。《文选》吕向注:“伐,击也。”三驱:《易·比》卦辞:“王用三驱,失前禽。”王弼注:“三驱之礼,禽逆来趣己则舍之,背己而走则射之,爱其来而恶于去也。”孔颖达疏:“凡三驱之礼,禽向己者则舍之,背己者则射之,是失于前禽也。”陆德明《经典释文》引马融则本《礼记·王制》:“天子诸侯无事则岁三田,一为乾豆,二为宾客,三为充君之庖。”说与《注》、《疏》可并用。輶(yóu 由)车:轻车。霆激:如雷霆激发,喻其迅猛。《诗·秦风·驷驖》:“輶车鸾镳,载猃歇骄。”毛传:“輶,轻也。”《说文》:“骁,良马也。”电骛:如电闪般快速。《后汉书·班固传》李贤注:“霆激、电骛,并言其疾也。”

⑲⁸由基:春秋时楚之善射者。《国策·西周策六》:“楚有养由基者,善射,去杨叶百步而射之,百发百中。”高诱注:“养姓,由基名,楚善射人也。”按,养由基事亦见《左传·成公十六年》,《艺文类聚·巧艺部二》,《太平御览·工艺部·虫豸部七》引《尸子》,《吕氏春秋》之《精通》、《博志》,《淮南子·说山训》,《说苑·正谏》,《汉书·枚乘传》,《论衡·儒增篇》等等。范氏:古代传说中之善御者。《文选》李善注引《括地图》曰:“夏德盛,二龙降之,禹使范氏御之,以行径南方。”弦不睼(tì 替)禽:张弦不射杀迎面而来的飞禽。辔不诡遇:驾车不射杀侧面而去的野兽。《说文》:“睼,迎视也。”诡遇,横射。《文选》李善注引《孟子·滕文公下》曰:“赵简子使王良与嬖奚乘,终日不获一禽。反曰:‘天下贱工也。’王良请复之。一朝而获十。反曰:‘良工也。’简子曰:‘我使汝掌乘。’王良曰:‘不可,吾为范我驰驱,终日不获一焉;为之诡遇,一朝而获十。’”赵岐注:“范,法也。王良曰,我为之法度之御,应礼之射,正杀之禽不能得一。横而射之曰诡遇,非礼之射,则能获十。言嬖奚小人也,不习于礼也。”《文选》张铣注:“言射者不迎视其禽,御者不诡异以随物。”

⑲⁹指顾:即一指一顾,形容时间短促。《文选》李周翰注:“指顾,指麾回顾也。倏忽,言疾也。获车,载禽车。实,满也。言指麾之间,所获已满车矣。”《文选》李善注引《尔雅》:“盘,乐也。”《尚书·无逸》:“文王不敢盘于游田。”孔安国

传："文王不敢乐于游逸田猎。"

⑳蹴(wǎn 宛)：屈曲，未伸展开，指力量未尽发挥出来。余足：余下足力。《文选》李善注："蹴，屈也。"渫(xiè 泄)：即"泄"，发泄。未渫：即未发泄。高步瀛《文选李注义疏》："泄亦作渫，此由假渫为泄，辟唐讳遂改作渫。"先驱：即前驱。《周礼·夏官·太仆》："王出入，则自左驭而前驱。"郑玄注："前驱，如今道引也。"复路：往回走。属车：皇帝之侍从车。秦汉制，皇帝大驾属车八十一乘，法驾属车三十六乘，分中、左、右三列行进。《后汉书·班固传》李贤注："《汉官仪》：大驾，属车八十一乘。"案(àn 暗)节：即按辔徐行。《后汉书·班固传》李贤注："《子虚赋》曰：'案节未舒。'谓驻节徐行也。"《史记·司马相如列传》载《子虚赋》："案节未舒。"司马贞《索隐》引郭璞注："言顿辔也。"又引司马彪曰："案辔徐行得节，故曰按节。"《文选》李周翰注："渫，散也。先驱，天子行以静道也。按节，犹抑志也。言马之足力有余，士之愤怒未散，以先驱已复其归路，属车之士皆抑志随之。"

㉑荐：进。效：报答。三牺、五牲：《左传·昭公二十五年》："为六畜、五牲、三牺。"杜预注："(五牲)麋、鹿、麏、狼、兔；……(三牺)祭天、地、宗庙三者谓之牺。"礼：礼敬。怀：怀柔。《后汉书·班固传》李贤注："天神曰神，地神曰祇。百灵，百神也。"《文选》吕向注曰："荐，进也；效，犹报也。"

㉒觐(jìn 进)：见。明堂：古帝王宣明政教之处。《淮南子·本经训》："古者明堂之制。"高诱注："明堂，王者布政之堂。上圆下方，堂四出各有左右房，谓之个，凡十二所。王者月居其房，告朔朝历颁宣其令，谓之明堂。其中可以序昭穆，谓之太庙；其上可以望氛祥，书云物，谓之灵台；其外圆似辟雍。"辟雍：古王朝贵族子弟之大学，后亦作大射行礼之处。班固《白虎通·辟雍》："辟者，璧也。象璧圆又以法尺，于雍水侧，象教化流行也。"《后汉书·班固传》李贤注："觐，朝也。谓朝诸侯于明堂。"扬缉熙：宣扬光明正大的仁德。《诗·大雅·文王》："穆穆文王，于缉熙敬止。"毛传："缉熙，光明也。"宣皇风：显示天子之风范。灵台：原为周代台名，用以游观。汉用以观阴阳天文之变。《毛诗·大雅·灵台序》郑玄笺："天子有灵台者，所以观祲象，察气之妖祥也。"《水经注·穀水》："穀水又径灵台北，望云物也。汉光武所筑，高六丈，方二十步，世祖尝宴于此台。"休征：美善的征验。《尚书·洪范》："曰休征。"孔传："叙美行之验。"《后汉书·明帝纪》："(永平)二年春正月辛未，宗祀光武皇帝于明堂，帝及公卿列侯始服冠冕、衣裳、玉佩、絇履以行事。礼毕，登灵台。"

㉓俯仰：指观察天地气象。乾坤：指天地。《易传·系辞下》："古者包牺氏之王天下也，仰则观象于天，俯则观法于地……近取诸身，远取诸物。"参象：参与乾坤之象。圣躬：天子自指。抗棱：振举棱威。《后汉书·班固传》李贤注："圣躬谓天子也。中夏，中国也。……四裔，四夷也。棱，威也。"《文选》张铣注："参，比也。言俯仰观天地之象以比其身，思与合德。"又吕向注："目，视；瞰，望

也。中夏，中国；四裔，边荒也。言举德以威之。棱，威也。”

㉔荡：摇动。澹：震动。《后汉书·班固传》李贤注：“荡，涤也。河源在崑岺山。前书（指《汉书》）曰：‘威棱澹乎邻国。’《音义》曰：‘澹犹动也。音徒滥反。’湑，水涯，音脣。”按，古人以为昆仑山为黄河之源。幽崖：谓地极北方之边沿。《尚书·尧典》：“申命和叔，宅朔方，曰幽都。”孔传：“北称幽，则南称明，徒可知也。”《文选》李善注：“朱垠，南方也。”

㉕殊方别区：即异域他乡，指边远地区。界绝而不邻：隔断不相连接。孝武：汉武帝。不征：未被征讨。《汉书·武帝纪》：“（元狩四年）大将军卫青将四将军出定襄，将军去病出代。……青至幕北围单于，斩首万九千级，至阗颜山乃还。去病与左贤王战，斩获首虏七万余级，封狼居胥山乃还。”“（元鼎六年秋）遣浮沮将军公孙贺出九原，匈河将军赵破奴出令居，皆二千余里，不见虏而还。”孝宣：汉宣帝。未臣：未被臣服。《汉书·宣帝纪》：“（甘露元年）匈奴呼韩单于遣子右贤王铢娄渠堂入侍。”“（甘露三年）匈奴呼韩单于稽侯珊来朝，赞谒称藩臣而不名。”陆詟（zhé 折）水慄：指汉王朝声威远播，四方莫不跋山涉水，慴惧而来归。王筠《说文句读》：“詟，失气也。”《文选》吕延济注：“邻，近也。界，绝。谓绝远不相近。自孝武、孝宣帝以来不能征讨臣服者皆恐惧而来宾服。”

㉖绥：安抚。《广雅·释言》：“绥，抚也。”哀牢：古时西南地区少数民族，在今云南省保山县北。永昌：郡名。《后汉书·南蛮西南夷传》：“永平十二年，哀牢王柳貌遣子率种人内属……显宗以其地置哀牢、博南二县，割益州郡西部都尉所领六县，合为永昌郡。”

㉗春王三朝：春正月元日诸侯朝见帝王。正月元日为岁、月、日之始，故曰“三朝”。古诸侯朝见帝王曰“会”，众人会见曰“同”。《后汉书·班固传》李贤注：“三朝，元日也。朝音陟遥反。谓岁之朝，月之朝，日之朝。”《文选》李周翰注：“会，同，皆诸侯朝聘之名也。”《周礼·春官·大宗伯》：“时见曰会，殷见曰同。”郑玄注：“时见者，言无常期。……殷，犹众也。”

㉘图籍：地图户籍。膺：接受。万国：指各诸侯国。万，喻其多。贡珍：进贡珍宝。《文选》李善注及《后汉书·班固传》李贤注并引贾逵《国语》注：“膺，犹受也。”绥：安抚。百蛮：初指区域内之边远各族。《文选》李周翰注：“诸侯外藩名以图籍珍宝而贡焉。天子受之，乃设礼乐以安抚诸夏百蛮。”《后汉书·南蛮西南夷传》：“永平中，益州刺史梁国朱辅……在州数岁，宣示汉德，威怀远夷。自汶山以西，前世所不至，正朔所未加，白狼、槃木、唐菆等百余国，户百三十余万，口六百万以上，举种奉贡，称为臣仆。”

㉙供帐：供设帷帐。云龙：宫殿门名。《后汉书·班固传》李贤注：“供帐，供设帷帐也。……戴延之记曰：‘端门东有崇贤门，次外有云龙门。’”《文选·张衡〈东京赋〉》：“飞云龙于春路。”李善注：“（洛阳）德阳殿东门称云龙门。”

㉚陈：排列。百寮：百官。赞：引导。《后汉书·班固传》李贤注：“赞，引

也。"《国语·周语上》:"太史赞王,王敬从之。"贾逵注:"赞,导也。"展:展示。帝容:皇帝的容貌、举止。《文选》吕延济注:"列百官以助诸国君。究,尽也。言尽帝皇之容仪。"

㉑庭实:指宫廷中装满贡物。千品:众多货物。千,喻其多。《后汉书·班固传》李贤注:"庭实,贡献之物也。……千品,言多也。"《左传·宣公十四年》:"孟献子言于公曰:'臣闻小国之免于大国也,聘而献物,于是有庭实旅百。"杜预注:"主人亦设笾豆百品,实于庭以答宾。"旨酒:美酒。万钟:喻酒之多。钟,酒器。《孟子·离娄下》:"禹恶旨酒而好善言。"赵岐注:"旨酒,美酒也。"《说文》:"钟,酒器也。"

㉒罍(léi 雷):古代的酒杯。《尔雅·释器》:"罍,器也。"邢昺疏:"罍者,尊之大者也。……饰罍皆得画云雷之形,以其云罍,取于云雷故也。"班:并列。扬雄《方言》:"班,列也。"觞:酒器。《吕氏春秋·义赏》:"断其头以为觞。"高诱注:"觞,酒器也。"《说文》:"觞,觯。实曰觞,虚曰觯。"太牢:《后汉书·班固传》李贤注:"太牢,牛羊豕也。"御:进用。《文选》吕向注:"御,食也。"《诗·小雅·彤弓》:"钟鼓既设,一朝飨之。"郑玄笺:"大饮宴曰飨。"

㉓食举:古帝王进餐或举行宴会时所奏的乐曲。《后汉书·班固传》李贤注:"食举,谓当食举乐也。"郭茂倩《乐府诗集》卷十三《燕射歌辞一》注:"汉鲍业曰:'古者天子食饮,必顺四时五味,故有食举之乐。所以顺天地、养神明、求福应也。'……汉有殿中御饭食举七曲,太乐食举十三曲。"《雍》彻:古天子祭祀宗庙毕撤俎豆时所奏的乐章。《论语·八佾》:"三家者以《雍》彻。"何晏《集解》:"《雍》,《周颂》臣工(之什)篇名,天子祭于宗庙,歌之以彻祭。"按,后帝王亦用以彻宴。《后汉书·班固传》李贤注:"谓食讫歌《雍》诗以彻也。"太师:亦作"大师",古乐官之长。《后汉书·班固传》李贤注引《周礼》:"太师掌六律、六吕,以合阴阳之声也。"

㉔金石:指钟、磬之类乐器。丝竹:指琴箫之类乐器。《周礼·春官·大师》:"皆播之以八音,金、石、土、革、丝、木、匏、竹。"郑玄注:"金,钟镈也。石,磬也。土,埙也。革,鼓鼗也。丝,琴瑟也。木,柷敔也。匏,笙也。竹,管箫也。"铿锵(kēng hōng 坑哄):钟鼓声。《礼记·乐记》:"钟声铿。"孔颖达疏:"言金钟之声铿铿然矣。"《文选》李善注:"锵,亦声也。……烨煜,声之盛。"

㉕抗:高举。《文选·马融〈长笛赋〉》:"蒊滞抗绝,中息更装。"五声:又称五音,古时五个音阶名,即宫、商、角、徵、羽。《左传·昭公二十五年》:"章为五声。"孔颖达疏:"声之清浊,差为五等。圣人因其有五,分配五行……土为宫,金为商,木为角,火为徵,水为羽。"极:尽,全。六律:古时定音器称律。相传为黄帝时伶伦截竹为管做成,作为乐器音调之准则。乐律有十二,阴阳各六,阳为律,阴为吕。《左传·昭公二十年》:"五声六律。"孔颖达疏:"《周礼》:'大师掌六律六吕,以合阴阳之声。'阳声:黄钟、大蔟、姑洗、蕤宾、夷则、无射。"阴声为大

吕、夹钟、仲吕、林钟、南吕、应钟。合称"律吕"。九功:包括六府三事之功。《尚书·大禹谟》:"九功惟叙。"孔颖达疏:"养民者使水、火、金、木、土、谷,此六事惟当修治之;正身之德,利民之用,厚民之生,此三事惟当谐和之。"《左传·文公七年》:"晋郤缺言于赵宣子曰:'……九功之德,皆可歌也,谓之九歌。六府三事,谓之九功。'"八佾(yì义):古时帝王专用舞乐。佾,舞列。《论语·八佾》:"孔子谓季氏八佾舞于庭。"何晏《集解》引马融曰:"佾,列也。天子八佾,诸侯六,卿大夫四,士二。八人为列,八八六十四人。"朱熹《论语集注》:"每佾人数,如其佾数。或曰:每佾八人。未详孰是。"《韶》、《武》:均古乐曲名。《论语·八佾》:"子谓《韶》,尽美矣,又尽善也;谓《武》,尽美矣,未尽善也。"何晏《集解》引孔安国曰:"《韶》,舜乐名。……《武》,武王乐也。"泰古:《文选》李善注:"泰古,泰古之乐也。"

㉖四夷:东夷、西戎、南蛮、北狄之通称。间奏:交替而奏。《后汉书·班固传》李贤注:"间,迭也。"德广所及:指明帝的仁德所达到的。僸(jìn尽)、佅(mèi妹)、兜、离:四夷的乐名。《诗·小雅·鼓钟》:"以雅以南,以籥不僭。"毛传:"舞四夷之乐,大德广所及也。东夷之乐曰昧,南夷之乐曰南,西夷之乐曰朱离,北夷之乐曰禁。"《文选》李善注:"《孝经钩命决》曰:'东夷之乐曰佅,南夷之乐曰任,西夷之乐曰株离,北夷之乐曰僸。'……然说乐是一,而字并不同。"《文选》刘良注:"言四夷迭奏此乐,无不具集于庭。"

㉗暨(jì计):至,到。《后汉书·班固传》李贤注:"万乐,百礼,盛言之也。暨,至也。"皇:皇帝。欢浃:即欢洽。欢快融洽。烟煴(yīn yūn因晕):即"细缊",古指天地阴阳二气交互作用的状态。《广雅·释训》:"烟烟煴煴,元气也。"《易传·系辞下》:"天地细缊。"孔颖达疏:"细缊,相附著之义。言天地无心,自然得一。唯二气细缊,共相合会,万物感之,变化而精醇也。"《文选》张铣注:"烟煴,即元气也。"

㉘圣上:指汉明帝。万方:万邦,各方诸侯。膏泽:指明帝的恩泽。侈心:奢侈之心。东作:《尚书·尧典》:"寅宾出日,平秩东作。"孔传:"岁起于东而始就耕谓之东作。东方之官敬导出日,平均次序东作之事以务农也。"《文选》吕延济注:"怠,惰也。东作,务农也。言天子观万国之欢乐,咸沐浴我膏泽,自惧生奢侈之心而惰于农务。"

㉙申:申明。旧章:旧时之典章制度。明诏:圣明的诏书。《诗·大雅·假乐》:"不愆不忘,率由旧章。"郑玄笺:"循用旧典之文章,调周公之礼法。"有司:古设官分职务有所司,故称官吏为有司。《广雅·释诂》:"班,布也";"宪,法也"。太素:所谓质之始,也即最朴素的。《文选》刘良注:"太素,质朴也。命有司布其法度,明节俭质朴之风。"

㉚丽饰:华丽的装饰。乘舆:指天子。服御:服饰车马。抑:压制。淫业:巧末之业。盛务:可大可久之事业。《汉书·文帝纪》:"(二年)春正月丁亥,诏曰:

‘夫农，天下之本也。’”又文帝十三年，“六月，诏曰：‘农，天下之本，务莫大焉。今廑身从事，而有租税之赋，是谓本末者无以异也。’”颜师古注引李奇：“本，农也；末，贾也。”伪：指奢华。《后汉书·班固传》李贤注：“背伪，去雕饰也；归真，尚质素也。”

㉑纴，同“纫”。织纴：即纺织。《墨子·非攻下》：“妇人不暇纺绩织纴。”孙诒让注：“纴，机缕也。”耘：《诗·小雅·甫田》：“或耘或耔。”毛传：“耘，除草也。”陶匏：瓦器和葫芦，喻其简朴。《礼记·郊特牲》：“器用陶匏，尚礼然也。”郑玄注：“此谓大古之礼器也。”《后汉书·班固传》李贤注：“陶，瓦器也。匏，瓠也。”素玄：白黑，指服饰朴素无华。《管子·水地》：“素也者五色之质也。”尹知章注：“无色谓之素。”

㉒纤靡：精美奢华之衣服。纤，细纹丝帛。《楚辞·招魂》：“被文服纤。”王逸注：“纤，谓罗縠也。”靡，奢侈。奇丽：新巧华丽。《后汉书·班固传》李贤注引陆贾《新语》：“圣人不用珠玉而宝其身，故舜弃黄金于嶄岩之山，捐珠玉于五湖之川，以杜淫邪之欲也。”

㉓捐：抛弃。涤瑕：清除斑点。瑕，这里指人的过失。荡秽：扫荡污秽。指人的罪过。《后汉书·班固传》李贤注：“瑕、秽，犹过恶也。”至清：极清澈。形神：指人的形体与精神。寂漠：即寂寞，这里指清除一切杂念，进入一种虚静的心态。《淮南子·俶真训》：“镜太清者视大明。”按，班固赋以镜清则视明喻耳目清静则心地无淫奢之欲。营：惑乱。《淮南子·精神训》：“而物无能营。”高诱注：“营，惑也。一曰乱。”优游：悠闲自得。玉润：润泽如玉，喻美德。《礼记·聘礼》：“孔子曰：‘……君子比德于玉焉，温润而泽，仁也。’”金声：金属乐器之声，亦喻美德。《后汉书·班固传》李贤注：“孟子曰：孔子德如金声也。”按，今《孟子·万章下》：“孔子之谓集大成。集大成也者，金声而玉振之也。”《文选》张铣注：“寂寞，无外虑心。言百姓承天子淳朴之化，涤荡秽恶，恬然无虑，优游自得，如金玉之温润。”

㉔学、校、庠（xiáng 详）、序：《孟子·滕文公上》：“设为庠、序、学、校以教之。庠者，养也；校者，教也；序者，射也。夏曰校，殷曰序，周曰庠，学则三代共之。”《汉书·平帝纪》：“（元始三年）立官稷及学官。郡国曰学，县、道、邑、侯国曰校。校、学置经师一人。乡曰庠，聚曰序。序、庠置《孝经》师一人。”《后汉书·儒林传上》：“中元元年，初建三雍。明帝即位，亲行其礼。……飨射礼毕，帝正坐自讲，诸儒执经问难于前。冠带缙绅之人，圜桥门而观听者盖亿万计。其后复为功臣子孙、四姓末属别立校舍，搜选高能以受其业，自期门羽林之士，悉令通《孝经》章句。匈奴亦遣子入学。济济乎，洋洋乎，盛于永平矣！”

㉕献酬：饮酒相酬劝。交错：接连不断。《诗·小雅·楚茨》：“为宾为客，献酬交错。”毛传：“东西为交，邪行为错。”郑玄笺：“酌宾曰醻。”陆德明《经典释文》：“醻，市由反，又作酬。”俎豆：古时宴客、朝聘、祭祀所用之器。俎，置肉食之

几。豆：盛干肉一类食物之器皿。《论语·卫灵公》："俎豆之事，则尝闻之矣。"朱熹《论语集注》："俎豆，礼器。"《后汉书·班固传》李贤注："莘莘，众多也。"

㉖下舞上歌：堂下跳舞，堂上唱歌。登降：犹进退。指登阶下阶、进退揖让之礼。《文选》吕向注："登降，犹揖让也。"饫（yù 玉）：宴食。《汉书·陈遵传》载陈崇劾奏："遵知饮酒饫宴有节。"颜师古注："宴食曰饫。"玄德：幽深潜蓄之品德。《尚书·舜典》："玄德升闻。"孔传："玄谓幽潜，潜行道德。"谠（dǎng 党）言：美言。《文选》李善注、《后汉书·班固传》李贤注并引《字林》曰："谠，美言也。"弘说：宏论。和：和顺。吐气：谓痛快顺畅。《文选》吕向注："皆和合乐颂之声以称时代之盛。"

㉗虞夏之《书》：指《尚书》。因其中包括《虞书》和《夏书》，故云。殷周之《诗》：指《诗经》。因其中包括周诗与《商颂》，故云。《文选》李善注："《尚书》有《虞书》、《夏书》。《毛诗》有周诗、《商颂》。"羲文之《易》：指《周易》。相传伏羲画八卦，周文王据此演绎而为《易》。《易传·系辞下》："古者包牺氏之王天下也……始作八卦。……《易》之兴也，其当殷之末世，周之盛德邪？当文王与纣之事邪？"《春秋》：儒家的经典著作之一，据说孔子据鲁《春秋》修订而成，是我国最早的一部编年史。清浊：喻人事的优劣、善恶、高低等。究：探求。所由：由来。《文选·司马迁〈报任少卿书〉》："盖文王拘而演《周易》，仲尼厄而作《春秋》。"《后汉书·班固传》李贤注："伏羲画八卦，文王作卦辞，孔子作《春秋》。清浊，犹善恶也。"

㉘末流：指浅薄不良之风。《后汉书·班固传》李贤注："末流，犹下流也。"《文选》吕延济注："鲜，少也。"

㉙僻界西戎：指西安地处偏僻，与西戎为界。僻，偏远。《吕氏春秋·慎行》："晋之霸也，近于诸夏；而荆僻也，故不能与争。"高诱注："僻，远也。"界，毗连。西戎：古时华夏西北部少数民族之总称。四塞：《国策·齐策三》："今秦，四塞之国。"高诱注："四面有山关之固，故曰四塞之国也。"修：整治，构筑。孰与：犹言"何如"，意谓还不如。处乎土中：指洛阳地处中原。平夷洞达：平坦而且四通八达。《后汉书·班固传》李贤注："防御谓关禁也。辐凑，如辐之凑于毂也。"《文选》吕延济注："言西京偏僻，以险为防御，岂知我处天地之中，平坦通达，使万国归之如辐凑毂。"

㉚曷若：何如。四渎：《尔雅·释水》："江、河、淮、济为四渎。四渎者，发原注海者也。"渎，独自入海的大河。五岳：《尔雅·释山》："泰山为东岳，华山为西岳，衡山为南岳，恒山为北岳，嵩山为中岳。"带河：以黄河为带。泝：洄溯。《国语·吴语》："率师沿海泝淮以绝吴路。"韦昭注："逆流而上曰泝。"图书之渊：谓黄河、洛水。《易传·系辞上》："河出图，洛出书，圣人则之。"《后汉书·班固传》李贤注："图书之泉谓河洛也。"河图：指八卦。《礼记·礼运》："河出马图。"孔颖达疏："云伏羲氏有天下，龙马负图出于河，遂法之画八卦。"

洛书:指《尚书》之《洪范》九畴。《尚书·洪范》:"天乃锡禹《洪范》九畴。"孔安国传:"天与禹洛出书,神龟负文而出,列于背,有数至九。禹遂因而第之以成九类常道。"

㉛馆御:接待,招待。《后汉书·班固传》李贤注:"馆御,谓设台以进御神仙也。"御,《礼记·曲礼上》:"御食于君。"郑玄注:"劝侑曰御。"统和:统理协和。《文选》李善注引《礼含文嘉》:"天子灵台,以考观天人之际,法阴阳之会也。"

㉜海流:《文选》李善注及《后汉书·班固传》李贤注并引《三辅黄图》:"辟雍,水四周于外,象四海也。"《文选》李周翰注:"辟雍,宣德化之所,雍水环之,以象德教流行也。言西京有太液,昆明鸟兽之囿,何如我辟雍,宣布德教之富。"

㉝游侠:好交游、急人难的人。此指西都宾所说的"乡曲豪俊,游侠之雄"。逾侈:过度奢侈。此指西都宾所说的"列肆侈于姬、姜"也。翼翼:恭敬的样子。《尔雅·释训》:"翼翼,恭也。"《诗·大雅·大明》:"维此文王,小心翼翼。"郑玄笺:"小心翼翼,恭慎貌。"济济:形容威仪盛多。《诗·大雅·文王》:"济济多士。"毛传:"济济,多威仪也。"

㉞阿房:秦宫名。《史记·秦始皇本纪》:"先作前殿阿房,东西五百步,南北五十丈,上可以坐万人,下可以建五丈旗。…… 阿房宫未成;成,欲更择令名名之。作宫阿房,故天下谓之阿房宫。"张守节《正义》:"《括地志》云:'秦阿房宫亦曰阿城,在雍州长安县西北十四里。'"《三辅黄图》卷一《宫》:"阿房宫,亦曰阿城。惠文王造成而亡。始皇广其官规,恢三百余里。离宫别馆,弥山跨谷,辇道相属,阁道通骊山八百余里。"造天:至天,形容其高。《后汉书·班固传》李贤注:"造,至也。"

㉟矍(jué 决)然:惶恐、惊顾的样子。《说文》:"矍……一曰视遽貌。"《文选》李善注引《说文》作"矍,惊视貌也",《后汉书·班固传》李贤注引作"矍,视遽之貌"。失容:失态。逡巡:退却。王念孙《广雅疏证·释训》:"逡巡,却退也。"惵(dié 迭)然:恐惧的样子。惵,同"慄"。《文选》李善注:"惵,犹恐惧也。"捧手:拱手。辞:告别。复位:回到原座位上。

㊱卒业:指朗读五首诗完毕。《文选》吕向注:"卒,终也。谓宾授诗终业,乃美之也。"义正乎扬雄:指五首诗的意义比扬雄赋雅正。扬雄:西汉著名赋家,但他自认为"赋劝而不止","非法度所存",所以班氏说他的赋不够雅正。事实乎相如:指五首诗的内容比相如赋真实。事,指所记事物。相如,即司马相如,西汉著名赋家,他的赋被认为是"虚辞滥说"。《后汉书·班固传》李贤注:"扬雄作《长杨》、《羽猎赋》,司马相如作《子虚》、《上林赋》,并文虽藻丽,其事迂诞,不如主人之言义正事实也。"遭遇:遇到。斯时:指明帝太平盛世。《文选》李善注:"扬雄、相如,辞赋之高者,故假以言焉。非唯主人好学而富乎辞藻,抑亦遭遇太

平之时，礼文可述也。"小子：西都宾的谦辞。狂简：指急于进取而流于疏阔，致行事不切实际。裁：节制。《论语·公冶长》："吾党之小子狂简，斐然成章，不知所以裁之。"何晏《集解》引孔安国："简，大也。孔子在陈，思归欲去，故曰吾党之小子狂简者，进取于大道，妄作穿凿，以成文章，不知所以裁制，我当归以裁之耳。"《文选》吕向注："小子，宾自卑称也。狂简犹妄作也。言当时妄作，今不知所裁制也。"

㉓⑦於(wū乌)：感叹、赞叹之辞。昭：光明。孔：很，甚。《诗·周南·汝坟》："父母孔迩。"毛传："孔，甚。"阳：光明。《诗·豳风·七月》："我朱孔阳。"毛传："阳，明也。"宗祀：祭祀祖先，这里指明帝祭光武帝。穆穆：庄严肃穆貌。煌煌：光辉灿烂貌。《后汉书·班固传》李贤注："圣皇宗祀，谓祭光武于明堂也。……穆穆，犹敬也；煌煌，犹美也。"

㉓⑧宴飨：古帝王饮宴群臣，这里指上帝宴请五方神。《文选》吕延济注："上帝，天神；宴飨，其飨祀也。五位，五方神也。时序，谓各得次序。"按，五方之神谓纬书所说天上五方之帝。明代孙瑴《古微书》卷九《春秋文耀钩》载五方之帝为：东方苍帝，名灵威仰；南方赤帝，名赤熛怒；中央黄帝，名含枢钮；西方白帝，名招拒；北方黑帝，名汁光纪。《文选》李善注、《后汉书·班固传》李贤注并引《河图》及《广雅·释天》各神名与孙说略同。又《周礼·春官·小宗伯》："兆五帝于四郊。"郑玄注，则以太昊、炎帝、黄帝、少昊、颛顼为五天帝。世祖：指汉光武帝刘秀。《后汉书·明帝纪》："(中元二年)三月丁卯，葬光武皇帝于原陵。有司奏上尊庙曰世祖。"又永平二年诏曰："今令月吉日，宗祀光武皇帝于明堂，以配五帝。"

㉓⑨普天率土：整个天下，四海之内，犹全国。语出《诗·小雅·北山》："溥天之下，莫非王土；率土之滨，莫非王臣。"毛传："率，循。"陆德明《经典释文》："溥音普。"王引之《经义述闻》卷六"率土之滨"条："家大人曰：《尔雅》曰：'率，自也。'自土之滨者，举外以包内，犹言'四海之内，莫非王臣'，非专指地之四边言之。毛《传》训率为循，于《诗》义未协。《正义》曰：'言率土之滨，举其四方所至之内，见其广也。'于义为长。"各以其职：各尽其职。《孝经·圣治章》："昔者周公郊祀后稷以配天，宗祀文王于明堂以配上帝，是以四海之内，各以其职来祭。"李隆基注："海内诸侯，各修其职，来助祭也。"猗欤：赞叹词。《诗·周颂·潜》："猗与漆沮。"郑玄笺："猗与，叹美之言也。"按，"与"、"欤"通。《史记·屈原贾生列传》："渔夫见而问之曰：'子非三闾大夫欤？'"《楚辞·卜居》"欤"作"与"。允怀：诚信、感怀。《尚书·伊训》："代虐以宽，兆民允怀。"孔传："以宽政代桀虐政，兆民以此皆信怀我商王之德。"

㉔⓪汤汤(shāng商)：大水急流貌。莅(lì力)：临，到。《后汉书·班固传》李贤注："汤汤，水流貌。莅，临也。……(造舟)谓连舟为浮梁也。"《尔雅·释水》："天子造舟。"郭璞注："比船为桥。"

㉔①皤皤(pó 婆):白首貌。《文选》李善注引《说文》:"皤,老人貌也。"国老:古告老退职的卿、大夫、士。后国之重臣亦称国老。《礼记·王制》:"有虞氏养国老于上庠。"孔颖达疏:"熊氏云:国老谓卿大夫致仕者。"相传古代设三老五更之位,以养老人。《礼记·文王世子》:"遂设三老五更,群老之席位焉。"郑玄注:"皆年老更事致仕者也,天子以父兄养之。"《汉书·礼乐志》:"养三老五更于辟雍。"《后汉书·明帝纪》:"尊事三老,兄事五更。"抑抑:美好貌,轩昂貌。《诗·大雅·假乐》:"威仪抑抑。"毛传云:"抑抑,美也。"王引之《经义述闻》卷五"抑若扬兮"条:"《(诗)猗嗟篇》'抑若扬兮',毛《传》曰:'抑,美色。'……引之谨案:抑与懿古字通。《尔雅》:'懿,美也。'故《传》以抑为美色。重言之则曰抑抑。"《后汉书·班固传》李贤注:"抑抑,美也。"乃:语词。孝友:《尔雅·释训》:"善父母为孝,善兄弟为友。"

㉔②於赫(wū hè 乌贺):叹美之词。太上:皇帝。《汉书·淮南厉王长传》载薄昭与长书:"而欲以亲戚之意望于太上。"颜师古注引如淳曰:"太上,天子也。"示我汉行:王先谦《后汉书集解》:"示我汉行,谓示我汉家应行之正道也。"《文选》李周翰注曰:"太上,天也。言天示我汉家所行之事。"亦通。洪化:宏大之教化。神:神圣,神明。《淮南子·原道训》:"执玄德于心,而化驰若神。"高诱注:"若神,若有神化之行也。"永观厥成:《诗·周颂·有瞽》:"我客戾止,永观厥成。"《文选》张铣注:"洪,大;永,长;厥,其也。言我大化乃唯神,长观其成功。"

㉔③经:经营,建造。《诗·大雅·灵台》:"经始灵台,经之营之。"毛传:"经,度之也。"郑玄笺:"文王应天命,度始灵台之基址。营,表其位。"《后汉书·班固传》李贤注:"崇,高也;时登,以时登之。休,美也;征,验也。"帝:指汉明帝。爰:语词。休征:好征兆。《文选》张铣注:"帝,明帝也;爰,于也。"《后汉书·明帝纪》载,永平二年明帝登灵台。又永平三年,"春正月癸巳,诏曰:'朕奉郊祀,登灵台,见史官,正仪度。'"

㉔④宣精:散布光明。《后汉书·班固传》李贤注:"三光,日、月、星也。宣,布也。精,明也。五行,水、火、金、木、土。布序,谓各顺其性,无谬沴也。"习习:微风和煦貌。《诗·邶风·谷风》及《诗·小雅·谷风》并云:"习习谷风。"《诗·邶风·谷风》毛传:"习习,和舒貌。"《诗·小雅·谷风》郑玄笺:"习习,和调之貌。"祥风:和顺的风。《文选》李善注引《礼斗威仪》:"君乘火而王,其政颂平,则祥风至。"祁祁:徐迟貌。《诗·小雅·大田》:"兴雨祁祁。"毛传:"祈祈,徐也。"郑玄笺:"古者阴阳和,风雨时,其来祈祈然而不暴。"

㉔⑤百谷:《后汉书·班固传》李贤注:"百,言非一也。"蓁蓁(zhēn 真):繁茂的样子。《诗·周南·桃夭》:"桃之夭夭,其叶蓁蓁。"毛传:"蓁蓁,至盛貌。"庶草蕃庑:即众草茂盛。《尚书·洪范》:"庶草繁庑。"孔传:"则众草蕃滋。庑,丰也。"於(wū 乌)皇:叹美之辞。《诗·周颂·烈文》:"序其皇之。"毛传:"皇,美也。"一说指君主。胥:语词。《诗·小雅·桑扈》:"君子乐胥,受天之祐。"

㉔⑥岳：山岳。修：整治，生产。贡：贡物。效：贡献。《礼记·曲礼上》："效马效羊者右牵之，效犬者左牵之。"郑玄注："效，犹呈见。"吐：喷出。金景：金光。《后汉书·班固传》李贤注："景，光也。"歊（xiāo 消）：气上冲貌。《文选》李善注引《说文》："歊，气上出貌。"今本《说文》作"歊歊，气出貌"。《文选·张华〈励志诗〉》："歊蒸郁冥。"李善注引张揖《字诂》："歊，气上出貌。"

㉔⑦见：同"现"。纷缊（yùn 运）：繁盛的样子。《楚辞·九章·橘颂》："纷缊宜修，姱而不丑兮。"王逸注："纷，盛貌。"焕：鲜明，光亮。炳：光明。《文选》吕延济注："焕、炳，明也。龙文，谓鼎上镂为龙文。"

㉔⑧登：升。祖庙：指世祖光武帝之庙。享：祭献，上供。圣神：指光武帝之神。或以为指天地之神。《后汉书·明帝纪》："（永平六年）夏四月甲子，诏曰：'……太常其以礿祭之日，陈鼎于庙，以备器用。'"《后汉书·班固传》李贤注："弥，终也。万万曰亿。"

㉔⑨《文选》古钞本无"嘉祥阜兮集皇都"一句，《后汉书·班固传》同。王念孙《读书杂志》："'嘉祥'句盖后人所加。此句词意肤浅，不类孟坚手笔；且《宝鼎诗》亦可通用，其可疑一也。下文'发皓羽兮奋翘英'，正承'白雉'、'素乌'言之，若加入此句，则上下文义隔断，其可疑二也。《明堂》、《辟雍》、《灵台》三章，章十二句，《宝鼎》、《白雉》二章，章六句，若加入此句，则与《宝鼎诗》不协，其可疑三也。李善及五臣本，此句皆无注，其可疑四也。《后汉书·班固传》无此句，其可疑五也。"启：打开。《后汉书·班固传》李贤注："灵篇，谓河洛之书也。《固集》此题云'白雉素乌歌'，故兼言'效素乌'。"瑞图：即灵篇。沈钦韩《两汉书疏证》以为即《隋书·经籍志》所列《瑞应图》、《瑞图赞》、《祥瑞图》等。《文选》吕延济则云："灵篇即瑞图也。"白雉、素乌：即所谓祥瑞之物。《后汉书·明帝纪》："（永平十一年）时麒麟、白雉、醴泉、嘉禾所在出焉。"又《章帝纪》："（元和二年）五月戊申，诏曰：'乃者……及白乌、神雀，甘露屡臻。'"嘉祥：即指上句所说的祥瑞之物。阜：盛。《广雅·释诂》："阜，盛也。"

㉕⓪皓羽：白色羽毛。《后汉书·班固传》李贤注："皓，白也。"奋：振动。《说文》："翘，尾长毛也。"《文选》吕延济注："翘英，羽也。言此白雉、素乌振发其白羽，容色洁白明朗也。於，美也。淳精，言不杂。"

㉕①侔（móu 谋）：等同，相等。周成：周成王姬诵，武王之子。《后汉书·班固传》李贤注："侔，等也。《孝经援神契》曰：'周成王时，越裳献白雉。'"《文选》吕向注："言今获白雉，明我皇等成王之德。膺，当也。言代祚延长而当上天之福庆。"

幽通赋

系高顼之玄胄兮，氏中叶之炳灵[①]；飖颽风而蝉蜕兮，雄朔野以飏声[②]。皇十纪而鸿渐兮，有羽仪于上京[③]。巨滔天而泯夏兮，考遘愍以行谣[④]；终保己而贻则兮，里上仁之所庐[⑤]。懿前烈之纯淑兮，穷与达其必济[⑥]；咨孤蒙之眇眇兮，将圮绝而罔阶[⑦]；岂余身之足殉兮，违世业之可怀[⑧]。

靖潜处以永思兮，经日月而弥远[⑨]；匪党人之敢拾兮，庶斯言之不玷[⑩]。魂茕茕与神交兮，精诚发于宵寐[⑪]；梦登山而迥眺兮，觌幽人之髣髴[⑫]；揽葛藟而授余兮，眷峻谷曰勿坠[⑬]。昒昕寤而仰思兮，心矇矇犹未察[⑭]；黄神邈而靡质兮，仪遗谶以臆对[⑮]。曰乘高而遌神兮，道遐通而不迷[⑯]；葛绵绵于樛木兮，咏《南风》以为绥[⑰]；盖惴惴之临深兮，乃二《雅》之所祇[⑱]。既讯尔以吉象兮，又申之以炯戒[⑲]：盍孟晋以迨群兮？辰倏忽其不再[⑳]。

承灵训其虚徐兮，伫盘桓而且俟；惟天地之无穷兮，鲜生民之晦在[㉑]。纷屯亶与蹇连兮，何艰多而智寡[㉒]！上圣迕而后拔兮，虽群黎之所御[㉓]！昔卫叔之御昆兮，昆为寇而丧予[㉔]。管弯弧欲毙雠兮，雠作后而成己[㉕]。变化故而相诡兮，孰云预其终始[㉖]！雍造怨而先赏兮，丁繇惠而被戮[㉗]；栗取吊于逌吉兮，王膺庆于所感[㉘]。叛回穴其若兹兮，北叟颇识其倚伏[㉙]；单治里而外凋兮，张修襮而内逼[㉚]；聿中和为庶几兮，颜与冉又不得[㉛]。溺招路以从己兮，谓孔氏犹未可，安慆慆而不萉兮，卒陨身乎世祸[㉜]。游圣门而靡救兮，虽覆醢其何补[㉝]？固行行其必凶兮，免盗乱为赖道[㉞]。形气发于根柢兮，柯叶汇而零茂[㉟]。恐魍魉之责景兮，羌未得其云已[㊱]。

黎淳耀于高辛兮，芈强大于南汜[㊲]；嬴取威于伯仪兮，姜本支乎三趾[38]：既仁得其信然兮，仰天路而同轨[39]。东邻虐而歼仁兮，王合位乎三五[40]；戎女烈而丧孝兮，伯徂归于龙虎[41]；发还师以成命兮，重醉行而自耦[42]。震鳞漦于夏庭兮，匝三正而灭姬[43]；巽羽化于宣宫兮，弥五辟而成灾[44]。

道修长而世短兮，夐冥默而不周[45]；胥仍物而鬼诹兮，乃穷宙而达幽[46]。妫巢姜于孺筮兮，旦算祀于契龟[47]。宣、曹兴败于下梦兮，鲁、卫名谥于铭谣[48]。妣聆呱而劾石兮，许相理而鞫条[49]。道混成而自然兮，术同原而分流[50]。神先心以定命兮，命随行以消息[51]。斡流迁其不济兮，故遭罹而嬴缩[52]。三栾同于一体兮，虽移易而不忒[53]。洞参差其纷错兮，斯众兆之所惑[54]。周、贾荡而贡愤兮，齐死生与祸福[55]；抗爽言以矫情兮，信畏牺而忌鹏[56]。

所贵圣人至论兮，顺天性而断谊[57]。物有欲而不居兮，亦有恶而不避[58]；守孔约而不贰兮，乃輶德而无累[59]。三仁殊于一致兮，夷、惠舛而齐声[60]。木偃息以蕃魏兮，申重茧以存荆[61]。纪焚躬以卫上兮，皓颐志而弗倾[62]。侯草木之区别兮，苟能实其必荣[63]。要没世而不朽兮，乃先民之所程[64]。

观天网之纮覆兮，实棐谌而相训[65]；谟先圣之大猷兮，亦邻德而助信[66]。虞《韶》美而仪凤兮，孔忘味于千载[67]。素文信而底麟兮，汉宾祚于异代[68]。精通灵而感物兮，神动气而入微[69]。养流睇而猨号兮，李虎发而石开[70]；非精诚其焉通兮，苟无实其孰信[71]！操末技犹必然兮，矧耽躬于道真[72]！

登孔昊而上下兮，纬群龙之所经[73]；朝贞观而夕化，犹谊己而遗形[74]；若胤彭而偕老兮，诉来哲而通情[75]。

乱曰：天造草昧，立性命兮[76]；复心弘道，惟圣贤兮[77]。浑元运物，流不处兮[78]；保身遗名，民之表兮[79]。舍生取谊，以道用兮[80]；忧伤夭物，忝莫痛兮[81]！皓尔太素，曷渝色兮[82]？尚越其几，沦神域兮[83]！

【说明】

此赋见《文选》卷十四、《汉书》卷一百上、《艺文类聚》卷二十六，《北堂书钞》卷一百二十二引班固《幽通赋序》。

《汉书·叙传上》说："（班彪）有子曰固，弱冠而孤，作《幽通》之赋，以致命遂志。"说明此赋作于班固丧父之后。颜师古注："固年二十也。”这是约数，不是确指。班彪卒于建武三十年(54)，时固年已二十三。

“幽通”者，谓与神灵相通，亦即使自己思绪深邃入神，洞明世事。时父新逝，诸事丛集，时势险恶，是非难明，吉凶祸福，变幻莫测，故班固有此希冀。这反映了作者对现实生活的忧虑，也表明了自己的追求，微讽之意尽在其中。全赋通篇为骚体，叙事为抒情言志服务，虽然不像班固其他作品那样出色，不过仍不失其严整、典雅、富实、晓畅的艺术风格。

【注释】

①系：连接。高顼(xū虚)：即传说中的颛顼帝，号高阳氏。《礼记·月令》：“孟冬之月……其帝颛顼。”孔颖达疏：“《五帝德》云：‘颛顼，高阳氏，姬姓也。’”《史记·五帝本纪》：“帝颛顼高阳者，黄帝之孙而昌意之子也。”玄：古方士以五行之德为王者受命之运，颛顼以水德王，故称玄。《文选》吕延济注：“玄，水色。高阳氏水德，故云。”《汉书·五行志》：“水，北方，终臧万物者也。”《汉书·叙传》颜师古注引应劭曰：“颛顼北方水位，故称玄。”《文选》李善注引曹大家曰：“系，连也。胄，绪也。高，高阳氏也。顼，帝颛顼也。言己与楚同祖，俱帝颛顼之子孙也。水，水方，黑行，故称玄也。”中叶：中世。《诗·商颂·长发》：“昔在中叶。”毛传：“叶，世也。”此“中叶”指班固家族前代之令尹子文。《汉书·叙传》：“班氏之先，与楚同姓，令尹子文之后也。子文初生，弃于瞢中，而虎乳之。楚人谓乳‘谷’，谓虎‘于檡’，故名‘谷于檡’，字子文。楚人谓虎‘班’，其子以为号。秦之灭楚，迁晋、代之间，因氏焉。”炳灵：显赫的英灵。《汉书·叙传》颜师古注引应劭曰：“中叶，谓令尹子文也。虎乳，故曰炳灵。”

②飒飖：《汉书》卷一百作“繇凯”，《艺文类聚》卷二十六作“飘凯”。《文选》李善注引曹大家曰：“飒，飘飒也。南风曰飖风。朔，北方也。言己先人自楚徙北至朔方也，如蝉蜕之剖。后为雄桀，扬其声。”《汉书·叙传》：“始皇之末，班壹避坠(地)于楼烦，致马牛羊数千群。值汉初定，与民无禁，当孝、惠、高后时，以财雄边。”颜师古注：“国家不设衣服车骑之禁，故班氏以多财而为边地之雄豪。”

③皇：指汉皇帝。十纪：十代。指从高祖到成帝，共十代。《汉书·叙传》颜师古注引晋灼曰：“皇，汉皇也。”又引应劭曰：“十纪，汉十世也。”鸿渐：鸿飞渐进。喻升迁、仕进。羽仪：古时仪仗队中用鸟羽装饰旗帜等。《易·渐》上九爻辞：“鸿渐于陂，其羽可用为仪。”孔颖达疏：“其羽可为人之仪表，可贵可法也。”后人因以羽仪喻被人尊重，可为表率。《文选》李善注：“鸿，鸟也。渐，进也。言先人至汉十世，始进仕，有羽仪于京师也。”

④巨：指王莽。莽字巨君，汉元帝皇后之侄。平帝时为安国公。元始五年，

毒死平帝，立孺子婴为帝，莽自称摄皇帝。初始元年即真，改国号曰新。禁民买卖，法令苛细，连年征战，劳役频繁，以致民不聊生。更始四年(23)，在农民军打击下土崩瓦解，王莽被杀。事详见《汉书·王莽传》。滔天：漫天。喻王莽罪恶与权势之巨大。《汉书·叙传》颜师古注："滔，漫也，言不畏天也。泯，灭也。夏，诸夏也。考，班固自言其父也。遘(gòu 够)，遇也。愍，忧也。徒歌曰谣。"班彪年二十，遇王莽败，世祖即位于冀州。彪劝隗嚣附刘，引《诗·大雅·皇矣》："皇矣上帝，临下有赫，鉴观四方，求民之莫。"说明"今民皆讴吟思汉"。但隗不听。彪即著《王命论》以救时难。

⑤贻则：留下为人之法则。《文选》李善注："终，犹竟也。言考能自保己，又遗我法则也。……曹大家曰：贻，遗也。里、庐，皆居处名也。言我父早终，遗我善法则也。何谓善法则乎？言为我择居处也。"《汉书·叙传》颜师古注："言其父遭时浊乱，以道自安，终遗盛法而处仁者所居也。"里：动词，居住。上仁：最有仁德。《老子》第三十八章："上仁为之，而无以为。"《论语·里仁》："子曰：里仁为美。择不处仁，焉得知。"何晏《集解》引郑玄曰："居于仁者之里，是为美。……求居而不处仁者之里，不得为有知。"

⑥《文选》李善注："曹大家曰：懿，美也。前烈，先祖也。言己先祖，穷遭王莽，达则必富贵，济渡民人，惠利之风，有令名于后世也。"纯淑：美善。此指美善之德。《礼记·郊特牲》："贵纯之道也。"郑玄注："纯，谓中外皆善。"《汉书·刘向传》载元帝《征周堪诏》曰："河东太守堪，先帝贤之。命而傅朕，资质淑茂。"颜师古注："淑，善也。"穷：穷困，指仕途上不得志。达：通达，指仕途上飞黄腾达。济：济世。《孟子·尽心上》："穷则独善其身，达则兼济天下。"《文选》刘良注："美我先祖有纯淑文德，身处穷厄也，亦有济时之志，身得荣达，必有经国之义。"

⑦咨：叹息。《尚书·尧典》："帝曰：咨！汝羲暨和。"孔传："咨，嗟。"孤蒙：孤幼童蒙。也即孤独幼稚无知。眇眇：形容微小。圮(pǐ 痞)绝：断绝。罔(wǎng 网)阶：无进身台阶。《文选》李善注："曹大家曰：蒙，童蒙也。眇，微也。圮，毁也。言己孤生童，微陋鄙薄，将毁绝先祖之迹，无阶路以自成也。"

⑧殉：谋划，营治。《汉书·叙传》颜师古注："师左曰：'殉，营也。'"《文选》李周翰注："殉，营也。言我身不足营先人之事。"违：遗憾。《汉书》作"愇"。《广雅·释诂》："愇、憾，恨也。"王念孙《疏证》："班固《幽通赋》'违世业之可怀'，曹大家注云：'违，恨也。'《汉书·叙传》作'愇'。《无逸》云'民否则厥心违怨'，义亦与'愇'同。《邶风·谷风篇》'中心有违'，《韩诗》云：'违，很也。'很亦恨也。"《文选》李善注："怀，思也。违或作愇，愇亦恨也。"

⑨靖：安静。潜处：即隐居。永思：长想。《汉书·叙传》颜师古注："靖，古'静'字也。"弥远：更远，永远。弥，更加。《吕氏春秋·仲春纪·贵生》："其尊弥薄。"高诱注："弥，益。"《文选》李善注："曹大家曰：言己安静长思，不欲毁绝先人之功迹。日月不居，忽复大远。"

⑩党人:同乡里之人。《庄子·外物》:"其党人毁而死者半。"郭象注:"党,乡党。"拾(jiè 介):更递,轮流。《汉书·叙传》颜师古注引应劭曰:"拾,更也。自谦不敢与乡人更进也。"庶:表希望。《尔雅·释言》:"庶,幸也。"郭璞注:"庶几,侥幸。"《文选》李善注:"曹大家曰:庶此异行,不玷先人之道也。"斯言之不玷:《诗·大雅·抑》:"斯言之玷,不可为也。"毛传:"玷,缺也。"斯,语词。

⑪神交:与神相会。宵寐:夜里睡着。《文选》刘良注:"茕茕,孤貌。言魂魄孤飞,若与神灵交游,发我精诚于夜梦之中。"

⑫迥眺:远望。迥,《尔雅·释诂》:"迥,远,遐也。遐,远也。"眺,《汉书·礼乐志》:"遍观此,眺瑶堂。"颜师古注引应劭曰:"眺,望也。" 觌(dí 笛):相见。《汉书·叙传》颜师古注:"张晏曰:'幽人,神人也。'师古曰:'觌,见也。'"《文选》张铣注:"髣髴,不分明貌。"

⑬揽:把持。葛:多年生蔓草。藟(lěi 磊):蔓草名。陆玑《毛诗草木鸟兽虫鱼疏》"莫莫葛藟"条:"藟,一名巨苽,似燕薁,亦延蔓生。"《易·困》上六爻辞:"困于葛藟。"孔颖达疏:"葛藟引蔓缠绕之。"眷:回顾。《广雅·释诂》:"眷,顾。"《尚书·大禹谟》:"皇天眷命。"孔传:"眷,视。"峻谷:深谷。《文选》李周翰注:"言梦临深峻之谷,见神人授我蔓草而谓我曰勿坠落也。"坠:《汉书》作"隧"。

⑭昒昕(hū xīn 忽欣):黎明,拂晓。寤:睡醒。矇矇:模糊不清。《汉书》作"蒙蒙"。《文选》李善注引曹大家曰:"昒昕,晨旦明也。言已旦仰思此梦,心中矇矇,未知其吉凶。"

⑮质:问。《文选》李善注引应劭曰:"黄,黄帝也。作占梦书。邈,远也。言黄神邈远,无所质问,依其遗谶文,以胸臆为对也。"仪:取法。《文选·张衡〈东京赋〉》:"仪姬伯之渭阳。"薛综注:"仪,则也。"遗谶(chèn 衬):指传说中黄帝留下的占梦之书。《史记·五帝本纪》:"举风后、力牧、常先、大鸿以治民。"张守节《正义》引《帝王世纪》:"黄帝梦大风吹天下之尘垢皆去,又梦人执千钧之弩,驱羊万群。……于是依二占而求之,得风后于海隅,登以为相;得力牧于大泽,进以为将。黄帝因著《占梦经》十一卷。"

⑯乘高:登高。遌(è 恶):遇到,《汉书》作"遻"。《汉书·叙传》颜师古注:"登山见神,故曰乘高也。遌,遇也。"遐通:远通,即通得很远。《尔雅·释诂》:"遐,远也。"《文选》李善注:"言已缘高而遇神,道术将通,不迷惑之象也。"

⑰绵绵:连绵不断。樛(jiū 究)木:树木向下弯曲。绥:安。《南风》:指《诗》国风《周南》之《樛木》,其诗云:"南有樛木,葛藟累之。乐只君子,福履绥之。"毛传:"木下曲曰樛。……履,禄。绥,安也。"《文选》李善注:"此是安乐之象也。"

⑱惴惴(zhuì 坠):恐惧的样子。祇(zhī 知):恭敬,敬慎。二《雅》:指《诗》之《大雅》与《小雅》中的两篇。《文选》李善注引曹大家曰:"《大雅》(《桑柔》)曰:'人亦有言,进退维谷。'《小雅》(《小宛》)曰:'惴惴小心,如临于谷。'惴惴,恐惧之貌也。《小旻篇》曰:'战战兢兢,如临深渊,如履薄冰。'言恐坠陷也。故云二

雅之所祗。"未详孰是,然其敬慎之戒则同。

⑲讯:《汉书》作"谇"。《尔雅·释诂》:"讯,告也。"吉象:吉祥的征兆。炯戒:明白的鉴戒。《说文》:"炯,光也。"《汉书·叙传》颜师古注:"炯,明也。"《文选》李善注引曹大家曰:"登高为吉象,深谷为明戒也。"

⑳"盍孟晋"二句:《汉书·叙传》颜师古注:"服虔曰:'盍,何不也。孟,勉也。晋,进也。迨,及也。何不早进仕以及辈也?'师古曰:'辰,时也。倏忽,疾也。言时疾过,不再来也。'"

㉑灵训:神灵的训诫。虚徐:盘旋貌。伫(zhù 住):久立,等待。《文选》李善注:"曹大家曰:灵,神灵也。虚徐,狐疑也。伫,立也。盘桓,不进也。俟,待也。"地:《汉书》作"墬"。鲜:少,《汉书》作"尠"。晦在:所余无几。晦,《汉书》作"脢"。《文选》李善注:"曹大家曰:鲜,少也。晦,亡(无)几也。言天地无穷极,民在其间,上寿一百二十年,少者亡几耳。"《汉书·叙传》颜师古注:"言天地长久而人寿短促也。"

㉒纷:纷乱。屯邅(zhūn zhān 谆毡):谓处于困难境地。屯,难。邅,行不前进的样子。《易·屯》:"屯,元亨利贞。"又,"二六,屯如邅如"。孔颖达疏:"屯,难也。"又,"屯如邅如者,屯是屯难,邅是邅迴,如是语辞也"。蹇(jiǎn 剪)连:行进艰难。《易·蹇》:"蹇,难也,险在前也。"又,"六四,行蹇来连"。王弼注:"往来皆难,故曰往蹇来连。"孔颖达疏引马融曰:"连亦难也。"《汉书·叙传》颜师古注引孟康曰:"世艰难多,智者少,故遇祸也。"

㉓上圣:至圣。指德智超群的人。迕(wǔ 午):遇到。《汉书》作"寤",为醒悟义,亦通。群黎:众庶,百姓。《文选》李善注:"曹大家曰:迕,触也。御,止也。言上圣之人,舜有焚廪、填井,汤囚夏台,文王拘羑里,孔子畏匡,在陈绝粮,皆触艰难,然后自拔。张晏曰:岂众人之所能预自防止耶?"虽:《汉书》作"岂",当为"岂"。

㉔卫叔:又称叔武、夷叔、卫武,春秋卫成公之弟。成公因事与晋有隙,国人攻成公,成公奔襄中,后奔楚、适陈,命卫大夫元咺奉事卫叔摄国政。有人向成公诉说元咺已立卫叔代成公为卫君。后晋人帮成公恢复君位,成公返国。时卫叔正欲沐发,闻成公至,大喜,握发出迎。而成公命先驱射卫叔而杀之。事见《左传·襄公二十八年》、《公羊传·襄公二十八年》。昆:指卫成公。《汉书·叙传》颜师古注引孟康曰:"御,迎也。昆,兄也。卫叔武迎兄成公,成公令前躯射杀之。"

㉕管:管仲。春秋齐人,初事公子纠,后相齐桓公。初,齐襄公无道,公子纠奔鲁,公子小白奔莒。及齐君死,小白欲归国。鲁亦发兵送公子纠,派管仲阻莒道,射中小白带钩。小白抢先入齐,被立为君,是为桓公。桓公攻鲁,欲杀管仲,后听从鲍叔牙之言,召管仲,任以为相。事见《史记·齐太公世家》。弧:弓。《文选》李善注:"雠,谓桓公也。"《汉书·叙传》颜师古注:"谓管仲射桓公中带

钩,桓公反国,以为相也。"

㉖诡:违反。《汉书·叙传》颜师古注:"诡,违也。"《文选》李善注:"曹大家曰:诡,反也。事变如此,谁能预知其始终吉凶也。"预:《汉书》、《艺文类聚》作"豫"。

㉗雍:雍齿。西汉沛人。从高祖起兵,旋叛去,已而复归高祖。虽从战有功,然终为高祖所不快。《汉书·高帝纪下》:"(汉六年)上已封大功臣二十余人,其余争功,未得行封。上居南宫,从复道上见诸将往往耦语,以问张良。良曰:'陛下……所封皆故人所爱,所诛皆平生仇怨。今军吏计功,以天下为不足用遍对,而恐以过失及诛,故相聚谋反耳。'上曰:'为之奈何?'良曰:'取上素所不快,计群臣所共知最甚者一人,先封以示群臣。'三月,上置酒,封雍齿,因趣丞相急定功行封。罢酒,群臣皆喜曰:'雍齿且侯,吾属亡患矣!'"丁:丁公。西汉薛人。《史记·季布栾布列传》:"季布母弟丁公,为楚将。丁公为项羽逐窘高祖彭城西,短兵接,高祖急,顾丁公曰:'两贤岂相戹哉!'于是丁公引兵而还,汉王遂解去。及项王灭,丁公谒见高祖。高祖以丁公徇军中,曰:'丁公为项王臣不忠,使项王失天下者,乃丁公也。'遂斩丁公,曰:'使后世为人臣者无效丁公!'"《汉书·叙传》颜师古注:"繇"读与"由"同。

㉘栗:《汉书》作"桌",指汉孝景帝栗姬。《汉书·外戚传上》:"景帝立齐栗姬男为太子,而王夫人男为胶东王。长公主嫖有女,欲与太子为妃,栗姬妒,而景帝诸美人皆因长公主见得贵幸,栗姬日怨怒,谢长公主,不许。……长公主日誉王夫人男之美,帝亦自贤之……而废太子为临江王。栗姬愈恚,不得见,以忧死。"吊:伤痛。《文选》吕向注:"吊,伤也。言初宠见爱,骄淫无礼,后遂怨恚而死,是由吉而致伤怨也。"逌:通"攸",所。王:指汉宣帝王倢伃。《汉书·外戚传上》:"(王倢伃父)奉光有女……及宣帝即位,召入后宫,稍进为倢伃。……霍皇后废后,上怜许太子早失母,几为霍氏所害,于是乃选后宫素谨慎而无子者,遂立王倢伃为皇后,令母养太子。……立十六年,宣帝崩,元帝即位,为皇太后。"膺:当,受。《尔雅·释诂》:"膺,当也。"慼:"戚"的异体字,忧愁。《文选》吕向注:"庆,善;慼,忧也。王皇后初无子,竟以无子之善而尊贵也。"《汉书·叙传》颜师古注引应劭曰:"以无子为忧,而以谨敕得母元帝也。"

㉙叛:乱,《汉书》作"畔"。《文选》李善注引曹大家曰:"叛,乱也。"《汉书·叙传》颜师古注:"畔,乱貌也。"回穴:形容变化无定。穴,《汉书》作"宂"。《文选·宋玉〈风赋〉》:"回穴错迕。"李善注:"凡事不能定者,回穴。"《后汉书·卢植传》载卢植上书:"颇知今之《礼记》特多回穴。"李贤注:"回穴犹纡曲也。"北叟:北塞上老翁。《汉书·叙传》颜师古注:"叟,老人称也。"《淮南子·人间训》:"近塞上之人,有善术者,马无故亡而入胡。人皆吊之。其父曰:'此何遽不为福乎?'居数月,其马将胡骏马而归。人皆贺之。其父曰:'此何遽不能为祸乎?'家富良马,其子好骑,堕而折其髀。人皆吊之。其父曰:'此何遽不为福乎?'居一

年，胡人大入塞，丁壮者引弦而战。近塞之人，死者十九，此独以跛之故，父子相保。故福之为祸，祸之为福，化不可极，深不可测也。”倚伏：依托埋伏。指万物相互依存，相互转化。语出《老子》第五十八章：“祸兮福所倚，福兮祸所伏。”即祸是福所依托之所，福又是祸所隐藏之所。

㉚单、张：单豹与张毅。治里：指调理内脏。外凋：形体凋落。指死亡。襮(bó 博)：外表。内逼：指生病。《庄子·达生》：“田开之曰：鲁有单豹者，岩居而水饮，不与民共利，行年七十而犹有婴儿之色；不幸遇饿虎，饿虎杀而食之。有张毅者，高门悬薄，无不走也，行年四十而有内热之病以死。豹养其内而虎食其外，毅养其外而病攻其内，此二子者，皆不鞭其后者也。”成玄英疏：“(单豹)姓单名豹，鲁之隐者也。岩居饮水，不争名利，虽复年齿长老而形色不衰。久处山林，忽遭饿虎所食。”又，“(张毅)姓张名毅，亦鲁人也。高门，富贵之家也。垂薄，垂帘也。言张毅是流俗之人，追奔势利，高门甲第，朱户垂帘，莫不驰骤参谒，趋走庆吊，形劳神弱，困而不休，于是内热发背而死”。《文选》李善注引曹大家曰：“治里，谓导气也。襮，表也。”

㉛聿(yù 玉)：语词，《汉书》作“欥”。中和：儒家思想的重要概念。《礼记·中庸》：“喜怒哀乐之未发谓之中，发而皆中节谓之和。”庶几：差不多。《文选》李善注引曹大家曰：“聿，惟也。”颜：颜回，字子渊，春秋鲁人，孔子弟子。《论语·雍也》：“子曰：‘贤哉回也。一箪食，一瓢饮，在陋巷，人不堪其忧，回也不改其乐。’”又《雍也》：孔子对鲁哀公说：“有颜回者好学，不迁怒，不贰过，不幸短命死矣。”邢昺疏：“颜回以德行著名，应得寿考，而反二十九发尽白，三十二而卒，故曰不幸短命死矣。”冉：冉耕，字伯牛，春秋鲁人，孔子弟子。《论语·先进》：“德行：颜渊、闵子骞、冉伯牛、仲弓。”又《雍也》：“伯牛有疾，子问之。自牖执其手，曰：‘亡之，命矣夫！斯人也，而有斯疾也！斯人也，而有斯疾也！’”《文选》李善注引曹大家曰：“二子居中履和，庶几圣贤，然渊早夭，伯牛被疾，俱不得其死也。”《汉书·叙传》颜师古注：“曰中和之道可以庶几免于祸难，而颜回早死，冉耕恶疾，为善之人又不得其报也。”

㉜溺：桀溺，春秋时隐士。招：招呼。路：子路，孔子的学生。从己：跟随自己。孔氏：孔门。未可：不可。《论语·微子》：“长沮、桀溺耦而耕。孔子过之，使子路问津焉。……问于桀溺。……曰：‘滔滔者天下皆是也，而谁以(与)易(改变、改革)之。且而(尔)与其从，辟(避)人之士也，岂若从辟世之士哉？’耰而不辍。”《史记·仲尼弟子列传》：“子路为卫大夫孔悝之邑宰。蒉聩乃与孔悝作乱……出公奔鲁，而蒉聩入立，是为庄公。……子路在外，闻之而驰往。……造蒉聩。蒉聩与孔悝登台……子路欲燔台，蒉聩惧，乃下石乞、壶黡攻子路，击断子路之缨。子路曰：‘君子死而冠不免。’遂结缨而死。”《文选》李善注引曹大家曰：“(桀溺)谓孔子为避人之士，未可与安身。自谓避世者，招子路从己隐也。”“慆慆，乱貌。葩(féi 肥)，避也。言子路不避慆慆之乱，终陨身于世之祸也。”

㉝靡救：无法救助。《文选》李善注引曹大家曰："子路游学圣师之门，无救祸防患之助，既身死于卫，覆醢不食，可补益乎？"虽：《汉书》作"顾"。覆醢（hǎi海）：倾倒肉酱而弃之。谓孔子伤子路被醢于卫，不忍食相似之物，故覆弃之。醢，肉酱。《礼记·檀弓上》："孔子哭子路于中庭。有人吊者，而夫子拜之。既哭，进使者而问故。使者曰：'醢之矣。'遂命覆醢。"

㉞行行（hàng沆）：刚强貌。《论语·先进》："子路，行行如也。……'若由也，不得其死然。'"盗乱：为贼与作乱。《论语·阳货》："子路曰：'君子尚勇乎？'子曰：'君子义以为上。君子有勇而无义为乱，小人有勇而无义为盗。'"赖道：依赖圣贤之道。《汉书·叙传》颜师古注："赋言子路禀行行之性，其凶必也，所以免为作乱、盗者，赖闻道于孔子也。行行，刚强之貌。"

㉟柢（dǐ底）：树根。柯：树枝。汇：繁茂。《文选》李善注："韦昭曰：柢，本也。……曹大家曰：零，落也。张晏曰：言人禀气于父母，吉凶夭寿，非独在人，譬诸草木，华叶盛与零落，由本根也。"

㊱魍魉（wǎng liǎng网两）：《汉书》作"网蜽"，寓言中影子外层之淡影。责：诘问。景：同"影"。《庄子·齐物论》："罔两问景曰：'曩子行，今子止；曩子坐，今子起。何其无特操与？'景曰：'吾有待而然者耶？吾所待又有待而然者邪？吾待蛇蚹蜩翼邪？恶识所以然！恶识所以不然！'"《文选》李善注："应劭曰：诸子以颜、冉、季路逢灾蹈害，或疑其身，或非其师。是由魍魉问景，乃未得有已也。言罔两责景之无操，不知景之行止而有待。或非三子之行，殊不知吉凶之由命也。故云：恐罔两之责景，羌未得其实言也。"羌：句首语气词。《汉书》作"庆"，颜师古注："庆，发语辞，读与羌同。已，止也。"

㊲黎：人名。相传为远古司地之官，楚之祖先。《国语·楚语下》："颛顼受之……乃命火正黎司地以属民。"淳耀：光明。高辛：帝喾，帝尧之父。《史记·五帝本纪》："帝喾高辛者，黄帝之曾孙也。……高辛于颛顼为族子。"《国语·郑语》载史伯对郑桓公："夫黎为高辛氏火正，以淳耀敦大，天明地德，光照四海。"韦昭注："淳，大也。耀，明也。敦，厚也。言黎为火正，能理其职，以大明厚大天明地德。"芈（mǐ米）：春秋时楚国祖先的族姓。汜（sì四）：水边。《文选》李善注："重、黎有大明之德于高辛之世，而德流子孙，故楚强大于南汜也。"《汉书·叙传》颜师古注："应劭曰：'……芈，楚姓。'师古曰：'汜，江水之别也。'"

㊳嬴：秦姓。《汉书·叙传》颜师古注引应劭曰："嬴，秦姓也，伯益之后也。伯益为虞有仪鸟兽百物之功，秦所由取威于六国也。"取威：获得威望、德声。王念孙《读书杂志》："念孙案：《广雅》曰：威，德也。……此言伯益有仪百物之德，而嬴氏以兴。故曰：嬴取威于百仪。非谓取威于六国也。"伯：《汉书》作"百"。姜：齐姓。趾：《汉书》作"止"。《文选》李善注："趾，礼也。"是"三趾"即"三礼"。伯夷于舜时曾掌三礼。《史记·五帝本纪》："舜曰：'嗟！四岳，有能典朕三礼？'皆曰伯夷可。"裴骃《集解》："马融曰：'三礼，天神、地祇、人鬼之礼也。'郑玄曰：'天

事、地事、人事之礼。'”《文选》吕延济注:“齐其先伯夷典天地人之三礼,齐由是兴。”

㊴仁得:指求仁而得仁。信然:的确如此。仰:《汉书》作“卬”。天路:天道。轨:法则。《汉书·叙传》颜师古注:“刘德曰:'人道既然,仰视天道,又同法也。'师古曰:'仁得,谓求仁而得仁。'”

㊵东邻:指殷纣。殷在东,周在西,故东邻指殷。邻:《汉书》作“厸”。歼仁:杀灭仁人。《文选》李善注引曹大家曰:“东邻,谓纣也。歼,尽也。仁,谓三仁也。”按:三仁,指殷之微子、箕子、比干。《史记·殷本纪》:“纣愈淫乱不止。微子数谏不听,乃与大师、少师谋,遂去。比干……乃强谏纣。纣怒曰:'吾闻圣人心有七窍。'剖比干,观其心。箕子惧,乃佯狂为奴,纣又囚之。”王:指周武王。三五:即五位三所。五位,指岁、月、日、星、辰,皆走正位。三所,指逄公之所凭神、周之所分野、后稷之所经纬。《国语·周语下》伶州鸠对景王曰:“昔武王伐殷,岁在鹑火,月在天驷,日在析木之津,辰在斗柄,星在天鼋。星与日、辰之位,皆在北维,颛顼之所建也,帝喾受之。我姬氏出自天鼋,及析木者,有建星及牵牛焉,则我皇妣大姜之侄,伯陵之后,逄公之所凭神也。岁之所在,则我有周之分野也。月之所在,辰马农祥也。我太祖后稷之所经纬也,王欲合是五位三所而用之。”

㊶戎女:指骊姬。春秋骊戎国君之女。晋献公灭骊戎,被纳为夫人而得宠,生奚齐,谮杀太子申生,公子重耳、夷吾皆出奔。献公死,奚齐立,为晋大夫里克等所杀。详见《左传·僖公四年》、《左传·僖公九年》及《国语·晋语一》、《国语·晋语二》。孝:孝子,指晋献公太子申生。《汉书·叙传》颜师古注:“戎女,骊戎之女,谓骊姬也。烈,酷也。孝谓太子申生也。”伯:指晋公子重耳,后来的晋文公,曾为春秋五霸之一。太子申生遇害,重耳奔蒲、亡翟。流亡十九年,后以秦穆公之力得返为君。见《左传·僖公二十三年》、《左传·僖公二十四年》,《国语·晋语》二、三、四。《汉书·叙传》颜师古注:“伯,读曰霸,言文公霸诸侯也。”徂归于龙虎:《文选》李善注引孟康曰:“岁在卯出,历十九年,过一周,岁在酉入;卯东方为龙,酉西方为虎也。”《汉书·叙传》颜师古注:“徂,往也。言以龙往出,以虎归入也。”

㊷发:周武王姬发。命:指天命。《汉书》作“性”。《汉书·叙传》颜师古注:“发,武王名也。性,命也。武王初观兵于孟津,八百诸侯不期而会,皆曰纣可伐矣。武王曰:'尔未知天性。'还师二年,纣杀比干,囚箕子,武王乃克之,于是成天命也。”此注源于《史记·周本纪》。重:晋公子重耳。醉行:指用酒灌醉重耳,送他回晋而得君位。《左传·僖公二十三年》:“(重耳流亡)及齐,齐桓公妻之,有马二十乘,公子安之。从者以为不可。……姜与子犯谋,醉而遣之。”自耦(ǒu偶):指重耳归国正合天意。《汉书·叙传》颜师古注:“耦,合也。”《文选》李善注引应劭曰:“与天时偶会也。”

㊸震鳞：指龙。震为八卦之一，与动物中之龙对应。龙生鳞，故称“震鳞”。漦（lí 梨）：龙的涎沫。夏庭：夏朝王廷。《史记·周本纪》：“昔自夏后氏之衰也，有二神龙止于夏帝庭而言曰：‘余，褒之二君。’夏帝卜杀之与去之与止之，莫吉。卜请其漦而藏之，乃吉。于是布币而策告之，龙亡而漦在，椟而去之。夏亡，传此器殷。殷亡，又传此器周。比三代，莫敢发之。至厉王之末，发而观之。漦流于庭，不可除。……化为玄鼋，以入王后宫。后宫之童妾既龀而遭之，既笄而孕，无夫而生子，惧而弃之。……有夫妇……哀而收之……犇于褒。褒人有罪，请入童妾所弃女子者于王以赎罪。弃女子出于褒，是为褒姒。”匝（zā 咂）：环绕一周，经历。《汉书》作“币”。三正：指夏、殷、周三代。灭姬：指西周因褒姒而亡。姬，周姓。《史记·周本纪》：“幽王得褒姒，爱之，欲废申后，并去太子宜臼，以褒姒为后，以伯服为太子。……申侯怒，与缯、西夷犬戎攻幽王。……遂杀幽王骊山下，虏褒姒，尽取周赂而去。”

㊹巽（xùn 迅）羽：指鸡。巽为八卦之一，与动物中之鸡对应。鸡生羽，故称“巽羽”。化：变化。指雌鸡变为雄鸡。宣宫：汉宣帝之未央宫。弥：终于。五辟：五代帝王，即宣帝、元帝、成帝、哀帝、平帝。或说：元、成、哀、平、孺子婴等。《汉书·叙传》颜师古注引应劭曰：“《易》巽为鸡，羽虫也。宣帝时，未央宫路轸厩中雌鸡化为雄，元后统政之祥也。至平帝，历五世而王莽篡位。”《文选》李善注：“五辟，谓王后，元帝也，成帝也，哀帝也，平帝也。辟，君也。故云终五辟而成灾也。”

㊺道：指天道。修长：长久。修，《汉书》作“悠”。敻（xiòng 兄去声）：通“迥”，远。冥默：玄深不可通至。周：至。《文选》李善注：“曹大家曰：敻，远貌也。周，至也。言天道长远，人世促短，当时冥默，不能见征应之所至也。”

㊻胥：通“须”。仍：因。诹（zōu 邹）：询问。宙：古往今来无限的时间。《汉书·叙传》颜师古注：“应劭曰：胥，须也。仍，因也。诹，谋也。……往古来今曰宙。圣人须因卜筮，然后谋鬼神，极古今，通幽微也。”《易传·系辞下》：“人谋鬼谋，百姓与能。”王弼注：“人谋，况议于众以定失得也。鬼谋，况寄卜筮以考吉凶也。”

㊼妫（guī 归）：陈国之姓。《史记·陈世家》：“陈胡公满者，虞帝舜之后也。昔舜为庶人时，尧妻之二女，居于妫汭，其后因为氏姓，姓妫氏。”巢姜：寄居齐国。《左传·庄公二十二年》：“陈人杀其大子御寇，陈公子完与颛孙奔齐。……懿氏卜妻（陈公子）敬仲……占之曰吉，是谓‘……有妫之后，将育于姜’。”《汉书·叙传》颜师古注引应劭：“妫，陈姓也。巢，居也。姜，齐姓也。孺，少也。陈完（陈公子敬仲）少时，其父厉公使周史卜，得居有齐国之卦也。”旦：周公姬旦，文王子，辅武王灭殷，封于鲁。武王死，摄成王政。见《史记·鲁周公世家》。契龟：钻刻龟甲。《汉书·叙传》颜师古注：“李奇曰：算，数也。祀，年也。周公卜居洛，得世三十，年七百也。”《左传·宣公三年》王孙满对楚子：“成王定鼎于郏

郏，卜世三十，卜年七百。周德虽衰，天命未改。”

㊽宣：周宣王。史称为周中兴之主。见《史记·周本纪》。周宣王之兴见《诗·小雅·无羊》：“牧人乃梦，众维鱼矣，旐维旟矣。大人占之，众维鱼矣，实维丰年；旐维旟矣，室家溱溱。”曹：曹伯阳，春秋曹君。信公孙强之言背晋奸宋，宋景公伐之，遂灭曹，执曹伯阳及公孙强，杀之。事见《左传·哀公七年》和《左传·哀公八年》。《汉书·叙传》颜师古注：“应劭曰：周宣王牧人梦众鱼与旟旐之祥，而中兴；曹伯阳国人梦君子立于社宫谋亡曹，而曹亡也。”鲁：指鲁昭公与鲁定公。《史记·鲁周公世家》：“鲁人立齐归之子裯为君，是为昭公。……三十二年，昭公卒于乾侯。鲁人共立昭公弟宋为君，是为定公。”谣：童谣。《左传·昭公二十五年》：“师己曰：……吾闻文成之世，童谣有之……裯父丧劳，宋父以骄。”杜预注：“裯父昭公死外，故丧劳；宋父定公代立，故以骄。”卫：指卫灵公，襄公子，名元。铭：刻石文字。《庄子·则阳》载狶韦言于仲尼：“夫灵公也死……卜葬于沙丘而吉。掘之数仞，得石椁焉。洗而视之，有铭，曰：‘不冯其子，灵公夺而里之。’夫灵公之为灵也久矣。”《汉书·叙传》颜师古注引孟康曰：“卫灵公掘地得石椁，其铭曰‘灵公’，遂以为谥。”

㊾妣(bǐ 比)：称已死的母亲，此指晋大夫叔向之母。叔向，羊舌氏，名肸(xì 隙)。呱：婴儿啼哭声。《左传·昭公二十八年》：“伯石始生……姑(指叔向之母)视之。及堂，闻其声而还。曰：‘是豺狼之声也。狼子野心，非是。莫丧羊舌氏矣。’遂弗视。”杜预注：“姑，叔向母。”劾：揭发罪状。《汉书》、《艺文类聚》作“刻”。《汉书·叙传》颜师古注引应劭曰：“听其啼声刻，知其后必灭羊舌氏。”亦通。石：伯石，叔向子。许：许负，汉河内人。相理：观察面部纹理。鞫(jū 居)：告。条：指条侯周亚夫。《汉书·周亚夫传》：“亚夫为河内守时，许负相之：‘君后三岁而侯。’……居三岁，兄绛侯胜之有罪，文帝择勃子贤者，皆推亚夫，乃封为条侯。”

㊿道：指法则、规律。混成：混然不可得而知，而万物由之以成。自然：天然，非人力的。术：术数。同原而分流：同一源头而分成不同的支流派别。《汉书·叙传》颜师古注：“大道混一，归于自然，人之所趋虽有流别，本则同耳。”原，《艺文类聚》作“源”。

(51)消息：指祸福消长。《汉书·叙传》颜师古注：“言神明之道，虽在人心之前已定命矣，然亦随其所行，以致祸福。”

(52)斡(wò 握)流：旋转运行。济：止。《文选》李善注引项岱：“斡，转也。迁，徙也。羸，过也。缩，不及也。遭，遇也。罹，忧也。言人受先祖善恶之迹，转徙流行，故有遭遇福祸相及也。”羸：《汉书》作“赢”。

(53)三栾：指晋大夫栾书，栾书子栾黡，栾黡子栾盈。移易：指祸福转移。易：《汉书》作“盈”。《左传·襄公十四年》：“秦伯问于士鞅曰：‘晋大夫其谁先亡(灭亡)？’对曰：‘其栾氏乎。’秦伯曰：‘以其汰(tài 太，犹太骄横)乎？’对曰：‘然。栾黡汰虐已甚，犹可以免(免祸)，其在盈乎(指祸落在盈身上)!'秦伯曰：'何故?'对曰：'武子(即栾书)之德在民，如周人之思召公焉。爱其甘棠，况其子乎？黡死，盈之善未能及人，武子所施(恩惠)没矣，而黡之怨实章(同"彰"，明显)，将于是乎在(指亡祸落在盈身上)。'"忒：差错。《文选》刘良注："栾氏父子虽为一体相掩，然灭亡之道竟不差忒。"

(54)洞：幽洞。众兆：即众人。兆，众，言其多。《文选》李善注引曹大家曰："众，庶也。兆，人也。"《文选》张铣注："洞，幽也。言天道幽微不齐，纷错纠乱，使众人所惑。"

(55)周：庄周，战国宋人，主张清静无为，齐生死祸福。事见《史记·老子韩非列传》。贾：贾谊，汉洛阳人，通诸家书，作《鹏鸟赋》。事见《史记·屈原贾生列传》及《汉书·贾谊传》。荡：放纵。贡：通"讧"，溃败。《文选》李善注引曹大家曰："周，庄周。贾，贾谊也。贡，溃也。愦，乱也。荡，荡不知所守也。庄周、贾谊，有好智之才，而不以圣人为法，溃乱于善恶，遂为放荡之辞。"齐死生与祸福：将生死、祸福视为齐一。《庄子·齐物论》："方(始，随即)生方死，方死方生。"郭象注："故死生之状虽异，其于各安所遇一也。今生者方自谓生为生，而死者方自谓生为死，则无生矣。生者方自谓死为死，而死者方自谓死为生，则无死矣。无生无死，无可无不可，故儒墨之辨，吾所不能同也。"《文选》李善注："庄周曰：生为徭役，死为休息。"《史记·屈原贾生列传》载贾谊《鹏鸟赋》："夫祸之与福兮，何异纠缠！……忽然为人兮，何足控抟；化为异物兮，又何足患?"

(56)抗：高声。爽言：不合理的话。矫情：故违常情，以立异鸣高。畏牺：畏见牺牛。《庄子·列御寇》："或聘于庄子。庄子应其使曰：'子见夫牺牛乎？衣以文绣，食以刍菽。及其牵而入于大庙，虽欲为孤犊，其可得乎?'"忌鹏：忌见鹏鸟入室。《文选·贾谊〈鹏鸟赋〉序》："谊为长沙王傅三年，有鹏鸟飞入谊舍，止于坐隅。鹏似鸮，不祥鸟也。谊既以谪居长沙，长沙卑湿，谊自伤悼，以为寿不得长，乃为赋以自广。"《汉书·叙传》颜师古注引孟康曰："庄周不欲为牺牛，贾谊恶忌鹏鸟也。"

(57)至论：精辟的言论。断谊：以义理裁断。谊，通"义"。《文选》李善注："曹大家曰：至论，谓五经六艺。所以贵之者，顺天之性也。亦当以义断之，不可贪苟生而失名。"

(58)居：处。避：回避。《论语·里仁》："子曰：'富与贵，是人之所欲也。不以其道得之，不处也。贫与贱，是人之所恶也，不以其道得之，不去也。'"《汉书·叙传》颜师古注："言富贵人之所欲，不以其道则君子不居；死亡人之所恶，处得其节则君子不避也。"

(59)孔约：十分简约。輶(yóu 由)德：易于实行之德。语出《诗·大雅·烝民》："德輶如毛，民鲜克举之。"郑玄笺："輶，轻。"輶，原是一种轻车，引申作"轻"解。《文选》李善注引曹大家曰："孔，甚也。輶，轻也。言圣人所守甚约而无二端，则平心立而思虑轻矣。輶德，德轻而易行也。”无累：不被事物所牵累。《文选》李善注引晋灼曰：“与万物无害累也。”《汉书·叙传》颜师古注：“言守其甚约，执心不贰，举德至轻，无所累害，斯为可矣。”

(60)三仁：指上文“东邻虐而歼仁兮”中的微子、箕子、比干。于：《汉书》、《艺文类聚》均作“而”。夷：伯夷，商孤竹君之子。父死，伯夷与弟叔齐推让君位，逃至周。武王伐纣，兄弟叩马谏阻。商灭，二人耻食周粟，饿死首阳山中。事见《孟子·万章下》、《史记·伯夷列传》。惠：柳下惠，春秋鲁大夫。任士师，三被黜。与伯夷并称“夷惠”，为古清高廉洁之士。见《论语·微子》、《孟子·万章下》、《国语·鲁语上》、《左传·僖公二十六年》。舛（chuǎn 喘）：违背，《艺文类聚》作“异”。《汉书·叙传》颜师古注：“赋言微子、箕子、比干所行各异，而并称仁。伯夷不义武王伐殷，至于不食周粟而死。柳下惠三黜不去，恋父母之邦。志执乖舛，俱有令名。”

(61)木：段干木，春秋名士。居魏，不受官禄。偃息：安卧。蕃：《艺文类聚》作“藩”，遮蔽，护卫。《吕氏春秋·开春论·察贤》：“魏文侯过段干木之闾而轼之。……秦兴兵欲攻魏，司马唐谏秦君曰：‘段干木，贤者也，而魏礼之，天下莫不闻，无乃不可加兵乎？’秦君以为然，乃按兵辍不敢攻之。”申：申包胥，春秋楚大夫。《左传·定公四年》载，该年十一月，吴大败楚军，“五战及郢。己卯，楚子取其妹季芈、畀我以出，涉睢。……庚辰，吴入郢。……申包胥如秦乞师……立依于庭墙而哭，日夜不绝声，勺饮不入口七日。秦哀公为之赋《无衣》，九顿首而坐，秦师乃出。”重茧：层层脚茧，指长期跋涉，脚茧很厚。《汉书·叙传》颜师古注：“荆即楚也。茧，足下伤起如茧也。”

(62)纪：纪信，汉赵城人。焚躬：烧身。指被烧死。《史记·项羽本纪》：“项王之救彭城，追汉王至荥阳。……汉将纪信说汉王曰：‘事已急矣。请为王诳楚为王，王可以间出。’于是汉王夜出女子荥阳东门，被甲二千人，楚兵四面击之。纪信乘黄屋车，傅左纛，曰：‘城中食尽，汉王降。’楚军皆呼万岁。汉王亦与数十骑从城西门出，走成皋。项王见纪信，问：‘汉王安在？’信曰：‘汉王已出矣。’项王烧杀纪信。”皓：四皓，汉初四隐士，皆白首，故称。《史记·留侯世家》：“四人从太子，年皆八十有余，须眉皓白，衣冠甚伟。上怪之，问曰：‘彼何为者？’四人前对，各言姓名，曰东园公，角里先生，绮里季，夏黄公。上乃大惊，曰：‘吾求公数岁，公辟逃我，今公何自从吾儿游乎？’”颐志：保养气节。《文选》李善注引项岱曰：“颐，养也。”倾：《汉书》作“营”。营：通“瞢”，惑乱。《汉书·叙传》颜师古注：“皓，四皓也。处商洛深山，高祖求之不得，自养其志，无所营屈。”王念孙《读书杂志·〈汉书〉第十五》：“引之案：师古说营字之义未当。营者，惑也（《说文》本作“瞢”，云惑也。字亦作“荧”，又作“荣”）。言自养其志，而不惑于利禄也。”

(63)侯：语气助词。《汉书·叙传》颜师古注：“侯，发语辞也。《尔雅》曰：‘伊、惟，侯也。’”草木之区别：如草木可以区别为各种各类。语出《论语·子张》，子夏曰："君子之道……譬诸草木，区以别矣。"苟：如果。实：实行。其：《汉书》作"而"。荣：荣耀。《文选》李善注引张晏曰："苟能有仁义之道，心有荣名也。"

(64)要：探求，求取。没世：终身，一辈子。先民：指古贤人。程：法式。

(65)天网：指天道。纮：通"宏"，宏大。《文选》吕向注："纮，大也。"棐（fěi 匪）：辅助，辅导。《艺文类聚》作"匪"。谌：通"忱"，诚。棐谌：辅助诚信。《尚书·康诰》："天畏棐忱。"孔传："天德可畏，以其辅诚。"又《尚书·大诰》："天棐忱辞。"孔传："言我周家有大化诚辞，为天所辅。"《文选》李善注："曹大家曰：'棐，辅也。忱，诚也。相，助也。训，教也。'项岱曰：'天网大覆人上，非不信也，诚欲有诚实于世间，亦当相辅助教也。'……谌与忱古字通，训或为顺。"训：《汉书》作"顺"。

(66)谟：谋求。猷：道术。《汉书》作"繇"。《诗·小雅·巧言》："秩秩大猷，圣人莫之。"毛传："莫，谋也。"郑玄笺："猷，道也。"邻德：以德为邻。《汉书》作"厸悳"。助信：以信为助。《论语·里仁》："子曰：德不孤，必有邻。"《易传·系辞上》："子曰……天之所助者，顺也；人之所助者，信也。"《汉书·叙传》颜师古注："赋言若能谋圣人之大道，有德者必为同志所依，履信者必获他人之助。"

(67)虞《韶》：传说虞舜所作的乐曲名。仪凤：即凤凰来仪。亦即凤凰来舞，仪表非凡。《尚书·益稷》："《箫韶》九成，凤皇来仪。"孔传："韶，舜乐名。言箫，见细器之备。……仪，有容仪。备乐九奏而致凤皇。"孔忘味：即孔子听《韶》乐而忘肉味。《论语·述而》："子在齐闻《韶》，三月不知肉味。"千载：《汉书·叙传》颜师古注："赋言孔子去舜千岁也。"

(68)素文：素王之文，指《春秋》。素，素王，有帝王之德而未居其位者。《抱朴子·博喻》："是以立素王之业者，不必东鲁之丘。"王充《论衡·定贤篇》："孔子不王，素王之业在《春秋》。"后儒者专以"素王"称孔子，故赋称《春秋》为"素文"。底：同"厎（zhǐ 纸）"，引致，达到。《汉书·叙传》颜师古注："应劭曰：底，致也。孔子作《春秋》，素王之文，有视明礼修之信，而致麟。"《文选》李善注引《春秋纬》："麟出周亡，故立《春秋》，制素王，授当兴也。"宾祚：指汉代封孔子后嗣。宾，待以客礼。祚，赐福。《汉书·成帝纪》绥和元年诏曰："考求其后，莫正孔吉，其封吉为殷绍嘉侯。"又，"二月，进爵为公"。《汉书·平帝纪》："元始元年……(封)孔子后孔均为褒成侯，奉其祀。追谥孔子曰褒成宣尼公。"按，孔吉为宋微子后，与孔子同宗。异代：指汉。与孔子作《春秋》时非为一代，故称。与上文"千载"对文。

(69)通灵：通于神灵。入微：入于幽微。《文选》李善注引曹大家曰："言人参于天地，有生之最神灵也。诚能致其精诚，则通于神灵，感物动气，而入微者矣。"

(70)养：养由基，春秋楚人，善射。《战国策·西周策六》：苏厉谓周君曰："楚有养由基者，善射。去杨叶百步而射之，百发百中。"睇（dì 弟）：斜视，流盼。猨号:《淮南子·说山训》:"楚王有白蝯,王自射之,则搏矢而熙。使养由基射之,始调弓矫矢,未发而蝯拥柱号矣。有先中中者也。"高诱注:"熙,戏也。……有先未中必中之征精相动也。"猨,同"蝯"、"猿"。李:李广,西汉武将,善骑射。石开:《史记·李将军列传》:"广出猎,见草中石,以为虎而射之,中石没镞,视之石也。因复更制之,终不能复入石矣。"

(71)"非精诚"二句:《文选》刘良注:"非精神所感焉能通达猿、石,且无实谁肯信也。"

(72)耽:乐于,《汉书》作"湛"。《文选》李善注引项岱曰:"矧,况;耽,乐也。"道真:道德学问的真谛。《汉书·叙传》颜师古注:"躬,亲也。射者微技,犹能精诚感于猿、石,况立身种德,亲耽大道而不倦者乎!"

(73)登:升。孔:指孔子。昊:太昊,又作"太皓"、"太皞"、"太颢",即伏羲氏。上下:指从古到今。纬、经:即经纬、治理的意思。《文选》李善注:"应劭曰:昊,太昊也。孔,孔子也。群龙,喻群圣也。自伏羲下讫孔子,经纬天道备矣。孟康曰:圣人作经,贤者纬之。"

(74)贞观:指天道以正为人观瞻。语出《易传·系辞下》。化:羽化,即死。《文选》李善注引应劭曰:"贞,正也。观,见也。谊,忘也。"又引张晏:"言朝观大道而夕死可也。"《论语·里仁》:"子曰:'朝闻道,夕死可矣。'"《文选》吕向注:"言朝闻正观之道,夕则死矣,犹忘己而遗形骸也。"

(75)胤(yìn 印):继续。《尔雅·释诂》:"胤,续、继也。"彭:即彭祖。《庄子·逍遥游》:"而彭祖乃今以久特闻。"成玄英疏:"彭祖者,姓篯名铿,帝颛顼之玄孙也。善养性,能调鼎,进雉羹于尧,尧封于彭城,其道可祖,如谓之彭祖。历夏经殷至周,年八百岁矣。"老:即老子。《文选》吕延济注:"胤,续。诉,告也。若得续彭祖之年,俱老聃之寿,当告之来智,与之通情。"

(76)乱:古代乐曲的最后一章或辞赋末尾带有总结全文要旨的部分。天造草昧:天造万物,草创于冥昧之中。《易传·屯》彖辞曰:"天造草昧,宜建侯而不宁。"王弼注:"造物之始,始于冥昧,故曰草昧也。"立性命:创立万物生命。《文选》李善注引曹大家曰:"天道始造万物,草创于冥昧之中,皆立其性命也。"

(77)复心:反归天地本心。语出《易传·复》彖辞:"复其见天地之心乎!"王弼注:"复者,反本之谓也,天地以本为心者也。"弘道:将道发扬光大。《论语·卫灵公》:"子曰:'人能弘道,非道弘人。'"邢昺疏:"弘,大也。"《文选》李善注引曹大家曰:"明道在人身,诚能复心弘之,达于天地之性也。"《文选》张铣注:"复心弘道者,惟贤圣能也。"

(78)浑元:天地之元气。处:止,停留。《汉书·叙传》颜师古注:"浑元,天地之气也。处,止也。"《文选》李善注引曹大家曰:"浑,大也。元,气。运,转也。物,万物也。言元气周行,终始无已。"

(79)保身:保全身躯。遗名:指死后遗留好名声。《文选》吕向注:"言能保其身，遗令名于后，亦为人之师表。”

⑧⓪舍生取谊：即“舍生取义”。谊，同“义”。语出《孟子·告子上》：“生亦我所欲也，义亦我所欲也，二者不可得兼，舍生而取义者也。”以：《汉书》作“亦”。道用：道之施行。

⑧①夭物：为物所夭。夭，夭折。忝（tiǎn 腆）：耻辱。《文选》李善注引曹大家曰：“忝，辱也。横夭于物，忧辱伤生，耻辱不过于是。”《汉书·叙传》颜师古注：“言不达性命，自取忧伤，为物所夭，既辱且痛，莫过于是。”

⑧②皓：洁白，《汉书》作“昊”。太素：真质朴素。曷：何。《文选》李善注：“曹大家曰：皓，白也。素，质也。渝，变也。言人能笃信好学，守死善道，不渐染于流俗，是为白尔天质，何有渝变之色也。”

⑧③尚：庶几，差不多。《说文》：“尚，曾也，庶几也。”越：《汉书》作“粤”。王引之《经传释词》：“《夏小正》曰：‘越有小旱。’《传》曰：‘越，于也。’于，犹今人言‘于是’也。”几：几微。《易传·系辞下》：“几者，动之微，吉之先见者也。”“子曰：知几，其神乎！”孔颖达疏：“神道微妙，寂然不测，人若能豫知事之几微，则能与其神道合会也。”沦：没入。《汉书·叙传》颜师古注引应劭曰：“沦，入也。”神域：神界。《文选》李善注引曹大家曰：“大素不染，神色不变，则庶几于神道之几微，而入神明之域矣。”

答宾戏

永平中为郎[1]，典校秘书，专笃志于儒学[2]，以著述为业。或讥以无功[3]。又感东方朔、扬雄自喻以不遭苏、张、范、蔡之时，曾不折之以正道，明君子之所守[4]，故聊复应焉[5]。其辞曰:

宾戏主人曰:“盖闻圣人有一定之论，烈士有不易之分，亦云名而已矣[6]。故太上有立德，其次有立功[7]。夫德不得后身而特盛，功不得背时而独彰[8]。是以圣哲之治，栖栖遑遑，孔席不煗，墨突不黔[9]。由此言之，取舍者昔人之上务，著作者前烈之余事耳[10]。今吾子幸游帝王之世，躬带绂冕之服，浮英华，湛道德，矕龙虎之文，旧矣[11]。卒不能摅首尾，奋翼鳞，振拔洿涂，跨腾风云，使见之者影骇，闻之者响震[12]。徒乐枕经籍书，纡体衡门，上无所蒂，下无所根[13]。独摅意虖宇宙之外，锐思于毫芒之内，潜神默记，絙以年岁[14]。然而器不贾于当己，用不效于一世，虽驰辩如涛波，摛藻如春华，犹无益于殿最也[15]。意者且运朝夕之策，定合会之计，使存有显号，亡有美谥，不亦优虖[16]?”

主人逌尔而笑曰[17]:“若宾之言，所谓见世利之华，阇道德之实，守窔奥之荧烛，未仰天庭而睹白日也[18]。曩者王涂芜秽，周失其驭，侯伯方轨，战国横骛[19]。于是七雄虓阚，分裂诸夏，龙战虎争[20]。游说之徒，风飑电激，并起而救之。其余猋飞景附，霅煜其间者，盖不可胜载[21]。当此之时，搦朽摩钝，铅刀皆能一断[22]。是故鲁连飞一矢而蹶千金，虞卿以顾眄而捐相印[23]。夫啾发投曲，感耳之声，合之律度，淫䵷而不可听者，非韶、夏之乐也[24]。因势合变，遇时之容，风移俗易，乖迕而不可通者，非君子之法也[25]。及至从人合之，衡人散之，亡命漂说，羁旅骋辞，商鞅挟三术以钻孝公，李斯奋时务而要始皇，彼皆蹑风尘之会，履颠沛之势，据徼乘邪以求一日之富贵，朝为荣华，夕为顦顇，福不盈眦，祸溢于世[26]。凶人且以自悔，况吉士而是赖虖[27]？且功不可以虚成，名不可以伪立。韩设辩以激君，吕行诈以贾国[28]。《说难》既遒，其身乃囚。秦货既贵，厥宗亦坠[29]。是故仲尼抗浮云之志，孟轲养浩然之气[30]，彼岂乐为迂阔哉？道不可以贰也[31]。方今大汉洒埽群秽，夷险芟荒，廓帝纮，恢皇纲，基隆于羲、农，规广于黄、唐[32]。其君天下也，炎之如日，威之如神，函之如海，养之如春[33]。是以六合之内，莫不同源共流，沐浴玄德，禀仰太和，枝附叶著，譬犹草木之植山林，鸟鱼之毓川泽[34]。得气者蕃滋，失时者零落，参天地而施化，岂云人事之厚薄哉[36]！今吾子处皇世而论战国，耀所闻而疑所觌[35]，欲从堥敦而度高虖泰山，怀氿滥而测深虖重渊，亦未至也。”

宾曰：“若夫鞅、斯之伦，衰周之凶人，既闻命矣。敢问上古之士，处身行道，辅世成名，可述于后者，默而已虖[37]？”

主人曰：“何为其然也！其昔者咎繇谟虞，箕子访周，言通帝王，谋合神圣[38]。殷说梦发于傅岩，周望兆动于渭滨，齐甯激声于康衢，汉良受书于邳垠[39]。皆俟命而神交，匪词言之所信，故能建必然之策，展无穷之勋也[40]。近者陆子优繇，《新语》以兴，董生下帷，发藻儒林，刘向司籍，辩章旧闻，扬雄谭思，《法言》、《太玄》[41]。皆及时君之门闱，究先圣之壶奥，婆娑虖术艺之场，休息虖篇籍之囿，以全其质而发其文，用纳乎圣德，烈炳乎后人，斯非其亚与[42]。若乃伯夷抗行于首阳，柳惠降志于辱仕，颜潜乐于箪瓢，孔终篇于西狩，声盈塞于天渊，真吾徒之师表也[43]。且吾闻之：一阴一阳，天地之方，乃文乃质，王道之纲[44]。有同有异，圣哲之常。故曰：慎修所志，守尔天符，委命供己，味道之腴，神之听之，名其舍诸[45]！宾又不闻和氏之璧，韫于荆石；隋侯之珠，藏于蚌蛤乎[46]？历世莫眂，不知其将含景耀，吐英精，旷千载而流光也[47]。应龙潜于潢污，鱼鼋媟之，不睹其能奋灵德，合风云，超忽荒，而躆昊苍也[48]。故夫泥蟠而也天飞者，应龙之神也[49]。先贱而后贵者，和、隋之珍也[50]。时暗而久章者，君子之真也[51]。若乃牙、旷清耳于管弦，离娄眇目于毫分；逢蒙绝技于弧矢，班输榷巧于斧斤；良、乐轶能于相驭，乌获抗力于千钧；和、鹊发精于鍼石，研、桑心计于无垠[52]。走亦不任厕技于彼列，故密尔自娱于斯文[53]。”

【说明】

此赋见《文选》卷四十五、《汉书·叙传上》、《艺文类聚》卷二十五。

此篇题不称“赋”，但与东方朔《答客难》、扬雄《解嘲》一样，也是赋的一种。篇中用一个假设的“宾”提出反面意见，然后以“主人”身份加以批驳，表明自己廉洁刚正、不与追名逐利之徒同流合污的观点和要济世安民、不玷污先人美德的愿望。

此赋的写作，受了东方朔《答客难》、扬雄《解嘲》的启示。而直接的起因，则是班固“永平中为郎，典校秘书，专笃志于儒学，以著述为业”，遭到了某些人以为“无功”的讥讽。这当然也可能是作者的设词。

作者通过宾主之问答，力图揭示无功、有功的分别，在于弘道与否，以此说明自己不汲汲于富贵功名，笃志于为文著述，无怨无悔的心志。

篇中宾首先发难，以为身处盛世，应当获取功名富贵；而笃志著述，无补于世，无利于己。而主人则以“功不可以虚成，名不可以伪立”反驳，指出“道不可以二”：商鞅、李斯急功近利，祸遗后世；而仲尼、孟轲弘道为务，为后世垂统。然后继续以“上古之士”为例，说明真正的君子，不在乎一时之荣辱，只要去修心，弘大道，就能流芳百世。

本篇与《答客难》、《解嘲》相比，用典更多，更少俳谐味道，这与班固正统的儒家立场以及经学修养有密切关系。

班固在本篇中言称：“走亦不任厕技于彼列，故密尔自娱于斯文。”与后来曹丕所说的“夫文章，经国之大业，不朽之盛事”（《典论·论文》），已表现出类似的调门，前者实可视为后者的先导。这是我们应当注意的一个批评观念。

【注释】

①永平：汉明帝刘庄年号（58～75）。为郎：《后汉书·班固传》载，明帝除固为兰台令史，后迁为郎，典校秘书。

②儒：《汉书》卷一百作“博”。

③“或讥”句:《文选》李善注引项岱曰:“或有讥班固虽笃志博学,无功劳于时,仕不富贵也。”

④“又感”句:东方朔在《答客难》里回答人们责难他为什么不能像苏秦、张仪那样飞黄腾达时,说:“彼一时也,此一时也,岂可同哉?夫苏秦、张仪之时,周室大坏,诸侯不朝,力政争权,相禽以兵……得士者强,失士者亡,故谈说行焉。……使苏秦、张仪与仆并生于今之世,曾不得掌故,安敢望常侍郎乎!”扬雄在《解嘲》中回答人们讥刺他作《太玄》无济于世,因为范睢、蔡泽一流名相也不争什么《玄》学。扬雄回答说:“范睢,魏之亡命也,折胁拉髂,免于徽索,翕肩蹈背,扶服入橐。激卬万乘之主,界泾阳、抵穰侯而代之,当也。蔡泽,山东之匹夫也,锁颐折頞,涕涶流沫,西揖强秦之相,搤其咽,炕其气,附其背而夺其位,时也。……有谈范、蔡之说于金、张、许、史之间,则狂矣。……虽其人之赡知哉,亦会其时之可为也。故为可为于可为之时,则从;为不可为于不可为之时,则凶。”守:操守。

⑤复:又。应:应答,回复。

⑥一定之论:一旦确定即不更改的言论。烈士:刚烈之士。烈,《汉书》作“列”。不易:不改变。《淮南子·原道训》:“士有一定之论,女有不易之行。”

⑦“故太上”二句:《左传·襄公二十四年》载叔孙豹对范宣子云:“豹闻之,大上有立德,其次有立功。”孔颖达疏:“大上,谓人之最上者,上圣之人也。其次,次圣者,谓大贤之人也。……立德,谓创制垂法,博施济众,圣德立于上代,惠泽被于无穷。……立功,谓拯厄除难,功济于时。”

⑧“夫德”二句:《文选》李善注:“言德以润身,而功以济世。故德不得后其身而特盛,功不得背其时而独彰。”特:单独。彰:彰显,《汉书》作“章”。

⑨栖栖遑遑:奔忙不定,不能安居貌。遑遑,《汉书》作“皇皇”。“孔席”二句:《淮南子·修务训》:“孔子无黔突,墨子无煖席。”按,此二句互文见义。言孔子、墨翟周游列国,急欲推行其道,每至一处,灶突未墨,坐席未暖,又急急他去,不暇安居。煗(nuǎn 暖):“暖”的异体字。《艺文类聚》卷三十五作“煖”。突:灶突,锅灶的烟囱。

⑩“取舍”二句:言“取舍”为重,“著作”为轻。上务:最上任务。前烈:古代的贤者。余事:其他的事。

⑪带:衣带。《汉书》无“绂”字。冕:冠。“浮英华”二句:《文选》张铣注曰:“浮游于盛美之时,沉潜于道德之间。见朝廷之事焕然共有文章久矣!”瞀(mǎn 满):视。文:古“纹”字。旧:久。

⑫“卒不能”六句:此以龙为喻。摅(shū 舒):舒展。奋:振起。洿(wū 乌)涂:污泥浊水。洿,《说文》:“洿,浊水不流也。”涂,泥。“使见之者”二句:《文选》李善注:“见之者虽影而必骇,闻之者虽想而必震,言惊惧之甚,不俟形声也。”影:《汉书》作“景”。响:《汉书》作“嚮”。

⑬枕经籍书：枕着经典，垫着书籍，形容埋头读经书，沉溺其中。《艺文类聚》无“书”字。籍：同“藉”，垫席，此意为垫着。纡：屈。衡门：横木为门，指简陋的房屋，贫贱者所居。衡：横。“上无”二句：言上下无人援助。

⑭“独摅”二句：《文选》张铣注：“摅，舒也；宇宙，天地也；锐，精也；毫芒，细小也。言造制文史，则舒意于天地之外，精思细小之内，以成其文章也。”毫：《汉书》作“豪”。“潜神”二句：《文选》刘良注：“亘（即“絙”），犹终也。言常用神思，潜默记事，以终年岁也。”

⑮器：喻才能。贾：卖。当己：指正当自己在世之时。摛藻：铺陈文辞，谓施展文才。摛：舒展，铺陈。华：同“花”。殿最：此指名位之先后。殿，最末。最，最先。

⑯“意者”五句：《文选》李周翰注：“宾劝主人且为权宜之计策以取富贵也。”意者：表示测度。显号：显贵的名位。美谥：褒美的谥号。

⑰逌（yóu 油）尔：笑貌。笑：《汉书》作“答”。

⑱《汉书》“所谓”前有“斯”字。世：《汉书》作“势”。华、实：分别以花与果实喻华丽的外表与实际内容。闇：同“暗”，不明了，不了解。窔（yào 耀，又读 yǎo 咬）奥：泛指角落。窔，屋东南角，《汉书》作“突”，《艺文类聚》作“突”。奥，屋西南角。荧烛：光亮小而暗的火烛。仰：《汉书》作“卬”。天庭：指天空。

⑲曩者：当初，往昔。王：指周天子。涂：道。芜秽：喻混乱失度。驭：《汉书》作“御”。侯伯：侯爵与伯爵，这里泛指诸侯。方轨：并驾齐驱。战国：谓统治一方、相互交战的国家。这里指各国。横骛：纵横驰骋。

⑳七雄：指秦、楚、齐、赵、燕、韩、魏七国。虓阚（xiāo hǎn 消喊）：虎暴怒哮吼貌，引申为勇猛强悍。语出《诗·大雅·常武》：“阚如虓虎。”《汉书》“战”字后有“而”字。

㉑飑：《汉书》作“飚”。风飑（biāo 标）：风大而急，比喻气盛。电激：如电激发，喻迅速威猛。救之：救诸侯之危急。其余：指史传所不记载之游士。猋：暴风。景：“影”的古字。霅煜（zhá yù 札玉）：光耀貌，《汉书》作“煜霅”。

㉒“搦（nuò 诺）朽”二句：《文选》刘良注：“朽，钝，谓不才之人也；搦、磨，皆自激厉也。言当此之时，不才者皆亦激厉以求侥倖，如铅锡之刀能一断割。”摩：《艺文类聚》作“磨”。

㉓“是故”句：《史记·鲁仲连邹阳列传》载，鲁仲连，齐国高士。齐围燕，燕将固守聊城。仲连系帛书于矢射入城内，为陈利害。燕将读其书，泣而自杀。鲁仲连游赵。是时秦国围赵，欲迫赵尊秦为帝。闻仲连为赵谋，却军五十里。平原君以千金为仲连寿，仲连不受，辞去。蹶：抛弃，舍弃。“虞卿”句：《史记·平原君虞卿列传》载，秦王迫赵王献魏齐头，时虞卿为赵相，知赵王不可说，乃弃相印而与魏齐出走。顾眄：回视，斜视。捐：弃。

㉔啾：口吟。发：指发声。投曲：应合曲调。淫䵷（wā 哇）：指曲调淫邪不

正。韶:舜时乐曲名。夏:即大夏,周"六舞"之一,相传为夏禹时的乐舞。

㉕"因势"五句:《文选》张铣注:"言人因乎权势,合于变通,遇(同"偶")与时会者,虽亦移风易俗,且复乖迕于道,苟合目前,此不可通于政体也,盖非贤哲之长法也。"容:《汉书》作"会"。乖迕(wǔ 午):抵触,违逆。迕,《汉书》作"忤"。

㉖从人合之:合纵家苏秦联合东方六国。从,同"纵"。衡人散之:连横家张仪离散六国之盟以助秦。亡命:《文选》吕延济注:"谓弃君命而外游者也。"漂说:即游说。羁旅:指在外游说诸侯的人。骋辞:施展口才。"商鞅"句:《史记·商君列传》载,商君姓公孙名鞅,封于商,又称商鞅。曾以王道、霸道说秦孝公,均不纳,后说以富国强兵之策 ,孝公用之,使秦国力大增。三术:《汉书·叙传》颜师古注:"王一也,霸二也,富国强兵三也。"钻:钻营,《艺文类聚》作"瓒"。"李斯"句:《史记·李斯列传》载,李斯,楚人,以六国皆弱不足有为,乃入秦,被拜为上卿。奋:奋辞,慷慨陈述。时务:指战国时东方六国相互攻伐之事。要:《文选》吕向注:"要,致也。谓致始皇为强暴之法。"彼:指商鞅、李斯之流。风尘、颠沛:喻危乱之世。风尘:《汉书》作"风云"。据徼:依据侥幸。乘邪:利用邪险。"朝为"四句:秦孝公死后,商鞅车裂死;始皇死后,李斯被腰斩。眦:《文选》吕延济注:"眦,目匡也。不盈目匡者,言不久也。"夕为顦顇:《汉书》作"夕而焦瘁",《艺文类聚》作"夕而憔悴"。

㉗凶人:此指商鞅、李斯之流。以自悔:指商鞅、李斯等临死前的自悔。《史记·李斯列传》:"二世二年七月,具斯五刑,论腰斩咸阳市。斯出狱,与其中子俱执,顾谓其中子曰:'吾欲与若复牵黄犬俱出上蔡东门逐狡兔,岂可得乎?'遂父子相哭,而夷三族。"吉士:班固自指。

㉘韩:韩非。激:《汉书》作"徼",谋求名利。吕:指吕不韦。贾国:吕不韦本阳翟巨商,在邯郸见秦公子子楚为质于赵,以为奇货可居。入秦,为子楚活动,使得归嗣位,为庄襄王。因以不韦为相,封文信侯。秦始皇年幼即位,尊不韦为仲父,主政。详见《史记·吕不韦列传》。

㉙《说难》:《韩非子》中篇名。遒:终竟,完结,《汉书》、《艺文类聚》作"酋"。"其身"句:《史记·老子韩非列传》载韩非尝作《孤愤》、《说难》等十余万言,入秦,李斯忌其才,囚于狱中,又迫其自杀。秦货:指秦公子子楚。"厥宗"句:秦始皇亲政后,吕不韦因嫪毐(lào ǎi 涝矮)获罪牵连,罢官,流放西蜀,途中自杀。坠:坠毁,败坏,《汉书》作"隧"。

㉚"是故"句:《论语·述而》:"子曰 :……不义而富且贵,于我如浮云。""孟轲"句:《孟子·公孙丑上》载孟子语:"我善养吾浩然之气。"

㉛迂阔:不切合实际。贰:有二心,心意不专。

㉜埽:同"扫"。夷:平夷,扫平。芟:除杂草。这句指芟除社会上一切邪恶东西。"廓帝"二句:《文选》吕向注:"廓,开也。恢,大也。言开大五帝三皇之纲纪也。"帝纮:王道,帝王治国的纲纪。羲:伏羲。农:神农。规:规模。黄:黄帝。

唐:唐尧。

㉝炎:光照。函:包容。

㉞六合:天地四方。源:《汉书》作“原”。玄德:天德。仰:《汉书》作“卬”。太和:天地间冲和之气。植:《艺文类聚》作“殖”。毓:同“育”。

㉟零:《汉书》作“苓”。“参天”二句:《文选》刘良注:“天地为二,兼天子为三,故云三天地。”《文选》李善注引项岱曰:“言汉家之施化布德,周参天地,岂人所能论耶!”地:《汉书》作“墬”。

㊱《汉书》“今”字后无“吾”字。“耀所闻”句:《文选》吕延济注:“曜,明也,言其以远之所闻为明,以今之所见为疑也。”觌(dí 敌):见,看到。斄(wú 无)敦:泛指小山丘。氿(guǐ 鬼)滥:小泉。重渊:指海。

㊲闻命:即闻名,出了名。与后“默而已”对文。“敢问”五句:《文选》吕向注:“言上古之士,行道成名,可述于后世者,岂有默然无所制作而止于一时?”

㊳《汉书》无“昔者”两字。“咎繇谟虞”句:《尚书》有《皋陶谟》篇。咎繇:即“皋陶”,舜臣。谟:谋划,谋议。虞:虞舜。箕子:商纣王叔父,封于箕。尝为纣所囚。武王灭商释之,使归镐京。访周:访于周。《文选》张铣注:“言不然也,谓亦有所制作也。”李周翰注:“咎繇为舜谟,以致太平;武王访于箕子,问以天道政理之事,言此二臣所谋,皆达帝王之至理,合于神明,无所不通。”

㊴“殷说”句:相传殷高宗武丁夜梦圣人,名说。后于傅岩求得梦中之人,用为相,使天下大治。“周望”句:太公望吕尚钓于渭水之阳,周西伯猎,遇之,与之语,大喜,载与归,以为师。后太公望佐武王伐殷,封于齐。见《史记·齐太公世家》。“齐甯”句:相传春秋齐甯戚家贫为人挽车,至齐贩牛,叩车傍木而歌于康衢。桓公与语,举以为大夫。事见《淮南子·道应训》。齐甯:即齐人甯戚。康衢:四通八达的大路。“汉良”句:汉初张良隐下邳,于水边遇老人授之兵书。后良佐刘邦成帝业。事见《史记·留侯世家》。汉良:汉代张良。垠:《汉书》作“沂”,水边。

㊵“皆俟命”四句:《文选》刘良注:“言上四人,皆待天命,是神灵之交,匪词言游说之所相信也。故能立必成之计,申其大功也。建,立也;展,申也;无穷,言大也;勋,功也。”俟:《艺文类聚》作“侯”。

㊶陆子:陆贾。优繇:安闲自得。《新语》:书名。“近者”二句:《史记·陆贾列传》载陆贾曾为刘邦述存亡之征,著书十二篇,名为《新语》。董生:指董仲舒。下帷:放下帷幕,指下句专心著述(《春秋繁露》),目不窥园。“刘向”二句:汉刘向,成帝时为光禄大夫,校阅经传诸子诗赋等书籍,著《别录》。事见《汉书·刘向传》。辩章:分辨明白。辩,通“辨”。“扬雄”二句:汉扬雄仿《论语》作《法言》,仿《周易》作《太玄经》,见《汉书·扬雄传》。谭思:精深的思想。谭,《汉书》作“覃”。

㊷“皆及”句:《文选》吕向注:“言能尽先圣之大道者,如入于先圣所居室

中。”闱：宫中之门。究：尽。壸(kǔn 捆)：宫中巷路。婆娑：纵逸自得貌。用纳：被采纳实行。乎：《汉书》作“虖”。德：《汉书》作“听”。烈：功业，《汉书》作“列”。炳：光大。乎：《汉书》作“于”。《汉书》“非”后有“斯”字。亚：次。与：通“欤”。

㊸“若乃”句：《史记·伯夷列传》载，商孤竹国君之子伯夷与其弟叔齐互让君位，先后逃至首阳山。后曾谏止周武王讨伐商纣。商灭后，兄弟二人发誓不食周粟，遂饿死于首阳山。夷：伯夷。“柳惠降”句：《论语·微子》：“柳下惠为士师，三黜。人曰：‘子未可以去乎？’曰：‘直道而事人，焉往而不三黜？枉道而事人，何必去父母之邦？’”惠：即柳下惠。“颜潜”句：《论语·雍也》：“子曰：‘贤哉回也！一箪食，一瓢饮，在陋巷，人不堪其忧，回也不改其乐。贤哉回也！’”颜：颜回。“孔终”句：《史记·孔子世家》载，孔子曰：“不降其志，不辱其身，伯夷、叔齐乎！”“柳下惠少连降志辱身矣！”鲁襄公十四年春，狩大野，获麟，孔子见之曰：“吾道穷矣！”“吾道不行矣！”乃因史记作《春秋》，上至鲁隐公，下讫鲁哀公十四年。“声盈”句：《文选》刘良注：“言伯夷等四人，声名达于天下，塞于深渊。”《汉书》无“伯”、“柳”字，“潜”作“耽”，《艺文类聚》同。

㊹“一阴”二句：《易传·系辞上》：“一阴一阳之谓道。”地：《汉书》作“墬”。方：常道。“乃文乃质”二句：《文选》吕延济注：“言文质同异，各在一时，此圣哲之道所常然也。哲，智也。”

㊺天符：天之符命。委命：听任命运支配。供己：严肃恭敬地约束自己。供：通“恭”，《汉书》作“共”。味道：研味道德。腴：膏腴，喻道之美者。“神之”二句：《文选》李善注引项岱曰：“有贤智君子，行之如此，神岂舍之乎？将必福禄之。”神之听之：语出《诗·小雅·小明》：“神之听之，式穀以女。”又，“神之听之，介尔景福”。神：神明，神灵。

㊻“宾又不闻和氏”二句：相传楚人卞和得玉璞于荆山中，先后献之厉王、武王。玉工辨之均曰：“石也。”以诳欺罪，被刖双足。后献之文王，使玉工理之，果得宝玉，名为“和氏璧”。事见《韩非子·和氏》。韫：藏。“隋侯”二句：《淮南子·览冥训》“隋侯之珠”高诱注：“隋侯见大蛇伤断，以药傅之。后蛇于江中衔大珠以报之，因曰隋侯之珠，盖明月珠也。”隋：《汉书》作“随”。乎：《汉书》作“虖”。

㊼眡：古“视”字，看见。《汉书》“流”字后有“夜”字。

㊽应龙：传说中一种有翼的龙。潢(huáng 黄)污：小而不流动的水洼。鼋(yuán 元)：大鳖。媟(xiè 泄)：狎慢，不恭敬。奋：发起。灵德：神灵的恩德。合：会集，聚合。忽荒：谓天下八荒。踞：以足据持。昊苍：指天。昊，《汉书》作“颢”。

㊾泥蟠而也天飞：蟠居于泥水而腾飞于天空。应龙：古代传说中一种有翼的龙。

㊿和、隋之珍：指和氏璧和隋侯珠。隋，《汉书》作“随”。

(51)时暗而久章：一时暗淡而长久彰显。章，通“彰”，明也。《文选》李善注：“项岱……言君子怀德，虽初时未见显用，后亦终自明达。”

(52)“若乃牙、旷”句：牙，伯牙，古之善鼓琴者。旷，师旷，字子野，春秋晋乐师，善辨音声乐律。事散见《逸周书·太子晋》、《左传·襄公十四年》、《国语·晋语八》。“离娄”句：《孟子·离娄上》“离娄之明”赵岐注：“离娄者，古之明目者，盖以为黄帝之时人也。……能视于百步之外，见秋毫之末。”眇：谛视，仔细看。毫、分：都是度量单位，这里喻极细微。毫，《汉书》作“豪”。分，《艺文类聚》作“末”。逄(pāng 旁)蒙：古之善射者。《孟子·离娄下》载他学射于羿，尽羿之技。技：《艺文类聚》作“伎”。班输：姓公输名般，春秋时鲁国人，又称鲁班，著名工匠。其事散见《礼记·檀弓下》、《战国策·宋策》、《墨子·公输》等。推(què 却)：专一，专门，《汉书》作“榷”，《艺文类聚》作“擢”。良：王良，春秋晋之善御马者，事散见《孟子·滕文公下》、《吕氏春秋·审分览》、《淮南子·览冥训》等。乐：伯乐，春秋秦穆公时人，以善相马著称。事见《庄子·马蹄》、《列子·说符》。《荀子·王霸》杨倞注以为王良即伯乐。按，杨倞说恐非，此句分承，言“良轶能于驭，乐轶能于相”。乌获：战国时秦力士，见《史记·秦本纪》。钧：古以三十斤为一钧。和：又称医和，春秋秦名医。其事见《左传·昭公元年》。鹊：扁鹊，战国时名医，《史记》有传。鍼(zhēn 真)：“针”的异体字。研、桑：计研与桑弘羊，二人皆古之善计算者。《文选》李善注：“《史记》曰：‘越王勾践困于会稽之上，乃用范蠡计然。’韦昭曰：‘研，范蠡之师计然之名也。’《汉书》曰：‘桑弘羊，雒阳贾人子，以心计为侍中也。’”垠：边，止境。

(53)走：作者自称，《汉书》、《艺文类聚》作“仆”。厕：列入。彼列：指伯牙、师旷、离娄、逄蒙、班输、王良、伯乐、乌获、医和、扁鹊、计研、桑弘羊等。密：安静。尔：《艺文类聚》作“迩”。斯文：此文，指文史之业。

耿恭守疏勒城赋

日兮月兮，阨重围[①]。

【说明】

此赋见《文选·潘岳〈关中诗〉》李善注。

此赋仅存残句。耿恭是一位对大汉帝国忠心耿耿的将军，他守疏勒城（西域国名。西汉宣帝时属西域都护府，治所在今新疆喀什市）时三度被困，援兵不至。他与士兵推诚同生死，共患难，喝马粪汁，煮铠弩，食筋革，而无二心。中郎将郑众上疏曰："耿恭以单兵固守孤城（指疏勒），当匈奴之冲，对数万之众，连月逾年，心力困尽，凿山为井，煮弩为粮，出于万死无一生之望，前后杀伤丑虏数千百计，卒全忠勇，不为大汉耻。恭之节义，古今未有。"这就是班固之所以歌颂他的原因。后恭因忤车马将军马防免官，卒于家。传附《后汉书·耿弇传》。

【注释】

①阨（è厄）：险阻，阻塞。

竹扇赋

青青之竹形兆直，妙华长竿纷寔翼[①]。杳篠丛生于水泽。疾风时，纷纷萧飒[②]。削为扇，翣成器，美托御君王[③]。供时有度量，异好有圆方[④]。来风辟暑致清凉，安体定神达消息[⑤]。百王传之赖功力，寿考康宁累万亿[⑥]。

【说明】

此赋见《古文苑》卷五，是我们现在可见的最早写竹扇器具的赋作。赋写扇子的取材、制作及其功用。在此短短的作品中，作者也要表达他对汉王朝的忠诚。班固的确是一位正统的赋家。

【注释】

①形兆：形迹，形象。华："花"的古字。竹开花即枯死，须立即砍伐剖篾才能制扇。纷：繁多貌。翼：遮挡，遮掩。

②杳篠（yǎo tiǎo 咬朓）：幽深貌。萧飒：即萧瑟，风吹竹叶声。

③翣（shà 霎）：扇，楚人谓之翣。御：供奉。

④量：规格，大小。

⑤辟："避"的古字。消息：本指自然现象随时间推移而消长更替，此引为时光。

⑥寿考：长寿。《说文》："考，老也。"

终南山赋

伊彼终南[①]，岿嶻嶙囷[②]。槩青宫，触紫辰[③]。嵚崟郁律，萃于霞雰，暧晻晻蔼，若鬼若神[④]。傍吐飞濑，上挺修林，玄泉落落，密荫沉沉[⑤]。荣期、绮季，此焉恬心[⑥]。三春之季，孟夏之初，天气肃清，周览八隅[⑦]。皇鸾鸑鷟，警乃前驱[⑧]。尔其珍怪，碧玉挺其阿，密房溜其巅[⑨]。翔凤哀鸣集其上，清水泌流注其前。彭祖宅以蝉蜕，安期飧以延年[⑩]。唯至德之为美，我皇应福以来臻。埽神坛以告诚，荐珍馨以祈仙。嗟兹介福，永钟亿年[⑪]。(《初学记》卷五，《古文苑》卷五)

流泽遂而成水，停积结而为山[⑫]。(《文选·左思〈魏都赋〉》李善注、《文选·孙绰〈游天台山赋〉》李善注)

固仙灵之所游集。(《文选·王巾〈头陀寺碑文〉》李善注)

【说明】

此赋为残篇。从现在能见到的赋篇来看，班固与稍前于他的杜笃，是最早把名山作为描写对象的赋家。此赋描写终南山的高峻险要，并表现以它为依托的神话。作者在赋篇的结尾，仍不忘为汉王朝祈求洪福。

【注释】

①伊：语气词。终南山：秦岭山峰之一，在陕西省西安市南，又称南山。

②岿嶻(kuī jié 亏截)：高峻貌。嶙囷：即嶙峋，峻峭叠耸貌。《古文苑》章樵注："盘旋也。"

③槩：通"扢"，摩擦。《文选·曹植〈又赠丁仪王粲〉》："承露槩太清。"李善注："《广雅》曰：扢，摩也。"《古文苑》章樵注同。

④嵚崟(qīn yín 钦银):高峻貌。郁律:高貌。萃:集。霞雰:云雾。雰,雾气。暧昧(duì 对):同"暧曃",昏暗不明貌。《古文苑》章樵注:"暧昧,音爱逮。云雾吐吞,障蔽天日,变化殊形。"晻蔼:阴暗貌。

⑤濑:急流。玄泉:瀑布。玄,通"悬"。《文选·张衡〈东京赋〉》:"右睨玄圃。"李善注:"'玄'与'悬'古通。"落落:通"洛洛",水流下之貌。

⑥荣期、绮季:泛指隐士。三国魏嵇康《琴赋》亦有"遁世之士荣期、绮季之畴"之语。荣期,春秋隐士荣启期之省称,参阅清钱大昕《十驾斋养新录·古人姓名割裂》。绮季,即绮里季,秦末汉初隐士,与东园公、夏黄公、角里先生同隐商山,并称"商山四皓"。汉高祖征召,不应。后高祖欲废太子,吕后用张良计厚礼卑辞迎四皓以辅太子,遂辍废太子事。见《史记·留侯世家》。

⑦三春:春季的三个月,即夏历一、二、三月。季:指春季最后一个月。孟夏:夏季第一个月,即夏历四月。八隅:八方。

⑧皇:皇鸟,传说中的雌凤。鸾、鷟鸑:亦凤属。《新编分门古今类事·梦兆》:"凤鸟有五色赤文章者,凤也;青者,鸾也;黄者,鹓鶵也;紫者,鷟鸑也。"䭾:同"驱"。

⑨溜:形容蜂房众多,排列如水流。

⑩彭祖:《庄子·逍遥游》:"而彭祖乃今以久特闻。"成玄英疏:"彭祖者,姓篯,名铿,帝颛顼之玄孙也。善养性,能调鼎,进雉羹于尧,尧封于彭城,其道可祖,故谓之彭祖。历夏经殷至周,年百百岁矣。"后升仙而去。蝉蜕:喻脱俗成仙。《文选·夏侯湛〈东方朔画赞〉》:"蝉蜕龙变,弃俗登仙。"安期:即安期生,先秦方士,传说为道家仙人,《史记·封禅书》、《汉书·郊祀志上》及刘向《列仙传》有载。

⑪应:受,承受。臻:至,到。馨:香之远闻者。祈:求。嗟兹:叹息声。兹,又作"咨"。介福:大福。钟:聚,集。《古文苑》卷五作"终"。

⑫"流泽"二句:为残句,《文选·左思〈魏都赋〉》:"流而为江海,结而为山岳。"本此。

览海赋

运之修短[①],不豫期也[②]。

【说明】

赋见《文选·潘岳〈西征赋〉》李善注,系残句。

【注释】

①修短:即长短。

②不豫期:不能预先约定或估计。豫,通“预”,事先有所准备。

白绮扇赋

【说明】

本篇佚，仅存篇目，见《初学记》卷二十五。

班 昭

班昭(约 49～120),字惠班,一作惠姬,又名姬,东汉扶风安陵(今陕西咸阳东北)人,班彪女,班固妹。嫁曹世叔,早寡。班固著《汉书》,八表及《天文志》未成而卒,汉和帝命她就东观藏书阁续成之。《汉书》难读,只有班昭能够通解,她曾教马融等诵读。她屡受召入宫,皇后及诸贵人皆以师事之,号曰"大家(gū)"。她是《女诫》的作者,以贬抑妇女而闻名。《隋书·经籍志四》载有《曹大家集》三卷,原集已不传。今仅存赋四篇,其中《蝉赋》为残篇。传在《后汉书·列女传》。

东征赋

惟永初之有七兮，余随子乎东征[①]。时孟春之吉日兮，撰良辰而将行[②]。乃举趾而升舆兮，夕予宿乎偃师[③]。遂去故而就新兮，志怆悢而怀悲[④]。

明发曙而不寐兮，心迟迟而有违[⑤]。酌鳟酒以弛念兮，喟抑情而自非[⑥]。谅不登椝而椓蠡兮，得不陈力而相追[⑦]？且从众而就列兮，听天命之所归[⑧]。遵通衢之大道兮，求捷径欲从谁[⑨]？乃遂往而徂逝兮，聊游目而遨魂[⑩]。

历七邑而观览兮，遭巩县之多艰[⑪]。望河洛之交流兮，看成皋之旋门[⑫]。既免脱于峻崄兮，历荥阳而过卷[⑬]。食原武之息足，宿阳武之桑间[⑭]。涉封丘而践路兮，慕京师而窃叹[⑮]。小人性之怀土兮，自书传而有焉[⑯]。

遂进道而少前兮，得平丘之北边[⑰]。入匡郭而追远兮，念夫子之厄勤。彼衰乱之无道兮，乃困畏乎圣人[⑱]。怅容与而久驻兮，忘日夕而将昏[⑲]。到长垣之境界，察农野之居民[⑳]。睹蒲城之丘墟兮，生荆棘之榛榛。惕觉寤而顾问兮，想子路之威神[㉑]。卫人嘉其勇义兮，讫于今而称云。蘧氏在城之东南兮，民亦尚其丘坟[㉒]。唯令德为不朽兮，身既没而名存。

惟经典之所美兮，贵道德与仁贤。吴札称多君子兮，其言信而有征[㉓]。后衰微而遭患兮，遂陵迟而不兴[㉔]。知性命之在天，由力行而近仁[㉕]。勉仰高而蹈景兮，尽忠恕而与人[㉖]。好正直而不回兮，精诚通于明神[㉗]。庶灵祇之鉴照兮，祐贞良而辅信[㉘]。

乱曰：君子之思，必成文兮，盍各言志，慕古人兮[㉙]。先君行止，则有作兮；虽其不敏，敢不法兮[㉚]。贵贱贫富，不可求兮[㉛]。正身履道，以俟时兮[㉜]。修短之运，愚智同兮[㉝]。靖恭委命，唯吉凶兮[㉞]。敬慎无怠,思嗛约兮[35]。清静少欲,师公绰兮[36]。

【说明】

此赋见《文选》卷九、《艺文类聚》卷二十七。

此赋基本上是无病呻吟。班昭自谓:“先君行止,则有作兮;虽其不敏,敢不法兮。”只因其父班彪作《北征赋》,她也要效法作《东征赋》。赋作历述她从洛阳至她儿子任所——陈留长垣县沿途的见闻。但叙述人物和事件全部依照她的道德标准:“唯令德之不朽兮,身既没而名存;惟经典之所美兮,贵道德与仁贤。”班昭不愧为《女诫》的作者,封建礼教的卫士。

【注释】

①永初:东汉安帝年号(107～113)。有七:指永初七年(113)。按,《文选》李善注引《东观汉记》:“和帝年号永初。”考汉和帝在位十八年,有年号永元、元兴,并无永初。余:班昭自称。

②孟春:春季第一个月,即农历正月。

③升舆:登上车子。偃师:县名,汉属河南郡,今河南省偃师县。

④去故:离开故居。就新:来到新住所。《楚辞·九辨》:“怆怳圹悢兮,去故而就新。”怆悢:悲伤惆怅。

⑤“明发”句:《诗·小雅·小宛》:“明发不寐,有怀二人。”明发:醒。“明”、“发”系同义词,夜醒不寐为发。迟迟:迟疑。违:不顺心。

⑥罇(zūn 尊):同“樽”。弛念:指减弱对故居的思念之情。自非:自以悲伤思念之情为非。

⑦“谅不”二句:言自己既不能过远古人居巢食蠡的生活,怎能不让儿子陈力从仕,而自己跟随他呢?橧(cháo 巢):指远古人类在树上搭成的简陋住处。椓蠡(zhuó lí 浊离):指砸开螺壳,生食其肉。椓,敲击。蠡,通“蠃”。陈力:指施展能力。《论语·季氏》:“孔子曰:‘求!周任有言曰:陈力就列,不能者止。’”

⑧从众:遵从多数人的做法。就列:指进入官员行列,出处见前注。

⑨通衢:四通八达的大道。捷径:斜路,喻不正之道。

⑩徂逝:远行。遨魂:在游览中娱乐心神。

⑪七邑:指巩县(今河南巩县西南)、成皋(今河南荥阳西北)、荥阳(今河南荥阳东北)、卷县(今河南原阳西)、阳武(今河南原阳东南)、原武(今河南原阳)、封丘(今河南开封北)等七县。

⑫河:黄河。洛:洛水,于河南省巩县入黄河。旋门:关名,故址在今河南省荥阳市汜水镇西南。详见顾祖禹《读史方域纪要·河南·开封府》。

⑬卷：县名。《六臣注文选》作“武卷”，吕向注：“荥阳、武卷，皆县名。”

⑭原武、阳武：皆当时县名，属河南郡，见上注。桑间：桑林之间。

⑮“涉封丘”二句：《文选》吕向注：“涉经封丘县界，故复践其路，盖入陈留界，乃思慕京邑而窃自叹息。”封丘：属汉陈留郡。

⑯“小人”句：《论语·里仁》：“君子怀德，小人怀土。”怀土：安于所处之地而不轻易迁移。

⑰平丘：地名，属陈留郡。

⑱“入匡”四句：《史记·孔子世家》：“将适陈，过匡……匡人闻之，以为鲁之阳虎。阳虎尝暴匡人，匡人于是遂止孔子。”匡郭：今河南省长垣县西南十五里有匡城，盖即孔子当年被囚之地。追远：追忆古事。夫子：指孔子。厄勤：困厄勤苦。衰乱：指世道衰落混乱。畏：通“围”，围困。

⑲容与：犹豫，迟缓不前貌。

⑳长垣：当时县名，属陈留，在今河南省长垣县。《文选》刘良注认为即作者之子上任之县。

㉑“睹蒲城”四句：据《史记·仲尼弟子列传》载，孔子弟子子路曾为蒲大夫。卫太子聩作乱，时子路为卫大夫孔悝邑宰，不愿跟随孔悝迎立聩，请求杀孔悝。聩使人攻子路，击断其缨。子路曰：“君子死而冠不免。”遂结缨而死。蒲城：即子路当年所理之邑，在原长垣西，今属河南省长垣县。顾问：回顾询问左右。

㉒蘧氏：春秋卫人，名瑗，字伯玉，卫大夫蘧无咎子。孔子在卫，常住其家。卫大夫史鳝知其贤，屡荐于灵公，皆不用。事迹见《论语·卫灵公》、《论语·宪问》、《左传·襄公十四年》、《左传·襄公二十六年》、《韩诗外传七》、《淮南子·原道训》等。丘坟：此指蘧瑗之墓。《文选》李善注引《陈留风俗传》：“长垣县有蘧乡，有蘧伯玉冢。”

㉓“吴札”句：《左传·襄公二十九年》：“吴公子札……适卫，说蘧瑗、史狗、史鳝、公子荆、公叔发、公子朝，曰：‘卫多君子，未有患也。’”征：证验。

㉔衰微、遭患：指卫国的境况。春秋后期卫败于翟，迁都楚丘，国力渐弱。后为魏之附庸，又为秦之附庸。公元前209年为秦所灭。参阅《史记·卫世家》。陵迟：败落、衰败。

㉕“知性命”句：《论语·颜渊》：“子夏曰：‘死生有命，富贵在天。’”“由力行”句：《礼记·中庸》：“子曰：‘好学近乎知，力行近乎仁，知耻近乎勇。’”力行：努力实践。

㉖勉：尽力，努力。仰高而蹈景：《诗·小雅·车舝》：“高山仰止，景行行止。”仰高：喻仰慕高尚德行。忠恕：《论语·里仁》：“夫子之道，忠恕而已矣。”朱熹集注：“尽己之谓忠，推己之谓恕。”

㉗“好正”二句：《诗·小雅·小明》：“靖共尔位，好是正直。神之听之，介尔景福。”回：邪僻。《诗·小雅·钟鼓》：“其德不回。”毛传：“回，邪也。”

㉘庶：众。灵祇(qí其)：神灵。“贞良”句：谓辅信贞良之人。

㉙“君子”二句：扬雄《法言·君子》：“或问君子言则成文，动则成德，何以也？”“盍各”句：语出《论语·公冶长》：“子曰：‘盍各言尔志？’”盍：何不。各：逐一，一一。志：志向。

㉚先君：先父，此指班昭之父班彪。有作：指班彪《北征赋》。法：效法。指写作此赋。

㉛“贵贱”二句：《论语·述而》：“子曰：‘富而可求也，虽执鞭之士，吾亦为之。如不可求，从吾所好。’”此化用之。

㉜履道：履行道义。俟时：等待时机。《荀子·宥坐》：“故君子博学深谋，修身端行，以俟其时。”

㉝“修短”二句：言寿命长短，愚者、智者都相同。修，长。

㉞靖恭：恭谨地奉守，静肃恭谨。委命：听任命运支配。

㉟嗛约：谦慎检束。嗛，通“谦”。

㊱“清静”二句：《论语·宪问》：“子路问成人。子曰：‘若臧武仲之知，公绰之不欲，卞庄子之勇，冉求之艺，文之以礼乐，可以为成人矣。’”公绰：孟公绰，鲁大夫，事见《左传·襄公十五年》。

针缕赋

熔秋金之刚精，形微妙而直端[①]。性通远而渐进，博庶物而一贯[②]。惟针缕之列迹，信广博而无原[③]。退逶迤以补过，似素丝之羔羊[④]。何斗筲之足算，咸勒石而升堂[⑤]。

【说明】

赋见《艺文类聚》卷六十五、《太平御览》卷八百三十。

这是一篇歌颂针线的赋作，似为完篇。

【注释】

①秋金：古以五行配四时，秋为金，故称金为"秋金"。微妙：犹细小精致。端：形正直。

②远：《太平御览》卷八百三十作"达"。博：使得。庶：众多。

③原：犹尽头。

④"退逶迤"二句：《诗·召南·羔羊》："羔羊之皮，素丝五纥。退食自公，委蛇委蛇。"郑笺云："退食谓减膳也。……委蛇，委曲自得之貌。节俭而顺心志定，故可自得也。"逶迤：同"委蛇"。

⑤"何斗筲(shāo 捎)"二句：《论语·子路》："子曰：'噫！斗筲之人，何足算也？'"斗筲：斗和筲都是较小的容器，比喻人才识短浅，气量狭窄。筲，水桶。勒石：刻字于石，多指立碑纪功。升堂：升入厅堂，喻功勋卓著，值得人们纪念。《论语·乡党》："摄齐升堂，鞠躬如也，屏气似不息者。"

大雀赋

大家同产兄、西域都护、定远侯班超献大雀，诏令大家作赋[①]。曰：

嘉大雀之所集，生昆仑之灵丘[②]。同小名而大异，乃凤皇之匹畴。怀有德而归义，故翔万里而来游[③]。集帝庭而止息，乐和气而优游[④]。上下协而相亲，听《雅》《颂》之雍雍。自东西与南北，咸思服而来同[⑤]。

【说明】

此赋见《艺文类聚》卷九十二、《太平御览》卷九百二十二。似为完篇。其中，《太平御览》引《曹大家集》题作《大雀颂》。在汉代人的文学观念中，赋与颂是相同的。此赋歌颂大雀（即驼鸟），是我们现在所能见到的早期描写从异域进贡鸟类的赋篇。这说明了当时汉王朝的强盛及中外交通的发展，是值得记颂的。

【注释】

①大家：即大姑。古代对女子的尊称。这里指班昭。同产兄：同母所生的哥哥。这里指班超。超字仲升，班固弟，班昭兄。父卒家贫，为官府抄书以养母，曾投笔叹曰："大丈夫当效傅介子、张骞立功异域以取封侯，安能久事笔砚间乎！"明帝永平十六年(73)，张骞率三十六人出使西域，使西域五十余城国得安宁。超在西域三十一年，官至西域都护，封定远侯。此云"献大雀"，盖自西域。大雀：指驼鸟。《后汉书·孝和孝殇帝纪》："安息国遣使献师(狮)子及条枝大爵(即"大雀"，"爵"同"雀")。"李贤注引郭义恭《广志》："大爵，颈及身膺蹄都似橐驼(即骆驼)，举头高八九尺，张翅丈余，食大麦，其卵如甕，即今之驼鸟也。"

②集：鸟栖止。昆仑：山名，在新疆、西藏之间。势高峻，多雪峰、冰川。古传说上有瑶池、阆苑等仙境。灵丘：仙山。

③同小名而大异：指大雀与麻雀同名而实大不相同。

④优游：悠闲自得之貌。

⑤思服：想念。《诗·周南·关雎》："求之不得，寤寐思服。"毛传："服，思之也。"同：指朝见天子。《周礼·春官·大宗伯》："时见曰会，殷见曰同。"

蝉赋

伊玄虫之微陋，亦摄生于天壤[①]。当三秋之盛暑，陵高木之流响[②]。融风被而来游，商焱厉而化往[③]。(《艺文类聚》卷九十七、宋本《初学记》卷三十)[④]

吸清露于丹园，抗乔枝而理翮[⑤]。崇皇朝之辉光，映豹豹而灼灼[⑥]。(《初学记》卷三十、《太平御览》卷九百四十四)

复丹款之未足，留滞恨乎天际也[⑦]。(《文选·庾亮〈让中书令表〉》李善注)

【说明】

此赋见《艺文类聚》卷九十七、《初学记》宋本卷三十、《文选·庾亮〈让中书令表〉》李善注。

本赋系残篇，是现在所能见到的最早歌颂蝉的赋篇。魏晋以后，描绘蝉的诗文辞赋多起来，而且绝大多数都是歌颂的。可见此赋的影响是明显的。曹植《蝉赋》："惟夫蝉之清素兮，潜厥类乎太阴；在盛阳之仲夏兮，始游豫乎芳林。实澹泊而寡欲兮，独怡乐而长吟；声嗷嗷而弥厉兮，似贞士之介心。内含和而弗食兮，与众物而无求，栖高枝而仰首兮，漱朝露之清流……"其思想几近本篇。

【注释】

①玄虫：蝉之别名。摄生：摄取养分以维持生命。

②三秋：指孟秋七月、仲秋八月、季秋九月。盛暑：大热天。陵：超越，越过。流响：传播声响，指蝉鸣。

③融风：东北风，指和暖的风。《左传·昭公十八年》："丙子，风。梓填曰：是为融风，火之始也。"商焱(biāo 标)：秋风。焱，同"猋"。古以五音配四时，商

配秋,故云。这两句指当和风吹来时,蝉来游;及秋风劲吹时,蝉就隐退。

④《初学记》卷三十严陆校宋本异文,缺前二句。

⑤丹园:盖指宫廷林园。抗:《初学记》卷三十严陆校宋本异文作“杭”。翮:翼。

⑥豹豹:当指蝉羽似豹文、豹采之色泽。灼灼:明亮貌。此句当如陆云《寒蝉赋》:“附枯枝以永处,倚峻林之迴条……既乃雕以金采,图我嘉容,珍景曜烂,暐晔华丰,奇侔黼黻,艳比衮龙……”

⑦丹款:赤诚之心。

黄　香

黄香(？～110)，字文强，江夏安陆(今湖北安陆)人。约生于汉明帝永平前期。九岁丧母，思念憔悴。事父至孝。稍长，博学经典，尤精道术，能文章。京师号曰："天下无双，江夏黄童。"初拜郎中，和帝永元四年(92)拜左丞，永元六年(94)累迁尚书令，安帝延平元年(106)迁魏郡太守。逢水灾，分俸禄及所得赏赐赈济贫民，于是富家各出义谷助官济民。后坐事免官。约于永初年间卒于家。今存赋一篇。

《后汉书·文苑传上》称，黄香于"延平元年，迁魏郡太守"。陆侃如先生《中古文学系年》卷三称，黄香于"延光元年迁魏郡太守"，不知何据。《后汉书·黄琼传》称："琼初以父任为太子舍人，辞病不就。遭父忧，服阕，五府俱辟，连年不应。永建初，公卿多荐琼者，于是与会稽贺纯、广汉杨厚俱公车征。"永建(126～132)是汉顺帝年号。"永建初"就算永建二年(127)吧，上推三年丧服和五府连辟不应，一共花五年时间的话，那么，约在公元123年，这时正是延光初年。陆师之说似较合理，疑《后汉书·文苑传上》有误，待详考。

九宫赋

伊黄虚之典度[①]，存斗文之会宫[②]。翳华盖之葳蕤，依上帝以隆崇[③]。握璇玑而布政，总四七而持纲[④]。和日月之光曜，均节度以运行。序列宿之焕烂，咸垂景以煌煌[⑤]。历天阴之晦暗，阳玉石以炳明[⑥]。镜大道之浩广，沕沉漭以坱圠[⑦]。眄旭历而锐锒，廓岷峗以阅阆[⑧]。即蹴缩以檄檽，坎熤援以消炀[⑨]。騾騮驣以羌羸，磋磦皓皜以駮乐[⑩]。银拂律以顺游，径阊阖而出玉房[⑪]。谒五岳而朝六宗，对祝融而督勾芒[⑫]。荡翊翊而敝降，聊优游以尚阳[⑬]。蹠昆仑而蹈碣石，跪底柱而跨太行[⑭]。肘熊耳而据桐柏，介嶓冢而持外方[⑮]。浣彭蠡而洗北海，淬五湖而漱华池[⑯]。粉白沙而嚵定容，卷南越以腾历[⑰]。连明月以为悬，剥骇鸡以为钗[⑱]。绕缋组而摄云郁，垂独茧而服离桂[⑲]。戴秉岌而带缭绕，曳陶匏以委蛇[⑳]。乘根车而驾神马，骖骎駶而侠穷奇[㉑]。使织女骖乘，王良为之御，三台执兵而奉引，轩辕乘驱驉而先驱[㉒]。招摇丰隆骑师子而侠毂，各先后以为云车[㉓]。左青龙而右觜觿，前七星而后腾蛇[㉔]。征太一而聚群神，趣荧惑而叱太白[㉕]。东井辍辕而播洒，彗勃佛仿以梢击。四徼尘于干道，绝引者而惊鞞[㉖]。蚩尤之伦，玢璘而要斑斓，垂金干而揵雄戟，操巨黍之磁弩，齐佩机而鸣廓，狼狐彀张而外飨[㉗]。枉矢持芒以岞崿，迅冲风而突飞电[㉘]。振云峪岫而土砦山，泷狡猾而蹴践蚓，走札揭而獠桔梗，栎略玃而突列蛸，槁肩屈而却梁党，叱巷溏而触螟蜓，抶礔砺而扑雷公，摽擎缺而拂勃决[㉙]。奋云旗而椎鸿钟，声淳沦以纯仑，四海澹而拓地梁[㉚]。碎太山而刺嵩高，吸洪河而嘬九江。登嶣嶢之厘台，窥天门而闪帝宫。享嘉命而延寿，乐斯宫之无穷[㉛]。

【说明】

此赋见《古文苑》卷六、《艺文类聚》卷七十八。

九宫，术数家所指的九个方位。《易》纬家有"九宫八卦"之说。即离、艮、兑、乾、坤、坎、震、巽八卦之宫，加上中央宫。《灵枢经·九宫八风》："九宫八风：立秋二，玄委，西南方；秋分七，仓果，西方；立冬六，新洛，西北方；夏至九，上天，南方；招摇，中央；冬至一，叶蛰，北方；立夏四，阴洛，东南方；春分三，仓门，东方；立春八，天留，东北方。"所以《古文苑》章樵注曰："《河图》之数，戴九履一，左三右七，二四为肩，六八为足，五居中央，从横十五。《易乾凿度》曰：'太一取其数以行九宫。'郑玄注云：'太一者，北辰神名也，下行八卦之宫，每四乃还于中央。中央者，地神之所居，故谓之九宫。'天数以阳出，以阴入，阳起于子，阴起于午，是以太一下行九宫，从坎宫始，自此而坤宫，又自此而震宫，既。又自此而巽宫，所行者半矣，还息于中央之宫，既。又自此而乾宫，自此而兑宫，自此而艮宫，自此而离宫，行则周矣！上游息于太一(天一)之星，而反于紫宫，行起从坎宫而终于离宫也。"(章樵引这段话略有删节)

在郑玄之前，《河图》、《洛书》还没有被如此详细地描述过。北宋太平兴国(976～984)以后，《河图》、《洛书》被制成图。章樵是南宋人，他即据图进行注解。下面是我们绘制的九宫图：

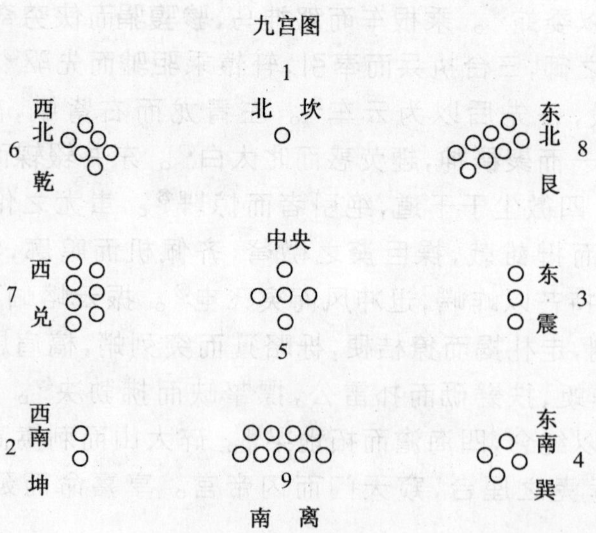

《史记·封禅书》："天神贵者太一，太一佐曰五帝。"可见"太一"是汉代最尊贵的神，他的地位极高，在五帝之上。《易·乾凿度》郑玄

注:“四正四维为八卦神所居,故亦名之曰宫。天一(即“太一”)下行,犹天子出巡狩省方岳之事,每卒中复。”反过来说,天子居帝京,巡视八方,犹太一之居紫宫省视八方。在这里,天人完全合一了。这也就是此赋写作的主题。可见,《九宫赋》受纬书的影响是极明显的。

【注释】

①“伊黄虚”句:言中央宫,五行在第五,属土,在九宫居中央。《尚书·洪范》:“五行:一曰水,二曰火,三曰木,四曰金,五曰土。”黄虚:《艺文类聚》卷七十八作“黄灵”,五方中央神名,也即地神名。土色黄,故云。

②斗文:《艺文类聚》卷七十八作“文昌”。文昌:星座名。《史记·天官书》:“斗魁戴匡六星曰文昌宫。”古常以文昌六星象征将相贵臣。

③翳(yì 义):羽毛做的华盖。华盖:此为星名。《晋书·天文志上》:“大帝上九星曰华盖,所以覆盖大帝之坐也。”葳蕤(wēi ruí 威瑞阳平):羽毛饰物貌。此以羽毛华盖喻华盖星。隆崇:高耸貌。

④璇玑(xuán jī 旋机):《古文苑》章樵注:“北斗第二星曰璇,第三星曰玑。日月五星曰七政。”四七:《古文苑》章樵注:“四方宿各七,总为二十八宿。”

⑤景:光,亮光。煌煌:光彩夺目貌。

⑥“历天阴”二句:杨泉《物理论》以为极北为太阴,九宫属坎;极南为太阳,九宫属离。日月五星九宫之行始于坎,故无光;终于离,故光明。晦暗:阴沉。阳:显露。玉、石:古人以为皆阳性之物。炳:光亮,光明。

⑦镜:光耀。浩广:广大貌。泑:读为“杳”。沉漭:深广貌。坱圠:漫无边际貌。

⑧“眄旭历”二句:《古文苑》章樵注:“言以明历推算,推知浩博之中,分为九宫。”眄:看顾。旭历:犹明历。锐银:《四部丛刊》本《古文苑》作“锐银”,细致钻研推求。“廓�californ(jú yù 菊玉)”句:言中宫,以房屋为喻。�californ:犹“阃奥”,室内深处。阅阆:《古文苑》章樵注:“‘阅’,当作‘阔’……阔阆,高大貌。”

⑨“即蹴”句:言巽、震二宫。《古文苑》章樵注:“巽,六阳之地,群阴退缩。震居正东,木之旺方。檄檽,木之茂盛也。”蹴缩:退缩,消散。“坎埏(yàn 雁)”句:言坎、离二宫。坎为九宫之始,方位在北,五行属水;离为九宫之终,方位在南,五行属火。埏:火盛貌,此代离宫。湭(qíu 求):水源。炀:火盛。

⑩“騴骝”句:言乾坤二宫,以马象征。《古文苑》章樵注:“乾为老马,瘠马;坤,牝马。江浙间谓牡马为骝马。騴……马一岁也;驈……马疾行也。乾坤皆马,以老稚健顺而差别。”《艺文类聚》卷七十八“騴”前有“胃”字,“羌”作“差”。“磋磥”句:言艮、兑二宫。艮于八卦中象征山,方位东北。《古文苑》章樵注:“艮为小石。”兑五行属金,方位西。磋磥:小石众多貌,暗合山。皓皜:明亮洁白貌,暗合金属。駮乐:错杂不齐貌。駮,通“驳”。

⑪“银拂”句:《古文苑》章樵注:“银取其辉粲,律取其次序。”径:《艺文类聚》卷七十八作“经”。阊阖:传说中的天门。玉房:此指太一神所居之处。太一即北极神。

⑫“谒五岳”句:谓五岳六宗之神均朝谒尊神太一。五岳:说法不一,《周礼·春官·大宗伯》郑玄注指东岳泰山、南岳衡山、西岳华山、北岳恒山、中岳嵩山。《史记·封禅书》、《汉书·郊祀志》等说与此同。《周礼·春官·大司乐》郑玄注无嵩山,有岳山。《尔雅·释山》则以南岳为霍山,其余与《史记》同。郭璞注云:霍山即天柱山。应劭《风俗通·山泽·五岳》则云:“南方衡山,一名霍山。”六宗:古所尊祀之六神,说法不一。汉伏胜、马融谓天地四时为六宗。汉孔光、刘歆谓即乾坤六子:水、火、雷、风、山、泽。汉贾逵谓日、月、星为三天宗,河、海、岱为三地宗。郑玄则谓六宗为星、辰、司中、司命、风师、雨师。“对祝融”句:《古文苑》章樵注:“祝融,南方炎帝之佐;勾芒,东方青帝之佐。始于坎宫,故对南方之神而役东方之神。”

⑬翊翊(yì 义):飞貌。尚阳:即“徜徉”,安闲自得貌。

⑭蹠:读为“陟”,登。昆仑:山名,在新疆、西藏之间,传说其上有仙境。蹈:踏,《艺文类聚》卷七十八作“跪”。碣石:山名,在河北省昌黎县北。跪:足,引为踏,《艺文类聚》卷七十八作“蹈”。底柱:即砥柱山,在河南省三门峡市,当黄河中流,屹立如柱,故名。太行:山名,在山西高原与河北平原间。

⑮肘:以肘据倚。熊耳:山名,在河南省宜阳县境内,为秦岭支脉。《尚书·禹贡》:“导洛自熊耳。”桐柏:山名,在今河南省境内。介:《艺文类聚》卷七十八作“分”。嶓冢:山名,在甘肃省天水礼县南,古误以为汉水之源(汉水发源于陕西省西部宁强县)。外方:山名,即河南省登封县之嵩山。

⑯彭蠡:大泽中。《尚书·禹贡》:“彭蠡既潴。”蔡沈传:“彭蠡,鄱阳湖是也。”在江西彭泽。北海:指渤海。淬:同“啐”,吸饮。五湖:古吴越地区湖泊,其说不一。《国语·越语下》韦昭注以为即太湖。华池:即华山上的玉井。

⑰粉白沙:以白沙为粉。白沙:指新疆天山南白龙堆之沙。噍(chán 缠):吸饮。定容:《古文苑》章樵注:“春秋时有容城,是为南郡华容县。云梦泽在东南。定容盖云梦巴邱湖也。”南越:古南方五越之地,古人以为极南方。此言运行终于离宫,再返回中宫。腾历:腾跃上行。

⑱连:连缀。明月:即明月珠,夜间能发光的宝珠。剥:削治。骇鸡:即骇鸡犀,犀角名。《后汉书·西域传·大秦》:“土多金银奇宝,有夜光璧、明月珠、骇鸡犀、珊瑚、虎魄。”

⑲缋组:有花纹的绶带。摄:通“蹑”,踩,踏。云郁:指浮云状的鞋子。“垂独茧”句:《文选·司马相如〈上林赋〉》:“曳独茧之褕绁。”郭璞注:“独茧,一茧之丝也。”此指用独茧丝织成的衣物。离桂:此当指华贵的礼服。离,女子佩巾。桂,《艺文类聚》卷七十八作“袿”。袿(guà 挂):袿衣,古时妇女的上等长袍。

⑳嶻嵲(jiē jí 揭及):冠高耸貌。带:衣带。缭绕:带彩飘扬貌。陶匏(páo 袍):陶制的尊、豆等器皿。此指头上的饰物。委蛇:雍容自得貌。

㉑根车:用自然圆曲的树木做车轮装配成的车子。古人认为山出根车是祥瑞之兆。《孝经纬·援神契》:"德至山陵则景云出,泽出神马,山出根车,泉出黑丹。"駜駽(bì xuān 毕宣):传说中的神马名。穷奇:神名。《淮南子·地形训》:"穷奇,广莫风之所生也。"高诱注:"穷奇,天神也。在北方道,足乘两龙,其形如虎。"

㉒织女、王良、三台、轩辕:均星名。《史记·天官书》:"其北织女,织女,天女孙也。"又,"汉中四星,曰天驷,旁一星,曰王良"。《晋书·天文志上》:"三台六星,两两而居……在人曰三公,在天曰三台。"《史记·天官书》:"权,轩辕,黄龙体。前大星,女主象;旁小星,御者后宫属。"张守节《正义》:"轩辕十七星,在七星北。"引:《艺文类聚》卷七十八作"张"。駏驉(jù xū 具虚):兽名,似骡。崔豹《古今注·鸟兽》云是公马母骡之杂种。

㉓招摇:即北斗第七星摇光。《礼记·曲礼上》:"招摇在上。"郑玄注:"招摇星在北斗杓端主指者。"丰隆:传说中的雷神。师子:即狮子。侠毂:指跟在车子两侧担任护卫。侠,通"夹"。"各先后"句:《古文苑》章樵注:"奉引前驱,所谓先也;侠毂,所谓后也。先后之神,皆乘云以为车。"

㉔青龙:东方七星(角宿、亢宿、氐宿、房宿、心宿、尾宿、箕宿)之总称。觜觿(zuǐ xī 嘴希):即觜宿。《史记·天官书》:"小三星隅置,曰觜觿,为虎首,主葆旅事。"觿,《艺文类聚》卷七十八作"擕"。七星:此指南方朱鸟七宿之第四宿,有星七颗。腾蛇:星名。《晋书·天文志上》:"腾蛇二十二星在营室北,天蛇也,主水虫。"

㉕太一:星名,古时以为即北极星,又为北极神之别名。趣:催促。荧惑:古指火星。太白:金星。

㉖东井:即井宿,二十八宿之一。《古文苑》章樵注:"东井主汛洒,盖因井以取义。"辍:一作"辍"。辍锞:用辘轳汲引井水。彗、勃:二星名。《古文苑》章樵注:"五星之精所变,主除旧布新。"梢击:扫除。徼尘:当即"徼遮",拦截。尘,《古文苑》章樵注:"又作遮。"干道:指在路上干预、扰乱、妨碍通行者。惊韠(bì 毕):即"警跸"。指古帝王出行时,于所经路途侍卫警戒,清道止行。

㉗"蚩尤"句:言勇武如蚩尤者。蚩尤:传为古九黎族首领,曾以金作兵器与黄帝大战于涿鹿。玢璘:文彩貌。斑斓:《艺文类聚》卷七十八作"班烂",色彩错杂貌。揵:竖立。礅:通"激"。"齐佩"句:把所有弓弩都引满再一齐发射。《古文苑》章樵注:"檠,音貍,弩名。……佩机,弩机。……廓,发也。"狼狐:《古文苑》作"狼弧"。《古文苑》章樵注:"天狼星之下有星曰弧,如矢之状正向之。此云狼弧,则是射狼之弧也。"彀(gòu 够)张:张满弓弩。嚮:通"向"。

㉘枉矢:星名。《史记·天官书》:"枉矢,类大流星,蛇行而仓黑,望之如有

毛羽然。”岝峉(zuò è 做饿):急激貌。岝,《艺文类聚》卷七十八作“岠”。“迅冲”句:言枉矢星振激之势迅猛如狂风闪电。

㉙“振云”八句:《古文苑》章樵注:“《广韵》:‘崆山,在容川,山下有鬼市。’崆,即‘崆’,崆峒山也。能令幽谷兴云,空洞填塞。”笼:《古文苑》章樵注:“笼,又作猏笼,与龙同,槛也。”狡猾、践蛚、札揭、桔梗:《骈雅·释天》云:“皆鬼名也。”略玃、列蛸、肩屈、梁党、巷溏、蠈蜓、礔砺、雷公、擎缺、勃决:《古文苑》章樵注:“皆鬼神名。言妖星厉鬼,屏除颠仆,莫敢干之。”肩:《艺文类聚》卷七十八作“律”。叱:《艺文类聚》卷七十八作“仆”。抶(chì 斥):鞭打。

㉚云旗:《楚辞·九歌·东君》:“驾龙辀兮乘雷,载云旗兮委蛇。”王逸注:“以云为旌旗。”鸿钟:即洪钟,巨钟。“声淳”二句:《古文苑》章樵注:“淳沦纯仑,至和交畅,故四海清晏,下土蒙福。”淳沦、纯仑:敦厚平和。澹:安定,清平。拓:《艺文类聚》卷七十八作“柘”。地梁:犹“地维”,地轴。

㉛“碎太山”六句:《古文苑》章樵注:“不言乔岳可隳,江河可竭,九宫定位未尝迁变,游行周复于中宫。所谓长于上古而不老,超乎天地而永存也。”嶕嶢(jiāo yáo 焦尧):亦作“嶕峣”,高耸貌。之厘台:《艺文类聚》卷七十八作“厘之台”。厘台:未详。闪:从门缝窥视。

李尤

李尤(约 55～135),字伯仁,广汉雒(今四川广汉)人。少以文章显。和帝时,侍中贾逵荐其赋有司马相如、扬雄之风,召至东观,受诏作赋,拜兰台令史。安帝时为谏议大夫,受诏与谒者仆射刘珍等俱撰《汉记》。顺帝立,迁乐安相。李尤生卒年难定。《后汉书·文苑传上》称:"顺帝立,迁乐安相,年八十三卒。"陆侃如先生据此认为:"这句话有两个可能的解释:第一种是认为迁相与卒年均属永建元年之事,因此生卒年份可以确定,即生于光武建武二十年(44),卒于顺帝永建元年(126);第二种是本年迁相,后来到八十三岁方死。所以生卒年均无考。……不过拿李尤一生事迹相比一下,觉得与第一种解释所属的年代并无矛盾不通之处。"(《中古文学系年》)李尤著诗、赋、诔等凡二十八篇,今仅存六篇,且皆不全。传在《后汉书·文苑传上》。

函谷关赋

惟皇汉之休烈兮[①]，包八极以据中[②]。混无外之荡荡兮，惟唐典之极崇[③]。万国喜而洞洽兮，何天衢以流通[④]。襟要约之险固兮，制关键以擒非[⑤]。其南则有苍梧荔浦、离水谢沐、涯浦零中，以穷海陆[⑥]。于北则有萧居天井、壶口石径、贯越伐朔，以临胡庭[⑦]。缘边邪指，阳会玉门，凌测龙堆[⑧]。或置于西，则有随陇武夷，白水江零，沔汉阻曲，路由山泉，旧水辽滥，沐落是经[⑨]。乃周览以泛观兮，历众关以游目。惟夸阔之宏丽兮，羌莫盛于函谷[⑩]。施雕砻以作好，建峻敞之坚重[⑪]。殊中外以隔别，翼巍巍之高崇[⑫]。命尉臣以执钥，统群类之所从。严固守之猛厉，操戈钺而普聪[⑬]。蕃镇造而惕息，侯伯过而震惶[⑭]。

惟函谷之初设险，前有姬之苗流[⑮]。嘉尹喜之望气，知真人之西游。爰物色以遮道，为著书而肯留[⑯]。自周辙之东迁，秦虎视乎中州[⑰]。文驰齐而惧追，谲鸡鸣于狗偷[⑱]。雎背魏而西逝，托衾衣以免搜[⑲]。大汉承弊以建德，革厥旧而运修[⑳]。准令宜以就制，因兹势以立基[㉑]。盖可以诘非司邪，括执喉咽。季末荒戍，堕阙有年[㉒]。天闵群黎，命我圣君，稽符皇乾，孔适河文[㉓]。中兴再受，二祖同勋[㉔]。永平承绪，钦明奉循，上罗三关，下列九门[㉕]。会万国之玉帛，徕百蛮之贡琛[㉖]。冠盖纷其云合，车马动而雷奔。察言服以有讥，捐繻传而勿论[㉗]，于以廓襟度于神圣，法易简于乾坤[㉘]。（《古文苑》卷六、《艺文类聚》卷六、《初学记》卷七）

玉女流眄而下视[㉙]。（《文选·王延寿〈鲁灵光殿赋〉》李善注）

盛夏临漂而合霜也。（《文选·曹植〈七启〉》李善注）

【说明】

此赋见《古文苑》卷六、《艺文类聚》卷六、《初学记》卷七。另《文选·王延寿〈鲁殿灵光赋〉》及《文选·曹植〈七启〉》李善注中亦存佚句。

此赋历述函谷关经过先秦、汉武、汉光武、汉明帝四朝的变迁，但重点放在歌颂汉明帝以后的函谷关。古关为战国秦置，在今河南省灵宝县境。因关在谷中，深险如函，故名。秦、西汉初建都关内。汉武帝元鼎三年(前 114)将关移至今河南省新安县境，去故关三百里。此关地势非常重要，建筑又十分雄伟，而令“蕃镇造而惕息，侯伯过而震惶”。它同时又威慑天下：“会万国之玉帛，徕百蛮之贡琛。”作者这样描述，当然都是为了歌颂当代王朝。

【注释】

①皇汉：犹大汉。休烈：盛美之功业。休，美。烈，功业。

②八极：八方极远之地。中：指天下之中。

③荡荡：辽阔空旷貌。唐典：《古文苑》章樵注：“谓唐尧之旧典，别九州，协合万邦。”

④洞洽：透彻贯通，此指万国情融交好。“何天衢”句：《易·大畜》：“上九，何天之衢，亨。”何：同“荷”，负荷，犹《庄子·逍遥游》所谓“负云气，背青天”。《初学记》卷七作“向”。衢：四通八达的街道。这句是说：天衢四通八达，畅通无阻。

⑤ 襟：以……为襟。关键：事物之紧要处，此指关隘。非：《初学记》作“并”，恶人。

⑥苍梧、荔浦、离水、谢沐、涯浦、零中：《古文苑》章樵注：“苍梧而下六关在南。《地理志·苍梧郡》注属交州，有离水关，谢沐、荔浦二县。《交趾郡》合浦县并有关，《九真郡》有界关。”

⑦萧居、天井、壶口、石径、贯越、伐朔：《古文苑》章樵注：“萧居而下六关在北。《上党郡》注有上党关、壶口关、石研关、天井关。径读作研，音形。余未详。……越字恐误。”径：《初学记》卷七作“陉”。伐：《初学记》卷七作“代”。胡庭：胡人的朝廷。古称西北少数民族为“胡”。

⑧缘边：沿着边境。“阳会”二句：《古文苑》章樵注：“邪指则阳会、玉门等关。《燉煌郡》注：‘江西关外有白龙堆沙，龙勒县有阳关、玉门关。’”邪指：即斜指。堆：《初学记》卷七作“推”。

⑨此句《古文苑》章樵注：“于西则随陇至沐落等关以上，诸志不载，或谓乍置乍废。”由：《初学记》卷七作“田”。沐：《初学记》卷七作“连”。

⑩乃：《初学记》卷七作“爰”。周览、泛观：即纵目四望。司马相如《上林赋》：“于是乎周览泛观。”《艺文类聚》卷六无两“兮”字。夸阔：广阔。夸，《艺文

类聚》卷六作"迂"。宏:《艺文类聚》卷六作"显"。羌:句首语气词,《初学记》卷七作"嗟"。于:《艺文类聚》卷六作"乎"。

⑪雕砻:犹刻画。作好:私心偏好。《尚书·洪范》:"无有作好,遵王之道。"峻敞:高峻宽敞。

⑫巍巍:高大雄伟貌。

⑬聪:《艺文类聚》卷六作"聪"。普聪:指耳听八方。普,博。聪,指听,谓察听过往行人。

⑭蕃镇:即藩镇,藩卫镇抚,指守边大臣。《三国志·吴书·陆凯传》:"州牧督将,藩镇方外。"造:至。惕息:心跳气喘,形容紧张恐惧。

⑮"前有姬"句:说函谷关之初置当在周代以前。有姬:即姬,周天子姓。苗流:盖指子孙后代。

⑯"嘉尹喜"四句:《关尹内传》:"关令尹喜常登楼,望见东极有紫气西迈,曰:'应有圣人经过。'果见老君和青牛车来。"《史记·老子韩非列传》:"(老子)居周久之,见周之衰,乃遂去。至关,关令尹喜曰:'子将隐矣,强为我著书。'于是老子乃著书上下篇,言道德之意五千余言而去,莫知其所终。"

⑰"自周"二句:《史记·周本纪》:"平王立,东迁于雒邑。"周东迁后,秦居关中,恃其险要雄视天下。参见班固《西都赋》。

⑱"文驰齐"二句:《史记·孟尝君列传》载,齐孟尝君田文尝入秦被囚。客有能为狗盗者,窃美裘以献嬖姬,得出,即驰归齐。夜半至函谷关,关法鸡鸣乃出客,田文恐追者至,使客为鸡鸣,于是鸡尽鸣,遂开关,田文得脱。文:即田文。

⑲"睢背魏"二句:《史记·范睢蔡泽列传》载,魏大夫须贾门客范睢(雎)得罪于魏昭王,出亡,更名张禄。秦谒者王稽载与俱入秦,至湖县,秦相穰侯东行县邑,范睢匿车中,免搜,乃得入关至秦。托衾衣:扬雄《解嘲》:"范睢,魏之亡命也,折胁折髂,免于徽索,翕肩蹈背,扶服入橐。"

⑳"大汉"二句:《史记·高祖本纪》载,秦末,刘邦率军入关,与民约法三章,民皆咸服。承弊:承接衰世,此指承暴秦之弊。"革厥旧"句:指汉武帝迁函谷关于新安。厥:其。运修:《古文苑》章樵注:"犹改为也。"

㉑"准令宜"二句:谓测量选择有利地势,因地制宜以建关。准:依据。令:善,好。兹:此。

㉒诘:《艺文类聚》卷六作"诈"。"季末"二句:谓西汉末年,关守废弛。堕:同"隳"。

㉓群黎:众百姓。圣君:指光武帝。"稽符"二句:《后汉书·祭祀志上》载,光武帝建武三十二年(56)祭泰山,事先遣侍御史与兰台令史将工上山刻石,其文引《河图会昌符》,中有"赤帝九世,巡省得中,治平则封,诚合帝道孔矩,则天文灵出,地祈瑞兴"等句。

㉔"中兴"二句:谓光武使汉中兴,与高祖创立汉朝有同等功勋。再受:第二

次接受天命。二祖:指刘邦、刘秀。

㉕"永平"四句:《古文苑》章樵注:"明帝永平之间,能承奉二祖立国之规,当时函谷关制度宏丽若此。"永平:汉明帝年号(58～75)。承绪:继承皇统。奉循:奉承遵循。

㉖"会万国"二句:谓诸侯藩镇执玉帛朝觐,方外蛮夷各来贡其琛宝,皆经函谷关。会万国之玉帛:典出《左传·哀公七年》:"禹合诸侯于涂山,执玉帛者万国。"玉帛:泛指贡物。徕百蛮之贡琛:典出《诗·鲁颂·泮水》:"憬彼淮夷,来献其琛。"徕:招来。琛:珍宝。

㉗"察言服"句:《礼记·王制》:"关执禁以讥,禁异服,识异言。"讥:稽查,盘问。"捐繻传"句:《汉书·终军传》:"军从济南当诣博士,步入关,关吏予军繻。军问:'以此何为?'吏曰:'为复传,还当以合符。'军曰:'大丈夫西游,终不复传还。'弃繻而去。"繻(rú 如):作通行证用的帛,上写字,分两半,过关时验合,以为凭信。传:亦过关凭证。

㉘"于以"二句:《古文苑》章樵注:"言大汉人主包涵天下,与乾坤同量。"襟度:胸襟,气度。易简:平易简约。《古文苑》章樵注:"简易易从,与乾合符。"

㉙玉女:仙女。

辟雍赋

卓矣煌煌，永元之隆[1]，含弘该要，周建大中[2]。蓄纯和之优渥兮，化盛溢而兹丰[3]。(《太平御览》卷五百三十四)

太学既崇，三宫既章[4]。灵台司天，群耀弥光[5]。太室宗祀，布政国阳[6]。辟雍岜岜，规圆矩方[7]。阶序牖闼，双观四张[8]。流水汤汤，造舟为梁。神圣班德，由斯以匡[9]。喜喜济济，春射秋飨[9]。(《初学记》卷十三)

王公群后，卿士具集，攒罗鳞次，差池杂遝[11]。延忠信之纯一兮，列左右之貂珰[12]。三后八蕃，师尹群卿，加休庆德，称寿上觞[13]。戴甫垂毕，其仪跄跄[15]。是以乾坤所周，八极所要，夷戎蛮羌，儋耳哀牢[15]。重译响应，抱珍来朝[16]。南金大路，玉象犀龟[17]。(《艺文类聚》卷三十八)

兴云动雷，飞屑风雨。(《文选·木华〈虚海赋〉》李善注)

万骑躨跜以攫拏[18]。(《文选·王延寿〈鲁灵光殿赋〉》李善注)

【说明】

此赋描写汉王朝在辟雍举行“春射秋飨”盛典时的情景，其不仅皇亲、王公、贵族欢聚一堂，而且“夷戎蛮羌”也“抱珍来朝”。纯为“润色鸿业”之制。

辟雍：原为西周天子所设的大学，圆形，围以水池。东汉以后，辟雍改为行乡饮、大射或祭祀之礼的场所。班固《白虎通·辟雍》：“天子立辟雍何？所以行礼乐，宣德化也。辟者，璧也，象璧圆又以法尺，于雍水侧，象教化流行也。”

【注释】

①卓:超越出众。永元:汉和帝年号(89～105)。

②该:包含。大中:《易·大有》:"大有,柔得尊位大中,而上下应之,曰大有。"王弼注:"处尊以柔,居中以大。"高亨注:"象大臣处于尊贵之位,守大正之道。"

③"蓄纯和"二句:描写辟雍水池。优渥:充足的雨水。语本《诗·小雅·信南山》:"益之以霢霂,既优既渥。"盛溢:指雨水盛大漫溢。

④太学:古时国家最高学府,此即指辟雍。崇:高大。三宫:指明堂、辟雍、灵台。章:盛。

⑤灵台:古帝王观察天文星象、妖祥灾异的建筑。

⑥太室:太庙中央之室。国阳:指国都南郊。

⑦嵒嵒(yán 岩):威严貌。嵒,同"岩"。规圆矩方:《艺文类聚》卷三十八作"规矩圆方"。

⑧阶序:台阶与中堂两侧的厢屋,此借指殿堂。牖(yǒu 有):窗户。闼(tà 踏):门,内门。观(guàn 贯):指学宫门外的双阙。

⑨班:布。匡:辅助。

⑩喜喜:嬉笑声。济济:庄敬貌。春射:春日举行的大射礼。《后汉书·陈敬王羡传》:"遂行天子大射礼。"李贤注:"天子将祭,择士而祭,谓之大射。"秋飨:秋日举行的飨礼。《仪礼·公食大夫礼》:"设洗如飨"郑玄注:"飨礼亡。燕礼则设洗于阼阶东南。"

⑪后:诸侯。长官、郡守或将领亦可尊称"后"。攒罗:聚集。杂遝(tà 沓):纷杂繁多貌。

⑫延:绵延。左右之貂珰:应劭《汉官仪》上:"中常侍,秦官也。汉兴,或用士人,银珰左貂。光武以后,专任宦官,右貂金珰。"貂:指作冠饰的貂尾。

⑬蕃:蕃王,王朝分封的侯王。师尹:各属官之长。休:赞美。

⑭甫:当即"章甫",古时一种礼帽。毕:通"韠",古朝服上的护膝。跄跄:步趋整齐有节貌。

⑮要:古以王畿外一千五百至二千里为"要服"。此以"要"泛指极远之地或远方之国。"夷戎"句:泛指华夏周边的异族。《礼记·王制》:"东方曰夷","南方曰蛮","西方曰戎"。羌:古时民族名,分布在今甘肃、青海、四川一带。儋耳:《吕氏春秋·任教》:"北怀儋耳。"高诱注:"儋耳,北极之国。"《山海经·大荒北经》:"有儋耳之国,任姓。"古南方亦有国名儋耳,汉元鼎六年内属,称儋耳郡,在今海南省儋县。此当泛指古外国。哀牢:古西南地区少数民族。班固《东都赋》:"遂绥哀牢。"李善注引《东观汉记》:"以益州徼外,哀牢王率众慕化。地旷远,置永昌郡也。"

⑯重译:反复转译。指南方荒远之地,因地远俗殊,需辗转翻译方可互通,

故称。响应:如响之应。响,回声。

⑰“南金”二句:泛指重译之地献来的珍宝。《诗·鲁颂·泮水》:“元龟象齿,大赂南金。”南金:南方出产的铜。大路:盖即《泮水》之“大赂”。俞樾《群经平议》:“赂,借为‘璐’,玉也。”象:指象牙。犀:指犀角。

⑱蹝跜(kuí ní 奎泥):盘曲蠕动貌。攫挐(jué ná 绝拿):以爪相持。王延寿《鲁灵光殿赋》:“虬龙腾骧以蜿蟺,颔若动而蹝跜。”“奔虎攫挐以梁倚,仡奋亹而轩鬐。”吕延济注:“蹝跜,动貌。言虬龙飞举盘屈,颔然若动。”“攫,举爪也;挐,以手持也。若举爪持梁相倚也。”

德阳殿赋

若炎唐[①],稽古作先[②]。(《文选·王延寿〈鲁灵光殿赋〉》李善注)

於赫盛汉,抗德以遵[③]。(《韵补》卷二“遵”字条)

开三阶而参会,错金银于两楹[④]。入青阳而窥总章,历户牖之所经[⑤]。连璧组之润漫,杂虬文之蜿蜒[⑥]。尔乃周阁回迊,峻楼临门,朱阙岩岩,嵯峨槩云,青琐禁门,廊庑翼翼[⑦]。华虫诡异,密采珍缛,达兰林以西通,中方池而特立[⑧]。果竹郁茂以蓁蓁,鸿雁沛裔而来集[⑨]。德阳之北,斯曰濯龙[⑩]。蒲萄安石,蔓延蒙笼,橘柚含桃,甘果成丛[⑪]。文棍曜水,光映煌煌[⑫]。(《艺文类聚》卷六十二)

上蠵蟕其无际兮,状纡回以周旋[⑬]。开三阶以参会兮,错金银于两楹[⑭]。(《韵补》卷一“旋”字条)

连璧组之烂漫兮,杂虬文之蜿蜒[⑮]。动坎击而成响兮,似金石之音声[⑯]。(《韵补》卷一“蜒”字条,作李尤《阳德殿赋》)

【说明】

此赋描绘了德阳殿雄伟的建筑、华丽的装饰以及周围优美的环境。

德阳殿,东汉洛阳宫殿名。作者《东观赋》有“前望云台,后匝德阳”之句,据此可知德阳殿当在东观之北。

【注释】

①“若炎唐”句:胡克家《文选考异》:“‘若’上当有‘粤’字,各本皆脱。”按,胡说当是。“粤若”为发语词,用于句首。王延寿《鲁灵光殿赋》:“粤若稽古帝汉,祖宗濬哲钦明。殷五代之纯熙,绍伊唐之炎精。”炎唐:当指炎帝神农氏与帝尧。

②稽古:考察古事。先:先例。

③於赫(wū hè 乌贺):发语词,用于句首。盛汉:昌盛的汉朝。抗德:高举

仁德。遵:遵行,依从。

④三阶:三层台阶。《管子·君臣上》:"立三阶之上。"尹知章注:"君之路寝前有三阶。"《文选·张衡〈西京赋〉》:"三阶重轩。"吕延济注:"殿有三阶,轩、槛,栏也。"一说,星名,即三台星,《汉书·东方朔传》:"愿陈《泰阶六符》。"颜师古注引应劭曰:"《黄帝泰阶六符经》曰:泰阶者,天之三阶也。上阶为天子,中阶为诸侯、公卿、大夫,下阶为庶人……三阶平,则阴阳和,风雨时,社稷神祇,咸获其宜,天下大安,是为太平。"参会:参,拜会。错:以金银嵌饰。楹:厅堂之门柱。

⑤"入青阳"句:《逸周书·明堂》:"室中方六十尺,户高八尺,广四尺……东方曰青阳,南方曰明堂,西方曰总章,北方曰𢆯堂("𢆯"通"玄";玄堂,北向堂),中央曰太庙。"

⑥璧:玉器名。扁平,圆形,中有孔,边阔大于孔径。组:佩玉系带。润漫:应为"烂漫",形容光彩四射。王延寿《鲁灵光殿赋》:"丹彩之饰,徒何为乎,澔澔汗汗,流离烂漫。"见下面《韵补》条。虬文:盘曲如虬的纹理。虬,传说中的一种无角的龙。蜿蜒:萦回屈曲貌。

⑦回迊:当作"回匝",回旋一周。《汉魏六朝百三名家集·李伯仁集》"迊"作"匝"。岩岩:高耸貌。嵯峨:屹立。槩:通"既"。《左传·定公四年》:"夫概。"《广韵》注:"概又作既。"既:及、至也。槩云:犹"及云"。青琐禁门:汉宫门名,此泛指宫门。青琐,装饰皇宫门窗的青色连环花纹。翼翼:庄严雄伟貌。

⑧华虫:雉之别称。《尚书·益稷》:"予欲观古人之象,日月星辰,山龙华虫,作会。"孔传:"华,象草华;虫,雉也。"孔颖达疏:"草木虽皆有华,而草华为美……雉五色,象草华也。"此指雉形图案。采:同"彩"。缛:色彩绚丽。兰林、方池:盖德阳殿四周苑囿中之林名和地名。

⑨蓁蓁:草木茂盛貌。沛裔:形容很多鸣雁飞来。按:"沛裔",《汉魏六朝百三名家集·李伯仁集》作"裔裔"。沛,盛貌。裔,即"裔裔",飞貌。

⑩濯龙:汉宫池名,在洛阳西南角。

⑪安石:当为"安石榴"之省称,即石榴。含桃:樱桃之别称。甘:《初学记》卷二十八作"百"。

⑫文梍(pí 皮):绘有文彩的屋檐前板。

⑬蠚:"蜡"的俗体字。蟒:音义不详。《周礼》、《礼记》都记载有蜡祭,据说以苇为中心,以布缠之,灌以饴蜜,类似后来的蜡烛。此二句似以祭祀时的烟氲之气,状德阳殿的高耸。

⑭此二句详见注释④。

⑮壁:同"璧"。此二句详见注释⑥。

⑯坎:象声词。《诗·魏风·伐檀》:"坎坎伐檀兮,寘之河之干兮。"

平乐观赋

乃设平乐之显观，章秘玮之奇珍[①]。习禁武以讲捷，厌不羁之遐邻[②]。徒观平乐之制，郁崔嵬以离娄，赫岩岩其嶔[③]，纷电影以盘盱[④]。弥平原之博敞，处金商之维陬[⑤]。大厦累而鳞次，承岧峣之翠楼[⑥]。过洞房之转闼，历金环之华铺[⑦]。南切洛滨，北陵仓山[⑧]。龟池泱漭，果林榛榛[⑨]。天马沛艾，鬣尾布分[⑩]。尔乃大和隆平，万国肃清[⑪]。殊方重译，绝域造庭[⑫]。四表交会，抱珍远并[⑬]。杂遝归谊，集于春正[⑭]。玩屈奇之神怪，显逸才之捷武[⑮]。百僚于时，各命所主。方曲既设，秘戏连叙，逍遥俯仰，节以鞀鼓[⑯]。戏车高橦[⑰]，驰骋百马，连翩九仞，离合上下。或以驰骋，覆车颠倒。乌获扛鼎，千钧若羽[⑱]。吞刃吐火，燕跃鸟跱。陵高履索，踊跃旋舞[⑲]。飞丸跳剑，沸渭回扰[⑳]。巴渝隈一，逾肩相受[㉑]。有仙驾雀，其形蚴虬[㉒]。骑驴驰射，狐兔惊走。侏儒巨人，戏谑为耦。禽鹿六駮，白象朱首[㉓]。鱼龙曼延，㟪蜒山阜[㉔]。龟螭蟾蜍，挈琴鼓缶[㉕]。(《艺文类聚》卷六十三)

披典籍以论功，盖罔及乎大汉[㉖]。(《文选·何晏〈景福殿赋〉》李善注)

【说明】

汉高祖在长安上林苑始建平乐观，武帝时增修，又称“平乐馆”。《汉书·武帝纪》：“京师民观角觝于上林平乐观。”东汉明帝时取长安飞廉、铜马移洛阳西门外，置平乐观。此赋所写当为洛阳平乐观。

【注释】

①章：显示。秘：稀奇少见。玮：珍美。

②禁武：禁中武事。讲：训练。厌：屈服。不羁：不受羁束。遐邻：远方之

邻国。

③离娄：亦作“离楼”，雕镂之貌。岩岩：高貌。崟嶺(yín'è银萼)：山高耸貌。

④电影：闪电之光。盘盱：即“盘纡”，回旋曲折貌。盱，通“纡”。《易·豫》：“盱豫，悔。”陆德明《经典释文》：“盱，子夏作纡。”

⑤弥：终极。金商：汉东京洛阳西门。张衡《东京赋》：“抗义声于金商。”薛综注：“金商，西门名也。……西为金，主义，音为商，若秋气之杀万物，抗天子德义之声，故立金商门于西。”维陬(zoū邹)：角隅。

⑥岧峣(tiáo yáo条尧)：高耸貌。

⑦洞房：幽深的屋室。闼：宫中小门。金环：金属门环。华铺：华美的铺首。铺，即铺首，著于门上的衔环兽面。

⑧洛：洛水。仓山：青山。仓，通“苍”，《汉魏六朝百三名家集·李伯仁集》作“苍”。

⑨泱漭：水势浩瀚貌。榛榛：形容果林茂密。

⑩天马：骏马之美称。沛艾：马头摇动貌。鬣(liè列)：马颈上的长毛。

⑪隆平：昌盛太平。

⑫殊方：异域。重译：反复转译，也即通过多种语言的转译。绝域：极远之地。

⑬四表：四方极远之地。交会：合会，聚集。

⑭归谊：即归义，归附正义。此指前来朝拜。春正：指夏历正月。

⑮“玩屈奇”二句：描写在平乐观举行的各种技艺表演。

⑯秘戏：奇妙之戏，犹今杂技之类。鞀(táo桃)鼓：一种有柄的鼓，持柄摇动，两旁绳系物击鼓发声。

⑰橦：古时用以表演爬竿杂技的长竿。

⑱乌获：战国时秦力士名，事见《史记·秦本纪》。此用为大力士的通称。

⑲履索：在绳索上做各种表演，与今人走钢丝相似。

⑳沸渭：原指水翻腾奔涌，这里用以状飞丸跳剑之纷乱。回扰：回旋混乱。枚乘《七发》：“其波涌而云乱，扰之焉如三军之腾装。”

㉑巴渝：指巴渝舞。司马相如《上林赋》：“巴、渝、宋、蔡，淮南干遮。”指此四地之舞。《汉书·西域传赞》：“作巴俞都卢。”颜师古注：“巴人，巴州人也。俞，水名，今渝州也。巴俞之人，所谓賨人也，劲锐善舞，本从高祖定三秦有功，高祖喜观其舞，因令乐人习之，故有巴俞之乐。”

㉒蚴虬：似蛟龙般的屈折行动貌。

㉓六駮(bó驳)：兽名，省称“駮”。《尔雅·释兽》：“駮，如马，倨牙，食虎豹。”

㉔“鱼龙”二句：《汉书·西域传赞》：“漫衍鱼龙。”颜师古注：“漫衍者，即张衡《西京赋》所云‘巨兽百寻，是为漫延’者也。鱼龙者，为舍利之兽，先戏于庭

极，毕乃入殿前激水，化成比目鱼，跳跃漱水，作雾障日，毕，化成黄龙八长，出水敖戏于庭，炫耀日光。”崣蜒（wéi yán 围炎）：山高不平貌。

㉕龟螭（chī 吃）：传说中龟身螭头的动物。此指人扮演的龟螭。鼓：敲击。自“玩屈奇之神怪”到结尾均系叙平乐观的角觝戏。

㉖披：打开。罔及：无及。此句意为，打开典籍来论功业，没有一个朝代能及大汉。因为此句缺乏上下文，亦可理解为以前的杂技角觝表演水平都不能与汉代相比。

【辨析】

李尤和张衡的赋都描绘了角觝戏，李赋叙事较略，张赋叙事较详。其间谁先叙，谁后叙，谁为首创，谁有所依傍，是值得我们弄清楚的。

《后汉书·李尤传》载：“李尤，字伯仁……少以文章显。和帝时，侍中贾逵荐尤有相如、扬雄之风，召诣东观，受诏作赋，拜兰台令史。”贾逵为侍中在和帝永元八年（96），《后汉书·贾逵传》称：“和帝即位，永元三年，以逵为左中郎将。八年，复为侍中，领骑都尉。内备帷幄，兼领秘书近署，甚见信用。逵荐东莱司马均、陈国汝郁，帝即征用，并蒙优礼。”但永元八年（或稍后），贾逵的推荐名单没有提到李尤。所以我们推测贾逵推荐李尤当在此之后。贾逵永元十三年（101）卒，因而他对李尤的推荐当在永元八年至十三年之间，约在永元九年（97）。

李尤现存《函谷关赋》、《辟雍赋》、《德阳殿赋》、《平乐观赋》、《东观赋》，都是颂圣之制，故当同作于受贾逵推荐时情绪亢奋之际。而张衡创作《二京赋》，则明显落在李尤创作《平乐观赋》之后。《后汉书·张衡传》称：“永元中，（张衡）举孝廉不行，连辟公府不就。时天下承平日久，自王侯以下莫不逾侈，衡乃拟班固《两都》，作《二京》，因此讽谏，精思博会，十年乃成。”永元共有十七年（89～105），“永元中”，即使是永元八年（96），当时张衡十八岁（张衡创作《二京》巨赋，不大可能比此更年轻），张衡从这年开始构筑《二京赋》，前后用了十年，即到安帝永初二年（108）才完成，而这时李尤叙作《平乐观赋》已有十一年了。可见李赋创作在前，张赋叙就在后，张赋在《二京赋》中摄入西京的角觝戏当受到李赋的启示，并有所凭借，李尤功不可没。现在一些杂技艺术史著作只提张衡《西京赋》，不提李尤《平乐观赋》，这是不应该的。没有李尤的首倡，张衡不一定会注意到西京的角觝戏并把它叙写得如此惟妙惟肖。

东观赋

敷华实于雍堂，集干质于东观[①]。东观之艺，孽孽洋洋[②]。上承重阁，下属周廊[③]。步西蕃以徙倚，好绿树之成行[④]。历东厓之敞坐，庇蔽茅之甘棠[⑤]。前望云台，后匝德阳[⑥]。道无隐而不显，书无阙而不陈[⑦]。览三代而采宜，包郁郁之周文[⑧]。(《艺文类聚》卷六十三)

臣虽顽卤，慕《小雅·斯干》叹咏之美[⑨]。(《文选·刘桢〈赠五官中郎将四首〉》李善注)

永平持纲，建初考练，暨我圣皇，濈协剖判[⑩]。(《韵补》卷四"判"字条)

润色枝叶，繁茂荄根。万品鳞萃，充此林川[⑪]。(《韵补》卷二"根"字条)

【说明】

东观，东汉洛阳南宫内观名。明帝诏班固等在此修《汉书》。章、和二帝以为皇家藏书之所。后为国史修撰之所。赋歌颂了东观藏书之丰富，地位之崇高。

【注释】

①敷华实：开花结果。雍堂：辟雍。

②艺：指设计建筑的法度规格。孽孽：装饰华丽貌。洋洋：美善貌。

③重阁：层层楼阁。属(zhǔ 主)：连接。

④西蕃：此指东观建筑群西边的部分。徙倚：犹徘徊、逡巡。

⑤东厓：东面的边，指东观建筑群东边的部分。甘棠：木名，即棠梨，又称杜梨。《诗·召南》有《甘棠》篇，颂官吏之惠政。

⑥云台：汉宫中的高台名。《后汉书·阴兴传》："受顾命于云台广室。"李贤注："洛阳南宫有云台、广德殿。"汉明帝时曾在云台上图画邓禹等二十八将，以

追念前世功臣。德阳：即德阳殿。

⑦“道无”二句：谓隐没之道无不在东观彰显，阙失之书无不在东观陈列。

⑧三代：指夏、商、周。采宜：采取其相宜者。“包郁”句：《论语·八佾》：“子曰：‘周监于二代，郁郁乎文哉！吾从周。’”

⑨顽卤：同“顽鲁”，顽劣愚钝，不敏锐。东汉王充《论衡·命禄篇》：“或时下愚而千金，顽鲁而典城。”《小雅·斯干》：《诗》篇名，为筑室既成而颂祷之诗，其第四、五章描述了新筑宫室之美。

⑩永平：东汉明帝刘庄年号，此处代指明帝。明帝被认为是一个较有作为的皇帝。持纲：执掌人伦纲常，也即坚持儒家伦理道德。建初：东汉章帝刘炟年号(76～84)，此处代指章帝。考练：指考察选用官员。暨：及。圣皇：指东汉和帝刘肇。濈(jí集)协：和睦。剖判：开辟，分辨。

⑪荄(gāi 该)：草根。万品：即万物。品：种类。鳞萃：即鳞集，如鱼鳞丛集，喻其众多。

七款

奇宫闲馆，回庭洞门[①]。井幹广望，重阁相因[②]。夏屋渠渠，嵯峨合连[③]。前临都街，后据流川。梁王青黎，卢橘是生[④]。白华绿叶，扶疎各荣[⑤]。与时代序，敦不堕零[⑥]。黄景炫炫，眩林曜封[⑦]。金衣素里，班白内充[⑧]。滋味伟异，淫乐无穷。副以芋柘，丰弘诞节，纤液玉津，旨于饮蜜[⑨]。(《艺文类聚》卷五十七，补以《初学记》卷二十八)

鸿柿若瓜[⑩]。(《太平御览》卷九十一)

猛鸷陆嬉，龙鼍水处[⑪]。(《文选·王巾〈头陀寺碑文〉》李善注，题为《七难》;《文选·左思〈蜀都赋〉》李善注，题为《七叹》)

回皇竞集[⑫]。(《文选·马融〈长笛赋〉》李善注)

季秋末际，高风猋厉。(《文选·张协〈七命〉》李善注)

神奔电驱，星流矢惊，则莫若益野驣驹也[⑬]。(《文选·张协〈七命〉》李善注，《文选·陈琳〈答东阿王笺〉》李善注)

【说明】

本篇篇名《初学记》引作《七叹》，《文选》卷四、卷三十五引作《七叹》，卷十八引作《七疑》。

傅玄《七谟序》称："昔枚乘作《七发》，而属文之士，若傅毅、刘广世、崔骃、李尤、桓麟、崔琦、刘梁、桓彬之徒，承其流而作之者纷焉。《七激》、《七兴》、《七依》、《七款》、《七说》、《七蠲》、《七举》、《七设》之篇……"可见李尤的《七款》也写了七事，可惜现在已残缺不全了。

【注释】

①闲馆：宽敞的馆舍。闲，宽阔。回庭：布局曲折回复的庭宇。

②井幹(hán 寒)：楼台名，在建章宫北。《史记·孝武本纪》："乃立神明台、

井幹楼，度五十余丈，辇道相属焉。”司马贞《索隐》：“《关中记》：‘宫北有井幹台，高五十丈，积木为楼。’言筑累万木，转相交架，如井榦。”重阁：重叠的楼阁。

③“夏屋”句：《诗·秦风·权舆》：“於我乎，夏屋渠渠。”朱熹《集传》：“夏，大也。渠渠，深广貌。”嵯峨：高峻貌。

④梁：堤堰。王：《汉魏六朝百三名家集·李伯仁集》注：“（王）一作‘上’。”《初学记》卷二十八作“土”。青黎：《尚书·禹贡》：“厥土青黎。”孔传：“色青黑而沃壤。”后以“青黎”泛指土色。黎，《初学记》卷二十八作“丽”。

⑤扶疎：亦作“扶疏”，树木繁盛貌。各：《初学记》卷二十八作“冬”。

⑥时：时令，季节。代序：更替。敦：茂盛。

⑦黄景：形容柑橘皮鲜亮的颜色。景：“影”的古字。炫炫：光亮貌。

⑧金衣：指柑橘金黄色的外皮。班：通“斑”。

⑨芋柘：即甘蔗。甘蔗亦作“芋蔗”。芋，《太平御览》卷九百七十四作“苷”。柘，借为“蔗”。丰弘：形容甘蔗的粗大。诞节：生长出枝节。

⑩鸿：大。

⑪鸷（zhì 挚）：凶猛的鸟。嬉：戏。鼍（tuó 驼）：扬子鳄。

⑫回皇：犹盘桓。马融《长笛赋》：“又象飞鸿，氾滥溥漠，浩浩洋洋，长响远引，旋复回皇。”

⑬“神奔”二句：喻骏马奔驰之速。驣：同“腾”。

果赋

三十六园朱李是也。
如拳之李。[①]

【说明】

此赋见梁任昉《述异记》卷下。

此赋仅存两句,应是一般的咏物赋。

【注释】

①梁人任昉《述异记》卷下:"房陵定山有朱仲李园三十六所,潘岳《闲居赋》云:'房陵朱仲之李。'李尤《果赋》云:'三十六园朱李是也。'中山有缥李,大如拳者呼仙李。李尤《果赋》曰:'如拳之李。'陆士衡《果赋》曰:'中山之缥李。'又云:'仙李缥而神李红。'"

苏顺

苏顺，字孝山，京兆霸陵（今陕西西安东）人。生卒年不详。和帝、安帝间，以才学著称。贾逵于和帝永元十三年（101）逝世时，他曾为之作诔（即《贾逵诔》），故推测他当生于明帝、章帝间。陆侃如师认为可假定生于公元70年左右。苏顺初好养生术，隐居学道。晚年出仕，拜郎中，卒于官。著赋、论、诔、哀辞、杂文等十六篇，赋今仅存《叹怀赋》一篇。传在《后汉书·文苑传上》。

叹怀赋

悲终风之陨箨，条枝梢以摧伤[①]。桂敷荣而方盛，遭暮冬之隆霜[②]。华菲菲之将实，中夭零而消亡[③]。童乌濬其明哲，悲何寿之不将[④]。嗟刘生之若兹，奄弥留而永丧[⑤]。

【说明】

此赋见《艺文类聚》卷三十四。

苏顺早年隐居好道，晚年出仕拜友，可见他未忘世情。此赋当为抒发自己的心志所作。

【注释】

①终风：《诗·邶风·终风》："终风且暴。"毛传："终日风为终风。"《韩诗》以"终风"为西风。后常用以指大风、暴风。或以为"终"犹"既"也。陨箨：剥落笋壳。

②敷荣：开花。

③华："花"的古字。菲菲：花盛貌。实：结果，长出果实。

④童乌：汉扬雄之子，即扬乌。扬雄《法言·问神》："育而不苗（疑为"苗而不育"之误）者，吾家之童乌乎！九龄而与我《玄》文。"《华阳国志·先贤士女总赞·蜀郡士女》卷十上："雄子神童乌，七岁预雄《玄》文，年九岁而卒。"《太平御览》卷三百八十五《幼智下》引《刘向别传》："扬信字子乌，雄第二子，幼而明慧，雄笔《玄经》不会，子乌令作九数而得之；雄又疑《易》羝羊触藩，弥日不就，子乌曰：'大人何不云荷戟入榛？'"

⑤刘生：未详何人。

葛龚

葛龚，字元甫，梁国宁陵（今河南宁陵）人。生卒年不详。和帝时，以善文强记知名。安帝永初（107～113）中举孝廉，为太官丞。曾拜荡阳令、临汾令，居二县皆有政绩。葛龚慷慨壮烈，勇力过人。著文、赋、碑、诔、书记凡十二篇，赋今仅存《遂初赋》中二残句。传在《后汉书·文苑传上》。

遂初赋

承豢龙之洪族，贶高阳之休基[①]。（《文选·颜延之〈陶征士诔〉》李善注）

考天文于兰阁，览群言于石渠[②]。（《太平御览》卷一百八十四，题作《反遂初赋》）

【说明】

此篇《文选》引作《遂初赋》，而《太平御览》引篇名作《反遂初赋》。

刘歆亦有《遂初赋》。“遂初”，即遂其初愿，多指去官归隐。此赋从赋文及其传记看，似当作《反遂初赋》。

【注释】

①豢龙：氏族名。亦借为官名。《左传·昭公二十九年》：“昔有飂叔安，有裔子曰董父，实甚好龙，能求其耆欲以饮食之，龙多归之，乃扰畜龙，以服事帝舜。帝赐之姓曰董，氏曰豢龙。”杜预注：“豢龙，官名。官有世功，则以官名。”贶（kuàng 况）：张大。《淮南子·本经训》：“夫人相乐无所发贶，故圣人为之作乐以和节之。”于省吾《双剑誃诸子新证·淮南子》：“贶、皇古字通……然则发贶为发皇，《文选·枚叔〈七发〉》‘发皇耳目’是其左证。发谓开发，皇谓张大。”此“贶”有发扬光大之义。休：美善。

②兰阁：未详，疑即“兰台”、“延阁”之缩称，均为汉西京宫内收藏典籍之处。石渠：阁名，在汉长安未央宫北。《三辅黄图·阁》：“石渠阁，萧何造……所藏入关所得秦之图籍。至于成帝，又于此藏秘书焉。”

刘騊駼

刘騊駼，南阳蔡阳（今湖北枣阳西南）人。东汉宗室。其曾祖刘縯即光武帝长兄，其父刘复为临邑侯。騊駼有才学，善文辞，于安帝永初（107～113）中任校书郎，与从兄刘毅以及马融等在东观校定《五经》、诸子传记、百家艺术，整齐脱误，是正文字。永宁元年（120），又参与作《中兴以下名臣列士传》。著有赋、颂、书、论凡四篇。《隋书·经籍志四》著录有文集二卷，已散佚。今仅存残篇《玄根赋》及《上书陈铸钱事》。事迹散见《后汉书·宗室四王三侯传·北海靖王兴》及《后汉书·文苑传上·刘珍》。

玄根赋

一足之夔，九头之鸧[①]。（《文选·郭璞〈江赋〉》李善注）

戴金翠，珥珠玑[②]。（《文选·曹植〈洛神赋〉》李善注）

前殿冬絺[③]。（《文选·曹植〈七启〉》李善注）

致垂棘以为墀[④]。（《文选·颜延之〈宋文元皇后哀策文〉》李善注）

芳林臻臻，朱竹离离[⑤]。菱芡吐荣，若摅锦而布绣[⑥]。（《太平御览》卷九百七十五）

玄雁蜿蟺感清羽，玄鹤顾蹰应徵宫[⑦]。（《北堂书钞》卷一百零九）

玄弦五降，乐成九奥[⑧]。（《北堂书钞》卷一百零九）

【说明】

此赋仅存一组残句。篇名《文选》卷三十四、《北堂书钞》卷一百零九均引作《玄根颂》。玄根，语出《老子》："玄牝之门，是为天地根。"《文选·卢谌〈赠刘琨诗〉》："处其玄根。"李善注："《广雅》曰：'玄，道也。'张衡《玄图》曰：'玄者，无形之类，自然之根，作于太始，莫之为先。'"

【注释】

①"一足"句：《山海经·大荒东经》："东海中有流波山……其上有兽，状如牛，苍身而无角，一足，出入水则必风雨，其光如日月，其声如雷，其名曰夔。""九头"句：郭璞《江赋》："若乃龙鲤一角，奇鸧九头。"鸧：传说中的怪鸟。

②金翠：司马彪《续汉书》曰："太皇后花胜上为金凤，以翡翠为毛羽。"珥：作动词，以……为珥，即以……为耳环。

③"前殿"句：谓前殿内室温暖，冬日可服絺。《文选·曹植〈七启〉》："温房则冬服絺绤。"李善注即引此句。絺(chī 吃)：细葛布，用以做夏衣。

④垂棘：春秋晋地名，以产美玉著称，故此借指美玉。墀（chí 迟）：台阶。

⑤蓁蓁、离离：茂盛貌。朱竹：李调元《南越笔记·朱蕉》："朱蕉，叶芭蕉而干棕竹，亦名朱竹。……故又名铁树。"一说即红色的竹。王士禛《香祖笔记》卷十二："《太平清话》云：'朱竹古无所本。'……然闽中实有此种，红如丹砂。"

⑥菱：水生植物名，果实即菱角。芡：水生植物，又称"鸡头"，种子称"芡实"。摅、布：舒展、展布。锦、绣：喻菱芡花色彩之美丽。

⑦玄雁：黑色的雁。蜿蟺（wǎn shàn 宛善）：屈曲盘旋貌。马融《长笛赋》："蚡缊翻纡，缈冤蜿蟺。"李善注："缈冤蜿蟺，盘屈摇动貌。"清：指五音中的商音。羽、徵、宫：各为五音之一。玄鹤：黑鹤。崔豹《古今注·鸟兽》："鹤千岁则变苍，又二千岁变黑，所谓玄鹤也。"顾：回头，回视。躅（zhú 烛）：行谨貌，迈步，踩踏。

⑦"玄弦"句：未详。五降：疑谓五弦琴事。《礼记·乐记》："昔者舜作五弦之琴，以歌《南风》。"《韩非子·外储说左上》："昔者舜鼓五弦，歌《南风》之诗而天下治。"九奥：指九州之内。陆云《晋故散骑常侍陆府君诔》："才雄九奥，德钟三懿。"

张衡

张衡(78～139),字平子,南阳郡西鄂县(治所在今河南省南阳市北)人。他生于东汉章帝建初三年(78),卒于顺帝永和四年(139),是我国古代著名的文学家和科学家。张衡家为著姓,祖父堪当过几任太守,为官清廉,多有政绩。张衡少善属文,十七岁开始游学,到过西汉旧都长安和当时国都洛阳,就教于太学,因而学识水平提高很快,通“五经”,贯“六艺”。但他淡薄功名,担任太史令达十四年之久。人们以为他仕途上不得志,他即写《应间》来回答。在此期间,他写作了天文巨著《灵宪》,制作了著名的候风仪和地动仪。阳嘉中(133～135),张衡被升为侍中,做皇帝的高级顾问。但他处处受到谗言攻击,内心十分忧愤,就写了《思玄赋》寄托自己的情志。永和元年(136),张衡出任河间王相。河间王刘政胡作非为,与国中豪右大族上下勾结,欺压百姓。张衡到任所,即“治威严,整法度,阴知奸党名姓,一时收禽(擒)”,国中大治。但汉王朝至此已百孔千疮,难于医治,张衡心情十分沉重,就写了著名的《四愁诗》和《归田赋》,要求退居田间。但顺帝不允,把他调回京师,让他当尚书,协助处理政务。可惜到任不足一年,就与世长辞了。他的好友崔瑗称颂他“道德漫流,文章云浮;数术穷天地,制作侔造化;高才伟艺,与神合契”(《河间相张平子碑》),对他的道德、文章、科学技术,都给予了极高的评价。

张衡的赋较多,现在还保存完整的赋有《温泉赋》、《南都赋》、《二京赋》、《思玄赋》、《归田赋》、《周天大象赋》等七篇和《羽猎赋》等五个片断。另外,还有不以赋名而实为赋体的《应间》、《七辩》两篇。这些赋作中,尤以《二京赋》和《归田赋》最负盛名,前者创两汉长篇的极轨,后者开后代抒情赋的先河,在赋史上的影响极大。传在《后汉书》卷五十九。

温泉赋

阳春之月[1]，百草萋萋[2]。余在远行[3]，愿望有怀。遂适骊山[4]，观温泉，浴神井，风中峦[5]。壮厥类之独美[6]，思在化之所原[7]，览中域之珍怪[8]，无斯水之神灵，控汤谷于瀛洲[9]，濯日月乎中营[10]。荫高山之北延[11]，处幽屏以闲清。于是殊方交涉[12]，骏奔来臻。士女晔其鳞萃[13]，纷杂遝其如䌸[14]。(《艺文类聚》卷九)

乱曰：天地之德，莫若生兮，帝育蒸民，懿厥成兮[15]。六气淫错，有疾疠兮[16]。温泉汩焉，以流秽兮[17]。蠲除苛慝，服中正兮[18]。熙哉帝载[19]，保性命兮[20]。(《初学记》卷七)

【说明】

"乱曰"之前的部分，以《艺文类聚》卷九为底本；"乱曰"之后的部分，以《初学记》卷七为底本并参《古文苑》卷五、《水经注·渭水下》及《文选·谢惠连〈雪赋〉》李善注。

此赋《水经注·渭水》曾提到，《艺文类聚》卷九、《初学记》卷七有节录，《古文苑》卷五收全文。据《水经注·渭水》引《三秦记》："骊山西北有温水，祭则得入，不祭则烂人肉。俗云，始皇与神女游而忤其旨，神女唾之生疮，始皇谢之，神女为出温水，后人因以浇洗疮。"说明秦始皇时骊山温泉已开始被人利用。从赋中"殊方交涉，骏奔来臻"可看出，至东汉，骊山温泉已成为人们游览沐浴的胜地。此赋约写于和帝永元七年(95)，作者由长安赴东都洛阳途中。

【注释】

①阳春：温暖的春天。

②萋萋：花草茂盛的样子。

③余在远行:指作者由长安赴首都洛阳。

④骊山:在今陕西省临潼县。赋所写的温泉即在山下。

⑤风:被风吹,引申为乘凉。《论语·先进》何晏《集解》引包咸曰:“浴乎沂水之上,风凉于舞雩之下。”中峦:半山腰。峦,尖而小的山。骊山是座小山。

⑥厥:其。类:形貌、形象。

⑦化:造化。原:来源。

⑧中域:宇内,国中。珍怪:珍奇怪异,即下句所说的神灵。《艺文类聚》脱“怪”字,据《初学记》卷七补。

⑨控:引。汤谷:传说中日出的地方。瀛洲:传说中的神山,据说在东海中。

⑩濯:洗。中营:营域之中。营,指营室,星宿名。《古文苑》章樵注:“日月坎离之精濯乎其中,故液泉而温。”

⑪ 荫:庇护。延:通“埏”,边际。

⑫殊方:异域。

⑬晔:闪光貌。鳞萃:如鱼鳞之丛集。这句意思是:众士女华美的服饰如鱼鳞闪耀。

⑭杂遝(tà 踏):众多杂乱貌。细(yīn 因):气和光色混合鼓荡貌。

⑮蒸:同“烝”,众也。曹操《陈损益表》:“庶以蒸萤,增明太阳。”懿:美也。此句化用《诗·大雅·烝民》诗句,说明上天生育万民,成就其美德。

⑯六气淫错,有疾疠兮:《左传·昭公元年》:“六气曰阴、阳、风、雨、晦、明也。……过则为菑,阴淫寒疾,阳淫热疾,风淫末疾,雨淫腹疾,晦淫惑疾,明淫心疾。”即为此二句所本。淫:过多,过甚。疾疠:瘟疾。

⑰汩(gǔ 骨):水急流。流秽:冲掉污秽。

⑱蠲(juān 捐):除去。苛慝(tè 特):暴虐邪恶。服:施行。中正:正道。

⑲熙哉帝载:发扬光大帝王事业。熙,兴起,兴盛。帝载,帝王的事业。《尚书·舜典》:“舜曰:‘咨,四岳!有能奋庸熙帝之载。’”

⑳性命:即生命。

南都赋

於显乐都，既丽且康[①]。陪京之南，居汉之阳[②]。割周楚之丰壤，跨荆豫而为疆[③]。体爽垲以闲敞，纷郁郁其难详[④]。

尔其地势，则武阙关其西，桐柏揭其东[⑤]。流沧浪而为隍，廓方城而为墉[⑥]。汤谷涌其后，淯水荡其胸[⑦]。推淮引湍，三方是通[⑧]。

其宝利珍怪，则金彩玉璞，随珠夜光[⑨]。铜锡铅锴，赭垩流黄[⑩]。绿碧紫英，青雘丹粟[⑪]。太一余粮，中黄瑴玉[⑫]。松子神陂，赤灵解角[⑬]。耕父扬光于清泠之渊，游女弄珠于汉皋之曲[⑭]。

其山则崆岘嶱嵑，嵣㟐嶚刺[⑮]。岝㟧嶊嵬，嵚巇屹㠑[⑯]。幽谷嶜岑，夏含霜雪[⑰]。或峮嶙而纚连，或豁尔而中绝[⑱]。鞠巍巍其隐天，俯而观乎云霓[⑲]。

若夫天封大狐，列仙之陬[⑳]。上平衍而旷荡，下蒙笼而崎岖[㉑]。坂坻巀嶭而成甗，溪壑错缪而盘纡[㉒]。芝房菌蠢生其隈，玉膏滵溢流其隅[㉓]。昆仑无以奓，阆风不能逾[㉔]。

其木则柽松楔㮨，槾柏杻橿[㉕]。枫柙栌枥，帝女之桑[㉖]。楈枒栟榈，柍柘檍檀[㉗]。结根竦本，垂条婵媛[㉘]。布绿叶之萋萋，敷华蕊之蓑蓑[㉙]。玄云合而重阴，谷风起而增哀[㉚]。攒立丛骈，青冥盰瞑[㉛]。杳蔼蓊郁于谷底，森蓴蓴而刺天[㉜]。虎豹黄熊游其下，豰玃猱挺戏其巅[㉝]。鸾鹥鹓鶵翔其上，腾猿飞蠝栖其间[㉞]。其竹则籦笼篁篾，篆簳箛箠[㉟]。缘延坻阪，澶漫陆离[㊱]。阿那蓊茸，风靡云披[㊲]。

尔其川渎，则滍澧藻涊，发源岩穴，潜㴔洞出，没滑瀎潏[㊳]。布濩漫汗，漭沆洋溢[㊴]。总括趋欱，箭驰风疾[㊵]。流湍投濈，砏汃輣轧[㊶]。长输远逝，漻泪淢汩[㊷]。其水虫则有蠳龟鸣蛇，潜龙伏螭，鲟鳣鲔鳙，鼋鼍鲛鳙[㊸]。巨蜯函珠，駮瑕委蛇[㊹]。

于其陂泽，则有钳卢玉池，赭阳东陂[㊺]。贮水渟洿，亘望无涯[㊻]。

其草则藨苎薠莞，蒋蒲蒹葭[47]。藻茆菱芡，芙蓉含华[48]。从风发荣，斐披芬葩[49]。其鸟则有鸳鸯鹄鹥，鸿鸨驾鹅[50]。鶂鸊鹈鸏，鸐鹔鹍鸧[51]。嘤嘤和鸣，澹淡随波[52]。

其水则开窦洒流，浸彼稻田[53]。沟浍脉连，堤塍相轄[54]。朝云不兴，而潢潦独臻[55]。决渫则暵，为溉为陆[56]。冬稌夏穱，随时代熟[57]。其原野则有桑漆麻苎，菽麦稷黍[58]。百谷蕃庑，翼翼与与[59]。

若其园圃，则有蓼蕺蘘荷，藷蔗姜𤄃，菥蓂芋瓜[60]。乃有樱梅山柿，侯桃梨栗[61]。梬枣若留，穰橙邓橘[62]。其香草则有薜荔蕙若，薇芜荪苌，晻暧蓊蔚，含芬吐芳[63]。

若其厨膳，则有华芗重秬，滍皋香杭[64]。归雁鸣鵽，黄稻鲜鱼，以为芍药[65]。酸甜滋味，百种千名。春卵夏笋，秋韭冬菁[66]。苏蔱紫姜，拂彻膻腥[67]。酒则九醖甘醴，十旬兼清[68]。醪敷径寸，浮蚁若湃[69]。其甘不爽，醉而不酲[70]。

及其纠宗绥族，禴祠蒸尝[71]。以速远朋，喜宾是将[72]。揖让而升，宴于兰堂[73]。珍羞琅玕，充溢圆方[74]。琢琱狎猎，金银琳琅[75]。侍者蛊媚，巾幘鲜明[76]。被服杂错，履蹑华英[77]。儇才齐敏，受爵传觞[78]。献酬既交，率礼无违[79]。弹琴擫龠，流风徘徊[80]。清角发徵，听者增哀[81]。客赋醉言归，主称露未晞[82]。接欢宴于日夜，终恺乐之令仪[83]。

于是暮春之禊，元巳之辰，方轨齐轸，祓于阳濒[84]。朱帷连网，曜野映云[85]。男女姣服，骆驿缤纷[86]。致饰程蛊，偠绍便娟[87]。微眺流睇，蛾眉连卷[88]。于是齐童唱兮列赵女，坐南歌兮起郑舞，白鹤飞兮茧曳绪，修袖缭绕而满庭，罗袜蹑蹀而容与[89]。翩绵绵其若绝，眩将坠而复举[90]。翘遥迁延，蹩躠蹁跹[91]。结九秋之增伤，怨西荆之折盘[92]。弹筝吹笙，更为新声[93]。寡妇悲吟，鹍鸡哀鸣[94]。坐者凄欷，荡魂伤精[95]。

于是群士放逐，驰乎沙场[96]。骣骥齐镳，黄间机张[97]。足逸惊飙，镞析毫芒[98]。俯贯鲂鲔，仰落双鸧[99]。鱼不及窜，鸟不暇翔。尔乃抚轻舟兮泛清池，乱北渚兮揭南涯[100]。汰瀺灂兮舩容裔，阳侯浇兮掩凫鹥[101]。追水豹兮鞭蛧蜽，惮夔龙兮怖蛟螭[102]。

于是日将逮昏，乐者未荒[103]。收驩命驾，分背回塘[104]。车雷震而风厉，马鹿超而龙骧[105]。夕暮言归，其乐难忘。此乃游观之好，耳目之娱，未睹其美者，焉足称举[106]。

夫南阳者，真所谓汉之旧都者也。远世则刘后甘厥龙醢，视鲁县而来迁[107]。奉先帝而追孝，立唐祀乎尧山[108]。固灵根于夏叶，终三代而始蕃[109]。非纯德之宏图，孰能揆而处旃[110]！

近则考侯思故，匪居匪宁[111]。秽长沙之无乐，历江湘而北征[112]。曜朱光于白水，会九世而飞荣[113]。察兹邦之神伟，启天心而寤灵[114]。

于其宫室，则有园庐旧宅，隆崇崔嵬[115]。御房穆以华丽，连阁焕其相徽[116]。圣皇之所逍遥，灵祇之所保绥[117]。章陵郁以青葱，清庙肃以微微[118]。皇祖歆而降福，弥万祀而无衰[119]。帝王臧其擅美，咏南音以顾怀[120]。且其君子，弘懿明睿，允恭温良[121]。容止可则，出言有章[122]。进退屈伸，与时抑扬[123]。

方今天地之睢剌，帝乱其政，豺虎肆虐，真人革命之秋也[124]。尔其则有谋臣武将，皆能攫戾执猛，破坚摧刚[125]。排揵陷扃，蹔蹈咸阳[126]。高祖阶其涂，光武揽其英[127]。是以关门反距，汉德久长[128]。

及其去危乘安，视人用迁[129]。周召之俦，据鼎足焉。以庀王职[130]。缙绅之伦，经纶训典，赋纳以言[131]。是以朝无阙政，风烈昭宣也[132]。于是乎鲵齿眉寿，鲐背之叟，皤皤然被黄发者[133]，喟然相与歌曰："望翠华兮葳蕤，建太常兮裶裶[134]。驷飞龙兮骙骙，振和鸾兮京师[135]。总万乘兮徘徊，按平路兮来归[136]。"岂不思天子南巡之辞者哉！遂作颂曰："皇祖止焉，光武起焉[137]。据彼河洛，统四海焉[138]。本枝百世，位天子焉[139]。永世克孝，怀桑梓焉[140]。真人南巡，睹旧里焉[141]。"

【说明】

此赋见《文选》卷四、《艺文类聚》卷六十一。

南郡，即南阳。《文选》李善注引挚虞曰："南阳郡治宛，在京之南，故曰南都。"南阳是光武帝刘秀的故里，光武建汉之后，南阳也就很自然地成为南都。南阳也是作者的故乡，作者熟稔这里的地理环境、历史人文，因此，他以娴熟华美的文笔对南阳进行了热情的礼赞。

虽然作者写这篇赋的主要用意在于为刘汉王朝唱赞歌，祝愿刘汉帝业百世永昌，但客观上也对南阳秀美的风光、丰饶的物产、安定的生活进行了大力的铺张。尽管在笔法上本篇有模仿扬雄《蜀都赋》的痕迹，但与后者相比，本篇既描写了地理环境，又追溯了历史人文，语言也更加整饬凝练，是赋史上不可多得的名篇。同时，作者对历史的追溯，也多少体现出他对当政者的微意讽谏——希望他们继承高祖、光武的功业。《文选》张铣注："言真人南巡者，亦冀天子复南巡，见旧邑里。"亦多少透露出其中消息。

关于本篇的写作时间，李周翰认为作于桓帝时，其说不可信。因为在桓帝登位之前八年，张衡就已逝世了。陆侃如先生考订系于永初六年(112)，张衡三十六岁，为南阳主簿时，可从。

【注释】

①於(wū 乌)：赞叹词。显：著名。乐都：这里指南都。康：安康。

②陪京：背向洛阳。《文选》李善注："京，谓洛阳也。"汉之阳：汉水之北。山的南面或水的北面曰阳。

③丰壤：沃土。这两句话是说：南阳的地理位置，周朝时南阳郡北部属周地，南部属楚地。以九州而论，北部属豫州，南部属荆州。

④爽垲(kǎi 凯)：地势高而土质干燥。闲敞：广阔。纷：众多。郁郁：美盛貌。

⑤武阙：山名，在今陕西省东部临近河南省处。《文选》李善注："武阙山为关在西也。"桐柏：山名，在今河南省桐柏县。揭：高耸。

⑥沧浪：水名，有汉水、汉水之别流、汉水之下流诸说。如《尚书·禹贡》："嶓冢导漾，东流为汉，又东为沧浪之水。"隍：城池无水曰隍。廓：通"郭"，城郭，这里用作动词，以……为城郭。方城：春秋时楚国北部的长城。在今河南省方城县，循伏牛山，北至今邓县，为古九塞之一。《淮南子·坠形训》："何谓九塞，曰太汾……方城……"墉：城墙。这两句的意思是：南都以沧浪为护城壕，以方城为城墙，极言其广阔险要。

⑦汤谷：《文选》李善注引盛弘之《荆州记》曰："南阳郡城北有紫山，紫山东有一水，无所会通，冬夏常温，因名汤谷。"汤谷在城北，故曰"涌其后"。淯水：古水名，源于伏牛山，经雉县、西鄂、南阳东南，于新野汇湍水，又南流入汉。淯水在城南，故曰"荡其胸。"胸：这里指南面。

⑧淮：即今淮河，源出今河南省桐柏县桐柏山，东流经河南、安徽入江苏洪泽湖。湍：湍水。《山海经·中山经》："中次一十一山经荆山之首，曰翼望之山，湍水出焉，东流注于济。"淮水自此而去，故曰"推"；湍水自西北来汇，故曰"引"。三方：谓东、西、南三个方向。

⑨金彩：指各种有光彩的金属。璞：未琢的玉。随珠：同"隋珠"，《淮南子·览冥训》高诱注："隋侯，汉东之国，姬姓诸侯也。隋侯见大蛇伤断，以药傅之。后蛇于江中衔大珠以报之，因曰隋侯之珠，盖明月珠也。"夜光：即夜明珠。

⑩锴：即铁。《说文》："九江谓铁曰锴。"赭(zhě 者)：红土。《说文》："赤土也。"垩(è 恶)：白垩。似土，白色，可以做粉笔。流黄：即硫磺。一种非金属原料，可做火药、火柴等。

⑪紫英：紫石英。雘(huò 获)：颜料，赤石脂之类。其青而善者曰青雘。丹粟：即朱砂，其细如沙。

⑫太一余粮：石类药名，《本草纲目》称为“石脑”。来自赤铁矿（hematite），可作止血剂。高步瀛《文选李注义疏》：“陈氏藏器云：‘太一者，道之源，大道之师，即理化神君，禹之师也。师尝服之，故有太一之称。盖道家语也。’”又《五杂俎·物部三》载：“泰山有太乙余粮，视之，石也。石上有甲，甲中有白，白中有黄。相传太乙者，禹之师也，尝服此而弃其余，故名。”中黄瑴（jué 绝）玉：是一种棕色的铁矿（hematite）。“中黄”为“石中黄子”的简称，指太一余粮石上有甲，甲中有白，白中有黄。

⑬松子神陂，赤灵解角：“松子”即传说中仙人“赤松子”的省称。《文选》李善注引习凿齿《襄阳耆旧记》曰：“神陂在蔡阳县界，有松子亭，下有神陂也。赤灵，赤龙也。解角，脱角也。事未详。”赤龙传说为神仙所乘。见刘向《列女传·陶安公》。

⑭耕父：神名。《山海经·中山经》：“东南三百里曰丰山……神耕父处之，常游清泠之渊，出入有光，见则其国为败。”游女：这里指汉水的女神。汉皋（gāo 高）：汉水岸边。《文选》李善注引《韩诗外传》：“郑交甫将南适楚，遵彼汉皋台下，乃遇二女，佩两珠，大如荆鸡之卵。”

⑮崆峣（kōng yáng 空扬）、嶱嵑（kě kě 渴渴）：皆山石高峻之貌。嵣嶙（dàng mǎng 荡莽）：山石广大之貌。嶚剌（liáo là 辽蜡）：山石高峻而相背离。

⑯岝崿（zuò'è 作恶）：山势不齐貌。嶵嵬（zuì wéi 罪为）：山高峻貌。嵚巇（qīn xī 亲西）：山势险峻貌。屹囓（yì niè 义孽）：山断绝之貌。

⑰嵚岑（jīn 今）：山高峻幽深之貌。

⑱峮（qūn 困）嶙：山相连之貌。缅（lǐ 里）连：连绵不断。豁尔：开裂断缺貌。

⑲鞠、巍巍：皆高貌。

⑳天封、大狐：皆山名。《文选》李善注：“天封，未详，或曰山名也。《南郡图经》曰：‘大胡山，故县县南十里。’张衡云：‘天封，大胡也。’”陬（zōu 邹）：区界。或以为通“聚”，村落。

㉑平衍：平而宽广。旷荡：辽远。蒙笼：同“蒙茏”，草木茂盛。

㉒坂（bǎn 板）：山坡，斜坡。坻（chí 池）：涯岸。巀嶭（jié niè 节聂）：高峻貌。甗（yǎn 演）：古代炊器，上可蒸下可煮，上大下小，这里比喻山形似甗，上大下小。甗，《文选》作“巘”。错缪：杂乱貌。盘纡（yū 迂）：屈曲。

㉓芝房：即灵芝。其头部有些小隔，如同分开的房间，故名。菌蠢：芝貌。玉膏：此处盖指泉水如玉膏。《山海经·西山经》：“（峚山）其中多白玉，是有玉膏，其原沸沸汤汤。”滵（mì 密）溢：流动貌。隅：山边。

㉔昆仑：西方神山。奓（chǐ 齿）：同“侈”，超过。阆风：《文选》李善注引东方朔《十州记》：“昆仑，其北角曰阆风之巅。”则阆风是昆仑之北角。逾：过。这句是说：南都诸山险峻，虽昆仑、阆风无以超越。

㉕柽（chēng 撑）：木名，柽柳，亦即河柳。《说文》：“柽，河柳也。”楔（xiē

歇）：樱桃。《尔雅·释木》："楔，荆桃。"郭璞注："今樱桃。"梞（jì 记）：木名，即水松。似松，有刺，细理。槾（màn 曼）：荆木。杻（niǔ 扭）：木名，檍树。叶似杏而尖，白色，其木质柔性较大，可做弓弩。橿（jiāng 姜）：木名，质地坚韧，古用作车材。

㉖柙（jiǎ 甲）：香木名。栌：黄栌。落叶灌木，木材可制器具。枥：同"栎"，落叶乔木，幼叶可饲柞蚕。壳斗和树皮可提取栲胶。帝女之桑：传说中的桑树。《山海经·中山经》："又东五十五里，曰宣山……其上有桑焉，大五十尺，其枝四衢，其叶大尺余，赤理黄华青柎，名曰帝女之桑。"

㉗楈枒（xū yā 胥牙）：即椰子树。栟榈（bīng lǚ 兵吕）：即棕榈，皮可做索。柍（yǎng 仰）：木名。柘：桑属，叶可喂蚕。檍（yì 义）：木名，又名"木橿"，可做弓。檀：即檀木，木质坚实。

㉘结根：树根交结。竦本：树干向上高耸。本，树干。婵媛：树枝相连引。

㉙萋萋：茂盛貌。敷：布。蓑蓑：下垂貌。

㉚玄云：黑云。谷风：东风。《诗·小雅·谷风》："习习谷风，维山崔嵬。无草不死，无木不萎。"《尔雅·释天》："东风谓之谷风。"这两句的意思是说：东风吹动茂密幽昧的草木，令人产生凄哀的感觉。

㉛攒立：簇集树立。丛骈：繁多而并立。青冥：竹木郁茂貌。盰瞑（qiān míng 千名）：幽昧不明。王褒《楚辞·九怀·通路》："远望兮仟眠。"王逸注："遥视楚国，暗未明也。"仟眠：同"盰瞑"。

㉜杳蔼：深远貌。蓊郁：繁茂貌。蕁蕁（zǔn 撙）：草木茂盛貌。

㉝黄熊：棕熊。縠（hù 户）：小猪。《说文》："小豚也。"《文选》李善引《说文》："縠，类犬，腰以上黄，以下黑。"玃（jué 决）：大猴。《说文》："母猴也。"猱（náo 挠）：猕猴。狿（tíng 亭）：猿属。

㉞鸾：传说中凤凰一类的神鸟。鸑（yuè 月）：凤属。鹓鶵（yuān chú 渊厨）：即"鹓雏"，传说中鸾凤一类的神鸟。鸓（lěi 磊）：飞鼠。

㉟籦（zhōng 中）笼：竹名，可用做笛。《文选》李善注引戴凯之《竹谱》："籦笼，竹名也。伶伦吹以为律。"箽（jīn 今）：即箽竹，坚而促节，体圆而质劲，皮白如霜，大者宜为篙，细者可为笛。篾（miè 灭）：桃枝竹。《文选》李善注引孔安国曰："篾，桃枝也。"篠（xiǎo 小）：小竹，可为箭。簳（gǎn 敢）：小竹，可为箭杆。箛（gū 孤）：即箛朵。箠（chuí 垂）：亦竹名。

㊱澶（chán 婵）漫：布散貌。陆离：参差。

㊲阿那（ē nuó 婀娜）：同"婀娜"，柔美貌。蓊茸：美盛貌。

㊳渎：沟。滍（zhì 至）：古称"泜水"，即今河南省鲁山县、叶县境内的沙河，东南流于漯河，汇入汝水。澧（lǐ 里）：源于河南省方城县北伏牛山，经叶县，至漯河市与沙河汇合入汝水。瀵（yào 要）：古水名。溍（jìn 进）：《文选》李善注引《水经注》："溍水出襄阳县东北阳中山。"潜盍（kè 克）：水从山旁洞穴流出。盍，

山旁洞穴。没滑（gǔ 古）、瀎潏（miè jué 灭绝）：皆疾流之貌。

㊴布濩（huò 获）、漫汗、漭沆（mǎng hàng 莽杭去声）、洋溢：皆状水流广大、声势澎湃之貌。

㊵总括趋歙（hē 喝）：河流接纳其他水流不断向前。歙，受，收。

㊶湍：急流。投：状水急泻。濈（jí 急）：水行出貌。砏汃輣軋（pīn pà péng yà 拼怕朋讶）：波涛相激之声。

㊷漻淚（liáo lì 辽历）、淢汩（yù yù 玉玉）：皆水疾流之貌。

㊸水虫：指下列所述的水中动物。蠳（yīng 英）龟：传说中一种能食蛇的龟，又名"呷蛇龟"。《文选》李善注引《抱朴子》："蠳龟啾蛇。"鸣蛇：传说中的一种怪蛇。《山海经・中山经》："鲜水出焉而北流注于伊水，其中多鸣蛇，其状如蛇而四翼，其音如磬，见则其邑大旱。"螭（chī 吃）：传说中的无角的龙。鳣（zhān 沾）：即鲟鳣鱼。《尔雅・释鱼》郭璞注："鳣，大鱼，似鲟而短鼻，口在颔下……甲无鳞。"鰅（yú 鱼）：鱼名，皮有文采。鳙（yōng 庸）：似鲢而黑。鼋（yuán 元）：大鳖。鼍（tuó 驮）：也叫扬子鳄、猪婆龙，鳄鱼的一种，产于长江下游。鲛（jiāo 交）：鲨鱼。鳙（xī 西）：同"蠵"，大龟。

㊹蜯：同"蚌"。函：含。駮瑕：亦作"驳虾"，大虾。瑕，"虾"的借字。《文选》李善注引郭璞《尔雅》注："虾大者，长一二丈。"委蛇：长貌。

㊺钳（qián 前）卢、玉池：皆陂泽名。《文选》李善注："杜预《表》曰：'所领部曲，皆居南乡界，所近钳卢大陂，下有良田。'旧说曰：玉池在宛也。"钳卢，汉蓄水工程名，在今河南省邓州市南，汉元帝时南阳太守召信臣所凿，灌田三万余顷，后屡有兴废。赭阳：即堵阳，在今河南省方城县。

㊻渟洿（tíng wū 亭污）：水停滞不流貌。亘：穷尽。

㊼藨（biāo 标）：多年生草本植物，茎可织席、编草鞋等。苎（zhù 住）：苎麻，皮麻属，可为绳索。薠（fán 烦）：青薠，似莎而大，生江湖，可食。莞（guān 棺）：俗名"水葱"、"席子草"，可以织席。蒋（jiāng 姜）：菰，幼芽为茭白。蒲：蒲草。蒹葭：芦苇。

㊽藻：指藻类植物，是一种低等植物。茆（mǎo 卯）：凫葵，江南人称"莼（chún 纯）菜"，生于水中，叶大如手，可食。菱：俗称"菱角"，一种水生植物。芡（qiàn 欠）：俗名"鸡头"，全株有刺，浮水面，其子名芡实，可食。芙蓉：荷花。华：同"花"。

㊾发荣：开花。荣，草本植物的花。斐披：花披垂貌。芬葩：香气。

㊿鹄（hú 湖）：天鹅。鷖（yī 医）：水鸟，即鸥。鸿：大雁。鸨（bǎo 保）：似雁略大。駕（jiā 加）鹅：野鹅。

(51)鸂鶒（jié yì 结义）：鸟名。《说文》："鸂鶒，凫属。"䴙䴘（pì tí 辟提）：亦作"鷿鵜"、"鷿鷉"，水鸟名，俗称"油鸭"，善潜水。扬雄《方言》："野凫，甚小而好没水中者，南楚之外，谓之鷿鹈。"鹔鷞：水鸟，其形似雁，颈长，羽绿。《楚辞・大招》:"鸿鹄代游,曼鹔鷞只。"鹍(kūn 昆):鹍鸡,似鹤,黄白色。鸬(lú 卢):即鸬鹚,俗称"鱼鹰",似水鸭而大,黑色,善潜水,渔人驯养用来捕鱼。

㉜澹淡:水动荡貌。

㉝窦:孔穴。洒流:分流。

㉞沟浍(kuài 块):田间的小沟渠。隄:"堤"的异体字,堤岸。塍(chéng 呈):田埂。裙(qún 群):相连之貌。

㉟朝云不兴:意即朝不兴云,暮不行雨。宋玉《高唐赋》:"旦为朝云,暮为行雨。"潢(huáng 黄):积水。潦(lǎo 老):雨后积水。臻:至。

㊱决渫(xuè 卸):排水。渫,同"泄"。暵(hàn 汉):干枯。为溉为陆:可以作水田或旱田。溉,水田。陆,旱田。

㊲稌(tú 涂):稻,粳稻。穱(jiào 叫):早熟的稻、麦等。时:指四季。代:交替。

㊳漆:漆树。苎(zhù 住):苎麻。司马相如《上林赋》:"鲜支黄砾,蒋苎青薠。"菽(shū 叔):豆类的总称。《诗·豳风·七月》:"六月食郁及薁,七月亨葵及菽。"

㊴蕃庑(wú 无):茂盛貌。《尚书·洪范》:"庶草蕃庑。"翼翼、与与:皆茂盛之貌。《诗·小雅·楚茨》:"我黍与与,我稷翼翼。"郑笺:"黍与与,稷翼翼,蕃庑貌。"

㊵蓼(liǎo 瞭):植物名,有永蓼、红蓼等等,又名"辛菜",可入药。蕺(jí 即):蕺菜,嫩叶可作菜。蘘(ráng 壤)荷:一名蘘草,多年生植物,根似姜,可入药。藷(zhū 诸)蔗:甘蔗。蕃(fán 烦):小蒜。菥蓂(xī míng 西名):荠菜的一种,茎梗上有毛,可入药,嫩苗可食。《尔雅·释草》:"大荠。"

㊶侯桃:山桃,子如麻子。

㊷梬(yíng 营)枣:软枣,结实似柿而极小,干之则紫黑如葡萄。若留:石榴。穰、邓:《汉书·地理志》:"南阳郡有穰县、邓县。"

㊸薜荔:植物名,又称"木莲",蔓生,果实富胶汁,可制凉粉。《楚辞·离骚》:"贯薜荔之落蕊。"王逸注:"薜荔,香草也。缘木而生蕊实也。"蕙:香草名。一指薰草,俗称"佩兰";二指蕙兰。若:香草名,即杜若。薇芜:即蘼芜,香草名。荪:香草名。苌:苌楚,羊桃。实如水桃,可食。《诗·桧风·隰有苌楚》:"隰有苌楚,猗傩其枝。"晻暧(yǎn'ài 掩爱):不明貌。蓊蔚:茂盛貌。

㊹华芗(xiāng 乡):《文选》李善注:"华芗,乡名也。"秬(jù 具):黑黍。滍皋:滍水之泽陂。秔(jīng 京):一种黏性较小的稻。禾曰"秔",米曰"粳"。

㊺鷌(duò 惰):鷌鸡,大如鸽,群飞,出入北方沙漠地。芍药:调和五味之物。《文选》吕延济注:"芍药,五味之主。"

㊻卵:或以为即卵蒜,俗称"小蒜"。生山泽间,根如鸟卵,十二月及正月掘取食之。《大戴礼记·夏小正》:"卵蒜也者,本如卵者也。"笋:竹笋。菁:《文选》

李善注引《广雅》:“韭,其华谓之菁。”又《文选》李周翰注:“菁,蔓菁。”

㉗苏:即紫苏,又名“桂荏”。蔱(shā 杀):即茱萸。《文选》李善注:“《字书》曰:蔱,茱萸也。”拂:除去。彻:通“撤”,去掉。膻腥(shān xīng 膻星):一种难闻的气味。《文选》吕向注:“言苏蔱紫姜香辛,能拂除羶腥之气也。”

㊳九醖(yùn 运):酒名,多次酿制而成。醴:甜酒。十旬:酒名,酿制百日而成。

㊴醪(láo 劳):带糟的酒。敷:布。浮蚁:酒面上的泡沫。蓱(píng 平):同“萍”。《文选》刘良注:“九醖十旬,皆酒名。敷,布也。酒膏径寸,布于酒上,亦有浮蚁如水蓱也。”

㊵爽:通“爽”,伤。酲(chéng 呈):病酒,酒醉后神志不清。

㊶纠:同“纠”,集合。《左传·僖公二十四年》:“召穆公思周德之不类,故纠合宗族于成周而作诗。”绥:安顺。禴(yuè 月)、祠、蒸、尝:古代宗庙四时祭祀之名。《诗·小雅·天保》:“禴祠烝尝,于公先王。”毛传:“春曰祠,夏曰禴,秋曰尝,冬曰烝。”

㊷速:召,请。《诗·小雅·伐木》:“以速诸父。”郑玄笺:“速,召也。”远朋:远方的朋友。《论语·学而》:“有朋自远方来,不亦乐乎?”将:进。

㊸揖让:古代宾主相见时的礼节。升:登堂。《仪礼·乡饮酒礼》:“主人以介揖让升,拜如宾礼。”兰堂:堂之美称。兰,取其芬芳。

㊹珍羞:美食。琅玕:似珠的美玉。这里用琅玕形容各种美食琳琅满目。圆方:指食器或圆或方。《文选》李周翰注:“羞,饮食也。琅玕,玉名,饮食比之,所以为美。器有圆方,皆充溢其中。”

㊺琢琱:即雕琢。琱,同“雕”。狎猎:众饰缤纷之貌。琳琅:美玉名。

㊻蛊媚:妖冶妩媚。巾:佩巾。褠(gōu 沟):上衣。

㊼被(pī 披)服:穿着。《古诗十九首·东城高且长》:“被服罗裳衣。”杂错:形色不一。履:鞋。华英:光耀,光彩。《文选》张铣注:“华英,光辉也。言履蹑生光辉也。”

㊽儇(xuān 宣)才:指聪明敏捷的人。齐敏:犹敏捷。受:同“授”。言传杯递盏。爵、觞(shāng 伤):皆古酒器。觞,同“觞”。

㊾献酬:亦作“献酧”,饮酒时主客相互敬酒。《诗·小雅·楚茨》:“为宾为客,献酬交错。”郑玄笺:“始主人酌宾为献,宾既酌主人,主人又自饮酌宾曰酧。”率:遵循。

㊿揳(yè 夜):同“擪”,用手指按捺。《说文》:“一指按也。”流风徘徊:指乐声随风回荡。

㉑清角:角为五音之一。古以为角音清,故曰清角。《韩非子·十过》:“平公……曰:‘音莫悲于清徵乎?’师旷曰:‘不如清角。’”徵(zhǐ 指):古代五音之一。

㊳客赋醉言归，主称露未晞：《文选》吕延济注："皆诗也，所以尽主客之情。"《诗·鲁颂·有驳》："鼓咽咽，醉言归。"《诗·小雅·湛露》："湛湛露斯，匪阳不晞。"晞：干。此二句意为：客人言酒已饮足，即将告辞。主人则说，露水未干，不能走。

㊴恺（kǎi 凯）：康乐，安乐。令仪：美好的仪容。言醉而不失其威仪。

㊵暮春：阴历三月。禊（xì 细）：古代民俗，于三月上旬巳日临水洗濯，以祓去不祥。元巳：即上巳，农历三月第一个巳日。辰：上午七点到九点为辰时。方轨齐轸（zhěn 诊）：车驾并排而行。方，并。轸，车后横木，这里泛指车。祓（fú 浮）：古代去灾祈福的祭礼。阳濒：水之北岸。濒，同"滨"。

㊶朱帷：红色的车帷。连网：连接帷幕之绳。曜：同"耀"，照耀。

㊷姣服：漂亮华美的服装。骆驿缤纷：往来众多貌。骆驿，同"络绎"。

㊸程：示。蛊：诱惑。偠（yǎo 窈）绍：姿容美丽貌。便（pián 骈）娟：轻盈美好貌。

㊹眺：斜视。睇：侧看。蛾眉：形容女子长而曲的眉毛。连卷：曲貌。

㊺齐童、赵女：古齐赵女子善歌舞，故成为歌伎舞女的代名词。南歌：南方的歌曲。《吕氏春秋·音初》："禹未之遇而巡省南土。涂山氏之女乃令其妾待禹于涂山之阳。女乃作歌：'候人兮猗！'实始作为南音。周公及召公取风焉，以为《周南》、《召南》。"郑舞：郑国之舞。白鹤飞：形容舞姿翩翩，如白鹤飞舞。茧曳绪：形容舞姿如蚕茧曳丝绪而相连。修袖：长袖。缭绕：长袖飘扬貌。蹑蹀（niè dié 聂蝶）：小步貌。容与：从容闲舒。

㊻绵绵：长而不绝貌。眩：眼花缭乱。

㊼翘遥：轻举貌。迁延：后退貌。蹩躠（bié xiè 别泻）：亦作"蹩蕵"，盘旋起舞貌。蹁跹（pián xiān 骈仙）：旋转的舞姿。

㊽九秋：即古乐曲《历九秋》。《文选》李善注："古乐府有《历九秋妾薄相行》，歌辞曰：'齐讴楚舞纷纷，歌声上彻青云。'"西荆：即西楚，这里指楚舞。折盘：《文选》李善注："舞貌。张衡有《七盘舞赋》，咸以折盘为七盘也。"

㊾新声：新作的乐曲或新颖美妙的乐曲。

㊿寡妇：《文选》李善注："《寡妇曲》，未详。"鹍（kūn 昆）鸡：《文选》李善注："古相和歌有《鹍鸡》之曲。"高步瀛《文选李注义疏》："胡绍英曰：'此非曲名。乃形容新声耳。言寡妇闻而悲吟，鹍鸡听而哀鸣。'……《九辩》云：'鹍鸡啁哳而悲鸣。'"

(95)凄欷（xī 西）：悲伤感叹。

(96)放逐：放纵追逐。

(97)騄、骥：皆骏马名。《穆天子传》："天子之骏：赤骥、盗骊、白义、逾轮、山子、渠黄、华骝、绿耳。"镳（biāo 标）：马嚼子。黄间：弩名。机：弩机，弩上发箭机关。张：开。

⑱足逸惊飚（biāo 标）：形容马蹄飞快，像疾风一样。镞析毫芒：形容射术高妙，能射破细毛或麦芒。镞，箭头。

⑲贯：射穿。鲂鱮（fáng xù 房序）：鳊鱼与鲢鱼。《诗·齐风·敝笱》："其鱼鲂鱮。"鸧：鸧鹒。

⑩乱：横渡。《诗·大雅·公刘》："涉渭为乱。"孔颖达疏："水以流为顺，横渡则绝其乱，故为乱。"揭：高举，指褰衣之意。《文选李注义疏》："王念孙曰：李解揭为高举，与'南涯'二字义不相属。吕解揭为'指'，古无此训。皆非也。今案：'揭'读为'愒（qì 气）'。《小雅·菀柳》毛传曰：'愒，息也。'"

⑩汏：水波。漶灂（chán zhuó 蝉浊）：小水声。司马相如《上林赋》："漶灂賈坠。"舩：同"船"。容裔：船缓行貌。阳侯：水神。阳侯本阳国侯，溺死于水，其神能为大波，后亦用"阳侯"代称大波。浇：回波。凫：野鸭。鹥（yī 医）：鸥鸟。

⑩水豹：蛟蛇。蝄蜽：即"魍魉"，山川之精物。夔、龙、蛟、螭：皆水兽名。或曰：夔，木石之怪。龙，水之怪。

⑩逮：及，到。乐者未荒：虽然游乐而不过分。《诗·唐风·蟋蟀》："好乐无荒。"《文选》吕延济注："虽游乐者，未至荒淫。"

⑩收驩（huān 欢）：即"收欢"，结束游乐之事。驩，同"欢"。命驾：命人驾起车马。分背：犹言分别。塘：堤岸。

⑩雷震、风厉：状驱车之声如雷响风吼。鹿超、龙骧：状车马疾行，如鹿跳跃、龙昂首一样迅速奔腾。

⑩称举：称道。《文选》刘良注："言未都（睹）南都之美，何足为称游观耳目之事？"

⑩远世：指刘汉的远祖。刘后：指刘累，传说是唐尧之后。醢（hǎi 海）：肉酱。鲁县：今河南省鲁阳县。《文选》李善注引《左传·昭公二十九年》："刘累学扰龙于豢龙氏，以事孔甲。龙一雌死，潜醢以食夏后。夏后飨之，既又使求之。惧而迁于鲁县。"

⑩先帝：指尧。追孝：追行孝道于前人，指敬重宗庙、祭祀等，以尽孝道。唐祀：即尧祠。《文选》张铣注："汉承尧之后，故追孝而立。"尧山：有二说，一在河北省唐县，一在河南省鲁山县（即滍水发源地）。这里指后者。

⑩灵根：对先祖的敬称。夏叶：夏世。终三代而始蕃：是说终夏、商、周三代，至秦而高祖刘邦崛起。

⑩纯德：纯粹的德行，即美德。揆：度。旃（zhān 沾）："之焉"的合音，犹"之"。

⑪考侯：光武帝之祖舂陵考侯刘仁。思故：思恋故土南阳。匪居匪宁：不以舂陵为安康之居。

⑫秽长沙之无乐，历江湘而北征：《文选》李善注引《东观汉记》："考侯仁以舂陵地势下湿，难以久处，上书愿徙南阳守坟墓，元帝许之，于是北徙。"

⑬朱光:火德,汉以火德兴。故借指汉朝。白水:水名。源出湖北省枣阳市东大阜山,相传光武旧宅在此。九世:光武帝为汉高帝九世孙。光武中兴,故谓九世飞荣。飞荣:迅速发迹。

⑭兹邦:此邦,即南阳。《文选》李善注:"言考侯既察此邦之神伟,且启上天之心,又寤先灵之意,使之而王也。"

⑮园庐旧宅:指光武旧居,在今湖北省枣阳市。隆崇、崔嵬:皆高大貌。

⑯御房:指光武旧房。穆:壮美,在此修饰"华丽"。连阁:相连的台阁。焕:光亮。相徽:同样的美好。徽,美。

⑰圣皇:指光武帝刘秀。逍遥:《文选》李善注:"逍遥,谓潜龙之日。"灵祇(qí其):天灵地祇。保绥:佑护平安。

⑱章陵:光武帝祖坟。清庙:祖庙。微微:幽静貌。高步瀛《文选李注义疏》:"《东观汉记·光武纪》曰:'建武三年冬十月,帝幸春陵、祠园庙……以皇祖皇考墓为冒陵,后改为章陵。'"

⑲皇祖:皇祖之神。歆:飨,嗅闻。此指神灵享用祭品的香气。弥:终。祀:年。

⑳臧:善。擅美:专美,独享美名。南音:南方的音乐。顾怀:眷顾怀念。指光武来章陵祭祖庙。

㉑弘懿:弘大美善。明睿:通达明智。允:诚然。恭:严肃。温:温和。良:善良。《论语·学而》:"夫子温、良、恭、俭、让,以得之。"

㉒容止可则:举止仪容可以效仿。《孝经·圣治章》:"容止可观,进退可度。"出言有章:说出的话有章有法。

㉓与时抑扬:随着具体情况而变化。

㉔方今:犹"向时"也。睢(suī虽)剌:乖离不正貌,喻祸乱。帝:指秦二世、王莽。一说"乱"训"理",帝指汉高帝、光武帝。真人:指统一天下的真命天子,指汉高帝、光武帝。《史记·秦始皇本纪》:"始皇曰:吾慕真人,自谓'真人',不称'朕'。"革命:实行变革以应天命。

㉕攫戾执猛:搜捕、制服贪残凶猛的人。攫,抓取,夺取。戾,暴戾。执,捉住。猛,凶猛。

㉖揵、扃:门内闭之关为揵,即门闩。外闭之关为扃。蹩蹈:践踏,这里指攻陷。此二句的意思是:高帝当年率领谋臣武将破城陷关,占领咸阳。

㉗阶:台阶,用如动词,以……为台阶。意谓高祖得南阳,以南阳为台阶,从而夺取天下。《汉书·高帝纪》载沛公攻宛城:"七月,南阳守齮降,封为殷侯,封陈恢千户,引兵西,无不下者。"光武揽其英:光武帝聚合了南阳的精英。《文选》李善注:"《东观汉记》:'邓禹、吴汉并南阳人。'《三略》曰:'主将之体,务在揽英雄之心。'"

㉘关:函谷关。距:通"拒",抗拒。《文选》吕向注:"反距谓反复距关,高祖

都西而距东，光武居东而距西，故能长久。”

⑫⑨迁：变易。《文选》李善注：“去危乘安，谓太平也。视人用迁，谓观人所安而设教。”又，高步瀛《文选李注义疏》：“视人用迁，谓定都洛阳耳。”

⑬⓪周、召：指周公旦、召公奭。周成王时，周、召共同辅政，史称“周召”。俦：辈，同类。据鼎足：周召辅政，如鼎之有三足，使王政平稳。庀（pǐ 匹）：治理。

⑬①缙绅：插笏于衣带间，旧时官宦的装束。这里指代官吏、士大夫等等。经纶：规划整理。训典：指先王典治之书，后泛指奉为典则的书籍。赋：敷，遍。纳：接受。敷纳以言：即广泛接受意见。

⑬②朝无阙政：朝政没有缺陷或弊病。阙，通“缺”，缺点，缺陷。风烈昭宣：先辈的功业得到发扬光大。风烈，风教德业。昭宣，明宣。

⑬③鲵（ní 泥）齿：老人大齿落尽后更生的细齿，古以为寿者。这里借指老人。眉寿：长寿。老人眉有毫毛秀出，故曰“眉寿”。鲐（tái 台）背：老人背生黑斑，如鲐鱼之纹，这也是高寿的象征。皤皤（pó 婆）：发白貌。黄发：老人发由白变黄。

⑬④翠华：车盖。这里用来借指皇帝出巡时的仪仗。葳蕤（wēi ruí 威瑞阳平）：羽毛饰物貌。太常：旗帜名，画有日月北斗、垂十二旒的帝王旌旗。裶裶（fēi 飞）：旗长貌。司马相如《子虚赋》：“衯衯裶裶。”郭璞注：“皆衣长貌。”

⑬⑤飞龙：指骏马。《周礼·夏官·庾人》：“马八尺以上为龙。”骙骙（kuí 葵）：马行强健貌。和、鸾：皆车上铃。《周礼·夏官·大驭》：“以鸾和为节。”郑玄注：“舒疾之法也。鸾在衡，和在轼，皆以金为铃。”京师：都城，此指洛阳。

⑬⑥万乘：这里指天子的车队。平路：大道。来归：光武回故居南阳。

⑬⑦皇祖：指汉高祖刘邦。止：终止，指逝世。起：作。指光武帝中兴汉室。

⑬⑧河洛：指洛阳。班固《西都赋》：“有西都宾问于东都主人曰：‘盖闻皇汉之初经营也，尝有意乎都河洛矣。’”李善注：“东都有河南洛阳，故曰河洛也。”

⑬⑨本枝百世：《诗·大雅·文王》：“文王孙子，本支百世。”毛传：“本，本宗也。支，支子也。”枝：通“支”。这两句意为：祝愿刘氏的皇帝基业传世久远。

⑭⓪桑梓：故乡，此指南阳。《诗·小雅·小弁》：“维桑与梓，必恭敬止。”朱熹《集传》：“桑、梓二木，古者，五亩之宅，树之墙下，以遗子孙，给蚕食，供器用也。”故以桑梓代故乡或乡亲父老。

⑭①真人：指光武。南巡：高步瀛《文选李注义疏》曰：“《通鉴·汉纪》卷三十三云：‘……十二月，（光武）帝幸黎丘，遣使招（秦）丰，丰不肯降。’是光武幸旧宅，即因征秦丰。”

西京赋

有凭虚公子者①,心奓体忲②,雅好博古③,学乎旧史氏④,是以多识前代之载⑤。言于安处先生曰:"夫人在阳时则舒,在阴时则惨,此牵乎天者也⑥。处沃土则逸,处瘠土则劳,此系乎地者也⑦。惨则鲜于骥,劳则褊于惠⑧,能违之者寡矣⑨。小必有之,大亦宜然⑩。故帝者因天地以致化,兆人承上教以成俗,化俗之本,有与推移⑪。何以覈诸⑫?秦据雍而强⑬,周即豫而弱⑭,高祖都西而泰⑮,光武处东而约⑯。政之兴衰,恒由此作⑰,先生独不见西京之事欤?请为吾子陈之:

"汉氏初都,在渭之涘⑱。秦里其朔,寔为咸阳⑲。左有崤函重险⑳,桃林之塞㉑,缀以二华㉒,巨灵赑屃㉓,高掌远蹠,以流河曲,厥迹犹存㉔。右有陇坻之隘㉕,隔阂华戎㉖,岐梁汧雍,陈宝鸣鸡在焉㉗。于前则终南太一㉘,隆崛崔崒㉙,隐辚郁律㉚,连冈乎嶓冢,抱杜含鄠㉛,欱沣吐镐,爰有蓝田珍玉㉜,是之自出。于后则高陵平原㉝,据渭踞泾㉞,澶漫靡迤㉟,作镇于近㊱。其远则九嵕甘泉㊲,涸阴沍寒㊳,日北至而含冻㊴,此焉清暑。尔乃广衍沃野,厥田上上㊵,寔惟地之奥区神皋㊶。昔者,大帝说秦穆公而觐之㊷,飨以钧天广乐㊸。帝有醉焉,乃为金策㊹,锡用此土,而翦诸鹑首㊺。是时也,并为强国者有六㊻,然而四海同宅,西秦岂不诡哉㊼!

"自我高祖之始入也㊽,五纬相汁,以旅于东井㊾。娄敬委辂㊿,干非其议[51],天启其心[52],人慭之谋[53]。及帝图时,意亦有虑乎神祇,宜其可定,以为天邑[54]。岂伊不虔思于天衢[55]?岂伊不怀归于枌榆[56]?天命不滔[57],畴敢以渝[58]!

"于是量径轮[59],考广袤[60],经城洫,营郭郛[61],取殊裁于八都[62],岂启度于往旧[63]。乃览秦制,跨周法[64],狭百堵之侧陋[65],增九筵之迫胁[66]。正紫宫于未央,表峣阙于阊阖[67]。疏龙首以抗殿,状巍峨以岌嶪[68]。亘雄虹之长梁[69]，结棼橑以相接[70]。蒂倒茄于藻井[71]，披红葩之狎猎[72]。饰华榱而璧珰[73]，流景曜之韡晔[74]。雕楹玉碣[75]，绣栭云楣[76]。三阶重轩[77]，镂槛文㮰[78]。右平左墄[79]，青琐丹墀[80]。刊层平堂[81]，设切厓隒[82]。坻崿鳞眴[83]，栈齴巉崄[84]。襄岸夷涂，修路陖险[85]。重门袭固，奸宄是防[86]。仰福帝居，阳曜阴藏[87]。洪钟万钧[88]，猛虡趪趪[89]。负笱业而余怒，乃奋翅而腾骧[90]。

"朝堂承东[91]，温调延北[92]，西有玉台，联以昆德[93]。嵳峨崨嶫[94]，罔识所则[95]。若夫长年神仙，宣室玉堂，麒麟朱鸟，龙兴含章[96]，譬众星之环极[97]，叛赫戏以煇煌[98]。正殿路寝，用朝群辟[99]。大夏耽耽[100]，九户开辟[101]。嘉木树庭，芳草如积[102]。高门有闶，列坐金狄[103]。内有常侍谒者[104]，奉命当御[105]。兰台金马[106]，递宿迭居[107]。次有天禄石渠[108]，校文之处。重以虎威章沟，严更之署[109]。徼道外周[110]，千庐内附，卫尉八屯，警夜巡昼[111]。植铩悬瞂[112]，用戒不虞。

"后宫则昭阳、飞翔，增成、合驩，兰林、披香，凤皇、鸳鸾[113]。群窈窕之华丽[114]，嗟内顾之所观[115]。故其馆室次舍[116]，采饰纤缛[117]。裛以藻绣[118]，文以朱绿[119]。翡翠火齐[120]，络以美玉。流悬黎之夜光[121]，缀随珠以为烛[122]。金戺玉阶[123]，彤庭煇煇[124]。珊瑚琳碧[125]，瓀珉璘彬[126]。珍物罗生，焕若昆仑[127]。虽厥裁之不广[128]，侈靡逾乎至尊[129]。于是钩陈之外[130]，阁道穹隆，属长乐与明光[131]，径北通乎桂宫。命般尔之巧匠，尽变态乎其中[132]。后宫不移，乐不徙悬[133]，门卫供帐，官以物辨[134]。恣意所幸，下辇成燕[135]。穷年忘归[136]，犹弗能徧[137]。瑰异日新，殚所未见[138]。

"惟帝王之神丽[139]，惧尊卑之不殊[140]。虽斯宇之既坦[141]，心犹凭而未摅[142]。"思比象于紫微[143]，恨阿房之不可庐[144]。覛往昔之遗馆[145]，获林光于秦余[146]。处甘泉之爽垲[147]，乃隆崇而弘敷[148]。既新作于迎风，增露寒与储胥[149]。托乔基于山冈[150]，直嵽嵲以高居[151]。通天訬以竦峙[152]，径百常而茎擢[153]。上辩华以交纷[154]，下刻陗其若削[155]。翔鹍仰而不逮[156]，况青鸟与黄雀[157]。伏棂槛而頫听[158]，闻雷霆之相激。

"柏梁既灾[159]，越巫陈方[160]。建章是经，用厌火祥[161]。营宇之制，事兼未央[162]。圜阙竦以造天，若双碣之相望[163]。凤骞翥于甍标，咸遡风而欲翔[164]。阊阖之内[165]，别风嶕峣[166]。何工巧之瑰玮[167]，交绮豁以疏寮[168]。干云雾而上达，状亭亭以苕苕[169]。神明崛其特起，井幹叠而百增[170]。跱游极于浮柱[171]，结重栾以相承[172]。累层构而遂隮[173]，望北辰而高兴[174]。消雰埃于中宸[175]，集重阳之清澂[176]。瞰宛虹之长鬐，察云师之所凭[177]。

上飞闼而仰眺[178]，正睹瑶光与玉绳[179]。将乍往而未半，怵悼慄而怂兢[180]。非都卢之轻趫，孰能超而究升[181]？

“驳娑骀荡，焘奡桔桀[182]。枍诣承光，睽罛庨豁[183]。橧桴重棼，锷锷列列[184]。反宇业业[185]，飞檐𫐐𫐐[186]。流景内照，引曜日月[187]。天梁之宫，寔开高闱。旗不脱扃，结驷方蕲。轹辐轻骛，容于一扉[188]。长廊广庑[189]，途阁云蔓[190]。闬庭诡异[191]，门千户万。重闺幽闼，转相逾延[192]。望窈窱以径廷，眇不知其所返[193]。既乃珍台蹇产以极壮[194]，墱道逦倚以正东[195]。似阆风之遐坂[196]，横西洫而绝金墉。城尉不弛柝，而内外潜通[197]。

“前开唐中[198]，弥望广潒[199]。顾临太液，沧池漭沆[200]。渐台立于中央，赫昈昈以弘敞[201]。清渊洋洋[202]，神山峩峩[203]。列瀛洲与方丈，夹蓬莱而骈罗[204]。上林岑以垒嶵，下崭岩以嵒龉[205]。长风激于别隯[206]，起洪涛而扬波，浸石菌于重涯，濯灵芝以朱柯[207]。海若游于玄渚[208]，鲸鱼失流而蹉跎[209]。于是采少君之端信，庶栾大之贞固[210]。立修茎之仙掌，承云表之清露[211]。屑琼蕊以朝飧[212]，必性命之可度[213]。美往昔之松乔[214]，要羡门乎天路[215]。想升龙于鼎湖，岂时俗之足慕[216]，若历世而长存，何遽营乎陵墓[217]。

“徒观其城郭之制，则旁开三门，参涂夷庭，方轨十二，街衢相经[218]，廛里端直，甍宇齐平[219]。北阙甲第，当道直启[220]。程巧致功，期不陁陊。木衣绨锦，土被朱紫。武库禁兵，设在兰锜[221]。匪石匪董，畴能宅此[222]？

“尔乃廓开九市，通阛带阓。旗亭五重，俯察百隧。周制大胥，今也惟尉[223]。瓌货方至，鸟集鳞萃[224]。鬻者兼赢，求者不匮[225]。尔乃商贾百族[226]，裨贩夫妇[227]。鬻良杂苦[228]，蚩眩边鄙[229]。何必昏于作劳[230]，邪赢优而足恃[231]。彼肆人之男女，丽美奢乎许史[232]。若夫翁伯、浊、质、张里之家，击钟鼎食，连骑相过。东京公侯，壮何能加[233]？

“都邑游侠[234]，张赵之伦[235]，齐志无忌，拟迹田文[236]。轻死重气，结党连群，寔蕃有徒[237]，其从如云。茂陵之原[238]，阳陵之朱[239]。趫悍虓豁[240]，如虎如貙[241]。睚眦虿芥[242]，尸僵路隅[243]。丞相欲以赎子罪，阳石污而公孙诛[244]。若其五县游丽辩论之士[245]，街谈巷议，弹射臧否[246]，剖析毫厘，擘肌分理[247]。所好生毛羽，所恶成创痏[248]。

“郊甸之内[249]，乡邑殷赈[250]，五都货殖[251]，既迁既引[252]。商旅联槅[253]，隐隐展展[254]。冠带交错[255]，方辕接轸[256]。封畿千里[257]，统以京尹[258]。郡国宫馆[259]，百四十五。右极盩厔[260]，并卷酆鄠[261]。左暨河华，遂至虢土[262]。

“上林禁苑[263]，跨谷弥皋[264]。东至鼎湖[265]，邪界细柳[266]。掩长杨而联五柞[267]，绕黄山而款牛首[268]。缭垣绵联[269]，四百余里。植物斯生，动物斯止[270]。众鸟翩翻[271]，群兽駓騃[272]。散似惊波，聚以京峙[273]。伯益不能名[274]，隶首不能纪[275]。林麓之饶[276]，于何不有？木则枞栝椶楠，梓棫楩枫[277]。嘉卉灌丛[278]，蔚若邓林[279]。郁蓊薆薱，橚爽櫹槮[280]。吐葩飏荣[281]，布叶垂阴。草则葴莎菅蒯[282]，薇蕨荔芁[283]，王刍莔台[284]，戎葵怀羊[285]。苯䔿蓬茸[286]，弥皋被冈[287]。筿簜敷衍[288]，编町成篁[289]。山谷原隰[290]，泱漭无疆[291]。

“乃有昆明灵沼[292]，黑水玄阯，周以金堤，树以柳杞[293]。豫章珍馆，揭焉中峙[294]。牵牛立其左[295]，织女处其右，日月于是乎出入，象扶桑与濛汜[296]。其中则有鼋鼍巨鳖[297]，鳣鲤鲔鲖，鲔鲵鲿鲉[298]，修额短项，大口折鼻[299]，诡类殊种[300]。鸟则鹔鷞鸹鸨[301]，驾鹅鸿鹍[302]。上春候来，季秋就温[303]。南翔衡阳[304]，北栖雁门[305]。奋隼归凫，沸卉軿訇[306]。众形殊声，不可胜论。

“于是孟冬作阴[307]，寒风肃杀[308]。雨雪飘飘，冰霜惨烈[309]。百卉具零[310]，刚虫搏挚[311]。尔乃振天维，衍地络[312]，荡川渎，簸林薄[313]，鸟毕骇，兽咸作，草伏木栖，寓居穴托，起彼集此，霍绎纷泊，在彼灵囿之中[314]，前后无有垠锷[315]。虞人掌焉[316]，为之营域[317]。焚莱平场，柞木翦棘[318]，结罝百里[319]，迒杜蹊塞[320]。麀鹿麌麌[321]，骈田逼仄[322]。

“天子乃驾雕轸[323]，六骏駮[324]。戴翠帽[325]，倚金较[326]。璿弁玉缨[327]，遗光倏爚[328]。建玄弋，树招摇[329]。栖鸣鸢[330]，曳云梢[331]。弧旌枉矢[332]，虹旃蜺旄[333]。华盖承辰[334]，天毕前驱[335]。千乘雷动，万骑龙趋[336]。属车之箠[337]，载猃猲獢[338]。匪唯玩好，乃有秘书。小说九百，本自虞初[339]。从容之求，寔俟寔储[340]。于是蚩尤秉钺[341]，奋鬣被般[342]。禁御不若[343]，以知神奸[344]。螭魅魍魉，莫能逢旃[345]。陈虎旅于飞廉[346]，正垒壁乎上兰[347]。结部曲[348]，整行伍[349]。燎京薪[350]，骇雷鼓[351]。纵猎徒，赴长莽[352]。迾卒清候[353]，武士赫怒[354]。缇衣韎韐[355]，睢盱拔扈[356]。光炎烛天庭[357]，嚣声震海浦[358]。河渭为之波荡[359]，吴岳为之陁堵[360]。百禽㥄遽，骙瞿奔触[361]。丧精亡魂，失归忘趋[362]。投轮关辐[363]，不邀自遇[364]。飞罕潚箾[365]，流镝㩮㩯[366]，矢不虚舍，铤不苟跃[367]。当足见蹍[368]，值轮被轹[369]。僵禽毙兽，烂若碛砾[370]。但观罝罗之所羂结[371]，竿殳之所揘毕[372]，叉簇之所搀捔[373]，徒搏之所撞挃[374]，白日未及移其晷[375]，已狝其什七八[376]。

“若夫游鷮高翚[377]，绝阬逾斥[378]。毚兔联猭[379]，陵峦超壑。比诸东郭[380],莫之能获。乃有迅羽轻足[381],寻景追括[382]。鸟不暇举,兽不得发[383]。青骹挚于鞲下[384],韩卢噬于緤末[385]。及其猛毅髬髵[386],隅目高匡,威慑兕虎,莫之敢伉[387]。乃使中黄之士[388],育获之俦[389],朱鬘鬤髽,植发如竿[390]。袒裼戟手[391],奎踽盘桓[392]。鼻赤象[393],圈巨狿[394],摣狒猬[395],批窳狻[396]。揩枳落[397],突棘藩[398]。梗林为之靡拉[399],朴丛为之摧残[400]。轻锐僄狡趫捷之徒[401],赴洞穴,探封狐[402]。陵重巘[403],猎昆駼[404]。杪木末[405],擭獑猢[406],超殊榛[407],摕飞鼯[408]。

"是时,后宫嬖人,昭仪之伦[409],常亚于乘舆[410]。慕贾氏之如皋[411],乐北风之同车[412]。盘于游畋,其乐只且[413]。于是鸟兽殚,目观穷[414]。迁延邪睨[415],集乎长杨之宫。息行夫,展车马[416]。收禽举胔[417],数课众寡[418]。置互摆牲[419],颁赐获卤[420]。割鲜野飨[421],犒勤赏功[422]。五军六师[423],千列百重[424]。酒车酌醴[425],方驾授饔[426]。升觞举燧[427],既釂鸣钟[428],膳夫驰骑[429],察贰廉空[430]。炙炰夥[431],清酤敥[432]。皇恩溥,洪德施[433]。徒御悦[434],士忘罢[435]。巾车命驾[436],回旆右移[437]。相羊乎五柞之馆[438],旋憩乎昆明之池[439]。登豫章,简矰红[440]。蒲且发,弋高鸿[441]。挂白鹄,联飞龙[442]。磻不特絓[443],往必加双。

"于是命舟牧,为水嬉[444]。浮鹢首[445],翳云芝[446]。垂翟葆[447],建羽旗[448]。齐栧女[449],纵棹歌[450]。发引和[451],校鸣葭[452]。奏淮南[453],度阳阿[454]。感河冯[455],怀湘娥[456]。惊蝄蜽[457],惮蛟蛇。然后钓鲂鳢[458],纚鰋鲉[459]。摭紫贝[460],搏耆龟[461]。搤水豹[462],馽潜牛[463]。泽虞是滥,何有春秋[464]?擿漻澥[465],搜川渎。布九罭[466],设罜䍡[467]。摷鲲鲕[468],殄水族[469]。蘧藕拔[470],蜃蛤剥[471]。逞欲畋𩵚[472],效获麑麇[473]。摎蓼浶浪[474],干池涤薮[475]。上无逸飞[476],下无遗走[477]。擭胎拾卵,蚳蝝尽取[478]。取乐今日,遑恤我后[479]!既定且宁[480],焉知倾陁[481]?

"大驾幸乎平乐[482],张甲乙而袭翠被[483]。攒珍宝之玩好[484],纷瑰丽以奓靡[485]。临迥望之广场[486],程角觝之妙戏[487]。乌获扛鼎[488],都卢寻橦[489]。冲狭燕濯[490],胸突铦锋[491]。跳丸剑之挥霍[492],走索上而相逢。华岳峨峨,冈峦参差,神木灵草,朱实离离[493]。总会仙倡,戏豹舞罴[494]。白虎鼓瑟,苍龙吹篪[495]。女娥坐而长歌[496],声清畅而蜲蛇[497]。洪涯立而指麾[498],被毛羽之襳襹[499]。度曲未终,云起雪飞。初若飘飘,后遂霏霏[500]。复陆重阁[501],转石成雷[502]。礔砺激而增响,磅磕象乎天威[503]。巨兽百寻,是为曼延[504]。神山崔巍,欻从背见[505]。熊虎升而挐攫,猿狖超而高援[506]。怪兽陆梁[507]，大雀踆踆[508]，白象行孕，垂鼻辚囷[509]，海鳞变而成龙，状蜿蜿以蝹蝹[510]。含利颬颬，化为仙车[511]。骊驾四鹿[512]，芝盖九葩[513]。蟾蜍与龟[514]，水人弄蛇[515]。奇幻倏忽，易貌分形。吞刀吐火，云雾杳冥[516]。画地成川，流渭通泾。东海黄公，赤刀粤祝。冀厌白虎，卒不能救。挟邪作蛊，于是不售[517]。尔乃建戏车，树修旃[518]。侲僮程材，上下翩翻。突倒投而跟絓，譬陨绝而复联[519]。百马同辔，骋足并驰[520]。橦末之伎，态不可弥[521]。弯弓射乎西羌，又顾发乎鲜卑[522]。

“于是众变尽[523]，心酲醉[524]。盘乐极，怅怀萃[525]。阴戒期门，微行要屈[526]。降尊就卑，怀玺藏绂[527]。便旋闾阎[528]，周观郊遂[529]。若神龙之变化[530]，章后皇之为贵[531]。

“然后历掖庭，适驩馆[532]。捐衰色，从嬿婉[533]。促中堂之陿坐[534]，羽觞行而无筭[535]。秘舞更奏[536]，妙材骋伎[537]。妖蛊艳夫夏姬，美声畅于虞氏[538]。始徐进而羸形，似不任乎罗绮[539]。嚼清商而却转[540]，增婵娟以此豸[541]。纷纵体而迅赴[542]，若惊鹤之群罢[543]。振朱屣于盘樽，奋长袖之飒𫄧[544]。要绍修态[545]，丽服飏菁[546]。眳藐流眄[547]，一顾倾城[548]。展季桑门，谁能不营[549]？列爵十四，竞媚取荣。盛衰无常，唯爱所丁[550]。卫后兴于鬒发[551]，飞燕宠于体轻[552]。尔乃逞志究欲[553]，穷身极娱[554]，鉴戒唐《诗》[555]，他人是媮[556]。自君作故，何礼之拘[557]？增昭仪于婕妤[558]，贤既公而又侠[559]，许赵氏以无上[560]。思致董于有虞，王闳争于坐侧，汉载安而不渝[561]。

“高祖创业，继体承基[562]。暂劳永逸[563]，无为而治[564]。耽乐是从[565]，何虑何思[566]？多历年所[567]，二百余期[568]。徒以地沃野丰[569]，百物殷阜[570]，岩险周固[571]，衿带易守[572]。得之者强，据之者久。流长则难竭，柢深则难朽。故奢泰肆情[573]，馨烈弥茂[574]。鄙生生乎三百之外[575]，传闻于未闻之者，曾仿佛其若梦，未一隅之能睹[576]。此何与于殷人屡迁[577]，前八而后五[578]，居相圮耿[579]，不常厥土。盘庚作诰，帅人以苦[580]。方今圣上同天，号于帝皇[581]，掩四海而为家[582]。富有之业，莫我大也。徒恨不能以靡丽为国华[583]，独俭啬以龌龊，忘蟋蟀之谓何[584]。岂欲之而不能，将能之而不欲欤[585]？蒙窃惑焉[586]，愿闻所以辩之之说也[587]。”

【说明】

此赋见《文选》卷二、《艺文类聚》卷六十一。

《后汉书·张衡传》：“永元（汉和帝年号，89～105年）中，举孝廉不行,连辟公府不就,时天下承平日久,自王侯以下,莫不逾侈,衡乃拟班固《两都》,作《二京赋》,因以讽谏,精思傅会,十年乃成。"这段记叙告诉我们,张衡写作赋的主要动机是讽谏帝王的过度奢华,赋中安排了两个人物,即西京的代表凭虚公子和东京的代表安处先生。作者先让凭虚公子极力夸耀西京天子的逾侈,其宫室也,"流悬黎之夜光,缀随珠以为烛","珍物罗生,焕若昆仑"。而且到处张设,"穷年忘归,犹弗能遍"。天子的出游是"千乘雷动,万骑龙趋"。天子甚至还要微服下乡胡闹。由此可知,此赋的讽谏目的是很明显的。

但东京的天子却截然相反,"其迁邑易京,则同规乎殷盘(指盘庚迁都殷)。改奢即俭,则合美乎《斯干》(此诗颂周宣王美德)。登封降禅,则齐德乎黄轩(黄帝)。为无为,事无事,永有民,以孔安。遵节俭,尚素朴……所贵唯贤,所宝唯谷"。作者对西京天子的逾侈揭露批评,对东京天子即当今皇上俭约的称扬,清楚明白,不加掩饰。对日益腐朽堕落的东汉王朝,作者采取如此褒贬毁誉,并非无的放矢,这是值得指出的。

作者在《西京赋》里,写了西京的角觝戏,作者原是把这部分纳入西京天子的逾侈范围,意在暴露,但无意中却给我们留下了一份无比珍贵的杂技艺术史料。从几十年来出土的文物资料也可以看出这些记录是可信的,可谓当时杂技艺术的实录,同时也是对李尤《平乐观赋》的仿效和发扬。

在艺术上,《后汉书》张衡本传说得很清楚,此赋是模拟《两都赋》的,从总的题材结构看当是如此,但张衡的赋思想性较强,内容较丰富,刻画更加细腻,文字更加华美,却也值得注意。

此赋陆侃如先生认为是元兴元年(105)写成的。孙文青《张衡年谱》(上海商务印书馆 1935 年版,1956 年重印)认为《二京赋》大约是在公元 107 年完成的。薛综(卒于 243 年)曾为张衡的《二京赋》作过一篇非常详细的注解,《隋书·经籍志》载:"薛综注张衡《二京赋》二卷。"李善注解也采用了许多薛综的旧注。据《旧唐书·经籍志》载,"二京赋解二卷,薛综撰"。则此注在 8 世纪尚存人间。此外,《三国志》薛综本传也提到他的《二京解》,这可能是薛综注的原名。

【注释】

①凭虚公子:无此公子。凭,托。虚,无。与下文安处先生(即何处先生、无

此先生)一样,都是虚构中的人物。这个假设人物的称呼与司马相如《天子游猎赋》中的子虚、乌有先生、亡是公,如出一辙。

②心奓(chǐ 尺)体忲(tài 太):薛综旧注:"言公子生于贵戚,心志奓溢,体安骄泰。"指心志骄纵,恣纵。奓,同"侈"。薛综旧注为李善所引,以下称"薛综注"。

③雅好:平素喜爱。雅,素常,向来。博古:博通古今。

④旧史氏:指太史,掌图书典籍。旧史,前代历史。

⑤载:记载,即记载之事。

⑥夫:语词。阳、阴:薛综注:"阳谓春夏,阴谓秋冬。"舒:心情舒畅。惨:内心惨戚。牵:牵连。

⑦处:居住。沃土:肥沃的土地。逸:安乐。瘠土:贫瘠的土地。劳:劳苦。系:关系。

⑧鲜:很少。驩:同"欢"。褊:狭小。惠:仁慈,给人以好处。

⑨违:背离。

⑩小:指平民百姓。大:指帝王将相。

⑪帝:帝王。因:依照。天地:指上文沃土、瘠土等自然条件。致化:实施教化。兆人:泛称众民、百姓。兆,极言其多。成俗:形成风俗。推移:变化,移动。以上四句是说:帝王依照自然条件实施教化形成良好风俗。转变风俗的根本,就是要注意顺应自然条件的变化。

⑫覈:同"核",查对,验证。诸:"之乎"合音。

⑬雍:古九州之一。贾谊《过秦论》:"秦孝公据崤函之固,拥雍州之地。"《尚书·禹贡》:"黑水、西河惟雍州……厥土惟黄壤,厥田惟上上。"此句是说:秦因占据雍州,土地肥沃,故国强。作者这种观点是地理决定论,自然是错误的。下同。

⑭豫:古九州之一。《尚书·禹贡》:"荆、河惟豫州……厥土惟壤,下土坟垆(高起的黑色硬土)。厥田惟中上。"周朝自平王迁都洛邑,这里属古豫州。因土地较差,所以周朝开始衰落。

⑮高祖:指西汉高祖刘邦。都西:指在西面,即在西安建都。泰:平安。

⑯光武:指东汉光武帝刘秀。处东:指在东面,即洛阳建都。约:俭约,指《东京赋》所吹捧的光武帝等政治清明简要,处处"节之以礼"。

⑰政:朝政。指国家。恒:常。作:兴起,发生。这句是说,国家的强盛或衰败都是由此而产生的。

⑱渭:渭河,黄河最大的支流,源于甘肃省渭源鸟鼠山,流经陕西省中部,至潼关汇入黄河。涘(sì 四):水边。这句是说:西汉建都长安,在渭河南岸。

⑲里:居。朔:北。秦都咸阳,在渭水与长安之北。

⑳左:指东。古坐北朝南,东为左。崤:山名,秦岭支脉,主峰在河南省西部

灵宝县境。函:即函谷关,在河南省西部灵宝县。因关在谷中,深险如函得名。东自崤山,西至潼关,通名函谷,号称“天险”。重险:双重的险阻,指崤、函二险。《易·坎》彖辞:“习坎,重险也。”

㉑桃林:即桃林塞,桃原。地约今陕西潼关以东,河南灵宝以西。塞:边界险要之处。

㉒缀:连接。二华:即太华、少华二山。太华:即华山,在陕西省华阴县南。少华:在陕西省华县东南,与太华峰相连而稍低,故名。

㉓巨灵:河神名。赑屃(bì xì 必隙):壮猛有力貌。

㉔掌、蹠(zhí 直):都是名词作动词。厥:其。《文选》李善引薛综注:“古语云:此本一山(指华山),当河水过之而曲行,河之神以手擘开其上,足蹋离其下,中分为二,以通河流,手足之迹,于今尚在。”

㉕右:指西边。陇坻(dǐ 底):即陇山,六盘山南段的别称,约处北至今甘肃省的镇原、平凉,南至今陕西省陇县、宝鸡等地。这里山高阪长谷深,地势险要。隘:险要之处。

㉖隔阂:隔离,阻绝。华:指中原地区。戎:古代对西部边境少数民族的称呼。

㉗岐:岐山,在今陕西省岐山县境。梁:梁山,在今陕西省乾县境。汧(qiān 千):汧山,在今陕西省陇县境。雍:雍山,在今陕西省凤翔县境。以上四山均在长安西部。陈宝:神名。焉:于此。《史记·封禅书》:“作鄜畤后九年,(秦)文公获若石云,于陈仓北阪城祠之,其神或岁不至,或岁数来。来也常以夜,光辉若流星,从东南来,集于祠城,则若雄雉,其声殷云,野鸡夜雊。以一牢祠,命曰陈宝。”苏林注:“质如石也。”西方学者 Wolfram Eberhard 认为这是一种流星的崇拜,见其 *Lokalkulturen im Alten China*(《古代中国的地方文化》). Leiden: E. J. Brill, 1942。

㉘终南:山名,又名“南山”,古名“太一”,秦岭的主峰之一,在西安市南。太一:山名,又作“太乙”、“太壹”,在今陕西省郿县南,高矗云表,终年积雪,故又名“太白山”,为秦岭主峰,或以为终南山之别名。

㉙隆崛:特起貌,高耸貌。崔崒(zú 足):高峻险要貌。

㉚隐辚:险峻不平貌。郁律:山势险阻突兀貌。

㉛冈:山脊。嶓(bō 播)冢:山名,在今甘肃省天水市与礼县之间。古人误以为汉水源头(汉水之源头实在陕西省宁强县)。杜:杜陵,地名,在今陕西省西安市东南,古为杜伯国,秦置杜县,汉宣帝筑陵寝于此,因名杜陵,并改杜县为杜陵县。鄠(hù 户):县名,即今陕西省户县,在西安市西南。

㉜欱(hē 喝):吮进。沣:沣水,源出陕西省长安县西南秦岭山中,北流至西安市西北入渭河。镐:水名,在今西安市西,将镐池水北输入渭水。唐以后已湮没。爰:于是。蓝田:县名,秦置,在西安市东南,灞河上游,以产玉著名。

㉝高陵：高丘，山丘。《易·同人》："伏戎于莽，升其高陵。"

㉞据：倚靠。踞：坐在上面。泾：泾水，渭河支流，源出宁夏六盘山南麓，东南经甘肃，于陕西省高陵县入渭河。河水混浊。

㉟澶（dàn 但）漫：宽阔貌。靡迤：绵长貌，连续不断貌。

㊱作镇于近：可作为京都的近镇。

㊲九嵕（zōng 宗）：山名，在西安市西北礼泉县境。有九峰耸立，故名。甘泉：山名，在西安市西北淳化县境。秦始皇在此建甘泉宫，汉武帝又增广之。是避暑胜地。

㊳涸（hé 和）阴：犹"穷阴"，隆冬寒气凝结。涸，通"冱"，冻结。

㊴日北至：指夏至。古人认为，日行赤道南北，于夏至运行到极北之处，于冬至运行到极南之处。或分别称"日北至"、"日南至"。

㊵广衍：广阔辽远。上上：最上等。

㊶奥区：腹地。神皋（gāo 高）：神明所聚之地。

㊷大帝：指天。秦穆公（前 659～前 621）：名任好，勤求贤士，任用谋臣百里奚、由余等等，战胜晋国，灭西戎十二国，开地千里，成为春秋时期西方的霸主。觐（jìn 近）：会见。

㊸飨：以隆重的礼仪宴请宾客。钧天广乐：指天上的音乐。《史记·赵世家》："居二日半，简子寤。语大夫曰：'我之帝所甚乐，与百神游于钧天，广乐九奏万舞，不类三代之乐，其声动人心。'"钧天，天的中央。广乐，盛大之乐。

㊹金策：古代记载大事或帝王诏命的连编金简。

㊺锡：赐给。翦：通"践"。王念孙《读书杂志·余编下·文选》注此句："翦，读为践。践，居也。谓居之于鹑首之虚也。"鹑首：星次名，古以为秦之分野，指秦地。

㊻强国者有六：指除秦以外的齐、楚、燕、魏、赵、韩。

㊼宅：居。诡：怪异。《文选》李善注："初缪公梦，然后六国竟灭，秦果并而居之，岂不异哉？"

㊽高祖之始入：指公元前 206 年（高祖元年）刘邦自武关入秦，用张良计，破峣关，攻咸阳，秦王子婴素车白马，系颈以组，封皇帝玺符节，降轵道旁。

㊾五纬：金、木、水、火、土五星。《周礼·春官·大宗伯》："以实柴祀日月星辰。"贾公彦疏："五纬，即五星……言纬者，二十八宿随天左转为经，五星右转为纬。"汁：和协，协调。《方言》卷三："自关而东曰协，关西曰汁。"旅：排列。东井：即井宿，二十八宿之一。因在玉井之东，故名。《史记·张耳陈馀列传》："汉王之入关，五星聚东井。东井者，秦分也，先至必霸。"

㊿"娄敬委辂"句：《汉书·娄敬传》载："娄敬，齐人也。汉五年，戍陇西，过洛阳。高帝在焉。敬脱挽辂……上召见，赐食，已而问敬。"娄敬接着提出了由洛阳移都长安的道理。张良也赞同娄敬的主张，高祖"即日驾西，都关中"。委：

放下。辂(lù 路):车辕上用来挽车的横木。

㊿干非其议:以都洛阳为非而正之。《文选》李善注引薛汉《韩诗章句》曰:"干,正也。谓其义非而正之。"又曰:"言娄敬贪乏人,不合干上,妄议其说,允合帝心。"今人则多理解为纠正批驳都洛的主张。干,正。

㊾天启其心:指五星聚于东井,是天帝启示汉高祖建都长安。

㊿人惎(jì 记)之谋:指娄敬的说教。惎,启发,引导。

㊿"及帝图时"以下四句:指刘邦定都长安,也考虑到天帝的启示。帝:指高祖。图:图谋。虑:思虑。天邑:谓帝王之都,指京都。

㊿伊:惟,发语词。虔:恭敬。天衢:京都,指洛阳。

㊿枌(fén 焚)榆:汉高祖故乡的里社名。《史记·封禅书》:"高祖初起,祷丰枌榆社。"裴骃《集解》引张晏曰:"枌,白榆也。社在丰东北十五里。或曰:枌榆,乡名,高祖里社也。"后用以泛指故乡。这里即指故乡。

㊿天命:指五星聚于东井,传达天帝的意旨。滔(tāo 掏):同"谄",疑惑。《左传·哀公十七年》:"子高曰:'天命不谄。'"杜预注:"谄,疑也。谄,本又作滔。"

㊿畴(chóu 愁):谁。渝:改变。

㊿径轮:古代测量土地的术语,即直径和周长。

㊿广袤(mào 冒):指土地的面积。东西横称广,南北纵称袤。

㊿经:治理。城洫(xù 叙):城墙护城河。营:建造。郭郛(fú 浮):外城。

㊿殊裁:不同的体制、样式。八都:八方的都邑。

㊿启:开启,沿用,运用。度:法度,制度。《文选》李善注:"言采取八方异制,以为宫室之巧,非复遵往日之故法也。"

㊿览:观览,参照。秦制:秦朝建都体制。跨:超越。《文选》李善注:"因秦制,故曰览;比周胜,故曰跨之也。"

㊿狭:意动用法,以……为狭隘。百堵:百道墙。《诗·小雅·鸿雁》:"之子于垣,百堵皆作。"毛传:"一丈为板,五板为堵。"此句是说:京都前代修建的成群的建筑物,但汉帝尚以为狭陋。

㊿筵:竹席,长九尺。九筵:即八十一尺。《周礼·考工记·匠人》:"周人明堂,度九尺之筵,东西九筵,南北七筵。"后即以九筵借指明堂。迫胁:狭窄。这句是说:不满足于前代明堂的规模。

㊿紫宫:即紫微宫,天帝所居。未央:即未央宫,汉宫名。表:特出,屹然独立貌。峣(yáo 摇):高貌。阙:古宫殿(祠庙、陵墓)前的高建筑物。通常左右各一,建成高台,上有楼观。因两阙中间有空缺,故名阙。阊阖:天门。《五臣注文选》吕向注:"言法紫微宫以造未央,立高阙以象天门。"五臣注分别为吕向、刘良、吕延济、张铣、李周翰注,以下不再重复。

㊿疏:开拓,清除。龙首:山名,在陕西省西安市北。抗:举起。巍峨(wéi'é

维娥)、岌嶪(jí yè 及业):都是高峻貌。

⑥⑨亘(gèn 根去声):横贯。雄虹:彩虹。古以为虹有雄雌,雄者色彩鲜艳。此以彩虹形容长梁。

⑦⓪结:连接上。棼(fén 坟):楼阁的栋。橑(lǎo 老):屋椽。此句指将许多楼阁的栋、椽连结成一片。

⑦①蒂:花或瓜果跟枝茎相连接的部分。茄(qié 切阳平):荷梗。《尔雅·释草》:"荷,芙渠,其茎茄。"藻井:我国传统建筑物顶棚上的一种装饰,多做成井形、多边形或圆形的凹面,上有各种雕饰和彩画。

⑦②披:散布。葩(pā 啪):花。狎猎:重叠接续貌。这句是形容藻井上红花纷繁。

⑦③华榱(cuī 摧):雕画的屋椽。璧:泛指美玉。珰:玉质的瓦当。即以玉璧、玉珰装饰椽头。

⑦④流:流动,指光芒闪烁。景曜:即"景耀",光芒,阳光。韡晔(wěi yè 伟业):光明美盛貌。

⑦⑤楹(yíng 盈):柱子。玉舃(xì 细):即用玉石作垫石。舃,柱子下面的垫石。

⑦⑥栭(ér 儿):柱子上支撑大梁的方木,即所谓斗拱。楣:旁屋的次梁。此句形容拱梁上布满华美的绣绘。

⑦⑦三阶重轩:指多层台阶和重重叠叠的长廊,喻殿之高。

⑦⑧镂槛:雕刻的栏杆。文梍(pí 皮):绘有文彩的屋檐前板。

⑦⑨墄(cè 侧):台阶。《文选·班固〈两都赋〉》:"左墄右平,重轩三阶。"李善引挚虞《决疑要注》:"平者,以文砖相亚次也。墄者,为陛级也,言阶级勒墄然。"

⑧⓪青琐:装饰皇宫门窗上的青色连环花纹。有如连琐。丹墀(chí 池):以丹漆成的台阶。墀,阶上平地。

⑧①刊:削。层:重。堂:高。此句形容前平隆起的土地。"刊"、"平"皆作动词。

⑧②设:建。切:同"砌"。厓(yá 牙):边。隒(yǎn 眼):层叠的山崖。此句说明边崖用石砌起。

⑧③坻崿(chí'è 池饿):亦作"坻鄂"、"坻堮",殿基。坻,宫殿的台基和阶陛。

⑧④栈齴(yǎn 眼):高峻貌。巉崄(chán xiǎn 馋险):亦作"巉险",险峻貌。以上八句,薛综以为都是讲"殿基之形势"。

⑧⑤襄:高。岸:殿阶。夷:平。涂:路。修:长。《文选》吕向注:"言殿阶之上,涂路甚平而长,然升者谓之危。"

⑧⑥重门:谓重重设门。袭固:重重加固。奸宄(guǐ 鬼):指违法作乱。亦作"奸轨"。《尚书·舜典》:"寇贼奸宄。"孔传:"在外曰奸,在内曰宄。"

⑧⑦福:符合。帝居:天帝所居。"阳曜"句:《文选》李周翰注:"阳,日也,言光色可以曜日,深邃可以藏阴。"此句是说:长安的宫殿,光亮超过日光,深邃阴暗

甚于黑夜。

⑧洪钟：大钟。钧：古代三十斤为一钧。

⑧猛虡(jù 巨)：勇猛的神兽。《汉书·郊祀志下》："建章、未央、长乐宫钟虡铜人皆生毛，长一寸所，时以为美祥。"颜师古注："虡，神兽名也。悬钟之木刻饰为之，因名曰虡也。"趪趪(huáng 黄)：武猛貌。

⑨筍业：古代悬挂钟、磬等乐器的横木以及横木上的大板。腾骧：飞腾，奔腾。《文选》李善注："言兽负此筍业已重，乃有余力奋其两翼，如将超驰者矣。"

⑨朝堂：殿名。汉代正朝左右官议政之处。《周礼·考工记·匠人》："九卿朝焉。"郑玄注："如今朝堂，诸曹治事处。"(《周礼注疏》卷四十一)《后汉书·明帝纪》："夏五月戊子，公卿百官以帝威德怀远，祥物显应，乃并集朝堂，奉觞上寿。"承：迎，向。承东：即面向东方。

⑨温调：殿名，即温室殿，在未央宫北。《三辅黄图》卷三："温室殿，武帝建，冬处之温暖也。《西京杂记》曰：'温室以椒涂壁，被之文绣，香桂为柱，设火齐屏风。'"延北：向北延伸。

⑨玉台：台名。昆德：殿名。联：连接。

⑨嵳峨(cuó'é 痤鹅)、嶕嶫(jié yè 结业)：都是高峻貌。

⑨罔识所则：《文选》薛综注："不能名其所法则也。"即不知根据什么法则建造的。

⑨长年、神仙、宣室、玉堂、麒麟、朱鸟、龙兴、含章：都是殿名。《文选·班固〈西都赋〉》李善注引《三辅黄图》曰："未央宫有清凉殿、宣室殿、中温室殿、金华殿、太玉堂殿、中白虎殿、麒麟殿。长乐宫中有神仙殿。……长年，亦殿名。"

⑨极：指北极星。这句是说：宫观台榭之周围正殿，有如金星之环绕北极星。

⑨叛：鲜明，光亮。赫戏：光明的样子。煇(huī 挥)煌：光辉灿烂。煇，同"辉"。

⑨正殿、路寝：古天子诸侯的正厅。周曰路寝，汉曰正殿。群辟：指王、侯、公卿、大夫、士等。

⑩大夏：殿名。夏，同"厦"。秦始皇造铜人十板，置殿前。耽耽：深邃貌。

⑩九户：路寝制如明堂，有九室，室有一户，故曰九户。辟：开。

⑩嘉木：佳树，美树。《楚辞·九章·橘颂》："后皇嘉树，橘徕服兮。"积：堆积，喻其多。《文选》李周翰注："言嘉木芳草积之于庭。如积，言其多也。"

⑩闶(kàng 抗)：门限。金狄：金人，即铜铸的人像。《水经注·河水四》："秦始皇二十六年，长狄十二，见于临洮，长五丈余，以为善祥，铸金人十二以象之，各重二十四万斤，坐之宫门之前，谓之金狄。"按，长狄，春秋时狄族一支，传说其人身材较长，故名。《公羊传·文公十一年》："狄者何，长狄也。"何休注："盖长百尺。"

⑭常侍：官名。秦汉有中常侍，东汉以宦官为之。《后汉书·百官志三》："中常侍，千石，后增秩比二千石。掌侍左右，从入内宫，赞导内众事。"谒者：始置于春秋、战国，秦汉沿置，为国君掌管传达之事。有中书谒者、中书谒者令，往往以宦官任之。

⑮奉命当御：御，进。当值者层层传达皇帝的诏命。犹今天的值班。《左传·襄公二十六年》："行人子朱曰：'朱也当御。'"

⑯兰台：台名，汉代宫内收藏典籍之处。以御史中丞掌之。后世因称御史台为兰台。班固曾为兰台令史。这里指官职。金马：门名。宦者署门，因门旁有铜马，故名。

⑰递宿迭居：是说轮流值班。"递"、"迭"都是更换之义。

⑱天禄：阁名。《三辅黄图》卷六："天禄阁，藏典籍之所……萧何造，以藏秘书，处贤才也。"刘向于成帝之末，校书天禄阁。石渠：阁名，在未央宫殿北。《三辅黄图》卷六："石渠阁，萧何造。其下砻石以渠以导水，若今御沟，因为阁名，所藏入关所得秦之图籍。至于成帝，又于此藏秘书焉。"

⑲虎威、章沟：汉代长安警夜的更署名。严更：警夜行的更鼓。班固《西都赋》："卫以严更之署。"

⑳徼(jiào 叫)道：巡逻警戒的道路。班固《西都赋》："徼道绮错。"外周：环绕宫外。

㉑庐：简陋的房屋，指警卫人员住处。千庐：喻其多。卫尉：秦汉官名。《后汉书·百官志二》："卫尉，卿一人，中二千石。本注曰：掌宫门卫士，宫中徼循事。"屯：士兵驻守营地。《文选》薛综注："卫尉帅吏士周宫外，于四方四角立八屯士。士则傅宫外向为庐舍，昼则巡行非常，夜则警备不虞也。"

㉒植：树立。铩(shā 杀)：长刃刀矛之属。《史记·秦始皇本纪》："句戟长铩也。"裴骃《集解》引如淳曰："长刃矛也。"瞂(fá 伐)：盾。《方言》卷九："盾自关而东或谓之瞂。"

㉓昭阳、飞翔、增成、合驩、兰林、披香、凤皇、鸳鸾：都是后宫殿名。《三辅黄图》卷三："武帝时，后宫八区，有昭阳、飞翔、增成、合欢、兰林、披香、凤凰、鸳鸾等殿。后又增修安处、常宁、茝若、椒风、发越、蕙草等殿，为十四位。成帝赵皇后居昭阳殿，有女弟，俱为婕妤，贵倾后宫。昭阳舍兰房椒壁，其中庭彤朱，而庭上髹漆，切皆铜沓，黄金涂，白玉阶，壁带往往为黄金釭，函蓝田璧，明珠翠羽饰之，自后宫未尝有焉。"

㉔群窈窕：指后宫皇后、嫔妃、美人们。

㉕嗟：赞叹词。《文选》刘良注："言叹而内顾，所见者皆美。"

㉖次舍：止息之所。《周礼·天官·宫伯》："授八次八舍之职事。"郑玄注："庶子卫王官，在内为次，在外为舍。次，其宿卫所在；舍，其休沐之处。"

㉗纤缛：精细华美，纤巧秀丽。

⑱衺(yì 艺):缠绕。藻绣:华美饰绣。班固《西都赋》:“衺以藻绣,络以纶连。”

⑲文:修饰。朱:红色。绿:绿色。

⑳翡翠:硬玉,色彩鲜艳的天然矿石。火齐:一种宝珠名。《梁书·诸夷传·中天竺国》:“火齐状如云母,色如紫金,有光耀。别之,则薄如蝉翼;积之,则如纱縠之重沓也。”全句意为用翡翠、火齐珠装饰。

㉑流:流动,形容珠光闪烁。悬黎:美玉名。《战国策·秦策三》:“周有砥砨,宋有结绿,梁有悬黎,楚有和璞。”

㉒缀:结。随珠:即随侯珠。传说古代随门姬姓诸侯救一大蛇,蛇衔珠以报,故名。此珠常与和氏璧并称,极珍贵。

㉓戺(shì 是):门槛。《广雅·释宫》:“戺,砌也。”王念孙疏证:“砌,古通作切。《汉书·外戚传》:‘切皆铜沓黄金涂。’颜师古注云:‘切,门限也。’”《广韵·止韵》:“戺,砌也。”一说戺为庭阶砥旁自堂至地所砌的斜石。这句是说:金砌的门槛,玉砌的台阶。

㉔彤:赤。庭:堂前地,即院子。煇煇(huī 辉):同“辉辉”,赤色貌。

㉕珊瑚:由珊瑚虫分泌的石灰质骨骼聚结而成的东西。状如树枝,多为红色,鲜艳美观,可做装饰品。琳:美玉名,青碧色。碧:青绿色或青白色的玉。《庄子·外物》:“苌弘死于蜀,藏其血,三年而化为碧。”《汉书·司马相如传上》:“锡碧金银。”颜师古注:“碧,谓玉之青白色者也。”

㉖瑌(ruǎn 软):似玉的美石。珉(mín 民):次玉的美石。璘彬:光彩缤纷貌。

㉗罗生:罗列而生。宋玉《高唐赋》:“箕踵蔓衍,芳草罗生。”焕:光彩貌。昆仑:神话中我国西部的仙山。《山海经·西山经》:“南望昆仑,其光熊熊,其气魂魂。”

㉘厥:其,指后宫。裁:体制,格式。这句是指后宫规模、格局虽不广大。

㉙逾:超过。至尊:指皇上。

㉚钩陈:星名。共六星,在紫微垣内,最近北极,天文学家多称之为“极星”。后用以借指后宫。《文选·班固〈西都赋〉》:“周以钩陈之位。”李善引《乐叶图》曰:“钩陈,后宫也。”

㉛阁道:复道,架木于苑囿中以行车。《史记·秦始皇本纪》:“先作前殿阿房……周驰为阁道,自殿下直抵南山。”穹隆:长曲貌。属(zhǔ):连接。长乐、明光:宫名。《三辅黄图》卷三:“明光宫,武帝太初四年秋起,在长乐宫后,南与长乐宫相联属。”

㉜桂宫:宫名。《三辅黄图》卷二:“桂宫,汉武帝造,周回十余里。《汉书》曰:‘桂宫有紫房复道,通未央宫。’《关中记》云:‘桂宫在未央北,中有明光殿土山,复道从宫中西上城。’……《三秦记》:‘未央宫渐台西有桂宫,中有明光殿,皆金

玉珠玑为帘箔，处处明月珠，金陛玉阶，昼夜光明。'”般：公输般，又称“公输班”、“鲁班”，春秋时鲁国巧匠。据说他制造的木鸢能飞。尔：王尔，古巧匠。《淮南子·本经训》：“公输、王尔，无所错其剞劂削锯。”变态：尽其奇态。这句是说：后宫所有建筑物都是由能工巧匠使尽浑身解数建造的。

⑬³后宫不移：意指到处有皇帝的后宫，即处处有他的嫔妃。乐不徙悬：乐器不用移动。也即指到处备有乐器。《文选》李善注引刘向《新序·刺奢》：“孟献子聘于晋，宣子止而觞之，饮三徙，钟石之悬，不移而具也。”即此意。

⑬⁴门卫：即上面由卫尉掌握的卫兵。供帐：供设帷帐。官以物辨：由官员负责筹办各种物品。辨，通“办”。或以“辨”作“辨别”解，意即由各类不同官职负责供应各种物品。

⑬⁵恣意：放纵，肆意。幸：旧指皇帝驾临。辇：指皇帝所乘的车。燕：安乐。此句意即皇帝到处可以获得欢乐。

⑬⁶穷年：《文选》李善注：“没世穷年。”即终生，一辈子。

⑬⁷徧：同“遍”。这句是说：游玩不完一遍。

⑬⁸瑰异：珍奇怪异之物。日新：日日换新。殚：尽。《文选》薛综注：“言奇异之好，日日变易，皆所未尝目见之物也。”

⑬⁹惟：思。神丽：指宫殿妙丽。班固《东都赋》：“阙庭神丽。”

⑭⁰殊：不同。这句是说：天子担心自己的尊贵与一般人的卑贱相混。

⑭¹斯：这个。斯宇：指自己的宫殿。坦：广大。

⑭²凭：烦闷，愤怒。摅（shū 书）：即“抒”。抒发，发泄。

⑭³思：想念。比象：仿效。紫微：指天上的紫微垣。紫微宫，天帝所居。

⑭⁴阿房：著名宫殿。《三辅黄图》卷一：“阿房宫，亦曰阿城，惠文王造，宫未成而亡。始皇广其宫，规恢三百余里，离宫别馆，弥山跨谷，辇道相属。阁道通骊山八十余里。表南山之颠以为阙，络樊川以为池。作阿房前殿……上可坐万人，下建五丈旗。”庐：居住。这句是说：尽管阿房雄伟华丽，但天子还不满意，以为不能居住。《文选》薛综注：“时阿房已坏，故不得居也。”其实纵使阿房宫尚在，汉武帝也不会满足。

⑭⁵覛（mì 觅）：视。遗馆：指秦遭火后遗留的宫馆。

⑭⁶林光：宫名。《三辅黄图》卷一：“林光宫，胡亥所造，纵广各五里，在云阳县界。”秦余：秦朝遗留下的宫殿。

⑭⁷甘泉：这里指甘泉山，在今陕西省淳化县西北。秦皇在此建宫，汉武又增广之。宫因山名，即甘泉宫。爽垲（kǎi 凯）：高爽干燥。《左传·昭公三年》：“子之宅近市，湫隘嚣尘，不可以居，请更诸爽垲者。”杜预注：“爽，明；垲，燥。”这句是说：林光宫（一曰甘泉宫）处在清爽干燥的甘泉山上。

⑭⁸隆崇：高耸貌。这里用使动式，使之加高。弘敷：广为延伸。也是使动式，使之延伸。

⑭既：即、便。新作：新建。迎风：馆名。增：增加。露寒、储胥：馆名。《三辅黄图》卷二："武帝作迎风馆于甘泉山，后加露寒、储胥二馆，皆在云阳。"

⑮托：依托。乔基：高高的地基。或以为指宫殿高。

⑯嵽（dì 地）嵲：高危貌。嵽，高貌。这里是形容宫殿高高地耸立。

⑰通天：台名。《三辅黄图》卷五："武帝元封二年，作甘泉通天台。《汉旧仪》：'通天者，言此台高通于天也。'《汉武故事》：'筑通天台于甘泉，去地百余丈，望云雨悉在其下，望见长安城。……武帝时，祭泰乙，上通天台。'"眇（miǎo 秒）：高。竦峙（sǒng zhì 耸至）：耸立。

⑱径：直。常：古八尺为寻，倍寻为常。茎：指直立的柱子等。擢：独出貌。班固《西都赋》："擢双立之金茎。"

⑲上：指通天台上。辬华：彩绘斑斓华美。辬，通"斑"。交纷：交错。

⑳刻陗：形容楼台棱角分明，峥嵘峭拔。司马相如《上林赋》："刻削峥嵘。"

㉑翔鹍（kūn 昆）：高飞的鹍鸟。鹍，同"鹍"。仰而不逮：飞不到顶上。

㉒青鸟、黄雀：都是一种小鸟。

㉓伏：凭。棂（líng 灵）槛：台上栏杆。頫：同"俯"，低头。

㉔柏梁：台名。《三辅黄图》卷五："柏梁台，武帝元鼎二年春起，此台在长安中北阙内。《三辅旧事》云：'以香柏为梁也。帝尝置酒其上，诏群臣和诗（按：即所谓《柏梁诗》），能七言者乃得上，太初中台灾。'"

㉕越巫：指越地之巫师。陈方：陈述建宫方案。

㉖建章是经，用厌火祥：《史记·封禅书》："是时既灭两越，越人勇之乃言：'越人俗鬼，而其祠皆见鬼，数有效。'……以柏梁栽故……勇之乃曰：'越俗有火栽，复起屋必以大，用胜服之！'于是作建章宫，度为千门万户，前殿度高未央，其东则凤阙，高二十余丈；其西则唐中，数十里虎圈，其北治大池……"（《史记·孝武本纪》同）厌：用一种迷信的方法以镇服或驱避可能出现的灾祸，或致人的灾祸。火祥：火灾。祥，凶灾，妖异。《左传·昭公十八年》："将有大祥。"杜预注："祥，变异之气。"

㉗制：体制，规模。兼：倍。这句是说：建章宫规模比未央宫大一倍。

㉘圜（yuán）阙：圆形宫阙。竦：耸立。造：至。碣：圆形石碑。《三辅黄图》卷二引《三辅旧事》云："建章宫周回三十里，东起别风阙（以其出宫垣识风从何处来），高二十五丈，乘高以望远。又于宫门北起圆阙，高二十五丈，上有铜凤凰，赤眉贼坏之。"故有"双阙相望"之说。

㉙騫翥（jiǎn zhù 捡住）：飞举貌。甍（méng 盟）：屋脊。标：顶端。遡（sù 诉）：同"溯"，向着，面对。

㉚阊阖：指建章宫城门。

㉛别风：即㉘注"别风阙"。嶕峣（jiāo yáo 交摇）：高耸貌。别风阙高二十五丈，故曰。

⑯⑦工巧：精致巧妙。瑰玮：谓事物珍贵奇异。

⑯⑧交：结。绮：文。指雕刻。豁：空也。指刻镂为之。寮：窗。《文选》李善注："交结绮文，豁然穿以为寮也。"

⑯⑨干：触犯。亭亭、苕苕（tiáo 条）：皆高貌。

⑰⓪神明：台名。井幹（hán）：楼名。《史记·孝武本纪》："乃立神明台，井幹楼，度五十余丈，辇道相属焉。"司马贞《索隐》："《关中记》：'宫北有井幹楼，高五十丈，积木为楼。'言筑累万木，转相交架，如井幹。"崛：高起貌。特：独。叠：重重叠叠。增：通"层"。

⑰①跱（zhì 至）：置。游极：浮梁。浮柱：梁上柱。扬雄《甘泉赋》："炕浮柱之飞榱。"

⑰②栾：建筑物立柱和横梁间成方形的承重结构物，即所谓柱上木。此句意谓：结构起层层栾木互相承接。

⑰③累：指楼形重叠。层构：指层层构造。隮（jī 机）：升。

⑰④北辰：指北极星。高兴：兴建高楼。《文选》吕向注："望北极星之高以起此楼也。"

⑰⑤消：散。雰埃：尘秽。中宸（chén 辰）：天地交接之处。

⑰⑥集：停留，来到。重阳：指天。《楚辞·远游》："集重阳入帝宫兮。"洪兴祖《补注》："积阳为天，天有九重，故曰重阳。"清瀓：即清澄，清明，清澈。以上两句，《文选》李善注引薛综注："言神明台高，即除去下地之埃秽。乃上止于天阳之宇，清瀓之中。上为清阳，又为阳，故曰重阳。"

⑰⑦瞰：俯看。鬐（qí 其）：鱼的脊鳍。这里指虹脊。云师：云神，指丰隆。凭：依靠。

⑰⑧飞闼：高楼上的门。班固《西都赋》："排飞闼而上出。"

⑰⑨瑶光：北斗七星之一，古以为象征祥瑞。玉绳：星名。《文选》李善注引《春秋元命苞》曰："玉衡北两星为玉绳。"后常指群星。

⑱⓪乍：刚刚。又，《文选》李善注引《广雅》曰："乍，暂也。"怵：害怕。悼慄：恐慌战慄。怂兢：惊恐的样子。

⑱①都卢：古国名，在南海一带，其人善攀登。轻趫（qiáo 乔）：行动轻捷，善于缘木升高。究升：升到顶。

⑱②馺娑（sà suō 飒缩）、骀（dài 代）荡：都是宫名。《三辅黄图》卷三："骀荡宫，春秋景物骀荡，满宫中也。""馺娑，马行疾貌，马行迅疾，一旦之间遍宫中。言宫之大也。"焘奡（dào ào 到傲）桔桀：高峻深邃貌。

⑱③枍（yì 义）诣、承光：宫殿名。睽罛（kuí gū 葵孤）、庨豁（xiāo huò 霄获）：都是形容宫殿峻拔幽深。

⑱④橧（zēng 增）：一作"增"，通"层"。桴（fú 浮）：次栋，即二梁。棼（fén 坟）：阁楼的栋。这句是形容重重叠叠的栋梁。锷锷（è 恶）、列列：皆高貌。

⑱反宇:指屋檐上仰起的瓦头。业业:高大貌。

⑱飞檐:因屋檐上翘有如飞状,故名。辙辙(niè 蹑):高貌。

⑱流景:闪动的光彩。引曜日月:《文选》薛综注:“言皆朱画华采,流引日月之光,曜于宇内。”

⑱天梁:宫名。闱:古宫室、宗庙旁侧小门。扃:古代兵车上用以搁置兵器或固定旗子的横阑或环扣。蕲(qí 其):马衔。这里指马。轹(lì 历)辐:李善注:“驭车欲马疾,以箠栎于辐,使有声也。”轹,击打。辐,车轮中凑集于中心毂上的直木。《文选》李周翰注:“言此宫门高大,车上载旗亦不脱扃而入,四马齐衔栎辐而走,乃一扉之地而容也。”

⑱庑:大屋旁的小屋。

⑲途阁:阁道。云蔓:如云气相延蔓。

⑲闬(hàn 汉):墙垣。诡异:怪异,奇特。

⑲闺:宫中小门。闼:内门,小门。逾延:穿越,连接。

⑲窅窱(yǎo tiǎo 窈窕):同“窈窕”,幽深貌。径廷:亦即“径庭”,以庭中横绝而过。《吕氏春秋·安死》:“孔子径庭而趋,历级而上。”眇:茫然。《文选》吕延济注:“闺闼互相通而深远入者,眇然而迷不知还路。”

⑲珍台:台名,在长安城东。蹇产:高大貌。

⑲墱(dèng 邓)道:有台阶的登高道路。逦倚:曲折连绵貌。《文选》李善注引薛综注:“一高一下,一屈一直也。”正东:意指从建章宫逾西城东入于正宫中。

⑲阆(làng 浪)风:即阆风巅,传说中神仙居住的地方,在昆仑山之巅。遐坂:绵延不断的山岭。

⑲横、绝:都是超越的意思。洫:护城河。金墉(yōng 拥):金城,西方之城。城尉:守城的都尉。柝(tuò 唾):旧时巡夜打更用的木梆。《文选》吕延济注:“言珍台之高,阁道之长,有似阆风之山……言城尉不废守更而阁道之中潜行以通内外也。”

⑲唐中:池名。《三辅黄图·池沼》:“唐中池,周回十二里,在建章宫太液池之南。”

⑲弥望:满眼,充满视野。广潒(dàng 荡):广大无涯貌。

⑳太液:著名池名。《三辅黄图·池沼》:“太液池,在长安故城西,建章宫北,未央宫西南。太液者,言其津润所及广也。”太液池中有三山,以象瀛洲、蓬莱、方丈。沧池:青色的池水。漭沆(mǎng hàng 莽杭去声):深大貌。

⑳昈昈(hù 户):文彩斑斓貌。弘敞:亦作“弘惝”,高大宽敞貌。扬雄《甘泉赋》:“正浏滥以弘惝。”

⑳清渊:池名。《文选》李善注:“《三辅三代旧事》曰:‘建章宫北作清渊海。’”洋洋:水盛大貌。

⑳神山:指太液池中所建的蓬莱、方丈、瀛洲,象征海中的三仙山。峩峩:同

"峨峨",山高貌。

⑳骈罗:并排罗列在一起。

⑳林岑(cén 涔)、垒嶵(zuì 罪)、崭岩、嵒龉(yán yǔ 岩雨):皆险峻不齐貌。

⑳长风:远风。左思《吴都赋》:"习御长风。"刘逵注:"长风,远风也。"陏(dǎo 岛):同"岛"。

⑳石菌:灵芝。《文选》李善注引薛综注:"皆海中神山所有神草名,仙人所食者。"重涯:池岸。朱柯:指灵芝茎,其茎赤色。

⑳海若:海神。玄渚:深池。

⑳失流:失水。蹉跎(cuō tuó 撮驮):失足;困顿。

⑳少君、栾大:指武帝时方士,他们以寻求长生不死药欺骗武帝。端信:端正信实。《史记·封禅书》载少君对武帝说,祠灶丹砂可化为黄金,用以制食器则人长生不死。又说他到海上见过仙人安期生。武帝信以为真,即祠灶,并派人到海上求安期生。后少君病死,武帝还以为是化去不死。贞固:即忠贞。《封禅书》载栾大对武帝说:"不死之药可得,仙人可致。"但派去的使者要很尊贵,佩上印信才能通神。武帝即信以为真,即封栾大为五利将军,数月之间,佩六印,贵倾天下。

㉑修茎:指通天台。修,长。仙掌:仙人手掌。《三辅黄图·台榭》:"武帝元封二年,作甘泉通天台……上有承露盘,仙人掌擎玉杯,以承云表之露。"

㉑屑:碎末。琼蕊:玉英也。

㉑性命之可度:生命可度世而不死。度,指超越人世。

㉑美:赞美。松乔:古仙人,即赤松子与王子乔。详见《列仙传》。

㉑要:邀请。羡门:即古仙人羡门子高。天路:天上的道路。

㉑"想升龙于鼎湖"二句:《史记·封禅书》载,黄帝在荆山下铸成鼎,龙即迎黄帝上天。群臣后宫随上的有七十余人。小臣们不得上,便纷纷抓住龙髯,龙髯脱落,小臣和黄帝弓都掉下来,后世称此处为"鼎湖"。武帝听齐方士叙此事,即说我如能像黄帝,便视妻子如脱鞋。

㉑"若历"二句:《文选》李善注:"言若历代而不死,何急营于陵墓乎?"历世:犹累世。遽:急。

㉑"徒观"五句:《文选》吕延济注:"西京城面三门,门三道,皆平正,可齐列十二车,其中街衢互相经涉。"参:三。涂:即"途",道路。夷:平正,平直。方:并。相经:相互交涉。

㉑廛(chán 缠)里:古市民住宅区。甍宇:栋檐。

㉒北阙:指西京北城。甲第:指豪门贵族的宅第。第,次第,等级。当道直启:即门直接对着街道。

㉒程巧:选择巧匠。致功:集精力和功夫于一处。陁陊(tuó duò 驮惰):崩塌。衣、被:皆作动词。武库:收藏兵器之处。禁兵:天子之兵器。兰锜(yǐ 倚):

兵架。《文选》张铣注："言第一之宅，当道正开门，皆择巧匠以致其功，使无崩落之期。土木之上，加以绨锦，朱紫之色。武库，藏兵器之处也。兰锜，兵架也，陈列于甲第之门，若今戟门。"

㉒石：指石显。董：指董贤。两人分别为西汉元帝和哀帝的佞臣，骄横至极。详见《汉书·佞幸传》。畴：谁。

㉓阛（huán 环）：市垣。阓（huì 汇）：市区的门。旗亭：市楼。五重：五层。隧：街道。大胥：即胥师，古官名，掌管市场物价的小官吏。《周礼·地官·胥师》："胥师，各掌其次之政令，而平其货贿，宪刑禁焉。"尉：官名。《三辅黄图·长安九市》："《庙记》云：'长安市有九，各方二百六十六步。六市在道西，三市在道东。凡四里为一市，致九州之人在突门，夹横桥大道，市楼皆重屋。'又曰：'旗亭楼，在杜门大道南。'又有柳市、东市、西市，当市楼有令署，以察商贾货财买卖贸易之事，三辅都尉掌之。"

㉔瓌货：奇货。方：四方。萃：聚集。

㉕鬻：卖。兼赢：加倍赚钱。匮：缺乏。

㉖商：坐商。贾：行商。族：类。

㉗裨（bì 必）贩：小贩。

㉘良：指好货。杂：掺杂。指加入劣货。苦：通"盬（gǔ 古）"，粗劣。《史记·五帝本纪》："河滨器皆不苦窳。"张守节《正义》："苦，读如盬，音古。盬，粗也。"

㉙蚩眩：欺惑，欺侮。《文选》李善注："《苍颉篇》曰：'蚩，侮也。'"鄙：边邑。

㉚昏：通"暋（mǐn 泯）"，勉力，尽力。《尚书·盘庚上》："不昏作劳。"孔颖达疏："昏，强……郑玄读昏为暋，训为勉也。"

㉛邪：诈伪。优：丰厚。《文选》吕向注："言何必强作勤劳之事，为欺诈之利，自得丰饶，足可恃也。"

㉜肆人：指长安市井之人。许：指宣帝许皇后娘家。许皇后父、弟三人皆被封侯。史：指宣帝亲母史良娣娘家，史良娣之侄、侄孙四人皆封侯。许、史两外戚当时皆恣为奢僭。详见《汉书·外戚传》。此句为赋家之夸饰，指市井男女服饰奢丽皆超过许、史两家。

㉝翁伯、浊、质、张里：皆为西汉"自元成讫王莽"商界暴发户。击钟鼎食：击钟奏乐，列鼎而食。连骑：车骑相连，喻其多。相过：相互探问。东京：京都洛阳。壮：盛。加：超越。《汉书·货殖传》在叙述一等的"富商大贾"后说："其余郡国富民兼业颛利，以货赂自行，取重于乡里者，不可胜数。故秦杨以田农而甲一州，翁伯以贩脂而倾县邑，张氏以卖酱而隃侈，质氏以洒削（治刀剑）而鼎食，浊氏以胃脯而连骑，张里以马医而击钟，皆越法矣。"

㉞都邑：指都城长安。游侠：古称性格豪爽、轻生重义、乐于为人排难解纷的人。

㉟张、赵：指张回、赵君都等人。《汉书·游侠传》："河平（汉成帝年号，公元

前28～前25年）中，王尊为京兆尹，捕击豪侠。杀章（即萬章，长安城西大侠）及箭（指制箭者）张回，酒市赵君都、贾子光，皆长安名豪，报仇怨养刺客者也。”

㉓⑥无忌：指战国时魏国信陵君无忌。田文：指战国时齐国孟尝君田文。

㉓⑦寔：即“实”。蕃：多。徒：徒众。

㉓⑧茂陵：古县名。治所在今陕西省兴平县东北。汉初为茂乡，属槐里县，武帝筑茂陵，置为县。原：指原涉。祖父于武帝时被徙茂陵。西汉哀帝王莽时，任过谷口令、镇戎大尹，后被斩。《汉书·游侠传·原涉》载：“涉性略似郭解，外温仁谦逊，而内隐好杀，睚眦于尘中，触死者甚多。”

㉓⑨朱：指朱安世，西汉武帝时京师大侠。

㉔⓪趫（qiáo 桥）悍：矫捷勇猛。虓（xiāo 消）豁：形容勇猛。

㉔①貙（chū 出）：兽名，也称貙虎。大如狗，文如狸。

㉔②睚眦（yá zì 牙字）：瞋目而视，瞪眼看人。借指微小的怨恨。虿（chài 柴去声）芥：犹“蒂芥”、“芥蒂”，积存心中的小小不快。

㉔③僵：仆倒。隅：侧，傍。

㉔④丞相：指公孙贺。其子敬声。阳石：指武帝女阳石公主。污：污秽。据《汉书·公孙贺传》载，公孙贺子敬声为太仆，擅用公款，事发下狱。公孙贺提出以捕大侠朱安世赎罪。后果得安世。安世则于狱中揭发公孙敬声与阳石公主私通之事，又使人巫祭诅武帝。武帝即处死公孙贺父子。

㉔⑤五县：指五陵，即长陵（高帝）、安陵（惠帝）、阳陵（景帝）、茂陵（武帝）、平陵（昭帝），筑陵后皆置县。游丽：犹游逸。

㉔⑥弹射：犹指责。臧否（pǐ 痞）：即褒贬。

㉔⑦剖析：辨析，分析。擘肌分理：喻分析精密。理，纹理。

㉔⑧所好生毛羽，所恶成创痏：即后来赵壹《刺世疾邪赋》所说的“所好则钻皮出其毛羽，所恶则洗垢求其瘢痕”。毛羽：指美丽的羽毛。

㉔⑨郊、甸：古称城外为郊，郊外为甸。

㉕⓪殷赈：丰饶，富足。

㉕①货殖：是说买卖获利。《论语·先进》：“赐不受命，而货殖焉。”

㉕②迁、引：即买、卖。《文选》李周翰注：“货出曰迁，货入曰引。”

㉕③联槅（gé 隔）：指车马连属。槅，大车之轭。

㉕④隐隐展展：车行进声。

㉕⑤冠带：帽子腰带，这里指官僚们。

㉕⑥方辕接轸（zhěn 诊）：指车马相连。方，并。轸，车后横木。

㉕⑦封畿（jī 机）：古指京都所领辖的千里地面。《周礼·地官·大司徒》：“乃建王国焉，制其畿方千里而封树之。”

㉕⑧京尹：即京兆尹，官名。汉时京畿分属京兆尹、左冯翊、右扶风统治，这里是以京兆尹代三辅。《三辅黄图·三辅治所》：“三辅者，谓主爵中尉及左、右内

史。汉武帝改曰京兆尹、左冯翊、右扶风,共治长安城中。”

㉙郡国:指郡和国。汉初,兼采封建及郡县之制,分天下为郡与国。郡直属中央,国分封诸王、侯,封王谓之王国,封侯谓之侯国。

㉚右:指长安西。极:至。盩厔(zhōu zhì 周至):县名,今改周至。

㉛并卷:统包,包括。酆(fēng)、鄠(hù 户):都是县名,在今陕西省户县一带。

㉜左:指长安东。暨:及。河、华:黄河、华山。虢(guó 国):古国名,这里指东虢、南虢,封地分别在今河南省成皋县、陕县。

㉝上林:苑名。禁苑:皇帝的苑囿,禁人妄入。

㉞跨:越。弥:满。阜:山丘。

㉟鼎湖:在陕西省华阴县,传说为黄帝升天处。

㊱邪:通“斜”。细柳:地名,在今陕西省咸阳市西南渭河北岸。是历史上周亚夫将军屯兵处。因细柳在长安西北,故曰“斜”。

㊲掩:覆盖。长杨:离宫名,故址在今陕西省周至县。本秦旧宫,至汉修饰之,以备行幸。宫中有垂柳数亩,因为宫名。五柞:离宫名,故址在今陕西省周至县。因宫中有五柞树,因以为名。

㊳绕:包裹。黄山:宫名,故址在今陕西省兴平县。武帝微行,西至黄山宫,即此。款:至。牛首:地名。司马相如《上林赋》:“濯鹢牛首。”郭璞注引张揖曰:“牛首,地名,在上林苑西头。”李善以为是山名:“《三辅黄图》曰:‘甘泉宫中有牛首山。’”

㊴缭:绕。垣:墙。绵联:不绝貌。

㊵斯:指示代词,此。止:居。

㊶翩翻:鸟翻飞貌。

㊷骈骙(bǐ sì 彼四):野兽行走貌。

㊸京峙:高丘。京,高。

㊹伯益:相传舜时掌山林之官,多识鸟兽之名。

㊺隶首:相传黄帝时史官,始作算数,后借指善算术者。纪:记。

㊻林麓:山林。麓,山脚。

㊼枞(cōng 匆):木名,类似松柏,干高数丈,可作建筑材料。栝(kuò 括):即桧树。椶(zōng 宗):即棕榈树。楠(nán 南):一种大乔木,木质坚密芳香,是一种珍贵的建筑材料。梓(zǐ 子):一种落叶乔木,木质优良,轻软,耐朽,可作建筑、家具、乐器之用。棫(yù 玉):木名,即白桵,纹理全白,直理易破,可为矛、戟、锻。楩(pián 骈):南方大木,质地坚密,上等建材。枫:即枫香树,因其叶经霜变红,又名红枫。可供观赏。

㊽嘉:美。卉:草的总称。灌丛:树木丛生。

㊾蔚:草木繁盛貌。邓林:即桃林。《山海经·海外北经》载,夸父逐日渴死,

其手杖化为邓林。

㉘郁蓊(wěng 翁上声)、薆薱(ài duì 爱对)、橚(sù 肃)爽、槭椮(xiāo sēn 萧森):都是形容草木繁茂。

㉘葩(pā 扒)、荣:草木的花。

㉘葴(zhēn 针):马蓝。莎(suō 缩):莎草。菅(jiān 煎):一种多年生草本植物。蒯(kuǎi 快上声):多年生草本植物,茎可织席。

㉘薇:也称"野豌豆",可食。蕨:多年生草本植物,嫩叶可食,茎根含淀粉,可食。荔:马荔,即马蔺。苀(háng 杭):北方称马楝子。

㉘王刍:即菉(lù 路),一年生细柔草木,高一二尺,茎叶可作药用。莔(méng 萌):药草名,即贝母。台:同"薹",莎草,一名"夫须"。

㉘戎葵:即蜀葵,两年生草本植物,供观赏。《尔雅·释草》:"菺,戎葵。"郭璞注:"今蜀葵也。"怀羊:草名。《尔雅·释草》:"蘬(huì 慧),怀羊。"郭璞注:"未详。"

㉘苯䔿(běn zǔn 本尊上声):草木茂盛貌。蓬茸:草木繁茂貌。

㉘皋:水边。被:覆盖。

㉘筿(xiǎo 小):箭竹。簜(dàng 荡):大竹。敷衍:分布蔓延。

㉘编:连。町(tīng 听):田亩,田地。篁(huáng 黄):竹林。

㉙原隰:高原和低洼地。

㉙泱漭(yāng mǎng 央莽):广大无边貌。以上四句,《文选》吕延济注:"言竹生舒布蔓延,连畎亩而成丛也,山谷原隰之上,泱漭然无疆畔。"

㉙昆明:池名。《三辅黄图·池沼》:"汉昆明池,武帝元狩四年(或说三年)穿,在长安西南。《西南夷传》曰:'天子遣使求身毒国市竹,而为昆明所闭。天子欲伐之,越巂昆明国有滇池,方三百里,故作昆明池以象之,以习水战,因名曰昆明池。'……《三秦记》曰:'昆明池中有灵沼,名神池。'"

㉙"黑水"以下三句:《文选》吕延济注:"沚,小渚也。水色黑,故云玄也。金堤,言坚如金。树,植也。"杞:即楩木,南方一种大木。

㉙豫章:观名。《三辅黄图·观》:"豫章观,武帝造,在昆明池中,亦曰昆明观。"揭:高举。峙:耸立。

㉙牵牛:即河鼓,星座名,俗称"牛郎星"。与下句的织女星是传说中的一对,两人隔天河遥遥相望。这里是指立牵牛、织女之像于池之东西,以像天河。

㉙扶桑:日出的地方。濛汜:日落的地方。《文选》李善注:"言池广大,日月出入其中。"

㉙鼋(yuán 元):大鳖,俗称"癞头鼋"。鼍(tuó 驮):即扬子鳄。

㉙鳣(zhān 沾):即鲟鳇鱼。鲉(xù 续):即鲢鱼。鲖(tóng 同):即鳢鱼。鲔(wěi 伟):金枪鱼科的一种。鲵(ní 泥):俗称"娃娃鱼"。鲿(cháng 尝):又称"黄颊鱼",头似燕,鱼身,黄色。魦(shā 杀):吹沙鱼,生活在溪间的小鱼。

㉙修：长。项：脖子。折：反转。

㉚诡：奇异。殊：不同。

㉛鹔鹴(sù shuāng 肃双)：雁的一种，颈长，羽绿。鸹(guā 刮)：鸧鸹。鸨：似雁而略大，头小，颈长。

㉜驾(jiā 加)鹅：即野鹅。鸿：雁。鹍(kūn 昆)：同"鹍"，一种似鹤的水鸟。

㉝上春：指孟春。候：季节。季秋：指夏历九月。就：向。

㉞衡阳：在今湖南省东南部。衡阳有回雁峰，传说雁至此峰不过，因而有"衡阳雁断"之说。

㉟雁门：指雁门山，在今山西省北部(代县西北)。《山海经·北山经》袁珂校注："《海内西经》云：'雁门山，雁出其间。在高柳北。'即此山也。"

㊱奋：似应作"集"，形似而误。见胡克家《文选考异》。隼：鹰类。凫：野鸭。沸卉、軯訇(pēng hōng 怦哄)：鸟奋飞声。

㊲孟冬：指夏历十月。其时阴气始盛。

㊳肃杀：形容草木枯落的肃杀气象。

㊴惨烈：气候寒冷或气象凄凉。

㊵零：落。

㊶刚虫：指鹰豺之类。搏挚：指可以搏击捕捉。

㊷振：整理。天维：天的纲维。衍：申布。地络：地网。薛综注："维，纲也；络，网也。谓其大如天地矣。"

㊸荡：动也。簸：扬也。林薄：草木丛生的地方。

㊹毕：全。咸：尽。作：惊起。寓：寄。霍绎、纷泊：鸟兽飞走之貌。灵囿：原指周文王苑，后成为对帝王苑囿的美称，这里指上林苑。

㊺垠锷：亦作"垠鄂"、"垠崿"，界限，边界。

㊻虞人：古掌管山林禽兽之官。

㊼营域：划定区域。

㊽莱：野草。柞(zé 则)：砍伐树木。《诗·周颂·载芟》："载芟载柞。"毛传："除木曰柞。"

㊾罝(jū 居)：捕兽网。

㊿远(háng 杭)：道路。杜：堵塞。蹊：小路。

㉑麀(yōu 悠)：母鹿。麌麌(yǔ 雨)：群聚貌。

㉒骈田：连属，聚会，形容多。逼仄：密集，拥挤。

㉓雕轸：画有彩色的车子。轸，原是车后横木，这里代车。

㉔六骏駮：驾六匹骏马。駮：指马色错杂。白黑相杂谓之"駮"。

㉕翠帽：以翠羽为饰的车盖。

㉖较：车厢两旁板上的横木。金较：以金饰较。

㉗璿(xuán 旋)：美玉。弁(biàn 变)：古贵族的一种帽子，这里指马笼头。

㉘遗光：光彩照人。倏爚（shū yuè 输月）：光彩闪烁。

㉙建：树起。玄弋（yì 义）、招摇：星名。薛综注："玄弋，北斗第八星名，为矛头，主胡兵。招摇，第九星名，为盾。今卤簿中画之于旗，建树之以前驱。"

㉚鸢（yuān 冤）：一种凶猛的鸟，形状类鹰。

㉛曳：摇动。云梢：指绘有云彩的旗。梢，通"旓（shāo 稍）"，旌旗上的飘带。《汉书·扬雄传上》："张燿日之玄旄……被云梢。"颜师古注："梢与旓同。"

㉜弧旌枉矢：谓以竹弓张悬旌旗的縿幅，并在弓衣上绘流矢，作弧矢星状，以象征武事。一说在旌旗上绘弧矢星。《周礼·考工记·辀人》："弧旌枉矢，以象弧也。"又，《文选》吕延济注："弧旌枉矢，皆星名，画以饰帜。"

㉝虹旃（zhān 沾）蜺旄：《文选》吕延济注："旃、旄亦旗类，画虹蜺于上，因名之。"

㉞华盖：古星名，属紫微垣。薛综注："华盖星覆北斗，王者法而作之。"《宋史·天文志》："华盖七星，杠九星如盖有柄下垂，以覆大帝之坐也。在紫微宫临勾陈之上。"辰：北极星。

㉟天毕：古星名。此处指画毕星的旗。毕，长柄的网。前驱：指在天子车前先行。

㊱"千乘"二句：班固《东都赋》："千乘雷起，万骑纷纭。"趋：疾行。

㊲属车：帝王出行时的侍从车。秦汉以来皇帝大驾属车八十一乘，法驾属车三十六乘，分左、中、右三列行进。因相连属于帝王之后，故曰属车。簉（zào 造）：副，附属。

㊳猃（xiǎn 险）：长嘴猎狗。猲獢（xié xiāo 协消）：短嘴猎犬。《诗·秦风·驷驖》："载猃歇骄。"毛传："猃、歇骄，田犬也。长喙曰猃，短喙曰歇骄。"歇骄：即"猲獢"。

㊴秘书：指皇家收藏图书。小说九百，本自虞初：《汉书·艺文志》："虞初周说九百四十三篇。"自注："虞初，河南人，武帝时以方士侍郎号黄车使者。"应劭曰："其说以周书为本。"

㊵从容：悠闲舒缓。求：问讯。俟：等待。储：具，准备。以上五句，薛综注："小说，医巫厌祝之术，凡有九百四十三篇，言九百，举大数也。"又，"持此秘术，储以自随，待上所求问，皆常具也"。

㊶蚩（chī 吃）尤：传说中古代九黎族首领，以金作兵器，与黄帝战于逐鹿，失败被杀。钺（yuè 月）：斧。这里以蚩尤为勇士。

㊷奋：振。鬣（liè 列）：颈后长毛。般：通"斑"，指虎豹等斑驳花纹。

㊸不若：不祥或不祥的事物。《左传·宣公三年》："故民入川泽、山林，不逢不若。"

㊹神奸：指神鬼作怪。

㊺螭魅魍魉：都是传说中的山川之怪。螭，山神。魅，老物精。魍魉，山川精

怪。旃：之焉，或"之焉"合音。

㊻陈：布置。虎旅：虎贲之族。古称帝王左右宿卫有虎贲。见《尚书》的《立政》、《顾命》等。虎贲者，言其如猛兽之奔。汉有虎贲中郎将，秩比二千石。飞廉：馆名，在上林苑中，武帝元封二年(前109)作。《三辅黄图·观》："飞廉神禽，能致风气者，身似鹿，头如雀，有角而蛇尾，文如狗，武帝命以铜铸置观上，因以为名。"

347垒壁：星名，属室宿，十二星，有如军营的壁垒。这里指禁军营垒。上兰：观名。《三辅黄图·苑囿》："上林苑有昆明观……上兰观……皆在上林苑。"

348结：集结。部曲：《文选》李善注："司马彪《续汉书》曰：'将军皆有部，大将军营五部，部有校尉一人，部下有曲，曲有军候一人。'" 这里指军队。

349行伍：古军队编制，二十五人为行，五人为伍。

350京薪：高大的柴堆。

351虓(xiè 谢)：擂击钟鼓，使声响而急。《周礼·夏官·大司马》："鼓皆虓。"郑玄注："疾雷击鼓曰虓。"

352长莽：深而且远的草丛。

353迾(liè 列)卒：担任警戒的士卒。迾，遮遏，拦阻。清候：清道候望。

354赫怒：愤怒的样子。

355缇(tí 提)衣、韎韐(mèi gé 妹革)：都是古代武士的服饰。缇，橘红色，黄赤色。韎韐，特制的赤黄色的蔽膝，为士所服，亦为武士所服。

356睢盱(suī xū 虽须)：张目仰视貌。拔扈：即"跋扈"，勇壮貌。

357烛：照耀。天庭：天空。

358嚣声：喧闹声。海浦：海边。

359波荡：震荡，动摇。

360吴岳：古山名，在今陕西华山西。《史记·封禅书》："自华以西，名山七，名川四，曰华山、薄山。薄山者，襄山也。岳山、岐山、吴岳、鸿冢、渎山。渎山，蜀之汶山。" 陁(zhì 至)堵：崩毁倒塌。

361犪遽：惊恐貌。骙(kuí 葵)瞿：急速奔走貌。

362趋：向。

363投轮：自投轮下。关辐：即穿入车辐之间。关，贯穿，插入。

364邀：遮拦，堵截。

365罕：鸟网。潚箾(sù shuò 肃朔)：《文选》吕向注："著物貌。"网罩住鸟的样子。一说鸟网的形状。

366镝(dí 敌)：箭。撶爆(pò bó 破驳)：象声词。箭着物的声音。

367舍：放射。铤(chán 馋)：小矛。跃：投刺。

368当：碰到。蹍(niǎn 辇)：足蹈。

369值：遇到。轹：车碾。

⑳积砾(qì lì 气力):乱堆的沙石。

371罝(jū 掬)罗:捕野兽的网。䍦(juàn 倦):同"罥",用绳索绊取。

372竿:竹。殳(shū 书):古兵器,杖属,以竹或木制成,八棱,顶端有圆筒金属,无刃。揘(héng 横)毕:击刺。

373叉蔟(cù 促):渔猎之具。搀捔(zhuó 卓):贯穿刺取。

374撞拯(bì 必):撞倒。

375晷(guǐ 鬼):日影。

376狝(xiǎn 险):杀戮,捕杀。

377鵁(jiāo 交):雉的一种,尾长,性勇健,羽可为饰。翚(huī 灰):疾飞。

378绝:横渡。阬(gāng 刚):大山坡,土冈。逾:超越。斥:泽崖。

379毚(chán 缠)兔:狡兔,大兔。《诗·小雅·巧言》:"跃跃毚兔。"毛传:"毚兔,狡兔也。"联猭(chuàn 串):兽走貌。

380东郭:"东郭逡"的省称,狡兔名。《战国策·齐策三》:"韩子卢者,天下之疾犬也。东郭逡者,海内之狡兔也。"

381迅羽:指鹰。轻足:指好犬。

382括:箭末端,此指箭。

383举:飞。发:骇走。

384青骹(qiāo 悄):一种青腿的猎鹰。挚:搏击,攫取。《文选》李善注:"挚,击也。"王褒《四子讲德论》:"狼挚虎攫。"韝(gōu 沟):臂衣。这句指鹰下韝而击。

385韩卢:韩国的骏犬。噬:咬。緤(xiè 谢):同"绁",绳索。

386髬髵(pī'ér 丕儿):猛兽怒而鬃毛奋张貌。

387隅目:斜目而视,怒视貌。高匡:深瞳子高眼眶,兽怒视貌。匡,"眶"的古字。伉(kàng 抗):当,抵挡。薛综注曰:"谓兽猛兕虎,且犹畏之,人无敢当之也。"

388中黄:即中黄伯,古之勇士。《文选》李善注:"《尸子》曰:'中黄伯曰:余左执泰行之獶,而右搏雕虎。'"

389育获:即夏育和乌获,皆古勇士。夏育:周时著名勇士,卫人,传说力能举千钧。乌获:战国时秦国勇士。见《孟子·告子下》、《史记·秦本纪》。司马相如《谏猎疏》:"故力称乌获,捷言庆忌,勇期贲、育。"俦:辈。

390朱鬕(mà 骂):红抹额。鬣髽(jì zhuā 记抓):亦作"鬣髽",露髻,即露头髻。髽,以麻束发。植发如竿:束发如直立的竹竿。这句是写猛士的头饰。

391袒裼(tǎn xī 坦西):脱衣赤膊。戟手:手如戟,这里指搏击的姿态。

392奎踽(jǔ 举):开步走。奎,跨步。踽,慢步行走。盘桓:回旋。这句是写搏击之貌。

393鼻:作动词,指牵着象的鼻子。

394巨狿(yán 严):大兽名。这句是说:把巨狿圈起来。

㉟⑤摣(zhā 渣):捕抓,抓取。《方言》卷十:"担、摣,取也。"狒(fèi 沸):即狒狒。猬:刺猬。

㊱⑥批(zǐ 紫):揪取。貐:兽名,即窫貐(yà yǔ 讶雨)。狻(suān 酸):兽名,即狻猊,狮子。

㊲⑦揩(kāi 开):擦,摸。枳(zhǐ 纸)落:枳树编织的篱笆。枳多刺,被认为是恶木。

㊳⑧突:冲撞。棘藩:用棘刺编织的藩笆。

㊴⑨梗(gěng 耿)林:多刺的林丛。梗,木名,即刺榆。靡拉:摧毁。

㊵⓪朴丛:丛生的树木。朴树属丛生植物。

㊵①轻锐:轻便迅捷。僄(piào 漂):轻捷勇猛。趫(qiáo 桥)捷:矫健敏捷。

㊵②封狐:大狐。

㊵③巘(yǎn 眼):上大下小的山。

㊵④昆駼(tú 涂):即"騊駼",如马,跂蹄,善登高。

㊵⑤杪(miǎo 渺):树木的末梢,此处用如动词,指爬到树末端猎取。

㊵⑥擭(huò 获):抓取。獑猢(chán hú 缠湖):兽名,猿属。薛综注:"獑猢,猿类而白,腰以前黑,在木表。"

㊵⑦殊榛(zhēn 珍):特别高大的榛林。榛是一种果木名,落叶小乔木。

㊵⑧揥(dì 地):捎取。飞鼯(wú 无):小动物名,类似松鼠,能在树间飞行。

㊵⑨嬖(bì 碧)人:皇帝宠幸之宫人。昭仪:后宫女官名,汉元帝始设,明以前时有沿用。西汉昭仪为后宫妃嫔之首,相当外官系统的丞相。

㊶⓪亚:次于。乘舆:皇帝所乘坐的车子。

㊶①贾氏:指贾国(在今山西襄汾)大夫的妻子。如皋:指到皋泽去打猎。《左传·昭公二十八年》载魏献子对贾辛转述的一个故事:"昔贾大夫恶,娶妻而美,三年不言笑。御以如皋,射雉,获之,其妻始笑而言。"

㊶②北风:指《诗·邶风·北风》,其诗曰:"北风其凉,雨雪其雱,惠而好我,携手同行。"

㊶③盘:娱乐,欢乐。《尚书·无逸》:"文王不敢盘于游田。"只且:语词。

㊶④殚:尽。穷:极。薛综注:"所观毕也。"

㊶⑤迁延:退却,后退。邪睨(nì 逆):斜视。

㊶⑥息:休息。行夫:士卒。展:整饬,整治。

㊶⑦胔(zì 字):指禽兽的尸体。对"胔"解释多有歧义:或曰肉腐曰胔,或曰有肉曰胔,或曰骨之尚有肉者曰胔。须待上下文而定。此处之"胔"系当时所猎,绝不至于腐,乃泛指猎物之尸体。故李善注曰:"胔,取肉名,不论腐败也。"

㊶⑧数:计算。课:考核。众寡:即多少。

㊶⑨互:古代挂肉的木架。《周礼·地官·牛人》:"凡祭祀,共其牛牲之互与其盆簝,以待事。"郑玄注:"互,若今屠家悬肉格。"摆:指剖开兽体悬挂。

⑳颁赐:赏赐。旧时多指帝王分赏臣下。卤:通"虏",指猎获的禽兽。

㉑鲜:新宰杀的鸟兽肉。班固《西都赋》:"割鲜野食。"飨:宴饮。

㉒犒:犒劳。勤:劳苦。

㉓五军:即汉代前、后、中、左、右五营军队。《文选》李善注:"《汉官仪》:'汉有五营,五军即五营。'"六师:指周天子所统辖的六师。《尚书·康王之诰》:"张皇六师。"曾运乾《正读》:"六师,天子六军,周制一万二千五百人为师。"这里借指天子军队。

㉔千列百重:即重重列列,形容士卒之多。

㉕醴:甜酒。

㉖方驾:并驾,指酒车并行。授饔(yōng 拥):分发赏物。饔,熟的食物。

㉗升觞:举杯。举燧:举起烽火。

㉘釂(jiào 叫):饮尽杯中酒。《礼记·曲礼上》:"长者举未釂,少者不敢饮。"郑玄注:"尽爵曰釂。"

㉙膳夫:官名。《周礼》谓天官冢宰所属有膳夫,为食官之长,掌王饮食膳(牲肉)羞(有滋味者),亦称"膳宰",西周金文作"善夫"。《诗·小雅·十月之交》有"仲允膳夫",位次卿士。

㉚ 察贰廉空:薛综注:"察、廉皆视也。贰为兼重也。空,减无也。"即视察有无重复或遗漏。

㉛炙:烤。《诗·小雅·瓠叶》:"燔之炙之。"毛传:"炕火曰炙。"炰(fǒu 否):蒸煮。《诗·大雅·韩奕》:"炰鳖鲜鱼。"郑玄笺:"炰鳖,以火熟之也。"即以蒸煮熟之。夥:多。

㉜清酤:清酒,美酒。敍(zhī 支):多。

㉝溥(pǔ 普):遍及,普施。洪:大。施:遍布。

㉞徒御:挽车御马的人。《诗·小雅·车攻》:"徒御不惊。"毛传:"徒,辇也。御,御马也。"

㉟罢:通"疲"。

㊱巾车:古代官名。《周礼·春官·宗伯》:"巾车,下大夫二人,上士四人,中士八人,下士十有六人。"郑玄注:"巾车,车官之长。"命驾:命人驾车马。《左传·哀公十一年》:"命驾而行。"

㊲回旆(pèi 佩)右移:薛综注:"回车右转。"旆,古代插在车上、船上的旗子。这里以旆代车。

㊳相羊:即"徜徉",徘徊流连之貌。

㊴旋:回转。憩:休息。

㊵简:检查。矰红:即"矰缴(zēng zhuó 增灼)",系矰的丝绳,染红。矰,系有生丝绳的射鸟的箭。

㊶蒲且:古之善射者。《列子·汤问》:"蒲且子之弋也,弱弓纤缴,乘风振

之，连双鸧于青云之际。”弋（yì 义）：射出系有丝绳的箭。鸿：大雁。

㊷挂、联：都是射丝挂鸟上。鹄（hú 胡）：天鹅。飞龙：鸟名，凤头龙尾，其文五色，又名“飞廉”。

㊸磻（bō 播）：缴矢所用的石块。特：单个，单独。《礼记·内则》：“君已食，彻焉，使之特馂。”郑玄注：“使独馂也。”

㊹舟牧：薛综注：“主舟官。”水嬉：指“艕（bàng 傍）龙首”，即赛龙舟。

㊺ 鹢（yì 义）首：指船头上画上鹢鸟，所谓以厌水神。鹢：水鸟，形如鹭而大，羽色苍白，善飞。

㊻翳（yì 义）：覆盖，遮盖。云芝：指舟身饰有云纹和芝草。

㊼翟（dí 笛）：长尾的野鸡。这里指野鸡长羽。葆（bǎo 保）：古代用鸟羽装饰的一种仪仗。《礼记·杂记下》：“匠人执羽葆御柩。”孔颖达疏：“羽葆者，以鸟羽注于柄头，如盖，谓之羽葆。”

㊽羽旗：用翠羽装饰的旌旗。宋玉《高唐赋》：“若驾驷马，建羽旗。”

㊾齐：整齐。栧（yì 义）女：划桨的女子。栧，同“枻”，船桨。

㊿棹歌：引棹而歌。

451发引和：薛综注：“言一人唱，余人和也。”

452校：急速，急促。《周礼·考工记·弓人》：“引之则纵，释之则不校。”郑玄注：“校，疾也。”葭：通“笳”，古管乐器。

453淮南：指《淮南王》曲。《乐府诗集》引崔豹《古今注》：“《淮南王》，淮南小山之所作也。淮南服食求仙，遍礼方士，遂与八公相携俱去，莫知所往，小山之徒，思恋不已，乃作《淮南王》之曲焉。”

454度：作曲，按曲谱歌唱。阳阿：乐曲名。宋玉《对楚王问》：“客有歌于郢中者……其为《阳阿》、《薤露》，国中属而和者数百人。”

455感：为河冯所感。河冯（píng 平）：即冯夷，因系黄河之神，故称。《庄子·大宗师》：“冯夷得之，以游大川。”成玄英疏：“姓冯名夷，弘农华阴潼乡堤首里人也。……大川，黄河也。天帝赐冯夷为河伯，故游处盟津大川之中也。”

456怀：思念。为湘娥所怀。湘娥：指湘妃，湘夫人，也即娥皇、女英。王逸《楚辞章句·湘君》：“尧二女娥皇、女英随舜不反，没于湘水之渚，因为湘夫人。”

457蝄蜽（wǎng liǎng 网两）：同“魍魉”。见前345注。

458鲂（fáng 房）：鳊鱼的古称，体扁而薄肥，细鳞，青白色。鳢（lǐ 里）：俗称“黑鱼”，体延长，亚圆筒形，青褐色，性凶猛。

459纚（sǎ 洒）：网，这里作动词，用网捕获。鰋（yǎn 眼）：鲇鱼。鲉（chóu 愁）：似鳝的一种鱼。

460摭（zhí 直）：拾取。紫贝：也称文贝。海中软体动物，壳圆质洁白，有紫色斑纹。

461耆龟：老龟。薛综注：“耆，老也。龟之老者神。”

⑯搤(è 恶):同“扼”,掐住。水豹:水兽名,状似豹。扬雄《蜀都赋》:“其深则有水豹蛟蛇。”

⑯馽(zhí 直):拴住牛马的足。潜牛:生活在南方江河中的野牛,形似水牛。

⑯泽虞:古官名,负责管理沼泽地区。《周礼·地官·泽虞》:“泽虞,掌国泽之政令。”滥:指滥捕。何有春秋:即不分春秋乱捕。

⑯擿(zhāi 摘):搜索,摸索。漻澥(liáo xiè 辽谢):小水流。

⑯九罭(yù 玉):一种带有囊袋以捕捞小鱼的网。《诗·豳风·九罭》:“九罭之鱼,鳟鲂。”

⑯罜麗(zhǔ lù 主路):小型渔网。《国语·鲁语上》:“水虞于是禁罝罜麗。”

⑯摷:同“勦(chāo 抄)”,抄取,袭取。鲲鲕(ér 儿):鱼苗的总称。鲕,小鱼,鱼苗。

⑯殄(tiǎn 舔):消灭,灭绝。水族:水生动物的总称。

⑰蘧:《文选》五臣本作“蕖”,即芙蕖,荷花的别名。

⑰蜃蛤(shèn gé 甚隔):即河蚌。

⑰逞欲:即纵欲,极欲。魰(yú 鱼):捕鱼。

⑰效获:指打措的收获。麑(ní 泥):幼鹿。麇(yǎo 窈):幼麇。

⑰摎蓼(jiǎo liǎo 皎了):搜索。浶浪(láo láng 劳狼):惊扰不安。

⑰涤:清除。薮:大泽。

⑰逸飞:逃掉的飞鸟。逸,逃脱。

⑰遗走:留下的走兽。

⑰蚳(chí 持):蚁卵。蝝(yuán 元):未生翅的幼蝗。

⑰遑:暇。恤:顾念。薛综注:“言且快今日之苟乐,焉能复顾后日之长久也。”

⑱定:安定。宁:安宁。

⑱倾阤(zhì 至):倒塌,崩溃。

⑱大驾:指天子的车驾。平乐:观名,亦作平乐馆、平乐苑,汉高祖始建,武帝增修,在上林苑。《汉书·武帝纪》:“(元封六年)夏,京师民观角觝于上林平乐观。”薛综注:“平乐馆,大作乐处也。”

⑱张:设。甲乙:指甲乙帐。汉武帝所造帐幕,饰琉璃珠、夜光珠,杂错天下珍宝者为帐,供神居;其次为乙帐,供自居。见《汉武故事》。《汉书·西域传赞》:“于是广开上林……兴造甲乙之帐,落以随珠和璧。”袭:服用。翠被:以翠羽饰被。

⑱攒(cuán 窜阳平):积聚。玩好:供玩赏的奇珍异宝。

⑱纷:杂。瑰丽:瑰奇华丽。奓(chǐ 耻)靡:奢华浪费。奓,同“侈”。

⑱迥(jiǒng 窘)望:远望。指表演场地宽坦。

⑱角觝(dǐ 抵):又作“角抵”、“角牴”,两两相当。角力,类似今天的相扑、摔

跤。此项活动起源于我国，秦始名角觝，到汉代，则成为对各种体育娱乐和乐舞杂技的总称。汉武帝在元封三年作角觝戏，"三百里内皆观"，可见其盛况。

㊽乌获：见前㊸注。扛鼎：举鼎。

⑱都卢：善于攀爬的人，见前⑱注。寻橦（chuáng 床）：爬竿。

⑲冲狭：穿刀圈。薛综注："卷簟席，以矛插其中，伎儿以身投，从中过。"燕濯：燕子戏水。薛综注："燕濯，以盘水置前，坐其后，踊身张手跳前，以足偶节，逾水，复却坐，如燕之浴也。"

⑲胸突铦（xiān 先）锋：胸冲锋利的刀刃。铦，锋利。

⑲跳丸剑：抛掷铁丸短剑。挥霍：丸剑上下迅速飞动貌。

⑲华岳：华山。峩峩：同"峨峨"，高峻貌。冈峦：山峦。冈、峦都是指山岭。参差：高低不平。神木灵草：神奇灵异的草术。旧时迷信，以为是一种不死药。《文选·班固〈西都赋〉》："于是灵草冬荣，神木丛生。"李善注："神木、灵草，谓不死药也。"朱实：红色的果实。离离：果实累累的样子。《文选》吕向注："华山西岳，假作以为戏，即今之山车也，上插草木，垂其果实。"

⑲总会：集合，指集神仙之倡伎。戏豹舞罴：指戴上假面具，扮作豹罴之形跳舞。

⑲白虎、苍龙：戴上龙虎的假面具。篪（chí 池）：古代竹制的一种乐器，像笛，有八孔，横吹。

⑲女娥：即女英、娥皇，舜的两个妃子。这里是扮相。

⑲清畅：嘹亮畅达。蜲蛇：委蜿绵延。

⑲洪涯：亦作"洪厓"、"洪崖"，黄帝臣子伶伦的仙号。指麾：即指挥。

⑲襳襹（shēn shī 申师）：衣上羽毛丰盛貌。

⑳飘飘：飞扬貌。霏霏：雨雪盛貌。《诗·小雅·采薇》："今我来思，雨雪霏霏。"

⑳复陆：复道，即楼阁有上下两层阁道。

⑳转石成雷：转动石头拟雷声。

⑳礔砺：即"霹雳"，雷声。激：迅疾。增响：重声。磅礚：即"砰磕"，雷霆之声。《文选》张铣注："云雷霹雳之属，皆幻化为之。砰磕，声也，言其声有似天之威也。"

⑳寻：古八尺为寻。曼延：又作"曼衍"、"蔓延"，百戏的一种。薛综注："作大兽，长八十丈，所谓蛇龙曼延也。"

⑳欻（xū 须）：忽然。薛综注："欻之言忽也，伪所作也。兽从东来，当观楼前，背上忽然出神山崔巍也。"这是幻术。见：现。

⑳挐攫（ná jué 拿掘）：相互揪打。狖（yòu 右）：猿属。

⑳陆梁：跳跃貌。

⑳大雀：大鸟。踆踆（qūn 逡）：步行迟重貌。

⑤⓪⑨孕:哺乳。蟒囷(qūn 逡):象鼻下垂貌。

⑤①⓪海鳞:大鱼。蜿蜿(wǎn 宛)、蝹蝹(yūn 晕):龙行貌。

⑤①①含利:传说中的神兽。因性吐金,故名。颬颬(xiā 虾):张口吐气貌。化为仙车:受幻化为仙人之车。这是幻术。

⑤①②骊驾:并列驾驭。这句指四鹿并驾拉车。

⑤①③芝盖:以芝为车盖。九葩:喻花多。葩,花。

⑤①④蟾蜍(chán chú 蝉除):即癞蛤蟆。与(yù 玉):干预,摆弄。与下句"水人弄蛇"的"弄"相类。

⑤①⑤水人:水乡习水之人,这里指古代交州少数民族俚人。薛综注:"水人,俚儿,能禁固弄蛇也。"

⑤①⑥奇幻:奇异虚幻。指下文的幻术。倏忽:疾速。易貌:改变容貌,即变成另一人。分形:分开形体,即一人立变为数人。吞刀吐火:指表演吞下刀或喷出火。杳冥:昏暗。指忽然云雾滚滚而来,天昏地暗。

⑤①⑦"东海黄公"六句:《西京杂记》卷三:"有东海人黄公,少时为术,能制蛇御虎,佩赤金刀,以绛缯束发,立兴云雾,坐成山河。及衰老,气力羸惫,饮酒过度,不能复行其术。秦末,有白虎见于东海,黄公乃以赤刀往厌之。术既不行,遂为虎所杀。三辅人俗用以为戏,汉帝亦取以为角抵之戏焉。"粤祝(zhòu 宙):粤地的咒法术。祝,通"咒"。冀:盼望。厌:以一种迷信方法镇服或驱避灾祸,或致祸于人。挟邪:挟持邪术。蛊(gǔ 古):指与诅咒祈祷鬼神等迷信有关的事。"挟邪"与"作蛊"是并列词。不售:不行,即行不通。

⑤①⑧建:立起。戏车:表演用的车子。修:长。

⑤①⑨侲僮(zhèn tóng 振童):即"侲童",指童子。程材:表现技艺。翩翻:上下飞动貌。倒投:倒身下投。跟絓(guà 挂):脚跟絓住。絓,通"挂"。

⑤②⓪百马:言其多。辔:马缰绳。骋足:奔跑的马足,指良马。并驰:一起奔跑。

⑤②①橦末之伎:指在竿顶的表演。态:指惊险表演的动作项目。弥:极尽。不可弥:薛综注:"言变巧之多,不可极也。"

⑤②②西羌:指羌族。因居住在我国西部甘肃、青海一带,故名。东汉后期,羌族与汉王朝时有战争发生。但很多时候是由汉王朝政策失当造成的。顾:回顾。鲜卑:东汉后期鲜卑族强大,对汉王朝形成巨大威胁。这两句也是竿上的表演内容。

⑤②③众变:上述角牴戏各式各样的表演内容。

⑤②④酲(chéng 呈)醉:指观众看了各种精彩表演后,惊奇得目眩神摇。

⑤②⑤怅怀:怅然思念。萃:至,到。

⑤②⑥阴戒:暗中警戒。期门:官名。汉武帝置,掌执兵扈从护卫。武帝喜微行,多与西北六郡良家子能骑射者期约于殿门,故名。微行:指旧时帝王或权贵微服外出。要屈:简约仪仗,屈尊同众。

㉗玺(xǐ 喜):皇帝印。绂(fú 浮):系印的绶带。以上四句,《文选》吕延济注:"武帝置期门郎,阴为戒勅,与之微行,行出不法驾谓之要,自上杂下谓之屈。"

㉘便旋:犹回转。闾(lǘ 驴):里门。阎:里中门。

㉙周观:遍观。郊遂:城外为郊,郊外为遂。此处泛指郊区之地。

㉚神龙:即"龙"。相传龙变化莫测,故称。

㉛章:表彰,彰明。后皇:皇帝。《文选》吕延济注:"言天子或同微人,或复尊位,变化亦犹龙神焉。彰,明也,以此足明天子之贵矣。"

㉜历:经过。掖庭:宫中旁舍,为妃嫔所居。适:往。驩馆:欢乐的宫馆,指妃嫔所居之处。驩,同"欢"。

㉝衰色:指年老色衰的宫女。嫣婉:美好貌,指年轻貌美。

㉞促:迫近。中堂:即堂中。陿坐:拥挤地坐在一起。

㉟羽觞:古代一种酒器,作鸟雀状,左右形如两翼。一说插羽于觞,令速饮。无筭(suàn 算):即不计数,不计算喝多少杯。指随心所动,醉而止。

㊱秘舞:少见稀奇的歌舞。更奏:更替进献。

㊲妙材:指材艺出众的艺人。骋伎:即"骋技",施展技艺。

㊳妖蛊:艳丽。夏姬:春秋郑穆公女,陈大夫御叔妻,有美色。或说夏姬指夏朝的美女。虞氏:《文选》李善注:"《七略》曰:'汉兴,善歌者鲁人虞公,发声动梁上尘。'"

㊴羸(léi 雷)形:身体瘦弱。不任:不胜,不堪。

㊵嚼:吟赏,玩味。清商:古代五音之一,曲调凄清悲凉。《韩非子·十过》:"公曰:'清商固最悲乎?'"却转:回转,指舞姿。

㊶婵娟:姿态美好貌。此豸(zhì 至):形态婀娜艳丽。

㊷纵体:肢体轻举貌。迅赴:指舞步轻快地配合音乐节拍。

㊸惊鹤:受惊之鹤。罢(bǐ 比):离散,散开。曹植《游观赋》:"罢若云归。"鲍照《舞鹤赋》:"忽星离而云罢。"

㊹振:摇动,起舞。朱屣(xǐ 喜):红丝鞋。盘樽:菜盘与酒杯。指在杯盘之间跳舞。奋:扬起。飒缅:长袖舞动的样子。

㊺要绍:犹妖娆,妩媚多姿。修态:美好的姿态。

㊻飏菁:显示华采。菁,华英。

㊼眳(míng 名):眉与睫之间。藐:美好貌。流眄:即转动眼睛一瞥。

㊽一顾倾城:典用李延年歌:"北方有佳人,绝世而独立,一顾倾人城,再顾倾人国。宁不知倾城与倾国,佳人难再得。"(见《汉书·外戚传下》)

㊾展季:即春秋鲁大夫展获,字季,又字禽,曾为士师官,属邑柳下,谥惠,故称其为展禽、展季、展获、柳下惠、柳下季等等。此人有"坐怀不乱"之誉。桑门:即沙门,指出家人。营:惑乱。此指展季、出家人见了美女也要动心。

⑤50列爵十四：据《汉书·外戚传下》载，西汉元帝时，后宫自太皇太后、皇太后、皇后以下，分封十四等，即：昭仪位视丞相，倢伃视上卿，娙娥视中二千石，傛华视真二千石，美人视二千石，八子视千石，充依视千石，七子视八百石，良人视八百石，长使视六百石，少使视四百石，五官视三百石，顺常视二百石，无涓、共和、娱灵、保林、良使、夜者皆视百石。另外还有：上家人子、中家人子，视有秩斗食（即日食一斗三升）。丁：当，遭逢。

⑤51卫后：即卫子夫，汉武帝皇后，原为平阳公主歌者，献给武帝，得幸。弟卫青是西汉名将。鬒（zhěn 诊）发：稠密的黑发。据说武帝见子夫美发而悦之。见《汉书·外戚传下》、《汉武故事》。

⑤52飞燕：即赵飞燕，汉成帝皇后。出身低微，学歌舞，号曰飞燕。成帝尝微行，过阳阿公主，作乐，见飞燕而悦之，令入宫，大幸。有女弟复召入宫，俱为倢伃，贵倾后宫。见《汉书·外戚传下》。又《飞燕外传》载，飞燕体轻，能作掌上舞。

⑤53逞志：快心，称愿。究欲：充分满足情欲。

⑤54穷身：终身。极娱：尽情欢娱。

⑤55鉴戒《唐》诗：即以《唐》诗为鉴戒。《唐》诗指《诗·唐风·山有枢》，毛传认为此诗是："刺晋昭公也。不能修道以正其国，有财不能用，有钟鼓不能以自乐，有朝廷不能洒扫，政荒民散，将以危亡，四邻谋取其国家而不知，国人作诗以刺之也。"

⑤56他人是媮（yú 愉）：让他人来享乐。此用《诗·唐风·山有枢》句："子有衣裳，弗曳弗娄。子有车马，弗驰弗驱。宛其死矣，他人是愉。"意为：有衣裳舍不得穿，有车马舍不得用，忽然一天死了，白让他人去享受。这是典型的及时行乐的思想。

⑤57作故：指不依旧规，自创先例。故，典故，先例。《国语·鲁语上》："公曰：君作故。"韦昭注："言君所作则为故事也。"自君作故，即君所作所为即为法则。拘：束缚。

⑤58增昭仪于倢伃：是指赵飞燕与妹先是俱为倢伃（婕妤），飞燕随后被封为皇后。宠少衰，妹绝幸，被封为昭仪。

⑤59贤既公而又侯：这是揭露哀帝佞幸董贤事。据《汉书·佞幸传》载，董贤以"美丽自喜，哀帝望见，说其仪貌"，因而他家一再受到封赏，最后董贤做到大司马将军，父董荣迁光禄大夫，弟宠信为附马都尉，妹受封为昭仪。旬月间得赏赐巨万，贵震朝廷。

⑤60许赵氏以无上：《汉书·外戚传下》："元延二年（许美人）怀子，其十一月乳……昭仪谓成帝曰：'常给我言从中宫来。即从中宫来，许美人儿何从生中？许氏竟当复立邪？'怼，以手自捧……啼泣不肯食，曰：'今当安置我？欲归耳！'帝曰：'今故告之，反怒为？'……昭仪曰：'……陛下常自言约不负女，今美人有

子，竟负约，谓何？'帝曰：'约以赵氏，故不立许氏，使天下无出赵氏上者，毋忧也！'"随后，成帝与赵合谋，将许美人初生儿杀死。

⑤⑥①思致董于有虞，王闳争于坐侧，汉载安而不渝：《汉书·佞幸传》："上（指哀帝）置酒麒麟殿，贤父子亲属宴饮，王闳兄弟侍中、中常侍皆在侧。上有酒所（有醉意），从容视贤笑曰：'吾欲法尧禅舜（指让位给董贤），何如？'闳进曰：'天下乃高皇帝天下，非陛下之有也。陛下承宗庙，当传子孙于亡穷。统业至重，天子亡戏言！'上默然不说，左右皆恐。于是遣闳出，后不得复侍宴。"致：给予。董：指董贤。有虞：指虞舜。载：语词，犹"乃"。渝：变易。

⑤⑥②高祖：指汉高祖刘邦。继体：指嫡子承继帝位。《史记·外戚世家》："自古受命帝王及继体守文之君……"司马贞《索隐》："继体谓非创业之主，而是嫡子继先帝之正体而立者也。"承基：继承先帝基业。

⑤⑥③暂劳：指高祖创业。永逸：指子孙后代之有天下。

⑤⑥④无为而治：这是汉初文景时期实行的与民休息的政策，主要以黄老思想为指导。

⑤⑥⑤耽乐：沉溺享乐，极度享受。从：追求。

⑤⑥⑥何虑何思：无所思虑。

⑤⑥⑦年所：年数。所，不定数词，表示大概的数目。《尚书·君奭》："多历年所。"

⑤⑥⑧二百余期（jī 机）：指西汉共二百三十年。这里是举其成数。期，一周年。

⑤⑥⑨丰：富饶。

⑤⑦⓪殷阜：富实。殷，盛。阜，丰厚。

⑤⑦①周固：犹坚固，牢不可破。

⑤⑦②衿带：衣带，比喻形势回互环绕的要害之地。《后汉书·杜笃传》："关梁之险，多所衿带。"李贤注："衿带，衣服之要，故以喻之。"

⑤⑦③奢泰：奢侈。肆情：纵情所欲。

⑤⑦④馨（xīn 新）烈：流芳久远的事业。弥茂：益加繁茂。

⑤⑦⑤鄙生：凭虚公子自谦之词。三百之外：指三百年后，从汉高祖到张衡笔下的人物，约三百年。

⑤⑦⑥未闻：指未曾听闻的盛事。隅：角落。指所睹者狭。以上四句，《文选》吕延济注："言我生汉后三百年外，未闻之事，传人之耳，仿佛如梦中矣，未能见其一隅。"

⑤⑦⑦此：指迁都洛阳之事。与（yǔ 雨）：如。殷：朝代名。商王盘庚从奄（今山东曲阜）迁殷（今河南安阳小屯村）后，即称商为"殷"或"商殷"、"殷商"，至纣亡国，共历八世、十二王、二百七十三年。

⑤⑦⑧前八：指自契到成汤的八次迁都。《古文尚书·帝告·釐沃》："自契至于成汤八迁，汤始居亳。"后五：指商汤以后的五次迁都。《史记·殷本纪》："帝盘

庚之时，殷已都河北。盘庚渡河南，复居成汤之故居，乃五迁，无定处。殷民咨胥皆怨，不欲徙。"孔安国传："自汤至盘庚凡五迁都。"张守节《正义》："自汤南亳迁西亳，仲丁迁隞，河亶甲居相，祖乙居耿，盘庚渡河，南居西亳，是五迁也。"

⑰相：古都名。故地在今河南省安阳市西。圮（pǐ 痞）：毁坏。耿：古都名，故地在今河南省温县东。

⑱盘庚作诰：盘庚是成汤的十世孙，是商的第二十位君主。他为避免水害，迁都到殷，但备受反对，他即告喻臣民，极言迁都的益处和不迁都的害处。史官据此写了《盘庚》上、中、下三篇。

⑲方今：当今。圣上：对皇帝的尊称。同天：与天同号。薛综注："天称皇天，帝，今汉天子号，皇帝兼同之。"

⑳掩：覆盖。

583靡丽：奢华。国华：使国家光彩。《国语·鲁语上》："且吾闻以德荣为国华，不闻以妾与马。"韦昭注："以德荣显者，可以为国光华也。"

584俭啬：节俭。《诗·魏风·葛屦序》："其君俭啬褊急。"龌龊：器量局促，狭小。蟋蟀：指《诗·唐风·蟋蟀》，诗曰："蟋蟀在堂，岁聿其莫。今我不乐，日月其除。"《毛诗序》认为，此诗"刺晋僖公也。俭不中礼，故作是诗以闵之"。《文选》李周翰注："但恨不能靡丽华国，独为节爱以自小也。《蟋蟀》，诗也，所以刺俭。言今忘此诗意，不为游乐。谓何，疑问之辞。"

585"岂欲"二句：《文选》吕向注："岂亦欲得西京奢丽而不能往，将能往而不欲去欤？"其意即如薛综注："言我不解何故，反去西都，从东京，置奢逸，即俭啬也。"可见出凭虚公子是主张靡华立国的，也是作者故意安排的批评箭靶。将：殆，大概。

586蒙：凭虚公子自谦之词。惑：迷惑，糊涂。

587辩：辨明。说：解说。《文选》张铣注："言我窃惑此意焉，愿闻所辩说也。"

东京赋

安处先生于是似不能言，怃然有间[①]，乃莞尔而笑曰[②]："若客所谓，末学肤受，贵耳而贱目者也[③]。苟有胸而无心，不能节之以礼，宜其陋今而荣古矣[④]。由余以西戎孤臣，而悝缪公于宫室[⑤]，如之何其以温故知新，研核是非，近于此惑[⑥]？

"周姬之末，不能厥政，政用多僻，始于宫邻，卒于金虎[⑦]。嬴氏搏翼，择肉西邑[⑧]。是时也，七雄并争，竞相高以奢丽[⑨]。楚筑章华于前，赵建丛台于后[⑩]。秦政利觜长距，终得擅场[⑪]，思专其侈，以莫己若[⑫]。乃构阿房，起甘泉，结云阁，冠南山[⑬]。征税尽，人力殚，然后收以太半之赋，威以参夷之刑[⑭]。其遇民也，若薙氏之芟草，既蕴崇之，又行火焉[⑮]。憏憏黔首，岂徒跼高天、蹐厚地而已哉！乃救死于其颈[⑯]。敺以就役，唯力是视。百姓弗能忍，是用息肩于大汉，而欣戴高祖[⑰]。

"高祖膺箓受图，顺天行诛[⑱]，杖朱旗而建大号[⑲]。所推必亡，所存必固[⑳]。扫项军于垓下，绁子婴于轵涂[㉑]。因秦宫室，据其府库。作洛之制，我则未暇[㉒]。是以西匠营宫，目翫阿房，规摹逾溢，不度不臧。损之又损之，然尚过于周堂[㉓]。观者狭而谓之陋，帝已讥其泰而弗康[㉔]。

"且高既受命建家，造我区夏矣[㉕]；文又躬自菲薄，治致升平之德[㉖]。武有大启土宇，纪禅肃然之功[㉗]。宣重威以抚和，戎狄呼韩来享[㉘]。咸用纪宗存主，飨祀不辍[㉙]。铭勋彝器，历世弥光[㉚]。

"今舍纯懿而论爽德，以春秋所讳而为美谈[㉛]，宜无嫌于往初，故蔽善而扬恶，祇吾子之不知言也[㉜]。必以肆奢为贤[㉝]，则是黄帝合宫，有虞总期[㉞]。固不如夏癸之瑶台，殷辛之琼室也，汤武谁革而用师哉[㉟]？盍亦览东京之事以自寤乎[㊱]？

“且夫天子有道，守在海外[37]。守位以仁，不恃隘害[38]。苟民志之不谅，何云岩险与襟带[39]？秦负阻于二关，卒开项而受沛[40]。彼偏据而规小，岂如宅中而图大[41]？

“昔先王之经邑也，掩观九隩，靡地不营[42]。土圭测景，不缩不盈。总风雨之所交，然后以建王城[43]。审曲面势，泝洛背河，左伊右瀍，西阻九阿，东门于旋[44]。盟津达其后，太谷通其前[45]。回行道乎伊阙，邪径捷乎轘辕[46]。太室作镇，揭以熊耳[47]。底柱辍流，镡以大岯[48]。温液汤泉，黑丹石缁[49]。王鲔岫居，能鳖三趾[50]。宓妃攸馆，神用挺纪[51]。龙图授羲，龟书畀姒[52]。召伯相宅，卜惟洛食[53]。周公初基，其绳则直[54]。苌弘魏舒，是廓是极[55]。经途九轨，城隅九雉[56]。度堂以筵，度室以几[57]。京邑翼翼，四方所视[58]。汉初弗之宅，故宗绪中圮[59]。

“巨猾间衅，窃弄神器[60]。历载三六，偷安天位[61]。于时蒸民，罔敢或贰，其取威也重矣[62]。

“我世祖忿之，乃龙飞白水，凤翔参墟[63]。授钺四七，共工是除[64]。欃枪旬始，群凶靡余[65]。区宇乂宁，思和求中[66]。睿哲玄览，都兹洛宫[67]。曰止曰时，昭明有融[68]。既光厥武，仁洽道丰[69]。登岱勒封，与黄比崇[70]。

“逮至显宗，六合殷昌[71]。乃新崇德，遂作德阳[72]。启南端之特闱，立应门之将将[73]。昭仁惠于崇贤，抗义声于金商[74]。飞云龙于春路，屯神虎于秋方[75]。建象魏之两观，旌六典之旧章[76]。其内则含德、章台，天禄、宣明，温饬、迎春，寿安、永宁[77]。飞阁神行，莫我能形[78]。濯龙芳林，九谷八溪。芙蓉覆水，秋兰被涯[79]。渚戏跃鱼，渊游龟蠵[80]。永安离宫，修竹冬青[81]。阴池幽流，玄泉洌清[82]。鹎鶋秋栖，鹘鸼春鸣[83]。鴡鸠丽黄，关关嘤嘤[84]。于南则前殿灵台，龢驩安福。謻门曲榭，邪阻城洫[85]。奇树珍果，钩盾所职[86]。西登少华，亭候修敕。九龙之内，寔曰嘉德[87]。西南其户，匪雕匪刻。我后好约，乃宴斯息[88]。于东则洪池清蘌，渌水澹澹[89]。内阜川禽，外丰葭菼[90]。献鳖蜃与龟鱼，供蜗䗪与菱芡[91]。其西则有平乐都场，示远之观[92]。龙雀蟠蜿，天马半汉[93]。瑰异谲诡，灿烂炳焕[94]。奢未及侈，俭而不陋。规遵王度，动中得趣[95]。

“于是观礼，礼举仪具。经始勿亟，成之不日[96]。犹谓为之者劳，居之者逸。慕唐虞之茅茨，思夏后之卑室[97]。乃营三宫，布教颁常[98]。复庙重屋，八达九房[99]。规天矩地，授时顺乡[100]。造舟清池，惟水泱泱[101]。左制辟雍，右立灵台[102]。因进距衰，表贤简能[103]。冯相观祲，祈褫禳灾[104]。

"于是孟春元日,群后旁戾。百僚师师,于斯胥洎[105]。藩国奉聘,要荒来质[106]。具惟帝臣,献琛执贽[107]。当觐乎殿下者,盖数万以二[108]。尔乃九宾重,胪人列[109],崇牙张,镛鼓设[110]。郎将司阶,虎戟交铩。龙辂充庭,云旗拂霓[111]。夏正三朝,庭燎晢晢[112]。撞洪钟,伐灵鼓,旁震八鄙,軯礚隐訇,若疾霆转雷而激迅风也[113]。

"是时称警跸已,下雕辇于东厢[114]。冠通天,佩玉玺,纡皇组,要干将,负斧扆[115],次席纷纯,左右玉几,而南面以听矣[116]。然后百辟乃入,司仪辨等。尊卑以班,璧羔皮帛之贽既奠[117],天子乃以三揖之礼礼之。穆穆焉,皇皇焉,济济焉,将将焉,信天下之壮观也[118]。

"乃羡公侯卿士,登自东除[119]。访万机,询朝政,勤恤民隐,而除其眚[120]。人或不得其所,若己纳之于隍。荷天下之重任,匪怠皇以宁静[121]。发京仓,散禁财,赉皇寮,逮舆台[122]。命膳夫以大飨,饔饩浃乎家陪[123]。春醴惟醇,燔炙芬芬[124]。君臣欢康,具醉熏熏。千品万官,已事而踆[125]。勤屡省,懋乾乾[126]。清风协于玄德,淳化通于自然[127]。宪先灵而齐轨,必三思以顾愆[128]。招有道而侧陋,开敢谏之直言[129]。聘丘园之耿洁,旅束帛之戋戋[130]。上下通情,式宴且盘[131]。

"及将祀天郊,报地功[132],祈福乎上玄,思所以为虔[133]。肃肃之仪尽,穆穆之礼殚[134]。然后以献精诚,奉禋祀,曰:'允矣,天子者也[135]。'乃整法服,正冕带,珩纮纮綖,玉笄綦会[136]。火龙黼黻,藻綷鞶厉[137]。结飞云之袷辂,树翠羽之高盖[138]。建辰旒之太常,纷焱悠以容裔[139]。六玄虬之弈弈,齐腾骧而沛艾[140]。龙辀华轙,金锓镂锡[141]。方釳左纛,钩膺玉瓌[142]。銮声哕哕,和铃鉠鉠[143]。重轮贰辖,疏毂飞软[144]。羽盖威蕤,葩瑵曲茎[145]。顺时服而设副,咸龙旂而繁缨[146]。立戈迤戛,农舆辂木[147]。属车九九,乘轩并毂[148]。琫弩重旃,朱旄青屋[149]。奉引既毕,先辂乃发[150]。鸾旗皮轩,通帛绪旆[151]。云罕九斿,阘戟轇輵[152]。髶髦被绣,虎夫戴鹖[153]。驸承华之蒲梢,飞流苏之骚杀[154]。总轻武于后陈,奏严鼓之嘈囐[155]。戎士介而扬挥,戴金钲而建黄钺[156]。清道案列,天行星陈[157]。肃肃习习,隐隐辚辚[158]。殿未出乎城阙,旆已反乎郊畛[159]。盛夏后之致美,爰敬恭于明神[160]。

"尔乃孤竹之管,云和之瑟,雷鼓鼝鼝,六变既毕[161]。冠华秉翟,列舞八佾[162]。元祀惟称,群望咸秩[163]。飏槱燎之炎炀,致高烟乎太一[164]。神歆馨而顾德,祚灵主以元吉[165]。然后宗上帝于明堂,推光武以作配[166]。辩方位而正则，五精帅而来摧[167]。尊赤氏之朱光，四灵懋而允怀[168]。于是春秋改节，四时迭代[169]。蒸蒸之心，感物曾思[170]。躬追养于庙祧，奉蒸尝与禴祠[171]。物牲辩省，设其楅衡[172]。毛炰豚胉，亦有和羹[173]。涤濯静嘉，礼仪孔明[174]。万舞奕奕，钟鼓喤喤[175]。灵祖皇考，来顾来飨[176]。神具醉止，降福穰穰[177]。

"及至农祥晨正，土膏脉起[178]。乘銮辂而驾苍龙，介驭间以剡耜[179]。躬三推于天田，修帝籍之千亩[180]。供禘郊之粢盛，必致思乎勤己[181]。兆民劝于疆埸，咸懋力以耘耔[182]。

"春日载阳，合射辟雍[183]。设业设虡，宫悬金镛[184]。鼖鼓路鼗，树羽幢幢[185]。于是备物，物有其容[186]。伯夷起而相仪，后夔坐则为工[187]。张大侯，制五正，设三乏，厞司旌[188]。并夹既设，储乎广庭[189]。于是皇舆夙驾，鳌于东阶[190]，以须消启明，扫朝霞，登天光于扶桑[191]。天子乃抚玉辂，时乘六龙。发鲸鱼，铿华钟[192]。大丙弭节，风后陪乘[193]。摄提运衡，徐至于射宫[194]。礼事展，乐物具。王夏阕，驺虞奏[195]。决拾既次，雕弓斯彀[196]。达余萌于暮春，昭诚心以远喻[197]。进明德而崇业，涤饕餮之贪欲[198]。仁风衍而外流，谊方激而遐骛[199]。日月会于龙狵，恤民事之劳疢。因休力以息勤，致欢忻于春酒[200]。执銮刀以袒割，奉觞豆于国叟[201]。降至尊以训恭，送迎拜乎三寿[202]。敬慎威仪，示民不偷[203]。我有嘉宾，其乐愉愉[204]。声教布濩，盈溢天区[205]。

"文德既昭，武节是宣[206]。三农之隙，曜威中原[207]。岁惟仲冬，大阅西园[208]。虞人掌焉，先期戒事[209]。悉率百禽，鸠诸灵囿[210]。兽之所同，是谓告备[211]。乃御小戎，抚轻轩，中畋四牡，既佶且闲[212]。戈矛若林，牙旗缤纷[213]。迄上林，结徒营。次和树表，司铎授钲[214]。坐作进退，节以军声[215]。三令五申，示戮斩牲[216]。陈师鞠旅，教达禁成[217]。火列具举，武士星敷[218]。鹅鹳鱼丽，箕张翼舒[219]。轨尘掩远，匪疾匪徐[220]。驭不诡遇，射不翦毛[221]。升献六禽，时膳四膏[222]。马足未极，舆徒不劳[223]。成礼三殴，解罘放麟[224]。不穷乐以训俭，不殚物以昭仁[225]。慕天乙之弛罟，因教祝以怀民[226]，仪姬伯之渭阳，失熊罴而获人[227]。泽浸昆虫，威振八寓[228]。好乐无荒，允文允武[229]。薄狩于敖，既璅璅焉[230]，岐阳之蒐，又何足数[231]？

"尔乃卒岁大傩，驱除群厉[232]。方相秉钺，巫觋操茢[233]。侲子万童，丹首玄制[234]。桃弧棘矢，所发无臬[235]。飞砾雨散，刚瘅必毙[236]。煌火驰而星流，逐赤疫于四裔[237]。然后凌天池，绝飞梁。捎魑魅，斮獝狂。斩蝼蛇，脑方良[238]。囚耕父于清泠，溺女魃于神潢[239]。残夔魖与罔像，殪野仲而歼游光[240]。八灵为之震慴，况鬾蜮与毕方[241]。度朔作梗，守以郁垒，神荼副焉，对操索苇[242]。目察区陬，司执遗鬼[243]。京室密清，罔有不韪[244]。

“于是阴阳交和，庶物时育[245]，卜征考祥，终然允淑[246]。乘舆巡乎岱岳，劝稼穑于原陆[247]。同衡律而一轨量，齐急舒于寒燠[248]。省幽明以黜陟，乃反旆而回复[249]。望先帝之旧墟，慨长思而怀古[250]。俟阊风而西遐，致恭祀乎高祖[251]。既春游以发生，启诸蛰于潜户[252]。度秋豫以收成，观丰年之多稌[253]。嘉田畯之匪懈，行致赉于九扈[254]。左瞰旸谷，右睨玄圃。眇天末以远期，规万世而大摹[255]。且归来以释劳，膺多福以安悆[256]。总集瑞命，备致嘉祥[257]。圉林氏之驺虞，扰泽马与腾黄[258]。鸣女床之鸾鸟，舞丹穴之凤凰[259]。植华平于春圃，丰朱草于中唐[260]。惠风广被，泽洎幽荒[261]。北燮丁令，南谐越裳[262]，西包大秦，东过乐浪[263]。重舌之人九译，佥稽首而来王[264]。

“是以论其迁邑易京，则同规乎殷盘[265]。改奢即俭，则合美乎斯干[266]。登封降禅，则齐德乎黄轩[267]。为无为，事无事，永有民以孔安[268]。遵节俭，尚素朴，思仲尼之克己，履老氏之常足[269]。将使心不乱其所在，目不见其可欲[270]。贱犀象，简珠玉，藏金于山，抵璧于谷[271]。翡翠不裂，瑇瑁不蔟[272]。所贵惟贤，所宝惟谷[273]。民去末而反本，咸怀忠而抱悫[274]。于斯之时，海内同悦，曰：‘吁！汉帝之德，侯其祎而[275]。’盖蓂荚为难莳也，故旷世而不觌[276]。惟我后能殖之以至和平，方将数诸朝阶[277]。然则道胡不怀，化胡不柔[278]！声与风翔，泽从云游[279]。万物我赖，亦又何求[280]？德寓天覆，辉烈光烛[281]。狭三王之趢起，轶五帝之长驱[282]。踵二帝之遐武，谁谓驾迟而不能属[283]？东京之懿未罄，值余有犬马之疾，不能究其精详，故粗为宾言其梗概如此[284]。

“若乃流遁忘反，放心不觉，乐而无节，后离其戚[285]，一言几于丧国，我未之学也[286]。且夫挈瓶之智，守不假器[287]，况纂帝业而轻天位[288]？瞻仰二祖，厥庸孔肆[289]。常翘翘以危惧，若乘奔而无辔[290]。白龙鱼服，见困豫且[291]。虽万乘之无惧，犹怵惕于一夫[292]。终日不离其辎重，独微行其焉如[293]？夫君人者，黈纩塞耳，车中不内顾[294]。佩以制容，銮以节途[295]。行不变玉，驾不乱步[296]。却走马以粪车，何惜騕褭与飞兔[297]。方其用财取物，常畏生类之殄也。赋政任役，常畏人力之尽也。取之以道，用之以时[298]。山无槎枿，畋不麛胎[299]。草木蕃庑，鸟兽阜滋[300]。民忘其劳，乐输其财[301]。百姓同于饶衍，上下共其雍熙[302]。洪恩素蓄，民心固结[303]。执谊顾主，夫怀贞节[304]。忿奸慝之干命，怨皇统之见替[305]；玄谋设而阴行，合二九而成谲[306]。登圣皇于天阶，章汉祚之有秩[307]。若此，故王业可乐焉。

"今公子苟好勦民以媮乐，忘民怨之为仇也[308]，好殚物以穷宠，忽下叛而生忧也[309]。夫水所以载舟，亦所以覆舟[310]。坚冰作于履霜，寻木起于蘖栽[311]。昧旦丕显，后世犹怠[312]。况初制于甚泰，服者焉能改裁[313]？故相如壮上林之观，扬雄骋羽猎之辞，虽系以隤墙填堑，乱以收罝解罘[314]，卒无补于风规，祇以昭其愆尤[315]。臣济奓以陵君，忘经国之长基[316]。故函谷击柝于东，西朝颠覆而莫持[317]。凡人心是所学，体安所习。鲍肆不知其臰，翫其所以先入[318]。咸池不齐度于蛙咬，而众听或疑[319]，能不惑者，其唯子野乎[320]！"

客既醉于大道，饱于文义，劝德畏戒，喜惧交争[321]。罔然若酲，朝罢夕倦，夺气褫魄之为者[322]，忘其所以为谈，失其所以为夸。良久乃言曰[323]："鄙哉予乎，习非而遂迷也，幸见指南于吾子[324]！若仆所闻，华而不实。先生之言，信而有征[325]。鄙夫寡识，而今而后[326]，乃知大汉之德馨，咸在于此[327]。昔常恨三坟、五典既泯，仰不睹炎帝帝魁之美[328]。得闻先生之余论，则大庭氏何以尚兹[329]！走虽不敏，庶斯达矣[330]！"

【说明】

此赋见《文选》卷三、《艺文类聚》卷六十一。

【注释】

①安处：何处，无处。假设之辞。怃然：怅然失意的样子。有间：顷刻。

②莞（wǎn 宛）尔：微笑的样子。

③客：指凭虚公子。末学：浮浅无根之学。《庄子·天道》："末学者，古人有之。"肤受：谓皮肤受之，不经心胸。指学得肤浅。贵耳而贱目：指以耳闻西京之事为贵，以目睹东京之事为贱。

④苟：诚也。《论语·里仁》："子曰：'苟志于仁矣，无恶也。'"有胸而无心：指对事物只有一般感受而缺乏进一步的思考。节：节制。陋、荣：即以目睹今日东京为鄙陋，以耳闻古事西京为荣耀。

⑤由余：春秋时西戎贤臣。本为晋人，后流亡于戎。戎王派他去观察秦国。秦穆公请他参观宫室、积聚。他不以为然，并进而说出西戎治理天下的办法，使穆公十分惭愧。事见《史记·秦始皇本纪》。孤臣：孤陋无知之臣。悝（kuī 亏）：

嘲谑。缪公：指秦穆公。

⑥如之何：奈何。如，奈。其：指凭虚公子。研核：审察，核实。这几句的意思是：由余只是西戎陋臣，而凭虚公子虽有温故知新、明察是非的才能，却反而陋今荣古，与秦穆公之问由余夸耀之惑相似。《论语·为政》："温故而知新，可以为师矣。"

⑦周姬：指周朝，周王姓姬。末：指周幽王、厉王，周末世之王。厥：代词，其。僻：邪僻。始于宫邻：薛综注："邻，近也。谓幽王近于宫室，惑于褒姒，卒有祸败也。"卒于金虎：金虎，喻国君所近的小人。《文选》李善注："应劭《汉官仪》曰：'不制之臣，相与比周。比周者，宫邻金虎。宫邻金虎，言小人在位，比周相进，与君为邻，贪求之德坚若金，谗谤之言恶若虎也。'"或以石虎喻秦等等，众说纷纭，可参阅高步瀛《文选李注义疏》此句注。

⑧嬴氏：秦姓。搏翼：指添加翅膀。搏，附，著。择肉西邑：《文选》李周翰注："谓据西邑之险，择诸侯而攻之。"

⑨七雄：指战国时韩、魏、燕、赵、楚、齐、秦七国。奢丽：奢侈华丽。薛综注："争，谓各强盛而竞相高以奢溢。将为国好，不复顾于礼法也。"

⑩章华：台名。春秋时楚国离宫。《左传·昭公七年》："及即位，为章华之宫。"杜预注："章华，南郡华容县。"《水经注·沔水》："湖侧有章华台，台高十丈，基广十五丈。"丛台：台名。赵于六国之时建于邯郸。

⑪秦政：指秦始皇嬴政。利觜（zuǐ 嘴）长距：喻秦国兵强马壮，勇猛坚锐。觜，同"嘴"。距，公鸡脚爪后面突出像脚趾的部分。擅场：以斗鸡为喻，言秦国战胜弱者，终擅一场。擅，专也。

⑫"思专其侈"二句：薛综注："言始皇所以思专擅其奢侈者，以天下之君无如于我也。"

⑬阿房：《三辅黄图·秦宫》："阿房宫，亦曰阿城，惠文王造，宫未成而亡。始皇广其宫，规恢三百余里，离宫别馆，弥山跨谷。辇道相属，阁道通骊山八十余里。表南山之颠以为阙，络樊川以为池。"甘泉：宫名，《三辅黄图·汉宫》："一曰云阳宫，《史记》秦始皇二十七年，作甘泉宫及前殿。"结：连接。云阁：阁名。秦二世胡亥所建，因其高入云，欲与南山齐，故名云阁。南山：即终南山，在长安南。

⑭殚：竭，尽。太半：凡数三分之二为"太半"。赋：赋税。参（sān 三）夷之刑：诛灭三族的刑罚。参，同"三"。

⑮遇：对待。薙（tì 替）氏：主管山泽等地的除草之官。芟（shān 山）：除草。蕴崇：积聚。谓将草堆聚起来。这几句意为：秦始皇对待人民就如同薙氏之芟草，积聚焚烧，绝其本根，十分酷烈。

⑯惵惵（dié 蝶）：同"慄慄"，恐惧的样子。黔首：指百姓，意为黑头无知。这是秦始皇对百姓的侮辱。岂：非。跼（jú 局）：曲身，弯腰。蹐（jí 即）：小步行走。

"蹋蹐"即弯腰小步而行，皆恐惧之貌。薛综注："谓此时之民，非徒跼高天蹐厚地而已，乃昼夜畏死其颈。"

⑰敺："驱"的异体字，五臣本作"驱"。就役：服役。唯力是视：薛综注："谓不复知民有缓急与饥寒，唯趋敺令作力而已。"《文选》李善注："《左氏传》曰：'除君之恶，唯力是视。'言所观者，唯力是求，余无所顾也。"息肩：歇息肩背。意为避苛重劳役。欣戴：高兴地拥护。高祖：指汉高祖刘邦。

⑱膺箓受图：指接受天命。膺，接受。箓，所谓上天赐给帝王的符命文书。图，古代方士编造的图谶之类文书。顺天行诛：顺从天命，实行诛罚，指灭秦。

⑲杖：执持。朱旗：赤旗。《汉书·高帝纪》载，高帝初起，夜行泽中，醉斩大蛇。有老妪哭曰："吾子，白帝子也，化为蛇当道，今者赤帝子斩之，故哭。"高帝感神妪之言，乃为沛公起兵，旗帜皆赤。大号：指刘邦的汉王名号。

⑳"所推必亡"二句：薛综注："言高祖所推击者，使之亡，所存者，使之坚固。"《尚书·商书·仲虺之诰》："推亡固存，邦乃其昌。"

㉑项军：项羽的军队。垓下：地名。在今安徽省灵璧县东南。刘邦曾围困项羽于此，并迫项羽从此兵败自刎而死。绁（xiè 谢）：捆绑。子婴：秦始皇长子扶苏之子。赵高杀二世，立子婴，去帝号，称王六十四日，刘邦入武关至灞上。"子婴即系颈以组，白马素车，奉天子玺符，降轵道旁。"（《史记·秦始皇本纪》）轵：亭名。在今陕西省西安市东北。

㉒因、据：薛综注："因，仍也；据，就也。"府库：官吏所居为府，车马器械所藏为库。作洛：指建造洛阳。我：指汉高祖刘邦。未暇：没有余暇。这几句是说：刘邦初得天下，无暇营建洛阳，因此仍据秦都长安而为宫室府库。

㉓西匠：指秦国旧工匠。营宫：营造宫室。目翫：看习惯于……。翫，同"玩"，习。阿房：即秦之阿房宫。规：规划，谋划。摹：临摹，依样描画。逾溢：犹超过。度：法度。臧：完善。损：减。薛综注："谓西匠所图越过，不得礼法，皆言不善也。"周堂：指周王朝的宫室。

㉔陋：简陋，狭小。讥：批评。泰：过于奢华。康：安。《史记·高祖本纪》："萧丞相营作未央宫，立东阙、北阙、前殿、武库、太仓。高祖还，见宫阙壮甚，怒，谓萧何曰：'天下匈匈苦战数岁，成败未可知，是何治宫室过度也？'萧何曰：'天下方未定，故可因遂就宫室。且夫天子四海为家，非壮丽无以重威，且无令后世有以加也。'高祖乃说。"

㉕高：指高祖刘邦。受命建家：接受上天之命，建立大汉王朝。区夏：指中国。区，区域。夏，华夏。

㉖文：指汉文帝。躬自：亲身。菲薄：指俭约。《汉书·文帝纪赞》曰："孝文皇帝即位二十三年，宫室苑囿、车骑服御，无所增益。有不便，则弛以利民。尝欲作露台，召匠计之，直百金。上曰：'百金，中人十家之产也；吾奉先帝宫室，尝恐羞之，何以台为？'身衣弋绨，所幸慎夫人衣不曳地，帷帐无文绣，以示敦朴，为

天下先。”致:达到。升平:国家太平。

㉗武:指汉武帝。大启土宇:开拓边疆。薛综注:“(汉武帝)定越地为南海七郡,北置朔方等五郡,故云‘大启土宇’。”纪:记。禅:指汉武帝登泰山所举行的封禅典礼。肃:薛综注:“肃,敬也。谓登封太山,升禅肃然。”

㉘宣:指汉宣帝。抚:安。戎狄:指匈奴。据《汉书·宣帝纪》,甘露二年十二月,“匈奴呼韩邪单于款五原塞,愿奉国珍朝”。呼韩邪单于在甘露三年正月来朝,备受礼遇,二月单于罢归,匈奴遂定。享:献。

㉙咸:皆。纪:记录。宗:指宗庙。薛综注:“主,木主,言刻木为人主神,置庙中而祭之。辍,止也。凡天子五世则废,今庙不迁毁其主,各四时祭祀,无止绝时。”《文选》李周翰注:“高皇帝为太祖庙,文皇帝为太宗庙,武皇帝为代宗庙,宣皇帝为中宗庙,此四庙,代代不迁毁其主。”此二句意为:宗则存主不迁毁,余帝不为宗,则主不存也。

㉚铭:在钟鼎上刻字记功。勋:功。彝器:宗庙祭礼常用的祭器,如钟、鼎之类。历:经。弥:更加。

㉛纯懿:指四帝之美德。薛综注:“《尔雅》曰:‘纯,大;懿,美也。’”爽德:指对奢侈华丽的崇尚。爽,差。此句薛综注:“今公子反舍四帝纯大懿美之德,而专论说爽差之过失者也。”讳:避忌。

㉜宜:应该。往初:指西汉西京之奢侈。祇:适。薛综注:“今公子之义,不嫌于蔽国之善,扬国之恶,是公子之不知言也。”《文选》李善注:“《说苑》,楚文侯曰:‘邑中豪好蔽善而扬恶,可亲问之。’”

㉝肆奢:纵情奢侈。贤:善,好。

㉞“则是”二句:薛综注:“谓黄帝明堂以草盖之,名曰合宫。舜之明堂,以草盖之,名曰总章。言难公子,黄帝等造此是守俭也。”合宫:黄帝的宫室。虞:朝代名,君主为舜。总期:即总章,舜的宫室。

㉟夏癸:即夏桀。名履癸,荒淫暴虐,为商汤所败,死于南巢。殷辛:指商纣。名受,庙号帝辛,殷末暴君。瑶台、琼室:分别为夏桀和商纣的宫室。《文选》李善注:“《汲冢古文》曰:‘夏桀作倾宫瑶台,殚百姓之财,殷纣作琼室,立玉门也。’”汤武:即商汤与周武王。谁:何。革:革命。指汤革夏桀命,武王革殷纣命。师:军队。

㊱盍:何不。自寤:自己觉悟。《文选》刘良注:“何不览东京俭约,悟西京奢泰也。”

㊲道:指仁义。守在海外:薛综注:“《淮南子》曰:‘若天下无道,守在四夷;天下有道,守在海外。言四夷皆为臣仆。’”

㊳守位以仁:《易传·系辞下》曰:“何以守位?曰仁。” 恃:依靠,依赖。隘害:险隘要害之处。

㊴苟:如果。谅:信任。这两句是针对《西京赋》中凭虚公子所称“严险周

固，襟带易守”而言的。

㊵负：依赖。阻：指险阻。二关：指函谷关和武关。此二关皆秦之要塞。卒：终。开项：指项羽从函谷关入。受沛：沛公，刘邦。指刘邦从武关进入，取秦而代之。

㊶彼：指秦。据：依。规小：指秦据关西，偏于一隅。宅中：居天下之中。指洛阳。薛综注：“言彼秦偏据关西，所规近在二关之内，故云小也。岂如东京居天地之中，所图者四海之外。”

㊷先王：指周成王。经：营造。邑：指洛邑，即洛阳。掩观：尽观。掩，囊括。九隩（ào 傲）：九州以内。营：度，经营。

㊸土圭：古代用以测量日影、正四时和丈量土地的仪器。景：同“影”。不缩不盈：不短不长。盈，长。薛综注：“郑玄曰：谓圭长一尺五寸，夏至之日，竖八尺表，日中而度之，圭影正等，天当中也。”指周成王建洛阳都城时，用土圭测量日影，以求处天地之正中、四时之所当、风雨之所会、阴阳之所和的位置上。

㊹审曲面势：薛综注：“审，度也。谓审察地形曲直之势，而建王都。”泝：同“溯”，面向。洛：洛水，源于陕西省东南，流入河南省汇伊水，于巩县入黄河。河：黄河。伊：伊水，在今河南省西部。瀍（chán 缠）：瀍水。源出河南省洛阳市西北谷城山，南流经洛阳城东，入于洛水。九阿（ē 婀）：山岅名，在洛阳西。东门于旋：薛综注：“谓东有旋门，在成皋西南十数里。阪形周屈，故曰于旋。”

㊺盟津：古黄河渡口名，在今河南省孟津县。太谷：谷名，旧名通谷，在洛阳市南。

㊻回行（háng 航）：弯曲回旋的大路。道：经由。伊阙：山名，在洛阳南。邪径：即斜路。轘（huán 环）辕：山岅名，在河南省偃师县东南。山路险阻，凡十二曲，循环往还，故称。

㊼太室：即嵩山，在河南省登封县北。揭：通“楬”，标帜。熊耳：熊耳山，在河南洛水与伊水之间。

㊽底柱：山名，即“砥柱”，亦称“三门山”，原在河南省三门峡市东北的黄河中，今已平。镡（xín 心阳平）：剑鼻，亦称“剑环”、“剑首”、“剑口”。喻地势险要。大岯（pí 皮）：山名，在河南省浚县西南。

㊾温液汤泉：即温泉。洛阳龙门山有温泉，可以治病。黑丹：高步瀛《文选李注义疏》：“黑丹，即栌丹，又谓之石涅。”也即“石墨”，可画眉。《文选》李善注：“《孝经援神契》曰：‘德至于山陵，则出黑丹。’”石缁（zī 兹）：即缁石，一种黑色石头，常用以砌井口。缁，黑色。

㊿王鲔：大鱼名。岫：山洞。薛综曰：“山有穴曰岫也。王鲔，鱼名也，居山穴中。长老言：王鲔之鱼，由南方来，出此穴中，入河水，见日目眩，浮水上流行七八十里，钓人见之，取之以献，天子用祭。其穴在河南小平山。”能鳖：传说中的一种三脚的鳖。《尔雅》：“鳖三足曰能。”

(51)宓(fú 浮)妃:神女。伊水和洛水的水神。攸:所。馆:舍。神用挺纪:薛综注:“《传》曰:成王迁九鼎于洛邑,卜年七百,卜世三十。后皆如其言,故云神所挺纪。谓告年纪之处也。”高步瀛《文选李注义疏》:“薛综引《左传》:‘成王迁九鼎于洛邑。’当作成王定鼎于郏鄏,此宣三年之文。”挺,特出。

(52)龙图:即河图。羲:伏羲。龟书:即洛书。传说在洛水神龟负书而出,列于背。畀(bì 毕):赐予。姒:指禹,禹姓姒氏。《易传·系辞上》:“河出图,洛出书,圣人则之。”孔安国等解说:伏羲时有龙马出于黄河,背上旋毛如星点,称“龙图”。伏羲据以画八卦。禹时神龟出洛,背上有裂纹,禹据此作《洪范九畴》。故便以为出现河图洛书是帝王受命的征兆。

(53)召(shào 邵)伯:召公奭。相:视。宅:居。卜:占卜。惟:有。洛:指洛阳。食:食墨的省称。占卜时在龟壳上画的墨痕与烧灼后的裂痕相叠。这是吉兆。《尚书·召诰序》:“成王在丰,欲宅洛邑,使召公先相宅。”

(54)周公:即周公旦。初基:刚开始营造。薛综注:“谓初造洛邑,言召公先相宅,卜之吉,周公绳度之,合于制度。”

(55)“苌弘”句:周敬王十年,王室卿士刘文公与其属臣、王室大夫苌弘想征调诸侯民役扩建、加固成周城廓,以免劳诸侯派兵戍守(因其西王城为叛军所据),谋于晋正卿魏舒。魏舒与苌弘友善,一拍即合。事见《国语·周语下》。廓:规划。极:致。

(56)经途:指南北的通道。南北为经。九轨:指路宽可容九辆车并行。轨,车两轮的距离,或指半辙。城隅:城角。雉:计算城墙的单位。高一丈,长三丈为雉。

(57)度:度量。堂:明堂。筵:指铺地之席,长九尺。几:古人坐时凭依或搁物小桌,长七尺。古人室中坐时用几,堂上行礼用筵,所以建造堂室各以筵、几长度为标准。《周礼·考工记·匠人》:“室中度以几,堂上度以筵。”

(58)京邑:指洛阳。京,大。翼翼:礼仪盛貌。

(59)弗之宅:即“弗宅之”,不居住在洛阳。宅,居。之,指洛阳。宗绪:宗庙之统。绪,统。圮(pǐ 匹):废绝。这两句是说:由于西汉不都洛阳,故汉统中绝。

(60)巨猾:指王莽,王莽字巨君。间舋(xìn 信):乘虚而入。间,候。舋,缝隙。高步瀛《文选李注义疏》:“当作‘衅’。”窃弄神器:指王莽篡位。神器,原指天子玺符,引申为帝位。

(61)三六:十八。指居摄二年,初始一年,始建国五年,天凤六年,地皇四年,共十八年。天位:指帝位。

(62)蒸民:指众民。罔:无,没有。贰(èr 二):二心,指对王莽不敢有二心。

(63)世祖:指光武帝刘秀。龙飞、凤翔:喻帝王兴起。白水:水名。或说,乡名、县名。刘秀系南阳舂陵人,白水是光武兴起之地。参(shēn 伸)墟:指河北。薛综注:“(刘秀)初为更始大司马,讨王郎于河北,北为参、虚分野。”故曰“参墟”。参,星名,二十八宿之一。

㊽钺:大斧,象征权力。四七:指辅助光武的二十八将,以应天上二十八星宿。薛综注引《六韬》曰:“凡国有难,君召将以授斧钺。”共工:古代传说中的天神,与颛顼争为帝,有头触不周山的故事。此处喻指王莽。

㊾欃(chán 缠)枪:彗星。古人以为彗星主祸乱。旬始:天上的妖气,状如雄鸡。欃枪、旬始皆喻王莽党羽。群凶靡余:指刘秀扫除王莽及其党羽,没有遗余。靡,无。

㊿区宇:天地之内。乂(yì 义)宁:安宁。思和求中:薛综注:“思求阴阳之和,天地之中而居之。”指东汉始建,谋求建都于洛阳。

67睿哲:圣明,指光武帝。玄览:远见。玄,远。都:建都。

68曰止曰时:见《诗·大雅·绵》:“曰止曰时,筑室于兹。”曰,语助词。时,是。融:长。薛综注:“言当止居是洛邑,必有昭明之德,长久之道也。”

69“既光”二句:薛综注:“《谥法》曰:‘功格天下曰光,克定祸乱曰武。’洽,合也;丰,盛也。世祖既能止戈,故谥光武。言仁义之道大丰盛也。”《文选》李善注:“洽,沾也。”

70登岱勒封:这句指到泰山举行封禅,勒石以纪功。岱,即泰山。勒,刻。黄:黄帝。崇:高,尊。《史记·封禅书》:“黄帝封泰山,禅云亭。”光武帝刘秀自以为功高如黄帝。

71逮:及,到。显宗:汉明帝庙号。六合:天下。东、南、西、北加上、下,共六方。殷昌:殷富昌盛。

72新:翻新。崇德、德阳:都是洛阳宫中殿名,崇德在东,德阳在西,相去五十步。

73启:开。端:端门,向南之正门。特:指其与众不同。闱(wéi 为):宫中的门。应门:中门。将将(qiāng 枪):严正的样子。《诗·大雅·绵》:“乃立应门,应门将将。”

74昭:显扬。崇贤:洛阳宫中东门名。抗:高举。金商:洛阳宫中西门名。薛综注:“谓东方为木,主仁,如春以生万物,昭天子仁惠之德,故立崇贤门于东也。西为金,主义,音为商,若秋气之杀万物,抗天子德义之声,故立金商门于西。”

75云龙:德阳殿东门名。春路:指东方。屯:陈。神虎:德阳殿西门名。秋方:指西方。

76象魏:古天子、诸侯宫门外的一对高台,亦叫“观”或“阙”,为悬法令示民的地方。旌:表明。六典:古治国的六个方面。《文选》李善注引《周礼·天官·大宰》:“大宰掌建邦之六典,一曰治典,二曰教典,三曰礼典,四曰政典,五曰刑典,六曰事典。”

77含德、章台、天禄、宣明、温饬、迎春、寿安、永宁:都是洛阳宫中殿名。薛综注:“八殿皆以休令为名,美时君之德,在应门之内也。”

⑱飞阁：悬空架设的阁道。神行：神人游动，形容楼阁高峻，人迹罕至。莫我能形：即“我莫能形”，言我无法形容其形状。

⑲濯龙：地名。芳林：苑名。九谷、八溪：养鱼池。芙蓉：荷花。秋兰：香草，生水边，秋时特盛。被：覆。涯：水边。

⑳渚戏跃鱼：指欢游的鱼儿在小洲周边嬉戏。渚，小洲。渊：深水，深潭。蠵（xī 西）：当作“蠵”，一种大龟。

㉑永安：宫名。离宫：皇帝行幸临时居住的宫室。修：长。冬青：冬季依然青翠。

㉒阴池：指为修竹所遮蔽的池。幽流：地下河流。玄泉：黑色泉水。薛综注：“水黑色，故曰玄泉。”冽：水清冷貌。

㉓鹎鶋（bēi jū 卑居）：乌鸦的别名。鹘鸼（gǔ zhōu 古舟）：似山鹊而小，短尾，青黑色，多声。一说即“斑鸠”。

㉔鴡鸠：水鸟名，又名“王鸠”，常在江渚食鱼。其鸣雌雄应和。丽黄：即“黄鹂”。关关嘤嘤：形容鸟鸣声和谐。

㉕前殿：即路寝，大殿名。灵台：台名。龢驩、安福：皆殿名。谻（yí 移）门：即宣阳门，门内有冰室。榭：建在高台上的敞屋。阻：依。城洫：城下的水沟。薛综注：“冰室门及榭皆屈曲邪行，依城池为道也。”

㉖钩盾：汉少府属官有钩盾令，秩六百石，宦者任职，典诸近池苑囿游观之处。职：主管。

㉗少华：西园的小山。候：候楼，或称“堠楼”，用以瞭望敌情。九龙：薛综注：“本周时殿名也。门上有三铜柱，柱上有三龙相纠绕，故曰九龙。”寔：通“是”。嘉德：殿名，在九龙门内。

㉘西南其户：指西向和南向的窗户。《诗·小雅·斯干》：“筑室百堵，西南其户。”匪：不。我后：指东汉明帝。后，指君主。好约：崇尚俭约。乃宴斯息：就安居于此。宴，安。息，止。

㉙洪池：池名，在洛阳东三十里。藇（yǔ 雨）：通“籞”，鸟室。《文选》李善注：“《汉书音义》：应劭曰：‘藇，在池水上作室，可用栖鸟，鸟入则捕之。’”渌：清。澹澹：水摇动的样子。

㉚阜：多。丰：饶。葭菼（jiā tǎn 佳坦）：芦荻。

㉛蜃（shèn 甚）：蛤蜊。蜗：螺。蠯（pí 皮）：一种蚌。菱：菱角。芡：水生植物，又名“鸡头”。

㉜平乐：台观名。都场：众人聚会娱乐的广场。示远：向远方人炫耀。

㉝龙雀：这里指铜铸的龙雀。龙雀是传说中的神鸟，即“飞廉”。据华峤《后汉书》记载，永平五年（62），汉明帝至长安，迎取飞廉并铜马，置上西门平乐观。蟠蜿：盘曲貌。天马：指大铜马。天马是传说中的神马。半汉：犹“泮涣”，形容骏马纵驰的神态。

⑭瑰异：奇异。谲诡：怪诞，变幻莫测。灿烂炳焕：洁白鲜明的样子。

⑮“规遵”句：薛综注：“规，摹。遵，循。趣，意也。度，先王之法度，举动合礼之意也。”中：符合。得趣：指合礼意。

⑯于是：于此。观礼：观赏典礼。具：备，足。薛综注：“言观王之光明礼仪皆备具也。”经始：营造宫室之初。亟：急。不日：不规定时日。高步瀛《文选李注义疏》：“古说不日皆以不设期日言。……薛注不一日而成，与朱传（指朱熹《诗集传》）谓不终日而成，皆言台成之速，实非古义。”

⑰为：营造。之：指宫室。逸：安逸。唐虞：唐尧、虞舜。茅茨：用茅草盖屋。夏后：指夏禹。卑室：低矮狭小的宫室。

⑱营：建造。三宫：指明堂、辟雍、灵台。教：《文选》六臣本作“政”。布政：发布政令。颁常：颁发旧典。

⑲复庙：古指有双重椽、栋、轩版、重檐结构的堂庙。重屋：重檐的厅堂。商天子用以宣政教的地方。这里借用。八达：一室有八窗。九房：指明堂共有九间屋。

⑳规天矩地：明堂上圆，象天；下方，象地。授时顺乡：天子随着时节居明堂不同方向而发布政令。授时，告民以时。薛综注：“言颁政赋教，常随时月而居其方。”乡，通“向”。

㉑造舟：用船相连造浮桥。清池：指环绕辟雍的池水。泱泱：水流貌。

㉒“左制”二句：薛综注：“言德阳殿东有辟雍，于西有灵台。”辟雍：即太学。取其四面周水，圆如璧，故名。灵台：即天文台，以其占云物，望氛祥，故名。

㉓因：依靠，凭借。距：通“拒”，拒绝。表：表彰。简：选拔。《文选》吕向注：“谓辟雍也，因行礼射，有才德者，则进用之；有衰退者，则拒绝之，此表异其贤，简别所能。”

㉔冯（píng 凭）相：周官名，掌天文。《周礼·春官·冯相氏》郑玄注：“冯，乘也；相，视也。”祲（jìn 进）：日边云气，古以为可辨吉凶。常指妖气。禠（sī 斯）：福。禳（ráng 瓤）：除。

㉕孟春元日：即正月初一。群后：指诸侯及公卿之徒。旁：四方。戾：至。薛综注：“言诸侯正月初一从四方而至，各来朝享天子也。”百僚：即百官。师师：相互师法。也即各师其师，转相教诲。于斯：在此。胥洎：相连及。胥，相。洎，及。《文选》刘良注：“百官互相师法，于此相及。”

㉖ 藩国：古称分封及臣服之国。奉聘：指来朝见。要荒：指边远地区。《文选》张铣注：“镇服外五百里曰藩服，藩服外五百里曰绥服，绥服外五百里曰要服，要服五百里外曰荒服。”来质：留下人质以为信，表示臣服。

㉗具：俱。帝臣：天子的臣下。琛（chēn 嗔）：珍宝。贽（zhì 质）：见面礼。

㉘觐（jìn 近）：诸侯秋季朝见天子。数万以二：《文选》薛综注：“言于此之时，当入见于殿下者，可数万人，分于阙下，夹道为二部。”

⑩⑨九宾：有不同说法。《周礼·秋官·大行人》载九宾为公、侯、伯、子、男、孤、卿、大夫、士。重：多。胪(lú 卢)人：指大鸿胪，主宾客之官，罗列其尊卑以朝。

⑪⓪崇牙：悬挂钟磬的木架上所雕刻的锯齿。这里指钟磬架。张：陈设。镛：大钟。

⑪①郎将：指虎贲中郎将。司阶：郎将引兵夹阶而立。戟：古兵器名。铩(shā 杀)：古兵器名，长刃矛。交铩：交加而设兵器。戟旁出两刃，对设如交刃然，故云。龙辂(lù 路)：帝王乘坐的马车。马八尺称"龙"。辂，车。充：满。庭：朝廷。云旗：喻旗多且高。

⑪②夏正：夏历正月。夏正三朝：指夏历正月初一。三朝：此指为岁、月、日之进朝。庭燎：古代庭中照明的火把。晢晢(zhé 哲)：火光明亮貌。

⑪③撞、伐：打击。洪钟：大钟。灵鼓：六面鼓。八鄙：四方与四角，即八方。砰磕(pēng kē 砰科)、隐訇 (hōng 轰)：形容钟鼓之声。霆：霹雳。迅风：疾风。薛综注："言钟鼓之声，又若雷霆之相转，亦如急风之迅疾也。"

⑪④警跸(bì 毕)：天子出行时清道警卫。雕辇：皇帝出行时乘的有雕饰的人力车。厢：正堂两侧夹室之前的小堂。也指正屋两边的房屋。

⑪⑤冠：戴。通天：冠名。玉玺：天子之印。纡：垂下。皇：大。组：即"绶"。一种带子。要：通"腰"，此处是动词。干将(gān jiāng 甘江)：宝剑名。传为春秋时吴工匠干将所造。负：背靠。斧扆 (yǐ 倚)：亦作"斧依"。帝王宫殿上陈设的一种屏风，以绛帛为地，有斧形图案，所以示威。

⑪⑥次席：用桃枝、竹编的，次第行列有文章。纷纯：以黑白组带缘席边。南面以听：指天子坐北朝南而听政。

⑪⑦百辟：百官，指王侯大臣。司仪：主管礼仪的官。司，主。仪，法。辨等：分辨等级。班：依次。璧、羔、皮、帛：皆觐见之礼物。奠：放置。

⑪⑧三揖之礼：指卿、大夫、士，皆为君所揖礼。见《周礼·夏官·司士》郑玄注。尚有其他说法。礼礼：前"礼"为名词，后"礼"为动词。穆穆、皇皇、济济、将将：皆盛美之貌。《礼记·曲礼下》："天子穆穆，诸侯皇皇，大夫济济，士跄跄，庶人僬僬。"

⑪⑨羡：延引。登自东除：指 (天子从中阶) 百官从东西阶登上。除，殿阶。东除，东阶，兼言西阶。

⑫⓪万机：形容政事极为繁多。机，机要、机密，多指国家大事。询：谋。恤：忧虑。隐：痛。眚(shěng 省)：病苦。

⑫①隍：城池无水曰隍。荷：肩负。怠：懈怠。皇：通"遑"，闲暇，空闲。

⑫②发：开。京：大。禁财：禁库的钱财。禁，藏。赉 (lài 赖)：赏赐。皇寮：百官。舆台：差役。《左传·昭公七年》："天有十日，人有十等，下所以事上，上所以共神也。故王臣公，公臣大夫，大夫臣士，士臣皂，皂臣舆，舆臣隶，隶臣僚，僚臣仆，仆臣台。马有圉，牛有牧，以待百事。"十等人层层节制。

⑫膳夫：周官，掌膳食，为食官之长。金文作“善夫”。大飨（xiǎng 响）：称天子宴会诸侯来朝者。饔饩（yōng xì 拥细）：熟肉和生牲。浃（jiā 夹）：遍及。家陪：指大夫家臣。

⑫春醴（lǐ 里）：即春酒，冬酿经春始成。醇：味道很浓厚。燔炙：烤肉。芬芬：香气很盛。

⑫康：乐。具：通“俱”。熏熏：和悦貌。千品万官：形容官员之多。品，品秩。已事：完毕礼事。已，止。踆（qūn 逡）：同“逡”，退却。

⑫“勤屡”二句：薛综注：“屡，数也。省，察也。懋，勉也。乾乾，敬也。”

⑫协：同。玄：天。淳：厚。薛综注：“言帝如此清惠之风，同于天德，淳厚之化，通于神明也。”

⑫宪：效法，模仿。先灵：古代圣贤，常指尧舜。齐轨：同轨，指与圣贤同轨。三思：反复思考。愆：过失。

⑫有道：有道德的人。侧陋：处在僻陋，地位卑贱的贤者。《尚书·尧典》：“明明扬侧陋。”孔安国注：“尧知子不肖，有禅位之志，故明举明人在侧陋者，广求贤也。”“开敢谏”句：意谓引进直言敢谏之士。

⑬丘园：指田野。耿洁：贞洁清白之隐士。旅：陈。束帛：招贤用的礼品。戋戋：堆积貌。薛综注：“言丘园中有隐士，贞洁清白之人，聘而用之。束帛，谓古招士，必以束帛加璧于上。”

⑬上下：指君臣。通情：指君情通于下，臣情达于上。式：用。宴：安。盘：乐。

⑬祀天郊、报地功：祭祀天地。郊，即郊祀，祭天。报，祭祀名，指祭天地以报其功。

⑬上玄：指天。虔：敬。薛综注：“言天子祭天地之际，思念所以尽其忠敬。”

⑬肃肃：恭敬的样子。穆穆：端庄的样子。殚：尽。

⑬献：进。禋（yīn 因）祀：古祭天的一种礼仪，先燔柴升烟，再加牲帛于柴上焚烧。《周礼·春官·大宗伯》：“以禋祀祀昊天上帝。”郑玄注：“禋之言烟，周人尚臭，烟，气之臭闻者。”允：诚信。天子：天帝之子。

⑬法服：礼服。冕：古天子、诸侯、卿、大夫所戴的礼帽，级别不一。带：指佩带。珩（héng 衡）紞（dǎn 胆）纮（hóng 红）綖（yán 延）：皆冕上之饰物。《文选》李善注：“《左氏传》：‘珩紞纮綖，昭其度也。’杜预曰：‘珩，维持冠者。纮，缨从下上者。紞，冠之垂者也。綖，冠上覆者。’”笄（jī 鸡）：簪。古用以贯发或固弁、冕。綦（qí 其）会：古代帝王皮冠上的玉饰冠组。

⑬火龙黼黻（fǔ fú 斧扶）：四者皆指衣服上的花纹。《文选》李善注：“《左氏传》：‘火龙黼黻，昭其文也。……’杜预曰：‘火，画火也。龙，画龙也，白与黑谓之黼，黑与青谓之黻，两已相戾。’”藻绎（lù 绿）：用皮革制成的垫玉器之物，上画水藻之文。鞶（pán 盘）厉：腰上皮带及其下垂部分。或泛指衣带。

⑬⑧袷辂(jiá lù 夹路):帝王的副车。翠羽之高盖:以翠色毛为车盖。薛综注:"次车也。次车树翠羽为盖,如云飞也。今世谓之羽盖车也。"

⑬⑨辰:指日、月、星,画在旌旗上。旗上垂十二旒,名为"太常"。纷焱悠以容裔:薛综注:"纷,盛也。悠,从风貌。容裔,高低之貌。焱,火花也。言风鼓动旌旗,纷纭盛乱如火花之飞起。"

⑭⓪六玄虬(qiú 求):六匹黑马。天子所乘。马高七尺曰虬。弈弈:闲习貌。腾骧:马飞奔貌。沛艾:马头摇动貌。

⑭①辀(zhōu 舟):单辕曰辀。辕端上刻作龙头的曰龙辀。华轙(yǐ 倚):指带有花纹的缰绳穿过的环。金鍐(wàn 万):马冠。镂锡:马头上的饰物。刻金为之。

⑭②方釳(xì 细):马饰名,铁制,在马头上。一说在车辕两边,以防马相突。左纛(dào 到):皇帝乘舆上用旄牛尾或雉尾做的装饰物。设在车衡左边或在左排上。钩膺:马胸前的带饰。玉瓖(xiāng 湘):马带上的玉饰。

⑭③銮:车衡上的铃。哕哕(huì 会):和鸣声。和:车轼上的铃铛。鉠鉠(yāng 央):小声。

⑭④重轮:即重毂。古乘舆、安车等有两个车毂,即毂外又有一毂,取其行走平稳。辖:安在车轴末端的挡铁,用以挡住车轮,不使脱落。贰辖:提高保险系数。疏毂:在车毂上镂刻花纹。疏,镂。飞軨:车轴上的装饰。薛综注:"飞軨,以缇䌷广八尺,长柱地,画左青龙,右白虎,系轴头,取两边饰。"

⑭⑤羽盖:用翠羽装饰的车盖。威蕤(ruí 锐阳平):翠羽下垂貌,华丽貌。葩瑵(zhǎo 找):谓瑵以金作花形。瑵,古代车盖弓端伸出的爪形部分,一般以金玉为饰。

⑭⑥时服:薛综注:"五时之服。各随其车,车各一色,以为副贰。"其车、马分别为青、赤、白、黑、黄五色。或以为即当时通行的服装。《礼记·檀弓下》"时服"郑玄注:"以时行之服,不改制节。"副:副车,随从之车。龙旂:画有龙的旗子。繁缨:鞶缨,古天子或权贵挽马的带饰。

⑭⑦戈:古代主要兵器,青铜制。迤:斜倚。戛:长矛。农舆:古天子诸侯行籍田礼所乘的车子。辂木:称驾无饰之马。

⑭⑧属车:薛综注:"副车曰属,言相连也。属车有藩者曰轩。皆在后为三行,故曰并毂。"九九:指属车八十一辆。

⑭⑨轐(fú 浮)弩:车栏间皮箧中装上弓矢。轐,车栏间的皮箧,用以安弩。重旃(chóng zhān 崇沾):谓旗多,重重叠叠。旃,旗名。朱旄(máo 毛):即以赤色的旄牛尾饰旗杆。青屋:车盖里以青色为饰。

⑮⓪奉引:引导。《文选》李善注引《汉官仪》:"大驾则公卿奉引。"先辂:在前面引导的车。

⑮①鸾旗:绣上鸾凤的旗。天子出行时,这种旗作为先导。皮轩:以虎皮为轩

的车子。通帛：用纯色丝帛制成的旗帜。天子出行时为前导。绮旆(qiàn pèi 欠佩)：红色的旗帜。

⑫云罕、九斿(liú 流)：都是旗名。因旗插车上，故亦成车名。阘戟(xī jǐ 悉几)：杂乱貌。轇轕(jiāo gé 交葛)：参差纵横貌。

⑬髶髦(róng máo 茸毛)：指披发前驱的骑兵。被：披。绣：绣衣。虎夫：猛士。戴鹖(hé 河)：在冠上插鹖鸟尾。

⑭驸承华之蒲梢：《文选》薛综注："驸，副马也。承华，厩名也。言取华厩之蒲梢(骏马名)，以为副马也。"流苏：以五色毛羽制成，用作车马垂饰。骚杀：飘扬貌。

⑮总：集合。轻武：轻捷武猛。后陈：指北军五营兵在后陈列。严鼓：急切的鼓声。嘈囋(zá 砸)：形容鼓声的喧闹。

⑯戎：兵。士：士卒。介：甲。挥：通"徽"，士兵肩上的标记，如燕尾。金钲：古代用铜制成的一种打击乐器。行军时用以节制步伐。黄钺(yuè 越)：古兵器，用铜制成的大斧。

⑰清道：指禁止通行。案列：按次序排列。天行星陈：指天子出行如上天之星运行。

⑱肃肃：恭敬貌。习习：行走貌。隐隐：众多貌。辚辚：车声。

⑲殿：指后军。旆(pèi 佩)：旗名。指前军。郊畛：郊界。畛，界。薛综注："言从之多，后犹未出城阙，前已回于郊界也。"

⑳盛：犹"嘉"也。夏后：指夏禹。致：尽，极。爰：句首语气词。明神：即神明。

㉑孤竹：国名，产竹有名。云和：薛综注："山名，出美木，用为瑟，其声清亮。"《周礼·春官·大司乐》："孤竹之管，云和之瑟。"雷鼓：八面鼓。鼘鼘(yuān 渊)：鼓声。六变：薛综注："凡乐六变为一，成则更奏。毕，尽也。"《文选》李善注："一变，川泽之神见；二变，山林之神见；三变，丘陵之神见；四变，坟衍之神见；五变，地神见；六变，天神见。"

㉒冠华：指舞者戴建华冠。《文选》李善注引蔡邕《独断》："大乐郊祀。舞者冠建华冠。"秉翟(dí 敌)：指舞者执野鸡尾。八佾(yì 义)：古代天子专用的舞乐，有八列，共六十四人。佾，列。

㉓元祀：大祭。指祭祀天地。元，大。群望：祭各山岳河川之神。望，谓在远者望而祭之。咸秩：皆有秩序。

㉔槱(yóu 油)燎：祭神时烧的柴火。槱，积木柴以备燃烧。炎炀：指火势炽猛。薛综注："谓聚薪焚之，扬其光炎，使上达于天也。"太一：天之尊神。

㉕神歆馨：神享受祭品的香气。顾德：指眷顾天子之盛德。祚(zuò 作)：指降福。灵主：指天子。灵，明。元吉：大福。薛综注："言天神睹人主之明肃，顾飨其馨香之祭，故报之以大福。"

⑯宗:尊。上帝:指太徽星中的五帝。光武:指光武帝刘秀。作配:指配祭。这两句意思是说:在明堂祭祀五帝,同时配祭光武帝。

⑯辩:通“辨”,辨别。方位:指四方中央之位。则:法。五精:五方星,即“五帝”。帅:循。摧:至。

⑯赤氏:指赤帝,传说中的五帝(东方青帝、西方白帝、北方黑帝、南方赤帝、中央黄帝)之一。四灵:指青、白、黑、黄四帝。懋(mào 茂):悦。允:信。怀:安。

⑯改节:改换节气。四时迭代:四季更换。

⑰蒸蒸:通“烝烝”,称孝德之厚美。感物:薛综注:“谓感四时之物,即春韭卵,夏麦鱼,秋黍肫,冬稻雁。孝子感此新物,则思祭先祖也。”曾:通“增”。

⑰躬:亲身。追养:祭祀死后,继尽孝养之道。祧(tiāo 挑):远祖庙。蒸、尝、禴(yuè 月)、祠:四时之祭名。《诗·小雅·天保》毛传:“春曰祠,夏曰禴,秋曰尝,冬曰烝。”

⑰物牲:祭祀之牲物。辩省:遍省视之。辩,通“遍”。楅(bī 逼)衡:绑在牛角上的横木(防止牛触人)。

⑰毛炰(páo 袍):一种烤肉的方法。即将整个牲畜(多为小猪)去毛包裹,置火中烤炙至熟。豚胉(tún pò 屯迫):猪的两胁。羹:汤有菜曰羹。

⑰涤濯(dí zhúo 敌镯):指洗涮祭器。静:通“净”,清洁。嘉:善。孔:甚。

⑰万舞:古舞名,先是武舞,舞者手执兵器;后是文舞,舞者手执乐器和鸟羽。奕奕:盛大貌。喤喤(huáng 皇):钟鼓声。

⑰灵祖皇考:指先帝的神灵。顾:指顾念子孙。飨(xiǎng 响):指享受祭品。

⑰具:俱。止:语助词。穰穰(ráng 瓤):众多的样子。

⑰农祥:星宿,即“房宿”。《国语·周语上》:“农祥晨正。”韦昭注:“农祥,房星也。农事之候,故曰农祥。”晨正:指星宿晨时正中于某方位。此谓立春之日,晨中于午。土膏脉起:指地气发动。土膏,指春土润如膏。脉起,指土脉起动。脉,理。《文选》张铣注:“房星正月中,晨见南方,农之祥候也。是时土脉润起,可以耕也。”

⑰銮辂(lù 路):皇帝的车驾。苍龙:青马。马八尺为龙。介:甲士。与君主同车,甲士居右,君主居左,御手居中。驭:御者。剡(yǎn 眼):锐利。耜(sì 四):农具名,犁头。

⑱三推:指天子掌犁耜推行三周,以示劝农。天田:即籍田。修帝籍之千亩:《文选》李善注:“《礼记》曰:‘躬耕帝籍,天子三推,为籍千亩。’”帝籍,指皇帝的籍田。

⑱禘(dì 地)郊:即祭天于南郊。粢(zī 兹)盛:盛在祭器中的祭品。勤己:指天子亲耕籍田,以戒怠情。

⑱兆民:百姓。疆埸(yì 易):田界,在此指农田。懋(mào 冒):勉。耘:除草。耔(zǐ 子):培土。

⑱春日：指阳春三月。载：助词。阳：暖和。合射：行大射礼，天子与诸侯合射辟雍，行礼教。

⑱业：悬钟盘架上横木的装饰物，刻锯齿形。虡（jù 巨）：悬钟盘木架两旁的直木曰虡。宫悬：指四面悬乐器。悬象宫室，四面有墙。镛：大钟。

⑱鼖（fén 汾）：鼓。《尚书·顾命》孔颖达疏："鼖鼓，长八尺。"路鼗（táo 桃）：一种小鼓。树羽：在鼓架横木上植羽以为饰。幢幢：羽貌。

⑱备物：备好合射礼物。物有其容：指所备之物各有仪容装饰。

⑱伯夷：人名，尧舜时礼官。相仪：司仪。后夔（kuí 葵）：舜臣，掌乐之官。工：乐工。薛综注："言礼以行施，故云起；乐以静陈，故云坐。"

⑱大侯：古代的一种箭靶。制：裁制。五正：以布画五方正色于大侯之上。乏：用皮革制成的掩护报靶人的设备。王射三侯，故设三乏。厞（fěi 匪）：隐蔽。司旌：举旗报靶的人。

⑱并夹：用夹子将箭从高处的靶上取下来。储：待。广：大，谓张设于大庭，以待天子。《文选》吕延济注："箭高，手取不及，当钳取之。"

⑲皇舆（yú 鱼）：天子用的车。夙（sù 宿）驾：早已备好车驾。𨏈（chái 柴）：退却。指等待天子乘坐。

⑲须：等待。消：消失不见。启明：指启明星。扫：灭。天光：指太阳。扶桑：传说太阳升起的地方。

⑲玉辂（lù 路）：天子之车，饰玉。时乘六龙：各随其时而乘六龙，即春乘苍龙，夏乘赤骝等。六龙，六匹骏马。发：举。鲸鱼：指鲸鱼形钟槌。铿：击。华钟：刻有花纹的大钟。

⑲大丙：古之善驾者。弭节：按节缓行。风后：传说中黄帝之三公。陪乘：古乘车，尊者在左，驾车居中，陪乘在右。陪乘又称"参乘"、"车右"。

⑲摄提运衡：摄提星随着北斗星的柄（玉衡）运转。古代以其指向建十二月。射宫：指辟雍。这两句是说：天子随摄提所建、玉衡所运至于射宫行养老之礼，合于天德。

⑲礼事展：指陈列礼器。乐物：指乐器。王夏、驺虞：皆古乐名。《周礼·春官·大司乐》："大射，王出入，令奏《王夏》；及射，令奏《驺虞》，诏诸侯以弓矢舞。" 阕：曲终。

⑲ 决：射箭时戴在右大拇指用以钩弦的圆环，以象骨为之。拾：射箭时戴在左臂里用以敛袖的袖套，用皮制作。次：相比。指射箭时手指的排列。雕弓：刻有花纹的弓。彀（gòu 够）：张弓。

⑲达余萌于暮春：使暮春时节最后萌动的植物都能生长起来。达，幼苗冒出地面的样子。昭：明。喻：晓示，告知。《文选》李善注引《白虎通》曰："天子所以亲射何？助阳气达万物也。名之为侯（箭靶）者何？明诸侯不朝者，则当射之。然则射者，帝诚心远喻于下也。"

⑲⑧崇:兴。业:射业。涤:荡去。饕餮(tāo tiè 掏帖去声):《左传·文公十八年》杜预注:"贪财曰饕,贪食曰餮。"

⑲⑨衍:遍布。外流:指仁风远播。谊方:行事应遵守的规矩、道义。激:感。遐骛:指道义向远处散播。

⑳⓪龙狵(zhuó 浊):星宿名,东方苍龙七宿中的尾宿。狵,同"豵(dòu 豆)"。《国语·楚语下》:"日月会于龙豵。"韦昭注:"豵,龙尾也,谓周十二月,夏十月,日月合辰于尾上。"疢:病。息勤:使辛勤之人得以休息。薛综注:"谓田事毕,休民力,息勤劳也。" 春酒:指冬时酿,至春始熟之酒。

⑳①銮刀:柄端环上有小铃的刀。袒割:指天子袒右膊而割牲,以示恭敬。觞(shāng 商):盛满酒的杯,也指酒杯。豆:古食器。用以盛肉等食物,形似高足盘。国叟:就是国老。指因年老而致仕的卿大夫。《文选》李善注引《东观汉记》:"永明二年,诏曰:'十月元日,始尊事三老,兄事五更,朕亲袒割牲。'"三老、五更:指老人更知三德(正直、刚、柔)、五事(指貌、言视、听、思)。

⑳②"降至尊"二句:薛综注:"降,下也。至尊,天子也。三寿,三老也。言天子尊而养此三老者,以教天下之敬,故来拜迎,去拜送焉。"训:顺。三寿:指三老。

⑳③威仪:庄重的仪容举止。示民不偷:在百姓面前表现出不懈怠。偷,苟且,懈怠。

⑳④嘉宾:指三老五更。愉愉:和悦之貌。

⑳⑤声教:声威教化。布濩(hùo 获):遍布。天区:指上下四方。

⑳⑥文德、武节:《文选》吕延济注:"文德谓郊祀、尊三老等,武节谓讲武。"昭:明。宣:发。

⑳⑦三农:即有农事的春、夏、秋三时。隙:空隙,指冬季。曜威:显示军威,指治兵。中原:即原野之中。《诗·小雅·小宛》:"中原有菽。"郑玄笺:"中原,原中也。"

⑳⑧仲冬:冬季的第二月,即十一月。因处冬季之中,故名。阅:检阅武备。西园:指洛阳城西的上林苑。后汉时所设置。

⑳⑨虞人:掌山泽之官。先期戒事:薛综注:"谓期日敕戒群吏修猎具也。"戒,告。

㉑⓪悉率百禽:薛综注:"悉,尽也。率,敛也。鸠,聚也。囿,苑也。囿谓集禽兽于灵囿之中。"

㉑①"兽之所同"二句:薛综注:"同,亦聚也。备,具也。言禽兽皆已合聚,田物具备也。"

㉑②御:驾驶。小戎:小战车,轻便宜田猎。轻轩:古轻便之车,用于田猎。中畋:在狩猎之中。畋,田猎。四牡:四匹马。牡,指雄马。佶(jí 吉):健壮。闲:闲习,熟练。

㉑③牙旗：薛综注："兵书曰：'牙旗者，将军之旌。谓古者天子出，建大牙旗。竿上以象牙饰之。'"缤纷：风吹旗飘拂貌。

㉑④迄：至。上林：即洛阳城西上林苑。结徒营：薛综注："结，止也。徒，众也。营，域也。"次：比。谓分出次序。和：军营的正门。表：门表。司：掌管。铎、钲：皆军中号令之乐器。

㉑⑤作：起身。军声：指钟鼓、铎、钲等乐器之声。这两句是说：军队的进退是通过钟鼓等不同乐器的声音来加以指挥的。

㉑⑥三令五申：谓再三告诫。示戮斩牲：斩杀牲畜示众，有不用命者，斩之若牲。

㉑⑦"陈师鞠旅"二句：薛综注："陈师，犹列师众也。鞠之言告也。教达，谓三令五申，禁令已行，军法成也。"

㉑⑧火列：列人举火。具举：言众同心也。武士星敷：谓武士猎徒如星辰一样分布。敷，布。

㉑⑨鹅、鹳、鱼丽：皆阵名。箕张翼舒：形容阵形如箕张口，如鸟之展翅。

㉒⓪轨尘掩远（háng 杭）：车轮上扬起的尘土正好盖满车辙。形容迟速适当。远，迹。匪：不。

㉒①诡遇：按田猎规矩，从旁侧射之曰诡遇。这是非礼之射。翦毛：射断毛羽。李周翰曰："射背去者，不横射翦断其毛。"《诗·小雅·车攻》郑玄笺："面伤不献，践毛不献。"这句说明田猎遵守礼法。

㉒②升：进。六禽：指雁、鹑、鴳、雉、鸠、鸽。时膳：指四时之膳。四膏：牛、羊、犬、鸡的脂膏。

㉒③极：尽。舆徒：车徒，指众士卒。舆，众。劳：疲劳。

㉒④三殴：谓君主田猎一年不超过三次。殴，同"驱"。所谓一为干豆，二为宾客，三充庖厨。另一说是包围三面，让开一面，不该死的让它跑掉。罘（fú 浮）：网。麟：大鹿。

㉒⑤穷乐：极乐。训：教。殚：尽。物：指禽兽。昭：明。

㉒⑥天乙：商汤名。弛罟（gǔ 古）：废去猎网。教祝：《吕氏春秋·异用》："汤见祝网者置四面，其祝曰：'从天坠者，从地出者，从四方来者，皆离吾网。'汤曰：'嘻！尽之矣。非桀，其孰为此也。'汤收其三面，置其一面，更教祝曰：'昔蛛蝥作网罟，今之人学纾。欲左者左，欲右者右，欲高者高，欲下者下，吾取其犯命者。'汉南之国闻之曰：'汤之德及禽兽矣！'四十国归之。"怀民：使民心来附。怀，来也。

㉒⑦仪：则也。以……为则。姬伯：周文王，姬姓，名昌，殷时为西伯，故称"姬伯"。渭阳：渭水之北。失熊罴而获人：文王猎于渭阳，遇到在渭水垂钓的吕望，与语，大悦，载之归。后佐文王成霸业。

㉒⑧泽：恩惠。浸：润。八寓（yǔ 宇）：八方。寓，同"宇"。

㉙“好乐无荒”二句：薛综注：“允，信也。无荒，言不好荒淫之乐，信与文王、武王等其功德也。”好乐：爱好娱乐。

㉚薄狩于敖：见《诗·小雅·车攻》，诗中记述周王在敖地（今河南荥阳）狩猎，所谓“搏兽于敖”。薄，通“搏”。璅璅（suǒ 琐）：细小，意为不足道。这两句是说：与汉天子田猎相比，周王的狩敖不足道也。

㉛岐阳之蒐（sōu 搜）：指周成王在岐阳（今陕西岐山）的田猎之地。《左传·昭公四年》：“成有岐阳之蒐。”杜预注：“周成王归自奄，大蒐于岐山之阳。”蒐，猎。何足数：怎么值得称道。数，数时。

㉜卒岁：指年终。大傩（nuó 挪）：古年终驱逐疫鬼的一种仪式。厉：恶鬼。

㉝方相：官名，驱鬼的人。《文选》李善注引《周礼·夏官》曰：“方相氏，黄金四目，玄衣朱裳，执戈扬盾也。”又引《国语·楚语下》：“在男谓之觋（xí 席），在女谓之巫。”茢（liè 列）：笤帚。古用以扫除不祥。

㉞侲（zhèn 振）子：逐疫的童男童女。丹首：指戴赤帻。玄制：穿黑衣。

㉟桃弧：桃木制的弓。棘矢：用棘枝制的木箭。臬（niè 聂）：箭靶。

㊱飞砾雨散：指投石如飞，散落如雨。砾：小石，碎石。刚瘅（dàn 但）：指带来疫病的厉鬼。瘅，疫病。

㊲煌火：指驱疫的火把。煌，火光。《文选》李周翰注：“火驰星流，言急也。急逐恶鬼，奔于四方。”赤疫：恶鬼。四裔：四方边远之地。指国外。

㊳凌：升，越。天池：指北海。绝：横渡。飞梁：浮桥。捎：击，杀。魑魅（chī mèi 吃媚）：传说中山林里黑的鬼怪。斮（zhuó 浊）：斩。獝（xù 蓄）狂：恶鬼名。蝼蛇（yí 怡）：《庄子·达生》：“委蛇，其大如毂，其长如辕，紫衣而朱冠。其为物也，恶闻雷车之声，则捧其首而立。见之者殆乎霸。”也是一种恶鬼。脑：作动词用，即陷其脑。方良：即“罔两”，古代传说中的精怪名。《周礼·夏农·方相氏》：“方相氏掌蒙熊皮，黄金四目，玄衣朱裳，执戈扬盾，帅百隶而时难，以索室驱疫。大丧，先柩。及墓，入圹，以戈击四隅，驱方良。”或以为草泽之神。

㊴耕父：《山海经·中山经》：“又东南三百里，曰丰山。……神耕父处之，常游清泠之渊，出入有光，见则其国为败。”女魃（bá 拔）：《文选》李善注引《山海经·大荒北经》曰：“有人衣青衣，名曰黄帝女魃。蚩尤作兵伐黄帝，黄帝乃令应龙攻之冀州之野。应龙畜水，蚩尤请风伯雨师，纵大风雨。黄帝乃下天女曰魃，雨止，遂杀蚩尤。魃不得复上，所居不雨。”清泠、神潢：薛综注：“清泠，水名，在南阳西鄂山上。神潢，亦水名，未知所在。”

㊵残：杀。夔（kuí 魁）：木石之怪，如龙，有角、鳞甲，光如日月，见则其邑大旱。魖（xū 虚）：耗财鬼。罔像：亦作“罔象”，古代传说中的水怪，或称木石之怪。殪（yì 义）：杀死。歼：灭。野仲、游光：皆恶鬼名。

㊶八灵：八方之神。慴（zhé 哲）：恐惧。况：何况。魃（qí 其）：小儿鬼。蜮（yù 玉）：同“蜮”。似鳖，三足，以含沙射害人。毕方：木之精，状如鸟，青色赤脚。

《山海经·西山经》:"(章莪之山)有鸟焉,其状如鹤,一足,赤文青质而白喙,名曰毕方。其鸣自叫也,见则其邑有讹火。"薛综注:"毕方,老父神,如鸟两足一翼者,常衔火在人家作怪灾。"

㉔²"度朔"四句:薛综注:"东海中有度朔山,有二神,一曰神荼,二曰郁垒,领众鬼之恶害者,执以苇索而用食虎。"王充《论衡·订鬼篇》、应劭《风俗通·祀典》、蔡邕《独断》等均有记载。梗:指以度朔山桃树作符梗,即作木偶。索苇:缚鬼的苇索。

㉔³区陬(zōu 邹):隅隙之间。司:主管。执:捉拿。遗鬼:逃亡的鬼。

㉔⁴京室:王室。《诗·大雅·思齐》:"京室之妇。"毛传:"京室,王室也。"密:静。罔:无。韪(wěi 伪):善。

㉔⁵庶:众。时育:依不同季节而生长。

㉔⁶卜征:占卜巡行吉凶,吉祥则行。考:问。祥:吉。终然:犹"终焉",毕竟。允:信。淑:善。

㉔⁷乘舆:指天子。岱岳:泰山。"岱"是泰山别名,又有"岱宗"、"岱岳"等称号。稼穑:指农事。种曰稼,收曰穑。原陆:田野。

㉔⁸衡:衡器,如天平、秤等。《文选》吕延济注:"律,管也。轨,车迹也。量,斗斛也。舒,缓也。燠,暑也。使天下衡律、轨量皆同为一,而寒暑急缓齐均也。"

㉔⁹省:察。幽:暗。黜:退。陟:升。此句是说:幽暗无功者黜退之,明达有功者升进之。反旆(pèi 佩):指前军车辆回转。反,同"返"。

㉕⁰旧墟:指故都长安。古:指汉初。

㉕¹俟:等待。阊(chāng 昌)风:阊阖风,即西风,秋风。《史记·律书》:"阊阖风居西方。"西遐:西方远处(指长安)。高祖:汉高祖刘邦。

㉕²春游:指仲春游行岱岳,是时蛰虫咸动,帝东巡,助宣气。发生:使蛰虫苏醒过来。蛰(zhé 哲):冬眠的虫。

㉕³秋豫:指帝王秋季出游,视民收获之丰歉,以助其不足。《晏子春秋·内篇问下》:"故春省耕而补不足者谓之游,秋省实而助不给者谓之豫。"稌(tú 涂):稻。

㉕⁴田畯(jùn 俊):古代的田官。赉(lài 赖):赏赐。九扈(hù 户):相传为少皞时主管农事的官。

㉕⁵瞰:俯视。旸(yáng 扬)谷:神话中日出之处。睨:斜视。玄圃:传说在昆仑山上,神仙所居。眇:远看。天末:天的尽头,即天边。摹:法。《文选》吕向注:"言天子巡狩,东视日出之处,西视昆仑之上,眇然于天末为期,规以万代之业。"

㉕⁶释:解除。膺:承受。安悆(yù 玉):安宁。悆,宁。薛综注:"归,谓西征旋,乃释吏士之劬劳,祭祀受多福,以安宁也。"

㉕⁷总集:会聚。瑞命、嘉祥:显示天命的吉祥瑞应。薛综注:"祥,神也,即驺虞、泽马之属也。瑞,应也,即鸾凤之属也。"

㉘圉(yǔ雨):牢养。《左传·哀公十四年》:"孟孺子泄将圉马于成。"杜预注:"圉,畜养也。"林氏:国名。驺虞:传说中的义兽。《山海经·海内北经》:"林氏国有珍兽,大若虎,五采毕具,尾长于身,名曰驺吾,乘之日行千里。"扰:驯服。泽马:古以为吉祥的神马。《孝经·援神契》:"德至山陵,则泽出神马。"腾黄:神马名,一名吉光。

㉙女床:山名,相传在陕西华阴西六百里。《山海经·西山经·西次二山》:"女床之山……其兽多虎豺犀兕。有鸟焉,其状如翟而五采,名曰鸾鸟,见则天下安宁。"丹穴:山名。《山海经·南山经·南次三山》:"丹穴之山……有鸟焉,其状如鸡,五采而文,名曰凤皇。……是鸟也,饮食自然,自歌自舞,见则天下安宁。"

㉖植:种。华平:薛综注:"华平,瑞木也。天下平,其华则平;有不平处,其华则向其方倾。"朱草:瑞草。《抱朴子·金丹卷》曰:"朱草状似小枣,栽长三四尺,枝叶皆赤,茎如珊瑚。"中唐:即中庭,庭院。《文选》李善注引如淳《汉书》注:"唐,庭也。"

㉖惠风:指天子的恩惠。惠,恩。广被:覆盖四处。洎(jì记):及,到。幽荒:九州岛之外,即四夷。

㉖燮(xiè谢):谐,和。丁令:即"丁零",古民族名。越裳:古民族名。

㉖大秦:西北国名,即历史上的罗马帝国。乐浪:汉武帝置乐浪郡,郡所在今朝鲜平壤。

㉖重舌之人:指翻译人员。九译:指经多次辗转翻译才能与汉语沟通。"九"言其多,非实数。稽首:古时的一种礼节。跪下,叩首至地,是九拜中最恭敬的一种。来王:指归顺、臣服天子。

㉖迁邑易京:指由长安迁都洛邑。规:法。殷盘:指殷朝殷王盘庚。盘庚去奢就俭,由奄(今山东曲阜)迁都于殷(今河南安阳小屯村)。

㉖即:就。斯干:《诗·小雅》篇名。薛综注:"《斯干》,谓周宣王俭宫室之诗也。今汉光武改西京奢华,而就俭约,合《斯干》之美。"与毛传"《斯干》,宣王考室也"意同。

㉖登封:指登山顶封泰山。降禅:指在泰山下禅梁父。黄轩:指黄帝轩辕氏。相传黄帝也曾来泰山封禅,今东汉光武帝也如此,故云"齐德"。

㉖"为无为"三句:薛综注:"为,作也;事,业也;永,长也;孔,甚也。以无为为功,以无事为业,澹然不烦渎也。"《老子》第五十七章:"故圣人云:'我无为,而民自化;我好静,而民自正;我无事,而民自富;我无欲,而民自朴。'"

㉖仲尼:孔子的字。克己:谓克制自己的欲望。《论语·颜渊》:"子曰:'克己复礼为仁。'" 履:实行。老氏:指老子。常足:《老子》第四十六章:"祸莫大于不知足,咎莫大于欲得,故知足之足,常足矣。"

㉗"将使"二句:《老子》第三章:"不见可欲,使民心不乱。"又,"虚其心,实其

腹，弱其志，强其骨，常使民无知无欲。使知者不敢为，则无不治"。

㉗①犀象：犀角象牙。简：略。抵（zhǐ只）：投掷。

㉗②翡翠：一种玉石，色彩鲜艳。或以为翡翠为鸟名。观上下文，以作玉石解为胜。不裂：不割剖。瑇瑁（dài mào代冒）：又名"玳瑁"。一种似龟的热带海中动物，甲壳可做装饰品。蔟（còu凑）：叉取、刺破。

㉗③"所贵"二句：《文选》李周翰注："贤可理人，谷可食人，故特宝贵之。"

㉗④民去末而反本：《文选》刘良注："末谓浮华，本谓忠实，人皆去彼取此也。"咸：都。悫（què阙）：忠厚。

㉗⑤侯：语首助词。祎（yī一）：美。而：语末助词。

㉗⑥蓂荚（míng jiá名夹）：薛综注："瑞应之草，王者贤圣，太平和气之所生。生于阶下，始一日，生一荚，至月半，生十五荚，十六日落一荚，至晦日而尽。……王者以证知月之小大，尧时夹阶生之，谓不世见，故云难莳也。"莳（shì是）：栽培。旷世：久历年代。觌（dí敌）：见。

㉗⑦后：皇帝。殖：种植。方：且。数：指计算蓂荚之数以知时间。

㉗⑧道：指天子所行之道。胡：何。怀：来，指称臣。化：教化。柔：安。

㉗⑨声：天子之声教、教令。泽：恩泽。《文选》张铣注："言仁声德泽，随风从云，布沾天下。"

㉘⓪我赖：即赖我。指万物皆赖我帝之恩惠，无复他求。

㉘①"德寓天覆"二句：薛综注："寓，犹盖也。帝之德盖如天之覆。日月之光辉照于远近也。"《文选》李周翰注："辉、烈、光、烛，皆明也。"

㉘②狭：以……为狭。三王：有多种说法，一说指夏禹、商汤、周文王。趢趗（lù cù路促）：局促，局小貌。轶：超过。五帝：说法不一。或以为黄帝、颛顼、帝喾、唐尧、虞舜。驱：驰。薛综注："言以三王礼法为局小狭陋，过五帝而远驰，则继三皇之迹也。"

㉘③踵：继。二帝：伏羲和神农。遐武：遥远的足迹。武，迹。《文选》吕向注："我即陋小三王，过越五帝，追继二皇之远迹，谁谓车迟而不及？言可与争先也。"

㉘④懿：美。罄：尽。犬马：自卑之辞。粗：粗略。梗概：大概。

㉘⑤流遁：耽乐放纵。觉：悟。离：通"罹"，遭遇。戚：忧。

㉘⑥一言：指凭虚公子所鼓吹的淫乐之事。几：近。《论语·子路》："一言而丧邦。"我未之学：谓我不学之。

㉘⑦挈（qì气）瓶之智：《左传·昭公七年》："虽有挈瓶之知，守不假器，礼也。"杜预注："挈瓶汲者，喻小知，为人守器，犹知不以借人。" 挈：提。假：借。

㉘⑧纂：继承。轻：看轻，不经意。天位：指帝位。

㉘⑨二祖：指汉高祖刘邦，汉世祖刘秀。厥：其。庸：功劳。孔：甚。肆：勤。薛综注："言瞻望高祖，功庸甚勤苦而得之也。"

㉙⓪翘翘：危险貌。奔：指奔马。辔：马缰绳。

㉙①"白龙"二句：见《说苑·正谏》："吴王欲从民饮酒，伍子胥谏曰：'不可。昔白龙下清冷之渊，化为鱼。渔者豫且射中其目。白龙上诉天帝。天帝曰："当是之时，若安置而形？"白龙对曰："我下清冷之渊，化为鱼。"天帝曰："鱼固人之所射也，若是，豫且何罪？"夫白龙，天帝贵畜也，豫且，宋国贱臣也，白龙不化，豫且不射。今弃万乘之位，而从布衣之士饮酒，臣恐其有豫且之患矣。'王乃止。"这是警告凭虚公子所说的西京天子"阴戒期门，微行要屈"之事。

㉙②万乘：薛综注："万乘，天子也。即秦始皇也，高祖也。昔秦始皇东游，为张良所击，中其副车；汉高祖于柏人亭，殆为贯高所中。"

㉙③不离其辎重：《老子》第二十六章："重为轻根，静为躁君。是以君子终日行不离辎重。"喻帝王时刻要处在权力中心。辎重：古时载重物之车。焉如：安往。如，往。这两句也是针对西京天子微行而发的。

㉙④黈纩（tǒu kuàng 头上声旷）：皇帝冠上下垂的两个棉球。用以塞两耳，以示不闻不急之言。黈，黄色。纩，絮。车中不内顾：指不徇私。

㉙⑤佩：身上的玉佩。制容：节制仪态、容止。銮：车上之铃。节途：谓节制车行。途，道路。

㉙⑥变玉：指玉佩声乱。《文选》刘良注："行，缓急得中，则玉声不变，马步整齐，銮声乃和。"

㉙⑦却：退。走马：善跑的马，即骏马。粪车：把战马用来拉粪车。騕褭（yāo niǎo 腰袅）、飞兔：都是骏马名。

㉙⑧方：当。生类：天下万物之类。殄（tiǎn 腆）：尽。赋政：犹言布政。赋，通"敷"，布。任役：使民服役。

㉙⑨槎（chá 查）：斜砍的树茬。枿（niè 聂）：在树茬上长出来的枝条。畋（tián 田）不麑（yǎo 咬）胎：田猎时不伤野兽的幼子和胎儿。畋，田猎。麑，幼鹿。胎，怀胎的母兽。

㉚⓪蕃：滋。庑：盛。阜：大。滋：盛。

㉚①"民忘"两句：薛综注："言民不以力役为劳苦，不以财赋为损费。" 输：献纳。

㉚②饶衍：富足。雍熙：和乐。

㉚③洪：大。蓄：积。固：牢固。薛综注："谓高祖已下，积恩施惠，人心固结，故王莽之时，皆讴吟而思汉也。"

㉚④顾：眷念。夫：犹"人人"。《文选》张铣注："王莽时人皆顾思汉主，虽匹夫犹怀贞正之节。"

㉚⑤奸慝（tè 特）：奸诈邪恶之人。指王莽。干：犯。命：天命。皇统：世代相传的帝系。这里指刘汉王朝。替：废。

㉚⑥玄谋：阴谋。指王莽篡汉。合二九：指王莽篡位一十八年。谲（jué 掘）：

变故。

㉗圣皇:指东汉光武帝。天阶:宫殿的台阶,这里借指朝廷。章:表明。祚(zuò 作):位。秩:常。

⑱勦(jiǎo 皎):劳。媮(tōu 偷)乐:苟且寻乐。媮,苟且。薛综注:"今公子所言,苟好尽人以侥幸须臾之乐,不知人好共怨己,当成大仇也。"

⑲殚:用尽。穷宠:极端骄纵。宠,骄也。忽:忽略,忘却。

⑳"夫水"二句:《荀子·王制》:"君者,舟也;庶人者,水也。水则载舟,水则覆舟。"

㉑履霜:《易·坤》:"履霜坚冰至。"寻木:指大树,八尺为寻。蘖(niè 聂)栽:初栽的树芽。薛综注:"言事皆从微至着,不可不慎之于初。"

㉒昧旦:天将明未明之时。昧,暗,未明。丕:大。显:明。薛综注:"谓起行大明之道,后世子孙犹尚懈怠。"

㉓制:裁衣。甚泰:过大。裁:制。薛综注:"譬如为人裁衣,始制之洪大,服者得而衣之。何能更小之乎?"意指开国者奢泰,则继之者难以俭约。

㉔相如:指司马相如,汉武帝时著名赋家。其《上林赋》,极写上林苑之雄伟壮丽。扬雄:西汉成帝时著名赋家。其《羽猎赋》也是一篇驰骋文辞的大赋。系:继。陨墙填壍(qiàn 欠):指推倒苑墙,填起河沟。《上林赋》结尾有"陨墙填堑,使山泽之人得至焉",表示与民同享。乱:诗赋的结语。收罝(jū 掬)解罘(fú 浮):指停止田猎。罝,捕兽的网。罘,射鹿的拦网。《羽猎赋》以"放雉兔,收罝罘,麋鹿刍荛,与百姓共之"作结,含义与《上林赋》同。这就是学者所讥刺的"劝百讽一","光荣的尾巴"。

㉕风规:讽刺,规劝。祇:适,恰。昭:显。愆尤:过失。

㉖济:益。奓:同"奢"。陵:超过。经国:治国。基:根本。指礼义。

㉗函谷击柝于东:这句指王莽兵守函谷关,警戒关东。柝(tuò 唾):守夜所击的梆子。击柝:指战警。西朝颠覆:指三辅兵攻入长安,新朝覆没。

㉘是所学:以自己所学为是。鲍肆:即鲍鱼之肆,咸鱼铺。臰(chòu 臭):同"臭"。翫(wán 玩):习惯。《文选》李善注引《孔子家语》:"入善人之室,如入芝兰之室,久而不知其香;入不善之室,如入鲍鱼之肆,久而不知其臰。"《文选》吕向注:"言凡人以所学为是,以己习为安,犹人处鲍鱼之市不觉其臭,亦犹习染奢侈之事不知其非。"

㉙咸池:黄帝乐舞名,这里指美妙雅正的音乐。齐:等同。度:律度。蛙咬(yāo 腰):不合礼的乐声。或说淫声。众听:一般的听众,如凭虚公子。

㉚或:同"惑"。子野:即春秋时晋国著名乐师师旷。他能从音乐中听出吉凶。此喻安处先生。

㉛客:指凭虚公子。

㉜罔然:恍惚的样子。酲(chéng 程):酒病。褫(chǐ 尺):夺。薛综注:"朝罢

夕倦，晓夜不卧，惘然如神夺其精气，又若魂魄亡离其身，今公子亦如之也。”

㉓“忘其”句：薛综注：“（凭虚）公子本以奢侈为美谈，今见先生述东京之德，所以忘美失夸也。”

㉔鄙：蔽固，不通达。迷：迷惑。指南：喻指出正确方向。吾子：凭虚公子对安处先生的敬称。

㉕仆：凭虚公子的自谦之辞。华而不实：指西京事，虚华无实录。信而有征：诚信且有征验。

㉖鄙夫：凭虚公子自谦之辞。寡识：见识浅陋。而今而后：自今之后。

㉗馨：香气。咸：全，都。

㉘三坟、五典：相传为三皇五帝之书。泯：灭。炎帝、帝魁：传说不一，但皆为上古帝王名。

㉙大庭氏：古帝王号。即炎帝，神农。或以为在神农后。尚：高。兹：此。

㉚走：走使之人，犹“仆”，凭虚公子自谦之辞。不敏：不才。庶：差不多。薛综注：“公子言我虽不敏于大道，庶几先生之说遂达矣。”

思玄赋并序

衡常思图身之事，以为吉凶倚伏，幽微难明，乃作《思玄赋》，以宣寄情志。其辞曰：

仰先哲之玄训兮[1]，虽弥高其弗违[2]。匪仁里其焉宅兮[3]，匪义迹其焉追[4]？潜服膺以永靓兮[5]，绵日月而不衰[6]。伊中情之信修兮[7]，慕古人之贞节[8]。竦余身而顺止兮[9]，遵绳墨而不跌[10]。志团团以应悬兮[11]，诚心固其如结[12]。旌性行以制佩兮[13]，佩夜光与琼枝[14]。纗幽兰之秋华兮[15]，又缀之以江蓠[16]。美襞积以酷烈兮[17]，允尘邈而难亏[18]。既姱丽而鲜双兮[19]，非是时之攸珍[20]。奋余荣而莫见兮[21]，播余香而莫闻[22]。幽独守此仄陋兮[23]，敢怠皇而舍勤[24]？幸二八之遻虞兮[25]，喜傅说之生殷[26]。尚前良之遗风兮[27]，恫后辰而无及[28]。何孤行之茕茕兮[29]，孑不群而介立[30]。感鸾鹥之特栖兮[31]，悲淑人之稀合[32]。

彼无合其何伤兮[33]，患众伪之冒真[34]。旦获讟于群弟兮[35]，启金縢而乃信[36]。览蒸民之多僻兮[37]，畏立辟以危身[38]。曾烦毒以迷或兮[39]，羌孰可与言已[40]？私湛忧而深怀兮[41]，思缤纷而不理[42]。愿竭力以守义兮[43]，虽贫穷而不改[44]。执雕虎而试象兮[45]，阽焦原而跟止[46]。庶斯奉以周旋兮[47]，要既死而后已[48]。俗迁渝而事化兮[49]，泯规矩之圜方[50]。珍萧艾于重笥兮[51]，谓蕙芷之不香[52]。斥西施而弗御兮[53]，羁要褭以服箱[54]。行陂僻而获志兮[55]，循法度而离殃[56]。惟天地之无穷兮[57]，何遭遇之无常[58]！

不抑操而苟容兮[59]，譬临河而无航[60]。欲巧笑以干媚兮[61]，非余心之所尝[62]。袭温恭之黻衣兮[63]，披礼义之绣裳[64]。辫贞亮以为鞶兮[65]，杂技蓺以为珩[66]。昭彩藻与雕琢兮[67]，璜声远而弥长[68]。淹栖迟以恣欲兮[69]，燿灵忽其西藏[70]。恃己知而华予兮[71]，鶗鴂鸣而不芳[72]。冀一年之三秀兮[73]，遒白露之为霜[74]。时亹亹而代序兮[75]，畴可与乎比伉[76]？

咨妒嫮之难并兮[77]，想依韩以流亡[78]。恐渐冉而无成兮[79]，留则蔽而不章[80]。"

心犹与而狐疑兮[81]，即岐址而摅情[82]。文君为我端蓍兮[83]，利飞遁以保名[84]。历众山以周流兮[85]，翼迅风以扬声[86]。二女感于崇岳兮[87]，或冰折而不营[88]。天盖高而为泽兮，谁云路之不平[89]！勔自强而不息兮[90]，蹈玉阶之峣峥[91]。惧筮氏之长短兮[92]，钻东龟以观祯[93]。遇九皋之介鸟兮[94]，怨素意之不逞[95]。游尘外而瞥天兮[96]，据冥翳而哀鸣[97]。雕鹗竞于贪婪兮[98]，我修洁以益荣[99]。子有故于玄鸟兮[100]，归母氏而后宁[101]。

占既吉而无悔兮[102]，简元辰而俶装[103]。旦余沐于清原兮[104]，晞余发于朝阳[105]。漱飞泉之沥液兮[106]，咀石菌之流英[107]。翾鸟举而鱼跃兮[108]，将往走乎八荒[109]。过少皞之穷野兮[110]，问三丘乎句芒[111]。何道真之淳粹兮[112]，去秽累而票轻[113]。登蓬莱而容与兮[114]，鳌虽抃而不倾[115]。留瀛州而采芝兮[116]，聊且以乎长生[117]。凭归云而遐逝兮[118]，夕余宿乎扶桑[119]。噏青岑之玉醴兮[120]，餐沆瀣以为粮[121]。发昔梦于木禾兮[122]，谷昆仑之高冈[123]。朝吾行于汤谷兮[124]，从伯禹于稽山[125]。集群神之执玉兮[126]，疾防风之食言[127]。

指长沙以邪径兮[128]，存重华乎南邻[129]。哀二妃之未从兮[130]，翩傧处彼湘濒[131]。流目眺夫衡阿兮[132]，睹有黎之圮坟[133]。痛火正之无怀兮[134]，托山陂以孤魂[135]。愁蔚蔚以慕远兮[136]，越卬州而愉敖[137]。跻日中于昆吾兮[138]，憩炎天之所陶[139]。扬芒熛而绛天兮[140]，水泫沄而涌涛[141]。温风翕其增热兮[142]，惄郁悒其难聊[143]。颧羁旅而无友兮[144]，余安能乎留兹[145]？

顾金天而叹息兮[146]，吾欲往乎西嬉[147]。前祝融使举麾兮[148]，缅朱鸟以承旗[149]。躔建木于广都兮[150]，拓若华而踌躇[151]。超轩辕于西海兮[152]，跨汪氏之龙鱼[153]。闻此国之千岁兮，曾焉足以娱余[154]？

思九土之殊风兮[155]，从蓐收而遂徂[156]。欻神化而蝉蜕兮[157]，朋精粹而为徒[158]。蹶白门而东驰兮[159]，云台行乎中野[160]。乱弱水之潺湲兮[161]，逗华阴之湍渚[162]。号冯夷俾清津兮[163]，棹龙舟以济予[164]。会帝轩之未归兮[165]，怅相佯而延伫[166]。呬河林之蓁蓁兮[167]，伟《关雎》之戒女[168]。

黄灵詹而访命兮[169]，摎天道其焉如[170]。曰："近信而远疑兮[171]，六籍阙而不书[172]。神逵昧其难覆兮[173]，畴克谟而从诸[174]？牛哀病而成虎兮[175]，虽逢昆其必噬[176]。鳖令殪而尸亡兮[177]，取蜀禅而引世[178]。死生错而不齐兮[179]，虽司命其不晰[180]。窦号行于代路兮，后膺祚而繁庑[181]。王肆侈于汉庭兮[182]，卒衔恤而绝绪[183]。尉龙眉而郎潜兮[184]，逮三叶而遘武[185]。董弱冠而司衮兮[186]，设王隧而弗处[187]。夫吉凶之相仍兮[188]，恒反侧而靡所[189]。”

穆负天以悦牛兮，竖乱叔而幽主[190]。文断祛而忌伯兮[191]，阉谒贼而宁后[192]。通人暗于好恶兮[193]，岂爱惑而能剖[194]？嬴擿谶而戒胡兮[195]，备诸外而发内[196]。或辇贿而违车兮[197]，孕行产而为对[198]。慎灶显于言天兮[199]，占水火而妄讵[200]。梁叟患夫黎丘兮[201]，丁厥子而事刃[202]。亲所睇而弗识兮[203]，矧幽冥之可信[204]。毋绵挛以涬己兮[205]，思百忧以自疢[206]。

彼天监之孔明兮[207]，用棐忱而佑仁[208]。汤蠲体以祷祈兮[209]，蒙厖褫以拯人[210]。景三虑以营国兮[211]，荧惑次于它辰[212]。魏颗亮以从理兮，鬼亢回以敝秦[213]。咎繇迈而种德兮[214]，德树茂于英、六[215]。桑末寄夫根生兮[216]，卉既彫而已毓[217]。有无言而不雠兮，又何往而不复[218]？盍远迹以飞声兮[219]，孰谓时之可蓄[220]？

仰矫首以遥望兮[221]，魂惝惘而无畴[222]。偪区中之隘陋兮[223]，将北度而宣游[224]。行积冰之硙硙兮[225]，清泉沍而不流[226]。寒风凄而永至兮[227]，拂穹岫之骚骚[228]。玄武缩于壳中兮[229]，螣蛇蜿而自纠[230]。鱼矜鳞而并凌兮[231]，鸟登木而失条[232]。坐太阴之屏室兮[233]，慨含唏而增愁[234]。怨高阳之相寓兮[235]，伷颛顼之宅幽[236]。庸织络于四裔兮[237]，斯与彼其何瘳[238]？望寒门之绝垠兮[239]，纵余绁乎不周[240]。迅飙潚其媵我兮[241]，骛翩飘而不禁[242]。趋谽嘲之洞穴兮[243]，摽通渊之硥硥[244]。经重阴乎寂寞兮[245]，愍坟羊之潜深[246]。

追慌忽于地底兮，轶无形而上浮[247]。出右密之暗野兮[248]，不识蹊之所由[249]。速烛龙令执炬兮[250]，过钟山而中休[251]。瞰瑶溪之赤岸兮，吊祖江之见刘[252]。

聘王母于银台兮[253]，羞玉芝以疗饥[254]。戴胜慭其既欢兮[255]，又诮余之行迟[256]。载太华之玉女兮[257]，召洛浦之宓妃[258]。咸姣丽以蛊媚兮[259]，增嫮眼而蛾眉[260]。舒妙婧之纤䙱兮[261]，扬杂错之袿徽[262]。离朱唇而微笑兮[263]，颜的砾以遗光[264]。献环琨与玙缡兮[265]，申厥好以玄黄[266]。虽色艳而赂美兮[267]，志浩荡而不嘉[268]。双材悲于不纳兮[269]，并咏诗而清歌[270]。歌曰："天地烟煴，百卉含蘤[271]。鸣鹤交颈，雎鸠相和[272]。处子怀春，精魂回移[273]。如何淑明，忘我实多[274]。"

将荅赋而不暇兮[275]，爰整驾而亟行[276]。瞻昆仑之巍巍兮，临萦河之洋洋[277]。伏灵龟以负坻兮[278]，亘螭龙之飞梁[279]。登阆风之层城兮[280]，搆不死而为床[281]。屑瑶蕊以为糇兮[282]，𣂷白水以为浆[283]。抨巫咸以占梦兮[284]，乃贞吉之元符[285]。滋令德于正中兮[286]，含嘉秀以为敷[287]。既垂颖而顾本兮，亦要思乎故居[288]。安和静而随时兮[289]，姑纯懿之所庐[290]。

戒庶寮以夙会兮[291]，佥恭职而并迓[292]。丰隆轩其震霆兮[293]，列缺晔其照夜[294]。云师䨴以交集兮[295]，涷雨沛其洒涂[296]。轙琱舆而树葩兮[297]，扰应龙以服辂[298]。百神森其备从兮，屯骑罗而星布[299]。

振余袂而就车兮[300]，修剑揭以低昂[301]。冠咢咢其映盖兮[302]，佩綝纚以辉煌[303]。仆夫俨其正策兮[304]，八乘摅而超骧[305]。氛旄溶以天旋兮[306]，蜺旌飘而飞扬[307]。抚軨轵而还睨兮[308]，心灼药其如汤[309]。羡上都之赫戏兮，何迷故而不忘[310]。左青琱以揵芝兮[311]，右素威以司钲[312]。前长离使拂羽兮[313]，委水衡乎玄冥[314]。属箕伯以函风兮[315]，澂澒溶而为清[316]。曳云旗之离离兮[317]，鸣玉鸾之嘤嘤[318]。涉清霄而升遐兮[319]，浮蔑蒙而上征[320]。纷翼翼以徐戾兮[321]，焱回回其扬灵[322]。叫帝阍使辟扉兮[323]，觌天皇于琼宫[324]。聆广乐之九奏兮[325]，展泄泄以彤彤[326]。考治乱于律钧兮[327]，意建始而思终[328]。惟盘逸之无斁兮[329]，惧乐往而哀来[330]。素抚弦而余音兮[331]，大容吟曰念哉[332]。既防溢而静志兮，追我暇以翱翔[333]。

出紫宫之肃肃兮，集大微之阆阆[334]。命王良掌策驷兮，逾高阁之锵锵[335]。建罔车之幕幕兮[336]，猎青林之芒芒[337]。弯威弧之拨剌兮[338]，射嶓冢之封狼[339]。观壁垒于北落兮[340]，伐河鼓之磅硠[341]。乘天潢之汎汎兮[342]，浮云汉之汤汤[343]。倚招摇、摄提以低回剹流兮[344]，察二纪五纬之绸缪遹皇[345]。偃蹇夭矫娩以连卷兮[346]，杂沓丛颓飒以方骧[347]。䬘汨飂戾沛以罔象兮[348]，烂漫丽靡藐以迭逷[349]。凌惊雷之砊磕兮[350]，弄狂电之淫裔[351]。逾庬澒于宕冥兮[352]，贯倒景而高厉[353]。廓荡荡其无涯兮，乃今穷乎天外[354]。

据开阳而頫眄兮[355]，临旧乡之暗蔼[356]。悲离居之劳心兮，情悁悁而思归[357]。魂眷眷而屡顾兮[358]，马倚辀而徘回[359]。虽遨游以媮乐兮，岂愁慕之可怀[360]？

出阊阖兮降天途[361]，乘飙忽兮驰虚无[362]。云霏霏兮绕余轮[363]，风眇眇兮震余旟[364]。缤联翩兮纷暗暖[365]，倏眩眃兮反常闾[366]。

收畴昔之逸豫兮[367]，卷淫放之遐心[368]。修初服之娑娑兮[369]，长余佩之参参[370]。文章焕以粲烂兮，美纷纭以从风[371]。御六艺之珍驾兮，游道德之平林[372]。结典籍而为罟兮[373]，欧儒墨以为禽[374]。玩阴阳之变化兮[375]，咏《雅》、《颂》之徽音[376]。嘉曾氏之《归耕》兮[377]，慕历陵之钦崟[378]。共夙昔而不贰兮[379]，固终始之所服也[380]。夕惕若厉以省諐兮，惧余身之未勑也[381]。苟中情之端直兮[382]，莫吾知而不恧[383]。墨无为以凝志兮，与仁义乎消摇[384]。不出户而知天下兮[385]，何必历远以劬劳[386]！

系曰[387]：天长地久岁不留，俟河之清祇怀忧[388]。愿得远度以自娱，上下无常穷六区[389]。超逾腾跃绝世俗，飘飖神举逞所欲[390]。天不可阶仙夫希，《柏舟》悄悄吝不飞[391]。松乔高跱孰能离，结精远游使心携[392]。回志朅来从玄谋，获我所求夫何思[393]！

【说明】

此赋见《后汉书》卷五十九、《文选》卷十五。

这篇赋的写作背景，《后汉书·张衡传》作了这样的说明："（衡）后迁侍中，（顺）帝引在帷幄，讽议左右。尝问衡天下所疾恶者，宦官惧其毁己，皆共目之。衡乃诡对而出。阉竖恐终为其患，遂共谗之。衡常思图身之事，以为吉凶倚伏，幽微难明，乃作《思玄赋》，以宣寄情志。"《文选》旧注也说："顺、和二帝之时，国政稍微，专恣内竖，平子欲言政事，又为奄竖所谗蔽，意不得志；欲游六合之外，势既不能，义又不可，但思其玄远之道而赋之，以申其志耳。……老子曰：'玄之又玄，众妙之门。'"我们如果拿这些说明来与赋作相互比较，就不难看出，封建王朝的权柄全落到宦官群小的手里了。他们相互勾结，狼狈为奸，陷害贤者，扰乱朝政。在他们的打击诬陷下，有才能的人只得暂图退身。从表面看，这些人消极退缩了，但骨子里他们是不甘心的。张衡的这篇赋作，可说是对东汉后期黑暗王朝的揭露和控诉。现实生活中的张衡对恶势力也从未消极退避过。张衡迁侍中是在顺帝阳嘉年间（132～135），此赋即作于此时。

【注释】

①仰：敬慕。《论语·子罕》有"仰之弥高"句。玄训：有关玄远之德的教诲。

②弥：益，更加。弗：不。

③匪（fěi 诽）：通"非"。仁里：仁者所居之里。语出《论语·里仁》"里仁为美"。郑玄注："里者，民之所居。居于仁者之里，是为美。"后来因称风俗淳美的乡里为"仁里"。其：副词。焉：安，疑问副词。宅：居住。这句是说：不是仁里怎能居住？

④义迹:义士所留之足迹。引申为义士所留下的功业和言论。追:追随。以上两句是说:要遵先哲之训,居必择仁者之里,行必追义士先贤之迹。

⑤潜:暗暗地。服膺(yīng 英):谨记在心,衷心信服。靓(jìng 敬):通"靖"。扬雄《方言》:"靖,慎,思也。"

⑥绵:连续不断。衰:衰弱,衰退。引申为忘记之意。

⑦伊:与"维"同。句首语助词。中情:内心,隐藏在心里的思想和情感。信:诚实。修:善,美好。

⑧慕:倾慕。贞节:坚贞的节操。言行抱一谓之贞。

⑨竦(sǒng 耸):伸长脖子,抬起脚跟站立着,即站正,引申为敬谨之意。顺止:顺乎礼义。止,礼。

⑩绳墨:比喻规矩或法度。跌:摔倒。这里引申为失足或失误。

⑪团团:犹"慱慱(tuán 团)",忧苦不安貌。《诗·桧风·素冠》:"劳心慱慱兮。"应悬:与悬旌相应。《战国策·楚策一》载苏秦为赵合纵说楚威王,威王说:"寡人卧不安席,食不甘味,心摇摇然如县旌而无所终薄。"

⑫结:凝固。喻诚心坚不可解。《诗·小雅·正月》:"心之忧矣,如或结之。"

⑬旌:彰明。性行:德行。制:制造。佩:身上佩带的饰物。

⑭佩:佩带。夜光:夜明珠。琼枝:玉树。以明珠玉树比喻美行。

⑮縎(zuǎn 纂):《文选》作"纗",系,结。秋华:秋天的花。华,同"花"。

⑯缀:连。江蓠(lí 梨):芳草名。《楚辞·离骚》:"扈江离与辟芷兮,纫秋兰以为佩。"

⑰襞(pì 辟)积:原指衣服重叠的皱褶,引申为重叠。酷烈:香气浓郁。

⑱允:诚信。尘邈(miǎo 秒):历时久远。亏:亏损,减少。

⑲既:虽。姱(kuā 夸):美好。鲜:少,寡。

⑳攸:所。珍:珍惜,看重。这两句是说:虽然自己品行美好无双,但不为时俗所看重。

㉑奋:振作,发扬。荣:草的花。这里喻美德。莫:没有谁。

㉒播:散,布。香:喻美德。以上两句喻自己的美德不为人所知,即自己的仁德才能不为世所重。

㉓幽:隐居。仄陋:隐僻鄙陋之处。

㉔敢:副词。用于反问,有"岂敢"的意思。怠:松懈。皇:闲暇。此两句是说:抱此道独居偏僻之处,却不敢松懈自己舍此勤劳之事。

㉕幸:庆幸,所幸。二八:即八元和八恺。据《左传·文公十八年》记载:"高阳氏有才子八人……天下之民谓之八恺。高辛氏有才子八人……天下之民谓之八元。" 遻(è 恶):《文选》作"遌",意外相遇。虞:即虞舜,古之贤君。他重用八恺八元,天下大治。

㉖喜:《文选》作“嘉”,高兴、庆幸之意。傅说:人名。古殷国的丞相。生殷:即生于殷。殷指殷高宗。意为殷高宗举以为相。

㉗尚:崇尚,仰慕。前良:指二八、傅说等人。遗风:好的传统。

㉘恫(tōng 痛阴平):痛。后辰:即后代。无及:赶不上。

㉙茕茕(qióng 穷):独行貌。

㉚孑:孤单。状“不群”。不群:不合群。介:特,独特。

㉛鸾(luán 峦)、鷖(yī 医):指鸟名。《楚辞》王逸注为凤凰别称,喻为君子。特栖:孤独地栖息。

㉜淑:善良。稀:稀少。合:投契,融洽。

㉝无合:不投契。伤:损伤,损失。

㉞患:担心,忧虑。冒:覆盖,遮盖。此二句是说:不遇尚可,怕的是众假冒真。

㉟旦:指周公。名旦,周文王子,周武王弟。讟(dú 读):诽谤,怨言。群弟:指周公旦的弟弟管叔、蔡叔等。

㊱启:打开。金縢(téng 腾):用铜皮封缄藏秘密文书的柜子。相传周武王临终,欲周公代武王,书策纳于金縢之框中。武王既丧,成王立。周公摄政。管叔、蔡叔流言于国曰:“公将弗利于孺子。”秋,大熟未获,天下雷电以风。王与大夫启金縢之书,乃得武王之策,方信周公之忠于国家。事见《尚书·金縢》。

㊲蒸民:百姓。蒸,通“烝”,众。僻:不正,邪。

㊳畏:害怕,恐惧。立:建立。辟(bì 必):法。以:而。

㊴曾:乃。《文选》作“增”,“增”通“曾”。烦毒:烦恼,烦忧。迷或:《文选》作“迷惑”,不明事理,胸无所主。

㊵羌:语气词。《文选》五臣本作“嗟”。孰:谁。已:语气词。用法同“矣”。此句是说:自己无知音可以与之言。

㊶私:私下,偷偷地。湛:深。怀:思念。

㊷思:思绪。缤纷:交错杂乱貌。这里指思绪纷扰。不理:没有条理。

㊸竭力:竭尽心力。守:遵守。

㊹虽:即使。贫:贫困,与“富”相对。穷:不得志,不显贵。与“达”相对。

㊺执:拿。雕虎、象:指兽名。《文选》作“彫虎”。《尸子》卷下载:“中黄伯曰:‘余左执太行之獿(náo 挠)而右搏雕虎,唯象之未与,吾心试焉。有力者则又愿为牛,欲与象斗以自试。今二三子以为义矣。将恶乎试之?夫贫穷,太行之獿也;疏贱者,义之雕虎也。而吾日遇之,亦足以试矣。’”

㊻阽(diàn 店):临近,一般指险境而言。跟:踵。止:《文选》作“趾”。《尸子》卷下曰:“莒国有名焦原者,广数寻,长五十步,临百仞之溪,莒国莫敢近也。有以勇见莒子者,独却行齐踵焉,莒国莫之敢近已,独齐踵焉,所以服莒国也。夫义之为焦原也亦高矣,是故贤者之于义也,必且齐踵焉,此所以服一世也。”齐

踵:即脚跟与焦原之石临溪处齐。《文选》李善注:"彫虎以喻贫,试象以喻竭力,焦原以喻义。言已以执彫虎之贫穷,愿竭试象之力,而守焦原之义。"

㊼庶(shù 树):庶几,副词。表示期望。斯奉:指"执雕虎"二句。斯,是。奉,奉守。周旋:行步,转折之状。这里指坚持反复实践自己的理想。《孟子·尽心下》:"动容周旋中礼者,盛德之至也。"

㊽要:探求,求取。《文选》作"恶"。既:到。已:停止。此两句是说:追求奉此信义周旋至死,而后才会停止。

㊾俗:风俗,时俗。迁渝:变易。化:变化,改变。

㊿泯(mǐn 敏):灭。规矩:画圆方的器具,这里指礼法、规则。

51珍:意动用法。以(视)……为珍,珍爱。萧艾:即"艾蒿",臭草。与香草相对,喻小人。重笥(sì 四):双重的方形竹器,用以盛饭食或衣物。

52蕙芷:香草名。这两句是说:当权者以邪佞小人为宝,反视忠贤为邪佞。

53斥:斥退,摈弃。西施:春秋末年越国之美女。御:宠幸。

54羁:拘束,束缚。"羁"字,《文选》作"絷"。要袅(niǎo 袅):骏马。与上文"西施"同喻指贤者。服箱:拉大车。服,使用。箱,车箱,此指重货车。骏马长于奔跑,宜于乘坐,现都用以拉车,当驽马用。

55陂僻:《文选》作"颇僻",邪僻不正。获志:得志,得意。

56循:遵循。离:通"罹",遭受。殃:祸害。

57惟:思,考虑。

58何:为什么。遭遇:遭逢。无常:指此无常道之时代。

59抑:压抑,降低。操:操守。苟容:苟且取容于世。

60譬:譬喻,比喻。临:面对。航:船。

61巧笑:原指俏丽的笑容,这里有讨好的意思。《诗·卫风·硕人》:"巧笑倩兮。"干:求取。

62尝:《文选》旧注曰:"尝,行也。"这两句是说:巧笑干媚非我心所行之事。

63袭:穿。温恭:即"温良恭俭让"(《论语·学而》)的省文,是符合礼义的行为准则。黻(fú 弗)衣:古代的一种礼服,绣有黑与青相间的花纹。

64披:《文选》作"被",音义皆同。绣裳:绣有花纹的衣服。

65辫(biàn 变):动词,编织。贞亮:坚正亮直。鞶(pán 盘):大带。

66杂:掺杂,混合。技蓺:技艺,本领。珩(héng 衡):佩玉的一种,形似盘而小。

67昭:彰明,显扬。彩藻:文采华藻。雕琢:修饰文辞。

68璜(huáng 黄):佩玉,形如半璧。弥:更加。

69淹:滞留。栖迟:游息。恣欲:放纵欲望。

70燿(yào 耀)灵:太阳。忽:快捷。其:语气词。西藏(cáng 仓阳平):指日落西方。比喻岁月流逝。以上八句是说:自己用温恭、礼仪、贞亮、伎艺集成美德以饰其冠带，冠带上彩藻雕琢既明，而且佩玉之声十分长远。穿此美服而恣意游息，年华瞬息逝去就如同日之西落。

⑦恃(shì是)：依靠，凭借。己知：指自己的才能。知，同“智”。华予：认为自己华美有文采。

⑦鶗鴂(tí jué题决)：鸟名。即伯劳鸟、杜鹃。不芳：指百草没有了香气。芳，香，香气。这里是指自己为邪佞所蔽，不得进用。或喻自己年老，错失施展才能的机会。

⑦冀：希望。三秀：花开三次。禾类、草类开花叫“秀”。芝草因每年开花三次，故名“三秀”。《楚辞·九歌·山鬼》：“岁既晏兮孰华予？采三秀兮于山间。”

⑦遒(qiú求)：迫近。此句是说：芝草迫于霜露则不得秀茂，喻贤才被谗。

⑦亹亹(wěi伟)：行进貌。代序：时序更替。

⑦畴：谁。比伉(kàng抗)：犹比偶。指同游。

⑦咨：嗟叹。妒：恶。嫮：同“嫭(hù户)”，美好。并：并存，并列。

⑦依：依从，跟随。韩：指齐仙人韩众。一作“韩终”。《楚辞·远游》洪兴祖《补注》：“《列仙传》：齐人韩终，为王采药，王不肯服，终自服之，遂得仙也。” 流亡：指远游。《楚辞·离骚》：“宁溘死以流亡兮。”

⑦恐：害怕。渐冉：逐渐，渐渐过去。指时间流逝。无成：不能成功。

⑧蔽：遮住，遮掩。章：彰明，显扬。这两句是说：担心跟韩众走，学不成仙，留下来又将为邪佞所掩蔽。

⑧犹与：同“犹豫”。狐疑：犹豫不决。

⑧即：走近，靠近。岐(qí奇)：山名，即岐山。在陕西省岐山县城东北。岐山是周文王为殷诸侯时的封地。岐址：岐山之下。摅(shū舒)情：表达情志。

⑧文君：周文王。端：详审。蓍(shī师)：草名，用以占卜。端蓍：占卜。相传文王被纣囚羑里时，曾演《周易》(作卦辞)。

⑧利：吉利。遁：《周易》卦名。“上九，肥遁，无不利。”“肥”借为“飞”。“飞遁”是说其退隐之速如鸟飞之急，见机而去，故无不利。

⑧历：经过。周流：周游。

⑧迅：快，迅速。扬声：高扬声名。历众山、翼迅风：《文选》旧注：“从初至三为艮，艮为山，故曰‘历众山’。从二至四为巽，巽为风，故曰‘翼迅风’。”

⑧二女：《文选》旧注：“遁上九变为咸。……《说卦》曰：巽为长女，兑为少女，俱在艮上，艮即是山，故云感二女于崇岳。岳即山也。”

⑧冰折而不营：《文选》旧注曰：“《说卦》曰：乾为冰而变为兑，故曰‘冰折物’也。毁折不可经营，故曰‘不营’。”

⑧“天盖”二句：《文选》旧注：“互体四至乾变为兑，兑为泽。天为泽，言天高尚为泽，虽复险戏，世路可知，谁言路不通者乎？欲其行也。”以上八句借卦象说明逃世肥遁之利，虽有曲折，毕竟可行。

⑩勔(miǎn 勉):勉力。自强而不息:见《易·乾卦·象》:"天行健,君子以自强不息。"

⑪蹈:踏上。玉阶:天子之阶。乾为玉,故曰"玉阶"。言我虽欲去,犹恋玉阶不思去,言尚欲进忠贤。峣(yáo 摇)峥:高峻貌。以上十句写的是文王为作者占卜以及为之讲解所得卦文的含义。

⑫惧:担心。筮(shì 誓)氏:用蓍草占卜的人。长短:古人以为,龟卜为长,蓍占为短。事见《左传·僖公四年》。

⑬钻:指在龟甲上钻孔,然后在火上烤出裂纹,以定吉凶。东龟:占卜用的龟甲。龟有六种,青色为东龟。祯(zhēn 珍):吉祥。这两句是说:虽得吉卦,仍担心占卜的蓍草不准确,因此另外又钻研龟甲以观其祯。

⑭九皋(gāo 高):深泽。《诗·小雅·鹤鸣》:"鹤鸣于九皋,声闻于天。"介鸟:大鸟,指鹤。

⑮怨:怨恨。素意:本心,平素的心意。逞:施展。

⑯尘外:指尘埃之外。瞥:眼光掠过,匆匆一看。

⑰据:盘踞,占据。冥翳(yì 意):幽暗。这两句是说:鹤游于尘埃之外,哀鸣于幽暗之中。以比喻己之孤洁。

⑱雕:似鹰的猛禽。鹗(è 饿):俗称"鱼鹰"。这里以雕鹗喻指小人。竞:争逐。于:犹"为"。

⑲我:指鹤。作者以此自喻。修洁:美好而纯洁。益:增长,加多。荣:光荣,荣耀。以上六句是用龟甲占卜所得的卦文。

⑳子:对人的尊称,相当于"您"。这里指作者。有故:有旧。玄鸟:鹤。

㉑母氏:《文选》李善注:"喻道也。"宁:安宁,安定。这两句是文王的话,他说作者与玄鸟有旧,唯归于道,方能获得安宁。

㉒占:指占卜的结果。既:既然。无悔:无灾祸。

㉓简:选择。元辰:吉日。俶(chù 处)装:整装。

㉔旦:早晨。沐(mù 目):洗头。清原:古地名。一名"清"。属春秋晋地,在今山西省稷山县。一说,清澈的水源。

㉕晞(xī 西):晒干。朝阳:山的东面。

㉖漱:漱口。沥(lì 历):水下滴。

㉗咀:品味,细嚼。石菌:生长在石上的灵芝草。一种菌类植物。流英:飘落的灵芝花瓣。

㉘翾(xuān 宣)鸟:小飞的鸟。翾,小飞。举:起飞。

㉙走:奔向,趋向。八荒:八方荒远之地。《文选》李善注引《淮南子》曰:"四海之外有八泽,八泽之外曰八埏,八埏之外曰八荒。"

㉚少皞:同"少昊",传说中古代东夷族首领,修太昊之法,故曰"少昊"。以金德王,故众曰"金天氏"。都曲阜。穷野:穷桑之野。穷桑是少皞所居处,在今

山东省曲阜市。

⑪三丘：古代传说东海有蓬莱、方丈、瀛洲三山，为神仙所居，又称“三神山”。乎：介词，向。句（gōu 沟）芒：《左传·昭公二十九年》载，少皞氏有四叔——重、该、修、熙。重为句芒，即木正，是主木之官。

⑫道真：道之真旨。淳、粹：《文选》旧注：“不浇曰淳，不杂曰粹。”

⑬秽累：尘俗污秽的牵累。票轻：飘举轻扬。“票”，《文选》李善注本作“飘”，《文选》五臣本作“彯”。

⑭容与：闲暇自得貌。

⑮鳌（áo 熬）：传说中的海中大龟。抃（biàn 变）：鼓掌跳舞，表示欢欣。不倾：不歪斜。《楚辞·天问》：“鳌戴山抃，何以安之。”即指大龟顶着大山跳舞，大山怎会稳固。

⑯采：摘取。芝：灵芝草。

⑰聊且：姑且。以：用（灵芝草）。

⑱凭：依靠。遐（xiá 暇）：远。逝：往。

⑲扶桑：传说中的日出处的神树。后借以代指日出处。

⑳噏（xī 西）：吸取。青岑（cén 涔）：《文选》旧注：“青岑，山名，上高者曰岑。”醴（lǐ 里）：甜美的泉水。

㉑沆瀣（hàng xiè 杭去声 械）：夜间的水汽，露水。

㉒发：表现，显露。木禾：谷物之一种。《山海经·海内西经》：“昆仑之虚，方八百里，高万仞，上有木禾，长五寻，大五围。”这句话是说：夜里梦见木禾生于昆仑之上。为下文“抨巫咸以占梦”埋下伏笔。

㉓谷：《文选》旧注：“谷，生也。”昆仑：昆仑山。冈：山脊。

㉔汤谷：亦作“旸（yáng 扬）谷”，传说中的日出处。

㉕从：跟随。伯禹：即夏禹。传说中古代部落联盟首领。稽（jì 计）山：即会稽山。在今浙江省中部。相传夏禹至茅山大会诸侯，计功封爵，始名会稽，即会计之意。

㉖集：《文选》作“嘉”，赞美，嘉奖。执：拿着。玉：玉帛，指古代诸侯参与会盟朝聘时所持的礼物。《左传·哀公七年》：“禹合诸侯于涂山，执玉帛者万国，今其存者，无数十焉。”

㉗疾：厌恶，憎恨。防风：即防风氏。食言：谓言而无信，不履行诺言。《国语·鲁语下》：“昔禹致群神于会稽之山。防风氏后至，禹杀而戮之，其骨节专车，此为大矣。”

㉘长沙：即今湖南省长沙市。从会稽山西南向长沙，故称“邪径”。邪：通“斜”。

㉙存：存问。重华：虞舜名。南邻：舜葬苍梧，在长沙之南，故曰。

㉚二妃：指尧的两个女儿娥皇、女英，两人同是舜的妻子。传说舜南巡，死

于苍梧之野，未跟随他同去的二妃闻讯后，赶往南方，最后死于江湘之间。未从：指二妃生未能随从，死未能随葬。

⑬翩傧(bīn 彬)：《后汉书·张衡传》李贤注："翩，连翩也。傧，弃也。"《文选》李周翰注："美貌。"似乎不通。濒(bīn 彬)：水边。

⑬流目：游目，浏览。放眼随意观看。眺：远看，眺望。衡：即衡山，在湖南省衡山县西。俯瞰湘江，山势雄伟，有七十二峰。祝融峰最高，传说为祝融游息之所。阿(ē 婀)：山曲。

⑬睹：看见。黎：指颛顼之子祝融，为高辛氏之火正(即火官)。圮(pǐ 痞)坟：坍塌的坟墓。

⑬无：不。怀：《文选》李善注："怀，归也。"

⑬托山陂以孤魂：即以孤魂托于山坡。托，寄托。

⑬蔚蔚：同"郁郁"，忧伤沉闷貌。以：连词，相当于"而"。慕：倾慕，思慕。

⑬卬(áng 昂)州：《文选》旧注："州，正南州名也。《四海图》曰：'交、广南有卬州，其处极热。'"愉敖：欢游。

⑬跻(jī 机)日：上升的太阳。昆吾：《文选》李善注引《淮南子》曰："日出于旸谷，至于昆吾，是谓正中。"

⑬憩(qì 弃)：休息。陶：犹炎炽也。

⑭芒熛(biāo 标)：迸飞的火焰，火光四射。绛：大红色。此处乃名词用如使动词，使……变成大红色。

⑭泫沄(xuàn yún 渲云)：水涌流貌。涌涛：指水受热沸腾。

⑭温风：热风。翕(xī 西)：聚合。

⑭惄(nì 逆)：忧思伤痛之意。郁悒(yì 义)：苦闷，忧愁。聊：依靠，依赖。

⑭顝(kū 窟)：孤独。羁(jī 机)旅：作客他乡。

⑭余：我。安能：怎么能。兹：这里。

⑭顾：回头看。金天：古帝少昊的称号，这里指少昊所在的地方。一说为西方。因为古五行说以金为秋，属西方。

⑭嬉(xī 西)：游戏。

⑭麾(huī 挥)：古代用来指挥军队的旗帜。

⑭缅(xǐ 喜)：系。朱鸟：亦称"朱雀"，四象之一。二十八宿体系形成后，由南方七宿组成鸟象。承：承担。这两句是说：作者到了南方后又欲往西方，所以让南方的神为他举旗引道。

⑮躔(chán 缠)：《文选》旧注："躔，息也。"即停留。《文选》李善注："《方言》曰：'日建为躔。躔，行也。'"一说，"躔"原意为兽迹所至，此泛指行径。建木：木名。广都：地名。《文选》李善注引《淮南子》曰："建木在广都，若木在建木西，末有十日，其华照下地。"

⑮拓：折。《文选》作"摭(zhí 值)"。摭，拾取。若华：古代神话中若木的花。

踌躇:不行貌,驻足。这两句是说:休息于建木之下,拾若华而不前。

⑮轩辕:指轩辕国。《山海经·海外西经》:“轩辕之国在此穷山之际,其不寿者八百岁。”

⑯汪氏:《文选》李善注:“汪氏国在西海外,此国足龙鱼也。”《山海经·海外西经》:“龙鱼陵居在其北,状如狸(鲤),一曰虾。即有神圣乘此以行九野。一曰鳖鱼,在夭野北,其为鱼也如鲤。”

⑰曾:副词,用来加强语气。焉:怎么。娱余:使我娱乐。这两句是说:虽然轩辕、汪氏之国人皆寿至千岁,但是还不足以使我娱乐,而不复他往。

⑱九土:九州。殊风:不同的风俗。

⑲从:跟随。蓐(rù 入)收:传说中上古的金官,即西方之神。遂:于是。徂(cú 殂):往。

⑳欻(xū 需):突然,迅疾貌。蝉蜕:原指蝉的外壳,比喻解脱。

㉑朋:结交。精粹:精英,精美纯粹之人。徒:指同类的人。

㉒蹶(jué 掘):踩踏。白门:《淮南子·地形训》:“八纮之外,乃有八极……西南方曰偏驹之山,曰白门。”

㉓云:句首语气词。台(yí 移):第一人称代词,我。中野:旷野之中。

㉔乱:横渡。弱水:古水名。《山海经·大荒西经》:“西海之南,流沙之滨,赤水之后,黑水之前,有大山,名曰昆仑之丘。……其下有弱水之渊环之。”郭璞注:“其水不胜鸿毛。”潺湲(chán yuán 缠原):水缓流貌。

㉕逗:停留,停顿。华:即大华山,古称“西岳”,是华山的主峰。阴:山的北面为阴。湍:水势急。渚(zhǔ 主):水中的小块陆地。

㉖号:大声呼叫。冯夷:传说中的水神名。相传冯夷是华阴潼乡堤首人,服八石,得水仙,是为河伯。一云八月庚子,浴于河而溺死。俾(bǐ 比):使。清津:使津清。是说驱除渡口的闲人。津,渡口。

㉗棹(zhào 照):摇船的用具。这里用作动词。济:过河,渡。予:我。

㉘会:副词,恰好,正巧。帝轩:即黄帝,姬姓,号轩辕氏。

㉙怅:惆怅,思虑。相佯:徘徊。延伫:久立,引颈而望。

㉚呬(xì 细):通“悃”。《尔雅·释诂下》:“呬,息也。”河林:地名。蓁蓁(zhēn 真):草盛貌。

㉛伟:壮美。《关雎》:《诗》首篇。女:女色。

㉜黄灵:黄帝。詹(zhān 沾):至。访:谋,谘问。

㉝摎(jiū 鸠):通“求”。如:之。

㉞曰:指黄帝所言。《文选》吕延济注:“黄帝言天道不可知,若近而信之,远而疑之,此两者六经所不书。”

㉟六籍:即六经。阙(quē 缺):空缺。

㊱神逵(kuí 葵):即天道。逵,道也。昧(mèi 妹):昏暗。覆:察看,审察。

⑰④畴(chóu 愁):通"谁"。《尚书·舜典》:"帝曰:'畴若予工?'"克:能够。谟(mó 磨):计谋,谋略。诸:之乎。

⑰⑤此句语出《淮南子·俶真训》:"昔公牛哀转病也,七日化为虎。其兄掩户而人觇之,则虎搏而杀之……不知其且为虎也。"

⑰⑥昆:兄,这里指牛哀之兄。噬:吞食。

⑰⑦鳖令:蜀王名。又作"鳖灵"。扬雄《蜀王本纪》载,荆人鳖令,死后尸体在江中逆流而上至成都,见蜀帝杜宇,杜宇拜他为相,后来望帝杜宇认为自己德行不如鳖令,于是把皇位禅让给鳖令。殪(yì 意):死。亡:失去,引申为"去"。

⑰⑧取:获取,得到。禅:传,以帝位让人曰"禅"。引:延长。引世:世代绵延不断。

⑰⑨错:错落不齐。

⑱⓪司命:星官名。这里指掌管人的性命的神灵。晰:昭晰,目明。《文选》李善注本作"晣(zhì 制)",五臣注本作"晰"。

⑱①"窦号"二句:窦,指汉文帝窦皇后,景帝母。《汉书·外戚传上》载吕太后时,出宫人以赐诸王。窦姬家在清河,原姓赵。宦者误置代伍中。窦姬涕泣而行。至代。代王独幸窦姬。生女嫖及景帝。及代王立为帝(文帝),王后及所生四男皆病死,而立窦姬为皇后,子为太子。后太子继位为景帝。景帝生十四子,后至光武中兴。号:哭。膺祚:受位。繁庑:茂盛。

⑱②王:指汉平帝王皇后,王莽女。肆:恣意。侈(chǐ 耻):邪行。这句是说:王皇后当时在汉廷之上恣意妄为。

⑱③卒:终于。衔恤(xián xù 咸絮):含哀。绝绪:指王皇后没有子女,与前句窦后的"繁庑"相对。详见《汉书·王莽传》。

⑱④尉:官名。这里指都尉颜驷。龙(máng 忙)眉:眉毛斑白,形容年迈。《汉武故事》:"上尝辇至郎署,见一老髭须皓白,衣服不完。上问曰:'公何时为郎,何其老矣?'对曰:'臣姓颜名驷,江都人也。文帝时为郎。'上问曰:'何不遇也?'驷曰:"文帝好文,臣好武;景帝好老,臣又少;陛下好少,臣已老。是以三世不遇。'上感其言,拜为会稽都尉。"郎潜:指不被重用,老于郎署。

⑱⑤逮(dài 代):及,到。三叶:即三世,指由文帝到武帝。遘(gòu 构):遇到。

⑱⑥董:指董贤。弱冠:古代男子二十岁行冠礼。故用以指二十岁男子。司:掌管。衮(gǔn 滚):古三公的礼服,绣有龙纹,龙首朝下。据《汉书·佞幸传》载,董贤二十二岁为大司马,尊宠无比。哀帝崩,贤畏罪自杀,其家惶恐夜葬。莽疑其诈死,发贤棺,至狱检视,因埋狱中。

⑱⑦设:建造。王隧(suì 碎):像君王一样的坟墓。隧,墓道。弗:没有。处:居住。这句意思是:董贤虽建造了王隧,但不得安寝,因埋狱中。

⑱⑧夫:句首语气词。相仍:相因。指吉凶相互依存。

⑱⑨恒:常。反侧:反复无常。靡所:无定所。

⑲⓪穆、叔：指鲁国的叔孙豹，穆是其谥号。牛、竖，指竖牛，豹之子。竖，官名，小臣。《文选》李善注引《左氏传》曰："穆，叔孙穆子，名豹，鲁大夫，有罪走向齐，及庚宗，遇妇人通之。有子在齐，梦天压己，不胜，顾而见人，黑而上偻，深目而猳喙，号之曰：'牛助余。'乃胜之。旦而瞻其徒，无之。后穆子还过庚宗，妇人献雉，穆子问之曰：'女有子乎？'曰：'余子已能捧雉而从我矣。'而见之，则所梦也，未问其名，号之曰牛，曰：'唯。'使为竖。牛欲乱其室而有之。叔孙疾，牛诈谓外人曰：'夫子疾病，不欲见人。'使寘馈于介而退。牛不进叔孙，覆器空而还之，示君已食。穆子遂饿而死。"负：背负。指叔孙豹"梦天压己"。悦：喜欢，喜爱。乱：扰乱，引申为背叛，谋叛。幽主：幽禁主人，把叔孙豹幽禁起来不会见人，不使进食。

⑲①文：指晋文公。袪（qū 驱）：袖口。忌：怨。伯：指寺人勃鞮，字伯楚。《文选》李善注："《国语》曰：初，献公使寺人勃鞮伐文公于蒲城，文公逾垣，勃鞮斩其袪。及入，勃鞮求见。于是吕甥、冀芮畏逼，悔纳公，谋作乱，伯楚知之，故求见公，公遽见之，伯楚以吕、郄之谋告公。"

⑲②阉：指寺人勃鞮。谒：告也。贼：指吕甥、冀芮。宁：安宁。后：指晋文公。吕、冀作乱，勃鞮以告晋文公，晋文公会秦伯于王城，诱杀吕等。

⑲③通人：指叔孙穆子、晋文公等。暗：分辨不清。好恶：指穆子起初喜欢竖牛，后来却因以饿死；晋文公始怨勃鞮，终以告贼。

⑲④岂：何况。爱惑：《文选》作"昏惑"。剖：分清。《后汉书·张衡传》李贤注："言通人尚暗于好恶，况爱宠昏惑者岂能分之。"

⑲⑤嬴：指秦始皇。擿（tī 梯）：揭发。谶（chèn 趁）：指《录图》。《文选》李善注："《苍颉篇》，谶书，河洛书也。《说文》曰：'谶，验也。'"戒：防备。

⑲⑥备：戒备。发内：指秦亡于内，赵高杀胡亥，非亡于外部的北胡。《史记·秦始皇本纪》载："燕人卢生使入海还，以鬼神事，因奏录图书，曰'亡秦者胡也'。始皇乃使将军蒙恬发兵三十万人北击胡，略取河南地。"

⑲⑦辇：载运。贿：财物。辇贿：运送财物。违车：避开车子。车又为人名，即张车子。《文选》李善注："昔有周犨者，家甚贫，夫妇夜田。天帝见而矜之，向司命曰：'此可富乎？'司命曰：'命当贫，有张车子财可以假之。'乃借而与之期，曰：'车子生，急还之。'田者稍富。致赀巨万。及期，忌司命之言，夫妇辇其贿以逃，与行旅者同宿。逢夫妻寄车下宿，夜生子，问名于夫，夫曰：'生车间，名车子。'从是所向失利，遂便贫困。"

⑲⑧孕：怀孕。为对：即为之对，与……相对。

⑲⑨慎：指梓慎，春秋郑国人。灶：指裨（pí 皮）灶，与梓慎同时代人，二人皆以预测天气而出名。显：出名。言天：预言天气，预测天象。

⑳⓪占：占卜，推测。水火：指涝旱之灾。妄：虚妄，任意。谇（suì 岁）：告知。此二句是说：梓慎和裨灶二人是显明天道之人，亦有不验之妄告。说明天道难

知。事见《左传·昭公十七年》及《左传·昭公二十四年》。

㉑梁叟:梁国老人。患:害怕,担心。黎丘:地名,梁国之北地名为黎丘。

㉒丁:当。厥(jué 决):其,代词,代指梁叟。事(zì 自)刃:通"剚"、"倳(zì 自)",用刀刺入人体。《吕氏春秋·疑似》:"梁北有黎丘部,有奇鬼焉,喜效人之子侄昆弟之状。邑丈人有之市而醉归者,黎丘之鬼效其子之状,扶而道苦之。丈人归,酒醒,而诮其子曰:'吾为汝父也,岂谓不慈哉?我醉,汝道苦我,何故?'其子泣而触地曰:'孽矣!无此事也。昔也往责于东邑,人可问也。'其父信之,曰:'嘻!是必夫奇鬼也!我固尝闻之矣。'明日端复饮于市,欲遇而刺杀之。明旦之市而醉,其真子恐其父之不能反也,遂逝迎之。丈人望其真子,拔剑而刺之。丈人智惑于似其子者,而杀于真子。"

㉓亲:亲人。睇:视。识:认识。

㉔矧(shěn 审):况,何况。《文选》刘良注:"叟视其子,尚不识而杀之,况此数者,幽冥之事,岂可定信!"

㉕绵(mián 眠)挛:牵制,牵扯。涬(xìng 杏):亦作"幸",引也。

㉖疢(chèn 趁):通"疹",病。此二句说明,不要牵制于俗,引忧于己身。

㉗监:视,看。孔:甚。

㉘棐(fěi 匪):辅助。忱(chén 沉):诚实,真诚。佑:助。这二句是说:上天看得非常精楚,用以辅佑诚信仁德之人。

㉙汤:指汤帝。商朝国君。蠲(juān 捐):通"涓",清洁。《文选》李善注:"《吕氏春秋》曰:'汤克夏,大旱七年,乃以身祷于桑林,自以为牺牲,用祈于上帝,民乃甚悦,雨乃大至。'"

㉚蒙:受到。厖褫(máng sī 忙斯):《尔雅·释诂》:"厖,大也";"禠,福也"。

㉛景:指宋景公。虑:谋。营:拯救。

㉜荧(yíng 营)惑:古时称火星为"荧惑"。次:舍,退避。《吕氏春秋·制乐》:"宋景公之时,荧惑在心。公惧,召子韦而问焉,曰:'荧惑在心何也?'子韦曰:'荧惑者,天罚也;心者,宋之分野也。祸当于君,虽然,可移于宰相。'公曰:'宰相,所与治国家也,而移死焉,不详(一作"善")。'子韦曰:'可移于民。'公曰:'民死,寡人将谁为君乎,宁独死。'子韦曰:'可移于岁。'公曰:'岁害则民饥,民饥必死,为人君而杀其民以自活也,其谁以我为君乎?是寡人之命固尽矣,子无复言矣!'子韦……曰:'……君有至德之言三,天必三赏君,今昔荧惑其徙三舍,君延年二十一岁。'"次于它辰:指荧惑退三舍。

㉝魏颗:魏武子之子,晋国大夫。他在辅氏(今陕西大荔东)击败秦军,俘获大力士杜回。这是因为他做好事得到报答。《左传·宣公十五年》:"初,魏武子有嬖妾,无子。武子疾,命颗曰:'必嫁是。'疾病,则曰:'必以为殉。'及卒,颗嫁之,曰:'疾病则乱,吾从其治也。'及辅氏之役,颗见老人结草以亢杜回,杜回踬而颠,故获之。夜梦之曰:'余,而所嫁妇人之父也。尔用先人之治命,余是以

报。'”亮:信。理:一作“治”,犹言清醒。亢:犹言遮拦。敝:损害。

⑭咎繇:即皋陶,舜臣。迈:行。种:散布。种德:散布德行。

⑮英、六:皆国名。约在今安徽省六安县境。《史记·夏本纪》:“皋陶卒,封皋陶之后于英、六。”茂:通“懋(mào茂)”,盛,美。

⑯桑末:桑树之末。寄:倚托,倚靠。根生:寄生。

⑰卉:草木的统称。彫:同“凋”,谢,落。毓:同“育”。此二句是说:百草至寒皆凋落,独寄生于桑末的花卉独荣。比喻皋陶之后,封于英、六,众国已灭,而英、六独存。

⑱雠:通“酬”,答。复:返。《文选》李善注:“迈德行仁,必贻后庆,如有言必酬,有往必复也。《毛诗·抑》曰:'无言不酬,无德不报。'《礼记·曲礼上》曰:'往而不来,非礼也。'”

⑲盍(hé何):何不。远迹:远游。飞声:扬声,广播德行。

⑳蓄:等待。《文选》李善注:“何不远迹以飞声,辨六合而访道,谁谓时之可蓄。”此二句是说:时光易逝,时不再来。按,以上二十八句皆假黄灵之言。

㉑矫首:抬头。

㉒惝(chǎng场)罔:惆怅失望。畴:通“俦(chóu酬)”,伴侣。

㉓偪:《文选》作“逼”,迫也。司马相如《大人赋》:“悲世俗之逼隘。”区中:指中国。

㉔度:向。亘:遍。《楚辞·九怀·通路》:“亘游兮列宿,顺极兮彷徉。”

㉕积冰:指北方。《淮南子·坠形训》:“北方曰积冰,曰委羽。”高诱注:“北方寒,冰所积,因以为名。委羽,山名,在北极之阴,不见日也。”磑磑(ái哀阳平):通“皑皑”,积雪之貌。

㉖冱(hù护):冻结。

㉗凄:凄厉,寒冷。永至:久至。

㉘拂:击打。穹岫(qióng xiù穷秀):山峰也。骚骚:风声。

㉙玄武:古代神话中的北方之神。其形象为龟或龟蛇合体。壳(qiào俏):甲壳。

㉚螣蛇:亦作“腾蛇”,似龙,传说能腾云驾雾。蜿(wān弯):蜷曲。纠:缠绕。

㉛矜鳞:竦动鳞甲,形容寒冷。并凌:结冰。

㉜登:攀。条:树枝。失条:失于枝条,指从树枝上跌落下来。

㉝太阴:北方极阴之地。屏:蔽。

㉞慨:叹息。唏:抽泣。增:更加。

㉟怨:怨恨。高阳:五帝中颛顼之帝号。相:视,看中。寓:居所。

㊱倁(qiòng穷去声):小貌。宅幽:居于北方。

㊲庸:劳碌。织络:犹经纬往来也。络,一作“路”。四裔:四方边远之地。

㉘斯：指北方。彼：指南、东、西方。瘳(chōu 抽)：减损。此句意为：北方并不逊色于其他地方。

㉙寒门：《淮南子·地形训》："北方曰北极之山，曰寒门。"绝垠(yín 银)：垠，边界。人迹不能至，故曰"绝垠"。

㉚纵：放开。绁(xiè 谢)：马缰。不周：即不周山。《山海经·大荒西经》："西北海之外，大荒之隅，有山而不合，名曰不周。"

㉛飙(biāo 标)：暴风。潚(sù 速)：疾。媵(yìng 应)：陪送。

㉜骛(wù 务)：奔驰。翩飘：迅疾。禁：止不住。

㉝趋：超越。一作"越"。谽嘒(hān xiā)：《文选》作"谽谺(hān xiā)"，同"谽谺(hān xiā)"，空大貌。《集韵·麻韵》："谽谺，谷中大空皃。"

㉞摽通渊：《文选》作"漂通川"。摽，通"漂"。通渊，深川。磷磷(lín 林)：深广貌。

㉟经：经过。重(chóng 虫)阴：指地中。北方阴，地中又阴，故曰"重阴"。寂寞：沉寂，寂静。

㊱愍(mǐn 悯)：《文选》作"憖"，悲伤，怜悯。坟羊：土精怪也。潜深：深潜。《国语·鲁语下》："土之怪曰羵羊。"

㊲慌忽：恍惚，无形无物。王充《论衡·论死篇》："鬼者，归也；神者，荒忽无形者也。"轶：超过。《文选》李善注引《春秋说题辞》："元气以为天，混沌无形。"

㊳右：指西方。密：山名。《山海经·西山经》："又西北四百二十里，曰峚(密)山。"暗：幽隐。

㊴蹊(xī 西)：小路。由：自。

㊵速：急促。烛龙：神名。《山海经·大荒北经》："西北海之外，赤水之北，有章尾山。有神，人面蛇身而赤，直目正乘，其瞑乃晦，其视乃明，不食不寝不息，风雨是谒。是烛九阴，是谓烛龙。"

㊶钟山：地名。中休：奔走中间稍事休息。《山海经·海外北经》："钟山之神，名曰烛阴(即烛龙)。"

㊷瞰：俯看。吊：悼念。祖江：人名。刘：杀。《文选》李善注："《山海经》曰：钦鸡杀祖江于昆仑之阳，帝乃戮之于钟山之东，曰瑶岸，钦鸡化为大鹗。"瑶溪、赤岸：即瑶岸。

㊸聘：访问，拜访。王母：指西王母。银台：仙人所居。

㊹羞：进食。疗饥：充饥。

㊺戴胜：头上玉饰。胜，即玉胜，玉制的妇女首饰。慭(yìn 印)：笑貌。

㊻诮：责问，责备。

㊼太华之玉女：《后汉书·张衡传》李贤注引《诗含神雾》曰："太华之山，上有明星玉女，主持玉浆，服之神成仙。"

㊽洛：洛水，即洛河，在今河南省。浦：水边。宓妃：洛水神女。与上句太华

玉女皆为神话中美貌之人。

㉟咸:皆。姣:美丽。蛊媚:以姿色迷惑他人。

㊱增:愈发,更。嫮(hù 户):美好貌。

㊲舒:伸展。妙婧(jìng 静):亦作"訬(miǎo 秒)婧",苗条,细腰貌。

㊳扬:飞扬,飘动,因舞动而使衣裙飞扬之意。杂错:错落不齐。袿(guī 归)、徽:皆妇人之服。

㊴离:开启。朱唇:红唇。

㊵的砺(dì lì 地历):亦作"的砾",鲜明貌。遗光:指光彩照人。

㊶献:献上。环、琨:并玉佩。玙(yú 鱼):美玉,《文选》作"琛"。缡:通"襜"。郭璞注:"即今之香缨。"

㊷申:表明,显示。厥:其。玄黄:指缯绮。这两句指玉女、宓妃等献环佩,又赠缯绮。

㊸色艳:指二女姿色。赂美:指二女所赠。

㊹浩荡:广大。志浩荡:是说志向远大,不为所动。嘉:赞许。

㊺双材:指二女。悲:伤心。不纳:指对方不接受赠物。

㊻此句言以咏诗和清歌来抒二女之情。

㊼歌曰:指二女所歌。烟煴(yīn yūn 因晕):同"絪缊",元气,天地之蒸气。蘤:花的异体字。《文选》作"葩"。

㊽"鸣鹤"句:《易·中孚》:"鸣鹤在阴,其子和之。"意为同类相应。

㊾处子:处女。怀春:谓女有所思。回移:转移。

㊿淑明:淑善贤明的人。忘我实多:二女之怨词。《诗·秦风·晨风》:"如何如何,忘我实多。"

275荅:同"答",《文选》作"答"。赋:指二女之歌诗。暇:空闲。

276爰:于是。亟(jí 急)行:急行。

277巍巍:形容山高。昆仑:昆仑山。萦:形容黄河弯曲状。洋洋:河水盛大貌。

278坻(chí 池):水中高地。这句是说:让灵龟伏下负坻。

279亘:横,使之横。螭(chī 吃):蛟龙之属,若龙而黄。这句是说:把螭龙横过来作为梁。

280阆风、层城:都是神话中昆仑山上的地名。之:到。

281搆:同"构",架设,造成。不死:神话中的不死树。生长在昆仑山上。

282屑:压碎。瑶蕊:玉英。糇(hóu 猴):干粮。

283斢(jū 掬):酌。白水:黄河之水。《后汉书·张衡传》李贤注引《河图》:"昆山出五色流水,其白水东南流入中国,名为河。"

284抨(pēng 呯):使也。巫咸:传说中巫神名。占梦:占卜析梦。

285元:善。

㉘⑥滋:繁茂。此用作动词。令德:美德。

㉘⑦秀:嘉谷。敷:布。

㉘⑧颖:禾穗。本:禾本。顾:回头看。《文选》李善注:“言禾垂颖以顾本,犹人之思故居也。”

㉘⑨和静:和平清静。随时:随从时俗。

㉙⓪姑:姑且。懿:美。庐:居也。

㉙①戒:告。庶寮:众官,即下文所说丰隆、列缺等。

㉙②佥:皆。迓(yà 讶):迎。《文选》吕向注:“戒众神之官早集,皆供其职迎我而归也。”

㉙③丰隆:雷神。軯(pēng 怦):雷声。震霆:霹雳。

㉙④列缺:电神。晔:光。

㉙⑤云师:云神屏翳。䨵(dàn 但):阴貌。

㉙⑥涷(dōng 冬)雨:《尔雅·释天》:“暴雨谓之涷。”沛:指雨大。涂:通“途”。

㉙⑦轙(yǐ 蚁):《尔雅》郭璞注:“轙,车轭上环,辔所贯也。”琱:“雕”的异体字。琱舆:玉饰的车子。树:立。葩:华。树葩:于车上建华盖。

㉙⑧扰:驯。应龙:有翼之龙。服:驾。辂(lù 路):车。

㉙⑨森:众多的样子。屯:聚。

㉚⓪振:整。袂(mèi 妹):衣袖。就:靠近,上。

㉚①修:长。揭:剑摇动貌。此二句是说:我(衡)振衣上车,上下挥动长剑。

㉚②冠:帽子。咢咢(è 萼):高貌。《文选》作“喦喦(yán 岩)”,山岩貌。盖:车盖。

㉚③佩:玉佩。綝纚(lín lí 林离):盛饰貌。辉煌:光貌。

㉚④仆夫:驾车的人。俨:肃敬的样子。策:马鞭。

㉚⑤八乘(shèng 剩):八龙,八匹马。摅(shū 舒):腾越。骧:举。

㉚⑥氛:云气。氛旄(máo 毛):以云气装饰的大旗。旄,竿首用牦牛尾作装饰的旗。溶:宛转貌。

㉚⑦蜺旌(ní jīng 泥经):以雌虹为旌。旌,古代的一种旗,缀牦牛尾于竿头,下饰五色析羽。《周礼·春官·司常》:“全羽为旞,析羽为旌。”

㉚⑧軨轵(líng zhǐ 灵止):车箱上的栏杆。还睨(nì 逆):反顾。

㉚⑨灼药(shuò 铄):热貌。《文选》作“勺濼”。汤:热水。《后汉书·张衡传》李贤注:“言顾瞻乡国而心热也。”

㉛⓪上都:指天上。赫戏:光明貌。《楚辞·离骚》:“陟升皇之赫戏兮,忽临睨夫旧乡。”故:指故都故乡。

㉛①青琱:青色花纹的龙。揵(qián 前):举起。芝:指灵芝形的车盖。

㉛②素威:白虎。《礼记·曲礼上》:“左青龙而右白虎。”钲(zhēng 征):铜铃。

㉛③长离:即凤鸟。羽:指羽旄。

⑭委：任命。水衡：掌山泽之官名。玄冥：传说中北方水神。

⑮属(zhǔ 主)：通"嘱"。箕伯：风师。函：含。

⑯澂(chéng 呈)：通"澄"。淟涊(tiǎn niǎn 舔碾)：污浊之气。

⑰曳：摇动。云旗：画有熊虎图案的大旗。薛综注："旗谓熊虎为旗，为高至云，似云气也。"离离：飞扬貌。

⑱鸾：车铃。譻譻(yīng 英)：即"嘤嘤"，铃声。《文选》李善注："譻，古'嘤'字。"

⑲涉：上。青霄：天边微云。遐：远。

⑳浮：乱飞。蔑蒙：同"蠛蠓(miè méng 灭萌)"，皆小虫名，状游气。征：飞。

㉑纷：众多貌。翼翼：飞貌。徐：缓。戾(lì 历)：至。

㉒焱(yàn 厌)：火花。回回：光貌。灵：神灵，指神灵之光。

㉓叫：呼。帝阍(hūn 昏)：天帝的守门人。阍，主门者。辟扉：开门。

㉔觌(dí 笛)：见。天皇：天帝也。琼宫：天帝之宫，所谓琼楼玉宇。

㉕聆：听。广乐：天上乐舞名。九奏：乐成九，故曰九奏。

㉖展：信。泄泄(yì 义)：舒缓散漫。肜肜(róng 容)：通"融融"，和乐貌。

㉗考：论证。律：指十二律。钧：通"均"，调音之器。古人认为音乐与治乱有关。所谓"治世之音安以乐，其政和；乱世之音怨以怒，其政乖"(《毛诗序》)。

㉘建：立也。《后汉书·张衡传》李贤注："衡言听九奏之乐，考政化之得失，而思其终始也。"

㉙惟：思。盘逸：放纵游乐。盘，通"般"，乐也。斁(yì 义)：厌弃。

㉚惧：担心。往：去，终。

㉛素：素女，神女也。《史记·封禅书》："太帝使素女鼓五十弦瑟。"

㉜大容：《文选》作"太容"，黄帝乐师。吟：叹息。念哉：《后汉书·张衡传》李贤注："戒逸乐也。"《文选》张铣注："乐师叹曰：'念哉！'使我戒逸乐也。"

㉝溢：满，指过度逸乐。迨：及。翱翔：将远逝也。

㉞紫宫、大微：皆星座名，象征天帝宫垣。大微，即"太微"。肃肃：清也。阆阆(làng 浪)：高貌。

㉟王良、驷、高阁：皆星名。王良，一作"王梁"，古之善御者，后以为星名。驷，天驷星。高阁，阁道星。策：驱赶。锵锵：高貌。

㊱罔车：星宿名。幕幕：覆布周密貌。《文选》刘良注："幕幕，盛也。"

㊲猎：狩猎。青林：即天苑星。在罔车星南，共十六星组成，为天帝养禽兽之所。芒芒：广大貌。

㊳弯：引，拉开。威弧：星名。拨剌：象声词，弯弓声。

㊴嶓(bō 播)冢：山名。封：大。狼：星名。主侵掠。《后汉书·张衡传》李贤注引《河图》曰："嶓冢之精，上为狼星。"

㊵壁垒：星名。北落：星名，在壁垒旁。

㉞伐：击打。河鼓：星名。磅硠（páng láng 旁狼）：指鼓声。

㉞乘：渡。天潢：为天河之渡口。汎："泛"的异体字。泛泛：浮貌。

㉞浮：过，漂。云汉：即天河。汤汤（shāng 商）：水流貌。

㉞倚：倚靠。招摇、摄提：星名。低回剡（jiū 究）流：环绕也。意思是说：招摇、摄提随时节而回转，可倚之以观四时。

㉞察：审。二纪：指日、月。五纬：指金、木、水、火、土五星。绸缪：连续也。遹（yù 玉）皇：行貌。

㉞偃蹇（yǎn jiǎn 眼减）：骄傲貌。夭矫：自恣之貌。勉：《文选》作"娩（miǎn 免）"，音义同，跳也。连卷：长曲貌。

㉞杂沓丛颥：众多之貌。飒：群飞貌。骧：驰走。这二句是描述天象之纷纭复杂。

㉞ 緎汩（yù yù 玉玉）、飉（liáo 辽）、戾、沛：皆迅疾貌。罔象：似无似有的样子。

㉞烂漫：分散貌。丽靡：相连不绝之貌。藐（miǎo 秒）：远貌。迭逿（dàng 荡）：往复摇荡。

㉟凌：乘。硠磕（kāng kē 康科）：雷声。

㉟弄：与"凌"同义。淫裔：闪电。《文选》吕延济注："言我既游涉星辰，更凌雷弄电。惊狂、硠磕、淫裔皆雷电貌。"

㉟庬澒（měng hòng 猛哄去声）、宕冥（dàng míng 荡明）：皆为天之高气。宕冥，犹幽冥。

㉟贯：穿。倒景：倒影。《文选》刘良注"日在下，其光上照"，故成倒影。《后汉书·张衡传》李贤注引《汉书音义》："在日月之上，日月反从下照，故其景倒也。"厉：起。

㉟廓：空而大。荡荡：大。涯：边际。穷：尽，完。《文选》作"窥"。

㉟据：握，扶。开阳：北斗第六星。頫（fǔ 俯）眄：俯视。《文选》作"俯视"。頫，同"俯"，低头。

㉟旧乡：家乡。暗蔼（ǎi 矮）：远貌。

㉟离居：离开家乡，引申为游荡。劳：累。悁悁（juān 娟）：忧心貌。

㉟眷眷：反顾貌，即依依不舍。屡：多次。顾：回头。

㉟辀（zhōu 舟）：辕。徘回：徘徊。

㊱婾（yú 鱼）：欢乐。愁慕：忧愁怅惘的心情。怀：安。《文选》李周翰注："言虽遨游婾乐，岂可使我长怀愁慕旧居而已。"

㊱阊阖（chāng hé 昌和）：天门。天途：天路。

㊱飙（biāo 标）：《文选》作"猋"，疾风。《文选》李周翰注："猋忽，虚无，皆空也。"

㊱霏霏：云飞貌。《文选》作"菲菲"。

㉞眇眇：风吹貌。旟（yú 鱼）：一种旗。

㉟缤：纷，乱。联翩（piān 偏）：不断。《文选》吕延济注："缤联翩，盛下来貌。" 暗暧（ài 爱）：看不清，视不明，犹恍惚间也。

㊱倏：忽。眩眃（yún 云）：疾貌。反常闾（lǚ 偻）：回故里。

㊲收：收敛。畴昔：往昔。逸豫：游乐。

㊳卷：与上文"收"义近。淫放：过于放纵。遐心：闲遐之心。

㊴修：整治。初：当初。娑娑（suō 缩）：衣貌。

㊵长：加长。参参（shēn 伸）：长貌。这两句比喻修身。

㊶焕：鲜明。纷纭：错杂。从风：指衣佩随风飘荡。《文选》李周翰注："焕，光；粲烂，明貌，言衣服光明从风也。"

㊷御：驾驭。六艺：指礼、乐、射、御、书、数六种技艺。珍驾：宝车。平林：树林。言以道德为林而于此也。

㊸典籍：指古圣贤之书。此指五经。罟（gǔ 古）：网的总名。此句言以典籍为网。

㊹欧：古"驱"字，赶。《文选》李善本作"敺"，五臣本作"驱"。儒：儒术。禽：指猎物。《文选》刘良注："结典籍之义为网，驱儒墨之道为禽而独取之。"

㊺玩：学习。阴阳：这里指阴阳家。

㊻咏：歌。《雅》、《颂》：《诗》中的"二雅"和"三颂"。代指正音。徽：美也。

㊼嘉：赞美。曾氏：曾参，孔子弟子。《归耕》：琴曲名，曾参所作。

㊽慕：敬羡。历陵：又称"历阪"，相传舜耕于历山，即在今山东省济南市。钦崟（yín 银）：山高貌。钦，通"嵚"。

㊾共：同"恭"。夙昔：早晚。不贰：专一。

㊿终始：始终。服：行。

381夕惕若厉：《易·乾》九三爻辞："君子终日乾乾，夕惕若厉，无咎。"这句是说：君子昼则勤勉，夜则警惕，虽处危境，亦无咎灾。若，助词。厉，危险。省：减少。諐：古"愆（qiān 千）"字，过错。勑（chì 斥）：同"敕"，整治。

382苟：假如。端：正直。

383吾知：知吾。恧（nǜ 女去声）：惭愧。

384墨：通"默"。无为：《老子》第三十八章："上德无为而无以为。"消摇：即"逍遥"，优游自得。

385不出户：《老子》第四十七章："不出户，知天下；不窥牖，见天道。"

386历：游历。劬（qú 渠）：劳。劬劳：劳累。

387系：重系一赋，总结全篇。

388"天长"句：《老子》第七章："天长地久。"《左传·襄公八年》："俟河之清。人寿几何？" 俟：等待。意思是说：人寿无多，等不到黄河水清。祇（zhī 织）：适，只，正。

㊳㊾上下无常:《易传·系辞下》:“上下无常,刚柔相易。”指六爻之变或在上位,或在下位;或刚变为柔,或柔变为刚,变化无常。六区:指上下四方。

㊴㊿绝:超。飘飖:同“飘摇”。逞:快。

㊴㊀阶:阶梯。此作动词,指由阶梯而上。仙夫:仙人。希:少,意为难求。《栢舟》:即《柏舟》。《柏舟》:《诗·邶风》篇名。《毛诗序》:“《柏舟》言仁而不遇也。”其诗有“静言思之,不能奋飞”句。悄悄:忧愁貌。吝:惜也。

㊴㊁松:赤松子。乔:王子乔。神话中的仙人。《列仙传》载,赤松子止昆仑山上西王母石室,随风上下。王子乔游伊洛间,往嵩高山上。跱(zhì 至):踞也。离:附也。精:精神。携:牵引。《文选》刘良注:“言仙人赤松子、王子乔高立物外,谁能往而附之?”

㊴㊂朅(jié 竭)去。谋(qī 期):谋。《文选》吕向注:“回其志情,以从玄圣之道而复行之,亦可谓获我所求之事,夫复何思虑也。”

归田赋

游都邑以永久[①],无明略以佐时;徒临川以羡鱼,俟河清乎未期[②]。感蔡子之慷慨,从唐生以决疑[③]。谅天道之微昧,追渔父以同嬉[④];超埃尘以遐逝,与世事乎长辞[⑤]。

于是仲春令月,时和气清[⑥]。原隰郁茂,百草滋荣[⑦]。王雎鼓翼,鸧鹒哀鸣[⑧];交颈颉颃,关关嘤嘤[⑨]。于焉逍遥,聊以娱情[⑩]。

尔乃龙吟方泽,虎啸山丘[⑪]。仰飞纤缴,俯钓长流[⑫];触矢而毙,贪饵吞钩[⑬];落云间之逸禽,悬渊沈之魦鰡[⑭]。

于时曜灵俄景,系以望舒[⑮];极般游之至乐,虽日夕而忘劬[⑯]。感老氏之遗诫,将回驾乎蓬庐[⑰]。弹五弦之妙指,咏周孔之图书[⑱];挥翰墨以奋藻,陈三皇之轨模[⑲]。苟纵心于物外,安知荣辱之所如[⑳]?

【说明】

此赋见《文选》卷十五。

赋表现了作者归田的动因,以及归田后所享受的田园生活的欢乐。这一切当然都是想象之辞,因为张衡根本就没有归过田,他始终站在东汉后期朝野上下恶势力的对立面。对此赋,我们只能理解为作者对混浊的王朝政治的厌弃和对自由美好生活的憧憬。

【注释】

①都邑:这里指东汉京都洛邑(即洛阳)。永久:指长时间的停留。张衡年轻时即游学京都洛阳,后又在洛阳做了二十几年的京官。

②明略:高明的谋略。佐时:辅佐现时的君主。这句是谦辞。徒:空,白白。临川羡鱼:语出《淮南子·说林训》:"临河而羡鱼,不如归家织网。"俟:等待。河清:指黄河水清。这两句暗指自己的理想无法实现。

③蔡子:指蔡泽。慷慨:感慨,悲叹。唐生:即唐举。与蔡子两人都是战国时期人。决疑:回答疑惑。此二句是说:蔡泽对前途有所疑虑,请唐举为他看相算命。

④谅:实在,相信。微昧:幽暗难测。这里指朝政混浊,世事不明朗。嬉:嬉戏,快乐。此二句是说:政治黑暗,自己不如隐身江皋,与渔人同乐。

⑤埃尘:这里喻指世俗污浊。遐逝:远离,远去。长辞:诀别。这句进一步强调上句旨意。

⑥仲春:指农历二月。令月:美好的月份。这句是说:春天最好的月份,此时正是风和气清的季节。

⑦原隰(xí 席):高地与低洼地。郁茂、滋荣:指树木花草繁荣茂盛。

⑧王雎(jū 拘):水鸟,雎鸠。鸧鹒:黄莺,善叫。

⑨颉颃(xié háng 协杭):形容飞鸟时上时下,自由自在地飞翔。关关、嘤嘤:象声词。形容雎鸟与鸧鹒的叫声。

⑩于焉:在这里。于,介词。焉,指代。这句写自己沉浸在春天到来时的一派美好景象之中。这当然是作者想象之辞。

⑪尔乃:于是。方泽:大的沼泽。此二句意为:归田后,就如龙回大泽,虎返高山,多么惬意。

⑫纤缴(zhuó 浊):系在箭上的细绳。此二句是说:我仰首拉弓射飞鸟,俯首持竿钓游鱼。

⑬"触矢"二句:是说鸟因触箭而毙命,鱼因贪饵而吞钩。

⑭落:射落。逸禽:高空飞鸟。悬:钓起。魦鰡(shā liú 沙留):鱼名。这一段设想了回乡后的欢快生活。

⑮于时:此时。曜(yào 要)灵:太阳。俄景(yǐng 影):倾斜的影子。系:继续。望舒:月亮的御者,这里代指月亮。这句是说:西边日落,继而明月又东升。

⑯般(pán 盘)游:游乐。《荀子·仲尼》:"闺门之内,般乐奢汰。"劬(qú 渠):劳苦。这两句是说:尽兴的游乐,虽日已落,却早已忘记了疲劳。

⑰老氏之遗诫:《老子》第十二章:"驰骋田猎,令人心发狂。"回驾:驾车回返。蓬庐:指自己住的茅屋。这两句是说:不能忘记老子的遗训,乐而忘返,还是驾车回家吧。

⑱五弦:指五弦琴。妙指:美好的情趣。指,通"旨"。周孔之图书:周公、孔子所著之书。

⑲翰:笔。奋藻:运用华美的辞藻。陈:陈述。三皇:传说是上古帝王,指伏羲、神农、黄帝。轨模:法规。这两句意为:挥笔着墨,抒发情操,陈述圣贤的遗法。

⑳苟:苟且。物外:世外。所如:所经,所归。这两句是说:苟且将自己置之尘世以外,哪里还去想什么荣、辱、毁、誉?最后一段是有感而发,抒发自己对田园生活的向往及对当时黑暗现实的不满。

冢赋

载舆载步，地势是观[①]；降此平土，陟彼景山[②]。一升一降，乃心斯安。尔乃隳巍山[③]，平险陆，刊蓁林[④]，凿盘石，起峻垄[⑤]，构大梈[⑥]。高冈冠其南，平原承其北[⑦]，列石限其坛，罗竹藩其域[⑧]。系以修隧，洽以沟渎[⑨]，曲折相连，迤靡相属[⑩]。乃树灵木，灵木戎戎[⑪]。繁霜峨峨，匪雕匪琢[⑫]。周旋顾眄，亦各有行[⑬]。乃相厥宇，乃立厥堂[⑭]。直之以绳，正之以日[⑮]。有觉其林，以构玄室[⑯]。奕奕将将，崇栋广宇[⑰]，在冬不凉，在夏不暑。祭祀是居，神明是处[⑱]。修隧之际，亦有掖门[⑲]。掖门之西，十一余半[⑳]，下有直渠，上有平岸[㉑]。舟车之道，交通旧馆[㉒]。寒渊虑弘，存不忘亡[㉓]。恢厥广坛，祭我兮子孙[㉔]。宅兆之形，规矩之制[㉕]。希而望之方以丽，践而行之巧以广[㉖]，幽墓既美，鬼神既宁。降之以福，于以之平，如春之卉，如日之升。

【说明】

此赋见《古文苑》卷五、《艺文类聚》卷四十、《初学记》卷十四。

《古文苑·冢赋》章樵题注："古者不预凶事冢圹，卜葬而后穿筑。至春秋时，晋文公有功于周，请隧，弗许。曰：'王章也。'释者云：'阙地通路曰隧，王之葬礼也。晋文公以此为请，则预为冢圹矣。'汉之人主多预为陵庙，则士大夫必有预为冢兆者。详观此赋，其平子预为筑之冢邪？"章氏之言可从，此当为平子为自已选冢。

【注释】

①舆：原指车厢，借指车子。载舆载步：或乘车或步行。"载"是助词。或以为"舆"指堪舆，为古之占家，即现在的风水先生，似不确。

②降：往下走。陟：往上走。景：大。

③隳:毁掉。巍山:高山。

④险陆:不平之地。刊:削掉。藂:同"丛"。

⑤垄(lǒng 拢):坟墓。《礼记·曲礼上》:"适墓不登垄。"《战国策·齐策四》:"生王之头曾不若死士之垄也。"

⑥椁:外棺。《古文苑》章樵注:"古者以木为椁,后世筑以灰土,或以砖石为之。"以上"隳"、"平"、"刊"、"凿"、"起"、"构",都是动词。

⑦"高冈"二句:《古文苑》章樵注:"枕南而向北。"

⑧列石:排列之石。坛:用土筑的高台,这里指坟墓。这句指坟墓四周用石块砌起。罗竹:罗列的竹林。这句指坟墓四边为竹林所包围。藩:藩篱。这里作动词用。域:边界。

⑨系:连接。修:长。隧:通"隧",地道。《古文苑》章樵注:"周制惟王者用隧,诸侯皆悬棺而下,汉不以隧为禁。"洽:周遍。或以为"洽"通"台"。《周礼·考工记·弓人》:"春液角则合。"郑玄注:"'合'读为'洽'。" 这两句是说:坟墓四周的隧道、沟渠相连。

⑩迤靡:斜平之貌。相属(zhǔ 主):相连接。

⑪树:作动词用,种植。灵木:神木。戎戎:灵木茂盛貌。《古文苑》章樵注:"树之灵木,所以识荫。戎戎,盛貌。灵,善也。"

⑫繁霜:多霜,指霜积厚厚一层。《诗·小雅·正月》:"正月繁霜,我心忧伤。"峨峨:高貌。这里指霜之厚。匪雕匪琢:指霜在冢上,不是人工雕琢而成。形容繁霜极似自然形成。《古文苑》章樵注:"繁霜,冢上饰。"或以为繁霜饰灵木,疑非是。

⑬周旋:环绕。

⑭相:察看,选择。厥:其。

⑮"直之"二句意思是说:用绳纠曲直,用日影正方位。《古文苑》章樵注:"揆日景,所以定方隅。《诗》(指《诗·鄘风·定之方中》):'揆之以日,作于楚宫。'(用日影测定位置,在楚丘兴建宫室)"

⑯有觉:高大而笔直。有,发语词。《古文苑》章樵注:"《诗》(指《诗·小雅·斯干》)'有觉其楹。'觉,直也。"玄室:墓室。《晋书·左贵嫔传》:"爰定宅兆,克成玄室。"这句是说:用高大笔直的木材以建筑墓室。

⑰奕奕:高大貌。《诗·大雅·韩奕》:"奕奕梁山。"毛传:"奕奕,大也。"将将(qiāng 腔):高大整饰貌。《诗·大雅·緜》:"应门将将。"毛传:"将将,严正也。"《文选·枚乘〈七发〉》:"苹苹将将。"李善注:"将将,高貌。" 栋:房子的大梁。

⑱处:停留。《古文苑》章樵注:"为幽玄之室,以寓享祀。"

⑲修:长。掖门:宫殿正门两旁的边门。章樵注:"际,隧之尽处。建为掖门。"

⑳十一余半:当指距离为掖门宽的十一倍半。又《古文苑》章樵注:"地广居

掖门十分之一，而又羡其半。”或以为掖门西有长十一里半的水陆道路。

㉑直渠：笔直的渠道，以便行舟。平岸：平坦的渠岸，以便行车。

㉒交通旧馆：连接旧居。

㉓寒：《正字通》：“‘寒’通‘塞’。”塞渊：充实渊深。虑弘：思虑深远。

㉔恢：宏大。厥：其。“祭我”句是说：子孙祭我。

㉕宅兆：即坟墓。《孝经·丧亲章》：“卜其宅兆，而安措之。”邢昺注：“宅，墓穴也；兆，茔域也。葬事大，故卜之。”

㉖希：通“睎”，仰望。《汉书·董仲舒传》：“希世用事。”颜师古注：“希，观相也。”《周髀算经》卷下：“希望北极中大星。”赵爽注：“希，仰。”方：常道，法则。巧：妙善。

髑髅赋

张平子将游目于九野，观化乎八方①。星回日运，凤举龙骧②。南游赤野，北陟幽乡。西经昧谷，东极扶桑③。于是季秋之辰，微风起凉④。聊回轩驾，左翔右昂。步马于畴皋，逍遥乎陵冈。顾见髑髅，委于路旁⑤。下居淤壤，上负玄霜。

张平子怅然而问之曰："子将并粮推命，以夭逝乎⑥？本丧此土，流迁来乎？为是上智，为是下愚⑦？为是女子，为是丈夫？"

于是肃然有灵，但闻神响，不见其形。答曰："吾宋人也，姓庄名周⑧。游心方外，不能自修⑨。寿命终极，来而玄幽⑩。公子何以问之？"

对曰："我欲告之于五岳，祷之于神祇⑪。起子素骨，反子四肢⑫；取耳北坎，求目南离⑬；使东震献足，西坤授腹⑭；五内皆还，六神尽复⑮，子欲之不乎⑯？"

髑髅曰："公子之言殊难也。死为休息，生为役劳⑰。冬冰之凝，何如春冰之消⑱？荣位在身，不亦轻于尘毛？巢许所耻，伯成所逃⑲。况我已化，与道逍遥。离朱不能见，子野不能听⑳。尧舜不能赏，桀纣不能刑。虎豹不能害，剑戟不能伤。与阴阳同共流，与元气合其朴㉑。以造化为父母㉒，天地为床褥，雷电为鼓扇，日月为灯烛，云汉为川池㉓，星宿为珠玉。合体自然，无情无欲。澄之不清，浑之不浊㉔。不行而至，不疾而速。"

于是言卒响绝，神光除灭，顾盼发轸㉕。乃命仆夫，假之以缟巾，衾之以玄尘㉖，为之伤涕，酹于路滨㉗。

飞锋曜景，秉尺持刀㉘。

【说明】

此赋见《古文苑》卷五、《艺文类聚》卷十七、《初学记》卷十四、《太平御览》卷三百七十四、《文选·颜延之〈五君咏〉》李善注、《文选·郭泰机〈赠傅咸诗〉》李善注。

《古文苑·髑髅赋》章樵题注:"庄周,蒙人也,著书寓言(指《庄子·至乐》)曰:庄子使楚,见空髑髅,击以马捶而问曰:'夫子贪生失理而为此乎?将有冻馁之患而为此乎?'语卒,援髑髅枕而卧。髑髅见梦曰:'夫死无君于上,无臣于下,与天地为春秋,虽南面帝王,乐不是过也。'故平子托之以伸其意。"章氏之言甚是。此赋基本上是庄子《至乐》篇的翻版,阐述"死为休息,生为役劳","荣位在身,不亦轻于尘毛"的观点。此赋当系张衡晚年的作品,与《归田赋》、《冢赋》等基本倾向相同。

【注释】

①游目:目光转动。这里指观览。九野:即九州。观化:观造化之妙。八方:八方的荒远之处。

②"星回"句:形容观化的时间和空间。

③赤野:指极南的地方。幽乡:即幽都,指极北的地方。《淮南子·主术训》:"其地南至交阯,北至幽都,东至旸谷,西至三危,莫不听从。"高诱注:"幽幽之都。" 昧谷:古代传说西方日落之处。《古文苑》章樵注:"昧谷,日入之处。日出之处曰扶桑。"《山海经·海外东经》:"黑齿国……下有汤谷,汤谷上有扶桑。"

④季秋:即晚秋。

⑤委:弃置。

⑥并:通"摒",摈弃。推:排去。

⑦上智:生而知之的人。下愚:至愚的人。《论语·阳货》:"唯上知(智)与下愚不移。"《颜氏家训·教子》:"上智不教而成,下愚虽教无益,中庸之人,不教不知也。"

⑧宋:周国名,故地在今河南省商丘市。庄子是战国早期蒙(今河南商丘东北)人。

⑨游心:心绪盘桓于某方面。《庄子·骈拇》:"游心于坚白同异之间。"方外:世外。《庄子·大宗师》:"孔子曰:'彼,游方之外;而丘,游方之内者也。'"成玄英疏:"方,区域也。彼之二人,齐一死生,不为教迹所拘,故游心寰宇之外。而仲尼、子贡,命世大儒……游心区域之内,所以为异也。"自修:修养自己的德性品行。《礼记·大学》:"如琢如磨者,自修也。"

⑩玄幽：即“幽玄”，幽冥之国，指逝世。《后汉书·皇后纪下》载弘农王刘辩歌辞：“逆臣见迫兮命不延，逝将去汝兮适幽玄。”

⑪五岳：即中岳嵩山，东岳泰山，西岳华山，南岳衡山，北岳恒山。这里指五岳之神。神祇：天神和地神。《史记·宋微子世家》：“今殷民乃陋淫神祇之祀。”裴骃《集解》引马融曰：“天曰神，地曰祇。”

⑫素骨：即白骨。反：退还。

⑬坎：《易》八卦之一。《易·说卦》：“坎者水也，正北方之卦也。”《古文苑》章樵注：“坎，北方水，水内景，故耳属之。”离：《易》八卦之一。《易·说卦》：“离为火。”《周髀算经》卷下：“夏至从离。”赵爽注：“离，亦南也。”《古文苑》章樵注：“离，南方也。火外景，故目属之。”

⑭震：卦名。《易·说卦》：“震，东方也。”坤：卦名。《易纬·乾凿度》：“坤位在西南，阴之正也。”《古文苑》章樵注：“震，东方，主动，在《易》为足。坤，西南方，万物皆致养焉，在《易》为腹。”

⑮五内：即脾、肺、肝、肾、心五脏。六神：即心、肺、肝、肾、脾、胆六脏之神。《易·说卦》：“乾为首，坤为腹，震为足，巽为股，坎为耳，离为目，艮为手，兑为口。”

⑯不(fǒu 否)：同“否”。

⑰死为休息：《庄子·刻意》：“其生若浮，其死若休。”《庄子·大宗师》：“劳我以生，佚我以老，息我以死。”

⑱“冬冰之凝”二句：《古文苑》章樵注：“凝则幽滞，消则自然。《淮南子·精神训》：‘冰之凝，不若其释也。又况不为冰者乎！’”

⑲巢许：即巢父、许由。巢父，陶唐高士，山居不出，年老以树为巢。尧以天下让之，不受。尧又让许由，由以告，巢父曰：“汝何不隐汝形，藏汝光。若非吾友也。”事见王符《潜夫论·交际》、皇甫谧《高士传·巢父》等。伯成：伯成子高，尧时人。尧治天下，立子高为诸侯。尧让舜，舜让禹。子高辞而耕。禹问其故，子高曰：“子赏罚民且不仁，德由此衰，刑由此立，后世之乱自此始矣！”耕而不顾。见《庄子·天地》、《列子·杨朱》、《淮南子·汜论训》等。《古文苑》章樵注：“巢父、许由、伯成子高以受天下君一国为耻而逃之。荣位在人生犹轻之，况已死乎。”

⑳离朱：古之明目者。《后汉书·陈元传》李贤注：“离朱，黄帝时明目者。”《慎子·内篇》：“离朱之明，察毫末于百步之外。”子野：春秋时晋乐师师旷之字，善辨音。

㉑元气：大化之始气。也即构成天地万物的原始物质。

㉒造化：指自然界。

㉓云汉：指天上银河。

㉔澄(dèng 邓)：使水之杂质沉淀下去。

㉕发轸(zhěn 诊):开车。轸,车后横木。

㉖假:给予。之:指髑髅。缟巾:白色的绢带。衾:被。这里作动词用,即覆盖。玄尘:即尘土。

㉗酹(lèi 累):劝酒,这里指祭奠。路滨:即路边。

㉘"飞锋"句:据《文选·郭泰机〈答傅咸〉》诗"衣工秉刀尺,弃我忽若遗"李善注补。指男人从征在外,妇人在家缝衣剪裁。景:同"影"。

定情赋

夫何妖女之淑丽，光华艳而秀容[①]。断当时而呈美，冠朋匹而无双[②]。叹曰：大火流兮草虫鸣，繁霜降兮草木零[③]。秋为期兮时已征，思美人兮愁屏营[④]。(《艺文类聚》卷十八)

思在面为铅华兮，患离尘而无光[⑤]。(《文选·曹植〈洛神赋〉》李善注)

【说明】

赋中的美人，是张衡精神上的寄托，亦即他政治上的理想人物。从"叹曰"以下看，此赋当作于张衡的晚年。此赋题目最早见陶潜《闲情赋序》，序称："初，张衡作《定情赋》，蔡邕作《静情赋》，检逸辞而宗澹泊，始则荡以思虑，而终归闲正。将以抑流宕之邪心，谅有助于讽谏。缀文之士，奕代继作，并因触类，广其辞义……"根据这个传统，这类辞赋主要描写一位美人，借以抒发自己的情怀，止住放逸之心。

【注释】

①妖女：艳丽女子。淑丽：娴静美丽。秀容：容貌出众。秀，突出，特出。

②断当时：即绝当世，绝世。冠朋匹：即冠朋辈，同辈人无可匹敌。

③大火流：《诗·豳风·七月》："七月流火。"七月是指夏代历法的七月。郭沫若以为是周正七月，也即农历五月。繁霜：即霜结得很厚。零：凋落。

④秋为期：《诗·卫风·氓》："将子无怒，秋以为期。"古人常以深秋作为婚期。屏(bīng 兵)营：犹彷徨，惊惶失据之貌。《广雅·释训》："屏营，征伀也。"《国语·吴语》："王亲独行，屏营仿偟于山林之中。"《文选·李陵〈与苏武诗〉》："屏营衢路侧，执手野踟蹰。"

⑤铅华：搽脸的粉。《文选·曹植〈洛神赋〉》李善注："铅华，粉也。"离：通"罹"，遭遇。

观舞赋（舞赋）

昔客有观舞于淮南者[1]，美而赋之，曰：

音乐陈兮旨酒施，击雷鼓兮吹参差[2]。叛淫衍兮漫陆离[3]。於是饮者皆醉，日亦既昃[4]。美人兴而将舞，乃修容而改袭，罗縠之杂错，申绸缪以自饰[5]。拊者啾其齐列，盘鼓焕以骈罗[6]。抗修袖以翳面兮，展清声而长歌[7]。歌曰："惊雄逝兮孤雌翔，临归风兮思故乡。"搦纤腰而互折，嬛倾倚兮低昂[8]。增芙蓉之红花兮，光的皪以发扬[9]。腾嫮目以顾眄，盼烂烂以流光[10]。连翩骆驿，乍续乍绝[11]。裾似飞燕，袖如回雪[12]。徘徊相侔，提若霆震，闪若电灭[13]。蹇兮宕往，彳兮中辄[14]。于是粉黛施兮玉质粲，珠簪挺兮缁发乱[15]。然后饰笄揽发，被纤垂萦[16]。同服骈奏，合体齐声。进退无差，若影追形[17]。（《艺文类聚》卷四十三）

历七盘而屣蹑[18]。（《文选·傅毅〈舞赋〉》李善注）

含清哇而吟泳，若离鹍鸣姑邪[19]。（《文选·嵇康〈琴赋〉》李善注）

既娱心以悦目。（《文选·陆机〈文赋〉》李善注）

且夫九德之歌，《九韶》之舞[20]，化如凯风，泽譬时雨[21]。移风易俗，混一齐楚[22]。以祀则神祇来格，以餐则宾主乐胥[23]。方之于此，孰者为优[24]。（《初学记》卷十五）

歌以咏志，舞以旌心。细则声窕，大则不咸[25]。（《韵补》卷一"咸"字条）

声变谐集，应檄成节。度终复位，以授二八[26]。（《韵补》卷五"八"字条）

【说明】

本赋从开篇至“若影追形”,《艺文类聚》卷四十三、《初学记》卷十五、《古文苑》卷五,三书所载略同,余文多散见于《文选》李善注。《古文苑》题此赋为《观舞赋》,似可从,因在张衡之前的赋作,同题的甚少。在张之前,傅毅已作过《舞赋》,极细腻、生动、形象地表现了我国古代高超精妙的舞蹈艺术,张衡此赋可与其并驾齐驱,可惜已残缺不全。

【注释】

①淮南:指《淮南王》,古乐曲名。晋人崔豹《古今注·音乐》:“《淮南王》,淮南小山之作也。淮南服食求仙,遍礼方士,遂与八公相携俱去,莫知所在。小山之徒,思恋不已,乃作《淮南王》之曲焉。”

②旨酒:甘美之酒。霝:同“灵”。灵鼓:鼓名,古时祭地祇时用。《周礼·地官·鼓人》:“以灵鼓鼓社祭。”郑玄注:“灵鼓,六面鼓也。”参差:亦作“篸差”,古乐器名。相传舜所造,似凤翼参差不齐的样子,故名。《楚辞·九歌·湘君》:“吹参差兮谁思。”王逸注:“参差,洞箫也。”

③叛:鲜明,光亮。《文选·张衡〈西京赋〉》:“叛赫戏以辉煌。”薛综注:“叛,犹焕也。”淫衍:声音接连不断。嵇康《琴赋》:“纷淋浪以流离,奂淫衍以优渥。”陆离:形容声音参差错综。《文选·扬雄〈甘泉赋〉》:“声骈隐以陆离兮。”李善注:“《广雅》:‘陆离,参差也。’”

④昃(zè 责去声):太阳偏西。

⑤兴:兴致。袭:穿衣。罗縠(hú 胡):一种疏细的丝织品。申:加上。绸缪:古妇女衣带上的带结。《汉书·张敞传》:“礼,君母出门则乘辎軿……内饰则结绸缪。”颜师古注:“组纽之属,所以自结固也。”

⑥拊者:指操作打击乐器的人。拊,拍打。啾:口吟。《文选·班固〈答宾戏〉》:“夫啾发投曲,感耳之声。”李善注引项岱曰:“啾,口吟也;投曲,投合歌曲也。”齐列:并列。盘鼓:古代用于舞蹈伴奏的一种鼓曲。《文选·曹植〈七启〉》:“历盘鼓,焕缤纷,长裾随风,悲歌入云。”张铣注曰:“盘鼓,曲名。”赵幼文《曹植集校注》:“盘鼓,汉魏《七盘舞》,地上放置七盘,鼓置于舞伎足下,足踏鼓,鼓声以作舞蹈时之节拍。” 骈罗:并列。《文选·扬雄〈甘泉赋〉》:“骈罗列布。”张铣注:“骈,并;罗,列也。”

⑦抗:高举。修袖:长袖。翳面:隐蔽其面容。清声:清脆悦耳的嗓音。

⑧搦:把持。纤腰:细腰。互折:交互曲折。司马相如《大人赋》:“互折窈窕以右转兮,横厉飞泉以正东。”嬛(huán 环):柔美貌。

⑨的皪(dì lì 地隶):明亮、鲜明貌。司马相如《上林赋》:“明月珠子,的皪

江靡。”

⑩嫮(hù户)目：即美目，美丽的眼睛。烂烂：光亮貌。流光：光彩闪烁。

⑪骆驿：同“络绎”，接连不断的样子。

⑫裾：衣服的前后襟。回雪：雪回旋飞舞，喻女子舞姿轻盈优美。

⑬相侔：张震泽《张衡诗文集校注》：“疑当作相佯，形近而讹。”相佯：游戏。《楚辞·宋玉〈九辩〉》：“聊逍遥以相佯。”王逸注：“且徐徘徊以游戏也。” 提：举起。指提起舞服。闪若电灭：指舞服色彩闪闪发光。

⑭“徘徊……彳兮中輒”等五句据严可均《全后汉文》补。“蹇兮”二句：指舞步忽行忽止。蹇：停止。《管子·水地》：“凝蹇而为人。”尹知章注：“蹇，停也。”宕：飘荡。彳(chì斥)：小步。輒：不动貌。《庄子·达生》：“輒然忘吾有四肢形体也。”

⑮施：通“弛”，解除，舍去。粲：鲜明华美。指洗掉胭黛后呈露出艳美的容貌。挺：解也。解除，拔掉。《后汉书·陈夑传》：“贼得宽挺。”李贤注：“挺，解也。”缁发乱：指拔掉玉簪头饰后头发散乱。缁发，即黑发。或以“发挺”作“挺拔”解，恐非是。

⑯笄(jī机)：束发的簪子。古女子到十五岁要束发，即所谓及笄之年。纤：细纹的绸帛。縈：指縈带之类的饰物。

⑰同服：同车。骈奏：并排前进。合体：合为一体。指两人合唱。这四句是指歌舞表演时的整齐划一。

⑱七盘：古舞名，亦作“七槃”。在地上排列七个盘，舞者在盘周围或盘上跳舞。《宋书·乐志一》：“张衡《舞赋》云：‘历七槃而纵蹑。’王粲《七释》云：‘七槃陈于广庭。’近世文人颜延之云：‘递间关于槃扇。’鲍照云：‘七槃起长袖。’皆以七槃为舞也。”

⑲哇：音乐靡曼之声。姑：通“蛄”。《尔雅·释虫》：“蛄䗐。”《方言》卷十一：“姑䗐作蛄䗐。”这里指蟪蛄一类善鸣小虫。《庄子·逍遥游》：“蟪蛄不知春秋。”这句是说：音乐如离群的鹍鸡、秋天的蟪蛄悲鸣。古人以为“蛄邪”指蛄摇山，恐非是。

⑳九德之歌：即歌九功(水、火、金、木、土、谷、正德、利用、厚生)之德。《周礼·春官·大司乐》：“九德之歌。”郑玄注：“郑司农曰：‘九德之歌，《春秋传》所谓水、火、金、木、土、谷，谓之六府，正德、利用、厚生，谓之三事，六府三事，谓之九功。九功之德，皆可歌也，谓之九歌。’”《九韶》之舞：舞乐名。《淮南子·氾论训》：“舞《九韶》。”高诱注：“舞乐。”又，《淮南子·氾论训》：“舜九韶。”高诱注：“舜乐也。”《竹书纪年》：“帝巡狩，舞《九韶》于大穆之野。”

㉑凯风：和暖的南风。《尔雅·释天》：“南风谓之凯风。”泽：雨露。

㉒混一齐楚：指全国到处受到九德之歌、《九韶》之舞的教化。

㉓以：用。格：至，到。乐胥：喜乐。《诗·小雅·桑扈》：“君子乐胥，受天下

之祜。"朱熹《集传》:"胥,语词。"

㉔方:比拟。孰:谁,哪个。

㉕咏志:表达志向。旌心:表明心迹。细则声窕(tiǎo 挑):指小钟发音纤细微弱。窕,细小,指声音细弱。大则不咸:指大钟发音播送不周遍。这与《左传》观点相左。《左传·昭公二十一年》:"小者不窕,大者不摦(huà 画)。"即小钟发音并不纤细微弱,大钟发音并不粗大震耳。

㉖谐集:即"谐缉",和合、和谐之意。集,通"辑"、"缉"。《国语·晋语八》:"缉训典。"宋庠《国语补音》:"'缉'作'辑'。"度终:按曲谱唱完。二八:指二八佳丽,也即十六岁的美女。

羽猎赋

皇上感天威之惨烈，思太昊之观虞[1]。虞人表林麓而廓菜薮，翦荆梓而夷榛株[2]。于是凤皇献历，太仆驾具[3]，蚩尤先驱，雨师清路[4]，山灵护车，方神跸御[5]。羲和奉辔，弭节西征[6]，翠盖葳蕤，鸾鸣玲珑[7]。山谷为之澹淡，丘陵为之簸倾[8]。于是皇舆绸缪，迁延容与[9]。抗天津于伊洛，夐遥集乎南圃[10]。大诏猎者，竞逐长驱[11]。轻车飙厉，羽骑电骛[12]。雾合云集，波流雨注[13]。马蹂麋鹿，轮辚雉兔[14]。弓不妄弯，弩不虚举[15]。鸟惊絓罗，兽与矢遇。(《初学记》卷二十二为底本，校以《艺文类聚》卷六十六)

乘瑶碧之雕轩，建辉天之华旗[16]。(《太平御览》卷八百零九)

风飒飒其扶轮[17]。(《文选·曹丕〈芙蓉池作〉》李善注)

开阊阖兮坐紫宫[18]。(《文选·陆机〈汉高祖功臣颂〉》李善注)

困玄冥于朔野[19]。(《文心雕龙·夸饰》)

前曰逐息昆仑，后曰劳许公于箕隅[20]。(《文选·左思〈蜀都赋〉》"西逾金隄"句刘逵注)

【说明】

此赋系残篇，根据其题目来看，应该是类似扬雄《校猎赋》的作品。内容描写天子的校猎，可能也借机讽谏天子不要因爱好打猎而过度劳民伤财。

【注释】

①天威之惨烈：指发生各种自然灾害，如地震、水、旱等等。古人以为帝王行为有失，上天震怒，以示警告。太昊：即伏羲氏。神话中人类的始祖。他教民结网，从事渔猎畜牧活动。虞：即虞人，古官名，掌山泽。这句意思是：天灾连

年，皇帝仿效太昊，关心农业生产。

②表：标志。林麓：林丛生曰林，山足曰麓。廓：清除。莱薮：指杂草丛生之处。翦：翦除。夷：铲平。这句是指：以山麓为界，铲除界内所有杂草林木以为农田。

③凤皇：指凤鸟氏，古官名，即历正。《左传·昭公七十年》："郑子曰：'我高祖少皞挚之立也，凤鸟适至，故纪于鸟，为鸟师而鸟名。凤鸟氏，历正也。'"杜预注："凤鸟知天时，故以名历正官。"孔颖达疏："诸书皆言，君有圣德，凤皇乃来，是凤皇知天时也。历正，主治历数，正天时之官，故名其官为凤鸟氏也。"太仆：官名，传为周穆王所置，秦汉均有此官，掌车马。这句是指：皇帝要出猎，有关官员就来占卜，提出良时吉日，并准备好车驾。

④蚩尤：传说中凶猛的神。雨师：雨神。古代帝王出巡沿途要洒水除尘。

⑤山灵：山神。方神：四方之神。《文选·班固〈东都赋〉》："山灵护野，属御方神。"李善注："方神，四方之神也。"

⑥羲和：传说中驾驭日车的神。《楚辞·离骚》："吾令羲和弭节兮。"王逸注："羲和，日御也。"弭节：按节，缓行。王逸注："弭，按也，按节徐步也。"

⑦翠盖：用翠羽装饰的车盖。葳蕤（wēi ruí 威瑞阳平）：形容车盖上翠羽很多。鸾鸣：即銮铃，古代一种车铃。《诗·小雅·蓼萧》："和鸾雝雝。"毛传："在轼曰和，在镳曰鸾。"玲珑：铃声。

⑧澹淡：水波动荡貌。《文选·枚乘〈七发〉》："湍流溯波，又澹淡之。"李善注："澹淡，摇荡之貌也。"簸倾：动摇。

⑨皇舆：皇帝的车子，这里指皇帝。绸缪：情意殷切，指很自得。迁延：徜徉，自由自在的样子。容与：闲暇自得之貌。

⑩抗：抵敌。天津：天河，银河。伊洛：伊水、洛水，均在今河南省。这句意思是：把伊洛等同天河。敻（xìong 兄去声）：遥远。南圃：南边旷野。

⑪竞逐长驱：竞相追逐，长途驱赶。

⑫轻车：古之战车，不加巾，不加盖。汉大驾、法驾出，武刚车为前导，轻车为后殿。轻车不巾不盖，刚车有巾有盖。飙厉：形容轻车前进如暴风那样神速。羽骑：羽林军的骑兵。《文选·扬雄〈羽猎赋〉》："羽骑营营。"张铣注："羽骑，羽林之骑。"电骛：如闪电般飞驰。

⑬"雾合"二句是说：车骑分合众多而且神速。

⑭蹂：践踏。辚：碾压。

⑮妄：同"亡"，无也。虚举：空发。

⑯瑶、碧：两种玉名。《山海经·西山经》："章莪之山，无草木，多瑶碧。"郭璞注："碧亦玉属。"《淮南子·泰族训》："瑶碧玉珠，翡翠玳瑁，文彩明朗，润泽若濡。"雕轩：指用瑶碧雕琢装饰起来的车子。辉天：光耀天空。

⑰飒飒：风声。扶轮：扶翼车轮。

⑱阊阖：天门。紫宫：即紫门官，这里指皇宫。这句指皇帝羽猎后回到皇宫。

⑲困：拘留。玄冥：水神名。朔野：北方的荒野。

⑳逐：追赶。息：休息，停止。昆仑：即昆仑山，在我国西部。许公：即许由。相传尧想传位给他，他逃到箕山下，躬耕而食。箕山遗址位于山东省鄄城县箕山镇箕山集东。隅：角落。

【辨析】

描写帝王的羽猎，这是汉大赋的老题目。枚乘的《七发》、孔臧的《格虎赋》、司马相如的《天子游猎赋》、扬雄的《羽猪赋》和《长杨赋》、班固的《两都赋》、张衡自己的《二京赋》等等，都用大量的篇幅去描绘帝王的羽猎。而且几乎没有例外的是所有赋家对帝王的羽猎都持保留批评的态度，但又不敢明说，最后只能期盼帝王自己改正错误，以为纵情羽猎会荒废朝政，所以最后都回到朝廷，认真处理国事。当然也有个别赋家（如扬雄），把羽猎加以曲解，以为帝王羽猎是为检阅军旅，加强训练，以期保卫家国。赋家作如此曲解，也是没有办法的办法。赋家地位低微，不敢正面批评帝王的过失，只好出此下策，其中苦衷，值得体味。但这也正是汉赋经常受到批评的原因，"劝百讽一"、"劝而不止"之讥即此之谓也。

此赋当作于张衡前期。

扇赋

寤兹竹以成扇，乃画象而造仪[①]。惟规上而矩下，播采烂以杂施[②]。

憺舟□以柔弱，随俯仰以成形[③]。

【说明】

此赋六句分载《北堂书钞》卷一百三十四之两处，这类赋文为文人们卖弄情调的小玩意儿，意义不大。

【注释】

①寤：张溥《汉魏六朝百三名家集》作“採”。象：图像。仪：指《易传·系辞上》所谓“两仪”，也即天与地。

②规上、矩下：指画圆象天，画方象地。傅毅《扇赋》：“纤竹廓素，或规或矩。”播采：指在扇上着色。

③“憺舟”二句：是指摇动柔扇，随时改变扇的形态，翩翩起舞。憺（dàn但）：动。傅咸《扇赋》：“摇轻扇之苒弱，手才动而慊心。”

鸿赋序

南寓衡阳，避祁寒也[①]。若其雅步清音，远心高韵[②]。鹓鸾已降，罕见其俦[③]。而锻翮墙阴，偶影独立[④]。唼喋粃粺，鸡鹜为伍[⑤]，不亦伤乎！余五十之年，忽焉已至，永言身事，慨然其多绪[⑥]。乃为之赋，聊以自慰。

【说明】

此赋见《太平御览》卷九百一十六。这段文字明言："慨然其多绪。乃为之赋，聊以自慰。"可见是一篇赋的序，而非赋本身。此序作者抒发其不得志，又不屑与鸡鹜为伍，因而要远离尘世。

【注释】

①衡阳：郡名，三国吴置。又，县名，隋置。汉时的衡阳称"酃县"。由此可见，此赋非张衡作品。祁寒：大寒。祁，大。《尚书·周书·君牙》："冬祁寒。"

②雅步：从容安闲地行走。清音：清越的声音。《淮南子·兵略训》："夫景不为曲物直，响不为清音浊。"远心：离散之心。《国语·楚语上》："若敛民利以成其私欲，使民蒿焉，忘其安乐，而有远心，其为恶也甚矣。"韦昭注："远心，叛离。"高韵：高雅之趣。

③鹓(yuān 渊)：传说中凤一类的鸟。俦：伴。

④锻翮：伤残翅膀。墙阴：墙角阴暗处。喻不为人所怜。偶影：以影为偶。

⑤唼喋(shà dié 刹迭)：同"唼喋"，水鸟鱼类争食貌。《楚辞·九辩》："凫雁皆唼夫梁藻兮，凤愈飘翔而高举。"粃粺：即"秕稗(bǐ bài 比拜)"，指不饱满的谷粒和杂草的种子。鹜(wù 务)：野鸭子。

⑥永言：长言。慨然：深深地感叹。多绪：指思绪纷乱。

【辨析】

此赋文原载《太平御览》卷九百一十六。严可均《全上古三代秦汉三国六朝文》也加以收录。近来出版的几种专著也以为张衡所作。但这种做法是不正确的。此序文其实是《隋书·卢思道传》载《孤鸿赋序》的一部分，现将卢序录于下，读者一见便知：

> 余志学之岁，自乡里游京师，便见识知音，历受群公之眷。年登弱岁，甫就朝列，谈者过误，遂窃虚名。通人杨令君、邢特进已下，皆分庭致礼，倒屣相接，翦拂吹嘘，长其光价。而才本驽拙，性实疏懒，势利货殖，淡然不营。虽笼绊朝市且三十载，而独往之心未始去怀抱也。摄生舛和，有少气疾。分符坐啸，作守东原。洪河之湄，沃野弥获，罢务既屏，鱼鸟为邻。有离群之鸿，为罗者所获。野人驯养，贡之于余。置诸池庭，朝夕赏玩。既用销忧，兼以轻疾。《大易》称"鸿渐于陆"，羽仪盛也。扬子曰"鸿飞冥冥"，骞翥高也。《淮南》云"东归碣石"，违溽暑也。平子赋曰"南寓衡阳"，避祁寒也。若其雅步清音，远心高韵，鹓鸾以降，罕见其俦。而铩翮墙阴，偶影独立，唼喋秕稗，鸡鹜为伍，不亦伤乎！余五十之年，忽焉已至。永言身事，慨然多绪。乃为之赋，聊以自慰云。其词曰：惟此孤鸿，擅奇羽虫……

可以看得很清楚，卢氏这里所引的《易经》、《淮南子》、扬雄的话，都是仅引一句，随后即作评论。所以他引张平子赋里的话，也当是如此。"南寓衡阳"，是张平子的话，随后所作的解释"避祁寒也"，则是卢氏的话，紧接着"若其雅步清音"云云，则是承前文"有离群之鸿"等等来的。张衡的赋已经散佚，后人误将卢思道的《孤鸿赋序》窜入张衡的作品之中。

所谓张平子《鸿赋序》，张溥的《汉魏六朝百三名家集·张河间集》不录。张溥《汉魏六朝百三名家集·张河间集》收入《周天大象赋》，《历代赋汇》也照录不误，但《文选》注及唐宋类书均未提及，今人有关著作也略而不闻，不知张溥引自何处，录以备考。

逍遥赋

即疏炼石体，稷生挥妙琴[①]。(《北堂书钞》卷一百零九)

由子奏灵鞉，王子吐凤音也[②]。(《北堂书钞》卷一百一十)

以日月为牖[③]。(《玉烛宝典》卷五)

【说明】

《北堂书钞》孔广陶校注："陈俞本无'即疏'句，'由'字有误，陈俞本删'由子'五字。"由现存的内容来看，本篇赋可能是描写仙人逍遥遨游的篇章。

【注释】

①即疏：乃"卭疏"之误写，古仙人。《列仙传》："卭疏者，周封史也。能行气炼形，煮石髓而服之，谓之石钟乳。至数百年，往来入太室山中，有卧石床枕焉。"稷生：汉有稷丘子得仙道。《列仙传》："稷邱君者，泰山下道士也。武帝时，以道术受赏赐。发白再黑，齿落更生。"

②由子：许由，相传尧要让位给他，他逃至箕山农耕而食。灵鞉(táo 逃)：即灵鼓，一种摇鼓。王子：王子乔，古仙人，喜欢吹笙作凤凰之声。《列仙传》："王子乔者，周灵王太子晋也。好吹笙作凤凰鸣。游伊洛之间，道士浮丘公接以上嵩高山。"

③牖(yǒu 有)：窗。

应间

观者，观余去史官五载而复还[①]，非进取之势也[②]。唯衡内识利钝[③]，操心不改[④]。或不我知者，以为失志矣[⑤]！用为间余[⑥]。余应之以时有遇否[⑦]，性命难求[⑧]，因兹以露余诚焉，名之《应间》云[⑨]。

有间余者曰："盖闻前哲首务，务于下学上达[⑩]；佐国理民，有云为也[⑪]。朝有所闻，则夕行之。立功立事，式昭德音[⑫]。是故伊尹思使君为尧舜，而民处唐虞，彼岂虚言而已哉！必旌厥素尔[⑬]。咎单、巫咸，实守王家[⑭]，申伯、樊仲，实干周邦，服衮而朝，介圭作瑞[⑮]。厥迹不朽，垂烈后昆，不亦丕欤[⑯]！且学非以要利，而富贵萃之[⑰]。贵以行令，富以施惠。惠施令行，故《易》称以大业[⑱]。质以文美，实由华兴[⑲]。器赖雕饰为好，人以舆服为荣[⑳]。吾子性德体道，笃信安仁，约己博蓺，无坚不钻，以思世路，斯何远矣[㉑]！曩滞日官，今又原之[㉒]。虽老氏曲全，进道若退，然行亦以需[㉓]。必也学非所用，术有所仰，故临川将济，而舟楫不存焉[㉔]。徒经思天衢，内昭独智[㉕]，固合理民之式也，故尝见谤于鄙儒[㉖]。深厉浅揭，随时为义[㉗]。曾何贪于支离，而习其孤技邪[㉘]？参轮可使自转，木雕犹能独飞[㉙]。已垂翅而还故栖，盍亦调其机而铦诸[㉚]？昔有文王，自求多福[㉛]。人生在勤，不索何获[㉜]？曷若卑体屈己，美言以相克[㉝]？鸣于乔木，乃金声而玉振之[㉞]。用后勋，雪前吝，婞佷不柔，以意谁靳也[㉟]！"

应之曰："是何观同而见异也？君子不患位之不尊，而患德之不崇；不耻禄之不夥，而耻智之不博。是故蓺可学，而行可力也[㊱]。天爵高悬，得之在命[㊲]。或不速而自怀，或羡旃而不臻，求之无益[㊳]，故智者面而不思[㊴]。阽身以徼幸，固贪夫之所为，未得而豫丧也[㊵]。枉尺直寻，议者讥之，盈欲亏志，孰云非羞[㊶]？於心有猜，则簋飧馔铺犹不屑餐，旌瞽以之[㊷]。意之无疑，则兼金盈百而不嫌辞，孟轲以之[㊸]。士或解裋褐而袭黼黻，或委臿筑而据文轩者，度德拜爵，量绩受禄也[44]。输力致庸，受必有阶[45]。

“浑元初基，灵轨未纪。吉凶分错，人用瞳朦[46]。黄帝为斯深惨[47]。有风后者，是焉亮之[48]，察三辰於上，迹祸福乎下，经纬历数[49]。然后天步有常，则风后之为也[50]。当少昊清阳之末，实或乱德，人神杂扰，不可方物，重黎又相颛顼而申理之，日月即次，则重黎之为也[51]。人各有能，因蓺授任，鸟师别名[52]，四叔三正，官无二业，事不并济[53]。昼长则宵短，日南则景北。天且不堪兼，况以人该之[54]。夫玄龙，迎夏则陵云而奋鳞，乐时也；涉冬则淈泥而潜蟠，避害也[55]。公旦道行，故制典礼以尹天下，惧教诲之不从，有人之不理[56]。仲尼不遇，故论六经以俟来辟，耻一物之不知，有事之无范[57]。所考不齐，如何可一[58]？

“夫战国交争，戎车竞驱，君若缀旒，人无所丽[59]。烛武悬缒而秦伯退师[60]，鲁连系箭而聊城弛柝[61]。从往则合，横来则离，安危无常，要在说夫[62]。咸以得人为枭，失士为尤。故樊哙披帷，入见高祖[63]；高祖踞洗，以对郦生[64]。当此之会，乃鼋鸣而鳖应也[65]。故能同心戮力，勤恤人隐，奄受区夏[66]，遂定帝位，皆谋臣之由也。故一介之策，各有攸建[67]。子长谍之，烂然有第[68]。夫女魃北而应龙翔[69]，洪鼎声而军容息[70]；溽暑至而鹑火栖[71]，寒冰冱而鼋鼍蛰[72]。今也，皇泽宣洽，海外混同[73]；万方亿丑，并质共剂[74]。若修成之不暇，尚何功之可立[75]？立事有三，言为下列[76]；下列且不可庶矣，奚冀其二哉[77]！

“于兹搢绅如云[78]，儒士成林；及津者风摅，失涂者幽僻[79]；遭遇难要，趋偶为幸[80]。世易俗异，事执舛殊，不能通其变，而一度以揆之[81]，斯契船而求剑，守株而伺兔也[82]。冒愧逞愿，必无仁以继之，有道者所不履也[83]。越王勾践事此，故厥绪不永[84]。捷径邪至，我不忍以投步[85]；干进苟容，我不忍以歙肩[86]。虽有犀舟劲楫，犹人涉卬否，有须者也[87]。姑亦奉顺敦笃，守以忠信，得之不休，不获不吝[88]。不见是而不惛，居下位而不忧，允上德之常服焉[89]。方将师天老而友地典，与之乎高睨而大谈[90]，孔甲且不足慕，焉称殷彭及周聃[91]！与世殊技，固孤是求[92]。子忧朱泙曼之无所用[93]，吾恨轮扁之无所教也[94]。子睹木雕独飞，愍我垂翅故栖[95]，吾感去鼄附鸱，悲尔先笑而后号也[96]。

“斐豹以毙督燔书[97]，礼至以掖国作铭[98]；弦高以牛饩退敌[99]，墨翟以萦带全城[100]；贯高以端辞显义[101]，苏武以秃节效贞[102]；蒲且以飞矰逞巧，詹何以沉钩致精[103]；弈秋以棋局取誉[104]，王豹以清讴流声[105]。仆进不能参名于二立，退又不能群彼数子[106]，愍《三坟》之既颓，惜《八索》之不理[107]。庶前训之可钻，聊朝隐乎柱吏[108]，且韫椟以待价[109]，踵颜氏以行止[110]。曾不慊夫晋、楚[111]，敢告诚于知己。"

【说明】

此赋见《后汉书·张衡传》。自"观者"至"名之《应间》云"出自《后汉书》注文，从"有间余者曰"开始，则出自《后汉书》的本文。

应间，就是回答人们对他的非议。这属于东方朔《答客难》的辞赋传统。起因是对方以为张衡"去史官五载而复还，非进取之势"，还批评他"习其孤技"——即指天文历数等等科学技术——"无所用其巧"。张衡引经据典，对此一一加以辩解。他以为"天爵高悬，得之在命"，"求之无益，故智者面而不思"。因"捷径邪至，我不忍以投步；干进苟容，我不忍以歙肩"，且"君子不患位之不尊，而患德之不崇；不耻禄之不夥，而耻智之不博"。他是一个高尚的人，对所谓"孤技"，他也有自己一套看法，他"固孤是求"，坚持走自己的创造发明道路。这也正是他的高明处。他在科技上的贡献，当远超他的文学成就，这也正是张衡之所以为张衡的关键。

【注释】

①"观余"句：张衡初为太史令与被免以及第二次为太史令时间，在学术界分歧很大。陆侃如先生认为第二次为太史令在永建三年(128)，故《应间》应作于永建三年。详见《中古文学系年》。

②进取：奋力向上。这里指升官往上爬。

③利钝：顺利和阻碍。指仕途上的利害。

④操心：自持其心。即坚持自己的心志。

⑤失志：失其心志。《左传·哀公十六年》："夫子之言曰：'礼失则昏，名失则愆；失志为昏，失所为愆。'"

⑥间(jiàn见)：非难。

⑦时：时机。遇：投合，契合。《孟子·公孙丑下》："千里而见王，不遇故去。" 否(pǐ痞)：穷，不通。也即不遇。

⑧性命难求：此句化用《易·乾》："乾道变化，各正性命。"即万物皆受天道变化的支配，适应天道变化的运动，各得其属性之正，亦各得其寿命之正，如鸟能飞，鱼能游，蜉蝣寿短，龟鹤寿长。万物(包括人)不能有他求。张衡的意思是自己升迁贬黜，都是命运的安排，不可强求，所以恝然置之。

⑨应间：回答人们的非议。

⑩前哲：指古圣贤。首务：最急切重大之事务。下学上达：《论语·宪问》：“不怨天，不尤人，下学而上达，知我者其天乎！”皇侃《论语义疏》：“下学，学人事。上达，达天命。”

⑪云为：犹言论和动作。《易传·系辞下》：“是故变化云为，吉事有祥。”孔颖达疏：“或口之所云，或身之所为也。”班固《东都赋》：“子实秦人，矜夸馆室，保界山河，信识昭襄而知始皇矣！乌睹大汉之云为乎！”

⑫式昭德音：语出《左传·昭公十二年》。式：用。昭：彰明，显明。德音：善言。《诗·豳风·狼跋》：“德音不瑕。”《诗·郑风·有女同车》：“德音不忘。”“德音”有时也包含相反意义。

⑬伊尹：商汤大臣，佐汤灭夏，综理国事。连保汤、外丙、中壬三朝，被称为“阿衡”。《尚书·说命中》：“予（指伊尹）弗克俾厥后惟尧舜，其心愧耻，若挞于市。”（意即我不能使君王如尧舜，内心就愧惭羞耻难受……）唐虞：陶唐氏与有虞氏，皆以揖让有天下，自古称为盛世。旌：明。素：犹志也。

⑭咎单、巫咸：都是殷的贤臣。王家：王室。《尚书·君奭》：“巫咸保乂王家。”《尚书·武成》：“王季其勤王家。”

⑮此句《后汉书·张衡传》李贤注：“申伯，申国之伯也；樊仲，仲山甫也，为樊侯，并周宣王之卿士。《诗·大雅》曰：‘维申及甫，维周之翰。’注（指郑氏笺）：‘翰，幹也。服衮谓申伯为冢宰，服衮冕之服也。’又曰（指《崧高》诗）：‘锡尔介圭，以作尔宝。’注云‘宝，瑞也。圭长尺二寸谓之介’也。”

⑯厥：其，指上文伊尹、咎单等等。迹：业绩。烈：功业。后昆：后人。昆，后嗣。丕：大。

⑰要：求。萃：集。

⑱贵：指当大官的所谓位尊日贵。行令：发布政令。施惠：施行恩惠。大业：伟大的事业。《易传·系辞上》：“盛德大业至矣哉，富有之谓大业，日新之谓盛德。”孔颖达疏：“于行谓之德，于事谓之业。”

⑲质：朴实，文之对。实：果实，子实，华（花）之对。

⑳舆服：车马服饰。指做官。

㉑性德体道：指性合于德，体合于道。《后汉书·张衡传》李贤等注：“《论语》（指《泰伯》篇）曰：‘笃信好学。’又（指《里仁》篇）曰：‘仁者安仁。’又（指《子罕》篇）曰：‘钻之弥坚。’‘博我以文，约我以礼。’”

㉒曩：从前。滞：停留。指没有升迁。日官：这里指太史令。《后汉书·张衡传》李贤注：“史官也。《左传》曰：‘天子有日官。’”原：《尔雅·释言》：“原，再也。”《礼记·文王世子》：“未有原。”郑玄注：“原，再也。”

㉓《后汉书·张衡传》李贤注：“《老子》（指第二十二章）：‘曲则全，枉则直。’（委屈反而能保全，冤枉反而能伸直）又（指第四十一章）曰：‘夷道若类，进道若

退。'(平坦的"道"好像崎岖,前进的"道"好像后退)《易·杂卦》:'需,不进也。'"

㉔学:指钻研天文历法等技术。用:指治民。术:技艺。仰:信仰,追求。济:渡河。楫:船桨。

㉕徒:空。天衢:《后汉书·张衡传》李贤注:"天衢,天道也。言徒锐思作《灵宪》、浑天仪等也。"独智:一人之智。

㉖固:岂,难道。鄙儒:不知时变的俗儒。

㉗厉:以衣涉水曰"厉"。揭:摄衣涉水。《诗·邶风·匏有苦叶》:"深则厉,浅则揭。"《尔雅·释水》:"揭者,揭衣也,以衣涉水为厉。由膝以下为揭,由膝以上为涉,由带以上为厉。"随时为义:犹遭时制宜,遇水深则厉,水浅则揭。《易·随卦》彖曰:"大亨,贞无咎,而天下随时,随时之义大矣哉!"高亨《周易大传今注》:"言君有元大、亨美、利物、贞正之德,故能无咎,而天下之人皆随之也。天下之人皆随之,贵得其时。汤伐桀,而夏人随汤;武王伐纣,而殷人随武王,皆得其时也。所以随之时,其意义甚大。"

㉘支离:《后汉书·张衡传》李贤注:"《庄子》(《列御寇》):'朱泙曼学屠龙于支离益,单千金之家,三年技成而无所用。'……责衡何独妙思于机巧者也。"孤技:独一无二的技艺。

㉙参:同"三"。雕:又叫鹫,一种猛禽。《后汉书·张衡传》李贤注引《傅子》曰:"张衡能令三轮独转。"又作"木雕能自飞"。

㉚垂翅故栖:指张衡再次当太史令。盍:何不。铦:锋利。诸:之。此句意为:你张衡作三轮和木雕,既能转动飞翔,自己被再次降为太史令,何不调整机关使自己飞黄腾达?

㉛此句出自《诗·大雅·文王》:"永言配命,自求多福。"这是周公劝告成王的话。

㉜"人生"二句:《左传·宣公十二年》:"民生在勤,勤则不匮。"《左传·昭公二十七年》:"上国有言曰:'不索,何获?'我王嗣也,吾故求之。"

㉝曷:何。克:胜。

㉞"鸣于乔木"两句:喻指求仕进于高位,振扬德音,如金玉之声。《诗·小雅·伐木》:"伐木丁丁,鸟鸣嘤嘤;出自幽谷,迁于乔木。"《孟子·万章下》:"孔子之谓集大成。集大成也者,金声而玉振之也。"

㉟勋:功业。雪:洗涮。吝:耻。婞佷:指性格刚强暴戾,是下半句温柔的对立面。婞(xìng 幸):倔强。佷(hěn 很):凶狠。以:此。《经传释词》:"已,《尔雅》曰:已,此。或作以。"靳:嘲弄,耻笑。《左传·庄公十一年》:"宋人请之,宋公靳之。"杜预注:"戏而相愧曰靳。"陆德明《经典释文》引服虔曰:"耻而恶之曰靳。"

㊱崇:高尚伟大。夥(huǒ 伙):扬雄《方言》:"凡物盛多谓之寇。齐宋之郊,楚魏之际曰夥。"行:品行,德行。力:尽力。

㊲天爵：原指自然之贵，即高尚的道德修养等等。《孟子·告子上》："有天爵者，有仁爵者。仁义忠信，乐善不倦，此天爵也；公卿大夫，此人爵也。古之人，修其天爵，而人爵从之；今之人修其天爵，以要人爵。既得人爵，而弃其天爵，则惑之甚也。"赵岐注："天爵以德，人爵以禄。"但张衡这里指的是高官厚禄。正如《后汉书·张衡传》李贤注："此谓天子高悬爵位，得者在命也。"

㊳速：召。怀：来。旃（zhān 沾）：犹"之"。《左传·桓公十一年》："初，虞叔有玉，虞公求旃，弗献。"

㊴面：通"偭"，背，相背。

㊵阽（diàn 垫）：危险。徼幸：作非分的企求。《国语·晋语二》："人实有之，我以徼幸，人孰信我？不仁不信，将何以长利？"豫：通"预"，预先。丧：失。

㊶枉尺直寻：尺小寻大，喻小有所失，而大有所获。《孟子·滕文公下》："枉尺而直寻，宜者可为也。"朱熹集注："枉，屈也；直，伸也……八尺曰寻，所屈者小，所伸者大也。" 盈欲：满足自己的欲望。亏志：亏损志向气节。

㊷猜：嫌疑。簋（guǐ 诡）：古代食器。飧：晚餐，引申为熟食。馔：饮食。铺：食。不屑：轻视不顾的意思。旌瞀：一作"爰旌目"。《列子·说符》："东方有人焉，曰'爰旌目'，将有适也，而饿于道。狐父（地名，在今安徽省境内）之盗曰丘，见而下壶餐以铺之。爰旌目三铺而后能视，曰：'子何为者也？'曰：'我狐父之人丘也。'爰旌目曰：'譆！汝非盗邪？胡为而食我？吾义不食子之食也！'两手据地而欧（同"呕"，吐也）之，不出，喀喀然遂伏而死。"以：因为。之：代词。

㊸孟轲事见《孟子·公孙丑下》："陈臻问曰：'前日于齐，王馈兼金（好的金）一百而不受；于宋，馈七十镒（一镒相当于二十四两）而受；于薛，馈五十镒而受。前日之不受是，则今日之受非也；今日之受是，则前日之不受非也，夫子必居一于此矣。'孟子曰：'皆是也，当在宋也，予将有远行。行者必以赆（赠给人的盘缠），辞曰："馈赆。"予何为不受？若于齐，则未有处也。无处而馈之，是货（卖也）之也。焉有君子而可以货取乎？'"赵岐注："我在齐无事，于义未有所处也。义无所处而馈之，是以货财取我，欲使怀惠也。安有君子而以货财见取乎？"

㊹裋褐（shù hè 数贺）：一种粗陋的衣服，古多为贫贱者所服。《汉书·贡禹传》："裋褐不完。"颜师古注："裋者，谓僮竖所著布长襦也；褐，毛布之衣也。"黼黻（fǔ fú 斧扶）：古代礼服上所绣的花纹。借指当官的衣服。臿（chā 插）：掘土的农具，锹之类。筑：捣土的杵。这两句前者指宁戚，原为卫国商贾，宿齐东门外，喂牛叩角而歌，齐桓公闻而异之，举为客卿。后者指殷人傅说，出身卑微，在傅岩从事版筑，被殷高宗发现，举以为相。

㊺《周礼·夏官·司勋》："司勋掌六乡赏地之法，以等其功。王功曰勋（辅成王业，若周公），国功曰功（保全国家，若伊尹），民功曰庸（法施于民，若后稷），事功曰劳（以劳定国，若禹），治功曰力（制法成治者，若咎繇），战功曰多（克敌制奇，若韩信）。凡有功者，铭书于王之大常，祭于烝，司勋诏之。"

㊻浑元：天地之元气。《汉书·叙传》："浑元运物，流不处兮。"颜师古注："浑元，天地之气也。"《文选·班固〈幽通赋〉》"浑元运物"，李善注："曹大家曰：'浑，大也，元气运转也。'"灵轨：指日月星辰之运行。纪：指五纪，即岁、月、日、星辰、历数。《尚书·洪范》："五纪，一曰岁，二曰月，三曰日，四曰星辰，五曰历数。"《史记·日者列传》："司马季主复理前语，分别大地之始终，日月星辰之纪。"分错：纷杂错乱。用：行为。朣朦（tóng méng 童萌）：犹蒙昧。

㊼黄帝：传说中人物。与炎帝同出少典氏。后分路东进，在阪泉（今河北涿鹿东南）打败炎帝，遂合而为一。后又在涿鹿擒杀蚩尤，被推为炎黄部落联盟的首领。斯：此，指上四句所言。

㊽风后：传说中黄帝的佐臣。《史记·五帝本纪》："（黄帝）置左右大监，监于万国……举风后、力牧、常先、大鸿以治民，顺天地之纪，幽明之占，死生之说，存亡之难。"《后汉书·张衡传》李贤注："《春秋内事》曰：'黄帝师于风后，风后善于伏羲氏之道，故推演阴阳之事。'《艺文志》阴阳流有《风后》十三篇也。"是焉亮之：指对上面的事很明白。

㊾三辰：即日、月、星。上：指天上。迹：据实迹考知。下：指人间。经纬：治理。历数：指日月星辰运行的度数。

㊿天步：指日月星辰的运转。为：作为。

51少昊：《后汉书·张衡传》李贤注："《帝王纪》曰：'少昊字清阳。'《国语》观射父曰：'少皞（即少昊）之衰也，九黎乱德，人神杂糅，不可方物。颛顼承之，乃命南正重司天以属神，命火正黎司地以属人。'"九黎，少昊时的诸侯，即后来的三苗。因苗黎种族繁多，故曰"九黎"，或曰"三苗"。一说黎氏九人为少昊时诸侯之乱者。方物：犹"识别"，名状。方，犹"别"。物，名也。颛顼：传说中炎黄联盟重要首领之一，继少昊之后为帝，号高阳氏。他重视人事治理，努力发展农业。

52鸟师：传说少皞氏以鸟名官，谓之鸟师。《左传·昭公十七年》："我高祖少皞挚之立也，凤鸟适至，故纪于鸟，为鸟师而鸟名。凤鸟氏，历正也；玄鸟氏，司分者也；伯赵氏，司至者也；青鸟氏，司启者也；丹鸟氏，司闭者也；祝鸠氏，司徒也；雎鸠氏，司马也；鸤鸠氏，司空也。"《汉书·百官公卿表序》："少昊鸟师鸟名。"

53四叔三正：《左传·昭公二十九年》："少皞氏有四叔，曰重，曰该，曰修，曰熙，实能金木及水（能治其官），使重为句芒（木正），该为蓐收（金正），修及熙为玄冥（水正）。世不失职，遂济穷桑，此其三祀也。"穷桑，传说少皞所居处。《尸子·仁意》篇："少昊金天氏，邑于穷桑。"《帝王世纪》："少昊邑于穷桑，以登帝位，都曲阜，故或谓之穷桑帝。"官无二业：即一官管一事，不兼职。济：成功。

54昼：白天。宵：夜晚。景：同"影"。该：兼备。

55玄龙：黑龙。《说文》："龙，鳞虫之长，能幽能明，能小能大，能短能长，春分而登天，秋分而潜渊。"陵：通"凌"，上升。淈：乱。蟠：即"伏"，曲，屈。此句意为：出入有时，不可逆行。

㊻公旦：即西周初年著名的政治家姬旦（一称“叔旦”），因采邑在周，故称“周公”。他佐武王伐商。武王死后他辅幼主成王平定各地叛乱。营建东都洛邑，实行封邦建国方针。归政成王后，潜心制礼作乐，建立各项典章制度，巩固周王朝的统治。尹：治，正。

㊼仲尼：孔子的字。不遇：不遇合的机会。指孔子周游列国，到处碰壁，其道不行。六经：指《书》、《诗》、《礼》、《易》、《乐》、《春秋》。辟：君王，天子、诸侯通称“辟”。《公羊传·哀公十四年》载，孔子“制《春秋》之文，以俟后圣”。范：法式。

㊽考：《后汉书·张衡传》李贤注：“《衡集》‘考’字作‘丁’。丁，当也。”齐：同，并。

㊾君若缀旒：《公羊传·襄公十六年》：“君若赘旒然。”何休注：“旒，旂旒，赘，系属之辞，若今俗名就壻为赘壻矣。以旂旒喻者，为下所执持东西。旒者，其数名。”丽：依附，附着。

㊿“烛武悬縋”句：《左传·僖公三十年》：“佚之狐言于郑伯曰：‘国危矣，若使烛之武见秦君，师必退。’公从之。辞曰：‘臣之壮也，犹不如人；今老矣，无能为也已。’公曰：‘吾不能早用子，今急而求子，是寡人之过也。然郑亡，子亦有不利焉。’许之，夜縋而出，见秦伯曰：‘……’秦伯说（悦），与郑人盟。”

51“鲁连”句：《史记·鲁仲连邹阳列传》：“齐田单攻聊城岁余，士卒多死而聊城不下，鲁连乃为书，约之矢以射城中，遗燕将，书曰……燕将见鲁连书，泣三日，犹豫不能自决。欲归燕，已有隙，恐诛；欲降齐，所杀虏于齐甚众，恐已降而后见辱。喟然叹曰：‘与人刃，宁自刃。’乃自杀。聊城乱，田单遂屠聊城。”又见《战国策·齐策·燕攻齐七十余城》。聊城：齐国地名，在今山东省聊城市西北三十里。弛柝（tuò 拓）：指放弃守城。弛，废。柝，旧时巡夜打更用的木梆。

52“从往”四句：张仪说诸侯连和事秦为横，苏秦说诸侯连兵拒秦为纵。苏秦往则纵舍，张仪来则纵离。说夫：辩说之士，指苏秦、张仪。

53枭：犹胜，六博得枭则胜。尤：过失，指失败。“故樊哙披帷”二句：樊哙，沛人，封舞阳侯。《汉书·樊哙传》：“先黥布反时，高祖尝病甚，恶见人，卧禁中，诏户者无得入群臣。群臣绛、灌等莫敢入。十余日，哙乃排闼直入，大臣随之，上独枕一宦者卧。哙等见上流涕曰：‘始陛下与臣等起丰沛，定天下，何其壮也！今天下已定，又何惫也！且陛下病甚，大臣震恐，不见臣等计事，顾独与一宦者绝乎？且陛下独不见赵高之事乎？’高祖笑而起。”

54“高祖踞洗”二句：郦食其，高阳酒徒，入见沛公，沛公方踞床，令两女子洗足。食其曰：“必欲聚徒合义兵，诛无道，不宜踞见长者。”于是沛公辍洗，延食其上坐，谢之。事见《汉书·郦食其传》。

55会：际。“乃鼋鸣”句：《后汉书·张衡传》李贤注：“喻君臣相感也。焦赣

《易林》曰：‘鼋鸣岐野，鳖应于泉。’”

⑯“故能”三句：《国语·周语上》：“勤恤民隐，而除其害也。”恤：体恤。隐：病痛。奄：覆盖，包括。《诗·大雅·皇矣》：“奄有四方。”区夏：犹言诸夏，指中国。《尚书·康诰》：“用肇造我区夏。”

⑰介：通“芥”，喻其微小。攸：所。

⑱“子长”句：《后汉书·张衡传》李贤注：“《前书（指《汉书》）音义》曰：‘谍，谱第也。与“牒”通。’司马迁字子长，作《史记》，著功臣等传，烂然各有第序也。”

⑲女魃：旱神。《山海经·大荒北经》：“蚩尤作兵伐黄帝，黄帝乃令应龙攻之冀州之野。应龙蓄水，蚩尤请风伯雨师，纵大风雨。黄帝乃下天女曰魃，雨止，遂杀蚩尤。魃不得复上，所居不雨。”

⑳“洪鼎”句：王先谦《后汉书集解》：“沈钦韩曰：‘国容（国家之礼仪）不入军，军容（军队的礼仪）不入国。燕享好合，鼎俎在前，则干戈自息矣！’声是升之误，注（指《后汉书·张衡传》李贤注）谓声或作罄，容或作客，皆非。”《司马法·天子之义》：“古者国容不入军，军容不入国。军容入国则民德废，国容入军则民德弱。”《仪礼·士冠礼》：“若杀，则特豚，载合升，离肺实于鼎。”郑玄注：“特豚，一豚也。凡牲皆用左胖，煮于镬曰亨，在鼎曰升，在俎曰载，载合升者，明亨与载皆合左右胖。”

㉑溽暑：又湿又热。指盛夏的气候。鹑火：星宿名，南方有井、鬼、柳、星、张、翼、轸七宿，称“朱鸟七宿”。首位称“鹑首”，中部柳、星、张称“鹑火”，末位称“鹑尾”。《后汉书集解》：“栖，息也。《礼记·月令》曰：‘季夏土湿溽暑，鹑火，午之宿也。三月在午，六月在酉，言当季夏之时，鹑火退于酉。’”

㉒沍（hù 互）：冻结。鼍（tuó 驮）：即扬子鳄。蛰：伏。

㉓宣洽：普遍，沾溉。混同：统一。

㉔万方：万邦，各方诸侯。《尚书·汤诰》：“诞告万方。”亿丑：谓官有十万类属。《国语·楚语下》：“五物之官，陪属万为万官。官有十丑，为亿丑。”韦昭注：“丑，类也。以十丑承万为十万。十万曰亿，古数也。”这里是泛指官的品类极多。并：共，是争先恐后的意思。质、剂：古代贸易券契质和剂的并称。长券曰“质”，用以购买马牛之属；短券曰“剂”，用以购买兵器珍异之物。后世的合同即本此。《周礼·天官·小宰》郑玄注：“质剂，谓两书一札，同而别之，长曰质，短曰剂。传别质剂，皆今之券书也。”贸易上的契约也部分用到仕途、学徒上。《史记·仲尼弟子列传》：“孔子设礼稍诱子路，子路后儒服委质，因门人请为弟子。”司马贞《索隐》：“按服虔注《左氏》云：‘古者始仕，必先书其名于策，委死之质于君，然后为臣，亦必死节于其君也。”

㉕若：如此。

㉖“立事”两句：《左传·襄公二十四年》：“太上有（谓人之最上者）立德（如黄帝、尧、舜），其次有立功（如禹、稷），其次有立言（如史逸、周任、臧文仲以及屈

原、扬雄等等)。”

⑰庶:冀,希望。

⑱搢绅:原指旧时官宦的装束,这里指出仕。《汉书·郊祀志上》:“缙绅者弗道。”李奇注:“缙,插也,插笏于绅。绅,大带也。”

⑲及津者:占据渡口的人,指官位显要的人。风摅:意气风发,也即十分得意的样子。失涂:无路可走,指仕途上失败了。幽僻:幽远偏僻。因失败僻居荒野。

⑳遭遇:犹际遇。《汉书·丙吉传》:“自曾孙遭遇,吉绝口不道前恩。”要:索取,寻求。偶:遇合。

㉑舛殊:指事势不同。舛,不齐,相背。度:同一尺度。揆(kuí葵):度量。

㉒“斯契船”二句:系用刻舟求剑和守株待兔的典故。契:通“挈”,刻。《吕氏春秋·察今》:“楚人有涉江者,其剑自舟中坠于水,遽契其舟曰:‘是吾剑之所从坠。’舟止,从其所契者入水求之,舟已行矣,而剑不行,求剑若此,不亦惑乎?”《韩非子·五蠹》:“宋人有耕田者,田中有株,兔走触株,折颈而死,因释其耒而守株,冀复得兔。兔不可复得,而身为宋国笑。”斯:是。

㉓冒愧:不顾羞愧。逞愿:满足愿望。履:实行,执行。

㉔“越王”二句:越王勾践先吴兴师。吴王闻之,悉发精兵击越,败越于夫椒山(在今江苏省吴县太湖中)。越王乃以余兵五千退栖会稽山(在今浙江省绍兴市东南)。详见《史记·越王勾践世家》。厥:其。绪:指继承前人的功业。永:长。

㉕捷径:近便的小路。邪:通“斜”。因为走捷径,所以只能斜至。

㉖干进:谋求仕进。《楚辞·离骚》:“既干进而务入兮。”苟容:屈从附和,取容于世。歙(xī西)肩:犹“耸肩”,谄媚的样子。

㉗“虽有”三句:《后汉书·张衡传》李贤注:“前书(指《汉书·冯奉世传》)曰:‘羌戎弓矛之兵器不犀利。’《音义》曰:‘今俗谓刀兵利为犀。犀,坚也。’《诗·卫风》曰:‘招招舟子,人涉卬否。人涉卬否,卬须我友。’(此诗当为《邶风·匏有苦叶》)卬,我也。须,待也。郑玄注:‘人皆涉,我友未至,我独待而不涉。言室家之道,非得所适,贞女不行,非得礼义,昏姻不成。’”喻仕当以道,不求妄进。

㉘姑:且。奉:遵守。敦:厚重,崇尚。笃:诚实。忠信:忠诚信实。《易·乾》:“君子进德修业,忠信所以进德也。”休:美善。吝:耻辱。

㉙惛(hūn昏):通“闷”。《易·乾·文言》:“不成乎名,遁世无闷,不见是而无闷,乐则行之,忧则违之,确乎其不可拔,‘潜龙’也。”又曰:“是故居上位而不骄,在下位而不忧,故乾乾因其时而惕,虽危无咎矣。”允:诚然,信然。上德:犹“至德”。《老子》第三十八章:“上德不德,是以有德。”常服:经常服事,也即坚持不变。

⑩天老：相传为黄帝辅臣。《韩诗外传》卷八："（黄帝）召天老而问之曰……"《后汉书·张衡传》李贤注："《帝王纪》曰：'黄帝以风后配上台，天老配中台，五圣配下台，谓之三公。其余知天、规纪、地典、力牧、常先、封胡、孔甲等，或以为师，或以为将。'《艺文志》：'阴阳有地典六篇。'"

⑪孔甲：传为黄帝之史。《汉书·艺文志》杂家有"孔甲《盘盂》二十六篇"。《汉书·艺文志》颜师古注："黄帝之史，或曰夏帝孔甲，似皆非。"殷彭：即彭祖，传说中人物，姓彭名铿，颛顼玄孙，生于夏。为商守藏史，到殷末已七百六十七岁（或说八百岁），殷王以为大夫。托病不理政事。周聃：即周朝的老子，姓李名耳，字聃。著《老子》五千言。

⑫殊技：不同的技艺。张衡自指他的天文历数等技艺。

⑬"子忧朱泙曼"句：指朱泙曼学屠龙技成而无所用。参见本篇注㉘。

⑭"吾恨轮扁"句：轮扁，即砍削制作车轮的人扁。《庄子·天道》载：轮扁指出齐桓公所读的书是古人之糟粕，桓公责备他。轮扁曰："臣也以臣之事观之，斲轮，徐则甘而不固，疾则苦而不入。不徐不疾，得之于手而应于心，口不能言。有数存焉于其间。臣不能以喻臣之子，臣之子亦不能受之于臣，是以行年七十而老斲轮。古之人与其不可传也死矣，然则君之所读者，古人之糟粕已夫！"

⑮愍：同情，哀怜。

⑯鼃（wā 蛙）：古"蛙"字。《易·旅》："鸟焚其巢，旅人先笑而后号咷，丧牛于易，凶。"鸟焚其巢，喻旅客之居室被焚，故号咷大哭。又，王先谦《后汉书集解》："沈钦韩云：鼃疑鼀之讹。《说文》：'鼀，詹诸也。'……《尔雅》郭注：'鼀䶉，似蝦蟆，居陆地，淮南谓之去蚊。'按：去鼀即去蚊也。若使附逐嗜腐鼠之鸱，必为所食，故下云先笑后咷。"

⑰"斐豹"句：事见《左传·襄公三十三年》："斐豹隶（奴隶）也，著于丹书。栾氏（指栾盈，春秋晋人）之力臣曰督戎，国人惧之。斐豹谓宣子曰：'苟焚丹书，我杀督戎。'宣子喜曰：'而杀之，所不请于君焚丹书，有如日！'乃出豹而闭之。督戎从之，逾隐而待之。督戎逾入，豹自后击而杀之。"

⑱"礼至"句：礼至，卫国大夫。事见《左传·僖公二十四年》和《左传·僖公二十五年》："卫人将伐邢，礼至曰：'不得其守，国不可得也。我请昆弟仕焉。'乃往，得仕。""二十五年春，卫人伐邢，二礼（指礼至兄弟二人）从国子巡城，掖以赴外，杀之。正月丙午，卫侯毁灭邢。同姓也，故名。礼至为铭曰：'余掖杀国子，莫余敢止。'"

⑲"弦高"句：事见《左传·僖公三十三年》："秦师过周北门……及滑（国名，在今河南省偃师县南），郑商人弦高将市于周，遇之。以乘韦先（先送四张熟牛皮）、牛十二犒师，曰：'寡君闻吾子将步师出于敝邑，敢犒从者。不腆（不丰厚）敝邑，为从者之淹（久留），居则具一日之积，行则备一夕之卫。'且使遽告于郑。"秦军知郑国有备，遂罢兵而返。

⑩“墨翟”句:《墨子·公输》载,“公输盘为楚造云梯之械,成,将以攻宋。……子墨子解带为城,以牒(褋)为械。公输盘九设攻城之机变,子墨子九距(拒)之,公输盘之攻械尽,子墨子之守围有余”。公输盘想杀墨子。墨子说:“臣之弟子禽滑釐等三百人已持臣守围之器,在宋城上而待楚寇。”楚王只好放弃攻宋计划。

⑩“贯高”句:事见《汉书·张耳传》。贯高系汉高祖刘邦女婿赵王张敖的相,高祖过赵,“箕踞骂詈”赵王,贯高等怒,拟谋杀高祖,赵王不允。后事泄,高祖令捕谋反者,赵午等十余人皆争自刭。贯高独与赵王被囚车押赴长安,备受榜笞,终言赵王不反,高祖乃赦赵王,并以贯高“能自立然诺”,也加赦免。但贯高以“今王已出,吾责塞矣”,乃“仰绝亢而死”。端:正。

⑩“苏武”句:事见《汉书·苏武传》。汉武帝遣苏武以中郎将持节出使匈奴,被匈奴扣留十九年,备尝苦辛,但他忠贞不屈,卧起操节,节旄尽落。贞:忠。

⑩“蒱且”二句:事见《列子·汤问》:“詹何曰:‘臣闻先大夫之言,蒲(蒱)且子之弋也,弱弓纤缴,乘风振之(指顺风射箭),连双鸧于青云之际。’”“詹何以独茧丝为纶,芒针为钩,荆篠为竿,剖粒为饵,引盈车之鱼于百仞之渊,汩流之中。纶不绝,钩不伸,竿不挠。”又,《淮南子·览冥训》:“蒲(蒱)且子之连鸟于百仞之上,而詹何之骛鱼于大渊之中。”

⑩“弈秋”句:弈秋,古之善弈者,名秋。《孟子·告子上》:“弈秋,通国之善弈者也。”

⑩“王豹”句:王豹,卫之善歌者。《孟子·告子下》:“昔者王豹处于淇,而河西善讴。”赵岐注:“卫地滨于淇水,在北流河之西,故曰处淇水,而河西善讴,所谓郑卫之声也。”

⑩“仆进”二句:《后汉书·张衡传》李贤注:“二立谓太上立德,其次立功也。上云‘立事有三,言为下列,下列且不可庶,况其二哉’,故言不能参名于二立也。……数子谓斐豹以下也。”参、群:均作动词。

⑩“愍《三坟》”二句:《左传·昭公十二年》:“左史倚相(楚大夫)趋过。(楚)王曰:‘是良史也,子(指右尹子革)善视之,是能读《三坟》、《五典》、《八索》、《九丘》。’”孔安国《尚书序》说,伏羲、神农、黄帝之书为《三坟》,八卦之说为《八索》。陆贾、马融等另有他说。

⑩庶:幸,希冀之辞。前训:指前贤教训,如《三坟》、《八索》等。朝隐:隐于朝廷之上。也即虽在朝廷当官,但清高不问政事,与隐居无异。柱史:即柱下吏。周秦史官。因常在殿柱下主四方文书,故名。老子曾为周柱下吏。《汉书·东方朔传》颜师古注:“应劭曰:‘老子为周柱下史,朝隐故终身无患,是为工也。’”

⑩韫:蕴藏。椟:木匣,木柜。《论语·子罕》:“子贡曰:‘有美玉于斯,韫椟而藏诸。求善贾而沽诸。……子曰:‘沽之哉!沽之哉!我待贾者也。’”

⑩颜氏:指颜回,字子渊。《论语·述而》:“子谓渊曰:‘用之则行,舍之则

藏,惟我与尔有是夫。'”

⑪“曾不”句:《孟子·公孙丑下》:“曾子曰:‘晋楚之富,不可及也。彼以其富,我以吾仁;彼以其爵,我以吾义,吾何慊乎哉?'”慊(qiàn欠):不满足,遗憾。

【辨析】

《后汉书·张衡传》说,张衡“从容淡静,不好交接俗人”,“举孝廉不行,连辟公府不就”。本传还说他迁侍中后,“帝(指顺帝)引在帷幄,讽议左右。尝问衡天下所疾恶者。宦官惧其毁己,皆共目之。衡乃诡对而出”。可见张衡的确有清高、平和甚至胆小的一面。《应间》可以说基本上反映了张衡思想性格上的这方面特点。但评价一个人要看“全人”,对历史人物也应如此。从本传看,张衡也有坚强、敢于斗争的一面。“永和初,出为河间相,时国王骄奢,不遵典宪;又多豪右,共为不轨。衡下车,治威严,整法度,阴知奸党名姓,一时收禽(擒),上下肃然,称为政理。”一个人生命短促,时间有限,张衡热心于科学技术方面的创造发明,没有更多精力考虑计较个人的得失,这是可以理解的,也是值得赞许的。对张衡的非议,是不正确的,真是张衡所说的“不我知者”。

七辩

无为先生[1]，祖述列仙[2]，背世绝俗[3]，唯诵道篇[4]。形虚年衰[5]，志犹不迁[6]。于是七辩谋焉[7]，曰："无为先生，淹在幽隅[8]，藏声隐景[9]，划迹穷居[10]。抑其不韪[11]，盍往辩诸[12]？乃阶而就之[13]。"

虚然子曰："乐国之都，设为闲馆，工输制匠，谲诡焕烂[14]。重屋百层，连阁周漫[15]。应门锵锵，华阙双建[16]。彫虫彤绿，蛸虹蜿蜒[17]。于是弹比翼，落鹂黄，加双鸨，经鸳鸯[18]。然后擢云舫，观中流[19]，搴芙蓉，集芳洲[20]。纵文身，抟潜鳞[21]。探水玉，拔琼根[22]。收明月之照曜，玩赤瑕之璘豳[23]。回飙拂其寮，兰泉注其庭[24]。此宫室之丽也，子盍归而处之乎？"

雕华子曰[25]："玄清白醴[26]，蒲陶醲醨[27]，嘉肴杂醢，三臡七菹[28]。荔支黄甘[29]，寒梨干榛[30]。沙饧石蜜[31]，远国储珍[32]。于是乃有刍豢腯牲[33]，麋麛豹胎[34]，飞凫栖鷩[35]。养之以时，审其齐和[36]，适其辛酸[37]。芳以姜椒，拂以桂兰[38]。华芗重秬，滍皋香杭[39]，会稽之菰[40]，冀野之粱[41]。潸凌软面，糅以青杭[42]。珍羞杂遝，灼烁芳香[43]。此滋味之丽也[44]，子盍归而食之？"

安存子曰[45]："淮南清歌，燕余材舞[46]，列乎前堂，迭奏代叙[47]。结郑卫之遗风[48]，扬流哇而脉激[49]。楚鼙鼓吹[50]，竽籁应律[51]。金石合奏[52]，妖冶邀会[53]。观者交目，衣解忘带[54]。于是乐中日晚，移即昏庭[55]。美人妖服，变曲为清，改赋新词，转歌流声[56]。此音乐之丽也，子盍归而听诸？"

阙丘子曰[57]："西施之徒，姿容修嫮[58]。弱颜回植[59]，妍夸闲暇[60]，形似削成[61]，腰如束素[62]，蝤蛴之领，阿那宜顾[63]。淑性窈窕，秀色美艳[64]。鬒发玄髻，光可以鉴[65]。靥辅巧笑[66]，清眸流眄[67]。皓齿朱唇，的皪粲练[68]。于是红华曼理，遗芳酷烈[69]。侍夕先生，同兹宴亵[70]。假明兰灯[71]，指图观列[72]。蝉縣宜愧，夭绍纡折[73]。此女色之丽也，子盍归而从之？"

空桐子曰[74]："交阯缞绨[75]，筒中之纻[76]。京城阿缟[77]，譬之蝉羽。制为时服[78]，以适寒暑。微雾之冠[79]，飞融之缨[80]。驷秀骐之駮骏[81]，载軨猎之辎车[82]。建采虹之长旂[83]，系雌霓而为旗[84]。逸骇飙于青丘[85]，超广汉而永逝[86]。此舆服之丽也[87]，子盍归而乘之？"

依卫子曰[88]："若夫赤松、王乔，羡门、安期[89]，嘘吸沆瀣[90]，饮醴茹芝[91]。驾应龙[92]，戴行云[93]，桴弱水[94]，越炎氛[95]。览八极[96]，度天垠[97]。上游紫宫[98]，下栖昆仑[99]，此神仙之丽也[100]，子盍行而求之？"

先生乃兴而言曰[101]："吁，美哉！吾子之诲，穆如清风[102]。启乃嘉猷[103]，寔慰我心。"矫然仰首，邪睨玄圃[104]。轩臂矫翼[105]，将飞未举。

髣无子曰[106]："在我圣皇，躬劳至思[107]。参天两地[108]，匪怠厥司[109]。率由旧章，遵彼前谋[110]。正邪理谬[111]，靡有所疑[112]。旁窥《八索》，仰镜《三坟》[113]。讲礼习乐，仪则彬彬[114]。是以英人底材[115]，不赏而劝[116]，学而不厌，教而不倦[117]。于是二八之俦，列乎帝庭[118]。揆事施教[119]，地平天成[120]。然后建明堂而班辟雍[121]，和邦国而悦远人[122]。化明如日，下应如神。汉虽旧邦，其政维新。"

而先生乃翻然回面曰[123]："君子一言[124]，于是观智。先民有言，谈何容易[125]。予虽蒙蔽[126]，不敏指趣[127]。敬授教命[128]，敢不是务？"

巩洛之鳟，以割为从[129]。分芒析缕，细乱蚕足。随锷离俎，纷纷缕缅[130]。(《北堂书钞》卷一百四十五)

罗縠之舞衣，乘洒䌸以朝翔，举长履以蹈节，奋缟袖之翩人[131]。(《北堂书钞》卷一百零七)

蹊路诡怪[132]。(《文选·丘迟〈旦发渔浦潭〉》李善注)

【说明】

此赋见《艺文类聚》卷五十七，《北堂书钞》卷一百四十二、卷一百四十八，《太平御览》卷六百八十四，散见于《文选》李善注。

《后汉书·张衡传》说："(张衡)著《周官训诂》，崔瑗以为不能有异于诸儒也。又欲继孔子《易》说彖、象残缺者，竟不能就。所著诗、赋、铭、七言、《灵宪》、《应间》、《七辩》、《巡诰》、《悬图》，凡三十二篇。"《七辩》收入正传，可见其地位之重要。惜此赋已有些错乱。此赋系仿枚乘《七发》，以居室、饮食、音乐、女色、服饰、神仙、圣明政治七事启发无为先生，最后两事在无为先生心中引起了强烈的共鸣，可见此时无为先生——其实也即张衡本人——的思想处在剧烈的去留矛盾之中。

【注释】

①无为先生：与后文“虚然子”、“雕华子”、“安存子”等七子，都是虚构的人物，这是效司马相如《天子游猎赋》中所谓“子虚”、“乌有先生”、“亡是公”。但从“无为先生”的行止看，他很明显是道家一类的代表人物（“无为”是道家的哲学思想），所以作者才给他起了这个名字。

②祖述：效法、遵循前人。列仙：众仙。

③背世绝俗：与世俗隔绝。

④道篇：指道家篇章。

⑤形：形体，身体。

⑥迁：变易。

⑦七辩：指后面的虚然子等七位辩士。谋：商量，计议。

⑧淹：停留。幽隅：阴暗的角落。指远离世俗。

⑨藏声隐景：即隐藏声影，也指不与世俗交往。

⑩刬（chǎn 铲）：“铲”的异体字。刬迹：铲除踪迹，即世上看不到他的踪迹。喻隐居起来。穷居：即隐居。《孟子·尽心上》：“君子所性……虽穷居不损焉。”

⑪抑：发语词。不韪：不是，错误。

⑫盍：何不。《论语·公冶长》中孔子对他的学生说：“盍各言尔志？”辩：辩论。诸：语词。

⑬阶：借作“偕”，一同，相伴。就之：指找无为先生。

⑭虚然子：意即没有这个人。乐国：安乐的区域。闲馆：广大之馆。司马相如《封禅文》：“鬼神接灵圉，宾于闲馆。”扬雄《甘泉赋》：“珍台闲馆。”工输：指如公输般一类的巧匠。制匠：制作。谲诡：谲怪诡奇。焕烂：鲜明灿烂。

⑮重屋百层：重重叠叠的屋子有百层，喻其高。连阁：连接在一起的阁道。周漫：环绕。

⑯应门：古代宫廷的正门名。《诗·大雅·緜》：“乃立应门，应门将将。”将将：同“锵锵”，高貌。华阙：华美的宫阙。古宫殿前左右各有高建筑物，中间空缺，故名“阙”或“双阙”。双建：因宫阙左右各有一座，故曰“双建”。

⑰彫虫：同“雕虫”，指闲馆雕画的鸟兽。彤：疑为“彤”字，赤色。蛸：疑为“螭”字，《汉魏六朝百三名家集》作“螭”，没有角的龙，古代建筑物或工艺品常用它作图案装饰。蜿蜒：曲折行进貌。

⑱弹：用弹射击。后文的“落”、“加”、“经”，也均作动词用。比翼：指比翼鸟，以其雌雄二鸟比翼而飞得名。《尔雅·释地》：“南方有比翼鸟焉，不比不飞，

其名谓之鹣鹣。”郭璞注：“似凫，青赤色，一目一翼，相得乃飞。”《史记·封禅书》：“西海致比翼之鸟。”裴骃《集解》：“各有一翼，不比不飞。”《山海经》、《博物志》等都有记述。落：射下。鹂黄：即黄鹂，亦称“黄莺”、“黄鸟”、“鸧鹒”，鸣叫时声音婉转动听。加：指矰缴加其身，也即射中。双鹍（kūn 昆）：指一箭射落两鹍鸟。鹍，即鹍鸡、鹍鸡，鹄一类大鸟。《穆天子传》：“鹍鸡飞八百里。”经：悬吊，系缢，指被用鸟网或绳扣套住。

⑲擢：通“櫂”，棹。《尔雅·释木》：“梢梢櫂。”陆德明《经典释文》“櫂”作“擢”。《后汉书·岑彭传》：“又发桂阳、零陵、长沙委输棹卒，凡六万余人。”李贤注：“棹卒，持棹行船也。《东观记》作‘濯’。”云舫：绘有彩云的小船。中流：河中。

⑳搴：拔取。芙蓉：荷花。集：原指群鸟栖息在树上。《诗·周南·葛覃》：“黄鸟于飞，集于灌木。”这里指游览的云舫及游客。芳洲：花草芬芳的洲屿。洲，水中的陆地。

㉑纵：举，引。文身：刺有花纹的身体。《庄子·逍遥游》：“宋人资章甫而适诸越，越人断发文身，无所用之。”抟（tuán 团）：集聚。潜鳞：沉入深水中的鱼。

㉒探：探取。水玉：即水晶。《山海经·南山经》：“又东三百里，曰堂庭之山……多水玉。”郭璞注：“水玉，今水精也。”水精：即水晶。琼：赤色玉。

㉓明月：宝珠名。《淮南子·说山训》：“明月之珠，出于蛖蜃。”《神异经》：“西北荒中有二金阙，高百丈，金阙银盘，圆五十丈。二阙相去百丈，有明月珠，径三寸，光照千里。”赤瑕：玉的一种。司马相如《上林赋》：“赤瑕驳荦，杂臿其间。”张揖注：“赤瑕，赤玉也。”璘豳：玉光色杂貌。《西京赋》：“瓀珉璘彬。”薛综旧注：“璘彬，玉光色杂也。”豳，通“彬”。

㉔此二句据《文选·王融〈三月三日曲水诗序〉》补，《艺文类聚》无此二句。回飙：即回旋的疾风。寮（liáo 辽）：小窗。兰泉：周围遍生兰草的泉水。

㉕雕华：即“凋华”，也即无花。雕，通“凋”。华，通“花”。

㉖玄清：指喜酒。古祭祀代酒用的水，因色较暗，故曰“玄”。《礼记·礼运》：“故玄酒在室。”孔颖达疏：“玄酒，谓水也。以其色黑，谓之玄。而大古无酒，此水当酒所用，故谓之玄酒。”白醴：白色的甜酒。

㉗蒲陶：即葡萄。酴醲：其义不详。《北堂书钞》卷一百四十八作“酴醪”，即浓厚的浊酒。

㉘醢（hǎi 海）：肉酱。臡（ní 泥）：有骨的肉酱。菹（zū 租）：腌菜。《周礼·天官·醢人》：“王举，则共醢六十瓮，以五齐七醢七菹三臡实之。”郑玄注：“七菹：韭、菁、茆、葵、芹、箈、笋、菹。三臡：麋、鹿、麇臡也。”

㉙荔支：即荔枝。黄甘：即黄柑，因皮黄色，故曰。

㉚寒梨：寒冬之梨。干榛：干的榛子。

㉛沙饧：即沙糖。饧，古“糖”字，后才特指用麦芽或谷芽等熬成的软糖，也

即麦芽糖。《本草纲目·谷部》注:“韩保昇曰:‘饴即软糖也,北人谓之饧。’”石蜜:冰糖。《本草·石蜜》陶弘景注:“《异物志》云:‘石蜜非石类,假石之名也,实乃甘蔗汁煎而曝之,则凝如石。’”《齐民要术》也有类似记载。

㉜远国储珍:远方国家储藏的珍贵食物,即指上述种种。

㉝芻豢:牛羊猪狗一类的家畜。泛指肉类食品。芻,同“刍”。《孟子·告子上》:“故理义之悦我心,犹刍豢之悦我口。”朱熹集注:“草食曰刍,牛羊是也;谷食曰豢,犬豕是也。”腯(tú 途):肥壮。《文选·左思〈吴都赋〉》:“鸟兽腯肤。”刘逵注:“腯,肥也。”

㉞麋:即麋鹿。麛(mí 靡):同“麑”,小鹿。也可称小兽。《礼记·曲礼下》:“士不取麛卵。”孔颖达疏:“麛乃是鹿子之称,而凡兽子亦得通名也。”

㉟凫:水鸭。鷩(bì 必):即锦鸡。《尔雅·释鸟》:“鷩雉。”郭璞注:“似山鸡而小冠,背毛黄,腹下赤,项绿色鲜明。”

㊱养之以时:指让这些禽兽生长到适当时候。审:细究。齐:通“剂”,调味品。《礼记·少仪》:“凡齐,执之以右,居之以左。”郑玄注:“齐,谓食羹酱饮有齐和者也。”

㊲适其辛酸:即辛酸配合适当。

㊳拂:放置。《淮南子·齐俗训》:“帝颛顼之法,妇人不辟男子于路者,拂之于四达之衢。”高诱注:“拂,放也。”拂以桂兰:即加入桂与兰两种香草。

㊴“华芗”二句:此二句见《北堂书钞》卷一百四十二,《艺文类聚》未收。又见张衡《南都赋》。李善注:“华芗,乡名也。毛苌《诗传》曰:‘秬,黑黍,一稃(稻米的外壳)二米,故曰重也。……滍皋,滍水之泽也。’”秔:即“粳(jīng 京)”,一种晚熟的稻米。

㊵会稽:郡名,秦始皇置,治所在吴县(今江苏苏州)。东汉顺帝时(张衡生活年代),治所已移山阴(今浙江绍兴)。菰:植物名。长大后中心生嫩芽像笋,通称茭白。秋后结实像米,称雕胡米,可以作饭,味香美。从上下文看,这句指雕胡米。

㊶冀野:冀州之田野。冀州原是古九州之一,领今华北大部分地区。汉之冀州缩小,辖今河北省中南部、山东省西部及河南省北端。

㊷“会稽”四句据《北堂书钞》卷一百四十二补。濁(zhuó 浊)凌软面:用冰凌之水和面。濁,水声。凌,通“冰”。软,即软冰。宋范成大《滟滪堆》诗:“时吐沫作濆淖,濁濁有声如粥煎。”所以有人释“濁凌”为粥煎之貌。此句当如何理解,待考。

㊸杂遝(tà 踏):众多杂乱貌。这里是形容美食佳肴丰盛杂陈。灼烁:光彩貌。这是形容各种佳肴的颜色。芳香:这是形容各种佳肴的味道。可见佳肴是色香味俱全的。

㊹丽:《广雅·释诂》:“丽,好也。”

㊺安存:何存,也即不存,无存。

㊻淮南:郡国名。汉高祖改九江郡为淮南国。汉武帝复改为郡,治所寿春(今安徽淮南寿县)。司马相如《上林赋》有"淮南干遮(曲名),文成(古县名,在今河北省卢龙县境)颠歌"的歌舞场面的描绘,可见其歌舞富有代表性。燕余:指燕地。旧时的河北别称"燕"。《艺文类聚》卷四十四载梁简文帝《筝赋》:"乃有燕余丽妾方桃譬李。"材:指有技艺的人。

㊼迭奏代叙:指轮流变换更替演奏。迭、代,都有更换的意思。

㊽结:连接,继承。郑、卫:春秋战国时的两个小国,其音乐被儒家斥为"淫"。

㊾流哇:犹"淫哇",淫靡放荡的歌曲。脉激:血脉激动,指情绪兴奋起来。

㊿楚鼙:楚地的小鼓。鼓吹:吹打起来。

51竽:古代的一种簧管乐器,形似笙而较大,管数亦较多,1972 年长沙马王堆一号汉墓出土的竽有二十二管,分前后两排。籁:古代的一种管乐器,三孔。应律:符合音律。

52金石:钟磬一类乐器。《礼记·乐记》:"金石丝竹,乐之器也。"

53妖冶:指艳丽的女子。邀会:会合,聚合。

54交目:争相观看。衣解忘带:解开衣服后忘掉系带。指观者之忘形。《史记·滑稽列传》所谓"日暮酒阑,合尊促坐,男女同席,履舄交错……罗襦襟解……当此之时,(淳于)髡心最欢",即此之谓。

55乐中:奏乐中半。即:就。昏庭:昏暗的庭中。

56曲:乐曲。清:五音中的商音。流声:流转的乐曲声。

57阙:通"缺"。即空缺,无。

58修嫮(hù 户):美好。

59弱颜:柔弱姿质。所谓病西施形象。回植:侧站着。回,有避让之意。

60妍夸:华美。夸,通"华",美也。《文选·傅毅〈舞赋〉》:"夸容乃理。"李善注:"夸,犹美也。"

61削成:刻削而成。古美女形体特征是双肩朝下如削。曹植《洛神赋》:"肩若削成。"本此。

62束素:一束绢帛。形容女子腰肢细柔。宋玉《登徒子好色赋》:"腰如束素,齿如含贝。"

63"蝤蛴"二句据《文选·曹植〈洛神赋〉》、《文选·陆机〈日出东南隅行〉》李善注补。蝤蛴(qiú qí 求其):蝎虫,也即天牛的幼虫,色白身软而长。常用以形容女子颈项之美。《诗·卫风·硕人》:"领如蝤蛴。"阿那:即"婀娜",轻盈柔美之貌。

64窈窕:美好貌。此二句亦见《文选·陆机〈日出东南隅行〉》李善注。

65玄髻:黑色的挽束在头顶的头发。光可以鉴:指黑发的光亮像镜子一样可以映照。

⑥靥(yè 叶):面颊上的小涡,即所谓酒涡。辅:面颊。巧笑:美好的笑。也即笑得很美。《诗·卫风·硕人》:"巧笑倩兮。"

⑥清眸:清澈的眼睛。眸,黑眼珠。流眄:形容眼珠转动,光彩照人。

⑥的皪(dì lì 递隶):明亮、鲜明貌。司马相如《上林赋》:"皓齿粲烂,宜笑的皪。"粲练:美好洁白貌。练,有洁白的意思。

⑥曼理:细腻的肌肤。酷烈:指香味浓烈。

⑦瘀:字书查无此字。疑为"瘱"之讹。瘱(yì 义):文静,安静。或疑为"扆(yǐ 倚)",《玉篇·厂部》:"扆,藏也。"宴扆:指有美女陪无为先生宴寝。

⑦兰灯:指精美的灯具。《南齐书·刘祥传》:"故坠叶垂荫,明月为之隔辉;堂宇留光,兰灯有时不照。"这句是指借兰灯照明。

⑦观列:排列观看。指观看众多美女图。

⑦蝉緜:即"缠绵"。夭绍:形容女子体态轻盈。纡折:迂徐曲折。这两句是形容美女的体态。

⑦空桐:即"空同",虚无浑茫的意思。

⑦交阯:原为古地名,汉武帝所置十三刺史部之一,辖今广东省、广西壮族自治区大部和越南北部,东汉末改为交州。缬(zōu 邹):黑中带红颜色,俗称青红色。绨(chī 吃):细葛布。《诗·周南·葛覃》:"为绨为绤。"毛传:"精曰绨,粗曰绤。"

⑦筒中之纻:即筒中布,古代细布的一种,因多卷成筒形,故名。扬雄《蜀都赋》:"筒中黄润,一端数金。"

⑦京城:地名,春秋郑邑。汉置京县。故地在今河南省荥阳县西北。此地亦出阿缟。阿缟:古齐国东阿(在今山东东阿西南)所产的细缯。

⑦时服:四时之衣服。

⑦微雾:薄雾。这句是形容头冠用料之精细。

⑧"微雾"二句,据《太平御览》卷六八四补。飞融之缨:飞动而且很长的冠带。《尔雅·释诂》:"融,长也。"

⑧驷:指四匹马拉的车。秀骐:即青黑色骏马。駮骏:即驳杂,形容颜色不纯,实是一种装饰,将白色马画得斑驳如虎。《文选·张衡〈西京赋〉》:"天子乃驾彫轸,六骏駮。"李善注引薛综曰:"駮,白马而黑画,为文如虎者。"两处意近同。

⑧軨猎:即軨猎车,一种轻便的小车。《汉书·宣帝纪》:"太仆以軨猎车奉迎曾孙,就齐宗正府。"颜师古注:"文颖曰:'軨猎,小车,前有曲舆不衣也,近世谓之軨猎车也。"輶(yóu 由)车:轻车,指軨猎车。

⑧"建采虹"句是说:树立弯曲长柄的绘有彩虹的旗帜。旃(zhān 沾):赤色的曲柄旗。

㉞雌霓：即霓，双虹中色彩浅淡的虹，亦称“副虹”。

⑧⑤骇飙：即惊风。青丘：传说中神仙居住的地方。《海内十洲记》：“长洲一名青丘……有紫府宫，天真仙女游于此地。”

⑧⑥广汉：广阔的汉水。《诗·周南·汉广》：“汉之广矣，不可泳思。”古代常把汉水比之银河，喻其广也。

⑧⑦舆服：车子和衣冠的总称。

⑧⑧依卫子：虚构人物。

⑧⑨赤松、王乔、羡门、安期：都是传说中的神仙。

⑨⓪嘘吸：即嘘噏，呼吸吐纳的意思。沆瀣(hàng xiè 杭去声卸)：夜间的水气。

⑨①醴：甜酒，这里指甘美的泉水。茹：吃。芝：灵芝，真菌的一种，古人以为瑞草，为神仙所食。

⑨②应龙：传说中一种有翼的龙。传说夏禹治水，应龙用尾巴画地成河，使洪水排入海中。《楚辞·天问》：“河海应龙，何尽何历？”

⑨③戴行云：即以行云为载。

⑨④桴：小木筏或竹筏。这里也是作动词用。弱水：河流名。古所说弱水有多处，两汉的弱水多指源于祁连山北流居延泽的弱水。古以为其水弱不胜舟楫。

⑨⑤炎氛：古代描写炎丘、炎土、炎山、炎气、炎洲的地方很多，这里似指传说中的火炎山。《山海经·大荒西经》：“有大山，名曰昆仑之丘……其下有弱水之渊环之。其外有炎火之山，投物辄然。”

⑨⑥八极：八方(即四方和四隅)，极远之地。

⑨⑦天垠：天边，指极远之处。

⑨⑧紫宫：神话中天帝所居。《淮南子·天文训》高诱注：“紫宫者，太一之居也。”

⑨⑨昆仑：山名，在新疆、西藏、青海之间，山势高峻，是神话传说中的仙境。《山海经·昆仑山》：“西南四百里，曰昆仑之丘，是实惟帝之下都，神陆吾司之。”

⑩⓪丽：美好。《楚辞·招魂》：“被文服纤，丽而不奇些。”王逸注：“丽，美好也。”

⑩①先生：指无为先生。兴：起。

⑩②穆如清风：和煦如清风。穆，淳和，和煦。

⑩③启：启示，开导。嘉猷：善道，好的计划，好的主意。

⑩④矫然：强劲、坚决貌。仰首：仰头，表示敬仰。邪睨：斜视。玄圃：传说在昆仑山上，为神仙所居。

⑩⑤轩臂：举起手臂。轩，上举，扬起。矫翼：展翅，义同“轩臂”。

⑩⑥髣无子：意即无此人。髣，髣髴，好像，几乎。

⑩⑦躬劳至思：意即劳身苦心。至，最，极。

⑩⑧参天两地：即参天贰地。司马贞《史记索隐》："天子比德于地，是贰地也，与己并天为三，是参天也。"

⑩⑨匪：非，不。怠：怠慢。厥：其。司：职守。

⑪⓪率：遵循。旧章：旧的法度章理。指先王之法。《诗·大雅·假乐》："率由旧章。"前谋：以前的计策。

⑪①正邪理谬：端正歪邪，清理谬误。

⑪②靡有所疑：没有疑误。

⑪③窥：察看。镜：鉴察。《八索》、《三坟》：都是传说中的古书名，有多种说法。

⑪④仪则：法则。《庄子·天地》："形体保神，各有仪则，谓之性。"彬彬：美盛貌。指各种规章制度很完备。

⑪⑤底材：最有才能的人。底，通"砥"，又通"至"。《诗·小雅·大东》："周道如砥。"《墨子·兼爱下》引"砥"作"底"。《仪礼·聘礼》："义之至也。"郑玄注："今文至为砥。"

⑪⑥劝：勉励。

⑪⑦学而不厌，教而不倦：《论语·述而》："学而不厌，诲人不倦。"

⑪⑧二八之俦：指传说中八元和八恺，他们都是有才德的人。《左传·文公十八年》："高阳氏有才子八人，苍舒、隤敳、梼戭、大临、尨降、庭坚、仲容、叔达……天下之民谓之八恺。高辛氏有才子八人，伯奋、仲堪、叔献、季仲、伯虎、仲熊、叔豹、季狸……天下之民谓之八元。"俦：辈。

⑪⑨揆（kuí葵）：度量，依据。

⑫⓪地平天成：喻万事安排妥当，天下太平。《尸子》卷上《发蒙》："正名去伪，事成若化。苟能正名，天成地平。"成若化，以实覈名，百事皆成。

⑫①明堂：古代天子宣明政教的地方。班：颁布。辟雍：西周天子的大学。《礼记·王制》："大学在郊，天子曰辟雍，诸侯曰泮宫。"后辟雍变成天子祭礼之所。

⑫②邦国：即国家。远人：远方之人，指外族人。《周礼·春官·大司乐》："以安宾客，以说远人。"

⑫③翻然：回飞貌，形容迅速转变。回面：转脸。

⑫④君子：泛指有才德的人。

⑫⑤"先民"二句：桓宽《盐铁论·箴石》："贤良曰：贾生有言：'恳言则辞浅而不入，深言则逆耳而失指。'故曰：'谈何容易。'"《文选·东方朔〈非有先生论〉》："谈何容易！"李善注："言谈说之道。何容轻易乎？"《汉书·东方朔传》颜师古曰："不见宽容，则事不易，故曰何容易。"

⑫⑥蒙蔽：愚昧无知。

⑫⑦不敏：不聪明。指趣：即"旨趣"，宗旨，大意。

⑫⑧授：通“受”。《淮南子·原道训》：“布施禀授。”“禀授无形。”《文子·道原》：“禀受万物。”教命：犹教令。这是客气话。

⑫⑨巩洛：指东汉的巩县（在今河南省巩县西南）和洛阳（在今洛阳市西北）。洛水和伊水在洛阳汇合后经巩县汇入黄河。鳟（zūn 尊）：又称赤眼鳟，亦名红眼鱼，鱼纲鲤科，生长于淡水中的常见鱼类。以割为从：似以“割以为纵”为是，即从纵的方面割开鱼肚。《文选·司马相如〈子虚赋〉》：“割鲜染轮。”吕向注：“谓割牲之血染于车轮也。按，“以割为从”，《文选·潘岳〈西征赋〉》李善注引作“割以为鲜”。

⑬⓪此句孔广陶按：“陈本（指明代陈禹谟校刻本）、汉百三家本、严辑本《张衡集》皆脱，俞本（指明人俞羡长）‘以割’作‘割以’，‘从’作‘纵’，脱‘芒’字及‘乱蚕足’三字，‘纷交’句作‘纷纷缅缅’。”这几句应补入第三段雕华子所说的饮食类。分芒析缕：疑指“分丝析缕”，指鱼肉切得很细。锷：剑刃。俎：刀砧。随锷离俎：是说随刀下鳟鱼肉即离开刀砧。缪缅：接连落下貌。

⑬①“罗縠”四句：这几句应补入安存子所说的音乐部分。罗縠：当为“罗縠（hú 胡）”之误，一种疏细的丝织品。《吴越春秋·勾践阴谋外传》：“饰以罗縠，教以容步。”《燕丹子》卷下：“罗縠单衣，可掣而绝。”骊骖：当为“骊骖”，黑色的骖马。朝翔：当为“翱翔”。《诗·齐风·载驰》：“齐子翱翔。”毛传：“翱翔，犹彷徉也。”

⑬②蹊路：小路。诡怪：幽奇。

【辨析】

《七辩》写作时间无考。或以为“（《七辩》）全文大旨与《二京赋》同，反映了张衡的积极入世思想”（见张震泽《张衡诗文集校注》注释，上海古籍出版社1986年版），这个看法似不妥。我们以为，《七辩》与《二京赋》写作时间不同，张衡前后期思想有明显变化，所以反映在《二京赋》与《七辩》中的思想也有很明显的差异。《二京赋》的写作时间，张文青《张衡年谱》定于安帝永初元年（107），陆侃如先生《中古文学系年》和吴文治先生《中国文学史大事年表》认为此赋于和帝永元十七年（105）写成，前后用了十年。这也就是说，不管是张还是陆、吴，都认为《二京赋》是张衡二十至三十岁完成的作品。这时，张衡的政治热情很高，时刻关心朝政大事，《二京赋》所表现出的正是这种政治倾向。作者先是借“安处先生”之口盛赞东汉帝国的功德：“于期之时，海内同悦，曰：‘吁，汉帝之德，侯其祎（美）而……狭三王（指夏禹、商汤、周文王）之趢趗（局促），轶五帝（或指黄帝、颛顼、帝喾、尧、舜）之长驱，踵二皇（指伏羲、神农）之遐武，谁谓驾迟而不能属。’”随后，作者更让西都代表（代表西汉）“凭虚公子”将东汉帝国赞扬到极点：“而今而后，乃知大汉之德馨，咸在于此……得闻先生之余论，则大庭氏（古帝王号，在黄帝之前）何以尚（高出）兹。”在作者的心目中，现实生活是如此之美妙，自己面对的当然是一片光明。这时他自然不会有任何违时背世之念，张震泽先生说张衡这时怀有“积极入世思想”，这是完全正确的。

但《七辩》的思想倾向却与此有明显的不同。赋开篇即出现一位所谓“无为先生”（这是张衡的化身）。无为，就是无所作为，也就是不想在世上立足。所以赋第一段就写他“祖述列仙，背世绝俗，唯诵道篇”。第七自然段“依卫子”用神仙来诱惑他：“若夫赤松、王乔，羡门、安期，嘘吸沆瀣，饮醴茹芝。驾应龙，戴行云……上游紫宫，下栖昆仑，此神仙之丽也。”无为先生听得更是如醉如痴：“吁，美哉！吾子之诲，穆如清风。启乃嘉猷，寔慰我心。’矫然仰首，邪睨玄圃。轩臂矫翼，将飞未举。”对神仙的生活，他是十分向往的，他跃跃欲试，只是“将飞未举”——尚未能付诸行动而已。这种思想感情的流露，在《二京赋》中是绝对看不到的。《二京赋》摒除一切神仙生活的笔墨。

虽然无为先生思想的彻底转变是由“髣无子”颂扬当今皇上来完成的，但我们起码可以这样说，张衡的化身——无为先生已走到了继续生活在大汉帝国之下与退隐山林寻求仙境的两者之间，他对现实已发生了动摇，先前的积极入世思想已消失殆尽。此赋与张衡创作于阳嘉四年（135）的《思玄赋》、永和三年（138）的《归田赋》的倾向倒有极相似之处。《思玄赋》最后系辞说：“超逾腾跃绝世俗，飘遥神举逞所欲……”《归田赋》说：“谅天道之微昧，追渔父以同嬉；超尘埃以遐逝，与世事乎长辞。”诗歌《四愁诗》也有类似倾向。

张衡《七辩》的思想倾向为什么会出现如此明显的变化呢？为什么与他晚年所创作的其他作品有那么多的相似之处呢？这个问题，其实赋里也明显告诉我们了。这就是因为《七辩》也是张衡晚年的作品。《七辩》第一自然段就告诉我们无为先生“形虚年衰”，即体弱年老之谓也。我们从《后汉书》张衡本传可知，张衡从顺帝（126～144）初年以后，对黑暗的朝政就有深切的感受。阳嘉（132～135）中——这时张衡已五十多岁了，张衡被提升为“侍中”，“帝引在帷幄，讽议左右，尝问衡天下所疾恶者，宦官惧其毁己，皆共目之，衡乃诡对而出，阉竖恐终为其患，遂共谗之”。他这时已感到自己无力与黑暗势力（当时主要指宦官专权）进行斗争，所以就产生了归隐思想，创作了《七辩》和《归田赋》等作品。

当然，张衡这时并不是真正的消极隐退，他的归隐主要尚停留在口头上，所以才有晚年在河间相任上雷厉风行地打击社会上的恶势力的事迹。

崔瑗

崔瑗(78～143),涿郡安平(今河北安平)人。经学家、文学家崔骃之子。早孤,锐志好学,年十八游学京师,师事著名古文经学家、天文学家贾逵,与大科学家、文学家张衡,大经学家、文学家马融友善。初,其兄为州人所杀,瑗手刃报仇,因亡命,后遇赦得归。年四十始为郡吏,后因事系狱。又因故两次被免归。顺帝时举茂才,迁汲县令,视事七年,开稻田数百顷,百姓歌之。汉安元年(142),迁济北相,年余,被诬入狱,上书自辩得脱,旋疾卒,年六十六。瑗临终顾子崔寔曰:"何地不可臧形骸,勿归乡里,其赗赠之物,羊豕之奠,一不得受。"瑗居常蔬食菜羹而已,家无担石之储。瑗善义辞,精书法。本传载:"瑗高于文辞,尤善为书、记、箴、铭,所著赋、碑、铭、箴、颂、《七苏》、《南阳文学官志》、《叹辞》、《移社文》、《悔祈》、《草书埶》、七言,凡五十七篇。"传附《后汉书·崔骃传》。

七苏

加以脂粉，润以滋泽。

【说明】

本篇已佚，仅存两句，见《北堂书钞》卷一百三十五。“苏”或作“依”。《后汉书·崔骃传附崔瑗》李贤注：“《瑗集》载其文，即枚乘《七发》之流。”

马 融

马融(79～166),字季长,扶风茂陵(今陕西兴平东北)人,将作大匠马严之子。东汉著名的经学家、文学家。他相貌英俊,才学渊博。年轻时从京兆人挚恂游学,博通经籍。挚恂惊叹他的才华,将女儿许配给他。汉安帝永初二年(108),大将军邓骘闻其美名,欲将他召为舍人。虽然他不爱当官,但当时适逢他所客居的凉州遭羌人侵犯,只好应召前往邓骘的大将军府担任舍人一职。

永初四年(110),马融被拜为校书郎中,至东观典校秘书。此时邓太后当朝处理国事,听从世俗儒生的建议,兴文德,废武功。马融认为"文武之道,圣贤不坠,五才之用,无或可废",并于汉安帝元初二年(115)上《广成颂》以讽谏。此颂触犯了邓太后,令他十年不得调职。邓太后死后,汉安帝亲政,将他召回郎署,复在讲部。后出任河间王厩长史一职。安帝东巡泰山,他奏上《东巡赋》,帝奇其文,召拜郎中,到地方做了郡府中的一员功曹。

汉顺帝阳嘉二年(133),"诏举敦朴",城门校尉岑起举荐马融。经对策,官拜议郎。此后,他的职位三度迁升,汉桓帝时升为南郡太守。由于他曾得罪大将军梁冀,遭梁冀诬陷而罢官,受髡刑发配朔方郡。他为此自杀未遂,被赦免并回到朝廷,复拜议郎,在东观著述,后来因病辞官。桓帝延熹九年(166),卒于家中,遗命薄葬,时年八十八岁。

马融才华出众,博通古今,教授学生,常有千余人。涿郡卢植(?～192)、北海郑玄(127～200)皆其门人。他除擅长弹琴,还喜欢吹笛。他常坐高堂之上,堂前挂红色纱帐,前授生徒，后列女乐。弟子以次相传，鲜有入其室者。据《后汉书·马融传》载，马融著作包含《三传异同说》一书，注释过《孝经》、《论语》、《周易》、《尚书》、《老子》、《淮南子》等。另外，他所创作的辞赋、颂文、碑文、诔文、书信、记札、上表、奏章、七言诗、琴歌词、对策、遗令，共计二十一篇。其中以《长笛赋》较有名。有集已佚，明人辑有《马季长集》。传在《后汉书》卷六十上。

长笛赋并序

融既博览典雅[①]，精核数术，又性好音，能鼓琴吹笛，而为督邮[②]。无留事[③]，独卧郿平阳邬中[④]。有雒客舍逆旅[⑤]，吹笛，为《气出》、《精列》相和[⑥]。融去京师，逾年，暂闻[⑦]，甚悲而乐之。追慕王子渊、枚乘、刘伯康、傅武仲等箫、琴、笙颂[⑧]，唯笛独无，故聊复备数[⑨]，作《长笛赋》。其辞曰：

惟籦笼之奇生兮[⑩]，于终南之阴崖[⑪]。托九成之孤岑兮[⑫]，临万仞之石磎。特箭槀而茎立兮[⑬]，独聆风于极危。秋潦漱其下趾兮[⑭]，冬雪揣封乎其枝。巅根跱之槷刖兮[⑮]，感回飙而将颓[⑯]。夫其面旁则重巘增石[⑰]，简积頵砡[⑱]，兀嵔狋嵡[⑲]，倾昊倚伏。庨窌巧老[⑳]，港洞坑谷[㉑]；嶰壑浍峣[㉒]，峪窞岩窦[㉓]，运裛穿洝[㉔]，冈连岭属。林箫蔓荆，森槮柞朴[㉕]。

于是山水猥至[㉖]，渟涔障溃[㉗]，颐淡滂流[㉘]。碓投瀺穴[㉙]，争湍苹萦[㉚]，汩活澎濞[㉛]，波澜鳞沦。窊隆诡戾[㉜]，瀥瀑喷沫[㉝]，犇遁砀突[㉞]，摇演其山[㉟]，动杌其根者[㊱]，岁五六而至焉。是以间介无蹊[㊲]，人迹罕到。猿蜼昼吟[㊳]，鼯鼠夜叫[㊴]，寒熊振颔[㊵]，特麚昏髟[㊶]；山鸡晨群，壄雉晁雊，求偶鸣子，悲号长啸；由衍识道，噍噍讙噪[㊷]。经涉其左右[㊸]，哤聒其前后者[㊹]，无昼夜而息焉。夫固危殆险巇之所迫也[㊺]，众哀集悲之所积也，故其应清风也。纤末奋蘛[㊻]，铮镄营嗃[㊼]，若絙瑟促柱[㊽]，号钟高调[㊾]。

于是放臣逐子，弃妻离友，彭胥伯奇[㊿]，哀姜孝己[51]。攒乎下风[51]，收精注耳[53]，雷叹颓息[54]，掐膺擗摽[55]，泣血泫流，交横而下。通旦忘寐，不能自御。

于是乃使鲁般、宋翟[56]，构云梯，抗浮柱[57]，蹉纤根，跋篗缕[58]，膺陗阤，腹陉阻[59]。逮乎其上，匍匐伐取，挑截本末[60]，规摹彠矩[61]。夔襄比律，子壄协吕[62]，十二毕具，黄钟为主[63]。挢揉斤械[64]，剸掞度拟[65]，鏓硐陨坠[66]，程表朱里[67]，定名曰笛，以观贤士。陈于东阶，八音俱起[68]，食举雍彻[69]，劝侑君子[70]。然后退理乎黄门之高廊[71]，重丘宋灌[72]，名师郭张[73]，工人巧士，肄业修声[74]。

于是游闲公子，暇豫王孙[75]，心乐五声之和，耳比八音之调[76]。乃相与集乎其庭，详观夫曲胤之繁会丛杂[77]，何其富也。纷葩烂漫[78]，诚可喜也。波散广衍[79]，实可异也。掌距劫遌[80]，又足怪也。啾咋嘈啐，似华羽兮[81]，绞灼激以转切[82]。震郁怫以凭怒兮[83]，耾砀骇以奋肆[84]。气喷勃以布覆兮，乍跱蹠以狼戾[85]。雷叩锻之岌峇兮[86]，正浏溧以风洌[87]。薄凑会而凌节兮[88]，驰趣期而赴踬[89]。

尔乃听声类形，状似流水，又象飞鸿，氾滥溥漠[90]，浩浩洋洋，长沓远引，旋复回皇[91]。充屈郁律，瞋菌碨抰[92]。酆琅磊落，骈田磅唐[93]。取予时适，去就有方[94]。洪杀衰序，希数必当[95]。微风纤妙，若存若亡。荩滞抗绝，中息更装[96]。奄忽灭没，晔然复扬[97]。或乃聊虑固护，专美擅工[98]。漂凌丝簧，覆冒鼓钟[99]。或乃植持縼纆，佁儗宽容[100]。箫管备举，金石并隆。无相夺伦，以宣八风[101]。律吕既和，哀声五降[102]。曲终阕尽，余弦更兴[103]。繁手累发，密栉叠重。踾踧攒仄，蜂聚蚁同[104]。众音猥积，以送阙终[105]。

然后少息暂怠，杂弄间奏[106]。易听骇耳，有所摇演[107]。安翔骀荡，从容阐缓[108]。惆怅怨怼，窳圔窴赧[109]。聿皇求索，乍近乍远[110]。临危自放，若颓复反。蚡缊蟠纡，緸冤蜿蟺[111]。笢笏抑隐，行入诸变[112]。绞概汩湟，五音代转[113]。挼拏捘臧，递相乘遭[114]。反商下徵，每各异善[115]。

故聆曲引者，观法于节奏，察变于句投[116]，以知礼制之不可逾越焉。听箎弄者[117]，遥思于古昔，虞志于怛惕[118]，以知长戚之不能闲居焉[119]。故论记其义，协比其象：徬徨纵肆，旷瀁敞罔，老、庄之概也[120]。温直扰毅，孔、孟之方也[121]。激朗清厉，随、光之介也[122]。牢剌拂戾，诸、贲之气也[123]。节解句断，管、商之制也[124]。条决缤纷，申、韩之察也[125]。繁缛骆驿，范、蔡之说也[126]。剺栎铫㢠，皙、龙之惠也[127]。上拟法于《韶箾》、《南籥》，中取度于《白雪》、《渌水》，下采制于《延露》、《巴人》[128]。

是以尊卑都鄙，贤愚勇惧[129]。鱼鳖禽兽，闻之者莫不张耳鹿骇。熊经鸟伸，鸱眎狼顾[130]，拊噪踊跃，各得其齐。人盈所欲，皆反中和，以美风俗[131]。屈平适乐国，介推还受禄[132]。澹台载尸归，皋鱼节其哭[133]。长万辍逆谋，渠弥不复恶[134]。蒯聩能退敌，不占成节鄂[135]。王公保其位，隐处安林薄[136]。宦夫乐其业，士子世其宅[137]。鳣鱼喁于水裔，仰驷马而舞玄鹤[138]。

于时也，䌷驹吞声，伯牙毁弦[139]。瓠巴聑柱，磬襄弛悬[140]。留眎瞭眙[141]，累称屡赞。失容坠席，搏拊雷抃[142]。僬眇睢维，涕洟流漫[143]。是故可以通灵感物，写神喻意。致诚效志，率作兴事[144]。溉盥污涉，澡雪垢滓矣[145]。

昔庖羲作琴，神农造瑟[146]，女娲制簧，暴辛为埙[147]。倕之和钟，叔之离磬[148]。或铄金砻石，华睆切错。丸挻雕琢，刻镂钻笮[149]。穷妙极巧，旷以日月。然后成器，其音如彼。唯笛因其天姿，不变其材。伐而吹之，其声如此。盖以简易之义[150]，贤人之业也。若然，六器者，犹以二皇圣哲䵒益[151]。况笛生乎大汉，而学者不识，其可以裨助盛美，忽而不赞。悲夫！有庶士丘仲[152]言其所由出，而不知其弘妙。其辞曰：

近世双笛从羌起[153]，羌人伐竹未及已。龙鸣水中不见己，截竹吹之声相似。剡其上孔通洞之，裁以当箹便易持[154]。易京君明识音律，故本四孔加以一。君明所加孔后出，是谓商声五音毕[155]。

【说明】

此赋见《文选》卷十八。

《长笛赋》是一篇颇有特色的咏物赋，其构思尤见新巧别致。作者对所咏之物不直接作正面描写，而是由侧入正，先写制笛之材——竹生长环境的恶劣孤危，再写砍伐制作之难，进而写笛声之美，笛声之感物动人，笛之象征意义，由“简易之义”联想到“贤人之业”，结尾乃追述笛由羌地传入及西汉人改制经过，层层写来，次序井然。虽然本赋模仿枚乘《七发》、王褒《洞箫赋》等等，但却能做到“青出于蓝而胜于蓝”。

本赋在修辞上多用通感手法，如写笛乐一段：“尔乃听声类形，状似流水，又象飞鸿，氾滥溥漠，浩浩洋洋……若存若亡。”极为传神地写出了笛声给人带来的各种联想。后世白居易《琵琶行》、李贺《李凭箜篌引》等对这种手法亦多有汲取。

由于马融为一代通儒，学识渊博，因此，在创作上多以经典故实入赋。如“屈平适乐国……不占成节鄂”，寥寥数语，就能恰当地涵盖一个故事或一段史实。句法上散赋、骚赋间杂，使整个赋篇节奏跌宕多变。但遣词造句，则时有逞才使气，生硬堆垛之累。

本篇对后世描写各种乐器的赋、文有一定影响。

【注释】

①博览典雅:吕向注:“博,广也。典谓坟典,雅谓雅颂。精考阴阳度数律历之道也。”

②督邮:汉代官职名,为郡守佐吏。掌督察纠举所辖县违法之事。

③留事:积压公务。无留事:指公务都及时处理完。

④郿(méi 眉):今陕西省郿县。

⑤舍:住宿。逆旅:旅馆。

⑥《气出》、《精列》:古《相和歌》十八曲之二曲名。相和:指上述两歌轮换吹奏。

⑦暂闻:忽然听到。

⑧王子渊:王褒(? ~前 69),字子渊,西汉辞赋家,作《洞箫赋》。枚乘(? ~前 140):字叔,西汉辞赋家。依本文所言,当作有《笙赋》,已佚。刘伯康:即刘玄,明帝时人,作《簧赋》,已佚。傅武仲(约 47~92):名毅,作《琴赋》,《全汉文》作《雅琴赋》。

⑨备数:备古人之数,即充数。

⑩籦(zhōng 钟)笼:竹名。

⑪终南:即终南山,在西安市南。阴崖:即山北。

⑫托:附。九成:九重。孤岑:即孤立高耸的山岭。

⑬特箭稾(gǎo 槁)而茎立:像箭、稾一样高挺直立。箭、稾,均竹名。

⑭潦:因下雨而积的大水。

⑮巅根:生在山顶的竹根。跱:立。槷刖(niè yuè 聂月):危险貌。

⑯感:触动。回飙(biāo 标):回旋的大风。

⑰重巘(yǎn 奄):重叠的山峰。增石:重重叠叠的石头。

⑱简:大。䂍硊(yūn yù 晕玉):石齐头貌。

⑲兀嵝(lǒu 搂):高耸险峻貌。狋𧹞(chí níng 迟宁):险峻貌。

⑳庨窌(xiāo liáo 消辽)巧老:深空之貌。

㉑港洞:相通。

㉒嶰(xiè 谢)壑:山涧,涧谷。《尔雅·释山》:“小山别大山鲜。”浍峗(kuài duì 快对):沟壑宽大相连貌。

㉓峪窞(kǎn dàn 坎淡):地坑,坑穴。《易·坎》:“入于坎窞,凶。”《说文》:“峪,坎中小坎也。” 寚(fù 赋):《广雅》:“窟也。”

㉔运裛(yì 义):回旋相缠。窊洝(wū àn 屋暗):低曲不平。一说润湿貌。

㉕“林箫”二句:李周翰注:“谓竹与诸物杂生也。林箫,小竹也。蔓荆森槮柞朴,木名。”

㉖猥(wěi 伟):众多。

㉗渟(tíng 亭):水积聚不流。涔(cén 岑):鱼池。障溃:堤岸溃坏。

㉘颠(hàn 汉)淡:水摇荡貌。

㉙碓(duì 对)投:舂击。瀺(chán 缠)穴:水注山成穴。

㉚争湍:急浪。苹萦:水流回旋貌。

㉛汩(gǔ 古)活:水流急疾。澎濞:宏大的水流声。

㉜窊(wā 挖)隆:高下不平。诡戾:变动不定。

㉝澩(xuè 穴去声)瀑:汹涌的大水。喷沫:跳沫。

㉞犇遁砀(dàng 荡)突:奔流冲撞。犇,同"奔"。

㉟摇演:即摇曳。

㊱动杌(wù 务):动摇。杌,摇。《汉书·司马相如传》张揖注:"杌,摇也。"

㊲间介:"间"、"介"同义,犹阻隔。《左传》杜预注:"介,犹间也。间、介一也。"

㊳蜼(wèi 喂):一种长尾猴。

㊴鼯(wú 无)鼠:俗称"大飞鼠",似松鼠。

㊵振颔:即动口。

㊶特:雄壮。麚(jiā 佳):雄鹿。昏髟(shì piào 世票):指回顾而起鬐鬣。昏,同"眂",视也。髟,动物长毛。

㊷由衍:行貌。噍噍(jiū 究):同"啾啾"。讙(huān 欢):通"喧",鸣。噪:喧哗。

㊸经涉其左右:即行历竹之左右。

㊹哤聒(máng guō 忙郭):语声嘈杂。

㊺险巇(xì 戏):崎岖险恶。

㊻纤末:犹末梢。奋蕱(shāo 捎):指竹末奋迅而动。蕱,《文选》李善注(以下简称李善注):"《方言》曰:'捎,动也。蕱与捎同,所交切。'"

㊼铮锽(huáng 黄)謍嗃(xiào 笑):像铮锽鸣响一样大声、小声相杂。謍,《字林》:"謍,小声也。"嗃,《埤苍》:"嗃,大呼也。"

㊽絙(gēng 耕):同"緪",紧,急。《淮南子·缪称训》:"治国譬若张瑟,大弦緪,则小弦绝矣。"高诱注:"緪,急也。"王念孙云:"緪当为'絙'字之误也。"

㊾号钟:琴名。《淮南子·修务训》高诱注:"号钟,高声,非耳所及也。"

㊿彭胥伯奇:彭,指彭咸,商纣时贤臣,后谏纣不听,出奔。胥,指伍子胥,春秋时吴国贤臣,后谏吴王夫差不听而被赐死。伯奇,据《琴操》,周宣王时尹吉甫之子,为人慈仁,遭后母谗而投河死。

51哀姜:《左传·文公十八年》载鲁文公"夫人姜氏归于齐,大归也。将行,哭而过市曰:'天乎,仲为不道,杀嫡立庶。'市人皆哭"。孝己:殷高宗之子,为人贤孝,遭后母谗而被放死。

(52)攒乎下风：聚集于竹风之下。

(53)收精注耳：收回精思，专注审听。

(54)雷叹：叹声如雷，形容叹息声之大。颓息：息声如颓。如风嘶般之叹息。

(55)搯（tāo 掏）膺：捶胸。擗摽（pì piāo 僻飘）：抚心，拍胸，都是形容哀痛的样子。

(56)鲁般：一写作“鲁班”，春秋时鲁国的巧匠。宋翟：即墨翟。战国时著名思想家，尚“兼爱”，主“非攻”。

(57)抗：立。浮柱：梁上之柱。

(58)蹉：以脚踏。跋：通“拔”。蔑（miè 灭）缕：细小的根须。“蔑”、“缕”都是细小的意思。

(59)膺陗阤（qiào tuó 俏驮），腹陉阻：胸、腹贴在峭石险壁上。“膺”、“腹”都是作动词用。李善注：“言以膺服于陗阤，而腹突于陉阻也。”膺，胸。陗阤，高陡的崖坡。陉，斜坡。王念孙《读书杂志·余编下·文选》：“……此言山坡险峻，伐竹者匍匐而上。”

(60)本：根。末：茎。这里指竹根、竹茎。

(61)规摹彟矩（yuē jǔ 约举）：规划量度。彟，同“矱”。《楚辞》王逸注：“矱，度也。规，法也。”

(62)夔：传说中舜帝时的乐官。襄：春秋时卫国的琴师。《孔子家语》：“孔子学琴于师襄。”子壄（yě 野）：春秋时晋国乐官师旷，字子壄。《左传》杜预注：“旷，晋太师子壄也。”

(63)十二：指十二律吕。古乐律阴律、阳律各六。阴六曰吕，阳六曰律，合称“律吕”。黄钟：古代十二律中六种阳律的第一律，常用以形容音乐和谐奇妙。

(64)挢揉：用火烘烤，使曲变直。斤：砍斫。械：整治。

(65)剸掞（tuán yǎn 团眼）：砍削。《字林》：“剸，裁也。”掞，同“剡”，削。

(66)锪（cōng 匆）：凿眼，打孔。《说文》：“锪，大凿平木也。然则以木通其中皆曰锪也。”亦作“鏓”。鏓（zǒng，旧读 cōng）：《正字通·金部》：“锪，俗鏓字。”锪硐：凿通竹节。李周翰注：“锪硐，谓以刀通节中也。”陨坠：坠落。

(67)程：表现，呈现。表：外。《汉书》张晏注：“表，犹外也。”

(68)八音：古代对乐器的通称，用金、石、丝、竹、匏、土、革、木等八种不同材料所制。吕向曰：“谓笛声清美如八音。”

(69)食举：古帝王进食或举行宴会时所奏的乐曲。蔡邕《礼乐志》：“天子中乐，殿中食举乐也。”雍彻：古天子祭祀宗庙毕，歌雍乐以撤俎豆。《论语·八佾》：“三家者以雍彻。”杨伯峻注：“唱着《雍》这篇诗，来撤除祭品。”雍，《诗》之《雍》乐。郑玄曰：“歌之者，歌雍也。”

(70)劝侑（yòu 又）：劝人喝酒吃饭。

(71)黄门：官属名，《汉书·霍光传》颜师古注：“黄门之署，职任亲近，以供天子，百物在焉，故亦有画工。”桓谭《新论》：“汉之三主，内置黄门工倡。”

⑫重丘：在今山东省茌平县西南。

⑬宋、灌、郭、张：李善注：“宋、灌、郭、张，皆其姓也。”此处概指精通音乐的四个乐师。

⑭工人巧士：指精通音乐的人。工，指长于、善于音乐。肄：练习。《国语》贾逵注：“肄，习也。”修声：练习音声。

⑮暇豫：悠闲逸乐。

⑯五声：古代五声音阶中的五个音级，即宫、商、角、徵、羽。比：适合，配合。《逸周书·大武》：“男女比。”朱右曾校释：“比，合也。”

⑰胤：也即是曲。字或写作“引”。蔡邕《琴操》，有《思妇引》。繁会：指繁多的音调互相参错交响。丛杂：犹攒聚。

⑱纷葩：盛多貌。烂漫：杂乱繁多貌。

⑲波散广衍：声散而远的意思。

⑳瞠（chēng 称）距：声音激荡碰击。劫遌（è 饿）：形容声音高亢，节奏急促。

㉑啾咋嘈啐：众声喧杂。华羽：华美的羽调。

㉒绞灼激：乐声相绕相激。转切：即声转急切。

㉓郁怫（fú 浮）：犹“郁悒”，愁闷不舒畅。凭怒：大怒。

㉔竑（hóng 宏）：大声。砀骇：突然跃起。奋肆：奋放。

㉕喷勃：气盛貌。布覆：分布四覆。峙蹠（zhì zhí 至直）：踮起脚跟。形容声乍起于地。狼戾：乖背、凶狠。《战国策·燕策》：“赵王狼戾而无亲。”

㉖叩锻：打铁。岌峇（jí kè 及克）：打铁之声。

㉗浏溧（liú lì 流利）：清凉貌。冽：寒貌。

㉘薄：语助词。凑会：声相集凑而会和。凌节：超出音乐的节律。

㉙趣：通“趋”。期：会、会和。赴踬（zhì 质）：指声音下降。踬，跌倒。此句谓：乐声相和，超越了节拍，相碰相击，忽高忽下。

㉚溥漠：鸟翼抚水之貌。

㉛眘（mǎn 满）：视貌。回皇：游移不定。吕向注：“旋复回皇，皆声去往不定，高下不常貌。”

㉜充屈郁律，瞋菌碨柍（wěi yāng 伟央）：李善注：“皆众声郁积竞出之貌。”

㉝酆琅磊落，骈田磅唐：指众声广大四布之貌。

㉞取予时适，去就有方：指音乐节奏取舍有度。

㉟洪杀衰序，希数必当：高音按照一定的差等递减排列，音乐效果非常允当。杀，减。衰，差，次。序，列。当，允当，合适。此句写高音。

㊱荩滞抗绝：谓余声沉滞极绝。荩，通“烬”，剩余。中息更装：声音在中间停了，又变了调子演奏。

㊲奄忽：忽然。晔（yè 页）：盛貌。

⑱聊虑：精心专一。固护：意志坚定。

⑲漂凌丝簧，覆冒鼓钟：笛音之妙绝超过了丝、簧、鼓、钟等一切乐器。漂凌，漂荡凌驾。覆冒，掩蔽。

⑳或乃植持縼纆（xuán mò 旋墨），佁儗（yí yì 怡义）宽容：（声音）有时就如牵引的长绳，舒缓从容。植，立。持，引。縼纆，绳。佁儗，宽容貌。

㉑八风：八方之风。如东北曰"条风"，东方曰"明庶风"，东南曰"清明风"……又如八节之风，所谓立春调风至，春分明庶风至，立夏清明风至，夏至景风至，立秋凉风至……详见《春秋左传注疏》卷四十九。

㉒五降：《春秋左传注疏》卷四十一载，医和对晋平公说："先王之乐…中声以降，五降之后，不容弹矣。"杜预注："此谓先王之乐得中声，声成五降而息也。"降：罢退。

㉓阕（què 却）：终结。余弦更兴：吕延济注："谓笛声渐微复起。"

㉔踾踧（fú cù 福促）：迫蹙貌。攒仄：聚积貌。

㉕猥积：聚积，多而集中。猥，堆积。

㉖弄：乐曲，曲调。

㉗易听骇耳：变换其听，惊骇其耳。摇演：心神清貌。

㉘骀荡：舒适起伏安翔的样子。阐缓：舒缓。

㉙怨怼（duì 对）：怨恨。窳圔（yǔ yà 雨亚）：形容乐声低回。嵻赧（chǎn nǎn 产南上声）：形容乐声舒缓。嵻，声音舒缓貌。《集韵》："丑展切，上狝，彻。"

㉚聿皇：疾貌。

㉛蚡缊缙纡（fān yū 帆迂）：形容声音纷繁纠结。緸冤蜿蟺：声音盘屈摇动貌。

㉜僶笏（mín hù 民户）：吹笛时手按笛孔貌。抑隐：也是手按笛孔之貌。行入诸变：进入反复变化。

㉝绞概：音相切磨貌。汩湟（yù háng 玉黄）：水流貌。

㉞挼挐捘臧（ruó ná zùn zāng 若阳平 拿尊去声 脏）：这里指演奏笛子者的各种指形变化。挼：揉。挐：持，引。捘：按，搓。臧：按，抑。递相乘邅（zhān 瞻）：谓声相击连会合貌。

㉟反商下徵：谓变调也。反商，犹变商。下徵，下到徵音。这里泛指一切音阶的变化。每各异善：无不尽妙。

㊱句投（dòu 豆）：这里指音乐休止处。投，通"逗"，止也。

㊲篧（cào 草去声）弄：小曲，一说杂曲。

㊳虞：猜度。怛惕（dá tì 答替）：悲伤，凄怆。

㊴闲居：避人独处。

㊵彷徨纵肆，旷瀁（yǎng 养）敞罔：广大闲幽之貌。概：节操。

㊶"温直扰毅"句：《尚书·皋陶谟》："扰而毅，直而温。"吕延济注："方，比

也。温柔正直，优柔弘毅之声，孔子孟轲之德比也。扰，顺。”

⑫随：卞随。光：务光。皆古贤士，汤让位不受，投水死。介：节操。

⑫牢刺（là 辣）：愤郁不平之声。拂戾：不和顺。诸、贲：指专诸和孟贲，皆古勇士。《春秋左传注疏》卷五十二载吴公子光享王，专诸抽剑刺王。《说苑》：“勇士孟贲，水行不避蛟龙，陆行不避虎狼。”

⑫节解：指乐曲节奏分明。句断：断句。管、商：指管仲和商鞅。管仲辅齐桓公，霸天下，齐成为“春秋五霸”之一。商鞅辅秦孝公，使秦强大。

⑫条决：依条令决断。缤纷：纷乱貌。申、韩：指申不害和韩非，先秦法家代表人物。

⑫范、蔡：指范雎和蔡泽。战国时期的辩士。张铣注：“笛声繁多相连不绝，如范雎蔡泽之说辞也。”

⑫剺栎（lí lì 厘力）：调度管束。铫愾（tiáo huò 条获）：分别节制之貌。晢、龙：指邓晢和公孙龙，先秦名家的代表人物。惠：明。

⑫韶箾（xiāo 萧）：传说为舜乐舞名。“箾”即“箫”，“韶箾”即“箫韶”。《尚书·益稷》有“萧韶九成”。参见《左传·襄公二十九年》。南籥（yuè 月）：文王乐舞。籥，如笛，三孔而短小。《白雪》、《渌水》：古乐曲名。宋玉《讽赋》曰：“臣尝行至，主人独有一女，置臣兰房之中，臣援琴而鼓之，为幽兰白雪之曲。”《延露》：古俗乐名，亦作《延路》。《淮南子·人间训》：“夫歌《采菱》、发《阳阿》，鄙人听之，不若《延露》、《阳局》。”《巴人》：亦古俗乐名。宋玉《对楚王问》：“客有歌于郢中者，其始曰《下里巴人》。”

⑫尊卑都鄙：尊贵者，卑下者，美好者，丑陋者。贤愚勇惧：贤明者闻笛声勇，愚蠢者闻笛声惧。

⑬熊经鸟伸，鸱眂（shì 世）狼顾：像熊之攀枝而悬，鸟之伸脚一样导形引气，像鸱、狼一样环视四顾。《淮南子·精神训》：“是故真人之所游，若吹呴呼吸，吐故内新，熊经鸟伸，凫浴蝯躩，鸱视虎顾，是养形之人也，不以滑心。”眂，通“视”。

⑬拊噪：鼓掌喧闹。齐：界限。“各得”以下四句：刘良注：“闻笛者，皆迁善，故各得分齐而不相逾也。人之情欲于此盈满，不复更欲，皆反于中和之道，美天子之风俗也。”

⑬屈平适乐国，介推还受禄：屈平，即屈原，楚大夫，遭谗被贬，投汨罗自尽。介推，介子推，晋人，从重耳出走，重耳返国为君，介子推不受禄，与母隐绵山而终。这里指在笛声的感染下，人人各反其常性：屈原必适乐国以求仕，不沉湘流以死；介子推必从绵山还归，受晋文公（重耳）封赏。

⑬澹台载尸归，皋鱼节其哭：澹台必定为儿子收尸，皋鱼必定节制哀哭。澹台：复姓，此谓澹台灭明。李善注引《博物志》：“澹台灭明之子溺死于江，弟子欲收而葬之，明止之曰：‘蝼蚁何亲？鱼鳖何仇？’弟子曰：‘何夫子之不慈乎？’对曰：‘生为吾子，死非吾鬼。’遂不收葬。”皋鱼：李善注引《韩诗外传》卷九：“孔子

出行，闻有哭声甚悲，则皋鱼也，披褐拥剑，哭于路左。孔子下车而问其故，对曰：'吾少好学，周流天下，以后吾亲死，一失也；高尚其志，不事庸君，而晚仕无成，二失也；少择交游，寡亲友，而老无所托，三失也。夫树欲静而风不止，子欲养而亲不待。往而不可反者，年也；逝而不可追者，亲也。吾于是辞矣。'立哭而死。"

⑬④长万辍逆谋，渠弥不复恶：南宫长万停止他弑君的阴谋，高渠不再为恶。《左传·庄公十二年》："宋万弑闵公于蒙泽。"宋万，即南宫长万，又称南宫万，宋国大夫。蒙泽，宋国邑名，在今河南省商丘市。《左传·桓公十七年》曰："初，郑伯将以高渠弥为卿，昭公恶之，固谏不听。昭公立，惧其杀己也。辛卯，杀昭公而立公子亹。"

⑬⑤蒯聩能退敌，不占成节鄂：胆怯的蒯聩也能打退敌人，怯懦的陈不占也能为了节义而不再怯懦。《左传·哀公二年》："甲戌，将战……卫太子（即蒯聩）为右，登铁丘，望见郑师众，太子惧，自投于车下。"《韩诗外传》载，不占，姓陈，齐人。闻崔杼弑庄公，驱车往救，至公门外，闻战鼓声，骇而死。

⑬⑥林薄：林木草莽之地。《楚辞·九章·涉江》："露申辛夷，死林薄兮。"王逸注："丛木曰林，草木交错曰薄。"

⑬⑦官夫：即官大夫，爵位名。秦制，以赏功劳，汉沿用。这里泛指为官的人。

⑬⑧鱏（xún 寻）鱼喁（yóng 咏阳平）于水裔，仰驷马而舞玄鹤：指在笛声的感染下，鱏鱼也把头仰出水面倾听，驷马则奋蹄仰首，玄鹤也翩然起舞，极言笛声之美妙动听。《韩诗外传》："昔伯牙鼓琴，而游鱼出听；瓠巴鼓琴，而天马仰沫。"《韩非子·十过》："师旷不得已，援琴而鼓，一奏之，有玄鹤二八来从南方来，集于廊门之垝。再奏之而列。三奏之，延颈而鸣，舒翼而舞。"

⑬⑨緜驹吞声，伯牙毁弦：緜驹不敢出声，伯牙毁掉琴弦。緜驹，春秋时齐人，善歌。伯牙，春秋时人，善弹琴。

⑭⓪瓠巴聑（tiē 帖）柱，磬襄弛悬：瓠巴不再鼓琴，磬襄也放下了悬磬的架子。瓠巴，楚人，善鼓瑟。《列子·汤问》："瓠巴鼓瑟，而鸟舞鱼跃。"《淮南子·说山训》也有类似记载。聑，妥帖。磬襄，春秋时人，善奏磬。弛：放下。《周礼·春官·大司乐》："凡国之大忧，令弛悬。"郑玄注："释下之，若今休兵鼓之为。"弛悬，即收起钟磬等悬挂的乐器，意即罢乐。

⑭①留眎（shì 示）瞠眙（chēng chì 瞠斥）：张目直视的样子。眎，同"视"。瞠，直视貌。眙，惊视貌。

⑭②搏拊：拍击，这里指拍手。抃（biàn 遍）：鼓掌。

⑭③僬（jiāo 交）眇：合目细视貌。睢（suī 虽）维：目开合貌。涕洟（tì yí 替夷）：眼泪和鼻涕。洟，鼻涕。

⑭④率作兴事：谓率劝下人以起风俗之美事。

⑭⑤溉盥：洗涤。盥，或作"盟"，似误。澡雪：洗涤使之干净。《庄子·知北

游》:“汝斋戒,疏瀹而心,澡雪而精神,掊击而知!”

⑭庖羲作琴,神农造瑟:庖羲,即伏羲,古代传说中的部落酋长名。神农,传说中的古帝王名,又名炎帝。蔡邕《琴操》:“昔伏羲氏之作琴,所以修身理性,反天真也。”李善引注《淮南子》曰:“神农之初造瑟,以归神反望,及其天心也。”

⑭女娲制簧,暴辛为埙(xūn 熏):据东汉应劭《世本》记载:“女娲作簧,暴辛为埙。”女娲,传说中黄帝之臣。暴辛,周平王时诸侯,作埙,有三孔。埙,古时用土烧制的乐器,形如鸟卵,有三孔。

⑭倕(chuí 垂)之和钟,叔之离磬:《礼记·明堂位》:“垂之和钟,叔之离磬。”倕:一作“垂”,尧时的乐工。叔:舜时人。垂、叔,皆古之善理乐器者。离磬:即悬磬。言悬磬之时,其声稀疏相离。

⑭铄金砻(lóng 龙)石,华晥(huǎn 缓)切错。丸挻雕琢,刻镂钻笮(zé 则):此处言整治乐器的过程。把黄金熔化,把磬石磨光,经过修治,使之(乐器)变得美观而又有文采。或者取来土、玉、石等进行雕琢,再施之以刻、镂、钻、凿。砻:磨。晥:平整光滑貌。切:治骨曰“切”。错:治玉曰“错”。丸:揉物使成圆形。李善注:“丸,取也。”王念孙《读书杂志·余编·文选》:“李说非也,丸之言和也。和七以为器也。”挻(shān 删):揉和(huò 或)。雕琢:《尔雅》:“玉谓之雕,石谓之琢。”笮:通“凿”。《国语·鲁语上》:“中刑(中等刑罚)用刀锯,其次用钻笮。”

⑮简易:简单易行。《易传·系辞上》:“乾以易知,坤以简能。”

⑮六器:指上述琴、瑟、簧、埙、钟、磬六种乐器。二皇:指伏羲、神农。圣哲:指女娲、暴辛、垂、叔之流。黈(tǒu 头上声)益:增益。

⑮丘仲:汉武帝时人。应劭《风俗通》:“笛,武帝时丘仲所作也。”《周礼·春官·笙师》孙诒让《正义》:“笛之孔数,言四孔加一者,丘仲也;言五孔者,桂子春也……大抵汉魏六朝所谓笛,皆竖笛也,宋元以后谓竖笛为箫,谓横笛为笛。”

⑮羌:我国古代西部的一个民族。起:作也。

⑮剡(yǎn 眼):削。笯(zhuā 抓):鞭,杖。李善注:“马策也。”

⑮易京、君明:汉武帝时人京房,字君明。修《易》,故曰“易京”。尤好音律,加一孔于笛下(笛本四孔),为商声,故谓“五音律”。

围棋赋

略观围棋兮，法于用兵。三尺之局兮，为战斗场[1]。陈聚士卒兮，两敌相当。拙者无功兮，弱者先亡[2]。自有中和兮，请说其方[3]。先据四道兮，保角依旁。缘边遮列兮，往往相望[4]。离离马首兮，连连雁行[5]。踔度间置兮，徘徊中央[6]。违阁奋翼兮，左右翱翔[7]。道狭敌众兮，情无远行。棋多无筋兮，如聚群羊[8]。骆驿自保兮，先后来迎[9]。攻宽击虚兮，跄跭内房[10]。利则为时兮，便则为强[11]。猒于食兮，坏决垣墙。堤溃不塞兮，泛滥远长[12]。横行阵乱兮，敌心骇惶。迫兼棋雅兮，颇弃其装[13]。已下险口兮，凿置清坑[14]。穷其中罫兮，如鼠入囊[15]。抆取死卒兮，无使相迎[16]。当食不食兮，反受其殃。胜负之策兮，于言如发；乍缓乍急兮，上且未别[17]。白黑纷乱兮，于约如葛；杂乱交错兮，更相度越[18]。守规不固兮，为所唐突；深入贪地兮，杀亡士卒[19]。狂攘相救兮，先后并没[20]。上下离遮兮，四面隔闭[21]。围合罕散兮，所对哽咽。韩信将兵兮，难通易绝。自陷死地兮，设见权谲。诱敌先行兮，往往一室。捐棋委食兮，遗三将七[22]。迟逐爽问兮，转相伺密[23]。商度道地兮，棋相连结[24]。蔓延连阁兮，如火不灭[25]。扶疏布散兮，左右流溢。浸淫不振兮，敌人惧慄。迫促蹴踖兮，惆怅自失[26]。计功相除兮，以时各讫。事留变生兮，拾棋欲疾。营惑窘乏兮，无令诈出[27]。深念远虑兮，胜乃可必。

【说明】

此赋见《古文苑》卷五、《艺文类聚》卷七十四。

围棋是我国传统的棋种，传为尧所作，春秋战国时即有正式的关于围棋的文字记载。《左传·襄公二十五年》："不如弈棋。"孔颖达疏："棋者所执之子，以围而相杀，故谓之围棋。"扬雄《方言》："围棋谓之弈，自关而东，齐鲁之间，皆谓之弈。”唐以前棋局纵横各十七道，共二百八十九位。也有纵横各十一、十五道。唐以后则纵横各十九道，共三百六十一位。围棋于隋唐以后传入日本，近已流传至欧美各国。

围棋古代以汉魏最盛行，从发掘的汉墓殉葬品中，发现有石制棋盘。

【注释】

①法于用兵：指围棋取法于用兵之道。《古文苑》章樵注引陆贾《新语》言："围碁兵法之类，上者张置疏远，多得道而胜；中者务相遮绝，争便求利；下者守边隅以(如)作罫，犹薛公之言黥布反也。上计取吴楚广地，中计塞成皋，遮要争利。下计据长江以临越，作罫者也。"局：棋盘。

②相当：相对。《古文苑》章樵注："碁以智取，亦以气胜。一本'拙'作'怯'，'弱'作'贪'。怯则挫志，贪则无谋，弈战皆然。"

③中和：犹中庸。《古文苑》章樵注："中和犹中庸，碁术高妙。未易言尽，姑论中庸之方略。"

④相望：此指棋子之间相互照应。《古文苑》章樵注："布子欲疏，势贵相属。"

⑤雁行：喻成行列的棋子。

⑥踔：涉足。此指以棋子涉入敌阵以试探其反应。度：过。此指将己方两块地盘连接起来。《古文苑》章樵注："前行觇敌曰踔，引彼联此曰度。"

⑧违阁：背离。违，避开。阁，通"搁"，放弃。《古文苑》章樵注："置其所攻曰违，制其欲逞曰阁。"

⑧"碁多"二句：言棋子虽多，若无计谋，也如同群羊，易被对方吃掉。箣：同"策"。策，谋略。《古文苑》章樵注："箣与策同筭也，兵法多筭胜。"

⑨骆驿：连续不断。迎：接应。

⑩跄踤(xiáng 翔)：欲行又止，犹豫不进貌。内房：内室。

⑪时：有利的时机。

⑫"猒于"四句：《古文苑》章樵注："敌可取不取，当备不备，必贻后悔。班固《奕(弈)旨》：'一孔有阙，坏颓不振，有似瓠子泛滥之败(指汉武帝元光三年，黄河决口入瓠子河，淹没山东、河南、安徽、江苏大片土地)。'""猒于"句：饱足而不食，喻敌当取而不取。"堤溃"句：堤防有孔而未及时堵塞，喻下棋当备而不备。

⑬雗：《字汇补》："雗，棋心中一子也。""迫兼"二句：《古文苑》章樵注："'雗'音义与'岳'同。碁心并四面各据中一子，谓之王(五)岳，言不可动摇也。此而见迫，碁势危矣，将有弃其资装而遁者。"

⑭"已下"二句：谓已经脱离险境，就应为对方置险。《古文苑》章樵注："已既出险，当设险以待敌口，如飞狐之口，井陉之口，皆险要用奇处。"

⑮罫(guǎi 拐):网罟,指棋盘上的方格。宋人张靖《棋经·棋局》:"局之线道谓之枰,线道之间谓之罫。"

⑯抆:"收"的异体字。《艺文类聚》作"收取"。死卒:被围死的棋子。相迎:即相对,相逢。

⑰策:谋略。如发:像头发一样多。

⑱白黑:白棋和黑棋。约:绳子。如葛:像葛藤一样纠缠不清。

⑲唐突:横冲直撞。"杀亡"句:使士卒送命。

⑳狂攘:纷乱貌。没:覆没。

㉑离遮:分离,阻隔。

㉒"韩信"八句:《史记·淮阴侯列传》载,韩信率汉军下井陉击赵,夜半使轻骑二千至赵营外埋伏。又使万人先行,背水为阵。平旦,信引大军出井陉口,赵开壁迎战良久,韩信败退入水上军,赵倾壁追击,韩信与水上阵合军一处,皆殊死战。汉之二千伏兵趁赵空壁,驰入赵壁,换汉军旗号。赵不能胜,欲还,望见壁中皆汉军红旗,大惊。于是汉军夹击,韩信大胜。后诸将问信背水为阵不合兵法,何以能胜。信曰:"此亦在兵法,兵法曰:'陷之死地而后生,置之亡地而后存。'"权谲:欺诈。"诱敌"二句:言韩信视敌营壁犹己一室。先佯败诱敌,再出奇兵夺其室。"捐碁"句:言先丢弃小利以为诱饵。"遗三"句:言丢弃三成却赢得七成。

㉓"迟逐"句:《古文苑》章樵注:"勿迫以怠之,诳词以误之。"

㉔道地:《汉书·酷吏传·田延年》:"霍将军召问延年,欲为道地。"颜师古注:"为之开通道路,使有安全之地也。"

㉕连阁:连延之楼阁。此喻所占地盘连延不断。

㉖踟蹰:徘徊不进貌。

㉗营惑:迷惑,惑乱。

【辨析】

这是一篇我们现在所能见到的最早描写围棋的赋篇。李善在《文选·韦曜〈博弈论〉》注中引用其中四句,作者署为刘向,是李善弄错了。此四句系从马融《围碁赋》中摘出,《围碁赋》的著作权当属马融。

理由:

一、马融《围碁赋》全文见《古文苑》。

二、欧阳询的《艺文类聚》又录马融《围碁赋》三十六句。欧阳询也是一个大学问家,生活的时间早李善五十至七十年。

三、晋曹摅《围碁赋序》称:"昔班固造弈旨之论,马融有围碁之赋,拟军政以为本,引兵家以为喻。"正与马融《围碁赋》描写相合。马融还有《樗蒲赋》,与《围碁赋》同属博弈一类题材。

四、《后汉书》马融本传称:"(融)善鼓琴,好吹笛,达生任性,不拘儒者之节。居宇器服,多存侈饰。常坐高堂,施绛纱帐,前授生徒,后列女乐。"这种思想作风正是他创作《围碁赋》和《樗蒲赋》的基础。而刘向却相反,《汉书》本传说他"为人简易无威仪,廉靖乐道,不交接世俗,专积思于经术。昼诵书诗,夜观星宿,或不寐达旦"。对儒术孜孜以求的刘向是不可能花费精力去创作比辞赋还要低一等的"倡优博弈"的。(《汉书·王褒传》载,汉宣帝在回答大臣们对辞赋的非议时说:"辞赋比之,尚有仁义讽谕、鸟兽草木多闻之观,贤于倡优博弈远矣。")

当然,我们这里不讨论经术与围棋博弈的高低优劣。围棋博弈也有其存在的理由,马融创作《围碁赋》是值得我们肯定的。像稍后的三国吴韦曜在其《博弈论》中,把博弈痛斥一番:"今世之人,不务经术,好习博弈,废弃事业,忘寝与食……伎非六艺,用非经国,立身者不阶其术,征选者不由其道……考之于道艺,则非孔氏之行,以变诈为务,则非忠信之事……"这种观点是极端的,不正确的。

樗蒲赋

昔有玄通先生[①]，游于京都[②]。道德既备[③]，好此樗蒲[④]。伯阳入戎[⑤]，以斯消忧。抨则素旃紫罽[⑥]，出乎西邻；缘以缋绣[⑦]，紩以绮文[⑧]。杯则摇木之干[⑨]，出自崐山[⑩]。矢则蓝田之石[⑪]，卞和所工[⑫]；含精玉润，不细不洪[⑬]。马则玄犀象牙[⑭]，是磋是砻[⑮]。

杯为上将[⑯]，木为君副[⑰]，齿为号令[⑱]。马为翼距[⑲]，筹为策动[⑳]，矢法卒数[㉑]。

于是芬葩贵戚[㉒]，公侯之俦[㉓]，坐华榱之高殿[㉔]，临激水之清流。排五木[㉕]，散九齿[㉖]；勒良马[㉗]，取道里。

是以战无常胜，时有逼遂。临敌攘围，事在将帅。见利电发，纷纶滂沸[㉘]；精诚一叫，入卢九雉[㉙]。磊落踸踔[㉚]，并来猥至[㉛]；先名所射，应声粉溃[㉜]，胜贵欢悦，负者沉悴[㉝]。

【说明】

此赋见《艺文类聚》卷七十四。

樗蒲是古代博戏，盛行于魏晋六朝。博具有五木（五枚木制的双面骰子，上黑下白，黑面有两枚刻上犊，白面有两枚刻上雉）、棋盘（上有一百二十个方格）、马（棋子）等。一般每人执六马，用五木掷采（即骰子的不同组合）。采有十种，以卢、雉、犊、白为贵采，其余为杂采。贵采得连掷、打马、过关，杂采则否（详见唐李肇《国史补》及《五木经》等书）。基本上是掷骰子决定马的步数，在游戏中参赛者必须将马移到棋盘的另一边，谁先到达就得到胜利。

《太平御览》卷七百五十四所引的西晋张华《博物志》佚文中有"老子入西戎，造樗蒲，樗蒲五木也，或云胡人亦为樗蒲卜，后传楼阴善其功"的说法。而《艺文类聚》所收录的《樗蒲赋》也有"伯阳（老子的字)入戎，以斯消忧”之句。这些或许都是晋人伪托，借以抬高樗蒲的身价。因为根据《史记·老子韩非列传》的记载，“老子修道德，其学以自隐无名为务。居周久之，见周之衰，乃遂去”，他出了西关后就不知下落，并未提及老子造樗蒲的说法。此外，除了六朝的史书之外，司马迁的《史记》和班固的《汉书》都没有提及樗蒲这种游戏。

根据卡尔(Karl Himly)的看法(参见 D. P. Singhal. *India and World Civilization*. Vol. I. Michigan State University Press，1969. p. 231)，樗蒲戏源自西印度，并于曹魏(220～265)时期传入中国。《太平御览》中提及，樗蒲乃是由“胡人”所作，再加上《魏书》中所说的樗蒲乃是古代自“胡”所传入的游戏，可知樗蒲并非中国的本土游戏。因为汉、魏、晋、南北朝人把西域诸国如波斯、大秦等都称为“胡”，印度也被称为“胡”。在梵文中，樗蒲被称作“chatush pada”，即今日印度语“chaupur”。从音韵及游戏历史的角度来看，樗蒲从印度传来，是不争的事实。樗蒲在印度有两千年以上的历史，关于此类的骰子和棋盘结合的游戏，在印度的史料中有极为详细的记载。据印度学专家 W. Norman Brown 对印度出土文物的考证(参见“The Indian Games of Pachisi，Chaupar，and Chausar，” in Rosane Rocher ed. *India and Indology*：*Selected Articles*. Delhi：Motilal Banarsidass，1978. pp. 297-302)，早在公元前 2300 年，印度就有类似的游戏。因为流行于中国先秦及汉代的六博和樗蒲的游戏规则、方法与之极为相似，而此类游戏也会因地域而有所不同，因此可能早在先秦时期骰子游戏就已传入中国。

【注释】

①玄通先生：深通于道的有德之人。《老子》第十五章：“古之善为士者，微妙玄通，深不可识。”因此“玄通”可能是老子哲学抽象化的指称。《太平御览》中就有“老子入戎，造樗蒲”的说法。但因下文又有“伯阳”一词，因此作者指的应非老子。

②京都：即国都。

③道德：《论语·述而》：“志于道，据于德。”这里的“道”是指理想的人格，“德”指立身的根据和行为准则。“道德”也可能指老子所著的《道德经》。

④樗蒲：古代博戏。博具有子、马、五木等。人执六马，用五木掷采。采有十种，以卢、雉、犊、白为贵采，其余为杂采。贵采得连掷、打马、过关，杂采则否。详见唐李肇《国史补》。樗蒲盛行于汉魏。后则专以五木为戏，并作为赌博的通

称。唐李翱《五木经》:“樗蒲五木玄白判,厥二作雉,背雉作牛。王采四,卢白雉牛。甿采六,开塞塔秃撅枭。全为王,驳为甿。皆玄曰卢,厥筴十六。皆白曰白,厥筴八。雉二玄三曰雉,厥筴十四。牛二白三曰犊,厥筴十。雉一牛一白三曰开,厥筴十二,雉如开。厥余皆玄曰塞,厥筴十一。雉白各二玄曰塔,厥筴五。牛玄各二白一曰秃,厥筴四。白三玄二曰撅,厥筴三。白二玄三曰枭,厥筴二。矢百有二十,设关二间矢为三。马筴二十厥色五。凡击马及王采皆又投。马出初关叠行,非王采不出关不越坑。入坑有谪,行不择筴,马一矢为坑。”

⑤伯阳:周有太史伯阳,又老子字伯阳,见《史记·周本纪》及《史记·老子韩非列传》。戎:西戎,是中原对于西北各族的鄙称之一。这里泛指中原以西的地方。传说老子骑青牛西出函谷关,在关为关令尹喜所阻而著《道德经》。后又有老子在西方教化胡人之说,甚至连佛法亦为老子所教,详参《老子化胡经》。

⑥抨:通“枰”,指古代的博局,亦指棋盘。扬雄《方言》:“所以投簙谓之枰,或谓之广平。”这里指樗蒲的棋盘。旃:通“毡”,毯子。樗蒲最早的棋盘都是用布做成的,携带方便。罽:毛织物。

⑦缋(huì 会):通“绘”,彩色。绣:绘画设色,五彩俱备。表示色彩鲜艳缤纷的布帛。

⑧紩(zhì 质):缝。绮文:美丽的纹彩。

⑨杯:指装骰子用的容器,骰盆。摇木:即“瑶木”,玉树,是传说中的仙树。又,《国语·晋语八》:“拱木不生危。”韦昭注:“摇木,大木。”

⑩崐山:昆仑山的简称。《吕氏春秋·重己》:“人不爱昆山之玉、江汉之珠,而爱己之一苍璧小玑,有利之故也。”

⑪矢:算箸,以供人们计算齿彩的多少。表示摆在枰上作为棋道的条子,有一百二十枚,带有筹码性质。(参照史良昭《博弈游戏人生》,香港商务印书馆1992年版)蓝田:县名,在今陕西省,以产美玉闻名。

⑫卞和:春秋时楚人。相传他发现了一块璞玉,先后献给楚厉王、武王,都被视为欺诈,被砍去双脚。等到楚文王即位,卞和又抱璞玉痛哭于荆山下,楚王使人剖璞,加工,果得宝玉,称为“和氏璧”。参阅《韩非子·和氏》、汉刘向《新序·杂事五》。

⑬洪:粗大。

⑭马:“码”的古字,指樗蒲的棋子。参加游戏者一人可执四至二十枚。玄犀:黑色的犀牛角。

⑮磋:加工象牙。砻(lóng 龙):以石磨物。

⑯杯:骰杯因控制骰子,所以称为“大将”。

⑰木:指樗蒲的骰子,有五枚,每一枚有两面,可掷出不同的齿采,又称“五木”。因为受到骰杯的控制指挥,而称为“副将”。

⑱齿为号令:玩者以掷出的齿采作为依据来移动棋子,因以其为号令。

⑲翼距：从两侧防御。

⑳筹：筹码，本来指在投壶游戏中竖起来计算分数的筹码，但在这里似乎是指棋子。策动：策马驱动。

㉑卒数：士兵的数目。

㉒芬葩：即"纷葩"，盛多貌。

㉓俦：同辈，伴侣。

㉔榱(cuī 催)：放在檩(lǐn 凛)上架屋瓦的木条。华榱：指雕画之榱。

㉕五木：博具名。宋程大昌《演繁露·投五木琼㮯玖骰》："古惟斫木为子，一具凡五子，故名五木，后世转而用石，用玉，用象，用骨。"

㉖散九齿：散掷九次的齿彩。是否每人有九次掷骰子的机会，并不清楚。

㉗马：将棋子比喻为马，樗蒲后来发展为打马。宋李清照有《打马赋》。

㉘纷纶：杂乱貌。滂沸：大水涌流喧腾貌，喻人众声杂的场面。

㉙卢、雉：皆为齿彩的名称，皆属王采。根据《五木经》，卢的色别是五黑，实际组成是三黑二犊，其齿数是十六；而雉的色别是三黑二白，实际组成是三黑二雉，其齿数是十四，是两个最高的齿彩。

㉚磊落：众多貌。踸踔(chěn chuō 沉$_{上声}$戳)：跳动貌。两者指形形色色喜爱樗蒲者。

㉛猥：并，一同。

㉜粉溃：如粉墙般崩溃。

㉝沉悴：消沉憔悴。

琴赋

惟梧桐之所生，在衡山之峻陂[①]。于是遨闲公子，中道失志[②]。居无室庐，罔所自置[③]。孤茕特行，怀闵抱思[④]。昔师旷三奏[⑤]，而神物下降[⑥]。玄鹤二八，轩舞于庭，何琴德之深哉！

【说明】

此赋见《艺文类聚》卷四十四及《文选·司马彪〈赠山涛诗〉》、《文选·颜延之〈三月三日曲水诗序〉》、《文选·刘伶〈酒德颂〉》的李善注。本文以《艺文类聚》卷四十四为底本，补以《文选》李善注。此赋为残篇。从题目来看，这是一篇典型的咏物赋。但似乎又是马融借咏物赋来抒发自已的情志。

【注释】

①衡山：在今湖南省中部，古称“南岳”，为五岳之一。

②遨闲：闲游。

③罔：无。此二句据《文选·刘伶〈酒德颂〉》李善注补。

④闵：哀伤。

⑤“昔师旷”五句：师旷，春秋晋国乐师，善音律。《韩非子·十过》载，晋平公要师旷鼓清徵之音，“师旷不得已，援琴而鼓。一奏之，有玄鹤二八，道南方来，集于郎门之垝。再奏之，而列。三奏之，延颈而鸣，舒翼而舞。音中宫商之声，声闻于天”。后平公又要听清角之音，师旷曰：“不可。昔者黄帝合鬼神于泰山之上，驾象车而六蛟龙，毕方并辖，蚩尤居前，风伯进扫，雨师洒道。虎狼在前，鬼神在后。腾蛇伏地，凤皇覆上。大合鬼神，作为清角。今主君德薄，不足听之；听之，将恐有败。”平公曰：“寡人老矣，所好者音也，愿遂听之。”师旷不得已而鼓之。“一奏，而有玄云从西北方起；再奏之，大风至，大雨随之，裂帷幕，破俎豆，隳廊瓦。坐者散走，平公恐惧，伏于廊室之间。晋国大旱，赤地三年。平

公之身遂癃病。”

⑥而神物下降:《文选·颜延之〈三月三日曲水诗序〉》李善注作“而神物下”。

龙虎赋

勇怯见之，莫不主臣①。

【说明】

此篇仅存残句，为《史记·陈丞相世家》裴骃《集解》引。

【注释】

①主臣：《史记·陈丞相世家》："上曰：'苟各有主者，而君所主者何事也？'平谢曰：'主臣！'"裴骃《集解》："孟康曰：'主臣，主群臣也，若今言人主也。'韦昭曰：'言主臣道，不敢欺也。'"司马贞《索隐》："苏林与孟康同，既古人所未了，故并存两解。"

梁将军西第赋

腾极受檐,阳马承阿[①]。(《文选·何晏〈景福殿赋〉》李善注,《文选·张协〈七命〉》李善注)

西北戌亥,玄石承输。蝦蟇吐写,庚辛之域[②]。(《南齐书·礼志》引《西第赋》,《通典·礼十五·沿革十五》)

【说明】

除上列来源外,本赋亦散见于《文选·左思〈蜀都赋〉》李善注及《文选·潘岳〈闲居赋〉》李善注、《太平御览》卷九百七十一。

此篇仅存残句。从题目上看来,应该是马融为梁冀的府邸写的辞赋,是一篇歌颂的作品。

【注释】

①腾极:形容屋梁的高耸有如腾飞而起。张协《七命》:"阴虬负檐,阳马承阿。"此"腾极"盖即"阴虬"。极,指梁将军宅第屋脊的栋梁。阳马:房屋四角承檐的长桁条,顶端刻马形,故称。阿:屋角处向上翘起的檐。

②此句《玉烛宝典》卷三引作:"西北戌亥,玄右兼输。蝦蟇吐写,庚辛之城。"戌亥:西北方。写:通"泻",宣泄。庚辛:指西方。四句意为:西北戌亥之位,磁石显示下坠的方向,西方则有蛤蟆吐水的装饰。描写的是流觞曲水的设计,正是大将军府邸的园林景致。

七厉

【说明】

此篇仅存篇目，见《艺文类聚》卷五十七引傅玄《七谟序》。《太平御览》卷五百九十引傅玄《七谟序》作《七广》。

皇甫规

皇甫规(104～174),字威明,安定朝那(今宁夏固原东南)人。汉顺帝永和六年(141),西羌大寇三辅,围安定,征西将军马贤率诸郡兵击之。规预言马贤必败。果如规言。郡将知规有兵略,乃命为功曹。规率甲士八百,击退西羌。冲、质之间,梁太后临朝,外戚梁冀为大将军。规举贤良方正对策,梁冀怒其刺己,以规为下第,拜郎中。规托疾免归。州郡承冀旨,几陷死者三。规以《诗》、《易》教授,门徒三百余,积十四年。后梁冀被诛,旬月之间,礼命五至,皆不就。后公车特征规,拜太山太守,平寇乱。桓帝延熹四年(161),诸羌大合,三公举规为中郎将,持节监关西兵讨羌。规先整饬地方吏治。先零诸种羌慕规威信,相劝降规,羌乱遂平。规持节为将,拥众立功,还督乡里,既无它私惠,而多所举奏;又恶绝宦官,不与交通。于是中外并怨,遂共诬规赂羌,令其文降(假投降)。规上疏自辩。

延熹五年(162)冬,征还拜议郎,论功当封,中常侍徐璜、左悺索贿,规不答,遂陷以前事,下之于吏。诸公及太学生张凤等三百余人诣阙讼之,会赦,归家。征拜度辽将军,规举张奂自代。及党事起,天下名贤多被牵连。规虽为名将,素誉不高,乃自上言连结党人,宜并坐。然朝廷不问。时人以为规贤。桓帝永康元年(167),征规为尚书。迁弘农太守。封寿成亭侯,规不受。再转为护羌校尉。灵帝熹平三年(174),卒于谷城(今河南洛阳西),年七十一。所著赋、铭、碑、赞等共二十七篇。传在《后汉书》卷六十五。

芙蓉赋

【说明】

此篇仅存赋目，见清人顾櫰三《补后汉书·艺文志》。

邓耽

邓耽，东汉安帝时人，生平事迹不详。

郊祀赋

咨改元正，诞章厥新[①]。丰恩羡溢，含唐孕殷[②]。承皇极，稽天文[③]。舒优游，展弘仁，扬明光，宥罪人[④]。群公卿尹，侯伯武臣，文林华省，奉贽厥珍[⑤]。夷髦卢巴，来贡来宾[⑥]。玉璧既卒，于斯万年[⑦]。穆穆皇王，克明厥德[⑧]。应符蹈运，旋章厥福[⑨]。昭假烈祖，以孝以仁，自天降康，保定我民[⑩]。(《初学记》卷十三)

伊皇母以延慈[⑪]。(《文选·王俭〈褚渊碑〉》李善注)

【说明】

古代帝王祭祀天地。《汉书·郊祀志下》载，成帝初即位，丞相匡衡、御史大夫桓谭奏言："帝王之事莫大乎承天之序，承天之序莫重于郊祀，故圣王尽心极虑以建其制。祭天于南郊，就阳之义也；瘗地于北郊，即阴之象也。"《汉书·礼乐志下》称，汉武帝定郊祀之礼，立乐府，命司马相如等作郊祀歌十九章，用于郊祀天地。内容主要是赞美天地神祇和歌颂帝王之词。此赋倾向性亦大体如此。

【注释】

①咨：表赞叹。元正：正月初一。《新唐书·礼乐志》："元正岁之始。" 诞章：国家宪章之大者。《汉书·叙传下》："国之诞章，博载其路。"颜师古注："诞，大也。谓宪章之大者，故广载之。"即指国家之大法。

②羡溢：泛滥，形容皇恩浩荡。唐：唐尧。殷：当指商汤。

③皇极：指皇位。稽：考察。这里指体会天意。天文：日月星辰之运行情况及风云雨雪等气候变化现象。古人认为这些现象与人事相关，能预示治乱。《隋书·经籍志三》："天文者，所以察星辰之变，而参于政者也。"

④优游：宽和，宽厚。《礼记·儒行》："礼之以和为贵，忠信之美，优游之法，举贤而容众，毁方而瓦合，其宽裕有如此者。"郑玄注："优游之法，法和柔者也。"

宥：宽恕，赦免。

⑤文林：文士之林，文坛。华省：指清贵者的官署。贽：礼物。

⑥夷：古代中原华夏族对东部各族的总称。髦、卢、巴：均古代西南少数民族名。

⑦“玉璧”句：谓天子分赐玉璧完毕。古有天子向诸侯分赐玉璧等的旧制，故云。

⑧穆穆：仪容和美貌。“克明”句：《尚书·尧典》：“克明俊德，以亲九族。”孔传：“能明俊德之士任用之。”克明：能明。

⑨应符：应验符命。蹈：遵循。章：彰显。

⑩“昭假”四句：谓以孝仁之心祷告列祖列宗在天之灵，让他们降赐福安，以保佑万民。昭假：《诗·大雅·云汉》：“昭假无赢。”毛传：“假，至也。”马瑞辰《毛诗传笺通释》：“言诚能昭假于天，其感应之理无有赢差者。” 康：安乐。

⑪伊：发语词。

王　逸

王逸(约 89～158),字叔师,南郡宜城(今湖北宜城)人。生活在汉和帝永元(89～105) 至桓帝延熹 (158～167) 年间。安帝元初(114～120)中为校书郎,顺帝时为侍中。王逸有《楚辞章句》流传至今。又著有赋、诔等二十一篇,《汉诗》一百二十三篇,多已亡佚,其赋今存二残篇。传在《后汉书·文苑传上》。

机赋

舟车拣寓麗工也，杵臼碓硙直巧也[①]，槃杅缕针小用也，至于织机功用大矣[②]。(《太平御览》卷八百二十五)

素朴醕一，野处穴藏[③]。上自太始，下说羲皇[④]。(《北堂书钞》卷一百五十八)

帝轩龙跃，庶业是昌[⑤]。俯覃圣恩，仰览三光[⑥]。悟彼织女，终日七襄[⑦]。爰制布帛，始垂衣裳[⑧]。于是取衡山之孤桐，南岳之洪樟[⑨]。结灵根于盘石，托九层于岩傍[⑩]。性条畅以端直，贯云表而剀仓[⑪]。仪凤晨鸣翔其上，怪兽群萃而陆梁[⑫]。于是乃命匠人，潜江奋骧，逾五岭，越九冈[⑬]。斩伐剖析，拟度短长[⑭]。胜复回转，剋像乾形[⑮]。大匡淡泊，拟短则川平[⑯]。光为日月，盖取昭明[⑰]。三轴列布，上法台星[⑱]。两骥齐首，俨若将征[⑲]。方圆绮错，微妙穷奇[⑳]。虫禽品兽，物有其宜[㉑]。兔耳跧伏，若安若危[㉒]。猛犬相守，窜身匿蹄[㉓]。高楼双峙，下临清池[㉔]。游鱼衔饵，瀺灂其陂[㉕]。鹿卢并起，纤缴俱垂[㉖]。宛若星图，屈伸推移[㉗]。一往一来，匪劳匪疲[㉘]。于是暮春代谢，朱明达时[㉙]。蚕人告讫，舍罢献丝[㉚]。或黄或白，蜜蠋凝脂[㉛]。纤纤静女，经之络之[㉜]。尔乃窈窕淑媛，美色贞怡[㉝]。解鸣佩，释罗衣[㉞]，披华幕，登神机，乘轻杼，览床帷[㉟]。动摇多容，俯仰生姿[㊱]。(《艺文类聚》卷六十五、《太平御览》卷八百二十五、《汉魏六朝百三名家集·王叔师集》)

【说明】

这是一篇残赋，但从中仍可见出赋旨大略。赋主要写了织机的制作过程。最后几句，是写缫丝和织作。它是现存赋作中最早描写劳动和劳动工具的作品，在赋史上有重要地位。赋写织机的制作，充满了歌颂的激情。如写原材料孤桐、洪樟，“性条畅以端直，贯云表而剀仓”。写织机结构：“两骥齐首，俨若将征。……兔耳跧伏，若安若危。猛犬相守，窜身匿蹄。”颇有气势，生动逼真，反映了对工匠高超技艺的赞美之情。对织女也以生花妙笔给予描写：“窈窕淑媛，美色贞怡……动摇多容，俯仰生姿。”以致有人误以为写的是贵族妇女，认为作者并未真正注意农家妇女，这是不正确的。此织女形象当与《陌上桑》中秦罗敷的形象一样，是作家对女性形象理想化的描写。古代赋家常用此法，即欲美一女则集所有美好于其一身。宋玉《神女赋》笔下的神女“上古既无，世所未见，瑰姿玮态，不可胜赞”；《登徒子好色赋》说：其东家之子，“增之一分则太长，减之一分则太短”。司马相如笔下的美人也是楚楚动人，倾国倾城。其他辞赋大抵如此。

此赋当作于王逸晚年为豫章太守之时。其理由是：第一，赋文笔老练，不似一个涉世未深的生手所为。第二，赋的内容是与蚕桑有关的织机与织妇，皆属农事范畴，非一个整日坐在高堂不谙农村桑麻之事的人所能为。第三，赋有日月喻君、台星喻三公大臣语，取喻熟练，乃一熟悉朝廷生活之人所为。王逸弱冠入朝阙，先为上计吏，后为侍中，当然十分谙悉禁中情况。

【注释】

①拣寓：观上下文，当系“栋宇”之误。栋宇，房屋之总称。寓，同“宇”。麄(cū粗)工：做工不精。麄，俗作“麤”，通“粗”。杵臼：即舂米的杵与臼。碓(duì对)：舂米谷的设备。杵、臼用手操作，碓用足踩动。硙(wèi为)：石磨。直：简单，直截。

②槃杅(yú鱼)：疑即“盘盂”。盛饮食物之器皿，圆者为盘，方者为盂。《吕氏春秋·求人》：“功绩铭于金石，著于盘盂。”缕针：丝线与针。

③素朴：简朴无华。素，生丝。朴，原始材料。醕一：精醇不杂。醕，同“醇”。野处穴藏：形容古人野居。《易传·系辞下》：“上古穴居而野处，后世圣人易之以宫室。”

④太始：指形成宇宙物质的初始状态。《广雅·释天》：“太始者，形之始也。”《列子·天瑞》同。羲皇：即传说中的古皇伏羲氏。

⑤帝轩：黄帝轩辕氏。庶业：众业，百业。是：因此，于是。昌：昌盛。

⑥俯覃(tán谈)：俯首深思。圣恩：帝王所施行的恩惠。三光：指日、月、星。《白虎通·封公侯》：“天有三光，日、月、星。”

⑦悟：通“晤”，相对，相遇。终日：一天。七襄：自卯至酉为昼，共七辰，每辰更移一次，故称七襄。《诗·小雅·大车》：“跂彼织女，终日七襄。”郑玄笺：“襄，驾也。驾，谓更其肆也。从旦至暮七辰，辰一移，因谓之七襄。”

⑧爰:于是。制:制作。始:才。垂:挂下,指穿上衣服。衣裳:古人以上为衣,下为裳。

⑨取:采取,指砍伐。衡山:五岳中的南岳,在湖南省境内。有七十二峰,以祝融、紫盖、云密、石廪、天柱五峰为最大。桐:即桐树。洪:大。樟:俗称樟树或香樟树,为常绿乔木,木材致密,为珍贵树种。

⑩灵根:灵木之根,这里形容桐、樟之灵气。盘石:巨石。九层:言极高,犹"九成"。《文选·马融〈长笛赋〉》:"托九成之孤岑兮,临万仞之石磎。"李善注引郭璞曰:"成,亦重也。言九者,数之多也。"岩傍:高高的山崖旁边。

⑪条畅:形容桐樟木纹端直顺畅。贯:直穿。云表:高天,喻极高。剀(kǎi凯):《广雅·释诂三》:"剀,摩也。"仓:通"苍",苍天。

⑫仪凤:有威仪之凤,凤凰的异称。翔:飞翔。其:指孤桐,洪樟。萃(cuì粹):聚集。陆梁:跳跃的样子。《文选·扬雄〈甘泉赋〉》曰:"飞蒙茸而走陆梁。"李善注引晋灼曰:"飞者蒙茸而乱,走者陆梁而跳,谓猛士之辈。"又张衡《西京赋》:"怪兽陆梁,大雀踆踆。"

⑬匠人:木工。潜江:渡江。潜,涉水。奋骧:策马奔驰。逾:超越,翻越。五岭:通常指大庾岭、骑田岭、都庞岭、萌渚岭、越城岭,这里当非实指。九冈:九座名山。山名随文而异,通常指会稽山、太山、王屋山、首山、太华山、岐山、太行山、羊肠山、孟门山。见《吕氏春秋·有始》、《淮南子·地形训》。这里泛指高山。

⑭剖析:开辟。拟度:揣度,估量。

⑮"胜复回转"二句:当指织机外形。剋(kè克):能,胜。乾形:天象,乾为天,故称。

⑯"大匡淡泊"至"匪劳匪疲"二十六句:具体刻画织机。匡:方正,端正。

⑰昭明:显明,光明。《诗·大雅·既醉》:"君子万年,介尔昭明。"

⑱列布:排列分布。法:取法,效仿。台星:即三台星。《晋书·天文志上》:"三台六星,两两而居。"

⑲骥:骏马。齐首:都昂着头。俨若将征:好像准备出征。这是形容织机的态势结构。

⑳方圆:方的、圆的,古人以天为圆,以地为方,以方圆喻天地。绮错:纵横交错。微妙穷奇:精微深奥,难尽其妙。

㉑品:众多。宜:合适,相称。指各种禽兽图形都宛如在织机上。

㉒踡(quán全)伏:蜷伏。王延寿《鲁灵光殿赋》:"狡兔踡伏于柎侧,猨狖攀椽而相追。"若安若危:似乎很安全,又好像很危险。

㉓猛犬:凶猛的狗。相守:相互持守。匿蹄:曲藏着蹄子。

㉔双峙:相对耸立。喻织机左右两边突出的结构。清池:清清的池塘。似喻织机中间绷经线的部分。

㉕游鱼：喻牵引纬线来回穿动的梭子。饵：鱼食。瀺（chán 缠）灂（zhuó 浊）：指游鱼出没的样子。陂（bēi 杯）：池塘。《淮南子·说林训》："十顷之陂，可以灌四十顷。"

㉖鹿卢：同"辘轳"，一种起重装置，类滑轮。这里指织机上绷线的绞盘。纤缴（zhuó 浊）：细生丝绳。

㉗宛若：好像。星图：将星辰位置投影于平面绘成的图。这里指整个织机。屈伸推移：指织女踩动织机的动作。

㉘一往一来：指织机的穿梭动作。匪：通"非"，不。

㉙暮春：春末。代谢：更替变化。朱明：即夏季。《尔雅·释天》："夏为朱明。"郭璞注："气赤而光明。"达时：按时来临。

㉚蚕人：养蚕的人。告讫：宣告蚕事完毕。舍罢：休息之后。舍，休息，止息。《诗·小雅·何人斯》："尔之安行，亦不遑舍。"献丝：指蚕农献出蚕丝。

㉛蜜蝋：《汉魏六朝百三名家集·王叔师集》作"蜜腊"，为松脂及枫脂入地所形成的一种琥珀。赤色的称为血珀，色淡者为金珀，即蜜腊。又为石的一种，产于海中，黄色，透明发光。蝋：同"蜡"。凝脂：凝冻的油脂，柔滑无隙，比喻丝织质地细密。以上形容蚕丝的优质。

㉜纤纤：柔美的样子。静女：娴雅的女子。这句形容缫丝女美丽娴静。经、络：都用作动词，意即织作。

㉝尔乃：发语词，无义。窈窕：美好，漂亮。淑媛：闲雅女子，指织女。贞怡：节操坚贞，性情和悦。

㉞鸣佩：古人佩带在腰间的玉饰或其他硬质佩饰，行走时相击发声，故作鸣佩。释：脱下。罗衣：质地柔软细密的丝织品做的上衣。

㉟华幕：华丽的帐幕。神机：神妙的织机。杼（zhù 住）：织布梭。

㊱"动摇多容"二句：都是写织布时织女的动作情态，形象动人，启人联想。

【辨析】

王逸生卒年无考。《后汉书·文苑传·王逸》仅说："元初中，举上计吏，为校书郎。顺帝时为侍中。"陆侃如《中古文学系年》据此而推测："如果把他的生年假定在九十年（永元二年），则卒时七十五岁左右，为校书郎始于二十五岁左右，也许还合理。"对此，我们如果参照王逸子王延寿的卒年，陆先生所认定的王逸的生年似偏早，卒年虽无据，但尚可作为一说。

我们从《水经注》卷三十八得知，王延寿死时是二十一岁。《古文苑·王延寿〈梦赋〉》章樵注则说，王延寿死时是二十四岁。两说哪个更合理？王延寿又死于何年？史无明文。但王延寿的《桐柏庙碑》首句即说："延熹六年正月八日乙酉。"延熹六年即公元 163 年，那时王延寿自然正值青少年。桐柏庙建在王延寿的家乡南郡境内(王延寿系南郡宜城人,在今湖北省宜城县),此碑当为延寿早期作品。而《后汉书·文苑传上》所载王延寿的《鲁灵光殿赋》和《梦赋》均很出色,尤其是《鲁灵光殿赋》,曾让他的父亲、大学问家王逸和大文豪蔡邕为之倾倒,而自愧不逮。惠栋(1679～1758)《后汉书补注》卷十八载:"《博物志》曰:'鲁作灵光殿初成,(王)逸语其子:'汝写状归,吾欲为赋。'文考(王延寿字)遂以韵写简。其父曰:'此即为赋,吾固不及知。'"《后汉书·文苑传上·王延寿》载:"(延寿)少游鲁国,作《灵光殿赋》,后蔡邕亦造此赋,未成,及见延寿所为,甚奇之,遂辍翰而已。"

如此令两位大文学家折服的佳作,不大可能为王延寿的处女作。故此两赋创作时间应系于《桐柏庙碑》之后为宜。正如刘汝霖《汉晋学术编年》卷五所说:"按南阳与延寿故居相距不远,窃疑其(指《桐柏庙碑》)早期所作,盖当时尚未北上也。其作《灵光殿赋》当在其后。"

陆侃如先生《中古文学系年》说法正与上相反,他把《桐柏庙碑》创作时间放在《灵光殿赋》之后。他说:"他(指延寿)到桐柏,可能是由鲁返宜城籍,途中经过而作碑(指《桐柏庙碑》)。"陆先生此说不尽合理。而吴文治先生在《中国文学大事年表》中,把两赋和碑都放在延熹六年(163)时作,更是不可能的,因为时间不允许。

如果我们的推断基本准确,则王延寿《灵光殿赋》、《梦赋》应作于延熹八年(165)左右。主要根据就是《后汉书·文苑传上·王延寿》李贤注:"张华《博物志》曰:'王子山与父叔师到泰山从鲍子真学筭,到鲁赋《灵光殿》,归度湘水溺死。'文考,一字子山也。"从延熹六年(163)作《桐柏庙碑》后,由宜城到泰山,古代靠车马步行,需要走个把月。在泰山向鲍子真学算,总得有半年的时间吧,然后再步行到曲阜,先参观熟悉,掌握材料,然后再写《灵光殿赋》。此赋引经据典,铺采摛辞,长达一千五百多字,属大赋。"张衡研《京》以十年,左思练《都》以一纪。"王延寿作此赋也得花费相当长时间。然后他再南下以及渡江淹死,全部时间加在一起,大约也得到延熹八年(165)了。

又,按陆侃如的推论,王逸生于永元二年(90)。如果按《水经注》说法,王延寿死时二十一岁,则延寿当生于顺帝汉安三年(144),时王逸五十四岁。如果按章樵说法,王延寿死时二十四岁,则他当生于永和六年(141),时王逸五十一岁。这两个岁数都似偏高,五十岁以上的夫妇是难于生产的。我们以为王逸十八岁就可当上计吏。上计吏系郡国上计属吏的统称,汉初郡国以郡丞、国长史为使者诣京师上计,又有上计掾史等随从，并称上计吏。东汉则改上计掾史等为使者，称掾史以下诸计属吏为上计吏，上计吏的职位是甚低下的，十八岁青年即可承担。《后汉书》本传说王逸当上计吏在元初年间，元初共六年，即公元114～120年，我们就把它定于元初三年(116)，这时王逸如果按我们的推论是十八岁，那么他当生于永元十年(98)，则他死时应为六十八岁。如果延寿死时是二十四岁，那么延寿出生时王逸应为四十四岁。这两个数字都比较合理，如果夫妻年龄相差不大，这时女人还是可能生育的。

此赋《艺文类聚》、《北堂书钞》、《汉魏六朝百三名家集》均题为《机赋》，严可均《全后汉文》始作《机妇赋》。我们以为，《机赋》当为原题，符合文义。因为在此赋现存的七十六句中，写织机五十六句，而描写缫丝女和织女才分别仅有八句和十句。很明显，描写织机是此赋的主要部分，或以为此赋通篇描写织女，这是不符合事实的。

荔支赋

大哉圣皇，处乎中州[①]。东野贡落疏之文瓜，南浦上黄甘之华橘[②]。（《初学记》卷二十）

西旅献昆山之蒲桃，北燕荐朔滨之巨栗[③]。（《初学记》卷二十八，第一句亦见于《太平御览》卷九百七十二，第二句亦见《艺文类聚》卷八十七和《太平御览》卷九百六十四）

魏土送西山之杏[④]。（《艺文类聚》卷八十七，《太平御览》卷九百六十八）

宛中朱柿[⑤]。（《太平御览》卷九百七十一）

房陵缥李[⑥]。（《太平御览》卷九百六十八，《文选·潘岳〈闲居赋〉》李善注）

酒泉白柰[⑦]。（《文选·左思〈蜀都赋〉》李善注）

乃睹荔支之树，其形也。（《太平御览》卷九百七十一）

暧若朝云之兴，森如横天之彗，湛若大厦之容，郁如峻岳之势[⑧]。修干纷错，绿叶蓁蓁[⑨]。角亢兴而灵华敷，大火中而朱实繁[⑩]。灼灼若朝霞之映日，离离如繁星之着天[⑪]。皮似丹罽，肤若明珰[⑫]。润侔和璧，奇喻五黄[⑬]。仰叹丽表，俯尝嘉味。口含甘液，心受芳气。兼五滋而无常主，不知百和之所出[⑭]。卓绝类而无俦，超众果而独贵[⑮]。（《艺文类聚》卷八十七）

宛洛少年，邯郸游士[⑯]。（《文选·袁淑〈效曹植白马篇〉》李善注）

装不及解[⑰]。（《文选·颜延之〈赭白马赋〉》李善注）

飞匡上下，电往景还[⑱]。（《文选·郭璞〈江赋〉》李善注）

朱实丛生[⑲]。（《文选·左思〈蜀都赋〉》刘逵注）

【说明】

此赋系残篇，录自《艺文类聚》、《初学记》、《太平御览》及李善《文选》有关诗赋注。

赋篇描绘了荔支的形态、枝叶及其果实，写得极具体鲜明形象。如写荔支树影："暖若朝云之兴，森如横天之彗。"写荔支果实："灼灼若朝霞之暎日，离离如繁星之着天。"此笔法在曹植《洛神赋》中已得到发扬光大。

【注释】

①圣皇：指汉皇帝。中州：古豫州（今河南一带）。地处九州之中，称"中州"。东汉建都洛阳，故以中州为中心。

②东野：东方的田野，指山东一带。落疏：零落稀疏，喻其稀罕。文瓜：有纹理的瓜。当为名果。南浦：南边之浦，指南海一带。华橘：橘之美称。

③西旅：古指西方蛮夷国名。《尚书·旅獒》："西旅献獒。"孔颖达疏："西方之戎有国名旅者。"昆山：即昆仑山，这里泛指西方。蒲桃：即葡萄。燕：古燕地，在今河北一带。朔滨：北部边塞。滨，滨塞，边远险要之处。

④魏土：西周魏国之地，在今山西一带。

⑤宛：即《古诗十九首·青青陵上柏》中所说的"遊戏宛与洛"中的"宛"。汉南郡宛县，东汉时有"南都"之誉，即今河南省南阳市。

⑥房陵：汉末郡名，在今湖北省房县境内。秦始皇曾徙嫪毐舍人四千余家及吕不韦、赵王迁于此；西汉诸侯王有罪亦多徙于此；唐武则天徙中宗于此；宋太祖徙后周恭帝、宋太宗徙秦王廷美于此。《淮南子·泰族训》："赵王迁流于房陵，思故乡，作为山水之讴，闻者莫不殒涕。"参阅清顾祖禹《读史方舆纪要·湖广五·郧阳府》。缥李：果名，南朝梁任昉《述异记》卷下："中山有缥李，大如拳者呼仙李。"

⑦酒泉：汉武帝时置酒泉郡，地在今甘肃省河西走廊西部。白柰（nài 奈）：林檎之一种，又称沙果。

⑧暖：遮蔽，昏暗貌。森：树木丛生繁密貌。彗：扫帚，此当指彗星。湛：深远貌。郁：茂密貌。峻岳：高峻的山岳。

⑨臻臻：茂盛貌。

⑩角亢：角宿与亢宿。二十八宿中东方苍龙七宿中第一、第二宿。灵华：奇异之花。华，同"花"。敷：广布。大火：星宿名，即心宿。《尔雅·释天》："大火谓之大辰。"郭璞注："大火，心也，在中最明，故时候主焉。"

⑪灼灼：鲜明貌。暎：同"映"。离离：盛多貌。这里是形容荔支果实。

⑫罽（jì 记）：一种毛织物。明珰：以珠玉穿成的耳饰。

⑬侔：齐等，相当于。和璧：即和氏璧。五黄：一本作"五璜"，美玉名。

⑭五滋：疑即五味，酸、甜、苦、辣、咸。此泛指调和众味而成之美味。百和：百和香，集各种香料和成的香。此当指百和香的香气。

⑮卓：高超，超出。绝类：犹"绝伦"，无与伦比。俦：辈，同类。

⑯宛、洛：二古邑名。宛，今河南南阳。洛，今河南洛阳。此以"宛洛"借指名都。邯郸：地在今河北省境内，战国时曾为赵都。

⑰装：行装，装束。

⑱"飞匡"二句：此系从《文选·郭璞〈江赋〉》李善注"凌波纵柂，电往杳溟"时引出。郭璞《江赋》此处系描写船公灵活掌舵，越过骇浪，任意飞驰。故《荔支赋》此处之"匡"也当为器具名称。匡：即"筐"，盛果实的竹器。这句描写采荔支的情景。"电往"句：言如闪电般前往，如影子般回还。景："影"的古字。

⑲朱实：红色的果实。

崔琦

崔琦(约 90～150),字子玮,涿郡安平(今属河北省)人,崔骃之侄。少游学京师,以文章博通称著。初举孝廉,为郎。河南尹梁冀闻其才,请与交。冀行多不轨,琦数以古今成败以诫之。冀不能受,乃作《外戚箴》以规诫。琦以言不从,失意,又作《白鹄赋》以讽。冀大为不满,遣琦归,并令刺客阴杀之。

崔琦所著赋、颂、铭、诔、箴、吊、论、《九咨》、《七言》凡十五篇。传在《后汉书・文苑传上》。

白鹄赋

【说明】

此篇仅存赋目。《艺文类聚》卷九十："华峤《汉书》曰：'崔琦作《白鹤赋》以讽梁冀，冀幽杀之。'"因此本篇也可能称为《白鹤赋》。《后汉书·文苑传上·崔琦》称："（梁）冀行多不轨，（崔）琦数引古今成败以戒之，冀不能受，乃作《外戚箴》，其辞曰：……琦以言不从，失意，复作《白鹄赋》以为风。梁冀见之，呼琦问曰：'百官内外，各有司存，天下云云，岂独吾人之尤，君何激刺之过乎？'琦对曰：'昔管仲相齐，乐闻机谏之言……今将军累世台辅……而德政未闻，黎元涂炭，不能结纳贞良，以救祸败，反复欲钳塞士口，杜蔽主听，将使玄黄改色，马鹿易形乎？'冀无以对，因遣琦归。"后又令刺客阴求杀之。"客见琦耕于陌上，怀书一卷，息辄偃而咏之。客哀其志，以实告琦，曰：'将军令吾要子，今见君贤者，情怀忍忍，可亟自逃，吾亦于此亡矣！'琦乃脱走，冀后竟捕杀之。"惠栋《后汉书补注》卷十八："华峤书：冀知刺已，大怒，幽之室谷，数月得出，传不载。"

七蠲

寒门丘子有疾，玄野子谓之曰[①]："蓝沼清池，素波朱澜[②]，金钩芳饵，纤缴华竿[③]。缗沉鱼浮，荐以香兰[④]。幽室洞房，绝槛垂轩，紫阁青台，绮错相连。结实布叶，与波邪倾[⑤]。从风离合，澹淡交并。紫蒂黄葩，翳水吐荣[⑥]。红颜溢坐，美目盈堂，姿喻春华，操越秋霜。从容微眄，流曜吐芳。巧笑在侧，顾盼倾城[⑦]。"

玄野子曰："爰有梧桐，产乎玄谿[⑧]。传根朽壤，托阴生危[⑨]。激水澡其下，孤鸟集其枝。罔双偶而特立，独飘飖而单离[⑩]。匠石摧肩，公输折首[⑪]。目眩肌战，制以为琴。子野调操，钟期听音[⑫]。子能听之乎？"（《艺文类聚》卷五十七）

暂唱却转，时吟齐讴[⑬]。穷乐极欢，濡首相煦[⑭]。（《初学记》卷二十八）

再奏致哀风。（《文选·王康琚〈反招隐诗〉》李善注）

三王行化，夷叔隐己[⑮]。（《文选·刘峻〈辩命论〉》李善注）

翻然凤举，轩尔龙腾[⑯]。（《文选·曹植〈王仲宣诔〉》李善注）

于斯江罣，寔产橘柚，紫叶玄实，绿裹朱茎[⑰]。孟冬之月，于时可食[⑱]。抚以玉手，永用华饰[⑲]。（《太平御览》卷九百六十六、卷九百七十三）

小语大笑，应节有方。众戏并进，于肆徘徊[⑳]。

妓人正容，就列从行。三声二变，激徵溢商[㉑]。镜舞九曜，剑利冬霜[㉒]。（《北堂书钞》卷一百一十二）

【说明】

此赋名"七蠲"，是要用七种方法劝告寒门邱子以除去其疾病。其中两种是倾城倾国美女和动人的音乐。以此猜想其内容，应是模仿枚乘《七发》的作品。蠲(juān 捐):除去,减免。荀悦《申鉴·政体》:“四患既蠲,五政既立,行之以诚,守之以固。”

【注释】

①丘子、玄野子:皆作者虚构的人物。

②澜:似当作“栏”。

③华竿:装饰华丽的钓鱼竿。缴:射鸟时系在箭上的生丝绳。

④緍:同“缗(mín 民)”,钓丝。

⑤绮错:纵横交错。班固《两都赋》:“周庐千列,徼道绮错。”邪倾:歪斜。

⑥澹淡:水波动荡貌。翳:遮蔽。从“结实”到此句写莲花摇曳多姿。

⑦“红颜”至“倾城”写美女。溢、盈:皆形容其多。美目、巧笑:《诗·卫风·硕人》:“巧笑倩兮,美目盼兮。”“顾盼”句:《汉书·外戚传上·李夫人》:“延年侍上起舞。歌曰:‘北方有佳人,绝世而独立,一顾倾人城,再顾倾人国。宁不知倾城与倾国,佳人难再得!’”

⑧玄谿:幽深的溪谷。

⑨托阴:置身隐蔽之处。危:高处。

⑩罔:无。特立:独立。飘飖:随风飘动。

⑪匠石:古代名“石”的巧匠。《庄子·徐无鬼》:“匠石运斤成风。”公输:指春秋鲁国公输班,著名巧匠。

⑫子野:春秋晋乐师师旷,字子野,目盲,善鼓琴。操:琴曲。钟期:即钟子期,春秋时楚人,善听琴。伯牙鼓琴志在高山流水,钟子期听而知之。子期死,伯牙谓世无知音,终身不复鼓琴。事见《吕氏春秋·本味》、《淮南子·修务训》。

⑬暂:须臾,短时间。齐讴:春秋齐宁戚饭牛而歌,后为桓公相。事见《吕氏春秋·举难》。《楚辞·离骚》:“甯戚之讴歌兮,齐桓闻以该辅。”王逸注引《三齐记》载其歌词。

⑭穷乐极欢:欢乐达到了极致。濡首:指饮酒过量,醉后志乱,泼酒淋漓,致濡其首。《易·未济》:“上九:有孚于饮酒,无咎,濡其首,有孚失吾。”象曰:“饮酒濡首,亦不知节也。”高亨《周易大传今注》:“不知节,不知节制也。”煦:吹气。

⑮三王:《尸子》卷下谓“三王”指商汤、周文王、周武王。夷叔:伯夷、叔齐,为商末孤竹君之二子,为推让君位,先后逃至周,曾共同叩马谏阻武王伐纣。商灭后,二人耻食周粟,饿死于首阳山。

⑯翻然:高飞貌。轩尔:高仰貌。

⑰江睾(gāo 高):江岸,江边地。睾,通“皋”。《荀子·王霸》:“睾牢天下而制之。”王先谦《集解》引卢文弨曰:“皋俗作皐,亦转为睾。”寔:通“是”,这里。玄:黑赤色。

⑱孟冬之月:冬季的第一个月,即农历十月。

⑲华饰：华丽的装饰。

⑳应节有方：和着音乐的节拍，并有一定的规则。戏：指歌舞杂技等表演。肆：显明，显示。

㉑妓人：女歌舞艺人。徵、商：各为五音之一。

㉒镜舞：持镜舞蹈。九曜：指九种星体的照曜。指梵历中的九星。梵历以九星配日，而定其日之吉凶。九星：一曰日曜，二曰月曜，三曰火曜，四曰水曜，五曰木曜，六曰金曜，七曰土曜，八曰罗睺（黄旛星），九曰计都（豹尾星）。此九者照曜世间，故曰"九曜"。剑：指用于舞蹈的剑。

【辨析】

《后汉书集解·文苑传第七十上》王先谦补曰："《御览》、《初学记》、《艺文类聚》引崔琦《七蠲》凡六处，即《文选》之刘峻《辨命论》、曹植《王仲宣诔》、王康琚《反招隐诗》注皆引作《七蠲》，独《传》（指《后汉书·崔琦传》）作《七言》，殆言、蠲音近而讹与？当从蠲为是。"陆侃如《中古文学系年·建和二年》则以为："《后汉书》说及《七言》者颇多，当另是一种，与《七蠲》无涉。"

笔者以为，陆师之说近是。"七"体是由枚乘开创的一种特殊文体。它不属诗，但却近赋。"七"体文章的主体大都由七大部分组成。作者于篇中虚构几个人物相互问答。此体随后仿作者甚多，正如晋傅玄在其《七谟序》里所说的："昔枚乘作《七发》，而属文之士若傅毅、刘广世、崔骃、李尤、桓麟、崔琦、刘梁之徒，承其流而作之者纷焉。《七激》、《七兴》、《七依》、《七说》、《七蠲》、《七举》之篇，通儒大才马季长（马融字）、张平子（张衡字）亦引其源而广之，马作《七厉》，张造《七辩》……垂于后世者，凡十有余篇。自大魏英贤迭起，有陈王（曹植）《七启》、王氏（王粲）《七释》……"刘勰《文心雕龙·杂文》也有类似论述。

而"七言"则是诗体之一种，每句诗大体有七个字。《汉书·东方朔传》："朔之文辞……八言、七言上下……"晋灼曰："八言、七言诗，各有上下篇。"刘勰《文心雕龙·章句》也说："二言肇于黄世（黄帝年代）……三言兴于虞时（虞舜时代）……四言广于夏年……五言见于周代……六言七言，杂出《诗》、《骚》，而体之篇，成于两汉。情数运周，随时代用矣！"

傅玄的生活年代仅晚崔琦百十年，他肯定崔作《七蠲》当不会有误，且后人也多证实。《后汉书》作者范晔的生活年代晚崔琦三百年，但他博涉经史，平生以史才自负，他采《东观汉记》各家私撰东汉史，上规《史记》、《汉书》，作《后汉书》纪传九十篇，他不会不知社会上早已流传崔琦的《七蠲》。他未把《七蠲》列入崔琦篇目，这也是史家惯用手法，史书中极少将传主的著作列齐。

朱穆

朱穆(100～163),字公叔,南阳宛(今河南南阳)人。家世衣冠,祖父朱晖,为吏刚正清廉,吏民歌之曰:"彊(强)直自遂,南阳朱季(晖字文季);吏畏其威,人怀其惠。"穆承祖训,性矜严疾恶,不交非类。初举孝廉,大将军梁冀使典兵事,桓帝初为侍御史。他常感时浇薄,慕尚敦笃,作《崇厚论》。后又著《绝交论》,亦矫时之作。桓帝永兴元年(153),升任冀州刺史,"冀部令长闻穆济河,解印绶去者四十余人"。"及到,奏劾诸郡,至有自杀者。……举劾权贵,或乃死狱中"。终因得罪宦官,被捕入狱,太学书生刘陶等数千人诣阙上书为穆申冤:"诚以常侍贵宠,父兄子弟布在州郡,竟为虎狼,噬食小人。故穆张理天网……罗取残祸……天下有识,皆以穆同勤禹稷而被共、鲧之戾……当今中官近习,窃持国柄,手握王爵,口含天宪……而穆独亢然不顾身害。"桓帝览奏,乃赦之。

穆居家数年,又拜为尚书,"穆既深疾宦官,及在台阁,旦夕共事,志欲除之"。乃数上疏,痛斥宦官为害。桓帝怒,宦官又共毁之。"穆素刚,不得意,居无几,愤懑发疽。"延熹六年(163)卒,年六十四。穆居官数十年,"蔬食布衣,家无余财。"所著论、策、奏、教、书、诗、记、嘲共二十篇。传在《后汉书》卷四十三。

郁金赋

岁朱明之首月兮[1]，步南园以迴眺[2]。览草木之纷葩兮，美斯华之英妙[3]。布绿叶而挺心，吐芳荣而发曜。众华烂以俱发，郁金邈其无双。比光荣于秋菊，齐英茂乎春松[4]。远而望之，粲若罗星出云垂[5]；近而观之，晔若丹桂曜湘涯[6]。赫乎扈扈，萋兮猗猗[7]。清风逍遥，芳越景移[8]。上灼朝日，下映兰池。睹兹荣之瑰异，副欢情之所望[9]。折英华以饰首，耀静女之仪光。瞻百草之青青，羌朝荣而夕零[10]。美郁金之纯伟，独弥日而久停。晨露未晞，微风肃清[11]。增妙容之美丽，发朱颜之荧荧[12]。作椒房之珍玩，超众葩之独灵[13]。（《艺文类聚》卷八十一）

丹桂植其东。（《文选·王延寿〈鲁灵光殿赋〉》李善注，《文选·左思〈吴都赋〉》李善注）

莫熠烁以焜煌，似九日之普照[14]。远而望之，粲若星罗出云峤[15]；近而观之，晔若丹桂耀湘涯[16]。（《太平御览》卷九百八十一引《文士传》）

【说明】

此赋系残篇。《说文》："郁金，芳草也。"郁金系香草名，多年生草本植物，叶长圆形，夏开花，有块茎及纺锤状肉质块根，黄色，有香味，中医以块根入药，亦作香料。《艺文类聚》卷八十一录晋左棻《郁金颂》："伊此奇草，名曰郁金；越自殊域，厥珍来寻；芳香酷烈，悦目欣心。"晋傅玄《郁金赋》对郁金也有细致描绘，可参阅。

【注释】

①朱明之首月：夏季的首月，即农历四月。朱明，夏季。《尔雅·释天》："夏

为朱明。”

②迥眺：远望。

③纷葩：多貌，盛貌。马融《长笛赋》：“纷葩烂漫，诚可喜也。”华：“花”的古字。英妙：美好。

④邈：远。无双：无比，独一无二。光荣：光润亮泽。英茂：俊美繁盛。

⑤罗星：分布的众星。垂：通“陲”，边际。

⑥晔：盛美，华美。丹桂：桂树之一种。《南方草木状·木类》：“桂有三种……皮赤者为丹桂。”湘涯：湘水边。

⑦赫：光亮鲜明貌。扈扈：光彩鲜明貌。萋：茂密貌。猗猗：美盛貌。

⑧逍遥：优游自得貌，指丹桂在清风中摇曳多姿。芳越：指香味四散。景：“影”的古字。

⑨上灼朝日：指与朝日相映照。灼，光彩鲜明貌。兹荣：指郁金香花。副：符合，相称。

⑩英华：草木之美者。静女：《诗·邶风·静女》：“静女其姝。”指美丽娴静的女子。仪光：容貌的光彩。羌：发语词。零：零落。

⑪纯伟：至伟。久停：指长久不凋。晞（xī 西）：干。

⑫荧荧：光艳貌。《史记·赵世家》：“美人荧荧兮，颜若苕之荣。”

⑬椒房：汉皇后所居宫殿名。《三辅黄图》卷三《未央宫》：“椒房殿在未央宫，以椒和泥涂，取其温而芬芳也。”

⑭熠烁（yì shuò 义硕）、焜（kūn 昆）煌：皆闪耀貌。

⑮星罗：星星组成的网。云峤：指云彩构成的高而锐的山形。

⑯参见注释⑥。

崔寔

崔寔，字子真，涿郡安平（今河北安平）人，崔骃之孙，崔瑗之子。生年不详，卒于灵帝建灵（168～172）中。崔寔少沉静，好典籍。父卒，隐居墓侧。服竟，三公并辟，皆不就。桓帝初为郎。迁大将军梁冀司马。出为五原太守。五原地宜种麻，而俗不知纺织，民冬月无衣，积细草而卧，见吏则衣草而出。寔至官，教民纺织，民得免寒冻之苦。时胡虏连入云中、朔方，杀掠吏民，岁至九奔命。寔整厉士马，严烽候，虏不敢犯。后以病征调回京，拜议郎。会梁冀诛，塞以故吏免官，禁锢数年。寔家贫，父死时资产竭尽。及仕官，历位边郡，而愈贫薄，卒时"家徒四壁立，无以殡敛，光禄勋杨赐……为备棺椁葬具"。寔著碑、论、箴、铭、答、七言、赋凡十五篇。赋今当存两篇。其《政论》指切时要，言辩而确，最为著名。传附《后汉书·崔骃传》。

大赦赋并序

惟汉之十一年四月大赦。涤恶弃秽，与海内为始[①]。亹亹乎恩隆平之进也[②]。寔就而赋焉。

以为五帝异制，三王殊事[③]。然其承天据地，兴设法制，一也。陛下以苞天之大，承前圣之迹[④]。朝乾乾于万机，夕处敬以厉惕[⑤]。然犹痛刑之未错，厥将大赦[⑥]。所以创太平之迹，旌颂声之期[⑦]。新邦家而更始，垂祉羡乎将来，此诚不可夺也[⑧]。方将披玄云，照景星[⑨]。获嘉禾于疆亩，数蓂荚于阶庭[⑩]。拦麒麟之肉角，聆凤皇之和鸣[⑪]。农夫欢于时雨，工女乐于机声。虽皇羲之神化，尚何斯之太宁[⑫]。

【说明】

此赋见《艺文类聚》卷五十二、《初学记》卷二十、《古文苑》卷六。

这是一篇应景赋作。古代皇帝登基或其他重要场合，常大赦天下，以示宽大，皇恩浩荡。赋中歌颂皇朝的政治，是一篇属于礼节类和颂体的赋篇。

【注释】

①汉之十一年：指汉桓帝永寿三年(157)。桓帝即位至此正好十一年。《后汉书·桓帝纪》载："(永寿)三年春正月己未，大赦天下。"陆侃如《中古文学系年》称："大赦在正月而非四月，可见四为误字。"大赦：对已判的罪犯或免刑或减刑。涤恶弃秽：即清除旧的恶习。班固《两都赋》"涤瑕荡秽"，意同。

②亹亹：勤勉不倦貌。恩隆平之进：《初学记》卷二十作"思升平之道"，当是。

③五帝：上古传说中的五位帝王，说法不一。《史记·五帝本纪》张守节《正义》："太史公依《世本》、《大戴礼》。以黄帝、颛顼、帝喾、唐尧、虞舜为五帝。谯周、应劭、宋均皆同。"三王：夏、商、周三代之君。《穀梁传·隐公八年》"盟诅不及三

王”,范宁注以夏禹、商汤、周武王为“三王”。《孟子·告子下》“三王之罪人”,赵岐注以夏禹、商汤、周文王为“三王”。《尸子》卷下则以商汤、周文王、周武王为“三王”。

④苞:通“包”,包含。

⑤乾乾:自强不息貌。厉惕:即“惕厉”,警惕谨慎。厉,危险。《易·乾》:“君子终日乾乾,夕惕若厉,无咎。”

⑥痛:痛惜。刑之未错:谓天下仍有犯法者,刑罚未能搁置。错,舍弃,置而不用。厥:乃。

⑦旌:表彰。

⑧新:更新。邦家:这里犹言国家。更始:重新开始。祉(zhǐ 止):福。羡:丰盈,富足。夺:使之动摇、改变。

⑨披:分开。玄云:黑云,浓云。景星:德瑞之星。《文子·精诚》:“故精诚内形气动于天,景星见,黄龙下,凤凰至,醴泉出,嘉谷生,河不满溢,海不波涌。”

⑩嘉禾:生长奇异之禾,古人以为吉祥之征兆。《尚书·微子之命》:“唐叔得禾,异亩同颖,献诸天子。王命唐叔归周公于东,作《归禾》。周公即得命禾,旅天子之命,作《嘉禾》。”孔传:“唐叔,成王母弟。食邑内得异禾也。……禾各生一垄而合为一穗,异亩同颖。天下和同之象,周公之德所致。”疆亩:田间地。数蓂荚:《竹书纪年》卷上:“帝尧庭前,有草夹阶而生,月朔始生一荚,月半而生十五荚;十六日以后,日落一荚,及晦而尽;月小,则一荚焦而不落,名曰蓂荚,一曰历荚。”

⑪麒麟:传说中的瑞兽。肉角:古传说麒麟头生肉角。

⑫皇羲:即伏羲,传说中上古三皇之一,相传始画八卦,教民渔猎。

【辨析】

《大赦赋》与《政论》大异其旨。《政论》是一篇被誉为“指切时要,言辩而确”的政治性论文。仲长统更提出:“凡为人主,宜写一通,置之坐侧。”论文言辞十分严厉。论文先揭露时弊:“自汉兴以来,三百五十余岁矣!政令垢(浊乱)玩(玩忽),上下怠懈,风俗彫敝,人庶巧伪,百姓嚣然(忧愁),咸复思中兴之救矣!”面对东汉颓唐末世,该如何救治?“济时拯世之术,岂必体尧蹈舜,然后乃治哉!”理想中的尧舜仁政已行不通了,“圣人执权,遭时定制”,治天下要随机应变,不能拘文牵古,不达权制,如何变呢?“今既不能纯法八世,故宜参以霸政,则宜重赏深罚以御之,明著法术以检之。”因为,“严之则理”,而“宽之则乱”。他举历史为证:“近孝宣皇帝明于君人之道,审于为政之理,故严刑峻法,破奸轨之胆,海内清肃,天下密如。”相反,“元帝即位,多行宽政,卒以堕损,威权始夺,遂为汉室基祸之主”。所以他强调当今也应实行法治，要用严刑峻法去救治衰败汉世，而非行大赦。桓帝在位的二十来年间，实行了十一次大赦，也无法挽救汉季颓势。崔寔的《大赦赋》内容空洞，纯属吹捧之制。而《政论》则表现出崔寔的真正思想。

答讥

客有讥夫人之享天爵，而应睿哲也[①]，必将振民毓德[②]，弭难济时[③]。故或阶媵以纳说[④]，或桎梏而不辞[⑤]，或击角以自炫[⑥]，或养老以待期[⑦]。及其规合策从，勋绩克章[⑧]，拨乱夷险[⑨]，九合一匡，圣人大宝，唯斯为光[⑩]。今子游精太清[⑪]，潜思九玄，厉节缥霄，抗志浮云[⑫]。口愿甘而尝苦，身乐逸而长勤[⑬]。志求贵而永卑，情好富而困贫，慕容名而失厚，思虑劳乎形神[⑭]。

答曰：子徒休彼绣衣[⑮]，不知嘉遁之独肥也[⑯]。且麟隐于遐荒[⑰]，不纡机穽之路[⑱]；凤皇翔于寥廓[⑲]，故节高而可慕。李斯奋激，果失其度[⑳]；胥、种遂功，身乃无处[㉑]。观夫人之进趍也[㉒]，不揣己而干禄，不揆时而要会[㉓]。或遭否而不遇，或智小而谋大。纤芒豪末，祸亟无外[㉔]。荣速激电，辱必弥世[㉕]。故曰：爱饵衔钩，悔在鸾刀[㉖]。披文食豢，乃启其毛。若夫守恬履静，澹尔无求[㉗]。沉緍浚壑[㉘]，栖息高丘。虽无炎炎之乐，亦无灼灼之忧[㉙]。余窃嘉兹，庶遵厥猷[㉚]。

【说明】

此赋见《艺文类聚》卷二十五。

答讥，就是回答人们的讥刺。客以为凡人入世做官，就应不辞劳苦，为国为民，做一番事业，展示自己的才华。但作者却不是如此，乃神游天外，潜思九玄，离世独立，不问世事，且生活上也处处遇到困顿。作者据此回答：遁世可以远祸，虽无炎炎之乐，却也无灼灼之忧。

此文当为东方朔《答客难》、扬雄《解嘲》、班固《答宾戏》一类作品的翻版，缺乏创造性。但这类作品折射出封建社会压制人才、摧残人才的阴影，作者们以轻松的口吻来回答现实所加给他们的沉重的心灵压迫。

【注释】

①天爵：朝廷的爵位。睿哲：圣明。对皇帝的敬辞。张衡《东京赋》："睿哲玄览，都兹洛宫。"

②振：通"赈"，救济。《礼记·月令》："（季春之月）天子布德行惠，命有司发仓廪，赐贫穷，振乏绝。"毓：化生。《周礼·地官·大司徒》："以蕃鸟兽，以毓草木。"

③弭：消除。

④或阶媵以纳说：当指伊尹佐商汤灭夏。《史记·殷本纪》："伊尹名阿衡。阿衡欲干汤而无由，乃为有莘氏媵臣，负鼎俎，以滋味说汤，致于王道。"他佐汤、外丙、仲壬三朝，被称为"阿衡"。

⑤或桎梏而不辞：当指管仲幽囚受辱而不辞。《史记·鲁仲连邹阳列传》："且吾闻之，规小节者不能成荣名，恶小耻者不能立大功。昔者，管夷吾射桓公中其钩，篡也；遗公子纠不能死，怯也；束缚桎梏，辱也。""管子不耻身在缧绁之中而耻天下之不治，不耻不死公子纠而耻威之不信于诸侯，故兼三行之过而为五霸首，名高天下而光烛邻国。"《史记·管晏列传》也有类似记述。

⑥或击角以自炫：指春秋时卫人甯戚。他怀才不遇，宿齐东门外。桓公出，他正在喂牛，叩角而歌。桓公闻而异之，任为大田，主农事。

⑦或养老以待期：当指吕尚。《史记·齐太公世家》："吕尚盖尝穷困，年老矣，以渔钓奸周西伯（周文王）。""或曰：吕尚处士，隐海滨。周西伯拘羑里，散宜生、闳夭素知而招吕尚。吕尚亦曰：'吾闻西伯贤，又善养老，盍往焉。'""天下三分，其二归周者，太公之谋计居多。"

⑧克：能够。章：通"彰"，彰显。

⑨夷：使……平。

⑩九合一匡：指齐桓公九合诸侯，一匡天下。《论语·宪问》："子曰：'桓公九合诸侯，不以兵车，管仲之力也。'"又曰："管仲相桓公，霸诸侯，一匡天下。"大宝：指帝位。《易传·系辞下》："圣人之大宝曰位。"后以"大宝"指帝位。斯：指不通过武力而一匡天下。

⑪精：精神。宋玉《神女赋》："精交接以来往兮，心凯康以乐欢。"太清：天道，天空。《楚辞·九叹·远游》："譬若王侨之乘云兮，载赤霄而凌太清。"

⑫九玄：九天。厉节：激励节操。《淮南子·修务训》："励节亢高，以绝世俗。"厉，即"励"。缥霄：犹云霄。抗志：高尚的志气。浮云：飘浮空中之云。

⑬勤：勤劳，劳苦。《左传·宣公十二年》："民生在勤，勤则不匮。"

⑭形神：形骸与精神。《史记·太史公自序》："神大用则竭，形大劳则敝，形神离则死。"

⑮休：以……为好。

⑯嘉：以为……好，嘉善。遁：逃逸。这里指归隐，远离世俗。肥：美。这里

是说:只知道入仕济世的好处,而不知道归隐遁世有更多的好处。

⑰遐荒:边远荒僻之地。

⑱纡:屈曲。机穽(jǐng 井):捕兽用的陷阱。

⑲寥廓:旷远,广阔。《楚辞·远游》:"下峥嵘而无地兮,上寥廓而无天。"

⑳李斯:秦始皇、秦二世时为丞相。行严刑峻法。后赵高诬李斯谋反,被腰斩于咸阳市中。

㉑胥、种:指伍子胥和文种。伍子胥,名员,助吴王夫差败越,越请和,子胥谏,夫差不听,后遭伯嚭谗,被夫差赐死。文种,越大夫,助勾践复国,功成,被勾践赐死。

㉒趍:通"趋",奔向,朝向。《战国策·韩策》:"严遂拔剑趍之。"高诱注本作"趋"。

㉓揣:量度。干禄:求禄位。《论语·为政》:"子张学干禄。"揆(kuí 葵):测度。要会:近都要道,指显要地位。

㉔否(pǐ 痞):闭塞,不通。这里指运气困厄。纤芒豪末:形容极细微的事。

㉕荣速激电,辱必弥世:所获取的殊荣比激电还快,但所受到的侮辱也必将久留人间。即取得殊荣快,受到的困辱久。弥,久远,经久。《楚辞·招魂》:"容态好比,顺弥代些。"王逸注:"弥:久也。"

㉖鸾刀:有铃的刀。古祭祀割牲用。《诗·小雅·信南山》:"执其鸾刀,以启其毛,取其血膋。"

㉗文:文绣。这两句是说:鱼儿因为贪饵而吞钩,最后被用以祭祀。给猪披上文绣,是为了把它宰掉,奉上祭桌。澹尔:恬淡。

㉘緍:同"缗(mín 民)",钓线。浚(jùn 峻):深。

㉙炎炎:盛多。

㉚猷:法则。《诗·小雅·巧言》:"秩秩大猷,圣人莫之。"

张奂

张奂（104～181），字然明，敦煌渊泉（今甘肃安西东）人，少游三辅，师事太尉朱宠。后辟大将军梁冀府。桓帝时举贤良，对策第一，擢为议郎。桓帝永寿元年（155），迁安定（在今甘肃东部，治所临泾，今镇原县）属国都尉，以安边有功，迁匈奴中郎将。延熹三年（160），梁冀被诛，奂以故吏免官禁锢，在家四岁。延熹六年（163），复拜武威（今甘肃武威）太守，因破解妖俗，治绩显著，百姓为其立祠。迁度辽将军，数年间，幽并清靖。延熹九年（166），征拜大司农。鲜卑闻奂去，复勾结南匈奴、乌桓、东羌寇边。朝廷复拜奂为护匈奴中郎将，边境又清靖。论功当封。奂因不事宦官，赏遂不行。灵帝建宁元年（168），中常侍曹节矫旨令奂围杀大将军窦武，以功封侯。奂病为曹节用，封还印绶。后因得罪宦官，禁锢归乡里。著《尚书记难》三十余万言。

奂少立志，“大丈夫处世，当为国家立功边境”。及为将帅，果有勋名。灵帝光和四年（181）卒，年七十八，所著铭、颂、书、对策、章表等共二十四篇。传在《后汉书》卷六十五。

芙蓉赋

绿房翠蒂[①]，紫饰红敷[②]，黄螺圆出[③]，垂蕤散舒[④]。缨以金牙[⑤]，点以素珠[⑥]。潜灵根于玄泉，擢英耀于清波。

【说明】

此赋录自《初学记》卷二十七、《太平御览》卷九百九十九，两书均题为《芙蓉赋》。严可均《全汉文》改题《扶蕖赋》。《全汉赋》再改为《芙蕖赋》。此赋只描写了芙蓉的顶部，应非完篇。

【注释】

①绿房：指莲蓬。蒂：指莲蓬与茎相连部分。

②紫饰红敷：指紫红色的荷花。

③黄螺圆：指莲蓬上长着淡黄色的莲子，外表状如圆螺。鲍照《芙蓉赋》："彪炳以蒨藻，翠景而红波，青房兮规接，紫的兮圆罗。"萧绎《采莲赋》："紫茎兮文渡，红莲兮芰荷；绿房兮翠盖，素实兮黄螺。"

④垂蕤（ruí 瑞阳平）散舒：指荷花下垂四散。

⑤缨以金牙：指莲蓬上周围垂下的黄丝。缨，系，结。

⑥素珠：指白的莲子。《尔雅》曰："荷，芙蕖（郭璞注："别名芙蓉，江东呼荷。"）。其茎茄（荷茎），其叶蕸，其本蔤（藕鞭），茎下白蒻在泥中者。其华菡萏（荷花）。其实莲，其根藕，其中的（通"菂"，即莲子），的中薏（莲心）。"

【辨析】

张奂生活的年代，正是东汉中后期，朝政昏黑，国力陵替，边患又是一个大问题。据《后汉书·桓帝纪》载，公元 166 年，"沈氏羌寇武威、张掖"。167 年春冬，"先零羌寇三辅"。鲜卑更是汉王朝东、西、北三面的劲敌。《后汉书·鲜卑传》记载："熹平六年（177）夏，鲜卑寇三边，（护乌桓校尉)夏育上言:‘鲜卑寇边,自春以来,三十余发……’”半年内入寇三十几次,可见其疯狂。“光和元年(178)冬,(鲜卑)又寇酒泉,缘边莫不被毒。”

造成边患连年的原因是多方面的,但边境官吏的贪婪残暴也是其主要原因之一。当时著名边将皇甫规(他是张奂好友。《后汉书·张奂传》载:“梁冀被诛,奂以故吏免官禁锢……凡诸交旧莫敢为言,唯规荐举前后七上。……复拜为武威太守。”)于延熹四年(161)上疏灵帝就提出:“力求猛敌,不如清平(意即求猛将,不如求良吏);勤明吴(起)、孙(武),未若奉法(指边郡官吏守法不贪)。”张奂以中郎将身份持节监关西兵,斩杀大批边境贪官污吏,羌人欣喜若狂,纷纷反善归附。张奂的举止与皇甫规完全一致。《后汉书》张奂本传曾记载一段史实:“羌豪帅感奂恩德,上马二十四;先零酋长又遗金鐻(金耳环)八枚。奂并受之。而召主簿于诸羌前,以酒酹地曰:‘使马如羊(喻其多),不以入厩;使金如粟(亦喻其多),不以入怀。’悉以金马还之。羌性贪而贵吏清,前有八都尉率好财货,为所患苦,及奂正身洁己,威化大行。”看出张奂也是一位廉吏,所以他要取莲以自况。

另,《艺文类聚》卷八十二、《太平御览》卷九百七十五,又说此赋系西晋夏侯湛所作。《御览》录“绿房”以下六句,《类聚》录二十六句,似为全文。我们推测,此赋更可能系夏侯湛所作。

王延寿

王延寿(143? ～163?),字文考,又字子山,南郡宜城(今湖北宜城北)人。父王逸,是著名楚辞研究家,著有《楚辞章句》。延寿少有隽才,曾随父到泰山向鲍子真学算术,后至鲁。父拟作赋颂灵光殿,命延寿“图其状”,延寿即作此赋。父见此赋后,以为无以复加,遂辍。时大名士蔡邕亦为此殿作赋,十年未成,见延寿赋出,遂辍不复为。延寿后南返,溺死于湘浦,年仅二十余。(以上均见《后汉书集解》和《后汉书·王延寿传》)王延寿现存作品有《鲁灵光殿赋》、《梦赋》、《王孙赋》、《桐柏庙碑》,其中《鲁灵光殿赋》最为著名。传附《后汉书·王逸传》。

鲁灵光殿赋并序

鲁灵光殿者[①]，盖景帝程姬之子恭王余之所立也[②]。初，恭王始都下国[③]，好治宫室，遂因鲁僖基兆而营焉[④]。遭汉中微[⑤]，盗贼奔突。自西京未央、建章之殿[⑥]，皆见隳坏[⑦]，而灵光岿然独存[⑧]。意者岂非神明依凭支持[⑨]，以保汉室者也。然其规矩制度，上应星宿[⑩]，亦所以永安也。予客自南鄙[⑪]，观艺于鲁[⑫]，睹斯而眙[⑬]，曰：嗟乎！诗人之兴，感物而作。故奚斯颂僖[⑭]，歌其路寝[⑮]。而功绩存乎辞，德音昭乎声[⑯]。物以赋显，事以颂宣。匪赋匪颂，将何述焉。遂作赋曰：

粤若稽古帝汉[⑰]，祖宗濬哲钦明[⑱]。殷五代之纯熙[⑲]，绍伊唐之炎精[⑳]。荷天衢以元亨[㉑]，廓宇宙而作京[㉒]。敷皇极以创业[㉓]，协神道而大宁[㉔]。于是百姓昭明[㉕]，九族敦序[㉖]。乃命孝孙[㉗]，俾侯于鲁[㉘]。锡介珪以作瑞[㉙]，宅附庸而开宇[㉚]。乃立灵光之秘殿[㉛]，配紫微而为辅[㉜]。承明堂于少阳[㉝]，昭列显于奎之分野[㉞]。

瞻彼灵光之为状也，则嵯峨嶵嵬[㉟]，峞巍𡾰𡻕[㊱]。吁可畏乎，其骇人也。迢峣倜傥[㊲]，丰丽博敞[㊳]。洞轇轕乎[㊴]，其无垠也[㊵]。邈希世而特出[㊶]，羌瑰谲而鸿纷[㊷]。屹山峙以纡郁[㊸]，隆崛岉乎青云[㊹]。郁坱圠以嶒竑[㊺]，㟪缯绫而龙鳞[㊻]。汩硙硙以璀璨[㊼]，赫烨烨而烛坤[㊽]。状若积石之锵锵[㊾]，又似乎帝室之威神[㊿]。崇墉冈连以岭属[51]，朱阙岩岩而双立[52]。高门拟于阊阖[53]，方二轨而并入[54]。

于是乎乃历夫太阶，以造其堂[55]。俯仰顾眄[56]，东西周章[57]。彤彩之饰，徒何为乎？澔澔涆涆[58]，流离烂漫[59]。皓壁皜曜以月照，丹柱歙赩而电烻[60]。霞驳云蔚，若阴若阳[61]，瀶濩燐乱，炜炜煌煌[62]。隐阴夏以中处，霐寥窲以峥嵘[63]。鸿炌炾以爣阆[64]，飋萧条而清泠[65]。动滴沥以成响[66]，殷雷应其若惊[67]。耳嘈嘈以失听[68]，目瞑瞑而丧精[69]。骈密石与琅玕[70]，齐玉珰与璧英[71]。

遂排金扉而北入[72]，霄霭霭而晻暧[73]。旋室㛹娟以窈窕[74]，洞房叫窱而幽邃[75]。西厢踟蹰以闲宴[76]，东序重深而奥秘[77]。屹铿瞑以勿罔[78]，屑㕓翳以懿濞[79]。魂悚悚其惊斯[80]，心猥猥而发悸[81]。

于是详察其栋宇，观其结构。规矩应天，上宪觜陬[82]。倔佹云起[83]，嵚崟离楼[84]，三间四表，八维九隅[85]。万楹丛倚，磊砢相扶[86]。浮柱岧嵽以星悬[87]，漂峣岘而枝拄[88]。飞梁偃蹇以虹指，揭蘧蘧而腾凑[89]。层栌磥垝以岌峨[90]，曲枅要绍而环句[91]。芝栭欑罗以戢舂[92]，枝牚杈枒而斜据[93]。傍夭蟜以横出[94]，互黝纠而搏负[95]。下岪蔚以璀错[96]，上崎巇而重注[97]。捷猎鳞集[98]，支离分赴[99]。纵横骆驿，各有所趣[100]。

尔乃悬栋结阿[101]，天窗绮疏[102]。圆渊方井，反植荷蕖[103]。发秀吐荣，菡萏披敷[104]。绿房紫菂，窋咤垂珠[105]。云楶藻棁[106]，龙桷雕镂[107]。飞禽走兽，因木生姿。奔虎攫挐以梁倚[108]，仡奋亹而轩鬐[109]。虬龙腾骧以蜿蟺[110]，颔若动而躨跜[111]。朱鸟舒翼以峙衡[112]，腾虵蟉虬而绕榱[113]。白鹿孑蜺于欂栌[114]，蟠螭宛转而承楣[115]。狡兔跧伏于柎侧[116]，猨狖攀椽而相追。玄熊舑舕以龂龂[117]，却负载而蹲跠。齐首目以瞪眄[118]，徒脈脈而狋狋[119]。胡人遥集于上楹[120]，俨雅跽而相对[121]。仡欺猥以雕眈[122]，鸕顤顟而睽睢[123]。状若悲愁于危处，憯嚬蹙而含悴[124]。神仙岳岳于栋间[125]，玉女窥窗而下视。忽瞟眇以响像[126]，若鬼神之仿佛。

图画天地，品类群生[127]。杂物奇怪，山神海灵。写载其状，托之丹青。千变万化，事各缪形[128]。随色象类，曲得其情。上纪开辟[129]，遂古之初[130]。五龙比翼[131]，人皇九头[132]。伏羲鳞身，女娲蛇躯[133]。鸿荒朴略，厥状睢盱[134]。焕炳可观，黄帝、唐、虞[135]。轩冕以庸[136]，衣裳有殊。下及三后，婬妃乱主[137]。忠臣孝子，烈士贞女。贤愚成败，靡不载叙。恶以诫世，善以示后。

于是乎连阁承宫，驰道周环[138]。阳榭外望，高楼飞观。长途升降[139]，轩槛曼延[140]。渐台临池[141]，层曲九成。屹然特立，的尔殊形[142]。高径华盖[143]，仰看天庭。飞陛揭孽[144]，缘云上征。中坐垂景，頫视流星。千门相似，万户如一。岩突洞出[145]，逶迤诘屈[146]。周行数里，仰不见日。何宏丽之靡靡[147]，咨用力之妙勤，非夫通神之俊才，谁能克成乎此勋。

据坤灵之宝势，承苍昊之纯殷[148]。包阴阳之变化，含元气之烟煴[149]。玄醴腾涌于阴沟[150]，甘露被宇而下臻[151]。朱桂黝倏于南北[152]，兰芝阿那于东西[153]。祥风翕习以飔洒[154]，激芳香而常芬。神灵扶其栋宇，历千载而弥坚。永安宁以祉福，长与大汉而久存。实至尊之所御，保延寿而宜子孙。苟可贵其若斯，孰亦有云而不珍。

乱曰：彤彤灵宫，岿嶵穹崇[155]，纷庞鸿兮。崱屴嵫釐，岑崟崰嶷，骈龙从兮[156]。连拳偃蹇[157]，仑菌踡嵉[158]，傍欹倾兮。歇欻幽蔼，云覆霮䨴[159]，洞杳冥兮。葱翠紫蔚，礧硠瑰玮[160]，含光晷兮[161]。穷奇极妙，栋宇已来，未之有兮。神之营之，瑞我汉室，永不朽兮。

【说明】

此赋见《文选》卷十一、《艺文类聚》卷六十二。《鲁灵光殿赋》是我国赋史上的名篇。此赋有几个特色：一是脉络分明，条理清楚，作者写作的次序由外到内，由前到后，由整体到局部，步步深入，好像把读者引入一座富丽堂皇的宫殿中去参观，美不胜收。二是作品详细地描绘了灵光殿内部复杂的结构。如四周、屋顶各式各样的雕刻绘画。这些笔墨基本上都是写实的，与马、扬、班、张等等赋作更多的是运用虚构夸张的手法有明显不同。我们可以把它视为一篇活生生的建筑绘画雕刻史料来看待。三是它是现存最完整的第一篇描写宫殿的赋作（稍前有李尤《德阳殿赋》，但已残缺不全了）。这种写法也应当是赋创作史中的一个进步。

【注释】

①鲁灵光殿：汉代著名的宫殿之一，故址在今山东省曲阜市。

②景帝：汉文帝刘恒之子，名启，文帝后元七年（前156）六月即位，在位十七年。恭王余：即鲁恭王刘余，景帝姬氏所生，于景帝前元二年（前155）立为淮阳王。吴楚反破后，徙王鲁。鲁恭王好治宫室苑囿狗马，末年好音，不喜辞赋。坏孔子旧宅得古文经者即他。

③下国：指诸侯国。

④鲁僖：指春秋时代鲁僖公。僖，一作"釐"。基兆：基础。《文选》吕向注："言因僖公之始迹而营此殿焉。"

⑤中微：中道衰微。这里指西汉末王莽之乱。

⑥未央：宫名。汉高祖七年（前200），由萧何监造，周围二十八里，极雄伟壮丽。建章：宫名。武帝太初元年（前104），柏梁殿火灾，根据越巫建议，"起大屋以厌胜之"，作建章宫，度为千门万户。两宫均在长安。

⑦见：被。隳（huī 辉）坏：毁坏。

⑧岿然：高大坚固貌。

⑨意者：臆测之词。

⑩星宿：此处指觜（zī 兹）陬。十二星次之一，古代传说主管架屋的星宿。《文选》李善注："上应星宿，谓觜陬也。"

⑪南鄙：南方边远之地。因王延寿为南郡宜城（今湖南宜城）人，故称。

⑫观艺于鲁：指作者随父王逸游鲁，从鲍子真学相算。

⑬斯：这个，指鲁灵光殿。眙（chì 斥）：愕视，惊看。

⑭奚斯：春秋鲁大夫。颂僖：指奚斯作《閟宫》诗，以颂僖公。

⑮路寝：天子、诸侯的正室。这里指鲁僖公的宫殿。《閟宫》头一句就是"閟宫有恤"，指宫室深闭，十分清静。

⑯德音：指帝王合乎仁德的言语教令。昭：显示。

⑰粤若：发语词，用于句首，追述往事，以起下文。《尚书·尧典》："粤若稽古帝尧。"稽古：考察古事。

⑱濬哲：深邃的智慧。钦明：圣明。

⑲殷：盛，多。五代：指尧、舜、夏、商、周。纯熙：光明。多用于赞美道德或品质。《诗·周颂·酌》："于铄王师……时纯熙矣！"

⑳绍：继承。伊：是语词。唐：唐尧。炎精：指火德，依五行终始说，唐尧属火德。汉继唐尧，故曰。

㉑荷：依赖。天衢：天道。元亨：嘉善亨通。

㉒廓：肃清，澄清。宇宙：天下。作京：建都西京。这句是说：刘汉王朝夺得天下，建都长安。

㉓敷：布施。皇极：指帝王治理的准则。

㉔协：协和。神道：天道。大宁：大安。

㉕昭明：显明，显著。

㉖九族：这里指高祖玄孙之亲。敦序：指九族亲厚而有序，亦即亲睦和顺。《史记·夏本纪》："敦序九族。"

㉗孝孙：指鲁恭王刘余。

㉘俾侯于鲁：意为使刘余守鲁。

㉙介：大。瑞：符信。

㉚宅：动词，居住。附庸：附于诸侯国的小国。此指附于鲁国的小国。

㉛秘殿：神殿。

㉜配：陪伴。紫微：星宫名，天帝所居。这里指汉帝王所居宫殿。

㉝明堂：古代天子宣政教之处。少阳：东方，因鲁在东，故称。

㉞昭列：谓星明而行列于天。奎：星宿名，迷信说法，属鲁之分野。

㉟嵯峨𡸣（zuì 罪）嵬：高峻之貌。

㊱峞（wéi 为）巍𡾎㟪（lěi kuǐ 垒傀）：亦高峻貌。

㊲迢峣倜傥（tiáo yáo tì tǎng 条遥替躺）：高大特出的样子。

㊳博敞：广博宽敞。

㊴洞：幽深，形容轇轕。轇轕（jiāo gé 交隔）：旷远深邈貌。

㊵垠：边际。以上四句，《文选》吕延济注："言高峻卓异、大丽宽敞，其无畔也。"

㊶邈：远。希世：世之所无。

㊷羌：虚词，无义。瑰（guī 归）谲：奇异。鸿：大。纷：多貌。

㊸屹：矗立。山峙：如山矗立。纡郁：曲折幽深貌。

㊹隆崛岉（jué wù 掘务）乎青云：高耸屹立，上及青云。

㊺坱圠（yǎng yà 仰亚）：高低不平貌。嶒竑（céng hóng 层红）：深邃空廓貌。

㊻崱（zè 则去声）：参差不齐貌。缯绫：不平貌。

㊼汩（yù 玉）：明净貌。硙硙：高貌，或说洁白貌。璀璨：光辉灿烂。

㊽赫烨烨：光貌。烛坤：照耀下土。坤，地。

㊾积石：山名，即今阿尼马卿山，一称"玛积雪山"，在青海东南部，延伸到甘肃，为昆仑山中支，古以为黄河发源地。锵锵：高貌。《后汉书·张衡传》："命王良掌策驷兮，逾高阁之锵锵。"李贤注："锵锵，高貌也。"

㊿帝室：《文选》李善注："帝室，天帝之室。《春秋合诚图》曰：'紫宫，太帝室也。'"威神：威严。

51崇墉（yōng 雍）：高大的城墙。冈连、岭属（zhǔ 主）：如冈相连，如岭相接。

52朱阙：红色的城门楼。岩岩：高峻貌。

53阊阖：传说中的天门。

54方：并。此句意为：门的宽度能同时容纳两辆车子进入。

55历：经过。太阶：高台阶。造：至。

56顾眄：环视。

57周章：周游浏览。

58澔澔（hào 浩）涆涆（hàn 汉）：光彩鲜明貌。

59流离烂漫：指光彩纷繁远散貌。

60皜：《文选》李善注："皜，白也，古老切。"翕赩（xī xì 西戏）：红色。焱（yàn 艳）：电光。

61霞驳云蔚，若阴若阳：色彩众多，闪烁不定。霞驳，像云霞那样斑驳陆离。

62濩濩（huò huò 获获）燐乱，炜炜（weǐ 伟）煌煌：形容色彩驳杂，光明灿烂，令人目眩。

63䆗（hóng 红）、寥窲（cháo 巢）、峥嵘：皆幽深之貌。

64鸿：大。炕烷（kuàng huǎng 况晃）、爣阆（tǎng làng 倘浪）：宽大而明亮貌。

65飋（sè 瑟）萧条：清凉之貌。

66滴沥：象声词，水下滴声。

㉗殷：雷动声。《文选》李周翰注："凡深闭之室，则必多响，故檐溜滴沥之声，已若雷应之惊。"

㉘嘈嘈：声乱貌。

㉙矎矎（xuàn 炫）：目光散乱貌。

㉚骈：并列。密石：以纹理细密之石打磨。《国语·晋语八》："天子之室，斲其椽而砻之，加密石焉。"琅玕：如珠玉的美石。

㉛玉珰：玉饰的椽头。璧英：美玉名。

㉜排：推开。金扉：以金装饰的门。

㉝霄：指日将暮。霭霭、晻暧：指夜色。

㉞旋室：曲屋。㛹（pián 骈）娟：回曲貌。

㉟洞房：幽深的内室。叫窱（tiǎo 挑）：幽深貌。

㊱跜蹰：相连貌。闲宴：安静。

㊲东序：东厢。奥秘：幽深隐秘。

㊳屹：特出貌。铿瞑：视不明貌。勿罔：同"惚恍"，即恍惚，不清晰。

㊴屑：倏忽，迅疾。黡翳（yǎn yì 眼义）：暗蔽貌。懿濞（bì 毕）：深邃貌。

㊵悚悚：恐惧貌。

㊶䛥䛥（xǐ 喜）：恐惧貌。

㊷宪：取法。觜陬（zī zōu 兹邹）：十二星次之一。见上注⑩。

㊸倔佹：变化多端。

㊹嵚崟（qīn yín 亲垠）：高峻貌。离楼：众木相倚貌。

㊺三间四表，八维九隅：张载注："室每三间，则有四表，四角四方为八维。并中为九。"

㊻磊砢：参差不齐貌。

㊼岧嵽（tiǎo dié 挑迭）：高远。

㊽峣嵲（yáo niè 遥聂）：不安之貌。以上四句，《文选》李周翰注："言万柱丛倚，参差以相扶持……浮柱高远而多，其势皆危以相枝柱也。"

㊾蘧蘧（qú 渠）：高耸貌。凑：聚集。

㊿栌（lú 卢）：斗拱。磥垝（lěi wěi 磊伟）、岌（jí 及）峩：高危貌。

91枅（jī 机）：柱上横木。要绍：弯曲貌。环句：勾连。句，同"勾"。

92芝栭（ér 儿）：梁上绘有芝草图案的短柱。欑（cuán 攒）：同"欑"，木丛。戢脅（yì 义）：众多貌。

93枝掌（chēng 撑）：梁上交叉之木。杈枒：参差不齐。

94夭蟜（jiǎo 矫）：特出貌。

95黝纠：相互连绕。搏负：相互支撑。搏，犹相负也。

96茀（fú 弗）蔚：特出貌。璀错：壮丽而饰繁杂也。

97崎嶬（qí yǐ 其倚）：高峻而倾斜。重注：重重相连。注，属也。

⑱捷猎：相接貌。

⑲支离：分散。指椽一一而分布。

⑳各有所趣：各有趣向。意谓不虚设也。

㉑结阿：指相结屈曲以为天窗。

㉒天窗绮疏：天窗上镂有绮丽的花纹。

㉓圆渊方井，反植荷蕖：指屋顶天花板上画有圆池方井、倒植的芙蓉。

㉔菡萏：荷花。披敷：分布。

㉕菂（dì 弟）：莲子。窋咤（zhú zhà 烛乍）：物在穴中貌。

㉖云楶（jié 捷）：画有云朵的柱头斗拱。楶，同“节”，斗拱。藻棁（zhuó 浊）：画有美丽图案的梁上短楹。

㉗龙桷：画有龙的椽。

㉘攫挐（rú 如）：以爪相持。

㉙仡：抬头。奋亹（xìn 信）：形容迅速而有气势。亹，动。轩鬐（qí 其）：竖起脊上长毛。

㉚蜿蟺（shàn 善）：弯曲回旋貌。

㉛蘷跜（kuí ní 魁泥）：虬龙动貌。以上四句，《文选》吕延济注：“画虎于梁也……若举爪持梁以相倚……谓勇而举头也。……言虬龙飞举盘屈，颔然若动也。”

㉜朱鸟：朱雀。衡：架在屋架或门窗上的横木。

㉝腾虵（shé 蛇）：传说中一种能飞的蛇。《韩非子·难势》：“腾蛇游雾。”虵，“蛇”的异体字。蟉虯：缠绕。

㉞孑蜺：伸头。欂栌：即斗拱。

㉟蟠螭：盘曲的蛟龙。榴：房屋次梁。

㊱跧（quán 全）伏：蜷伏。柎：斗拱上的横木。

㊲䶩睒（tān tàn 贪炭）：吐舌貌。龂龂（yín 银）：露齿貌。

㊳齐首目以瞪眄：并头而相瞪视。

㊴脈脈（mò 莫）：视貌。狋狋（yí 夷）：怒视貌。

㊵胡人：指木刻的胡人。遥集：指群集梁上。

㊶俨雅：恭敬之态。跽：长跪。

㊷仡：抬头。欺猥（xǐ 喜）：丑貌。雕眈（xuè 薛去声）：如雕之视。

㊸鷔顤顟（āo yáo liáo 凹遥辽）：大首高鼻深目之貌。睽睢（jì huī 记挥）：张目貌。

㊹憯（cǎn 惨）：惨痛。嚬蹙（pín cù 频促）：颦眉蹙鼻，忧貌。悴：忧愁。

㊺神仙岳岳于栋间：神仙像山岳一样在栋间站立。岳岳，立貌。

㊻瞟眇（piāo miǎo 飘秒）：隐隐约约，看不清的样子。响像：依稀，隐约。

㊼品类：众多的种类。

⑫缪形：形态各殊。以上十句，吕向注："言此图画神仙之物，其形各殊……皆委曲得其物情也。"

⑫上纪：上记。开辟：开天辟地。

⑬遂古：上古。

⑬五龙：李善注："（魏宋均注）《春秋命历序》曰：'皇伯、皇仲、皇叔、皇季、皇少五姓，同期俱驾龙，周密与神通，号曰五龙。'"

⑬人皇：传说中远古部落酋长。与天皇、地皇合称"三皇"。《史记·三皇本纪》："人皇九头乘云车，驾六羽……兄弟九人，分长九州。"

⑬伏羲、女娲：都是传说中的人类祖先。

⑬睢盱（suī xū 虽须）：《文选》李善注引《字林》曰："睢，仰目也。盱，张目也。"

⑬黄帝：传说中原各族的祖先。《史记·五帝本纪》有传。唐：即唐尧。虞：即虞舜。都是传说中的民族部落领袖。

⑬庸：用。指用轩车冠冕授贤才。

⑬三后：指夏、商、周之君。媱（yáo 遥）妃：指夏桀之妹嬉，殷辛之妲己，周幽之褒姒等。

⑬驰道：帝王所用的驰马之道。

⑬长途升降：指上下阁道。

⑭轩槛：栏板。《汉书·史丹传》："天子自临轩槛上。"

⑭渐台：基名，法星而为台名。

⑭的（dì 弟）尔：分明貌。

⑭华盖：星名。

⑭揭孽：高貌。《文选》李周翰注："言飞道极高，缘云上行，中坐俯视，下见星日。"

⑭岩突（yào 要）：即"岩窔（yào 要）"，幽深貌。《史记·司马相如列传》："岩窔洞房。"

⑭逶迤：连绵不断。

⑭靡靡：华美，明丽。

⑭苍昊：指天。春为苍天，秋为昊天。纯殷：张载注："纯，大；殷，中也。言鲁承天之大中也。"

⑭元气：所谓天地未分前的混沌之气。烟煴：天地之蒸气。

⑮玄醴：醴泉，甘泉。

⑮臻：至。《文选》李善注："言醴泉涌渠而出，甘露霑宇而至，并美言之，皆非其实也。"

⑮黝倏（shū 舒）：茂盛之貌。

⑮阿那：同"婀娜"，摇曳多姿。

⑭翕习：风吹拂貌。飏风吹草木之声。飏：同“飒”。

⑮岿嵬(zuì 罪)：高大貌。

⑯崱屴(zè lì 责去声力)巇巉，岑崟嶵嶷(zī nì 兹腻)，骈宠𡶇(zōng 宗)兮：皆高而险峻之貌。

⑰连拳偃蹇：曲折而高出貌。

⑱岺菌踡巉(quán chǎn 全产)：皆高而屈曲险峻之貌。

⑲歘欻(xū 须)幽蔼，云覆霮䨴(dàn duì 淡对)：皆幽邃不明貌。

⑳礧磈(lěi wěi 磊伟)：大石。瓌玮：珍奇。

㉑光晷(guǐ 诡)：日影。

【辨析】

王延寿的著作和生卒年，有三条材料比较可靠：

一、西晋张华《博物志·文籍考》载：“余友下邳陈德龙谓余言曰：‘《灵光殿赋》，南郡宜城王子山(似应作“中”)所作。子山尝之泰山，从鲍子真学筭，过鲁国而[睹殿]，赋之，还归本州，溺死湘水，时年二十馀也。’”

二、南朝宋人范晔《后汉书·文苑列传·王逸》称：“王延寿，字文考，有俊才，少游鲁国，作《灵光殿赋》，后蔡邕亦造此赋，未成，及见延寿所为，甚奇之，遂辍翰而已。曾有恶梦，意恶之，乃作《梦赋》以自厉，后溺水死，时年二十余。”(全传六十四字。其父王逸传仅五十八字)

三、北魏郦道元《水经注·湘水》曰：“黄水又西流入于湘，谓之黄陵口，昔王子中有异才，年二十而得恶梦，作《梦赋》。二十一，溺死于湘浦，即斯川矣。”

从以上三条材料可以看出：王延寿死时二十一岁。二十岁作《梦赋》。《鲁灵光殿赋》创作在此之前，系“少时游鲁”时作，只有十五六岁。现在出版的几种文学年表系年均以为此赋系二十岁时所作，似偏大。

又，王延寿《桐柏庙碑》首句说“延熹六年正月八日……”，几种年表、系年定此年为延寿之卒年，刘汝霖《汉晋学术编年》却疑此碑系延寿少年所作。待考。

又，《古文苑》章樵注以为延寿二十四岁溺死。章注盖援引范晔《后汉书》王延寿传，惟溺死年龄有异，他的话不足为据。

梦赋

余夜寝息，乃有非恒之梦①。其为梦也，悉睹鬼神之变怪②。则蛇头而四角，鱼首而鸟身，三足而六眼，龙形而似人。群行而奋摇③，忽来到吾前。申臂而舞手，意欲相引牵④。

于是梦中惊怒，腷臆纷纭⑤，曰："吾含天地之纯和，何妖孽之敢臻⑥！"乃挥手振拳，雷发电舒⑦，戢游光⑧，轩猛跣⑨，[批]狒豥[豥]⑩，斫鬼魑，捎魍魉⑪，荆诸渠⑫，撞纵目，打三头，扑魃㒁，扶夔魖，博睥睨，蹴睢盱。而乃三三四四，相随踉蹡而历僻⑬。隆隆磕磕⑭，精气充布。輷輷猥猥⑮，鬼惊魅怖。或盘跚而欲走，或拘挛而不能步⑯。或中创而婉转，或捧痛而号呼⑰。奄雾消而光蔽，寂不知其何故⑱。嗟妖邪之怪物，岂干真人之正度⑲！耳聊嘈而外朗，忽屈申而觉寤⑳。

乱曰：齐桓梦物，而亦以霸㉑。武丁夜感，而得贤佐㉒。周梦九龄克百庆㉓，晋文盬脑国以竞㉔。老子役鬼为神将，传祸为福永无恙㉕。

【说明】

此赋见《艺文类聚》卷七十九、《古文苑》卷六。序文采自《古文苑》。《古文苑》之文本较长，但文字多不可辨识。今以《艺文类聚》本为底本。

《古文苑》本赋前有小序："臣弱冠尝夜寝，见鬼物与臣战。遂得东方朔与臣作骂鬼之书。臣遂作赋一篇叙梦。后人梦者读诵以却鬼，数数有验。臣不敢蔽。其词曰……"按，东方朔早于王延寿二百余年，不可能如序中所说为王作骂鬼之书，此为寄托之语。

《梦赋》是文学史上最早以梦名篇的作品。《周礼·春官》有"正梦、噩梦、思梦、寤梦、喜梦、惧梦"六梦，分吉凶两类。文中描述的"非恒之梦"，当属"噩梦"一类的凶梦。在梦中，作者"悉睹鬼神之变怪"，奇形异状，令人惊怖。但当群鬼欲加害于己时，作者怒而奋起搏斗，“挥手振拳，雷发电舒”，赋中用戢、轩、批、斫、捎、荆、撞、打、扑等一连串动作构成节奏紧迫的三字句，将作者的勇猛气势酣畅淋漓地发露出来。尤其是他义正词严地斥责（“吾含天地之纯和，何妖孽之敢臻！”）和胜利后的自豪（“嗟妖邪之怪物，岂干真人之正度！”），典型地表现出少年人无所畏惧的激越情怀。

此赋想象奇谲，形象生动，气氛紧张，情节连贯，富有动作性，亦可谓才华横溢之作。至于其开后代以梦名篇之诗赋的先河，在文学史上自有其一席之地。

【注释】

①非恒：非同寻常。

②变怪：灾变怪异。《汉书·张敞传》：“月朓日蚀，昼冥宵光，地大震裂，火生地中，天文失度，祆祥变怪，不可胜记。”以下蛇头、鱼首等，即分言其怪异之情状。

③奋摇：摇动，震动。原作“辈摇”，据《古文苑》校改。

④申：通“伸”。引牵：即牵引。此句言妖魅伸臂挥手，意欲侵犯。

⑤腷臆（bì yì 必义）：怒气填胸。纷纭：杂乱貌。

⑥纯和：纯正平和之气质。王充《论衡·齐世篇》：“元气纯和，古今不异。”《周书·武帝纪》：“禀纯和之气，挺天纵之英。”臻：到达，此处引申为侵犯。

⑦雷发电舒：形容下文搏击鬼怪速度之快与气势之壮，如雷电并作。

⑧戢（jí 集）：通“缉”，捉拿。游光：恶鬼名。《文选·张衡〈东京赋〉》：“残夔魖与罔象，殪野仲而歼游光。”薛综注：“野仲、游光，恶鬼也。兄弟八人，常在人间作怪。”

⑨轩猛跣（xiǎn 显）：《古文苑》作“斩猛猪”，可从。“猛猪”，典出《左传·庄公八年》：“（齐侯）见大豕，从者曰：‘公子彭生也。’公怒曰：‘彭生敢见！’射之。豕人立而啼。”

⑩此句《古文苑》前有“批”字。批：以手击打。狒：怪兽，状似人。毅：同“毅”，毅虫，虎豹一类猛兽。

⑪捎：掠杀。魑（chī 吃）、魍（wǎng 网）、魉（liǎng 两）：皆为传说中的山川精怪。

⑫荆：《古文苑》作“拂”。“诸渠”及下文之“纵目”、“三头”、“魍冥”、“夔魖”、“睥睨”、“睢盱（suī xū 虽须）”：皆传说中的鬼物名。

⑬而乃：于是。三三四四：言鬼物被打得七零八落，三四成群，落荒而逃，同上文的“群行”、“奋摇”形成对照。踉蹡（liàng pāng 谅乓）：急行貌。《古文苑》章

樵注:“行不正貌。”历僻:犹“辟易”,惊退。

⑭隆隆:象声词,《古文苑》作“礲礲”。磕磕(kē 科):石块撞击声。《楚辞·九章·悲回风》:“惮涌湍之磕磕兮,听波声之汹汹。”

⑮軥軥(hōng 轰):象声词,众车声。獢獢(xiāo 消):犬惊吠声。以上几句都是描绘鬼物逃亡时相互撞击的声音。

⑯盘跚:通“蹒跚”,跛行,行不正貌。拘挛(luán 峦):痉挛。肌肉抽搐,难以伸展自如。

⑰中(zhòng 仲)创:受伤。婉转:犹辗转。形容鬼怪受伤后屈伸辗转,痛苦万分。《淮南子·精神训》:“屈伸俛仰,抱命而婉转。”《后汉书·马援传》:“晓夕号泣,婉转尘中。”

⑱奄(yǎn 眼):忽然。故:道理。《易传·系辞上》:“知幽明之故。”孔颖达疏:“故,谓事也。”此句言鬼物受到重创,忽然间如雾消光灭,不知是什么道理。

⑲干(gān 竿):干犯,触犯。真人:指品行端正之人。正度:正则。荀悦《申鉴·政体》:“以邪说乱正度。”嵇康《难宅无吉凶摄生论》:“直行情性之所宜,而合于养生之正度。”《古文苑》章樵注:“人禀天地之真气,守君子之正行,妖物何为敢干之,以终前意。”

⑳聊嘈:大而杂的声音。犹“聊啾”,耳鸣。《说文·耳部》:“聊,耳鸣也。”《楚辞·九叹·远逝》:“耳聊啾而慌慌。”王逸注:“聊啾,耳鸣也。”外朗:外貌明朗,指长得很精神。屈申:同“屈伸”,屈曲与伸舒。《礼记·乐记》:“屈伸俯仰,缀兆舒疾,乐之文也。”此处指睡醒时舒展身体。觉寤(jiào wù 叫悟):亦作“觉悟”,睡醒。《东观汉记·冯异传》:“我梦乘龙上天,觉寤,心中动悸。”此二句言作者从梦中醒来。

㉑齐桓梦物:《古文苑》章樵注:“梦物未详。《管子》:‘桓公北伐孤竹,见人长尺而人物具焉。走马前集,公大惑。管仲曰:“霸王之君兴,而登山神见。”’又《庄子》:‘桓公田于泽,见鬼焉。齐士有皇子告敖者曰:“泽有委物,其大如毂,其长如辕,紫衣而朱冠,见之者治乎霸。”桓公笑曰:“此寡人之所见者也。”’梦恐是寤字。《周礼》:‘寤梦谓因觉时所见而梦。’与古寝字相类。”

㉒武丁夜感:相传殷王武丁即位,欲复兴殷国,夜梦上帝赐予贤人。他于是按梦中所见形象四处访查,在傅岩之野找到了说(yuè 悦)。武丁以傅说为相,殷国因而大治。事见《史记·殷本纪》。

㉓周梦九龄克百庆:《礼记·文王世子》:“文王谓武王曰:‘女何梦矣?’武王对曰:‘梦帝与我九龄。’文王曰:‘……古者谓年龄,齿亦龄也。我百,尔九十,我与尔三焉。’文王九十七乃终,武王九十三而终。”据《礼记》,则武王梦九龄(九十岁)而未臻百岁,与王延寿所言有异,或者当时有不同传说,王延寿取其含义吉祥者以自解。

㉔晋文盬(gǔ 古)脑:《左传·僖公二十八年》载,晋、楚城濮之战前夜,“晋

侯梦与楚子搏，楚子伏己而盬其脑，是以惧。子犯曰：'吉。我得天，楚伏其罪。吾且柔之矣。'"城濮之战晋国获胜，确立了晋文公的霸主地位。盬：吸食。竞：争胜。

㉕老子役鬼：葛洪《神仙传》："（李耳）至武王时为柱下史，时俗见其久寿，故号之为老子。所出度世之法，九丹八石，玉醴金液，治鬼养性，绝谷变化，役使鬼之法。"按，《老子》有"以道莅天下，其鬼不神。非其鬼不神，其神不伤人"之语，老子役鬼之说，或源出于此。

【辨析】

此赋存留至今有多种版本。北京大学出版社出版的《全汉赋》取《艺文类聚》本，《全汉文》亦取此本。但《历代赋汇》却取《古文苑》本。《艺文类聚》收此赋二百七十字，而《古文苑》却存有四百五十字。《艺文类聚》所收辞赋多为摘录，此赋疑亦如是。故录《古文苑》所载《梦赋》于后，以供参阅。

梦赋

臣弱冠尝夜寝，见鬼物与臣战。遂得东方朔与臣作骂鬼之书。臣遂作赋一篇叙梦。后人梦者读诵以却鬼，数数有验。臣不敢蔽。其词曰：

余宵夜寝息，乃忽有非常之物梦焉。其为梦也，悉睹鬼物之变怪。则有蛇头而四角，鱼尾而鸟身，或三足而六眼，或龙形而似人。群行而奋摇，忽来到吾前。伸臂而舞手，意欲相引牵。于是梦中惊怒，腷臆纷纭，曰："吾含天地之淳和，何妖孽之敢臻！"尔乃挥手振拳，雷发电舒。蔪游光，斩猛猪，批鼉毅，斫魅虚，捎魍魉，拂诸渠，撞纵目，打三颅，扑苕荛，扶夔䰅，搏睍睆，蹴睢盱，剖列蹷，掣羯孽，劓尖鼻，踏赤舌，挐伧䆲，挥髯鬗。于是手足俱中，捷猎摧拉，澎濞跌抗，揩倒批笞，强梁捶捋，刿捘撩予，摠櫗黠，施頯，䠿抨轧。于是群邪众魅，骇扰遑遽，焕衍叛散，乍留乍去，变形瞪眄，顾望犹豫。吾于是更奋奇谲脉，捧获喷，扼挠岘，挞咿嚘，批𢺵喷。于是三三四四，相随佷傍而历僻。礲礲磕磕，揝齐亥布；詟詟誉誉，鬼惊魅怖。或盘跚而欲走，或拘挛而不能步，或中疮而宛转，或捧痛而号呼。奄雾消而光散，寂不知其何故。嗟妖邪之怪物，敢干真人之正度。耳唧嘈而外即，忽屈伸而觉寤。于是鸡知天曙而奋羽，忽嘈然而自鸣。鬼闻之以迸失，心习怖而皆惊腾。

乱曰：齐桓梦物，而以霸兮；武丁夜感，得贤佐兮；周梦九龄，年克百兮；晋文盬脑，国以竞兮；老子役鬼，为神将兮，转祸为福，永无恙兮。（录自《四库全书》本《古文苑》卷六）

王孙赋

原天地之造化[1]，实神伟之屈奇[2]。道玄微以密妙，信无物而弗为[3]。有王孙之狡兽，形陋观而丑仪[4]。颜状类乎老公[5]，躯体似乎小儿。眼睚䁯以昳䀛[6]，视䁟䁝以㬇睉[7]。(突高匡而曲頞[8]，矘瞑历而隳离[9]。)鼻䶑䶎以䶂䶁[10]，耳聿役以适知[11]。口嗛呥以龃龉[12]，唇䶎嘐以形䀚[13]。齿崖崖以䶩䶩[14]，嚼咗哚而嗫唲[15]。储粮食于两颊，稍委输于胃脾[16]。蜷兔蹲而狗踞[17]，声历鹿而喔咿[18]。或嗝嗝而嗷嗷[19]，又嚙嗅其若啼[20]。(姿僭傔而㥛赣[21]，豁盰阋以项䤈[22]。胎睕䁯而䁴睗[23]，䀨䁵㥏而踧㞐[24]，生深山之茂林，处崭岩之嵚崎[25]。性獯猜之獖疾[26]，态峰出而横施[27]。)缘百仞之高木，攀窈袅之长枝[28]。背牢落之峻壑，临不测之幽谿[29]。寻柯条以宛转，或捉腐而登危[30]。(若将颓而复著，纷嬴绌以陆离[31]。)或犀跳而电透，乍瓜悬而瓠垂[32]。(上触手而挐攫，下对足而登跂[33]。至攀揽以狂接，覆缩臂而电赴[34]。时辽落以萧索，乍睥睨以容与[35]。或蹂跌以跳迸，又咨嗷而攒聚[36]。扶嵚崟以擽椽[37]，蹑危臬而腾舞[38]。忽涌逸而轻迅，羌难得而觋缕[39]。同甘苦于人类，好哺糟而啜醨[40]。乃设酒于其侧，竞争饮而跼驰[41]。顼陋酌以迷醉，朦眠睡而无知[42]。暂挐鬃以缨缚，遂缨络以縻羁[43]。) 归锁系于庭厩，观者吸呷而忘疲[44]。

【说明】

此赋见《艺文类聚》卷九十五、《初学记》卷二十九、《太平御览》卷九百一十、《古文苑》卷六。

王孙，猴子的别称。在这篇以猴子为主人公的状物赋中，我们看到了善"图物写貌"(《文心雕龙·才略》)的王延寿在"拟诸形容"、"象其物宜"(《文心雕龙·诠赋》)方面高超的描写技巧和语言再现能力。文章先从猴子的面貌(如眼、鼻、耳、口、唇、齿的形状)、身材及其富有特性的动作写起，细腻地刻画了猴子的形象。以下再从猴子的生活习性中抽取其食咽、蹲踞、啼叫、攀援、跳跃的典型姿态加以表现，使猴子的形象活灵活现。为了表达的准确和生动，文章运用了大量的联绵字，虽然增加了读者的阅读难度，但并不影响文气的流畅。

关于此赋主旨，章樵在《古文苑》本篇题解中说："猴类以况小人之轻黠便捷者，卒以欲心发露，受制于人。"认为是讽世之作。清初陆棻《历代赋格》选评亦言其"为王孙传神酷似，岂止颊上三毫，而轻黠小人亦毕呈其丑态。方知嗣宗骂坐，未若此之嘻笑相嘲也"。从赋的本文看，作者在写了猴子驱逐腾舞、猖狂自在的情状后，接以"同甘苦于人类，好哺糟而啜醨"——猴子因为好酒而落入猎人的圈套，被捉回去锁在院子里让人围观，确有嘲戏之意。其实本篇发端将天地造化之伟大神奇——"无物而弗为"与被造之物——"颜状类乎老公，躯体似乎小儿"的"狡兽"并提，反讽的意味就非常强烈。王延寿以游戏笔墨状物，嘲讽对象未必能够确指。事实上，既然猴子"同甘苦于人类"，我们又何尝不可以视之为对人类固有的某种劣根性的批判和自嘲呢？随后阮籍的《猕猴赋》，很明显受到其影响。

【注释】

①原：推究，考察。造化：自然的创造化育。

②屈（jué 觉）奇：怪异。《淮南子·诠言训》："圣人无屈奇之服，无瑰异之行。"

③信：确实。为：制造，产生。此句言玄微奥妙之"道"确实生成了万物。本于《老子》第四十二章："道生一，一生二，二生三，三生万物。"

④观：外观。仪：仪表。言猴子外观丑陋，以下详细铺写其状。

⑤颜：指面容。老公：老人。刘向《说苑·政理》："（齐桓公）见一老公，而问之曰：'是为何谷？'"

⑥睚瞘（yá'ōu 牙欧）：皆眸子不正之貌。眏（jué 决）：同"瞲"，《集韵》："音玦，目深貌。"衃：似为"䀥（xiě 写）"之借。《集韵》："膣䀥，视恶貌。"此句写形。

⑦矅（jí 吉）睫：目动貌。昳睢（jué huī 决挥）：顾盼不定貌。

⑧匡：眼眶。頞（è 额）：同"额"。

⑨瞏（huán 环）：闭目。瞁（xù 絮）历：惊视状。隳离：脱落。按，以上二句据《初学记》卷二十九补。

⑩鼪（kuī 亏）、齁（hōu 侯阴平）、鼭（xī 吸）、鼤（hē 喝）：均为象声词，鼻息声。

⑪聿（yù）役：蠕动貌。此句言猴子常竖起耳朵以保持警觉。适知：偶尔发

出小声。

⑫嗛(xián 咸):通"衔",含。呥(rán 然):咀嚼貌。齸齺(zhān zōu 沾邹):无牙而咀嚼之状。

⑬骲嘒(má xī 麻溪):闭口貌。形䚊:不可解,《古文苑》作"䚊䚊(pī xiàn 披献)"。章樵注:"开口貌。"

⑭崖崖(yá 牙)、齴齴(yǎn 眼):皆为露齿貌。

⑮啉㖠(rěn rǎn 忍染):口动貌。嗫唲(niè ér 聂儿):口动。唲,小儿语声。

⑯委输:运送。以物置于舟车上为委,转运到他处交卸为输。

⑰兔蹲:像兔子那样两脚着地蹲坐。狗踞:像狗那样四肢着地。

⑱历鹿、喔咿(yī 衣):象声词。

⑲嗝嗝(gé 隔):象声词。嗀嗀:呕吐声。"嗀(huò 获)"之异体,原意为呕吐。《左传·哀公二十五年》:"臣有疾,异于人,若见之,君将嗀之。"此处亦用作象声词。

⑳嘀(shī)嗅:象声词。

㉑"姿僭傔……"至"态峰出而横施"一段,据《初学记》卷二十九补。僭傔(jiàn qiàn 见欠):高傲,倨傲的样子。《骈雅·释训上》:"僭傔,抗竦也。"愸赣:傲慢的样子。此句形容猴子姿态倨傲。

㉒盱阋(xū xì 须细):盱,仰目;阋,争吵。此处似亦兼用作象声词。醯(xī 西):通"醯",酿醋。《古文苑》章樵注此句云:"顾视不常,忽若吸酸,攒锁眉目。"

㉓胎:应是"眙(chì 斥)"的误字,惊视貌。畹(wǎn 宛):目开状。睃(zōng 宗):窃视。瞡(mì 密):邪视。睗(shì 是):疾视。

㉔䀢(yuǎn 远)、䁈(ruǎn 软)、愞(nuò 懦)、踧(cù 促)、訾(zǐ 紫):章樵注言此数字"皆言其形状乖劣"。愞,通"懦",《古文苑》作"瞤",通"瞤"。

㉕崭(chán 缠)岩:通"巉岩",险峻貌。嵚(qīn 亲)崎:高峻貌。

㉖獠猜:《古文苑》作"獠猜",轻捷,便捷。獠,通"僄"。獱(biàn 变):轻迅貌。

㉗峰出、横施:纵横交错。此言猴子动态纵横交错。

㉘窈袅(niǎo 鸟):细弱貌。袅,通"褭"。南朝陈江总《游摄山栖霞寺》:"披径怜森沈,攀条惜杳褭。"

㉙牢落:零落荒芜貌。司马相如《上林赋》:"牢落陆离,烂曼远迁。"谿(xī 吸):同"溪",山间之河沟。

㉚柯(kē 科):枝干。此二句言:猿猴有时拉着树枝盘旋摇荡,有时攀住干枯的藤茎登上高处。腐:枯枝。

㉛此二句据《初学记》补。颓:坠落。赢绌:《古文苑》作"绌绌",伸屈貌。《荀子·非相》:"与时迁徙,与世偃仰,缓急赢绌。"陆离:分散貌。此二句言:其攀援登高,似将坠落,却仍着于枝上;众猴或屈或伸,忽然分散。

㉜犀跳而电透:形容跳跃速度之快。透,跳跃。《隋书·音乐志下》:"并二人

戴竿，其上有舞，忽然腾透而换易之。”犀跳，《古文苑》作“群跳”，义似通而与上下文不侔，不可从。瓜悬、瓠（hú 壶）垂：如瓠瓜（葫芦瓜）悬垂。

㉝“上触手……”至“遂缨络以縻羁”，据《初学记》卷二十九补。拏（ná 拿）攫：搏斗。扬雄《羽猎赋》：“犀兕之抵触，熊罴之拏攫。”跂：登。

㉞覆：通“复”，又，反而。缩臂：此句写猴子欲奔某物时先收手臂。电：快如闪电。此二句言：猴群相互纠缠，忽然又疾速远逝。

㉟辽落：同“寥落”，与“萧索”同为寂寞冷清之意。容与：闲暇自得。

㊱蹂跌（róu jué 柔决）：疾行。咨（zī 兹）：叹词。《玉篇》：“咨，嗟也。”亦作象声词，白居易《五弦弹·恶郑之夺雅也》：“座中有一远方士，唧唧咨咨声不已。”噉：同“喊”。咨噉：《古文苑》作“咨陬”。章樵注此句云：“群逐跳踯迸逸，忽又攒聚一处。”

㊲嵚崟（yín 银）：高大，险峻。张衡《思玄赋》：“嘉曾氏之归耕兮，慕历阪之嵚崟。” 揀椽：往复驰逐。

㊳臬（niè 聂）：木柱。唐刘禹锡《机汲记》：“中植数尺之臬，辇石以壮其趾，如建标焉。”

㊴覼（luó 罗）缕：弯弯曲曲。《古文苑》章樵注：“覼缕，委曲也。”一本作“覶缕”。《古文苑》章樵注云：“言围山驰逐，冀以捕之，乃登高木舞跃自喜，忽又走佚，终难获。捕者空委曲多方耳。”

㊵糟：酒糟。醨（lí 离）：薄酒。《史记·屈原贾生列传》：“众人皆醉，何不哺其糟而啜其醨？”

㊶蜎：《古文苑》章樵注“蜎，火缘反，急疾也。”

㊷顼（xū 须）：失态貌。此字《古文苑》作“顖”，章樵注：“着酒颠顿状。”酗（xù 絮）：同“酗”，醉态。朦：愚昧。

㊸拏：通“拿”。鬃：颈上长毛。緤：音义不详，《古文苑》作“緤（niè 聂）”。以绳索缠束。缨络：缠绕。孙绰《游天台山赋序》：“方解缨络，永托兹岭，不任吟想之至，聊奋藻以散怀。”縻羁：拘禁。此二句言：猎人扣住猴子的脖颈，以绳捆绑缠绕后拘禁起来。

㊹吸呷（xiā 虾）：形容众声杂沓。

刘梁

刘梁，生卒年不详，字曼山，一名岑，东平宁阳（今山东宁阳）人。少孤贫，卖书自给。他恨“世多利交，以邪曲相党”，作《破群论》，时人称之：“仲尼作《春秋》，乱臣知惧；今此论之作，俗士岂不愧心。”惜文不存。又作《辩和同之论》，辩调和与附和之是非。桓帝时，举孝廉，除北新城（今河北徐水西南）长，大兴讲舍，延聚生徒数百人，朝夕诵读，儒化大行。特召入拜尚书郎。后迁野王（在今河南省沁阳市）令，未行。灵帝光和（178～184）中病卒。今存《辩和同之论》、《除北新城长告县人》及残篇《七举》。传在《后汉书·文苑传下》。

七举

丹楹缥壁[①]，紫柱虹梁[②]。桷橑朱绿[③]，藻棁玄黄[④]。镂以金碧[⑤]，杂以夜光[⑥]。鸿台百层[⑦]，干云参差[⑧]。仰观八极[⑨]，游目无涯。玉树青葱[⑩]，鸾鹤并栖。随珠明月[⑪]，照曜其陂[⑫]。(《艺文类聚》卷五十七)

绿柱朱橑，青璅壁珰[⑬]。(《太平御览》卷一百八十七)

华组之缨，从风纷纭[⑭]。(《太平御览》卷六百八十六、卷八百一十九)

珮则结绿悬黎，宝之妙微[⑮]，荷彩昭烂[⑯]，流景扬晖[⑰]。(《太平御览》卷六百九十二，又见于《文选·曹植〈七启〉》原文，略有不同)

黼黻之服[⑱]，纱縠之裳[⑲]。繁饰参差[⑳]，微鲜若霜[㉑]。(《太平御览》卷六百九十六，又见于《文选·曹植〈七启〉》原文)

双辕覆井，芰荷垂英[㉒]。(《文选·何晏〈景福殿赋〉》李善注)

九旒之冕，散耀垂文[㉓]。(《文选·曹植〈七启〉》原文及李善注)

先生昭然神悟，霍尔体轻[㉔]。(《文选·曹植〈七启〉》李善注，后句又见《文选·何劭〈杂诗〉》李善注)

天马之号，出自西域[㉕]，纤阿为右，御以术仪[㉖]，揽辔舒节，凌云先螭[㉗]。(《文选·张协〈七命〉》李善注)

蒭豢既陈，异馔并羞[㉘]。勺药之调[㉙]，煎炙蒸豚。酤以醯醢[㉚]，和以蜜饴。(《北堂书钞》卷一百四十二，末二句又见《文选·张协〈七命〉》李善注)

菰梁之饭[㉛]，入口业流[㉜]。送以熊蹢[㉝]，咽以豹胎。(《北堂书钞》卷一百四十四)

鲤鲔之脍[㉞]，分毫析鳌[㉟]。(《北堂书钞》卷一百四十五)

仲尼敕元意[㊱]，素道信，而不疑友四子，于载师道、王道[㊲]，圣以自所谓在富而好礼[㊳]，命世之雄儒也[㊴]。(《北堂书钞》卷九十六)

在昔上人[40]，躭述古学[41]，处穷困不易其常，在盈溢不变其操[42]。(《北堂书钞》卷九十七)

设极九变之乐[43]，而作四诘十二之倡也[44]。

秦俳赵舞，奋袖低仰，跳丸跃剑，腾虚蹈空。(以上两段见《北堂书钞》卷一百一十二)

【说明】

刘梁《七举》属于"七"体的传统，源于枚乘《七发》。"七"类文体的作品均写七事，最后又多以要言妙道说服对方。此文现仅存宫馆、容饰、声色、饮食片段。

【注释】

①丹楹：红色的柱子。《文选·曹植〈七启〉》李善注："刘梁《七举》曰：'丹墀缥壁，紫柱红梁。'"《文选·张衡〈西京赋〉》："青琐丹墀。"吕向注："丹墀，阶也，以丹漆涂之。"缥壁：青白色的墙壁。

②紫柱虹梁：紫色的柱子，红色的屋梁。

③桷(jué 绝)、榱(cuī 崔)：都是指安在梁上支撑瓦片的木条，即椽子。

④藻棁(zhuó 浊)：梁上有彩画的短柱。棁，梁上短柱。

⑤金碧：黄金和玉石。这句是指在建筑物上镶上金玉。

⑥夜光：一种能发光的宝珠。

⑦鸿台：秦始皇时所筑高台。《三辅黄图》卷三《长乐宫》："鸿台，秦始皇二十七年(前220)筑，高四十丈，上起观宇，帝尝射飞鸿于台上，故号鸿台。《汉书》惠帝四年，长乐宫鸿台灾。"这里泛指高台。

⑧干云：干犯云层。参差：不齐貌。

⑨八极：喻最边远的地方。《淮南子·坠形训》提到，九州之外有八殥，八殥之外有八纮，八纮之外有八级。

⑩玉树：用宝玉制作的树。青葱：指翠绿色的玉树。《文选·扬雄〈甘泉赋〉》："翠玉树之青葱兮。"吕向注："青葱，玉树色也。"

⑪随珠：亦作"隋珠"，传说中的一种明珠。《淮南子·览冥训》："譬如隋侯之珠，和氏之璧，得之者富，失之者贫。"高诱注："隋侯，汉东之国，姬姓诸侯也。隋侯见大蛇伤断，以药敷之。后蛇于江中含大珠以报之，因曰隋侯之珠，盖明月珠也。" 明月：宝珠名。《楚辞·九章·涉江》："被明月兮佩宝璐。"王逸注："言己背被明月之珠。"

⑫陂(bēi 杯)：池塘湖泊。《淮南子·说林训》："十顷之陂可以灌四十顷，而一顷之陂可以灌四顷，大小之衰然。"高诱注："畜水曰陂。"

⑬青璅(zǎo 早):青色的玉石。璧珰:以玉璧饰椽头。璧,通“璧”。《文选·司马相如〈上林赋〉》:“华榱璧珰。”张铣注:“璧珰,以璧饰椽首也。”

⑭华组:冠上华美的带子。从风纷纭:随风飘动。此句又见曹植《七启》。

⑮结绿:美玉名。《史记·范睢蔡泽列传》:“宋有结绿,梁有县黎,楚有和璞。”妙微:喻精美之极。此句又见曹植《七启》。

⑯荷彩:当作“符采”,玉之横文也。昭烂:光泽灿烂。《文选·扬雄〈甘泉赋〉》:“半散昭烂,粲以成章。”吕延济注:“谓分布而光明文章也。”此句又见曹植《七启》。

⑰景、晖:都是指日光。此句又见曹植《七启》。

⑱黼黻(fǔ fú 府伏):古代礼服上所绣的华美花纹。《淮南子·说林训》:“黼黻之美,在于杼轴。”高诱注:“白与黑为黼,青与赤为黻,皆文衣也。”

⑲縠(hú 胡):一种丝织品。《汉书·江充传》:“衣纱縠禅衣。”颜师古注:“纱縠,纺丝而织之也。轻者为纱,绉者为縠。”

⑳繁饰:众多的彩饰。《墨子·非命中》:“繁饰有命。”《楚辞·离骚》:“佩缤纷其繁饰兮,芳菲菲其弥章。”

㉑微鲜:精妙鲜明。

㉒双辕:《文选·何晏〈景福殿赋〉》:“双辕是荷。”李善注:“任承檐以荷众材也。”芰荷:抽出水面的荷。英:花,指荷花。

㉓旒:古代冕冠前后垂下的玉串。《礼记·玉藻》:“天子玉藻,十有二旒。”应劭《汉官仪》:“冕,公侯九斿(同“旒”)者也。”散耀垂文:喻旒的光耀文采。

㉔昭然:明白的样子,即“神悟”。霍尔:即霍然,忽然。

㉕天马:汉代对来自西域良马的称号,意即神马。汉武帝很迷信,《汉书·武帝纪》载,元鼎四年(前113)“六月,得宝鼎……秋,马生渥洼水中,作《宝鼎》、《天马》之歌”。太初四年(前101),“贰师将军广利斩大宛王首,获汗血马,作《西极天马之歌》”。

㉖纤阿:传说古代擅长驾车的人。《文选·司马相如〈子虚赋〉》:“阳子骖乘,纤阿为御。”李善注引郭璞曰:“纤阿,古之善御者。”术仪:指驾驭的手段法度。

㉗凌云先螭:指天马腾空飞驰比龙还快。

㉘蒭(chú 雏)豢:指食草、食谷的家畜的肉。常用以指祭祀的牺牲。《孟子·告子上》:“犹刍豢之悦我口。”朱熹《集注》:“草食曰刍,牛羊是也;谷食曰豢,犬豕是也。”蒭,同“刍”。异馔并羞:指珍馐美味。羞,同“馐”。

㉙勺药:有二说:一为“勺药”即“芍药”,药草名,其根主和五脏,又解毒;二为“勺药”乃调和之意。似以前说为是。详见司马相如《子虚赋》李善注。

㉚酤:通“沽”,买。醯(xī 西):醋。醢(hǎi 海):用肉、鱼等制成的酱。

㉛菰(gū 孤):菰米,又称雕胡米,即茭白结出来的实。

㉜业：既，已。

㉝蹢（dí 迪）：兽蹄。《诗·小雅·渐渐之石》："有豕白蹢。"

㉞魮（pí 皮）：即鳑鲏鱼，一种小形淡水鱼。体侧扁，银灰色。

㉟分毫析氂：也即"析毫剖氂"，形容分割得极细。氂，同"釐"。

㊱仲尼：孔子的字。敕：告诫。

㊲友：以为友。四子：多种说法，有人之四子、四名臣、四贤、四弟子等等。这里似指孔子四弟子：颜回、子贡、子路、子张。

㊳"圣以"句：《论语·学而》："子曰：'未若贫而乐，富而好礼者也。'"

㊴命世：犹"名世"，闻名于世。雄儒：大儒。

㊵上人：道德高尚的人。

㊶躭：即"耽"，嗜好，喜爱。古学：原指古文经、古文字之学。何休《春秋公羊传序》："是以治古学、贵文章者，谓之俗儒。"徐彦疏："《左氏》先著竹帛，故汉时谓之古学。"这里当指治先秦诸子学问。

㊷盈溢：充裕，指家庭富足，与上句"穷困"对。操：品行。

㊸极：极尽，指到最大的限度。九变：多次演奏。《周礼·春官·大司乐》："若乐九变，则人鬼可得而礼矣！"郑玄注："变犹更也，乐成，则更奏也。"

㊹四诘：未明。倡：古代歌舞演员。明陈禹谟校刻本无此句。

【辨析】

此文容饰一段，多摘自曹植《七启》，博学如《文选》权威注家李善，《太平御览》编者李昉、徐铉、吴淑，《全汉文》编者严可均竟被骗过。全汉赋类似情况肯定还存在，值得我们仔细鉴别。当然，有的是后人对前人的抄袭。这种情况在两汉不是个别的，应加以区别。

边 韶

边韶(100? ～165?),字孝先,陈留浚仪(今河南开封)人。东汉文学家。以文章闻名,教授生徒数百人。边韶才思敏捷,出口成章。顺帝阳嘉三年(134),作《河激颂》。顺帝汉安二年(143),以尚书侍郎身份论历法。桓帝时,为临颍(今河南临颍)侯相。元嘉元年(151),征拜太中大夫,著作东观。再迁北地(郡治在今宁夏回族自治区铜峡市,东汉末没于羌胡)太守。入拜尚书令,后为陈(封地在今河南省淮阳县一带)相。延熹八年(165),作《老子铭》,寻卒。著有诗、颂、碑、铭、书、策凡十五篇。今存《塞赋》、《河激颂》、《老子铭》等六篇。传在《后汉书·文苑传上》。

塞赋并序

余离群索居[①]，无讲诵之事[②]。欲学无友，欲农无耒[③]，欲弈无塞[④]，欲博无楮[⑤]。问："可以代博弈者乎?"曰："塞其次也。"试习其术，以惊睡救寐，免书寝之讥而已[⑥]。然而徐核其因通之极，乃亦精妙而足美也[⑦]。故书其较略[⑧]，举其指归[⑨]，以明博弈无以尚焉[⑩]，曰：

始作塞者，其明哲乎？故其用物也约[⑪]，其为乐也大。犹土鼓块枹[⑫]，空桑之瑟[⑬]。质朴之化，上古所耽也[⑭]。然本其规模[⑮]，制作有式[⑯]。四道交正，时之则也[⑰]。棋有十二，律吕极也[⑱]。人操厥半，六爻列也[⑲]。赤白色者，分阴阳也[⑳]。乍亡乍存，像日月也[㉑]。行必正直，合道中也[㉒]。趋隅方折，礼之容也[㉓]。迭往迭来，刚柔通也[㉔]。周则复始，乾行健也。局平以正，坤德顺也[㉕]。然则塞之为义，盛矣大矣[㉖]，广矣博矣。质象于天，阴阳在焉[㉗]。取则于地，刚柔分焉[㉘]。施于人，仁义载焉[㉙]。考之古今，王霸备焉[㉚]。览其成败，为法式焉[㉛]。

【说明】

此赋见《艺文类聚》卷七十四"塞"类，序文取自《太平御览》卷七百五十四。

塞是古代的一种游戏。此赋写了塞的制作材料、规模式样、行走规则、象征意义。作者从儒家立场出发，对塞的存在作了种种合乎儒家经义的解释。其用心可谓良苦。

【注释】

①索居：独居。索，孤单。

②讲诵：讲授诵读。《史记·儒林列传》："董仲舒……下帷讲诵。"

③耒：古耕地的农具。《易传·系辞下》："神农氏作，斫木为耜，揉木为耒。"

④塞：同“簺（sài 赛）”，古代的一种博戏。《说文·竹部》：“行棋相塞谓之簺。”《后汉书·梁冀传》李贤注引鲍宏《簺经》：“簺有四采：塞、白、乘、五是也。至五即格，故谓之格五。”

⑤楮：楮皮做的纸币。《资治通鉴》卷十九载，武帝元狩四年，“冬，有司言：‘县官用度太空，而富商大贾冶铸、煮盐，财或累万金，不佐国家之急，请更钱造币以赡用，而摧浮淫并兼之徒。’是时禁苑有白鹿而少府多银、锡，乃以白鹿皮方尺，缘以藻缋，为皮币，直四十万。王侯、宗室朝觐聘享必以皮币荐璧，然后乃行”。明邱濬《大学衍义补·制国用·铜楮之币》：“自古之币，皆以金若铜，未有用他物者，用楮为币始于此（指汉武帝），且楮之造始于汉，三代以来未有也。”

⑥寐：《后汉书·文苑传·边韶》载：“韶口辩，曾昼日假卧，弟子私嘲之曰：‘边孝先，腹便便；懒读书，但欲眠。’韶潜闻之，应时对曰：‘边是姓，孝为字。腹便便，《五经》笥；但欲眠，思经事。寐与周公通梦，静与孔子同意。师而可嘲，出何典记？’嘲者大惭。韶之才捷皆此类也。”

⑦核：考察，核实。足美：完美。

⑧书：书写，作动词用。较略：大概。

⑨指归：主旨，大旨。

⑩无以尚：指没有超过博弈的精妙。尚，通“上”。

⑪约：简约，简要，也即不复杂。

⑫土鼓块枹：即用土块制作的鼓和鼓槌。枹：同“桴”，鼓槌。

⑬空桑：传说中的山名，出产琴瑟之材。《周礼·春官·大司乐》：“空桑之琴瑟，咸池之舞。”《汉书·礼乐志二》：“空桑琴瑟结信成……”颜师古注：“空桑，地名，出善木，可为琴瑟也。”

⑭耽：嗜好，喜爱。

⑮规模：格局，法度。

⑯式：规格，样式。

⑰四道交正：横竖各四条直线相交叉。时：指春夏秋冬四季。则：法则。

⑱十二：指十二枚棋子，双方各执六枚。律吕：音乐术语，指六律六吕。相传黄帝时伶伦削竹为管，以管之长短分出音之高低清浊，乐调即以此为准。古律以竹为管，后用玉，汉末用铜，六律即黄钟、大蔟、姑洗、蕤宾、夷则、无射。六吕即林钟、仲吕、夹钟、大吕、应钟、南吕。极：准则。

⑲人操厥半：亦即十二枚棋子，双方各执六枚。六爻：《易》卦之画称“爻”。在六十四卦中，每卦都有六画，故称“六爻”。列：排列。

⑳赤白色者，分阴阳也：指十二枚棋子。赤白各六，赤为阴，白为阳。

㉑乍亡乍存，像日月也：指棋子走动移位，白者为阳，像日；赤者为阴，像月。

㉒行必正直，合道中也：指棋子只能直走，中途不能拐弯。道中，即中途。

㉓趋隅方折，礼之容也：指棋子拐弯，犹如人行礼鞠躬，弯着身子。

㉔迭往迭来,刚柔通也:《易·说卦》:"《易》六画而戒卦,分阴分阳,迭用柔刚。"迭:更替,轮流。

㉕乾行健也:《易》乾卦象天。《易·乾·象》曰:"天行健,君子以自强不息。"坤德顺也:《易·坤·象》曰:"至哉坤元,万物资生,乃顺天。坤厚载物,德合无疆。"《易·说卦》:"坤,顺也。"指地之德顺天道之变化,以生养万物。

㉖义:意义,道理。

㉗质:验证。象:同"像",法则。阴阳在焉:指塞象天的日月,日为阳,月为阴,白为阳,赤为阴。

㉘则:法则。

㉙载:设置。

㉚备:齐备,完备。

㉛法式:法度,制度。

【辨析】

塞,作为一种消遣娱乐工具,当然有其存在的合理性。塞的始创者,也可能寄托着种种良好的愿望。但塞的作用早已变质,往往成为人们(尤其是帝王)荒淫放荡的代名词。《管子·四称》载,管子说:"昔者无道之君,大其宫室,高其台榭。良臣不使,谗贼是舍。有家不治,借人为图。政令不善,墨墨若夜。……众所怨诅,希不灭亡。进其俳优,繁其钟鼓。流(沉溺、放纵)于博塞,戏(玩赏)其工瞽,诛其良臣,敖(嬉戏)其妇女,……此亦可谓昔者无道之君矣!'桓公曰:'善哉!'"把纵情博塞视为是无道昏君的一种表现。《后汉书·梁冀传》传称:"(梁冀)少为贵戚,逸游自恣,性嗜酒,能挽满、弹棋、格五(《音义》云:"簺也。")、六博、蹴鞠、意钱之戏,又好臂鹰走狗,骋马斗鸡。"博弈嬉游也正是贵游子弟流氓恶少所乐为,所以汉宣帝很有分寸地说:"不有博弈者乎?……辞赋比之,尚有仁义讽谕、鸟兽草木多闻之观,贤于倡优博弈远矣!"(《汉书·王褒传》)辞赋被扬雄嘲为"壮夫不为"的"童子雕虫篆刻",而博弈比辞赋又要等而下之,其地位之低下,可见一斑。清吴兆骞在《闰三月朔日将赴辽左留别吴中诸故人》诗中说:"拟从执戟奏《甘泉》(指扬雄。扬雄做过汉成帝的侍郎,执戟护卫殿门。又写作《甘泉赋》),耻学吾丘(指吾丘寿王)能格五。"《汉书·吾丘寿王传》:"吾丘寿王……年少,以善格五(簺又名"格五")召待诏。"人们对博塞越来越没有好感,越来越摈弃。

但边韶却把博塞吹上天,说它象征着天地日月阴阳仁义。边韶的作为当别有用心。这当是他借塞以寄意,以小喻大,企图挽救东汉王朝的衰败和儒家经典的沦落的一种努力吧。他在回答弟子们的调侃时不就毫不掩饰地道出："腹便便，《五经》笥；但欲眠，思经事。寐与周公通梦，静与孔子同意。"他满脑子装的都是周孔《五经》，此赋不过是其真实思想的又一次流露吧！

延 笃

延笃(？～167)，字叔坚，南阳犨(今河南鲁山)人。少从颍川唐溪典受《左氏传》，旬日即能讽诵，溪典对其礼敬有加。又从马融受业，博通经传及百家之言，能著文章，闻名于京师。后举孝廉，为平阳侯相。到任，表龚遂之墓，立铭祭祠，擢用其后代于畎亩之间。以师丧弃官奔赴，五府并辟不就。

桓帝以博士征召之，拜为议郎，与朱穆、边韶共著作于东观。稍后迁侍中。帝数问政事，笃诡辞密对，动依典义。迁左冯翊，又徙京兆尹，其政用宽仁，忧恤民黎，擢用长者，与参政事，郡中欢爱，三辅咨嗟焉。先是陈留边凤为京兆尹，亦有能名，郡人为之语曰："前有赵、张、三王，后有边、延二君。"传在《后汉书》卷六十四。

应讯

【说明】

此篇仅存赋目。《后汉书·延笃传》:“笃论解经传,多所驳正,后儒服虔等以为折中。所著诗、论、铭、书、《应讯》、表、教令,凡二十篇云。”《应讯》即回答别人的询问,本篇应为类似东方朔《答客难》和扬雄《解嘲》之流的作品。

应:应声,回答。《庄子·列御寇》:“或聘于庄子。庄子应其使曰:‘子见夫犧牛乎?’”讯:询问。《诗·小雅·正月》:“召彼故老,讯之占梦。”毛传:“讯,问也。”晋郭璞《客傲》:“虽然,将祛子之惑,讯以未悟,其可乎?”

侯瑾

侯瑾，字子瑜，生卒年不详。敦煌（今甘肃敦煌）人。少孤贫，依宗人居，性笃学，以佣作为资，暮还便燃柴读书。平日以礼自约，独处一室而如对严宾。桓帝时，州郡及朝廷屡召，皆称疾不就。曾作《矫世论》，以讥刺当世。后徙入山中，潜心著述。因莫知于世，故作《应宾难》以自寄。又作《皇德传》三十篇及杂文数十篇。《隋书·经籍志》载《汉皇德纪》三十卷，《侯瑾集》二卷，亡。现存《筝赋》。《全汉文》录入题为《皇德颂叙》一篇，此叙与《后汉书·文苑传下》侯瑾本传开头七句同，当为前者截录后者，不足为篇。传在《后汉书·文苑传下》。

筝赋

物顺合于律吕[①]，音叶同于宫商[②]。朱弦微而慷慨兮，哀气切而怀伤[③]。(《初学记》卷十六)

于是急弦促柱，变调改曲[④]。卑杀纤妙，微声繁缛[⑤]。散清商而流转兮，若将绝而复续[⑥]。纷旷荡以繁奏，邈遗世而越俗[⑦]。若乃察其风采，练其声音[⑧]，美武、荡乎，乐而不淫[⑨]。虽怀思而不怨，似《豳风》之遗音[⑩]。于是《雅》曲既阕，《郑》、《卫》仍修[⑪]。新声顺变，妙弄优游[⑫]。微风漂裔，冷气轻浮[⑬]。感悲音而增叹，怆嚬悴而怀愁[⑭]。若乃上感天地，下动鬼神，享祀祖宗，酬酢嘉宾[⑮]，移风易俗，混同人伦，莫有尚于筝者矣[⑯]。(《艺文类聚》卷四十四)

【说明】

侯瑾生当东汉之末，社会黑暗。他少孤贫，寄于宗人篱下。长而慕隐，而内心又向往儒家的积极入世。内心的矛盾交困，使他发而为文，此赋就是在这种心境下写就的。赋借筝反映了他"邈遗世而越俗"与"移风易俗，混同人伦"的矛盾思想，抒发了他对"《雅》曲既阕，《郑》、《卫》仍修"的慷慨悲怆之情。对社会他显得无奈，只有借赋作自我宣泄、宽慰、伤悼。

此赋存留不全，但大旨可见。其写作时间大致在他山隐之时。侯瑾之前，写音乐题材的赋并不多，而写筝这种乐器的，侯瑾的《筝赋》当是第一篇。自他之后，魏阮瑀，晋贾彬、陈氏，梁简文帝等都有继踵之作。筝，一种弦乐器。古有弹筝、搊筝，属小瑟类，有五弦的、十二弦的、十三弦的。传说为秦蒙恬所造。

【注释】

①顺合:顺从符合。王充《论衡·自纪篇》:"文贵夫顺合众心。"律吕:古以竹管或金属管十二根,管径相等,但长短不一,以管之长短来确定音的高低。奇数六管称"律",即黄钟、太蔟、姑洗、蕤宾、夷则、无射;偶数六管称"吕",即大吕、夹钟、仲吕、林钟、南吕、应钟。

②音叶(xié 邪):音声协和。叶,"协"的古字。宫商:古乐有宫、商、角、徵、羽五音。此以"宫商"代五音。

③微:此指弹奏动作轻微。慷慨:感慨,叹息。这是说"微"奏的感人效应。哀气:哀伤之气。切:深切。怀伤:心情悲伤。这两句与开头两句录自《初学记》卷十六,前两句由物音切入赋题,似为此赋原本的开头,后两句是写微弦哀音的,估计有脱漏。

④急弦:节奏急促的弦乐。促柱:急弦。促,速也。

⑤卑杀:指低微急促的乐声。纤妙:细柔曼妙。微声:即好妙的乐声。繁缛:声音细碎繁多。

⑥散:散传,指弹奏的乐音传播散开。清商:即商声,五音之一。《史记·乐书》:"商正肺和正义。"流转:流畅圆转。若:好像。绝:乐音中断。复续:又接上。

⑦纷:众多的样子。旷荡:空阔无边。繁奏:急频地弹奏。邈(miǎo 秒):远,悠远。遗世、越俗:都是超脱世俗的意思。

⑧若乃:相当于"至于",赋转折常用的辞语。风采:风度,神采,指筝。练:通"拣",选择。

⑨"美武"二句:直用吴公子季札语。《左传·襄公二十九年》,季札于鲁观周乐,评到《豳风》时说:"美哉!荡乎!乐而不淫,其周公之乐乎?"武:当从《初学记》作"哉"。荡:广大,广远。《论语·泰伯》孔子评尧:"荡荡乎!民无能名焉。"乐而不淫:快乐但不过分。《论语·八佾》孔子评《关雎》亦借季札语说"乐而不淫,哀而不伤"。淫,过分,过度。

⑩虽:即使。怀思:心中愁思。《豳风》之遗音:指季札所评《豳风》的精神内容,主要准则是"乐而不淫"。《豳风》,《诗》十五国风之一,共七篇,都是西周时的作品。豳:也作"邠",本是周的旧地,自公刘到太王都居于此。

⑪于是:辞赋常用的转折语。《雅》曲:即雅乐,用于郊庙朝会的正乐。《论语·阳货》:"恶郑声之乱雅乐也。"雅,这里特指《诗》里的"大小雅"和"三颂"。先秦时,《诗》皆合乐,分雅曲和俗曲,雅颂属雅曲,风属俗曲。阕(què 却):乐终。《礼记·郊特牲》:"乐三阕。"孔颖达疏:"阕,止也。奏乐三遍,止。"《郑》、《卫》:《诗》里的《郑风》和《卫风》,多为爱情作品,其曲为俗曲,与雅曲相对。孔子以为"郑声淫",主张"放郑声"(《论语·卫灵公》)。后来因以郑卫之音指淫荡的乐歌或文学作品。《礼记·乐记》:"郑卫之音,乱世之音也。"修:通"羞"。《尔

雅·释诂》:“羞,进也。”这里指奏郑卫之音。

⑫顺变:顺应变化。妙弄:神妙的奏乐。优游:声音远而且长。

⑬微风漂裔:《文选·刘峻〈广绝交论〉》引作“微风影擎”。《文选·王褒〈洞箫赋〉》:“联绵漂撇,生微风兮。”李善注:“漂撇,馀响少腾相击之貌。”即余响清越的样子。

⑭怆(chuàng 创):悲伤。嚬悴(pín cuì 频翠):同“嚬蹙”,皱眉头表示忧戚。嚬,通“颦”,皱眉。悴,悲伤。

⑮享祀:祭祀。祖宗:宗庙的祖宗。酬酢(zuò 作):朝聘应享之礼,主客相互敬酒。主人酌酒敬宾叫“献”,宾还答主人叫“酢”,主人再答敬宾叫“酬”。嘉宾:贵宾。

⑯移风易俗:改变风俗习惯。移、易,都是改变、改换的意思。人伦:不同等级的人。尚:超过,高出。

廉品

廉品，生平事迹不详。《全后汉文》称："品为议郎，有集二卷。"《隋书·经籍志四》称："议郎廉品集二卷，亡。"

大傩赋

于吉日之上戊[①]，将大蜡于腊烝[②]。先兹日之酉[③]，久宿洁静以清澄[④]。乃班有司[⑤]，聚众大傩。天子坐华殿，临朱轩，凭玉几，席文旃[⑥]，率百隶之侲子，群鼓噪于宫垣[⑦]。(《太平御览》卷五十三)

弦桃刺棘，弓矢斯张[⑧]，赭鞭朱朴击不祥[⑨]，彤戈丹斧，芟夷凶殃[⑩]。投妖匿于洛裔[⑪]，辽绝限于飞梁[⑫]。(《玉烛宝典》卷十二)

【说明】

此赋记述了大傩(nuó 挪)的部分仪式。首段当为序文。赋文似有缺漏。大傩是岁末禳祭，以驱除瘟疫。张衡《东京赋》："尔乃卒岁大傩，殴除群厉。"

【注释】

①上戊：农历每月上旬之戊日。

②大蜡(zhà 乍)：亦作"大禮"，古祭名。于年终祭农田诸岁神，以祈来年免灾。《礼记·杂记下》："子贡观于蜡。"郑玄注："蜡也者，索也。岁十二月，合聚物物而索飨之祭也。"蔡邕《独断》："蜡之言索也，祭曰索此八神而祭之也。"《礼记·明堂位》："是故夏礿、秋尝、冬烝、春社、秋省，而遂大蜡，天子之祭也。"郑玄注："大蜡，岁十二月索鬼神而祭之。"《广雅·释天》："腊，索也。夏曰清祀，殷曰嘉平，周曰大蜡，秦曰腊。"腊(là 蜡)：古代十二月冬至后的祭名。称祭百神为"蜡"，祭祖先为"腊"。烝：古代冬季祭名。《尔雅·释天》："冬祭曰烝。"

③先：指在腊烝之先进行大蜡。酉：指酉时，即十七时至十九时。

④久宿：长久逗留。这句指祭祀前的沐浴洁身。

⑤班：颁布。有司：有关官员。古设官多有所司，故称官吏为有司。

⑥华殿：华美的宫殿。朱轩：红漆的车。凭玉几：靠着玉制的小桌。古几用以倚靠身体。《孟子·公孙丑下》："隐几而卧。"席文旃：坐在有文采的毛毡上。

旃,通"毡"。

⑦百隶:百民。《列子·仲尼》:"隶人之生。"张湛注:"隶,犹群辈也。"侲(zhèn 振)子:童子。古特指驱鬼所用的。《后汉书·礼仪志中》:"先腊一日,大傩,谓之逐疫。其仪:选中黄门子弟年十岁以上,十二以下,百二十人为侲子。皆赤帻皂制,执大鼗。……以逐恶鬼于禁中。"

⑧弦桃刺棘:应为"桃弧棘矢"之意。《文选·张衡〈东京赋〉》:"桃弧棘矢。"薛综注:"桃弧,谓弓也;棘矢,箭也。"斯:是。

⑨赭鞭朱朴:赤色的鞭,红色的木棍。都是扑鬼的用具。《史记·陈涉世家》:"执敲朴以鞭笞天下。"司马贞《索隐》引臣瓒曰:"短曰敲,长曰朴。"不祥:不祥之物,指疫鬼。

⑩彤:朱红色。丹:赤色。芟夷:铲除。

⑪ 妖匿:妖魔。匿,同"慝",邪恶的东西。这里指疫鬼。洛裔:洛水边。洛水,即今河南洛河,在东汉东都洛阳南。

⑫飞梁:凌空飞架的桥。《文选·扬雄〈甘泉赋〉》:"历倒景而绝飞梁,浮蠛蠓而撇天。"李善注引晋灼曰:"飞梁,浮道之桥也。"这句意谓:驱逐疫鬼到无限的空旷地方去。

【辨析】

大傩,古代腊月驱逐疫鬼的仪式。这种风俗出现当很早。《论语·乡党》:"乡人傩,朝服而立于阼阶。"《吕氏春秋·季冬纪》:"命有司大傩,旁磔,出土牛,以送寒气。"高诱注:"今人腊岁前一日,击鼓驱疫,谓之逐除是也。"《后汉书·礼仪志中》:"先腊一日,大傩,谓之逐疫。其仪:选中黄门子弟年十岁以上,十二以下,百二十人为侲子。皆赤帻皂制,执大鼗。方相氏黄金四目,蒙熊皮,玄衣朱裳,执戈扬盾。十二兽有衣毛角。中黄门行之,冗从仆射将之,以逐恶鬼于禁中。夜漏上水,朝臣会,侍中、尚书、御史、谒者、虎贲、羽林郎将执事,皆赤帻陛卫。乘舆(指皇帝)御前殿。黄门令奏曰:'侲子备,请逐疫。'于是中黄门倡,侲子和,曰:'甲作食殈,胇胃食虎,雄伯食魅,腾简食不祥,揽诸食咎,伯奇食梦,强梁、祖明共食磔死寄生,委随食观,错断食巨,穷奇、腾根共食蛊。凡使十二神追恶凶,赫女(通"汝")躯,拉女干,节解女肉,抽女肺肠,女不急去,后者为粮。'因作方相与十二兽舞,欢呼。周遍前后省三过,持炬火,送疫出端门。门外驺骑传炬出宫,司马阙门门外五营骑士传火弃雒水中,百官官府各以木面兽能为傩人师讫,设桃梗、郁櫑、苇茭毕,执事陛者罢。苇戟、桃杖以赐公卿、将军、特侯、诸侯云。"

汉以后,傩这种驱除疫鬼的礼仪形式逐渐向娱乐方面演化,成为傩戏、傩歌、傩舞。宋周密《武林旧事·岁晚节物》:“市井迎傩,以锣鼓遍至人家,乞求利市。”陆游《岁暮》诗:“太息儿童痴过我,乡傩虽陋亦争看。”明徐渭《陈山人暮表》:“其所自娱戏者,虽琐至吴歈越曲……棹歌菱唱,伐木挽石,薤辞傩逐……靡不穷态极调。”有的甚至发展成为兵家扬威耀武的一种形式。据《太平御览》卷五百三十载:“《后魏书》曰:‘高宗和平三年十二月,因岁除大傩之礼,遂耀兵武,更为制令,步兵陈于南,骑士陈于北,各击钟鼓以为节度,其步兵衣青、赤、黄、黑,别无部队楯矟矛戟相次,周回转易,以相赴就,有飞龙腾蛇之变,为函箱鱼鳞四门之阵,凡六十余法,踸起前却,莫不应节。阵毕,南北两军皆鸣鼓角,众尽大噪,各令骑将交去来,挑战,步兵更进退以拒击,南败北捷,以为盛观,自后踵以为常。’”“自后踵以为常”也即说自此以后都步其后尘,成为一种习俗。此文在《魏书·高宗纪》中也有简略记述。

鲁迅先生在《中国小说的历史的变迁》一文中说“诗歌起源于劳动与宗教”,诗歌是如此,舞蹈、练兵习武也当是如此,此其证也。

桓 麟

桓麟，生卒年不详（陆侃如先生推断为公元 110～150 年），字元凤，沛郡龙亢（今安徽怀远西北）人，东汉文学家。十二岁时，伯父桓焉在客人面前称赞他："吾此弟子，知有异才，殊能作诗赋。"客人赞曰："甘罗十二，杨乌九龄，昔有二子，今则桓生。"桓麟即应声作答："邈矣甘罗，超等绝伦；仰彼杨乌，命世称贤……仰惭二子，俯愧过言。"约于顺帝末，为司徒掾。桓帝初，为议郎，入侍讲禁中。因正直而得罪左右，出为许县令。因病免官，遇母丧，悲哀过度，寻卒，年四十一。著有碑、诔、赞、说、书共二十一篇。今存《答客》诗一首，《七说》残文一篇，还有《太尉刘宽碑》。传附《后汉书·桓荣传》及《艺文类聚》卷三十一引《文士传》。

七说

香萁为饭[①],杂以梗菰[②],散如细蚳[③],抟似凝肤[④]。河鼋之羹,齐以兰梅,芳芬甘旨,未咽先滋[⑤]。

椅梧与梓,生乎曾崖[⑥]。上仰贯天之山,下临洞地之谿[⑦]。飞霜厉其末,飚风激其崖[⑧],孤琴径其根[⑨],杂鸟集其枝[⑩]。

王良栢其左,造父骖其右[⑪]。挥沫扬镳[⑫],倏忽长驱[⑬],轮不暇转,足不及骤[⑭]。腾虚逾浮[⑮],瞥若飙雾[⑯]。追慌忽,逐无形[⑰]。速疾影之超表,捷飞响之应声[⑱]。超绝壑,逾悬阜[⑲],驰猛禽,射劲鸟[⑳]。骋不失踪,满不空发[㉑]。弹轻翼于高冥,穷疾足于方外[㉒]。

牒一元之肤[㉓],脍挺祭之鲜[㉔],□□铭万,徽割不理,杂犹乱丝,聚若委采[㉕],蒸豭肥之豚[㉖],炰柔毛之羜[㉗],调脡和粉[㉘],糅以橙蒟[㉙]。

戏谈以要誉[㉚]。

【说明】

此赋见《艺文类聚》卷五十七,系残篇。现依《全汉赋》排列,分四段,其中饮食部分被隔开,分置一与四段中,这种分法似不妥。《全后汉文》将一段并入四段,当较符合原作实际。"七"体均袭《七发》,内容结构陈陈相因,缺乏创造性。

【注释】

①萁:野菜名。《后汉书·马融传》:"芳茹甘荼、茈萁。"李贤注:"《尔雅》曰:'綦,月尔。'"綦,草名,又称月尔、紫蕨。郭璞注:"即紫綦也,似蕨可食。"

②梗:即"粳(jīng精)",粳米,一种较有黏性的米。菰:菰米。

③细蚳:细小的蚳蚓,形容饭粒细长。

④抟:握,抓。《吕氏春秋·首时》:"伍子胥说之半,王子光举帷,抟其手而

与之坐。”高诱注：“搏，执子胥之手……” 凝肤：洁白润泽的皮肤。这句形容米饭光泽润滑。

⑤此四句又见《北堂书钞》卷一百四十四及《太平御览》卷八百六十一。鼋(yuán元)：俗称“绿团鱼”，爬行纲，鳖科动物。齐：通“剂”，调味品。兰：兰草，全身有香气，其花尤幽香清远。梅：指梅花，味清香淡雅。这句是指用兰花、梅花熏香。甘旨：美好的食品，这里指鼋羹。滋：汁液。《文选·扬雄〈羽猎赋〉》：“上猎三灵之流，下决醴泉之滋。”张铣注：“滋，涌也。” 这句是说：饭羹未咽，即自行流入食道。

⑥椅：树木名，即山桐子树。《诗·庸风·定之方中》：“树之榛栗，椅桐梓漆。”曾：通“层”。曾崖：即重重叠叠的山崖。

⑦贯天：穿透天，喻山高。洞地：穿通地，喻溪谷之深。谿：同“溪”。

⑧厉：磨砺。末：指树的末梢。飚(biāo标)风：急风，暴风。飚，同“飙”。

⑨孤琴：指孤臣孽子所弹奏的琴声。径：经。这里指激荡。

⑩杂鸟：指多种鸟。集：群鸟栖息。

⑪ 王良：春秋时的善御者。造父：周穆王时的善御者。《淮南子·览冥训》：“昔者王良造父之御也，上车摄辔，马为整齐而敛谐，投足调、均，劳逸若一。”

⑫挥沫扬镳：指马喷着气，昂首扬蹄飞奔。

⑬倏忽：顷刻，忽然间。

⑭足：借指马。骤：马奔跑。这两句是说：车轮来不及转，马来不及跑。

⑮虚：天空。苏轼《赤壁赋》：“浩浩乎如凭虚御风。”逾：超越。浮：空虚。

⑯瞥：倏忽。飙：疾风。

⑰慌忽：即“慌惚”，模糊不明貌，指腾入高空。逐：追逐。无形：不见形体，意与“慌惚”同。

⑱“速疾”二句：形容其坐骑之速之捷，快过影，超过声。

⑲绝壑：深谷。悬阜：陡峭的山丘。

⑳劲鸟：强劲善飞的鸟。

㉑踪：脚印，踪迹。这里指脚蹄。失踪：指失足。满：指张满弓。不空发：指箭箭命中。

㉒轻翼：轻捷的翅膀。这里指善飞的鸟。高冥：高空。冥，高远。穷：指穷追。疾足：指善奔跑的马。方外：世外，指极远之处。

㉓膘(zhé折)：切肉成薄片。一元：“一元大武”的省称，古用以称祭祀用牛。一元，即一头牛。《礼记·曲礼下》：“凡祭宗庙之礼，牛曰一元大武。”郑玄注：“元，头也；武，迹也。”孔颖达疏：“牛若肥则脚大，脚大则迹痕大，故云一元大武也。”

㉔挺祭：《北堂书钞》卷一百四十五注：“陈俞本脍挺作春。”似是。春祭：春季宗庙、宗祠之祭。《礼记·祭统》：“凡祭在四时，春祭曰礿，夏祭曰禘。”

㉕委采：堆积的五彩。采，通“彩”。

㉖㓻：“刚”的俗字。陈俞本及《全后汉文》引《七说》，“㓻”均作“刚”。刚肥之豚：刚健肥胖的小猪。

㉗炰（fǒu 否）：同“缹”，蒸煮。焦赣《易林・贲之颐》：“炰鳖脍鲤。”原注：“炰音缹。”

㉘脡（shān 山）：生肉酱。桓谭《新论・谴非》：“鄙人有得脡酱而美之。”

㉙蒟（jǔ 举）：植物名，其实可食。《文选・左思〈三都赋〉》：“其圃则有蒟蒻、茱萸。”刘良注：“蒟，蒟酱也。缘树而生，其子如桑椹，熟时正青，长二三寸，以蜜藏而食之，辛香，温调五脏。”

㉚要誉：即“邀誉”，希求声誉。要，通“邀”。

赵岐

赵岐(约108～201),字邠卿,京兆长陵(今陕西咸阳东北)人,初名嘉,字台卿。岐少明经,有才艺。娶扶风马融侄女为妻。马融因党附致讥,为正直所羞,岐鄙视之,不与相见。初任州郡,因廉正疾恶为人所惧。年三十余,罹重疾,卧床七年,几死,自为铭曰:"汉有逸人,姓赵名嘉;有志无时,命也奈何!"后疾竟愈。桓帝永兴二年(154),辟司空掾,后为大将军梁冀所辟,出为皮氏(治所在今山西省河津县)长。会中常侍左悺兄胜出任河东太守,耻与为伍,即日西归。京兆尹延笃复以为功曹。延熹元年(158),中常侍唐衡兄玹为京兆尹,岐数贬议他,遂惧祸逃亡四方。匿安丘孙嵩家中数年,作《戹(厄)屯歌》二十三章。延熹九年(166),拜并州刺史,作《御寇论》四十章,会党事免官。灵帝初,又罹党祸十余年。灵帝中平元年(184),拜议郎,何进举为敦煌太守,迁太仆。及李傕专权,命与马日磾抚慰天下。袁绍、曹操闻岐至,皆自将兵数百里奉迎。献帝兴平元年(194),使荆州,督刘表诣洛阳助修宫室,遂以老病留居荆州。曹操拜为太常。献帝建安六年(201)卒,年九十余。著《孟子章句》,被收入《十三经注疏》,成为汉人注孟的唯一一家。《全后汉文》尚录《蓝赋》(残)等数篇。传在《后汉书》卷六十四。

蓝赋并序

余就医偃师，道经陈留[①]。此境人皆以种蓝染绀为业[②]。蓝田弥望[③]，黍稷不植[④]。慨其遗本念末[⑤]，遂作赋曰：

同丘中之有麻[⑥]，似麦秀之油油[⑦]。

【说明】

此赋见《艺文类聚》卷八十一、《太平御览》卷九百九十六。

赋序首言"就医"，本传称："年三十余，有重疾。"则此赋当作于赵岐三十余岁时。赋中借题发挥，指斥当时阉寺乱政。赵氏对外戚似怀有好感，多与结交。可见他的眼光并不深刻，对王朝尚存有幻想，这从他一生的行事中都可见出。

【注释】

①偃师：县名，治所在今河南省偃师县东。陈留：县名，治所在今河南省开封市东南。

②蓝：植物名，有多种，其叶可制染料。绀（gàn 赣）：天青色。此处寓意《论语·乡党》："君子不以绀、緅（zōu 邹）饰。"君子不用天青色和铁灰色镶边。緅：青红色。

③蓝田：种蓝草之田。弥望：满眼，指视野所及，喻广大。

④黍稷不植：泛指不种粮食。

⑤慨：感叹。本：这里指种粮食。末：这里指种染料植物。

⑥丘中之有麻：《诗·王风·丘中有麻》毛诗序："《丘中有麻》，思贤也。庄王不明，贤人放逐，国人思之，而作是诗也。"

⑦麦秀：麦叶穗。油油：禾黍苗光亮貌。《史记·宋微子世家》："其后箕子朝周，过故殷墟，感宫室毁坏，生禾黍，箕子伤之。欲哭则不可，欲泣为其近妇人，乃作麦秀之诗以歌咏之，其诗曰：'麦秀渐渐兮，禾黍油油。彼狡童兮，不与

我好兮！'所谓狡童者，纣也。殷民闻之，皆为流涕。"

【辨析】

此赋作者不满陈留的"蓝田弥望"，"染绀为业"，"黍稷不植"，本末倒置。蓝、绀都是天蓝色、铁青色，接近紫色，似暗寓《论语·阳货》"恶紫之夺朱"之意。这里的紫，当指宦官。在赵岐生活的年代，宦官几乎是红得发紫的。公元121年，安帝勾结宦官杀逐邓家人。125年，安帝死，幼童北乡侯继位，阎太后临朝，阎显掌大权，杀安帝宦官。但几个月后，北乡侯死，宦官孙程等十九人杀阎显，立顺帝，十九人同时封侯，宦官势力得到恶性膨胀。144年，顺帝死，桓帝继位，梁太后临朝，梁冀掌朝政。159年，桓帝结合宦官杀梁冀及党徒三百余人。167年，桓帝死，灵帝继位，窦太后临朝，窦武掌朝政。168年，宦官杀窦武及名士陈蕃。宦官几乎独霸朝政，一直到189年，灵帝死。但时人对宦官似没有好感，称之为"阉竖"。从赵岐一生行径看，他蔑视宦官，抨击宦官，耻与为伍。但赵岐却亲近外戚，为大将军梁冀所征辟，罹党祸十余载。其实，宦官、外戚是一丘之貉，是一对罪孽深重的怪胎。到献帝时，他们终于走向自己的末路。赵岐对宦官的嫉恨，是可以理解的。他对外戚的亲近，却是他的时代局限，不足为奇。

赵壹

赵壹(178 年前后在世),字元叔,汉阳西县(今甘肃天水)人,东汉后期抒情小赋作家。赵壹恃才倨傲,为乡党所摈,乃作《解摈》。后屡抵罪,几至死,友人救得免,乃作《穷鸟赋》与《刺世疾邪赋》。灵帝光和元年(178),举郡上计到京,备受司徒袁逢、河南尹羊陟的赏识,以为"朝臣莫有过之者",由是名动京师,州郡争致礼命。但赵壹"十辟公府,并不就,终于家"。著有赋、颂、箴、诔、书、论及杂文十六篇。《全汉文》收有《刺世疾邪赋》、《穷鸟赋》、《迅风赋》、《报皇甫规书》、《非草书》等五个完篇。另《解摈赋》、《报羊陟书》各仅存一句。传在《后汉书·文苑传下》。

穷鸟赋并序

昔原大夫赎桑下绝气，传称其仁[①]；秦越人还虢太子结脉，世著其神[②]。设曩之二人不遭仁遇神，则结绝之气竭矣，然而糒脯出乎车轸，针石运乎手爪[③]。今所赖者，非直车轸之糒脯，手爪之针石也。乃收之于斗极，还之于司命[④]，使干皮复含血，枯骨复被肉，允所谓遭仁遇神[⑤]，真所宜传而著之。余畏禁，不敢班班显言[⑥]，窃为《穷鸟赋》一篇。其辞曰：

有一穷鸟，戢翼原野[⑦]。罼网加上，机穽在下[⑧]。前见苍隼，后见驱者[⑨]。缴弹张右，羿子彀左。飞丸激矢，交集于我[⑩]。思飞不得，欲鸣不可。举头畏触，摇足恐堕。内独怖急，乍冰乍火。幸赖大贤，我矜我怜。昔济我南，今振我西[⑪]。鸟也虽顽，犹识密恩。内以书心，外用告天。天乎祚贤，归贤永年。且公且侯，子子孙孙[⑫]。

【说明】

此赋见《后汉书·文苑传下·赵壹》，《太平御览》卷三百五十、卷四百八十六，《艺文类聚》卷九十。

据《后汉书·文苑传下·赵壹》所记，赵壹"恃才倨傲"，"后屡抵罪，几至死，友人救得免"。赵壹"贻书献恩"，即为此赋。《刺世疾邪赋》亦作于此时，一表感恩，一舒怨愤，情绪与风格截然不同，但语言都质朴、直露，富有流动感。作者直陈胸臆，如坦言："余畏禁，不敢班班显言。"祈祷上天保佑恩人，可见其激烈率真的个性。赋中作者以穷鸟自喻，其对内心困境的描写——"思飞不得，欲鸣不可。……内独怖急，乍冰乍火"——具有令人窒息的感染力。而在换韵后出现的"大贤"，不仅构成自然的语段分割，更是突出了作为转机出现的拯救与新生。赋虽短，其技巧尚有可道。但情意"径直露骨，未能如屈、贾之味余文外”(《艺概·赋概》),是其所短。

【注释】

①原大夫:即赵盾,谥宣。《左传·宣公二年》:“宣子田于首山,舍于翳桑。见灵辄(人名)饿,问其病。曰:‘不食三日矣。’食之。舍其半。问之,曰:‘宦三年矣,未知母之存否?今近焉,请以遗之。’使尽之,而为之箪食与肉,寘诸橐以与之。”赎:《后汉书·文苑传下》李贤注(以下简称“李贤注”):“即续也。”传:指《左传》。

②“秦越人”二句:用春秋时名医扁鹊让郑国虢太子起死回生事。《史记·扁鹊仓公列传》:“扁鹊者……姓郑,名越人……扁鹊过郑,虢太子死。扁鹊……问中庶子喜方者曰:‘太子何病……’中庶子曰:‘太子病血气不时,交错而不得泄,暴发于外,则为中害。精神不能止邪气,邪气畜积而不得泄,是以阳缓而阴急,故暴蹷而死。’扁鹊曰:‘其死何如时?’曰:‘鸡鸣至今。’曰:‘收乎?’曰:‘未也,其死未能半日也。’‘……臣能生之。’中庶子曰:‘先生得无诞之乎?何以曰太子可生也……’扁鹊仰天叹曰:‘子以吾言为不诚,试入诊太子,当闻其耳鸣而鼻张;循其两股以至于阴,当尚温也。’中庶子闻扁鹊言,目眩然而不瞚,舌挢然而不下,乃以扁鹊言入报虢君。虢君闻之大惊,出见扁鹊于中阙。……扁鹊曰:‘若太子病,所谓“尸蹷”者也……太子未死也。’……扁鹊乃使弟子子阳,厉针砥石,以取外二阳五会,有间,太子苏。”

③糒(bèi 备):干饭。脯(fǔ 俯):干肉。轸(líng 玲):车栏,即车厢前与左右两面连接的横木,可以悬挂东西。此指有车厢的车。针石:用砭石制成的针,古代针灸用石针。

④斗极:北斗星和北极星,主刑罚杀戮。司命:主人性命之神。此句意谓:友人从囹圄中将己救出,重得新生。

⑤遭仁遇神:指遇到赵盾和扁鹊。

⑥班班:显明的样子。

⑦戢(jí 集)翼:敛翼。

⑧罼(bì 必):网小而柄长谓之罼。机穽(jǐng 井):李贤注:“机,捕兽机槛也。穽,穿地陷兽。”穽,“阱”的异体字。

⑨苍隼(sǔn 损):一种凶猛的鸟,比鹰略小,背部青黑色,故曰苍隼。驱者:指猎人。

⑩缴(zhuó 浊):李贤注:“以缕系箭而射者也。”羿子:后羿,古之善射者,后成为善射者的代称。彀(gòu 够):李贤注:“引弓也。”此句以上下左右遍布机关,箭丸交加,形容其已无生路。

⑪乍冰乍火:即忽冷忽热,写恐怖心态。我矜我怜:即“矜我怜我”。济:救济。振:同“赈”,也是救济。《礼记·月令》:“振乏绝。”郑玄注:“振,犹救也。”我

南、我西：喻赵壹四处受敌，陷入困境。

⑫密恩：深恩。书心：书写自己的感激之情。祚（zuò 作）：降福。《左传·宣公三年》："天祚明德。"归：通"馈"，赠送。永年：长寿。此句意谓：愿上天降福贤者，加其年寿，子子孙孙永享荣华富贵。

刺世疾邪赋

伊五帝之不同礼[①]，三王亦又不同乐[②]。数极自然变化[③]，非是故相反驳[④]。德政不能救世溷乱[⑤]，赏罚岂足惩时清浊[⑥]？春秋时祸败之始[⑦]，战国愈复增其荼毒[⑧]。秦汉无以相逾越[⑨]，乃更加其怨酷[⑩]。宁计生民之命[⑪]，唯利己而自足。于兹迄今[⑫]，情伪万方[⑬]。佞谄日炽[⑭]，刚克消亡[⑮]。舐痔结驷[⑯]，正色徒行[⑰]。妪媀名埶[⑱]，抚拍豪强[⑲]。偃蹇反俗[⑳]，立致咎殃[㉑]。捷慑逐物[㉒]，日富月昌。浑然同惑，孰温孰凉[㉓]？邪夫显进，直士幽藏[㉔]。

原斯瘼之攸兴，寔执政之匪贤[㉕]。女谒掩其视听兮[㉖]，近习秉其威权[㉗]。所好则钻皮出其毛羽[㉘]，所恶则洗垢求其瘢痕[㉙]。虽欲竭诚而尽忠，路绝险而靡缘[㉚]。九重既不可启[㉛]，又群吠之狺狺[㉜]。安危亡于旦夕，肆嗜欲于目前[㉝]。奚异涉海之失柂[㉞]，积薪而待燃。荣纳由于闪揄[㉟]，孰知辨其蚩妍[㊱]。故法禁屈挠于埶族[㊲]，恩泽不逮于单门[㊳]。宁饥寒于尧舜之荒岁兮，不饱暖于当今之丰年。乘理虽死而非亡[㊴]，违义虽生而匪存。

有秦客者[㊵]，乃为诗曰："河清不可俟[㊶]，人命不可延。顺风激靡草[㊷]，富贵者称贤。文籍虽满腹，不如一囊钱。伊优北堂上[㊸]，抗脏倚门边[㊹]。"

鲁生闻此辞，击而作歌曰[㊺]："埶家多所宜[㊻]，欬唾自成珠。被褐怀金玉[㊼]，兰蕙化为刍[㊽]。贤者虽独悟，所困在群愚。且各守尔分，勿复空驰驱[㊾]。哀哉复哀哉，此是命矣夫[㊿]！"

【说明】

此赋见《后汉书·文苑传下·赵壹》，《北堂书钞》卷一百三十八，《太平御览》卷六百九十三、卷七百七十一。《太平御览》卷七百七十一引作《疾邪赋》。

本赋言辞直切、激烈、尖锐、深刻，痛快淋漓地暴露了当时社会的黑暗和腐朽，抒发了作者愤世嫉俗的思想感情，表现了他正直耿介的性格。形式上打破赋颂传统，摆脱汉大赋求雅的表现方法，疏荡、通俗，为后世抒情小赋的发展开了先河。

【注释】

①伊：发语词。五帝：说法不一。据《史记·五帝本纪》，指黄帝、颛顼、帝喾、唐尧、虞舜。礼：礼法。

②三王：指夏、商、周三代开国之君，即夏禹、商汤、周文王和周武王。乐：音乐。

③数：天数，时势。

④反驳：相互排斥。此句意为：是和非本来是相互排斥的。

⑤溷乱：混乱。溷，同“混”。

⑥惩时：惩戒时事。清浊：此为偏义复词，偏于“浊”，混乱。

⑦时：是。

⑧荼（tú途）毒：比喻苦难。荼，一种苦菜。

⑨逾越：超过，指秦汉怨酷无法超越。

⑩乃：却。怨酷：怨毒残酷。

⑪宁：哪里。计：考虑。生民：百姓。

⑫兹：指春秋战国时期。

⑬情伪万方：真相与虚伪错杂，有千变万化的不同。

⑭佞：投机取巧。谄：奉承巴结。炽：兴盛。

⑮刚克：刚强正直的品德。

⑯舐（shì是）：舔。痔：痔疮。驷：驾四匹马的车。

⑰正色：指正直的人。徒行：步行。

⑱妪媀：伛偻。埶：同“势”。名埶：指名声与权势。此句谓向权势卑躬屈膝。

⑲抚拍：谄媚取宠的样子。

⑳偃蹇：高傲的样子。反俗：违抗世俗。

㉑致：导致，造成。咎殃：灾殃。

㉒捷：疾。逐物：追逐名利。

㉓浑然：齐同的样子。惑：糊涂。此句意为：世人混同一气，迷惑不清，不辨是非。

㉔邪夫：邪恶小人。显进：显耀，高升。直士：刚直之士。幽藏：隐退，埋没。

㉕原：用如动词，推究。瘼（mò莫）：病症。攸兴：所产生。攸，所。寔：同“实”。匪：非。此句揭露了社会黑暗的根源，责任在最高统治者。

㉖女谒：宫中女官。其：指执政者。

㉗近习：指宦官。秉：掌管，操纵。

㉘“所好”句：指对所喜欢的人竭力夸张他的优点。

㉙“所恶”句：指对不喜欢的人则千方百计地找他的缺点。

㉚靡缘：没有可以攀援之处。

㉛九重：指君门。《楚辞·九辩》：“君之门以九重。”

㉜狺狺（yín 银）：犬吠声。

㉝肆：放纵。嗜欲：贪欲。

㉞奚异：何异。柂（duò 剁）：同“舵”。

㉟荣纳：受宠而被纳用。闪揄（yú 于）：邪恶的样子。

㊱蚩妍：丑恶和美好。蚩，同“媸（chī 吃）”，丑陋。

㊲法禁：法律和禁令。屈挠：被阻挠。

㊳不逮：达不到。单门：势单力薄的寒门人家。

㊴乘理：顺理。

㊵秦客：与下文的“鲁生”都是假托的人物。

㊶河：指黄河。河清：喻太平盛世。

㊷激：激荡。靡草：细草。此句喻小人趋炎附势。

㊸伊优：逢迎谄媚貌。北堂：明堂，古代天子布政的宫殿。

㊹抗脏：亢直刚正之人。

㊺击：敲打。

㊻多所宜：无论做什么都是对的。宜，相合。

㊼被褐（hè 贺）：穿着粗布衣的人。怀金玉：喻有才德。此喻指有德才之人。

㊽刍：喂牲口的干草。

㊾“且各”二句意为：姑且独守自己的本分吧，不要再为乱世空奔走了。

㊿矣、夫：皆为语气助词，表示感叹，连用为加强语气。

【辨析】

赵壹是一位极有政治远见、极有骨气的人。他“十辟公府，并不就”。他对当时西北边境问题有高明的见解，备受司徒袁逢和河南尹羊陟的赞赏。他这篇赋有很明显的针对性，有很强的现实意义。赋中所说的“女谒掩其视听兮，近习秉其威权”，指东汉后期外戚与宦官轮流把持国柄的事。东汉自和帝以后，几个皇帝登位时均很幼弱，大权都曾落入外戚或宦官手中。赋中所说的“刚克消亡”、“偃蹇反俗，立致咎殃”，则可以与当时的党祸联系起来。在桓帝、灵帝朝，李膺等数以百计名士先后罹难。所谓“海内涂炭，二十余年，诸所蔓衍，皆天下善士”。还有赋中所说的“法禁屈挠于势族”，这个势族，当指东汉开始形成起来的所谓“衣冠族”，他们已慢慢发展成可与外戚、宦官相抗衡的力量。灵帝中平末年,外戚与宦官又相互残杀,同归于尽,中国社会也就从此进入了一个世族地主专政的时期。赋中还说到"文籍虽满腹,不如一囊钱",则明显影射当时的卖官鬻爵。灵帝初开西邸卖官,"自关内侯、虎贲、羽林,入钱各有差。私令左右卖公卿,公千万,卿五百万"。例如曹操父曹嵩,家极富,买太尉官爵耗费一亿万钱。"有钱能使鬼推磨",钱的作用已得到恶性膨胀。到西晋的鲁褒就写了一篇《钱神论》(赋体),对钱的作用作了淋漓尽致的揭露。

迅风赋

惟巽卦之为体，吐坤气而成风[①]。纤微无所不入，广大无所不充[②]。经营八荒之外，宛转毫毛之中[③]。察本莫见其始，揆末莫睹其终[④]。啾啾飕飕，吟啸相求。阿那徘徊[⑤]，声若歌讴。抟之不可得，系之不可留[⑥]。

【说明】

此赋见《艺文类聚》卷一。

以《易》理谈天文，是汉末至两晋知识界的一种风尚，本文亦难脱窠臼也。

【注释】

①巽(xùn 迅)卦：六十四卦之一，上下皆为巽，象风，其义为“顺”，为“八”。坤气：指地气，风生于地。

②无所不入：《易·说卦传》：“巽为木，为风。”风是巽的本质，它能通行天下，无孔不入，无物不被其吹拂。

③八荒：离王都最远处为“荒服”，亦泛指边地、远方。贾谊《过秦论》：“有囊括四海之意，并吞八荒之心。”宛转：辗转。

④察、揆(kuí 奎)：观察，揣度。

⑤阿那：同“婀娜”，盘旋貌。

⑥抟(tuán 团)：束，捆。《周礼·地官·司徒》：“凡受羽，十羽为审，百羽为抟，十抟为缚。”

【辨析】

所谓“迅风”，即疾风，猛烈之风。诗文中出现有关风的字眼当极早，因为风与人的关系太密切了。如先秦古籍中就经常出现什么烈风、飘风、暴风、凯风、谷风等等。还有以风名篇如刘邦的《大风歌》、刘彻的《秋风辞》,等等。但这里所有的风,只是作为诗文的比兴或实录而出现,缺乏具体描写。赵壹的《迅风赋》,是继宋玉的《风赋》之后对风的兴起、行程、影响进行细致描绘的又一篇作品,由于宋玉赋的真假有待进一步证实,从而使赵壹赋弥足珍贵。此赋虽非完篇,但仍可见出作者的观察力和表现力是很高强的。

此赋意在借阐发《易》理,以表达作者的理想。《易·巽》象曰:"重巽以申命,刚巽乎中正而志行。"意即"巽为风,风能流行天下无孔而不入,无物不被其吹拂。象征君王的命令,命令既出,万民皆得服从。为使万民知晓顺从,就必须反复申命"。但作为君王,必须进入中正之道,臣民才能服从,君王的意志也才得以通行。这很明显是在反衬东汉末期帝王的昏庸无能,指斥像《刺世疾邪赋》所揭露的"原斯瘼之攸兴,实执政之匪贤。女谒掩其视听兮,近习秉其威权"等黑暗腐朽现状。

解 摈

甑瓦可以令枭寂[①]。(《太平御览》卷九百二十七)

丹鸿可杀蚤虱[②]。(《太平御览》卷九百五十一)

【说明】

《后汉书·文苑传下·赵壹》:"(赵壹)恃才傲物,为乡党所摈,乃作《解摈》。"李贤注:"摈,斥也。"具体内容今已不可晓。《太平御览》卷九百二十七题作《解摈赋》。

解:辩解。摈(bìn 鬓):排斥。

【注释】

①甑(zèng 赠):古代蒸食炊具。枭:古认为系恶鸟。为了不使枭叫,用甑瓦掷之。西汉刘安《淮南万毕术》称:"甑瓦止枭鸣。"即此之意。

②丹鸿:朱色的大雁。蚤虱:这里喻卑微而令人厌恶者。

张　升

张升(121～169),字彦真,陈留尉氏(今河南开封)人,御史大夫张汤之八世孙,富平侯张放之孙。升少好学,而任情不羁。遇与其意气相投者,则倾心交往,不问贵贱。为官振顿法度,凭才能出任陈留郡守外黄县(治今河南省杞县东)令。张升正直敢言,严治贪腐,作风强硬。后遇党锢去官,终竟见诛,年四十九。《后汉书》本传言其著赋、诔、颂、碑、书,凡六十篇,有集二卷,今多不传。传在《后汉书·文苑传下》。

白鸠赋并序

陈留郡有白鸠出于郡界[①]，太守命门下赋[②]。曹史张升作《白鸠颂》曰：

厥名枭鸠[③]，貌甚雍容[④]。丹青绿目[⑤]，耳象重重[⑥]。

【说明】

此赋片段见于《太平御览》卷九百二十一。虽然此赋已残缺不全，但基本上是一篇即席而作的咏物赋。陈留郡出现了白鸠，太守认为是一种祥瑞，因此下令门客为此作赋。

【注释】

① 陈留郡：今河南省陈留县。春秋时留邑为郑国地，后被陈国所侵，故曰陈留。秦王嬴政二十六年（前221）置陈留县。汉武帝元狩元年（前122）置陈留郡，隶属兖州。白鸠：鸟名，古以为祥瑞之物。《文选·扬雄〈剧秦美新〉》："白鸠丹鸟，素鱼断蛇。"李善注引《吴录·孙策使张纮与袁绍书》："殷汤有白鸠之祥。"《三国志·吴书·吴主传》："燎鹊以祭。"裴松之注引晋人张勃《吴录》："八月癸丑，白鸠见于章安。"

②命门下赋：下令让门下客作赋。

③厥：其。枭：骁勇，豪雄。此处"枭鸠"指白鸠。

④雍容：仪态温文大方。《汉书·薛宣传》："宣为人好威仪，进止雍容，甚可观也。"

⑤丹青：红色和青色。亦泛指绚丽的色彩。明李时珍《本草纲目·禽三·青鴿》："鸠有白鸠、绿鸠。"

⑥耳象：意义不详。重重：重重叠叠，很多层。此指白鸠羽翼丰满。

边让

边让，字文礼，陈留浚仪(今河南开封)人，生卒年不详。少博学多辩，能属文。大将军何进闻其名，征为令史。时孔融等皆修刺以求见。蔡邕亦极敬重他，特向何进推荐，称边让“天授逸才，聪明贤智……初涉诸经，见本知义，授者不能对其问，章句不能逮其意。心通性达，口辩辞长……使让生在唐虞，则元凯(即传为高辛氏的八元和高阳氏的八凯，都是当时著名才子)之次，运值仲尼，则颜(回)冉(有)之亚”，以为应大加擢用。边让后被升为九江太守。汉献帝初平(190～193)中，王室大乱，他即辞官回家。但因恃才傲物，对曹操多有轻侮，建安(196～220)中，便被曹操借刀杀害。其文多遗失，现仅存《章华台赋》一篇。传在《后汉书·文苑传下》。

章华台赋并序

楚灵王既游云梦之泽，息于荆台之上[①]。前方淮之水[②]，左洞庭之波[③]，右顾彭蠡之隩[④]，南眺巫山之阿[⑤]。延目广望，骋观终日。顾谓左史倚相曰："盛哉斯乐，可以遗老而忘死也[⑥]！"于是遂作章华之台[⑦]，筑乾谿之室[⑧]，穷土木之技，单珍府之实[⑨]，举国营之，数年乃成。设长夜之淫宴，作《北里》之新声[⑩]。于是伍举知夫陈、蔡之将生谋也[⑪]。乃作新赋以讽之：

胄高阳之苗胤兮，承圣祖之洪泽[⑫]。建列藩于南楚兮[⑬]，等威灵于二伯[⑭]。超有商之大彭兮，越隆周之两虢[⑮]。建皇佐之高勋兮[⑯]，驰仁声之显赫[⑰]。惠风春施，神武电断，华夏肃清，五服攸乱[⑱]。旦垂精于万机兮，夕回辇于门馆。设长夜之欢饮兮，展中情之嬿婉[⑲]。竭四海之妙珍兮，尽生人之秘玩[⑳]。

尔乃携窈窕，从好仇[㉑]，径肉林，登糟丘[㉒]，兰肴山竦，椒酒渊流[㉓]。激玄醴于清池兮，靡微风而行舟。登瑶台以回望兮，冀弥日而消忧[㉔]。於是招宓妃[㉕]，命湘娥[㉖]，齐倡列，郑女罗[㉗]。扬《激楚》之清宫兮[㉘]，展新声而长歌。繁手超于《北里》，妙舞丽于《阳阿》[㉙]。金石类聚，丝竹群分。被轻袿，曳华文，罗衣飘颻，组绮缤纷。纵轻躯以迅赴，若孤鹄之失群。振华袂以逶迤，若游龙之登云[㉚]。

于是欢嬿既洽，长夜向半，琴瑟易调，繁手改弹[㉛]，清声发而响激，微音逝而流散。振弱支而纡绕兮，若绿繁之垂干。忽飘颻以轻逝兮，似鸾飞于天汉[㉜]。舞无常态，鼓无定节[㉝]，寻声响应，修短靡跌[㉞]。长袖奋而生风，清气激而绕结[㉟]。尔乃妍媚递进[㊱]，巧弄相加[㊲]，俯仰异容，忽兮神化。体迅轻鸿，荣曜春华[㊳]，进如浮云，退如激波。虽复柳惠，能不咨嗟[㊴]！于是天河既回，淫乐未终，清龠发徵[㊵]，《激楚》扬风。於是音气发于丝竹兮，飞响轶于云中，比目应节而双跃兮，孤雌感声而鸣雄[41]。美繁手之轻妙兮，嘉新声之弥隆[42]。

于是众变已尽，群乐既考[43]。归乎生风之广夏兮，修黄轩之要道[44]。携西子之弱腕兮，援毛嫔之素肘[45]。形便娟以婵媛兮，若流风之靡草[46]。美仪操之姣丽兮，忽遗生而忘老。

尔乃清夜晨，妙技单，收尊俎，彻鼓盘[47]。惘焉若酲，抚剑而叹[48]："虑理国之须才，悟稼穑之艰难。美吕尚之佐周，善管仲之辅桓。将超世而作理，焉沉湎于此欢[49]！"于是罢女乐，堕瑶台。思夏禹之卑宫，慕有虞之土阶[50]。举英奇于仄陋，拔髦秀于蓬莱[51]。君明哲以知人，官随任而处能。百揆时叙，庶绩咸熙[52]。诸侯慕义，不召同期[53]。继高阳之绝轨，崇成、庄之洪基[54]。虽齐桓之一匡，岂足方于大持[55]？尔乃育之以仁，临之以明。致虔报于鬼神，尽肃恭乎上京[56]。驰淳化于黎元，永历世而太平[57]！

【说明】

此赋见《后汉书·文苑传下·边让》，题作《章华赋》。

《后汉书》本传称："边让字文礼，陈留浚仪人也。少辩博，能属文。作《章华赋》，虽多淫丽之辞，而终之以正，亦如相如之讽也。""淫丽"谈不上，但卒章以讽谏却是事实。此赋借楚灵王建造章华台，"举国营之，数年乃成。设长夜之淫宴，作《北里》之新声"。又借伍举作《章华台赋》，来表达作者自己对东汉末期昏庸荒淫的最高统治者的批评。这也是一篇地道的影射文学，与此前的司马相如等赋家的手法如出一辙。

【注释】

①楚灵王：名围。康王卒，子员（《左传》作"麏"）立。围为令尹，主兵事。四年，围杀侄员自立。因贪婪荒淫，嗜杀，国人苦之。后被追逃亡山中，以至于自缢身死。云梦：一般泛指春秋战国时楚王的游猎区，地约处今江汉平原及周围山区。荆台：古楚国著名高台，在今湖北省监利县北。

②方淮：即今淮河。

③洞庭：即今洞庭湖，在今湖南省北部，长江南岸。

④彭蠡：湖名，在今江西省。隋时因接鄱阳山，故又名鄱阳湖。隩（yù玉）：水岸内曲处。

⑤巫山：山名，在四川省巫山县东。阿（ē婀）：山的曲处。

⑥延目：犹放眼远望。左史：史官名，掌记言。倚相：姓。《左传·昭公十二

年》:"左史倚相趋过。王曰:'是良史也。子善视之,是能读《三坟》、《五典》、《八索》、《九丘》……'"遗老而忘死:《说苑·正谏》:"楚昭王欲之荆台游,司马子綦进谏曰:'荆台之游,左洞庭之波,右彭蠡之水,南望猎山,下临方淮,其乐使人遗老而忘死。人君游者,尽以亡其国。愿大王勿往游焉。'"

⑦章华之台:楚灵王所造,在今湖北省监利县西北。《左传·昭公七年》:"楚子成章华之台,愿与诸侯落之(举行落成典礼)。"即此。

⑧乾谿:春秋楚地,在今安徽省亳州市东南。《左传·昭公十二年》:"楚子次于乾谿。"《史记·楚世家》:"(楚灵王)十一年,伐徐以恐吴,灵王次于乾谿以待之。"即此。

⑨单:通"殚",穷尽。珍府:收藏珍奇宝物的仓库。

⑩淫宴:不合礼法、越规逾制的宴会。《北里》:古舞曲名。《史记·殷本纪》:"(纣)爱妲己……于是使师涓作新淫声,北里之舞,靡靡之乐。"

⑪伍举:春秋时楚国大夫,伍子胥的祖父。他曾讽谏灵王。《史记·楚世家》:"灵王已盟,有骄色。伍举曰:'桀为有仍之会,有缗叛之。纣为黎山之会,东夷叛之。幽王为太室之盟,戎翟叛之。君其慎终。'"

⑫高阳:帝颛顼。《楚辞·离骚》:"帝高阳之苗裔兮。"王逸注:"高阳,颛顼有天下之号也。"苗胤:后代子孙。圣祖:指颛顼。洪泽:大德。

⑬"建列藩"句:指楚的先祖熊绎受周成王之封于楚蛮。藩:藩屏。详见《史记·楚世家》。

⑭二伯:即"二霸",指春秋时的齐桓公、晋文公。

⑮有商:即商。大彭:相传尧封彭祖于大彭氏国,在今江苏省徐州市一带。《史记·楚世家》:"陆终生子六人……三曰彭祖。"司马贞《索隐》:"虞翻云:'名翦,为彭姓,封于大彭。'"两虢(guó 国):周文王弟虢仲、虢叔的封地东虢、西虢,地在今河南荥阳和陕西宝鸡。

⑯"建皇佐"句:赞美楚灵王建立了像鬻熊一样伟大的功勋。皇佐:指鬻熊,曾辅佐过周文王。

⑰"驰仁"句:《左传·宣公十二年》:"楚自克庸以来,其君无日不讨国人而训之,于民生之不易,祸至之无日,戒惧之不可以怠。"此即所谓"驰仁声之显赫"。显赫:光明盛大。

⑱"惠风"三句:《后汉书·文苑传下》李贤等注:"谓灵王承先世仁惠之风,如春普施。神武威棱,如电雷之断决也。"五服:古代王畿外围,每五百里为一区划,按距离的远近分为五等地带,叫"五服",其名称为"甸服"、"侯服"、"绥服"、"要服"、"荒服"。服,服侍天子。又,周称侯、甸、男、采、卫为"五服"。攸:语辞。乱:治理。

⑲万机:旧指皇帝日常处理繁杂的事务。机,微。中情:内心。嬿婉:安闲美好貌。李贤注:"嬿,安也。婉,美也。"

⑳妙珍:精妙的珍品。秘玩:珍奇的玩好、玩物。

㉑窈窕:美好的样子,这里代指美女。好仇(qiú求):好的配偶,这里亦代指美女。语出《诗·周南·关雎》:“窈窕淑女,君子好逑。”

㉒肉林:悬肉为林。糟丘:酿酒所余的糟滓堆积而成的山。这里极言酒肉之多。语出《史记·殷本纪》:“(纣)以酒为池,悬肉为林,使男女裸相逐其间,为长夜之饮。”

㉓兰肴:芳香如兰的菜肴。椒酒:用椒泡制过的酒。李贤注:“兰肴,芳若兰也。椒酒,置椒酒中也。”这里极言肴、酒的芳香浓烈。山竦:如山耸立。渊流:如深渊流水。均喻其多。

㉔玄醴:甘美的泉水。靡:伏,指被风吹动。瑶台:雕饰华丽、结构精巧的楼台,这里指章华台。回望:回头看。冀:希望。弥日:终日。

㉕宓妃:洛水之神。

㉖湘娥:湘水之神,传说中帝尧的两个女儿娥皇、女英,哭舜而死。

㉗齐倡列,郑女罗:齐、郑古多出美女,这里极言美女众多,罗列左右。倡,歌妓,舞女。李贤注引《楚辞·招魂》:“二八齐容起郑舞兮。”王逸注此句:“言二八美女,其仪容齐一,被服同饰,奋袂俱起而郑舞也。”似不合此意。

㉘《激楚》:古乐典名。因歌声激切昂扬,故名。《淮南子·原道训》:“结《激楚》之遗风。”司马相如《上林赋》:“鄢郢缤纷,《激楚》结风。”《激楚》的尾声余韵无穷。

㉙繁手:繁复的手法,这里指弹奏乐器的技法。《阳阿》:楚乐曲名,属俗乐。

㉚金石:指钟磬之类乐器。丝竹:指管弦之类乐器。被:穿着。袿(guī归):妇女的上衣。曳华文:拖着华丽有花纹的衣服。组:丝织的宽带子。纵:投向。振:举起。华袂:华丽的袖子。

㉛向:接近。繁手:指弹得急切繁密。

㉜弱支:柔弱的肢体。支,通“肢”。绿繁:繁茂的绿叶。飘飖:飘荡飞扬。天汉:即银河。此段或以为指音乐,似不确,当指舞姿。

㉝“舞无”二句:指歌舞变化无穷。

㉞跌:差错,失误。《荀子·王霸》:“此夫过举蹞步而觉跌千里者夫!”

㉟绕结:李贤注:“歌声激发,萦绕缠结。”

㊱妍媚递进:妖冶的众舞女更替向前。

㊲巧弄相加:精妙的舞弄接连不断。

㊳体迅轻鸿:指美女起舞动作迅速轻盈如翩翩飞鸿。荣曜春华:指美女光彩照人,胜过春花。

㊴柳惠:春秋时鲁大夫,展氏,名获,字禽。鲁僖公时人。因食邑柳下,谥惠,故称“柳下惠”。以善于讲究贵族礼节著称。不为女色所惑,“坐怀不乱”。这句是说:柳下惠看到这些美女能歌善舞,也要为之动容。

㊵天河：即银河。天河回转，指夜深。龠（yuè 月）：古管乐器，似笛，六孔。徵（zhǐ 止）：五音之一。

㊶比目：比目鱼。应节：按照节奏。孤雌：失偶的雌鸟。

㊷弥隆：更加丰富多彩。

㊸考：完成。李贤注："考，成也。"

㊹广夏：高而宽大的房屋。夏，同"厦"。黄轩：指黄帝轩辕氏。要道：指男女交接的守则。李贤注："黄帝轩辕氏得房中之术于玄女，握固吸气，还精补脑，可以长生。"此之谓也。

㊺西子：即西施，春秋时越国的美女。越王勾践败，范蠡献西施于吴王夫差。夫差沉湎西施美色，不理国政，遂为越所败。事见《吴越春秋·勾践阴谋外传》。毛嫔：即毛嫱，古美女名。《庄子·齐物论》："毛嫱丽姬，人之所美也。"

㊻"形便"二句：形态轻盈美好，娇喘吁吁，就像顺风而倒的细草。便娟：轻盈美好貌。婵媛：情思牵萦眷恋。

㊼清夜晨：清夜过去，早晨未临。单：通"殚"，尽。尊：盛酒器。俎：古代祭祀时用以载牲的礼器，木制加漆。彻：通"撤"。鼓盘：即盘鼓，一种打击乐器，声铿锵。

㊽惘：恍惚貌，失意貌。酲（chéng 呈）：酒醉。《诗·小雅·节南山》："忧心如酲，谁秉国成？"

㊾虑：思虑。稼穑：播种和收获，泛指农事活动。吕尚：又名姜尚，曾辅佐周武王伐纣，后封于齐。管仲：即管夷吾，曾辅佐齐桓公，使齐桓公成为春秋时期"五霸"之一。超世：超越往代。作理：治理。焉：怎么能，哪能。欢：指淫乐。

㊿思夏禹之卑宫，慕有虞之土阶：思慕夏禹、虞舜极为简陋的宫室。卑宫：低矮的宫室。土阶：以土筑成的台阶。《论语·泰伯》："禹，吾无间然矣！……卑宫室，而尽力乎沟洫。"《后汉书·张衡传》载其《东京赋》："慕唐虞之茅茨，思夏后之卑室。"李贤注："墨子曰：'虞舜土阶三尺，茅茨不剪。'"

51英奇：指杰出奇伟的人才。仄陋：迫促简陋，指未出仕时的困苦生活。髦秀：指俊杰之士。蓬莱：蓬蒿草莱，借指生活在民间。

52百揆（kuí 奎）时叙：指舜把各种事情处理得十分停当。百揆，古官名，古代总领国政的长官。时叙，按时有次第地办好各种事务。语出《尚书·舜典》："纳于百揆，百揆时叙。"庶绩咸熙：各种事物都兴盛。庶绩，各种事功。熙，兴盛。语出《尚书·尧典》："允厘百工，庶绩咸熙。"

53诸侯慕义，不召同期：《史记·齐太公世家》："文王崩，武王即位。九年欲修文王业，东伐以观诸侯集否。师行……遂至盟津。诸侯不期而会者八百。"这句意思是说：灵王思慕武王之风。

54绝轨：远迹，指先贤的事迹。成、庄：指楚成王、楚庄王，皆楚国历史上的明君。《史记·楚世家》："成王恽元年，初即位，布德施惠，结旧好于诸侯。……

于是楚地千里。""庄王即位三年,不出号令,日夜为乐……伍举入谏:'有鸟在于阜,三年不蜚,不鸣,是何鸟也。'庄王曰:'三年不蜚,蜚将冲天;三年不鸣,鸣将惊人……'大夫苏从乃入谏。……于是乃罢淫乐,听政……国人大悦……"洪基:伟大的基业。

㊺虽齐桓之一匡,岂足方于大持:尽管齐桓公曾一匡天下,成为"五霸"之一,又怎能与大王相比拟。匡,匡正。方,比拟。大持,光大祖宗的事业。持,即持盈,守住祖业。

㊻致虔报于鬼神,尽肃恭乎上京:以极其虔诚的态度祭祀鬼神,以极其严肃恭敬的态度奉事周王朝。

㊼淳化:敦厚的教化。黎元:民众,百姓。历世:世世代代。

刘琬

刘琬，广陵(今江苏扬州)人。生卒年不详。刘邦的后裔，曾祖父为广陵靖王。父瑜，桓帝延熹八年(165)举贤良方正，到京师后上书陈事，借灾异痛斥宦官为害。桓帝死，灵帝继位。瑜与大将军窦武谋诛宦官，事败被杀。刘琬"传瑜学，明占候，能著灾异"，灵帝时"举方正，不行"。传附《后汉书·刘瑜传》。

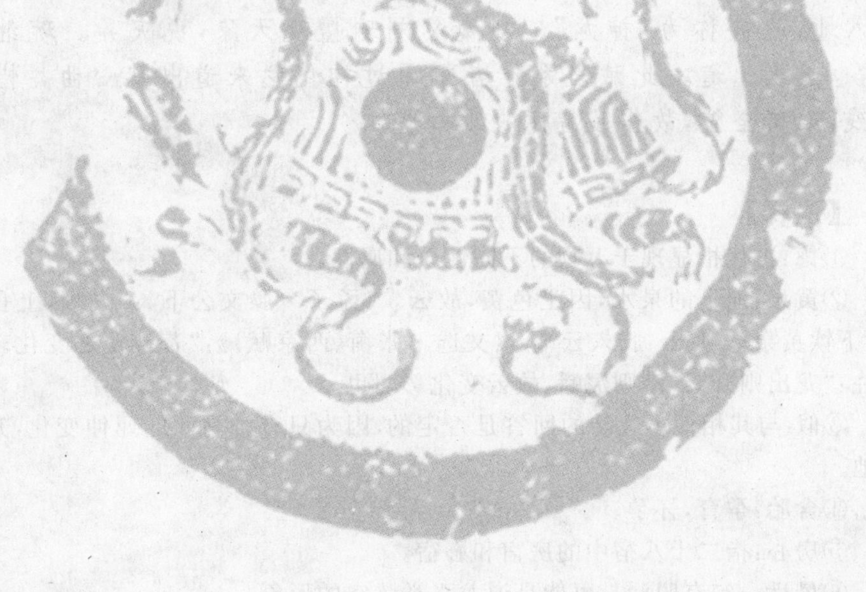

神龙赋

大哉！龙之为德[①]，变化屈伸。隐则黄泉，出则升云[②]。贤圣其似之乎？惟天神上帝之马[③]。含胎春夏[④]，房心所作[⑤]。轩照形，角尾规矩[⑥]。

【说明】

此赋见《艺文类聚》卷九十六。相传龙变化莫测，能屈能伸，能升天入地，故被称为“神龙”。刘琬父刘瑜擅观天象，说灾异。琬继父业，也热衷此道。此赋当系作者想通过神化龙来道出其心曲。惜赋已残，难睹全貌，故作品旨意也难知晓。

【注释】

①德：古代指显现于万物的不同性质和属性。

②黄泉：地下的泉水，因土色黄，故云。《孟子·滕文公下》：“夫蚓，上食槁壤，下饮黄泉。”升云：腾入云端。《文选·张衡〈西京赋〉》：“若神龙之变化。”薛综注：“龙出则升天，潜则泥蟠，故云变化彰明也。”

③似：与其相似。这句的回答是否定的，因为只有神马才能屈伸变化，升天入地。

④含胎：孕育，怀孕。

⑤房心：指二十八宿中的房宿和心宿。

⑥最后一句有脱漏。可能是说龙飞举腾空的形象。

马赋

吾有骏马，名曰骐雄[①]，龙头鸟目，麟腹虎胸[②]。尾如云彗[③]。耳如插筒[④]。

【说明】

此赋见《太平御览》卷八百九十七。

此系游戏之作，似无深意。

【注释】

①骐（qí 奇）：有青黑纹如棋盘的马。雄：指强有力、杰出的马。

②麟：麒麟，古代传说中的一种动物。形类鹿，头生角，全身有鳞甲，尾像牛尾。

③云彗：天空扫过的银白色彗星。

④插筒：竖立的粗大竹筒。

桓 彬

桓彬(133～178),字彦林,沛郡龙亢(今安徽怀远西北)人。生于名儒之家。父麟,五代祖桓荣系光武、明帝朝著名的经学家。“自荣至典(彬之堂兄弟),世宗其业,父子兄弟代作帝师……显乎当世。”彬少与蔡邕齐名,初举孝廉,拜尚书郎,因不与宦官交通而被废。卒于光和元年(178),年四十六。蔡邕作《桓彬论》,以为桓彬有过人者四:“夙智早成,岐嶷也;学优文丽,至通也;仕不苟禄,绝高也;辞隆从窊,絜操也。”《后汉书》本传言其“所著《七说》及书凡三篇”,今仅存残篇《七说》。传附《后汉书·桓荣传》。

七说

新城之秔[①]，雍丘之粱[②]，重穋代熟[③]，既滑且香。精稗细面，芬糜异粻[④]。(《北堂书钞》卷一百四十二)

三牲之供，鲤魴之脍[⑤]。飞刀徽整，叠似蜹羽[⑥]。(《北堂书钞》卷一百四十五)

□□大武，牷犊栗梁[⑦]。刚鬣奉豕，肥腯云羊[⑧]。合以水火之齐，和以五味之芳[⑨]。(《北堂书钞》卷一百四十二)

菰粱雪累，班脔锦文[⑩]。(《北堂书钞》卷一百四十五)

【说明】

"七"体承枚乘《七发》之绪，以炫示声色饮食等感官享乐为主干内容，而终归于正道。残句中仅涉及饮食部分，已可窥奢泰生活之一斑。《后汉书》本传题为《七说》。《北堂书钞》引文均作《七设》，殆因形似而误乎？

【注释】

①新城：古县名，治所在今河南省伊川市西南。秔(jīng 京)：同"粳"，一种黏性较小的稻类。

②雍丘：古县名，治所在今河南省杞县。粱：通"粱"，下同。

③重(tóng 同)：通"穜"，先种后熟的谷物。穋(lù 路)：亦作"稑"，后种先熟的谷物。《诗·豳风·七月》："黍稷重穋，禾麻菽麦。"毛传："后熟曰重，先熟曰穋。"代：轮换。

④稗(bài 拜)：通"粺"，精米。《文选·曹植〈七启〉》："芳菰精粺。"李善注："稗与粺，古字通。"糜(mí 弥)：粥。粻(zhāng 张)：米粮。《礼记·王制》："五十异粻。"孔颖达疏："粻，粮也。"

⑤三牲：牛、羊、豕也。《孝经·纪孝行》："虽曰用三牲之养，犹不为孝也。"

邢昺疏："三牲，牛、羊、豕。"魴(fáng 房)：鱼名，体形似鳊，背部隆起，银灰色，味美。

⑥徽：完美，完善。蜹(ruì 瑞)：蚊类害虫，似蝇而小。蜹羽：比喻肉片之细薄，可见刀技高超。

⑦大武：指牛。《礼记·曲礼下》："凡祭宗庙之礼，牛曰一元大武。"牷(quán 全)：祭祀用毛色纯一的全牛。《左传·桓公六年》："吾牲牷肥腯。"杜预注："牲，纯色完全也。"

⑧刚鬣：祭祀用猪的专称。《礼记·曲礼下》："豕曰刚鬣。"孔颖达疏："豕肥则毛鬣刚大也。"奉：进献。《周礼·地官·大司徒》："祀五帝，奉牛牲。"郑玄注："奉犹进也。"肥腯(tú 涂)：肥壮的牲畜。蔡邕《独断》："凡祭祀宗庙礼牲之别名……豚曰肥腯。"

⑨齐：分量。《周礼·天官·亨人》："亨人，掌共鼎镬，以给水火之齐。"郑玄注："齐，多少之量。"五味：指酸、甜、苦、辣、咸五种味道。

⑩菰(gū 姑)：即茭白，生浅水中，秋结实，曰菰米，可煮饭。雪累：如雪之积，言菰粱之白。班：通"斑"。脔(luán 栾)：切成块的肉。文：纹理。锦文：形容其美善。

马芝

马芝，扶风茂陵（今陕西兴平）人。生卒年不详。东汉著名经学家马融之女，袁隗（他的弟弟袁逢，官至司徒；侄袁绍，东汉末大军阀，是所谓“四世三公”之家）妻马伦之妹。马融之长女马伦“少有才辩”，博学多闻，袁隗辩不过她。隗“宠贵当时”，伦亦“有名于世”。马芝“亦有才义”，这与家风有关。马芝“少丧亲长而追感，乃作《申情赋》云”（《后汉书·列女传·袁隗妻》）。马融高寿八十八岁，因此这个“亲长”当为母亲。“追感”者，追忆往事而感触也。可见此赋主要是追忆母女之亲情。惜赋文已佚。现仅存篇目。传在《后汉书·列女传》。

申情赋

【说明】

此赋仅存篇目,见《后汉书·列女传·袁隗妻》。

蔡邕

蔡邕(132～192),字伯喈,陈留圉(今河南杞县南)人。灵帝时为郎,因上书论朝政阙失获罪,被流放朔方。遇赦后,畏宦官陷害,亡命江湖十二年。后为董卓司空、侍御史、尚书、左中郎将,封高阳乡侯。董卓被诛,他为之叹息,因而被下狱。遂死狱中,年六十一岁。

蔡邕是东汉后期最著名的大学问家、大文学家、大书法家。他通经史、音律、天文,好辞章,长于碑记,又善辞赋。灵帝熹平四年(175),他与人合作订正"六经"文字,并亲自书写,令石工镌刻,立于洛阳太学门前,这就是举世闻名的"熹平石经"。传在《后汉书》卷六十下。

述行赋并序

延熹二年秋，霖雨逾月。是时梁冀新诛，而徐璜、左悺等五侯擅贵于其处[①]。又起显阳苑于城西[②]。人徒冻饿，不得其命者甚众[③]。白马令李云以直言死[④]，鸿胪陈君以救云抵罪[⑤]。璜以余能鼓琴，白朝廷，敕陈留太守遣余[⑥]。到偃师[⑦]，病不前，得归。心愤此事，遂托所过，述而成赋。

余有行于京洛兮，遘淫雨之经时[⑧]。涂迍邅其蹇连兮，潦汙滞而为灾[⑨]。乘马蹯而不进兮，心郁悒而愤思[⑩]。聊弘虑以存古兮，宣幽情而属词[⑪]。久余宿于大梁兮，诮无忌之称神[⑫]。哀晋鄙之无辜兮，忿朱亥之篡军[⑬]。历中牟之旧城兮，憎佛肸之不臣[⑭]。问宁越之裔胄兮，藐髣髴而无闻[⑮]。经圃田而瞰北境兮，晤卫康之封疆[⑯]。迄管邑而增感叹兮，愠叔氏之启商[⑰]。过汉祖之所隘兮，吊纪信于荥阳[⑱]。降虎牢之曲阴兮，路丘墟以盘萦[⑲]。勤诸侯之远戍兮，侈申子之美城[⑳]。稔涛涂之愎恶兮，陷夫人以大名[㉑]。登长坂以凌高兮，陟葱山之峣峭[㉒]。建抚体而立洪高兮，经万世而不倾[㉓]。回峭峻以降阻兮，小阜寥其异形[㉔]。冈岑纡以连属兮，谿壑夐其杳冥[㉕]。迫嵯峨以乖邪兮，廓岩壑以峭嵘[㉖]。攒棫朴而杂榛楛兮，被浣濯而罗布[㉗]。亹菼荑与台菌兮，缘增崖而结茎[㉘]。行游目以南望兮，览太室之威灵[㉙]。顾大河于北垠兮，瞰洛汭之始并[㉚]。追刘定之攸仪兮，美伯禹之所营[㉛]。悼太康之失位兮，愍五子之歌声[㉜]。寻修轨以增举兮，邈悠悠之未央[㉝]。山风汩以飙涌兮，气懆懆而厉凉[㉞]。云郁术而四塞兮，雨濛濛而渐唐[㉟]。仆夫疲而劬瘁兮，我马虺隤以玄黄[㊱]。格莽丘而税驾兮，阴曀曀而不阳[㊲]。哀衰周之多故兮，眺濒隈而增感[㊳]。忿子带之淫逆兮，唁襄王于坛坎[㊴]。悲宠嬖之为梗兮，心恻怆而怀惨[㊵]。操舫舟而溯湍流兮，浮清波以横厉[㊶]。想宓妃之灵光兮，神幽隐以潜翳[㊷]。实熊耳之泉液兮，总伊瀍与涧濑[43]。通渠源于京城兮,引职贡乎荒裔[44]。操吴榜其万艘兮,充王府而纳最[45]。济西谿而容与兮,息巩都而后逝[46]。愍简公之失师兮,疾子朝之为害[47]。玄云黯以凝结兮,集零雨之溱溱[48]。路阻败而无轨兮,涂泞溺而难遵[49]。率陵阿以登降兮,赴偃师而释勤[50]。壮田横之奉首兮,义二士之侠坟[51]。伫淹留以候霁兮,感忧心之殷殷[52]。并日夜而遥思兮,宵不寐以极晨[53]。候风云之体势兮,天牢湍而无文[54]。弥信宿而后阕兮,思逶迤以东运[55]。见阳光之颢颢兮,怀少弭而有欣[56]。命仆夫其就驾兮,吾将往乎京邑[57]。皇家赫而天居兮,万方徂而并集[58]。贵宠扇以弥炽兮,佥守利而不戢[59]。前车覆而未远兮,后乘驱而竞入[60]。穷变巧于台榭兮,民露处而寝湿[61]。清嘉谷于禽兽兮,下糠粃而无粒[62]。弘宽裕于便辟兮,纠忠谏其侵急[63]。怀伊吕而黜逐兮,道无因而获入[64]。唐虞渺其既远兮,常俗生于积习[65]。周道鞠为茂草兮,哀正路之日淴[66]。观风化之得失兮,犹纷挐其多违[67]。无亮采以匡世兮,亦何为乎此畿[68]?甘衡门以宁神兮,咏都人而思归[69]。爰结踪而回轨兮,复邦族以自绥[70]。

乱曰[71]:跋涉遐路,艰以阻兮。终其永怀,窘阴雨兮[72]。历观群都,寻前绪兮[73]。考之旧闻,厥事举兮[74]。登高斯赋,义有取兮[75]。则善戒恶,岂云苟兮[76]?翩翩独征,无俦与兮[77]。言旋言复,我心胥兮[78]。

【说明】

此赋见《蔡中郎集·外纪》(《四部备要》本)、《古文苑》卷二十一、《艺文类聚》卷二十七。《水经注·济水》、《文选·陆机〈前缓声歌〉》李善注引此题并作《述征赋》,而《魏都赋》、《雪赋》、《舞鹤赋》注引与本集同。

作者写此赋的动机、目的是很清楚的,这就是序里所公开声称的:

一、外戚梁冀被杀,宦官徐璜等擅权,白马令李云以直言遇害,大鸿胪陈蕃以救云获罪。

二、桓帝建造显阳苑,服役的民工多因挨饿受冻而死于非命。蔡邕是一个有血性的人,他"心愤此事",并托所过,述而成赋。

宦官与外戚相互厮杀是东汉政权腐败的重要标志之一。东汉自和帝以后,皇帝幼弱,母后临朝,外戚专政。但皇帝不甘心久居傀儡之位,他们总要和宦官勾结起来,杀逐外戚。公元92年,和帝与宦官密谋杀外戚窦宪。公元121年，安帝与宦官结合杀邓家人。公元125年，宦官孙程等十九人联合起来杀阎显。公元159年，桓帝结合一批宦官杀梁冀及其徒党几十人，斥退党徒三百余人，朝官为之一空。公元168年，宦官又杀窦武、陈蕃等，宦官势力达到顶峰。

外戚与宦官的相互厮杀，实属不同权力派系间的斗争，无是非可言。但当时社会上存在的另一股新势力，即鲠直派官僚、名士、太学生，他们更痛恨宦官，斥宦官"竞为虎狼，噬食小民"，"虐遍天下，民不堪命"，因此才招致两次党锢之祸。名士李膺、范滂、陈蕃等万余人被杀，六七百人被禁锢，千余名太学生被捕，党人五服之内亲属以及门生故吏全部免官禁锢，内外官职几乎全被宦官攫去。这就是蔡邕《述行赋》写作的背景。赋根据作者自己的行止，描述各地的古人古事，并加以评论，彰善斥恶，确如序所说，是托古讽今。赋中对人民的苦难与统治者的逸乐的对比，则是文学史上难得的一笔，鲁迅先生给予极高的评价。他说："例如蔡邕，选家大抵只取他的碑文，使读者仅觉得他是典重文章的作手。必须看到《蔡中郎集》里的《述行赋》，那些'穷变巧于台榭兮，民露处而寝湿。消嘉谷于禽兽兮，下糠粃而无粒'的句子，才明白他并非单单的老学究，也是一个有血性的人。明白那时的情形，明白他确有取死之道(指以后被王允杀掉)。"(《"题未定"草(六)》)

此赋选用骚体写作，使赋充满"郁悒而愤思"之气，富有感染力。

【注释】

①延熹：东汉桓帝的年号(158～167)。霖：雨下三日以上为"霖"。梁冀：桓帝梁皇后的哥哥，骄奢横暴，专断朝政近三十年，后为宦官所杀。五侯：指宦官单超、徐璜、左悺等五人，因杀梁冀有功，同日被封为侯。

②显阳苑：宫苑名，在洛阳。《后汉书·桓帝纪》：延熹二年，"秋七月，初造显阳苑"。

③人徒：供役使的人。

④李云：白马(东汉时县名，在今河南省滑县附近)县令，因上书直言触怒桓帝，下狱被杀。

⑤陈君：指时任大鸿胪的陈蕃。

⑥陈留：东汉郡名，蔡邕的本籍，今河南省陈留县。《后汉书·蔡邕传》载："陈留太守督促发遣。"

⑦偃师：今河南省偃师县，在洛阳东。武王伐纣，在此筑城休整，故名。

⑧京洛:指汉之东都洛阳。遘(gòu 构):遇,遭遇。淫雨:连绵不断的雨。经时:经过了一段时间。

⑨涂:同"途"。迍邅(zhūn zhān 谆沾):同"屯邅",处境困难,此指道路难行。蹇(jiǎn 剪)连:艰难。潦(lǎo 老)汙:雨后的污水。

⑩蹯(pán 盘):盘旋貌。郁悒:苦闷。愤思:心情愤激。

⑪弘虑:放开思路。存古:追思古昔。宣幽情:抒发郁结于深处的感情。属词:作文。

⑫大梁:战国时魏都,今河南省开封市。无忌:魏公子,号信陵君,战国四公子之一。

⑬晋鄙:魏将。《史记·信陵君列传》载,公子无忌用侯嬴计,盗兵符,使朱亥椎杀晋鄙而夺其军以救赵。

⑭中牟:汉县名,属河南郡,其地在今河南省中牟县东。佛肸(xī 希):春秋晋国范中行的家臣,为中牟县长,据此以抗赵简子。

⑮宁越:战国中牟人,以勤恳有诚而著名。裔胄:后人。

⑯圃田:古泽名,在今河南省中牟县西。卫康:即卫康叔,名封,周武王的同母弟。封疆:分封的疆域。

⑰管邑:地名,在今河南省郑州市附近。愠:怒。叔氏:指管叔、蔡叔,周武王之弟,成王的叔父,因谋反被周公所杀。启商:指启示商民反周。

⑱"汉祖之所隘"两句:指汉高祖在荥阳(今河南郑州西)遭项羽所困,将军纪信诈为高祖出降,高祖遂得脱险于项羽军。

⑲虎牢:在荥阳和巩县之间,即今虎牢关。曲阴:纡曲的小路。丘墟:山陵。盘萦:盘绕曲折。

⑳勤:劳苦,此处为意动用法,即"以……为勤"。这句指齐桓公伐楚。侈:即"以……为侈"。申子:指春秋时郑国申侯。

㉑稔(rěn 忍):积久。愎恶:坚持错误。夫人:那人,指申侯。大名:显赫的名声,指背叛的野心。以上四句是说:齐桓公伐楚旋师,涛涂与申侯劝其循诲而归,但申侯私下却向齐桓公密告涛涂不忠,东归危险。申侯得赐虎牢。为报复,涛涂诱申侯大修城池,而私下又诬其企图叛变,申侯于是被杀。详见《左传》僖公四、五、七年。

㉒长坂:长坡。葱山:在今河南省巩县东南。嶢崤(yáo xiáo 摇淆):山高貌。

㉓抚体:安抚体恤。立洪高:指树立高尚的节操。

㉔回:盘旋而上。峭峻:高峻陡峭。阻:险要之处。阜:土山。寥:空旷。

㉕冈岑:小山峦。纡:屈曲。夐(xiòng 兄去声):深远。杳冥:阴暗。

㉖乖:违背,不和。邪:歪斜。廓:空阔。岩:山崖。崝嵘:同"峥嵘",山高貌。

㉗攒(cuán 窜阳平):聚集。棫(yù 玉):柞树。朴(pò 破):一种落叶乔木。榛

(zhēn 珍):一种落叶灌木。楛(hù 户):木名。浣、濯:都是洗的意思,此指滋润、浇灌。

㉘亹(mén 门):同“虋”,虋冬,即蔷薇。菼(tǎn 坦):初生的荻,似苇而小。薁(yù 玉):野葡萄或郁李。台:莎草。莔(méng 萌):药草名,即贝母。增崖:层崖。增,通“层”。

㉙太室:即嵩山,在河南省登封县北。

㉚大河:黄河。垠:边际。洛汭(ruì 瑞):洛水注入渭河的地方。

㉛刘定:刘定公,又称刘夏、刘子。他赞美禹治水说:“微禹,吾其鱼乎!”(《左传·昭公元年》)攸:所。仪:敬仰。伯禹:即夏禹。

㉜太康:夏王启之子,耽好游乐,不恤民事,常到洛水北岸狩猎,其弟五人在洛汭作歌,以示劝诫,史称《五子之歌》。愍(mǐn 悯):哀怜。

㉝修:长。轨:古代车子两轮间的距离,古制八尺,此代指车。增举:指车马加倍赶路。未央:未尽。

㉞泊:停止。飙(biāo 标):暴风。懆懆(cǎo 草):同“惨惨”,暗淡无光。厉凉:寒凉。厉,猛烈。

㉟郁术:犹“郁律”,烟云上升貌。渐:浸。唐:通“塘”,堤岸。

㊱劬(qú 渠)、瘁:皆有劳苦之意。虺隤(huī tuí 挥颓):疲极而病。玄黄:疾痛。

㊲格:到。莽丘:草木深邃的小土山。税驾:解下驾车的马,指休息或停宿。曀曀(yì 义):阴暗的样子。不阳:无日光。

㊳濒隈:水边弯曲的地方。

㊴子带、襄王:皆周惠王之子。子带,襄王兄,曾一度逃往齐国。襄王迎归,却与王后隗氏通,并逐襄王,后被晋文公逐杀。襄王曾出奔壇坎(在今河南巩县)。

㊵宠嬖:受宠的人,此指受惠后宠爱的子带。梗:祸祟,灾害。恻怆:悲痛。怀惨:心怀惨痛。

㊶舫:小船。溯:逆流而上。横厉:纵横凌厉,形容气势蓬勃锐利。

㊷宓(fú 浮)妃:传说中的伏羲氏之女,溺死洛水,遂为洛水之神。翳:隐藏。

㊸熊耳:山名,在洛阳西南。伊、瀍、涧:皆水名。濑:急流。

㊹职贡:各地按时期贡的货品。荒:边境。裔:衣服的边缘,引申为边远的地方。

㊺吴榜:指船桨。纳最:指缴纳收集起来的贡品。最,聚合。

㊻西谿:水名。浙江、福建皆有西溪,这里非确指,当指某条溪流。容与:逍遥自在的样子。巩:古地名,在今河南省巩县。

㊼简公:周卿士,巩为简公采邑,在今河南省巩县。子朝:周景王庶子。据《左传·昭公二十二年》载,周景王死,王子猛继位。子朝作乱。简公讨子朝,大

败。后得晋援助,才打败子朝。

㊽玄:黑。零:落。溱溱:形容雨水众盛,此指雨水之大。

㊾阻:路难走。败:毁坏。遵:沿着。

㊿率:遵循。陵、阿:皆为大土山。释勤:消除劳苦。

51田横:秦末狄县(今山东高青)人。本齐国贵族,从兄田儋起兵,重建齐国。楚汉战争中,自立为齐王。汉朝建立,率徒党五百余人逃往海岛(今称田横岛,在山东省即墨县东近海)。汉高祖召他到洛阳,他被迫前往,行至尸乡(即偃师)自杀,令客奉其头见高祖。高祖礼葬之。葬毕,二客掘坟挖穴,亦自杀从死。

52伫:久立。殷殷:忧伤貌。

53极晨:直到天亮。

54候:观测,观察。体势:指气象变化的形势。牢:坚固,指乌云密集。湍:水势急,此指浓云垂欲雨,如水势之急。文:通"纹",裂缝。无文:指乌云稠密无裂缝。

55弥:满。信宿:连宿两夜。阕:止息,指天气好转。逶迤:曲折前进,此指思潮起伏曲折。

56颢颢:通"皓皓",光明的样子。少弭(mǐ 米):指愁思稍解。弭,消除。

57就驾:开始驾车。京邑:京都,指洛阳。

58赫:显赫。徂:往。

59扇:通"煽",炽盛。佥:都,皆。戢(jí 集):收敛。

60竞入:追赶。

61穷:尽。台:土筑的高台,供望远或游观之用。榭:台上的房子。寝湿:宿在潮湿地上。

62嘉:好的。下:在下位的人,指人民。

63弘:宽大。便辟(pián bì 骈必):机巧谄媚的人。侵:急速。

64伊:伊尹,商初大臣,曾助汤灭夏。吕:吕尚,周代齐国的始祖,姜姓,辅佐武王灭商有功,封于齐,有太公之称。因:由,从。获入:得以进入,指入从政之路。

65唐:即陶唐氏,传说中远古部落名,尧乃其首领。虞:即有虞氏,舜乃其领袖。渺:遥远。

66周道:周王畿大道。鞠:穷,尽。涩(hū 忽):水流急速貌。形容如水流逝,情况一天天坏下去。

67风化:风俗教化。纷挐(rú 如):纷乱。违:错失。

68亮采:辅相之义,此处指匡时济世辅佐的能力。典出《尚书·舜典》、《尚书·皋陶谟》。畿:京都。

69衡门:以横木为门,喻房屋极为简陋。

70爰:于是。结踪:结束游踪。复:回去。邦:本指诸侯国,此指家乡。

绥：安。

⑪乱：辞赋中最后总括全篇要旨的一段。

⑫终：既。永怀：深长的忧伤。窘：困迫。

⑬群都：指以上作者所经历的众多城市。绪：前人留下来的事业。

⑭厥：那些。举：提出，列举。

⑮斯：这。赋：作赋。

⑯则：准则，以……为则。戒：警戒，以……为戒。云：句中语气词。苟：苟且，草率。

⑰翩翩：欣喜自得貌，这里实为反语，意即极不情愿。征：出征，远行。俦：伴侣。与：参与。

⑱言：语助词。旋、复：均为归回之义。胥：通“须”，等待。这两句的意思是：回去吧，回去吧，我内心正等待着回去的那一天。

汉津赋

夫何大川之浩浩兮，洪流淼以玄清[1]。配名位乎天汉，披厚土而载形[2]。登源自乎嶓冢，引漾澧而东征[3]。纳阳谷之所吐兮，兼汉沔之殊名[4]。总畎浍之群液兮，演西土之阴精[5]。遇万山以左回兮，旋襄阳而南萦[6]。切大别之东山兮，与江湘乎通灵[7]。嘉清源之体势兮，澹澶湲以安流[8]。鳞甲育其万类兮，蛟龙集以嬉游[9]。明珠胎于灵蚌兮，夜光潜乎玄洲[10]。维神宝其充盈兮，岂鱼龟之足收[11]。于是游目骋观，南援三州，北集京都[12]。上控陇坻，下接江湖[13]。导财运货，懋迁有无[14]。既乃风飙萧瑟，勃焉并兴[15]。阳侯沛以奔骛，洪涛涌而沸腾[16]。愿乘流以上下，穷沧浪乎三澨[17]。觑朝宗之形兆，瞰洞庭之交会[18]。

【说明】

此赋见《蔡中郎外集》卷三、《古文苑》卷七、《艺文类聚》卷八、《初学记》卷七。

汉，银河，又称"天汉"、"天河"。津，渡口。银河处箕、斗两宿之间，所以称"汉津"。此赋以汉水称"汉津"，实为抬高汉水的地位，使她带上神圣的色彩。赋用夸张的笔触写了汉水的发源、流经和泻入江湘。写了她孕育的珍宝万类以及导财运货。此赋流露出作者对祖国山河的仰慕和热爱。

【注释】

①浩浩：水盛大貌。淼：水广大无边貌。《楚辞·九章·哀郢》："当陵阳之焉至兮，淼南渡之焉如？"玄清：指深绿的河水。

②名位：名誉和地位。天汉：即银河。这句意为：汉津配得上银河的名誉和地位。披：被，背着。厚土：指大地。形：形体，指河流。

③源：河的源头。嶓冢：山名，在甘肃省天水、礼县间，古以为汉水发源于此山。后发现嶓冢实是嘉陵江支流西汉水之源。汉水发源于陕西省南部宁强县，上流称“北汉水”。漾：漾水，古亦误以为汉水之源。《尚书·禹贡》：“嶓冢导漾，东流为汉。”其实漾水是西汉水之源。

④阳谷：《古文苑》章樵注：“谓日也。汉之源在西，云纳日。”沔：汉水之北源为沔水，在今陕西省勉县西。西源出于今陕西省宁强县，为汉水。所以汉水又称沔水，一水二名。

⑤畎(quǎn 犬)：田间小沟。《尚书·益稷》：“浚畎浍巨川。”孔传：“一亩之间，广尺深尺曰畎。”浍：田间小沟。西土：西方。汉水发源西方。阴精：指霜雪。张汇《观藏冰》诗：“寒气方穷律，阴精正结冰。”

⑥万山：山名，在襄阳西。《水经注》：“(沔水)又东过襄阳县北。沔水又东经万山北。”张衡《南都赋》：“游女弄珠于汉皋之曲。”汉皋即万山之异名。左回：指向东回流。古坐北向南，东为左。襄阳：汉置县，故址在今湖北省襄阳县。建安六年置郡，时作者已逝。南萦：向南遇旋。汉水未改道，至今仍是至襄阳而大转南向。

⑦大别：山名。又名鲁山，在汉阳东北，北临汉水，东滨长江。汉水由西向东，切开大别山之东山，而入长江。几千年来汉水河道未变。江：长江。湘：湘江。湘江经洞庭湖汇入长江。通灵：通于神灵。汉水汇江、湘东流，经趋大海，故曰“通灵”。

⑧嘉：嘉许。清源：清澈的水源。这里形容江水清澈。《楚辞·远游》：“轶迅风于清源兮，从颛顼乎增冰。”张衡《思玄赋》：“旦余沐于清源兮，晞余发于朝阳。”澶湲：荡漾貌，水徐流貌。《古文苑》章樵注：“澶湲，犹潺湲。”安流：舒缓平稳地流动。《楚辞·九歌·湘君》：“使江水兮安流。”

⑨鳞甲：有鳞和甲壳类的水生物的总称。育：养育。万类：犹“万物”，泛指水生动物之多。蛟龙：古代传说中的两种神奇动物，居深水中。龙能兴雨，蛟能发水。

⑩明珠：光泽晶莹的珍珠。胎：指结胎，坐胎。灵蚌：灵异的蚌。古代把珍珠看得很珍奇，故把生产明珠的蚌称“灵蚌”。夜光：传说中夜能发光的明珠。玄洲：幽深的崖岸。

⑪维：发语词。《蔡中郎集》与《古文苑》作“杂”，今从《初学记》作“维”。神宝：指上述明珠、夜光。充盈：充满，喻珠宝之多。岂：岂但，岂止。意为不只鱼龟鳞甲丰收，还有许多珠宝。

⑫游目：放目四望，随意浏览。骋观：纵目远望。援：引进。三州：指徐州、扬州、荆州。《古文苑》章樵注：“三州：徐、扬、荆也。”京都：指东汉京都洛阳。

⑬控：控制。陇坻：即陇山，系六盘山南段的别称，又称“陇阪”。陇坻之水南流入渭，与汉水无关，作者这里是夸张写法。江：指长江。湖：指江汉平原以及

洞庭湖、彭泽湖等众多湖泊。

⑭导财：引导钱财，即钱财流通。懋迁：即“贸迁”。懋，通“贸”。《尚书·益稷》：“懋迁有无。”

⑮风飙：暴风。萧瑟：树木被风吹拂发出的声音。勃焉：即勃然。并兴：一起发作。

⑯侯：古代传说中的波涛之神。《淮南子·览冥训》：“阳侯之波。”高诱注：“阳侯，陵阳国侯也。其国近水，溺水而死。其神能为大波，有所伤害，因谓之阳侯之波。”沛：行疾貌。《汉书·礼乐志》：“灵之来，神哉沛。”颜师古注：“沛，疾貌。”奔骛：奔驰，急驰。洪涛：大浪。涌：水向上翻滚。沸腾：上下翻腾。

⑰乘流：凭借河流。《古文苑》章樵注：“商贾往来，乘淮水而上下，贸迁便利。”沧浪：古水名，汉水支流，在湖北境内。《楚辞·渔父》：“沧浪之水清兮……”有多种说法，从略。三澨：水名，又名“三参水”，源出湖北省京山县，东流汉川县入汉水。《尚书·禹贡》：“又东，为沧浪之水；过三澨，至于大别。”注：“三澨，水名。入汉。”

⑱觑（qù 去）：看。《艺文类聚》、《古文苑》作“观”。朝宗：喻小水流向大水。《尚书·禹贡》：“江汉朝宗于海。”孔颖达疏：“朝宗是人事之名，水无识性，非有此义，以海水大而江汉小，以小就大，似诸侯归于天子，假人事而言之也。”形兆：形迹，征兆。交会：会合。最后一句说，看江水与洞庭湖水的会合。

【辨析】

《汉津赋》是我们现在能见到的最早的完整描绘祖国大江大河的赋篇。在此之前，只出现过一些描写江河的片断。通篇写山的赋作，在西汉就已出现；魏晋以下，写山的赋作更是比比皆是。在《历代赋汇》里，收录山赋达一百五十多篇，而收录河赋仅四十来篇。这种多寡异趣的出现，当为山在地上，人们易于涉足；千奇百怪的山势人们举目即见，易于吸引人们注意，令人想入非非，从而编出许多神奇古怪的名山来。而江河却没有这种便利。面对浩浩荡荡的河水，人们往往只能望洋兴叹。水中的鱼虾万类，人们更难睹其形。因此，非有大手笔，是不敢轻易涉足此类题材之赋的。所以，以江河名篇的赋作甚少，蔡邕开创了先例，弥足珍贵！

青衣赋

金生砂砾，珠出蚌泥[①]。叹兹窈窕，产于卑微[②]。盼倩淑丽，皓齿蛾眉[③]。玄发光润，领如蝤蛴[④]。纵横接发，叶如低葵[⑤]。修长冉冉，硕人其颀[⑥]。绮袖丹裳，蹑蹈丝扉[⑦]。盘跚蹴蹀，坐起低昂[⑧]。和畅善笑，动扬朱唇[⑨]。都冶妩媚，卓跞多姿[⑩]。精慧小心，趍事如飞[⑪]。中馈裁割，莫能双追[⑫]。关雎之洁，不蹈邪非[⑬]。察其所履，世之鲜希[⑭]。宜作夫人，为众女师[⑮]。伊何尔命，在此贱微[⑯]。代无樊姬，楚庄晋妃[⑰]。感昔郑季，平阳是私[⑱]。故因锡国，历尔邦畿[⑲]。虽得嬿娩，舒写情怀[⑳]。寒雪缤纷，充庭盈阶。兼裳累镇，展转倒颓[㉑]。昒昕将曙，鸡鸣相催[㉒]。饬驾趣严，将舍尔乖[㉓]。矇冒矇冒，思不可排[㉔]。停停沟侧，嗷嗷青衣[㉕]。我思远逝，尔思来追[㉖]。明月昭昭，当我户扉[㉗]。条风狎躐，吹子床帷[㉘]。河上逍摇，徙倚庭阶[㉙]。南瞻井柳，仰察斗机[㉚]。非彼牛女，隔于河维[㉛]。思尔念尔，惄焉且饥[㉜]。

【说明】

此赋见《蔡中郎外集》卷三、《艺文类聚》卷三十五、《初学记》卷十九。

作者描绘了青衣的美丽动人、举止合礼、聪明能干，称赞她“宜作夫人，为众女师”，并与历史上祸国的女人对衬。最后作者表达了对青衣的依恋之情。

在艺术手法上，此赋既不似大赋的铺张扬厉，也不同其带“兮”字调的《述行赋》，而极类似《西京杂记》所收的两汉早期梁孝王忘忧馆诸游士所作的小赋，如枚乘的《柳赋》、公孙诡的《文鹿赋》、邹阳的《酒赋》、公孙乘的《月赋》、羊胜的《屏风赋》等等。此赋写来简短明了，清新活泼，另具风格。

【注释】

①"金生"两句：金是从砂石中提炼出来的，珍珠是在泥土蚌中孕育出来的。这是古诗中的比兴手法，以引起下文。

②兹：此，这个。窈窕：美好貌。这里用以指代美女。《诗·周南·关雎》："窈窕淑女，君子好逑。"卑微：卑下低微，指美女出身低微。

③盼倩：形容女子顾盼生姿。《诗·卫风·硕人》："巧笑倩兮，美目盼兮。"朱熹《集传》："倩，口辅（酒窝）之美也；盼，白黑分明也。"淑丽：贤淑美丽。皓齿：洁白的牙齿。蛾眉：女子长而美的眉毛，如蛾须。枚乘《七发》："皓齿峨眉，命曰伐性之斧。"

④玄发：黑头发。光润：光泽。领：颈部。蝤蛴：金龟子的幼虫，白色，圆柱状，古代常用以比喻女子颈部的白嫩。《诗·卫风·硕人》："领如蝤蛴。"此"螬"当为"蝤"，形似而误。

⑤纵横接发，叶如低葵：《艺文类聚》卷三十五与《全后汉文》无此二句。接：通"缉"。缉发：即编织头发。低葵：低下头的葵花，指发型。

⑥冉冉：柔媚美好貌。硕人：美人。颀：修长的样子。《诗·卫风·硕人》："硕人其颀，衣锦褧衣。"郑玄笺："硕，大也。言庄姜仪表长丽俊好，颀颀然。"

⑦绮袖：有花纹的美丽的袖子。这里借指上衣，与下句"裳（下衣）"对应。蹑：踩。丝屝（fèi费）：丝鞋。

⑧盘跚：同"蹒（pán盘）跚"，犹"蹁跹"，舞貌。蹴蹀：轻轻地移步。《说文》："蹴，蹑也。"蹀：即蹀躞，小步貌。坐起低昂：即或坐或起，或低头，或抬头。

⑨和畅：和顺爽朗。动：指动不动，也即不时的动。朱唇：形容少女红艳艳的嘴唇。

⑩都冶：美艳貌。娬媚：同"妩媚"，姿态美好貌。卓跞：同"卓荦"，超绝，特出。多姿：也即今天所说的风情万种。

⑪精慧：《初学记》作"精惠"，《蔡中郎集》、《艺文类聚》均作"精慧"，精明聪慧。趋事如飞：《艺文类聚》作"趣事若飞"，此处从《蔡中郎集》与《初学记》，指做事手足轻盈快捷。

⑫中馈：指妇女主持家中馈食供祭诸事。裁割：犹裁剪。莫能双追：没有第二个人能赶得上。

⑬关雎之洁：《毛传》："关雎，后妃之德也，风之始也，所以风天下而正夫妇也。""言后妃有关雎之德。是幽闲贞专之善女，宜为君子之好匹。"所以说"不蹈邪非"。这句是用以形容青衣端庄正派。

⑭履：履行，实行。鲜希：少有。这句是指青衣有所作为，无人能赶得上。

⑮夫人：古代命妇的封号，最早的一例是王莽封崔篆母师氏为义成夫人。这里泛指有品德、善治家的妇女，如《后汉书·列女传》里所称赞的妇女："若夫贤妃助国君之政，哲妇隆家人之道，高士弘清淳之风，贞女亮明白之节。"皆可称为

"夫人"。师：老师，这里指模范，典范。女师：古掌管教养贵族女子的女教师。《文选·宋玉〈神女赋〉》："顾女师，命太傅。"李善注："古者皆有女师，教以妇德。"《诗·周南·葛覃》："言告师氏。"毛传："师，女师也。古者女师教以妇德、妇言、妇容、妇功。"此说似欠妥。

⑯伊何：为何，为什么。《诗·小雅·頍弁》："有頍者弁，实维伊何？"尔：你。

⑰樊姬：春秋时楚庄王之姬。刘向《列女传·楚庄樊姬》载，樊姬曾谏止庄王狩猎，而勤于朝政。楚庄王称楚相虞丘子为贤者。樊姬掩口而笑。楚王问。姬答曰："今虞丘子相楚十余年，所荐非子弟，则族昆弟，未闻进贤退不肖，是蔽君而塞贤路。知贤不进，是不忠。不知其贤，是不智也。妾之所笑，不亦可乎！"于是虞丘子乃迎孙叔敖而进之，庄王三年而称霸。楚庄：即上面说的楚庄王。《史记·楚世家》载："庄王即位三年，不出号令。日夜为乐……左抱郑姬，右抱越女，坐钟鼓之间。"晋妃：指骊姬。《史记·晋世家》：晋献公"五年，伐骊戎，得骊姬、骊姬弟，俱爱幸之"。骊姬生奚齐。她谮杀太子申生，逐群公子。献公死，即为大臣里克所杀。

⑱感昔郑季，平阳是私：指卫青父与平阳侯家仆私通生卫青事。《汉书·卫青传》："卫青字仲卿。其父郑季，河东平阳人也，以县吏给事侯家。平阳侯曹寿尚武帝姊阳信长公主。季与主家僮卫媪通，生青。"

⑲故因锡国，历尔邦畿：《初学记》作"故因扬国"，此处从《蔡中郎集》，指卫青因姊卫子夫被封皇后而卫家大贵。《汉书·外戚传下》："孝武卫皇后字子夫……子夫为平阳主讴者……帝祓霸上，还过平阳主。主见所侍美人，帝不说。既饮，讴者近。帝独说子夫……遂有身，尊宠……元朔元年生男据，遂立为皇后。"卫青被封为"长平侯"。"青三子襁褓中皆为列侯。""卫氏支属侯者五人。"后被灭。"楚庄"以下数句，是作为青衣对立面而提出的。

⑳虽：通"唯"。《管子·君臣下》："故民迂则流之，民流通则迂之。决之则行，塞之则止。虽有明君，能决之，又能塞之。"此"虽"即作"唯"讲。嫵娩：欢好貌。傅玄《秋胡行》："嫵娩不终夕，别如参与商。"

㉑兼裳：穿着厚重衣裳。累镇：重叠镇压，指增加被褥。展转：即辗转反侧，不能入眠。倒颓：精力消退。这句是作者写自己的内心世界。

㉒昒(hū 乎)昕：拂晓，黎明。《初学记》作"昕昕"，此处从《蔡中郎集》。班固《幽通赋》："昒昕寤而仰思兮，心蒙蒙犹未察。"曙：天明。

㉓饬驾：准备车马。饬，整治。趣严：速整行装。严，衣装。避汉明帝刘庄讳，改"装"为"严"。《后汉书·吴汉传》："每当出师，朝受诏，夕则引道，初无办严之日。"李贤注："严即装也，避明帝讳，故改之。"乖：离别。

㉔矇冒：愚暗冒昧，此系作者自谓。

㉕停停：耸立貌。嗷嗷：哭声。《庄子·至乐》："人且偃然寝于巨室，而我嗷嗷然随而哭之。"前句自况，后句状青衣。以下数句，同此。

㉖思:助词,用于句首或句中。

㉗昭昭:明亮貌。扉:门扇。

㉘条风:东北风,主立春四十五日。《史记·律书》:“条风居东北,主出万物。条之言条治万物而出之,故曰条风。”狎躐(xiá liè 狭列):重叠接续貌。

㉙河上逍摇:《诗·郑风·清人》:“清人在消,驷介麃麃。二矛重乔,河上乎逍遥。”逍摇:亦作“消摇”、“逍遥”,缓行貌。《文选·司马相如〈长门赋〉》:“夫何一佳人兮,步逍遥以自虞。”刘良注:“逍遥,行貌。”徙倚:犹徘徊。《楚辞·哀时命》:“独徙倚而彷徉。”

㉚井柳:即井宿和柳宿。斗:即斗宿。机:又称“天机星”,北斗七星中的第三星。

㉛牛女:即牛郎星和织女星。河:天河。牛郎星和织女星各在河一边,故曰“隔”。维:语助。

㉜惄(nì 逆):忧思伤痛。《诗·周南·汝坟》:“未见君子,惄如调饥。”郑玄笺:“惄,思也。未见君子之时,如朝饥思食。”

【辨析】

青衣,青色或黑色的衣服,汉以后多为地位低下者所服。这里指婢女。赋中写的青衣虽出身卑微,但却长得妩媚动人,精明能干。“宜作夫人,为众女师。”作者如此歌颂婢女,抬高其地位,这简直是石破天惊的言论。须知,比他早生几十年的班昭,曾作《女诫》七篇,强调:“妇德,不必才能绝异也;……妇容,不必颜色美丽也;妇功,不必工巧过人也。”尤其第一篇《卑弱》,讲女孩生下,就应让其“卧之床下”,“弄之瓦砾”,以示鄙弃。根本不把女人当人看,况婢女乎!难怪《青衣赋》一出,与他同时代的张超马上作《诮青衣赋》。“诮”者,讥刺嘲笑也。他斥蔡邕“志鄙意微”。由此更见《青衣赋》之可贵。此后,同情妇女、歌颂妇女的赋篇大量涌现,如曹丕的《出妇赋》、《洛神赋》,王粲的《寡妇赋》、《出妇赋》,曹植的《感婚赋》、《出妇赋》、《洛神赋》,等等。这是时代使然,但蔡邕开启之功不可埋没。

短人赋并序

侏儒短人，僬侥之后[①]。出自外域，戎狄别种[②]。去俗归义，慕化企踵[③]。遂在中国，形貌有部[④]。名之侏儒，生则象父。唯有晏子，在齐辨勇[⑤]。匡景拒崔，加刃不恐[⑥]。其余尪么，劣厥偻窭[⑦]。啯喷怒语，与人相距[⑧]。矇眛嗜酒，喜索罚举[⑨]。醉则扬声，骂詈恣口[⑩]。众人患忌，难与并侣[⑪]。是以陈赋，引譬比偶[⑫]，皆得形象，诚如所语[⑬]。其词曰：

雄荆鸡兮鹜鹭鹈[⑭]，鹘鸠雏兮鹑鷃雌[⑮]。冠戴胜兮啄木儿，观短人兮形若斯[⑯]。热地蝗兮芦即且[⑰]，茧中蛹兮蚕蠕蝢[⑱]，视短人兮形若斯。木门阃兮梁上柱，敝凿头兮断柯斧[⑲]。鞞鞨鼓兮补履朴，脱椎柄兮捣薤杵，视短人兮形如许[⑳]。(《初学记》卷十九，《古文苑》卷七，《蔡中郎集·外纪》)

巴巅马兮柙下狗[㉑]。(《初学记》卷十九《短人第五》"蔡赋巴马"条)

【说明】

此赋有长序，叙述了短人的来历、生活习惯、性格特征。这里作者已流露出对短人的鄙视。在赋文中，作者则进而运用夸张、比喻的手法，对短人极尽嘲笑、丑化、侮辱、谩骂的能事，把他们比作鸟类、昆虫、木把。作为一个东汉的大学问家、经学家，写出如此卑下的赋作，真令人惊异。这可能与中原人的优越感有关，与自己受过很好的教育有关。此赋读来诘屈聱牙，令人厌烦。

【注释】

①侏儒：身材矮小的人。《史记·滑稽列传》："优旃者，秦倡侏儒也。"古代最

高统治者为取乐,常养一些侏儒在身边。僬侥:古代传说中的矮人国,出矮人。《列子·汤问》:“从中州以东四十万里,得僬侥国。人长一尺五寸。”《后汉书·东夷传》:“自女王国东度海千余里至拘奴国,虽皆倭种,而不属女王。自女王国南四千余里至朱儒国,人长三四尺。”

②戎狄:古代少数民族名。西方称戎,北方称狄。《诗·鲁颂·閟宫》:“戎狄是膺,荆舒是惩。”后用以泛指西北少数民族。

③去俗:指抛弃未开化的野蛮风俗。归义:指归顺大汉的仁义之邦。化:教化,这里指转移野蛮的人心风俗。企踵:抬起脚后跟,形容急切仰望之状。《汉书·萧望之传》:“是以天下之士,延颈企踵,争愿自效,以辅高明。”

④形貌:形体容貌。有部:指在中国有专设的部曹管理。《后汉书·东夷传》:“夷有九种,曰畎夷、于夷、方夷、黄夷、白夷、赤夷、玄夷、风夷、阳夷。故孔子欲居九夷也。”东汉兴盛时,都向汉王朝进贡称臣,也有的留居中国。

⑤晏子:名婴,字平仲,夷维(今山东高密)人。公元前550年,晏桓子死,他继位齐卿,连任灵公、庄公、景公三朝正卿。执政五十余年,以节俭力行,谦恭下士著称。其人身材短小,善辩而勇敢。战国中期,有人收集其言行,编成《晏子春秋》内外篇,凡八卷二百十五章。

⑥匡景拒崔:景公,庄公弟,名杵臼,好治宫室,聚狗马,厚赋重刑。晏子力加匡正。崔杼,齐大夫。棠公死,杼往吊。见棠姜美,娶之。庄公与棠姜通,杼遂杀庄公,立景公,与庆封同为左右相,又令诸将军、大夫等等宣誓效忠,敢违者杀。连杀七人。及晏子,晏子严词以拒。崔杼后为庆封所杀。

⑦尪(wāng 汪):指患胸、胫、背等处骨骼的弯曲症。《吕氏春秋·尽数》:“苦水所多尪与伛人。”高诱注:“尪,突胸仰向疾也。”么(yāo 邀):同“幺”,小,细。《文选·陆机〈文赋〉》:“犹弦么而徽急。”李善注:“《说文》曰:‘么,小也。’”劣:弱小,低下。曹植《辨道论》:“寿命长短,骨体强劣,各有人焉。”厥(jué 决):指患突然昏倒、手足冰冷的病症。偻(lóu 楼):曲背。窭(jù 据):贫寒缺乏教养。《诗·邶风·北门》:“终窭且贫。”毛传:“窭者,无礼也。贫者困于财。”或释“窭”为窭数。刘熙《释名》:“窭数犹局缩,皆小意也。”亦通。

⑧嚄(huò 获)啧:叫喊,呼叫。《古文苑》作“嚄啧”。距:通“拒”,抗拒。

⑨矇昧:同“蒙昧”,指昏昧,知识未开。索:讨取,索取。罚:鞭挞。举:没收。《周礼·地官·司关》:“凡货不出于关者,举其货,罚其人。”郑玄注:“不出于关,谓从私道出辟税者,则没收其财而挞其人。”

⑩扬声:高声说话。詈(lì 力):责骂。恣口:任意开口。

⑪“众人”二句:指短人随便骂人,大家都忧虑害怕,难以同他们结为伴侣。

⑫引譬:犹“引喻”,称引比喻。比偶:原指诗文中的排比对偶,这句借以对比。全句是说引例比照。

⑬形象:形状相貌。这二句指下文赋中的描绘。

⑭荆鸡：即越鸡，一种体型较小的鸡。《庄子·庚桑楚》："越鸡不能伏鹄卵。"成玄英疏："越鸡，荆鸡也。"陆德明《经典释文》："越鸡，司马向云：'小鸡。'或云：'荆鸡也。'"鹜：家鸭，古亦泛指野鸭。鹥鹈（pì tí 僻提）：一种野鸭名，亦作"鸊鹈"，俗称"油鸭"。《后汉书·马融传》："鹭、雁、鸊鹈。"李贤注引扬雄《方言》曰："野凫也，甚小，好没水中，膏可以莹刀剑。"

⑮鸻（háng 杭）：鸟高飞而下。鹘鸻：《古文苑》作"鹘鸠"，亦称"鹘鵃"、"鹘嘲"，亦即斑鸠。《尔雅·释鸟》："鵰鸠，鹘鵃。"郭璞注："似山鹊而小，短尾，青黑色，多声。"雏：同"雏"，幼禽，这里指小斑鸠。鹑鷃（chún yàn 纯燕）：亦作"鹑鴳"，鸟名，即鹑与鴳，均为小鸟，亦专指鴳鹑。以上两句分别以雄性与雌性小鸟喻短人。

⑯戴胜：鸟名，亦作"戴任"，俗称"山和尚"，状如雀，头有冠，五色如方胜，体长均三十厘米，营巢于树洞。啄木：啄木鸟。儿：轻蔑之词。

⑰热地：《初学记》作"蛰地"，此处从《蔡中郎集》。蝗：昆虫纲，直翅目，蝗科。种类很多，全世界有一万余种，我国有三百余种。蝗产卵管短而弯曲，以此凿土产卵。卵成块。幼虫一般称蝻。蝻与成虫食量很大，危害庄稼。因雌蝗晚秋产卵于地下，第二年春孵化，古文称"蛰地蝗"。即且（jū 居）：即"蝍蛆"，蜈蚣的别名。《史记·龟策列传》："蝟辱于鹊，腾蛇之神而殆于即且。"张守节《正义》："即吴公也。"

⑱蝢（xié 协）：只出现在"肸蝢"这个词中，即"月氏"，中国古西域国名。《古文苑》作"蠕须"，亦不可解。蠕，虫洞貌。须，胡须。可能指侏儒的形体如小虫般蠕动。

⑲阃（kǔn 捆）：门槛。梁上柱：《古文苑》章樵注："江南人呼梁上矮柱为侏儒。"敝：坏，破旧。凿头：凿上的木把。断柯：断裂的斧头柄。

⑳鞞（pí 皮）：同"鼙"，一种小鼓。《文选·潘岳〈藉田赋〉》："鼓鞞硡隐以砰磕。"李善注："《字林》曰：'鼙，小鼓也。'鞞与鼙同。"鞨：一种兵器。朴：木皮。《文选·王褒〈洞箫赋〉》："秋蜩不食，抱朴而长吟。"李善注引《苍颉篇》："朴，木皮也。"椎：捶击具，如铁椎、木椎。枘（ruì 瑞）：榫头。脱椎枘：即脱掉榫头的铁椎。捣蓙杵：即洗衣时击打衣服的木槌。许：如此，这样。

㉑巴：爬，攀登。巴巅马：即能爬上山顶的马。柙：关野兽牲畜的笼子。"热地蝗"至终篇，仍以小虫、小器具喻短人。

笔赋

昔苍颉创业，翰墨用焉，书契兴焉①。夫制作上圣立宪者，莫先乎笔②。详原其所由，究察其成功，铄乎焕乎，弗可尚也③。(《初学记》卷二十一)

惟其翰之所生，于季冬之狡兔④；性精亟以慓悍，体遄迅以骋步⑤。削文竹以为管，加漆丝之缠束⑥；形调搏以直端，染玄墨以定色⑦。画乾坤之阴阳，赞宓皇之洪勋⑧；叙五帝之休德，扬荡荡之典文⑨。纪三王之功伐兮，表八百之肆觐⑩；传六经而缀百氏兮，建皇极而序彝伦⑪。综人事于晻昧兮，赞幽冥于明神⑫。象类多喻，靡施不协⑬。上刚下柔，乾坤位也⑭。新故代谢，四时次也⑮。圆和正直，规矩极也⑯。玄首黄管，天地色也⑰。(《初学记》卷二十一，《艺文类聚》卷五十八，《北堂书钞》卷一百零四，《古文苑》卷七，《蔡中郎外集》卷三)

【说明】

此赋描述了毛笔制作的材料、制作的过程以及其特点，但赋的重点是歌颂毛笔的功用：人们通过笔把上古帝王的功勋言论以及诸子百家的著作记录下来。

【注释】

①苍颉：一作“仓颉”，传说中黄帝时的史官，汉字的创造者。他好书，作书。其名字始见于战国《荀子》、《韩非子》、《吕氏春秋》等书。《荀子·解蔽》：“故好书者众矣，而仓颉独传者，壹也。”

②上圣：至圣，指有道德、智慧超群的人。立宪：制定法令。先乎：《北堂书钞》作“隆于”。

③铄乎焕乎：多么美盛光亮。这是歌颂笔的功绩。弗可尚：没有其他的功绩可以超过。尚，超越。

④翰：毛笔，古用羽毛代笔，故以“翰”代称。这里指兔毛。狡兔：狡猾的兔子。《古文苑》章樵注：“兔经霜则毫健。”

⑤精亟：精明急躁。慓悍：矫捷勇猛。遄（chuán 船）迅：迅速，疾速。骋步：奔跑。《古文苑》章樵注：“兔性若此，毫之轻健劲捷似之，宜制以为笔。”白居易《紫毫笔》：“江南石上有老兔，吃竹饮泉生紫毫；宣城工人采为笔，千万毛中选一毫。”

⑥文竹：有斑纹的竹。管：指笔杆。漆丝：油漆和蚕丝。指用藤固定兔毛用丝绳加以捆缚。《尚书·禹贡》：“厥贡漆丝，厥篚织文。”

⑦调抟（bó 博）：理齐扎捆。直端：使其笔直端正。定色：定下颜色。

⑧宓（fú 浮）皇：神话传说中的人物。一作“伏戏”、“虙牺”。又号羲皇。相传他结绳为网，进入渔猎社会。又传他和女娲氏兄妹族外相婚，始创嫁娶。洪勋：伟大功绩。

⑨五帝：传说中的上古帝王。有三种说法。如说黄帝、颛顼、帝喾、帝尧、帝舜等为“五帝”。休德：美德。荡荡：广大无边貌。典文：《蔡中郎集》、《古文苑》作“明文”，《艺文类聚》、《初学记》、《北堂书钞》均作“典文”，此处从后者，指经典。《后汉书·延笃传》：“观夫仁孝之辩，纷然异端，互引典文。”

⑩三王：夏禹、商汤、周文王。一说夏禹、商汤、周文王和周武王。伐：功劳。八百：指周武王伐殷时，八百诸侯会盟于孟津。肆觐：原指天子以礼见诸国之君。《尚书·舜典》：“岁二月，东巡守，至于岱宗。柴，望秩于山川，肆觐东后。”后常用以称见天子或诸侯之礼。

⑪六经：指《诗》、《书》、《礼》、《易》、《春秋》、《乐经》，但也有人认为儒家没有《乐经》，或《乐经》在秦焚书时已亡失。百氏：指诸子百家。皇极：指皇帝施政治世的法式。《尚书·洪范》：“皇极，皇建其有极。”孔颖达疏：“皇，大也；极，中也。施政教，治下民，当使大得其中，无有邪僻。”彝伦：伦常，指处理人与人之间的道德标准。《尚书·洪范》：“我不知其彝伦攸叙。”蔡沈《集传》：“彝，常也；伦，理也。”

⑫晻昧：昏暗不明。幽冥：玄远，微妙。明神：明察之神。此句指明神能把玄妙的道理说清楚。

⑬象类多喻，靡施不协：指笔发挥上述所说的画、赞、叙、扬、纪、表、传、缀、建、序、综等等作用，都得心应手，十分停当。

⑭上刚下柔：指笔上部笔杆，竹制，故言刚；下端缀毛，故言柔。上刚下柔，正如天地乾坤。

⑮新故代谢：指由竹子变为笔杆，由兔毛变为笔毛。

⑯圆、直：都是指笔杆。极：准则。笔杆既圆又直，符合规矩的准则。

⑰玄首：指毛笔头，青黑色。黄管：指毛笔杆，竹干后发黄，故称。《易·坤》：“上六，龙战于野，其血玄黄。”《文言》：“夫玄黄者，天地之杂也。天玄而

地黄。”

【辨析】

蔡邕是东汉后期著名的书法家。他创造了飞白书，是《熹平石经》的主要书写者。他对毛笔的制作、功用十分熟悉。但由于儒家思想的影响，他对笔的功用理解有些狭隘，仅局限于对儒家的颂扬。《笔赋》是继崔瑗《草书势》和赵壹《非草书》之后，现存最早的有关描绘书法艺术的专文，也是最早进入书法艺术领域的赋篇。

弹琴赋

尔乃言求茂木，周流四垂[①]。观彼椅桐，层山之陂[②]。丹华炜炜，绿叶参差[③]。甘露润其末，凉风扇其枝[④]。鸾凤翔其颠，玄鹤巢其岐[⑤]。考之诗人，琴瑟是宜[⑥]。爰制雅器，协之钟律[⑦]。通理治性，恬淡清溢[⑧]。

尔乃清声发兮五音举，韵宫商兮动徵羽，曲引兴兮繁丝抚[⑨]。然后哀声既发，祕弄乃开[⑩]。左手抑扬，右手徘徊[⑪]。抵掌反复，抑案藏摧[⑫]。于是繁弦既抑，雅韵乃扬[⑬]。仲尼思归，《鹿鸣》三章[⑭]。《梁甫》悲吟，周公《越裳》[⑮]。《青雀》西飞，《别鹤》东翔[⑯]。《饮马长城》，楚曲《明光》[⑰]。楚姬遗叹，鸡鸣高桑[⑱]。走兽率舞，飞鸟下翔[⑲]。感激弦歌，一低一昂。(《蔡中郎外集》卷三，《艺文类聚》卷四十四，《初学记》卷十六，《古文苑》卷二十一)

丹弦既张，八音既平[⑳]。(《文选·江淹〈杂体诗三十首·袁太尉〉》李善注)

间关九弦，出入律吕；屈伸低昂，十指如雨[㉑]。(收在《蔡中郎集·外集》之《琴赋》中，《艺文类聚》以为《琴赋》为傅毅所作)

一弹三欷，曲有余哀[㉒]。(《北堂书钞》卷一百零九)

有清灵之妙[㉓]。(《北堂书钞》卷一百零九)

苟斯乐之可贵，宣箫琴之足听[㉔]。(《北堂书钞》卷一百零九)

于是歌人恍惚以失曲，舞者乱节而忘形[㉕]。哀人塞耳以惆怅，辕马蹀足以悲鸣[㉖]。(《北堂书钞》卷一百零九)

【说明】

此赋系残篇，现编辑次序有些凌乱，但大体可看出赋篇描写了琴材的择取、弹奏者高超的技艺以及琴声的美妙动人。

【注释】

①尔乃：相当于“若乃”、“若夫”，辞赋常作以段落的转折语辞。言：语助。茂木：茂盛的树木。《淮南子·齐俗训》：“夫猨狖得茂木，不舍而穴。”周流：周游。《楚辞·离骚》：“览相观于四极兮，周流乎天余乃下。”四垂：四境。垂，通“陲”，边境。《汉书·谷永传》：“三垂晏然，靡有兵革之警。”

②椅（yī 衣）桐：椅树和桐树。《诗·鄘风·定之方中》：“椅桐梓漆。”朱熹《集传》：“椅，梓实桐皮；桐，梧桐也。”也有称椅为梧桐。《字巢》：“椅，今人称梧桐也。”层山：重重叠叠的山岭。陂：山坡。

③丹华：朱红色的花。炜炜：光彩炫耀。参差（cēn cī 岑$_{阴平}$疵）：不齐貌。

④末：树梢。扇：通“搧”，指刮风。

⑤鸾凤：传说中的一种神鸟。岐：同“歧”，即分枝、分杈，指树枝上的分杈处。

⑥诗人：指《诗》作者。“琴瑟”句：《诗·周南·关雎》：“窈窕淑女，琴瑟友之。”古人以为《关雎》是一首政治诗，歌颂“后妃之德”。所以琴瑟之声，古人以为是雅乐正声。

⑦爰：于是。《北堂书钞》作“奚”。雅器：古乐器名。《周礼·春官·笙师》：“笙师，掌教龡竽、笙、埙……雅，以教祴乐。”郑玄注引郑司农曰：“雅，状如漆筒而弇口，大二围，长五尺六寸，以羊韦鞔之，有两组疏画。”钟律：原指编钟十二律，后泛指音律。《史记·律书论》：“在璇玑玉衡以齐七政，即天地二十八宿。十母，十二子，钟律调自上古。”

⑧清溢：极清，十分清静。

⑨清声：清妙的歌声。五音：指古代宫、商、角、徵（zhǐ 止）、羽五个音阶。曲引：乐曲。《文选·马融〈长笛赋〉》：“故聆曲引者，观法于节奏，察度于句投。”李善注：“引亦曲也。”嵇康《琴赋》：“曲引向阑，众音将歇。”繁丝：指管弦之音繁密。

⑩袐弄：新奇的乐曲。袐，同“秘”，新奇，稀奇。弄，乐曲。《古文苑》章樵注：“琴调有曲有引有弄，今所传如明妃引，蔡氏五弄。”

⑪抑扬、徘徊：指双手弹琴的动作。弹出的音调有节奏地或高或低，或往返回旋。

⑫抵（zhǐ 指）掌：击掌。或说侧手击琴。也有说一手复按另一手的手掌。抑案：按压。案，通“按”。藏摧：五脏为之摧折。藏，通“脏”。

⑬繁弦：也是指琴声繁密。抑：压下。雅韵：雅正的韵律。扬：飞扬。

⑭仲尼思归：《论语·公冶长》：“子在陈，曰：‘归与！归与！吾党之小子狂简，斐然成章，不知所以裁之。’”朱熹《四书章句集注》：“夫子初心，欲行其道于天下，至是而知其终不用也，于是‘始欲成就后学以传道于来世’。”又《孔丛子·记问》载：“赵简子使聘夫子，夫子将至焉，及河，闻鸣犊与窦犨（chōu 抽）之见杀也。回舆而旋之卫，息鄹，为操曰：‘周道衰微，礼乐陵迟，文武既坠，吾将焉师？

周游天下，靡邦可依。凤鸟不识，珍宝枭鸥。眷然顾之，惨然心悲。……复我旧庐，从我所好，其乐只且。'"《鹿鸣》三章：《诗·小雅·鹿鸣》共有三章。《鹿鸣》是《小雅》首篇，所谓"四始"之一(《风》之始为《关雎》，《大雅》之始为《文王》，《颂》之始为《清庙》)。这两句是说：孔子知道不行于列国，归而整理《诗》，培养弟子，修礼作乐。

⑮梁甫：亦作"梁父"，山名，在今山东省泰安市东南，西连徂徕山，秦始皇、汉武帝禅梁父皆在此。后世以徂徕山南隋梁父故城北一小山为梁父山。相传"曾子耕太山之下，天雨雪冻，旬月不得归。思其父母，作《梁山歌》"(见逯钦立辑《先秦汉魏晋南北朝诗》)。此调遂成为汉乐府杂曲歌辞。越裳：古南海国名(或说即今老挝)。王充《论衡·恢国篇》："成王之时，越常(通"裳")献雉，倭人贡畅(即郁金草)。"《后汉书·南蛮传》："交趾之南，有越裳国，周公居摄六年，制礼作乐，天下和平，越裳以三象重译而献白雉。"古乐府有《越裳操》，传为周公所作，现存三句："於戏嗟嗟，非旦(周公名旦)之力，乃文王之德。"

⑯青雀：指青鸟，神话传说中西王母所使的鸟。司马相如《大人赋》："吾乃今目睹西王母暠然白首，戴胜而穴处兮，亦幸有三足乌为之使。"别鹤：古乐府琴曲有《别鹤操》，题为商陵牧子所作。"牧子娶妻五年，无子，父兄将欲为改娶。妻闻之，中夜惊起，倚户悲啸。牧子闻之，援琴鼓之云云。痛恩爱之永离，因弹别鹤以舒情，故曰《别鹤操》，后仍为夫妇。"

⑰《饮马长城》：古乐府有《饮马长城窟行》，《文选》题为《古辞》，《玉台新咏》以为系蔡邕所作。楚曲《明光》：琴曲名。《琴操下》："楚明光者，楚王大夫也。昭王得瑀(和)氏璧，欲以贡于赵王，于是遣明光奉璧之赵。郡中羊由甫知赵无反意，乃谗之于王曰：'明光常背楚用赵，令使奉璧，何能述功德?'及明光还，怒之。明光乃作歌曰《楚明光》。"

⑱楚姬遗叹，鸡鸣高桑：见《艺文类聚》之蔡邕《琴赋》。然《古文苑》之蔡邕《琴赋》，《初学记》和《蔡中郎集》之《弹琴赋》中均未见。楚姬遗叹：乐府《相和歌辞·吟叹曲》有《楚妃叹》。据刘向《列女传》称："楚姬，楚庄王夫人也。庄王好狩猎毕弋，樊姬谏不止，乃不食禽兽之肉。"又笑"虞丘子相楚十余年，而所荐者非其子孙，则族昆弟，未闻进贤退不肖也"。庄王"于是以孙叔敖为令尹，治楚三年而庄王以霸"。此曲当有古辞，现存有石崇等同题作。鸡鸣高桑：《鸡鸣》为乐府古辞。《乐府诗集·相和歌辞三·相和曲下·鸡鸣》："《乐府解题》曰：古词云：'鸡鸣高树巅，狗吠深宫中。'初言'天下方太平，荡子何所之'。次言'黄金为门，白玉为堂，置酒作倡乐为乐'。终言桃伤而李仆，喻兄弟当相为表里。"

⑲走兽率舞：《尚书·益稷》："夔曰：'戛击鸣球、搏拊、琴、瑟以咏。'……夔曰：'於！予击石拊石，百兽率舞。'"飞鸟下翔：《古文苑》章樵注："师旷为晋平公鼓琴，有玄鹤二八翔舞。"

⑳张：陈设，即做好演奏前的准备。八音：我国古代对乐器的统称。《尚书·

舜典》:"三载,四海遏密八音。"孔传:"八音:金、石、丝、竹、匏、土、草、木。"八音既平:指八音协畅。

㉑间关:象声词。律吕:古代校正乐律的器具,用竹管或金属管制成,共十二管。由管长短来确定音声的高低,其中奇数六管称律,偶数六管称吕。出入律吕:指所弹琴声都符合律吕。十指如雨:指十指弹出的琴声如急雨。白居易《琵琶行》:"大弦嘈嘈如急雨,小弦切切如私语……间关莺语花底滑,幽咽泉流冰下难。"以上四句,既描绘了琴声,也表现了弹奏者纯熟的技艺。

㉒一弹三欷(xī 西):即一弹三叹。欷,吹气,抽咽。

㉓清灵:清雅美妙。

㉔苟:如果,假使。斯:此,这个。斯乐:指上面所弹奏的音乐。宣:应作"宜",应当,正是。

㉕恍惚:心神不定的样子。失曲:失去曲调。乱节:错乱节奏步伐。忘形:忘却身段形态。

㉖哀人:忧郁哀伤的人。《文子·上礼》:"老子曰:'为礼者雕琢人性,矫拂其情……外束其形,内愁其德,钳阴阳之和,而迫性命之情,故终身为哀人。'"惆怅:因失意而哀怨悲伤。辕马:驾在辕上的马。蹀足:踏步,顿足。这都是描写琴声的动人至深。

【辨析】

蔡邕是一位对琴艺有极高造诣的学者。《后汉书·蔡邕传》有三条材料可以说明这一点:

一、"桓帝时,中常侍徐璜、左悺等五侯擅恣,闻邕善鼓琴,遂白天子,勑(敕)陈留太守督促发遣。邕不得已,行到偃师,称疾而归。"

二、"初,邕在陈留也,其邻人有以酒食召邕者,比往而酒以酣焉。客有弹琴于屏,邕至门试潜听之,曰:'憘!以乐召我而有杀心,何也?'遂反。……主人遽自追而问其故。邕具以告,莫不怃然。弹琴者曰:'我向鼓弦,见螳螂方向鸣蝉,蝉将去而未飞,螳螂为之一前一却。吾心耸然,惟恐螳螂之失之也。此岂为杀心而形于声也?'邕莞然而笑曰:'此足以当之矣!'"

三、蔡邕得罪中常侍王甫弟——王原太守王志,亡命江海,远迹吴、会。"吴人有烧桐以爨者,邕闻火烈之声,知其良木,因请而裁为琴,果有美音,而其尾犹焦,故时人名曰'焦尾琴'焉。"蔡中郎集尚存有《琴赞》一篇。

此赋所着力描绘的是符合儒家规矩的雅音,这与蔡邕一生的政治思想倾向也基本相合。

伤胡栗赋

人有折蔡氏祠前栗者[①]。故作斯赋。

树遐方之嘉木兮，于灵宇之前庭[②]，通二门以征行兮，夹阶除而列生[③]。弥霜雪之不彫兮，当春夏而滋荣[④]。因本心以诞节兮，凝育蘖之绿英[⑤]。形猗猗以艳茂兮，似碧玉之清明[⑥]，何根茎之丰美兮，将蕃炽以悠长[⑦]。适祸贼之灾人兮，嗟夭折以摧伤[⑧]。

【说明】

此赋见《初学记》卷二十八、《艺文类聚》卷八十七、《太平御览》卷九百六十四、《蔡中郎外集》卷三与《古文苑》卷二十一等。其中《蔡中郎外集》与《古文苑》题为《胡栗赋》，其余文献作"故栗赋"。

此赋写蔡氏祖祠前庭成行的栗子树，经冬不凋，遇春夏复荣，枝叶繁茂，生机勃勃，但却不幸遭人残害。作者为此发出深深的感叹。

【注释】

①蔡氏祠：蔡氏的祠堂，也即用以祭祀蔡邕祖宗或先贤的庙堂。

②树：种植。遐方：远方。指此栗是从胡地移入的。嘉木：美好的树木，指胡栗。灵宇：祠堂，寺庙。此指蔡氏祠堂。前庭：即前院。

③二门：指大门内的一道总门。征行：指从正道而行。夹阶除而列生：即夹着台阶两旁排列而生。可见栗树种植成列。

④弥：久经。《楚辞·招魂》："容态好比，顺弥代些。"王逸注："弥，久也。"彫：同"雕"、"凋"，枯萎，凋谢。滋荣：生长繁茂。

⑤本心：草木的根株。《汉书·萧望之传》："附枝大者贼本心。"颜师古注："本心，树之本株也。"诞节：生长出枝节。凝：积聚，形成。蘖：树木的嫩芽。绿英：绿色的花苞。

⑥猗猗：美盛之貌。艳茂：艳丽丰茂。碧玉：《蔡中郎集》中作"翠玉"。清明：

清澈明朗。

⑦蕃炽：茂盛，兴旺。焦赣《易林·遁之涣》："云梦苑囿，万物蕃炽。"悠长：久远，漫长。

⑧适：《古文苑》作"遇"。祸贼：作祸残害。《汉书·高帝纪上》："项羽为人，慓悍祸贼。"颜师古注："祸贼者，好为祸害而残贼也。"灾人：祸害、罪恶之人。嗟：叹声。夭折：过早死掉。摧伤：损伤，摧毁伤害。

【辨析】

蔡邕生活的年代，党祸连年。公元166年，桓帝指责名士李膺等二百多人为党人，下狱治罪。公元168年，灵帝也大兴党狱，杀名士李膺、范滂等一百多人，禁锢六七百人，逮捕太学生千余人。对这些党人，《后汉书》作者范晔站在完全同情的立场大加称赞，他特辟《党锢传》一题，记录其中有代表性的二十一名党人的言行。作者在列传前言中指出："逮桓、灵之间，主荒政缪，国命委于阉寺（指宦官），士子（指名士太学生们）羞与为伍。故匹夫抗愤，处士横议。遂乃激扬名声，互相题拂，品覈公卿，裁量执政。婞直之风，于斯行矣！"这是对党人言行的评价。作者随后又说："凡党事始自甘陵、汝南，成于李膺、张俭，海内涂炭，二十余年，诸所蔓衍，皆天下善士。""善士"者，有道德、有识见的良士也，但他们却被视为朋党，视为拉帮结派的自私小人。蔡邕也鄙视阉寺，也羞与为伍，他也属党人一类人物，况且他也受宦官阉寺的迫害而流浪江湖十几年。所以，《伤胡栗赋》似非单纯伤栗。蔡邕作此赋，当有所寄托。

蝉赋

白露凄其夜降，秋风肃以晨兴[①]。声嘶嗌以沮败，体枯燥以冰凝[②]。虽期运之固然，独潜类乎太阴[③]。要明年之中夏，复长鸣而扬音[④]。

【说明】

此赋见《艺文类聚》卷九十七，《蔡中郎外集》卷三。

这是我们现在能看到的最早描写蝉的赋篇。蔡邕为什么要写蝉呢？可能与蝉的高洁，与世无求，而易被伤害有关，即既赞叹又同情。正如曹植《蝉赋》所描写的蝉："内含和而弗食，与众物而无求；栖高枝而仰首，漱朝露之清流。……苦黄雀之作害，患螳螂之劲斧。……有翩翩之狡童……运微粘而我缠。……委厥体于膳夫，归炎炭而就燔。"所以后世续作极多。

【注释】

①白露：露凝而白，此时已进入凉秋季节。凄：寒凉。肃：萧瑟，肃杀。晨兴：早起，早上发生。

②嘶嗌（ài爱）：凄切幽咽，指秋蝉悲鸣。沮败：沮丧，败坏。枯燥：干枯，干燥。冰凝：《艺文类聚》作"水凝"，此处从《蔡中郎集》，如冰凝结。曹植《蝉赋》："吟嘶哑以沮败，状枯槁以丧形。"

③期运：犹"机运"，运数。固然：本应如此。潜类：潜其物类。蝉在树上产卵，孵成幼虫，落在地上，钻进土中潜伏，四年后钻出地面，爬到树上脱皮成蝉。曹植《蝉赋》："唯夫蝉之清素兮，潜厥类乎太阴。"太阴：阴暗的地下。

④要：通"邀"，邀约。中夏：即"仲夏"，夏季之中，指阴历五月。

弹碁赋

荣华灼烁，萼不韡韡[①]。于是列象，雕华逞丽[②]。丰腹敛边，中隐四企，轻利调博，易使骋驰[③]。然后枨掣，兵碁夸惊。或风飘波动，若飞若浮；不迟不疾，如行如留，放一敝六，功无与俦[④]。

夫张局陈棋，取法式备[⑤]，因嬉戏以肄业，托欢宴以讲事[⑥]。设兹矢石，其夷如砥[⑦]。采若锦缋，平若停水[⑧]。肌理光泽，滑不可履[⑨]。乘色行巧，据险用智[⑩]。

【说明】

此赋见《艺文类聚》卷七十四、《太平御览》卷七百五十五、《古文苑》卷七、《蔡中郎外集》卷三。

弹碁，即弹棋，是古代的一种游戏。《西京杂记》卷二载："成帝好蹴鞠。群臣以蹴鞠为劳体，非至尊所宜。帝曰：'朕好之，可择似而不劳者奏之。'家君（指刘歆父刘向）作弹碁以献。帝大悦。"此游戏系二人对弈，白黑棋子各六枚（魏晋以后渐多）。先列棋相当，以指弹之以击敌子。击中即取之，以棋子先被取尽者为负。棋盘以石为之。魏文帝曹丕于此道特妙，"用手巾角拂之，无不中"。"有客自云能，帝使为之，客著葛巾角，低头拂棋，妙逾于帝。"（《世说新语·巧艺》）

【注释】

①荣华：草木茂盛、开花。灼烁：光彩闪烁。萼：花萼，萼片，即花的外轮，呈绿色，在花芽期有保护花的作用。不（fú 浮）："柎"的本字，花蒂。《诗·小雅·常棣》："鄂（通"萼"）不韡韡。"韡韡（wěi 伟）：又作"炜炜"，本训光明、光辉，此处形容花色鲜艳美盛。此指棋盘。

②列象：指排上棋子。雕华逞丽：雕刻出花纹，表现出美丽的图案。以上四

句都写棋盘的华丽讲究。正如西晋夏侯淳《弹棊赋》所描绘的:“局(棋盘)则昆山之宝,华阳之石,或烦蜿龙藻,或分带斑驳,或发色玄黄,或皦的鳞白,悉鲁匠之精能,倾工心于雕错。”

③丰腹敛边,中隐四企:指棋盘的形态,即腹部隆起,四边收敛,顶部中心下陷,四周翘起。魏文帝曹丕《弹棊赋》:“局则荆山妙璞,发藻扬晖。丰腹高隆,庳(bēi 卑)根四颓,平如砥砺,滑若柔荑。”丁廙《弹棊赋》:“文石为局,金碧齐精。隆中夷外,致理肌平。卑高得适,既安且贞。”唐阎伯玙《弹棊局赋》:“丰腹上圆,颓根下矩”。唐卢谕《弹棊赋》:“局之为状也,下方广以法地,上圆高以象天。起而能伏,危而不悬。四隅咸举,四达无偏。居中谓之丰腹,在末谓之缘边。”沈括《梦溪笔谈》卷十八:“棊局方二尺,中心高如覆盂,其巅为小壶,四角微隆起。”轻利:轻便。调博:转动灵活。骋驰:驰骋。

④“然后栰(fá 伐)掣”以下八句:写棋盘上的相互厮杀。丁廙《弹棋赋》:“号令既通,兵棊启路。运若回飙,疾若飞兔,前中却僻,贾其余怒,风驰火燎,令牟取五,恍哉忽兮,诚足慕也。”梁简文帝萧纲《弹棋论序》:“尔乃观壮士之出师,望兵棋之式道。上升则搏翼穹天,赴下则建瓴高屋,乘危则栈山航海,历险则束马悬车。”

⑤张局陈棋:打开棋盘,摆设棋子。取法:效法。式备:准则,法度。

⑥因:依据。嬉戏:游戏。肄业:修习学业。托:依靠。欢宴:欢乐的宴会,指弹棋从游戏中学习。讲事:谋议军政大事。《左传·隐公五年》:“故讲事以度轨量谓之轨。”孔颖达疏:“故讲习大事以准度轨法。”

⑦矢石:古守城武器,箭和礌石,这里指棋子、棋盘等。夷:平。砥:磨刀石,喻其平滑。这里指棋盘。参见注③。

⑧锦缋:色彩艳丽的织锦。这句指棋盘彩绘。参见注③。

⑨履:踩踏。

⑩乘色:指趁着周围环境。行巧:实施巧妙手段。这句指弹棋艺术。

协和婚赋

惟情性之至好,欢莫伟乎夫妇[①]。受精灵之造化,固神明之所使[②]。事深微以玄妙,实人伦之端始[③]。考邃初之原本,览阴阳之纲纪[④]。乾坤和其刚柔,艮兑感其脢腓[⑤]。《葛覃》恐其失时,《摽梅》求其庶士[⑥]。唯休和之盛代,男女得乎年齿[⑦]。婚姻协而莫违,播欣欣之繁祉[⑧]。良时既至,婚礼已举[⑨]。二族崇饰,威仪有序[⑩],嘉宾僚党,祁祁云聚[⑪]。车服照路,骖骓如舞[⑫]。既臻门屏,结轨下车[⑬]。阿傅御竖,雁行蹉跎[⑭]。丽女盛饰,晔如春华[⑮]。(《初学记》卷十四)

其在近也,若神龙采鳞翼将举[⑯]。其既远也,若披云缘汉见织女[⑰]。立若碧山亭亭竖,动若翡翠奋其羽[⑱]。众色燎照,视之无主[⑲]。面若明月,辉似朝日[⑳]。色若莲葩,肌如凝蜜[㉑]。(《艺文类聚》卷十八作《协初赋》,《古文苑》卷二十一、《蔡中郎外集》卷三皆题为《协和婚赋》,开头四句又见《太平御览》卷三百八十一,题为《协初赋》)

长枕横施,大被竟床[㉒]。莞蒻和软,茵褥调良[㉓]。(《北堂书钞》卷一百三十四作《协初赋》)

粉黛施落,发乱钗脱[㉔]。(《北堂书钞》卷三十五作《协初赋》)

【说明】

以上《协和婚赋》与《协初赋》当为一篇。赋描绘了一个绝色女子从登车出嫁离开娘家到迤逦抵达夫家,从下车登门到入室上床的整个过程,可以说是一篇极显露、极大胆地描绘男女新婚及新婚之夜两性生活的作品。与蔡邕的《青衣赋》突破传统的道德观,有类似的效果。

【注释】

①情性:情意。至好:最好。欢:欢心。伟:大。

②精灵:指形成万物的精灵之气。造化:创造化育。固:本来诚然。神明:神祇、神灵。使:致使,使然。

③深微:深奥精微。玄妙:深奥微妙。人伦:封建礼教所规定的人与人之间的关系。端始:开始。

④邃初:同"遂初"。远古,早先。原本:本原,事物的由起、根源。阴阳:指宇宙间贯通物质和人事的两大对立面,如天地、日月、君臣、男女等等。纲纪:规律,法则。

⑤乾坤:《周易》中的两个卦名,代表阴阳两种对立势力,如天与地,日与月,君与臣,男与女等等。和:调和,协调。刚柔:指阳刚而阴柔,男刚而女柔等等。《古文苑》章樵注:"乾刚坤柔有夫妇配合之义。"艮:《周易》卦名,象征山。兑:《周易》卦名,象征沼泽。高亨《周易大传今注·咸第三十一》:"《咸》,感也,刚柔相感也。《咸》之上卦为兑,下卦为艮。兑为阴卦,为刚;艮为阳卦,为柔。然则《咸》之卦象是'柔上而刚下'。刚柔相交,相感相应……古代重男轻女,男尊女卑,唯婚礼有男下女之仪式。男亲至女家以迎女,女升车,男授绥……"又,"九五:'咸其脢(méi 梅),无悔。'"徐志锐先生《周易大传新注·咸第三十一》:"注家均以脢训为背,唯何楷另有一解:陆农师云:脢在口下心上,即喉上之梅核……梅核即喉头。咽食物必动,而思考问题时则不动,有如咽食物被噎住。……口无言而意已通。……所以《象传》言:咸其脢,志末也。李鼎祚:未犹上也。卦爻六位以初上称本末。咸卦上六为男女相感末尾成婚配。所以'志末'即言少女同意与少男终了成婚配。"又,"六二咸其腓(féi 肥),凶居吉"。腓是"胫骨后之肉",即所谓小腿肚子。"艮体的六二与兑体的九五刚柔相应又居中,这象征少男对少女十分钟情。……在这种情况下抬腿迈步则'凶',深居静守稍事才'吉'。"《古文苑》章樵注:"艮少男,兑少女。感应而为咸,圣人列于下篇之首,以象夫妇。咸其脢,咸其腓,皆爻辞。"

⑥《葛覃》:《诗·周南》篇名。《毛传》认为:"后妃在父母家,则志在于女功之事,躬俭节用。服澣濯之衣,尊敬师傅,则可以归安父母,化天下以妇道也。"即写一位女子做好多种女功之事,准备出嫁。《摽梅》:即《摽有梅》,《诗·召南》篇名。毛传:"召南之国,被文王之化,男女得以及时也。"庶士:众士。《古文苑》章樵注:"《诗·摽有梅》,男女及时也。其三章曰:'求我庶士。'迨其谓之。"

⑦休和:安定和平。盛代:盛世。男女得乎年齿:指男女要到适当年龄才可结婚。《古文苑》章樵注:"古者男二十至三十,女十五至二十,谓之盛年,嫁娶之时也。"

⑧协:和协。欣欣:亦作"忻忻",喜乐貌。繁祉:多福。繁,多,盛。祉,福。

⑨良时:美好的时光,好日子。已:通"议"。

⑩二族:两姓，指男女双方。崇饰:装饰,修饰。这里指男女双方对婚礼的准备。威仪:指婚礼中的礼仪。

⑪僚党:朋辈,同辈,志同道合的朋友。祁祁:众多貌。

⑫照路:照耀道路。骖骓:古驾车的马,两旁的叫骓,也称骖。这里泛指驾车的马。如舞:像跳舞,《蔡中郎集》作"如举"。

⑬臻:至。门屏:门与屏之间,如今所谓照壁。结轨:车轨相接。这里形容车马络绎不绝。《吕氏春秋·易躬》:"车不结轨。"高诱注:"结,交也。"《古文苑》章樵注:"亲迎仪,婿入,奠。雁姆奉女出,登车,至其家。俟妇下车,揖之,导以入。轨,车辙也。"

⑭阿傅:保姆。《古文苑》章樵注:"傅,姆也。"御竖:《古文苑》作"御坚"。竖:男仆,指驾车的仆人。如作"坚",则指坚固的车。《后汉书·和熹邓皇后传》:"乘坚驱良。"李贤注:"坚,谓好车;良,谓善马也。"雁行:如雁飞行的行列。蹉跎:参差不齐貌。这句指远看与近视。远看一队行列,近视人群拥挤不齐。或释"蹉跎"为行进迟缓,亦通。

⑮盛饰:装扮华丽。晔:盛美,华美。春华:春天盛开的鲜花。

⑯神龙:即龙,传说中龙变化莫测,故称。《文选·张衡〈西京赋〉》:"若神龙之变化,章后皇之为贵。"采鳞:指龙的彩色鳞片。班固《典引》:"升黄辉采鳞于沼。"翼将举:指龙要升空。

⑰披云:拨开云层。缘汉:沿着银汉。汉,银河。织女:原是星名,后变成神话中人物,天帝孙女,嫁河西牛郎,因中断织造云锦,被责令与牛郎分离,只准每年七夕相会一次。

⑱碧山:青山。亭亭:耸立貌。这里形容新娘亭亭玉立。竖:直立。翡翠:鸟名,毛羽鲜艳。

⑲众色:多种颜色,形容新娘服色五颜六色。燎照:映照。无主:精神不能自主,指被新娘的艳丽惊呆了。

⑳面若明月:喻新娘面部柔和洁白。辉似朝日:喻新娘艳丽如初升太阳光彩四射。

㉑莲葩:即莲花。凝蜜:凝结的蜂蜜,喻细腻光滑。

㉒横施:横放着。大被竟床:大被子覆盖全床。竟,遍,全。

㉓莞蒻(guān róu 关柔):两种织席的蒲草。茵:垫子、褥子、毯子的通称。调良:原指坐骑和驯而善良,这里指茵褥柔软、舒服。

㉔粉黛:指妇女化妆时搽脸的白粉和画眉的黛墨。施:通"弛"。《周礼·天官·小宰》:"六曰敛弛之联事。"郑玄注:"杜子春弛读为施。"陆德明《经典释文》:"弛,刘本作施。"《周礼·地官·小司徒》:"凡征役之施舍者。"郑玄注:"施当读为弛。"施落:即弛落,脱落。

【辨析】

此赋在唐宋类书上被分别以《协和婚赋》和《协初赋》标出，故《汉魏六朝百三名家集》将其分为两篇。《历代赋汇》收录前部分，题为《协和婚赋》，而不收《协初赋》部分，实际上也等于承认应分为两篇。今人也大都遵从此说。但这种分法是不科学的，因为按此分法，《协和婚赋》写到"晔如春华"，便戛然而止，似意犹未尽。而《协初赋》开篇即曰"其在近也"，似太突然。"其"系代词，当有所指，如按此分法，"其"字就落空了。

可能有鉴于此，《古文苑·协和婚赋》章樵于"晔如春华"后注："后阙。"《全汉文》把《协和婚赋》和《协初赋》放在一起，题为《协和婚赋》。

我们以为，《协和婚赋》和《协初赋》当为一篇。只有如此，赋文才显得有头有尾，基本写出婚姻的全过程。《协和婚赋》者，"婚姻协而莫违"，男女不失时而走向婚姻也。故此赋以题《协和婚赋》为妥。

钱钟书先生在《管锥编》第三册中说："按此赋残缺。首节行媒举礼，尚成片段；继写新妇艳丽，犹余十二句；下只存'长枕横施，大被竟床，莞蒻和软，茵褥调良'，又'粉黛施落，发乱钗脱'六句。想全文必自门而堂，自堂而室，自交拜而私合，循序描写。'长枕'以下……虽仅剩'粉黛'八字，然衬映上文，望而知为语意狎亵，《淮南子·说林训》所谓：'视书，上有酒者，下必有肉，上有年者，下必有月，以类而取之。'前此篇什见存者，刻划男女，所未涉笔也……然则谓蔡氏为淫媟文字始作俑者，无不可也。"此赋比《青衣赋》写得的确更大胆，它触及新婚夫妇的性生活的问题。作为一位汉儒忠诚的信仰者，蔡邕写出这样的赋篇，实在令人感到惊异！

瞽师赋

夫何矇昧之瞽兮，心穷忽以郁伊①，目冥冥而无瞭兮，嗟怀烦以愁悲②。抚长笛以摅愤兮，气轰锽而横飞③。何此声之悲痛兮，怆然泪以憯恻④。类离鹍之孤鸣，似杞妇之哭泣⑤。(《初学记》卷十六，《北堂书钞》卷一百一十一)

咏新诗之悲歌兮，舒滞积而宣郁⑥。(《文选·刘桢〈赠五官中郎将〉》李善注)

时牢落以失次，咢绁蹇而阳绝⑦。(《文选·陆机〈文赋〉》李善注)

【说明】

此赋系残篇，采自《初学记》卷十六、《北堂书钞》卷一百一十一、《太平御览》卷七百四十和《文选》李善注。赋的主要内容当为表现瞽师通过抚笛来抒发自己内心世界的孤独和愁苦。蔡邕"妙操音律"，此赋当写得极动人，可惜我们现在看不到全篇。

【注释】

①"夫何"句：《太平御览》作"夫何矇昧坐瞽兮"。矇昧：目不明貌。瞽：乐官。《诗·周颂·有瞽》："有瞽有瞽，在周之庭。"郑玄注："瞽，矇也。以为乐官者，目无所见，于声音审也。"穷忽：迷惘貌。郁伊：抑郁，忧闷。

②"目冥冥"两句：《太平御览》卷七百四十作"目冥冥而无睹兮，羌永烦以悲愁"。冥冥：昏暗貌。《楚辞·九章·涉江》："深林杳以冥冥兮，乃猨狖之所居。"瞭（liǎo 蓼）：眼珠明亮。嗟：感叹声。怀烦：内心烦恼。或作"求烦"，即招来烦恼。求：招来，招致。《礼记·学记》："发虑宪，求善良。"郑玄注："求，谓招来也。"愁悲：即悲愁。

③摅愤：发泄怨愤。轰锽：象声词，形容声音响亮。

④怆然：悲伤貌。憯恻：悲痛貌。《楚辞·九辩》："中憯恻之凄怆兮，长太息

以增欷。"

⑤鹍:鹍鸡,鸟名,似鹤,黄白色。杞妇:《蔡中郎集》作"嫠妇",此处从《北堂书钞》,指杞梁妻。《礼记·檀弓下》:"齐庄公袭莒于夺,杞梁死焉,其妻迎其柩于路而哭之哀。"《孟子·告子下》:"华周、杞梁之妻善哭其夫而变国俗。"刘向《列女传·齐杞梁妻》:"杞梁之妻无子,内外皆无五属之亲。既无所归,乃就其夫之尸于城下而哭之,内诚动人,道路过者莫不为之挥涕,十日,而城为之崩。"以上皆状瞽师笛声之悲切感人。

⑥滞积:指郁积的思想感情。宣郁:发泄心中的郁闷。《文选·刘桢〈赠五官中郎将〉》李善注:"咏新诗以悲歌。"

⑦牢落:无所寄托貌。陆机《文赋》:"心牢落而无偶。"失次:犹失常。咢:通"鄂"、"愕"。《史记·十二诸侯年表》:"楚熊鄂。"《史记·楚世家》作"熊咢"。《汉书·霍光传》:"群臣皆惊鄂失色。"颜师古注:"凡言鄂者,皆谓阻碍不依顺也。后字作愕,其义亦同。"绁蹇(pī jiǎn 披捡):丝缕披散破坏,引申为乐声分散貌。阳绝:清扬之声中断。阳,通"扬"。

霖雨赋

夫何季秋之淫雨兮,既弥日而成霖[1]。瞻玄云之晻晻兮,听长霤之淋淋[2]。中霄夜而叹息,起饰带而抚琴[3]。

【说明】

此赋《艺文类聚》卷二题为《愁霖赋》。

蔡邕《述行赋序》称:"延熹二年秋,霖雨逾月……人徒冻饿,不得其命者甚众。"此赋曰:"何季秋之淫雨兮,既弥日而成霖。"知此赋当作于延熹二年(159),时蔡邕二十七岁。赋篇表现作者对人民苦难的关切。

【注释】

①季秋:即秋末。淫雨:久雨,过多的雨。弥日:终日,连日。霖:久雨。《左传·隐公九年》:"凡雨,自三日以往为霖。"

②玄云:即黑云。晻晻(yǎn眼):黑暗貌,日无光。《楚辞·刘向〈九叹·惜贤〉》:"孰契契而委栋兮,日晻晻而下颓。"洪兴祖《补注》:"晻晻,日无光也。"霤(liù六):屋檐水。晋潘岳《悼亡诗三首》其一:"春风缘隟来,晨霤承檐滴。"淋淋:连绵不止的雨声。

③中霄夜:即中夜。

【辨析】

此赋录自《艺文类聚》卷二,但该书以为此赋为曹植所作。该书说魏陈王曹植《愁霖赋》曰:"……瞻玄云之晻晻,听长霤之淋淋,中霄夜而叹息……"《艺文类聚》的判断是有问题的。因为《文选·张协〈杂诗〉》李善注:"蔡雍《霖赋》曰:'瞻玄云之晻晻,悬长雨之森森。'"《文选·曹植〈美女篇〉》李善注:"蔡雍(邕)《霖雨赋》:'中霄夜而叹息。'"《北堂书钞》卷一百五十一:“蔡邕《霖雨赋》云:‘听长雨之淼淼。’”

在这里不难看出,三书所引题目、赋文虽有差异,但实际同为一篇,当为无疑。《北堂书钞》和《文选》注者说其作者是蔡邕,只有《艺文类聚》说其作者是曹植。我们以为把此赋判归蔡邕为是,因为曹植已写了一篇《霖雨赋》,他不大可能以同题另作一篇。

此外,王先谦《后汉书补注》卷二十下曰:“案:魏晋间记载邕事,‘邕’或作‘雍’,字书亦以‘邕’为‘雍’之古文。”

检逸赋

夫何姝妖之媛女，颜炜烨而含荣①。普天壤其无俪，旷千载而特生②。余心悦于淑丽，爱独结而未并③。情罔象而无主④，意徙倚而左倾⑤。昼骋情以舒爱，夜托梦以交灵⑥。(《艺文类聚》卷十八，《蔡中郎外集》卷三)

思在口而为簧鸣，哀声独而不敢聆⑦。(《北堂书钞》卷一百一十)

【说明】

本赋系残篇。所谓"检逸"，就是约束自己思想作风上的放纵，按封建礼教的要求行事。赋先写女子的艳丽，次写男子对她的倾慕，再次表现男子追慕不可得而陷入的相思。

【注释】

①姝妖：美艳。媛(yuàn 怨)女：美女。炜烨(wěi yè 伪夜)：亦作"炜晔"，美盛貌，指美女光彩照人。荣：美好的气色。《素问·五脏生成论》："此五脏所生之外荣也。"唐王冰注："荣，美色也。"

②天壤：天地之间。《管子·幼官》："食天壤山川之故祀，必以时。"无俪：即无偶，无可相比。旷千载：犹千代所未有。特生：独生，即没有第二个人。

③淑丽：贞淑美丽。独结：单方面结好，指单方面向对方示爱。未并：未能聚合，也即未能得到女方的首肯。

④此句《蔡中郎集》作"情罔写而无主"。罔象：虚无，指无心，罔罔然。《文选·王褒〈洞箫赋〉》："罔象相求。"李善注："罔象，虚无罔象然也。"意指茫茫然无心。无主：即无心。

⑤徙倚：犹徘徊，彷徨。《楚辞·远游》："步徙倚而遥思兮，怊惝怳而乖怀。"王逸注："彷徨东西，意愁愤也。"左倾：颓丧不振。《楚辞·九叹·逢纷》："肠愤悁而含怒兮，志迁蹇而左倾。"

⑥骋情:犹纵情。舒爰:抒发情爰。交灵:神灵魂魄的交往。

⑦簧鸣:如弹簧振鸣。哀声:悲哀的声音。《孔子家语·颜回》:“哀声有似于此,谓其往而不返也。”聆:听。

【辨析】

《检逸赋》顾名思义,就是要检点、约束、控制个人感情的越轨、放纵、失控。有如魏晋以后大量出现的所谓《止欲赋》、《闲邪赋》、《正情赋》、《闲情赋》等等,这些赋作表面上都是在说在男女关系问题上,要约束、防范不健康的感情,一切要按封建礼教的规定行事。但实际却不然,它们处处在冲击封建礼教,企望得到正常的男女自由平等的爱情生活。这类作品都几乎把女子写得美丽动人,近在咫尺,但男子们却无法接近,可望而不可得,不能尽男女之欢,共云雨之情。这实际上是在指斥封建礼教的不合理。这也正是这类赋作的价值所在。

团扇赋

裁帛制扇，陈象应矩[①]。轻彻妙好，其輶如羽[②]。动角扬徵，清风逐暑[③]。春夏用事，秋冬潜处[④]。

【说明】

此赋见《北堂书钞》卷一百三十四、《蔡中郎外集》卷三。

赋描述了团扇的制作、特点、作用，是一篇残缺不全的咏物赋。

【注释】

①象：形貌，图像。应矩：符合规矩。

②轻彻妙好：《蔡中郎集》及《北堂书钞》另一条作"轻微妙好"，指扇细微精巧美好。輶（yóu 油）：轻。《诗·大雅·烝民》："德輶如毛。"郑玄注："輶，轻。"

③角、徵：各为古五音之一。这里指摇动团扇发出的声音有韵律。

④用事：办事。潜处：藏匿。此句指团扇只有春夏有用，秋冬就弃置不用。

玄表赋

庶小善之有益[①]。

【说明】

本篇仅存一句。见《文选·谢朓〈拜中军记室辞隋王笺〉》李善注。

【注释】

①庶:众多。《诗·小雅·小明》:“念我独兮,我事孔庶。”郑玄笺:“庶,众也。”但“庶”亦可作动词,希望。小善:小的善行。《易传·系辞下》:“小人以小善为无益而弗为也。”

释 诲并序

闲居翫古，不交当世①。感东方[朔]《客难》及扬雄、班固、崔骃之徒设疑以自通，乃斟酌群言，韪其是而矫其非，作《释诲》以戒厉云尔②。

有务世公子诲于华颠胡老曰③："盖闻圣人之大宝曰位，故以仁守位，以财聚人④。然则有位斯贵，有财斯富，行义达道，士之司也⑤。故伊挚有负鼎之衒，仲尼设执鞭之言，甯子有清商之歌，百里有豢牛之事⑥。夫如是，则圣哲之通趣，古人之明志也⑦。夫子生清穆之世，禀醇和之灵；覃思典籍，韫椟《六经》；安贫乐贱，与世无营；沈精重渊，抗志高冥；包括无外，综析无形，其已久矣⑧。曾不能拔萃出群，扬芳飞文，登天庭，序彝伦，埽六合之秽慝，清宇宙之埃尘，连光芒于白日，属炎气于景云⑨。时逝岁暮，默而无闻⑩。小子惑焉，是以有云⑪。方今圣上宽明，辅弼贤知，崇英逸伟，不坠于地。德弘者建宰相而裂土，才羡者荷荣禄而蒙赐⑫。盍亦回涂要至，俛仰取容，辑当世之利，定不拔之功，荣家宗于此时，遗不灭之令踪⑬？夫独未之思邪，何为守彼而不通此⑭？"

胡老慠然而笑曰⑮："若公子，所谓睹暧昧之利，而忘昭晢之害；专必成之功，而忽蹉跌之败者已⑯。"公子谡尔敛袂而兴曰⑰："胡为其然也⑱？"胡老曰："居，吾将释汝⑲。昔自太极，君臣始基，有羲皇之洪宁，唐虞之至时⑳。三代之隆，亦有缉熙，五伯扶微，勤而抚之㉑。于斯已降，天网纵，人纮弛，王涂坏，太极陁，君臣土崩，上下瓦解㉒。于是智者骋诈，辩者驰说，武夫奋略，战士讲锐㉓。电骇风驰，雾散云披，变诈乖诡，以合时宜㉔。或画一策而绾万金，或谈崇朝而锡瑞珪㉕。连衡者六印磊落，合纵者骈组流离㉖。隆贵翕习，积富无崖，据巧蹈机，以忘其危㉗。夫华离蒂而萎，条去干而枯，女冶容而淫，士背道而辜㉘。人毁其满，神疾其邪，利端始萌，害渐亦牙[29]。速速方穀，夭夭是加；欲丰其屋，乃蔀其家[30]。是故天地否闭，圣哲潜形；石门守晨，沮、溺耦耕；颜歜抱璞，蘧瑗保生；齐人归乐，孔子斯征；雍渠骖乘，逝而遗轻[31]。夫岂傲主而背国乎？道不可以倾也[32]。

"且我闻之，日南至则黄钟应，融风动而鱼上冰，蕤宾统则微阴萌，蒹葭苍而白露凝[33]。寒暑相推，阴阳代兴。运极则化，理乱相承[34]。今大汉绍陶唐之洪烈，荡四海之残灾，隆隐天之高，拆绖地之基[35]。皇道惟融，帝猷显平，泜泜庶类，含甘吮滋[36]。检六合之群品，济之乎雍熙，群僚恭己于职司，圣主垂拱乎两楹[37]。君臣穆穆，守之以平。济济多士，端委缙綎，鸿渐盈阶，振鹭充庭[38]。譬犹钟山之玉，泗滨之石，累珪璧不为之盈，[采]浮磬不为之索[39]。曩者，洪源辟而四隩集，武功定而干戈戢，猃狁攘而吉甫宴，城濮捷而晋凯入[40]。故当其有事也，则蓑笠并载，擐甲扬锋，不给于务[41]；当其无事也，则舒绅缓佩，鸣玉以步，绰有余裕[42]。

"夫世臣、门子，埶御之族，天隆其祐，主丰其禄[43]。抱膺从容，爵位自从，摄须理髯，余官委贵[44]。其取进也，顺倾转圆，不足以喻其便；逡巡放屣，不足以况其易[45]。夫有逸群之才，人人有优赡之智[46]。童子不问疑于老成，瞳矇不稽谋于先生[47]。心恬澹于守高，意无为于持盈[48]。粲乎煌煌，莫非华荣[49]。明哲泊焉，不失所宁[50]。狂淫振荡，乃乱其情[51]。贪夫殉财，夸者死权[52]。瞻仰此事，体躁心烦[53]。阇谦盈之效，迷损益之数[54]。骋驽骀于修路，慕骐骥而增驱，卑俯乎外戚之门，乞助乎近贵之誉[55]。荣显未副，从而颠踣，下获熏胥之辜，高受灭家之诛[56]。前车已覆，袭轨而骛，曾不鉴祸，以知畏惧[57]。予惟悼哉，害其若是！天高地厚，跼而蹐之[58]。怨岂在明，患生不思[59]。战战兢兢，必慎厥尤[60]。

"且用之则行，圣训也；舍之则藏，至顺也[61]。夫九河盈溢，非一凷所防；带甲百万，非一勇所抗[62]。今子责匹夫以清宇宙，庸可以水旱而累尧、汤乎[63]？惧烟炎之毁熸，何光芒之敢扬哉[64]！且夫地将震而枢星直，井无景则日阴食，元首宽则望舒朓，侯王肃则月侧匿[65]。是以君子推微达著，寻端见绪，履霜知冰，践露知暑[66]。时行则行，时止则止，消息盈冲，取诸天纪[67]。利用遭泰，可与处否，乐天知命，持神任己[68]。群车方奔乎险路，安能与之齐轨[69]？思危难而自豫，故在贱而不耻[70]。方将骋驰乎典籍之崇涂，休息乎仁义之渊薮，槃旋乎周、孔之庭宇，揖儒、墨而与为友[71]。舒之足以光四表,收之则莫能知其所有[72]。若乃丁千载之运,应神灵之符,闿阊阖,乘天衢,拥华盖而奉皇枢,纳玄策于圣德,宣太平于中区[73]。计合谋从,己之图也;勋绩不立,予之辜也[74]。龟凤山翳,雾露不除,踊跃草莱,祇见其愚[75]。不我知者,将谓之迂。修业思真,弃此焉如[76]?静以俟命,不斁不渝[77]。'百岁之后,归乎其居。'幸其获称,天所诱也。罕漫而已,非己咎也[78]。昔伯翳综声于鸟语[79],葛卢辩论音于鸣牛[80],董父受氏于豢龙[81],奚仲供德于衡辀[82],倕氏兴政于巧工[83],造父登御于骅骝[84],非子享土于善圉[85],狼瞫取右于禽囚[86],弓父毕精于筋角[87],佽非明勇于赴流[88],寿王创基于格五[89],东方要幸于谈优[90],上官效力于执盖[91],弘羊据相于运筹[92]。仆不能参迹于若人,故抱璞而优游[93]。"

于是公子仰首降阶,忸怩而避[94]。胡老乃扬衡含笑,援琴而歌[95]。歌曰:"练余心兮浸太清,涤秽浊兮存正灵[96]。和液畅兮神气宁,情志泊兮心亭亭,嗜欲息兮无由生。踔宇宙而遗俗兮,眇翩翩而独征[97]。"

【说明】

此赋见《后汉书》卷六十下、《艺文类聚》卷二十五、《蔡中郎集·外纪》。

此赋作于桓帝延熹六年(163)前后。当时徐璜、左悺等五侯把持朝政,恣意妄为,蔡邕又目睹了民间的悲惨景象,深感现实的黑暗与险恶,故作此赋以自宽。赋中流露出的畏害全身和退隐守道的思想,实质上是他想用世而怨其不为世所用、想用世而又愤时世恶浊的矛盾心态的曲折反映。

【注释】

①翫(wàn 玩去声):《四部备要》本《蔡中郎集》作"玩",义同。

②扬雄、班固、崔骃之徒设疑以自通:指扬雄作《解嘲》,班固作《答宾戏》,崔骃作《达旨》。此三篇赋与东方朔《答客难》都设为问答,故曰"设疑以自通"。斟酌:吸取,考虑。韪(wěi 伟):是。厉:振奋,自勉。

③务世:致力于世务。华颠:白头。颠,头顶。《后汉书·蔡邕传》李贤注(以下简称"李贤注")引《新序》:"齐宣王对闾丘卬曰:'士亦华发堕颠而后可用耳。'"胡老:元老。

④"盖闻"三句:此处化用《易传·系辞下》句意:"圣人之大宝曰位。何以守位,曰仁。何以聚人,曰财。"大宝:所贵之物。位:职位,爵位。

⑤斯:则,就。达:通。《论语·季氏》:"行义以达其道。"司:职责,责任。

⑥伊挚:即伊尹,商汤贤臣。衒(xuàn 炫):炫耀,自我矜夸。《史记·殷本纪》:"伊尹名阿衡。阿衡欲奸汤而无由,乃为有莘媵臣,负鼎俎以滋味说汤,致于王道。""仲尼"句:《论语·述而》:"富而可求也,虽执鞭之士,吾亦为之。"设:主张,提倡。甯子:即甯戚。甯戚事最早见于《楚辞·九章·惜往日》:"吕望屠于朝歌兮,甯戚歌而饭牛。"李贤注引《淮南子·道应训》曰:"甯戚欲干齐桓公,穷困无以自达,于是为商旅,将车以适于齐,暮宿于郭门,饭牛车下,望见桓公,乃击牛角而[疾]商歌。桓公闻之曰:'异哉!歌者非常人也。'命后车载之。"清商:古五音之一,商声。百里:即百里奚,虞国大夫。《史记·秦本纪》载百里奚荐蹇叔曰:"周王子颓好牛,臣以养牛干之。"豢:养。这里提到的四位历史人物都是积极用世者,务世公子用他们的事例来说服胡老。

⑦夫:发语词。是:这样,指上述四人的所作所为。圣哲:具有非凡智慧和道德的人。趣:旨趣,意向。

⑧清穆:清和,静穆。稟:俗作"禀",承受。醇和:淳朴清和。灵:神思,指人的精神状态。覃(tán 谈)思:深思。韫(yùn 运)椟:藏在柜子里,引申为保持不失。《六经》:指《诗》、《书》、《礼》、《乐》、《易》、《春秋》。营:经营,谋划。沈(chén 沉)精重(chóng 崇)渊:潜伏精神于层层深谷之中。沈,同"沉"。抗志高冥:振奋志气于高天之上。冥,高远。高冥,指天空极高远处。无外:指极大的范围。综析:犹言分合。无形:指大道。

⑨拔萃出群:即出类拔萃。《孟子·公孙丑上》:"拔乎其萃,出乎其类。"扬芳飞文:指扬名著书。彝伦:天地人之常道。埽(sǎo 扫):通"扫",清除。秽慝(tè 特):污秽丑恶。属:连接。炎气:热气,此处指汉家社稷。因汉为火德王,故称。景云:即庆云,预示太平盛世的祥瑞云气。

⑩逝:流逝。岁暮:一年将尽。

⑪有:助词,无义。云:说。

⑫宽明:宽厚明达。辅弼:佐助。知:通"智",有智慧的人。辅弼贤知:即辅弼的都是贤智之人。崇英逸伟:有高超俊逸才能的人。不坠于地:指没有坠落于地,即还在人间流传。《论语·子张》:"子贡曰:'文武之道,未坠于地,在人。'"弘:大。建:树,指建立功业。裂土:分割土地,指分封。羡:本或作"美"。荷:承受。荣禄:官职和俸禄。蒙:受,蒙受。

⑬盍:何不。要:求,取。此句意思是:为什么不走弯路以求有所至呢?俛(fǔ 俯)仰:低头和抬头。此句意为根据时势而采取行动以取得别人的包容。辑:聚集。定:建立。不拔:牢固不可拔除。遗:留。令踪:美好的业绩。

⑭何为:即"为何"。彼:指退隐。此:指出仕建立功业。

⑮慠(ào 傲):同"傲",倨傲。

⑯暧昧:昏暗不明,这里意为微不足道。昭晢:清晰,明白。专:专注于。

忽：忽略，疏忽。蹉跌：失足，喻失误。

⑰谡（sù 诉）尔：整理衣服的样子。袂：衣袖。兴：站起，起身。

⑱胡：何，为什么。

⑲居：坐。释：解除疑虑。

⑳太极：指原始混沌之气。基：开始。羲皇：伏羲氏，古代贤帝。洪宁：极为安宁。唐虞：即唐尧和虞舜，古代贤帝，唐、虞为其国号。至时：极为太平安乐的时代。

㉑隆：隆盛。辑熙：也作“缉熙”，指光明。《诗·大雅·文王》：“穆穆文王，于缉熙敬止。”五伯：即五霸，说法不一，一般指春秋时的齐桓公、晋文公、秦穆公、楚庄王、吴王阖闾。扶微：衰微。勤：劳苦，尽力。抚：安抚。这两句的意思是：五霸已经衰微了，但还能尽力安抚百姓。

㉒斯：此。降：下来，引申为往后、以后。天网：天布的罗网，喻国家的法律。纵：放纵，引申为弛坏。纮（hóng 弘）：网。人纮：指人类社会的伦理纲常。弛：同“弛”，松弛，败坏。王涂：即“王途”，入官的径路。太极：见前注⑳。陁（zhì 至）：李贤注引《国语》贾逵注曰：“小崩曰陁。”土崩：崩塌。瓦解：崩溃，分裂。

㉓骋：尽量展开，施展。诈：诡诈。奋：发扬，振奋。略：智谋，谋略。讲锐：即习武。讲，习。

㉔骇：起。披：纷披，披散。乖：违背。诡：诡谲。时宜：时势所宜。

㉕绾（wǎn 挽）：系，结。金：古时货币单位，或以一斤为一金，或以一镒为一金，因时而异。崇朝：从天亮到早饭之间，喻时间短。锡：通“赐”，赏赐。瑞：祥瑞，美好。珪：一种玉器，长条形，上圆下方，古代帝王或诸侯举行典礼时拿在手里。“或画”句典出《战国策·秦策》：秦昭王见顿弱，“顿子曰：‘韩，天下之咽喉；魏，天下之胸腹。王资臣万金而游，听之韩、魏，入其社稷之臣于秦，即韩、魏从。韩、魏从，而天下可图也。’……秦王曰：‘善。’乃资万金，使东游韩、魏，入其将相”。“或谈”句典出《史记·平原君虞卿列传》：“虞卿者，游说之士也。蹑跻檐簦说赵孝成王。一见，赐黄金百镒，白璧一双；再见，为赵上卿，故号为虞卿。”

㉖磊落：多貌。骈组：并佩的绶带。流离：光彩缤纷貌。“连衡”句指战国魏人张仪事。《史记·张仪列传》载张仪说六国连衡以事秦。秦惠王死，武王立，六国诸侯闻仪不为武王信任，皆复合以抗秦。仪为连衡长，但无“六印”语。“合纵”句典出《史记·苏秦列传》：“于是六国从合而并力焉。苏秦为从约长，并相六国。……苏秦笑谓其嫂曰：‘且使我有雒阳负郭田二顷，吾岂能佩六国相印乎？’”此处可能作者记忆有误，但于文义无碍。

㉗隆贵：犹显贵。翕习：盛貌。积富：积聚财富。无崖：无边。据巧：依托巧伪。蹈机：袭守机诈。

㉘华：即“花”，花朵。蒂：花及瓜果与枝茎相连的部分。条：细长的树枝。干（gàn 赣）：草木的茎。冶容：妖艳的打扮。《易传·系辞上》：“慢藏诲盗，冶容

诲淫。”淫：淫荡。背道：背离道义。辜：罪孽。

㉙毁：诽谤，诋毁。满：自满。神：精神。疾：憎恨。人毁其满，神疾其邪：是说人因自满而受到指责，精神因其邪恶而遭到唾弃。端：端倪，头绪。渐：逐渐。牙：即“芽”，萌生。

㉚速速：粗陋貌。穀：谷物，这里指俸禄。另一说“方毂”指并车而行，喻显贵。夭夭：当为“天夭”，自然灾害。《诗·小雅·正月》：“佌佌彼有屋，蔌蔌方有穀。民今之无禄。天夭是椓。”速速，作“蔌蔌”。丰：扩大，加广。蔀（bù 部）：覆盖，此处指倾覆。《易·丰》：“丰其屋，蔀其家。”

㉛否（pǐ 痞）：闭塞不通。潜形：指隐藏。《易·文言》：“天地闭，贤人隐。”石门守晨：《论语·宪问》：“子路宿于石门。晨门曰：‘奚自？’子路曰：‘自孔氏。’曰：‘是知其不可而为之者与？’”石门，鲁国都城的外门。守晨，主管城门晨昏开闭的人，是一个隐士。沮、溺耦耕：《论语·微子》：“长沮、桀溺耦而耕，孔子过之，使子路问津焉。”沮：指长沮。溺：指桀溺。这二人均为隐士。耦耕：两人并耕。颜歜（chù 触）抱璞：歜，古字同“斶”。《战国策·齐策》载，宣王欲与颜斶同游，斶辞曰：“夫玉生于山，制则破焉，非弗宝贵矣，然大璞不完。士生乎鄙野，推选则禄焉，非不得尊遂也，然而形神不全。斶愿得归，晚食以当肉，安步以当车，无罪以当贵，清静贞正以自虞。”璞：未琢的玉。蘧（qú 渠）瑗保生：《论语·卫灵公》：“君子哉，蘧伯玉！邦有道则仕，邦无道则可卷而怀之。”蘧瑗，字伯玉，春秋卫人，卫大夫蘧庄子（无咎）子，谥成子。齐人归乐，孔子斯征：《论语·微子》：“齐人归女乐，季桓子受之，三日不朝，孔子行。”斯：则，就。征：行。雍渠骖乘，逝而遗轻：《史记·孔子世家》载孔子居卫，“灵公与夫人同车，宦者雍渠参乘，出，使孔子为次乘，招摇市过之。孔子曰：‘吾未见好德如好色者也。’于是丑之，去卫”。逝：离开。遗轻：抛弃轻细的东西，言极其厌恶。此处用古人守道的事例为下句作铺垫。

㉜慠（ào 傲）：同“傲”，蔑视。倾：倾覆。

㉝日南至：指冬至日。黄钟：古乐十二律之一，声调最洪大响亮。《礼记·月令》：“仲冬之月……其日壬癸……其音羽，律中黄钟。”融风：东北风，属八卦艮卦。《礼记·月令》：“孟春之月……东风解冻，蛰虫始振，鱼上冰。”蕤（ruí 蕊阳平）宾：古乐十二律之一，位于午，在五月，故为五月之别称。统：统摄。微阴萌：古代阴阳五行学说认为阴气始于四月，生于五月，形于六月。《礼记·月令》：“仲夏之月……律中蕤宾。”蒹葭（jiān jiā 兼加）：芦苇。苍：青色。《诗·秦风·蒹葭》：“蒹葭苍苍，白露为霜。”

㉞相推：相互更替。代兴：顺次兴起。运极：气数终结。运，气数。化：变化。理乱：治乱。相承：相接，相继。

㉟绍：继承。陶唐：指帝尧。尧初居于陶，后封于唐，为唐侯，故称。洪烈：伟大的事业。烈，事业。荡：荡涤。残灾：即余灾。隆：隆盛。隐天：蔽天，遮天，

极言高。拆：拆毁。絙：通“亘”，贯通。基：根本。“隆隐”二句极言大汉声威。

㊱皇道：帝王统治天下的方法。惟：虚词，无义。融：和合。帝猷（yóu 由）：帝王治国的法则。猷，法则，法度。显平：隆盛太平。泜泜（zhǐ 止）：整齐一致。庶类：众多的物类。滋：汁液。

㊲检：约束。六合：上下四方，指天下。群品：众物。济：帮助，拯救。雍熙：和乐貌。群僚：百官。职司：职责，职务。垂拱：垂衣拱手，形容无所事事，不费气力，后用以指帝王无为而治。两楹：殿堂的中间。楹，殿堂直柱。

㊳穆穆：端庄盛美貌。平：安定。济济：众多貌。多士：士子众多。端委：礼服。缙：帛赤色。綎（tīng 听）：系佩玉的丝带。鸿：水鸟。渐：进。《易·渐》：“鸿渐于干。”后用“鸿渐”指仕进。振：群飞貌。鹭：白色水鸟，喻洁白之士。《诗·周颂·振鹭》：“振鹭于飞，于彼西雝。”庭：通“廷”，朝廷。

㊴譬：譬如，犹如。钟山之玉：《淮南子·俶真训》：“譬若钟山之玉，炊以炉炭，三日三夜而色泽不变，则至德天地之精也。”钟山：昆仑山的别名。泗滨之石：《尚书·禹贡》：“峄阳孤桐，泗滨浮磬。”孔安国传：“泗水涯水中见石，可以为磬。”泗：指泗河，源于今山东省泗水县陪尾山，流经江苏入海，因其四源合为一水，故名。累：积累。珪璧：指钟山之玉。珪，玉器名，上圆下方。璧，平圆形，正中有孔的玉器。浮磬（qìng 庆）：即泗滨之石。磬，古代用玉或石制成的打击乐器，状如曲尺。索：尽，竭。这几句喻汉多人才。

㊵曩（nǎng 攮）者：以往，从前。“洪源”句：指大禹治水事。《尚书·禹贡》：“九州攸同，四隩既宅。”洪源：大水。辟：开辟。隩（yù 玉）：可以安居的地方。集：安定。“武功”句：指武王伐纣事。《诗·周颂·时迈》：“载戢干戈，载櫜弓矢。”干：盾牌。戈：矛类武器。干戈：泛指兵器。戢（jí 集）：收起兵器，止息。“猃狁”句：《诗·小雅·六月》：“薄伐猃狁，至于大原；文武吉甫，万邦为宪。”猃狁（xiǎn yǔn 险允）：指我国古代北方少数民族。攘：排除，驱逐。吉甫：尹吉甫，伐猃狁的大将，周宣王卿士、诗人，生卒年不详。王先谦《诗三家义集疏》：“《汉书·人表》，尹吉甫列上下第三等，次周宣王世。”这里指众将。“城濮”句：事见《左传·僖公二十八年》，晋楚战于城濮，楚师败绩，晋凯旋而归。城濮：春秋卫地，故址在今河南省范县南。捷：胜利。

㊶蓑笠并载：《诗·小雅·无羊》：“尔牧来思，何蓑何笠。”蓑：蓑衣，雨具。笠：斗笠，用竹篾或棕皮等编成的遮阳挡雨的笠子。擐（huàn 涣）甲扬锋：穿着盔甲，举着兵器。给：足，够。务：事务。

㊷舒、缓：均为放开、松弛之意。绅：古代士大夫束在衣外腰间的带子。佩：系在衣带上的饰物。鸣玉以步：指漫步时身上玉饰丁当作响。绰：宽松舒缓。余裕：过剩，丰足，此指空闲。

㊸世臣：历代有功勋的臣子。门子：指门生、门客等。亵（xiè 泄）御：指侍御。亵，亲近。隆：盛，作动词。祜（hù 户）：福。丰：增加。

㊹抱膺:双手叠抱在胸前,喻悠闲。膺,胸膛。从容:不慌不忙,舒缓。爵位自从:官职爵位自然来到。从,跟从,随从。摄、理:都是整理的意思。髯:两颊上的胡子。余官委贵:指官职富贵有加无已。委,积聚。

㊺取进:求得仕进。顺倾:顺从倾倒的物体。转圆:转动圆形的物质。"顺倾转圆"喻迅速变易。逡巡:迟疑徘徊。放屣(xǐ洗):解开鞋带。况:比拟。

㊻逸群:超群。优赡:丰富充足。

㊼童子:少年。老成:年高有德之人。瞳矇:即"童蒙",幼稚未开智的儿童。稽谋:辨明知识。先生:年长有学问的人。

㊽恬澹:淡泊,安静闲适。守高:持守高尚的精神状态。持盈:《老子》第九章:"持而盈之,不如其已。"河上公注:"持满必倾,不如止也。"

㊾粲:明显,显著。煌煌:明亮的样子。华荣:即"荣华",原指植物的花,此指富贵。

㊿明哲:聪明睿智。泊:停靠,静止。宁:安。

(51)狂淫:放肆淫逸。情:心志。

(52)贪夫:贪婪的人。殉:为……而死。夸者:虚荣好炫耀的人。权:权柄。此处用贾谊《鹏鸟赋》句意:"贪夫殉财兮,烈士殉名。夸者死权兮,品庶每生。"

(53)瞻仰:看到,观览。此事:《艺文类聚》作"世事",此处从《蔡中郎集》,指上文提到的追求财富和权柄的事情。躁:烦躁。

(54)阇(àn暗):通"暗",此处作动词,使昏暗。谦:不满。効:即"效",效果。损益:增减。数:法则。《易·谦卦》:"天道亏盈而益谦。"又《损卦》:"损益盈虚,与时偕行。"

(55)骋:驱策。驽骀:劣马。修路:长路。骐骥:骏马。增驱:加紧赶路,义略同"兼程"。卑俯:卑贱地臣俯。外戚:古代帝王的母族、妻族。近贵:君主左右近幸显贵之臣。誉:称赞。

(56)荣显:指富贵。副:相配,符合,此处意为称心。颠踣(bó博):跌倒,败落。熏胥:李贤注:"《诗·小雅·雨无正》:'若此无罪,勋胥以痡。'勋,帅也。胥,相也。痡,病也。言此无罪之人,而使有罪者相帅而病之,是其大甚。"熏:通"勋"。辜:罪。诛:杀。

(57)袭轨:沿着(前车的)道路。骛:奔跑。鉴:借鉴,引以为戒。

(58)惟:助词,无义。悼:伤悼。害(hé何):即"曷",怎么。是:这样。跼(jú局):曲身,弯腰。蹐(jí及):小步行路。跼蹐:喻小心谨慎。"天高"二句见《诗·小雅·正月》:"谓天盖高,不敢不局;谓地盖厚,不敢不蹐。"局,又作"跼"。

(59)"怨岂"二句意为:怎么能把怨看得不清楚呢?祸患的发生是不思考的结果。明:视力。

(60)战战兢兢:小心谨慎貌。厥:其,代词。尤:罪过。

(61)圣训:《论语·述而》:"用之则行,舍之则藏。惟我与尔有是夫!"此处代用其句意，故曰“圣训”。

㊷九河：《艺文类聚》作“大河”，即黄河，古代黄河自孟津而北流，分为九道。《尚书·禹贡》：“九河既道。”《尔雅》谓这九河为：“徒骇一，太史二，马颊三，覆釜四，胡苏五，简六，絜七，钩盘八，鬲津九。”盈溢：泛滥。一凷：即一块，一块泥土。防：筑堤防水。带甲：指士兵。一勇：兵卒。抗：匹敌。

㊸责：要求。匹夫：庶人，平民。清：使清平，使太平。宇宙：天下。庸：岂，难道。累：拖累，带累。尧：古代贤帝。汤：殷朝的开国君主，以贤明著称。此二句意为：要求庶人安定天下，就像因为自然的小灾害而责备尧、汤这样贤明的君主一样，怎么能这样做呢？

㊹烟炎：小的烟火，喻小人。毁：诽谤，中伤。熸（jiān 奸）：火熄灭。光芒：光辉，与“烟炎”对举，喻正直有才能之士。扬：升起。

㊺“且夫”句：《晏子春秋·内篇杂下》载，晏子见柏常骞曰：“骞，昔吾见维星绝，枢星散，地其动，汝以是乎？”枢星：星名，北斗星第一星，也称“天枢”。“井无”句：古人认为日阴食则井星无影。井：二十八宿之一，有主星八颗，属双子座。景：同“影”。阴食：肉眼看不到的日食。“元首”二句：李贤注引《尚书大传·洪范》曰：“晦而月见西方，谓之朓。朔而月见东方，谓之侧匿。……侧匿则侯王肃，朓则侯王舒。”元首：君主。宽：宽舒。望舒：月亮。肃：整肃，与“宽”相对。

㊻推微达著：分析细小的现象，从而通达明显的大道理。寻端见绪：追究事物的隐兆。履霜知冰：《易·坤》：“履霜坚冰至。”履：践踏。践：踏。此四句意为：要及早推知事物的发展趋势。

㊼“时行”二句：《易·艮卦》：“时止则止，时行则行，动静不失其时，其道光明。”意为时宜止而止，时宜行而行。“消息”句：《易·丰》：“《彖》曰：‘日中则昃，月盈则食，天地盈虚，与时消息，而况于人乎，况于鬼神乎？’”消息：消长。盈冲：即盈虚。取：决定。诸：“之于”的合音。天纪：天道纪纲。

㊽利用：谓物尽其用，使事物或人发挥效能。《尚书·大禹谟》：“正德，利用，厚生，惟和。”孔传：“利用以阜财。”孔颖达疏：“利用者谓在上节俭，不为糜费，以利而用，使财物殷阜，利民之用。”遭泰：碰上太平时代。与：使。《晏子春秋·问上十九》：“故忠臣也者，能纳善于君，不能与君陷于难。”处否：处于不利的地位或乱世。乐天知命：安于天命而自乐。《易传·系辞上》：“乐天知命，故不忧。”持神任己：保守独立的精神，听任自己的所作所为。

㊾方奔：并驰。安：怎么。齐轨：也是并驰的意思。

㊿豫：犹疑不决。

(71)方将：将要。典籍：典册图书等文献。崇涂：四通八达的路。涂，同“途”。休息：停靠，依托。渊薮（sǒu 叟）：事物会聚之处。渊：鱼所处。薮：兽所处。“方将”二句用司马相如《上林赋》“游于六艺之囿，驰骛乎仁义之涂”句意。槃旋：即“盘旋”，徘徊，留恋。周、孔：周公和孔子。周公，名旦，周文王子，武王弟，成王的叔叔，辅助年幼的成王安定天下。孔子，名丘，字仲尼，春秋时鲁人，儒家创始人。此二人历来被儒家推许为圣人。庭宇：泛指屋室庭院。庭，堂前阶下。宇，屋边。儒、墨：儒家和墨家，代表人物分别为孔子和墨子。儒家主张仁爱，实行礼制；墨家主张"兼爱"，"非攻"，厉行节俭。

⑫舒：伸展，放开。光：照耀。四表：四方极远的地方。

⑬若乃：至于。丁：当，逢。应：承当。神灵：神秘，神奇。符：符命，表明帝王受命于天的祥征瑞兆。闿(kǎi 凯)：开。阊阖(chāng hé 昌和)：天门。乘：驾车。天衢(qú 渠)：天街。衢，大路。华盖：古帝王或显贵所用的伞盖，相传为黄帝所做。皇枢：即皇帝。枢，事物重要的或中心的部分。纳：吸取，接纳。玄策：神妙的策略。圣德：至高无上的德行，这里指具有这种德行的人，即皇帝。宣：散布，流播。中区：指中原，这里用以指天下。

⑭从：顺从，听从。图：图谋，意图。勋绩：功业。勋，特殊的功劳。立：建立，建树。辜：罪过。

⑮龟凤：灵龟和凤鸟，此指贤人。山翳(yì 义)：隐藏在山上，指隐居不仕。雾露：指暗昧小人。踊跃：欢欣奋起，此指出没。草莱：茅草之类，喻荒僻之地。祇(zhǐ 止)：同"只"，仅仅。

⑯不我知：即"不知我"的倒装。迂：弯曲，喻不切实际。修业：治业。思真：思其本性。焉：哪里。如：到，往。

⑰俟(sì 四)命：听从命运的安排。俟，等待。斁(yì 义)：厌倦，厌弃。渝：改变。

⑱"百岁之后，归乎其居"：此二句出自《诗·唐风·葛生》。居：坟墓。"幸其获称，天所诱也"：李贤注云："谓小人妄得称举者，天之所诱，后必遇害也。"罕漫：无知无闻。咎：过错，过失。

⑲"昔伯翳"句：《史记·秦本纪》："大费拜受，佐舜调驯鸟兽，鸟兽多驯服，是为柏翳。"伯翳：又称"伯益"，秦的祖先，相传能与鸟语。综声：即辨别声音。综，精通。

⑳"葛卢"句：见《左传·僖公二十九年》，葛卢是介国国君，能辨牛鸣之声。

㉑"董父"句：见《左传·昭公二十九年》，董父好龙，舜赐姓董，赐氏豢龙。氏：姓下面的支系。

㉒"奚仲"句：《山海经·海内经》："番禺生奚仲，奚仲生吉光，吉光是始以木为车。"郭璞注引《世本》："奚仲作车。"奚仲：夏代车正，春秋薛国的祖先。衡：车辕头的横木。辀(zhōu 舟)：弯曲的独木车杠。

㉓"倕氏"句：见《尚书·舜典》。倕(chuí 垂)：人名，古代传说中的巧匠名，一说黄帝时巧人，一说尧时巧人。

㉔"造父"句：《荀子·儒效》："造父者，天下之善御者也。"又《史记·秦本纪》："秦之先……造父以善御幸于周穆王，得骥、温骊、骅骝、騄耳之驷，西巡狩，

乐而忘归。”登:进用,提拔。骅骝(huá liú 华留):骏马名,据说能日行千里。

㊵“非子”句:《史记·秦本纪》:“非子居犬丘,好马及畜,善养息之。犬丘人言之周孝王,孝王召使主马于汧渭之间,马大蕃息……邑之秦,使复续嬴氏祀,号曰秦嬴。”非子:秦的祖先。享土:享受封疆裂土的待遇。圉:养马。

㊶“狼瞫(shěn 审)”句:《左传·文公二年》:“晋襄公缚秦囚,使莱驹以戈斩之。囚呼,莱驹失戈。狼瞫取戈以斩囚。禽之,以从公乘。遂以为右。”取右:获得在车右陪乘的资格。禽:通“擒”,擒拿。

㊷“弓父”句:见《周礼·考工记》,弓父,也作“弓人”,相传九年作一弓,弓成,三日而死。筋角:指弓矢。

㊸“佽非”句:《吕氏春秋·知分》:“荆有次非者,得宝剑于干遂,还反涉江,至于中流,有两蛟夹绕其船。…于是赴江刺蛟,杀之而复上船,舟中之人皆得活。”

㊹“寿王”句:寿王,即吾丘寿王,事见《汉书·吾丘寿王传》,字子赣,武帝时人,善于格五(一种下棋游戏),因此待诏。基:基业。

㊺“东方”句:东方,即东方朔,字曼倩,武帝时人,以奇计俳辞得亲近。《史记》、《汉书》有传。要(yāo 腰)幸:即“邀幸”,博得宠信。优:戏谑,开玩笑。

㊻“上官”句:上官,即上官桀,武帝时为期门郎,随从武帝去甘泉,道遇大风,车不得行。武帝取下车盖递给上官桀,桀执盖随车。事见《汉书·霍光传》。劾力:即“效力”。盖:古代车子上像伞一样的篷子。

㊼“弘羊”句:弘羊,即桑弘羊,西汉洛阳人,出身于商人家庭,因能心算而得为侍中,事见《盐铁论》、《汉书·霍光传》。据相:据官,为官。运筹:计算。筹,数码。

㊽参迹:借鉴前人的事迹。若人:这些人,指上文提到的那些能效命于世的人。抱璞:见前注㉛。优游:悠闲自得。

㊾忸怩:惭愧的样子。避:即“避席”,起身离开座位,表示敬畏或惧怕。

㊿衡:两眉之间。援:拿过来。

⑯练:洗涤,漂洗。太清:指天空。正灵:正气。

⑰和液:和气灵液。神气:精神,气魄。泊:淡泊。亭亭:孤峻貌。息:止息。踔(chuō 戳):跳,超越。遗俗:抛弃尘俗。眇:远。翩翩:飞动的样子。征:行,行进。

静情赋

【说明】

此赋仅存目，原文已散佚。主要内容应该和蔡邕的《检逸赋》类似。陶渊明《闲情赋序》提到："初，张衡作《定情赋》，蔡邕作《静情赋》，检逸辞而宗澹泊，始则荡以思虑，而终归闲正。将以抑流宕之邪心，谅有助于讽谏。缀文之士，弈代继作。并因触类，广其辞义。余园间多暇，复染翰为之。虽文妙不足，庶不谬作者之意乎？"这类赋应该都类似陶潜的《闲情赋》，主要内容是描写作者对某位女性的仰慕，借以抒发、安抚自己的感情。其特点是把自己比喻为女性的种种贴身之物，在修辞上见功夫。

张 超

张超，留侯张良之后。生卒年不详，约生于桓帝初年，卒于献帝建安初年。字子并，河间鄚（今河北任丘北鄚州）人。有文才。中平二年（185）或稍后，从车骑将军朱儁征黄巾军，为别部司马。后为平原太守。初平四年（193）至五年（194），曾有《与太尉朱儁书荐袁遗》（时为平原太守）。超工章草，字势甚峻，妙绝时人，世共传之。《后汉书·文苑传下》称其"著赋、颂、碑、文、荐、檄、笺、书、谒文、嘲凡十九篇"。《隋书·经籍志四》："（梁）又有别业司马《张超集》五卷，亡。"严可均《全后汉文》卷八十四载六篇。此外，尚有《诮青衣赋》、笺、《尼父颂》、《灵帝河间旧庐碑》。《后汉书·文苑传下》有传，但语焉不详。

诮青衣赋

彼何人斯[①]，悦此艳姿[②]。丽辞美誉，雅句斐斐[③]。文则可嘉，志鄙意微[④]。凤兮凤兮，何德之衰[⑤]！高冈可华，何必棘茨[⑥]？醴泉可饮，何必洿泥[⑦]。随珠弹雀，堂溪刈葵[⑧]。鸳鸰啄鼠，何异乎鸱[⑨]。历观今古，祸福之阶[⑩]，多由孽妾淫妻[⑪]。《书》戒牝鸡，《诗》载哲妇[⑫]；三代之季，皆由斯起[⑬]。晋获骊戎，毙坏恭子[⑭]；有夏取仍，覆宗绝祀[⑮]；叔肸纳申，听声狼似[⑯]；穆子私庚，竖牛馁已[⑰]；黄歇之败，从李园始[⑱]；鲁受齐乐，仲尼逝矣[⑲]。文公怀安，姜诮其鄙[⑳]；周渐将衰，康王晏起[㉑]；毕公喟然，涤思古道[㉒]。感彼《关雎》，德不双侣[㉓]。但愿周公，好以窈窕[㉔]，防微消渐，讽谕君父[㉕]，孔氏大之，列冠篇首[㉖]。晏婴洁志，不顾景女[㉗]；及隽不疑，奉霍不受[㉘]；见尊不迷，况此丽竖[㉙]？三族无纪，绸缪不序[㉚]。蟹行索妃，旁行求偶[㉛]，昏姻无媒，宗庙无主[㉜]，门户不名，依其在所[㉝]，生女为妾，生男为虏[㉞]。岁时酹祀，诣其先祖[㉟]。或于马厩，厨间灶下，东向长跪，接狎觞酒[㊱]。悉请诸灵，僻邪当主。[㊲]多乞少出，铜丸铁柱[㊳]。积缯累亿，皆来集聚[㊴]。婍婉欢心，各有先后[㊵]，臧获之类，盖不足数[㊶]。古之赘婿，尚为尘垢[㊷]，况明智者，欲作奴父[㊸]。(《初学记》卷十九，《艺文类聚》卷三十五不全)

勤节君子，无当自逸[㊹]。宜如防水，守之以一[㊺]。秦缪思褭(訔)，故获终吉[㊻]。(《艺文类聚》卷三十五，《古文苑》卷六)

【说明】

蔡邕的《青衣赋》一出，即激怒了比他小二十来岁的张超，他作了《诮青衣赋》，针锋相对地来指责蔡邕。开头便说："彼何人斯，悦此艳姿。丽辞美誉，雅句斐斐。文则可嘉，志鄙意微。凤兮凤兮，何德之衰！"接着提出了他所信奉的女人祸水的陈腐观点："历观今古，祸福之阶，多由孽妾淫妻。”其实就其赋所举史例看，颇为杂乱，像有夏取仍、穆子私庚都不能说明其观点。且引史舛误，不堪卒读。更令人嗤之者，是他对“婚姻无媒”的青衣迹近无端的谩骂和丑化：“生女为妾，生男为虏。岁时酹祀，诣其先祖。或于马厩，厨间灶下，东向长跪，接狎觞酒。悉请诸灵，僻邪当主。”这篇赋的思想和艺术都是不足取的。

【注释】

①彼：那人，此当指蔡邕。斯：句末语气词。《诗·豳风·破斧》：“哀我人斯。”

②悦：喜欢，高兴。艳姿：美丽的姿容，指青衣女子。以下都是抨击蔡邕《青衣赋》。

③丽辞：华美的文辞。辞，《艺文类聚》作“词”。斐斐（fěi 蜚）：有文采的样子。

④文：文辞、文采，指文章的形式方面。可嘉：《古文苑》作“可佳”，值得赞赏。志：志向，抱负，指文章的内容所反映出的志向。鄙：《古文苑》作“卑”，即低下。意微：指思想内容卑微。

⑤“凤兮”二句：直用《论语·微子》里楚狂接舆讽劝孔子归隐时所唱《凤歌》的前两句。凤：本喻孔子，这里指像孔子一样积极用世的贤圣之人。何德之衰：为什么世德这样衰微。

⑥此句未见于《艺文类聚》。高冈：高高的山脊（或山岑）。《诗·周南·卷耳》：“陟彼高冈，我马玄黄。”华：即花，这里用如动词，作采花讲。棘茨：丛生的有刺植物。棘，丛生的小枣树，有刺，扎人。茨，蒺藜。《诗·鄘风·墙有茨》：“墙有茨，不可埽也。”

⑦醴泉：甘美的泉水。洿（wū 乌）泥：污浊的泥，指污水坑。洿，通“污”，污秽。

⑧随珠：传说中的宝珠。《淮南子·说山训》：“故和氏之璧，随侯之珠，出于山渊之精。”弹：弹射。堂溪：也作“堂谿”、“棠谿”，宝剑名。《战国策·韩策一》：“韩卒之剑戟，皆出于冥山、棠谿。”《楚辞·九叹·怨思》：“执棠谿踞（以）刜蓬兮，秉干将以割肉。”刈（yì 义）：割。

⑨鸳鸰（yuān chú 渊除）：鸾凤之属。《庄子·秋水》：“南方有鸟，其名曰鹓雏，子知之乎？夫鹓雏，发于南海而飞于北海，非梧桐不止，非练实不食，非醴泉不饮。”何异：有什么不同。鸱（chī 吃）：即鸱鸮，猫头鹰。《庄子·秋水》：“于是鸱得腐鼠，鹓雏过之，仰而视之曰：‘嚇！’今子（指惠子）欲以子（指惠子）之梁国而嚇我邪？”常以鸱喻奸邪之人。《汉书·贾谊传》载贾谊《吊屈原赋》：“鸾凤伏窜兮，鸱鸮翱翔。”

⑩历观：依次观赏。阶：因由，原因。

⑪孽妾:贱妾。淫妻:淫荡之妻。

⑫《书》戒牝鸡:典出《尚书·牧誓》:"牝鸡无晨,牝鸡之晨,惟家之索(尽,完结)。"意即女性掌权于家不利,后以"牝鸡司晨"称之。戒:告诫,警戒。牝鸡:母鸡。《诗》载哲妇:指《诗·大雅·瞻卬》中所说的:"哲夫成城,哲妇倾城。懿厥哲妇,为枭为鸱。妇有长舌,维厉之阶。乱匪降自天,生自妇人。匪教匪诲,时维妇寺。"哲妇:多智多谋的妇女,像猫头鹰一样是不祥之物,会颠覆国家。

⑬三代:指夏、商、周三个朝代。季:一个季节或一个朝代的末了。皆由斯起:意思说三代最后的灭亡,都是由于女人造成的。斯,此。这是数千年来陈腐的女人祸水说,不足取。

⑭"晋获"两句:说晋事。晋献公十一年(前666),伐骊戎(西戎的一支),俘获骊姬,立骊姬为夫人。骊姬生奚齐。她设计陷害太子申生,逼申生自缢而死。恭子:即恭世子,晋献公太子申生。按谥法,执事坚固曰"恭",也作"共"。事见《史记·晋世家》,《左传》僖公四年、五年、庄公二十八年和《国语·晋语一》、《晋语二》,《礼记·檀弓上》等。

⑮"有夏"两句:说的是仲康之子帝相事。帝相居帝丘(今河南濮阳西南),其妃后缗为有仍氏女。有穷国国君浇(寒浞之子)灭帝相,后缗怀孕在身,由排水洞逃归有仍而生少康。少康长大后,在有虞(今商丘)以一旅之众,得各部落之助,攻杀寒浞、浇、豷(亦寒浞子)。复禹之绩,祀夏配天,不失旧物。事见《左传·哀公元年》。从历史看,帝相遭灭,非有仍氏女之故。相反,有仍氏女教子有方,终报仇复国,再度中兴。文中说"覆宗绝祀",言一时则可,说永世则失。有夏:夏代,这里指夏代的国君帝相。取:通"娶"。仍:即有仍,古国名,地址在今山东省济宁市。覆宗绝祀:毁灭宗庙,断绝祭祀。

⑯"叔肸(xī西)"二句:巫臣娶陈夏姬,生女极美。叔向要娶她为妻,母晓以利害,叔向害怕,但晋平公强令他娶。后生子食我。叔向母闻食我哭说:"是豺狼之声也。狼子野心,非是,莫丧羊舌氏矣!"后世子果附祁盈,被灭。事见《左传·昭公二十八年》,《国语·晋语九》也有类似记载。叔肸:即春秋大夫叔向。申:即申公巫臣。

⑰"穆子"两句:说的是叔孙豹事。据《左传·昭公四年》载,叔孙穆子被迫离鲁奔齐,在鲁地庚宗遇一妇人,与之同宿,生子竖牛。穆子至齐,又娶国氏女,生孟丙、仲壬。后穆子由齐返鲁,让竖牛做家政,竖牛欲乱穆子家室。后穆子遇疾不起,竖牛隔绝内外,穆子遂饥饿而死。

⑱黄歇:战国时著名的四公子之一,又称春申君(?~前238),楚人。顷襄王时,出使于秦,止秦之攻。考烈王时,为相,封春申君。有食客三千余人。考烈王死,为李园所杀。李园:战国时赵国人,以计进女弟于黄歇。后有身,谋进楚王。遂生太子,即后来的楚幽王。园亦随之大幸,用事。考烈王死后,他命死士埋伏于棘门杀黄歇,灭其家。事见《史记·春申君列传》。

⑲“鲁受”二句：鲁定公十四年(前496)，孔子以大司寇行摄相事，诛少正卯。为政三月，鲁男女各行其途，道不拾遗。齐人惧，用黎钼之谋，选国中女子八十人，穿着华丽的衣服而舞《康乐》，并以文马三十驷，遗鲁君。“桓子卒受齐女乐，三日不听政；郊又不致膰俎于大夫。孔子遂行。”孔子出走，歌曰：“彼妇人之口，可以出走；彼妇之谒，可以死败。盖优哉游哉，维以卒岁！”季桓子也喟叹：“夫子罪我以群婢故也夫！”事见《史记·孔子世家》。

⑳“文公”二句：此讲晋公子重耳(即后之晋文公)奔齐国之事。重耳在齐，齐桓公以宗女妻之，遂安无去心。曰：“人生安乐，孰知其他！必死于此，不能去。”齐女责他：“子一国公子，穷而来此，数士者以子为命。子不疾(急)反国，报劳臣，而怀女德；窃为子羞之。且不求，何时得功？”事见《史记·晋世家》。

㉑康王晏起：史籍不载。晏起：晚起，指怠于政务。

㉒毕公：周初贤臣，历辅文王、武王、成王、康王四世，康王呼为“父师”，以为子孙“成式”。喟(kuì愧)然：叹息貌。史籍无载毕公叹息事。涤思古道：当指如康王《毕命》中所说的文武、周公之道。

㉓“感彼”八句：皆言《关雎》诗。《关雎》：《诗·周南》的第一首诗，也是《诗》的第一首诗，本是一首爱情诗，但汉代经师以为颂后妃之德。《毛诗序》：“《关雎》，后妃之德也。……是以《关雎》乐得淑女以配君子，爱在进贤，不淫其色。哀窈窕，思贤才，而无伤善之心焉，是《关雎》之义也。”张超从之，不过有衰世之慨，所以说“德不双侣”。《古文苑》此处作“性不双侣”。

㉔周公：周文王之子，姓姬名旦，辅佐武王灭纣建周，封于鲁。武王死，又辅成王，东征武庚，建成周洛邑。好：当从《古文苑》作“妃”。窈窕：即《关雎》所咏的“窈窕淑女”。

㉕防微消渐：在事物的不良迹象刚萌芽时，即加以限制，不使扩展。消：应为“消”之误，《古文苑》作“消”，消除，杜绝。渐：迹象。讽谕：以委婉的方式劝导。君父：即君王。

㉖孔氏：孔子。大：意动，以……为大，重视。之：指《关雎》。列冠篇首：列为第一篇。据《史记·孔子世家》，古者有《诗》三千余篇，孔子去其重，取可施于礼义者三百零五篇，而《关雎》为第一篇。这三百零五篇诗歌，孔子皆能弦歌之，而求合《韶》、《武》、《雅》、《颂》之音，于此可得礼乐，备王道，成六艺。

㉗“晏婴洁志”句：言晏婴事。晏婴(？～前500)，春秋齐国夷维人，字平仲，继父弱(桓子)为齐卿，相景公，以节俭、力行，名显诸侯。洁志：志操高洁。不顾景女：不接受齐景公的爱女。此事见《晏子春秋》卷六《内篇杂下第二十四》。“景公有爱女，请嫁于晏子。公乃往燕晏子之家。饮酒酣，公见其妻曰：‘此子之内子耶？’晏子对曰：‘然，是也。’公曰：‘嘻！亦老且恶矣！寡人有女少且姣，请以满夫子之宫。’晏子违席而对曰：‘乃此则老且恶。婴与之居故矣，故及其少而姣也。君虽有赐，可以使婴倍其托乎？’再拜而辞。”顾：回头看。

㉘隽不疑:字曼倩,西汉渤海(治所在今河北沧县)人。进退必以礼。昭帝初擢京兆尹,吏民敬其威信。有男子诣北阙,自谓卫太子。公卿莫敢言。不疑叱吏收缚之。昭帝与太将军霍光闻而嘉之。霍光欲以女妻之,不疑固辞。事见《汉书·隽不疑传》。

㉙尊:此指齐景公、霍光。丽竖:指景公、霍光娇美的爱女。竖:家僮或宫中小臣。这里是对女人的鄙视。

㉚三族:说法不一,此从父族、母族、妻族之说。纪:豪族之间的伦理序第。绸缪(chóu móu 愁谋):犹缠绵,情深意切。不序:没有次序,即乱了长幼辈次。

㉛蟹行:比喻横行无忌,即不依规矩礼节。索妃:求取配偶。索:求取。妃(fēi 飞):配偶。旁行:步行不正貌,这里是说不以正道求偶。

㉜昏:"婚"的古字,男女结为夫妇为婚。媒:说合婚姻的人。《诗·卫风·氓》:"匪我愆期,子无良媒。"在我国古代自由恋爱不为世俗所容,婚姻须有媒方可。《孟子·滕文公下》说:"不待父母之命,媒妁之言,钻穴隙相窥,逾墙相从,则父母国人皆贱之。"张超即持此说。宗庙:祭祀祖先的处所,此句是针对"婚姻无媒"而言的。

㉝门户:门第。不名:没有名分。依:依凭。在所:所在的地方。

㉞妾:小妻,侧室,偏房。虏:奴仆。

㉟酹祀:祭祀。酹(lèi 累):把酒洒在地上表示祭奠。诣(yì 义):拜祭。先祖:祖先。

㊱马厩(jiù 就):喂马的地方。厩,马圈。厨间灶下:做饭的地方。指不按封建的规矩结婚所生的子女,只能在这些地方祭祖,不能登庙堂。东向:面向东。接狎(xiá 狭):接替。觞(shāng 商)酒:祭酒。觞,酒器。

㊲悉请诸灵:把所有神灵都请来。僻邪:邪恶,意即以邪恶之神当主。

㊳多乞少出:指祭祀时多乞求祖先,而少报答。铜丸铁柱:喻向神灵索取之多且杂。下句同此。

㊴缯(zēng 增):丝织品的总称。亿:一万万,古人十万也叫亿,此喻数目大。《古文苑》章樵注:"细碎之物,随得而聚,婢之常态。"

㊵婍(qǐ 起)婉:美好。婍,容貌美好。

㊶臧(zāng 脏)获:奴隶的贱称。《古文苑》章樵注:"言凡民男而娶婢曰臧,女而妇奴曰获。"不足数:言不值一提。

㊷赘(zhuì 缀)婿:即现在所说的倒插门女婿。赘,入赘,旧指结婚后男住女家。《汉书·贾谊传》:"家贫子壮则出赘。"尚:尚且。为:被视为。尘垢:尘土和垢污,喻微末卑污的东西。

㊸况:何况。奴父:奴婢之父。意为:明智的君子,不作奴婢之父。

㊹勤节:勤守节操。无当:不应当。无,通"毋"。自逸:放纵自己。

㊺宜:应当,应该。防水:指要如防水一样严守。守之以一:坚守节操,始终

如一。

㊻“秦缪”二句：据《史记·秦始皇本纪》、《左传·僖公三十二年》、《左传·僖公三十三年》载，秦穆公三十二年（前628），派孟明视等袭郑，将行，百里奚、蹇叔哭师，不听。次年春，郑人弦高告郑。秦师知郑有备，灭滑而还。晋邀击秦师于崤山（今河南三门峡东）。大破秦军，获秦三帅。三帅被放回，穆公素服郊迎，哭曰：“孤以不用百里奚、蹇叔言以辱三子，三子何罪乎？子其悉心雪耻，毋怠。”穆公三十六年（前624），使孟明视等攻晋雪耻，自茅津（今山西平陆西南）渡河，埋崤之役阵亡将士，哭之三日，并誓于军曰：“嗟！士卒！听，无哗。余誓告汝，古之人谋。黄发番番，则无所过。”再次申思不用蹇叔、百里奚之谋的过错，以誓铭山。后用百里奚、蹇叔、孟明视、由余等，励精图治，伐西戎，益国十二，开地千里，遂霸西戎，而为“五霸”之一，在位三十九年。褒：应为“諐”（愆），据《古文苑》改正。思諐：回顾自己的过失。吉：吉利，吉祥。

张 纮

张纮(153～212),字子纲,广陵(今江苏扬州)人。少游学京都,入太学,师事博士韩宗,治《易》、《尚书》。还本郡,举茂才。大将军何进、太尉朱儁、司空荀爽三府辟为掾,皆称病不就。避难江东,孙策创业,委纮为正议校尉。建安四年(199),遣纮奉章至许都,被曹操委为侍御史。孙策死后,曹操表孙权为讨虏将军,领会稽太守。出纮为会稽东部都尉。孙权以纮为长史,从征合肥。纮建议孙权移都秣陵(今江苏南京)。后刘备亦有此议,孙权从之,遂于建安十七年(112)自京口(今江苏镇江)移徙秣陵。孙权令纮还吴迎家,道卒,时年六十。

张纮著诗、赋、铭、诔十余篇。《隋书·经籍志四》著录有文集二卷,已散佚。今存《与孔融书》、《瑰材枕箴》等。传在《三国志》卷五十三。

瓌材枕赋

有卓尔之殊瓌，超诡异之邈绝[①]。且其材色也，如芸之黄。其为香也，如兰之芳[②]。其文彩也，如霜地而金茎，紫叶而红荣[③]。有若蒲陶之蔓延，或如兔丝之烦萦[④]。有若嘉禾之垂颖，又似灵芝之吐英[⑤]。其似木者，有类桂枝之阑干，或象灌木之丛生[⑥]。其似鸟者，若惊鹤之径逝，或类鸿鹑之上征[⑦]。有若孤雌之无味，或效鸳鸯之交颈[⑧]。纷云兴而气蒸，般星罗而流精[⑨]。何众文之冏朗，灼倏爚而发明[⑩]。曲有所方，事有所成，每则异姿，动各殊名。众夥不可殚形[⑪]。制为方枕，四角正端，会致密固，绝际无间[⑫]。形妍体法，既丽且闲[⑬]。高卑得适，辟坚每安[⑭]。不屑珠碧之饰助，不烦锥锋之镌镂。无丹漆之彤朱，罔觽象之佐副[⑮]。较程形而灵露真[⑯]，众妙该而悉备[⑰]。珪璋特达，玙璠富也[⑱]。美梓逡巡，不敢与并[⑲]。相思庶几，晞风于末列[⑳]。神龙之姿，众鳞相绝[㉑]。昔诗人称角枕之粲，季世加以锦绣之饰[㉒]。皆比集异物，费日劳力，伤财害民，有损于德[㉓]。岂如兹瓌，既剖既斫，斯须速成。一材而已，莫与混并，纤微无加，而美晔春荣[㉔]。

【说明】

此赋见《艺文类聚》卷七十、《太平御览》卷七百零七。

赋先就枕头的用材作了铺陈："其材色也，如芸之黄。其为香也，如兰之芳。其文彩也，如霜地而金茎，紫叶而红荣。有若蒲陶之蔓延，或如兔丝之烦萦。"随后是制成枕头，自然又是一番极力的形容。但这样"既丽且闲"的枕头，却是"斯须速成，一材而已"，无损于德。这种行文正是典型的汉大赋笔法，即铺陈夸张，又卒章见志，引之于节俭。这正如《三国志·吴书·张纮传》作者评语所说的"张纮文理意正"。

咏物赋于西汉早期已出现，但以枕头为题材，此赋却是现在能见到的最早的一篇。

【注释】

①卓尔：不同寻常，特立貌。殊瓌（guī 归）：特别珍奇，特别珍贵。诡异：奇特。邈绝：超绝。

②芸：芸香，香草名，多年生草，下部木质，夏开黄花，花叶香气浓郁。兰：香草名，多年生常绿草本，春天开花，气味清香。观此句“如兰之芳”之“兰”为植物名，则知上句“如芸之黄”之“芸”亦当为植物名，而非形容花草枯黄。

③“其文彩”三句：“霜地”与“金茎”、“紫叶”与“红荣（花）”相互映照，故称“文彩”。

④蔓延：即“曼延”，连绵不断。烦萦：纷乱缠绕貌。

⑤嘉禾：长得特别茁壮的稻禾。垂颖：下垂的禾穗。《文选·张衡〈思玄赋〉》：“既垂颖而顾本兮。”吕向注：“颖，穗也。”灵芝：一种菌类植物，古人误为灵物。吐英：开花。

⑥桂枝：桂树之枝。阑干：纵横散乱貌。灌木：一种无明显主干的丛生木本植物。

⑦径逝：径直飞开。鹍（kūn 昆）：即鹍鸡，一种大鸟名。《文选·张衡〈西京赋〉》：“翔鹍仰而弗逮。”李善注引《穆天子传》：“鹍鸡飞八百里。”上征：上升，即向上飞去。

⑧孤雌：失偶的雌鸟。咮（zhòu 昼）：鸟嘴。无咮：指不张口鸣叫。

⑨纷：状云兴气蒸之貌。般：通“斑”，状星罗而流精。流精：流动闪烁的星光。

⑩众文：指上述各种文彩。冏（jiǒng 窘）：象窗口通明，引申为有光貌。冏朗：光明的样子。灼：灼灼，鲜明貌。倏爚（shū yuè 淑月）：闪光貌。发明：放出光芒。

⑪方：道理，常规。《易·恒》：“君子以立不易方。”孔颖达疏：“方，犹道也。”事：治理。《淮南子·原道训》：“圣人又何事焉。”高诱注：“事，治也。”每：各，逐个。殚：竭尽。《艺文类聚》注：“此有脱文。”以上是描述制作枕头材料的名贵珍奇。

⑫方枕：一种长方形的枕头。欧阳修《试笔·琴枕说》：“介甫（王安石字）尝言：‘夏月昼睡，方枕为佳。’问其何理，云：‘睡久气蒸枕热，则转一方冷处。’”绝际：指连接的地方。无间：没有空隙。

⑬体法：体式符合法度。闲：文雅貌。

⑭高卑得适：指枕头高低合适。辟坚：避开坚硬，指枕头软硬适当。

⑮烦：劳烦。丹漆：朱红的色彩。彤：朱红色。罔：无。髹（xī 西）：同“髹”。

《龙龛手鉴·杂部》:"觿,角锥,童子佩之。又锐端可以解结也。"觿象:这里指角锥和象牙,用以装饰枕头。佐副:辅助。

⑯较:较著,明显。《史记·伯夷列传》:"此其尤大彰明较著者也。"司马贞《索隐》:"较,明也。"程形:呈现,表现。灵露真:露出灵性。《艺文类聚》注:"句有衍文。"

⑰该:全。

⑱珪璋:一种贵重的玉制礼器。特达:单独献上,意即无须衬托以币帛他物。《礼记·礼器》:"圭璋特。"玙璠(yú fán 于烦):两种美玉名。《左传·定公五年》:"阳虎将以玙璠敛。"杜预注:"玙璠,美玉名,君所佩。"富:繁富,形容枕头文采之多。

⑲梓:植物名,木材轻软,耐朽,可供建筑及制作家具、乐器之用。逡巡:退却,游移不前的样子,指不敢与美丽的枕头相比。

⑳相思:树名,又名红豆树。庶几:有幸。《汉书·公孙弘传》:"朕夙夜庶几获承至尊。"晞风:让风吹拂,喻受到关照。末列:最后一列,末位,下位。

㉑众鳞:所有鳞类动物。相绝:相差极大。指此枕的瑰丽,有如神龙与众鳞类相较,不可同日而语。

㉒诗人:指《诗》的作者们。角枕之粲:用牛角装饰的枕头很鲜艳。《诗·唐风·葛生》:"角枕粲兮,锦衾烂兮。"季世:末世。锦绣之饰:用精致华美的丝绣品作装饰。

㉓比集:排比汇集。异物:珍奇的物品。《后汉书·列女传·曹世叔妻》:"每有贡献异物,(和帝)辄诏大家(班昭)作赋颂。"德:品德。

㉔兹瓌:指瓌材枕。兹,此。斯须:犹"须臾",一会儿,形容"速成"——迅速制成。一材:一种材料,指不用装饰物。混并:混合。纤微:纤细微小。美晔(yè业):华美艳丽。春荣:春花。

【辨析】

《汉魏六朝百三名家集》、《历代赋汇》均将此赋署为张华所作。这是不正确的。《三国志·吴书·张纮传》裴松之注:"《吴书》曰:纮见柟榴枕,爱其文(纹理),为作赋(按:当即《瓌材枕赋》)。陈琳在北见之,以示人曰:'此吾乡里(按:陈琳也是广陵人)张子纲所作也。'后纮见陈琳作《武库赋》、《应讥论》,与琳书,深叹美之。琳答曰:'自仆在河北,与天下隔,此间率少于文章,易为雄伯,故使仆受此过差(通"诧")之谭(同"谈"),非其实也。今景兴(魏大臣、文学家王朗的字)在此,足下与子布(孙权军师张昭的字)在彼,所谓小巫见大巫,神气尽矣!'纮既好文学,又善楷篆书,与孔融书,自书。融遗纮书曰:'前劳手笔,多篆书,每举篇见字,欣然独笑,如复睹其人也。'"

张纮与孔融、陈琳皆友善，陈琳说此赋是他的乡人张纮所作，可谓铁证，不当有误，况《艺文类聚》卷七十也于张纮名下录《瓌材赋》全文。另《太平御览》卷七百零七也录张纮《瓌材赋》九句。

张纮另有《瓌材枕箴》一篇，载《艺文类聚》卷七十，姑录以参阅："彧彧其文，馥馥其芬；出自幽阻，升于毡茵；允瓌允丽，惟淑惟珍。安安文枕，贰彼弁冠；冠御于昼，枕式于昏；代作充用，荣己宁身；兴寝有节，适性和神。"

郑玄

郑玄(127～200),字康成,北海高密(今山东高密西)人。少年师从经学大师马融,遂博通群经。学成东归。马融叹曰:“郑生今去,吾道东矣!”郑玄家贫,客耕东莱,聚徒讲学,弟子数百千人。后因党祸事发,专心著述,遂遍注群经,混糅今古文家法,结束两百余年的今古文之争。其经注训释集汉代经学之大成,为后人解经奠定基础。著述逾百万言,世称“郑学”。灵帝末,党禁解除,大将军何进等召用,皆不就。北海相孔融命高密县特立“郑公乡”。后大将军袁绍遣使邀玄,大会宾客。玄至,延为上座。众宾客多方问难,玄一一答辩,众莫不叹服。建安五年(200),袁绍与曹操战于官渡,逼他随军,至元城(今河北大名)病逝。传在《后汉书》卷三十五。

郑玄《自序》云:“遭党锢之事,逃难注《礼》;党锢事解,注古文《尚书》、《毛诗》、《论语》;为袁谭所逼,来至元城,乃注《周易》。”

相风赋

昔之造相风者[1]，其知自然之极乎[2]？其达变通之理乎[3]？上稽天道阳精之运，表以灵乌，物象其类[4]。下凭地体安贞之德，镇以金虎，玄成其气[5]。风云之应，龙虎是从[6]。观妙之征，神明所通[7]。夫能立成器，以占吉凶之先见者，莫精乎此[8]。乃构相风，因象设形[9]，蜿盘虎以为趾，建修竿之亭亭[10]，体正直而无挠，度径挺而不倾[11]，栖神乌于竿首，候祥风之来征[12]。

【说明】

此赋见《太平御览》卷九。

相风乌是古代的一种测风器。由于古代天文学与数术、经学的关系密不可分，这篇赋中充满了古奥典雅的经学语词与隐喻，天文象征与人文伦序相依相应。作品缺乏飞动的文采和才情，但赋中的某些描写也道出了相风乌的形态特征，是难能可贵的科学史料。

【注释】

①相风：观测风向。这里指观测风向的仪器。《三辅黄图·台榭》引郭延生《述征记》："长安宫南有灵台，高十五仞。上有浑天仪，张衡所制。又有相风铜乌，遇风乃动。"

②极：中正的准则。《诗·商颂·殷武》："商邑翼翼，四方之极。"郑玄笺："极，中也，商邑之礼俗翼然可则效，乃四方之中正也。"《汉书·兒宽传》："唯天子建中和之极。"

③达：通晓。《论语·雍也》："赐也达。"孔颖达疏："达，谓通于物理也。"变通：指事物因变化而通达。理：事理。

④稽：查考。天道：天理，天意。阳精：指太阳。《礼记·月令》孔颖达疏："月是阴精，日为阳精。"颜之推《颜氏家训·归心》："天为积气，地为积块；日为阳

精，月为阴精。”灵乌：太阳的象征，相传日中有三足乌。唐杨炯《浑天赋》：“天鸡晓唱，灵乌昼踆。”此句言稽考太阳之运行，以灵乌为标志。

⑤凭：依据。地体：大地的形体，指大地。王充《论衡·四讳篇》：“西益宅，何伤于地体？”安贞：静而正。《易·坤·象传》：“安贞之吉，应地无疆。”言“坤”德以安顺守正为吉。金虎：器物上的虎形金属装饰。玄：当指天。《易·坤》：“天玄而地黄。”

⑥风云之应：《易·乾·文言》：“同声相应，同气相求。水流湿，火就燥。云从龙，风从虎。”喻同类事物之间的感应作用。

⑦征：迹象。神明所通：《易传·系辞下》：“阴阳合德而刚柔有体，以体天地之撰，以通神明之德。”

⑧成器：工具，器物。《易传·系辞上》：“备物致用，立成器以为天下利，莫大乎圣人。”占：卜问。此处言相风乌可预卜吉凶，其制作之精，前所未见。

⑨因象设形：借助象征动物外形设计候风仪，如下文之“盘虎”、“神乌”即是。

⑩蜿：盘旋，缠绕。趾：底部。修竿：长竿。亭亭：直立状。

⑪径挺：直貌。《释名·释船》：“二百斛以下曰艇。其形径挺，一人二人所行也。”

⑫征：行。《诗·小雅·小宛》：“我日斯迈，而月斯征。”

【辨析】

《太平御览》卷九录此赋，题为汉郑玄所作，《全汉赋》也收入此赋，也题为郑玄所作。但这个看法是靠不住的。因为《北堂书钞》卷一百三十有四处引用此赋，均标明作者为晋傅玄。《艺文类聚》卷六十八录此赋十六句，也指作者为傅玄。《北堂书钞》、《艺文类聚》比《太平御览》早出三个世纪，且编者都是大学者，我们没有理由怀疑他们资料的可靠性。再者，郑玄是一位大经学家，他没有其他赋作或散文作品存世；而傅玄却是一位大文学家，现存有赋作五十几篇，诗歌百余篇。大概正因如此，明张溥的《汉魏六朝百三名家集》和清严可均的《全上古三代秦汉三国六朝文》均从《北堂书钞》、《艺文类聚》之说。综合以上证据，这篇赋极为可能并非郑玄所作，但因《太平御览》题为郑玄之作，未易轻弃。

祢衡

祢衡(173～198),字正平,平原般(今山东临邑)人,汉末著名辞赋家。衡恃才放旷,蔑视权贵,与孔融、杨修友善。孔融荐之于曹操,衡称疾拒往。操闻衡善击鼓,召为鼓吏。衡当众裸身击鼓羞辱曹操,后又在曹营门外高声骂曹。操忌恨,又怕担杀戮才士之名,就想借刀杀人,将衡转押荆州刺史刘表处。刘表不堪忍受其侮慢,复送之于江夏太守黄祖处。衡与祖子、章陵太守黄射甚相善。建安三年(198),衡对黄祖出言不逊,被黄祖杀,时年二十六岁。衡才思过人,刘表曾与诸文人共草章奏,衡未及细看,就把章奏撕毁掷地。表大惊。衡讨笔重写,须臾立成,辞义可观。衡为黄祖作书记,被黄祖誉为"如祖腹中之所欲言者"。衡与黄射外出,道见蔡邕所作碑文,射后悔未曾录下,衡说:"吾虽一见,犹能识之。"他写下碑文,与射派人去抄录之碑文,不差一字。衡创作《鹦鹉赋》,一挥而就,文不加点,辞采甚丽,可谓一代才人,可惜不容于世,英年早逝。祢衡作品多已散佚,《全后汉文》收有其赋、碑、文四篇。传在《后汉书·文苑传下》。

鹦鹉赋并序

时黄祖太子射[1]，宾客大会。有献鹦鹉者，举酒于衡前曰："祢处士，今日无用娱宾[2]，窃以此鸟自远而至，明慧聪善，羽族之可贵[3]，愿先生为之赋，使四坐咸共荣观[4]，不亦可乎？"衡因为赋，笔不停辍，文不加点。其辞曰：

惟西域之灵鸟兮[5]，挺自然之奇姿。体金精之妙质兮，合火德之明辉[6]。性辩慧而能言兮，才聪明以识机[7]。故其嬉游高峻，栖跱幽深[8]。飞不妄集，翔必择林。绀趾丹觜[9]，绿衣翠衿。采采丽容[10]，咬咬好音[11]。虽同族于羽毛，固殊智而异心。配鸾皇而等美[12]，焉比德于众禽！于是羡芳声之远畅[13]，伟灵表之可嘉[14]；命虞人于陇坻[15]，诏伯益于流沙[16]，跨昆仑而播弋[17]，冠云霓而张罗。虽纲维之备设，终一目之所加[18]。且其容止闲暇，守植安停[19]。逼之不惧，抚之不惊。宁顺从以远害[20]，不违忤以丧生[21]。故献全者受赏，而伤肌者被刑[22]。尔乃归穷委命[23]，离群丧侣。闭以雕笼，翦其翅羽。流飘万里，崎岖重阻，逾岷越障，载罹寒暑[24]。女辞家而适人[25]，臣出身而事主。彼贤哲之逢患，犹栖迟以羁旅[26]。矧禽鸟之微物[27]，能驯扰以安处[28]。眷西路而长怀，望故乡而延伫[29]。忖陋体之腥臊，亦何劳于鼎俎[30]？嗟禄命之衰薄，奚遭时之险巇[31]？岂言语以阶乱[32]，将不密以致危[33]？痛母子之永隔，哀伉俪之生离[34]。匪余年之足惜，慜众雏之无知[35]。背蛮夷之下国[36]，侍君子之光仪[37]。惧名实之不副，耻才能之无奇。羡西都之沃壤[38]，识苦乐之异宜[39]。怀代越之悠思[40]，故每言而称斯。若乃少昊司辰，蓐收整辔[41]。严霜初降，凉风萧瑟。长吟远慕，哀鸣感类[42]。音声凄以激扬，容貌惨以憔悴。闻之者悲伤，见之者陨泪。放臣为之屡叹，弃妻为之歔欷[43]。感平生之游处[44]，若埙篪之相须[45]。何今日之两绝，若胡越之异区[46]。顺笼槛以俯仰，窥户牖以踟蹰。想昆山之高岳[47]，思邓林之扶疏[48]。顾六翮之残毁[49]，虽奋迅其焉如[50]。心怀归而弗果[51]，徒怨毒于一隅[52]。苟竭心于所事，敢背惠而忘初[53]。托轻鄙之微命，委陋贱于薄躯。期守死以报德，甘尽辞以效愚[54]。恃隆恩于既往，庶弥久而不渝[55]。

【说明】

此赋见《文选》卷十三、《艺文类聚》卷九十一。

此赋写于黄祖太子射在江夏的一次宴请宾客的大会上。时有人献鹦鹉，射要他以此为题作赋娱宾。“衡因为赋，笔不停辍，文不加点。”

赋先写鹦鹉的奇姿妙质、辩慧聪明，卓异于众禽而足以与鸾皇相匹等。这既是写鹦鹉，也是作者的自况。再写鹦鹉被捕时不惧不惊：“宁顺从以远害，不违忤以丧生。”续写鹦鹉的心理，尽管苟全了性命，但心灵是痛苦的。它漂流万里，而总是眷顾故乡，哀叹生不逢时。在深秋冷霜里，它容貌憔悴，凄厉哀鸣；在樊笼羁守中，它六翮残毁，志意难平。赋结尾依然用鹦鹉的口吻，写它不敢背惠忘初，只能以轻贱微命，报主隆恩。

祢衡天资卓异，但却生逢乱世，漂泊沦落，寄人篱下，虽欲济而无时运。他通过鹦鹉之口，展示了自己痛苦的心路历程。结尾处的表白，就是他深感命运无奈之后的一种悲剧性的人生选择。

本赋写作受贾谊《鹏鸟赋》的影响，但又与贾赋采用问答体不同，它通篇以鹦鹉作比，物我一体，哀怨绵邈。同类赋作，千载以下，实无出其右者。

【注释】

①黄祖：东汉末年荆州牧刘表的部下，时为江夏太守。太子射：黄祖的长子黄射。太，通“大”。

②处士：本指有才德隐居不仕的人，后泛指未做过官的士子。用：以。

③羽族：鸟类。

④荣观：荣幸地观赏。

⑤西域：西方，汉以后对今甘肃玉门关以西地区的总称。见《汉书·西域传》。《禽经》：“鹦鹉出陇西，能言鸟也。人以手抚拭其背，则瘖瘂矣。”

⑥“体金精”二句：《文选》李善注引河上公曰：“辅万物自然之性也。西方为金，毛有白者，故曰金精。南方为火，觜有赤者，故曰火德。”这里指鹦鹉的羽毛

和嘴。烨(huī 辉):同“辉”。

⑦识机:能洞悉几微。

⑧跱(zhì 至):站立。

⑨绀(gàn 赣):稍微带红的黑色。觜:同“嘴”。

⑩采采:色彩艳丽的样子。

⑪咬咬:鸟鸣声。

⑫配:相比。

⑬远畅:向远处散布。

⑭伟:赞美。灵表:轻灵的姿态。

⑮虞人:传说中古代掌管山泽之官。陇坻:即陇山。坻,山坡。

⑯伯益:传说中古代掌管山泽之官。流沙:古指西北沙漠地区。

⑰昆仑:昆仑山。弋:一种射鸟器具。

⑱终一目之所加:指终于用很小的一块网子,捕捉到了鹦鹉。一目,指网子的一个网眼。

⑲守植:守志。

⑳远:远离,引申为避免。

㉑违忤:违抗。

㉒被:遭受。

㉓归穷委命:归于窘困之境,听任天命,指鹦鹉被捕捉后任人处置的境况。

㉔载:发语词。罹:遭受。

㉕适人:嫁人。

㉖栖迟:停留。羁旅:滞留在外。

㉗矧(shěn 审):何况。

㉘驯扰:驯服。本句为反问句,“能”作“能不”解。

㉙延伫:久立等待。

㉚劳于鼎俎:指被宰杀。

㉛险巇(xì 戏):险恶。

㉜阶乱:引起祸乱。

㉝此句意为:难道是因为泄露秘密而导致祸乱?将,或。

㉞伉俪:配偶。

㉟愍(mǐn 敏):怜悯。

㊱背:离开。

㊲光仪:美好的样子,显赫的仪表。

㊳西都:指长安。

㊴识苦乐之异宜:指长安富足,人以为乐,我鹦鹉却以为苦。

㊵怀代越之悠思:句意出自《古诗十九首·行行重行行》“胡马依北风,越鸟

巢南枝”句，指思乡之情。

㊶少昊、蓐（rù 入）收：都是古代传说中主宰秋季的神。司辰：掌管季节、时间。整辔（pèi 沛）：指驾车，喻掌管季节。

㊷感类：指同类相感。

㊸歔欷（xū xī 须西）：叹息声。

㊹游处：同游共处。

㊺若埙篪（xūn chí 熏迟）之相须：句意出自《诗·小雅·何人斯》“伯氏吹埙，仲氏吹篪”，意指所结交的人都很友好。埙、篪：均为古代的管乐器。相须：相互依赖。

㊻胡越：指边远的北方和南方。

㊼昆山：昆仑山。

㊽邓林：传说夸父逐日时丢下手杖所化出的桃林。

㊾翮（hé 禾）：鸟的羽茎。

㊿焉如：到哪里去。如，到。

51弗果：达不到目的。

52毒：恨。

53背惠：背弃以前得到的恩惠。

54尽辞：用力进言。效：报效。愚：愚诚。

55庶：或许。弥久：愈久，更久。渝：改变。

后记(一)

《全汉赋评注》是我早已确定的研究项目之一,同时也是我与美国康达维教授合作的项目之一。我们于 1988 年议定:1990 年由我在山东济南主办首届国际赋学术讨论会,由他翻译出版我在美国讲学的讲稿。这两个项目我们双方都按计划顺利完成了。但《全汉赋评注》却迟迟未能完成。原因之一是我近年来比较忙乱,评注工作时续时断。之二是此项工作难度太大。此书绝大部分篇章从未有人注释过。在评注过程中,我们发现了不少典籍——包括《北堂书钞》、《艺文类聚》、《初学记》、《太平御览》这样重要类书传抄编辑上的错误;更时时发现被我们视之为我国文学自觉时代起点的汉赋的价值之所在。

此书评注工作前后花费了十多年,我的助手、硕士生、博士生大都参加了这项工作,他们分别注了少量或个别篇章的初稿,或帮助抄写校对。他们是赵金昭、苏瑞隆、唐子恒、刘慧晏、韩晖、冷卫国、踪训国、刘昆庸、刘培、张丽、龚航、郑明璋、桑学英、武怀军、贡小妹、余江、李丹博、赵玉剑、李绪武、李镇川等。

此书原文主要根据唐宋类书、《文选》李善注、百三家集、全汉文、《历代赋汇》、《四库全书》、《史记》、《汉书》、《后汉书》、《全汉赋》,有异文之处,则择善而从之。

此书所有文稿都由我一一改定,有错误由我负责。

此书仍不很完善,有待再版时与康教授一起修正。

此书只收到祢衡。祢衡以后我们以为应划入三国范围。

龚克昌

2002 年 11 月 3 日

后记(二)

《全汉赋评注》于2003年由河北花山文艺出版社出版。当时只印一千部,远不能满足广大读者需要。我虽预购一百三十部,也仍无法满足友人的索取。现山东大学出版社慷慨应允再版此书,让我喜出望外。

如果笼统地说,此书写作历史可以说与我治赋时间一样长,前后达五十年之久,因为我从考入山大中文系古代文学研究生,确定以《汉四大赋家初探》作为毕业论文选题后,即根据分段导师陆侃如先生的要求(当时规定,古代文学研究生学习范围分两段,即先秦至唐和宋至清,我学前段,故导师有高亨、陆侃如、萧涤非三位先生,分别指导先秦、汉魏六朝和隋唐段),开始注释司马相如等四大赋家的全部赋作,前后写了几十本笔记,都经陆先生一一批阅。这可算是我注解全汉赋的初始。但我真正把《全汉赋评注》作为一个科研课题来完成,却是在20世纪90年代初。当时有以下两个原因促使我这样做:

一是美国康达维教授的提议。康教授是我于1988年应美国科学院美中学术交流委员会的邀请,到美国哈佛、斯坦福等五所名校讲学的推荐人。他在我即将结束美国讲学时提出:我们应该有个合作计划。他建议由我主办首届国际赋学术讨论会和评注全汉赋。他则负责翻译出版我在美讲学的讲稿(该讲稿已于1997年由美国权威的东方学会出版,精装本,大16开,413页,康教授为此书写了一篇3万多字的长序),以及继续翻译《文选》(其时他才四十几岁,已翻译出版多卷《文选》,在西方引起轰动。译文比《文选》赋篇本身还壮丽。美国学术界已视其为极具潜力的汉学家)。他还提出,以山东大学辞赋研究所为基础,由他负责邀请海外学者参加,以便使其成为一所世界性的辞赋研究中心。我以为康教授的建议很好,当即表示赞成。但我心目中以为,这些事是我们今后努力的方向。没料到数月后,即收到康教授给美国科学院美中学术交流委员会报告我讲学详情的复印件,其中明确指出:1990年在济南举办首届国际赋学术讨论会。这一点令我惶恐不安,此非我普通教师所能为。但事已如此,只有勇敢面对。经过近两年的奔走呼号,在许多工厂、单位、个人和省委宣传部长的关怀支持下,我没花山东大学一分钱,如期地举办了一个被誉为“成功的民办亚运会”的国际赋学术讨论会(其年北京举办亚运会)。

会后不久,我吸取教训,随即把《全汉赋评注》提上日程,一则开始整理写论文时存留的笔记,二则安排我所有硕士生、博士生、助手参加评注工作。

其二是河北花山文艺出版社的催促。花山社副总编辑宁宣成得悉我在搞《全汉赋评注》,即时登门约稿。随后又告诉我,河北省委宣传部很重视此项目,河北出版总社已将其列为重点项目,拟拨巨资支持出版(后得知总社拨15万元,全国古籍整理小组拨2万元支持出版)。宁总先后三次登门催稿,惜此书系开创性项目,无可依傍,汉赋又特艰深,困难重重,加之我还有其他任务,不能全力以赴,以致宁副总退休时,我尚未能交稿。但出版社旋派总编室主任刘桂欣接替此项工作。刘主任同样反复敦促。至2002年,我终于交上答卷。出版社随即于2003年出版。刘主任在2004年山东大学为拙作两书举行的发布会上感慨地说:“社里对《全汉赋评注》一直非常重视……十年间河北出版总社换了五任社长、局长,花山文艺社亦换了总编和责任编辑,但出版此书决心不变。十年铸一剑,不容易。”如果没有河北出版社的支持与催促,此书不知何年何月才能与读者见面!

此书的出版,受到学术界广泛的赞誉。美国权威汉学家康达维教授说:“龚先生在这部书上耗费了十多年的精力,皓首穷经,其注释之详审,考证之精确,都将成为学界的典范,更是辞赋学人必读之书。”中国韵文学会会长、知名学者钟振振说:“《全汉赋评注》及《中国辞赋研究》……代表着中国辞赋文献整理及中国辞赋研究的最高学术水平,是中国辞赋学史上具有里程碑意义的标志性成果。”中国社会科学院文学研究所六朝文学研究权威曹道衡先生说:“《全汉赋评注》用功极深,嘉惠学林,岂浅鲜哉!”江苏省文史馆长、南京大学著名教授周勋初,原中华书局总编、唐代文学会会长、知名学者傅璇琮,北京大学著名辞赋研究专家费振刚,复旦大学著名教授杨明,全国诗歌研究中心主任、首都师范大学著名教授赵敏俐，以及全国各地高校、学术刊物，山东大学文学院诸同道，都对拙作给予了很高的评价。

当然，我自己很清楚，这些赞誉都带有勉励之意。又因此书系率先出版，汉赋生僻字又特多，不少篇章甚至难于卒读，人们自然要另眼看待了。

不过，如果此书尚有某些可取之处，那么我的助手、博士生、硕士生都应当共享这些荣誉，他们每个人都为此书的问世出过力，流过汗，功不可没。

2007年初，康达维教授早期博士研究生、现任新加坡大学中文系副主任、副教授苏瑞隆，表示要负责修订此书，其时我已搜集几十条遗漏的断简、残句，也发现一些错别字，以为修订一下很有必要，所以也就同意了。现在这个本子系苏瑞隆副教授首先修订过。他花费了一年多时间进行修订，并打印出书稿。龚航也参加了此项工作。2010年夏季，周广璜教授和他的硕士生崔洁等又不顾酷热，花了三个多月的时间，反复进行补订。书稿再次打出清样后，广璜和他的学生又反复进行校对。他们的劳动对提高此书的质量起到很大作用，我在此谨表示衷心的谢意。

龚克昌

2011年3月10日于山大